吕同六全集

第一卷·文论、评论

吕同六 著
蔡蓉 吕晶 编

世界知識出版社

图书在版编目（CIP）数据

吕同六全集．第1卷，文论、评论 / 吕同六著；蔡蓉，吕晶编．—北京：世界知识出版社，2015.7

ISBN 978-7-5012-4950-3

Ⅰ．①吕…　Ⅱ．①吕…　②蔡…　③吕…　Ⅲ．①吕同六（1938~2005）—全集　②文艺评论—意大利

Ⅳ．①I546.11

中国版本图书馆CIP数据核字（2015）第134435号

责任编辑	龚玲琳
责任出版	赵　玥
责任校对	马莉娜
封面设计	小　月

书　　名	**吕同六全集　第一卷·文论、评论** Lütongliu Quanji　Diyijuan Wenlun Pinglun
作　　者	吕同六
编　　者	蔡　蓉　吕　晶
出版发行	世界知识出版社
地址邮编	北京市东城区干面胡同51号（100010）
电　　话	010-65265923（发行）　010-85119023（邮购）
网　　址	www.wap1934.com
经　　销	新华书店
印　　刷	北京京科印刷有限公司
开本印张	720×1020毫米　1/16　39印张
字　　数	800千字
版次印次	2015年7月第一版　2015年7月第一次印刷
标准书号	ISBN 978-7-5012-4950-3
定　　价	116.00元

吕同六先生作为中国意大利文学研究、评论、翻译的开拓者与领军人，先后向国人介绍了180多位意大利作家、诗人、剧作家、散文家、文论家，包括意大利六位诺贝尔文学奖得主的代表作品，被称为“中国最了解意大利文化的学者”、“中国意大利学界泰斗”。

意大利20世纪六位诺贝尔文学奖得主

戏剧大师
皮兰德娄

女作家
黛莱达

诗人
卡尔杜齐

剧作家
达里奥·福

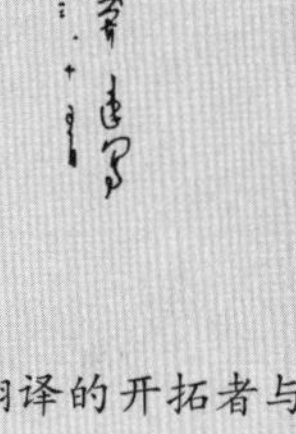
诗人
蒙塔莱

诗人
夸西莫多

吕同六简介

吕同六(1938.1.8—2005.10.28),江苏丹阳人,中共党员。笔名吕凝、池凝、新知、辛梓等。中国社会科学院外国文学研究所研究员。从事意大利文学研究、翻译、评论工作40多年,是意大利文学、文化在中国的重要传播者和领军人物,先后向国人撰写、翻译、主编、评论和介绍了180多位意大利作家、诗人、剧作家、散文家、文论家的作品,开拓了我国意大利文学新局面,填补了许多重要空白,在文学翻译理论方面也提出了许多精辟、独到的见解,是我国学贯中西、著译等身、享有国际声誉的著名意大利语言文学研究家、评论家、翻译家。

毕业于苏联列宁格勒(现圣彼得堡)大学意大利语言文学专业,先后在意大利卡拉布利亚大学和罗马大学文学系进修。曾任中国社会科学院外国文学研究所常务副所长,《外国文学评论》常务副主编,《世界文学》杂志编委,国务院学位委员会外国语言文学学科组成员,中国翻译工作者协会理事,中国作家协会会员,中国作家协会中外文学交流委员会委员,中国国际文化书院院长,中国外国文学学会意大利文学研究会会长,中国社会科学院研究生院教授、北京语言大学、南京师范大学、河南大学兼职教授,大连艺术学院意大利文化中心主任,辽宁师范大学利玛窦、卫匡国研究中心名誉主任,中央戏剧学院学术评审专家,中国作家协会第一届、第三届鲁迅文学奖全国优秀文学翻译奖评奖委员会评委,意大利语言文学研究国际联合会理事,意大利但丁学会北京分会主席,《意大利古典文学》杂志编委。

曾先后四次荣获意大利总统授予的骑士勋章和证书,爵士勋章和证书,科学与文化金质奖章,学院与艺术功勋证书,以及意大利最高奖项——意大利仁惠之星一级勋章和证书。此外,曾荣获中国首届陈香梅文学出版奖、意大利但丁学院荣誉证书、意大利蒙德罗国际文学奖、皮兰德娄奖、利尼亚诺奖,意大利国家翻译奖。多次赴意大利讲学,参加意大利文学国际研讨会。先后赴丹麦、韩国、日本、法国和台湾地区进行学术访问。

主要著作有:文论集I《地中海的灵魂——意大利文学透视》、文论集II《多元化多声部——意大利二十世纪文学扫描》、散文集《寂寞是一座桥》(荣获全国优秀外国文学图书一等奖）；在意大利《但丁研究》、《马尔凯大区与东方》、《薄伽丘研究》、《福戈拉尔·夫尔兰（FOGOLAR FURLAN）》、罗马《斯梯勒伯（STILB）》等学术刊物、报刊上发表意大利语论文十余篇；在国内各学术刊物、报刊上发表学术论文、评论和散文数百篇。

主要译著有:《葛兰西论文学》,《莫拉维亚短篇小说选》,1959年诺贝尔文学奖得主、意大利著名诗人夸西莫多的《夸西莫多抒情诗选》（获全国外国文学优秀奖），1975年诺贝尔文学奖得主、意大利诗人蒙塔莱的《蒙塔莱诗选》,《意大利20世纪诗选》、1934年诺贝尔文学奖得主、意大利戏剧大师皮兰德娄剧作《给她穿上漂亮衣服》（1991年，被我国中央电视台第一套节目的《世界名剧欣赏》栏目录制成室内电视剧，荣获1991年全国电视文艺节目国家级“星光奖”二等奖）、《高山巨人》（1995年被中国煤矿文工团搬上舞台，先后在北京、意大利皮兰德娄国际戏剧节上成功演出）；意大利著名喜剧家哥尔多尼的《老顽固》（1993年5月，被我国中央实验话剧院隆重公演）；1997年诺贝尔文学奖得主、意大利剧作家、导演和演员达里奥·福《一个无政府主义者的意外死亡》（获全国外国文学优秀奖），1998年10月，被我国中央实验话剧院搬上北京舞台;《中国翻译名家自选集·吕同六卷》；意大利古典名著班戴洛的《罗密欧与朱丽叶》；夏侠的《各得其所》;《西西里柠檬——意大利爱情小说译丛》；1926年诺贝尔文学奖得主、意大利女作家黛莱达的《撒丁岛的血》；德·亚米契斯的名作《卡尔美拉》、斯戈隆的《春蚕吐丝》；意大利长篇经典名著曼佐尼的《约婚夫妇》等。另翻译了意大利作家、诗人等的单篇作品百余篇（首）。

主要编著有：主编《意大利20世纪文学丛书》（10卷，获“八五”国家重点图书，获中国首届陈香梅文学出版奖）、《意大利文学经典名著》（12卷，国家“九五”重点图书）、《卡尔维诺文集》（6卷）、《莫拉维亚文集》（2卷）、《意大利反法西斯文学书系》（3卷，获全国图书奖）、《意大利知识丛书》（10卷）、《20世纪世界小说经典与小说理论经典》（6卷）、《外国中篇小说佳作选》（10卷）、《外国经典对话录丛书》（6卷）、《长颈鹿丛书——外国优秀小说选萃》（10卷）、《外国名作家大辞典》、《意大利的遗憾——中国作家看世界》等20多套大型意大利文学和外国文学丛书。

前　言

意大利是个具有三千年历史的文明古国，是欧洲文艺复兴运动的摇篮，文化遗产丰富多彩，仅20世纪就先后出现了六位诺贝尔文学奖得主，在当代世界文学中，意大利文学占有重要一席之地。20世纪60年代前，我国为数很少的意大利文学译文，多是从别的文字翻译过来。我国对意大利文学的评论和研究，更是十分薄弱，在许多方面几乎是空白。

1962年，吕同六先生学成归国，专门从事这个领域的研究、评论和翻译工作四十多年。他黾勉负重，孜孜不倦，笔耕不辍，著译作颇丰，是意大利文学、文化在中国传播的开拓者和领军人物，先后向国人撰写、翻译、主编和介绍了180多位意大利小说家、诗人、剧作家、散文家、文论家的翘楚之作，开拓了我国研究意大利文学新局面，填补了许多重要空白。他对意大利中世纪文学和古典文学有精深的研究，对意大利现代、当代文学研究、评论、翻译方面贡献尤为突出，在文学翻译理论方面也提出了许多精辟、独到的见解。他的著作以高质量的学术水平著称。他从意大利文翻译的文学原著译笔优美准确，尤在诗歌翻译上取得了令人瞩目的成就，是我国享有国际声誉的著名意大利语言文学、文化研究家、评论家、翻译家，主编、编著了20多套大型意大利文学和外国文学丛书；与此同时，他积极推动中意两国文学、文化交流。针对意大利文学研究和翻译在国内起步晚、空白多，研究、评论、翻译水平与英、法、俄、日等其他语种相比有待提高的状况，发起创办了中国意大利文学研究学会并出任会长，从1989年到2005年10月他去世前，成功地举办了每年一届总共16届意大利文学研讨会。针对国内意大利语翻译队伍青黄不接、人才匮乏的状况，多次南下北上，帮助南京师范大学、大连艺术学院、辽宁师范大学创建了意大利语系、意大利文化中心、意大利利玛窦、卫匡国研究中心。作为著名学者陈翰笙创办的中国国际文化书院副院长和继任院长，以弘扬中华文明、促进中外文化交流为己任，做了大量有益的工作：积极组织书院和意大利合作，在劳动人民文化宫太庙大殿举办《马可·波罗国际学术研讨会》（1991）、《卫匡国和中西方文化交流国际学术研讨会》（1994）；在意大利特列维索市举办四次《丝绸之路——中国古代文明大型文物展览》（2005—2011），把中国博大精深的民族文化直接展示到意大利和欧洲人民面前。这些展览使意大利和欧洲民众得以看到中国从唐朝到清朝时期的珍贵文物，对促进中国同欧洲的文化交流做出了贡献。

吕同六教授的学术成就受到国内外学术界的高度评价。他曾在意大利《但丁学刊》、《薄伽丘研究》、《马尔凯大区与东方》等权威刊物上发表意语论文；在意大利十余座城市和大学作学术报告；荣任意大利语言文学研究国际联合会理事、意大利但丁学会北京分会主席、《意大利古典文学》杂志编委。意大利时任驻华大使称吕同六是中国传播意大利文学和文化的“先驱者”，意大利学界称他为中意两国的“文化大使”、“中国最了解意大利文化的学者”。意大利总统先后四次授勋于吕同六先生，将他誉为“中国意大利学界泰斗”。

《吕同六全集》凝聚了吕同六先生研究、评论、译介意大利文学，推动中意、中外文化交流事业四十余年的主要成果。在我国朝着全面小康社会、实现中华民族伟大复兴目标前进的今天，借鉴和吸取人类精神文明的一切优秀成果，愈益成为深化改革开放国策的需要，也愈益成为建设社会主义精神文明的需要。艾青先生说得好，“阳光谁都不能垄断”。越是民族的经典，越是属于世界的经典。意大利历史悠久，珍贵的文学、文化成果，是整个人类精神财富的一部分。意大利光辉灿烂的文学、文化同博大精深的中国文学、文化一样，不仅属于意大利人民，也属于中国人民和世界人民。从长远看，《吕同六全集》也是中意文化、文学交流的一部见证史，具有久远的价值，是吕同六先生以毕生心血献给祖国和后人的一笔丰富无价的文化遗产。鉴于此，出版《吕同六全集》具有重要的学术意义和社会意义，既是对吕同六教授一生卓著学术研究、评论、翻译成果的总结，也是后辈汲取营养的宝库，有助于他们对意大利文学、文化的深入研究与传承。“青出于蓝而胜于蓝”，传承下去的代代后人可以在《吕同六全集》的基础上更上一层楼，进一步促进中意文学、文化交流的深入发展，不断增进中意两个伟大民族之间的友谊和相互了解，这正是我们编辑出版《吕同六全集》的初衷和目的。

序

汝信教授*

吕同六教授离我们而去已经近十年了，这位我国著名的意大利文学研究专家和翻译家在四十多年的学者生涯中完成了大量开创性工作，在他的研究领域内取得了辉煌的成就。现在他的夫人蔡蓉同志、女儿吕晶依照他的遗愿，经过十年辛勤的劳作，付出艰巨的努力，完成了这部十卷本《吕同六全集》的收集整理和编辑工作，即将出版与广大读者见面，这是我国意大利文学研究者和爱好者的福音，也是学术界和出版界可喜可贺的一件大事。

同六和我相识很早，是交往数十年之久的老友。1962年他刚留学苏联归来，到中国科学院文学研究所西方组工作，当时我在哲学所从事西方哲学研究，与邻近的文学所的专家学者时有往来，常向他们请教。同六给我的第一印象是勤奋努力，风度翩翩，英姿焕发，才华横溢，在那时留苏回国的一批青年学者中也是表现相当突出的。后来经过"文革"的风风雨雨，我们又一起去河南息县干校劳动，直到"文革"结束我国进入改革开放新时期，同六的才干得以充分展现，他在学术研究和组织管理方面的正能量像火山般地喷发出来，我们之间的工作联系也更频繁。我对他又有进一步的了解和认识，他不仅是一位知识渊博、见解深刻的学者，又富有创新精神和很强的组织能力。在他担任中国社会科学院外国文学研究所领导工作期间，无论在学术研究、刊物出版和对外学术文化交流方面都卓有建树，取得积极进展。但正当人们对他有更高期待的时候，他却不幸身患癌症，盛年早逝，令人痛惜。他的逝世对我国的外国文学研究、特别是意大利文学的研究来说，无疑是一个重大损失。现在《吕同六全集》出版了，这是他勤勉笔耕数十载所获得的丰硕成果，也是他全心全意投入文学事业和文学活动的一个真实的记录。广大读者可以从中看到，同六究竟为他所热爱的事业做出了多大的奉献。

依我的浅见，同六最大的贡献在于他对意大利文学的全面、系统和深入的研究。意大利是著名的文明古国，也是欧洲重要的文学大国，但在过去我国学术界精通意大利语的学者寥寥无几，他们对意大利文学的研究则集中于个别重要的作家和作品，就意大利文学整体而言仍然是有待开垦的处女地。同六抱着“荜路蓝缕，以启山林”的精神，勇于开拓，在这片沃土上努力耕耘。他所研究的范围非常宽广，从古代中世纪、文艺复兴直到近现代各个时期的180余名意大利文学的杰出人物，都是他曾研究探讨的对象，其中有但丁、薄伽丘、彼特拉克等经典名家，也有后来活跃于意大利文坛具有影响力的作家，如邓南遮、蒙塔莱、夸西莫多、皮兰德娄、莱奥帕尔迪、卡尔维诺、莫拉维亚、夏侠、达里奥·福、曼佐尼等等。他的研究视野开阔，包括各种类型的作品，小说、诗歌、戏剧、文学理论和批评均在其列。现在收入这套全集的同六的两部论著《地中海的灵魂——意大利文学透视》和《多元化多声部——意大利二十世纪文学扫描》，是我国学者第一次全面而深刻地论述意大利文学，对它的过去、现状和发展趋势作了独到而精辟的剖析，至今代表着我国在这一领域内研究的最高水平。同六不愧为我国意大利文学研究的开拓者和奠基者。他的研究成果得到学术界的高度评价。

同六的另一个重大贡献是翻译和介绍了大量优秀的意大利文学作品，其中有布鲁诺和葛兰西这些重要思想家的理论著作，有曼佐尼、黛莱达、莫拉维亚、斯戈隆、卡尔维诺等著名作家的长篇小说和中短篇小说，有抒情诗人莱奥帕尔迪和夸西莫多、蒙塔莱的优美的诗篇，还有哥尔多尼、皮兰德娄和达里奥·福等剧作家各种体裁和风格的剧本。同六的译作堪称翻译精品，它们绝不是“依样画葫芦”式的简单的文字转换，而是严格遵守信、达、雅原则的文学再创作。他的翻译的特点是与研究紧密结合，翻译一部文学作品时，首先对作家和作品所属的时代的社会历史文化背景乃至风尚习俗有真切的了解和把握；其次对作家本人的思想观点、生活经历、艺术特色和语言风格有深入的研究和理解。因此，他的译作不同于一般的文学翻译，能够把作品原汁原味地提供给读者，并使读者在阅读中得到高度的审美享受。他非常赞同葛兰西的意见，把翻译看作两种不同文明之间的交流，认为翻译家应通晓两种文明，善于借助一种文明的特定历史条件下的语言，把这种文明介绍给另一种文明。同六身体力行，是充分做到这一点的。

除了意大利文学的研究和翻译方面的巨大成就外，同六的又一重要贡献是成功地组织和举办许多次学术研讨会，积极开展对外文化交流活动。在他的倡导和努力推动下创建了中国意大利文学学会，把国内从事意大利文学研究和翻译的力量发动和组织起来，承担学术研究和翻译任务，进行学术活动，并加强与意大利学术界的联系和合作，建立中意文化学术交流的重要平台。他继著名学者陈翰笙之后担任中国国际文化书院院长，在弘扬中华文明、促进中意两国文化交流方面做了大量工作，如举办关于马可·波罗和卫匡国的国际学术研讨会、在意大利举办中国古代文物展等等。正因为同六对开展中意学术文化交流、增进两国人民友谊所作的卓越贡献，他理所当然地受到人们的赞颂，被誉为“文化使者”，并曾先后荣获意大利总统颁发的骑士勋章、爵士勋章、科学与文化金质奖章以及追授的“意大利仁惠之星一级勋章”这一最高奖，这在我国学者中是独一无二的。此次将他在历次文化交流活动中的主要演讲、发言和谈话收入“全集”，我们得以领略到他作为一位优秀的国际文化活动家的风采。

读同六的文章，缅怀故友。我觉得，他无论是做人或是做学问，都可作为我们学习的榜样。记得他最推崇但丁的名言：“人不能像走兽一般活着，应当追求美德与知识。”他作为学者始终把这奉为毕生的追求，并充分体现在自己的文学实践中。现在出版的这套系列《吕同六全集》便是最好的证明。

* 汝信，1931年生，江苏吴江人。1949年毕业于上海圣约翰大学，1956年考入哲学研究所，研究生毕业后留所工作，1978年晋升研究员，任哲学所副所长，1982—1998年任中国社会科学院副院长，兼哲学所所长，国务院学位委员会副主任。现任中国社会科学院学部委员，中国社会科学院世界文明比较研究中心主任。曾在国内外学术机构担任的主要职务有：中华全国美学学会会长、中国政治学会会长以及国际哲学与人文科学理事会副主席、东德科学院外籍院士、韩国启明大学名誉哲学博士等。主要著作有《黑格尔范畴论批判》（与姜丕之合著）、《西方美学史论丛》、《西方美学史论丛续编》、《西方的哲学和美学》、《美的找寻》、《汝信自选集》、《看哪，克尔凯郭尔这个人》；另有译著多种：主编《西方著名哲学家评传》（10卷）、《西方美学史》、《简明西方美学史读本》、《世界文明大系》(12卷)、《世界文明通论》（10卷）、《世界文明图库》（12卷）和《当代韩国》（季刊）等。

隔世相望的倾谈

——序《吕同六全集》

吉狄马加*

期待已久的《吕同六全集》就要出版了，这无疑是一件令人兴奋而高兴的事。不知何种原因，在这样一个时候，我突然想到了意大利著名诗人埃乌杰尼奥·蒙塔莱的一段话："我爱我出生的这个时代，因为我宁可在潮流之中生活，而不愿在没有时间概念的时代的沼泽里生活……在今天，人们已经睁开了眼，从前从未如此大开其眼，即使在伯里克利时代也不曾如此。但是，他们睁开眼还什么也没有看到，也许还得等很长时间，对我、对所有你们这些活着的人来说，时间是短暂的"。此时，让人不得不去联想的是，蒙塔莱这段充满哲理和思辨色彩的话，就出自吕同六先生的译笔，而这段隐含着某种宿命意味的话，似乎又是对其人生和生命历程的一种真实写照。在我看来，吕同六先生就生活在这样一个如此相似的时代，那个时代可以说囊括了二十世纪后半叶，人类所能遭遇的诸多重大事件。这其中包含了巨大的社会变革、政治的极度动荡、精神面临的困境、急待解放的人性以及对思想自由的渴望。就此而言，我认为吕同六先生作为那个时代的一分子，他从未选择过逃避现实的方式，而始终生活和跋涉在他所处的那个时代的潮流之中。尽管他也有过短暂消极的时候，可是他对自己既定的目标以及对美好明天的向往，却从未丧失过坚定的信心和应有的梦想。由此，我们可以肯定，吕同六先生是他所生活的那个时代所能产生的最为杰出的人之一。在今天的中国文化界，早已无可争议把吕同六先生视为意大利文学、文化在中国的重要传播者和领军人物，是他开拓了我国新时期意大利文学翻译介绍的新局面。四十多年来，他大量的著译和各类学术成果，毋庸置疑已经成为当代中国意大利文学翻译和研究史上的一座里程碑。正如蒙塔莱所言，生命的时间或许是短暂的，但人类精神所创造的奇迹却将不朽。吕同六先生就是一个最好的例证。

吕同六先生是这样一种人，在他活着并健在的时候，其学术和翻译成就，以及他在整个中国当代意大利文化研究领域的崇高地位，就已被牢牢确定。他在这个领域的学术影响，还在他的青壮年时期，就已经超出了国界，他所享有的国际声誉也是名副其实的。他曾先后在意大利《但丁学刊》、《薄伽丘研究》、《马尔凯大区与东方》等权威学术刊物上发表意语论文，其学术成就受到了国内外学术界的高度评价和赞扬。由于他在中意文化交流方面做出的卓越贡献，曾先后四次荣获意大利总统授予的各类勋章和奖励，并获得过蒙德罗国际文学奖、皮兰德娄奖、利尼亚诺奖等多项殊荣。可以说，在中国当代外国文学界，像他这样能获得如此众多的国际声誉和表彰的学者，不能说是凤毛麟角，但也是为数甚少的几个人之一。其实时间已经告诉了我们，从今天再往回看，吕同六先生在当代中国外国文学研究领域，都是一个巨大的存在，而这个存在，就如同一座巍峨的高山，其支撑的力量就完全来自于他四十余年的全部成果。

同样，吕同六先生还是这样一种人，在他离世后，我们会很快发现，他身后留下的空位以及所形成的学术空白，很难再找到一个恰当的人来替代。对这样一个人的要求，不仅仅在学术上有很高的水平，在意大利语言文字方面有着精湛的造诣，同时这个人还应该具备高超的组织能力，以及对其事业的无私奉献精神。我曾对多个外国文学界的朋友感叹，像吕同六先生这样儒雅、内敛、富有修养、风度翩翩的君子，我们已经很难再见到了。特别是这样的文人君子，又兼有非凡的行政组织才能和外事交往能力，就更为少见了，这样的人都是人世间的稀有之才。人的一生，很多时候都是在给命运开玩笑。作为一个具备多方面杰出才能的人，如果机遇给吕同六先生安排更为重要的工作岗位和平台，我相信他所发挥的作用，将是不可估量的，当然这只是我想说的一句后话。

我和吕同六先生成为忘年交，最早还是从阅读他翻译的意大利“隐逸派”（又称隐秘派）诗人的作品开始的，这里面有隐秘派大师蒙塔莱、翁加雷蒂、夸西莫多、萨巴等人的经典作品，最让我惊奇并欣赏的是，他的翻译能出神入化地把意大利文转变成中国语言文字中最为精妙的那个部分，特别是能把意大利诗人所运用的象征笔法，在文字的对应过程中，使其艺术特色能尽可能地得到保留，并在中文中不留下任何痕迹。他还能十分娴熟地巧用隐喻和象征。作为诗人，我们对语言和文字都有着天生的敏感，或许正因为吕同六先生对这些重量级意大利诗人的作品译介，可能不止我一个人，从上世纪80年代初，就开始狂热地喜爱并阅读意大利现当代诗人的作品。不难发现，当代中国许多重要诗人的作品，都曾受到意大利诗人，特别是“隐逸派”诗歌巨匠们的深刻影响。在这方面，为推动中国诗歌和意大利诗歌的繁荣交流，吕同六先生同样做出了不可磨灭的贡献。当代的中国诗人不会忘记他。

作为吕同六先生的朋友，在精神和思想上，我一直把他当成自己学习的榜样和楷模。在这里绝无溢美之意，因为在他身上，具备了许多中国知识分子优秀的品质，比如发自内心的谦逊、待人的真诚、求同存异的胸怀、道德操守的秉持、对弱者的同情以及对公平正义原则始终如一的坚守。吕同六先生是2005年10月28日与我们永别的，从逝世到今天，算起来已经有八年多了。但我总有这样一种感觉，他似乎从未离开过我们，在我的眼前，还是时常浮现出他那特有的略有些羞涩感的微笑，有时好像还能听到他在某一个地方，正发表演讲的声音，他的普通话中，带有他家乡江苏丹阳浓重的口音。在我已经仙逝的朋友中，吕同六先生是我经常想念的朋友之一。现在虽然我们隔世相望，但我认为他的在天之灵，一定会感知到人间的温暖友情，当然还有他的无数亲朋好友对他的深切怀念！

《吕同六全集》即将付梓出版，遵嘱匆匆写出以上文字，权且就作为一篇不成熟的序言吧。最后，让我们共同再一次祝贺此书的出版问世。

2015年

* 吉狄马加，彝族，著名诗人、作家、书法家。1961年生于四川大凉山。1982年毕业于西南民族大学中文系。现任中国作家协会副主席、书记处书记，兼任中国少数民族作家学会会长，中国诗歌学会顾问。是中国当代著名的少数民族代表性诗人，同时也是一位具有广泛影响的国际性诗人，已在中国出版诗文集近二十种，其作品还被翻译成多种文字在近三十个国家或地区出版发行。多次荣获中国国家文学奖和国际文学组织机构的奖励，其中诗集《初恋的歌》获中国第三届新诗(诗集)奖；组诗《自画像及其他》获第二届全国少数民族文学诗歌奖最高奖；组诗《吉狄马加诗十二首》获中国四川省文学奖；诗集《一个彝人的梦想》获中国第四届民族文学诗歌奖；1994年获庄重文文学奖；2006年5月22日被俄罗斯作家协会授予肖洛霍夫文学纪念奖章和证书；2006年10月9日，保加利亚作家协会为表彰他在诗歌领域的杰出贡献，特别颁发证书；2012年5月获第20届柔刚诗歌（成就）荣誉奖；2014年10月获南非姆基瓦人道主义大奖。2007年创办青海湖国际诗歌节，担任该国际诗歌节组委会主席和“金藏羚羊”国际诗歌奖评委会主席。曾多次率中国作家代表团和中国青年代表团参加国际活动。

序

意大利驻华大使白达宁

我能为中国意大利语界一位杰出的翻译名家——吕同六教授的整套全集作序，感到高兴和荣幸。《吕同六全集》已经是，并将继续是有关领域的专家和中国了解、研究意大利文学的一套具有重要文献作用的系列大全。

吕同六教授是最早意大利语言、文学专业毕业的一位中国人，也是最先撰写意大利文学研究论文的一位中国人。1956年，他被派往苏联列宁格勒大学学习化学，一年后，他如愿以偿，得以转入意大利语言文学系学习。从那时起，他就迷恋上了众多的意大利作家，第一位就是莫拉维亚。他利用假期，翻译了莫拉维亚的《橱窗里的幸福》。这是他1962年发表在中国《世界文学》上、一炮打响的处女作，遂使他此后在中国社会科学院颇有声望的外国文学研究所成长为一名外国文学专家。

那时，中国读者对意大利文学的了解并不广泛，只知道《神曲》、《十日谈》和为数很少的其他一些古典作品。绝大多数中国人对意大利当代文学一无所知。由于受到语言以及不甚准确间接翻译的隔阂，的确那时意大利文学对中国当代社会的影响并不明显。只是从上世纪80年代末起，作家们和文艺评论界才开始对意大利当代文学史进行系统的研究。

从上世纪80年代后，吕同六教授从事着独一无二的译介工作，向中国公众介绍邓南遮、皮兰德娄、卡尔维诺、莫拉维亚等作家的作品，他通过众多的访谈、会晤，以及面向学界公众的翻译作品文学研讨会，一直行进在研究和传播意大利文学、文化的前进道路上。

鉴于此，我们必须对他在中国介绍、传播众多意大利作家的卓越贡献致意。我代表我的国家，谨以这些文字，向具有高尚情操、博学多才、对意大利友好的杰出吕同六教授致以无尽的感谢。

意大利驻中华人民共和国大使

白达宁（ALBERTO BRADANINI）

（亲笔签名）

（意大利原文）

PREFAZIONE

Sono felice e onorato di poter scrivere la prefazione alla pubblicazione dell'opera completa del Professor Lü Tongliu, uno dei piu' grandi traduttori esperti di lingua italiana. La sua opera è stata e continuerà ad essere – non solo per gli esperti di settore – un corpus di testi di riferimento fondamentale per la conoscenza e lo studio della letteratura italiana in Cina.
Il Professor Lü Tongliu, uno dei primi cinesi a laurearsi in lingua italiana, è stato anche il primo a scrivere una tesi sulla letteratura italiana. Era l'anno 1956.
Inviato a Leningrado a studiare chimica presso l'Università russa, dopo un anno riesce a farsi trasferire alla Facolta' di Lingua e Letteratura italiana, realizzando cosi' la sua aspirazione. E' di quel periodo il suo innamoramento per gli scrittori italiani, in primis Moravia, del quale traduce, durante un periodo di vacanza, "Felicita' in vetrina". Questa sua prima traduzione, pubblicata nel 1963 dalla rivista cinese Letteratura Mondiale, ottiene un grande successo e vale al traduttore l'assunzione presso il prestigioso Istituto di Ricerca sulla Letteratura Straniera dell'Accademia Cinese delle Scienze Sociali di Pechino, quale esperto di Letteratura Straniera.
La conoscenza della letteratura italiana da parte dei lettori cinesi non era all'epoca molto vasta. Solo la "Divina Commedia", il "Decamerone" e poche altre opere classiche potevano considerarsi note, mentre la letteratura moderna costituiva per la maggior parte dei cinesi un soggetto del tutto sconosciuto. E' vero del resto che l'influenza della letteratura italiana sulla società cinese contemporanea non e' stata rilevante, ostacolata com'era da barriere linguistiche e da traduzioni indirette, a volte imprecise. Quanto alla storia della letteratura italiana moderna, gli autori e la critica letteraria hanno iniziato un sistematico lavoro di ricerca solo verso la fine degli anni '80 del secolo scorso.
Dagli anni '80 in poi, Lü Tongliu ha avviato un lavoro di traduzione senza pari, che ha diffuso presso il pubblico cinese le opere di D'Annunzio, Pirandello, Calvino, Moravia, Eco. Parallelamente al lavoro traduttivo, il Prof. Lü ha proseguito il percorso di studio e divulgazione della letteratura italiana, tramite incontri, convegni e seminari letterari sulle opere da lui tradotte e rivolti ad un pubblico specializzato.
Dobbiamo al suo straordinario operato, quindi, l'attuale diffusione e conoscenza degli scrittori italiani in Cina. A nome del mio Paese, esprimo dunque con queste parole estrema gratitudine per la generosità, l'intelletto e l'amicizia per l'Italia proprie dell'eccelso Prof. Lü Tongliu.

Alberto Bradanini
Ambasciatore d'Italia nella RPC

编者序

吕同六遗孀蔡蓉　女儿吕晶

《吕同六全集》凝聚了吕同六先生1962年留学归国后，在研究、评论、译介意大利中世纪文学、古典文学、现当代文学，以及推动中意、中外文化交流事业四十余年的主要成果，亦是先生献给祖国、传承后人的毕生心血之作，共十卷，约600多万字左右。

遵照遗嘱，《吕同六全集》总目的排列以吕同六先生撰写的研究文论、评论、散文、序跋、文化交流（演讲、访谈、研讨会）、自撰档案为先，译著（诗歌，经典文论，戏剧，喜剧，长、中、短篇小说）在后为序，总目如下：

第一卷 · 文论、评论

第二卷 · 散文、序跋

第三卷 · 文化交流

第四卷 · 自撰档案

第五卷 · 意大利诗歌、经典文论

第六卷 · 意大利戏剧

第七卷 · 意大利哥尔多尼喜剧

第八卷 · 意大利长篇小说（一）

第九卷 · 意大利长篇小说（二）

第十卷 · 意大利中、短篇小说

严格遵循"尊重作者、尊重历史"的原则，对作者的著述和译著，一如其旧，以存真实。

鉴于作者撰写的文论、散文、评论、意大利语论文等分散在国内外各种报纸、杂志和书中，年代已久，编者纵然耗费数年时光寻觅搜索，也难以避免遗漏、差误之憾。因此，全集不可能绝对全，敬请读者谅解，并不吝指正。

吕同六先生的两位老友——中国社会科学院前副院长、学部委员、研究员，我国德高望重的著名哲学、美学专家汝信教授，以及享誉海内外的我国当代著名诗人，现任中国作家协会副主席、书记处书记、兼任中国少数民族作家学会会长、中国诗歌学会顾问吉狄马加先生始终给予真诚关怀、支持与协助，提出建议，热忱指点，并在百忙之中拨冗分别撰写了序言，使全集得以付梓出版。

特别感谢意大利时任驻华大使白达宁（S.E.AM.Alberto Bradanini）对《吕同六全集》的热情支持，感谢他代表意大利为全集撰写的序言。

“十年磨一剑”，全集的搜索征集、翻译核正、整理校对、撰写说明、自筹资金与付梓出版过程曲折漫长、艰辛不易。编者衷心感谢中国社会科学院、中国国际文化书院的老专家、学者们的真诚鼓励，对热情关注、期盼早日见到全集的中意学界同仁和读者致歉，对赋予此项工程以大力支持和协助的世界知识出版社罗养毅副总编、汪琴副社长、大连艺术学院王贤俊董事长，以及各界学者、同仁和友人钱英、李燕朝、阮振铭、龚玲琳、余岚、张迎辉、赵玥、戴军、于雪风、盛禹卿、裴善明、裴慧敏、杨文、林敏、张磊、文铮等诸君深表谢忱并致敬意。

安息吧，同六！亲爱的爸爸！我们遵你“绵延后学、惠泽后人”的遗嘱重托，历经十年日夜兼程的不懈努力，凝聚你毕生研究、评论、译介意大利文学，以及中意、中外文化交流主要成果的《吕同六全集》终于出版问世，相信你在天之灵定也感知到人间弥足珍贵的友情和至爱亲情的温馨。

1955年，你17岁高中毕业后通过了全国统考，被选拔到北京留苏预备部（现北京外国语大学）培训一年；1956年，18岁的你作为新中国首批公派到苏联列宁格勒大学的留学生，寒窗苦读了六年；“文革”后，你又作为中国访问学者，被公派到意大利，先后在卡拉布利亚大学、罗马大学文学系进修了两年。我们深知，你对养育、培养你成才的祖国感恩不尽，我们把你精心收藏半个世纪、心爱的专业外文书，知识、文学、诗歌、艺术等类书籍分别捐赠给了北京外国语大学欧洲语言文化学院、你协助创立意大利语专业的大连艺术学院、南京师范大学外国语学院，以及我国地震灾区新建院校等，我们以报答祖国、回报社会正能量的承志之举来完成你的遗愿，你可以瞑目安息了！正如你翻译的诺贝尔文学奖得主蒙塔莱的一首名诗中所说：

……
诉说我们的心声
惟有火红的文字
……
我们不是什么，
我们不要什么。*
……

2015年5月

* 选自意大利著名诗人，1975年荣获诺贝尔文学奖的蒙塔莱（Eugenio Montale, 1896—1981）诗篇《请你莫要问我们》，吕同六译。

目　录

文　论

编者说明……3

意大利古典文学

意大利中世纪文学——联结古希腊罗马文学和文艺复兴的桥梁……4
《马可·波罗游记》的笔录者鲁思蒂谦诺……35
但　丁……38
理解新时代巨人的思想与创作的钥匙——论但丁的政治观……43
描绘文艺复兴晚期风貌情态的杰作——班戴洛《罗密欧与朱丽叶》……60
意大利古典文学的一座里程碑——曼佐尼《约婚夫妇》……68
咏叹痛苦的抒情诗人——莱奥帕尔迪……77
一部闪烁史诗光彩的历史小说——《斯巴达克思》……79
勾画人的心灵的佳作——德·亚米契斯《卡尔美拉》……90
小中见出宏阔，小中见出悠远……94

意大利二十世纪文学

一个奇特的历史文化现象——意大利未来主义……100
怪诞不经，惊世骇俗——皮兰德娄和他的怪诞剧……128
意大利民族文化的珍贵遗产——葛兰西文艺思想研究……143

意大利当代文学的新生面——新现实主义……157
心灵与时代悲剧的闪照——隐秘派诗人夸西莫多抒情诗探幽……170
化微为宏，力突笔外——莫拉维亚当代短篇小说特色解析……184
历史·童话·现实——卡尔维诺小说剖示……197
意大利二十世纪诗歌：传统与革新……210
咏叹生活之恶　追寻金色阳光——隐秘派大师蒙塔莱诗论……224
“隐逸派”译名之我见……238
返璞归真，推陈出新——意大利当代方言诗歌概论……241
悲壮辉煌的乐章，多姿多彩的画卷——纵论意大利反法西斯文学……249
多元化、多声部的文学格局——意大利当代短篇小说发展态势……259
一曲贵族之家的挽歌——评黛莱达的代表作《风中芦苇》……269
凄丽沉婉，含蕴深深——谈黛莱达抒情心理小说的艺术风格……275
皮兰德娄戏剧的魅力……284
卡尔维诺小说的神奇世界……287
探究光怪陆离的西西里——评夏侠黑手党题材小说……292
针砭时弊，揭露黑幕——关于夏侠……302
人是目的——关于莫拉维亚……309
奇特而朴实的“第二现实世界”——关于马莱尔巴《一个梦者的日记》……313
斯特莱赫勒和“人的戏剧”……318
渗透·交融·创新——意大利电影与文学的关系……325
一枚银币的两面——文学翻译与文学研究……334
意大利新现实主义电影（上）……339
意大利新现实主义电影（下）……343
意大利文坛管窥……347
1976年意大利二部有影响的小说……349
意大利文学界关于《爱的教育》的争论……353
意大利作家莫拉维亚近十五年的创作……357
薄伽丘和人间诗歌……368

意大利隐逸派诗歌......371
谈莫拉维亚近二十年来的短篇小说......382
卡尔维诺独特的小说世界......389
直面现实的艺术家——记1997年诺贝尔文学奖得主达里奥·福......392
剧坛奇才达里奥·福......396
人民的游吟诗人
——1997年诺贝尔文学奖获得者、意大利戏剧家达里奥·福......398
乡村文明的歌手——意大利作家卡尔洛·斯戈隆......401

评　论

编者说明......411

评介意大利名作家

阿尔菲耶里·维多里奥（Vittorio Alfieri，1749—1803）......412
阿里奥斯托·卢道维柯（Ludovico Ariosto，1474—1533）......413
彼特拉克·弗朗齐斯科（Francesco Petrarca，1304—1374）......415
薄伽丘·乔万尼（Giovanni Boccaccio，1313—1375）......417
布扎蒂·迪诺（Dino Buzzati，1906—1972）......420
黛莱达·格拉齐娅（Grazia Deledda，1871—1936）......421
德·亚米契斯·埃德蒙多（Edmondo de Amicis，1846—1908）......422
邓南遮·加百列（Gabriele D' Annunzio，1863—1938）......423
哥尔多尼·卡尔洛（Carlo Goldoni，1707—1793）......424
葛兰西·安东尼奥（Antonio Gramsci，1891—1937）......427
卡尔杜齐·乔祖埃（Giosuè Carducci，1835—1907）......428
康帕内拉·托马索（Tommaso Campanella，1568—1639）......430
克罗齐·贝内德托（Benedetto Croce，1866—1952）......431
夸西莫多·萨瓦多尔（Salvatore Quasimodo，1901—1968）......433

马基雅维利·尼科罗（Nicolo Machiavelli，1469—1527）......435
马莱尔巴·路易吉（Luigi Malerba，1927— ）......436
梅塔斯塔齐奥·彼特罗（Pietro Metastasio，原名彼特罗·特拉帕西 Pietro Trapassi，1698—1782）......437
蒙塔莱·埃乌杰尼奥（Eugenio Monta1e，1896—1981）......438
莫拉维亚·阿尔贝托（Alberto Moravia，1907— ）......441
普拉托利尼·瓦斯科（Vasco Pratolini，1913— ）......444
乔万尼奥里·拉法埃洛（Raffaello Giovagnoli，1838—1915）......445
萨凯蒂·弗朗科（Franco Sacchetti，1330—1400）......446
塔索·托尔夸多（Torquato Tasso，1544—1595）......447
托马西·迪·兰佩杜萨，朱塞佩（Giuseppe Tomasi Di Lampedusa，1896—1957）......449
维多里尼·埃里奥（Elio Vittorini，1908—1966）......450
维尔加·乔万尼（Giovanni Verga，1840—1922）......451
西龙尼·伊尼亚齐奥（Ignazio Silone，1900—1978）......453
夏侠·莱奥那多（Leonardo Sciascia，1921— ）......455
曼佐尼·亚历山德罗（Alessandro Manzoni，1785—1873）......456
依塔洛·卡尔维诺（Italo Calvino，1923— ）......459
贾科莫·莱奥帕尔迪（Giacomo Leopardi，1798—1837）......459
列奥纳多·达·芬奇（Leonardo Da Vinci，1452—1519）......460
乔万尼·皮柯·德拉·米兰多拉（Giovanni Pico Della Mirandola，1463—1494）...460
莱昂·巴蒂斯塔·阿尔贝蒂（Leon Battista Alberti，1404—1472）......461
戈齐·卡罗（Carlo Gozzi，1720—1806）......461
德·菲利波. E.（Eduardo De Filippo，1900—1984）......462
斯特雷勒·G.（Giorgio Strehler，1921— ）......462
达里奥·福（Dario Fo，1926— ）......463
杜丝·E.（Eleonora Duse, 1858—1924）......463
贝蒂·U.（Ugo Betti，1892—1953）......464
朱塞培·翁加雷蒂（Giuseppe ungaletti，1888—1970）......464

比亚乔·马林（Biagio Marin，1891—1986）......465
维多里奥·塞雷尼（Vittorio Sereni，1913—1983）......465
贾尼·罗大里（Gianni Rodari，1920—1980）......466
切撒尔·帕韦塞（Cesare Pavese，1908—1950）......466
翁贝尔托·萨巴（Umberto Saba，1883—1957）......466
马里奥·卢齐（Mario Luzi，1914— ）......467
卡米洛·斯巴尔巴罗（Camillo Sbarbaro，1888—1967）......467
乔万尼·杰尔比诺（Giovanni Gerbino，生卒年不详）......468
阿尔登哥·索菲奇（Ardengo Soffici, 1879—1964）......468
乔万尼·帕皮尼（Giovanni Papini，1881—1956）......468
阿尔多·帕拉采斯基（Aldo Palazzeschi，1885—1974）......469
科拉多·戈沃尼（Corrado Govoni，1884—1965）......469
保罗·布齐（Paolo Buzzi，1874—1956）......469
菲利波·托马佐·马里内蒂（Filippo Tommaso Marinetti，1876—1944）......470
弗朗科·福尔蒂尼（Franco Fortini，1917— ）......470
阿蒂利奥·贝尔托卢奇（Attilio Bertolucci，1911— ）......470
桑德罗·佩纳（Sandro Penna，1906—1977）......471
保罗·沃尔波尼（Paolo Volponi，1924— ）......471
伊尼亚齐奥·布蒂塔（lgnazio Buttita，1899— ）......471
阿尔比诺·皮埃洛（Albino Pierro，1916— ）......472
皮埃尔·保罗·帕佐利尼（Pier Paolo Pasolini, 1922—1975）......472
安德雷·藏佐托（Andrea Zanzotto，1924— ）......473
马里娅·路易莎·斯帕齐阿妮（Mazia Luisa Spziani，1924— ）......473
埃利奥·帕利亚拉尼（Elio Pagliarani，1927— ）......473
乔万尼·拉卜尼（Giovanni Raboni，1932— ）......474
乔尔乔·卡勃隆尼（Giorgio Caproni，1912—1991）......474
迪诺·坎帕纳（Dino Campana, 1885—1932）......474
马里诺·莫雷蒂（Marino Moretti，1885—1979）......475

范比奥·多勃里凯（Fabio Doplicher，1938— ）475
塞尔乔·科拉齐尼（Sergio Corazzini，1886—1907）475
圭多·戈札诺（Guido Gozzano，1883—1916）476
迪诺·布扎蒂（Dino Buzzati，1906—1972）476
马里奥·索尔达蒂（Mario Soldati，1906— ）477
维·布朗卡蒂（Vitaliano Brancati，1907—1954）477
切撒雷·帕维塞（Cesare Pavese，1908—1950）478
朱塞佩·德西（Giuseppe Dessi，1909—1977）479
埃尼奥·弗拉雅诺（Ennio Flajano, 1910—1972）479
朱塞佩·贝尔托（Giuseppe Berto, 1914—1978）480
埃尔莎·莫兰黛（Elsa Morante，1918—1985）481
焦尔焦·萨维亚内（Giorgio Saviane，1916— ）481
米凯莱·普利斯科（Michele Prisco，1920— ）482
多梅尼科·莱阿（Domenico Rea, 1921— ）482
尼诺·帕隆波（Nino Palumbo，1921— ）483
拉法埃莱·拉卡普里亚（Raffaele La Capria，1922— ）483
焦尔焦·曼加内利（Giorgio Manganelli，1922— ）484
高弗雷多·帕里塞（Goffredo Parise，1929—1986）485
卡斯泰拉涅塔（Carlo Castellaneta，1930— ）485
朱塞佩·彭蒂贾（Giuseppe Pontiggia，1934— ）486
达恰·马拉伊妮（Dacia Maraini，1936— ）486
安东尼奥·波尔塔（Antonio Porta，1935— ）487
马可·波罗（Marco Polo，1254—1324）487
马尔西利奥·费齐诺（Marsilio Ficino，1433—1499）487
乔尔乔·瓦萨里（Giorgio Vasali，1511—1574）488
库尔齐奥·马拉巴特（Curcio Malaparte，1898—1957）488
贾巴蒂斯塔·维柯（Giabatista Vico，1668—1774）488
乌哥·福斯科洛（Ugo Foscolo，1778—1830）489

马里奥·托比诺（Mario Tobino，1910—1991）......489
马里奥·里戈尼-斯泰恩（Mario Ligoni Sten，1921— ）......489
圭多·圭尼采列（Guido Guinizelli，1230—1276）......490
洛伦佐·德·美第奇（Lorenzo De Medici，1449—1492）......490
白尔谢（Giovanni Berchet，1783—1851）......490
贾·马泰奥蒂（Giacomo Matteotti，1885—1924）......491
卡·莱维（Carlo Levi，1902—1975）......491
安·拉斯卡（原名Antonio Francesco Glacini，1503—1584）......491
乔·科来索（Giovanni Comiso，1895—1969）......491
朱·贝尔托（Giuseppe Berto，1914—1978）......492
乔·塞尔坎比（Giovanni Serchanb，1347—1424）......492
安·达·巴尔贝亚诺（Andrea Da Barbeano，1370—1433）......492
贝·达·锡耶那（Benardino Da Siena，1380—1444）......492
马·萨莱尔尼塔诺（Masuccio Salernitano，1415—1474）......492
安·马内第（Antonio Manett，1423—1497）......492
乔·阿里恩蒂（Giovanni Alientti，1945—1510）......493
巴·卡斯蒂奥内（Badasar Casttione，1478—1529）......493
乔·斯特拉帕罗拉（Giovanni Francesco Stlapalola，1480—1557）......493
彼·阿雷蒂诺（Pietro Alettino，1492—1556）......493
贾·钦齐奥（Giabastita Gilardi Cinzio，1504—1573）......493
奥·兰多（Ordensio Lando，1512—1553）......494
安·弗·多尼（Anton Francisco Doni，1513—1574）......494
阿·博依托（Arrigo Boito，1842—1918）......494
安·玛·奥尔黛赛（Anna Maria Ordese，1914— ）......495
阿·德·雅科（Aldo De Jaco，1923— ）......495
马西莫·邦藤佩利（Massimo Bontempelli, 1878—1960）......495
乔万尼·帕皮尼（Giovanni Papini, 1881—1956）......496
路易吉·卡普安纳（Luigi Capuana, 1839—1915）......497

玛蒂尔德·塞拉奥（Matilde Serao，1856—1927）......498
佐塔罗·斯韦沃（Italo Svevo，1861—1928）......498
雷纳托·福奇尼（Renato Fucini）......499
埃多阿多·卡兰德拉（Edoardo Calandra，1852—1911）......500
安东尼奥·福加扎罗（Antonio Forgazzaro，1842—1911）......500
萨瓦多尔·迪·贾科莫（Salvatore Di Giacomo, 1860—1934）......501
埃米利奥·德·马尔基（Emilio De Marchi, 1851—1901）......502
杰罗拉莫·罗维塔（Gerolamo Rovetta，1851—1910）......502
米开朗琪罗·B.（Buonarroti Michelangelo，1475—1564）......503
蒙蒂·V.（Vincenzo Monti，1754—1828）......503
马佐尼·I.（lacopo Mazzoni，1548— 1598）......504
马里内蒂·F. T.（Filippo Tommaso Marinetti，1876—1944）......504
科洛迪·C.（Carlo Collodi，1826—1890）......505
康帕内拉·T.（Tommaso Campanella，1568—1639）......505
科隆纳·V.（Vittoria Colonna，1492—1547）......506
西比拉·阿莱拉莫（Sibilla Aleramo，1876—1960）......506
阿达·涅格丽（Ada Negri，1870—1945）......507
卡普安纳·L.（Luigi Capuana，1839—1915）......507
卡斯蒂利奥内·B.（Baldassarre Castiglione，1478—1529）......508
卡斯特尔韦特罗·L.（Ludovico Castelvetro，1505—1571）......508
基耶扎·F.（Francesco Chiesa，1871—1973）......508
瓜里尼·B.（Battista Guarini，1538—1612）......509
德拉·瓦莱·F.（Federico Della Valle，1560?—1628）......509
布鲁诺·G.（Giordano Bruno，1548—1600）......510
斯佩罗尼·S.（Sperone Speroni，1500—1588）......510
佩利科·S.（Silvio Pellico，1789—1854）......511
涅沃·I.（Ippolito Nievo，1831—1861）......511
朱·加里波第（Giuseppe Garibardi，1807—1882）......512

贝·克罗齐（Benedetto Croce，1866—1952）......512
卡·斯戈隆（Carlo Sgorlon，1930—2009）......512
卡·卡索拉（Carlo Cassola，1917—1989）......513
埃·萨尔加里（Emilio Sargari，1863—1911）......513
彼·庞波那齐（Pietro Banponaci，1462—1525）......514
利玛窦（Matteo Ricci，1552—1610）......514
卫匡国（Martino Martini，1614—1661）......514
鄂多立克（Odorico Da Poldenone，1286—1331）......515
伊·西龙尼（Iniazio Silonni，1900—1978）......515
普·莱维（Primo Levi，1919—1987）......516
恩·卡斯泰尔诺伏（Enrico Casternovo，1839—1915）......516
伊·菲奥内（Ilalio Fione，1925— ）......516
马·班戴洛（Matteo Bandello，1485—1561）......516
瓦·普拉托利尼（Vasco Platolini，1913—1991）......517
彼·基亚拉（Pietro Chiala，1913— ）......517
马·温杜里（Marcelo Wenduli，1925— ）......517
卢赞特（Ruzzante，原名安杰洛·贝奥尔科Cangelo Beolco，1496—1542）......518
达·德·朱迪切（Daniele Del Giudice，1949— ）......518
马·罗多利（Marco Lodoli，1956— ）......518
温·切拉米（Vincenzo Cerami，1940— ）......519
梯·斯卡尔帕（Tiziano Scarpa，1963— ）......519

评介意大利部分文学名著

被抛弃的狄多（Didone abbandonata）......520
短篇小说六十篇（Sessanta racconti）......522
分成两半的子爵（Il visconte dimezzato）......525
疯狂的罗兰（Orlando furioso）......528
风中芦苇（ Canne al vento）......531

歌　集（Il canzoniere）533
亨利第四（Enrico IV）535
解放了的耶路撒冷（La Gerusalemme liberata）537
六个寻找作者的剧中人（Sei Personaggi in cerca d' autore）540
曼陀罗花（La Mandragola）542
玫瑰小说（I romanzi della rosa）544
面包和酒（Vino e pane）546
神秘的旅馆（Todo modo）548
神　曲（La Divina Commedia）550
十日谈（Decameron）555
斯巴达克思（Il Spartaco）559
堂·杰苏阿多师傅（Mastro Don Gesualdo）563
一仆二主（Il Servitore di due padroni）566
狡猾的寡妇（La vedova scaltra）女店主（La Locahdiera）569
老顽固（I Rusteghi）571
约婚夫妇（I Promessi Sposi）574
杜兰朵公主（Turandot）577
高山巨人（I Giganti Della Montagna）579
西西里柠檬（Lumie Di Sicilia）581
寻找自我（Trovarsi）582
一个无政府主义者的意外死亡（Morte Accidentale Di un anarchico）583
给她穿上漂亮的衣服（Vestire gli ignudi）584

评介《马克思恩格斯选集》中的意大利文学典故

但　丁585
阿利奥斯多591

文　论

“人不能像走兽那样生活，而应当追求知识与美德。”重温但丁这句名诗，我们更加坚信文化作为巨大的物质力量和精神力量的价值。

——吕同六

中国社会科学院前副院长、学部委员、我国著名哲学、美学专家、研究员汝信教授（右一），意大利前驻华大使罗西（左一），吕同六（中）。

我国当代著名国际性诗人、中国作家协会副主席、中国诗歌学会顾问、中国少数民族作家学会会长吉狄马加（左二），意大利著名汉学家安娜（左三），吕同六教授（左一）。

大连艺术学院前校长、现董事长王贤俊（右二），意大利文化参赞萨巴蒂尼教授（左一），吕同六（右一）。

1996年，吕同六教授荣获中国首届陈香梅文学出版奖。

SOCIETA' DANTE ALIGHIERI

PER LA DIFFUSIONE DELLA LINGUA E DELLA CULTURA ITALIANA

DIPLOMA DI BENEMERENZA

rilasciato al Prof. Lu Tong Liu

Consigliere del Comitato di Pechino (Cina)

con deliberazione del 26 Settembre 1984

ROMA, da Palazzo Firenze 27 Settembre 1984

IL PRESIDENTE

Giovanni di Giura

1984年9月26日，荣获意大利但丁学院“荣誉证书”。

IL PRESIDENTE DELLA REPUBBLICA

CAPO DELL'ORDINE "AL MERITO DELLA REPVBBLICA ITALIANA"

In considerazione di particolari benemerenze;
Sentita la Giunta dell'Ordine al Merito della Repubblica Italiana;
Sulla proposta del Presidente del Consiglio dei Ministri;
con Decreto in data Roma, 27 dicembre 1989

HA CONFERITO

l'onorificenza di Ufficiale

al prof. Tongliu Lu

con facoltà di fregiarsi delle insegne stabilite per tale classe.
Il Cancelliere dell'Ordine Al Merito della Repubblica Italiana è incaricato dell'esecuzione del presente Decreto che sarà registrato alla Cancelleria dell'Ordine medesimo.

FIRMATO Cossiga CONTROFIRMATO Andreotti

Il Cancelliere dell'Ordine dichiara che in esecuzione delle Presidenziali disposizioni
il prof. Tongliu Lu
è stato iscritto nell'Elenco degli Ufficiali Est. al N° 275

IL CANCELLIERE DELL'ORDINE

IL DIRETTORE CAPO UFFICIO DELLA CANCELLERIA

1989年12月27日，荣获意大利总统科西加授予的“意大利共和国骑士勋章证书”和“骑士勋章”。

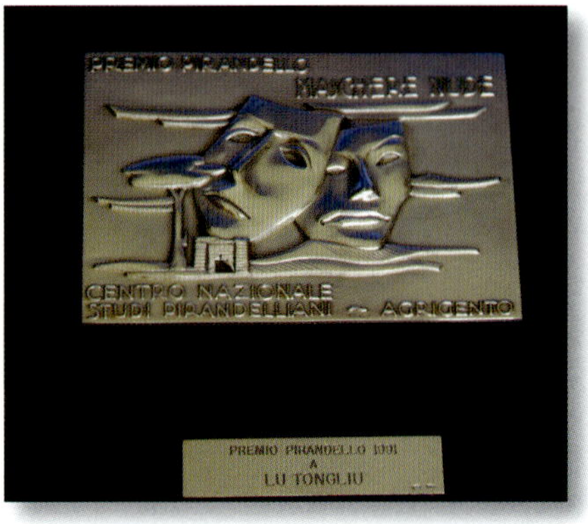

1991 年荣获“意大利皮兰德娄奖”

1999年10月16日，荣获“意大利第五届利尼亚诺奖”。评委会的授奖词指出，“吕同六教授是中华人民共和国最优秀的意大利文学研究专家，作为学者、翻译家和评论家，在传播和研究意大利古典、当代文学，以及弗留利文化方面，取得了卓越成就，在国际范围受到高度评价，意大利尤其要感谢他……”吕同六是荣获该奖的第一位东方学者。

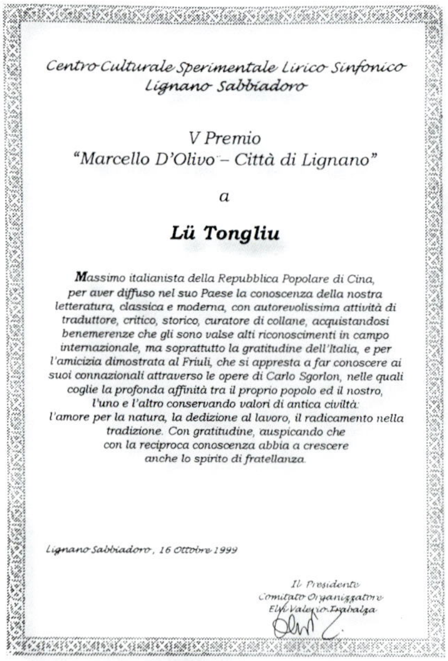

Centro Culturale Sperimentale Lirico Sinfonico
Lignano Sabbiadoro

V Premio
"Marcello D'Olivo – Città di Lignano"

a

Lü Tongliu

Massimo italianista della Repubblica Popolare di Cina,
per aver diffuso nel suo Paese la conoscenza della nostra
letteratura, classica e moderna, con autorevolissima attività di
traduttore, critico, storico, curatore di collane, acquistandosi
benemerenze che gli sono valse alti riconoscimenti in campo
internazionale, ma soprattutto la gratitudine dell'Italia, e per
l'amicizia dimostrata al Friuli, che si appresta a far conoscere ai
suoi connazionali attraverso le opere di Carlo Sgorlon, nelle quali
coglie la profonda affinità tra il proprio popolo ed il nostro,
l'uno e l'altro conservando valori di antica civiltà:
l'amore per la natura, la dedizione al lavoro, il radicamento nella
tradizione. Con gratitudine, auspicando che
con la reciproca conoscenza abbia a crescere
anche lo spirito di fratellanza.

Lignano Sabbiadoro, 16 Ottobre 1999

Il Presidente
Comitato Organizzatore
Elvi Valerio Isabalza

IL PRESIDENTE DELLA REPUBBLICA

CAPO DELL'ORDINE "AL MERITO DELLA REPUBBLICA ITALIANA"

Visto lo Statuto dell'Ordine Al Merito della Repubblica Italiana
ed avvalendosi della facoltà prevista dall'art. 2;
con Decreto in data Roma, 15 febbraio 2002

HA CONFERITO

L'ONORIFICENZA DI

Commendatore

al Prof. Tongliu Lu

con facoltà di fregiarsi delle insegne stabilite per tale classe.
Il Cancelliere dell'Ordine Al Merito della Repubblica Italiana è incaricato dell'esecuzione del presente Decreto che sarà registrato alla Cancelleria dell'Ordine medesimo.

FIRMATO Ciampi CONTROFIRMATO Berlusconi

Il Cancelliere dell'Ordine dichiara che in esecuzione delle Presidenziali disposizioni
il Prof. Tongliu Lu
è stato iscritto nell'Elenco dei Commendatori Est. al N.° 1215 Serie IV

IL CANCELLIERE DELL'ORDINE

IL DIRETTORE CAPO UFFICIO DELLA CANCELLERIA

2002年2月15日，荣获意大利钱皮总统授予的“意大利共和国爵士勋章证书”和“爵士勋章”。

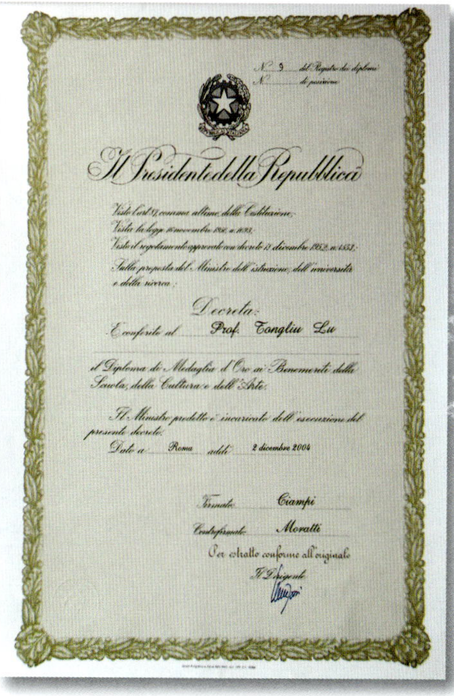
N. 3 del Registro dei diplomi
N. di posizione

Il Presidente della Repubblica

Sulla proposta del Ministro dell'istruzione, dell'università e della ricerca;

Decreta:

È conferito al Prof. Tongliu Lu

il Diploma di Medaglia d'Oro ai Benemeriti della Scuola, della Cultura e dell'Arte.

Il Ministro predetto è incaricato dell'esecuzione del presente decreto.

Dato a Roma addì 2 dicembre 2004

Firmato Ciampi

Controfirmato Moratti

Per estratto conforme all'originale

Il Dirigente

2004年12月2日，荣获意大利总统钱皮授予的“意大利科学与文化金质奖章”和“学校、文化、艺术功勋证书”。

RASSEGNA INTERNAZIONALE DI CULTURA CONTEMPORANEA DI PALERMO

PREMIO LETTERARIO INTERNAZIONALE MONDELLO

SEDICESIMA EDIZIONE

PREMIO SPECIALE DELLA GIURIA A

LÜ TONGLIU

PALERMO, 15 SETTEMBRE 1990

LA GIURIA DEL PREMIO

1990年9月15日，荣获意大利蒙德罗国际文学特别奖。

Mod. 6 (Serviz. Generale)

Il Ministro

per i Beni e le Attività Culturali

VISTO il D.M. 4 febbraio 1988 relativo, fra l'altro, al conferimento di premi ad operatori della traduzione;
VISTI i DD.MM. 4 gennaio 1990 e 16 ottobre 1991 con i quali sono stabiliti i criteri per il conferimento dei "Premi Nazionali per la Traduzione";
VISTO il D.M. 13 aprile 1994 di modifica dei DD.MM. 4 febbraio 1988 e 4 gennaio 1990;
VISTO il D.M. 4 marzo 1997 di modifica del D.M. 13 aprile 1994;
VISTO il D.M. 25 marzo 2002 di ricostituzione della Commissione per i "Premi Nazionali per la Traduzione";
VISTO il parere espresso dalla Commissione nella seduta plenaria del 10 novembre 2004, circa il conferimento dei premi riguardanti l'edizione 2004;

DECRETA

Il "Premio Nazionale per la Traduzione", destinato ad un traduttore in lingua straniera di una o più opere in italiano (o in dialetto), è conferito per l'edizione 2004 a **Lü Tongliu** con la seguente motivazione:

"Primo ed unico cinese insignito del titolo di "Commendatore della Repubblica Italiana", il prof. Lu Tongliu membro dell'Accademia delle Scienze Cinesi, ha contribuito più di ogni altro – nella millenaria storia della conoscenza reciproca fra l'Italia e la Cina - alla diffusione della letteratura italiana in Cina. In oltre cinquant'anni di attività, ha tradotto in cinese, in alcuni casi per la prima volta, fra gli altri opere, di Bandello, Buzzati, Calvino, Castellaneta, Comisso, Deledda, D'Annunzio, Fo, Gramsci, Leopardi, Manzoni, Moravia, Ortese, Palombo, Pirandello, Quasimodo, Sciascia, Tomasi Di Lampedusa, Verga.
Ha curato la più grande collana di letteratura italiana in lingua cinese, che in soli due anni ha pubblicato undici volumi dei seguenti autori: Dante, Boccaccio, Petrarca, Tasso, Goldoni, Nievo, Verga, Pirandello e D'Annunzio. Ha curato inoltre una collana delle opere di Calvino (12 volumi), una delle opere di Moravia (5 volumi) ed una collana di letteratura italiana del Novecento (10 volumi).
Lu Tongliu si è distinto in particolare nelle versioni in cinese di alcune raccolte di poesia italiana, cui è arriso gran successo editoriale.
Per qualità stilistica e per ricchezza di interessi, Lù Tongliu ha contribuito in modo straordinario alla promozione della tradizione letteraria italiana in Cina, nonché, mediatamente, alla conoscenza del nostro paese".

Roma, 9 DIC. 2004

IL SOTTOSEGRETARIO DI STATO
(On. Nicola BONO)

2004年12月9日，荣获意大利文化部授予的2004年度“意大利国家翻译奖”，颁奖证书阐述的原因是“吕同六教授是中国第一位，也是唯一的一位在四十多年学术生涯中，为意大利文学在中国传播作出了卓越贡献的人，他翻译了众多意大利作家的作品（长、中、短篇小说、戏剧、诗歌、文论……），主编了许多套最大规模的意文学中译本丛书，在诗歌翻译上取得了令人瞩目的成绩，他学术兴趣广泛，成果突出……”。

ORDINE DELLA STELLA DELLA SOLIDARIETA' ITALIANA

IN VIRTUTE VIRTUS

IL PRESIDENTE DELLA REPUBBLICA
PRESIDENTE DELL'ORDINE DELLA STELLA DELLA SOLIDARIETA' ITALIANA
VISTO L'ART. 87 DELLA COSTITUZIONE; VISTO L'ART. 6 DEL DECRETO LEGISLATIVO 9 MARZO 1948 N. 812;
SENTITO IL CONSIGLIO DELL'ORDINE
SU PROPOSTA DEL MINISTRO SEGRETARIO DI STATO PER GLI AFFARI ESTERI
HA CONFERITO L'ONORIFICENZA DI GRANDE UFFICIALE (I CLASSE)
CON FACOLTA' DI FREGIARSI DELLE INSEGNE DELL'ORDINE
A
Prof. TONGLIU LU

DATO IN ROMA, LI 30 MAGGIO 2005

IL PRESIDENTE DELLA REPUBBLICA

IL MINISTRO PER GLI AFFARI ESTERI

2005年5月30日，荣获意大利钱皮总统授予的意大利最高奖项“意大利仁惠之星一级勋章和证书”。

意大利共和国总统钱皮（CARLO AZEGLIO CIAMPI）以个人名义赠送给吕同六的礼品——水晶镇纸。在印有意大利总统府字样的白色小信封中装有一张钱皮总统的个人名片，信封上亲笔写着“中国意大利学界泰斗吕同六先生”（SIGNOR LÜ TONGLIU DECANO ITALIANISTI）。

吕同六、蔡蓉夫妇（1967年）

1996年毕业于罗马大学文学院的女儿吕晶

编者说明

本卷收辑吕同六先生撰写的研究意大利古典、中世纪文学和现代、当代文学的主要文论作品。正如吕先生曾说："由于种种缘故，在我国，意大利文学研究起步晚、底子薄，空白很多，而评论与研究更是相当严重地滞后于翻译，这就难免使我国读书界、学术界对意大利文学状况，不甚了然甚至若明若暗。"面对这一十分令人遗憾的现实，吕同六先生在研究工作中确定了填补空白，重点深入开拓新课题的原则，选择意大利文学发展史上的两个高峰，即文艺复兴时期文学和20世纪文学作为主攻方向。他多次赴意大利考察、访学，都遵循这一原则，去搜集资料，采访作家，会晤学者，力求取材翔实可靠、立论实事求是。围绕文艺复兴时期文学，作者着重研究了但丁和当时异常繁荣的诗歌、短篇小说创作。对于纷繁复杂的20世纪文学，他则选取一些既产生过世界影响，又具有鲜明的意大利民族特色，且难度较大的文学现象，作为重点研究课题，如未来主义、皮兰德娄怪诞剧、隐秘派诗歌、葛兰西文艺思想、莫拉维亚短篇创作、卡尔维诺小说理论与实践等。本卷文论集收辑作者的论文，绝大多数都是第一次在国内展开研究，并进行多侧面、多视角、多层次的探讨，它们填补了我国意大利文学研究的一些重要空白，具有推动和开拓这门薄弱学科的价值，向国人提供了一把打开意大利繁荣而陌生的文学时代大门的钥匙。北京大学著名教授田德望先生曾为吕同六先生的研究论文集撰写序言，指出"论文内容广泛，既有对意大利古今文学大家的论述，又有对现代文艺理论、思潮和流派的探讨，分析问题精辟透彻，不乏独到见解，足以说明著者对意大利文学研究的广度和深度。"

意大利古典文学

意大利中世纪文学
——联结古希腊罗马文学和文艺复兴的桥梁

近代意大利文学的开端，可以追溯到中世纪。

由于种种原因，对于意大利中世纪文学的介绍和研究，几乎是一片空白。在阐述文艺复兴的巨大进步意义的时候，又往往对中世纪文学予以不恰当的贬斥，甚至一笔抹杀。在欧洲文学漫长的历史发展过程中，中世纪文学，是联结古希腊、罗马文学和文艺复兴这两座高峰的桥梁。对于中世纪文学，文艺复兴既有批判和否定，又有承袭和借鉴。两者都不容忽视。文艺复兴的伟大先驱但丁，就是“中世纪的最后一位诗人，同时又是新时代的最初一位诗人。”①研究中世纪文学，将为深入研究但丁、彼特拉克和薄伽丘等文艺复兴大师的创作，和整个文艺复兴所蕴含的极其丰富、复杂的思想内容、艺术价值提供重要的条件，也是研究意大利文学的渊源和历史发展的需要。

一、概述

1. 中世纪意大利社会的历史发展

公元476年，在频繁的奴隶起义和蛮族入侵的严重打击下，西罗马帝国覆灭。

西罗马帝国的溃亡，标志着西欧奴隶制度的瓦解和封建制度的兴起。各蛮族在帝国的废墟上建立了许多国家，相继开始了封建化的过程。

在意大利，从古代向中世纪的过渡，最初曾表现为严重的经济、文化的衰退。蛮族的入侵使得原先繁荣的城市完全没落了。工商业和手工业萧条，农村的自然经济几乎成了经济生活中的主要形式。东哥特人和拜占庭的侵占，造成了意大利政治上长期

① 《马克思恩格斯选集》，人民出版社，1972年，第1卷，第249页。

分裂的局面，并在相当程度上保留了罗马时代的经济、法律和官吏制度。到六世纪下半叶，伦巴第人在意大利北部和中部建立伦巴第王国，社会经济关系才逐渐发生了变化，开始形成封建制度。

八世纪末，意大利北部和中部归并于法兰克王国的版图，促使意大利最终完成了从奴隶主所有制向封建主阶级所有制转变的过程。采邑分制和封建等级制度的普遍实行，巩固了封建主的统治，同时也加剧了封建社会的主要矛盾——封建主同从事农奴劳动的农民之间的矛盾。

封建社会的生产方式，较之奴隶制的生产方式，是一个巨大的变革和进步，手工业和农业的分工，导致封建社会生产力进一步提高。到十世纪，意大利的手工业和商业获得迅速的发展，逐渐形成许多人口稠密、经济繁荣的工商业中心——城市。同东方、阿拉伯世界之间活跃的贸易，频繁的朝圣活动，十字军东侵，促进了意大利城市的富强。国王和封建领主被迫赋予城市在封建王国内享有一定的自主权。1115年，佛罗伦萨已建立了城市公社，或称城市共和国。不堪忍受封建主压迫的农奴和庄园手工业者，源源不断地流入城市。他们带来了反对封建统治阶级、反对教会的思想意识。随着城市工商业的发展，封建领主为了扩大经济收益，加重对城市的赋税和剥削。城市市民同封建主的斗争日趋尖锐。

在意大利历史上，尤其是中世纪，基督教起着特殊的作用。

公元四世纪，基督教被奴隶主阶级定为罗马帝国国教。在长达数百年的时间里，罗马是教廷所在地，因而基督教势力在意大利盘根错节，根深蒂固。罗马帝国崩溃以后，取代奴隶主阶级的封建主阶级，需要建立有利于巩固他们的统治的各种意识形态。基督教就从奴隶主阶级的意识形态，逐渐转变为封建社会统治阶级的意识形态，就成为巨大的积极力量，努力促进自己的基础的形成和巩固，采取一切办法帮助新制度去根除、去消灭基础和旧阶级。

基督教不只用自己的权威把封建剥削制度抹上一圈神圣的灵光，充当封建主巩固其统治的精神支柱，而且它本身就是一支强大的经济、政治力量。教会是当时欧洲最大的封建主，拥有西欧各国地产的三分之一和庞大的不动产，并且通过名目繁多的捐税和大量出售“赎罪券”，在经济上残酷剥削人民。以教皇为首的罗马教廷，有着严密的、高度集中的组织，在政治上不满足于意大利的“国中之国”的地位，而俨然以太上皇自居。教皇不断干涉意大利内政，支持割据各方的封建主，挑起纷争，制造战祸，阻挠国家的统一。

封建主之间的混战，封建主同教会的矛盾，城市同封建主、教会的矛盾，外敌的入侵，这一切使意大利长期处于混乱的局面。中世纪意大利社会内部各种矛盾的进一步发展，特别是以1282年西西里晚祷起义为高潮的声势浩大的农民起义和力量不断壮大的城市市民阶级反对世俗封建主和教会的斗争，有力地打击了封建地主阶级的统治，为文艺复兴运动的到来准备了历史条件。

2. 中世纪意大利语言文学的状况

罗马帝国时期，意大利半岛的文化已经完全拉丁化。拉丁语不仅是官方的语言，而且是教会、学校和文学作品、科学著作使用的语言。其后，拉丁语在发展过程中逐渐分化为古典拉丁语和通俗拉丁语。前者多为贵族、僧侣、文人使用，后者则是下层社会日常运用的口头语言。罗马帝国解体以后，通俗拉丁语在原先帝国的各个地区开始了自己的演变，逐步形成日后独立的法语、西班牙语、罗马尼亚语等。

在意大利，到六世纪，已出现用通俗拉丁语书写的文献。但由于国家长期分裂，教会势力强大，拉丁语广泛流行，从通俗拉丁语向意大利民族语言演变的过程，显得十分迟缓。通俗拉丁语在不同的地区、不同的社会阶层，都有着不同的特点，实际上形成许多彼此差异很大的方言。只是经过数百年的时间，直到中世纪后期，随着各个地区政治、商业、文化、宗教方面的频繁交往，各个城市公社的迅速兴起，才推进了以佛罗伦萨方言为基础的意大利统一的民族语言的形成。

从七世纪初开始，在一些历史文献和诉讼案卷里，开始出现从通俗拉丁语演变而来的“俗语”，即古意大利语。

八世纪末九世纪初，维洛那城无名氏用俗语写了一则谜语[①]，这是留传下来的古意大利语的最早文献。

公元960年，阿奎诺地方的一座寺院为争夺地产。提出诉讼：一份记载两名证人作证情形的案卷保存了下来，它已具有俗语的完备的特征。此后，俗语日益见诸各个地区的历史文献，并且被当时号称意大利金融中心的佛罗伦萨银行用来记载业务活动。1135年，费拉拉城教堂兴建时，一名信徒题写了一首十一音节的宗教诗歌，这是用意大利语书写的最早的诗歌。

在每一历史阶段，每一民族内部都并存着统治阶级的文化和被统治阶级的文化。在中世纪的意大利，情形也是如此。既存在着统治阶级的文化的主要体现者——宗教文学，也存在着反映被压迫人民的思想感情的民间文学，表达新兴的城市市民的要求的城市文学。

基督教会控制着中世纪意大利的全部文化。学校完全掌握在教会手里，以培养僧侣和为封建主服务的人才为宗旨。科学、哲学、文化，无不纳入为神学服务的轨道。同基督教教义相抵触的古代文化遭到排斥、敌视。理性被视为邪恶，异端横遭迫害。教会“把意识形态的其他一切形式……教合并到神学中”。意大利宗教文学，作为基督教意识形态的组成部分，较之西欧各国，占有更为重要的地位。中世纪的民间文学和

① 谜面：手赶一条牛，缓缓耕田地，白色原野上，撒下黑种子。打人的一种活动。谜底：写字。

城市文学也常常受到它的影响。教会作家的作品大多是用拉丁语写成，有圣徒传、圣徒故事、赞美诗等样式，宗教抒情诗“拉乌达”在意大利流传特别广泛。这些作品鼓吹基督教神学，充斥宗教迷信，用禁欲主义的思想欺骗和恐吓人民，起着维护封建秩序的作用。但是，在反抗封建神权统治的异端运动和城市市民斗争的影响下，一些僧侣，例如圣芳济谷、雅科波内·达·多迪，在他们的宗教文学作品中，也在一定程度上反映了现实生活，传达了人民的情绪。

基督教虽然在中世纪意识形态领域占据统治的地位，但扎根于人民的肥沃土壤的民间文学，仍然有着旺盛的生活力。劳动人民在长期的实践活动中创作了口头文学，如抒情短诗、谣曲、传说、英雄故事等，在民间口口相传，反映出中古社会人民的生活、情感和理想。民间艺人和鬻歌诗人在创作、加工和传播民间文学方面起着很大的作用。法国英雄史诗、传说传入意大利，促进了意大利民间文学的发展。中世纪后期，随着城市的兴起，产生了一些反映意大利城市政治生活的民间诗歌。民间文学在教会的敌视和压迫下，大多没有能够流传下来。但中世纪宗教文学和城市文学都从民间文学中汲取了丰富的养分。意大利文艺复兴代表人物在文学上的成就，都是同中世纪民间文学相联系的。

以新的社会经济关系为基础的城市出现以后，促进了城市世俗文化、教育的发展。城市市民即资产阶级的前身，作为新兴的社会力量，同封建统治阶级和教会在政治、经济、文化领域里展开了激烈的斗争；他们需要以文学作品为武器，来反映他们的要求和世界观。这就产生了以反封建、反教会为主要特征的城市文学。初期城市市民产生于中世纪的农奴，城市文学也很自然地反映了农民的利益和愿望。一部分城市文学实际就是民间创作。以“温柔的新体”诗派为代表的抒情诗、近代短篇小说的雏形——小故事、以维拉尼的历史著作和马可·波罗的《游记》为标志的散文，在中世纪后期取得了突出的成就。欧洲的城市和城市文学的发展，最先始于意大利。正是在意大利城市文学中，最早茁发了人文主义思想的萌芽，为文艺复兴运动奠定了思想、艺术基础，最先产生了向文艺复兴过渡的文学和它的代表人物——但丁。

由于特定的社会、历史条件的制约，近代意大利文学的开始，较之法国文学等，要迟缓得多。但意大利民族文学一经产生，即走上了迅速发展的道路，待到十四世纪，便迎来了伟大的文艺复兴运动。这又比西欧各国迅速猛得多。意大利中世纪文学就是意大利封建社会历史发展的产物，又是这一独特的历史发展过程的形象的表现。

二、宗教文学

1. 宗教文学与“拉乌达”诗歌

中世纪基督教的影响渗透到意大利社会的各个角落，遍及文学、绘画、雕刻、建筑、音乐[1]等各个文艺领域。宗教文学在意大利中世纪文学中占有突出的地位。

在中世纪历史发展的不同阶段，宗教文学的样式、题材也有变化。中世纪初期的宗教文学，大抵都是用同人民的语言失去联系的拉丁语写成的祷告文、教诲诗或教诲文、圣歌、圣徒传、宗教故事。著名神学家塞维利诺·博埃齐奥（Severino Boezio，公元480或482—524）用拉丁语写的论文《哲学的安慰》（De consola tione philosophiae）以对话体的形式，宣扬上帝以神智主宰世界，使宇宙万物美满、和谐，上帝是世间一切光明、智慧和力量的源泉，鼓吹人的幸福或贫困取决于对上帝的虔诚和背叛。这篇论文为以后许多宗教教诲诗提供了题材。诗人福尔图纳托（Venanzio Onorio Clemenziano Fortunato，约530—600）据此写了许多著名的圣歌。

中世纪著名神学家托马斯·阿奎那（Tonnaso d'Aquino，1225—1274）著的《神学大会》（Summa theologiae），把亚里士多德的唯心主义思想同基督教神学糅合起来；他和其他神学家还鼓吹宗教神秘主义，宣传理性的力量在于得到神意的启示，进而建立了完整的神学理论体系。此后，阿奎那又根据福尔图纳托的圣歌，改写了许多仪礼诗，这些宗教诗歌至今仍在宗教仪式中演唱。

教会为了扩大基督教在人民中间的影响，常常利用群众喜闻乐见的民歌形式，来为它的教义宣传和宗教仪典活动服务。例如中世纪朝圣者唱的宗教民歌《高贵的罗马》、战歌和仪礼歌相结合的《莫德纳卫兵歌》和十世纪末叶无名氏写的著名宗教民歌《圣母升天节歌》。这些宗教文学作品宣扬教皇的权力受之于上帝，是上帝在尘世的代表的神权说，渲染现世生活的罪恶，提倡用禁欲修行换取来世幸福的蒙昧主义，具有浓厚的迷信色彩。

十三世纪初，一种叫做“拉乌达”（Lauda）的宗教诗歌在意大利中部翁布里亚地区产生。拉乌达是从用拉丁语演唱圣徒事迹的宗教赞美诗演化而来，常常在举行宗教仪礼时用俗语演唱。它们或者取材于圣经，咏唱基督受难的故事，歌颂基督、圣母创造的奇迹和天主的全能，赞美十二使徒和笃信基督教、潜心苦修的圣徒的事迹；或者叙述世界的堕落，人心的邪恶，劝人热爱上帝，忏悔罪孽，以挽救灵魂。同样浸透着诱惑人民逆来顺受、听从天命的荒谬说教和把封建剥削制度神圣化的思想毒素。

有时，拉乌达采取短剧的形式，由两名或数名歌手扮演宗教传说或圣经故事中的人物，用独唱、对唱或重唱演出。剧中的高潮往往是表现耶稣受难后圣母悲痛的场面。这种形式的拉乌达实际就是宗教仪礼剧。拉乌达很快从意大利中部流传到各地，并且在流传过程中不断得到发展。它从教堂里解放出来，逐步从单纯的宗教礼仪活动发展为满足教徒集会和群众文化娱乐需要的戏剧演出。拉乌达的剧情得到充实，增加了场次和简单的道具，台词和角色被固定下来，由独唱者扮演基督、圣母，合唱队扮

①《马克思恩格斯选集》，人民出版社，1972年，第4卷，第251页。

演群众；

音乐更加丰富，从简单、重复的伴奏发展到多声部的音乐和主题旋律的反复。拉乌达推进了以后的宗教仪礼剧和世俗戏剧的发展。

中世纪中期，城市日益成为经济的中心，市民的政治、经济力量不断增长，同封建主的矛盾、斗争日益发展。教会是城市所在地的领主，又是封建主阶级的精神支柱，因此城市市民反封建的运动常常以反对教会的异端运动形式出现。人们对教会的富裕奢华和世俗利欲提出了尖锐的批评，要求恢复圣经中宣传的教义和简单朴素的生活。教会对异端运动进行残酷的镇压，一面派十字军武力讨伐，一面实行文化围剿。

在一些宗教文学作品，特别是圣芳济谷、雅科波内·达·多迪的拉乌达诗歌里，异端运动也得到了反映。

2. 圣芳济谷

修道僧圣芳济谷是宗教诗歌拉乌达的重要代表。圣芳济谷（San Francesco，1182—1226），出身于意大利中部阿西西城一个富商的家庭，青年时代生活放荡不羁，挥霍无度。后来去当骑士，在阿西西同佩鲁贾的战争中被俘。出狱后又大病一场，终于陷入严重的精神危机。

1206年，芳济谷出家修行。1209年，他聚集一批信徒，制定教规，创立“小兄弟修道会”，又称“芳济谷会”，标榜清贫、苦修，主张仁爱、善行，摒弃财富、权势，以示同奢侈腐化的僧侣的不同。芳济谷教派并不从根本上反对基督教的教义和教会的权威，只是试图从基督教内部进行某些温和的改革，并提倡信徒积极参与社会生活各个领域的活动。1210年，“芳济谷会”得到教皇英诺森三世的认可，成为基督教中一个颇有影响的教派。

芳济谷具有比较广博的学识和丰富的阅历。他生前用拉丁语写了一些散文作品，宣传严格遵循福音书传教，鼓吹爱德、温顺，教谕信徒和世人虔诚地信仰和爱戴上帝，忍受肉体和灵魂的痛苦，以补赎罪过。这些作品宣传宗教热诚，充斥冗长的说教，缺乏文学价值。

他写的一首《万物颂》（cantico delle creature，1224或1225），是最重要的拉乌达诗歌。它写于芳济谷逝世前两年，传说是他在病中得到上帝启示后所作。诗歌以抒情的笔调描绘宇宙万物——日、月、星、风、云、水、火、土，它们都是“至高无上的、全能的、慈爱的上帝”的造物；上帝使日月生辉，风云多姿，使河水滋润自然，火焰照明黑夜，大地生长花木、果实。上帝是最崇高的美，宇宙万物则是上帝的圣光和最崇高的美的体现。诗人随后把笔锋从宇宙转向人类，赞美上帝以爱创造了世人，世人从上帝获得仁爱和力量，以容忍和宽恕现世生活中遭受的痛苦和凌辱；美好的世界将诞生于悔过和修行之中，人的肉体的死亡，将导致灵魂的洗涤和再生。诗歌最后呼吁宇宙万物和善良的人们都来“歌颂”、“感激”上帝的造福，以“谦逊之心事奉上帝”。

《万物颂》是自由体诗，系为修道会小兄弟和信徒祈祷所作，结构简明，比喻通俗，用翁布里亚地区的俗语写成。它继承了宗教圣歌的艺术传统，又吸取了民间诗歌的语言特色，流畅自然，节奏鲜明，富有音乐性，被称为“温柔的祈祷诗”、“清晰、高雅的乐曲”。《万物颂》是最早的意大利文学作品之一，为研究意大利中世纪文学、宗教的宝贵资料。

芳济谷逝世以后，他的信徒陆续写了一些以他的生平活动为题材的作品，其中著名的有无名氏用拉丁语写的《圣芳济谷的小花》（Fioretti di san Francesco）和《圣芳济谷同圣女贫困的神秘婚礼》（Le mistiche nozze di San Francesco con Madonna Poverta）。前者记叙芳济谷的种种神奇的事迹，教谕后人效仿。后者描写芳济谷出外云游，在深山遇见圣女贫困，圣女贫困向他哭诉她在第一个丈夫基督逝世以后的不幸生活，芳济谷毅然娶圣女贫困为妻。作品体现了芳济谷教派把清贫视作摆脱现实的苦难世界，升向天国的必由之路，劝导人民安于贫困和凌辱的说教。

另一名芳济谷教派修道僧贾科米诺·达·维隆纳（Giacomino da Verona）在十三世纪下半叶写了两首宗教长诗《耶路撒冷天国颂》（Della Gerusalemme celeste）、《巴比伦地狱诗》（Della citta infernale di Babiionia）。这两首诗采用四行诗的形式，每行十一音节。《天国颂》以明朗的色彩描绘耶路撒冷的极乐：黄金、白银和水晶铺地，奇珍异宝镶造宫殿，天国就是一座万紫千红、百鸟欢唱的花园，一派光明、幸福的景象。《地狱诗》以离奇的笔法叙述巴比伦的可怕的苦难：在尘世犯有罪孽的灵魂在地狱的泥潭中挣扎，听任污秽的爬虫和饥饿的禽兽咬噬，或者被置于沸腾的油锅煎熬，作为献给撒旦的佳肴。贾科米诺的宗教诗歌是中世纪梦幻文学的代表作之一。

芳济谷及其教派的传教活动和诗歌创作，具有双重的作用。一方面狂热地宣传宗教迷信和宿命论，用虚假的天堂的平等、幸福，来掩盖现实的尘世不公、苦难，适应了教会、封建主巩固其统治，从思想上麻痹群众的需要；另一方面提出刻苦修行，宣传平等博爱，同教会的奢华腐败相对立，客观上也反映了现实生活的艰辛困苦、教会的堕落败坏和下层群众的不满情绪。芳济谷教派主要在社会下层从事活动，他们用俗语进行传教和写作，对意大利宗教、哲学的发展，文化的传播以及十三四世纪的文学、艺术创作，都产生了深远的影响。芳济谷的以清贫、仁爱为核心的神秘思想，在但丁的世界观里也打下了印记。

在意大利北部，和拉乌达诗歌同时流行的还有宗教题材的道德诗、教谕诗。这方面的代表是威尼斯诗人博维辛·德拉·利瓦。

博维辛·德拉·利瓦（Bonvesin della Riva，？—1313年左右）用威尼斯俗语写了许多宗教内容的小作品，包括道德劝谕、圣徒传说、教谕文、冥世幻游。他最重要的作品是《三卷书》（Libro delletre scritture）。全书采用梦幻文学的体裁，第一卷写人生的困苦，地狱的十二种惩戒，称“黑书”；第二卷叙述耶稣的受难，称“红书”；第三卷写天堂的十种光荣，称“金书”。其中以描写地狱的令人毛骨悚然的惩戒罪恶的场面最富有艺术感染力。整个诗作语言明晰，结构和谐，但丁创作《神曲》时曾从中受到启示。

3. 雅科波内·达·多迪

十三世纪中叶，意大利出现一个叫“自苔僧团”（F1agellanti）的教派。这一教派的修道僧周游各地，在街头、广场赤足裸身，自我鞭笞，痛哭流涕地咏唱拉乌达，号召人民忏悔罪过，禁欲修行。

他们的演唱形式、诗歌韵律继承了鬻歌诗人的特点，因此，又被称作“上帝的鬻歌诗人”。他们演唱的拉乌达后来被搜集成诗集，广泛流传，促进了意大利宗教诗歌的发展。

最杰出的拉乌达诗人雅科波内·达·贝内德蒂的宗教活动和诗歌创作，就受到圣芳济谷教派和自苔僧团的影响。

雅科波内·达·贝内德蒂（Jacopone dei Benedetti），史称雅科波内·达·多迪（Jacopone da Todi，1263—1306）。他出身贵族家庭，年轻时曾在波伦尼亚学习法律，后来担任律师，生活奢侈糜烂。传说有一次，他和妻子参加节日舞会，舞厅突然倒塌，妻子顿时丧命。这一意外的灾难导致雅科波内幡然改悔，皈依宗教。他把全部财产施舍给穷人，弃家出走，进行长达十年之久的严峻的忏悔和苦修，常常当众屈辱和鞭笞自己，自称“疯狂的圣徒”。1278年，他加入芳济谷修道会。

芳济谷逝世以后，修道会被教皇朋尼法斯八世收买，充当镇压异端的工具，聚敛财富，贪污腐化。芳济谷会下层修士对此极为不满，组织了一个“唯灵派”（Spirituali），以芳济谷当初提出的清贫口号相标榜，反对教会世俗化和拥有财产。同时，教皇朋尼法斯八世同科隆内家族为代表的城市封建主的矛盾加剧。雅科波内政治上支持科隆内家族，反对教皇染指世俗权力，宗教上加入唯灵派，发表声明，要求废黜朋尼法斯八世。朋尼法斯八世宣布唯灵派为异端，派遣十字军镇压。1298年，科隆内家族、唯灵派相继遭到失败。雅科波内被投入监狱。他在狱中拒绝改变信仰，继续修行。1303年，教皇本笃十一世即位，把他革除教籍，释放出狱。三年后，雅科波内病逝。

雅科波内一生勤奋创作，写了许多讽刺诗、书信诗、拉乌达诗歌。他的早期诗歌已显露出批判教会的锋芒，对教会的谬误、腐化，神职人员的奸诈、傲慢、贪婪，芳济谷教派的蜕化变质，予以尖锐的揭露和鞭挞。他在狱中写的致朋尼法斯八世的两首书信体长诗《噢，教皇朋尼法斯》、《在教皇的牢狱中》，进而把矛头直指教皇，历数他的种种败行劣迹。诗中谴责朋尼法斯八世买卖神职，搜括钱财，简直到了“贪得无厌，嗜血如命”，“撕掉遮羞布，像恶棍一样劫掠财富”的地步；声威显赫的朋尼法斯八世，不过是“窃取教皇宝座的新的地狱魔王”、“亵渎神明的毒舌”；抨击他野心勃勃，“妄图借助诡计，主宰世界”。雅科波内还揭发教皇牢狱的黑暗情形，表明自己忠诚于信念，甘愿把残酷的惩戒当作上帝赋予的考验，修行和殉道的手段，他将像“火中的蝾螈”，在狱中坚强不屈。

雅科波内的拉乌达诗歌以悲观厌世和神秘主义为主要特点。他的一部分拉乌达用极其阴暗的色调，渲染现实世界的苦难、黑暗，鼓吹尘世欢乐如过眼烟云，短促如梦，世人一经陷入佚乐，“罪恶的道路将永无止境”；诗中宣扬傲慢是一切邪恶的本源，清贫是最宝贵的财富，纯洁是至高的福乐，流露出浓重的厌世主义。另一部分拉乌达诗歌表现雅科波内忏悔过去的罪过，渴望苦修，热爱上帝的情感，着力描绘苦修时心灵中痛苦与希望、孤独与宁静交织的奥秘的精神状态。这些诗歌往往采用灵魂与肉体、圣母与信徒、基督与罪人对歌的形式，充斥对世人的说教：“忏悔吧，它将使我们免于审判，赢得幸福和欢乐。”诗中宣传通过苦修而接近上帝，在自己身上发现上帝的神秘主义。这些诗歌在描绘现世生活的苦难图景时，沉溺于琐屑的细节；在表现内心奥秘的情感时，过于诉诸抽象的理念，’因而都失去真实，只是诗人的禁欲主义的热忱和狂乱的心灵状态的写照。

雅科波内还写了两首著名的拉乌达诗《圣母的痛苦》(Pianto della Madonna)、《圣母哀歌》(Stabat Mater)。前者用俗语写成，主要描写使者向圣母报告耶稣被叛徒出卖，在十字架上受难，圣母同受刑的耶稣诀别时的痛苦。后者是拉丁语诗，叙述圣母在被钉死于十字架上的耶稣身边的悲哀。可以看出这两首诗脱胎于中世纪宗教节日演唱的礼仪短剧，但又突破了原来的框框。诗的对话朴素、富有激情，注意运用形象的比喻和夸张的手法，人物特别是圣母遭遇巨大不幸时的心理状态刻画细致，格调哀伤而抒情，是意大利中世纪宗教文学中最优秀的抒情诗歌。

整个地说，雅科波内·达·多迪的宗教宣传和文学活动，仍然是以肯定教会的统治，提倡宗教迷信和禁欲修行为主要内容，但他的诗歌比同时代的任何宗教作品都更大胆地涉及了当时意大利社会错综复杂的政治、宗教问题，从异端的角度反映了封建主同教皇，城市市民、农民同教会的尖锐矛盾。

三、民间文学与骑士抒情诗

1. 民间抒情诗和叙事诗

很早的时候，意大利人就有古老的神话、英雄故事、传说。关于被母狼用奶汁喂养长大的罗慕洛创建罗马城的传说，卡匹托里亚神殿的鹅叫声挽救了罗马的故事，在民间广泛流传。格言、谜语、咒语等民间文学的传统也很悠久、丰富。随着蛮族的入侵和意大利大部分地区一度归属于法兰克王国版图，关于亚瑟王的故事和法国英雄史诗、传说传入意大利，促进了意大利民间文学的发展。

意大利早期民间文学的形式有歌谣（Ballata）、伴舞歌（canzonea ballo）、抒情记事歌（cantilena）、谐趣歌（Frottola）、叙事短歌（cantare）、情歌（rispetto）、夜歌（serenata）、狩猎歌（caccia）等。

这些民间抒情诗歌和叙事诗歌产生于人民的日常生活、劳动、节日活动；其中最原始的形式，是在喜庆节日、群众集会时边舞边唱的舞曲或说唱的谣曲。这些作品或者以古代英雄传说、历史事件、民间故事为题材，或者叙述当代普通人民的生活，或者歌颂大自然的美丽景象和男女青年之间纯洁的爱情。它们主要用来演唱，有时单人说唱，有时对唱或合唱，常常配以音乐伴奏，短小精悍，生动活泼。

在民间文学的发展过程中，鬻歌诗人起着很大的作用。所谓鬻歌诗人，是指在民间演出的滑稽演员、说唱演员、艺人、杂耍者，也包括进入宫廷的弄臣。他们对流传于民间的诗歌进行搜集、加工，往往自己也创作诗歌。有些民歌则是文化水平不高的文人所作。大部分鬻歌诗人四处流浪，逢着节日、洗礼、婚礼等，在农村、城镇的村头、广场、教堂一面弹奏乐器，一面演唱。他们照例都是文盲，通过口口相传，把人民的文学从一个地区带到另一个地区。他们还把当时社会的新闻、人们的思想情绪传播到全国各地，在中世纪的文化生活中发挥重要的作用。一些较有文化的鬻歌诗人被迎入贵族府第、宫廷，他们演唱的作品往往被宫廷文人加工、润饰和修改，思想内容和艺术特点都发生了变化。鬻歌诗人实际上成为民间文学同文人文学之间的桥梁。

在中世纪，基督教会对民间文学采取敌视、摧残的政策，劳动人民在封建社会里被剥夺掌握文化的权利，因而民间文学作品大多失传了，只有很小一部分用文字记录下来，或者通过一些文化历史文献，留传下来。

《波伦尼亚记事录诗歌》（Rime dei memoriali bolognesi）。十三世纪，波伦尼亚城公证人为了避免在他们的记事上出现非法的篡改，便在记事录的空白处记录一些当时民间流传的诗歌。这是通过历史资料保存下来的数量最多的一批民间诗歌，计有从1265年至1436年间的记事录三百二十二册，由著名诗人卡尔杜齐[①]首先发现，现存波伦尼亚国家档案馆。

这些民间诗歌的内容丰富多样，有歌谣、情歌、教诲诗、辩论诗、感兴诗等。学者们对其中的一些诗歌研究以后认为，它们大多是可以供咏唱的抒情诗，由合唱队伴唱，也可以伴舞。残存的一首“破晓歌”（Alba），叙述一对幽会的情侣黎明分别时，姑娘敦促青年启程，但又依依不舍的复杂的心理。“婚姻哀歌”（Larnento dimalmaritata）抒发少女不幸嫁给年耄而爱吃醋的丈夫，叹息青春凋谢，幸福无望的哀伤。许多对歌

① 乔祖埃·卡尔杜齐（Glosue carducci，1835—1907），意大利民族复兴运动时期著名诗人、文艺批评家，1906年获诺贝尔文学奖。

（contrasto）记叙女儿向父亲或者母亲争取自主婚姻的要求。其中著名的一首对歌描写年轻的姑娘向妈妈诉说自己对一个后生的真挚的爱情，夸耀心上人的种种美德，请求让她出嫁的心情，表达了少女冲破封建宗法制家庭对女性的束缚，对爱情自由和幸福生活的向往。另一首对歌叙述妯娌之间的争吵，生动地反映了当时波伦尼亚地区人民的日常生活。

《曼托瓦伴舞歌》（Danza Mantova）。这是意大利民间诗歌中唯一留传下来的一首书写成文的伴舞的歌谣。歌唱者是一名男子，他邀请妇女和姑娘脱下面纱，露出欣悦的笑容，走出家门，围成圆圈，翩翩起舞，来展示她们的美。歌谣以歌唱者对心爱的姑娘的怀念结束。歌谣的诗句同音乐十分和谐，没有合唱队伴唱，洋溢着劳动人民欢乐、明朗的情调。

《帕多瓦新娘》（La buona sposa padovana），记载在1277年帕多瓦一份公证人的卷宗上，十九世纪在帕多瓦档案馆发现。多数专家认为这是一首长诗的片断，也有的学者认为它是一首完整的歌谣。诗用帕多瓦俗语写成，第一部分写新娘同出征的十字军骑士告别，表达她对爱情的忠诚和离别的忧伤；第二部分写一个朝圣香客爱上一名美丽的女子，既渴求美好的爱情，又胆怯畏缩的矛盾。

马塔佐内《对歌》的作者马塔佐内是伦巴第地区某个佚名鬻歌诗人的外号。有些学者断言这些对歌是他所创作，另一些学者认为他只是搜集者。据诗中透露，他出身农民，后来流落城市，卖艺为生。对歌赞美农民的机智、狡黠，描写他们的沉重的劳动和乡村农时的更替。也有些对歌写封建主对农民的讥讽，嘲笑他们愚昧、卑贱。这些诗歌表达了鬻歌诗人热爱乡村、农民的感情，但诗人生活上依赖于封建主，因而有时不得不迎合他们的趣味，客观上反映出伦巴第地区城市公社迅速发展以后农民同封建主、乡村同城市的对立。

朱洛·德·阿尔卡莫（Ciullo D'Alcam，或Cielo D'alcamo）的对歌《鲜艳的玫瑰》（Rosa fresca），是最出色的一首民间抒情长诗。关于它的作者，史书没有提供任何材料，我们只知道他是一名西西里的鬻歌诗人。关于对歌诞生的时间，争论很多，不少评论家推定它是十二世纪的民间诗歌。从诗中提到的细节判断，这首诗的问世当在1231—1250年间。诗采用一对男女青年之间对歌的形式。青年向姑娘求婚，倾诉炽烈的爱慕之情。高傲的姑娘予以拒绝，表示与其嫁他为妻，毋宁出家修行。青年哀伤地唱道，姑娘的回答使他失去了欢乐和安慰，他再也无法生活下去；倘若姑娘要进修道院，他定出家当僧侣，以求日日夜夜相聚一起。姑娘又提出种种问题，进行刁难。青年一一作答。姑娘最后说，既然你对我的爱情如此专注不贰，请向我的父母亲去说情，然后把我带到教堂举行婚礼。

对歌共三十二诗节。每一问或答为八行，组成一个诗节。前六行是七音节诗，间隔押韵，以两行合韵的十一音节诗收尾。诗采用南方的俗语，比较粗糙，尚缺乏严密的语法、语音规范，既保留了拉丁语的痕迹，也可以看出普罗旺斯古法语的影响。诗歌在表现男女青年的情感时，朴素自然，真挚动人。因为经常在街头广场演唱，对歌又具有戏剧性强、活泼风趣、一气呵成的特色。但丁称赞这首对歌是西西里俗语的典范作品①。

民间诗歌中还有一些政治、历史题材的作品。它们或记叙当时激动人心的某些重大事件，或哀悼杰出人物的逝世，或抨击威胁城市安全的敌人。这些叙事诗歌的传播，常常得到城市公社的支持。其中，以波伦尼亚的感兴诗最为著名。

《杰雷梅伊和莱贝尔塔齐的感兴诗》(Serventese dei Geremei e Lambertazzi)，大约作于1280年，没有完成。诗歌追述波伦尼亚光荣的历史，称颂它是科学、文化的摇篮，哺育了许多高贵的、才智过人的人物；然后记叙1274—1280年间波伦尼亚归尔弗党和吉伯林党②之间的斗争，谴责党争和杀戮使繁荣兴旺的城市惨遭浩劫，“失去了力量和威望”。

《罗曼尼感兴诗》(Serventese romagnolo)，约作于1279至1283年间，叙述统治波伦尼亚的归尔弗党对福尔里城发动的战争。

《凯歌》歌颂贝卢诺城居民在1193年攻占卡斯台尔达多的胜利，迄今只留传下一些残篇。

这些政治、历史题材的民间诗歌，适应开始登上历史舞台的城市市民的需要，表达了他们反对封建贵族势力发动内战，酿成分裂、动乱的局面，要求建立强大的城市公社的愿望。

总的来说，中世纪民间诗歌来自人民，内容和形式都较少受到文人的影响。艺术形式丰富多姿，语言粗豪明朗，格调淳朴健康，闪耀着人民的智慧的光芒。有些诗歌已经注意对人物内心活动的细致描写。它们热情地抒发了人民群众渴望摆脱中世纪沉重的精神枷锁，追求幸福和爱情，热爱生活的思想情趣，是中世纪意大利的社会生活、风尚习俗的生动写照。有些民间诗歌对城市市民的要求也有所反映。所有这些都同宣扬禁欲主义、来世思想和蒙昧主义的宗教文学形成鲜明的对照。随后在意大利产生的“西西里诗派”、“温柔的新体诗”和文艺复兴时期的抒情诗，都继承了中世纪民间文学的优秀传统，从中汲取了宝贵的养分。

2. 英雄史诗与普罗旺斯诗歌

意大利在地理上和法国毗邻，两国之间历史上的交往十分密切，特别是八世纪末，意大利北部和中部地区成为法兰克王国的一部分，进一步促进了政治、经济联系，频

① 《论俗语》第1卷，第12章，第6节。

② 归尔弗党代表商人、手工业者等新兴的城市市民，吉伯林党代表封建贵族。

繁往来的朝圣香客、鬻歌诗人，有力地沟通了两国的文化。因此法国文学对意大利中世纪文学有着很大的影响。

从十一世纪下半叶起，关于查理大帝的英雄史诗，就流传到意大利北部。当地的鬻歌诗人用法语、威尼托语相混杂的方言，在民间演唱《罗兰之歌》和其他武功歌，很受人民的欢迎。群众常常围聚街头，欣赏鬻歌诗人的演唱，交通为之堵塞。1288年，波伦尼亚当局不得不专门颁发告示，规定鬻歌诗人的演唱不得影响公共交通秩序，盛况可见一斑。

但意大利人并不止于消极地接受法国英雄史诗。1939年，比利时著名学者亨利·格雷瓜尔（Henri Gregolre）指出，《罗兰之歌》留传下来的最早版本，系1085年作于意大利南方萨内诺城罗伯特王宫[①]。档案材料表明，十二世纪上半叶，《罗兰之歌》中的两个英雄人物罗兰、奥利维埃的名字，已经见诸意大利不少城市（热那亚、菲拉拉、帕尔玛）的史料。意大利人还对法国英雄史诗进行改编、再创作，使之更适合本国的需要。意大利人对法国英雄史诗怀有浓厚的兴趣不是偶然的。在他们的心目中，《罗兰之歌》中的查理大帝的形象，是封建帝国强盛的象征，是基督教教义的捍卫者；罗兰的形象则是英勇抵抗外族，无比热爱祖国的英雄。在查理大帝和罗兰的身上，寄托了意大利贵族阶级和城市市民要求结束由于外敌入侵和封建割据形成的分裂局面，建立一个强大、统一的意大利的愿望，倾注了他们的爱国精神和宗教感情。

正是根据这种需要，意大利鬻歌诗人以法国《罗兰之歌》为蓝本，创作了一些英雄史诗，例如，帕都亚鬻歌诗人米诺基（Minocchio da Padova）的《出征西班牙》，它的续篇、维隆那鬻歌诗人尼科罗（Nicclò da verona）的《攻克帕培伦》。这两部史诗记叙荆棘谷之役失利以前，查理大帝在西班牙同回教徒作战的英雄事迹。史诗给罗兰冠以罗马元老院执政官的头衔，使这一主要人物形象意大利化，同时塑造了一个新的人物——伦巴第国王德西德理，注进了诗人的爱国主义思想。诗中还别开生面地描写骑士们在东方的冒险经历，在艺术手法上注意叙事和抒情相结合，又引进喜剧的因素。这些特点在意大利文艺复兴时期的传奇叙事诗，如博亚多[②]、阿利奥斯多[③]的作品里，得到了进一步的发展。

法国骑士故事诗在意大利也有一定影响。骑士故事诗大多是根据民间传说或古希腊、罗马作品改编的故事诗，表现骑士的爱情故事或冒险游侠的经历。骑士故事诗一

① 转引自切基（E.cecchi）、萨佩尼奥（N.sapegno）主编八卷本《意大利文学史》，1965年，第1卷，第223页。

② 博亚多（Matteo Boiardo，1441—1494），意大利文艺复兴时期诗人，著有传奇叙事长诗《热恋的罗兰》（1494）。

③ 阿利奥斯多（Ludovlco Ariosto，1474—1533），意大利文艺复兴时期诗人，传奇叙事长诗《疯狂的罗兰》（1516—1532）的作者。

般分为三个系统。模仿希腊、罗马文学作品的古代系统。不列颠系统或称圆桌故事诗，主要以五至六世纪不列颠国王亚瑟和他的圆桌骑士的故事为题材。法国诗人克雷蒂安·德·特洛亚描写亚瑟王的骑士朗斯洛和王后耶尼爱佛的爱情的《朗斯洛，或坐囚车的骑士》（1165），在法国和德国民间广为流行的《特利斯坦和绮瑟》，是最著名的骑士故事诗。拜占庭系统，大都依据在拜占庭流传的古希腊故事改编。

如果说法国英雄史诗是通过口头演唱的形式进入意大利广泛流传，那末，法国骑士故事诗主要借助文学作品进入意大利，因而在民间流传不广；这些描写贵族生活、骑士的冒险、爱情经历的故事诗，也对意大利百姓没有很大的吸引力。但它们受到有文化教养的阶层的欢迎。不妨回忆一下，但丁的《神曲》中有一段关于保罗和弗兰齐斯嘉的恋爱悲剧的精彩描写。这一对贵族出身的恋人，在地狱里向但丁哭诉自己的遭遇时，曾提到他们一起阅读特洛亚的骑士故事诗《朗斯洛或坐囚车的骑士》，朗斯洛和耶尼爱佛热恋的故事点燃了他们心中爱情的火焰①。

十三世纪初，意大利出现许多法国骑士故事诗的改写本，但多半系因袭之作，缺乏艺术独创性和文学价值。

对意大利中世纪文学影响最大的，要数骑士抒情诗歌。骑士抒情诗产生于法国南部普罗旺斯，所以又称普罗旺斯抒情诗。普罗旺斯民族在近代欧洲一切民族中第一个创造了标准语言，它的诗歌对于拉丁语系各民族，甚至对于英国和德国，都是望尘莫及的范例。普罗旺斯的行吟诗人，大多是王室宫廷和名门府邸的骑士、封建主，也有少数市民、手工艺者、农民。他们的诗歌在封建贵族的小圈子里产生，又借鉴了民间诗歌的韵律和表现技巧，以格律谨严、精致典雅为特点，主要讴歌对贵妇人的爱情和崇拜。

十二世纪下半叶，许多普罗旺斯行吟诗人，如贝尔·维达尔（Peire Vidal）、韩波·德·瓦克拉（Raimbaut，de Vagueras）、贝尔纳·德·汪达杜尔（Bernard de Ventadour）、若夫雷·德·吕代尔（Geoffrey，de Rudel）、贝特兰·德·波恩（Bertrand de Born）等，相继在意大利国土上留下足迹，成为费拉拉、蒙费拉托、帕勒莫这样一些强盛的城邦的宫廷里的座上客。仅1180年至1190年间，至少有两名著名的普罗旺斯诗人（维达尔、韩波）在意大利生活。维达尔不仅亲身参与比萨城邦反对热那亚的斗争，而且写诗赞颂伦巴第联盟，敦促他们和解，共同对付令人厌恶的德国人。韩波除了用普罗旺斯语写诗，还在1190年左右用意大利语写了一首抒情对歌，描叙一个热那亚的普通妇女拒绝一个绅士的求爱，整个诗格律谨严，层次分明，文辞精细，具有风趣动人的特色。这是中世纪留传下来的最优秀的意大利语诗歌之一。

1208年，法国北方贵族在教皇策动下，组织十字军，发动镇压南方“异端”的阿

① 但丁:《神曲·地狱》，第五歌。

尔比若埃战争。许多普罗旺斯行吟诗人逃亡意大利，进一步把普罗旺斯抒情诗的题材和独到的技巧传播到意大利。他们和另外一些著名的普罗旺斯诗人阿尔诺·达尼埃尔（Arnaut Daniel）、纪洛·德·波尔奈（Giraut de Borneil）等的作品在意大利不胫而走，意大利各地的封建君主、小贵族、有文化教养的城市市民竞相效尤。

同时，一些意大利诗人开始用普罗旺斯语写作诗歌。普罗旺斯语同中世纪意大利北部地区的方言相近，因而这对他们并不构成特别的困难。比较著名的用普罗旺斯语写作的意大利诗人有卢尼贾那的君主阿尔伯特·马拉斯皮那（Alberto Malaspina）、波伦尼亚人朗贝蒂诺·布瓦雷里（Rambertino Buvalelli，？—1221）、热那亚人朗弗兰科·齐加拉（Lanfranco Cigala，？—1257或1258）、波尼范乔·卡尔沃（Bonifacio calvo，？—1266）、都灵人尼科雷托（Nieoletto）。他们的诗歌采用普罗旺斯诗歌的韵律和技巧，用热情的语言，表达对贵妇人的崇敬，宣布自己是爱情和美的忠诚的侍仆、骑士。艺术上注意对诗歌形式的精雕细琢，细致地描写心理状态。对于法国普罗旺斯“明快”和“隐晦”的两种风格，意大利诗人更偏爱隐晦、复杂的诗体。这些抒情诗最初曾经受到欢迎，后来逐渐失去生气，千篇一律，陷于歌颂矫揉造作、抽象的爱情，把贵妇人偶像化的老一套，语言也贫乏、晦涩。

成就较大的是用普罗旺斯语写的政治题材的诗歌。1170年，意大利行吟诗人彼特罗·德·阿尔维尼亚（Pietro d’Alvernia）用普罗旺斯语写了一首庆祝节日的感兴诗。其时正值红胡子巴巴洛萨率军入侵意大利伦巴第，诗人抨击伦巴第人的怯懦，呼吁他们奋起抗击入侵者。1194年，另一名意大利诗人彼尔·德拉·卡拉纳帕（Pierdella caranapa）用普罗旺斯语写了一首感兴诗，呼吁伦巴第人和米兰人、波伦尼亚人结成联盟，反对德国人入侵，保卫祖国。诗人指出，“放弃抵抗，你们的命运将比奴隶更悲惨！”全诗共十个音节，“伦巴第，奋起保卫呀！”的诗句，象主旋律一样反复出现，使全诗洋溢着昂扬的战斗激情。

特别值得一提的行吟诗人是苏尔德罗（Sordello，1200—1270）。他是意大利北部曼图亚人，长年出入维罗纳、罗曼诺等地的宫廷，曾漫游法国、西班牙、葡萄牙，同上层封建主过往甚密，深谙意大利的政治生活。他先后用普罗旺斯语作了抒情诗、感兴诗、短歌等四十余首。其中，以感兴诗《悼念白拉卡兹》（Blacatz）最为闻名。这首诗突破了普罗旺斯诗歌陈旧的题材和因袭的形式，热烈地颂扬普罗旺斯封建主白拉卡兹英勇无畏、慷慨豪爽的品格，叹息他的逝世，使人间的一切美德沦丧，世界重新被卑鄙懦怯之徒所统治。苏尔德罗在诗中列举欧洲许多君主的败行劣迹，予以尖锐、泼辣的抨击，大声疾呼，为了教育这班卑鄙的帝王公卿、贵爵缙绅，应该剖开白拉卡兹的胸膛，让他们都来尝一尝他的高贵的心。这首优秀的政治诗给但丁以深刻的印象，他在《神曲》里塑造了苏尔德罗的形象，把他作为履行“公民职责”的楷模，置于炼狱，充当守护神[①]。

威尼斯行吟诗人巴尔托洛梅奥·佐尔齐（Bartolomeo Zorzi，？—1290），在诗歌中以犀利的笔锋，批判热那亚君主卡尔沃的横暴，表达了维护威尼斯独立的精神。

普罗旺斯诗歌在意大利中世纪文学史上占有重要的地位。它所反映的对世俗生活的赞美，对爱情的歌颂，是同视现世生活为罪孽，鼓吹禁欲修行、宗教热诚的教会文学相对立的，这在基督教势力特别强大的意大利，具有积极的意义。同时，在一些意大利诗人的作品中，普罗旺斯传统题材的框框遭到突破，针砭时政，抒发爱国思想的感兴诗异军突起，反映了社会的现实和人民的愿望。普罗旺斯诗歌推动了意大利诗歌的发展。从"西西里诗派"、"温柔的新体诗"，到但丁、彼特拉克，无论是在诗歌的题材、样式方面，还是在格律、语言方面，都受到它的传统的熏陶。但丁在《论俗语》里，对达尼埃尔表示推崇，赞赏他首创的六节诗（Sestina）为抒情诗带来了新的艺术形式。在《神曲》里，他又称赞达尼埃尔是"应用俗语的能手，不论是爱情诗歌，或是散文传奇，他都超越别人。"但丁对另一位普罗旺斯诗人波尔奈也作了肯定，并指出他的成就在达尼埃尔之下，因为他的诗作过于简单，流于一般化[②]。

3. 西西里诗派

早在十一世纪，在诺曼第人统治下，西西里王国已消除了农奴制度。十三世纪下半叶，霍恩斯陶芬家族的腓特烈二世（Federico Ⅱ，1194—1250）任德意志和西西里王国国王。腓特烈二世是第一个近代型的统治者，富有探索精神。他不顾教皇的干涉和封建领主的反对，勇于变革，改良司法、税收制度，发展同地中海国家的贸易，建立了强有力的中央集权的现代国家。他破除教会的清规戒律，规定犹太教、伊斯兰教和基督教在他的领土内享受平等的权利。由于政治上、思想上的对立，罗马教廷把他视为异端和最危险的敌人。强盛的、中央集权的西西里王国是建立在对人民的残酷统治的基础上，但它毕竟符合意大利社会进一步发展的历史需要，具有进步的意义。

腓特烈二世豪爽大方，渴求声誉，热衷于不朽的事业。他大力兴办学校、图书馆，招纳外国和意大利的哲学家、学者、律师、医生于宫廷之中，喜欢同诗人、艺术家为伍。十三世纪法国讨伐宗教异端的阿尔比若埃战争发生后，大批普罗旺斯诗人逃亡意大利，其中一部分被迎入他的王宫。他还组织人力翻译、介绍阿拉伯著作，并且亲自著书立说。腓特烈二世的宫廷成为意大利第一个世俗的文化中心。在他的宫廷里形成了"西西里诗派"。

---

① 但丁:《神曲·炼狱》，第六、七、八歌。

② 但丁:《神曲·炼狱》，第26歌。

“西西里诗派”的说法始于但丁[①]。但丁在他的著作中不止一次提到腓特烈二世，称赞他“高尚”、“正直”、“令人尊敬”[②]。西西里诗派形成的年代，一般认为，当在1230至1240年间[③]。这一诗派的诗歌以爱情诗为主，在题材、形式、格律上，都汲取了普罗旺斯抒情诗歌的特点。

西西里诗人对爱情的描写是以封建贵族阶级的观念、趣味为出发点。依据这种观念，骑士以谙熟宫廷礼节和获得贵妇人的垂爱为荣；爱情是对骑士的品德的考验，骑士对于爱慕的贵妇人，应当像臣僚对于封建君主一样，讲求崇敬、献身和忠诚。西西里诗人对爱情的本质进行了探讨。一些抒情诗，夹杂着中世纪神秘主义的色彩，把爱情同上帝联系起来，宣扬这是上帝的赐予，把骑士欣赏贵妇人的美比喻为“享见天主”，“荣获天国的安乐”[④]。但大多数诗歌的主题是批判视爱情为超然的神秘之物的观点，宣传爱情是人的自然的、不可缺少的感情，歌颂爱情给人带来“冲动心灵的喜悦”，“诞生无比和谐的三件珍宝：欢乐、思念和希望”[⑤]。

关于西西里诗人的史料，很少留传下来。他们的生平大多不详。腓特烈二世和他的两个儿子恩佐（Enzo，1220左右—1272）、曼弗雷德（Manfredo，1223—1266）都是西西里诗派的诗人。腓特烈二世熟悉希腊、阿拉伯文化，喜爱意大利、普罗旺斯文学。他用意大利语写的抒情诗留传下来的有四首。《我的可爱的朋友》以对歌的形式，抒写奉命出征的骑士同心爱的女子告别，恋恋不舍的情景；骑士远去他方，但留下了他的心，永远同她在一起。《希望》表达对爱慕的贵妇人的崇拜，赞美爱情赋予诗人以欣悦和希望。

西西里诗派的重要诗人雅科波·达·连蒂尼（Jacopo da Lentini，约卒于1246—1250年间），是腓特烈二世宫廷的公证人，留传下来的诗篇近四十首。著名的抒情短歌《美妙的开端》、《甜蜜的》咏唱贵妇人无可比拟的美，诗人愿用画笔描绘出她的美妙的姿影，印刻在心灵里，表达自己的无限爱恋和崇敬。十四行诗《如果谁未见过》、《我的心中》、《贵妇人》，形容贵妇人的美丽令花儿自惭不如，她的光彩使太阳黯然失色，她的美德胜过任何珍宝；描写爱情给诗人带来的悲叹和欢笑，忧伤和喜悦；归根结底，爱情是欢乐的源泉，具有陶冶心灵的巨大力量。连蒂尼笔下的贵妇人，既是尘世的女子，但又有天使的神秘色彩。他的诗歌精致、优美，擅于细致地表现大自然的色彩和音响，某些抒情短歌汲取了民间抒情歌谣的特点。连蒂尼首创了十四行诗这一新颖的

---

① 但丁:《论俗语》第1卷，第12章，第4节;《神曲·地狱》，第10歌、第13歌。

② 同上。

③ 孔蒂尼（Continl）:《关于西西里抒情诗》，1952年，第371页。切基、萨佩尼奥主编八卷本《意大利文学史》，第1卷，第301页。

④《西西里诗派诗选》，1962年，第1卷，第52、第584、第645页。

⑤ 同上。

诗歌形式。

另一名诗人彼尔·德拉·维尼亚（Pier della Vigna，1190？—1249），曾经在彼伦尼亚研究诗学和法律，1220年左右进入西西里宫廷，担任公证人、书记、法官等要职，“掌握了腓特烈的心的两把钥匙”——刑罚和仁慈①。他被人诬告阴谋背叛国王，遭到监禁，在狱中愤然自杀。他的抒情诗的特点是宣扬抽象的、不可捉摸的美感和柏拉图式的爱情。他还以腓特烈二世的名义用拉丁语写了许多书信，嘲讽教皇、芳济谷教派和多明我教派，文笔优美，富于哲理。

西西里诗派爱情诗的内容、形式和语言往往显得刻板单调，虚饰浮夸，贵妇人千篇一律地被描绘成金发女子，风度典雅，仿佛圣母式的偶像，缺乏血肉。表现爱情时常常抽象多于激情，理性压倒想象。著名文艺批评家德·桑克蒂斯（Francesco De Sanctls，1817—1883）指出，西西里诗派的致命弱点是“远离真实，远离自然”②。

西西里诗派的成就是同民间诗歌分不开的。一些诗人③，从民间诗歌中撷取题材和样式，借鉴它的手法，并同西西里诗派的艺术技巧相融合，取得了成绩。

贾科米诺·普利埃塞（Giacomino Pugliese），生平不详。他的抒情诗中，描写宫廷生活的几首较为平庸，而以富有民歌情调的诗最为著名。《死亡》描叙死神夺走了诗人爱恋的贵妇人，“夺走了欢乐、伴侣和歌声”；诗人满怀悲痛，责问上帝；心上人的甜蜜的笑容、优雅的谈吐、美妙的眼睛、高贵的品德，现在何处？《相思》抒写少女的美丽，表现她和恋人相会时心灵的喜悦和感情的波澜，纯朴感人，是充满激情、生气的民间诗歌同精雕细琢的西西里诗歌的结合。

圭多·德·科隆内（Guido delle colonne）是西西里岛墨西那人，他留传下来的五首抒情短诗以严谨的格律，精美的语言，优雅的修饰和形象的比喻来表达爱情在心灵中产生的不可抑制的、复杂的感情（《欢乐之歌》、《爱情，你长久地引导我》）。另一首抒情短歌成功地刻画了一个热恋中的少女痛苦和嫉妒交织的心情。

利纳多·阿奎那（Rinaldo D’Aguino，？—1277），据某些学者考证，是著名神学家托马斯·阿奎那的兄弟。他写有十二首抒情诗和一首十四行诗。抒情短歌《十字军骑士的恋人的哀歌》，叙述十字军渡海远征以后，一名青年女子怨恨情人出征前隐瞒真情，不辞而别，留下她一人日夜饮泣，悲伤万分。她祈祷上帝保佑他平安，但又哀叹上帝无法给她带来幸福。对情人的怀念和责备，渴求爱情和担忧被抛弃的复杂、矛盾的心情，在哀歌里得到了淋漓尽致的倾诉。少女在诗中还诅咒十字军东侵毁灭了她的

---

① 但丁:《神曲·地狱》，第13歌。

② 德·桑克蒂斯:《意大利文学史》，第1卷，第12页。

③ 一些学者把他们列入西西里诗派，另一些学者笼统地称他们是接受民间诗歌影响的“西西里诗人”，也有学者认为他们是“接近西西里诗派的民间诗人”。

幸福，是她的痛苦的渊薮。《哀歌》从一个侧面反映出十字军东侵时期人民的生活和思想情绪。

整篇诗歌感情浓烈，富有感染力。它吸收了以乐器伴奏的民间歌谣的特点，节奏鲜明，音韵柔和。语言上也摆脱了民间诗歌粗犷的风格，比较接近现代的意大利语。

西西里诗派虽然缺乏富有鲜明个性的杰出诗人，但它在意大利文学史上起了不容忽视的作用。诚然，它所宣扬的爱情观，主要是封建贵族阶级的观念和空虚的宫廷生活的反映，对于封建统治阶级来说，抒情诗常常只是一种典雅的消遣手段。但在中世纪，正是西西里诗人第一次在世俗的文人文学中把爱情和现世生活放在主要地位，予以热情的讴歌；他们关于爱情本质的探讨，突破禁区，表露了赞美享乐主义、歌颂生活的自由思想。这是对在思想文化领域占统治地位的中世纪道德观念和基督教神学的一次有力冲击，在某种程度上表达了新兴的城市市民的思想意识。

西西里诗派在诗歌领域进行了积极的探索。抒情短歌和十四行诗这两种独特的诗歌形式，正是经过他们的实践，成为新的诗歌样式，后来在文艺复兴时期的诗人但丁、彼特拉克的诗篇里臻于完美，放射出灿烂的光辉。西西里诗派的诗人来自意大利各地，他们努力从俗语中提炼精确、规范化的诗歌语言，讲究格律和修辞。这是在创立统一的意大利文学语言方面所进行的第一次尝试，它的经验为后来的托斯堪纳诗派、“温柔的新体”诗派和文艺复兴抒情诗的创作，提供了有益的借鉴。西西里诗派还把东方文化、普罗旺斯文学带到意大利。这一切，都给意大利文学的发展以积极的推动。

四、城市文学

1. 抒情诗歌

1250年，西西里王国国王腓特烈二世逝世。其子曼弗雷德继承王位。1266年，西西里王国同教廷、法国发生争夺权力的战争，曼弗雷德在本尼凡托战役中阵亡。1282年，著名的西西里晚祷起义爆发；随后发生的漫长的战乱，导致西班牙人的入侵和统治。这样，西西里在意大利文化生活中的重要地位丧失了。

与此同时，早在十二世纪初就产生了城市公社的托斯堪纳地区，商品货币关系迅速发展，市民反对封建统治和教会的斗争十分活跃。在意识形态领域，这一斗争表现为文化教育的世俗化、语言的俗语化和城市文学的出现，城市公社兴办的大学犹如雨后春笋般涌现，打破了教会长期垄断教育的局面，形成了一大批文化发达的城市，如佛罗伦萨、比萨、锡耶那、阿雷佐、卢加等。托斯堪纳取代西西里，成为意大利世俗文化的中心。在这里，城市文学获得丰硕的成果，出现了前所未有的诗歌繁荣。这一繁荣是以“托斯堪纳诗派”为开端和随后达到高峰的“温柔的新体”诗派为标志的。

托斯堪纳位于意大利北部，同法国毗邻，普罗旺斯抒情诗歌很早就在这里广泛流传。托斯堪纳诗派的爱情诗，无论在内容和形式方面，都很自然地继承了普罗旺斯抒情诗歌的特点。如果说普罗旺斯抒情诗的作用——大多数是封建主、骑士、宫廷诗人——抒发骑士对贵妇人的爱慕和崇拜，主要反映了封建贵族的要求和情感，那末，对于托斯堪纳城市公社的市民来说，这种浮华、抽象的爱情诗，脱离他们的现实生活，已经不能表达他们的思想情趣。它的因袭的格式、复杂的韵律和精致的技巧，已成为日益僵化的文字游戏。

波那琼塔·奥尔比恰尼（Bongg Bonggianta orbicciani，约1220—1290）、基雅罗·达瓦采蒂（chiaro Davanzati，？—1280）是托斯堪纳诗派最初的诗人。他们的爱情诗明显地打着普罗旺斯诗歌的印记，但他们优美的抒情诗出现在西西里诗歌衰落之际，起到了把意大利诗歌的中心从西西里王宫转移到经济、文化发达的托斯堪纳城市公社的历史作用。这是他们的功绩。

托斯堪纳诗派的主要代表是阿雷佐的圭托内·德尔·维瓦（Guittone del Viva，1235？—1294）。他的父亲是阿雷佐城市公社的司库。他自己青年时代加入代表市民阶级的归尔弗党，过着轻浮的生活。1257年左右，因厌恶无休止的党争，离开阿雷佐，前往佛罗伦萨。1260年，吉伯林党得势，他也遭到放逐，精神受到很大刺激。1265年左右，圭托内返回阿雷佐，抛弃世俗生活，皈依宗教，加入以和平、善行、庇护弱者、援助贫者相标榜的“圣母骑士修会”（frate gaudente）。

圭托内精通中世纪文化，熟悉古罗马、普罗旺斯文学，才思敏捷。晚年和但丁结识。他的诗作体裁多样，有抒情短歌、十四行诗、书信诗等，早期主要是爱情诗，后期以政治诗、宗教诗居多。

圭托内的爱情诗舍弃传统诗歌抽象、典雅的特点，以爽朗有力的笔触，讴歌爱情的不可抗拒的力量，对人陷入爱情的漩涡而失去主宰，惶乱、窘迫、软弱无能的心理，女子的骄傲，爱情的不公和离别带来的痛苦等等，予以淋漓尽致的描写。他的诗韵律优美，朗朗上口。善于运用反复、对偶、转喻、象征等手法，从吟咏一见钟情的幸福，到悲叹失恋的不幸，一气呵成，转换自如。但诗中也常常把女子描绘为理想的女性的象征，失之于偶像化，或过于追求奇巧的结构和乏味的道德说教，语言上也可见拉丁语、法语的痕迹。

1257—1262年间，即加入“圣母骑士修会”的前夕，圭托内写了许多道德宗教题材的诗歌。他在诗中提出，歌颂爱情并不是诗人的唯一使命。他企图唤起世人的觉悟，意识到尘世欢乐和荣华富贵的虚幻，人的力量的脆弱；他大声疾呼，要人们忍受一切牺牲，遵循善行、贞洁的原则重新寻求人性之本——理性。圭托内的某些诗还歌颂基督、圣母、圣芳济谷和基督教精神，赞美上帝是智慧的化身，劝谕人们寄信仰于来世，从对上帝的事奉中获取欣悦。诗风沉滞、隐晦。

这些诗歌是圭托内的心灵历经坎坷的写照，同时又打上时代的烙印。十三世纪下半叶，随着经济的发展和资本主义生产方式的成长，城市公社内部发生了不小的变化。实力日益雄厚的商人、企业主逐渐排挤了最先掌握公社政权的城市贵族，取得了统治权。圭托内政治上属于代表市民阶级的归尔弗党，但他的家庭同城市贵族集团有着密切的联系。市民阶级与城市贵族集团的意识，进步与保守的倾向，在他的身上紧密交织着。这些道德、宗教诗歌是表达城市公社中没落的贵族集团留恋旧的公社秩序的迷惘情绪的一曲挽歌，体现圭托内思想上保守的一面。但丁在谈到圭托内的诗歌时，多少予以贬抑，认为世人对他的赞美是出于先入之见，“不看事实，偏信流言”[①]。但丁的评价看来主要是针对圭托内的道德、宗教诗的。

圭托内最优秀的诗是政治诗。1260年9月，在蒙塔佩蒂战役中，他所属的归尔弗党遭到失败，代表封建势力的吉伯林党大肆杀戮归尔弗党人。诗人挥笔写下《啊，悲伤的时刻》(Ahi lasso，ore stagion de dolor)，以深沉的感情，雄浑的气势，热忱歌颂佛罗伦萨光荣的历史：佛罗伦萨，意大利的明珠，民族的骄傲，它维护和平与正义，给托斯堪纳带来强盛和繁荣，光荣的业绩堪同罗马媲美，“世上处处可闻歌颂高贵的雄狮[②]的歌声”；愤怒揭发和控诉封建势力犯下的罪行：他们挑起内讧，把雄狮折磨得遍体鳞伤，气息奄奄；生灵涂炭，百姓蒙受灾难；“正义沦丧，邪恶凯旋”。诗人悲愤地指出，这是“一切热爱正义的人最痛苦的时刻”。这首诗反映出城市公社初期佛罗伦萨的政治斗争，是表达市民阶级反对封建势力，向往自由的情绪的一曲颂歌，体现了圭托内思想上进步的一面。

另一首政治诗《高贵的男爵们》(Magnibaroni)是写给统治比萨的两个君主乌哥里诺和尼诺的。诗中痛惜比萨这个人世间的表率、最美的少女，已经失去了她的价值、荣誉和美丽。圭托内指出，复兴城市只有两种途径：借助奸诈，城市将再度堕落；依靠善行，比萨则永远复兴。复兴的使命落在比萨儿女的肩上，他们是救世者，应当善于识别善与恶。这首诗糅合了圭托内的政治诗与道德教谕诗的特点。

托斯堪纳诗派，特别是圭托内的诗歌创作，对意大利文学的贡献在于，它逐步摆脱普罗旺斯诗歌脱离实际的思想内容和刻板、抽象的表现方法，在爱情诗中注进了更多的现实的成分，并扩展了诗歌题材的范围，把意大利城市公社初期的政治、精神生活引进了诗歌领域。艺术上，托斯堪纳诗派纯化诗歌，丰富了诗歌的表现手段和技巧。

2. 温柔的新体诗

“温柔的新体”诗的提法，最早出自但丁[③]。此后被评论家们沿用。这一诗派的主要

---

① 但丁:《论俗语》，第一章第十三节，第二章第六节;《神曲·天堂》，第26歌。

② 雄狮系当时佛罗伦萨的城徽。

③ 但丁:《神曲·炼狱》，第24歌。

代表有圭多·圭尼采利、圭多·卡瓦康蒂等。青年时代的但丁也属于这个诗派。

圭多·圭尼采利（Guido Guinizelli），出生于1230—1240年间。曾在波伦尼亚大学研究和教授法律，当过一个小城市的行政长官，政治上属于吉伯林党。1274年被政敌放逐到蒙塞里切，1276年在那里逝世。他早年的抒情短歌和十四行诗，模仿圭托内和普罗旺斯晚期抒情诗，后来在波伦尼亚城市文化的影响下，致力于创作具有新风格的诗歌。

著名的抒情诗《高尚的心灵》（Al cor gentil）是温柔的新体诗的宣言。全诗灌注了诗人渴望崇高的爱情的强烈情感和理想。诗中热烈赞美他爱恋的女子，加以理想化，说她是美、善的代表，是传达上帝的神圣信息的天使；爱情引导人们顺应天意，获得幸福，升向天国。爱情和宗教观念，恋人和天使，在这里融于一体。这是中世纪诗歌特有的浓厚的神秘色彩的流露。但这只是一方面。圭尼采利设想，他死后将遭到上帝的谴责，责难他只贪恋和赞美尘世的女子，而不歌颂上帝和圣母。因此，他在诗中赋予心爱的女子以纯洁、完美的形象，"肖似天使"；表现她的精神上的美德。纯洁的心灵的力量，她就是上界的天使。恋人和天使合二而一，在这里显然又是对爱情和现世生活的巧妙的辩护，是对中世纪神学思想和禁欲主义的回答。这一观念也影响到但丁。但丁在《新生》中就把贝娅德丽齐描绘为从天国下凡显示奇迹的天使。圭尼采利还进一步跳出中世纪爱情诗仅仅把恋人描绘成供人观赏、崇拜的对象的巢臼，努力从新的角度来阐发爱情的本质，着重于开掘爱情蕴含的崇高内涵。他在诗中写道，爱情和高尚的心灵，这两者是互相依存、不可分离的，犹如"太阳和灿烂的光芒"，彼此辉映，互为存亡。

> 高尚的心灵是爱情的寝宫，
> 犹如铁矿永远吸引磁石。

邪恶仿佛"水要扑灭火焰"，扼杀爱情。但爱情犹如。"烛台上的明烛"，在心灵里燃烧，荡涤一切卑劣、不纯洁的欲念，征服傲慢，平息愤怒，诱发出诗人心中最美好、最崇高的情感。

关于人的高贵，在西西里诗人连蒂尼、托斯堪纳诗人达瓦采蒂的诗里已经涉及，但圭尼采利予以进一步发展，注进了新的内容。诗中写道，人的高贵不是天生的，不是赠赐的礼物，"不能依靠门第，代代相传"；而傲慢地自称"我是天生的高贵者"的贵人，不过是一潭污泥，纵然太阳时时照耀它，泥潭依然污秽；高贵是个人的品格；只有具备一颗高尚的心灵的人，才配称作高贵，才配享有爱情。

这样，圭尼采利就把爱情的位置从封建主的宫廷，转移到人的高贵的心灵，提出了以品德的优劣决定人的贵贱的新的道德观。在十三世纪托斯堪纳的具体历史条件下，这实际上是新兴的市民阶级对封建主以门第、出身来确定自己的优越地位的传统的挑战，鲜明地表达了这一新的社会力量反对封建等级观念和制度的意识。

圭尼采利的爱情诗在艺术上不落骑士抒情诗的公式化、脱离现实生活的老一套。他把心爱的女子比作“玫瑰”、“百合花”、“轻风”、“天宇间明丽的星斗”，“浅草茸茸的河堤”和“璀璨的玉石”，(《我要歌颂》、《情人的美德》)，想象丰富，生动亲切，给人一股爽身扑鼻的清新之感。他的诗韵律和谐，文辞柔美，体现出温柔的新体诗派擅长探索爱情在心灵深处激起的微妙变化的特点（《爱的忧愁》）。但丁早期抒情诗的特色在圭尼采利这些诗篇里已可见端倪。但丁在《新生》、《飨宴》、《论俗语》、《神曲》中不止一次地对圭尼采利的诗歌表示欣赏，称赞说：

你的温柔的诗歌，
只要我们的语言流行着，
我们始终宝贵着你所写下的一字一行。[①]

圭多・卡瓦康蒂（Guido Cavalcanti）是温柔的新体诗派的另一位主要代表。据史书记载，卡瓦康蒂大约于1280年以前生于佛罗伦萨，是著名的学者。他很早就同比他年轻的但丁认识，结成莫逆之交。一度担任佛罗伦萨城市公社市政委员会成员。1296年，他同代表封建贵族的黑党首领科尔索・多纳蒂发生激烈的争论。1300年6月，卡瓦康蒂遭到放逐，一个月以后被召回，同年在佛罗伦萨逝世。

卡瓦康蒂的第一首十四行诗《爱情的奴仆》具有普罗旺斯诗歌的情调。他的第二首诗作《恋人颂》描写恋人形体的美，可以看出圭尼采利的影响。卡瓦康蒂优秀的抒情诗都从人的直接的、真实的感受出发，着力抒写爱情在诗人心中激起的汹涌翻腾的浪花。他把爱情视为完全尘世的、自然的现象，同时又把它描绘成暴君一样凶狂的、同理性相对立的力量。他细致地描绘人受到爱情的支配，沉浸于甜蜜的悸动和痛苦的相思相交织的特殊情感，抑郁、惶恐和动荡不安的精神状态。他的诗以沉思见长，忧伤和孤独的旋律反复出现，凄清感人。

另一首短歌《在小树林中》（In boschetto）则以生机盎然的小树林为背景，神态曼妙地描绘出了一个大胆地吐露爱情的牧羊少女的形象，充满诗情画意。

诗人流放期间身患重病，预感到死亡的临近。爱情主题同怀念佛罗伦萨主题的结合，成为这一时期诗歌的特点。在《因为我不再指望》（Perch’i’no spero）这首诗中，卡瓦康蒂请求诗歌在他死后带着他的灵魂，重返佛罗伦萨，不同善良的人们的仇敌相见，而同心爱的女子聚会，向她传达他的深沉的哀伤与甜蜜的叹息。沉郁凄怆的诗句，

① 但丁：《神曲・炼狱》，第24歌。

仿佛被放逐的诗人渐渐远去的回声。温柔的新体诗派的诗人还有拉波·贾尼（Lapo Gianni）、贾尼·阿尔法尼（Gianni A1fani）、迪诺·弗雷斯科巴第（Dino Frescobaldi）和齐诺·德·西吉布第（Cino de Sighibudli，1275？—1336或1337）。齐诺出身于皮斯托亚的贵族家庭，是著名的律师。他在波伦尼亚认识但丁，曾在法国客居。后来加入黑党，1303年因政治原因被放逐。晚年定居佛罗伦萨，直到逝世。齐诺的诗歌创作以爱情诗为主。他的诗中虽然把热恋的女子描绘成天国的使者，她超越常人的理智，带来使人幸福、道德完美的天意；不过，他的诗歌最成功的地方是细婉有致地描叙恋人的美在诗人内心产生的迂回波荡，大胆暴露爱情的曲折遭遇导致欢乐、幻想、惆怅的心理变化，柔和、轻畅，具有现实主义的因素。

温柔的新体诗是对普罗旺斯、西西里爱情诗歌传统的突破和改造，也是托斯堪纳诗派的发展和提高。它不是以封建主和骑士的道德观念、趣味为基础，也不以歌颂对贵妇人的崇拜、忠诚、献身精神为主题，而是从站在市民阶级营垒里的诗人切身体验的感情出发，予以细致、真切的描绘。但丁在总结意大利抒情诗的发展时指出，温柔的新体诗人遵循这样的原则进行创作：

> 当爱情激动我的时候，
> 我根据它在内心发出的指示写下来。①

换句话说，就是诗人的“笔紧紧地追随内心的主宰前进”。但丁认为，这是新诗歌同既往的抒情诗的区别②。温柔的新体诗人还进而从新的角度阐发爱情的本质、爱情同高贵的关系，表达了新的人生观、道德观。重视人的真实的情感，把内心的感受同哲理的思考结合起来，对世俗生活的兴趣，要求社会平等的意识，凡此种种，一方面表达了新兴的市民阶级朦胧的思想愿望，具有文艺复兴时期以“人”为本的人文主义思想的若干萌芽，另一方面也是中世纪城市文学中现实主义倾向的体现。

温柔的新体诗人不满足于普罗旺斯诗歌浮华的、矫揉造作的手法，渴求诗的、艺术的形象。他们克服因袭的、千篇一律的描写，采用朴实、明晰的诗体，流畅、柔美的语言，富于想象力的构思，探索和剖析人物的内心世界，展示爱情在心灵深处激起的层层波澜，具有“温柔”、清新的诗风。他们通过自己的艺术实践，奠定了抒情短歌、十四行诗的形式，达到了中世纪抒情诗的高峰。当然，温柔的新体诗没有能够超越中世纪这一特定的历史时代的局限，它的诗歌题材仍然十分狭窄，许多诗篇的内容和手法雷同，也没有摆脱中古文学固有的神秘色彩和隐喻、梦境的特征，有些诗还流露出

---

① 但丁:《神曲·炼狱》，第24歌。

② 同上。

颓丧的情调。但它毕竟开拓了意大利抒情诗歌的新生面，从思想上、艺术上为即将登上舞台的文艺复兴时期的伟大诗人但丁、彼特拉克开辟了道路。

3. 叙事作品

（1）纪事散文

在托斯堪纳地区抒情诗歌繁荣的同时，各种体裁的叙事作品也适应市民阶级的需要，得到新的发展。纪事散文就是它的一个丰富的组成部分。

中古时期的纪事著作完全被纳入神学的轨道。著作家们按照神学史观撰写以至篡改历史。纪事著作都用拉丁语写成，不是按照宗教教义来叙述世界的起源、发展和基督教的作用，便是为教皇、圣徒之辈树碑立传，大唱赞歌。

从十三世纪初起，陆续出现了一批纪事散文，它们试图摆脱中世纪神学史观的藩篱，表达市民阶级的精神。这一转变过程是缓慢的，它一方面包含了对中世纪史学的继承，另一方面体现了对中世纪史学的批判。

一部分纪事著作是仍然用拉丁语写成的宗教史书，如克雷莫纳的西卡尔多（sicardo da Cremona，约1155—1215）的《通史》（chronica universale，1213）、卢加的托洛梅奥（Tolomeo da Lucca，约1236—1327）的《教会史》、菲拉拉的里科巴多（Riccobaldc da Ferrara）的《罗马教宗史》（Historia Pontificum roblannorum）。它们承袭了中世纪史书的传统，或记叙上帝“创业”以来教会的业绩，宣传神学，或为各个教皇立传，歌功颂德；这些作品反映出中世纪教会和封建社会的某些特征，又或多或少地起着提供知识的百科辞书的作用。

另一部分用拉丁语写的史籍具有世俗的内容。它们不再以颂扬教会，替教皇、圣徒编写传记为已任，虽然往往也从世界的起源谈起，但总是落脚于他们所处的时代；通过追忆罗马的光荣业绩，提出复兴意大利的要求。萨利姆贝奈（Salirabene，1221—1287）用拉丁语写的《历史纪事》（chronica），把史料和个人所见所闻结合起来，记叙1212—1287年间意大利的历史发展，对教会、封建贵族制造内战、纷争酿成的祸害，提出批判。巴尔托洛梅奥·迪·奈奥卡斯特洛（Bartolomeo di Neocastro）的《西西里史》（Historia sicula）描写了著名的1282年西西里晚祷起义。

十三世纪下半叶，用俗语写的新的纪事作品，在托斯堪纳地区不断涌现。佚名作者的《比萨编年史》、《卢加编年史》、里科达诺·马利斯皮尼（Ricardo Malispini）的《佛罗伦萨史》（Storiafiorentina），叙述了意大利各城市在政治、经济、文化领域的历史发展。这些史籍的作者力求反映政治现实，表达城市公社的要求。

特别值得一提的是，马利斯皮尼是归尔弗党的成员，曾积极参加佛罗伦萨的政治斗争，因而遭到政治迫害。他的《佛罗伦萨史》打破旧编年史的框框，第一次把佛罗伦萨放在意大利民族历史的范畴内，从传说中的罗慕洛创建罗马城，直到西西里晚祷起义的历史，都作了广泛的描述。这些纪事作品具有一定的文学价值。在中世纪，甚至直到薄伽丘的时代，“历史”一词同时又包含“故事”的意思。因此，这些著作中不乏诙谐有趣的笑话，生动活泼的情节和描写逼真的人物。也可以看到骑士传奇的某些影响。

另一名佛罗伦萨史学家迪诺·康帕尼（Dino complagni，1260—1324），曾经担任丝织行会的领袖，热心参加城市公社政权的建设和治理。他维护佛罗伦萨的独立，反对封建贵族和教皇朋尼法斯八世的干预，1301年因代表封建贵族和教皇的力量得势，他被迫隐居，直至逝世。康帕尼写过抒情诗，他的纪事作品《当代大事记》（cronica delle cose occorrenti nei tempi suoi）实际是一部文笔优美的回忆录，从1280年写到1312年，再现了佛罗伦萨政治斗争最尖锐的年代的面貌。作者还追述佛罗伦萨各个党派、他的政敌和朋友的败行劣迹，予以毫不含糊的抨击。鲜明的倾向性，流畅的文字，丰富的史料，是《当代大事记》具有的价值，也是但丁创作时把它作为参考书的原因。

最优秀的纪事著作是乔万尼·维拉尼（GioVanni Villani，约1274—1348）的《编年史》（Gronica）。维拉尼是佛罗伦萨人，经管商业，常到意大利各地和国外旅行。政治上属于归尔弗党，多次担任佛罗伦萨的行政官、税务委员会成员、司法官员等公职。1331年被控犯有贿赂罪而免职，后来还坐过牢。1348年死于佛罗伦萨大瘟疫。

维拉尼熟读古典史学家的著作，从中了解到古代罗马的光荣历史和许多名人的业绩。1300年，他到罗马参加教皇朋尼法斯八世主办的“禧年”庆典活动，看到罗马遗迹的宏伟，受到很大触动，决心仿效古典史学家来著述史书。他写道：“罗马正在衰落，我出生的城市正在兴起，因此我力求在这个新的纪年史中尽可能详尽地记述佛罗伦萨的起源、活动和盛事。”

维拉尼在广泛搜集神话、传说、圣经故事、民间传闻、史料、档案的基础上，写成了《编年史》。全书共十二卷，前六卷遵照中世纪史学的传统，写世纪的起源、世界大洪水，直到查理大帝君临意大利。后六卷着重记述当时佛罗伦萨各个领域的现实生活，是全书的精华。叙述的客观性，对城市政治、经济活动的兴趣，丰富的基本统计数字，是《编年史》特别是它的后六卷的特色。关于佛罗伦萨无休止的党争、历史上著名的战役、重要历史人物的生平，维拉尼都力求作客观的、详尽的记载。如关于教皇朋尼法斯八世的小传，既指出他意气骄横，刚愎任性，对政敌极其残酷无情，又认为他聪明睿智，精明练达，非常讲求实际。维拉尼认为，经济是联结诸多社会现象的中枢，因而特别注意当时佛罗伦萨的经济实况。他详尽地叙述佛罗伦萨的人口、工资、学校、学生、工场、医院、教堂、僧侣、银行、税收、官员薪俸、市政开支等方面的情形，列举了大量的统计数字，提供了许多有价值的史料。例如，维拉尼写遭，佛罗伦萨当时共有146个面包作坊，按照每天的面包消费量和每人的口粮，可以推算出城市人口至少为九万人。全城共两百多家毛织工场，直接间接以此为生的近三万人。从事汇兑业务的银行八十家，每年铸造四十万佛罗琳金币，等等。

《编年史》突破中世纪宗教神学观，以市民的眼光来观察和撰写历史，反映了这支新生的社会力量重视经济建设和管理的特征。作者重视史料和史实的科学态度，开创了纪事散文领域的新风，给文艺复兴时期马基雅维利[①]、圭恰尔迪尼[②]的史学著作产生了影响。《编年史》至今仍然是研究意大利历史和文艺复兴运动形成的历史环境的珍贵的资料，具有很大的认识价值；同时，它对推动意大利语散文的形成，也起了一定的作用。

（2）科学文艺著作与教谕作品

科学文艺著作、教谕作品，是城市文学中流行的又一种体裁。

布鲁奈托·拉丁尼（Brunetto Latini，约1220—1293年）是这一领域的典范。拉丁尼的父亲是公证人，他自己也长期担任公证人和佛罗伦萨城市公社的行政官员，出使过西班牙。吉伯林党统治佛罗伦萨期间，他流亡法国，编写了《宝库》（Tesoro，1260—1266）。

《宝库》是意大利近代第一部科学文艺著作，具有百科辞书的性质。最初用法语写成，很快译成拉丁语、意大利语，广为流布。全书共三卷。第一卷叙述人类社会的历史，并介绍天文、地理、数学、物理、动物学等自然科学领域的知识。第二卷是哲学，对美德与恶习进行探讨。第三卷是修辞学与政治学。作者写作的意图是向城市公社的市民提供广泛的实用知识，满足他们提高文化、道德水平的需要。这是同中古时期这类作品的区别。例如，《人应该怎样选择生活地区》一节，以形象的比喻，浅近的理论，生动地介绍了选择生活地区时勘察地貌、水文、地质、土壤、环境的重要性以及有关的知识。动物学的章节描叙各种动物的习性、特征、产地，把有关的神话传说同实际知识结合起来。十三世纪下半叶工商业城市迅速发展，重视科学的特点，对中世纪蒙昧主义的批判，在《宝库》中鲜明地流露出来。第三卷包括两方面的内容，第一部分是批判君主政体，肯定城市公社，着重论述城市行政官的职责、行动准则，提出治理城市的方法。拉丁尼认为，这就是政治学，它是“世界上最高尚的学问、最尊贵的工作”。第二部分阐述人才的培养。拉丁尼强调人要积极投身现实的斗争，追求荣誉，立功建业。他说：“荣誉赋予有胆识者以第二生命；人纵然与世长辞了，但只要他的杰作的名字留传于后世，他便依然活在人间。”这是刚刚登上历史舞台的市民阶级摒弃中世纪的出世主义，重视现实生活，具有远大抱负的思想品格的真实写照，同时也表明，

① 尼可洛·马基雅维利（Nicoolò Machlavelli，1469—1527），意大利政治家、历史学家、作家。著有《君主论》、《佛罗伦萨史》、《军事艺术》和喜剧《曼陀萝花》等。

② 弗朗齐斯科·圭恰尔迪尼（Francesco Guicciardini，1483—1540），意大利历史学家，著有《意大利史》、《回忆录》、《佛罗伦萨纪事》等。

这个阶级从它诞生的第一天起，它的世纪观便渗透了个人主义。一些史料指出，意大利文艺复兴时期的许多人文主义者思想上都受到这部著作的熏陶。但丁尊敬地把拉丁尼称作“老师”、“父亲”，还仿效《宝库》撰写了著名的科学论著《飨宴》。但丁并且说，正是在拉丁尼的教育下，他懂得了人不能在世上虚度一生，而应该借助自己的行动达到永垂不朽[①]。因此，《宝库》被称作“培养政治家的教科书”[②]。拉丁尼在《宝库》中广征博引，集古代和中世纪的百科知识之大成。文笔洗练，夹叙夹议，富于情趣。

拉丁尼用拉丁语写的《小宝库》(Tesoretto)，是一部未完成的长诗，通过描写诗人从西班牙归来，迷途于森林，幻游自然、美德、享乐等王国，阐述哲学、科学领域的广泛知识，探讨爱情、道德和宗教问题。这部作品宣扬骑士爱情观点，采用中古文学惯用的寓意、梦幻手法，但已反映出市民群众的精神特征。拉丁尼还翻译西塞罗的演说辞多篇，著有《修辞学》一书。维拉尼在《编年史》中称赞他是“修辞学大师，无论口才，或是文笔，均堪称上乘”。拉丁尼的著述，对推动意大利艺术散文的发展，作出了贡献。

弗朗齐斯科·达·巴尔贝里诺(Franceseo da Barberino，1264—1348)，真名弗朗齐斯科·涅利(Francescx Neri)，在波伦尼亚和佛罗伦萨任公证人，因反对教权主义于1304年被放逐。流亡法国期间，认真钻研法国、普罗旺斯文学，1315年返回佛罗伦萨。《妇女的教养》(Del reggi ‘mento e costullje di donna，1318—1320)，是他写的一部诗与散文间杂的教谕作品。人物以勤劳、才智、贞洁、希望、爱情等抽象概念命名，阐述不同社会地位的妇女(平民、女仆、寡妇、尼姑、公主)在生活的不同阶段(少女、妻子、母亲)应该接受的教育。巴尔贝里诺认为，妇女不应该再关闭于深闺内室，而要摆脱被奴役的生活，走出家门，自由地散步、跳舞、求知、学习。

流亡法国期间写的另一部作品《爱的教诲》(Documentid’ amore，1310—1314)，具有同样的风格，通过以荣誉、正义、谦逊、永恒、爱情等概念命名的人物，提出爱情是诚实、美德之本的观点，妇女应当享有爱情和自由的权利。这两部作品批判基督教禁欲主义，反映了从中世纪向文艺复兴过渡时期社会生活的世俗化。

(3)市民故事

在意大利中世纪城市文学的发展过程中，最初曾出现一些模仿法国叙事传奇的作品，如以《列那狐传奇》为蓝本的禽兽故事，仿效《玫瑰传奇》的寓意故事。篇幅短小的散文故事，大约从十二世纪发展起来，到十三世纪已成为很流行的一种文学体裁。其中，《古代骑士故事》(conti d’ antiehi cavalieri)、《七个智者的故事》(Libro dei sette sa’ vri)，是根据民间流传的拉丁故事或印度故事，由佚名作者改编的。《七个智者的故

① 但丁:《神曲·地狱》，第15歌。

② 孔蒂尼:《十三世纪诗人》，米兰—那不勒斯，1960年，第2卷，第172页。

事》包括十四篇故事，叙述国王的贵妃向太子求爱，遭到拒绝，于是怀恨在心，向国王进谗言。国王大怒，欲处死太子，担任太子的老师的七个智者轮流给国王讲述，予以开导，最后太子打破沉默，揭露了事情真相。这些故事基本上是模仿之作，缺乏独特的思想性，但它的一些艺术特点，如围绕中心人物的活动编织各个故事的结构，对人物的外形、内心活动和生活场面的描写，为近代意大利文学故事的形成提供了借鉴。

《古代故事百篇》(Novrellino，或Le cento novelle antiche）是散文故事中最优秀的作品，也是意大利中世纪城市文学中的一部重要作品。它的作者已无法查考，某些评论家曾推测它出自拉丁尼或巴尔贝里诺之手，但没有得到证实。从书中描写的人物、事件判断，成书的年代在1281年至1300年间，最初由佛罗伦萨一名粗通文墨的人士在十三世纪末搜集、定稿，后来经著名语言学家本波（Bernbo）的秘书卡尔洛·瓜台鲁齐（carlo Gualteruzzi）在1525年加以整理，从中精选一百篇，编成现在流行的版本。

这些故事或取自古代传说、圣经故事，或以民间趣闻轶事、法国骑士传奇、东方故事为素材，但在民间流传过程中，为着适应市民的趣味，经过不断的加工和再创作，已经具有强烈的现实性。卷首的“引子”写道，这一百篇故事都贯串着一个主要的内容，即描写“优雅的、模范的谈吐、礼仪、品德、豪爽和爱情”，歌颂美德，嘲讽恶习。这就开宗明义地点出了这部作品的宗旨是表达市民阶级的思想情趣。毫不奇怪，市民的机智、聪明，在这些故事中作为主要的美德得以热情的歌颂。

《希腊智者》写被希腊国王投入牢狱的智者，他先应国王的要求，识别出一匹进贡的西班牙名马是用毛驴的奶汁喂养长大的驽马，继又指出国王最珍贵的珠宝内潜伏着蠹虫，最后断言国王是面包师的私生子。国王大惊，忙问智者何以掌握这种种秘密，智者一一作答，国王自惭勿如，下令把他释放。飞扬跋扈、骄尊虚荣的国王，受到无情的嘲弄，狼狈不堪；遭受迫害的平民，依靠自己的聪明才智，击败了庸懦无能的统治者，扬眉吐气，鲜明地体现出市民文学反封建的倾向性。

《萨拉丁诺筹款》写苏丹萨拉丁诺想向一名犹太商人借钱，故意刁难，问他世上三大宗教中，哪一种教最好。犹太人灵机一动，讲述了三个戒指的故事，击破了苏丹的诡计。故事赞美市民的智慧，肯定“异教”同占统治地位的基督教享有平等的地位，这正是崛起的市民阶级的政治愿望和思想感情在文学上的反映。薄伽丘采用这个情节，予以加工，写成著名的三个戒指的故事[①]；嗣后，德国作家莱辛又据此写成诗剧《智者纳旦》，使之不胫而走，成为广泛流布的脍炙人口的故事。

有些故事写农民、民间艺人、文人的趣事，颂扬劳动人民纯朴、善良的品德和机灵、狡黠的本领，反映出城市文学同农民的联系。对下层人民身上的某些恶习，故事作者以友善的态度进行讽刺，显得比较温和。《占星学家》嘲笑脱离实际、沉溺于占星

① 薄伽丘:《十日谈》，第一天，第三个故事。

术的学究。《水仙花》写一个自我陶醉的美少年，爱上自己在水中的倒影，结果溺水而死，变成一株水仙花，揶揄傲慢浮薄、孤芳自赏的恶习。

《智者和亚历山大·马其顿》、《科拉多王》赞赏宽容、博爱、慷慨豪爽的美德。一部分故事歌颂西西里国王腓特烈二世开明、豁达的品性。故事创作者在这些人物身上寄托了自己的道德理想，同时也表现出力量弱小的市民对所谓开明君主所抱的幻想。也有些故事攻击妇女似水性杨花，放荡无耻，或者宣传迷信观念，或者制造庸俗的笑料，具有消极的作用。

《古代故事百篇》立足于现实，描写了从帝王、臣僚、僧侣、法官到商人、农民、手工业者、艺人、学者等形形色色的人物，把十三世纪意大利社会生活的广阔画面，形象地展现在读者面前。这些故事篇幅短小，最短者不足十行，最长不过两页，情节凝练集中，进展迅速，语言简洁生动，描叙朴实自然，故事引人入胜。这些特点显然同它们长期在民间流传有关。《古代故事百篇》为文艺复兴时期意大利文学的重要体裁——短篇故事的发展，奠定了基础，是薄伽丘的杰作《十日谈》的先声。

（4）《马可·波罗游记》

意大利中世纪城市文学中具有世界意义的作品，是《马可·波罗游记》。

马可·波罗（Marco Polo，1254—1324），出生在威尼斯。父亲尼可罗、叔父马太奥都是同东方做买卖的商人，1260年曾长途旅行，到达土耳其、波斯和中国，历时近十年，受到元朝皇帝忽必烈的接见。1271年，马可·波罗跟随父亲、叔父前来东方，用四年时间跋山涉水，经过两河流域、土耳其、伊朗，翻越帕米尔高原，来到中国。他很受忽必烈的赏识，先后在元朝做了许多年的官，遍游山西、陕西、四川、云南、山东、江苏、浙江、福建等地，历时近十八年，其间曾几度出使，到过印度支那、印度、缅甸、波斯、苏门答腊。1295年，马可·波罗返回威尼斯。1298年，威尼斯同热那亚发生海事战争，他在库尔佐加战役中被俘，被囚于热那亚监狱。同狱的难友是一个名叫鲁思蒂谦诺（Risticiano）的比萨人。鲁思蒂谦诺是个作家，又名鲁思蒂凯洛（Rustchello），曾在法国居住，精通骑士文学，用法语写过许多传奇，其中骑士传奇集《梅里亚杜斯》（Meliadus，约1270）在意大利广为流传，影响很大。马可·波罗在狱中向他口述在中国和亚洲国家的经历和见闻，由鲁思蒂谦诺用法语笔录下来，这就是《马可·波罗游记》。

《马可·波罗游记》的原稿已经散失，各种文字的版本辗转传抄，讹误很多。1559年，著名学者贾·巴蒂斯塔·拉穆西奥（Gian Battista Ramusio）参照五种文字的版本，予以缜密的校勘，核定了日后流传的意大利语版本。全书分为四部分。第一部分写马可·波罗随父亲、叔父来华途中的见闻。第二部分主要记叙北京、西安、开封、南京、镇江、扬州、苏州、杭州、福州、泉州等重要都市的情况。第三部分叙述作者游历的东方各国。第四部分记载蒙古诸汗国和俄罗斯的情形。随着中心人物游历的足迹，一幅幅陌生、奇异的东方世界的图画，纷呈在读者的面前。作者的兴趣十分广泛，大凡他旅行和生活过的国家和地区，从气候、地理、生物、文化、医药、宗教，到居民的体质、性格、嗜好、风土人情、婚丧礼仪、宫廷生活、奇闻轶事，都在他的视野之内，力求给以形象的表述。这种叙述毫不刻板、枯燥，而是独具匠心，富于情趣。对中国京城、苏州、杭州等都市和成吉思汗宫殿的描写，既详尽、具体地记述它们的概貌、特征、格局，直至面积、比例，具有科学著作的准确性，至今仍不失其参考的价值，又善于以清新、活泼的文辞，勾画出它们的轩昂华丽、灿烂炫目的色彩，唤起读者的惊奇，令人神往。巨大的真实性中蕴含着不可思议的美妙，叙事诗般的宏伟同传奇般的魅力，巧妙地结合起来，成为贯串全书的特色。

马可·波罗是早已成为海上强国，并同东方有着贸易关系的威尼斯的商人，因此他的旅行并不以涉猎异国情调为目的，而是对中国的政治、经济、社会的现实情况表示特别的关注。他对中国的物产状况，贸易往来，商人的数目和财富，丝绸、香料的生产，煤炭、石油、石棉的应用，货币的制造和流通，税收制度，农业耕作，元朝的政治军事组织，等等，都加以细心观察，详细介绍。在《游记》中，元朝鼎盛时期中国的社会生活，得到了极为广泛、生动的反映，同时，十三世纪末意大利商人阶层渴求知识和认识外部世界的热情，积极探索的精神，也充分地体现了出来。

《游记》无论记述见闻，或者抒发感想，都避免浮华夸张，力求客观、朴实。因此，这不仅是一部具有很大科学、历史价值的作品，而且是真切有趣的、现实主义的文艺作品。

《马可·波罗游记》是欧洲第一部介绍中国和东方世界的名著，出版后轰动欧洲社会，很快被译成各种文字。它揭开了奇异的东方世界之谜，在欧洲人的眼前展现了多姿多彩、令人惊羡的中国文明，激起航海家、旅行者、传教士对东方的向往，促进了东西方之间经济、文化交流。意大利热那亚人哥伦布因阅读这部作品而受到鼓舞，决心周游东方世界，在航行中不期到了美洲，从而导致新大陆和新海路的发现。《游记》在意大利中世纪文学史上也占有重要的地位。评论家把它称作“我国十三世纪最宏伟的作品”①，马可·波罗作为它的主人公，“足堪同但丁笔下的俄底修斯②相媲美。”③

1978年初稿于北京

1980年春修改、定稿于意大利

---

① 莫米利亚诺（Momigliano）:《意大利文学史》，第16页。

② 但丁在《神曲·地狱》中热情洋溢地描写荷马史诗中的英雄俄底修斯为了追求知识，不惜抛弃家庭，历经千难万险，扬帆于天涯海角的英勇行为。

③ 莫米利亚诺:《意大利文学史》，第16页。

《马可·波罗游记》的笔录者鲁思蒂谦诺

一部优秀的作品，可以传遍世界。1298年，在意大利热那亚一座监狱里，《马可·波罗游记》问世了。这部游记，以巨大的艺术魅力，向意大利人和欧洲人描绘了古老的中国文明和奇异的东方世界，轰动了西方。六百多年来，《游记》广为传播，成为世界上最吸引人的作品之一，马可·波罗的名字也作为中意两国人民的友好象征而载入史册。

当读者阅读这部脍炙人口的作品时，可曾想到，它曾包含了另一位意大利人的辛勤劳动？他就是《马可·波罗游记》的笔录者鲁思蒂谦诺。

鲁思蒂谦诺的名字，对于今天的许多读者几乎是陌生的。其实，他在世时就是一个颇有名气的文人了。

鲁思蒂谦诺（RuSticiano），又叫鲁思蒂凯洛（Rustichello），意大利比萨人，生活在13世纪，生卒年不详。比萨是个历史悠久的文明古城，位于意大利中部大平原，土地肥沃，气候温和；它的地理位置很重要，濒临利古里海，联结意大利南北通道。同法国和同地中海地区都有密切的交往，是当时东西方贸易的枢纽之一。

鲁思蒂谦诺从小就受到比萨文化传统的熏陶，并且对外部世界有着浓厚的兴趣。起先，他在比萨学习法语，因为法语是当时地中海地区交往时广泛使用的语言，很受当地知识阶层的重视。后来，鲁思蒂谦诺前往法国深造，专门研究法国骑士文学。由于他广学博识，富有教养，所以人们都尊敬地称他“鲁思蒂谦诺老师”。

十三世界是欧洲骑士文学繁荣的时代，尤以法国最为兴盛，是骑士传奇的中心。鲁思蒂谦诺到法国后，很快熟读法国骑士文学的经典。我们知道，当时的骑士传奇按题材大致可以分为三个系统，古代系统和拜占庭系统是分别依据古希腊、罗马文学作品和拜占庭流传的古希腊晚期故事而改写成的；最典型、最有影响的骑士传奇是不列颠系统。不列颠系统的传奇中贯串着一个中心人物，即不列颠国王亚瑟，它们通常以亚瑟的骑士围聚在圆桌周围叙述故事的形式展开，所以又称“亚瑟王的故事”或“圆桌骑士的故事”。不列颠系统中最重要的作品是产生于12世纪的《特利斯坦与绮瑟》，它描写特利斯坦与绮瑟这一对青年男女因误饮药酒，真挚相爱，最后被绮瑟的丈夫国王马克迫害致死的遭遇。鲁思蒂谦诺非常喜欢《特利斯坦与绮瑟》，但这部作品在十三世纪没有完整地传留下来，他便对法国十二世纪两位骑士作者具卢勒和汤姆遗留下来的《特利斯坦与绮瑟》的残篇进行了深入、潜心的研究，又攻读了法国另一位十二世纪诗人克雷蒂安·德·特洛阿写的骑士传奇《朗斯洛或坐囚车的骑士》（约1165年）、《培斯华或圣杯传奇》（约1180年），仔细揣摩这些骑士文学经典作品的构思主题、编织情节、描写技巧方面的特点。在这基础上，鲁思蒂谦诺于1270年用法语写成了一部骑士传奇集《梅里亚杜斯》（Meliadus）。

鲁恩蒂谦诺的这部作品中有一个贯串的人物，梅里亚杜斯，他是特利斯坦的父亲，武艺高强，英勇过人，在比武场上所向无敌，在征战中又是攻城略地的英雄，总能凭借惊人的果敢和才智，战胜艰难险阻，建立各种业绩。所以这部骑士传奇集取名《梅里亚杜斯》。鲁思蒂谦诺塑造了一个刚毅无畏、倔强忠直的典型的骑士形象，体现了封建统治阶级理想中的骑士精神。但作品中反映出来的对现世生活的兴趣和追求，对人的才能和智慧的歌颂，又是同中世纪基督教所宣扬的禁欲主义、来世思想和蒙昧主义相悖逆的。在《梅里亚杜斯》中，鲁思蒂谦诺还描写了人们熟悉的不列颠系统传奇中的其他人物，如特利斯坦、亚瑟、加尔瓦诺等。

《梅里亚杜斯》很快传入意大利，在各城邦君主、贵族的宫廷里以及骑士传奇读者中广为流传，受到热烈欢迎。据说，当时常常有鬻歌诗人在街头、广场说唱这个骑士故事，一些城市还出现了以梅里亚杜斯的事迹为题材的雕塑艺术品。

在十三世纪意大利文学史上，《梅里亚杜斯》具有一定的价值。首先，它是意大利人当时写作的一部最有影响的骑士传奇，是意大利骑士文学的经典作品之一。其次，法国骑士传奇主要借助文学作品进入意大利，文学史家们一致认为，《梅里亚杜斯》是法国骑士传奇特别是不列颠系统的骑士故事藉以传布到意大利的主要文学作品之一。不妨回忆一下法国骑士传奇对意大利文艺复兴文学产生的影响。但丁的第一部抒情诗集《新生》（1283—1292）就同普罗旺斯诗歌和法国骑士传奇有着一定的渊源。但丁在他的伟大史诗《神曲》中曾提到不列颠系统骑士传奇中的人物特利斯坦、朗斯洛，描写他们的恋爱故事在意大利不胫而走，在青年男女心中点燃起爱情火焰的情景[①]。文艺复兴时期另外两位著名诗人博亚多、阿利奥斯托在他们写的传奇叙事长诗《热恋的罗兰》（1494）、《疯狂的罗兰》（1516—1532）中，也吸取了法国骑士传奇的因素。在意

① 但丁：《神曲·地狱》，第五歌。

大利文艺复兴文学中发现的法国骑士传奇的上述影响，应该说是直接地或间接地同鲁思蒂谦诺的《梅里亚杜斯》有关系的。

后来，鲁思蒂谦诺返回意大利。13世纪末叶，威尼斯和热那亚这两座海上城市交战。1298年，鲁思蒂谦诺参加威尼斯的舰队，在库尔佐加海战中被俘，身陷囹圄。适巧马可·波罗也在同一战役中被俘，囚于热那亚监狱，成为鲁思蒂谦诺的难友。据另一说，鲁思蒂谦诺入狱的时间要比马可·波罗早数年，系在梅洛里亚战役中被俘。[①]

在狱中，马可·波罗向鲁思蒂谦诺口述他在中国和东方的见闻，鲁思蒂谦诺用法语记录下来。一部举世闻名的《马可·波罗游记》或称《东方见闻录》就此诞生了。

文学史学家认为，鲁思蒂谦诺在笔录《马可·波罗游记》时，态度严谨、忠实，《游记》的文字流畅自然，不尚浮华夸张，体现了历史的真实和马可·波罗口述的特点。

不过，鲁思蒂谦诺也并非仅仅扮演了一个纤毫不失地、机械地笔录马可·波罗口述的角色。除去作了有限的文字修饰、润色以外，《游记》的某些地方也反映出文学家鲁思蒂谦诺的个性与风格。

关于这个饶有兴趣的问题，意大利著名学者赛尔焦·索尔米提出了这样两点看法。第一，他认为，《游记》以《引子》（中译本译作《序》）开局，而在《引子》的开头，作者又邀请“皇帝、国王、公爵，侯爵、伯爵和骑士们，以及其他各界的人们”都来读一读这部游记，以便能够睨见“亚美尼亚、波斯、鞑靼、印度和许多其他地域的人民的伟大而不可思议的奇观，千殊万美的奇异”[②]。这样的开局结构，这样的笔法，与其说是威尼斯商人马可·波罗的叙述，毋宁说明显地流露出鲁思蒂谦诺所擅长写作的骑士传奇的传统风格。

第二，《游记》中有关战斗场面的某些精彩叙述，有声有色，气势非凡，也可以看出描写骑士征战的能手鲁思蒂谦诺的手笔。[③]

也有的专家认为，《游记》的最后一部分，准确点儿说，从第201章开始，以事实为依据的、具体的叙述，明显地减少了，传奇的、浪漫的色彩、讲究文辞的倾向，却加强了。骑士传奇作家鲁思蒂谦诺又在这里显示了自己的作用[④]。

这些论点，自然还有待于我们深入一步去研究、验证。然而，我们可以肯定地说，单就笔录马可·波罗的口述，使之成书，广为流传，并且名扬世界这一点而言，鲁思蒂谦诺的贡献也是值得后人铭记的。

---

① 德乐·圭拉：《鲁思蒂谦诺》，比萨，1955年。

② 按意大利文版《马可·波罗游记》（1954年，都灵）译出，与中译本略有出入。

③ 赛尔焦·索尔米：《〈马可·波罗游记〉序》，1944，都灵。

④ 利卡多·马萨诺：《马可·波罗》，载《意大利文学大辞典》，巴里，1962年。此处系指意文版《马可·波罗游记》，全书共235章。

但　丁

但丁·阿里盖利（Dante Alighieri，1265—1321），欧洲中世纪封建主义向近代资本主义转变的历史时期的伟大人物，意大利文艺复兴运动的先驱者，人文主义思潮最早的一位代表。

1265年5月下旬，但丁诞生于佛罗伦萨一个没落的小贵族家庭。关于他的家庭情况，传留下来的资料不多。据但丁自己在《神曲》里透露，他是古罗马人的后裔，他的高祖卡恰圭达是个贵族，曾经随皇帝康拉德三世（1138—1152在位）参加第二次十字军东征，因为立了战功，受到骑士的封号，后来死在圣地。他的父亲据说当过法庭的文书，家道已经中落，实际上等同于一般市民。

但丁五六岁的时候，母亲病故，大约十八岁的时候，父亲逝世。他少年时代的生活很困苦，便把全部精力倾注于学习。他得到当时著名学者布鲁奈托·拉丁尼在文学和修辞方面的精心指导，后来又勤奋自修，对于拉丁文、诗学、修辞学、古典文学、伦理学、哲学、神学、历史、天文、地理、音乐、绘画无不研究。他潜心攻读荷马、维吉尔、贺拉斯、奥维德的诗卷，在“智慧的海洋”里汲取了丰富的养料。他还在修道院里旁听过课程。除了《圣经》，他广泛阅读了中古哲学家波依修斯的《论哲学的安慰》、托马斯·阿奎那的著作，特别是阿奎那的被称为中古时代经院哲学百科全书的《神学大全》，又认真研究了亚里士多德的哲学体系。这样，但丁在中古文化的各个领域，都获得了精深的造诣，成为一个多才多艺、学识渊博的人，这对他日后的社会政治活动和文学创作都产生了深远的影响。

但丁少年时代曾热烈地爱慕一个名叫贝娅特丽齐的女子。这种爱是理想中的爱，带有中古时期的神秘色彩。他写了一系列抒情诗来赞美贝娅特丽齐。1290年，贝娅特丽齐染病去世，但丁悲痛万分，便把这些抒情诗用散文加以连缀，这就是他的第一部诗集，取名《新生》(1292—1293)。书中抒发对她的纯洁的爱情，表达摆脱中世纪禁欲主义，渴求生活的情怀。

但丁的一生几乎是在社会各阶级尖锐矛盾和激烈斗争中度过的。在但丁生活的年代，他的故乡佛罗伦萨已是意大利最繁荣的手工业中心和文化中心，纺织、海运和金融业尤为发达，在欧洲经济生活中占有举足轻重的地位。佛罗伦萨也是新兴的市民阶级同封建贵族激烈斗争的中心。这种斗争和当时错综复杂的政治形势，在圭尔弗党同吉伯林党的斗争中得到了集中的表现。十三世纪，意大利在政治上处于分裂状态，北部名义上隶属神圣罗马帝国，但城邦林立，形成封建割据，纷争不已。神圣罗马皇帝住在遥远的地方，常常难以南下行使统治权。相反，教皇在意大利拥有强大的势力，他不但是大片领地的所有者，而且又掌握很大的政治权力，经常干预各城邦内部和城邦之间的争斗，以太上皇自居。

圭尔弗党主张依靠教皇统一意大利，实际代表市民阶级和城市小贵族。吉伯林党代表封建贵族，称皇帝党。这两党的斗争始于佛罗伦萨，后来蔓延到整个意大利。

但丁青年时代加入圭尔弗党。1289年，他二十四岁，相继参加了同阿雷佐城的吉伯林党作战的康帕迪诺战役，和攻打吉伯林党盘踞的比萨之战。这是但丁参加政治斗争的开始。贝娅特丽齐逝世以后，他一度追求浪漫生活，迷失了正路，但不久便正视和克服了自己的过失，继续投身到政治活动中去。

1266年，圭尔弗党战胜吉伯林党，掌握了佛罗伦萨的政权。1293年建立城市民主政权，由羊毛商、丝绸商：呢绒商、毛皮商、金融商、律师、医生与药剂师七大行会的代表组成执政机关，不许贵族担任公职。但丁参加了医生与药剂师行会，可能是由于他从事哲学研究，同医学有点关系。1300年，但丁作为这个行会的代表，参加佛罗伦萨最高行政会议，被任命为六名行政官之一，从事共和政权的建设。圭尔弗党执政后又分裂成为代表贵族利益，支持教皇博尼法斯的黑党和代表银行家和商人利益的白党，争斗激烈。但丁虽然站在白党一边，但为了维护佛罗伦萨共和政权，他以大局为重，一方面谴责黑白党之争，秉公处理闹事的两党领袖，把他们都驱逐出境，另一方面顶住教会的压力，挫败了教皇干涉内政的阴谋，因此得罪了教皇博尼法斯八世。1302年，但丁出使罗马期间，黑党在教皇和法国瓦洛瓦家族查理亲王支持下，夺取了佛罗伦萨政权，对白党大肆迫害，以贪污、反对教皇和查理的罪名，革除但丁的公职，判以巨额罚金，并流放两年。但丁拒不认罪，也没有交纳罚金，于是又被判处终身流放，一旦回到佛罗伦萨，将被用火刑处死。

在近二十年的流亡生活中，但丁周游了许多城市，到处访友，讲学，也曾在一些城邦君主宫廷中客居。他广泛接触到意大利动乱的现实和平民阶层困苦的生活，开阔了视野，加深了对意大利面临的社会政治问题的认识。他更加热爱祖国的锦绣河山，更加热爱故乡佛罗伦萨。他深深懂得，“别人家的面包是多么含着苦味，别人家的楼梯是多么升降艰难”。然而，他始终坚持自己的政治理想，不向反动势力屈服。他断然拒绝以宣誓忏悔为条件，来取得赦免，重返家园。因此，1315年，佛罗伦萨统治者又对他进行缺席审判，判处死刑。

流放初期，但丁写了三部著作。《飨宴》（1304—1307），是意大利第一部用俗语写成的学术性论著，它打破了中世纪学术著述必须使用拉丁文的规矩。但丁借注释自己的诗歌，向群众介绍古今科学文化知识，提供精神食粮，故名《飨宴》。原计划写十五篇论文，但只完成四篇。书中虽然宣传了经院哲学，认为信仰高于理性，赞颂人的伟大，批判封建等级观念，强调人的高贵在于个人的美德，不在于门第，“不是家族使个人高贵，而是个人使家族高贵。”

和《飨宴》几乎同时写作的《论俗语》（1304—1305），是最早一部关于语言学、诗律的著作，用拉丁文写成。但丁对意大利语言的历史发展作了精辟的论述，着重批判中世纪推崇拉丁文的偏见，阐发俗语的优越性，提出把俗语作为意大利文学、科学的语言，并强调了作家在形成民族语言中的作用。这部著作为意大利民族语言和文学语言的发展奠定了理论基础。

1310年，神圣罗马帝国皇帝亨利七世（1308—1311在位）到意大利加冕，表示要消弭战乱，伸张正义，实现和平。但丁受到鼓舞，特地写了致意大利诸侯和人民书，并向亨利七世上书，把祖国和平与统一的希望寄托在他身上。就在这个时期，但丁撰写了一部政治性论著《帝制论》（1310—1312）。书中指出人类社会的目的是使人能够充分发挥潜在的全部才能，但这只有在帝国的统治下才能实现。认定尘世生活有其自身的价值，不受教会宣扬的来世永生的支配。这部著作的重大意义在于，但丁第一次从理论上阐述了政治和宗教平等，政教分离，反对教皇干涉政治的观点，向神权说提出了英勇的挑战。

经过长期酝酿和精心构思，大约在1307年前后，但丁开始创作伟大的史诗《神曲》。《神曲》全诗分《地狱》、《炼狱》、《天堂》三部，共一百歌，计一万四千二百三十三行。《地狱》、《炼狱》大约完成于1313年，《天堂》在他逝世前不久脱稿，历时十余年。《神曲》采用中古时期流行的梦幻文学的形式，但丁在古罗马诗人维吉尔（象征理性）和贝娅特丽齐（象征信仰）分别引导下，幻游了地狱、炼狱和天堂。诗中充满了寓意，有些象征手法隐晦费解。然而，但丁写作这部长诗的动机和贯串其中的主题思想是异常明确的。他立志要写一部具有巨大艺术感染力的作品，来反映苦难的现实，启迪人心，表现人类如何由迷误经过苦难的磨炼，达到真和善，“使生活在这一世界的人们摆脱悲惨的命运，把他们引到幸福的境地。”就是说，要为处在除旧布新的时代的意大利寻求政治上、道德上复兴的道路。

《神曲》的伟大历史价值在于，它通过对但丁幻游地狱、炼狱和天堂过程中遇到的上百个各种类型人物的描写，以广阔的画面，反映出意大利从封建关系向资本主义关系过渡时期的现实生活和各个领域发生的社会、政治变革，透露了新时代的新思想——人文主义的曙光。这部长诗对中古政治、哲学、科学、神学、诗歌、绘画、文化，作了艺术性的阐述和总结。因此，《神曲》不仅由于在思想性、艺术性方面达到了时代的先进水平，是一座划时代的里程碑，而且是一部反映当时社会生活的各个领域的状况，传授知识的百科全书式的鸿篇巨制。

晚年，但丁受康格拉达·德拉·斯卡拉大公和圭多·诺维罗·波伦塔伯爵的邀请，先后在维洛纳、拉维纳客居。1321年9月14日，但丁因病在拉维纳逝世，时年五十六岁。

但丁是“有强烈倾向的诗人”。他的新思想表现在很多方面。

对封建统治阶级的揭发和批判，是其中的一个重要方面。他在自己的作品中，以极其悲愤的心情，尖锐地抨击封建统治者的残暴专横，对当时意大利四分五裂，同室操戈，民不聊生的混乱现实深恶痛绝。他把意大利比作“荒芜的帝国花园”，“苦难的住所”，“境内没有一块干净的和平土地”，它已“不再是各省的女王”，而沦为“一座妓院”！他对“意大利所有的城市都充满了暴君”，意大利人“无时无刻不处于战争状态”，即使同一城墙里的人也都自相残杀的状况表示愤慨，予以强烈的谴责。此外，他还抨击了法国卡佩王朝的后裔那不勒斯和西西里的国王查理等人的恶德败行。

在中世纪，教会是西欧封建制度的精神支柱，同时垄断着封建社会的全部文化。因此，在批判封建社会的现实时，必然要把矛头首先指向教会。事实上，对反动宗教神学的严正批判，对教会僧侣阶级腐败的无情揭露，构成了但丁的全部作品，尤其是《神曲》的主旋律。但丁痛斥上自教皇、主教，下至普通教士“日夜在那里用基督的名义做着买卖”，从事买卖圣职、敲诈勒索、图谋私利的无耻勾当，他们“把金钱当作上帝”，“使世界陷入悲惨的境地，把好人踩在脚下，把坏人捧在头上”。但丁义愤填膺地指出，这班满口仁义道德，其实早已背弃《圣经》教义的僧侣，已经把罗马教廷变为“污血的沟，垃圾的堆”，他们不啻是一群“披着牧羊人衣服的贪婪的豺狼”。他还根据参加佛罗伦萨政治斗争的切身体验，站在人民群众的立场上，在《神曲》中把干涉佛罗伦萨内政，破坏意大利统一，当时尚在人世的教皇博尼法斯八世打入地狱，接受酷刑。

同时，但丁在自己的作品中还系统地阐述了关于政教分离的思想。他形象地把教会和国家比喻为两个太阳，分别照耀着精神世界和尘世生活；而今天，“罗马教会由于集两种权力于一身而跌入泥潭，玷污了自身和担负的职权。”他又把国家比喻为骏马，皇帝是骑手，教皇是门外汉，要求尽快恢复由骑手来指挥马匹的正常局面。作为人文主义的先驱，但丁在他的作品中表述的这些观点，反映了新兴市民阶级摆脱中世纪教会束缚和宗教神学桎梏的愿望，反映了时代发展的要求。

但丁以澎湃的热情，歌颂现世生活的意义，鼓励世人积极投身现实的斗争。他强调人赋有自由意志，这是上帝“最伟大的杰作”，上帝给予人类“最伟大的赠品”，他认为人在现实中应该坚定不移地遵循理性：“你随我（指象征理性的维吉尔）来，让人们去议论吧！要像竖塔一般，任凭狂风呼啸，塔顶都永远岿然不动”；但丁还认为人应该以历史上具有伟大理想和坚强意志的英雄豪杰为榜样，振奋精神，“避开懒惰”，“战胜一切艰难”，去创造自己的命运。他也在一定程度上肯定世俗爱情。这种以人为本，重视现世生活价值的思想，显然是同中世纪一切归于神的观念，同教会宣扬的来世主义、禁欲主义，都是针锋相对的。

对于中世纪的蒙昧主义，对于教会排斥和否定古典文化的荒谬态度，但丁同样给予有力的批判。他赞美人的才能和智慧，呼吁发展文化，热情洋溢地歌颂荷马史诗中的英雄奥德修在求知欲的推动下，离开家庭，抛弃个人幸福，历尽千辛万险，扬帆于天涯海角的事迹，并通过奥德修指出：人“不能像走兽一般活着，应当追求美德和知识。”

上述种种思想，构成了但丁作为“新时代的最初一位诗人”的特征，标志着以人文主义思潮为指导的意大利文艺复兴运动的开端。

但丁不仅批判教会，还把批判的锋芒指向了新兴市民阶级。他在《神曲》中对这个阶级的贪婪私利，追逐金钱，高利贷者的重利盘剥，对正在形成的资本主义关系的罪恶，予以严厉的谴责。他指出，资产阶级暴发户充满了“骄狂傲慢和放荡无度之风”，“骄傲、嫉妒和贪婪是三颗星火，使人心燃烧起来”。

但丁是新旧交替时期的伟大思想家、诗人，基督教神学观念、中世纪思想的偏见和世界观上的种种矛盾，也在他的作品中得到了表现。他歌颂现世生活，但又把它看作是来世生活的准备。他揭发教会和僧侣阶级的败行劣迹，但又并不整个地反对宗教和教会，甚至还把神学置于哲学之上，信仰置于理性之上，说谁“希望用我们微弱的理性，识破无穷的玄妙，真是非愚即狂。”他批判禁欲主义，但又把青年恋人作为贪色的罪人放在地狱里接受惩戒，把苦行禁欲派始祖圣芳济谷置于天堂。但丁对封建皇帝也抱有不切实际的幻想，认为只有皇帝才是能够在暴风雨中拨正意大利这只船的航向的“舵手”，保障祖国统一、独立与自由的实现。因此，但丁又给亨利七世预先在天堂里准备了一个荣耀的位置。但丁批判封建统治下混乱的现实，但作为对比，又把封建宗法时期的佛罗伦萨美化为田园诗般恬静、纯朴的社会。这一切，也正是但丁思想上消极的一面，是他作为“中世纪的最后一位诗人”的世界观的鲜明反映。

理解新时代巨人的思想与创作的钥匙

——论但丁的政治观

但丁·阿里盖利是欧洲文艺复兴运动的伟大先驱。

但丁的一生是同他的时代息息相关的。他生活的时代，是一个黑暗和光明，痛苦和希望交织的时代。陈旧的中世纪急速衰败了，现代世界的帷幕渐渐揭开了。这个时代“需要巨人而且产生了巨人”[①]。但丁就是这个时代的巨人中的第一人。他不只是一位在思维能力、多才多艺和学识渊博方面的巨人，而且，作为文艺复兴运动的先驱，他从来不是书斋里的学者，他始终不渝地“处在时代运动中，在实际斗争中生活着和活动着”。[②]他迎着历史的风暴，站在勃然崛起的新兴市民阶级一边，用舌和剑，进行着反对封建贵族阶级的政治斗争。同时，他又用他的笔，以宏富的历史画卷和奇伟的艺术力量，描绘出了新旧交替时期的现实生活和政治斗争。他的诗篇和著作，充溢着丰富的社会内容和强烈的政治倾向。

因此，对于像但丁这样一位始终处于时代运动之中的自由战士，对于这样一位“有强烈倾向的诗人”[③]，在某种程度上可以说，正确地理解他的政治观，就成了正确地理解他的思想和创作的钥匙。

一

但丁的《帝制论》，是一部比较系统、充分地阐发他的政治观的著作；同时，在《神

---

① 《马克思恩格斯选集》，人民出版社，1972年，第3卷，第445页，446页。

② 同上。

③ 同上，第4卷，第454页。

曲》里，他的政治观也有着形象的、深刻的表述。

《帝制论》对于我国读者是比较陌生的。关于《帝制论》的成书年代，传留下来的史料没有确切的记载，历来众说纷纭，各执一词。一些学者推断，它构思于但丁参加佛罗伦萨政治活动期间，而执笔撰写则在诗人1302年开始的流放生活的初期。另一部分学者认为，它著于但丁崇敬的神圣罗马帝国皇帝亨利七世加冕之后，逝世之前，约1310—1313年间。也有的专家论证，它是但丁的生平最后几年完成的。[①]

从目前掌握的材料来看，可以认为，第二种意见比较可信。但丁《神曲》的写作始于1307年左右，其《地狱》、《炼狱》两部大约完成于1313年前后。由此可见，《帝制论》撰写的时间，大体上正是《地狱》、《炼狱》接近尾声的年代。

《帝制论》和《神曲》的《地狱》、《炼狱》，都作于这一期间，绝不是偶然的巧合。

十三世纪下半叶至十四世纪初，意大利社会经历了深刻的变化。“现代世界的曙光在那里升起”[②]，资本主义生产关系的最初萌芽在意大利的一些城市首先出现；手工业、商业、金融、海运迅速发展，十分活跃。诞生了新兴的市民阶级和一批城市共和国。意大利成为欧洲第一个资本主义民族。在这历史大变革的时代，各种社会阶级矛盾错综复杂，新与旧的激烈斗争不仅表现在经济上，而且反映在政治和思想文化领域。当时，意大利名义上隶属神圣罗马帝国，但帝国的皇帝通常从德意志诸侯中产生，仅仅在名义上行使对意大利的统治。意大利实际上陷于政治分裂状态，没有中央政权，“帝国的花园荒芜了”；这就为教会势力的扩张打开了方便之门。教皇利用帝位空虚的机会，竭力干涉世俗政治，图谋攫取国家权力。意大利领土上城邦林立，名曰自治，实为割据；城邦之间争斗激烈，战乱频仍。城邦内部，新兴市民阶级同封建贵族、教会力量的斗争也异常尖锐。

但丁的故乡佛罗伦萨当时是一个经济发达、文化繁荣的城市，是意大利北部和欧洲的工商业和金融中心，也是国内各种政治力量特别是新兴市民阶级同封建贵族较量的舞台。但丁青年时代就以巨大的热忱和毅力，参加代表市民阶级的归尔弗党，从事政治斗争。他曾当选行政长官，为佛罗伦萨共和政权的建设事业倾洒赤诚的心血。他不顾教皇朋尼法斯八世的种种威胁，坚决反对教皇干涉内政。1301年，代表教会的黑党得势，以反对教皇和所谓贪污的罪名，判处但丁终身流放。

常年漂泊无定的流放生涯，使但丁广泛接触到意大利动乱的现实和人民大众的生活，开阔了他的视野和胸襟，他亲眼见到了教权侵入政权，封建主暴虐无能，国家分

---

① 巴尔比：《但丁全集》序，佛罗伦萨，桑松出版社，1965年，第25页。博斯科：《但丁，生平与创作》，罗马，埃里出版社，1966年，第89—90页。彼特隆尼：《文学意大利》，米兰，帕隆波出版社，1973年，第55—56页。马佐里：《但丁：生平、思想与作品》，米兰，科学院出版社，1979年，第76页。切基、萨佩尼奥主编：《意大利文学史》，米兰，加藏蒂出版社，1979年，第2卷，第57—58页。

② 《马克思恩格斯全集》，第25卷，第24页。

裂，城邦内讧，生灵涂炭的触目惊心的情景。

> 呜呼，奴隶的意大利，
> 痛苦的温床，
> 你是暴风雨中失去舵手的孤舟，
> 你不复是各省的主妇，却沉沦为娼妓！[①]

这几行浸透了血和泪的诗句正是为祖国的命运忧心如焚的诗人吟唱出的一曲悲歌。诗人的身世际遇和政治阅历，使他强烈地感受到社会脉搏的跳动，体验到人民心头的期望与憧憬。他瞻前顾后，感慨万千，于是，毅然在艰辛的流放生活中，在创作卷帙浩繁的《神曲》的同时，挥笔写下了《帝制论》。

> 为了有益于在邪恶中生活的尘世，
> 你返回人间后
> 要写下你看见的情景。[②]

这是但丁借贝娅特丽丝之口，表达他创作《神曲》的目的。“为了有益于在邪恶中生活的尘世”，岂不也正是诗人同时撰著《帝制论》的宗旨么？事实上,《帝制论》和《神曲》，既是激烈动荡的现实生活和但丁痛苦辛酸的个人遭遇熔铸而成的作品，又是诗人对现实的社会政治斗争中的重大问题进行苦苦求索，为了给意大利人民指出医治国家动乱的办法和政治上的复兴之路而作的努力。

二

但丁在《帝制论》里，从理论上对他的政治主张作了正面的论述。在《神曲》这部采用中古梦幻文学形式的长诗里，诗人或直抒胸臆，或诉诸隐喻，把他的政治思想渗透在他的各篇诗章中。这两部作品互相补充，构成了但丁完整的政治观；它们彼此呼应，表达出诗人热切的、进步的政治理想。

按照当时知识界撰写理论著作的习惯,《帝制论》用拉丁语写成。全书共三卷，四十二章。第一卷论述君主政权即帝国的使命和性质；第二卷论证罗马人民是帝国的最高尚的人民；第三卷阐明世俗政权同教会的关系。

---

① 但丁:《神曲·炼狱》，第六歌。

② 同上，第32歌。

同但丁的另一部学术著作《飨宴》比较，《帝制论》的篇幅精当，内容凝练。为了阐述和论证自己的观点，但丁既借用中世纪经院哲学的推理方法，又旁搜博采，从历史事件和哲学、宗教、政治学、文学经典作品中撷取材料，作为立论的依据。

在《帝制论》第一章里，但丁从探讨人类社会的最终目的入手，把它作为阐发自己的政治观的基点。他认为，一旦明确了什么是人类社会的最终目的，君主政权的必要性及其性质问题便迎刃而解。还在《飨宴》(1304—1307)里，但丁就表露了这样的观点：帝国的存在是必要的，因为人类社会的唯一目的是追求幸福生活。[①]《帝制论》对这一思想作了进一步系统的阐述。

但丁指出，人生的目的在于"获取幸福"，在于充分发挥自己的"全部潜在的才能"。为此，人应当借助道德与理性的力量，诉诸不间断的智力的和实践的积极活动，不断获取新的知识，使自我不断完善。比人低级的动物和比人高级的天使，都被排斥在这种活动范畴之外，因为前者缺乏智能，后者无此需要。

但丁又指出，单凭个人和个别的集体（家庭、城市），人将无法获得幸福，也难以充分发挥自己全部潜在的才能；必须依靠人与人之间的团结，和衷共济，也就是说，必须依靠人类这个整体。这就需要消除动乱，建立一个和平的、融洽的环境。但丁由此断言：人最可宝贵的幸福，归根结底，"不是财富，不是欢乐，不是荣誉，不是健康，也不是力量和美，而是和平"。唯有"普遍的和平，方是人能够享受的至高无上的幸福。"

然而在现实生活中，普遍的和平不断遭到破坏，世人的幸福无法得到保障，那又是什么缘故呢？但丁运用缜密的逻辑推理，一环紧扣一环，步步深入，在这里作了细致的探索。在他看来，根源在于贪欲。对于在阶级社会的土壤上滋生的卑劣的贪欲，历来的文学家多曾予以抨击。不过，但丁是从他的道德—政治思想出发，把贪欲作为实现人类社会的最终目的的障碍而加以鞭挞的。他在《帝制论》里慷慨陈词，历数贪欲的罪状，谴责它"蔑视人的本性"，"腐蚀理智"，"诱使人的思想背离正直的道路"，导致人与人之间的忌恨，社会的分裂，国与国之间的战争，因而它是实现和平、幸福与正义的"根本阻碍"。

贪欲系罪恶之源，这是但丁在《帝制论》和《神曲》里反复加以论述的重要思想。不妨读一下《神曲》序幕即《地狱》第一歌的开场：诗人迷途于黑暗的森林，后来走到一座洒满阳光的小山脚下，惊魂稍定，突然又被三只凶恶的斑斓猛兽围困，阻挡了光明的去路；其中最为张牙舞爪的，是一头"使许多人受了灾害"的母狼；它正是贪欲的象征，它迫使诗人退往象征人生的罪恶与过失的黑暗森林。

也不妨回忆一下诗人在《神曲》里愤怒斥责贪欲的著名诗句：

---

① 但丁:《飨宴》，第4卷，第4章。

贪欲熄灭了我们每个人
为善的热忱。[1]
贪欲啊，你使人沉沦得那么深，
没有一个人有力量抬起头来，不再耽迷于你的浊浪里。[2]

那末，怎样才能消除贪欲这万恶之源呢？在但丁心目中，唯一的办法是依靠统一的国家和集权的君主即皇帝。他为此论证说，大凡个人要谋取幸福，就必须由他的理智来支配在他身上发生作用的其他诸因素；当众多的个体追逐同一目标时，则必须选择其中的某一个体，来统率和驾驭其他诸个体，以避免紊乱和毁灭。在一个家庭里，则须立家长来治理家庭，领导其他成员。对于一个城市，一个国家，情况亦然。“必须由一个君主来领导和治理”。皇帝掌握一切，是一国之主，群龙之首，享有最高权力；同时，他是“唯一能够最有力地抑制”世人贪欲的最高权威。只有“在皇帝的领导下，世人才都将具备善良的德行”，国家将获得“最稳定的和平”。否则，“不只人们无法达到至善的目的，而且国家也将分崩离析。”因此，按照但丁的观点，皇帝不是一般概念上的统治者，而是能够锄恶安良，救济世乱，保障人们有秩序地、团结地生活的领袖。

需要着重指出，但丁遵循人类社会的最终目的是追求幸福生活的思想，针对他目睹的昏庸残暴的统治者蹂躏人民、践踏法纪的现实，在《帝制论》里果敢地提出：“法律和政府为了人民，而不是人民为了法律和政府”，君主的使命是解释和执行法律，严格按法度办事。他强调，“市民不是为行政长官效力，人民不是为君主效力，而是相反，行政长官为市民效力，君主为人民效力。”因此，“君主毋庸置疑地是所有人的奴仆。”他把这一非同寻常的主张视为帝国和皇帝必须奉行的一条重要原则。

但丁还列举不少《圣经》典故，来证明和平是幸福与欢乐之源，世俗的、统一的君主国家即帝国，是上帝认可的统治形式。

这样，但丁从阐述人类社会的最终目的在于获取幸福这一前提出发，得出结论：帝国不仅是必要的，而且是合情合理的。

不难看出，但丁政治主张的落脚点是现实，着眼点是人。这一政治主张的内涵，即消除分裂与动乱，抑制贪欲，实现和平，表现了但丁对世俗生活的重视和勇于进取的生活态度，寄托着诗人恫瘝在抱，给社会的弊病以疗救，建立新的生活的宏伟理想。但丁要求充分发挥人的全部潜在的才能，提倡“法律和政府为了人民”，君主是所有的人的奴仆，体现了对人的才智与价值的坚定信念，对人权的充分肯定。在这里，

---

① 但丁:《神曲·炼狱》，第19歌。
② 但丁:《神曲·天堂》，第27歌。

人处于中心的位置；人类社会的幸福成为国家与统治者一切活动的起点与归宿。但丁提出的这些原则，虽然在当时的历史条件下是不可能付诸实现的，但仍然有着积极的意义，是难能可贵的。这说明诗人尽管漂泊无依，寄人篱下，饱尝着“别人家的面包是多少含着苦味，别人家的楼梯是多么升降艰难”[①]的流亡生活的辛酸，但他一刻也没有忘记人民，他要作人民的代言人，反映人民的痛苦，表达伟大历史转折时期人民的思想感情和愿望。他的政治观洋溢着热爱人民的赤诚。

但丁的政治观，冲破了中世纪神学劝诫世人摈弃现实生活，否定一切积极向上的行为，容忍苦难，听天由命的清规戒律，表达了新兴市民阶级号召人们把目光从来世转向现在，投入变革现实的政治斗争的积极要求。在但丁的政治观里，我们见到了新时代的以人为本的新思想的熠熠闪光。这正体现了但丁作为“新时代的最初一位诗人”[②]的特征。

应当指出，但丁把拯救陷于危难中的意大利的希望寄托在皇帝身上，这是一种不切实际的幻想。诚然，但丁心目中的皇帝并不是封建暴君。对于暴君，他历来是激烈抨击的。我们记得，在《神曲》里，他对那不勒斯和西西里王国的国王查理一世以及法国国王腓力四世的罪行是痛加鞭挞的。[③]他曾义愤填膺地谴责，意大利全国没有一块干净的土地，“意大利所有的城市，到处充斥着暴君。”[④]他赞美的皇帝，是指像他景仰的亨利七世这样的开明君主。他在《神曲》里时常提到这位在1308年新选出来的神圣罗马国皇帝。他用隐喻的手法表示，上帝将派遣一位“515”来压制邪恶，建立正义。[⑤]所谓“515”，用拉丁语书写即为DXV，调换位置则为DVX，与意大利语的duce同义，意为首脑，喻指亨利七世。

他确信，只有亨利七世才“能够医治意大利的致命伤”[⑥]，担负起“复兴意大利”[⑦]的重任。但丁把这样的皇帝视为能够使意大利这艘在暴风中飘荡的“孤舟”拨正航向，顺流而进的“舵手”，能够粉碎教皇朋尼法斯八世企图乘神圣罗马皇帝尚未南下意大利加冕的机会攫取皇帝权力的阴谋。他大声疾呼地说：

来看看你的罗马吧，她是多么
孤苦伶仃，流着泪，日夜呼号：

① 但丁:《神曲·天堂》，第17歌。
② 《马克思恩格斯选集》，第1卷，第249页。
③ 但丁:《神曲·炼狱》，第20歌。
④ 同上，第六歌。
⑤ 同上，第33歌。
⑥ 同上，第七歌。
⑦ 同上，第30歌。

“我的恺撒，你为什么不接近我？”[①]

由此可见，但丁是把以理想的君主为代表的王权同侵犯政权的教权和昏庸腐朽的暴君相对立的。当时，新兴市民阶级在政治上还是个力量相对弱小的阶级；为了对抗专横恣肆的教会，最初的人文主义者不得不谋求王权的支持和保护。但丁把现实的矛盾勉强地统一在对开明君主寄予的幻想里，这也正是在特定的历史条件下，弱小的市民阶级的软弱性、妥协性的反映。

但丁崇拜皇帝，加以美化，把皇帝形容为排除了贪欲和野心，足以担当拨乱反正重任的伟大人物。但丁在《帝制论》里说，皇帝是最高统治者，他享有一切，掌握一切，因此清心寡欲，别无所求，同贪婪、嫉妒、野心等卑劣的意念自然也毫无瓜葛，所以他最公正，最无私。这样，皇帝就被描绘成了超凡脱俗、心灵高洁的圣者，能够主宰一切，扭转乾坤的救世主，而他作为剥削阶级的总代表的本性被忽略了。在这里，但丁的唯心主义历史观和封建世界观不免流露了出来。但丁用抽象的人性论、经院哲学的椎理方法，演绎出了颇为脱离实际的政治乌托邦。

三

在《帝制论》第二卷里，但丁用了不少篇幅，引经据典，为自己的政治观寻求历史、宗教、哲学方面的依据。

但丁是位学识精湛的学者，他深入研究了古希腊哲学家亚里士多德、古罗马政治家西塞罗、历史学家李维的著作，诗人吕加诺、奥维德、维吉尔的诗篇，从中采取论证他的学说所需要的素材。他特别景仰维吉尔，他以史诗《伊尼德》为写作《神曲》的楷模，又把《伊尼德》当作他的政治观的主要历史依据。在《帝制论》第二卷里，但丁满怀激情地回顾《伊尼德》中描写的罗马祖先伊尼亚斯漂流海外，后来按照神的指令重返意大利，缔造邦国的艰辛经历，追叙了古罗马的悠久历史和伟大功绩。但丁力图以此证明，他主张的帝国是对历史上罗马帝国的自然的继承；他心目中的皇帝则同古罗马皇帝一脉相承。他还以基督出生和遇难时都隶属罗马帝国为例，并引用基督生平的言行，来说明罗马帝国的权威得到了基督的认可。

但丁特别赏识古罗马人的美德，称赞他们是理想中的帝国“最高尚的人民”。他列举布鲁西奥、伽东等人的事迹，歌颂古罗马人为了公众的幸福，挽救祖国，忍受一切艰困，战胜一切险阻，甘愿作出一切个人牺牲的卓越品格，赞美他们的德行与贡献不亚于圣徒和殉道者。因此，但丁坚定地认为，古罗马人不啻是他的伦理政治理想的完

① 但丁:《神曲·炼狱》，第六歌。

美无缺的体现者。

从当时的现实生活出发，但丁回溯遥远的历史，自然不是单纯地发思古之幽情，而是为着现实。他歌颂罗马帝国的历史勋业、古罗马人的丰功伟绩，其用意在于对照充斥灾祸、罪恶的意大利、佛罗伦萨，表达他对祖国热烈的挚爱，对它的堕落的现状的深切的痛恨。让祖国摆脱苦难，走上政治复兴的道路，始终是流放中的诗人魂牵梦萦的大事。他认为，用历史来教育人民，论述自己的观点，具有很大的说服力，更容易拨动世人的心弦。因此，但丁不只在《帝制论》里回顾历史，而且在随后写作的《神曲·天堂》里，又一次追本溯源，假托罗马皇帝朱斯蒂诺，回忆罗马帝国的光荣历史，赞颂庞培、恺撒、屋大维等执掌帝国大纛的皇帝“往昔的功勋”，借古代之幽灵，抨击现实世界，冀求现代君主能够像古罗马皇帝一样使意大利强盛起来。[①]诗人的政治观，就是这样不息地激荡着强烈的爱国主义精神。

在《帝制论》第二卷里，但丁还对他勾画的帝国蓝图作了进一步描述。针对意大利城邦林立，各霸一方，封建割据的现实，但丁提出：现有的各城邦都隶属于帝国，接受帝国法律的约束，但同时又享有一定的自主权，它们可以“按照同自身的特点相适应的、各不相同的法律进行治理”；帝国不可抹杀这种自主权。顺带提一下，还在《飨宴》里，但丁就曾指出，皇帝的立法权是有一定限度的，例如，关于自然法，就不妨交给哲学家去制定。[②]然而，但丁强调说，城邦的自治丝毫不意味着政治上的独立或割据。皇帝应当始终是帝国的最高政治权威；地不分南北，人不分贵贱，意大利所有的诸侯、城邦，全接受皇帝的领导和管辖。显而易见，但丁在这里主张建立的君主政权，实质上就是统一的中央集权。他希望借助这种政权形式，结束意大利政治上纷争动乱的局面，使他的祖国强大起来，实现国家的统一，完成当时伟大的历史使命。

但丁的这一观点，是在亲身经历了佛罗伦萨激烈的政治斗争和长期的放逐之后，逐渐改变了原来的观点而形成的。它饱含了诗人对城市共和政权的巨大失望和尖锐批判。

但丁生活在社会变革的历史时期，他有着远大的抱负和干练的才能，一心想革新政治。他从事政治活动，是想实现他的理想与抱负。起先，但丁对城市共和政权寄予满腔希望，怀着忠肝义胆进行着建设和保卫共和政权的事业。在担任佛罗伦萨行政长官期间，为了维护城市共和政权的利益，他毅然摆脱党派之见，铁面无私地处治了不断寻衅闹事，制造分裂与动乱的黑白两党的头头，甚至不惜把他的挚友、诗人卡瓦尔康蒂驱逐出境。但他不曾料到，到头来他自己却沦为城市党派斗争的牺牲品，遭到终身放逐。他目睹他的故乡佛罗伦萨成了分裂与内讧的受害者，城市陷于党派的仇恨，

① 但丁:《神曲·天堂》，第六歌。

② 但丁:《飨宴》，第4卷，第4章。

“祸起萧墙，戈操同室”[①]；城市市民贪图私利，“充满了嫉妒，已经到了不可收拾的地步了”。[②]他痛苦地看到，城市共和政权竟是如此软弱无能，日益堕落：

在你所记忆的年月里，
你改变了多少次法律、钱币、官吏、风俗，
更换过多少次市政府的委员！
……
你像一个躺在床上的病人，
除却辗转反侧，
尚有什么法子可以减轻痛苦呢！[③]

这一字一句都浸透了诗人凄酸悲愤的情感。但丁满腔热忱为之献身的共和政权，竟然同他的美好夙愿，同他的造福于世人的道德理想完全背道而驰了。这使他痛心疾首。他为了实现自己的抱负，不断遭到教会反动势力和封建贵族阶级的打击和迫害，最后落到救国无路的地步。待到写作《神曲》、《帝制论》的时候，感叹自己已“当人生的中途”[④]，因此，他比任何时候都更加迫切地希望，皇帝作为中央政权的执掌者，能够约束和驾驭互相敌对的城邦、封建诸侯，保障意大利成为一个民族统一的、富强的国家，“使世界获得稳固的和平，使雅诺的庙门关闭”。[⑤]

但丁的这一观点切中时弊，是很有胆识的。随着意大利资本主义生产的发展，新兴市民阶级需要建立一个同新的生产关系相适应的统一的国家和中央集权的政府。这是意大利面临的重大问题。而那些各自为政的、实行封建割据的城邦政权的致命弱点，它们之间的对立、战争，恰恰成为民族统一的绊脚石，阻碍统一市场的形成和民族经济的发展，也给野心勃勃的教皇提供了可乘之机。但丁的政治观透露了强烈的爱国主义情怀，显示了近代民族意识的觉醒，表达了新时代的要求，具有重要的现实意义。这一观点对后来的人文主义者布鲁尼、马基雅维利等的政治学说也产生了积极的影响。众所周知，马基雅维利在著名的《君主论》（1513）里阐述了建立适合资产阶级需要的、统一的、强有力的、中央集权的君主专制政体的思想，完整地提出了近代资产阶级的国家学说。马基雅维利的理论，实质上是对但丁政治学说的继承和发展。

---

① 但丁:《神曲·炼狱》，第六歌。

② 同上。

③ 同上。

④ 同上，第一歌。

⑤ 但丁:《神曲·天堂》，第六歌。雅诺庙为古罗马庙宇，和平时庙门紧闭，古罗马人交战时庙门敞开。

四

如果说但丁政治观的出发点是为了人的幸福，其宗旨在于建立一个保障民族统一的中央集权的帝国，那末，他的政治观的核心，就是批判神权政治，宣传宗教与政治分离，政教平等。

中世纪的政治观，浸淫于宗教神学的说教。这是教会在封建制度里万流归宗的地位所决定的。在中世纪，教皇既是教会的领袖，又是盘踞在意大利，拥有大片领地，掌握政治权力的封建君主。他按照封建的方式建立了教阶制，并把整个封建的西欧联合为一个庞大的政治体系，企图主宰基督教世界，俨然以意大利世俗政权的太上皇自居。“在意大利，教权是民族统一的障碍”，“使意大利的统一事业在事实上不能实现。”[①]

在意识形态领域，教会同样享有至高无上的权威。它垄断了欧洲封建社会的全部文化，“把意识形态的其他一切形式——哲学、政治、法学，都合并到神学中，使它们成为神学中的科目。”[②]政治和法律都掌握在僧侣手中，教会教条同时就是政治信条，《圣经》词句在法庭上具有法律的效力。毫不奇怪，新兴市民阶级反对旧制度的每一种斗争，都必然首先表现为反对教会和宗教神学的斗争。

但丁作为人文主义的先驱者，以令人可敬的大无畏精神，向教会这个庞然大物，向神圣不可侵犯的神权政治，提出了英勇的挑战。他在《帝制论》里坦荡坚毅地表示，他著写此书，旨在求索正义，维护真理，至于这将招致教会的构陷栽诬，从而遭逢凶险，他早已置之度外。

但丁认为，在阐述政教平等的思想以前，有必要首先澄清中世纪神学长期以来在这个问题上制造的重重迷雾。因而，他在《帝制论》第三卷里，首先把批判的矛头果敢地指向鼓吹神权政治、教会至上的种种奇谈怪论。

教会御用文人曾假《圣经·创世记》杜撰了一个“日月说”，声称上帝创世时造了太阳和月亮两个光体，一大一小，月亮接受太阳的光而生辉，月亮因此依附太阳。他们穿凿附会，胡乱诠释，说这是皇帝同教皇关系的象征，喻示世俗政权依附教权，皇帝从属教皇。

“日月说”是中世纪神权政治的一个重要理论依据，但丁本人也曾经一度信奉，但在《帝制论》里转变了态度，断然予以摈弃。他虽然对《圣经·创世记》没有提出异议，但坚决反对教权至上论者荒谬的解释。他首先告诫，对于任何象征的意义，必须异常谨慎地处理和诠释。接着，他对《圣经·创世记》作了分析，指出，上帝第四天造日

---

① 《马克思恩格斯论艺术》，第2册，第111—112页。

② 《马克思恩格斯选集》，人民出版社，1972年，第4卷，第251页。

月，第六天造人！假若日月果真隐喻人（教皇与皇帝）的关系，那末，上帝就理应先造人（主体），后造日月（比喻物），而不是相反。但丁在这里采用的仍然是经院哲学的推理方法，但他以子之矛攻子之盾，揭露了“日月说”无法自圆其说。

但丁又据理一一批驳了“长兄说”、“撒母耳罢黜扫罗说”以及诸如此类的宗教邪说。据《圣经·创世记》，雅各为以色列人祖先，利未、犹大为其子；利未年长，其后裔摩西为以色列人先知、立法者；犹大年幼。后裔为平民。教权至上论者据此牵强附会地断言：教会享有的权威，应当大于世俗政权。是为“长兄说”。但丁驳斥说，长兄同权威是风马牛不相及的两回事，因为教会神职人员中，就不乏年轻而在高位者。所谓“撒母耳罢黜扫罗说”，出自《圣经·撒母耳记》。先知撒母耳膏扫罗为以色列王，后又因扫罗违背上帝意志而把他罢黜。这是中世纪神学宣传政权从属教权的又一宗教依据。但丁指出，撒母耳是作为上帝的使者，而不是以上帝的代理人身份罢黜扫罗的，从而在根本上推翻了这一谬论。他义正词严地写道：“远在教会出现之前，帝国业已履行它的全部职责，因此，教会不可能是帝国权力的根源。”所谓“君士坦丁馈赠说”，是神权主义者的又一个重要历史依据，广泛流传于中世纪，具有较大的迷惑性。据中古传留下来的文献，公元四世纪，罗马帝国皇帝君士坦丁患麻风病，幸被教皇西尔维斯特罗治愈，作为酬谢，君士坦丁便把罗马和帝国西部政权馈赠教皇，把帝国迁都拜占庭。限于当时的条件，但丁仍然确信这个文件的真实性，但尖锐地指出了它的非法性。但丁对君士坦丁皇帝私自割让国土，把政权馈赠教皇的行为，予以猛烈的抨击。他在《帝制论》第三卷里写道，诚然按照上帝的意志，教廷所在地也在罗马，但罗马属于帝国，是帝国的中心和根基，“皇帝肢解帝国，乃是不义的行为”，其恶果是败坏了“帝国的尊严”，撕毁了帝国的“无缝长袍”。他谴责君士坦丁是第一个“削弱帝国的人”。在《神曲》里，但丁也不止一次地批评君士坦丁的做法后患无穷，“毁坏了世界”。①另一方面，但丁以极大的义愤，痛斥教会接受君士坦丁馈赠的贪婪行为。他援引《圣经》教义说，“教会不得接受尘世财富”，因为基督明确禁止这样行事。②教会可以受帝国委托，代管某些财产，但帝国始终是唯一的主人。但丁揭露，教会以“君士坦丁馈赠说”为口实，明目张胆地窃夺世人的权益，攫取尘世的财富，实属亵渎上帝的罪过。他斩钉截铁地宣布：“对权力的窃取，绝不构成权力。”

文艺复兴时期的人文主义者，继承但丁的批判精神和斗争成果，加以发展，彻底摧毁了作为神权统治重要历史依据的“君士坦丁馈赠说”。十五世纪，意大利学者洛伦佐·瓦拉③广博考证，钩沉稽误，于1440年发表专著，揭露所谓“君士坦丁馈赠说”的

---

① 但丁：《神曲·地狱》，第19歌。《神曲·炼狱》，第32歌；《神曲·天堂》，第20歌。

② 《圣经·新约》《马太福音》，第10章：“你们的腰袋里，不可有黄金，白银和铜钱。”

③ 洛伦佐·瓦拉（Lorenzo Valla，1407—1457）人文主义者，历史学家，哲学家。

文件根本不存在，它完全是觊觎世俗政权的教会在八世纪伪造的。

从理论上、历史上对教会的神权政治观作了有力的否定之后，但丁便提出政教分离，互相独立的原则。他着重阐明，皇帝如同教皇一样，都直接受命于上帝，政权与教权均系上帝赋予人类。帝国是世俗政权的体现，它完全不需要通过教会取得权威。但丁在《帝制论》第一卷里曾论证，帝国是保障人类摆脱罪恶、获得至福的工具。他认为，这就是帝国赖以存在的合理的、自然的基础，是它的尊严和价值的所在。而教会是被但丁排斥在这一使命之外的，因为教会虽然也是反对罪孽的机构，但它是另一个世界的；他引用了基督的训谕："我的国不属于这世界。"[①]由此，帝国和教会是各自独立存在，互相平等的。

但丁在《帝制论》第三卷里反复强调政教分立，各司其事的必要性。他写道，世人为了不致迷误于贪欲，"必须有两个引导者"；皇帝"依靠哲学的指导"，使人能守道德，获得"现世之福"；教皇"遵循神示的真理"，引人入宗教信仰，获得"永恒之福"。两者的职权泾渭分明，不可混淆。在《神曲》里，但丁经过精心构思，分设地上乐园与天堂，又分别以象征理性与哲学的维吉尔、象征神学与信仰的贝娅特丽丝担任他游历不同境界的向导，就是这种思想的艺术体现。在但丁看来，政权与教权既然都是以造福人类社会为神圣职责，便自然是同等地崇高、神圣，背叛政权与教权便同属极恶。我们看到，在《神曲》里，谋杀罗马第一君主恺撒的布鲁图斯、卡西乌，出卖耶稣的犹大，均被打入了地狱的最底层，冰冻在科齐多湖里，被三头六翅的地狱魔王用嘴狠狠地咬着，活活地剥皮，接受苛酷的刑罚。[②]

针对中世纪神学宣扬的"日月说"，但丁又在《神曲》里把自己的政教平等的观点形象地概括为"两个太阳说"：

> 造福世界的罗马，向来有两个太阳，
> 分别照明两条路径，
> 尘世的路径，
> 和上帝的路径。[③]

这个比喻生动地说明，政权与教权之间应当是独立与平等、分工与合作的关系，而不是从属、争斗的关系，更不可合二而一。只要政权与教权各司其事，互相制约、监督，就能像昔日的罗马一样，给人民带来幸福。

① 《圣经·新约》《约翰福音》。
② 但丁：《神曲·地狱》，第34歌。
③ 但丁：《神曲·炼狱》，第16歌。

而如今呢？但丁无限感慨地指出：

一个太阳把另一个熄灭，
宝剑和十字架都拿在一个人的手里。①

教权入侵政权的结果，使两者互相制约、监督的职能丧失了，世界由此“遭了殃”，连教会也“跌入泥潭，玷污了自己和承担的责任。”②

但丁美好的政治理想是建立一个政教分离的、能够给人民带来幸福的中央集权的帝国。他希望尽快结束教会凌驾国家之上，教皇操纵世俗政权的不正常局面。他把国家比喻为一匹马，呼吁立皇帝以作“骑手”，来驾驭意大利这匹“野性的马”③。他在《神曲》的另一处又呼吁：

需要制定法律作为马勒；
需要确立君主，
他至少能辨别真城的钟楼。④

但丁憎恨与鞭挞教会肆无忌惮地干涉意大利内政，破坏国家的和平与统一的罪恶以及其他种种败行劣迹，正是为了维护他的美好的政治理想，因此但丁的憎恨与鞭挞是异常强烈、深刻的。

他谴责教会僧侣颠倒善恶，犯罪造孽；

使牧羊人变成了豺狼，
把绵羊和羔羊都引入了歧途。⑤

圣殿变成了兽窟，
法衣也变为装满罪恶面粉的麻袋。⑥

---

① 但丁:《神曲·炼狱》，第16歌。

② 同上。

③ 但丁:《神曲·炼狱》，第六歌。

④ 同上，第16歌。“真城的钟楼”暗喻正义，钟楼由远处即可望见，君主率领民众朝此目标前进，不会迷失正道。

⑤ 但丁:《神曲·天堂》，第九歌。

⑥ 同上，第22歌。

他揭露僧侣们“采用欺骗手段”，“无法无天”，干着敲诈勒索、荒淫无度、迫害基督徒等丑恶的行为[①]；他们沉湎于金钱的淫秽污臭，“到处断绝上帝赐给人民的面包”，不但树立了导致人民“走上邪路”的“坏榜样”，而且把圣保罗、圣彼得抛到九霄云外，“摧毁了教会”[②]。这些批判义正词严，淋漓尽致，构成但丁政治思想中最富有战斗性的一个方面。

诗人对镇压佛罗伦萨共和政权，在意大利制造动乱与分裂，企图篡夺皇帝权力，建立神权政治的教皇朋尼法斯八世尤为深恶痛绝，愤怒地斥责他把罗马教堂变成了“充斥污血和垃圾的阴沟”[③]；他统治下的教会，沦为一个“丧尽廉耻的淫妇”，正同一个凶恶的“巨人”（法国国王）勾搭，使社会日趋堕落。[④]

耐人寻味的是，但丁把贪婪的教皇、主教、教士置于地狱第四层接受惩罚，却把当时还在世的朋尼法斯八世预先打入地狱第八层，头脚倒栽在深穴里，接受火刑。[⑤]中世纪处置政治谋杀犯习惯采用活埋之刑，将犯人倒栽深穴，在他忏悔之后，用土埋没。但丁在这里借用此刑，严厉惩治朋尼法斯八世，预言式地宣告了正义必将战胜邪恶，教会干涉世俗政治的局面必将一劳永逸地结束的前景。

五

但丁是被剧烈的社会变革和阶级斗争推上历史舞台的卓越思想家、文学家。伴随新时代的诞生而崛起的城市市民阶级的世界观，构成了诗人世界观的思想基础，决定了它的进步性。

但丁挣脱中世纪的思想枷锁，肯定现世生活的价值，立足于变革现实，着眼于人类社会的幸福，并以此为经纬，设计出他的政治蓝图，规划了理想中的国家的活动和皇帝的使命。他主张以人为本，提倡人权，要求君主与统治者严格按照法度办事。这些观点，在当时历史条件下，都有着明显的进步意义，闪动着人文主义的思想光辉。它们对于文艺复兴时期的思想解放和文艺创作，发生了启迪和推动的作用。

在《帝制论》、《神曲》里，但丁破天荒第一次从理论上系统地、明确地阐述了政治和宗教平等，政教分离，建立中央集权的君主国家的观点。它抒发了诗人胸中积郁的爱国衷情，不啻是向教会至上、神权政治射去的响箭，使这些戒律从此在意识形态领域丧失了主宰的地位。它又似迅雷闪电，刺破中世纪黑暗的长空，处处迸发出对教

---

① 但丁:《神曲·地狱》，第19歌。

② 但丁:《神曲·天堂》，第18歌。

③ 同上，第27歌。

④ 但丁:《神曲·炼狱》，第32歌。

⑤ 同上，第19歌。

会造成的灾祸所作的批判的火花，给予教会和基督教神学以沉重的打击。

回顾欧洲近代史，我们看到，反对教皇的世俗权力，反对政教合一，主张政教分治，是资产阶级早期反封建斗争的另一主要形式——宗教改革运动的一个重要内容，又是其后整个资产阶级革命必定经历的一个历史阶段，是建立统一的、实质上以民族为基础的近代国家和中央集权的政权形式的前提。但丁在《帝制论》、《神曲》里阐述的先进观点，是符合历史发展的方向和人民的愿望的。但丁披荆斩棘，筚路蓝缕，起到了开路先锋的作用。从这个意义上说，但丁确实无愧为"第一个宗教改革者"[①]。

但丁的学说，从政治思想上表现了陈旧的中世纪同新兴的资产阶级世界这两个时代的冲突，氤氲着在新时代内部凝聚的跃动的新思想。在基督教势力盘根错节的意大利，它同当时宗教异端运动和农民起义中表现出来的反教会情绪是一致的、互相呼应的。

1329年，神圣罗马帝国皇帝卢道维柯·巴瓦洛的拥护者掀起的反教会斗争，以及嗣后新教徒展开的反对罗马教廷的斗争，都曾高举起但丁《帝制论》的旗帜，作为他们进行战斗的思想武器。

直至十九世纪，意大利民族复兴运动时期，但丁的政治思想仍然发挥着鼓舞资产阶级革命志士去进行争取民族统一与独立斗争的历史作用。

但丁的政治主张直接威胁着教会的统治，因而引起了教会的极度恐惧，把它视若洪水猛兽，务欲斩草除根而后快。远在1329年，即但丁逝世不久，罗马教廷的枢机主教贝特朗多便宣布《帝制论》为宣传异端的邪书，下令销毁。这位主教大人甚至企图掘但丁之坟，鞭尸解恨。[②]从那时直到1881年，在五百多年的悠长年月里，《帝制论》始终被罗马教廷列为"禁书"。[③]

但丁是两个时代交界线上的人物。时代的局限，个人世界观的矛盾，横逆多乖的命运，也不免使但丁的政治观带上旧思想的印记。

但丁无情揭露与批判了教会至上论和神权政治，但总的来说，他并不反对宗教和神本主义。他以虔诚的态度肯定上帝是世俗政权和教权之源，视神学和信仰为引导人们达到永恒至福境界的唯一路径。他认为教会本身是好的，只要教皇奉"七德"、"十戒"，就能担当起精神领导人的责任。只是由于教皇不辨善恶，背弃教规，"一味追求他们所渴望的财产"，才导致世间的堕落。[④]所以在《神曲》里，既有教皇、主教被打入地狱，受到惩戒，又有教皇、主教升入天堂，享受荣耀。但丁还时常援引基督教教

---

① 雪莱：《为诗辩护》，《古典文艺理论译丛》第一辑，人民文学出版社，1961年，第98页。

② 薄伽丘：《但丁传》，佛罗伦萨，桑索尼出版社，1888年版，第73页。

③ 马佐里：《但丁：生活、思想与作品》，米兰，科学院出版社，1979年，第80页。

④ 但丁：《神曲·炼狱》，第16歌。

义和《圣经》词句，当作阐发自己观点的重要依据，来批判中世纪神权政治。

但丁学说中出现的这种矛盾，并不是偶然的，而是新旧交替时期实际生活所处的矛盾条件的表现。在资本主义生产关系还只处于萌芽状态，宗教和神学垄断着中世纪全部文化的情况下，当时任何社会运动和政治学说都不得不采取神学的形式，不得不披上宗教的外衣出现。这也是文艺复兴时期的宗教改革家、人文主义者普遍诉诸的斗争方式。但丁自然也不能例外。我们记得，在文艺理论领域，但丁和薄伽丘批驳教会人士污蔑诗人们虚构邪恶的故事和谬论时，也采用了这种斗争方式。他们借宗教的观点为诗辩护，论证《圣经》故事也有着象征的、奥妙的意义，也有许多虚构，所以可以肯定神学作品即寓言，也即是诗，诗和神学差不多是一回事。[①]这一方面表明了但丁的学说同基督教神学的对抗，另一方面也说明他的世界观还没有摆脱中世纪神学观念，仍然在“理想化的、化为思想的宗教领域内活动。”[②]不过，我们不能苛求但丁。因为历史表明，直到启蒙主义时期，西欧一部分激进的思想家才初次提出了自然神论，对宗教和上帝采取了比较彻底的否定态度。

在但丁的政治理想中，皇帝被视为能够力挽狂澜、济世安民的救世主。殊不知时至十四世纪，帝国作为一种统治形式，已经无法承担起诗人赋予它的崇高使命。1310年来罗马加冕的神圣罗马帝国皇帝亨利七世的失败，就是一个证明。在《帝制论》里，但丁没有直接提到他的名字，但仍然把他奉为理想的皇帝，并在1310—1311年间多次发表的告意大利和佛罗伦萨人民书里，呼吁同胞们把亨利七世当作祖国的救星予以欢迎，后来又在《神曲·天堂》里给他预先保留了一个光荣的位置。事实上，无论是古罗马帝国的皇帝也好，亨利七世的南下或法国国王的插手也好，都不曾带来但丁憧憬的和平与幸福，而只是加剧了动乱和民族分裂。

对于城市公社的致命弱点，对于市民阶级的贪婪自私，但丁给予了严厉的批判，表现了诗人作为人文主义先驱“决不受资产阶级的局限”[③]的可贵精神。但他却又从狭隘的个人经历出发，基本上否定城市共和政权，而把目光投向已经消逝的旧时代，把封建宗法时期的佛罗伦萨美化为“人民过着俭朴和纯洁的和平生活”，自耕自织，悠然自得，安宁、幸福的国度[④]。当时的城市政权固然暴露出种种弊端和很大的局限性，但它同封建领主的统治比较，毕竟是一大进步；它是城市市民阶级反封建斗争的成果，正是它将构成资产阶级未来的正规统治形式。因此，但丁的政治观，具有乌托邦式的

---

① 《欧美古典作家论现实主义与浪漫主义》(一)，中国社会科学出版社，1980年，第89—91，第100—101页。

② 《马克思恩格斯全集》，第26卷，第1册，第26页。

③ 《马克思恩格斯选集》，人民出版社，1972年，第3卷，第445页。

④ 但丁:《神曲·天堂》，第15歌。

政治理想的色彩，正像意共创始人葛兰西指出，“它染上了一重既往的时代的余晖。”[①]

另外，在《帝制论》、《神曲》里，但丁没有脱离抽象的人性论，因而把贪婪、野心等社会意识、道德视为社会罪恶和动乱的原因，从而颠倒了经济基础、政治制度决定社会意识、道德的关系。

凡此种种，都体现了但丁作为“中世纪的最后一位诗人”[②]的特征和历史局限性。

但丁是一位伟大的诗人、思想家，但这并不意味着他是一位完人。我们应当指出他因为没有彻底摆脱中世纪世界观而造成的局限性，同时也应当采取历史唯物主义的态度，看到他在中世纪衰败时期的特定条件下所完成的历史使命，他超越先人们而提供的新的东西。诚然，在但丁身上，旧时代的观念和新时代的思想杂糅。然而，旧时代的阴影毕竟遮掩不住新时代的光明。这正是但丁成为标志着“封建的中世纪的终结和现代资本主义纪元的开端”[③]的巨人，成为一位伟大的、“有强烈倾向的诗人”的缘故。

---

① 葛兰西：《民族复兴运动》，都灵，埃依纳乌迪出版社，1966年，第7页。

② 《马克思恩格斯选集》，人民出版社，1972年，第1卷，第249页。

③ 同上。

描绘文艺复兴晚期风貌情态的杰作

——班戴洛《罗密欧与朱丽叶》

莎士比亚脍炙人口的名剧《罗密欧与朱丽叶》，问世数百年来，不知扣动了多少不同民族、肤色的读者和观众的心弦，使他们为一对青年男女的不幸遭际洒一掬同情之泪。然而，许多人并不晓得，莎士比亚的这部传世之作，却是取材于意大利文艺复兴时期作家班戴洛的同名小说。

对于我国读者来说，班戴洛的名字至今仍然鲜为人知。我们对意大利文学的介绍与研究异常薄弱，当是形成这一令人遗憾的状况的原因。其实，在文艺复兴时期照耀意大利文坛的灿烂群星中间，班戴洛是颇为引人注目的。他是继薄伽丘之后意大利又一位短篇小说大师。他的短篇小说不只数量可观，凡二百一十四篇，而且对欧洲文学产生了积极的影响。早在1560年，他的小说便译成法文，两年以后又译成英文，嗣后相继译成世界各国文字，广泛流传。莎士比亚的一些剧作，洛佩·德·维加[①]的两部喜剧，韦伯斯特[②]、缪塞[③]和贾科萨[④]的剧本，塞万提斯的一些小说，都从他的短篇小说中汲取了素材。

著名学者钱锺书先生在他的著作中不止一次论及班戴洛的小说与莎士比亚的戏剧的关系，并给予他的短篇小说创作以很高的评价。[⑤]

---

① 洛佩·德·维加（1562—1635），西班牙文艺复兴时期剧作家。

② 韦伯斯特（1580—1625），英国剧作家，有云仅次于莎士比亚。

③ 缪塞（1810—1857），法国诗人、小说家、剧作家。

④ 贾科萨（1847—1906），意大利真实主义剧作家。

⑤《管锥篇》第341页注2，第903页，第1521页注2；《管锥篇增订》第85页，第109页；《也是集》，香港，广角镜出版社，1984，第61页，第62—68页，第72页。

一

马泰奥·班戴洛（Matteo Bandello）生活和创作的年代，正是意大利由进步、繁荣走向反动、衰退的时期，也是文艺复兴运动由辉煌的高峰逐渐趋向低落的时期。班戴洛的经历，深深打上了动乱不安的时代的印记。

关于他的生年，文学史家们颇多争议。比较流行的说法有两种，一说大约1480年出生在意大利北部一个名叫斯克里维亚新堡的市镇，一说1485年左右诞生。他的父亲是贵族，但贵族之家没有赐予他荣富、安逸的生活。当他还是一个天真未泯的少年的时候，便进入了米兰的多米尼加派修道院，接受宗教教育，诵书穷经。他的叔父当时是这座修道院的院长。嗣后，他被送到文化古城帕多瓦，在那里学习大学的哲学、历史课程，研读古希腊语言文学，博学多识。

20岁那年，班戴洛前往热那亚，进入多米尼加派修道院当僧侣。但是，他对世俗生活始终怀有强烈的兴趣。1501年，他的叔父出任多米尼加教派总会长，他得以跟随叔父巡视教务，周游佛罗伦萨、罗马、那不勒斯等城市，对意大利社会作了细致的考察。叔父去世以后，他先后为割据北方的一些城邦的君主，如博洛尼亚的本蒂沃利奥、曼图瓦的贡扎加服务，担任文书、家庭教师，还曾受委托执行一些外交使命，这使他对教会和贵族宫廷的内情有着深切的了解。

1521年，神圣罗马帝国皇帝查理五世的军队，同占领意大利北部的法国军队交战，班戴洛于兵荒马乱中逃离曼图瓦，避居米兰。1526年，查理五世的大军攻占米兰，他父亲的家室被洗劫一空，他被迫只身出走。大约在1528年，他投奔为法国国王效力的弗雷戈索将军麾下。1541年，弗雷戈索被查理五世的刺客谋杀，班戴洛便追随其遗孀，流亡法国。1550年，班戴洛被法国王室任命为阿让地区主教，直到1561年去世。

班戴洛一生淡泊于功名利禄，而且一度对宗教活动深感厌倦，产生过信仰危机。充斥意大利国土的兵燹战乱，各个君主城邦的荣辱兴衰，把这位才清志高、一心渴望有个宁静的环境从事写作的僧侣卷入了动乱的旋涡，使他备尝颠沛流离之苦。这倒使他有机会深入体验社会各个阶层的生活，接触三教九流的人物，熟知他们的情俗风尚，从现实生活中不断汲取了丰富的感性材料。这为他的文学创作打下了扎实的基础。

还在跟随叔父出游的年代，班戴洛便开始了写作。他的第一个短篇小说约写于1505年，从此，直至晚年侨居异国他乡，他始终没有放下手头的一管羽笔。班戴洛又是一位诗人。他担任曼图瓦的贡扎加侯爵的家庭教师的时候，对他的学生、才貌双全的侯爵公主萌生了爱慕之情。爱神驱使这位僧侣秉笔写下了热情洋溢的《卢克雷齐娅、贡扎加小姐颂歌十一首》（1536—1538），奉献给他。他的过人的才华在诗歌《三个命运女神》（1531）和《歌集》（1544）中也得到了显露。班戴洛通晓古典语文，也热心于翻译。他把薄伽丘《十日谈》的某些故事，出色地译成拉丁文；古希腊悲剧作家欧里庇得斯的剧作《赫卡柏》，也经他之手，翻译介绍到意大利。

短篇小说是班戴洛最重要的作品，凝聚了他毕生的心血。他一生写了短篇小说214篇，结集为四卷；前三卷于1554年问世，第四卷在他逝世以后，于1573年出版。他的各个短篇之间没有任何直接的联系，不像薄伽丘的《十日谈》那样借助故事会的形式，用一个框形结构，把不同的故事连缀为一个整体。班戴洛自辟蹊径，在每篇小说之前附一书信，写给他的小说所奉献的一位高贵人士（将军、主教、骑士、贵妇人），信件的内容之一是说明小说中的故事系讲述人在某个时间、地点，参加某个愉快的聚会时目睹或耳闻所得。其实，这个说法并不可靠，它只是作者巧妙的虚构。班戴洛用这种手段来强调，他的每篇短篇小说无一不是历史事件的产物，或者直接采自现实的社会生活，从而让读者产生一种真实可信的感觉。这些书信给作品涂抹了生动的时代背景，又透露了十六世纪意大利的社会状况和作家的个人经历，本身就是很有价值的文学作品。

文学史家们的考证表明，班戴洛短篇小说的题材，来源十分广泛，其中绝大部分以古代、中世纪的史实、传说、民间故事、当代生活中的真实事件、趣闻轶事为素材，有的则采自马基雅维利、瓦扎里①、卡斯蒂利奥内②、多尼③的作品，也有的取材于法国小说或东方的传说。

班戴洛对现实生活中的事件怀有这样浓厚的兴趣不是偶然的。他在照例冠于小说之前的一封书信中写道，他写作的旨趣在于“给人们带来裨益和欣悦”。在他看来，小说只要是从历史或现实生活的脏腑中脱出来，便具有扣人心弦的力量，便能实现这一宗旨。他不想使自己的小说像薄伽丘的《十日谈》那样充满批判的锋芒，咄咄逼人。他只是把当代社会的一幅幅姿色富丽的壁画，把一个个形象鲜明的人物（君主、贵族、武士、僧侣、贵妇人、外交家、艺术家、诗人、艺伎、市民、手工业者、农夫、水手），精细地描绘出来，让读者去品赏、评判。他只是在情趣横生的描绘中，不动声色地融入自己的人生体验。然而，正是尊重现实忠于现实的精神，使他在作品中成功地把封建贵族奢侈逸乐、道德衰败的景象，客观而真切地呈现于我们的面前，从而起到了抑恶彰善的作用。

《菲利普·利皮》是有代表性的一个短篇小说。班戴洛从达·芬奇、利皮④的生活中选取几个断面，甚至是平凡的日常经历，用轻松活泼的笔调描绘出来。在饶有兴味

---

① 瓦扎里（1511—1574），意大利建筑学家、画家、艺术史家。
② 卡斯蒂利奥内（1478—1529），意大利作家。
③ 多尼（1513—1574），意大利文学家。
④ 菲利普·利皮（1406—1469），文艺复兴时期意大利著名画家。

的叙述中，作者把封建统治阶级宣扬的人的高贵在于出身、地位和财富的陈旧观念，尽情地加以奚落，宣扬了人的高贵决定于才能和在社会实践中作出的贡献的观念。文艺复兴时期的人文主义思想在这里自然而然地流露了出来。

更可贵的是，班戴洛身为僧侣，却能突破宗教的藩篱，在一部分小说中显示了反教权的倾向，揭发僧侣勾引良家女子，贪图钱财的恶德败行。自然，在班戴洛的小说中，更多的短篇是以爱情为题材，或写传奇式的悲欢离合，或写引人入胜的冒险。作者在若干书信中曾经表示，不少爱情风波每每起因于人的理智的软弱无能，不足以驾驭七情六欲。可是作者在小说中的现实主义艺术描绘，却令人信服地表明，事情同理智，或者说是同情欲，都毫无干系。冲突的根源全然在于现实的社会环境。《罗密欧与朱丽叶》就是通过曲折的爱情纠葛，生动地展示出了具有某些本质特征的社会生活。

二

《罗密欧与朱丽叶》是班戴洛最优秀的短篇小说之一。它收入1554年在卢加城出版的前三卷《班戴洛短篇小说集》的第二卷。关于这个故事的历史依据，至今尚没有一致的意见。

一些文学史家蛮在把握地说，它来源于历史的真实事件。他们并且援引但丁的《神曲》为佐证，说但丁在诗中提到蒙德奇奥和卡佩莱托两个家族人“悲痛不已”[①]，便是喻指罗密欧与朱丽叶的悲惨遭遇。

德拉·科尔台所著《维洛那史》（1594）进一步推论，罗密欧与朱丽叶的爱情悲剧在历史上确有其事，它于1303年发生在维洛那城。今天，维洛那还保存着有关这一传说的某些古迹。在维洛那城卡佩罗街，完整地立着一幢三层楼的宅邸，它的二层的最后一间，有一个阳台。据说，那间屋子，便是朱丽叶的居室；而那个阳台，正是这一对痴情的青年当年相会的地方。院子里有一座青铜雕像，朱丽叶亭亭玉立。宅邸的外墙钉着一块铜牌，上面赫然写着“朱丽叶故居”。维洛那市郊至今仍保留着据说是安葬朱丽叶的墓地。成千上万的游客每天从世界各地前来凭吊。这似乎证明，罗密欧与朱丽叶确有其人其事，至少说，人们愿意信以为真。

另外一种意见认为，班戴洛的《罗密欧与朱丽叶》并非脱胎于真人真事，唯一记载此事的德拉·科尔台的《维洛那史》，比班戴洛的小说整整晚四十年才发表，足见它的论点缺乏说服力。而先于班戴洛小说问世的所有维洛那史书，却全无片言只语涉及原本应当引起史学家们巨大兴趣的事实。

持这种观点的文学史家们还认为，但丁在《神曲》中确曾提到蒙德奇奥和卡佩莱

① 但丁:《神曲·炼狱》，第六歌。

托，但据史籍记载，这两个家族分别是维洛那和克雷莫纳两个城市吉伯林党的首领，维洛那城从来不知道有卡佩莱托这么一个家族；但丁在诗中提到这两个家族，并非喻指它们的世仇造成这一对恋人的殉情，而是从维护意大利统一的政治大局出发，批评各城邦之间的纷争，"意大利所有的城市，充满着暴主"，导致意大利这个"帝国的花园荒芜了"[①]。另外，但丁流放期间曾客居维洛那城，倘使这一对不幸的恋人的遭遇果真确有其事，那么，曾以激荡的热情描叙弗朗齐斯科与保罗之爱，使他们的事迹千古传诵的诗人[②]，在《神曲》中自然不会不着意抒写的。

还有一些文学史家提出这样的看法；班戴洛从古代民间传说中采撷素材，写成了这篇名作。据考证，远在古罗马时期，就广泛流传着关于一对名叫皮拉莫与蒂丝贝的情侣生死相恋的故事。

这两个青年男女的爱情遭到双方父母的反对和阻挠。他们被迫悄悄地相会，或者透过把他们两家阻隔的院墙上的一个圆洞谈心。一天，皮拉莫在预先约定的时间去尼禄陵墓与蒂丝贝相会，但误信恋人被出没此地的雄狮吞噬，悲恸万分，当即自杀。蒂丝贝赶到，见皮拉莫惨烈死去，痛不欲生，倒在情人的怀抱里，气绝身亡。正像任何民间文学作品在长期流传中发生的那样，这则故事在一代又一代口口相传的过程中，主人公的姓名，行为发生的地点与方式，发生衍化，细节也得到补充和丰富。双方父母的拒婚，改动为两个家族的累世怨仇；增添了流血格斗的情节和一个至关重要的人物洛伦佐神甫；一对恋人死亡的情节也有了变动，更加富于想象。于是，这则传说逐渐演变为后来的罗密欧与朱丽叶的故事。

罗密欧与朱丽叶的爱情悲剧首次见诸文学作品，约在十六世纪初。来自维琴佐的作家路易吉·达·波尔托（Luigi da Porto，1485—1529），写了一篇短篇小说，全名叫作《巴尔托洛梅奥·斯卡拉亲王时代维洛那一对高贵的情人的故事和他们的悲惨之死》。

达·波尔托是诗人、历史学家，写过反映十六世纪初叶意大利北部地区内战的书信诗。这则短篇写作的年代不详，只知道它的第二版于作者死后在1535年付印。它的结构、语言、手法还相当粗糙，缺乏文学价值，但具备了初步的戏剧性因素，罗密欧与朱丽叶的爱情悲剧已见端倪。它为班戴洛小说的诞生准备了条件。

诚然，关于《罗密欧与朱丽叶》的历史依据尚无定论，但有一点是毋庸置疑的，那就是班戴洛的作品孕育与生发于社会生活的土壤。诚然，这篇小说借鉴了前人的艺术成果，然而，它却是以作家独特的生活实践和创作实践为底蕴，以进步的人文主义

---

① 但丁:《神曲·炼狱》，第六歌。

② 但丁在《神曲·地狱》第五歌描写里米尼的弗朗齐斯科与保罗相爱，事败被害的悲剧。后世许多诗人、艺术家从中汲取了创作的素材。柴可夫斯基还写成交响诗《里米尼的弗朗齐斯科》，拉赫曼尼诺夫作有同名歌剧，意大利诗人佩利科、邓南遮分别创作了同名诗剧。

思想为灵魂，获得了新的艺术生命。它的思想价值与艺术价值，绝非既往有关罗密欧与朱丽叶的口头或文字作品所能比拟，也不能同一般的传奇故事等量齐观。

班戴洛的小说有着经久不衰的生命，一个重要的原因是它成功地塑造了罗密欧与朱丽叶这两个人物形象。

在文艺复兴时期，人文主义者提倡全面发展的人的理想，人文主义作家笔下的人物常常是既俊美、健康，又聪明、勇敢，获得和谐的发展。罗密欧与朱丽叶也是这样的形象。班戴洛情深辞切地描写罗密欧与朱丽叶的美妙的丰姿、俊雅的仪容，突出这一对风度翩翩的青年的外形美。他们才貌卓著，惹人怜爱。但作者并不止于此。他又集中地通过爱情纠葛，以细婉有致的笔触，着力表现这一对情侣的高尚的品格。罗密欧与朱丽叶两情相悦，缠绵眷恋。至性至情荡涤他们的心灵，激发了他们身上蕴藏的一切美好的东西，使他们具有高贵的情操。他们执着地追求婚姻自由，希望建立符合自己心愿的幸福生活。罗密欧与朱丽叶的爱情是纯洁的、正大光明的，是生活中一种积极的、向上的因素。他们不顾封建世仇的阻挠，矢志不渝地相爱，忠于誓约，坚贞不屈，最后献出了宝贵的青春与生命。文艺复兴时期人文主义关于人和爱情的理想，在这篇小说里再一次得到了生动、有力的表达。

在这一动人心弦的故事中，朱丽叶的形象尤为光彩照人。她热情、机灵，对罗密欧性痴志凝，情深如海，但两个家族的累世怨仇，像一条鸿沟把她和恋人生生拆开。在等级森严的封建社会里，她这样一个柔弱的少女，是无法违抗父命，难以挣脱旧礼教的枷锁，把命运掌握在自己手里的。她陷入了深深的忧伤和悲痛。作者写出了她如何历经爱情的迂回波荡和心灵的坎坷磨难，冲决黑暗势力和封建意识的罗网，从怯弱和顾虑中解放出来，变得无比坚强。她果敢地向世俗偏见发出挑战，大胆地同命运抗争。她不屈从于父母的严命，心甘情愿承受最大的风险，采取自许婚事、服药假死、筹划私奔等激烈的行为，一心向着光明奔去，终至以身殉情。班戴洛不只赋予朱丽叶以美丽温柔、有情有义的女性特征，而且在她同旧势力的尖锐矛盾和斗争中，展示了她的封建礼教叛逆者的坚毅性格，使她体现了巨大的精神力量。朱丽叶是封建社会中一种新的道德的化身。

这里不妨提一下班戴洛笔下的另一个令人难忘的女性形象。他根据1513年发生的一起真实事件写过一则短篇小说《阿玛费伯爵夫人》。女主人公阿玛费伯爵夫人守寡有年，爱上了出身卑贱而品性善良、心地高洁的仆人安东尼。但她是贵族妇女，封建道德紧紧束缚着她，使她迟迟不能迈出决定性的一步。她经过内心的剧烈斗争，终于毅然决定同安东尼正式结合。这在当时无疑是最大胆、最激烈的一种反抗。然而，她的行为不能见容于她隶属的贵族阶级，她的骨肉兄弟们为了维护封建礼教，竟残忍地对她和她的孩子们下了毒手。

班戴洛在朱丽叶、阿玛费伯爵夫人的形象中倾注了他对封建社会里最受歧视和压迫的妇女的深切同情，对勇敢、坚定地捍卫自己的自由、幸福的新女性的热忱赞美，也灌注了他对男尊女卑的陈腐观念的鄙夷情绪。这不禁使我想起薄伽丘在《十日谈》里塑造的两个极富光彩的少女形象：敢于向等级森严的封建社会挑战，坚强勇敢地追求爱情，最后以身殉情的绮思梦达和莉莎贝达。[①]班戴洛又从另一个方面继承和发扬了文艺复兴时期的人文主义传统。

罗密欧与朱丽叶的恋爱以悲剧告终。他们的命运遭际超越了单纯追求自由爱情的范畴，而体现了历史的变革时期新旧两种思想的斗争。在封建社会里，自由的爱情，必然同基督教的禁欲主义、森严的等级制度、封建的伦理原则发生不可调和的、对抗性的矛盾。追求民主、男女平等和社会权利的行为，势必遭到强大的封建势力的残酷镇压。新思想的代表，最后沦为旧社会的牺牲品。班戴洛的小说是抒写男女主人公悲剧命运的感伤凄清的哀曲，又是宣告他们获得精神、道义上的胜利的颂歌。对他们的痴情、苦痛和殒灭的描绘愈是细致微妙，对铸成主人公们悲剧命运的封建社会及其礼教的控诉便愈加强有力地撞击读者的心灵。

薄伽丘和班戴洛，这两位文艺复兴时期的短篇小说家，一先一后，人文主义思想虽然一脉相承，但一个生活在十四世纪，一个生活在十六世纪，中间横隔着一条漫漫的历史长河。到了班戴洛时代，意大利的客观情势已经发生了急遽的变化。土耳其的崛起，切断了意大利的东方贸易的通道，意大利各个城市共和国的工商业遭到严重的打击，从此一蹶不振，经济丧失了既往的优势。在政治上，城邦的共和体制蜕化成了君主专制。异族侵略者（法国、西班牙）在它的国土上的激烈争夺，更加剧了各城邦之间的内讧。时移俗易，世风日下，凶杀、械斗频繁发生。在意大利历史上，这是封建主义和教会复辟的黑暗时期。文化艺术和科学遭到了摧残。在短篇小说创作中，锐利的战斗精神和对胜利的信念，几乎消失了，或者说异常淡薄了。许多庸俗的言情小说应运而生。作者们有意无意地回避青年男女在争取自由婚姻中同现实发生的冲突、在人生道路上遇到的种种障碍，而制造皆大欢喜的大团圆的结局，使作品显得虚假、庸俗。

在当时的风气影响下，班戴洛写的一些短篇小说不免失之浅薄。但是，他的《罗密欧与朱丽叶》和其他优秀的小说，却同那种俗不可耐的言情小说划清了界限。它们像一面三棱镜，分解和折射出时代的五光十色。从薄伽丘的《十日谈》到班戴洛的短篇小说，意大利社会变化的轨迹，亚平宁半岛上氛围的更迭，极其清晰地显示了出来。如果说《十日谈》里充溢的乐观、昂扬的情绪，明亮、鲜艳的色彩，以及萨凯蒂故事里的讥刺、幽默，生动地体现了前期文艺复兴运动生机勃勃的青春锐气，那么，班戴洛《罗密欧与朱丽叶》的凄惨结局，则如实地映照出笼罩文艺复兴晚期危机时代

① 薄伽丘《十日谈》第四天故事第一、故事第五。

的阴暗色调，十六世纪意大利社会所特有的悲剧性的情势。

班戴洛的短篇小说在艺术上独具一格。在一封书信里，班戴洛对他的艺术主张作了简略的概括。他说，他的志向是追求“一种崭新的、迥然不同的艺术，这种艺术不复以设计光彩的形式结构，对微妙的心理世界给以明净、透彻的剖示为目标，而是着力于表现各式各样的运动，各种激情的悲剧性的冲突，表现新颖有趣的事件，变幻多端的纠葛，直截了当地展示各种场面，使你产生恍若置身其间的幻觉，并从中感受到震动。”

确实，薄伽丘以后，不少作家竞相仿效《十日谈》的框形结构，结果把这种当初富有独创性的、“光彩的形式结构”，变为一种千篇一律的模式。班戴洛在短篇小说结构的设计上别出心裁，在每篇短篇小说前面附一封书信，不只点明了时代背景，而且赋予他的二百来个短篇小说以一种内在的联系，从而使它们成为一个无形的但却是有机的整体。

班戴洛的艺术功力不在于对人物心理的细致刻画，而是以巧妙地编织传奇性的故事见长。

无论《罗密欧与朱丽叶》，还是他的其他小说，情节都曲折有致，变幻多端，故事的展开恰似波迭浪涌，一波三折。而在描写人物情感的冲突的时候，班戴洛常常使用浓墨重彩，务求给以酣畅淋漓的表现。他不惜篇幅，不止一次地让罗密欧、朱丽叶在紧要的关头作慷慨激越的长篇自述，使人物直接吐露胸怀，把他们丰富而复杂、矛盾而痛苦的情感尽情地宣泄出来。他的小说语言也同《十日谈》迥然有别。薄伽丘追求一种俊逸、玲珑的风格，异常讲究文辞精美，谈吐优雅，而且喜欢在描写中不时插入机智俏皮的话语，务欲使读者赏心悦目而后快。班戴洛则以为，作家写人叙事，不啻同友人相聚、交谈，进行感情的交融。因此，他偏爱讲述故事、跟读者叙谈的方式，娓娓动人地倾谈，自由自在，紧慢相间。所有这些特点，就使得班戴洛的作品充满戏剧性的因素，不只读来饶有兴味，而且具备改编为剧作，搬上舞台的优越条件。

毫不奇怪，他的短篇小说被许多戏剧大师相中，纷纷从中采撷再创作的素材。

班戴洛笔耕一生，奋意纵笔，描绘出了一个时代的风貌和情态。他当之无愧是薄伽丘之后意大利最出色的人文主义小说家。他的创作标志着意大利文艺复兴时期短篇小说的终结。

意大利古典文学的一座里程碑

——曼佐尼《约婚夫妇》

曼佐尼的长篇历史小说《约婚夫妇》，是意大利古典文学的瑰宝。在意大利，这部文学名著如同《神曲》一样，家喻户晓，妇孺皆知，人民大众极为珍重和喜爱它；每一个受过初等教育的人，都曾在学校里琅琅吟诵它的精彩章节。

一位权威的文艺批评家曾经指出:《约婚夫妇》“不只是一部卓越的艺术作品，而且是一座真正的纪念碑，它在艺术上占有的地位，堪同《神曲》和《疯狂的罗兰》[①]相媲美”。[②]

但丁和曼佐尼，都是伟大时代的产儿。但丁的时代，是从封建的中世纪向近代世界过渡的重大历史转折点。伟大的历史变革造就了这位文艺复兴运动的巨人，使他写出了划时代的《神曲》。

而曼佐尼生活的岁月，正是意大利进入历史上另一个重大的转折点的时期。民族复兴运动，以磅礴的气势席卷全国。在这场伟大革命运动的推进下，意大利文学出现了继文艺复兴运动以后的另一次空前的繁荣，涌现出了一群星汉灿烂的文学大师。曼佐尼就是他们最重要的代表。

亚历山德罗·曼佐尼（Alessandro Manzoni），1785年3月7日出生在米兰。父亲是伯爵，外祖父是当时著名的启蒙主义思想家、律师。曼佐尼自幼受到母亲一家的思想熏陶，继承了启蒙主义的传统。他喜欢阅读意大利启蒙主义作家蒙蒂、帕里尼、阿尔菲耶里的作品。十五岁那年，他受到雅各宾派精神的鼓舞，挥笔写下了第一首诗歌《自由的胜利》。年少气盛的诗人，满腔热忱讴歌法国资产阶级革命，鞭笞封建君主专

① 意大利文艺复兴时期著名诗人阿利奥斯托所著长篇传奇叙事诗。

② 德·桑克蒂斯:《批评文选》，都灵，国际出版社，1957年，第377页。

制。这篇诗作中洋溢的民主主义精神，泛采流光，像红线一样贯串曼佐尼日后的全部诗作。

曼佐尼成年的时候，父亲和母亲因感情不和而离异。他毅然拒绝继承父亲的伯爵封号，于1805年奔赴巴黎，和母亲一起生活。

在巴黎，他同政治界、思想界和文艺界人士广泛交游，呼吸到法国革命后的新鲜空气，又从欧洲进步哲学思潮和法国浪漫主义文学中汲取了宝贵的思想养料。在五光十色的思潮汇流的巴黎，他又曾被一些宗教思想家的说教所吸引。这一切都在他创作中留下了鲜明的印痕。

需要顺便提及的是，曼佐尼在巴黎同法国历史学家、哲学家、文学家福里埃结识，情谊甚笃，回国后仍同他书信交往，探讨文学、语言问题。在福里埃的引发下，曼佐尼萌生了对历史事件进行精细的研究的兴趣，注重从既往的史实中撷取艺术创作的素材。

1808年，曼佐尼和日内瓦一位银行家的女儿、虔诚的教徒埃莉凯塔结婚。夫妻十分恩爱。这桩婚姻对曼佐尼也发生不小的影响。结婚两年以后，曼佐便接受洗礼，皈依基督教。从此，他把启蒙思想同宗教教义合二而一，他追求资产阶级革命的理想，但又幻想在基督教精神的指引下建立自由、平等、博爱的社会。

1810年，曼佐尼返回意大利，定居米兰。嗣后，他只是间或到外地或巴黎作短暂的旅行。从1812年至1827年，这是曼佐尼创作的鼎盛时期。继《自由的胜利》之后，他口吟笔耕，写下了许多诗篇。诗人的笔触横贯数百年，纵括了意大利这一历史时期的各个重大事件。《利米尼宣言》（1815）大声疾呼，一切爱国者团结起来，为祖国的独立和自由而战。“团结就是自由”的诗句，喊出了振聋发聩的声音。1821年，烧炭党人在伦巴第地区发动反对奥地利占领者的武装起义，惨遭镇压。曼佐尼闻讯，立即写出了颂诗《一八二一年三月》，讴歌在斗争中英勇献身的战士。但这首激荡着革命豪情的诗篇，当时未能发表，直到1848年著名的米兰起义爆发时才得以问世，在起义者中间广泛流传，成为鼓舞他们斗争的战歌。曼佐尼的诗歌创作也交织着矛盾。他的五首《圣歌》，是一组纪念基督教宗教节日的诗歌，宣扬基督教能够赋予人类正义、平等和高尚的情感。抒情诗《五月五日》，对叱咤历史舞台的拿破仑的逝世表示哀悼，并用天命论的观点解释历史的进程。

曼佐尼又是一位杰出的戏剧家。他遵循浪漫主义理论写了两部历史剧，把民族复兴运动的崇高理想，注进了历史事件。悲剧《卡马尼奥拉伯爵》（1816—1820）的素材采撷自十五世纪发生的一起真实的历史事件。主人公卡马尼奥拉出身农民，因英勇无畏，屡建战功，被擢升为军事统帅，但最后屈死在他效忠的封建统治者的屠刀下。卡马尼奥拉的悲剧不能不令人心魂震栗，迫使人们痛切感到，君主专制和封建内讧，是意大利民族灾难的薄薮。曼佐尼在剧本的序言里，猛烈抨击古典主义戏剧理论，批评主人公必须是贵族出身的陈腐观念。这部悲剧打破了时间、地点一致的戒律，并在每幕之间安排了“合唱”，淋漓尽致抒发作者的感受和思想倾向。

另一部抒情悲剧《阿德尔齐》(1822)取材于八世纪法兰克王查理大帝对伦巴第王国的征服，融汇了作者在民族复兴运动初期争取独立、解放的武装起义多次失败后的痛苦的体验，指出被奴役民族不能期待侵略者恩赐自由。

长篇历史小说《约婚夫妇》是曼佐尼最优秀的作品。作者宵衣旰食，呕心沥血，花费了整整二十年的时光，才最终完成了这部小说。它的写作始于1821年，脱稿于1823年，起初取名《菲尔莫与露琪亚》。但作者并未立即付梓印行。他不断对小说进行修改、加工、改写，于1827年更名《约婚夫妇》初次出版。嗣后，曼佐尼又精益求精，继续修改，至1840年刊印了第二版。这就是留传后世，今天广泛流行的版本。

小说的情节是异常曲折、动人的。伦巴第地区一个山清水秀的乡村。纺织工人伦佐和露琪亚互相爱慕，订了终身，即将举行婚礼。当地恶霸堂罗德里戈早已觊觎美貌的露琪亚，他恫吓神甫堂安保迪奥，不许他为这一对恋人主持婚礼，随后又派遣强徒，向伦佐暗下毒手。伦佐被迫亡命异乡，露琪亚也躲进一家修道院避难。堂罗德里戈买通一个惯于杀人越货的大寨主，把露琪亚劫到山寨。大寨主正经历着精神危机，对过去的罪恶生活深感厌倦和悔恨。露琪亚的纯洁触动了他，在一个红衣主教的启迪下，大寨主幡然悔悟，改邪归正。露琪亚被护送至米兰。伦佐历经饥民暴动、大瘟疫和其他种种磨难，也来到米兰，和露琪亚团圆，有情人终成眷属。

《约婚夫妇》完全跳出了一般的言情小说的俗套。曼佐尼的着眼点不是落在一对青年恋人的生离死别，悲欢离合上，而是把主人公的身世际遇放在十七世纪上半叶意大利具体的历史条件和广阔的社会环境中，予以真切感人的描绘。随着主人公漂泊流荡的足迹，读者眼前展示出在西班牙侵略者铁蹄践踏下，意大利内讧四起，民生凋敝，瘟疫肆虐，灾荒遍地，盗贼丛生的惨苦情景。历史犹如一面镜子。伦佐和露琪亚坎坷曲折的遭际，形象地映照出处于内忧外患的整个意大利人民伤心惨目的境况。十七世纪西班牙统治下的意大利，又是十九世纪奥地利奴役下意大利的缩影。小说借古讽今，把批判的锋芒直指外来侵略者及其卵翼下的封建贵族势力，果敢地触及了争取民族独立、统一和自由这一最尖锐的时代矛盾，使这部历史小说充溢着爱国主义激情，具有异乎寻常的现实意义。

在《约婚夫妇》中，占据中心位置的不是声名显赫的大人物，而是伦佐、露琪亚和其他劳动者(农民、仆人、车夫、船夫、手工业者)；作者着力予以刻画的，不是历史上的重大事件，而是这些普通人实在的生活和坎坷的命运。

但曼佐尼的追求并不止于此。他努力(至少是抱着这样的愿望)从平民的角度来观察和评判他描写的人物和事件。那些热可炙手的权贵的华丽衣饰被剥落了，高贵的尊严被打掉了，他们凶暴冷酷、巧取豪夺、荒淫佚乐的丑恶面貌，呈现于读者的面前。曼佐尼把被损害者和凌辱者同他们进行鲜明的对照，真诚地讴歌这些平民纯朴善良、热爱劳动、团结友爱、仇恨侵略者和封建势力的高尚品格。平平凡凡的劳动者上升为鸿篇巨制的文学作品的主人公，这在意大利小说史上还是破天荒头一次。因此，有的评论把《约婚夫妇》称作“第三等级的史诗”[①]。这一非同小可的革新，对意大利文学发生了深远的影响。

作为一部优秀的历史小说，《约婚夫妇》融汇了曼佐尼的艺术主张，具有鲜明的艺术特色。

在《约婚夫妇》的《序言》中，曼佐尼假托这部小说是他偶然地发现的一位十七世纪佚名作者的一部完整的手稿，经他略加整理而加以发表。因此，他特意在书名下面冠以这样一行字：“亚历山德罗・曼佐尼发现和整理的十七世纪米兰历史。”

在这里，曼佐尼首先提请读者注意，他的小说并非随心所欲杜撰的故事，而是真实可信的“历史”。他认为，历史是生活的记载，因而是艺术作品的源泉，历史并不排斥“诗歌”，而是为诗歌开辟道路。为此，他悉心钻研著名史学家里帕蒙蒂、穆拉托里、乔亚、维里的历史著作和大量有关米兰大公国的史料。但是，如果说他以史书和文献为依据，能够写出一部以一位军事统帅的传奇生涯为题材的悲剧《卡马尼奥拉伯爵》，那末，文字材料对于构想和创作像《约婚夫妇》这样一部小说就远远不够了，因为他立志要为之树碑立传的劳动者，被凌辱的小人物，恰恰是从来都被排斥于史学家们的视野之外，名不见经传。

如何解决这一难题呢？曼佐尼在致福里埃的一封信中谈及《约婚夫妇》的创作情况时，他写道：“我正竭尽全力去深切地体验时代的精神，力图和那个时代生活在一起……至于谈到事件的发展、情节纠葛，我以为，这儿最好不过的法子莫过于去做别人不曾去做的事情：认真地研究现实生活中人与人之间的关系。”

不难看出，同前期的诗歌、历史剧比较，《约婚夫妇》显然体现出了曼佐尼艺术手法上的新特点。不错，曼佐尼依然采用浪漫主义作家偏爱的历史小说这一文学样式，从历史上采撷素材，以抒发个人的强烈情感和美好的理想，表达民族复兴运动的要求。但是，他更加追求作品的历史真实性，力求在对现实的社会关系，对生活中“人与人之间的关系”，进行深入的研究的基础上，使他笔下的人物、事件显得真切可信。即符合特定的历史条件下的社会生活的面貌。浪漫主义和现实主义在这里交融了。

透过历史的真实性，揭示时代的精神，这是《约婚夫妇》的一个重要特色。

打开这部小说，首先映入读者眼帘的，是意大利北方伦巴第乡村和莱科镇的景色。曼佐尼用委婉舒徐的笔法，描叙秀丽魅人的自然风光，在这里，作者不动声色地糅入一小节文字，把驻扎于市镇的一队西班牙兵士的情况，略作勾画。寥寥数笔，饱

① 彼特隆尼奥：《文学的意大利》，帕隆波出版社，1971年，第8版，第469页。

含辛辣的讥诮，把西班牙侵占意大利，侵略者作恶多端，横行无忌的时代氛围，异常生动、简括地点染了出来。

当莱科镇的全景从画面上渐渐淡化，镜头慢慢摇向堂安保迪奥神甫时，作者又很自然、巧妙地把故事发生的时间（1628年11月7日），作了精确的交代。及至主人公伦佐登场亮相，作家倒叙他的身世，顺势把当时经济凋敝，民不聊生，百姓离井背乡，另谋生路的社会经济关系，披露了出来，使故事展开的历史背景显现得更加完整、清晰，又为以后描写的疮痍满目、路有饿殍、米兰饥民暴动等情节作了铺垫。

在小说的开头，我们读到了为数不少的官府告示。乍一看来，它们似乎对于艺术作品并不是严格地必要的。其实，作者从他潜心研究的大量史料中，不惜篇幅，摘引这些告示，自有良苦的用心。强徒充斥，为鬼为蜮，本是当时一种普遍的社会祸害，触目惊心；它又不啻是意大利社会身患的痼疾，经久难治。请看：强徒们勾结恶霸，串通官府，朋比为奸，干着伤天害理的勾当，但照旧逍遥法外；当局三令五申，扬言要翦灭强徒，并不断加重苛酷刑罚的分量，强徒却愈益猖獗；告示多如牛毛，除去显露封建统治者的腐朽，司法官员的庸碌无能的本相外，唯一的效果只是让平民百姓枉屈于新的灾祸之中，使那班不法之徒更加奸诈难防。这个中道理，没有比这一道又一道的官府告示讲得更真剀、更透彻的了。第一手史料直接引入小说，突出了艺术作品的历史真实性，增强了时代感，有助于更深一层地勾勒出特定的时代的本质特征。

曼佐尼还善于凭借饱含生活气息的细节描写，烘托出浓烈的时代特征。在开卷第一章，作家以状物传神之笔，神情毕肖地描画了两个强徒的肖像。这不是一般的恶棍。且不说他们的举止、言谈，请看他们的装束打扮：头戴一顶装饰着“大流苏”的“织成网状的绿色宽边帽子”，“一绺卷发”，披拂在前额，“两撇长长的髭须，在嘴唇上翘然而起”，腰间系着一把镂刻着龙纹的长剑，“拭擦得锃明彻亮”。这是十七世纪强徒们最喜欢的装束，它体现了这班恶棍飞扬跋扈，浑身匪气，但又故意炫弄自己威风的派头，具有地地道道的那个时代色彩。

在开局的几章中，我们看到，富有诗意的文字，同真实可信的史料，诗意盎然的描绘，同发人深思的“间断”，历史同想象，紧密交织，相得益彰。两名强徒的出场，引出关于这伙亡命之徒的一段历史记载。这一“间断”，不只点明故事的历史背景，在艺术上又造成一种悬念，愈加激起读者急切知道这两名强徒来意的兴味。

关于《约婚夫妇》的这一特色，意大利当代著名文学史家卢索教授作了这样精辟的概括：“十七世纪，是贯串（《约婚夫妇》）每一页的真正的、内在的主人公。”小说的每一章节，无不打上了“十七世纪的印记”①。

---

① 卢索：《从曼佐尼到莱奥帕尔迪》，佛罗伦萨，桑松尼出版社，1981年，第6—7页。

意大利文艺理论界泰斗克罗齐，早年对曼佐尼这种历史同想象交融的艺术手法颇有微词，认为曼佐尼的诗歌、历史剧堪称艺术精品，“诗歌”，而《约婚夫妇》只不过是“出色的说教作品”。

晚年，克罗齐修正了自己的观点，承认他的这种看法“产生于自己的失误，或者说过分的漫不经心。”①

《约婚夫妇》艺术上的另一个重要成就，是多侧面地塑造了堂安保迪奥神甫和蒙扎的修女等性格复杂、饱满，丰富多彩的艺术形象。

教区神甫堂安保迪奥头一次出场，是一个初冬的薄暮时分。他迎着夕阳的余晖，在宁静的乡村小径上，逍遥自在地踽踽独步，念念有词地诵读《大日课》。真是好一副怡然自得的神态！单是这个亮相，就鲜明地点出了堂安保迪奥的身份、个性和精神状态。安定和宁静，悠闲舒适，是他生活的主要内容，是他的理想。堂安保迪奥既不是地主豪绅，又不是富翁商贾。他穿上神甫的黑袍，并不是受献身宗教的崇高精神所驱动，而是为着由此可以稳稳当当地过上安宁的日子。但他的性格世界中充满了矛盾。他无意去伤害别人，也不愿意冒哪怕最微小的风险去追名逐利。他胆小如鼠，凡是遇到纠纷，总是退避三舍，忍气吞声，委曲求全。当他受到声势显赫的堂罗德里戈派来的两名强徒的恫吓，立刻掉了魂儿似的，终日价唉声叹气，于是硬着头皮去编造难以自圆其说的理由，放弃为伦佐和露琪亚主持婚礼的职责。但他又觉良心不安，只好装病躺倒。他惯于为一己私利盘算，但他又不属于依附什么贵族、帮派，去伤害别人，犯罪造孽。

曼佐尼深刻地揭示出，堂安保迪奥这一独特个性，是在意大利封建社会末期的沃土上孕育和滋长的。他生活在意大利蒙受异族奴役、封建割据双重灾难的畸形社会。在那个年代，善良的弱者好比既没有牙齿，又没有爪子的牲畜，时时会遭到被凶猛的禽兽吞噬的厄运。堂安保迪奥生活在这世道上，活像“一双脆弱的瓷瓶，却不得不跟许多铁制的器皿混在一起，去作一次漫长的旅行。”在他的意识深处，本能地确立了这样的信念：在这是与非颠倒，权势主宰一切的社会里，与世无争，明哲保身，低首下心，是护身自卫的最好武器。这是他的处世哲学，或者说，是他打心底里真正信仰和奉行的《福音书》。

堂安保迪奥正是在意大利那个特定的畸形社会基础上诞生的畸形儿。社会之恶，使他的灵魂、精神严重地扭曲了。他是个利己主义者，同时，他又是个被损害者。懦弱卑怯，忍辱屈从，是他复杂的性格世界的突出特征，也是那个社会的病态的象征与表现。曼佐尼鲜活逼真地塑造了这样一个复杂的、充满矛盾的独特艺术形象。阅读小说的时候，我们抑制不住对这个人物的嫌恶的情绪，但又不由得对他怀着怜悯的同

① 见德·桑克蒂斯:《批评文选》，第374页。

情。堂安保迪奥这一典型，已经成为意大利文学的人物画廊里最著名的艺术形象之一；出自堂安保迪奥之口的一些言语，已成为意大利文学语言中的名句。

曼佐尼善于运用不同人物之间性格的强烈对比，来塑造人物形象。如果说堂安保迪奥是抱定明哲保身，随波逐流的处世哲学，是个怯懦、利己主义者的典型；那么，克里斯多福罗神甫却是另一种个性性格。他扶危济困，嫉恶如仇，为了救助被欺凌的弱者，他怀着一副侠义心肠，甘愿赴汤蹈火，去同恶势力奋勇抗争。作者描绘堂安保迪奥这个人物，目的是要谴责教会放弃维护弱者的职责；他刻画克里斯多福罗神甫，则是力图宣扬借助基督教来培养仁爱精神。这两个人物性格是完全对立的，但起着相反相成的作用。曼佐尼运用这种对比的艺术手法，塑造了一对具有鲜明的、独特的个性的神甫形象。

蒙扎修女是曼佐尼塑造的另一个性格饱满，神态曼妙的形象。

小说第八章叙述露琪亚为了摆脱罗德里戈的迫害，在克里斯多福罗神甫的帮助下，和母亲一起来到蒙扎修道院避难。作者笔锋随即一转，不惜用三万余字的篇幅，描写了一个有名的“蒙扎修女的故事”，构成一篇“小说中的小说”。这位修女的身世曲折动人。她是蒙扎城中首屈一指的贵族家庭的千金小姐，原本应当安享家族的荣华富贵和世俗生活的欢悦幸福；然而，当她还在娘胎里的时候，冷酷、贪婪、恣睢暴戾的父亲却已替她安排好了一辈子当修女的命运。不管她以后曾经如何苦苦哀求，曾经怎样奋力挣扎，终究未能逃脱在清冷的修道院里虚度终生的厄运。她所憧憬的幸福，她所渴求的爱情，生生地被葬送了。活泼的青春，稚嫩的生命，遭到了冰刀霜剑的无情摧残。蒙扎修女的悲剧，是对封建贵族阶级及其礼教的有力控诉。

她受到封建势力的伤害、蹂躏；她挣扎，抗争。渐渐地，她的性格，她的品性，她的心理，也严重地蜕变了，畸形了。冷漠、虚荣和忌恨，侵蚀了她的心灵。她时时有一种侮辱、虐待、损害别人的冲动，对别人施以暗算的渴求。她犹如受到病毒的严重侵害，身心变态的病人，又反倒过来去传播这些可恶的病菌，去腐蚀他人的肌体。不妨说，蒙扎修女是个社会和礼教的双重意义上的牺牲品。她的悲剧富有异常深厚的内涵。

对人物心理的敏锐洞察力和丰富表现力，是《约婚夫妇》的另一艺术特色。

伦佐同堂安保迪奥先后有三次谈话。作者通过这三次特定情况下的特定行为的描写，以行动透示心境，把主人公从喜气洋洋、就要当新郎的满心快活，到失望、惊讶和愤慨，从对堂安保迪奥的推诿、暧昧感到莫名其妙、满腹狐疑，到明白真相，恍然大悟，终于按捺不住怒火中烧的复杂的心理状态，生动有致地展示出来，对伦佐心中激起的跌宕起伏的感情波澜，作了层次分明而富有情致的描绘。伦佐淳厚、憨直、热情坦荡的内心世界也由此得到充分的刻画。

堂安保迪奥散步归来，遭遇强徒的场面，小说也有精彩的心理描写。神甫不慌不忙地踱着方步，诵读着《大日课》。他把经卷合上，“把右手的食指当作书签似的夹进书里，伸到身后，手背就势搁在左手的掌心里”，还不时抬起脚来，“把路上绊脚的石头子儿朝旁边的墙根踢去”。三言两语，惟妙惟肖地勾画了他悠闲自在的神气。当他突然遇见两名凶狠的强徒，而且他明白自己正是他们等待的人时，立刻心慌意乱了。但他又强打起精神，装作若无其事的样子，“把左手的食指和中指伸进衣领里，好像要把衣领整理一下似的，两双手指头顺势贴着脖颈绕了半圈，脸孔跟着向后边扭转”，打眼梢紧张地瞟着远处。他希望突然出现一个什么人，来解救他的危难。惶惶不安，而又故作镇静的内心活动，得到了活脱脱的表现。他终于发现，四周既无可以逃跑的小路，附近也瞧不见一个人影，于是他只得硬着头皮，加快了步子，故意提高嗓门诵读经书，“脸上尽量显露出一副若无其事和怡然自得的神情”，嘴角还挂着“做作的浅笑”。作者捕捉住人物精神中这些最富有特征的细小、微妙的动作，给予有力的刻画，使堂安保迪奥这个胆小、世故、圆滑的人物跃然纸上。

着意描绘大自然的景色，是浪漫主义文学的一个重要特征，也是《约婚夫妇》的一个鲜明的艺术特色。小说开场的景物描写，已成为各家文学作品选读必收的佳篇。伦巴第明净的蓝天下，流动着一幅五光十色，不断变幻的画卷。那层峦叠嶂，“峰峰竞秀，峭拔幽奇，无论从哪个方向打量，都自有一派绮丽、奇妙的景象”。

科摩湖澄澈如镜，浩渺壮观，涓涓河水“仿佛一条放射着碎银般的光华的长蛇”，婆娑多姿中显出恬静、温柔。对大自然美的着力描写，饱含着作家对祖国的挚爱，对故乡的绻绻情思，激荡着爱国主义的情感。

在《约婚夫妇》中，自然景象的描绘，不只勾画出故事发生的环境，赋予作品以浓郁的诗情画意，而且在读者身上引发出一种和蔼可亲、爽心悦目的感觉。读者不由得萌发出一种认识生活在这个环境里的小说主人公们，了解他们的命运遭际的强烈愿望。

读者几乎猜想到，生活在这样幽美、宁静的环境里的人们，一定是勤劳、温顺、善良、热爱和平的。自然景物的描写，在小说中又巧妙地起到了激发读者的情感共鸣和烘托人物的精神品格的作用。

《约婚夫妇》独具风韵的语言，无疑也是小说成功的原因之一。

曼佐尼把伦巴第方言，同作为意大利民族语言基础的托斯堪纳方言糅合在一起，进行加工、提炼，形成既保留了民间口头语言的特色，又让意大利人都能懂得的文学语言。它一扫古典主义文学作品的绮丽、造作的风格，以明快、自然见长。小说中各个人物的语言都有自己的性格色彩。堂安保迪奥说话比较文雅，但闪烁其词，他好用拉丁文，既为着卖弄自己的学识，又用来掩饰他想回避矛盾，但又左右为难，颇费筹思的困窘。伦佐是个农村纺织工人，语言朴实、生动，口语成分较重，符合他天真中透着机智的性格。堂安保迪奥的女佣，佩尔佩杜娅快人快语，直率豪爽。

《约婚夫妇》对意大利近代文学语言的发展作出了重要贡献。德·桑克蒂斯在论述《约婚夫妇》的语言成就时，曾作了这样的评价：

“正是在这个意义上，可以断言，曼佐尼确实不愧为新文学之父，今日新文学的特征乃是自然。”[①]

① 德·桑克蒂斯：《批评文选》，第407页。

咏叹痛苦的抒情诗人

——莱奥帕尔迪①

贾科莫·莱奥帕尔迪（Giacomo Leopardi, 1798—1837），是意大利最伟大的诗人之一。他出生在意大利的“国中之国”——教皇国统治下的一个封闭、落后的小城镇雷康那蒂，成长于欧洲反动势力猖獗的黑暗年代。

莱奥帕尔迪从小深受冷酷无情的环境的压抑。童年时代的幻想和忧虑，父亲的粗暴和母亲的淡漠造成的家庭生活中令人窒息的隔阂和紧张，各种疾病的长期折磨，同强大而腐败的罗马社会的冲突，伴随了诗人短暂而坎坷的一生。因此，人生的不幸，充斥人世间的痛苦，虚无空幻的情绪，同挣脱令人窒息的家庭和环境的羁绊的渴望，反对国内外封建主的压迫和教会权势的强烈要求，根本改变意大利现状的爱国热忱，紧紧交织在一起，构成了他的思辨和他的诗歌的主旋律。

同文艺复兴时代大诗人彼特拉克一样，莱奥帕尔迪是一位才华过人、成就卓著的伟大抒情诗诗人。如果说，彼特拉克是讴歌爱情的抒情诗人，那么，莱奥帕尔迪则是咏叹痛苦的抒情诗人。

几乎失明的莱奥帕尔迪，面对民族复兴运动遭到挫折后封建复辟的黑暗现实，陷入无比深沉的痛苦。这痛苦，源于诗人自身的不幸，也源于沦为异族奴役的祖国的不幸。这痛苦，是对意大利光荣历史的缅怀；这痛苦，也是对美好未来的追求。在不幸的莱奥帕尔迪的身上，意大利人民听到了多少个世纪以来他们不幸的母亲意大利的声音。

莱奥帕尔迪是集诸多矛盾于一身的诗人。他认为世间一切全是空幻，但他以伟大

① 1997年11月14日，意大利驻华大使馆文化处在北京昆仑饭店举行莱奥帕尔迪逝世150周年纪念晚会。作者应邀在会上发表了演讲，本文即是演讲稿的中译文。

诗人但丁的形象激励同时代人从祖先那里汲取荣誉感和力量；他不相信进步，但他让你追求；他不相信自由，但他让你热爱自由。他悲观失望，但他呼吁意大利的儿子们锻炼体魄，拯救意大利。他把爱情、荣誉、美德统统称作虚无，但他却在你的胸膛点燃起不可遏制的希望之火。这是莱奥帕尔迪的矛盾，也是他那个时代的矛盾。我想，这正是莱奥帕尔迪的诗歌的价值与力量之所在。

四十多年以前，我国大学者钱锺书教授写道：

“只有极少数的中国作家阅读莱奥帕尔迪，这实在是件憾事。”[①]

今非昔比，马可·波罗桥[②]下的潺潺河水已经流过许多年了。中国同欧洲、意大利隔绝的时代一去不复返了。莱奥帕尔迪的一些诗歌、对话录已经相继译成中文，《中国大百科全书》和其他一些中国学者撰写的评论文章也给予莱奥帕尔迪以充分的重视。

伟大的艺术家的作品是不会死亡或者衰老的。相反，它们将超越时间和空间而永葆美妙之青春。我相信，植根于意大利国土的莱奥帕尔迪的诗歌能够成为世界的。莱奥帕尔迪也属于中国。今天举行的纪念诗人逝世一百五十周年的晚会，就是很好的见证。

---

① 见1946年在南京出版的英文杂志Phil o biblio，M.2，第35页。转引自意大利《中国》月刊1986年第1期，白佐良：《钱锺书——关注意大利文学的作家和学者》。

② 西方人称北京的卢沟桥为马可·波罗桥。

一部闪烁史诗光彩的历史小说

——《斯巴达克思》

1873年9月，罗马一家进步刊物《范夫莱》开始连载乔万尼奥里的长篇历史小说《斯巴达克思》。1874年，小说以单行本问世。一百多年来，这部古代奴隶革命的壮烈颂歌，广泛流传，深为各国人民的喜爱；它描写的起义奴隶永垂千古的业绩，至今仍强烈打动读者的心弦，激起人们对奴隶英雄的无限崇敬。纵观意大利和欧洲文学史，这样有声有色、威武雄壮地描写劳动人民的武装斗争的佳作，并不多见。

《斯巴达克思》的历史依据及其作者

伟大的历史运动造就伟大的历史人物。公元前一世纪，奴隶主专制的罗马爆发了最大的一次奴隶起义。在这一革命风暴中，涌现出了奴隶阶级“最杰出的英雄”[①]，“整个古代中最辉煌的人物”[②]——斯巴达克思领导的起义军，在三年多的时间里，纵横转战，所向披靡，把奴隶主阶级的反革命武装打得落花流水。丧魂落魄的罗马贵族惊呼，斯巴达克思“像汉尼拔一样，站在罗马的大门口。”气吞山河的斯巴达克思起义，沉重打击了奴隶主阶级的统治，动摇了仿佛万能的罗马奴隶制度，有力地推动了奴隶社会向先进社会制度的转变。

关于斯巴达克思起义，在历史著作中早有记载。

斯巴达克思的同时代人萨琉斯提乌斯（Gaeus Sallutius Crispus，公元前86—前35）所著《历史》，初次详尽叙述了这一起义，可惜只保留下来一些断片。在残存的断片中，

① 《列宁选集》，人民出版社，1972年版，第4卷，第50页。

② 《马克思恩格斯全集》，人民出版社，第30卷，第159页。

萨琉斯提乌斯谈到斯巴达克思过人的才华，善于用说服的方法训练士兵严守纪律和起义军内部的分歧。

古罗马著名作家普鲁塔克（Plutarchos, 约46—120）在《希腊罗马名人传》中，以丰富的细节，叙述了起义的始末，提供了许多有价值的史料。普鲁塔克指出：斯巴达克思“不但非常勇敢，有强大的气力，而且非常聪明和仁爱”，不像一个“野蛮人”[①]。

古罗马史学家阿庇恩（Apppianus, 公元二世纪前半期）的《罗马史》，被马克思称赞为“一本很有价值的书”[②]。书中谈到斯巴达克思的身世和起义的兴衰，说：斯巴达克思是色雷斯人，“从前曾和罗马人作过战，沦为俘虏而被出卖为角斗士”；起初，罗马人“蔑视”这场战争，“一笑置之”，尔后，斯巴达克思的军队势如破竹，兵力达到十二万人以上，贵族们惊慌失措，“恐惧笼罩了所有的人”。[③]

另一名罗马史学家弗洛尔（Lucius Annaeus Florus, 公元二世纪）虽然对起义持轻蔑态度，但他编纂的《李维七百年战争史拔萃两卷》提供了一些新资料，其中说，“奴隶们在冲锋陷阵时视死如归，他们不是为生而战，而是为死而战”，斯巴达克思是“最卓越的军事统帅”。

一些古代作家还专门描写了斯巴达克思作为杰出的军事统帅所具有的才干。罗马政治家、作家弗隆丁努（Sextus Julius Fronti-nus, 40—106）所著《军事韬略》，汇集了历史上各次著名战役的实例，

其中引证了斯巴达克思同罗马奴隶主统治集团进行斗争时所运用的许多军事韬略。

从公元前一世纪至五世纪，大约三十多位著作家记叙了斯巴达克思起义。史书的记载，为乔万尼奥里创作小说《斯巴达克思》提供了历史依据。

乔万尼奥里对古代著作家编修的史书进行了深入、潜心的研究，从中撷取了素材，构成小说的情节基础。在小说的细节描写中，作者有时还直接援引普鲁塔克拉玛干、阿庇恩和弗洛尔提供的史料。[④]当然，史学家的著作不可避免地受到当时占统治地位的奴隶主思想意识的侵蚀。乔万尼奥里充分注意到了这一点。他在小说的注脚里，敏锐的指出，罗马史学家一方面不得不详尽地叙述角斗士起义的史实，另一方面“为了保持罗马的尊严”，他们又“常常贬抑它的重大意义”，甚至把它污蔑为“可耻的、玷污罗马的战争”[⑤]。因此，乔万尼奥里不是机械地复述史书记载的史实，而是根据时代的要求，以同情奴隶起义的思想和参加革命运动的切身体验，对这一人们熟悉的历史事件进行了艺术上的再创造，写出了《斯巴达克思》这部优秀的文学作品。

---

① 普鲁塔克：《克拉苏传》，《希腊罗马名人传》。

② 《马克思恩格斯全集》，人民出版社，第30卷，第159页。

③ 阿庇恩：《内战记》，见《罗马史》。

④ 《斯巴达克思》中译本，上海译文出版社，1982年，第470、第728、第738页。

⑤ 同上，第406页。

有关乔万尼奥里的生平，传留下来的材料不多。笔者1980年在罗马图书馆寻得一本1878年刊印，现已绝版的《拉法埃洛·乔万尼奥里生平与创作自述》，获取了有关作家生平的第一手资料。了解乔万尼奥里的生平事迹，对于我们认识《斯巴达克思》的价值，探索作家的创作道路，是十分必要和有益的。

1838年5月13日，拉法埃洛·乔万尼奥里（Raffaello Giovagnoli）诞生在罗马的一个律师家庭。他幼年丧母，父亲是一位自由主义战士，曾任税务检察官。1848年革命高潮席卷意大利时，父亲参加国民自卫军，抗击奥地利侵略者和罗马教廷，捍卫罗马共和国。翌年，教皇重新盘踞罗马，父亲被免职。乔万尼奥里从小受到父亲进步思想的熏陶。他的少年时代是在意大利遭受异族蹂躏和封建压迫，民族矛盾、阶级矛盾尖锐，民族复兴运动勃然兴起的岁月中度过的。风雷滚滚的革命时代，家庭的反封建传统，很早就在他身上培育了爱国主义和民主主义思想。

乔万尼奥里起先在中学和大学攻读文学、哲学。为了献身民族复兴运动，二十岁那年，他毅然投笔从戎，带领三个弟弟加入意大利诸邦中唯一没有被外国势力控制的撒丁王国军队。1867年，民族英雄加里波第组织志愿军攻打教皇控制的罗马，乔万尼奥里又和弟弟们投奔加里波第麾下。他作战英勇顽强，多次荣立战功，受到加里波第的赏识，被任命为连队指挥官。在解放蒙特洛通多的战役中，他指挥有方，坚定果断，受到嘉奖。他的一个弟弟范比奥在这次战斗中牺牲。嗣后，根据加里波第的提名，他擢升为总参谋部军官。关于乔万尼奥里的这一段经历，加里波第的儿子后来回忆说："他的声名品行，他的刚毅无畏，始终是任何赞美之词难描述的。"[①]同加里波第的战斗情谊，长期出生入死的戎马生涯，对作家的世界观和创作发生很大的影响;《斯巴达克思》中渗透的现实生活气息和民主主义思想，是同这段经历直接有关的。

1870年，乔万尼奥里退伍。此后，他当过新闻记者，为进步刊物撰稿；同时，执教于罗马、威尼斯，讲授文学、历史，并担任罗马高等女子师范学校校长。他还多次当选罗马市、省和意大利议员。

乔万尼奥里是位兴趣广泛，才华横溢的文学家。他从小对古典文化、历史和意大利文学怀有浓厚的兴趣。据他自述，在父亲的指导下，他六岁阅读史书，十岁已博览古罗马史学家的经典，在校学业优异，年年名列前茅。[②]这给他后来的文学创作打下了坚实的基础。早年，他以写作幽默诗歌、古罗马名人传和文艺评论活跃于文坛。他一生共写了六部历史小说，两部现代题材长篇小说，两个剧本，一部诗集和两部文艺评论集。

他的历史小说大多以古代或中世纪的罗马生活为题材，表现出反对封建专制和教

---

① 阿·巴切里;《拉法埃洛·乔万尼奥里》,《新文集》1938年第8期，第79页。

② 《拉法埃洛·乔万尼奥里生平与创作自述》，威尼斯，1878年。

皇统治，追求民主共和制度和社会正义的热切愿望。小说《娜塔丽娜》（1875）着意刻画一个出身微贱，美丽、聪颖的女子娜塔丽娜，同骄矜、刻薄的公爵夫人的冲突，歌颂女主人公的才智和胜利。历史小说《萨杜尔尼诺》（1879）塑造了一位古代罗马共和国优秀政治家的形象。萨杜尔尼诺是护民官，他代表贫民的利益，制定了一系列改革方案，打击豪门贵族，最后遭到元老院迫害而死。

乔万尼奥里还是位诗人。诗集《青春的过失》（1883）收1858年至1883年间写的诗歌四十六首。诗人或擂动战鼓，激励"意大利人，拿起武器！"解放祖国，驱逐外寇；或引吭高歌，颂扬加里波第、马志尼的伟大功勋；或低回吟唱，寄托对斗争中光荣捐躯的弟弟的哀思；或似鸣镝响箭，向虚伪、媚敌的教会、僧侣投刺。这些诗篇饱含了作者的爱和恨，强烈地表达了时代脉搏的震跳。《斯巴达克思》中那首著名的《自由女神之歌》，起初就是一首激越昂奋的政治抒情诗，在刊物上发表，后来被作者恰到好处地嵌进小说的第八章。

乔万尼奥里在文艺批评方面也有建树。他的文艺论集《一个唠叨者的沉思》（1887），论述马基雅维利、哥尔多尼、梅塔斯塔西奥等名家的戏剧创作，从分析戏剧家造的人物性格特征、人物性格与时代环境的关系入手，发表了许多精辟的见解。《意大利民族复兴运动史上的浪漫主义》一书，从政治倾向、文学主张、艺术形态三个方面，阐发欧洲和意大利浪漫主义文学的特征。乔万尼奥里是位学识渊博的文学家、历史学家。他不但通过写作历史小说，而且借助历史研究来为现实的斗争服务。他的历史著作《齐雷鲁基奥和堂皮隆尼》（1894）、《佩雷格里诺和罗马革命》（三卷，1898—1911），详尽地记述了罗马人民为反对奥地利统治者于1848年举行的武装起义，洋溢着爱国主义热情和反教权主义精神。

不难看出，无论是文学创作，还是历史著述，乔万尼奥里的作品都以表达时代精神为旨趣。无论是在炮火连天的民族解放斗争前线，还是在荡涤封建主义思想意识的文化战线，乔万尼奥里都是一位坚定、炽热的民主主义战士。

雄浑壮阔的历史长卷

《斯巴达克思》是一部富有史诗色彩的历史小说。乔万尼奥里以独特的审美方式，对一个特定时代的历史，进行多侧面、多方位的艺术审视和展示。

公元前一世纪，正值共和时期的末年，罗马社会充满各种尖锐的矛盾。罗马同各被征服地区的矛盾，贵族同平民的矛盾，奴隶主内部的矛盾，奴隶同奴隶主的矛盾，错综交织。作者没有简单地、面面俱到地再现历史的这种种矛盾，而是对历史作巨大的艺术概括。小说以罗马竞技场的角斗表演揭开故事的序幕，描绘出一幅惊心夺魄的悲剧场面。竞技场上的惨剧，正是吃人的罗马社会的一个缩影。小说通过这一具有典型意义的情节，一开始就鲜明地勾画出奴隶社会两大对抗阶级你死我活的矛盾：一方面是骄奢逸乐、残忍横暴的奴隶主，一方面是挣扎在死亡线上的角斗士；从而把抨击的矛盾直指奴隶主统治集团。

小说第八章有一首歌谣，其中唱道：

我们在流血流汗
痛苦地呻吟
暴君们却在宫殿里举杯痛饮！

这是千百万被压迫奴隶的血泪控诉，也是奴隶社会暗无天日的历史情景的象征。

暴政从来是革命的催生婆。奴隶们把钉铐和铁链铸成锋利的短剑，高举起造反的义旗，誓要“用压迫者的血来偿还被压迫者的呻吟”。

小说从多方面表现了奴隶起义军浩大的声势，和由弱到强、由小到大的日益发展、壮大的过程。加普亚城深夜暴动，标志着奴隶们由个别的逃跑、反抗，飞跃到革命的武装力量同奴隶主武装之间的大规模斗争。此后，起义队伍在斯巴达克思领导下，克服各种困难，不断歼灭敌人，赢得胜利。维苏威山奇袭官军，两败瓦利尼乌斯、轻取瑙拉城、阿昆纳城和芬提城大捷……给号称“世界的征服者”的罗马军队以致命打击。奴隶主们惶惶不可终日，“在恐慌中吓得默默地面面相觑”，哀叹角斗士们发动的战争，“威胁了罗马本身的生存”。一支七十八名奴隶的小小队伍，迅速发展成为由各民族奴隶、贫苦农民组成的浩荡大军。星星之火，形成烈焰飞腾的燎原之势。这革命的烈火，炽热了千千万万奴隶的心；它像火炬，照亮了黑暗的罗马社会。

小说以细致的笔触，情趣盎然地描绘出罗马巍然的神庙，宏伟的竞技场，富丽堂皇的宫殿，华美的贸易堂，典雅的拱廊，精致优美的壁画、雕塑、器皿等艺术品。这一处处古迹，一座座殿堂，四时景物，节庆礼仪，并不是一种单纯的场景，而构成一个深广的文化历史背景，形成一种艺术氛围，它们是古罗马历史风貌和民俗生活的艺术再现，使小说具有高度的历史生活的真实感；同时，这又是对贵族奢华糜费、腐朽寄生的生活的有力揭露，生动地展现出奴隶们无限的才智和力量。

在作者充满激情的笔下，被压在社会最底层的奴隶、角斗士，虽然被卑贱的生活折磨得几乎“失却了人的风貌”，然而他们不是对自己的地位安之若素、浑浑噩噩的奴隶，火与剑的厮杀把他们锤炼成为具有崇高的理想，为了神圣的解放事业甘洒一腔热血的勇士。在同克拉苏进行的一次激烈的战斗中，一万二千三百名战士奋勇杀敌，全部捐躯战场，他们的尸体中“只有两具是背部负伤的，其他的伤口统统在胸前”。这是多么可歌可泣的壮举！斯巴达克思壮烈牺牲后，两名战士冒着生命危险来到战场，在月光下寻找他的遗体，然后小心地把它运走；激励他们这样行事的是一个强烈的意念：

决不让他们英勇的首领“遭受那批蛮横的战胜者的亵渎和侮辱”。这是何等真挚感人的情感！一方面歌颂奴隶们无畏的英雄气概和高尚的道德情操，“他们不但应当是获得自由的人，而且是能够创造伟大功勋的人”，他们是历史的主人；一方面暴露奴隶主的腐朽丑恶，残暴专横，是历史的罪人。这样作者就以正确的史观审视和展示了历史的大趋势。

历史小说，是现代人以现代的意识、观念和情感，对特定的历史时代和社会生活的艺术再现。乔万尼奥里成功地把正确的史观同现代意识糅合在一起，他是立足于十九世纪七十年代的意大利社会，去展现古罗马社会波澜壮阔的奴隶起义的。

十八世纪下半叶至十九世纪七十年代，意大利处于资产阶级革命时期。以反对外族侵略和本国封建统治，争取国家独立、统一和民主、自由为主要内容的民族复兴运动蓬勃兴起。产生了反映这一运动的浪漫主义文学。浪漫主义作家广泛采用历史剧、历史小说的艺术形式，借古喻今，表达人民渴望自由解放的愿望。描写斯巴达克思起义的历史剧、历史小说，就是这种倾向的一个代表。1726年意大利音乐家朱塞培·贝尔西内创作了歌剧《斯巴达克思》，把这位古代英雄的形象搬上舞台。嗣后，赞颂斯巴达克思的戏剧、雕塑作品相继在资产阶级革命运动日益高涨的法国、德国、奥地利等国问世。到了十九世纪下半叶，意大利民族复兴运动臻于高潮，以斯巴达克思起义为题材的文学艺术作品，犹如雨后春笋，纷纷涌现，形成一股“斯巴达克思热”。其中有著名浪漫主义诗人、作家亚历山德罗·曼佐尼的悲剧《斯巴达克思》、朱利奥·卡尔卡诺[①]的悲剧《斯巴达克思》（1857）、伊波里托·尼埃沃[②]的诗剧《斯巴达克思》（1857），此外，还有一大批同名歌剧。

乔万尼奥里的小说就是在这一历史文化背景下诞生的。作者适应现实情势的要求，在作品中再现这位历史伟人，正是“为了赞美新的斗争”，为了“穿着罗马的服装，讲着罗马的语言来实现当代的任务，即解除桎梏和建立现代资产阶级社会。”[③]小说中展示的古罗马奴隶遭受残酷的压迫、奴役的境遇，正是十九世纪意大利人民在外来侵略和本国封建主义桎梏下蒙受深重灾难的生动写照；为斯巴达克思领导的罗马奴隶起义谱写的一曲高亢赞歌，显然是对当代意大利资产阶级领导的民族解放斗争的热忱讴歌。这使小说荡漾着爱国主义激情，使斯巴达克思这个英雄的个性升华为历史的个性。

但《斯巴达克思》的现实主义不止于此。小说发表于1873年。我们知道，乔万尼奥里是1870年罗马解放之后，退役到罗马从事文学活动的。可以推想，小说写于

① 朱利奥·卡尔卡诺（Giulio Carcano, 1812—1882），曾参加1848年革命，除悲剧《斯巴达克思》外，主要写作反映农民贫困生活的“乡村小说”。

② 伊波利托·尼埃沃（Ippolito Nievo, 1831—1860），加里波第派战士，代表作是描写意大利民族解放斗争的历史小说《一个意大利的忏悔》。

③ 《马克思恩格斯选集》人民出版社，1972年，第一卷，第604—605页。

1870—1873年这几年间。这是民族复兴运动结束以后的时期。意大利民族复兴运动以大资产阶级和封建王朝的妥协宣告结束。这一运动的不彻底性，它保留下来的封建君主政体和严重的封建势力，使得“解除桎梏和建立现代资产阶级社会”的斗争未能进行到底。资产阶级民主派对此深感失望。他们反对跟封建贵族妥协，要求建立资产阶级共和国，实现资产阶级革命的目标。乔万尼奥里在小说中很清晰地表达了这一要求。小说中的斯巴达克思不止一次地表明，他献身的事业不只是要争取奴隶的自由，而且是为着实现普遍的“自由、人权和平等”，实现“人与人之间一律平等，民族与民族之间互相亲善友爱”，建立一个“正义与智慧的世界”。这显然超越了奴隶革命的目标，而是抒发了十九世纪七十年代资产阶级民主派的社会、政治思想，反映了他们希望从斯巴达克思身上“再度找到革命的精神”，继承进行社会变革，把资产阶级革命推进到一个新阶段的意愿。作者在书中明确表示，他写斯巴达克思这样一位古代杰出人物，他的旨趣是“让后世这些丧失了英武气概而且日趋退化的子孙回忆一下他们祖先的事迹”，从失败中振作起来，为实现资产阶级革命的理想而奋斗。心有灵犀一点通。正是出于这样的理解，民族复兴运动的著名英雄加里波第以“狂喜”的心情阅读了这部小说。加里波第在致乔万尼奥里的一封信中深情地表示，希望他的同胞们重视这部小说的“伟大价值”，“保持毫不动摇的坚毅精神”，捍卫神圣的自由事业。

豪放与柔美兼备的艺术风格

《斯巴达克思》是一部具有强烈的艺术感染力的历史小说。书中描写的主要人物、起义过程、各次重大的战役，甚至奴隶起义军的行军路线，都跟史料的记载基本吻合。作者凭借渊博的历史知识，以广阔的画面，生动的细节，对古罗马奴隶生活的原生风貌，对奴隶社会的政治制度、思想观念、文学艺术和风尚习俗，对恢宏壮观的古战场，对那个特定时代的物质层面和精神层面，作了全景式的展现，制造了独具风韵的色彩感，带着读者一起走进了历史时代的现实中去。

然而，《斯巴达克思》的艺术魄力主要在于，他把那个火与剑的历史，同气韵浩荡的诗，比较完美地结合了起来。乔万尼奥里为此匠心独运，调动了各种艺术手段和方法。

一部优秀的文学作品，大抵都有精心结构的开局。好的开局能像磁石吸铁一般，一开始便紧紧吸引住读者。好的开局又像一把奇妙的钥匙，一开始便启开读者的感情的泉眼，去对主人公的命运遭际，他的喜怒哀乐，发生强烈的共鸣。《斯巴达克思》的开局就具有这样的特色。

小说以罗马竞技场的角斗表演揭开故事的序幕。一幅触目惊心的悲壮场面顿时呈现于读者的面前。古罗马的街道上，人潮如涌，宏伟的竞技场，熙熙攘攘，挤满了十万名观众。一百名角斗士，像走兽似的被驱赶入场，互相格斗，他们早已丧失了自由，如今，只有在角斗中让对手丧生，才能给自己带来生的希望。霎时间，刀光剑影，血肉横飞。在拼死的搏斗中，不断有角斗士栽倒，工役便用长长的挠钩把血淋淋的残缺肢体扎住，通过阴惨惨的门，拖到场外去。受伤的角斗士倒在血泊中，发出一阵阵刺人肺腑的惨叫，在垂死的痛苦中呻吟，身体痉挛地弯曲着。看台上的贵族们欣赏着这一杀人游戏，发疯似的鼓着掌，哄笑着，狂喊着……

这是残暴的独裁者苏拉，为了满足自己荒唐的嗜好，出钱举办的无数次角斗表演中的一次。读者追随作家的笔触，走进了这座大屠场，心头悸动，但又不由得屏息敛气，注视着一场惨不忍睹的血淋淋的杀戮。在这里，罗马社会的本相，以摄人心魄的力量勾画了出来。

也正是在竞技场上，主人公斯巴达克思登场亮相。他相貌魁伟，英俊威武，他那惊人的强壮的肌肉，蕴藏着不可摧毁的力量和意志；他的一双炯炯有光的眼睛，燃烧着对敌人无比仇恨的火焰。在竞技场上，他如汹涌波涛中的一叶扁舟，处在生死搏斗的严峻考验之中。作者把斯巴达克思的出场置于这样一种特殊的环境中，用浓墨重彩予以描绘，强烈地展现出了他身处逆境，临危不惧，机智果敢，刚毅无畏，充满胜利信心的精神风貌。读者分明看到，被奴隶主驱策在杀人游戏中献艺的斯巴达克思，虽然遭受非人的残酷折磨，但他绝不是愚昧，怯懦的奴才，不是一介武夫，而是一个有胆有识、大智大勇的英雄。这样，小说从开局第一章就以巨大的艺术力量叩开了读者的心扉，读者不禁魂飞魄动，产生了同主人公精神上的共振，奋然追踪主人公命运的渴望。

乔万尼奥里在对人物这种悲剧命运的描写中，在一系列重大的矛盾冲突中，一步深入一步，揭示出斯巴达克思的品格特征。历史创造了斯巴达克思，斯巴达克思也创造了历史。他不以个人获得的自由为满足。凝聚着血与泪的人生经历，痛苦呻吟的角斗士们的遭遇，导致他走上了谋求整个阶级的解放的道路。随着一幅幅大气磅礴的画面的展开，作者以饱满的激情塑造了斯巴达克思统率千军万马英勇冲击奴隶制的英雄形象。残酷的现实使斯巴达克思明白，奴隶们不能把自身的解放寄托于奴隶主的恩赐。他广泛发动奴隶群众，坚决打击奴隶主贵族，没收其私有财产，使起义队伍迅速壮大。革命节节胜利的时候，他不为名利所动，坚决拒绝任何华贵的服饰和尊荣的待遇，始终同起义将士甘苦相共。敌人用高官厚禄招安他，他义正词严地表示，决不放下武器，对压迫者只能“以凌辱对付凌辱，以残杀对付残杀，以屠戮对付屠戮！”这掷地有声的誓言，表达了他对解放事业的赤胆忠心。

无比严峻的斗争，把角斗士斯巴达克思造就为具有雄才大略的革命家。“我希望看到自由的太阳辉煌照耀，可耻的奴隶制度在地面上消灭！”“我希望毁灭你们这个腐化的罗马世界，希望在它的废墟上看到各民族独立的花朵。”这铿锵有力的声音，是斯巴达克思明确提出的起义的纲领，吐露了广大奴隶渴望摧毁吃人的旧制度的心声。他针对部分将领在胜利形势下，急于夺取罗马的主张，清醒地指出，奴隶革命不能一蹴而就，提出起义奴隶回到各自的祖国，掀起一切被压迫民族反抗压迫者的伟大起义的战略方针。当战友埃诺玛依受到内奸的挑拨，擅自行动，陷入敌人的圈套，他不计较个人的恩怨，亲自率军前往营救。在起义队伍不断发生分裂，斗争遭到挫折的关键时刻，他又总是临危不惧，运筹帷幄，力挽狂澜。

小说的最后一章，描写布拉达纳河畔大血战和斯巴达克思之死，是完成对主人公性格特征的刻画的画龙点睛之笔。

关于斯巴达克思之死，史书有着简要的、不同的记载。古罗马史学家阿庇恩在《罗马史》中说，斯巴达克思决战时跃马横刀，奋永杀敌，但终因寡不敌众，壮烈牺牲。[①]从公元78年被维苏威火山淹没的庞贝古城遗址发掘出来的两幅古罗马壁画，也证实了这一记载。但是，乔万尼奥里不拘囿于历史。历史小说作为艺术作品，不是对历史的纤毫不失的机械摹写。从特定的历史生活条件出发，虚构某些并非确有其事，却是可能发生的情节和细节，能够更集中、更生动和概括地反映历史的真实。作者正是根据这一原则，有意识地突出扬弃某些情节，大胆进行艺术虚构和加工，给以细致的、典型的描绘。乔万尼奥里舍弃了传统的说法，精心构思了斯巴达克思决战前忍痛用剑刺死心爱的骏马，激励将士破釜沉舟，决一死战的情节。接着，又用酣畅淋漓的笔墨，描写他同克拉苏浴血奋战的惊天地、泣鬼神的场面。黑夜笼罩了整个战场。三万多名战士牺牲了。清冷的月亮洒下苍白的光辉。斯巴达克思陷入敌人的重重包围，一个人对付七八百个敌人。他身负重伤，但依然两眼闪烁着怒火，他的声音犹如雷霆；他闪电一般迅疾地挥舞着短剑，使所有的敌人都大起恐慌。敌人的一支枪使他的左腿又受到重伤，他用左腿跪在地上，好像一头怒吼的雄狮，继续挥剑奋战，直到流尽最后一滴血。

这是小说中最令人心魂战栗的篇章。一位叱咤风云、威武神勇的巨人，光辉熠熠，卓荦而立。这种精雕细镂人物的功力，使人想起文艺复兴时期艺术大师米开朗琪罗雕塑传说中的英雄大卫的手法。乔万尼奥里和米开朗琪罗选择的题材不同，但他们都有着气魄雄浑、豪放有力的艺术风格，都用卓越的艺术雕刀，塑造了人民理想中的英雄形象，他们创造的人物都是具有钢铁意志、大智大勇、顶天立地的巨人，表达了他们的同时代人的理想和追求。

乔万尼奥里的文笔精细俊逸，豪放与柔美兼备。在小说中，万马奔腾，刀光剑影的鏖战场面，同瑰丽恬静、诗意浓郁的大自然风光穿插交织。作者善于用夸张、想象、衬托等手法，细致入微描摹人物的精神世界，或借感性奔放的演说，似大河一泻千里，

① 阿庇恩:《内战记》,《罗马史》。

直抒胸臆，进行更深层次的性格刻画。这一切都使整部作品具有摇曳多姿，有情有理，缘情布景，情景交融的特色，既揭示历史的真实，又展现艺术的真实。

如果说，乔万尼奥里时在竞技场角斗、布拉达纳河畔决战和其他表现重大矛盾冲突的历史情势中，以雄浑有力的笔墨，描绘出古罗马社会生活和奴隶起义的恢宏壮观、威武雄壮的场面，在起义的兴衰过程中刻画斯巴达克思的品格特征；那么，对斯巴达克思和范莱丽娅爱情的描写，又以委婉多致、情味隽永见长，精细入微地刻画出了人物的情感世界。

斯巴达克思与范莱丽娅的爱情，是小说中的一条重要情节线索。据普鲁塔克拉玛干记载，斯巴达克思的妻子是“他的一个同部落的妇女”，当他被贩运到罗马当奴隶的时候，“还和他在一起”，后来，“随他一起逃跑”，参加了起义。[①]作者舍弃这一史实，虚构了斯巴达克思与范莱丽娅相爱的情节。国内评论界对这一爱情描写曾颇有微辞。其实，斯巴达克思是历史的人，他既是叱咤风云的英雄，又是有着七情六欲的凡人。小说的可贵不仅在作者敢于正面描写斯巴达克思的爱恋之情，而且善于始终把这种炽热的情感置于同革命事业的剧烈冲突之中，去完成对斯巴达克思闪光的性格特征的更深层次的塑造。

斯巴达克思与范莱丽娅的爱情有着现实生活的基础和情感基础。斯巴达克思原是色雷斯人中最强大部落的一个族长，受过良好的教育。只是在同入侵祖国的罗马人的战斗中被俘，才沦为卑贱的角斗士。但他不是对自己的地位安之若素的奴隶，他仪表轩昂，武艺超群，德行高尚，他心中跳荡着一个强烈的信念：自由的太阳辉煌照耀罗马世界。

范莱丽娅是个出身望门贵族的绝色女子。她厌恶独裁者苏拉公然在她身边日夜进行的荒淫无耻的勾当。她虽然是苏拉的妻子，但她寄人篱下，她的人格不是独立的。奴隶主同样在她这个贵妇人的身上套上了“不可忍受的金锁链”。她在思想感情上、生活上对自己的处境是不满的，对斯巴达克思妹妹密尔查卖身为奴的遭遇也满怀同情。不妨说，在心理上，她同密尔查是一样的。自由这一具有魔力的字眼，在她的心灵中注入了崇高的感情，使她终于发出了“我要反叛，反叛……要做一个自由人，做一个我自己，能够自由安排自己的良心和自己处理自由爱情的人！”的呐喊。这样，斯巴达克思和范莱丽娅不只互为对方的容貌所倾倒，而且在两颗心灵中，产生了思想的感应，情感的共振，像电光石火一般触发了爱情。

斯巴达克思对范莱丽娅的爱，是深沉的、灼热的，它渗透了主人公对生活的挚爱，对幸福的追求，闪耀着健康、纯真的光华。在一系列场面中，作者愈是描写斯巴达克思对爱情的忠诚，愈是描写他心灵经历的磨难，就愈是映衬出他对解放事业的坚定。

---

① 普鲁塔克拉玛干:《克拉苏传》，见《希腊罗马名人传》。

斯巴达克思痛斥罗马执政官妄图用夫妻之情来打动他，诱他投降的一段情节，写得极其精彩，揭示了斯巴达克思为了奴隶解放事业，能够痛苦而坚毅地克服存在于他内心中的一切感情，甚至包括对范莱丽娅那样强烈、真挚的爱情。斯巴达克思决战前写给范莱丽娅的诀别书，充满着柔爱和温情，是他们的永不熄灭的热烈爱火的照耀；这封诀别书，又洋溢着豪情和刚烈，是主人公甘为神圣的事业而倾洒热血的极其高贵的灵魂的闪光。

《斯巴达克思》最初以连载形式发表。当时报章连载小说在法国和意大利盛行，拥有广泛的读者。乔万尼奥里很自然地吸取了连载小说的艺术特点。他对全书严密结构，精心剪裁，巧妙安排，使每一章回都有寓于戏剧性的情节，引人入胜，又前后照应，迂回发展，一环紧扣一环，使情节的发展顿挫跌宕，错落有致，一气呵成地把故事推向高峰。这种复杂曲折而又层次分明的宏伟构思，为在不断变化的历史情势和人物性格的发展逻辑中去写斯巴达克思，提供了艺术的广度和深度。

意大利共产党创始人葛兰西，在法西斯牢狱中曾写了一篇文章，批评法西斯统治时期意大利文学严重脱离人民，致使本国小说对于意大利读者来说，远比外国小说还要陌生、异己。作为鲜明的对照，葛兰西举出了《斯巴达克思》，称赞这部十九世纪的历史小说富于民族性、人民性，是当时风行国外的为数极少的意大利小说之一。

勾画人的心灵的佳作

——德·亚米契斯《卡尔美拉》

19世纪意大利作家德·亚米契斯的名著《爱的教育》，是我国不止一代的青少年爱不释手的读物。

这部作品风靡世界各国，历久弥新。究其原因，当是由于它饱含了作者对在社会中下层艰辛度日的大众的深沉的爱恋，对普通人高尚品格和纯朴心灵的热忱讴歌。读者阅毕小说，掩上书卷，激荡胸怀的感情波澜仍久久难以平息。作者爱的钥匙，打开了人们的心扉。毫不奇怪，这部作品的名字在意大利文中就称作《心》！

不妨说，德·亚米契斯是把人的心灵的勾画，当作小说的灵魂的。这是贯串他的整个创作的一个鲜明特色。《心》(《爱的教育》) 是如此，受到读者喜爱的德·亚米契斯的另一优秀之作《卡尔美拉》也是如此。

《卡尔美拉》描写西西里岛一个出身贫寒、仪容美丽的姑娘，被薄幸变心的恋人抛弃，痛苦绝望而致疯的命运。这是中外古今文学作品中屡见不鲜的题材，写来极其落入窠臼。德·亚米契斯扬弃了俗见的表现手法，另辟蹊径，终于把一部独标一格的作品奉献于读者的面前。

作者大胆地把精神失常、举止疯癫的卡尔美拉作为小说的主人公，置于冲突的中心，从勾画女主人公的心灵世界落笔，铺展情节，塑造人物，表现主题。

卡尔美拉是个疯子。她的衣着、打扮已经失去了常人的风貌，蓬乱的头发下，一双大大的眼睛闪现出异样的光芒和令人生畏的呆滞的神色。她忽儿痴痴发愣，忽儿喃喃自语，忽儿痉挛般地活跃，发出一串恐怖的狂笑。她的言语行止，她的一举手，一投足，全具有疯子特有的心理特征和思想逻辑。

然而，卡尔美拉不只具有疯子的生理特征，同时，她又是一个身心受到迫害，但仍然体现着西西里女子的全部美和美德的独特形象。这两种特征，紧密错综交织在一起。德·亚米契斯没有耗费笔墨去渲染前者，把卡尔美拉写成一个真疯子。作者的旨趣在于透过“疯”来写“美”，透过疯人的外在特征，紧紧捕捉住她的内心深处从未泯灭的感情波纹，对她内蕴的精神的美，加以细腻入微的剖析。

卡尔美拉把少女的纯真的爱情献给了她最初的那个恋人，得到的却是薄情负义者的欺骗、背叛。这是对她突如其来而又致命的一击。于是，她疯了。医药治疗于她无济于事。她丧失了理智；但是，她没有丧失内涵的和外在的美。不错，卡尔美拉寒酸贫贱，穿戴褴褛，但她不啻是一颗蒙蔽灰尘的明珠，她温柔俏丽的风韵，冰莹玉洁的品格，依然光彩照人。她忍辱含垢，时常做出一些看来全然是荒唐可笑的举动，但它们却丝毫不曾失去端庄体面的分寸。她疯疯癫癫，可从来不曾做出一个浮薄卑贱的动作，她谨慎节制，坚强刚毅，有时甚至顽强执拗；对于那些轻率的不怀好意者，她更惊人的清醒，绝不委身相从。

谛视她的脸容，端详她的眼睛，倾听她的谈话，竟然会觉得，她是一个世界上神智最清醒的人。是的，卡尔美拉的心灵，燃烧着真善美的火焰。卡尔美拉的疯狂的品格，恰是她美丽的灵魂的裸露。作者不事雕饰，但借助曲折有致的情节和那些能够反映内心感情的细节，活泼泼地塑造出一个身陷非人的逆境，依然怀有高尚、晶莹的精神世界的少女的可爱形象。

小说的另一个主要人物青年军官，是体现德·亚米契斯理想的人物。作者以酣畅的笔墨，着力勾画他的博大的心灵。卡尔美拉这个被世人所抛弃，沦落街头，苟且生活的姑娘的悲惨际遇，激起了青年军官的同情。这是一腔深沉的同情心，是两颗善良、赤诚之心的共鸣。为了能够亲眼见到卡尔美拉恢复失去的理智，为了赋予这个亟待拯救的姑娘以生命和幸福，青年军官果断地摈弃世俗的偏见，鄙夷众人的耻笑，甘愿承担起一切风险。

在人生的路途中，同情总是跟情感携手共进的。他向卡尔美拉奉献的不只是一颗满怀同情的心，还有在拯救她的过程中自然而然、不可阻遏地萌发的真挚的爱情。在同情和爱的鼓励下，他踏着荆棘，向那崇高的目标奋进。他不止一次地遭遇过挫折，失望、悲凉不止一次地折磨过他，但同情和爱最终给他带来了温馨的慰藉，美满的幸福。

《卡尔美拉》是一部充满感情波澜的小说。作者对人物情感的迂回波荡勾起的顿挫跌宕的心理变化，刻画得极其出色。小说中多次描写到卡尔美拉的笑，有发狂的傻笑，有呆呆的痴笑，有悲哀伤心的苦笑，有洋溢柔情的甜笑……都写得那么细致，那么熨帖，既真切感人，又质朴自然。

青年军官错综复杂的内心活动，他的好奇与怜悯，热忱与踌躇，惶恐与战栗，这一切充盈心灵的凶狂奋激的情感，在德·亚米契斯的笔下，写得波迭浪涌，大起大落，而又层次分明，脉络清楚。特别是他的自述，既是事实的陈述，又是心灵的剖析，近于内心独白，它犹如洞开的窗户，清楚地坦露人物的内心世界，又像自然流淌的感情之河，汩汩涓涓，娓娓动人，读者的心潮也激起共振的浪花。

小说采用第一人称叙述的形式。对主人公美好心灵的发掘，对人物丰富多致的感情的描画，跟作者自己的感情和爱憎水乳交融。作者对出身低贱、情操高尚的女子及其纯洁爱情的礼赞，对冷酷、虚伪的利己主义的道义上的谴责，得到了淋漓尽致的抒发。这又是《卡尔美拉》的思想价值所在。

德·亚米契斯擅长素描。在《卡尔美拉》中，他以明净，洗练的文字，行云流水一样的笔触，描绘自然风光和环境，把19世纪末叶意大利穷僻的南方海岛的一幅幅风俗画，生动地点染了出来。他用淡淡的笔墨描画宁静、朴实的海岛，又不只是客观的风光的摹写，更多地是为着创造一种美的、和谐的意境，一种特定的情感氛围，烘托着人物纯真的品格，更包孕着作者对返璞归真的人性的追求的意蕴。

《卡尔美拉》发表至今，已经一百余年了，但它对于今天的读者仍然产生强烈的艺术魅力。在众多的意大利中短篇小说的选本中，它几乎总是必选之作。1981年5月，在德·亚米契斯故乡举行的纪念作家诞生一百三十五周年学术讨论会期间，公映了根据这部小说改编的同名影片。

阅读《卡尔美拉》，有助于我们了解德·亚米契斯这位文学大师的整个文学创作。因为，在某种意义上，《卡尔美拉》可以说是德·亚米契斯创作的缩影。它渗透了作者的生活经验，打烙着他的道德倾向和审美旨趣的印记，反映出他对人生道路和人际关系的探究。

埃得蒙多·德·亚米契斯（Edmondo DE Amicis，1846—1908）是意大利民族复兴运动时期的爱国志士。青年时代，他矢志从军，为争取祖国独立、自由和民主而战斗，曾参加1866年解放意大利的战斗。退役以后，他担任军事刊物《战斗的意大利》的特派记者。他把民族复兴运动时期的意大利军队，视为祖国解放和复兴的重要力量，予以热情的颂扬，写了许多通讯、报道、短篇小说。他22岁那年发表的处女作《军营生活》，是这段难忘的生活的结晶，问世以后深得舆论的好评。德·亚米契斯从此走上了文学创作的道路。《卡尔美拉》，就是《军营生活》中的一篇佳作。

德·亚米契斯的人生阅历丰富。他多次周游世界，开阔眼界。他的许多游记，如《西班牙》（1872）、《伦敦游记》（1874）、《摩洛哥》（1876）、《巴黎游记》（1897），文笔清新、明快，既写异国的风土人情，更重于向同胞宣传爱国主义、博爱精神。

德·亚米契斯是个博爱主义者。后来参加社会主义运动，并加入社会党。他的许多作品，如《心》、《朋友们》（1883）、《在海洋上》（1889）、《一个教师的小说》（1890）、《学校家庭之间》（1892）等，都洋溢着博爱精神，或把社会主义思想与博爱精神冶于一炉，以谋求各社会阶层情感的融合和社会地位的平等。这种人道主义、博爱精神，在《卡尔美拉》里也清晰地表露了出来。

显然，德·亚米契斯提倡各社会阶层之间实行谅解、博爱的主张，在那个严峻的现实生活中实际上仅仅是美好的，然而却是空想的愿望。对此，作家晚年已经意识到，并且在自己《回忆录》中深沉地谈及了这一点。

小中见出宏阔，小中见出悠远[①]

意大利短篇小说有着悠久的传统。

文艺复兴最早的杰出代表人物之一薄伽丘的《十日谈》，堪称欧洲近代短篇小说的开山之作。

嗣后，在长达二百余年的时间里，意大利短篇小说异常繁荣，群星灿烂。萨凯蒂、班戴洛是薄伽丘之后最优秀的短篇小说家。前者善写“小小说”，他的《短篇小说三百篇》中的每则故事都不足千字，用佛罗伦萨平民的口头语言，生动、俏皮地叙写出十四世纪佛罗伦萨的社会状貌、人性世态和种种趣闻轶事。后者则以描绘曲折的、传奇式的情节取胜。[②]另一位短篇小说作家吉拉尔迪（别名钦齐奥），擅长描写惊心动魄的、残忍的、罪恶的事件，以达到歌颂善行美德的目的。此外，马苏乔、格拉齐尼、斯特拉帕马拉等的故事集，都具有题材丰富多姿，生活画面广阔，故事引人入胜的特点，为意大利文艺复兴时期短篇小说万紫千红的园地增添了绮丽辉煌的景色。

意大利古典短篇小说的魅力，强烈地辐射到欧洲各国。英国、法国、德国、西班牙等国的小说家、剧作家，常常从意大利文艺复兴时期的短篇小说中汲取创作素材。莎士比亚的许多剧本取材于意大利短篇小说，他的流芳百世的名剧《罗密欧与朱丽叶》、《奥瑟罗》，分别脱胎于班戴洛的同名短篇小说和吉拉尔迪的短篇小说《威尼斯的摩尔人》，英国乔叟的《坎特伯雷故事集》、法国那伐尔的《七日谈》，都是摹仿《十日谈》而作，莱辛的诗剧《智者纳旦》则是以《十日谈》里的故事作为情节的基础。

十七世纪，伴随意大利政治、经济的衰落，短篇小说昔日的繁荣景象也黯然消失

① 本文系为上海译文出版社《意大利近代短篇小说选》撰写的序言，收入本书时略有改动。

② 参见本书《描绘文艺复兴晚期风貌情态的杰作——班戴洛〈罗密欧与朱丽叶〉》。

了。叙事诗，十四行诗，哥尔多尼的喜剧，阿尔菲耶里的悲剧，给意大利带来了世界性的声誉，但是，优秀的短篇小说作家却没有涌现。

直到十九世纪下半叶，意大利短篇小说的创作，才出现了另一个新的高潮。这时，民族复兴运动的暴风骤雨已经过去。这场驱逐异族侵略者，反对各邦君主的封建割据和罗马教廷的统治，争取民族独立、统一与民主的轰轰烈烈的斗争，于1860年宣告结束。君主制度保存了下来，封建势力没有受到根本的触动，而资本主义关系已渗透到封建社会内部。社会矛盾由此而趋向尖锐、复杂。悲愤与失望，代替了人们对新秩序曾经抱有的希冀与幻想。反映民族复兴运动的理想、激情的浪漫主义文学，那些借古喻今，抒发爱国精神的历史小说、历史剧，在十八九世纪之交曾经盛行一时，如今已失去了现实的意义和生存的价值。一个崭新的文学流派——真实主义，在十九世纪七十年代应运而生，它成为意大利文学的主流。

真实主义最重要、最根本的创作原则是：艺术家应该立足于真实，客观地、科学地观察与研究现实生活，力求在作品中予以毫不粉饰的、真实可信的再现。

请注意，构成真实主义理论核心的“真实”，在这儿有着双重的含义，即社会的、外在的、客观世界的“真实”；人的、内在的、主观世界的“真实”。对于后一层的含义，真实主义的理论家、作家卡普安纳有这样一段精辟的论述：

“今天，长篇小说和短篇小说已成为名副其实的心理研究；人物的性格，他们置身于其间的环境，促使他们行动的环境，业已取代以往被认为至关重要的事件的位置。”

在卡普安纳看来，作家的使命是反映“具体的生活”，进行“心理研究”，使文艺作品成为“人的文献”。

这样，真实主义作家，例如卡普安纳、维尔加、塞拉奥、福奇尼等，一方面把目光投向当时社会矛盾最尖锐、生活最贫困的地区，或者投向他们最熟悉、最热爱的故乡。另一方面，他们着力于揭示人物——那些物质财富的创造者——的丰满的精神世界，揭示他们的行为、心理同外界环境的关系。

短篇小说在十九世纪末叶受到了空前的重视。这不是偶然的。因为短篇小说最适宜体现真实主义的创作原则。文学家们捕捉住他们熟稔在心的生活中的一些事件，一些境遇，一些感受，把它们容纳在狭小的篇幅里，以敏捷细致的辩解力，给以提炼，予以描绘，穷幽显隐，化微为宏，使得新旧交替时代的脉搏，人的心灵深处的感情波澜，都在作品中有活跃的形象可睹。毫不奇怪，许多真实主义作家是写作短篇小说的能手；而且，富有意味的是，他们的文学生涯也大抵上都始于短篇小说。他们尔后写的长篇小说、剧本中，又有不少是自己的短篇小说为依据加以扩展或改编的。

《意大利近代短篇小说选》，共收二十位近代著名的或有代表性的作家的二十四篇短篇小说。从创作的时间上看，开头一篇博伊托的《黑象》作于1867年，末尾的一篇科米索的《阿明达》发表于1935年，其间历时近七十年。从地域上看，遥远的撒丁岛、西西里岛，风景秀丽的那波里，素有文化摇篮之称的佛罗伦萨，直至北方发达的伦巴第地区，东北边陲的迪里雅斯特，都在本书作者们的笔端获得了再现。作家们把笔锋伸向社会，在现实社会生活的大背景上开掘出深刻的内涵，以沉郁的笔触，描绘出意大利民族复兴运动以后，封建制度这个百足之虫僵而不死，资本主义这个怪物迅猛突进的特定时代的社会关系与特征，又以溢流的情意，纵笔刻画出那个时代的人的多姿多色的思想、意识、情绪、感情和心理。

这些作品以一幅幅真实剀切的画面，向读者展示了半封建的西西里岛和撒丁岛乡村惊人的贫困和永世的忧患；被挤压在社会底层的劳动者穷饿流荡，忍辱含垢，他们有的凄然地离开人世，有的横下一条心，去干天理不容的事儿；中小资产者也遭到破产的厄运，可悲地沦为被侮辱者、被损害者；封建贵族无可奈何地走向没落，而又不甘心失去曾经属于他们的黄金般美妙的时代。

在这本集子的二十四个短篇中，我们也大抵可以看到作者的身影。冷静的观察与描写，充溢着作者的鲜明的感情。封建主的凶焰淫威，高利贷者的搜刮聚敛，暴发的资本家的势利奸巧，被作家们以严峻的笔墨——勾画了出来，读完这些作品，读者不能不激起对这些妍皮裹着媸骨的丑恶灵魂的鄙夷和憎恨。对于牧人、佃农、卖艺人等小人物备受生活煎熬的际遇，作家们则掬以满腔同情的泪水，并对炎凉世态给以辛酸的讥刺。在许多短篇中，作者通过那些平凡的，但饱含生活汁液的日常经历，展示出寒酸贫贱者的精神的美。他们挚爱劳动与生活，眷恋土地和故乡；他们的心灵如西西里清泉一样明净澄流，象撒丁岛山峦一样拙朴博大。在那个因被情人抛弃而精神失常的疯姑娘卡尔美拉的身上，作者情深词切地刻画了她对爱情的专注不贰和冰清玉洁的品格。即便是孑然一身，在萧瑟秋风中颤抖的老乞丐，甚至贯于夜间作案的小偷，他们纵然被折磨得已经失去了人的风貌，作家也着意揭示出他们心地善良，急人之急，扶人之危的高尚情操，展现老乞丐奉献给他人的赤子似的纯真的心，小偷心灵深处的闪光，表明他们是无愧于“人”的庄严称谓的人。

由于资产阶级的不彻底性和它带来的重重矛盾，意大利在民族复兴运动以后虽然获得迅速发展，积极向海外武力扩张，但它仍明显地显露出“贫穷的帝国主义”的特性。本书所选的作品，以很大的艺术真实性的力量，戳穿当权者竭力制造的盛世太平的假象，把这个社会的沉疴恶疾，呈现在我们面前。在整体上，这些作品又构成一幅历史长图。我们从中多少看到了意大利从半封建半资本主义社会，经“贫穷的帝国主义”，走向法西斯主义这一历史过程的某些本质特征。

本书所选的作品大致代表了近代意大利文学史上的不同流派、不同倾向，体现了作家各各不同的艺术个性、风格、手法。即便同是真实主义作家，他们的艺术个性、风格、手法也迥然相异。

路易吉·卡普安纳（Luigi Capuana，1839—1915）主张小说成为心理研究，用人物和他们置身于其间的环境，来取代传统小说中的情节和事件。因此，他的短篇小说常常试图通过人物的病态现象来研究社会环境。他的优秀短篇《妻子与母骡》、《暗淡幽怨的生活》，无论是勾画西西里乡村贪婪、冷酷的地主形象，还是描写贵族出身、婚姻不幸的女子，她的孤寂、幽怨，对爱情、自由不可遏制的追求，都善于准确地捕捉住特定的现实环境中的人物性格特征和深层心态，加以刻画，在爽朗、简峭的文笔中，透出粗犷深沉的特色。卡普安纳的真实主义，同左拉的自然主义，颇有相通之处。

乔万尼·维尔加（Giovanni Verga，1840—1922）是真实主义的另一位大师。他具有特别敏锐的观察力，擅长从现实生活中撷取平凡的事件，进行艺术概括，细吹细打，塑造出一系列亲切感人的形象。他的收入《田野生活》、《乡村故事》两个集子中的短篇小说，多以恬静、秀丽的乡村为背景，仿佛一幅幅19世纪下半叶西西里乡村的风俗画，展现勤劳、朴实的农夫、牧人的日常生活和西西里古老的风习。同卡普安纳比较，维尔加的作品更多一种社会性，更多一种抒情性。在他的笔下，西西里的民风世态、自然风光同社会问题融为一体；现实中残酷的阶级压迫，僧侣阶层的假仁假义，金钱关系对传统的生活的侵蚀，获得了精湛简洁的概括。他的文笔清新凝重，抒情时低回吟唱，细语呢喃，一种淡淡的、忧伤的抒情中，透出一丝苍凉悲壮，显露出严肃的批判锋芒。他的短篇名作《乡村骑士》后来由作家本人改编为剧本，以后又由意大利作曲家马斯卡尼谱曲，改编为同名歌剧，一个多世纪以来，风行欧美各国。

同是在那波里生活和创作的迪·贾科莫和女作家塞拉欧，他们也各具风韵。迪·贾科莫（Salvatore Di Giacomo，1860—1934）用那波里方言写了不少有关家乡的自然景色和风尚习俗的抒情诗、歌词，被称为“那波里歌手”。他的短篇显示了他的创作的另一个侧面。他继承维尔加的真实主义传统，用心熟悉和研究他的家乡生活的各个方面，特别是贫民区和平民阶层的小酒馆、市场，短篇集《十八世纪舞曲》、《那波里故事》，是他这一努力的成果。在选自《那波里故事》的《没有见到的儿子》里，作者凭借着对人物深刻入微的心灵体察，用浓烈的感情去涂抹小主人公蒙受的惊心怵目的悲剧。小说婉转陈词，凄清感人，不啻是为苦难的那波里儿童唱出的一支悲歌。

塞拉欧（Matilde Serao，1856—1927）的优秀作品明晰而又独特地体现了真实主义的特点。她把自己的每一部小说都奉献给她最熟悉、最热爱的那波里，如实地描绘那儿的工人、贫民、流浪者、妓女、画家、修女的身世际遇，同时没有忽视刻画现实生活在这些弱者身上打下的烙印，以及在他们身上铸成的恶习和过失。

《不是乔尼尼诺，就是死》是同名短篇集子中的一篇佳作。塞拉欧以朴实无华的叙述，带着读者一同走进了那波里的日常生活，让读者目睹发生在这儿的一出爱情悲剧。对扼杀少女纯真爱情和年轻生命的恶势力的愤怒控诉，对被铜臭夺取灵魂的小市民的有力鞭笞，使这一爱情悲剧具有了沉郁的内在力量。

塞拉欧的功绩在于，她摒弃了既往的文人把那波里描绘成阳光灿烂、风光旖旎的欢乐城市的传统，她揭开了这个“安乐乡”的庐山真面目，暴露了她的病态和阴暗面。因此，塞拉欧被批评家们称之为那波里“风俗志”的作者。

十九、二十世纪之交意大利短篇小说，以极大的鲜明性，勾画出近代意大利文学史上一个别致、有趣的特征：那个时代的作家们几乎无一例外地、或多或少地受到真实主义的陶冶，都是在真实主义的旗帜下开始文学创作，但他们后来逐渐分道扬镳，走上了不同的文学道路，形成了各各不同的艺术个性。来自撒丁岛的女作家黛莱达，一代文学大家邓南遮，便是典型的例子。

撒丁岛和西西里岛一样，是当时意大利最贫穷、最落后的地区，而且，撒丁岛在某种意义上更具有保守性。黛莱达（Grazia D eledde，1871—1936）的早期小说，以罪过和改悔为主题，用真实主义手法，描绘撒丁岛严峻的古老文明。嗣后，她的作品从反映社会生活，转向侧重于人物内心世界的刻画，以哀幽的心情，描画乡村文明在同城市文明的冲突中遭到摧残的情景。真实主义中渗透了浓郁的抒情心理主义和神秘主义。无论写人、叙事，还是绘景，黛莱达都施展轻捷纤丽的文笔，秀润中蕴含着感情的升华和深一层的寓意。短篇小说《小野猪》很能体现黛莱达抒情心理主义和神秘主义的艺术特色。拟人化的手法，情景妙合，富于诗意的场景，纤细入微地把贫富的对立，牧童敦厚、稚朴的天性和心态，韵致独特地勾勒了出来。黛莱达研究室又以情味隽永的笔墨，点染撒丁岛迷离五色的风光，字里行间氤氲着女作家对撒丁岛古老文明的令人断肠的情思。

邓南遮（C abrielle D’Annunzio, 1863—1938）是十九、二十世纪之交意大利文坛的骄子，也是近代意大利文学史上最引人注目、最引起争论的一位作家。跟他的兄辈和同时代人一样，他的创作也始于短篇小说，并深深地打上了真实主义的印记。他以俊逸的文笔，描绘故乡佩斯卡拉的纯朴风貌、人情习俗，农民、船夫、渔民遭受穷苦的煎熬，同自然、命运搏斗的悲惨情状，但在一些短篇里，已显露出作者执着于描写人物肉体、精神上的畸形、病态。

后来，邓南遮的创作发生了转折，唯美主义取代真实主义，成为主导的倾向。他的短篇名作《船夫》明显地具有他的创作转折时期的特点，可以窥见他后来遵循的唯美主义的一斑。邓南遮的感官异常敏锐，他对大自然的色、香、美，具有异常精巧而强烈的表现力。他的语言优美，文风雅致、洒脱。他擅长捉住富有形象特征的细节，予以精美的描画，把展开情节，描写景物，抒发情感和刻画内心活动和谐地融为一体。任何事物只要经过他的写就变得生动而美丽，光采绚烂。

德·亚米契斯（Edmondo De Amicis, 1846—1908）是我国读者十分熟悉和喜爱的作品《爱的教育》的作者。他的文学活动始终同现实生活紧密联系在一起。普通人的窘困生活，离别家乡、漂流海外的侨民的悲惨际遇，家庭教育的重要，都在他的作品里获得了广泛的反映。而博爱和人道精神，则是贯串德·亚米契斯创作始终的红线。他是一位讲故事的能手。他的文字如行云流水，娓娓清淡，丝丝入扣地拨动读者的心弦，饱含了一种人情美，强烈地表现出在十九世纪末蓬勃兴起的欧洲社会主义运动的影响下，把他一贯诉诸的博爱和人道精神，同社会主义思想融合起来，试图以此来调节社会矛盾的道德理想。收入本书的《卡尔美拉》就是佐证。

福奇尼（Renato Fucini, 1843—1921）以短篇小说和散文奠定了他在近代意大利文学史上独标一格的地位。他的作品全都描写福奇尼非常熟悉的托斯卡纳的外省生活。作家不着眼于重大事件，而从平淡无奇的生活中撷取素材；乡村生活的欢乐场景，农民的屈辱贫贱，市井小民的酸腐可笑，都得到了栩栩传神的表现。福奇尼的文笔辛辣、风趣，他的短篇佳作《省督来访》不禁令人想起果戈理的《钦差大臣》。一封通知省督来访的电报，轰动了死气沉沉的小城，牵动了各个阶层的代表人物。在作者的笔端，小城生活的各个侧面，各式人物的面影、心理、灵魂，如同在显微镜下一样，都一一显出了夸大的、然而却是真实的模样。生动的托斯卡纳方言，幽默风趣的文笔，使小说具有喜剧色彩，读来令人忍俊不禁，但又发人深省。著名的文艺理论家克罗齐很赞赏福奇尼的短篇小说艺术的纯真，说它们“无论是在欢笑中，还是在涕泣中，都不乏某种朴实而刚毅的东西”。

依塔罗·斯韦沃（Italo Svevo, 1861—1928）是始终有着自己的艺术追求的作家，也是近代意大利心理小说的先驱。他的成名作《塞诺的意识》受到乔依斯、蒙塔莱等文化巨匠的交口称赞。这部小说撇开了传统文学中习见的客观叙述手法，让主人公塞诺按照精神病大夫的吩咐而写的日记中，直接地、毫无顾忌地暴露自己复杂的内心感受和潜意识。塞诺成为病态的现代人的典型形象。

斯韦沃逝世后出版的短篇小说集《短促的感情旅行》，不注重陈述情节，客观事件对于他来说，只是通向主人公心灵深处的轨道，其目标是挖掘和展示人物隐蔽的内心世界。斯韦沃围绕人物内心活动编织和展开情节，倾力刻画人物的暗想、内心独白和潜意识，这正是心理小说的艺术特征。

不妨说，本书选收的作品，是近代意大利人的社会生活，文化生活和内心生活的断片，是从整个时代的生活大书上撕下来的几页。小说家们以自己的羽笔，把心理探索和社会问题紧紧结合，使人的内心世界的波澜和社会沧桑变化融为一体，塑造出一个个从时代的脏腑中脱胎出来的人物形象。这些短小精粹的佳作，小中见出宏阔，小中见出悠远。这或许就是这部集子的价值所在。

意大利二十世纪文学

一个奇特的历史文化现象
——意大利未来主义

未来主义是二十世纪初叶在欧洲出现，并发生广泛、重要影响的一个文学艺术流派。它发轫于意大利，继起于俄国、法国，在欧洲其他国家也有一定的影响。

未来主义一经呱呱坠地，便在各国文艺界引发了长时间的、异常广泛和激烈的争议，聚讼纷纭。二次大战后的最初年代里，围绕未来主义的争论一度冷寂。近十余年来，随着有关未来主义的新史料的陆续披露，批评家们重新表现出对未来主义的浓厚兴趣。对未来主义的研究，无论在深度和广度上，都较之以往大大地推进了一步。

在我国，未来主义在过去很长一段时间里是声名狼藉的。在许多文学教材、批评文章中，未来主义被视为反动的文学艺术流派，遭到鞭挞。近些年来，情况有所改变。但一些发行量很大的辞书和某些著作，仍不加具体分析地把整个未来主义运动当作现代主义中的一种"颓废主义、形式主义流派与倾向"。还有些文章，虽然能运用一分为二的观点去探讨俄国未来主义，却用一成不变的目光把意大利未来主义看成铁板一块的文学艺术运动，甚至把意大利未来主义右翼的代表马里内蒂同整个运动画上等号，而加以批判。

作为一个文学艺术流派，意大利未来主义的政治思想纲领、艺术主张和队伍构成，都是十分纷繁庞杂的。它的成员们的意识形态和美学观点，很不一致。在不同的时期，它自身又经历了曲折的发展和微妙的演变。这给研究未来主义带来不小的困难，往往导致对它的认识和评价上的歧义。这也就格外要求我们对这样一个复杂的文学现象进行全面的、细致的和求实的分析。

一、一个奇特的历史现象

1909年2月20日，意大利诗人、文艺批评家马里内蒂在法国《费加罗报》发表《未来主义的创立和宣言》，宣告未来主义诞生。

未来主义始于文学，随即以旺盛的势头迅速席卷绘画、音乐、戏剧、雕塑、建筑、舞蹈、电影、摄影等诸多领域。1910年2月11日，画家博菊尼（Umbcrto Boccioni）、巴拉（Giacono Balla）等发表《未来主义画家宣言》；1911年1月11日，帕腊台拉（Balilla Pratella）发表《未来主义合成戏剧宣言》；1916年9月11日，马里内蒂、塞蒂梅利、科拉等发表《未来主义电影宣言》。几乎是同时，未来主义越出文学艺术的范畴，闯入社会的伦理道德、生活方式和风尚习俗等领域，甚至连人们的服饰、烹调、房间陈设也受到影响①。成打的宣言，无数的声明，喧嚣一时，在当时的社会文化生活中，真可谓刮起了一股未来主义旋风。诚如当时一位权威的文艺批评家所说："未来主义观念存在于今日艺术活动的一切形态之中，它像空气一样扩散开去，今天的整个文学都呼吸着它。"②

这众多的宣言中，要算第一个《未来主义的创立和宣言》最坦白、明确地宣布了未来主义的纲领，它不啻是未来主义公开树起的一面大纛。

未来主义认为，二十世纪初叶，意大利和欧洲已经走上了资本主义工业化的道路，大规模的机器生产，科学、技术、交通、通信的飞速发展，汽车、飞机、轮船、电报、电话、留声机、电影的相继问世，使客观世界的面貌和社会生活的内容发生了根本性的变化。如今，只消一日的工夫，新式的交通工具便可把人们载到远方的异国他乡；在电影院里，新闻纪录片向欧洲人栩栩如生地展示了遥远而陌生的非洲大陆的情趣。这样，客观世界仿佛极大地缩小了。相反地，人的感官触角又似乎无限地延伸了。长期以来形成的传统观念瓦解了，人的感觉获得了更新。未来主义者们由此声称，十九世纪的时间观和空间观已经陈腐，必须彻底予以打碎，因为"时间和空间已于昨天死亡"。③

在未来主义看来，伴随资本主义工业化和科学技术的突飞猛进，现今生活的节奏无比地加快了。速度这个因素具有愈益突出的重要作用。速度，改变着时间和空间，

---

① 1913年，巴拉等发表《未来主义服饰宣言》，号召废除色彩黯淡，线条呆板，像丧服似地"令人厌恶的服饰"，而代之以色彩鲜明，线条富有运动感的衣着。见阿波罗尼奥（Umbro Apollonio）《未来主义》，马佐塔出版社，1970年。

② 弗罗拉:《从浪漫主义到未来主义》，皮亚琴察出版社，1921年。

③ 马里内蒂:《未来主义的创立和宣言》，见盖拉杜奇（Isabella Gherarducci）编《意大利未来主义》，罗马，里乌尼蒂出版社，1976年版，以下简称《未来主义宣言》。

“宏伟的世界获得了一种新的美——速度的美，从而变得丰富多姿。”[①]新的世界意识取代了旧的家庭观念、乡井观念。现代大都市、机器文明、速度和竞争，构成了时代的主要特征。

这就是未来主义理论的出发点。

未来主义还认为，科学的进步，技术的革新，不只大大地改变人们的物质生活，而且势必导致人们精神生活的彻底改变。文学艺术必须适应飞速运动着的、日新月异的现实。未来主义者们断言，传统的文学只囿于描摹外在的，死气沉沉的现实，因而已经完全僵化。唯独未来主义才富有生命力，前途光明。理由在于：第一，未来主义文学倾全力反映新时代的特征——现代大都市、机器文明、速度和竞争，表现现代生活的本质。第二，它不屑于回首往昔，摹写现状，而以探索客观世界和主观世界的“未知”为书己任。关于这一点，马里内蒂说得很明白，“诗歌意味着向未知的力量发起猛烈的攻击，迫使它们向人匍匐臣服。”[②]他还有一句名言：“倘若我们一心要攻破一座‘不可能性’的神秘莫测的大门，那为什么还要回过头来向后看呢？”[③]他们声称自己面向未来，属于未来，因而自称未来派。

按照未来主义的观点，一切新的都是好的，一切旧的都是坏的。整个威尼斯城都可以破坏，全罗马的古代艺术品都可以毁弃。传统的文学成了前进道路上的绊脚石，必须首先踢开，这样才能建立新的、“未来的”文学艺术。于是乎他们把人类的文化遗产和现有文化都当作扫荡的对象，扬言要“摧毁一切博物馆、图书馆和科学院”[④]。

这是未来主义总的艺术纲领的出发点。

依据上面的简述，可以看出，《未来主义宣言》在理论上是极其杂乱的。它集小资产阶级的革命情绪、无政府主义和虚无主义之大成。它的内容是自相矛盾的。一方面，对工业和科学技术的新成就唱出一曲真诚、激越的赞歌。另一方面，又发出一片反理性主义、盲动主义的刺耳鼓噪。他们兴奋地展望和欢迎未来，但又盲目地反抗过去，割断过去、现在与未来的一切关系，从而否定了未来。他们追求未来，狂热而朦胧，又近于虚无。

“每个原理都有其出现的世纪。”[⑤]未来主义是生活本身，是意大利的历史条件产生了它。它不是早产儿，它是瓜熟蒂落的畸形儿。众所周知，仅仅在十九世纪七十年代，意大利民族复兴运动才以资产阶级和贵族地主阶级的妥协宣告结束，驱逐了外国侵略者，实现了国家的统一、独立。其时，法国、英国早已在资本主义工业化的道路上迅

---

① 马里内蒂：《未来主义宣言》。

② 同上。

③ 同上。

④ 同上。

⑤ 《马克思恩格斯选集》，人民出版社，1972年，第1卷，113页。

跑，遥遥领先。随着二十世纪的到来，意大利资本主义才获得急遽的发展，从资本主义自由竞争向垄断资本主义的发展阶段过渡。但是，资产阶级革命的不彻底性，南北地区和城乡发展的不平衡性，资源的严重匮乏，决定了后起的意大利在称霸世界的帝国主义列强之中，只是一个弱小的伙伴，列宁准确地、形象地称之为“穷人的帝国主义”。[①]

资产阶级沿着社会阶梯的迅速上升，是以劳动群众在同一阶梯上的日益下降为代价的。这必然导致民主力量和各种社会思潮的活跃。由于意大利是后起的，同时保留了君主制和封建势力的帝国主义国家，小资产阶级仍然占有很大的优势。在工业化洪流的冲击下，许多城市贫民和小资产阶级破产了。他们的经济地位极不安定，但思想敏感、冲动。面临社会大动荡的局面，他们厌恶墨守成规，不甘随波逐流，但自己又摇摆不定，精神空虚。他们向往模糊的“革命”，实际上是追求个性的绝对自由，容易走向盲目的破坏和反抗。他们愤世嫉俗，自命不凡，却因前途迷茫而悲观失望，彷徨苦闷。这样，意大利便成为无政府主义和虚无主义思潮滋生和繁衍的沃土。未来主义这个奇特的历史现象，就是在这样的背景上产生的，它正是意大利特定的历史现实和社会思潮在文化上的反映。

不过，这种反映不是机械的、划一的。由于未来主义的队伍构成庞杂，成员们的政治倾向、世界观、艺术观和所处的客观环境各不相同。他们往往从大杂烩式的未来主义纲领中各取所需，各行其是，因而在实际生活中的表现也轩轾有别。因此，未来主义从诞生之日起便不是清一色的，在它的内部，派系林立，派中有派。

二、马里内蒂——从资产阶级叛逆者到资产阶级卫道者

未来主义运动中，最有影响的派别，当推以马里内蒂为代表的一派。这一派未来主义者不只以艺术主张的激进著称，而且热衷于宣传鼓动和政治斗争。他们以从事反对传统文艺和资产阶级国家的活动开始，随后在政治上发生蜕变，最终以跟法西斯主义同流合污，堕落为反动文人收场。这是未来主义的右翼。

菲利浦·托马佐·马里内蒂（Filippo Tommaso Marinuetti，1876—1944），是未来主义创始人和理论家，也是它的右翼的主要代表。他出生于埃及亚历山大港的一个富裕的意大利人的家庭。父亲是律师，能言善辩，声名显赫。母亲是诗人，善写多愁善感的抒情诗。马里内蒂自幼深受家庭环境和法国文化的熏陶，素有“半是意大利人，半是法国人”之称。起先，他在亚历山大港的法国耶稣会学校读书，因为阅读和传播左拉的作品而被视为越轨行为，遭校方开除。1893年，前往法国，遂有机会攻读于巴

---

① 《列宁全集》，人民出版社，1963年，第21卷，337页。

黎，广泛接触了法国现代派特别是象征派文学艺术。1895年，他到意大利，先后在帕维亚、热那亚等大学研读法学，1899年毕业。

马里内蒂最早的文学活动是创办刊物和写作自由诗。早期的诗歌《老海员》（1897）、《征服星球》（1902）、《毁灭》、《亲密的邓南遮》、《流血的木乃伊》（1904），系用法语写成，象征主义的色彩较为浓重。在这些作品中，他以玩世不恭的态度，对社会主义和民主思想竭尽冷嘲热讽之能事，表达对唯美主义诗人邓南遮既崇敬又厌恶，既向往又摒弃的矛盾而又复杂的情绪。1905年，他创办《诗歌》杂志，刊登意大利颓废派的诗作，介绍法国象征派诗人波德莱尔、兰波、马拉美、魏尔兰、拉弗格的作品，因而名声大噪。翌年，马里内蒂在《诗歌》杂志开辟关于"自由诗"讨论专栏，吸引了众多文艺界名人参加。在这次讨论中，未来主义的若干艺术主张已初见端倪；强调对诗歌技巧进行革新，提倡"自由诗"，即不受固定的韵律模式的约束，只遵循一定的节奏（逻辑的、音乐的）诗歌。自1909年开始，马里内蒂提出一整套未来主义的理论主张，随后又参与主持未来主义刊物《莱采巴》。

马里内蒂是无政府主义思想的歌者。他俨然以"革命者"的姿态，向资产阶级的国家，向教会、王权发动挑战。宣布"要把意大利从教廷、王权、婚姻、议会的桎梏下解放出来"，消灭资产阶级国家政权的一切工具，"废除常备军队、法院、警察、监狱"。[①]他把矛头指向资产阶级国家机器的时候，不忘横扫一切，连律师、教授、学者也予以无情打击，喝令他们统统靠边站。[②]马里内蒂对教会的态度尤为激烈，声称"毫不妥协的、全面的反教权主义，是我们政治纲领的基础"，"渴望把意大利从教会、神甫、教士、修女、圣母、圣烛和钟楼的桎梏下解放出来。"[③]他的志同道合者说得更形象："我们要革新世界"[④]。所谓的"革新"，就是要"对整个意大利政治—官僚—司法机器进行拆卸、清洗、上油，使之现代化"。[⑤]

马里内蒂等在发出这些响亮的反叛号召以后，又描绘了一幅未来社会的诱人的蓝图：逐步实现河流、矿山和未开垦土地的国有化，让耕者有其田[⑥]；提高劳动者的工资水平，实行男女同工同酬和八小时工作制；保护消费者的利益，建设铁路、公路；推行义务制、世俗的初等教育和技术教育[⑦]，等等，最终达到"建立没有议会的技术政

① 马里内蒂：《超越共产主义》。

② 同上。

③ 马里内蒂：《意大利未来宣言》。

④ 科拉：《争取新意大利新艺术》。

⑤ 卡尔利：《无畏的未来主义者宣言》。

⑥ 马里内蒂、卡尔利、塞蒂梅利：《什么是未来主义》。

⑦ 马里内蒂：《意大利未来宣言》。

府”，“让革命的艺术和艺术家掌权”[1]。

这些美妙动人的“革命”口号，既有对现存制度的激愤，又有小资产阶级对未来的乌托邦幻想；既有对资产阶级的抨击，对宗教的抗争，又有对劳动者的许诺。在二十世纪初叶纷乱动荡的意大利，马里内蒂高唱革新意大利政治—官僚—司法机器，实现经济国有化的调子，以劳动者和消费者的保护人的面貌出现，这当然是哗众取宠的姿态。然而，从客观上说，这些现实性很强、诱惑力很大的纲领，又确实反映了一部分小资产阶级和青年对资本主义社会不满、苦闷、失望而又无地投诉的情绪，表达了他们企求彻底改变现实的反叛精神。针对宗教势力在意大利根深蒂固，盘根错节，教会的触须伸向社会生活各个角落的情况，马里内蒂提出一系列强硬的反对神学和教权的口号，主张政治—文化世俗化，也自然有着相当的号召力量。这些，都使未来主义得以吸引群众，赢得好感，以客观的声势和无比的劲力在社会文化生活的各个领域迅速扩张。

但是，透过这些令人眼花缭乱的革命口号，却可清楚地见出，马里内蒂并没有超出资产阶级的立场和视野。他认为人类社会应当消灭的主要祸害，归根结底，不是资本，而是国家。其实，国家并不是一种抽象的邪恶和怪物，它是随着社会划分为剥削阶级和被剥削阶级而产生的。作为不可调和的阶级矛盾的产物，国家只是阶级压迫和统治的机器。马里内蒂不愿触动资本，而声称要摧毁资产阶级国家机器，这就暴露了他提出的口号的虚伪、空洞。

还需要指出，就是同一个马里内蒂，一面装腔作势地向资产阶级国家宣战，一面却硬是一口咬定，划分资产阶级和无产阶级，是“歪曲事实的捏造”。因为照他看来，在资本主义工业化国家里，“既不存在完全腐朽，垂死的资产阶级，也不存在完全健康、生气勃勃的无产阶级”，而“仅仅存在富人同穷人之间的矛盾”[2]。于是，资本主义社会的阶级矛盾，被一笔勾销了；无产阶级进行的推翻资本主义的政治斗争，被一股脑儿地否定了。五彩缤纷的肥皂泡破裂了，在消逝了的飘渺华美的云雾后面，显露出了资产阶级卫道者马里内蒂的庐山真面目。马里内蒂没有也不可能摧毁资产阶级国家机器，倒是资产阶级辩护士马里内蒂在这里打倒了资产阶级叛逆者马里内蒂！

马里内蒂号召的反抗，他发出的诱人的许诺，其核心是宣扬个人的绝对自由，是攻击一切社会形态的盲动主义和无政府主义的反抗。可不是，马里内蒂就曾直言不讳地宣称，“无政府主义的个人之上”，是“每一个强者的目标和理想”。他甚至进一步得出结论说：“人类正朝着无政府主义的个人至上这个目标前进”[3]。因此，马里内蒂最初提

---

① 马里内蒂：《意大利未来宣言》。

② 马里内蒂：《超越共产主义》。

③ 同上。

出的政治主张虽然包括批判资本主义社会、批判教会的某些因素，但却具有极大的欺骗性和破坏性，他后来堕落为垄断资产阶级的御用文人也实非偶然。不妨说，个人至上的无政府主义，这是以马里内蒂为代表的未来主义右翼的第一个重要思想特征。

马里内蒂是机器和技术的崇拜者。对于他和他的同道者来说，突然闯入人们生活的汽车、飞机、电报，已不单纯是一般的工具，而是改造世界和人，创造未来的动力。机器和技术的成果集中表现为速度，而“速度使人增添百倍的力量，却征服时间和空间”①。他们情不自禁地向风驰电掣的汽车发出欢呼，认定它的马达轰鸣声有着令人倾倒的魅力，它的美远远胜于萨莫色雷斯的维多利娅女神雕像②的艺术美。这是突飞猛进的科学、工业所引起的注重物质世界的思潮的反映。

正像原始人当初崇拜自然的力量，从而把自然神化一般，马里内蒂也把机器视为奇异无比的力量而加以神化了。他们透过机器文明的棱镜来观察现代世界，仅仅看到机器和技术闪烁的令人目眩的光辉，虔诚地在它们面前顶礼膜拜，却视而不见机器和技术由于其神奇无比的魔力而造成的种种灾难。马里内蒂等人否定了资本主义生产方式固有的对抗性，他们对机器和技术的歌颂，不能不沦为对资本主义物质文明的纯粹歌颂。这是以马里内蒂为代表的未来主义右翼的另一个重要思想特征。

崇拜强力、战争和反理性主义的超人哲学，是马里内蒂为代表的未来主义右翼的第三个重要思想特征。在《未来主义宣言》中，暴力和机器文明享受同等的荣誉。对“大都市”、“工厂”、“火车头”、“飞机”、“轮船”、“汽车”的称颂，又跟对“力量”、“勇敢”、“冒险”、“拳头”、“耳光”、“战争”的讴歌交织在一起。在马里内蒂眼里，战争、暴力，跟科学、技术一样，是摧毁旧的传统，建立新的未来的最有效的武器，是“清洁世界的唯一手段”③。一句话，它们是推动社会前进的力量。马里内蒂和博菊尼等人还曾经发表过一份告威尼斯人的传单，其中有这么一段话：

“我们将竭尽全力促成一个工业上、军事上强大的威尼斯的诞生。让亚德里亚海成为意大利的内湖，它将接受威尼斯的统治”④。

这显然已不再是一份文学艺术宣言，而是赤裸裸地宣扬强权和战争扩张的叫嚣。

从思想根源上看，未来主义右翼受到各种反理性主义哲学，思潮的影响。唯意志论、超人哲学浸淫着它的主张。马里内蒂写过一首题为《时间与空间》的著名诗歌，淋漓尽致地表达了他对主宰宇宙的“强者”的敬意。他在诗中以时间和空间的反叛者自居，把“空间”比作缠绕人们的脖子、扼杀人们自由的“绞索”，命令它乖乖地松绑，

---

① 马里内蒂：《速度的新宗教——道德》。

② 萨莫色雷斯为希腊岛屿，1863年在该岛发掘出来的公元前四世纪古希腊维多利娅女神雕像，公认为罕见的艺术珍品，现藏于巴黎卢浮宫。

③ 马里内蒂：《未来主义宣言》。

④ 马里内蒂、博菊尼、科拉：《反对旧威尼斯》。

听从他的摆布。于是，他忽而随心所欲地把“空间”任意拉长，忽而把它随便缩短。接着，他又向“时间”厉声喝道：

> 我要斩断你的翅膀，
> 窒息时钟呼赤呼赤哮喘的声响，
> ……
> 你可知道，像我这样的强者
> 能够赋予一个钟点以一个星期的容量，
> 或者把钟点如同柠檬一般
> 紧紧握在手里，
> 只挤出微不足道的
> 一刻钟的汁液

在另一首诗歌《摧毁》中，马里内蒂以睥睨一世的神气声称，地球未必就是圆形的，对于未来主义而言，地球尽可以是立方体，多面体，或者别的什么形态。

马里内蒂笔下的“强者”，打着攻击守旧，摧毁革新的障碍的旗帜，要求凭借主观的意志，把客观世界像面团一样肆无忌惮地捏来捏去，随意捏成他喜欢的样子。他要使“强者”的要求、欲望得到最大限度的发挥，乃至让“强者”逾越人类，震慑一切，主宰一切，这同尼采在反对资产阶级传统道德、反对基督教的幌子下鼓吹意志的力量的超人哲学毫无二致。马里内蒂歌颂的“强者”，不过是把尼采宣扬的超人涂抹上一层艺术的油彩而已。

充斥马里内蒂宣言和作品中的反理性主义，对强力、战争和超人的崇拜，迎合了垄断资产阶级残酷竞争，不择手段地攫取权力，用暴力镇压人民，穷凶极恶地向外侵略扩张，争夺势力范围的需要。在意大利大资产阶级准备发动帝国主义战争的历史条件下，这种宣传成为民族沙文主义、军国主义思想意识的一部分。到了二十年代，又是同在意大利兴起的、代表资产阶级中最反动、最腐朽阶层利益的法西斯主义的思想体系息息相通的。这也正是以马里内蒂为代表的未来主义右翼后来跟法西斯同流合污的另一个根源。

第一次世界大战前后，马里内蒂走出文艺沙龙，一头扎进了空前活跃的政治斗争的旋涡。他组织集会、游行，著写诗歌和散文作品；又作为战地记者，远涉重洋，前往利比亚采访，吹捧意大利对非洲的殖民扩张（报告文学集《的黎波里之战》，1912年，诗集《扎—勃—土勃》，1914年）。1914年初，他出国东行，风尘仆仆地奔波于莫斯科和彼得堡之间，宣传未来主义。他傲慢地以世界未来主义运动的领袖自居，但他的俄国兄弟以同样的傲慢回答了他，对他表示了明显的冷淡，宣称他们在许多方面已超过了意大利同道[①]。

第一次世界大战的隆隆炮声，使马里内蒂兴奋得不能自已，他立即志愿奔赴前线。但不久便返回米兰，重操旧业。他目空一切，恃才傲物，“拥有无可怀疑的、象放荡不羁的野马一样的才气”[②]。他言行过激，能量很大，频繁地四处制造骚乱，他的放纵行径连资产阶级政府也难以见容，因而不到一年的光景，他连续三次遭到拘捕。

在政治斗争的风浪里折腾了几年，马里内蒂明白，单单靠他们这伙舞文弄墨的“革命艺术家”，难成气候。他一眼相中了野心勃勃、势力日盛的墨索里尼，觉得这才是最强有力的盟友和靠山。1918年，他和塞蒂梅利、科拉等建立“未来党”，立即同法西斯党携手合作，与社会党和民主力量为敌。1919年4月，他和墨索里尼采取联合行动，制造了震动全国的捣毁社会党《前进报》事件。墨索里尼对马里内蒂甚为赏识，特邀他作为法西斯党的候选人，参加大选。1919年11月，法西斯党在大选中惨遭失败。不久，墨索里尼和马里内蒂因危害国家安全和组织武装集团罪，双双锒铛入狱。翌年，马里内蒂出狱，颇有点心灰意懒，又因无力说服法西斯党接受他的反对教会和王权的纲领，遂宣布同法西斯党断绝关系。

然而，气味相投，分久必合。马里内蒂埋头搞了几年文学创作之后，1923年底，终于不甘寂寞，决意同已经执掌权柄的法西斯重新合流，因为他觉得只有借助墨索里尼才能“实现未来主义的最低纲领”。1924年，他发表《未来主义与法西斯主义》，阐述两者的亲缘关系。1929年，马里内蒂被授予意大利科学院院士的称号。在此期间，他不辞辛劳，漂洋过海，到阿根廷、巴西兜售未来主义；嗣后，又追随法西斯侵略军进入埃塞俄比亚、苏联。1944年，因心脏病发作去世。

从叫嚷“摧毁一切博物馆、图书馆和科学院”，到接受法西斯头子授予的科学院院士的桂冠；从鼓吹机器文明和技术进步，追求“未来”，到堕落为扼杀文明和进步，为最野蛮、最反动的法西斯独裁统治卖命效劳，妄图把时代的车轮扭向倒退，这就是马里内蒂一生的总结，是历史对以他为代表的右翼未来主义者的嘲弄和批判。

三、鱼龙混杂——未来主义运动中的“异端”和“左翼”

诚如我们前面所述，未来主义是二十世纪初叶意大利政治、经济、社会生活和文化思潮的反映。然而，由于它的成员们政治立场、世界观和艺术观的不同，由于客观

① 意大利《古钱报》1914年2月发表记者卡斯塔维亚自俄国寄回的通讯，对意俄未来主义者会晤的情形作了详尽的报道，马里内蒂访问结束后，俄国未来主义者李弗西茨撰写了一篇总结性文章《马里内蒂在俄国》。参见帕利亚（Luigi Paglia）《马里内蒂》，摩尔西出版社，1977年，第43页。

② 卢那察尔斯基:《未来主义者》，载《卢那察尔斯基全集》，1965年俄文版，第5卷。

环境的差异，他们在激烈动荡的社会生活和现实斗争中的表现；在艺术创作中对现实的反映，也很不一样。因此，未来主义并非单一的、铁板一块的现象。这一流派本身并没有使它的成员都走向反动。绝不能笼统地、不加分析地把整个未来主义说成是“反动的流派”。

一部分未来主义者，例如帕拉泽斯基（Aldo Palazzeschi, 1885—1974）、卢齐尼（Gian Pietro Lucini，1867—1914）等，对现存秩序怀有强烈的不满，但是在工业化的社会中寻找不到替代资本主义文明的东西。他们要求自由意识，但是在垄断资本主义社会中，人的个性遭到蹂躏，人的价值被糟践。未来主义宣扬个性自然的口号，激起了他们思想上的共鸣。他们在未来主义中寄托了自己渴望摆脱传统势力和旧文化的羁绊，寻求新的、模糊的现实，革新艺术内容与形式的要求。然而，他们在理论上和实践中都同马里内蒂等的政治主张存在着颇深的分歧，因此被称作“异端的未来主义者”。

在这一批“异端的未来主义者”当中，帕拉泽斯基的道路是具有代表性的。他原名阿尔多·朱拉尼（Aldo Giurlani），出生在文化古城佛罗伦萨，最先就读于商业学校，继又学习戏剧表演，并当过一段时间的演员。不过，他早就对文学创作发生了浓厚的兴趣。起初，他写作诗歌，二十岁那年发表处女作《白马》，一鸣惊人。他的诗歌抒发对平庸生活的厌倦，接近意大利“微暗派”[①]，诗风戏谑，充溢着愤世嫉俗的情绪，同当时统治诗坛的邓南遮唯美主义颇有分庭抗礼之势。对新的诗歌形式的探索和对自由思想的向往，导致他在1909年加入未来主义的行列，成为它的代表人物之一，并参与未来主义喉舌《菜采巴》的编辑。

帕拉泽斯基的诗集《诗钞》（1909）、《纵火者》（1910），集中鲜明地体现了这群“异端的未来主义者”的特点。这里没有马里内蒂偏爱的对机器、速度、暴力的狂热歌颂，诗人感兴趣的只是革新传统诗歌的结构，摒弃逻辑的障碍，诉诸奔放的想象，活跃的讥刺，深沉的思索。不妨读一下帕拉泽斯基一首著名的诗《我是谁？》，诗的头三节写道：

我，或许是一名诗人？
不，当然不是。
我的心灵之笔
仅仅描写一个奇怪的字眼——
“疯狂”。
我，也许是一名画家？

① 二十世纪初形成于意大利的诗歌流派。“微暗派”蔑视政信治念和华美文体，以朴实的文字抒写卑微的日常生活和人物忧伤的内心世界。

不，也不是。
我的心灵的画布
仅仅反映一种色彩——
“忧愁”。
那么，我是一名音乐家?
同样不是。
我的心灵的键盘
仅仅弹奏一个音符——
“悲哀”。

这是一幅未来主义者的自画像。然而，他同马里内蒂笔下目极的八荒，俨然一副救世主架势的未来主义者形象大相径庭。帕拉泽斯基对自我的心灵作了层层剖白，倾诉了他冷眼看待世界，力图从现实的羁绊中挣脱出来，奔向未来，但又看不清前途的那种苦闷而怅惘、混乱而狂热的情绪。诗人刻画的自我心灵状态的三要素——“疯狂”、“忧愁”、“悲哀”，不啻是理解帕拉泽斯基等“异端的未来主义者”思想和创作的一把钥匙。

值得注意的是另一首题为《纵火者》的著名诗歌，帕拉泽斯基在诗中对沉溺于“戕害生命的高谈阔论”的骚人墨客大加挞伐，抨击这班“渺小的”庸儒、无能之辈，蝇营狗苟，“害怕赤焰飞腾的烈火”；谴责他们卑琐颟顸，“浑身散发令人掩鼻的恶臭”。帕拉泽斯基宣布自己是“寻觅我歌唱的造物”的“诗人”，是一名誓要把传统势力付之一炬的“纵火者”。但是，透过字里行间，我们不难窥见一个吟唱着诗歌，“走遍天涯海角”，苦苦追寻真与善的求索者的形象。不难感受到诗人一颗像火一样热忱、执着的心的跳动。正像帕拉泽斯基骄傲地宣布：

我写的每一首诗，
都是一把燃烧的
烈火。

还应当指出，帕拉泽斯基这位未来主义元老，无意恪守马里内蒂制定的政治纲领。他不仅从来不曾在作品中歌颂暴力和战争，而且批判马里内蒂宣扬民族沙文主义和军国主义的行径。同时，他对意大利帝国主义奉行的殖民政策，也一直持强烈的反对态度。1910年，当马里内蒂舞文弄墨，兴高采烈地欢呼意垄断资产阶级向海外侵略扩张的时候，他则挥笔写下了热烈赞美和平的文字。他是当时唯一公开批判军国主义战争的未来主义作家。

帕拉泽斯基和另外两名未来主义作家帕皮尼（Giovanni Papini, 1881—1956）、索菲奇（Ardengo Soffici, 1879—1964）后来联名发表的题为《未来主义与马里内蒂主义》[①]的文章，追述他们同马里内蒂决裂的始末，是值得一读的。帕拉泽斯基等在文章中指出，未来主义运动内部无论在基本原则上，还是在组织上，都始终存在着极大的混乱；马里内蒂等人歪曲了未来主义的真谛，因此并不代表未来主义，而只配称作“马里内蒂主义”。帕拉泽斯基、帕皮尼等自视未来主义的正宗，在文章中洋洋洒洒地列举了他们同马里内蒂主义的二十点分歧。这些分歧政治、思想上表现为：帕拉泽斯基等“蔑视对过去的崇拜”，马里内蒂则整个地“蔑视过去”：他们提倡“奋斗精神”，马里内蒂鼓吹“军国主义”；他们拥护“爱国主义”，马里内蒂热衷“沙文主义”，等等[②]。

随着马里内蒂政治立场的日益反动，两派由观点的分歧争吵发展为公开的决裂。1914年4月，帕拉泽斯基、帕皮尼、索菲奇发表声明，宣布退出未来主义，与马里内蒂分道扬镳。事后，帕皮尼在一篇文章中以追悔的心情回忆说，他参加未来主义运动是不幸“误入了某个教会，或者说某个政党”。[③]

另一名未来主义运动的先驱卢齐尼，因马里内蒂公开支持意大利对利比亚发动的侵略战争，于1912年愤然宣布同未来主义断绝一切关系。

未来主义庞杂的队伍中，既有中小资产阶级知识分子、共和主义者、保皇派、法西斯分子，还有社会党员、共产党人和其他进步人士。批评家们通常把后者称作“左翼未来主义”。

社会党员、共产党人和进步人士成为未来主义营垒里的积极分子，这是不少人始料未及的。这一重要史实，也是我国评论界迄今完全忽略的。为了更好地理解这一事实，需要把它同未来主义前期的一些非同寻常的现象联系起来加以考察。意大利共产党创始人、马克思主义理论家葛兰西在他研究未来主义的论文中，向我们指出了下列饶有兴味的情况：

第一次世界大战以前，未来主义在劳动群众中间颇为流行，未来主义喉舌《莱采巴》杂志每期发行二万份，其中五分之四的读者是劳动群众。[④]

许多工人团体以赞同的态度看待未来主义。曾经屡次发生这样的情况，当未来主义者组织集会，宣传自己的主张，遭到飞黄腾达的资产阶级文学家、艺术家和贵族青年的非难的时候，工人们便挺身而出，为未来主义辩护[⑤]。

---

① 《莱采巴》，1915年，第7期。

② 德·玛利亚（Luciano De Maria）编《马里内蒂和未来主义》，米兰，蒙达多里出版社，1977年，第283—286页。

③ 比尼（Walter Binni）编《批评史上的经典作家》，新意大利出版社，1977年，第3卷，268页。

④ 葛兰西:《关于未来主义的一封信》，载《社会主义与法西斯主义》，1967年，527—528页。

⑤ 葛兰西:《马里内蒂是革命者吗？》，载1921年1月5日《新秩序》。

1922年，都灵工人文化团体举办画展，马里内蒂应邀参加开幕式，并和工人们一起参观了画展，随后他获得这样的印象：在未来主义问题上，劳动者的理解力，远甚于资产者[①]。

关于葛兰西提到的那次著名的画展，需要补充若干情况。画展的组织者朗科·拉姆帕—罗西（Franco Rampa— Rossi），是接近意大利共产党的左翼未来主义者。画展于1922年3月27日至4月27日在都灵城堡广场的冬季俱乐部举行。参加展出的除接近马里内蒂的未来派，还有拉姆帕—罗西、雪蒙迪诺、弗拉西内利等左翼未来派以及波兰、日本的画家。意大利共产党机关刊物《新秩序》连续两次发表消息，号召都灵工人于4月2日集体前往参观画展，并说马里内蒂将出席并陪同参观画展。4月2日那天，数百名工人在马里内蒂带领下参观了画展，听取了他对未来主义艺术和展品所作的详细讲解。

还有一点应当说明，上述种种情况都发生在都灵。众所周知，都灵当时不仅是意大利的工业中心，而且是蓬勃兴起的工人运动的中心，素有“红色彼得堡”之称。

意大利未来主义研究专家利斯塔（Giovanni Lista）在1975年

搜集到的史料表明，1915年2月22日、24日，热那亚市圆形剧场举行未来主义戏剧演出，招致资产者观众的围攻，前来观看演出的许多热那亚港的海员，站在未来主义者一边，同资产者发生激烈冲突[②]。

另一位未来主义研究专家、比萨大学教授卡尔皮（Umberto Carpi），根据六七十年代搜集的新史料，也提出了这样一些非常有意思的情况：未来主义不仅流传于工业化的大都市都灵、米兰、罗马，而且活跃于工业落后、经济贫困、地域偏僻的南方和外省，如卡拉布里亚大区，西西里岛的卡塔尼亚、墨西那，翁布里亚大区的特台尼、佩鲁贾等地。

在西西里，未来主义成员中有无政府主义者、法西斯敢死队员、进步的大学生、左翼进步人士、共产党员。

1924年，未来主义刊物向读者推荐和介绍苏联艺术[③]

在左翼未来主义队伍中，还有一位引人注目的、年轻的骁将——帕拉迪尼（Vinicio Paladini）。从1922年起，他连续发表了一系列文章，以犀利的笔锋，鲜明的观点，阐述他的艺术主张。或许因为他来自未来主义营垒，同时又对无产阶级革命怀有同情和敬意，因此他对许多问题看得分明、透彻。他满怀热忱，歌颂苏维埃政府对文学、艺术的关怀，赞扬苏联已成为现代艺术的主要中心之一。在苏联，艺术已从为皇帝、教

---

① 葛兰西：《关于未来主义的一封信》，载《社会主义与法西斯主义》，1967年版，527—528页。

② 利斯塔：《艺术与政治——意大利左翼未来主义》，第78页。

③ 卡尔皮：《关于未来主义的讲座》，1981年3月24日于罗马大学。

皇、资产阶级的精神需要效劳，转向为无产阶级服务。在艺术创新问题上，帕拉迪尼摆脱了资产阶级的积习和偏见，提出了当时实属难能可贵的、很有思想深度的见识，指出，在无产阶级执掌政权的社会里，艺术家获得了发展自己的创造才能的机会，因而，他们敢于破旧立新，敢于向文学艺术领域中哪怕最大胆的先锋潮流靠拢。他以坚定的信念和富有说服力的论据阐述道，同马里内蒂为代表的未来主义相比，共产党人以更加开阔的视野，更加明朗的立场，解决了艺术的革命性和民族主义的关系问题。此外，他对物质领域与精神领域革命的关系，无产阶级和知识分子的联合，艺术形式的革新问题，也作了研讨①。帕拉迪尼唱出了左翼未来主义的最强音。

如何理解这种错综复杂的奇特现象呢？

我们以为，这大致是由两个方面的原因造成的，这里既有意大利社会历史条件的特殊性，又有无产阶级在文化领域进行除旧布新斗争的艰巨性、复杂性。二十世纪初叶，随着大工业的急剧发展，意大利北部大都市产生了人数众多而且集中的无产阶级。在同反动、暴虐的垄断资本主义的斗争中，工人运动的思潮风起云涌，对旧的思想意识、文化的批判方兴未艾。然而，马克思主义还没有普及、深入；作为工人运动主要领导力量的意大利社会党，推行了一条改良主义和阶级合作的右倾机会主义路线。愿意走新道路的人们，苦于指引无人。他们朦胧地探索与追求，往往不加辨识地把凡是“旧的”东西都当作腐朽的，予以抛弃，把凡是“新的”东西视为革命的，盲目崇拜。这反映出意大利政治、经济方面的深刻矛盾正趋于成熟，也反映出思想、文化方面正经历着深刻的危机。而本文开头部分阐述的未来主义纲领中某些反对资产阶级国家、反对教权、要求社会改革和文学艺术革新的主张，有着不小的吸引力，就其狭隘的意义来说，同劳动者反对资本主义制度，批判资产阶级文化的要求，有某种吻合。因此，一些具有进步思想的文化人，误以未来主义为新的潮流，他们在未来主义身上看到了同死气沉沉的、跟人民格格不入的、学院式的意大利旧文化进行斗争的因素。他们接受了未来主义，参加了它的行列。试图通过这一运动，把革新的意识，把文学艺术的新形式，传播到下层人民，特别是工人群众中去。一部分工人群众也把未来主义当作官方思想意识和文化的对立、反叛，寄予同情，表示支持。

我们知道，五四时期，中国文化界曾经一度不加分析地大力译介西方现代派文学。茅盾先生针对此种情形曾作了这样的分析：

“未来派意象、表现派等，都是旧社会——传统的社会内所产生的最新派；他们都有极新的形式，也有鲜明的破坏旧制度的思想，当然是容易被认为无产阶级作家所应

① 帕拉迪尼：《知识界的反叛》（1922年）；《共产主义艺术》（1922年）；《对知识分子的呼吁》（1922年）；《艺术、共产主义和民族主义》（1923年）；《无产者与知识分子》（1925年）；《精神的必需》（1925年）。

留用的遗产了[①]。”

茅盾先生的这一精辟的分析，对于我们认识未来主义当时盛行国内外这一历史现象，无疑是很有裨益的。

葛兰西曾从无产阶级在文化领域的历史使命及其艰巨性、复杂性的角度，对这一问题作了专门的探讨和深入的分析。他指出，工人阶级对于它在政治、经济领域肩负的夺取政权，建设新国家的任务，是充分意识到的；但是，在文化领域，情况却要复杂得多了，因为无产阶级无法预先描绘出这一革命精确的轮廓。一座资本家所有的工厂移交给工人阶级领导，它将继续生产跟既往的产品一样的产品，而无产阶级的诗歌、小说、戏剧、绘画、音乐将以怎样的方式和形态出现呢？毫无疑义，无产阶级文化应当是无产阶级社会制度欣欣向荣和光彩风貌的标志，这就需要“摧毁文明的现存形式”，“意味着摧毁精神上等级森严的统治秩序、偏见、偶像和僵化的传统，意味着毫不畏惧新生事物和勇敢精神[②]。”在思想上尚未完全成熟的意大利无产阶级，一时还不能肩负起领导这一艰巨、复杂革命的历史任务。而未来主义者乘虚而入，他们“在资产阶级文化领域担当起了这一任务。他们致力于摧毁、摧毁、摧毁，而毫不顾忌他们的实践所造成的新产品是否比被摧毁作品更加优越，”他们有着明确的信念，即应该创立艺术、哲学、习俗和语言的新形式[③]。葛兰西由此得出这样的结论：在社会党领导人竭力回避这样重大的问题，奉行阶级合作和改良主义的错误路线，在无产阶级的先锋队共产党尚未诞生的具体历史条件下，在一个不长的时期里，一些左翼进步人士加入未来主义行列，劳动群众支持未来主义这种奇特、复杂的现象，实质上正是“对无产阶级斗争的某些领域的要求未曾付诸实现的直接的反映”[④]。

当然，泥沙俱下，鱼龙混杂的情形是不可能持久的。实际上，从1913年起，意大利就存在着几个各自独立的未来派。随着政治斗争的日益尖锐化，未来主义运动的分化日益严重。这是未来主义运动后期极其重要的特征。马里内蒂最终走上了同墨索里尼同流合污的道路。帕拉泽斯基等人公开树起了批评马里内蒂的旗帜。左翼未来主义者同马里内蒂划清界限，毅然为劳动人民的自由而战斗，投身于反法西斯斗争的洪流。例如，佛罗伦萨人托梅伊（Ugo Tommei），原是《莱采巴》杂志的重要撰稿人之一，墨索里尼建立独裁政权后，他公开抨击马里内蒂向法西斯卖身投靠的行径，揭露他堕落为资产阶级吹鼓手的嘴脸。德·莱昂纳（Mario De Leone）对马里内蒂奉行的路线进行了严肃的批判，后来成为罗曼·罗兰的合作者。上文多次提到的卢索洛，是《未

① 茅盾：《论无产阶级的艺术》，载《文学周报》。
② 葛兰西：《马里内蒂是革命者吗？》。
③ 同上。
④ 同上。

来派画家宣言》的起草人，未来派音乐的代表人物，因无法接受法西斯制度而遭到墨索里尼政权的迫害，亡命法国。帕拉迪尼走上了同共产党并肩斗争的道路[①]。另外一些未来主义者，经过历史的严峻考验，在二次大战结束后，加入了意大利共产党，例如约翰尼斯（Luigi Rapuzzi Johannis）、斯库尔托（Barb—ara Scurto）、加乌邓齐（Alfzedo Gaudenzi）等[②]。

雷蒙迪诺（Duilio Remondino，1881—1971）走过的道路是很有典型意义的。他出身于商人的家庭，自幼酷爱诗歌和绘画，才华过人。他参加未来主义运动，是抱着这样虔诚的信念：艺术革新是进行更广泛的社会、民族革新的手段，而从未来主义摧毁旧传统和旧的文化艺术的斗争中必将诞生新的意大利。毫不奇怪，雷蒙迪诺同时又是社会党党员。他反对马里内蒂的政治主张，1914年发表论文《未来主义不应当是民族主义的》，对马里内蒂的《未来主义政治纲领》进行全面的批判。他谴责马里内蒂对战争的歌颂，认为战争绝不可能是“清洁世界”的手段，而只能是对人民群众的大屠杀，他批判马里内蒂同资产阶级结盟的行为，指出资产阶级同旧文化有着千丝万缕的关系，它早以丧失争取未来的任何进取性，进步的文化力量只能同进步的政治力量联合，未来主义只能同将要占领科学、艺术高峰的人民实行联合。1921年，意大利共产党成立，雷蒙迪诺立即加入共产党，随即作为意共候选人当选亚历山德里地区议员，并继续参加左翼未来派的活动。

综上所述，未来主义作为一定的社会、历史环境里形成的一股潮流，内部存在着左、中、右的区别。以马里内蒂为首的右翼，掌握着它的领导权，鼓吹极端的无政府主义、虚无主义和反理性主义的思潮，竭力把未来主义捆绑在垄断资产阶级国家和法西斯主义的战车上，影响深广，构成这一流派的主体，代表着它的主要的、反动的方面。这一流派内的左、中翼，同马里内蒂为首的右翼存在着深刻的分歧，或者进行了严肃的斗争。他们代表着未来主义次要的方面，却是具有一定积极意义的或战斗的、进步的方面。

未来主义在其发展进程中，又有着前期与后期的区别。它的前期，不妨说基本上是中小资产阶级知识分子激进的政治倾向、思想情绪和艺术主张的反映。后来，逐渐演变，发生了严重的分化，出现了很不一致的情形。

我们不应当夸大未来主义运动内部存在的差异和区别，但也不能无视这些差异和区别。必须严肃指出和批判未来主义右翼与法西斯主义狼狈为奸的关系，但是也不可在批判以马里内蒂为代表的右翼未来主义的时候，去犯那种把婴孩连同脏水一起泼掉的错误，把整个未来主义视为反动的文艺流派，或者简单地把它与法西斯主义划上等

---

① 利斯塔：《艺术与政治——意大利左翼未来主义》，第14页、18页。

② 同上。

号。必须坚持同客观的实际出发，进行实事求是的评价。

四、标新立异——未来主义的艺术纲领

未来主义是以文学艺术的革新者的姿态登上历史舞台的。他们打着革新者的旗号，提出了一整套标新立异的、激进的艺术主张，并对艺术形式进行了种种大胆的试验。

关于变革时期的文学与传统关系。马里内蒂强烈地反对一切传统，大力提倡革新，反对因袭成规。马里内蒂说，“倘若谁想使意大利艺术变得年轻，生机盎然，便应当把它从对过去的模仿中解放出来，从传统主义、学院主义解放出来……[①]”他断言，迄今为止，传统的文学仅仅“歌颂静态、心灵的陶醉和梦境”，业已失去了生命力。在马里内蒂的字典里，文学艺术传统不啻是精神加枷锁的同义语，他们绝对不能接受它的束缚。他甚至说，传统的文化腐蚀和残害人们的灵魂和肉体，欣赏一幅古典绘画，无异于把我们的情感灌注进一具棺材；一座博物馆，有如一座“坟墓”，一片“屠场”[②]。因此，在摧毁传统的时候，也应当把博物馆、美术画廊一并铲除干净。他们在反对传统主义的口号下，向人类的全部文化遗产宣战，要求“把艺术作品随同它的作者的尸体一起焚烧”，连文艺复兴运动的伟大先驱但丁及其《神曲》也不放过。在这些睥睨一世的革新者的眼里，“《神曲》今天仅仅是注释家们玩弄的肮脏的蠕虫”[③]。

文学传统原是一条长河，创新的泉水不断注入，使它充满旺盛的生命力。革新与传统之间，有着割不断的关系。未来主义批判帕斯科利[④]、邓南遮[⑤]等把艺术同生活相隔离，吟风弄月，文辞精雅，鼓吹艺术至上的唯美主义，主张把生活直接引入艺术，让艺术反映飞跃发展的、日新月异的现实。这里包含着针对当时流行的守旧习气的因素，以相当勇猛的气势，给予当时统治意大利文坛的、以邓南遮为代表的颓废主义以颇为有力的冲击，因而有着一定的价值。但是，马里内蒂又把革新与传统截然对立起来，不分青红皂白地宣布传统是文学的大敌，是艺术革新的障碍，而视革新为艺术的精粹，是艺术的唯一标准。马里内蒂竟至荒唐地把文艺复兴时期的艺术大师达·芬奇引为未来主义的先驱，只因为他认定这位十五世纪杰出的艺术家、文艺理论家和科学家一生

① 马里内蒂、塞蒂梅利:《什么是未来主义》。

② 马里内蒂:《未来主义宣言》。

③ 马里内蒂:《〈神曲〉是注释家们玩弄的蠕虫》。

④ 帕斯科利（Giovanni Pascoli, 1885—1912），意大利近代著名诗人。

⑤ 邓南遮（Gabriele D' Annunzio, 1863—1938），意大利近代著名诗人，小说家，后堕落为法西斯文人。

不可遏制地追求艺术与科学的革新[①]马里内蒂等目空一切，要破坏一切文化遗产，在一片瓦砾堆上建设什么未来的文化，这当然是绝对狂热、荒谬的主张，是他们的无政府主义和虚无主义在文艺问题上的集中反映。

关于文学艺术的对象。马里内蒂对物质生产的巨大变革及其深远的影响，有着敏锐的感觉，因而适时地提出了变革人们的思想、意识，包括文学观念，以适应机器文明的时代，这是合理的要求。但他们在这里又同样采取了极端的立场，由否定传统的文学，走到否定传统的文学观、美学观。马里内蒂等视正义、美德、爱情、幸福等传统的主题和道德观念为同思想解放和反映现实水火不相容的东西，而统统排斥于文学艺术之外。他们另树一帜，声称“英勇、无畏、叛逆，将是我们诗歌的本质因素”[②]现代生命的美全然在于速度、运用和竞争。速度，即意味着进取性，意味着“对各种障碍的蔑视”，所以速度代表“纯粹”，是一种“新的美德”。相反，同速度对立的“迟缓”，则意味着停滞、僵凝，对各种障碍的崇拜，对旧事物的眷恋，面对未知的悲观，因而代表一种“新的邪恶”[③]。这样，“现代大都市里多色彩、多声部的革命潮流”、“对危险的追求”、“勇敢”、“力量”以及“人的意识的冲动”，全是“速度的美”的体现，都成了未来主义文学艺术的对象。

这样的文学观、审美观，必然表现于未来主义对艺术形式进行探索和革新。

强调直觉，注重主观表现，贯串于未来主义艺术形式上的种种探索。马里内蒂否定理性和逻辑，认为理智的认识方法是静止的、僵固的，无法认识事物的运动、变化、无法认识事物内在的、本质的东西，因而号召诗人们“仇视理智”[④]，“绝对地摧毁一切逻辑”[⑤]，以唤醒自己的直觉。

他们独尊直觉，试图让自己的意念、感觉和情绪摆脱任何形式的约束，自由自在地表达或暗示自己内心世界的奥秘感受。马里内蒂曾说，“形象乃是诗歌的血液”[⑥]。而未来主义创造的形象，就是建立在个人的主观感觉上，凭借人的直觉和潜意识，幻想和想象，去表现客观的事物。在马里内蒂看来，直觉是一种超出理性和逻辑之外的内心体验，在这种体验中，主体与对象完全融合在一起。依靠直觉，甚至可以“克服那种将我们的血肉之躯和发动机的金属分隔开来的、表面上似乎无法调和的敌对意识”[⑦]，

---

① 盖拉杜奇（Isabella Gherarducci）编:《意大利未来主义》，罗马，里乌尼蒂出版社，1976年版240页。

② 马里内蒂:《未来主义宣言》。

③ 马里内蒂:《速度的新宗教——道德》。

④ 马里内蒂:《未来主义文学技巧宣言》。

⑤ 马里内蒂:《多样式的戏剧》。

⑥ 马里内蒂:《未来主义文学技巧宣言》。

⑦ 同上。

达到人与机器、物与精神之间互为感应的境地。所以说，未来主义艺术上的基本特征表现为：一方面主张抒写直觉和幻想；注意艺术形象，挖掘事物内在的本质和人物的内心世界，有意识地突破传统文学陈述事件、抒情写景的旧框框。另一方面，他们在创造艺术形象的时候，又排斥生活和客观现实，只诉诸于作者强烈的主观印象、体验和联想，因而常常是非理性主义的和形式主义的。这是他们以自我为中心的世界观和艺术观在艺术理论上的反映。

从艺术方法上来看，未来主义具有以下一些特征。

首先，未来主义者有意识地把文学变成现代生活的“动力学”。他们竭力调动一切艺术手段，刻画运动中的事物的形态，在运动中表现人物的形象。

未来主义者写了大量的以旋转的机器、疾驰的汽车、火车、翱翔的飞机以及运动中的人和物为主题的诗歌。这些诗篇的名字就画龙点睛，道明要旨：《致疾驰汽车》（马里内蒂）、《飞机》（索菲奇）、《摩托之歌》、《飞跃的都市》（弗尔戈莱），《电子》（戈沃尼）。马里内蒂还写过一首诗，名叫《抒情机器》、借助一系列象声词，模拟活塞运动的节奏，绘声绘色地描写机器飞速转动的美。又如，马里内蒂的长篇小说《未来主义者马法尔卡》（1909）里，有一个叫加祖尔马赫的人物，这是个非洲的王子，作者给他安上了一双硕大无朋的翅翼，主人公随时可以把它们张开，或者折叠起来，他能够像一双勇猛巨鸟，翱翔蓝天，拥抱星星。这也是未来主义惯用的手法，采用运动的形象化手段，来塑造一个“超人”式的英雄。

未来主义惯于以运动中的人和事物为题材的这一特征，在绘画中体现得尤为明显。未来主义画家认为，“呈现于我们眼前的每一个物体，从来不是静止不动的，而是处于显现与消失的不停顿的交替之中。”因此，艺术家的使命，不是描摹“静止的瞬间”，而在于着力表现“永恒地运动的感觉”[①]。在他们的笔下，疾驰的骏马不是四条腿的动物，而有着二十条腿！为了表现迅速前进的现代人的形象，他们无意按照常规去反映，摄取其静止的瞬间，而是全力突出表现处于不停歇运动中的人给予他们的感受，因而他们别出心裁地给人画上了十二双脚。把运动作为一种艺术表现手法，排除先验的成见和既定的模式，不是按照事物的原型去反映，而是敏锐地、迅疾地捕捉那些运动着的、变化着的事物的形态特征，在一种夸大的、变形的、逼人的感性力量中，表达出大自然的生命与事物的动感、节奏，表现出客观世界作用于人的感官时产生的主观印象和意识的冲动。未来主义采用运动的形象化手段，应当说扩大了艺术感受的领域，丰富了艺术表现力，这样塑造出来的运动中的现代人的形象和现代都市的风貌，自然比俗见的手法能够产生更生动、更强烈的艺术效果。这或许正是在以视觉感受为主的造型艺术领域中未来主义的成就最为显著的缘故。

---

① 博菊尼：《未来主义绘画》。

未来主义者醉心于反映现代生活的“动力学”的时候，又往往热衷于用粗暴或扭曲的笔触，表现大都市生活中那些五光十色的场景，那些令人头晕目眩、杂乱无章的形象，因而他们的作品常常有着粗俗、怪特、畸形的特点，实际上沦为丧失社会内容的极端物质主义的产品。

主张绝对自由的类比，是未来主义艺术方法上的另一个重要特征。

在马里内蒂看来，现代科学、技术的新成就大大开阔了我们的视野，类比成为人们感知世界的最自然的方式。但迄今为止，文学家们都依据自己直接的经验，借助人们熟悉的相似之物，来运用类比。例如用拟人化的手法形容动物，或用动物的特征形容人。这种直接的类比狭隘、刻板，缺乏生气，近于机械地、静止地临摹现实的摄影。马里内蒂立意打破这样的框框，强调运用“类比的链”①，即一连串绝对自由的类比，去表现客观的物体，“把表面看来迥然不同的、相距遥远的，甚至相互对立的事物联系起来”②，揭示出它们之间的隐秘关系。

让我们来看一个典型的例子。在《的黎波里之战》(1912)里，马里内蒂运用了一连串的类比，形容战壕是“刺刀林立的乐队”，把从战壕里向敌方射击的机关枪，比喻为一位圣洁、迷人，而又凶恶、残忍的女子。继而，又把机关枪描绘成一台强有力的钻孔机，刺向黑夜，不知疲倦地在夜的坚硬的天灵盖上钻窟窿。最后，他形容机关枪是一根氧气吹管，它熔化、雕凿和焊接它遇到的一切东西。如果说马里内蒂赞美类比代表“一种深切的爱”③，那末，在方才列举的“类比的链”中，他把缺乏任何特征上的相似的两种事物硬凑在一起，其目的全然是为着把强烈的个人意识灌注进去。作者稀奇古怪、放荡不羁的主观感觉显然是同大多数人的感觉格格不入的，其结果只能是歪曲客观事物的形象，宣泄他歌颂军国主义侵略战争的狂热情绪。

当然也有运用得比较恰当的例子。在赞颂大工业的诗篇中，有的诗人把煤炭比喻为“机器的黑面包”(福戈莱:《煤》)，形容在井下采掘的矿工是“对大地的肠胃动手术的外科医师”(范尔范:《外科医师》)。另一名未来主义诗人杰尔比诺在《争斗着的自然》里描写了黑幕降临，华灯初上这样一幅日常生活的场景。他匠心独运，把这一屡见不鲜的景象比喻为一场“光和影的肉搏”，电灯射出的光束，犹如对黑夜的“千百次刺杀”，逼迫“黑夜的影子，掮着破烂的旗帜，一步步溃退”。光同影的争斗结束了。璀璨夺目的橱窗，有如“一泓泓鲜血的反照”，宣告光的胜利，熠熠闪烁的灯泡，仿佛虚肿的“火红的眼睛”，挥泪哀悼影的死亡。这样的类比，把握住不相似的事物中相似的特征，放纵而不怪诞，独特而不神秘，给人以新鲜的感受。

---

① 马里内蒂:《未来主义文学技巧宣言》。

② 同上。

③ 同上。

1913年，在“类比的链”的基础上，马里内蒂进一步提出“形象或类比的网”的主张。他认为，“诗人应当在几乎平行的线上，同时创造若干个色彩、音响、气味、喧嚣、重量、密度的类比的链”，这若干个类比的“线”或“链”紧密交织，组成“形象或类比的网”。按照马里内蒂的观点，唯独如此，才能“捕获和把握物质的稍纵即逝的、最不易捕捉的方面”[①]。

由此形成未来主义在艺术方法上的第三个特征：突出音响、重量、气味等感性现象的作用，把这些迄今被人们忽视的因素注入文学，着意模拟自然界原始的、粗俗的声音。

不妨举几个例子作说明。马里内蒂在《扎—勃—土勃》里，运用了ssiiiii这样一组谐声字来表示航行于莫萨河上一艘轮船发出的汽笛声，随即又用另一组谐声字ffiiiii来表示汽笛声从河道彼岸反射过来的回音。马里内蒂说得很玄妙，无须更多的描绘，也不必借助别的词语，仅仅用这两组谐声字便足以形象地展现出汽船在莫萨河上航行的情景，并表明河道的宽度。在作品《光辉》里，有一组谐声字dum—dum—dum—dum，它们究竟模拟自然界的什么音响，很费猜疑。于是马里内蒂出面揭开谜底，说它们“表示照耀非洲的太阳旋转时发出的声音和橘红色天空的重量！”大自然的色彩、音响，是非常丰富的，它们对人的情绪的影响也是很大的，常常给人以欣悦的感受。把这些感性的因素引入文学，把视觉形象和听觉形象结合起来，以表达大自然的生命与活力及其对人们产生的综合的感觉，这样的艺术手法如果运用恰当，应该说是一项有益的革新。但马里内蒂运用这些手法，更多地是为着宣泄难以直接表述的、隐秘的主观感受，阉割了事物之间内在的、逻辑的关系，因而它们不过是作者的主观意念的随意扩张。

在另一篇题为《沙丘》(《莱采巴》，1914，第2期）的作品里，我们读到一组ran—ran—ran的谐声字，思索再三，仍然丈二和尚摸不着头脑，不明白它们究竟意味着什么。只是靠着马里内蒂的注释，我们方才恍然大悟，它们并非直接模拟自然界的声音，而是暗示未来主义者力图冲破现实的羁绊的焦躁不安的、朦胧的心理状态。

在这方面当然也有比较成功的经验。上文提到的“异端的未来主义者”帕拉泽斯基有一篇著名的诗作《病泉》，描写一座年久失修、被人废弃的喷泉。诗人别致地把喷泉比作身染肺痨的病人，借助一连串谐声字来形容病泉的咳嗽、呻吟、喘息和颤抖，以及比较自然、得体，听觉形象和视觉形象较为和谐地融为一体，互相映衬，物的感性现象成为把读者带进入的内心意识中去的一种手段，新奇而不晦涩，巧妙而不怪异，取得了较好的效果。

全盘否定语法规范，革新诗歌语言，是未来主义在艺术方法上的第四个特征。

马里内蒂认为，文学的新形式要求相应的新语言，因而他提出，应当“消灭形容

① 马里内蒂:《消灭句法——无线的想象——自由不羁的字句》。

词”、“消灭副词”、“消灭标点符号”和“毁弃句法”[①]，抛弃传统诗歌的节奏、修饰。马里内蒂提出此种极端的主张，是基于这样的认识：诗人与读者的关系，犹如两个亲密无间的朋友，他们只消片言只语，一举手、一投足，一颦一笑，便足以沟通思想，互相了解。所以，诗人的语言应当像电报一般简略，诗人的想象完全不必借助连续的言语，也无须依靠语法的联结，即不用“连线”便可联结远距离的事物。马里内蒂把这叫作“无线的想象”[②]。因此，形容词、副词、标点符号全都是累赘，它们是直觉的障碍，好似设置于线路上的信号，限制自由的类比，破坏“无线的想象”。他要求废弃形容词，而代之以一个名词来类比另一个名词，例如：男人——鱼雷艇，女人——海湾，广场——漏斗，门——水龙头。后者同前者的联系，全凭人的直觉去理解，这样据说可以保留字句赤裸裸的、原始的，然而又是最真实、最丰富的含义。

马里内蒂举例说，诗人描绘海上的旅行时，倘若摒弃任何形容词，而只选用“蓝色”、“宁静”两个名词来类比，这样取得的效果，是诉诸任何形容词所无法比拟的，因为这其实是表明，不仅大海是“蓝色”、“宁静”的，而且船只、机器、人以及人的一切行为、情绪，都浸染了“蓝色”、“宁静”。

马里内蒂主张文学作品一概使用原形动词，废止动词的一切时态、形态，理由是原形动词好比圆形的、滚动的车轮，代表了速度，代表了生活节奏，唯独它才具有强烈的运动感，才能表达抒情的动态，而动词的其他一切时态和形态，都如三角形、四边形、椭圆形，笨拙不堪，使文体凝滞于一点。

传统的语言规范既已破除，作为替代，马里内蒂提出把枯燥的数学符号、音乐符合引进文学作品。例如，用＋－ × ＝ ＞ ＜等符号表示物体运动的速度和方向，用presto（加速）、più presto（更加速）、rallentando（缓慢）、due tempi（两拍）等音乐术语来调节诗歌的速度。这种种别出心裁的试验，全是为着适应作者“无线”的即凌乱的想象和感情跳荡的节奏，使语言成为不停歇的“流”，来表现运动中的各种物体的形态、速度以及它们的组合，即未来主义者所醉心的“速度的美”。

未来主义在革新诗歌语言方面所作的试验，有着两面性。一方面，如上所述，它杜撰词语，手法离奇怪诞，晦涩难懂，充满反传统的虚无主义色彩，不过是形式主义的花样翻新。另一方面，又多少表达了突破诗歌语言的旧框框，丰富词汇，使语言适应新的时代的要求。我们知道，意大利现代诗歌深受古希腊罗马诗歌的影响，语言精雅，诗体臃肿，在卡尔杜奇后期抒情诗，特别是统治文坛的帕斯科利，邓南遮唯美主义诗歌的影响下，一味追求文辞的精美与韵律的和谐，使诗歌脱离现实生活，失去了生气。诗人们顽固地回避使用生活中出现的新鲜词汇，尤其忌讳由于生产和科学技术

① 马里内蒂：《未来主义文学技巧宣言》。
② 同上。

的发展而产生的词汇，而宁肯用典雅的词语或神话形象来替代。例如，卡尔杜奇用Traino（牲口拉的货车）代替Treno（火车），用“接受宇宙之箭”，表示“避雷针”。帕斯科利拒不肯使用“电极”一词，而宁愿称之为“金属线”。未来主义者对头这种情况，不追求形式的美，而主张新，认为语言随着生活的发展而发展，新的时代要求新的语言，这种思想无疑是对头的。他们把大量日常生活的语言，政治、科学、技术的新词汇，甚至一向被认为不登大雅之堂的粗俗的词汇引入诗歌。戈沃尼还要把许多外来语吸收到意大利语中。这冲刷了诗歌领域的保守习气，对唯美主义也是个不小的打击。他们反对刻意追求韵律，要求用短促、跳跃的节奏，形象与声音的结合，来反映紧张、喧嚣、动乱的都市生活，跳荡的思想感情和微妙的精神状态。后来的一些诗人，尤其是《呼声》派[1]的诗歌创作，借鉴或批判地吸取了未来主义的经验。

提倡“自由不羁的字句”和印刷革命，是未来主义在艺术方法上的第五个特征。

马里内蒂强调，不但要破坏语言规范，而且要对组成语言的字句进行一番革新。诗人可以根据自己的直觉而任意改变文字，把每一个单词延长或缩短，增加或减少元音、辅音的数目，或突出词的中部，或加强其两端。与此紧密关联，必须推行“印刷革命”，因为现行的印刷法完全不能适应未来主义的革新要求。所谓印刷革命，是指诗人可以改变字形，用大小，形状、颜色各异的字体来表示自己感觉的程度和变化。马里内蒂声称，必要的时候，文学作品可以使用二十种各不相同的字形，四种不同的色彩，并用不同的方式，包括图案的剪贴，予以排列。

显然，这已超越了正常的语言形式的试验，而近于文字游戏。作为语言的基础的字句，在马里内蒂看来，简直如同大小、形状、颜色不同的七巧板，尽可随心所欲地摆弄、拼凑。面对这样一幅奇特的图案，读者如坠云里雾中，自然根本无法领略诗人隐秘而复杂的感觉。让我们来读一首马里内蒂的诗歌。

战斗
重量＋气味
正午3/4笛子 呻吟 暑天 咚咚 警报 咳嗽 破裂 噼叭
前进 丁零零 背包 枪支 马蹄 钉子 大炮 马鬃 轮子 辎重 犹太
人 煎饼 面包—油 歌谣 小商店 臭气 光辉 脓 恶臭 肉桂 霉 涨
潮 退潮 胡椒 格斗 污垢 旋风 橘树–花 印花 贫困 骰子 象
棋 牌 茉莉＋寇仁＋玫瑰。阿拉伯花纹 镶嵌 兽尸 螯刺 恶劣
机关枪＝石子＋浪＋

---

① 《呼声》系二十世纪上半叶意大利影响较大的文艺刊物。围绕这一刊物组合的作家，在探讨社会，文化问题，突破文学传统手法，尝试新的艺术表现形式方面，起到了有益的作用。

群蛙　叮叮　背包　机枪　大炮　铁屑　空气=弹丸+熔岩+300恶臭+50香气

……

这是全诗第一节的一部分。它集马里内蒂艺术形式上进行的试验之大成。在这里，语法规范被摧毁了，形容词、副词和标点符号被摒弃了，原形动词、谐声字、数学符号得到了广泛的应用。读者隐隐约约感到，某个地方发生了一场战斗，而且是一场十分激烈的战斗。诗人通过视、听、嗅等感官，描绘这场恶战中双方厮杀的场面。但这场战斗缺乏明确的轮廓和具体的细节，画面上的一切是如此朦胧，如此含糊，颇似一幅抽象派的画作，令人难以捉摸。如果说未来主义者喜欢运用"无线的联想"，"电报"式地展现生活，那末，这首诗便活像一封脱码甚多的电报，无法破译。读者从这首纯系狂热和杜撰的诗歌中感受到的，顶多是一团混沌的感觉和印象的刺激，如此而已。

"消除文学中的'我'，即心理"。而代之以物质[①]，这是未来主义在艺术方法上的第六个特征。

这一革新是基于马里内蒂这样的说法：可怕的逻辑和理智束缚了人，图书馆和博物馆完全毁坏了人。今天，人已不再具有任何吸引力。只有物质本身才是最富有魅力的。情人眼里出西施，未来主义者觉得，钢铁和水泥，比女人的微笑和眼泪更加妩媚动人。

这一主张还包含着另一层意思，即不仅要用对物质的抒情，来替代传统文学中所热衷对人的心理描写，而且，对物质的抒情，绝不能赋予人的情感。这当然是未来主义对物质文明的歌颂在艺术上的反映。不过，马里内蒂等实际上常常是通过对物质的抒情，来达到倾诉强烈的、紊乱的自我感觉和内心激情，歪曲现实物质的目的，所以，对物质的抒情，归根结底是他们主观情绪的物化，仍然是回到强调直觉的自我表现。

还需要指出，马里内蒂所说的"消除文学中的'我'"，究其本质的含义，只是要求摒弃传统文学中的人物形象，而使文学作品中的"我"具备他心目中的"未来的人"即"新人"的特征。未来主义诗人卡瓦基奥利在一篇名叫《诅咒月亮》的诗歌里曾写道："倘若你愿意生活，就应当有一颗美妙的、金属的心"，"使生活化为机器的梦幻"。长篇小说《未来主义者马法尔卡》（1910）的主人公，堪称马里内蒂塑造的"未来的人"的典型。这位"新人"仿佛机器，或者说机械人，他具有万能的本领，他身体的每一部分，像机器的零件一样，可以拆卸，能够更换，但他没有心灵，没有感情，没有善，没爱，极端残忍。这种冷酷无情的"未来的人"，实质上就是本文第一部分谈及的马里内蒂所崇拜的蔑视理智和道德，崇尚意志和力量的"超人"。

---

① 马里内蒂：《未来主义文学技巧宣言》。

未来主义不仅在政治信仰和思想意识上是一个很不统一、协调的运动，而且在艺术理论与实践上也是一个很不统一、协调的运动。很少有纯粹的、地道的未来主义者。未来主义的早期代表戈沃尼曾指出[①]，只有马里内蒂一人决意彻底反叛传统，而所有其他的未来主义者或多或少地同传统保持着联系。但即便是马里内蒂，也并非始终不渝地恪守未来主义的信条。有的批评家戏谑地说，马里内蒂最杰出的文学作品，是那些众多的、出自他的手笔的宣言。

其实，还在马里内蒂1919年发表的诗小说中，就已透露出从《未来主义文学技巧宣言》的艺术主张向传统的艺术手法的退却。到了1933年，马里内蒂的散文《埃及的魅力》则已摆脱了未来主义怪诞、离奇的手法，被批评界认为是他最优秀的艺术散文，堪与邓南遮的优美风格媲美。

在上文谈到的《未来主义和马里内蒂主义》这篇著名论战文章中，"异端的未来主义者"帕拉泽斯基、帕皮尼、索菲奇对他们同马里内蒂在艺术主张上的重大分歧，作了较为全面的阐述。这些分歧是：他们主张"对文化持吸收和更新的态度"，马里内蒂则对文化遗产采取一概打倒的立场，鼓吹"对无知的崇拜"；他们寻觅新的艺术表现形式，旨趣在于追求艺术的"独创性"，而马里内蒂却热衷于"形式的怪诞"他们探索"自由奔放的形象"，马里内蒂则醉心于"自由不羁的字句"[②]。因此，他虽然致力于创造和传播新的艺术形式，但他的革新缺乏真正的理论基础，他的实践是非常肤浅的，仅仅在表面上给人以别开生面和充满现实意义的印象，帕拉泽斯基等断然摒弃马里内蒂的虚无主义文艺观，尖锐地指出，同过去割断联系，意味着同未来失去实在的联系，因此马里内蒂"盲目地拒绝过去，势必导致盲目地拒绝未来。"[③]

再如另一位"异端的未来主义者"卢齐尼，批评界和他本人都承认，他的自由诗开创了未来主义诗歌的先河，《未来主义宣言》中的某些艺术主张，渊源于他的观点[④]。但他对马里内蒂一笔抹煞意大利文学传统的立场持批判的态度。他认为，他创导的自由诗，并不是割断同传统的关系，另起炉灶的结果。相反，他可以追溯到十九世纪意大利诗歌大师福斯科洛、卡尔杜齐的创作。他对马里内蒂在艺术上极端形式主义的试验甚为不满，毫不客气地抨击这种做法"限制了艺术家的自由"，"同艺术毫无共同之处"[⑤]。

从未来主义者成长为共产主义战士的雷蒙迪诺在1912年发表了一部诗集《青春之歌》。它同马里内蒂的未来主义诗歌形成鲜明的对照。诗集中贯串着明确的社会、道德

① 戈沃尼：《未来主义诗歌的修正》。

② 帕拉泽斯基等：《未来主义和马里内蒂主义》。

③ 卢齐尼：《我退出未来主义始末》载盖拉杜奇编《意大利未来主义》。

④ 同上。

⑤ 同上。

理想，而毫无那种狂热、盲动和混乱的情绪。它吸收了未来主义的某些手法，但较多地从卢齐尼的自由诗，从十九世纪意大利诗歌传统中摄取营养。

在这里，有必要略费笔墨来谈谈未来主义戏剧，因为未来主义戏剧既体现了整个未来主义的思想、艺术特征，又具有其自身的特点。

未来主义戏剧问世以前，意大利戏剧颇不景气。迎合资产阶级情趣的市民剧、脱离现实生活的历史剧充斥舞台。皮兰德娄虽然在小说创作上早已声誉斐然，但却刚涉足剧坛，开始戏剧改革的尝试。

1913年10月，马里内蒂等发表《多样式的戏剧》两年以后，又发表《未来主义合成戏剧宣言》。这两篇纲领性的文件，既对资产阶级戏剧脱离生活，日益僵化的倾向进行抨击，同时又对整个戏剧遗产采取了一笔抹煞的虚无主义态度。马里内蒂谴责当时的剧院刻板僵硬，令人窒息，活像警察局；陈腐发霉，有如修道院。自古希腊以来，戏剧技巧愈来愈教条化、学究化；当今的戏剧已只是照相式地再现人们的日常生活，情节卑猥琐屑，台词平淡无味，节奏慢慢吞吞，“只配称作煤气灯时代的戏剧”[①]。由此必须“废除一切导致旧戏剧死亡的技巧”，摒弃传统、大师和教条。

关于戏剧艺术与真实的关系，马里内蒂反对戏剧平面地、像照相机一般纤毫不失地再现生活，认为追求真实性是“愚蠢的行径”，强调戏剧应像多棱镜一样折射事物。关于戏剧的题材，马里内蒂主张“从飞速发展的现实中汲取滋养”，并“在舞台上展示我们的智力从潜意识捉摸不定的力量、纯抽象和纯想象中发掘出来的一切，不管它们是如何违背真实、离奇古怪和反戏剧。”[②]可见未来主义戏剧蔑视客观的写实，把幻想和荒诞作为艺术手段，通过挖掘不可捉摸的内心世界，以求表现物的态势和灵性。这样，未来主义戏剧必须是以扭曲的方式来反映客观事物的真实现象，来倾诉主观感觉。

马里内蒂竭力要建立一种同传统戏剧大异其趣的新型戏剧——“合成戏剧。”所谓“合成戏剧”，简单地说，就是要求戏剧具有这样一些特征：在极其有限的时间容量里，通过简单的台词，急速的动作，把众多的感觉、观念和事实经纬交织，融为一体。突出灯光、声响、语言等的综合作用，开挖它们特有的、但迄今尚未被我们的感官发觉的含义；把电影手法移植于戏剧，以表现传统戏剧无法表现的场景，如战争、飞行、天空、海洋；几条情节线索互相渗透，平行展开；戏同时在舞台和观众席间进行；消除现实与幻觉，意识与无意识之间的界限。

马里内蒂在他的戏剧作品中多方面地尝试把自己的“合成戏剧”理论付诸实践。然而，它们始终只停留于试验阶段。未来主义缺乏系统、完整的创作实践。不妨看一看马里内蒂的代表剧《他们来了》(1915)。这是一出短剧，没有完整的情节，没有

---

① 马里内蒂:《多样式的戏剧》。

② 马里内蒂:《未来主义合成戏剧宣言》。

戏剧的冲突，构成传统戏剧基础的台词，在剧中总共只有三句话，外加一句谁也听不懂的胡言乱语。一群不说话的人物在等待客人，但他们自己也说不清楚等待什么人。他们忙碌地、机械地做着准备，把桌子、椅子搬过来、又搬过去，迎候客人的来临。末了，客人没露面，桌子、椅子在灯光的照耀下，却竟然自个儿移动起来，朝门口走去。在这个短剧中，椅子取代人，成了主人公。物具有了“一种奇特的、幻觉般的生命”和动力。象征主义手法的采用，使不可见的潜意识变成可见的形式，观众产生了恍如置身梦幻的感觉。舞台上出现的场景，突出了面对物的灵性，人茫然失措，惊恐不安的感觉。作者有意地违背理性和事物的逻辑性，在极端有限的时间、空间里，展现夸大的、离奇古怪的舞台形象。灯光的作用在剧中得到了极大的发挥，以突出等待客人时神秘莫测的不安气氛和幻想的显现。用灯光来渲染幻象，渲染情绪，正是现代派戏剧惯用的一个重要手法。

在《拒捕》和《一个青年的末日》两个剧本中，马里内蒂又尝试引入“戏中戏”，把演员与观众、舞台与观众席不断融合，通过这些手法来扩大舞台空间。

1922年发表和公演的剧本《火的战鼓》，虽然像其他未来主义戏剧一样，强烈地突出音响、色彩、灯光的作用；但是，回到传统的戏剧结构的倾向也很明显。

综合以上的分析，我们可以说，一方面，未来主义同二十世纪初叶意大利文学艺术中逃避生活，耽溺于纯艺术的唯美主义相对立，力求把艺术直接引入生活。他们致力于艺术形式与表现手段的革新，使之能够适应和反映当时生产、科学和技术迅猛发展的时代。换句话说，未来主义承认艺术是认识生活和反映生活的一种手段，并对此作了广泛的探索。他们的探索和革新从整体上说是过头的，甚至荒唐的。但应当承认，在某些方面，例如注重诗歌自由、灵活的形式，不把语言规范当作束缚创作的框框，强调诗歌本身的、内在的节奏，引进新的、活的词汇，采用运动的形象化的手段，重视声音效果，把诗歌的视觉形象与听觉形象结合起来，力图最大限度地发挥一直被忽视的戏剧本身的诸种因素的作用，等等，他们进行了大胆的、新奇的试验，在扩大表现手法上有所突破，在国内外发生了一定的影响。隐秘派诗歌的主要代表翁加雷蒂和当代一些诗人正是在未来主义的直接影响下走上诗坛的。虽然批评家、文学史家们在对未来主义的评价上观点歧异，但却几乎一致地肯定它在现代诗歌语言革新方面所作的努力。①

苏联无产阶级诗人马雅可夫斯基是在未来主义旗帜下开始创作的。他曾说过：“思想上我们和意大利未来主义没有丝毫共同之处。共同的地方只是在材料的形式上的加

① 1967年，意共中央理论刊物《再生》举行关于未来主义的圆桌讨论会，与会者也大抵持这种观点。见《再生》1967年，第30期。

工。”[①]马雅可夫斯基在这里既指出他同未来主义思想上的分野，同时又直率地承认了他在“材料的形式上的加工”即艺术的表现形式上同意大利未来主义存在着共同点。在马雅可夫斯基诗歌中，注重刻画运动中的事物的形象，善用新奇的词语，生动、夸张的形象，探索诗歌的节奏、韵律，利用声音模拟、组合来表现主观的感觉和思想等等，都是同典型的未来主义的艺术特征分不开的。马雅可夫斯基对这些艺术方法进行了改造和发展，对诗歌艺术作出了杰出的贡献。

另一方面，未来主义者从主观唯心主义的立场出发，把艺术认识和反映生活过程中的某一方面的特征，把某些艺术手法，予以极端的、无限的夸大，往往使它们达到完全脱离客观实际的、荒谬绝伦的地步。追求形式的自由而抛弃语言规范，强调直觉而导致主观理念的随意扩张，注重类比和意象而破坏思想逻辑，突出字音功效而流于文字游戏等等。所以，未来主义对艺术形式的探索，一旦超过艺术规律所允许的界限的时候，就自然陷进形式主义的泥潭。这正是未来主义同某些现代派文学艺术相通之处。在象征主义中，可以见出未来主义的萌芽[②]。而在其后的现代主义文艺中，从立体主义、结构主义到达达主义，从皮兰德娄的怪诞剧到荒诞派戏剧，又可以看出未来主义的影子。皮兰德娄戏剧的重要艺术特征之一“戏中戏”，同未来主义戏剧有着联系：皮兰德娄在写作怪诞剧时，曾从马里内蒂《他们来了》一剧描写神秘的椅子中受到触动。而当代法国荒诞派剧作家尤内斯库的名剧《椅子》，也曾受到马里内蒂此剧的启示。美国意象派诗人、批评家庞德谈及未来主义对西方文学影响时，曾说过这样一句话：“马里内蒂和未来主义给予整个欧洲文学以巨大的推动。倘使没有未来主义，那么，乔依斯、艾略特、我本人和其他人创立的运动便不会存在。”[③]

---

① 《马雅可夫斯基选集》，第5卷，202页。

② 马里内蒂曾声称反对马拉美的美学观，但他作为一个诗人，正是从介绍和写作象征派诗歌起家的。帕拉泽斯基的诗歌中象征派的印记也清晰可见。马里内蒂只是蔑视马拉美对艺术的美，对形式的工整、音韵的和谐的刻意追求。而在强调直觉上，在诉诸奇特的意象上，比马拉美走得更远。

③ 引自德·马里亚编《〈马里内蒂和未来主义〉序》，米兰，蒙达多里出版社，1977年，第50页。

怪诞不经，惊世骇俗

——皮兰德娄和他的怪诞剧

1922年5月10日晚，罗马山谷剧院灯火辉煌。著名演员尼科德米领衔的剧团在此首场献演一出新戏:《六个寻找作者的剧中人》。孰料开演不久，观众席上便骚动起来，表示抗议和嘲笑的口哨声、跺脚声震耳欲聋，一枚枚钱币雨点似地扔向舞台。台上的演出结束了，台下的这出闹剧还持续了整整二十分钟。滋事的观众不肯善罢甘休，又在剧院周围的大街上举行了示威游行，试图揪斗这个戏的作者——路易吉·皮兰德娄。

这场轩然大波轰动了意大利艺苑，但当事人皮兰德娄却镇定自若，泰然处之。对于他来说，这样的事端既非头一回经历，也不是最后一次领教。1917年4月，他的喜剧《利奥莱》在都灵阿尔菲耶里剧院演出时，当地右翼报纸和狂热的基督教徒大兴问罪之师，横加给它一条“猥亵”的罪名，迫使这出仅仅上演了两场的戏辍演。1922年，还是《六个寻找作者的剧中人》这出戏，在伦敦公演，突然遭到当局的查禁，幸亏萧伯纳大力相助，该剧才得以在一家私人俱乐部演出。

然而，又正是这个皮兰德娄，却博得乎有声望的批评家众多的赞叹。“路易吉·皮兰德娄，毋庸置疑，是20世纪最伟大、最卓有成就的戏剧家。”[①]比利时喜剧家费尔南多·克罗姆林克说[②]。“皮兰德娄对于戏剧的作用，正如普鲁斯特对于小说一样，他是我们时代最伟大的创新者。”[③]法国剧作家莫鲁亚这样认为。另一位法国剧作家马塞尔表示:“皮兰德娄足以同易卜生、契诃夫并驾齐驱，是现代世界文学的大师之一。”[④]意大

① 加埃塔诺·墨纳福:《认识皮兰德娄》，佛罗伦萨，莫尼耶尔出版社，1971年，第108—109页。

② 同上。

③ 同上。

④ 同上。

利当代小说大师莫拉维亚则说，皮兰德娄对于戏剧的贡献，可以同乔伊斯对小说，毕加索对绘画的贡献媲美。[①]皮兰德娄的戏剧广泛流布，在奥尼尔、萨洛特、品特、萨拉克鲁、季洛杜、贝克特等著名戏剧作家的作品中，有着它的投影；他的剧作不胫而走，在西欧、美国、东欧、拉美、阿拉伯国家的舞台上经常公演。

恶毒的攻击与狂热的围剿，高度的赞赏与热情的欢迎，就这样紧密交织，伴随着皮兰德娄的整个戏剧创作生涯。在现代西方戏剧史上，像皮兰德娄引起如此强烈、如此广泛反响的情况，还是不多见的。

一

1867年6月28日，路易吉·皮兰德娄（Iuigi Piran dello）出生在意大利西西里岛阿格里琴托。他的外祖父和三个舅舅都追随加里波第参加过民族复兴运动。父亲也是一个加里波第派爱国志士，后来经营一座不大的硫矿。根据父亲的意愿，皮兰德最初进入当地技术学校学习，但他的志趣却在戏剧、诗歌。少年时代他就写下了一个悲剧，可惜已经散失。后来，他到西西里首府巴勒莫念高级中学，十八岁那年发表了第一部诗集《欢乐的痛苦》(1889)。他在父亲的硫矿见习了一个短暂的时期，但他对生意经兴趣索然，便离开西西里，进入罗马大学文学系学习，得到著名语言学家莫纳奇的指导。1888年，他前往德国，在波恩大学深造两年，出色地完成了一篇方言学论文，获得博士学位。嗣后，他应聘留在波恩大学教授意大利语，同时继续写作诗歌，翻译了歌德的组诗《罗马挽歌》。

1894年，皮兰德娄同一位美丽的西西里姑娘安东尼埃塔结婚。岳父也曾经是加里波第派战士，后来同他的父亲合资经营硫矿。小家庭的生活幸福、美满，但仅仅持续了三年。1897年，一场无情的洪水淹没了父亲的硫矿，使之完全报废；从此，皮兰德娄家境一落千丈，生活清贫。妻子受到这一打击，得了精神病。他同性格粗暴、生活放荡的父亲的矛盾激化了。据说皮兰德娄一度想用自杀来了却一生。

他一面在罗马高等师范学校教授修辞学、美学，一面同文艺界人士广泛交游，结识了真实主义理论家、小说家卡普安纳。在卡普安纳的影响下，他写出了第一部长篇小说《被遗弃的女人》(1901)、短篇小说集《没有爱情的爱情》(1902)。这些作品记叙西西里的风情俗尚和贫困落后，控诉上流社会、宗教势力和旧的道德观念的罪恶，触及十九与二十世纪之交意大利社会深层的状貌，同时体现出皮兰德娄对人物有着相当深刻入微的心灵体察，可以看出以维尔加、卡普安纳为代表的真实主义文学的影响。根据同名短篇小说改编的剧作《西西里柠檬》(1910)，可以说是真实主义倾向在

① 阿尔贝托·莫拉维亚:《人是目的与其他》，米兰，蓬皮亚尼出版社，1964年，第70页。

皮兰德娄创作中留下的最后的投影。

不久，安东尼埃塔的病情加重，她执着于猜忌、妄想，常常无端指责丈夫另有所欢而精神病发作。皮兰德娄作出种种努力，向她表明这些怀疑是毫无根据的，但都徒劳无益。他无可奈何，深感悲哀，他分明深深爱着妻子，可在妻子的眼里，他却是个背信弃义的人；他不禁觉得，他跟爱妻的关系意味着：在各个人的眼里，同一个客观现实并不呈现出同一副面孔，它全因各人感觉的不同而迥然相异。

长篇小说《已故的马蒂亚·帕斯卡尔》（1904）、《老人与青年》（1913）、《一个电影摄影师的日记》（1915）的问世，表明皮兰德娄开始探求另一种创作道路，这是向现实发出愤怒的呐喊，充满痛苦、失败的叛逆的道路。《已故的马蒂亚·帕斯卡尔》的主人公便是失败的叛逆者。一个偏僻乡村的图书馆管理员马蒂亚·帕斯卡尔，同妻子发生争吵，愤然出走。他在赌场意外地赢得一大笔钱，准备返回家乡，忽然从报上读到一条新闻，他家乡附近的河里发现一具血肉模糊的尸体，当地人说这就是失踪的帕斯卡尔。既然人们已经认定他“死亡”，他只好打消回乡的念头，改名梅司，开始另一个“自我”的生活，或者说，戴上假面的生活。他在一个城市安下身来，但孤独、失望时时折磨着他，他处处感到被现实抛弃的难言的痛楚，究其原因，因为帕斯卡尔已不复存在，这另一个“自我”即“梅司”的身份，不过是虚构的现实，是幻影。他只得再度出逃，制造梅司身亡的假象，想就此抛弃“假面”，恢复真实的自我——帕斯卡尔的生活。但是，他的努力遭到了最终的失败。

帕斯卡尔的“死亡”与“梅司”的出现，梅司的“死亡”与帕斯卡尔的再现，都是自我的分裂，是我与非我，自我与他人冲突的艺术体现。帕斯卡尔作出种种努力，企图摆脱迷乱的现实，寻回失去的自我，回到生活中来，但对于社会，对于周围的人，他已经永远从生活中消失，他始终只是“已故的帕斯卡尔”，他注定要成为没有姓名，失去生活中的位置，失去自我本质的幽灵，成为自我的幻影。

《已故的马蒂亚·帕斯卡尔》不仅打上了作者痛楚的际遇的烙印，由此更可见到日后贯串于他戏剧的那种独特倾向的端倪。《已故的马蒂亚·帕斯卡尔》对欧洲文学艺术创作产生了深远的影响，也可从这样的事实得到印证：列夫·托尔斯泰的剧本《活尸》（1911）、当代意大利电影大师安东尼奥尼的名片《职业：记者》（1963），都有着这部小说的鲜明的印记。

第一次世界大战向皮兰德娄展示了一幅极端紊乱、荒谬的现实生活图景。民族复兴运动追求的自由、民主、博爱的理想毁灭了，理性和人道的信念沦亡了，取而代之的是人欲横流，弱肉强食，疯狂的屠杀，人的价值被降低到了极其渺小的、可怜的地步，人的生存是那么痛苦、孤独，失去了起码的安全感。皮兰德娄的儿子斯苔芳诺在战争中负伤，又患重病，进了俘虏营。祸不单行。妻子安东尼埃塔终因精神病严重恶化，于1919年被送进了疯人院，从此再也没有恢复理智。战争带来的灾难，悲剧性的危机意识，加上个人生活的不幸，对皮兰德娄产生了巨大的冲击。

皮兰德娄当时年近五十，已发表了四部长篇小说、上百篇短篇小说和几部根据小说改编的真实主义剧本，在文坛颇具名气，但他毅然转向了戏剧。他认为，戏剧是一种最通俗、最敏锐、最富有直感的艺术形式，能够倾注他积郁的感情，向人们揭示他在大战中痛苦地体验到的真实。“战争使我发现了戏剧”[①]，他这样宣称。二十年的小说创作使他具备了足够的能力来承担这一任务。于是，《想一想，贾科米诺》(1916)、《诚实的快乐》(1917)、《带铃的帽子》(1917)、《是这样，如果你们以为如此》(1918)、《并非一件严肃的事情》(1918)、《像从前却胜于从前》(1920)、《六个寻找作者的剧中人》(1921)、《亨利第四》(1922)等相继问世。石破天惊，意大利戏剧从此别开生面。

有趣的是，1920年，在执笔写《六个寻找作者的剧中人》以前，皮兰德娄向米兰《晚邮报》发表谈话，表示他将以此剧向戏剧告别，他说：“我不是戏剧家，而是小说家。”“再写一部剧，我将重新履行我的真正使命：小说。”不过，他此时却已经欲罢不能；他和戏剧结下了不解之缘，不妨说，他在戏剧中寻找到了“自我”。于是，他的剧作仍如飞瀑流泉，喷涌不息，又写出了《给裸体者穿上衣服》(1922)、《各行其是》(1924)、《像你望我的那样》(1930)、《我们今晚即兴演出》(1930)、《寻找自我》(1932)这样一些著名剧作。从1916年至1936年的二十一年间，可以说是皮兰德娄创作最勤勉、最成熟的时期，他一共写了四十多部剧本，临死之前还留下一部未完稿的《高山巨人》。

1925年，皮兰德娄同两名擅长演出他的剧作的著名演员玛尔塔·阿芭、鲁杰罗·鲁杰里合作，创立戏剧艺术剧团，赴欧洲各国和美国巡回演出，产生巨大影响。1934年，皮兰德娄因“果敢而灵巧地复兴了戏剧艺术和舞台艺术”而获得诺贝尔文学奖。

1936年初冬，皮兰德娄受寒得了肺炎，医治无效，于12月10日去世。遵照生前遗愿，他的葬礼极其简朴：一条素白床单裹着光裸的尸体，由一辆最简陋的马车载着，除了车夫，没有一名送葬者，没有一束奉献的鲜花，没有庄严的悼词，没有点明的蜡烛，在阴霾、凄凉的早晨，皮兰德娄像他剧本里那些最普通的人物一样，告别了这个饱含忧患、痛苦的世界。

二

皮兰德娄的戏剧离奇、古怪，异乎寻常，通常称之为“怪诞剧”。初次阅读他的剧作，很容易觉得它们抽象、艰涩，但倘若追根究底，细细咀嚼，便能体会到其中深邃、

① 米凯尔·大卫：《意大利文化中的心理分析学》，都灵，博林盖里出版社，1976年，第369页。

精辟的内涵。

皮兰德娄早年受到意大利真实主义和法国自然主义的熏陶，注意观察社会的阴暗面和人的病态心理。后来，他又对医学、心理学、实证主义表现出浓厚的兴趣。在罗马大学念书时，又专门选修过心理分析学课程。留学德国期间，又广泛接触到欧洲各种流行的文化思潮，特别注意研究爱因斯坦的相对论。皮兰德娄在哲学社会科学的许多领域具备的广博学识，使他比起同时代的作家来对生活有着特别敏锐的观察和异常独特的认识。他努力把这种观察和认识在戏剧中表现出来。这些无疑都对他的戏剧的思想内容和表现形式发生了影响。

他一生写作的剧本很多，但诚如他自己所说，他的兴趣从来不在单纯描写某个男子或女人，不在叙述某个愉快的或忧伤的故事；他执笔写作，完全出于“一种更加深刻得多的精神的需要”，他笔端涌现的人物、事件、自然，“无不浸透着一种特殊的生活含义”，具备一种“普遍的价值”。据此，他认为自己属于“赋有哲学秉性的作家”[①]之列。这番话很重要，它表明，皮兰德娄的每一部剧作无不蕴含着“哲学”，无不为着表现一种“普遍的价值”。因此，皮兰德娄怪诞居首要的、本质的特征，不在于它艺术形式的怪诞、离奇，而在它深刻的哲理性。

皮兰德娄作品中蕴含的“特殊的生活含义”，或者说“哲学”，归根结底，都基于他对现实所持的这样一个基本观点：“生活的运动与形式之间固有的冲突，不只是精神领域，而且是自然界严酷的状况。”[②]这一观点，像一根红线，几乎贯串他的整个戏剧创作。

在皮兰德娄看来，生活处于永恒的运动之中，任何事物都不具备明确的、最终的形态。无论是在大千世界中，还是在我们的物质生活与精神生活中，一切都是变化的、多样的、相对的，因而没有任何东西是固定的、僵化的、绝对的。一件事物，今天我们觉得是“这样”，明天，或者只消经过更短暂的时间，我们就会觉得“不是这样”；每个人都认识事物的真相，但又谁也不认识它的真相。

客观世界是如此，同样，我们的意识、行为，我们的自我，也不是单纯如一的，而是变化的、矛盾的。每一个人都无法确认自己或别人是这一种人或那一种人（善良的或邪恶的，聪明的或愚蠢的）。道貌岸然者其实常常是寡廉鲜耻的蟊贼，放荡不羁者反倒是诚实的君子（《诚实的快乐》）。人似乎只有“一个”自我（自以为是的那一个），只有“一个”面孔，但同时又有“十万个”自我，“十万个”面孔，因为周围的人都以各各不同的方式审视我们，每个人都只看到我们身上的一个方面，而这一个方面，在每一瞬间又都处于不停歇的运动与变化之中。这样，人就有“十万个”自我，“十万个”

---

① 皮兰德娄：《〈六个寻找作者的剧中人〉序》。

② 同上。

面孔。也就是说，人的自我分裂了，人既是“一个”，又是“十万个”，又“谁都不是”（长篇小说《一个，谁都不是，十万个》；剧本《或者一个，或者谁都不是》）。皮兰德娄对生活本质的领悟达到了沦肌浃髓的地步，他对客观现实和人的精神世界的剖析入木三分，闪耀着辩证法的火花，应当承认，比起他的同辈作家来，确实高出一筹！

从这一基本观点出发，皮兰德娄在戏剧中构思的情节便显得既荒诞不经，又合乎情理；既不可置信，又顺理成章。《是这样，如果你们以为如此》里的彭沙先生认定丈母娘是疯子，丈母娘却断言女婿失去了理智；彭沙先生声称妻子已经在四年以前发生的一次地震中身亡，丈母娘却咬定女儿仍然健在，只是错乱的幻觉使他把自己的妻子当作另外一个女人。事实的真相究竟如何呢？末了，彭沙太太戴着一重面纱登场，她竟说，她也不清楚自己究竟是谁，“你们以为我是谁，我就是谁！”看来，他们都各有各的道理。因为人的认识的荒唐，源于社会的荒唐，世界原本扑朔迷离、充斥紊乱，没有绝对真理可言。

面对支离破碎的现实，人竭力要使变幻莫测的生活在某一瞬间固定下来，赋予它一定的形式，在生活中为自我寻找一席之地。但是，这一定的形式既然是我们主观地赋予（或者说强加给）生活与自我的，那末，它其实就是人为地制造的、虚假的现实，是给自我带上的一具“假面”，一旦同冷酷的现实相接触，发生冲突，必然碰得头破血流。因此，我们永远无法在这支离破碎的现实中寻得安身之地。

《寻找自我》里的朵娜塔是个剧坛女明星，但她痛苦地意识到，她仅仅在扮演某个剧中人的时候才体验到自我的存在。她永远是舞台上的角色，不被当作人。热情、耽于幻想的青年埃利闯进了她的生活，他们一起迎着暴风雨，扬帆出海。在小船倾覆，朵娜塔企图了结自己生命的关头，埃利拼死相救。患难之交发展为爱情。朵娜塔希望爱情能填补生活的空虚，希望在实实在在的现实生活中，在同恋人的真挚爱情中，认识自我，找到自我。谁知这竟然导致她同埃利的隔膜、分裂，她同周围的人，甚至同她爱恋的人，也无法建立真实的关系！她只能重新回到舞台去，同剧中人“合二而一”。在这里，寻找自我，意味着在迷乱的现实中寻找一个精神上的支撑点，意味着维护自己作为人的价值，但在敌视人的社会环境里，这种努力注定要遭到失败。

生活与形式的矛盾，也是皮兰德娄两部名剧《六个寻找作者的剧中人》、《亨利第四》的基本主题。不过，在前一部剧作中，它演化为生活与艺术的矛盾，在后一部剧作中，则表现为生活与历史的矛盾。

《六个寻找作者的剧中人》里的主人公，是自称某个剧本中的六个人物，被作者所抛弃，他们闯进一家正在排练新戏的剧场，纠缠着导演，请求把他们的戏排出来。情节分明是荒唐、离奇的，但却饱含着合乎逻辑的、深邃的哲理。人既然意识到难以确定自我的品格，人或者“谁都不是”，或者是“十万个”，因此便要求在艺术作品中把自己固定下来，予以永恒化。六个“剧中人”在叙述自己遭遇的过程中，逐渐取代演员，占据舞台的中心。但艺术的永恒性最终也只是虚幻，因为艺术也被紊乱的生活所吞噬。剧中人的结局注定是可怕的悲剧。

《亨利第四》的主人公在化装游行中扮演中世纪皇帝亨利第四，被情敌暗算，从马背上摔下来，昏迷过去。他醒来以后，便成了疯人，以亨利第四自居。十二年以后，他恢复了理智。然而，他痛苦地发现，他心爱的姑娘已被情敌夺去，而他身边的每一个人都认定他是真正的疯子。时代在前进，他却依然停留在十二年以前。他在梦幻一般的幻境中虚度了青春，如今，两鬓斑白，心灰意冷，"一切都破碎了，一切都完了"，他"好像一头恶狼赴了已散的宴席"。皇宫的辉煌与华丽，徒然装饰着周围的孤寂，而这孤寂既污秽，又空虚。他已经无法恢复以前的生活了。他在现实中失去了自己的位置。因此，他不能不对给他铸就"疯人"面具的现实感到憎恨和厌恶。他只能逃遁于历史，继续戴上亨利第四的假面，以最清醒的意识，安度最疯狂的生活。

亨利第四落马，失去理智，似乎纯系偶然，但随着剧情的进展，人们却发现，这却是必然的。一方面，亨利第四的假面是他甘心情愿戴上的，他借此获得了应付虚幻的现实，摆脱污浊的现实，作为一个"局外人"来注视生活的自由，从而挽救了自己的灵魂。另一方面，这具假面又是现实强行给他铸就的，而且只承认这具假面；一旦戴上这具假面，他便如身陷囹圄，生生被排斥在生活之外，沦为一具历史僵尸。这自然又使他痛苦不堪，精神受到极大的折磨。因而，"亨利第四"的假面，既是毁灭性的、可怖的，同时又是富于人情的、亲切的。这似乎荒唐离奇，却又合乎情理。他一旦想揭穿假面，回到失去的生活中来，悲剧就产生了。

皮兰德娄以浓郁的笔墨，恣意挥洒，表现了生活本质与形式的冲突，真可谓怪诞不经，惊世骇俗。他通过艺术的形象，"力图把当代哲学的'辩证法'引进到大众文化中来，同亚里士多德——基督教的'现实的客观性'的观念相抗衡。"[①]静止地、形而上学地看待客观现实世界的旧观念被毫不留情地打破了，资本主义"现实的客观性"被彻底否定了。第一次世界大战以后西方世界混乱、畸形、支离破碎的病态，社会沉沦，人的处境荒唐无稽的真相，得到了入木三分的刻画。

皮兰德娄剧作中的人物大都取自外省的中小资产阶级阶层，他们的职业不同：小职员、教师、医生、受欺凌的女性；他们有着各自的习惯、癖好，甚至生理上的缺陷；他们有的内向，沉默寡言，有的爱好争论，吹毛求疵。他们并非没有血肉、缺乏个性的人物。人们注意到，皮兰德娄常常用"赤身裸体"、"赤裸裸"这样的字眼来形容他笔下的主人公。他的一部短篇小说集，取名《赤裸裸的生活》；他的一个著名剧本，叫作《给赤身裸体者穿上衣服》；他的集全部戏剧作品之大成的集子，更冠之以《赤裸裸

① 《皮兰德娄的"辩证法"》，载葛兰西《文学与民族生活》，第47页，都灵，埃依纳乌迪出版社，1954年。

的假面》的总称。这些名字显然都饱含作者的用心。无独有偶，皮兰德娄逝世以后的遗体，也按照他生前的意愿，赤裸裸地只裹着一条床单，送往火化；显然，剧作家以此表明自己也属于他剧中的“赤身裸体者”这一群。

“赤身裸体者”，正是皮兰德娄以痛切的心情对现代人的境遇所作的形象的概括。这是现代人的象征。

他们是生活中的弱者。社会之恶相五色斑斓的猛兽向他们扑来，要把他们吞噬。他们赤身裸体，孤独无援，毫无自卫的能力。这些赤身裸体者必须“穿上”什么东西，必须拿起自卫的武器。争取生活的斗争愈是艰难，在这一斗争中愈是感觉自己的软弱，便愈加需要相互欺骗。伪装勇敢、诚实、同情、谦逊，总而言之，伪装现实中一切最高贵的美德，这是一种顺应的形式，是一种巧妙的斗争手段。”①

说穿了，这种“伪装”不过是一重幻觉的面纱，但人毕竟可以用它安慰自己，自欺欺人，帮助自己生活。《给赤身裸体者穿上衣服》里的女主人公爱西利娅是个在人生道路上受尽凌辱的女子，她只能不断用体面的谎言来掩盖自己乖谬的命运，直到临死，她还希望重新穿上那件她订婚时穿的漂亮衣服，好把她的可悲的生活多少美化一下。《带铃的帽子》里的文书动员上司的妻子（因为她揭发丈夫跟文书的妻子私通）装疯；亨利第四的疯狂；《我给予你以生活》里主人公沉湎于对甜蜜的往昔的回忆；都既是无可奈何地顺应现实的方式，又是巧妙的自卫手段。他们的行为自然是荒唐的，但追根究底，又同样源于社会的荒唐。“我们有意识地仅仅生活在我们的精神的躯壳里，欺骗自己，这是社会欺骗的结果。”②

“赤身裸体者”还有这样一层意思。这些人物是堕落的环境的牺牲品，皮兰德娄对他们寄予极大的同情，他决意揭开他们的假面，扯下他们的伪装，来看一看他们凄惨的人生，赤裸裸的本性。所以他写这些人物时，着力刻画他们的意识、内心感受。有人认为，皮兰德娄解剖人物的内心世界过于冷酷无情，就像拆卸钟表的零件一样，最终再也无法把它们重新组合起来。其实，这不过是皮兰德娄在探寻、分析，这些人物是怎样被现实扭曲、损害的，他们怎样被社会“肢解”、“拆卸”成仿佛一台不能正常运转的机器。他好像一名医生，对病人的肉体和精神进行严格的检查，全为着探寻病因。

这些“赤身裸体者”对虚伪、倾轧、贪婪、平庸的现实社会不满，他们寻求能够逃避甚至反抗这可恶的现实的港口。他们仿佛在生活的重压下被紧压的弹簧，偶然的触发，立即会使它猛烈弹跳起来。一桩意想不到的偶然的事件（《六个寻找作者的剧中

① 皮兰德娄:《幽默主义》，载《皮兰德娄作品集》第6卷，第148页，米兰，蒙达多里出版社，1960年。

② 同上。

人》里父亲与继女在帕琪夫人家相遇；亨利第四在化装游行中从马背上跌落），会导致他们命运的转折，意识的觉醒，从而迫使他们思考，认识自己的处境，看穿生活的游戏。于是就爆发了反叛。

这是对窒息人的现实的反叛，对社会的法则的摒弃，是冲出牢笼，奔向自由的抗争。请听在阴森和空虚中度过了二十个年头的亨利第四的两次呼喊吧：

> 我多么想脱下这件化装舞会的衣服！结束这场噩梦吧！让我们把窗户统统打开，尽情地呼吸生命的空气！让我们迈开步子，走出大门，奔向广阔的世界去吧。
>
> 一句话的分量居然能把一个人压垮吗？这究竟是怎么一回事呢？简直像掐死一只苍蝇一样轻而易举！全部生活就这样在各种流言的重压下，在死人的重压下，被碾成齑粉！……离开这里，走向充满生机的世界去吧。旭日已经东升。时代展现在你的面前。黎明来临了。这新的一天将有我们来安排！

这是一个被平庸、伪善、堕落的社会愚弄、禁锢的正直的人发自心灵深处的呐喊！是一个“被牢牢地钉在永恒的、没有出路的假面里”的“疯人”，向在道德上、精神上谋害他的社会发出的惨烈控诉！由此，怪诞剧转化为具有明确的倾向性的社会剧。

不少批评家把亨利第四这个孤独、绝望的疯人比喻为二十世纪的哈姆雷特。亨利第四戴着“疯人”的面具，像装疯后的哈姆雷特一样，在他的慷慨激昂的独白里，猛烈抨击他所鄙夷的现代社会。《亨利第四》的结尾也同莎士比亚的悲剧相似，主人公杀死了他的对手，因为他视贝克雷笛为荒唐、利己主义社会的化身。不过，如果说哈姆雷特是资产阶级上升时期一个富有热情、理想的人文主义者的形象，那么，亨利第四则是资本主义走向没落，人的价值与英雄主义的热情、理想黯然失色的时代的一个“反英雄”。亨利第四的反叛自然是软弱的、徒劳的，最终又被打入了永去不复的牢笼！

顺便指出，皮兰德娄的《亨利第四》是特意为他的亲密合作者、著名演员鲁杰罗·鲁杰里而写的。鲁杰里因首演《亨利第四》而名噪一时，同时他又是在意大利舞台上最成功地塑造了哈姆雷特形象的杰出演员。

皮兰德娄逝世以前写的《高山巨人》，具有浓厚的象征主义色彩，但反抗社会的倾向仍然鲜明地流露了出来。伊尔丝伯爵夫人执着地信仰与追求艺术，她相信艺术会给痛苦的人生与世界带来高山的价值，这显然体现着剧作家的理想。剧中没有出场的巨人们，是现代社会技术与财富的占有者。伊尔丝之死象征着艺术被现实扼杀的悲剧。《高山巨人》不啻是皮兰德娄向现实社会掷去的最后的投枪。

三

第一次世界大战前夕，意大利戏剧界处于不景气的状态。真实主义戏剧已趋向没落。小资产阶级戏剧大都脱离现实，以资产者生活圈子里的琐屑事件或趣味低级的三角恋爱为题材，予以肤浅的图解。它们缺乏想象力，充满庸俗的道德教训。激进的未来主义者在戏剧宣言中以摧毁传统文化、彻底革命戏剧自我标榜，但他们在舞台上展示的，除去否定一切的狂热思想，便是木偶似的没有生命的人物，因而也终于成不了气候。邓南遮是当时戏剧界的风云人物，他的散文剧、诗剧，内容上离不开赞美浪荡公子和尼采式的“超人”，宣扬军国主义，把普通人和他们的生活驱赶出了舞台，艺术上则浸淫着唯美主义，文辞精美，风格典雅。

皮兰德娄就是在这样的情势下登上剧坛的。他不随波逐流，附庸风雅，而是遵循同他认识生活的哲学观相一致的戏剧观进行创作，在戏剧领域标新立异，独树一帜。

在皮兰德娄看来，鉴于社会生活浸透和交织着真实和谎言、客观性与幻觉、纯洁与计谋，因而任何把社会生活描绘成单纯如一的、真朴自然的形态的做法，都是虚假的，不足取的。他对“旧戏剧”的创作原则很不满意，认为它仅仅依据外在的观察去机械地摹写现实，表现合乎逻辑的、井然有序的生活和性格始终如一的英雄，虚构情节和谐、明朗的故事。他用一个形象的比喻概括他对“旧戏剧”的批评，他说，“旧戏剧”作家煞费苦心地淘汰了生活的泥沙，单单把光闪闪的金子呈现于观众面前。①

皮兰德娄戏剧追求的目的是大不相同的。他不热衷于形式和表面的、外在的东西，不满足于对事件作简单的、客观的描写，他把表现事物的内涵、本质，解剖人物的内心世界，置于首要地位。他说，“新戏剧”作家“不承认英雄人物”，而“以敏锐的透视力展现和揭示，表象如何迥然不同于社会成员的意识的隐秘本质”，表现“赤裸裸的、充满矛盾的，至少表面上是混乱的生活”，展示心灵的迷宫里“古怪的、不连贯的、我们自己也羞于知道的念头，几近疯狂的念头”。戏剧作品应该类似自然界，在那里，金子始终而且仅仅以同泥沙混杂的形态出现。②

皮兰德娄戏剧同传统戏剧追求的目标大不相同。他的剧作中描写的事件，一部分取自日常生活中真实发生过的事件或地方新闻，而相当大的一部分，大约有二十八部剧作，则是根据自己的短篇小说或长篇小说中的片断改编的。它们反映了时乖运蹇的人生和制造幻觉自欺欺人的境遇，因而是辛酸的、荒谬可笑的。但皮兰德娄不以此为

---

① 皮兰德娄:《幽默主义》,《新戏剧与旧戏剧》，载《皮兰德娄作品集》第6卷，第157—159页，第242页，米兰，蒙达多里出版社，1960年。

② 同上。

满足。他的旨趣是透过辛酸的、荒谬可笑的一面，展现出严肃的、令人怜悯的另一面，即展现一种“反过来的情感”。或许换句话说，他着力揭示喜剧中蕴含的悲剧。此种“反过来的情感”，皮兰德娄称之为“幽默主义”。[①]

这里论及的“幽默主义”，同通常所说的“幽默”的含义大相径庭。它实际上意味着剧作家应该对他表现的怪诞的事件进行冷静的思索和严峻的批判，从中发掘出让人咀嚼的深刻内容。

皮兰德娄不满意传统戏剧作品中情感永远主宰一切的局面。他以为，戏剧固然应该点燃“情感的火焰”，但更应该把“情感的火焰”“浸入思维的冰水之中，使之熄灭。”[②]换言之，剧作家应该集诗人与批评家于一身，他“不仅仅是诗人，而且是批评家”[③]。由此我们可以看出皮兰德娄戏剧的一个重要特征：剧作家不单纯在舞台上展示幻觉，不希冀引导观众进行纯粹娱乐式的艺术欣赏，他用思维替代情感，使之成为戏剧的主要动机，以“既嘲讽又同情”的态度，对人物典型、社会现象进行不断的探讨、分析、批评。这样，皮兰德娄就把戏剧化为一台钻杆，借助夸张、离奇的情节，去勘探造成种种光怪陆离、荒谬可笑的现象的社会根源。这就使皮兰德娄的怪诞剧具有哲理剧的色彩，具有相当的思想深度。

为了做到这一点，皮兰德娄拓荒触禁，突破了以曲折有致的情节打动观众，以情感人的传统戏剧的框框，而直接诉诸人们的理性。舞台变成了不同的观点进行讨论和交锋的场所，它像“一面镜子”[④]，吸引观众自觉不自觉地在它面前照一照自己的本性，激发他们去思索，去分析，去判断。就这一特点而言，皮兰德娄戏剧同布莱希特“叙事剧”有着相通之处。

在皮兰德娄戏剧中，叙述的成分取代人物的动作，成为重要的戏剧手段。过去与现在、幻觉与现实、舞台与观众席等等时空界限消失了。皮兰德娄精心选取人物同环境发生尖锐的冲突，人物陷于极端痛苦的时刻，来对人物的精神世界进行深入的开掘。在剧中占有重要地位的人物的谈话，特别是主人公的大段独白，既把零散的情节联系起来，更起到解剖人物复杂的内心感受，追究痛苦的原因的作用。这些谈话和独白的内在意义丰满，是人物心声的吐露，又是作家见解的表达，它们饱含哲理，激情洋溢，常常犹如暴风骤雨震撼人心。这就使皮兰德娄的怪诞剧又具有心理剧的色彩，具有相当的心理深度。

皮兰德娄戏剧的另一个重要特征，是强调艺术与生活、戏剧作品与舞台演出的矛

---

① 皮兰德娄：《幽默主义》，载《皮兰德娄作品集》第6卷，第127、146页。

② 同上，第132—133页，第146页。

③ 同上。

④ 同上，第132页。

盾。他指出："日常的、物质的现实生活限制事物、人们及其行为，阻碍它们，歪曲它们。在现实生活中，人们的行为可以使某个性格变得引人注目，但它们本身却消失在毫无意义的偶然事件和琐碎的细节中。千百种无法预见的、意想不到的障碍使人们的行为迷失方向，损害着他们的性格；微小的、平庸的不幸则使他们丧失价值。相反，艺术能够把事物、人们及其行为从这一毫无意义的偶然事件，从琐碎的细节，从平庸的障碍和微小的不幸中解脱出来。在某种意义上说，需要把他们抽象出来，即抛弃同艺术家的观念相抵触的一切。"[①]意思很清楚。皮兰德娄认为，现实生活是变化多端、充满矛盾、平庸卑俗的，艺术才是生活中唯一实在的、完美的、高尚的现实。

同样情形，现实生活中的人也是变化多端、充满矛盾、平庸卑俗的，只有艺术家在作品中构思的人物才是实在的、完善的、纯洁的。《六个寻找作者的剧中人》里的父亲理直气壮地对剧团的导演说："一个剧中人任何时候都可以问一个活人他是谁，因为一个剧中人确实有一个他自己的生命……但是一个活人通常却是'谁都不是'。"所以，演员无法在舞台上把剧作家构思的人物如实地、完善地予以再现。

为了克服艺术与生活、戏剧作品与舞台演出之间的严重脱节、矛盾，皮兰德娄在他的剧作中大胆采用了"戏中戏"的手法。《六个寻找作者的剧中人》是采用这一手法的代表作。这个剧的中心情节线索是叙述一个分裂的家庭中六个成员各个不同的痛苦际遇，这个家庭后来虽然团圆了，但再也不能和睦地生活下去，终于酿成家破人亡的悲剧。倘若按照戏剧创作的老路子写来，极易落入表现外省小资产阶级家庭生活及其纠葛的俗套，但皮兰德娄却要通过悲剧性的题材，挖掘出更值得思索的问题。他着意要表现这样的思想：每个人因痛苦的经历而囿于自己的小天地，彼此感到隔膜、异己，格格不入，互相责难，无法沟通思想情感，人们一切调整关系的努力都归于失败。皮兰德娄相信，通过"戏中戏"的手法，能够使演员、观众投入到他在剧本中构思的现实，进入舞台的特定意境中去，并和他一起寻根究底，分析人物悲剧的根源。

皮兰德娄的构思堪称诡奇独特。他设计了一个"戏"（某个剧团的导演、演员在舞台上排演一出新戏），作为全剧的"框架"，或者说"背景"；另外精心设计了一个"戏中戏"（被某个作者抛弃的六个剧中人物，闯进剧院，请求导演把他们的悲剧排演出来），作为全剧的"中心情节"。起先，"戏"与"戏中戏"混杂在一起，"剧中人"诉说他的身世，跟导演纠缠、争论，剧团的演员的乱哄哄地插话、取闹；"剧中人"对演员们不能正确地理解和真实地再现他们的遭遇越来越不满意，便渐渐地取代他们，身不由己地占据了舞台的中心，开始现身说法，表演起各自的经历。于是，剧院的舞台，连同导演、演员，作为"背景"，都隐没了，"剧中人"转化为活生生的、有血有肉的人物。整个剧就在"戏"与"戏中戏"紧密地交织而又反复地交替之中展开。剧的末尾，

---

① 皮兰德娄：《插图画家、戏剧演员与翻译家》，载《皮兰德娄作品集》第6卷，第217页。

“剧中人”叙述他们的小女孩在玩耍时不幸失足溺死，小男孩见妹妹死去，也开枪把自己打死，故事进展到这里，“戏”与“戏中戏”完全融为一体，舞台上果真响起了枪声，为了使观众感觉到，这并非舞台上的演出，而是生活中发生的真实事件，从而完全投入到特定的情景中去，皮兰德娄在剧本中特意规定，戏的第一幕结束时并不落下帷幕，全剧只在第二幕结束第三幕开始时落幕一次，而且，那也仅仅是由于拉幕员的失误。

在“戏中戏”里，可以明显地看出皮兰德娄借鉴了意大利即兴戏剧的手法。皮兰德娄认为，生活是变化多端、不可捉摸的，没有任何固定的规矩、模式，这正好可以发挥即兴喜剧的特长。按照皮兰德娄的构思，在舞台演出时，《六个寻找作者的剧中人》里的“戏中戏”，不应该像一出写好的戏，而要有“剧中人”根据他们的身世的情节脉络，像即兴喜剧那样，即兴表演，在表演过程中使戏中戏渐露端倪，最终形成。请注意这样一个有趣的细节：当“剧中人”请求导演把他们的悲剧排演出来的时候，剧团领导询问他们：“可是，剧本在哪里呢？”剧中人父亲理直气壮地答道：“就在我们身上！（演员们大笑。）戏就在我们身上。我们就是戏。”

《各行其是》、《我们今晚即兴演出》是采用“戏中戏”手法的另外两部剧作，和《六个寻找作者的剧中人》并称“戏中戏”三部曲。在《我们今晚即兴演出》里，皮兰德娄打破了台上台下的界限，把演出的舞台扩大到整个剧场，把观众席上的观众也吸引到剧中来，充当演员，使“戏”与“戏中戏”、观念置身其间的环境与舞台上表现的现实水乳交融。

《亨利第四》也采用了“戏中戏”的手法。这个剧是在弗莉达与迪·诺利扮演御座厅悬挂的两幅画像里的人物，形成“戏中戏”，使亨利第四受到震惊，从而达到高潮的。从广义上说，作者在《亨利第四》中让所有的现代人物都穿上古装，扮演中世纪的人物，使现代世界与幻觉世界、“戏”与“戏中戏”自始至终错综交织，贯串全剧。

近些年来，许多学者运用弗洛伊德的心理分析学来研究皮兰德娄的戏剧。皮兰德娄在世时，一向十分关注当时流行的各种思潮。他艺术上趋于成熟的时期，正是弗洛伊德学说诞生、形成的时期。皮兰德娄从艺术的角度，弗洛伊德从心理分析科学的角度，对人的精神世界的创伤进行探讨，追究它的根源。纵观皮兰德娄的戏剧，在表现人物的意识层次和自我分裂这两个方面，它同弗洛伊德学说似有共同之处。

弗洛伊德学说的出发点是关于人的意识多层次构成的理论。弗洛伊德认为，在人的意识构成中，潜意识起着主导作用；人的愿望不能得到满足，遭到压抑，就形成创伤，而被压抑的愿望即潜意识总是寻求突破口，要求得到满足。皮兰德娄的许多堪称“假面剧”的剧作，恰是表现这种潜意识的巧妙形式。剧中人物带上一具假面，摆脱了逻辑、常规、理智的羁绊，便可尽情宣泄他意识深处被压抑的潜意识，赤裸裸地展示精神的创伤。《亨利第四》里，主人公真正疯狂的十二年一笔带过，以“最清醒的疯狂”扮演亨利第四的八年得到集中的突出的描写；他戴上历史人物的假面，忽而病狂昏乱，忽而清醒明智，真真假假，嬉笑怒骂，把积郁了二十年的满腔悲愤、怨恨统统倾泻出来，得到了净化。《六个寻找作者的剧中人》则在艺术中找到突破口，让主人公化为虚构的艺术作品中的人物，使他们被压抑的孤独、迷惘的感情得到宣泄、净化。皮兰德娄戏剧中这种假面与自我交替的双轨结构，恰好就把潜意识与意识这两个层次的意识的矛盾淋漓尽致地披露出来。值得一提的是，批评家们一致公认，美国著名戏剧家奥尼尔曾受到皮兰德娄戏剧的不小影响，而奥尼尔也是一位写假面具的能手。

人的意识受到压制，意识各个构成部分的关系得不到协调，便导致人格的分裂。亨利第四是皮兰德娄塑造的一个人格分裂的典型。在理智正常的情况下，他受人凌辱，遭到损害，失去了理智，过着不正常的生活。而一旦佯装疯狂，却可以自由地表达在正常的社会生活中不允许、不可能表达的东西，可以毫无顾忌地抨击周围的社会、人物，对卑鄙的仇敌采取报复行动。清醒的亨利第四，是失去自由的、被征服的亨利第四；疯狂的亨利第四，是赢得自由的、胜利的亨利第四。他们是亨利第四自我的分裂与破碎，是社会的自我同真正的自我的冲突，它们一个为另一个的影子；两者合二而一，就体现出亨利第四完整的自我本质。这种荒诞的、双重人格的构成，同弗洛伊德关于人的精神生活具有互相矛盾的倾向，自我分裂为几个角色的理论是暗合的。

皮兰德娄的思想体系是主观唯心主义的，这不免导致他在表现人与事物，求索它们的本质时常常得出错误的哲理概括。他倾注全力表现人的生存的荒诞不经和不可靠性，但又流露出悲观主义、虚无主义等错误思想。他反映了资本主义社会关系的丑恶、虚假、残酷，但又否认人与人之间沟通的可能性与必要性。他揭示了那个社会里人不成其为人，人的自我遭到社会的敌视与分裂，但又怀疑自我的可靠性和人变革环境的主观能动性。这些不能不在一定程度上削弱了他的戏剧的思想价值与艺术力量。

然而，皮兰德娄并不是颓废派。他并非对一切都怀疑，都不信赖。他确信，真理有着许多不同的方面，诚然我们谁也不晓得其中哪一方面是真实的，但他用戏剧启发人们去认识与思考问题，去接近真理。他的戏剧闪耀着严肃地探索生活无限丰富复杂的底蕴的奇妙之光。

如果把皮兰德娄的戏剧放到意大利社会的历史背景里——第一次世界大战带来的深重灾难，资本主义工业社会对人的压迫愈益残酷，法西斯势力的日益猖獗……便可清楚地看出，他把当时人与现实、人与人，人与自我等基本关系方面的尖锐矛盾和严重扭曲，把最敏锐地感觉到这一危机的中小资产阶级渴求生活而找不到立足点，企图逃避现实而无力摆脱的孤独、空虚、迷乱的痛苦心理，一览无遗地反映了出来。换言之，他从人的社会生存与自我意识这两个方面把现实世界深刻的社会危机与精神危机赤裸裸地暴露了出来。这正是皮兰德娄的戏剧在当时资本主义社会的荒原响起震撼人心的声音的缘故。

1924年皮兰德娄被迫加入法西斯党。作为一名普通成员，皮兰德娄始终没有参加为法西斯效劳的政治、文化活动。墨索里尼之流曾企图把他的作品纳入法西斯思想文化轨道，但他们很快发现，皮兰德娄展示的荒诞、丑恶、支离破碎的现实图景，所塑造的一系列“赤身裸体者”的人物以及蕴含的深邃的哲理，同他们宣扬的伟大、繁荣的意大利，同作为法西斯独裁统治理论支柱的“超人哲学”、“唯意志论”，形成尖锐的对立，是格格不入的。毫不奇怪，法西斯批评家对皮兰德娄的戏剧采取了全盘否定的态度。[①]

皮兰德娄的戏剧引起了马克思主义批评界的重视。对意大利语言与文学有着精湛的造诣的苏联著名文艺批评家卢那恰尔斯基，三十年代曾撰文批驳那些贬斥皮兰德娄的观点，对他的怪诞剧的思想内容与艺术特色作了中肯的分析与积极的评价，他甚至指出，在苏联舞台上演出皮兰德娄的剧作不仅是可能的，而且是可取的。[②]意大利共产党创始人，杰出的马克思主义理论家葛兰西，一向对皮兰德娄戏剧怀有浓厚的兴趣，曾撰写了一系列关于皮兰德娄戏剧的评论。身陷法西斯牢狱之后，葛兰西不顾环境的险恶和资料的极端匮乏，仍然把皮兰德娄戏剧作为他狱中研究的四个专题之一。[③]令人遗憾的是，革命活动的浩繁，特别是铁窗生活的限制，致使他深入研究皮兰德娄戏剧的夙愿未能实现。

在遗留下来的十来篇剧评、狱中札记里，葛兰西毅然推倒教会的恶毒诽谤之词和资产阶级的世俗偏见，深刻地指出，皮兰德娄的剧作洋溢着批判基督教世界观、庸俗陈腐的市侩习气和刻板僵化的观念的思想活力，它们“让生活的形象摆脱传统的固定模式，突然闪现在我们的眼前”[④]；皮兰德娄不愧为一位“精神环境的'革新者'”[⑤]，文学领域的“冲锋陷阵的勇士”，他的戏剧“犹如无数枚手榴弹，在观众的头中砰然爆炸，摧毁廓清陈旧庸俗的习俗，使各种情感和思想分崩离析”。[⑥]葛兰西这些精辟的见解，已被意大利研究皮兰德娄戏剧的学者们公认为经典性的论断，毫无疑义，它对我们今天认识与研究皮兰德娄戏剧同样提供了有益的启示。

---

① 瓦台尔·比尼：《批评史上的意大利经典作家》，第3卷，第89—90页，佛罗伦萨，新意大利出版社，1977年。

② 《卢那恰尔斯基选集》，第6卷，第25—30页，第521—522页，莫斯科，艺术文学出版社，1965年。

③ 安东尼奥·葛兰西：《1927年3月19日致丹尼娅的信》、《1929年6月日致卡尔洛的信》，载《狱中书简》，第59页，第283页，都灵，埃依约乌迪出版社，1965年。

④ 《皮兰德娄的〈诚实和快乐〉》，载葛兰西《文学与民族生活》，第307页，都灵，埃伊纳乌迪出版社，1954年。

⑤ 同上。

⑥ 《皮兰德娄的艺术个性》，同上书，第52页。

意大利民族文化的珍贵遗产

——葛兰西文艺思想研究

整整十五年以前，伟大的马克思主义者葛兰西溘然与世长辞。

葛兰西的名字，作为杰出的无产阶级革命家和意大利共产党的领导人，载入了近代世界的史册。他丰富、精湛的理论著述，则对马克思主义思想宝库的建设，作出了贡献。

1947年，葛兰西逝世十周年以后，他身陷囹圄时写作的《狱中书简》、《狱中札记》相继问世并震动了意大利和西方学术界。舆论认为，《狱中书简》、《狱中札记》的传播和研究，是第二次世界大战以来文化生活中最重要的事件；他的著作今天不只对马克思主义理论家发生指导作用，而且被学术界视为经典文献和意大利民族文化的珍贵遗产。葛兰西的思想影响在欧洲、美国和第三世界国家也日益扩大，不同政治倾向、学术观点的批评家、学者，结合历史的或当今的现实，对他的著述进行着愈益深入的研究。

葛兰西在文艺理论和文艺批评方面的建树，是他整个学说中的一个重要组成部分。

像其他马克思主义思想家一样，葛兰西的文艺理论，始终同生活、现实有着密切的联系；他的文学批评实践，又始终同他在政治领域的革命实践融合在一起。

一

1891年1月23日，安托尼奥·葛兰西出生在意大利撒丁岛首府卡利亚里附近的一个小市镇阿莱斯。

他的父亲是注册局的职员，依靠菲薄的薪金赡养有七个孩子的家庭。童年的葛兰西体质羸弱，经常生病。小学毕业后，他不得不过早地开始工作，为家庭分忧。后来他在《狱中书简》里回忆说，当时他每天要劳动十个钟点，因为不堪忍受沉重的劳动，他常常夜里悄悄地哭泣。清贫的生活使他的童年、少年蒙上了一重阴影，但也促使他很早就在艰辛困苦中砥砺意志，磨炼坚韧不拔的品格。

葛兰西从小酷爱读书，有着强烈的求知欲。家里书籍很少，他便千方百计借书来读。他胆大心细，常常到乡村游历，观察自然。他渴望将来能当一个英勇无畏的探险家，周游世界，探索大自然的奥秘，了解社会和人，因此有“小参孙”的外号。

十四岁的时候，葛兰西进入圣卢苏乔初级中学。在哥哥杰那罗的影响下，他开始接触宣传社会主义思想的进步书刊。三年以后，他进入卡利亚里高级中学。在这里，青年葛兰西如饥似渴地阅读马克思、恩格斯以及克罗齐的著作，经常同一批有志青年探讨社会、经济问题，并开始写作犀利、生动的政治文章。

在撒丁岛度过的二十个年头，对葛兰西后来选择的道路具有决定性的意义。他生活在劳动人民当中，热爱美丽富饶的撒丁岛和它勤劳、朴实的人民，他深切体验到故乡的落后和人民的不幸，目睹意大利南方和北方的尖锐对立，笼罩整个社会的严重的阶级矛盾，这在他的心灵里培育了仇恨剥削制度，追求社会正义的感情，推动他去苦苦地探索造成撒丁岛贫困和落后的病根。

1911年，葛兰西以优异的成绩通过考试，获得都灵大学为外省青年提供的奖学金。他离开撒丁岛，走上了求索真理和革命实践的道路。在都灵大学文学哲学系，他主攻语言学、文学，潜心研读古典文学和德·桑克蒂斯、克罗齐的文艺论著，但他又不囿于专业的狭小天地，而是怀着浓厚的兴趣，涉猎历史、哲学、法学、政治经济学，以博学广识和过人的智慧赢得教授们的赏识。四年的大学生活为葛兰西日后多方面的卓有成效的理论著述奠定了坚实的基础。他的导师、著名学者巴托利教授原指望这名聪颖好学的学生将来成为优秀的语文学家，但葛兰西终究没有成为书斋里的学者。他胸怀“拯救意大利”的抱负，毅然把自己的一生奉献给无产阶级革命事业。

都灵是当时迅猛发展的意大利资本主义工业的心脏，也是蓬勃兴起的社会主义运动的中心，以“意大利的彼得堡”著称。还在大学学习的时候，葛兰西一面认真学习马克思主义，一面深入到工厂车间和工人住宅区，进行宣传鼓动，组织政治斗争。1913年，他加入社会党，为该党机关报《前进报》撰写政论文章和戏剧评论。

伟大十月社会主义革命开创了国际工人运动的新生面；意大利掀起了革命高潮，但由于社会党领导奉行错误路线，坐失了大好革命时机。当时葛兰西担任社会党都灵支部书记，他挺身而出，于1919年创办《新秩序》周刊（后改为日报），宣传马列主义，提出清除党内机会主义路线，在工厂、合作社、兵营建立共产主义小组，发动人民群众建立苏维埃的政治纲领，为意大利无产阶级政党的建立作了思想上、组织上准备。列宁在共产国际第二次代表大会的报告中高度评价了葛兰西这个时期的革命实践：“我们应当向意大利的同志们说，同共产国际的方向符合的，是‘新秩序派’，而不是现在社会党和它的议会党团的多数领导者。”[①]

1921年，葛兰西偕同一批志同道合者退出社会党，创立意大利共产党，以后又担任总书记。他曾多次代表意共参加共产国际执行局的会议。1924年当选国会议员。为了阶级的解放，为了党的建设，葛兰西不顾疾病缠身，夜以继日地工作。墨索里尼窃取政权，建立了世界上第一个法西斯独裁统治，白色恐怖笼罩全国。党和同志们一次又一次劝葛兰西转移到国外，他却安之若素，坚守指挥岗位，一次又一次推迟出国日期。1926年11月8日，一个黑暗的冬夜，一群便衣特务闯入了他的住宅；葛兰西不幸被捕，锒铛入狱，从此开始了漫长的、骇人听闻的铁窗生涯。

在法西斯牢狱中，葛兰西受尽酷刑折磨，始终坚毅不屈，顽强斗争。高尔基、罗曼·罗兰、巴比塞等国际进步人士于1933年组织声援葛兰西国际委员会，揭露法西斯迫害这位革命家的罪行，积极营救，英国坎特伯雷大主教也出面呼吁，要求释放葛兰西，但都遭到法西斯当局的蛮横拒绝。1937年4月25日，身受缧绁之苦达十一年之久的葛兰西脑溢血发作，一颗高尚的心停止了跳动。

二

葛兰西的理论著作对当代政治、哲学、历史、经济、文化、宗教等诸多领域的许多重要问题，作了深入的论述。他有关文艺的著述除散见于被捕以前发表的论文、评论外，大多收入《狱中札记》、《狱中书简》。

这是用鲜血凝聚而成的两部作品。在狱中，葛兰西长年遭受几乎与世隔绝的单独监禁和惨无人道的迫害，每日三餐吃着牲口饲料那样令人作呕的饭食，愈来愈严重的神经衰弱症、肠胃病、脓血症、尿毒症，常常折磨得他无法坐卧。慑于舆论的压力，法西斯不敢公然对他下毒手，便阴险地采用慢性杀害的伎俩，他们歇斯底里地叫嚷：“我们要这个头脑二十年不能工作。”但葛兰西铁骨铮铮，他在狱中致亲人的一封充溢革命浩气的信中写道：

“无产阶级的解放是艰苦卓绝的事业，唯有当人们普遍悲观失望的时候保持不折不挠精神的人，唯有把意志锤炼得像刀剑一样坚韧的人，才堪称工人阶级的战士，才堪称革命者。”

葛兰西就是这样一位坚强的革命者。他决心在狱中进行学习和研究，从事写作。这是他坚持斗争的唯一方式。被捕以后仅仅四个月，他在一封信中便谈到他将进行系统研究的设想，首先着手研究这样四个课题：十九世纪意大利社会思想史；比较语言学；皮兰德娄戏剧；通俗小说和人民文学。从这里可以清楚地看出，文学艺术是葛兰

---

① 《列宁选集》中文版，人民出版社，1972年，第4卷，第343页。

西研究的重点。

他不顾环境的险恶，抱着多次昏迷，几乎无法支撑下去的病体，在匮缺最基本的参考书籍和资料的情况下，以惊人的毅力和才智，用轻轻一按就痛得要命，甚至无法拿起最轻的东西的手，以蝇头小字写满了三十二个笔记本，共2848页，另外还写了九百多封书信。这些笔记后来按它们的内容分门别类，整理和编辑为《历史唯物主义与克罗齐哲学》、《文学与民族生活》等六卷。

另有一种版本，大体上按写作的年代顺序为脉络，把它们编为《狱中札记》四卷。这两种版本互相参照，给研究葛兰西的思想提供了方便。

初读《狱中札记》，往往会被它们的隐晦曲折的文字和零散、片断的形式所困惑，难以理解。这是牢狱的特殊环境造成的。

在狱中，葛兰西为了及时地把他思维的成果记录下来，不得不诉诸笔记的形式。他没有考虑到后来会以这种样子出版，不少问题他本想留待将来予以充实、丰富，作进一步的阐发，或者在笔记中只是指出了今后深入研究该问题的可能途径。因此这些札记大多采用省简的笔法，篇幅短小，概括性强，含蓄幽奥，无法像正常情况下写作论文那样字斟句酌，注意文章的严谨结构。有些札记近于读者心得、论文提纲，或者仅仅是思想火花迸发时作的速记。有的札记写完了，有的只是开了个头。

法西斯监狱当局对葛兰西写的东西实行严格的检查。为了通过审查官这一关，葛兰西常常把容易引起麻烦的字眼改头换面，例如把马克思、恩格斯称为“实践哲学的奠基人”，把无产阶级革命叫作“客观现实的大变革”，等等，用隐晦曲折的方式，拐弯抹角地表达革命的思想。由此给阅读葛兰西的著作带来相当大的困难。

不过，这些表面看来片断的、不系统的札记，却相互关系，有着内在的紧密联系和完整、丰富的思想内容。如果把葛兰西有关文艺的论文、评论、札记、书信集中起来，加以全面的分析和研究，便不难看出，葛兰西根据意大利的客观实际和当时的时代特点，多方面地阐述了马克思主义文艺理论一系列带根本性的问题，为马克思主义文艺宝库增添了新的内容。

三

葛兰西文艺思想的一个重要特点，是坚持对社会现象和艺术现象的历史唯物主义态度。这是同以克罗齐为代表的唯心主义文艺思想针锋相对的。

众所周知，克罗齐是二十世纪在西方和意大利发生重要影响的哲学家、历史学家和文艺理论家。他学识渊博，对文艺的特征和规律发表了不少独特的见解。他的文艺理论的核心，是把艺术同现实生活，同历史相割裂，认定艺术属于精神的范畴，是超脱社会的精神的产物。他由此断言，“艺术即直觉”，即“静观”，感觉又先于观念、行动，提倡以文学与现实、内容与形式相分裂为特征的“纯诗歌”。按照他的观点，文艺是“表现”和“交流”这样不同性质的过程的组合，前者为内在的、精神的活动，后者为外在的、实际的活动，文艺从内在的自我情感出发，为直觉的“抒情的表现”，然后再转到外在的自然，即“交流”。在很长的时间里，克罗齐的学说成为“为艺术而艺术”和消极浪漫主义的理论基础，他在文艺理论领域拥有至高无上的权威，有“世俗教皇”之称。

葛兰西青年时代曾受到克罗齐学说的影响，对于克罗齐作为治学严谨的学者，对于他学术上的建树，对于他作为杰出的科学散文作家，也一向表示崇敬，称他是“文艺复兴的最后一位代表”[①]但在实践活动中，葛兰西愈益痛切地意识到，不批判克罗齐唯心主义文艺观，消除其影响，建设马克思主义文艺批评的任务就无从谈起。为此他曾萌发过效法恩格斯的《反杜林论》，写出《反克罗齐论》的设想[②]。

在《狱中札记》中，针对克罗齐关于文化、艺术自外于社会实践的纯文化观，葛兰西从社会实践出发，阐述了“文化”这一概念包含的极其深刻的含义：文化艺术作为观念形态，属于历史的范畴，是历史的事实；文化艺术问题始终同社会的劳动分工、阶级关系联系在一起，并且自觉不自觉地对它们作出反映，因此，文化艺术是“上层建筑”，是一定社会的精神生活，是某种“哲学”、“世俗宗教”，代表一个民族“对生活和人的观念”[③]。克罗齐宣传的纯艺术、纯诗歌的主张，历史地说，是站不住脚的，因为文艺作品是特定的社会—道德内容的体现，而艺术史、诗歌史实质上是从艺术、诗歌或审美的特殊角度，是从艺术家、诗人同历史、社会现实关系的角度来研究的历史。所以文学研究“不是文学史的研究，或者更确切地说，而是把文学史作为更加广泛得多的文化史的一部分和一个方面来研究”。[④]这样，葛兰西在他的富有战斗性、科学性的文字中，廓清了历史唯物主义文艺观同克罗齐唯心主义文艺观的分界线，不仅正确探讨了文学艺术的起源、本质，文学艺术同社会现实的辩证关系，而且揭示了无产阶级自觉地进行文艺领域的思想斗争的历史必然性。

从上述观点出发，葛兰西提出了著名的关于“民族—人民的文学”的思想。他从意大利读者热衷外国通俗小说，冷淡本国当代作品的现象入手，阐示问题的历史、社会、文化根源及其实质。他破天荒第一次在意大利指出，意大利人民现实在政治、经济、文化领域面临的种种令人苦恼的问题，盖源出于这样的事实：由于意大利特殊的历史条件，在反对封建主义斗争中充当领导者的意大利资产阶级，同欧洲其他国家的

---

① 《葛兰西论文学》，吕同六译，人民文学出版社，1983年，第134页。

② 《1967年葛兰西研究国际学术讨论会文集》，罗马，里乌尼蒂出版社，1969年，第2卷，第22页。

③ 《葛兰西论文学》，第2页。

④ 同上，第27—28页。

资产阶级相比，具有极大的软弱性、排他性，它脱离群众，害怕群众，使意大利资产阶级革命以同封建地主阶级的妥协告终。这就决定了资产阶级以及依附于它的知识分子无力反映和满足民族—人民的理想和要求，决定了作家和整个知识阶层脱离民族和人民，缺少同人民一致的世界观，却同旧的等级制度有着千丝万缕的联系。因此，意大利文学缺乏民族—人民性。或者说，意大利不存在“民族—人民的文学”的事实，正是“近代意大利民族难产的反映”。[①]

一方面，不存在“民族—人民的文学”；另一方面，意大利文学中“世界主义”盛行。这是一枚银元的两面。对于后者，葛兰西进行了尖锐的批评。所谓“世界主义”，根据葛兰西赋予它的含义，是指自外于民族—人民，对民族—人民及其最紧迫的实际问题漠不关心的倾向；它在文学上表现为对异族的卑躬屈节，逃避现实，学院主义，精神空虚，乡帮观念等弊病。葛兰西通过历史的考察，在这里提出了一个引人注目的观点：意大利文学中“世界主义”的源头，可以追溯到文艺复兴时期。他在以人文主义与文艺复兴为题的一组札记中写道，意大利文艺复兴运动有着举世公认的功绩，是“一场伟大的文化革命”。但文艺复兴运动作为两种世界观的斗争，即“资产阶级——人民世界”同“封建——贵族世界观”的斗争，又交织着革命与反动、进步与倒退的两重性[②]；其不容忽视而又往往被忽视的“倒退性”的一种表现，是随着城市公社的衰落，“资产阶级——人民世界观”失败了，产生了一批“世界主义”作家，他们依附于割据称雄的各邦封建君主，把他们当作自己和艺术的庇护神，对劳动人民采取冷漠的、贵族老爷式的态度。葛兰西的这一分析，应该说是中肯、真切的，它不只探究了意大利作家脱离人民的历史渊源，而且对评价文艺复兴文学也有着指导意义。

葛兰西认为，十九世纪民族复兴运动是对“世界主义”传统的一次有力冲击，在文学、歌剧领域产生了一批反映时代的精神、人民的要求的现实主义杰作。然而，法西斯统治导致作家脱离人民的弊病的恶性发展，作家与人民之间的联系被法西斯和作家自己竖立起来的双重高墙隔断了。群众竞相阅读大仲马、欧仁・苏等的通俗小说，因为对于他们而言，意大利作家比外国作家“更为陌生、遥远”[③]。

关于“民族—人民的文学”的观点，是葛兰西文艺思想的基石。它是总结意大利历史和现时文学经验的结果。

他指出，为着建设“民族—人民的文学”，必须造就一支新型的知识分子队伍。葛兰西一贯重视知识分子的作用，他曾说过，北方的工人、南方的农民和进步知识分子三者的结合，组成一个“历史的集团”，这将是意大利革命的主要力量。他把知识分子

① 《葛兰西论文学》，第19页。
② 同上，第61—64页。
③ 同上，第51页。

视为文化的创造者和传播者。在《关于民族—人民的概念》这篇著名的论文中，葛兰西写道，现代意大利知识分子还不能承担它应当承担的使命，因为他们被同旧制度千丝万缕的联系所束缚，活像悬吊在半空中的梁上君子，不懂得因而也不可能真实地反映人民的疾苦和愿望，他们热衷于表现纯艺术或者什么艺术的自我。

但是，葛兰西告诫说，绝不能由此把造就新型知识分子的任务简单地归结为“造就新的艺术家”的斗争——那将是荒谬的见解；须知“艺术家无法人为地创造出来”[①]。按照葛兰西的观点，造就新型知识分子，本质上意味着解决作家同人民的关系问题。从客观上说，这就需要发动一场足以打碎旧传统的“强有力的、自下而上的政治运动”，以从根本上改变书本与生活、思想与实践、作家与人民的相互关系。在这一运动中，新的社会集团一旦以领导者的姿态和前所未有的信心登上历史舞台，便不能不从它的内部推举出新的艺术个性。而从作家自身来说，则需要同人民保持密切的联系，“跟人民的情感融为一体”，成为“人民的组成部分”和它的代言人[②]，并努力把文学的根子“扎在实实在在的人民文化的沃土上”[③]。只要做到了这两点，“民族—人民的文学”便将获得生命力。

葛兰西关于“民族—人民的文学”的思想，又是吸取前人，包括他所批判的克罗齐的文艺理论中合理因素的结果。

克罗齐在《文化与精神生活》一书中曾论述了这样一个观点：“一部诗作或一组诗作问世后，无法通过对这些作品的研究、摹仿和改编来继承与发展它们。……诗歌不能产生诗歌。孤雌生殖是不存在的。需要有阳性元素，即需要有现实的、激情的、实际的和精神的东西的参与。”

克罗齐这一席话有一定的道理，它指出艺术创作不应该诉诸对现成作品的摹仿，但它又相当抽象，并没有跳出诗歌是精神的产物和纯美学的窠臼。但葛兰西表示，这个观点可以为历史唯物主义所接受。葛兰西吸取了克罗齐观点中的合理内核，予以改造和发展，注进了克罗齐本人排斥在外的社会因素，从而得出了他的文艺理论中一个原则性的结论：“文学不能产生文学……上层建筑除开惯性和惰性的结果外，无法产生上层建筑。它们的诞生，必须依靠‘阳性’元素的参与，即革命、革命活动的参与；这‘阳性’元素创造‘新人’，即新的社会关系。”[④]这样，葛兰西完整而透彻地阐发了革命、革命活动是创造“新人”和“新的社会关系”，从而建设“民族—人民的文学”的必由之路的重要思想。也正是从这角度，葛兰西对但丁的伟大历史价值作了精辟的阐发。

---

① 《葛兰西论文学》，第10页。

② 《葛兰西论文学》，第49—50页。

③ 同上，第17页。

④ 《葛兰西论文学》，第12页。

四

运用辩证的、科学的分析，探讨文学艺术的许多基本问题，诸如文艺的社会功用、形式与内容、文艺批评的标准，是葛兰西文艺思想的一个鲜明特色。

在《艺术与争取新文明的斗争》一文中，葛兰西开宗明义就指出，那种略懂几个千篇一律的公式便自诩掌握了足以打开一切门户的“万能钥匙”的轻佻、幼稚的态度，是同马克思主义文艺批评水火不相容的。

关于文艺的社会功用，葛兰西首先强调，艺术是两种类型的因素，即纯艺术性质的或审美的因素，与政治性质的即文化一致的因素的有机结合。他批评把艺术视同一般宣传工作的偏狭、错误的观点。他说，如果让文艺变成“‘预先安排的’和规定的政治宣传”，让作家以虚假空洞的热情，去写对于他异常陌生的、无法驾驭的材料，即“人为地表现一定的内容”，那么，结果只有一个——产生短命的失败之作。文艺变成了政治的附庸与传声筒，它的社会功能，它的认识与审美价值，也就一笔勾销了。正是在这个意义上，葛兰西毫不含糊地说，“艺术就是艺术”。[①]他还对文学家与政治家的区别作了细致的阐述。

另一方面，葛兰西清楚地意识到，文艺具有形象地映照历史真实，使之升华为审美感受，成为群众的精神财富的特殊作用，是进行思想斗争的极其锐利的武器。因此，文艺是整个革命事业的一个组成部分，是“新文化”的一个组成部分。他坚定地申明，文学艺术的对象是人民大众，它的使命是为了“文化与道德的革新”。他要求作家肩负起“满足人民的精神要求”，“培养民族—人民的思想、道德意识的历史任务”。[②]为此，他希望作家成为“民族的教育者”。[③]

由此可见，葛兰西反对用政治说教代替艺术创作和艺术脱离政治的两种倾向，他既没有忽视文艺的审美价值，文学家与政治家的区别，又强调文艺的社会—道德价值，文学家是“教育者”，从而完整地阐发了文艺的社会功用。

关于文艺作品的形式与内容的关系，葛兰西同样作了很恰当的分析。他指出，作品的形式与内容的关系，具有“审美的”和“历史的”两重含义。

为了说明自己的观点，葛兰西举了这样的例子：两个作家，可以反映或者描写同一个历史—社会时期；然而，一个能够享有艺术家的声誉，另一个充其量只能落得个不高明的画师的称号。为什么会出现这种情况？原因在于，后者忽视了文艺自身的特

① 《葛兰西论文学》，第13页。

② 同上，第53页。

③ 同上，第122页。

征和作品的艺术表现，他不懂得，作品仅仅条理分明地把一定的内容“概括”出来，是不能唤起读者的审美兴趣的。“民族—人民的文学”要求真实地、生动地再现现实生活。作家对生活中各种现象的本质的概括和典型化，必须借助艺术的特殊手段来实现。

关于这一点，葛兰西在评论皮兰德娄戏剧时又作了进一步的阐释。他说，文学是现实或者说是现实在作家头脑中反映出来的“观念转化为艺术的过程”，这种艺术转化过程不应该是“始终刻板划一的，即只具有逻辑性”，而应该“从来是迥然不同的，即具有想象性”[①]。因此，对于文艺作品而言，“美”的素质是绝对不可缺少的。

葛兰西告诉我们，形式与内容的有机的、统一的结合，是支配文艺创作全过程的一个规律，因为文艺作品的内容不能用抽象的方式体现出来，内容必定要熔铸在艺术形式之中。针对当时意大利文学中浮夸华丽、矫揉造作文风的盛行，葛兰西提出这样的看法：坚持“形式”，正是执着于“内容”，纠正传统的华而不实的文风的一种实际手段。

文学作品的内容意味着什么呢？按照葛兰西的观点，简单地说，内容系指贯穿于作品中的艺术家的情感，他对生活的态度，是艺术家的心理—道德世界即思想意识，同他生活和创作的那个历史时代的结合。“不妨说，谁坚持‘内容’，事实上就是为争取特定的文化、特定的世界观而斗争。”[②]所以，作品的形式与内容的关系，实质上就是艺术与历史的关系。

葛兰西曾经就形式与内容的关系说了这样一段很有见地的话：“‘美’是不够的。需要一定的思想和道德内容，并使之成为一定的群众——即在历史发展的一定阶段的民族—人民的最深沉的愿望的完美和充分的反映。文学应该既是文明的必要的组成部分，又是艺术作品”。[③]显然，“文明的必要的组成部分”属于历史的要求；“艺术品”属于审美的或艺术的要求；二者不能分裂，又不能等同。二者达到了统一与融合，葛兰西肯定地说，那就是“民族—人民的文学”。

形式与内容的关系，不是对立的，互相排斥的，而是“二位一体，不可分割”。这并不意味着它们之间毫无区别。葛兰西批判了在这个问题上的二元论观点，指出在某种意义上，内容对于形式而言，是第一性的。这不只因为“内容的改变，也就意味着形式的改变”，而且由于，假使一部作品达到了完美的境地，那主要是仰仗它的道德内容和政治内容，而不是决定于作品的形式。也正是在这个意义上，葛兰西断言，“内容主义者”远比他们的对手，例如高蹈派诗人，更富于民主精神。[④]

---

① 《葛兰西论文学》，第122页。

② 同上，第24页。

③ 同上，第55—56页。

④ 同上，第24页。

基于上述观点，葛兰西阐明，马克思主义文艺批评的任务在于研究艺术家、文艺与社会之间的全部关系，研究作品的形式与内容之间互相依存的关系。文艺批评家总是努力剖析作家的思想基础，他的作品在具体的社会环境里留下的投影，因此，文艺批评是“对道德、情感和世界观的批评”。但是，文艺批评又应该具有鲜明的文艺特色。如果批评家单单关注作品的内容，作家反映了什么，而不涉及作品的形式、审美价值，那就意味着批评家“根本没有触及艺术问题”，文艺批评也就不复是文艺批评，而被充斥政治批评和空洞的政治术语的教条主义代替和取消了。葛兰西由此得出一个重要的结论：“实践哲学的文学批评，必须以鲜明炽热的感情，甚至冷嘲热讽的形式，把争取新文化的斗争，即争取新的人道主义的斗争，对道德、情感和世界观的批评，同审美批评或纯粹的艺术批评和谐地冶于一炉。”[①]简单地说，文艺批评是道德、情感批评同审美批评的辩证统一。

在论述马克思主义文艺批评的任务时，葛兰西总结了意大利文艺批评的历史经验，对德·桑克蒂斯[②]和克罗齐的文艺批评作了比较分析。克罗齐的文艺批评贯串着这样一个基本观点：文艺作品的形式是至关重要的，形式等于内容，所以批评家的任务不在于研究形式与内容的关系，而是要善于把作品区分为“诗”与“非诗”。葛兰西指出，克罗齐的批评是“冷若冰霜的美学批评”，不足为训。他断然指出，“实践哲学的文学批评的典范，唯独德·桑克蒂斯当之无愧，克罗齐或者别的什么人相形见绌，更不用提卡尔杜齐[③]。”他在德·桑克蒂斯身上看到了“坚定不移的政治、道德信念”，把道德、艺术批评同生活与人民的斗争提出来的现实问题联系起来的激情。这种同克罗齐“冷若冰霜的美学批评”截然对立的“战斗的批评”，[④]葛兰西认为，使德·桑克蒂斯的文学批评时至今日仍然充满生命力，具有借鉴的价值。

与上述问题紧密相联系的，是葛兰西提出的著名“距离说”。这是一个很值得重视的观点。在审美欣赏中，距离感是一个重要的因素。观赏自然景物的时候，可因距离不同而产生不同的审美感受，甚至可能因为不善于保持一定的距离，而失去或减弱对美的鉴赏。对待同一个人，也可因情感距离的不同而产生不同的印象。葛兰西把审美过程中经常发生作用的距离感，运用于文学批评。他在一封狱中书简里写道，阅读“经

---

① 《葛兰西论文学》，第6页。

② 弗朗齐斯科·德·桑克蒂斯（Francesco De Sanctis，1817—1883），意大利著名文艺批评家，曾积极参加民族复兴运动。他反对文艺理论领域的学院主义与形式主义，主张文艺反映现实生活，强调文化与生活，形式与内容之间存在的不可分割的关系；对意大利现代文艺批评的影响极为深远。

③ 乔祖埃·卡尔杜齐（Giosue Carducci，1835—1907），意大利诗人、文学批评家。早期诗作抒发民族复兴运动的理想，后期转到君主立宪派立场。晚年在波伦尼亚大学执教，并从事文艺批评和文学史研究。1906年获诺贝尔文学奖。

④ 《葛兰西论文学》，第5—6页。

典作家”的作品，不可把古人奉若圣贤，不应当完全沉浸到作品里去，陷于“迷恋”与“附和”，人云亦云，应当保持某种“距离”，就是说应当用批判的眼光，清醒地、客观地予以审视。葛兰西要求批评家甚至比作家站得更高一层，既善于“欣赏”经典作品，又有魄力“轻蔑”经典作品。思想上、情感上保持了一定的“距离”，才能对经典作家作出实事求是的、正确的评价，像恩格斯评价歌德一样。

在另一封书信里，葛兰西谈及托尔斯泰的创作时，又对他的“距离说”作了发挥。他提出把艺术作品的审美价值同思想价值区分开来，把对艺术作品的审美欣赏，同道德欣赏即参与艺术家的思想意识区分开来。他举例说，他可以从审美的观点赞叹托尔斯泰的杰作《战争与和平》，却不能苟同小说的思想实质。他认为，从批评的角度看，这种区分是正确的和必不可少的。葛兰西在这里不仅论述了审美批评的方法、尺度，而且实质上又阐述了怎样科学地、实事求是地对待作家的世界观与文学创作、作品的思想性与艺术价值之间既互相联系，又互为独立甚至矛盾的关系，充满了辩证唯物主义精神。

五

关于文学遗产问题的论述，对意大利和外国许多重要作家的分析，在葛兰西的著作中占有重要的地位。

葛兰西严肃批评了以虚无主义态度对待文学遗产，反对继承文学遗产中的优秀成果的错误倾向。他不止一次地说过，新文化无法臆造出来，“民族—人民的文学”也不可能是平地楼台，不能“以精神活动为其渊源”。新文学的前提，“不能不是历史的、政治的和人民的前提”。[①]对文学遗产只能以马克思主义的观点去进行批判的、正确的评论，去发扬文学传统中的典范和成果。

同样，对待古典作家也不可采取一概排斥、摒弃的态度，尽管按照他们所处的时代和他们的世界观来说，他们是“旧人”。但是，葛兰西论证说，在社会现实原先的诸种关系被推翻以后，“旧人”进入新的关系，他们也就经历了变化，可以改造成为“新人”。他以处在从中世纪向近代世界过渡时期的伟大诗人但丁为例，深刻地揭示出，“在正面形成的‘新人’创作出诗篇以前，可以听到得到改造的旧人的‘最后凯歌’。”这最后凯歌把新与旧糅合在一起，“每每放射出令人惊叹的奇光异彩”。但丁的《神曲》就是“中世纪的最后凯歌，新时代和新历史的预兆”。[②]与此相关联，葛兰西阐述了另外两个值得注意的观点。第一，葛兰西指出，反映了一定的历史—社会阶段中占支配

---

① 《葛兰西论文学》，第17页。

② 同上，第12页。

地位的力量，反映了历史进程的高潮的作家，当然无愧为反映了时代的艺术家，但却不能据此断言，那些反映一定的历史——社会阶段中的其他力量、其他因素的作家，就没有反映出时代的风貌。道理很明显，一定的历史阶段的社会生活，像大海一样无限广阔，丰富多彩，不断变化，它“从来不是铁板一块，相反地，它充满错综复杂的矛盾”。还应注意到，在一定的历史阶段中，“精神—道德革新的过程对于各社会阶级并不是同时发生的”，历史前进的运动也不呈现“单线条”的形态，而是“多线条”的，充满曲折以至倒退。[①]从客观上说，时代的本质既可以表现于事物的主流之中，也可以表现于事物的支流之中；从主观上说，不同的作家也可以不同的方式，对现实生活作出独特的认识和评价。因此，那些反映了一定的历史——社会阶段中其他力量、其他因素的作家，在一定程度上仍然具有现实意义，也可以说反映了时代。

第二，葛兰西强调，不能把新文学视为对人民群众进行社会—道德教育和审美教育的唯一可能的途径。他多次指出，必须用既往进步作家和当今不同政治信念的现实主义作家创作的具有民主倾向的文学作品来向人民群众进行教育。

正是根据这样的原则，葛兰西对许多重要作家，例如但丁、薄伽丘、阿利奥斯多、马基雅维利、哥尔多尼、福斯科洛、莱奥帕尔迪、莎士比亚、托尔斯泰、契诃夫、凡尔纳等，作了精辟的分析与论述。对于那些世界观和著作都很复杂的文学家以及文学现象，如克罗齐、皮兰德娄、陀思妥耶夫斯基、大仲马以及人文主义、未来主义、侦探小说、科学幻想小说等，葛兰西不诉诸简单武断的批判，也不人云亦云，而是历史地、全面地分析，提出自己的独创的见解。

我们知道，还在社会党《前进报》主持戏剧评论专栏时，葛兰西就以浓厚的兴趣撰写了一系列关于皮兰德娄戏剧的评论。入狱以后，葛兰西又把皮兰德娄戏剧列为他在狱中专题研究的项目之一。尽管葛兰西对皮兰德娄的研究没有来得及完成，但我们从他写的剧评、札记中，可以窥见葛兰西是怎样评价这样一位复杂的文学家的。

葛兰西一扫教会的恶毒诽谤和资产阶级的世俗偏见，跳出纯文艺批评的圈子，从历史、文化、道德的高度，高屋建瓴地分析皮兰德娄戏剧独具一格的思想特征和艺术特征。不错，皮兰德娄的思想体系是主观唯心主义的，资产阶级批评家因之加给他一顶“皮兰德娄主义”的帽子；但葛兰西以敏锐的透视力指出，皮兰德娄表现客观现实变幻莫测，“自我”与“假面”冲突的剧作，闪耀着批判基督教世界观、庸俗陈腐的市侩习气和刻板僵化的传统观念的思想火花，皮兰德娄的戏剧扑朔迷离，怪诞不经，“哲学对话”的味道也颇浓厚。但葛兰西指出，剧作家在作品中冲决了传统的戏剧规范的藩篱，充分调动了戏剧的可能性，把他的关于客观现实的辩证观念，“体现在迥乎寻常的

① 《葛兰西论文学》，第5、第16页。

性格里，并且在浪漫主义的外衣下，表现于反对理智和常规的怪诞的斗争中”，[1]从而获得了不同凡响的戏剧效果。这样的评论，可以说不落窠臼，又切合实际。由此，葛兰西认为，皮兰德娄的杰出贡献，并不是作为“诗人”，艺术作品的“制造者”，而是作为“精神环境的革新者”，“文化批判者”，“戏剧批判者”，他的戏剧具有在观众头脑中砰然爆炸的集束手榴弹的威力，“使陈旧庸俗的习气摧毁廓清，情感和观念分崩离析。”[2]这一段著名的论述，今天已被意大利批评界公认为对皮兰德娄戏剧的经典性评价。

对英国作家吉卜林的评价，是另一个议论警策的例子。不少批评家认为吉卜林的童话体小说旨在曲折地宣传弱肉强食的殖民主义意识。葛兰西别具慧眼，从吉卜林那些能够激发少年读者种种美丽的幻想的动物故事里看到了它们的教育价值。他在狱中写的一封书信中称赞吉卜林描写的动物故事“荡漾着一种奋发的精神和意志力”；他说，这正是他以为需要让他的儿子德里奥和任何一个孩子领会的，“如果我们希望这些孩子赋有坚强的性格和昂扬奋发的活力的话。”

这里不能不提及葛兰西关于但丁《神曲》中《地狱》第十歌的探讨，它向我们提供了分析文学经典作品的榜样，受到但丁研究专家们的重视。

但丁《神曲》是深受葛兰西赏识的作品。他在都灵大学就开始对《神曲》进行初步的探索，入狱后通过亲属获得《神曲》的有关资料，以期进一步研究。令人遗憾的是，革命活动的繁忙，特别是其后铁窗生活的磨难，致使他深入研究《神曲》的夙愿未能实现，而仅仅在狱中书简里写下了他酝酿已久的提纲。但是，两封简短的书信却包含着丰富的内容。首先，葛兰西对克罗齐把一部完整的艺术作品机械地分割为“诗歌”（表现情感、激情、心理）与“结构”（表现思想意识、道德、宗教），并据此来评论《地狱》第十歌的研究方法，提出了批评。葛兰西认为，没有“结构”，诗歌本身也不复存在，因此，“结构”也就是“诗歌”。《地狱》第十歌是完整和谐的整体，而非如克罗齐所说半是“诗歌”，半是“结构”，前后对立的诗章。从而再次有力地驳斥了流行于文学批评领域的克罗齐唯心主义美学理论。葛兰西又摒弃了资产阶级学者纠缠于《地狱》第十歌中一些细枝末节的烦琐考证。他力排众议，破除批评界认为《地狱》第十歌是法利那塔之歌的定论，阐明《地狱》第十歌描绘了两个人物的悲剧，描绘了两种高尚的情感，即吉伯林党首领法利那塔对故乡佛罗伦萨的热爱，和“温柔的新体诗派”诗人卡瓦尔康蒂的父子之爱，进而对这首历来众说纷纭的名篇的思想性、艺术性作了富有见地的探讨。

葛兰西善于从审美的高度来剖析作品的艺术特色。他把诗歌和绘画这两个不同的艺术品种的作品加以比较，互相对照，探求其共同的、规律性的特点。他在这两封书

① 《葛兰西论文学》，第120页。
② 同上，第23、第127、第129页。

信里借助庞贝城以美狄娅杀子复仇为题材的壁画，来对比和论述《神曲》中《地狱》第三十三歌关于乌哥利诺伯爵杀子充饥的悲剧的描绘，论证了艺术创作中一条重要的规律，即无论是绘画还是诗歌，在表现人的巨大痛苦的主题时，应该回避它的最原始、最粗俗的形式，回避用表面激昂炽烈，实质苍白无力的方式展示悲剧情节发展的顶点，而宜于充分调动观众或读者的想象力，让他们不是一览无余地看到，而是深切地感受到悲剧的高潮；唯其如此，艺术作品才能产生最强烈、最感人的艺术效果。这两封书信不仅有助于读者理解但丁的这部巨著，而且葛兰西渊博的才学和出众的思维力，也在这里给我们留下了难忘的印象。

葛兰西对古典作家的评论包含着马克思主义文艺学说的重要的观点，有助于我们用科学的方法论去正确对待文学遗产，对于我们今天深入地研究或再评价这些重要而又复杂的文学家，仍然有着指导的作用。

当然，我们应该看到，葛兰西有关文艺的论述，产生于意大利劳动人民同垄断资本特别是同法西斯专制政权进行殊死斗争的严峻年代，客观环境不允许他对文艺的许多规律性问题进行深入细致的研究。对于他在著述中涉及的若干文艺理论问题，客观环境也不允许他予以充分的、周密地阐发。

在对某些问题的论述中，我们可以看到那个阶级斗争异常严酷的时代不可避免地打下的印记。对于一些作家、文学现象的评价，例如曼佐尼、翁加雷蒂、意大利浪漫主义，等等，也不免有失之偏颇之处。

意大利当代文学的新生面

——新现实主义

第二次世界大战后，欧洲文坛上各种流派迭出。意大利出现了一个风行一时的文学流派——新现实主义。

新现实主义出现以后，引起了各国文艺界的广泛注意和兴趣。然而，在对新现实主义的认识和评价上，不管是在意大利，或是在其他国家，众议纷纭，争论颇多。有的把它贬得一钱不值，有的则把它捧上天去。

作为一个文学流派，新现实主义由诞生到衰退，由反映反法西斯抵抗运动到表现社会下层生活，前后持续了十来年。它的发展过程颇为复杂、曲折，它不像其他流派那样具有明确的理论纲领，它也不是一个组织上非常统一的流派。

一

新现实主义产生于第二次世界大战行将结束，墨索里尼政权分崩离析，反法西斯抵抗运动风起云涌的时期。它是抵抗运动的产物，它反映了这个运动的精神，表达了这个运动的要求。

新现实主义虽然是在反法西斯抵抗运动的政治气候下孕育苗长的，但是它的种子却早已播下了。1922年10月，墨索里尼一手导演了“罗马进军”，篡取了政权，从此，意大利出现了最反动的、最具有沙文主义倾向的法西斯政权。意大利法西斯专制的建立，比德国法西斯政权整整早了十二年！对外，墨索里尼推行疯狂的侵略扩张政策，妄图再现昔日罗马帝国的威风；对内，这个法西斯魔王则以空前残暴的白色恐怖，把整个意大利变成一座大监狱。数世纪来遭到外寇铁蹄蹂躏的意大利，又陷入新的深重灾难之中，开始了历史上有名的“黑暗的二十年”。

在法西斯统治下，多数作家愤怒地但又常常默默地注视着这场巨大的民族灾难，缄默了。他们尽可能避开一切可能的灾祸（法西斯审查、监禁、流放）。他们当中，有的把自己禁锢于象牙之塔内，追求作品形式的完美，写作风靡一时的艺术散文，推行所谓“片断主义”（卡达雷利等）；有的则沉湎于甜蜜的童年回忆，或美化乡村和外省生活（科米索、阿尔伐罗等）；也有些文人，象邓南遮、马里内蒂，堕落为法西斯党羽，成为他们的喉舌。

意大利文学就这样遭遇到了最巨大的悲剧。作家与人民之间的联系被法西斯和作家自己竖立起来的双重高墙隔断了。

1943年，反法西斯武装起义和游击战争在意大利如火如荼地兴起，郁积了二十年的怒火爆发了。声势浩大的抵抗运动使意大利出现了一个崭新的、人民群众意气风发的局面，这不能不在文学艺术领域里得到反映。气势磅礴的抵抗运动震撼了沉闷的意大利文坛，它的波澜壮阔的巨浪冲垮了矗立在作家同人民、作家同现实之间的高墙。青年诗人别尔托的预言证实了，他曾说：“总有一天，知识分子会像现实要求的那样行动起来。每个人都在战斗的行列里占据一个岗位。”①

首先行动起来的是电影工作者。“我终于看清了我周围发生的一切。我懂得了，任何对现实的回避，都是反叛行为。”②著名作家、电影剧作家泽瓦蒂尼这样说过。他们背起了摄影机，投入了斗争，抢拍报道反法西斯武装斗争的纪录片：《罗马，不设防的城市》（1944—1945）、《太阳刚升起》（1945—1946）、《悲惨的追逐》（1947）、《橄榄树下无和平》（1950）……他们把自己的创作方法叫作新现实主义，自己的影片称为新现实主义影片。稍后，一批新现实主义文学作品也相继问世。除了众多的特写、报告文学、短篇小说外，比较著名的大部作品有：《基督不到的地方》（莱维，1945），《满天红》（贝尔托，1947）、《安妮丝之死》（维加诺，1949）、《神圣的土地》（约维涅，1950）、《强盗》（贝尔托，1951）……新现实主义这一名词就随着这些影片和小说的成就在国内外流行起来，新现实主义成了风行一世的流派。

看一看早期新现实主义作家的生平，我们会发现，他们的履历上几乎都有亲身参加抵抗运动的记载；翻一翻他们的作品，又会发现，这些作品的形式最初不外是短篇、特写、回忆录、以真人真事为基础或带有浓厚自传体色彩的长篇。而在对待现实的态度上，这些经历了“黑暗的二十年”和抵抗运动的作家，坚决摒斥过去对现实的回避、粉饰，唾弃矫揉造作的“艺术散文”，他们迈向活生生的现实生活，迫不及待地想把自

① 帕奥卢契：《抵抗运动文学》，佛罗伦萨，1956。别尔托：诗人、翻译家、反法西斯战士，1943年在一次战斗中牺牲。

② 泽瓦蒂尼：《关于电影的几点想法》，电影剧本《温别尔托D》代序，米兰—罗马，卜卡出版社，1953。

己的所见所感倾泻于纸上，详尽地、忠实地向人民叙述历史的真实和现实的真实。他们所描写的，是他们最熟悉、印象最深、最使他们激动的事物。通常，作品所讲述的事件，是作家亲身参与或有深刻体会的；环境，是他们的故乡或待过很久的地方；人物，或实有其人，或是长年相处的相识。

著名女作家维加诺的长篇小说《安妮丝之死》[①]的内容和作者的经历，是颇具代表性的。维加诺出身于资产阶级家庭。20岁时，与家庭断绝关系，跑到一家医院里当护士，并开始写作诗歌和短篇。不过，最初发表的两部诗集竭力模仿邓南遮文体，并未给她带来声誉。1935年，维加诺和未来的丈夫、作家、反法西斯战士梅卢契相识，思想上有了很大的转变。抵抗运动兴起以后，夫妇俩双双投奔游击队，丈夫担任加里波第纵队司令员，维加诺率领红十字救护队。他们在极端艰苦的条件下，在意大利中部柯玛基奥地区坚持斗争，并于1945年4月转入反攻，解放了该地区的许多重要市镇。斗争锻炼了人，也造就了作家。维加诺后来在回忆这段经历时写道："我以后所写的一切，都是这些默默无闻的年代熏陶和培育的结果"，"战争结束后，我觉得有许多话憋在心里要倾诉，我有义务也能够把它们写出来。"就这样，维加诺写了一则短篇，叙述在游击队里和她并肩战斗了多年的一个农村妇女的经历。嗣后，在这则短篇的基础上，作家予以丰富、加工，便写成了《安妮丝之死》。

小说没有曲折的情节，作者只是具体地记叙了一支游击队的战斗生活，从中表现"身体臃肿笨拙"，"脑筋虽灵敏，但却很简单"的老农妇安妮丝的成长过程。纯朴、善良的安妮丝依靠辛勤的操作，养活自己和身得残疾的丈夫，过着颇为简单、宁静的生活。后来，丈夫被纳粹匪徒强行押往德国，在途中惨遭折磨致死。怀着一颗为丈夫复仇的心，安妮丝投奔了游击队。在游击队里，她烧饭、洗衣、打杂，像慈母一样细心照料队员生活。炮火的洗礼，战斗的集体，促使安妮丝慢慢悟到，她前半生五十多年的日子，过得虽然安宁，却都很相似，"一个样儿"，"白茫茫的微微有些凄清"；现在，她逐渐地懂得了当初认为是"男人们的事儿"，懂得了"人们为什么甚至肯牺牲生命来维护一个美好的、一直隐藏着的理想"。为了这个理想，安妮丝常常冒着生命危险果断地完成交给她的任务，输送军火，来往联络，保管秘密军库。为了这个理想，安妮丝最后献出了自己的生命。

作品里描写的一切都是平凡的，"一切都是真实的，人物和事件，地形和景物，色彩和气温。我只是对某些事件作了不多的调整和更动"。作者通过这样如实的描写来证实，安妮丝并非出众的英雄，而是游击队里最普通、最平凡的一员；她所经历的道路，正是千千万万意大利劳动妇女在反法西斯抵抗运动中所经历的道路。安妮丝，是意大

① 雷娜塔·维加诺（Renata Vigano，1900—1976）:《安妮丝之死》，1949年，都灵，埃伊纳乌迪出版社；北京，作家出版社，1955年。

利文学史上第一次出现的来自劳动人民为拯救祖国、解放人民而英勇斗争的正面人物，是意大利作家第一次塑造的战斗的劳动妇女的形象；安妮丝的纯朴、坚毅、顽强、英勇的高贵品质和自我牺牲精神，正是意大利劳动妇女的本色。在作者的笔下，这个普通、平凡的农妇逐渐变得高大、不平凡起来。这是《安妮丝之死》的最大成功之处。

维加诺的《安妮丝之死》是新现实主义最初的成功之作，它为新现实主义文学争得了声誉，为它的发展打下了基础。这样充满生活气息和战斗精神的作品在新现实主义文学中是极为罕见的。小说问世的当年，获得意大利最权威的文学奖“维阿雷乔文学奖”。许多进步刊物收到大批读者来信，广大农村妇女在信中说，安妮丝的英勇事迹鼓舞着她们，引导他们去进行新的斗争，这也可见作品在群众中产生的深刻影响。无怪乎个别评论家要贬斥《安妮丝之死》为“宣传鼓动性小说”[①]了。

早期新现实主义的另一重大题材，是“南方问题”。

意大利人所称的“南方问题”，实际上是意大利历史上遗留下来的痼疽，是意大利资本主义畸形发展的结果。由于资产阶级革命的不彻底性，从十八世纪末起，意大利开始产生两极分化，北部成了交通发达、大都市林立的工业区，南方却依然是贫穷、落后的农业区。正如葛兰西所指出，“意大利资本主义遵循这条发展路线而取得胜利的：它使农村屈从于工业城市，使意大利中部和南部屈从于北部。”[②]南方实际上沦为北部的殖民地。法西斯统治又使“南方问题”有了进一步的恶性的发展。莱维的报告文学集《基督不到的地方》[③]便是反映这一题材的代表作品。

莱维原是医生，但行医未久便转而从事绘画。三十年代和卡尔维诺、帕韦泽等在埃依纳乌迪出版社工作，并投身反法西斯运动。他曾几度被法西斯逮捕。1934年他第二次被捕，放逐到南方偏僻的山区路甘尼亚，在那里待了一年。释放后侨居法国。1943年回国参加抵抗运动，又遭拘捕。《基督不到的地方》就是1943—1944年作者在监狱里，“在另外一个世界，关在屋子里，愉快地在记忆里重游了那个世界（路甘尼亚）”时写成的。因此，这部报告文学集又不妨说是一部回忆录。

莱维以简洁、自然、真淳的语言，真实地勾勒了一幅路甘尼亚骇人听闻的赤贫、落后的图景，抒发他对法西斯的恨和对农民的爱。

打开书的第一页，一个“为风俗和忧患所束缚的、与历史和国家相隔绝的、永远忍气吞声的世界”，顿时呈现于读者的眼前。农民在贫瘠、荒凉、终年灰白的土地上过着一成不变的生活，他们与牲畜一起住在开在深涧陡壁上的幽暗的窖洞里；农民个个

① 贝洛契尼：《近五十年小说之变迁》，载《乌里塞》杂志，佛罗伦萨，1956年。

② 《新秩序》，1920年1月3日。

③ 卡尔洛·莱维（Carlo Levi，1902—1975）：《基督不到的地方》，都灵，埃伊纳乌迪出版社，1945年。

面孔蜡黄，衣不蔽体，骨瘦如柴，指靠卖青、借债糊口。这儿没有舒适和安慰，有的只是到处流行的疟疾、沙眼、癌症、瘟疫，有的只是永世的贫困和死亡的阴影。农民的旗帜也只有一种颜色，“那就是他们的悲哀阴郁的眼睛和衣服的色彩，其实也称不上色彩，而是土地和死亡的阴影而已”。这便是“时间、个人、希望、理智、因果关系和历史都没有来过，基督也没有来过”的路甘尼亚的真实写照。更正确地说，是路甘尼亚农民世界的写照。

和农民世界敌对的是另一个世界，路甘尼亚上流人物的世界。属于这个社会的有不学无术、横行霸道、独揽全村大权的法西斯村长；有昏庸的老医生，他把奎宁片当成包治百病的灵药开给一切病人；有村长的妹夫，法西斯党的书记、教师，他的学生读了几年书后还是文盲，连姓名都不会写；有专干告密、造谣勾当的太太们，趋炎附势、勾心斗角的官吏们和整日在广场上没完没了地清谈的绅士们。莱维无情地揭露这个丑恶的世界，它的蛛网般错综复杂的生活，猛烈抨击他们的卑鄙的情欲、懒散倦怠、贪婪、无能。作家努力揭示，这个世界是与农民世界为敌的，法西斯的政策与农民的利益背道而驰。农民不理解，敢情“罗马的家伙们”要让农民去打仗？“既然有钱打仗，为什么不把村里一座已经塌了四年的桥修修好呢？要不，造一座坝，开几口井也好呀”。可有一点农民是很清楚的，国家对于农民，“比天堂还遥远，带给他们的苦难也更大，因为国家老是和他们敌对的。”

莱维的功绩在于，他摒弃了惯常的假民间传说、地方色彩和异国情调来取宠的创作方法，而满怀内心的痛楚，细微地、毫无顾忌地描摹了这个“没有道德上的邪恶，只有永恒的人世的痛苦”的世界，无情地鞭挞了法西斯制度并揭露了它的反人民的性质。莱维强烈地谴责的法西斯，归根结底属于道德范畴内的现象，法西斯同农民的对立是两种文明——城市文明与农村文明——之间的对立；政府、神权、军队都属于城市文明。而且，在莱维看来，城市文明与农村文明的对峙、冲突历来有之，只是“法西斯主义把它隐瞒起来，根本不承认有这么一回事，结果火上加油，使它到了爆发的地步”。不难看出，作家是从道德观念出发来谴责法西斯——城市文明的代表者的。莱维在无情地鞭挞城市文明的同时，便多情地给农村文明披上一重神秘、奇妙的轻纱，把它当成理想王国极力礼赞。他认为，“在这两个分占土地的意大利之中，农民的意大利要悠久多了；谁都不知道它的起源，也许它将永远存在。”要是没有一把魔钥，任何人都进不去这个纯洁、古老、“蒙着黑纱的世界”。

莱维最终提出了“农村自治”，即让农民通过自治的或自主的农村社会参加国家生活的理论，作为消灭农村中对立现象的方案。这自然是改良主义的蓝图，是乌托邦式的幻想。在另一作品《语言就是石头》（1955）里，莱维记叙了西西里磷矿工人的罢工，又塑造了一个农民运动领袖的母亲的形象，但“农村自治”的主张仍保留了下来。

另外两部以“南方问题”为题材的重要作品是约维涅的《神圣的土地》[①]和贝尔托的《强盗》[②]。

约维涅长期生活在南方偏僻的乡镇，家境贫寒，当过教员，经常为进步刊物撰稿。在早期的小说《不成熟的人》(1934)、《夏娃女士》(1942)中，约维涅已着力反映南方问题，暴露民族复兴运动的不彻底性给南方乡村带来的祸害。后来他参加了抵抗运动。长篇小说《神圣的土地》便是他丰富的农村生活阅历和抵抗运动精神相结合的产物。小说以二十年代初法西斯刚登台时莫里塞地区农民争取土地的斗争为内容。农家出身的法科大学生玛拉诺，深知农民疾苦，愿为他们贡献自己的知识和力量。他劝说村里人开垦某个寺院遗弃的、现归地主卡纳瓦内所有的一片荒地——“神圣的土地”。地主诡称，在农民开垦后土地将长期出租给他们。但当农民在玛拉诺领导下历尽辛苦开垦后，地主竟派卫队用武力驱逐他们。被骗的农民忍无可忍，拒不散伙，于是展开了一场争夺“神圣的土地”的搏斗。玛拉诺还有幻想，相信法律会保护农民，相信卡纳瓦内的妻子的“仁慈”，但当他看到狠心的地主搬来了救兵——刚刚参加“罗马政变”归来的黑衫党徒共同残杀无辜的农民时，玛拉诺毅然投入保卫“神圣的土地”的战斗。他牺牲了。

约维涅真切地表现了封建制度造成的农村的永世的矛盾和惊人的赤贫，全书充溢着炽烈的反法西斯精神。无疑地，约维涅比莱维跨进了一步，他作品里的农民不再是任凭盘剥、宰割，逆来顺受的、驯服的农民，而是为争取生存权利，争取土地揭竿而起的农民。作者指出了法西斯同地主阶级的血缘关系：法西斯是得到南方地主阶级的直接支持而上台的，也代表了它的利益，它们狼狈为奸，相依为生；农民运动起来时，法西斯又同地主串通一伙，共同弹压农民。玛拉诺与安妮丝遥相呼应，相映生辉。但约维涅更多地摆脱了纪实性和对细节真实性的刻意追求，艺术上更臻于成熟。比较作家早期作品中创造的一系列人物，玛拉诺不再是脱离农民，摸索不到生活的目的的乡村知识分子，他经历了彷徨、苦闷，抛弃了幼稚和幻想，走向生活，走向成熟，在农民的斗争中找到了自己的归宿。从整个新现实主义文学看来，玛拉诺应该说是不可多得的比较成功的正面人物形象。《神圣的土地》获得了1950年度维阿雷乔文学奖。

朱塞佩·贝尔托对于中国读者并不陌生，他的处女作《满天红》(1947)早在五十年代就译成中文出版。小说以第二次世界大战后期某个小城五名贫苦青年的遭遇为线索，用纤细的笔触描绘被战争的炮火毁灭了青春的幻想的青年一代，身受战争、饥饿、瘟疫等邪恶的污染，而又终不失去纯洁本色的情操，引动了众多的赞叹。这部作品同作家的一段特殊经历相关。贝尔托1940年毕业于帕杜亚大学文学系，旋即被征入伍，

① 约维涅（Francesco Jovine，1902—1950）：《神圣的土地》，都灵，埃伊纳乌迪出版社，1950年。

② 贝尔托（Giuseppe Berto，1914—1979）：《强盗》，都灵，埃伊纳乌迪出版社，1951年。

派往非洲作战，1943年为美军俘虏，被送到美国得克萨斯战俘营，《满天红》便是他在战俘营艰难度过的三个春秋中写出来的。

贝尔托的第二部作品《强盗》，同约维涅的《神圣的土地》一样，写的也是农民夺取土地的斗争，但事件发生的时间已在战后。它使我们想起熟悉的新现实主义影片《橄榄树下无和平》。在影片里，德·桑蒂斯叙述牧民弗兰契斯柯战后复员归来，发现自己的羊群给地主偷去，便赶了回来，但反被地主诬告下狱。牧羊人为了报仇便越狱逃往山中……贝尔托描写米凯尔复员回到穷困至极的乡村后，积极发动农民起来夺取荒芜的土地，并且不畏惧地主武装部队的威胁、攻击，坚守斗争得来的成果。阴险的地主捏造"强盗"的罪名，强使米凯尔锒铛入狱。但米凯尔很快便越狱逃往山中……

贝尔托塑造了农民"强盗"的形象，向人们展示，为了土地和生存，为了正义而斗争的人，如何在恶势力压迫下被逼上梁山，成了"强盗"。这比单单客观地描写农村的贫困、愚昧自是深刻多了。不过，他的主人公与其说是农民斗争的领袖，毋宁说是见义勇为的英雄，"暴乱者"。因此，农民并不能理解他的所作所为；他们阴郁、狐疑、冷漠，长久犹豫、动摇之后，决意去抢夺土地，但却似一群乌合之众，在米凯尔被捕后便作鸟兽散。《橄榄树下无和平》里的弗兰契斯柯越狱逃往山里后，在牧民们帮助下，终于将仇人置于死地，然后再次戴上手铐；而米凯尔则是越狱逃往山里后，陷入孤独无援、四面楚歌的境地，最后被他从前的助手出卖。看来，作者对南方农村的现实是有着真切的感受的，但对于农民群众的力量的认识，对于改革不合理的现实的途径，贝尔托是颇为模糊的。在这一点上，贝尔托同莱维有相似之处。

除了上述作品和众多的散见于各处的特写、随记、短篇外，早期新现实主义作品中比较著名的还有：莱阿的短篇小说集《斯帕卡那波里街》（那波里一条街名，1947），米凯利的《危险的天堂》（1948）、普拉托利尼的《苦难情侣》（1947）、卡尔维诺的《乌鸦最后飞来》（1947）。

由此可以看出，早期新现实主义作品大都具有比较浓厚的生活气息。由于作家们亲身参加了反法西斯抵抗运动，因而他们在作品中都尝试以这个运动的精神来对法西斯统治下的意大利作出新的评价，大胆地正面表现反法西斯斗争和南方问题。一部分作家，如维加诺和约维涅，试图塑造对意大利文学来说完全是新的正面形象——游击队员、夺取土地的"暴动者"，描绘他们的生活、劳动和战斗，揭示这些新人优秀的精神品质。所有这些，不仅与法西斯时期的文学大相径庭，就是同后期的新现实主义相比较，也都是早期新现实主义的难能可贵之处。

二

从五十年代起，新现实主义文学进入了它发展的第二阶段。

五十年代的意大利，抵抗运动的风暴已经过去，意大利人民所渴望的、流血以争取的自由、民主、进步的社会并没有出现，相反，在他们面前展开的却是一幅十分紊乱的、残酷的现实图景，穷困、饥饿、失业、不平等、缺乏耕地等可怕的社会问题非但没有解决，反而变得更加严峻、尖锐。在此新的形势下，绝大部分新现实主义作家把笔锋从反映抵抗运动、地主与农民之间的冲突，转向描绘普通人平凡、辛酸的日常生活，暴露社会的阴暗面。这样便产生了有名的影片《偷自行车的人》、《警察与小偷》、《罗马，11点钟》，长篇小说《斯蓓朗采兰》（贝尔纳利，1951）、《地产管理局失火》（蒙台拉，1956）、《税务吏》（帕隆波，1957），短篇小说集《上帝，我们要光明》（莱阿，1951）、《库梅奥的遭遇》（莱阿，1955）、《海水洗不净那波里》（奥尔黛泽，1953），《伐木集》（卡索拉，1954），特写集《语言就是石头》（莱维，1955）等。

在这些作品中，贯穿着怎样的思想倾向？作品的艺术特征又是什么呢？鉴于这些作品几乎都未译成中文，为了便于评论，且让我们大致熟悉一下它们的内容。

西里奥在税务局服务了二十年了。微薄的薪金，加上每月因勤勉工作获得的奖金，却说啥也无法养活全家六口。月薪勉强开支十来天，每餐面包要“按需分配”，至于西里奥的胃溃疡，四个孱弱多病的孩子，月月逼债的房东，只好不加理会。妻子劝他利用职务之便，像其他同事一样，弄点“补贴”（“不要多，一个月一次就够了，亲爱的！”），被他狠狠训了一顿，因为他唯一的骄傲便是二十年如一日为人清白、光明磊落、不做亏心事。儿子在作文里诉说了家庭的困境，也挨了他一巴掌（虽然他为此好几天感到“手指火辣辣的”）。但是，贫困像恶毒的魔鬼在吞噬他清白的心灵；给某个大资本家当中间人的律师又来勾引他，贿赂他，驱使他去犯罪。一想到犯罪，他便感到“惊惧、厌恶、愤懑”。但这又有何用呢？他把二十年的时光献了出去，得到了什么报酬呢？他“甚至没有权力生病，因为这有失去奖金的危险”，他得养活孩子，养活家庭；去干那亏心事，“比起让孩子们慢慢地饿死，还不能说是更大的罪过吧。”终于，他“带着内心的痛楚，嘴上的微笑”，接受了律师的合同。

小人物永远是不幸的。逃税案揭发了，西里奥被赶出了税务局。

“‘啊，我的孩子们！’他长叹了一声，踏上了下楼梯的第一级。”——帕隆波以此结束了《税务吏》[①]的叙述。小说获当年黛莱达文学奖。

蒙台拉的《地产管理局失火》[②]堪称《税务吏》的姐妹篇。小说没有主要人物，或许可以说，它的主人公就是整个地产局，一群被艰难困苦的生活、单调无谓的工作弄得精神空虚、头脑迟钝、庸庸碌碌类似“机器人”的公务员。小说也没有一定的情节，

---

① 尼诺·帕隆波（Nino Palumbo，1921—　）：《税务吏》，米兰，蒙达多里出版社，1957年。

② 卡尔洛·蒙台拉（Carlo Montella，1922—　）：《地产管理局失火》，佛罗伦萨，瓦雷基出版社，1956年。

有的只是不厌其烦地对这群公务员日复一日地在阴暗颓败的办公室里机械地填写一张又一张的表格、清单和有关细节的描述。这一群人对一切冷漠无情，他们“永远是脸色阴沉、苍白，愁眉不展，裹着一身黑制服——免得油迹和斑渍和破绽显露出来。”“嫉妒，怨恨折磨着他们”，使他们“甚至不相信老婆，把任何一个人看成骗子手”。他们在生活中没有什么愿望、企求，唯一的奢望只是梦想有朝一日能顺着腾达的阶梯爬升一步。作家对公务员们平庸的生活的记叙似乎可以无尽止地延续下去，如果不是有一天，地产局突然烧起一场熊熊大火，血红的火舌，浓黑的乌烟，顷刻间使公务员们数十年来呕尽心血抄录好的表格、清单连同带有国徽的“地产管理局”的招牌一齐化为灰烬。

在小说的扉页，作者题词曰：“献给一切时代、一切国家的所有的阿卡基·阿卡基维奇·巴希马契金[①]们。”

莱阿的短篇集《库梅奥的遭遇》[②]，是作家故乡那波里下层人民遭遇的写照。同名短篇《库梅奥的遭遇》中，锯木工人的儿子库梅奥，因家贫在校中受到教师叱责，回到家里，又饥一顿饱一顿，因为父亲常被解雇。一日，父亲意外地被提升，便给他置了一套新的衣服。穿惯了破衣烂衫的库梅奥受宠若惊，疑是梦幻，夜间在床上久久不敢入睡。战后的“经济繁荣”像是昙花一现一样消失了，父亲被踢出了工厂大门……库梅奥长久流浪后进了食品加工厂，他卖命干活，赶日夜两班，又省吃俭用，买了套久已向往的西服和皮鞋。好景不长，工厂倒闭了，库梅奥又沦落街头，唯有整天价在幽暗的下等咖啡店里和一群失业者厮混。天长日久，崭新的西服渐渐破烂了，皮鞋咧开了大嘴，雪白的衬衣只留下了一片乌黑油腻的前襟……

另一位那波里女作家奥尔黛泽的短篇集《海水洗不净那波里》[③]曾引起文艺界的热烈争论。这个集子中最著名的短篇《眼镜》，写小女孩埃乌杰妮亚因自幼住在潮湿、阴暗的地下室里，双眼近视几近失明。善良的姑姑拿出一生的积蓄，带她去市中心配眼镜。小女孩试戴上眼镜，第一次见到了五色斑斓的繁华世界。她心花怒放，深信周围的世界是无比美妙的，一切像春天一样明媚多彩。几天后，母亲给一直在期待的埃乌杰妮亚带来了眼镜。小女孩戴上了它，突然，她惊骇得浑身打颤，头晕目眩，恶心要呕，她发现，她的家，她周围的世界并不是美妙的五彩缤纷的世界，而是“残缺畸形的围墙，破烂杂乱的院子，像一头血肉模糊的死乌鸦……菜皮、枯叶、碎纸、痰和鼻涕，到处狼藉”，是一群“衣衫褴褛，被贫困，顺从折磨得变了形的人们”……

---

① 阿卡基·阿卡基维奇·巴希马契金——果戈里著名小说《外套》中的主人公，一个穷苦的小官吏。

② 莱阿（Domenico Rea，1921—　），《库梅奥的遭遇》，米兰，蒙达多利出版社，1955年。

③ 安娜·玛利亚·奥尔黛泽（Anna Maria Ortese，1914—　）；《海水洗不净那波里》，都灵，埃伊纳乌迪出版社，1953年。

不难看出，贯串这些作品乃至这个时期整个新现实主义文学的基本特征，是人道主义的思想倾向和“写真实”的艺术特征。

在这些作品里，新现实主义者以极大的真诚塑造了一系列小人物的形象。出现在我们面前的是善良的，但又是软弱的、为贫穷所困的普通人（失业者、公务员、流浪汉、农民），他们的生活，他们的痛苦，他们的希望和失望。他们想获得一块面包，得到一个能以糊口、维持起码生活的工作；或是，他们兢兢业业地干着本分的工作，安分守己，企求安宁和幸福。而在黑暗，残酷的现实面前，善良、软弱、无能自卫的小人物的一切挣扎、奋斗，都注定以失败告终，任何美好的幻想都终成泡影。在现实的铁墙面前，小人物撞得头破血流，他们或是像王小二过年，景况一年坏似一年；或是沦落街头（库梅奥），或是铤而走险，去干违背自己良心的事（西里奥）。

在战后的最初岁月里，新现实主义作家的人道主义思想是具有积极的意义的。“它教会了我们在观察周围的世界时摆脱‘书法派’[①]的束缚，提出了人与人之间的关系问题，并把这种关系置于客观的现实与真实的基础上。”[②]新现实主义作家怀着真挚的同情心，用饱蘸人道主义的笔墨，给我们勾勒了一幅幅意大利普通人穷困潦倒，终日忧心忡忡，受折磨，遭欺凌的悲惨图景；向我们展示了这些仅仅是为了面包、为了就业而苦苦挣扎的小人物走投无路，才能遭到压抑，人格遭到践踏的境遇。阅读这些作品，我们强烈感受到作家大声地向人们呼唤着爱，呼唤着善，呼唤着人性。米兰和比萨的公务员，那波里的贫民，西西里的农民的悲凉遭际，他们为争取生存的起码条件而发出的凄厉呼声，不能不使我们的心灵发生强烈的震撼和共鸣，为小人物们一掬同情之热泪。

在艺术上，新现实主义作家渴求真实性，他们力图依据生活的本来面貌，予以真实的、不加任何伪饰的展示。在维加诺的《安妮丝之死》、莱维的《基督不到的地方》里，我们已经看到新现实主义者对人物、情节、环境等描写的真实性的重视。在此后的新现实主义作品中，作家们努力追求记事的“抒情文献性”，在描摹普通人的平凡的、实实在在的日常生活时，竭力使文学几乎像生活本身一样质朴无华，返璞归真。

在这方面，应当看到新现实主义电影对文学的作用。新现实主义电影理论奠基人、电影剧作家、小说家泽伐蒂尼在大力提倡记叙平凡的日常生活时，曾这样说过：“应当进行斗争，反对特殊的，必须在我们自身感受的时机捕捉生活，它的最最平凡的方面”，“诗意必须在周围的现实里寻觅”，“任何一个小时，任何一个地点，任何一个人，

① “书法派”是法西斯统治时期在意大利文学、电影创作中流行的一个流派，追求纤巧、精细的艺术形式。

② 小说家、评论家普利斯柯语。参见普利尼：《战后意大利小说》一书附录，米兰，施瓦茨出版社，1961年。

都可以成为叙述的题材。”在这种理论指导下，获得声誉最大的一些新现实主义影片，如《大地在波动》、《偷自行车的人》、《罗马，11点钟》，都以真人真事为基础，刻意追求情节和细节的真实；有的影片最初就是作为纪录片拍摄的。泽伐蒂尼的理论和这些影片取得的成绩无疑地也给了新现实主义作家一定的启发和影响，向他们提供了艺术手法上可资借鉴之处。作家们努力在周围最平淡无奇的现实里寻求诗意。许多新现实主义文学作品，特别是短篇和报告文学，往往以近乎文献纪录片的手法，事无巨细地对日常生活里的一切现象、细节予以照实记叙。在《上帝，我们要光明！》,《海水洗不净那波里》等作品里，作家们对阴暗、污秽的那波里贫民区的照相式的、赤裸裸的描摹，几乎到了残酷无情的地步。即便是在象《地产管理局失火》这样的长篇小说里，对小公务员灰暗、平庸的生活和工作的描写也一样细琐、繁复。

这些“如实地”描摹最平淡无奇的日常生活的作品，仿佛在提示读者，这里所叙述的一切现象和这些普通人的遭遇，都不是个别的、绝无仅有的，而是普遍的、比比皆是的。帕隆波在比较《税务吏》和他后来写的一部长篇小说《报纸》时曾说，虽然《报纸》的“艺术风格更臻完美”，但其价值不及《税务吏》，因为帕隆波认为：“《税务吏》触及了时代最迫切的问题，个人的遭遇囊括了千万人的遭遇。”①

在具体描写时，像许多新现实主义影片的导演热衷于“旁白”、“画外音”的手法一样，新现实主义文学作品经常采用第一人称叙述，让作者的“我”在作品中出现，以此来剖析人物的精神世界，刻画他们的内心感受。作者的思想、情感，通过“我”同人物的思想、情感互相沟通、交融，增强抒情气氛，使作品达到“抒情性文献”的境界，从而实现直接抒发作家对人物的一腔深情的目的。正像新现实主义电影大师绝对禁忌彩色片，而偏爱黑白片一样，新现实主义作家的小说的色彩也甚为深沉，阴暗，明显地流露出作者的哀矜、抑郁、惋叹的情调。

新现实主义者把语言作为实现艺术真实性的重要手段。他们在作品中大量使用地区的方言，使用民间的口头语，排斥浮丽的辞藻、精细的艺术形式，在行文造句上放弃长句大段的描写。他们的作品的文辞通俗、生动、淳朴、自然，充满浓郁的乡土气息。

三

大约从1956年开始，新现实主义队伍开始明显分化，创作日益衰落。很少有作家再按原来的路子去写。

许多艺术家面临新的现实而苦闷、空虚，他们沉湎于回忆，着力表现人的内心宇

① 普利尼：《战后意大利小说》一书附录，米兰，施瓦茨出版社，1961年。

宙的情状，人的孤独，人的磨难。一些作品的主人公在混乱，险恶的现实面前一筹莫展，徘徊游移，仅是憧憬过去，回忆轰轰烈烈的抵抗运动。卡索拉叙述三个游击队员战后经历各种波折仍然不能在社会中找得一席之地的《战后的婚礼》（1957），便是这类作品中比较突出的例子。莱阿虽然继续以那波里贫民、小资产阶级生活为题材，但写实中糅合了想象，走上了“臆想现实主义”的道路。他笔下的人物往往流露出无法寻得出路，只能苟且偷生的绝望的病态，如《红晕》（1959）等。奥尔黛泽也开始探求新的创作道路。她的目光从那波里社会的中下层转向北方大都市，展现工业的高度发展使米兰笼罩于冷漠、残酷的氛围。另一部分作家，象帕卓利尼，侧重表现社会底层的流浪无产阶级式的流浪汉的漂流生涯（《生命之子》，1955;《暴烈的生命》，1959）。这些揭露了社会最阴暗角落的作品，带有明显的颓唐倾向和神秘色彩。作家有意描绘、渲染的，最感兴趣的，是社会丑恶、污秽、失却协调一面的事实的本身；作家在人物身上看到的，竭力开掘的，是原始的本性，自发的、本能的冲动，下意识支配的行为，而不是正常的生活和情感。帕卓利尼本人就这样说：“活在地狱里，怀着大理石一般的冷漠心情，力图了解地狱——这便是出路。”

新现实主义的危机在五十年代中期爆发，既有着客观的原因，也有着自身的根源。被战争炮火摧毁成一片废墟的意大利，经过十几年的更新、改造，迎来了经济奇迹，从一个落后的农业国，一跃登上发达资本主义国家的第七把交椅。这一变化不可避免地在思想意识、风尚习俗和生活方式上打下深深的烙印。物质文明的冰水熄灭了抵抗运动点燃的追求自由、正义的理想之光。新现实主义作家赖以建构自己作品大厦的精神支柱——人道主义思想，受到猛烈的冲击，动摇了，倾倒了。

艺术家们因为意识到已经无法用自己的作品来改造世界，不能再适应社会的新需要而趋向对现实的回避，解脱对社会的义务。而一部分艺术家则走向另一个极端，对现存社会与文学传统发动全面的挑战，予以彻底摒弃，试图以文学作品为革新社会的手段。这就是后来“新先锋派”应运而生的缘由。

从新现实主义文学自身来看，它在完成对法西斯统治下“黑暗的二十年”文学的重大突破的光荣使命之后，也就面临着对自身的突破。但是，这样的突破未能实现。

新现实主义作家对生活不加粉饰的展示，对情节、环境、细节真实的追求，导致他们的作品只具备单一性的、封闭性的美学结构。在社会生活发生巨大变化的新形势下，这种美学结构已难以负载愈加丰富多样的审美对象，而人们对生活、对艺术的理解日益复杂化，也难以满足于新现实主义提供的审美价值。结构主义的勃起，对西方文学的观念、语言的技巧产生了巨大的影响。它对文学的创作者和接受者这种审美趣味的改变，也起到了推波助澜的作用。这样，在战后波迭浪涌、冲击奔射的文学大河里，新现实主义作为第一个浪潮，仅仅持续了十来个年头，便趋向衰落了。

回顾了新现实主义产生的根源、它的思想特征和艺术特征以及它发展的历史过程，我们就可以回答这样的问题：新现实主义的“新”，指的是什么，它有哪些含义？

严格地说，新现实主义这个称谓是含糊的、不科学的。它所谓的“新”，是相对的概念。然而，若是一定要对“新”的含义探讨出个究竟来，那笔者认为，“新”大致有这样的意义。

新现实主义的“新”，含有“重新”的意思。在法西斯统治的“黑暗的二十年”，意大利文学受到民族沙文主义的虚伪说教和唯美主义的矫饰虚情的严重侵蚀。战后，以新现实主义主要代表的意大利文学又重新回到现实主义的道路上来。新现实主义是对墨索里尼专制下美化现实、歌功颂德的法西斯文学的否定，它同毫无生气的、单纯追求形式美的颓废派艺术相对立，又同回避现实、着重写内心世界的作品形成对照；它要求艺术家脱离臆想的、虚假的世界而进入现实世界，并反映这个实实在在的世界。很自然，这些充溢着来自心灵深层和生活底层的激情的新现实主义作品，给意大利文学吹来了一股爽身扑鼻的清新之气。

新现实主义的“新”，又意味着它使意大利现实主义文学具有了新的特征。新现实主义作家成功地塑造了当代意大利文学史上新的主人公——反法西斯战士、游击队员、夺取土地的暴动者，展示这些新人的优秀精神品格。他们又把目光投向了被文学家们遗忘和忽视的地区、角落，以极大的热忱表示了对蒙受法西斯和战争双重浩劫的小人物们的命运的关注，表达了他们的呼声和意愿。诚如作家卡尔维诺所说：“‘新现实主义’不只是一个流派，它多半是来自外省的各种呼声的汇合，是对意大利各个地区，或者说主要是迄今为止在文学中几乎不曾获得反映的意大利各地区所出现的多样化变革的揭示。”[①] 由此，反法西斯抵抗运动的斗争，追求社会民主与变革，渴望个人成为自身生活的见证者和创造者，成为新意大利的主人，构成新现实主义文学运动的主旋律。意大利当代文学从此开了新生面。战后，不止一代的作家受到新现实主义的影响。当代许多著名作家，如莫拉维亚、普拉托利尼、帕维塞、维多里尼、卡尔维诺的成就，都同新现实主义有着密不可分的联系。

还应当指出，新现实主义作家对法西斯和战争，对浩劫后的生活所进行的真诚的思考，他们深情地抒发的人道主义精神，他们视真实性为生命的艺术观念，他们独标一格的艺术探求与表现，不只融汇了意大利民族的经验，表达了意大利人的心声，反映了意大利文学发展的轨迹，而且跟同样蒙受了法西斯和战争灾难的别国的千千万万普通人的历史思考，跟他们的现代意识与情感体验，跟别国文学家们的艺术追求，是息息相通的。这一切本身也就是对世界历史进程和世界文学进程的参与，是对这一进程中许多重要方面的揭示。

这，也正是新现实主义对战后意大利文学和世界文学的发展作出的历史贡献。

---

① 卡尔维诺：《通向蜘蛛巢的小路》再版序言，都灵，埃伊纳乌迪出版社，1964年。

心灵与时代悲剧的闪照

——隐秘派诗人夸西莫多抒情诗探幽

意大利是诗歌和音乐的国度。确实，翻开意大利文学史册，一个个熠熠生辉的诗人的名字纷呈于我们的眼前：文艺复兴时期的巨人但丁、彼特拉克、科隆纳、阿里奥斯托、塔索，捍卫真理和自由的英勇战士和歌手布鲁诺、康帕内拉，抒发民族复兴运动理想的浪漫主义诗人白尔谢、曼佐尼、莱奥帕尔迪、卡尔杜齐，融汇浪漫主义与象征主义，自成一家的帕斯科利，以及在二十世纪诗歌领域独树一帜的"隐秘派"诗人。在这星汉灿烂的诗人行列里，萨瓦多尔 · 夸西莫多（Salvator Quasimodo）占有一席重要的地位。他和蒙塔莱、翁加雷蒂，并列为意大利最优秀的三位抒情诗人，是"隐秘派"[①]诗歌的重要代表。

一、"生活的道路，赋予我诗与歌"

诗人的生活，首先是"人的生活"。这是隐秘派诗人翁加雷蒂的一句名言，它精辟地道出了诗歌与现实生活的关系，诗人的生活道路与诗歌创作道路的关系。和许多同时代的诗人一样，夸西莫多的成长不是一帆风顺的，他走过了漫长的、崎岖的人生道路。正如他在诗中所吟咏：

我的生活也历尽茹苦

《致父亲》

---

① "隐秘派"国内现有多种译名：隐逸派、奥秘派、封闭派。笔者再三斟酌，觉得似以译为隐秘派较妥。

夸西莫多1901年8月20日诞生在意大利南方西西里岛莫迪卡镇。这是一座曾以灿烂的文化在古代大放异彩，而近代却沦落于穷困、荒凉的岛屿。他的父亲是铁路职员，靠微薄的工资养活家庭。由于父亲工作的频繁调动，夸西莫多的童年是在不断的迁移，在许多穷乡僻壤的小城乡度过的。七岁那年，西西里发生大地震，不少城市夷为平地，十万人丧生。废墟、抢劫和死亡，一齐闯进了少年宁静的梦境。故乡西西里，它的悲苦和忧伤，它为贫困、饥饿、沼泽和疟疾所困扰的生活，从此深深植根于夸西莫多纯朴的心灵，“痛楚的现实，仿佛锐利的刀刃，把真理铭刻在心”。不管此后浪迹何方，故乡西西里的形象始终萦绕在诗人的脑际，成为他诗歌创作的重要源泉。

夸西莫多的姑母酷爱诗歌，时常给他朗诵但丁的史诗《神曲》，在他稚嫩的心田撒下了诗歌的种子。后来，他如饥似渴地阅读意大利古典诗歌作品，从中汲取滋养。十四岁时，少年夸西莫多开始写诗。同时，他在一位神甫的指导下，用心阅读古希腊、罗马文学经典作品。起初，他在帕勒莫、墨西哥技校学习理工科，但很快就把注意力倾注于文学，随后索性转而研读古希腊罗马语言文学，在古典文化领域获得很深的造诣。可是，家庭拮据的经济境况，迫使他不得不中途辍学，去谋求生计。这时，正是墨索里尼建立独裁统治的黑暗年代。“幽寂的长夜”笼罩大地，他的心也“在黑暗中惆怅迷乱”。夸西莫多被迫到处漂流，在南方各省的山区和平原，城市和乡村，都留下了他这个“游子”的足迹。他做过各种不如人意的工作，当过五金店营业员、百货商店会计，后来才在土木工程局找到固定的职业，每日领取三十里拉薪水，使他从此有了最起码的生活保障，解除了后顾之忧，得以专心致志从事诗歌创作。

灾难岁月里的风云变幻，人生旅途中的横逆多蹇，他切身体验到的欢乐与痛苦，爱情与忌恨，使夸西莫多逐渐成熟起来，给他的诗歌创作打下了坚实的生活基础：

啊，生活的道路
赋予我诗与歌。

《归乡》

1929年，夸西莫多前往佛罗伦萨。在这座以文化摇篮著称的古都，他和文艺界人士广泛交游，结识了“隐秘派”元老蒙塔莱。翌年，夸西莫多的处女作《水与土》问世，他一时声名鹊起，成为意大利优秀的抒情诗人。随后，他又陆续发表了诗集《消逝的笛音》（1932）、《厄拉托与阿波罗》（1932—1936）、《新诗》（1936—1942）。1939年，他应聘担任米兰威尔第音乐学院意大利文学讲座教授。

夸西莫多这一时期的诗歌完全摆脱了少年时代习作中模仿名家的痕迹，鲜明地体现出“隐秘派”诗歌的特征。“隐秘派”，是第一次世界大战结束后在意大利诗坛崛起的一个流派。它受到法国象征主义诗歌的影响，但又是意大利法西斯专制这一特定的社会历史条件下的产物。隐秘派诗人避开严酷的现实生活，转向自我，观察和探索人的内心世界，着力刻画人的心灵深处细微奥秘的感受，抒发在邪恶的现实的重压之下孤独、哀幽的精神状态。“隐秘派”在艺术上独树一帜，回避直露地抒写事物与意念，喜欢用奔放的想象，独特的象征，新奇的隐喻，巧妙的寄托，来提炼和建立饱满的艺术形象。这一派诗人 讲究诗歌的韵律和音乐性，强调词语的音韵比其含义更富有表达主观感觉的力量，力求开挖出词语蕴含的无比丰富的感情色彩。在“隐秘派”诗人看来，全神贯注于自我，探索内心世界的奥秘，是那黑暗、恐怖的岁月里寻求解脱的唯一方式。法西斯当局自然不喜欢这样的诗歌。它需要欢呼这个野蛮政权的颂歌，需要对它的殖民扩张主义的礼赞，需要充斥冒险精神的行进曲。“隐秘派”诗人正是以微妙、曲折的方式，反映了那个特定的时代里人的孤凄、哀幽的精神状态，抒发了相当广泛的一部分人对法西斯政权既不愿顺从，但又无力反抗的苦闷、彷徨的情绪，吐露了他们执着地追求自由与民主，挚爱祖国与家乡，维护个性尊严的情感。

倘使说，“隐秘派”的鼻祖蒙塔莱是位出色的“生活之恶的歌手”，另一位“隐秘派”元老翁加雷蒂则以抒发同时代人的“灾难感”见长，那么，夸西莫多的诗歌又有所不同。吟诵他的诗篇，读者强烈地感受到一颗炽热的赤子之心的震跳；他的抒情诗既表现人的孤凄、哀幽的千情百感，又倾诉摆脱孤独的渴求，对自由的向往，对生活的苦恋；既充满象征的寓意，又富于生活的气息，若明若暗的朦胧意境中，跳动着一片真淳、轻快的情致。

对西西里，对在家乡度过的童年的缅怀，犹如一支低回婉转的旋律，反复出现于他的抒情诗。

在芳华乍吐的岁月，夸西莫多告别亲人，离开了西西里。他饱尝漂泊天涯的苦楚，啊，沦落异国他乡，你是多么孤苦伶仃！（《通向阿格里琴托的路》）诗人“一颗紧皱的心”，无时无刻不在思念着可爱而苦难的家乡。离情和乡愁，“朝朝暮暮萦绕梦魂”（《南方的哀思》），诗人对西西里的怀念，可谓声声含愁，字字带泪：

我的故乡在南方
多么遥远，
眼泪和悲愁
炽热了它。

《我这个游子》

夸西莫多怀着一腔深情，赞美遥远的、富庶的西西里大地，它的明媚秀丽的自然风光，勤劳、朴实的人民。他向每天清晨“肩背鱼篓，挂起满帆”，唱着离别之歌去海上捕鱼的乡亲们表示敬意，抒发自己愿为西西里分忧担愁的赤子之心：

啊，大地
你的苦痛
怎不叫我碎了心肠！

《大地》

诗人给病中的母亲写信，叙述自己为了献身艺术，告别故乡和亲人后的际遇。他祈求死神莫要停止故居挂钟的钟摆，莫要停止母亲心脏的跳动（《致母亲》）。这些诗篇，字里行间氤氲着挚爱故土的浓烈感情。

在夸西莫多的诗作中，西西里同伦巴第，南方同北方，形成了鲜明的对立。这对立并不只是或者说主要不是地理意义上的。对于诗人而言，南国故乡意味着童年，意味着美丽的山峦、河川，芬芳的夹竹桃、橘花，意味着悠久的文明，古墓和石牢，岩盐和硫矿，寺庙和雕像，意味着世世代代为遇害的孩子涕泣的母亲，被遏制或喷发出来的愤怒，等待爱和死的强盗。南国故乡是诗人失去的乐园，笼罩着一重亲切而神秘的面纱，令人醉魄销魂。而北方大都会，工业化的伦巴第，则意味着沦落天涯，意味着现代文明，意味着喧嚣、冷酷，迷蒙的雾霭，扭曲的自然。北方于诗人是冬夜的严寒，索莫孤独，涂抹着一层阴暗而压抑的色彩，令人心酸。这是两种生活、两种文明、两种现实的对立。在邪恶的现实中尝尽世态炎凉的夸西莫多看来，故乡和童年，是他的"根"，是幸福的象征；故乡的山山水水，一草一木，又是希望和力量的所在；

不只一次，我的心头
感觉到泥土和青草的分量。

《莫名的痛楚》

有时，他沉浸于遐想之中，依稀返回西西里岛，仿佛听得心上人温柔而羞怯的声音，呼唤着他弹拨诗人的弦琴（《岛》）；他又仿佛同昔日的伙伴们相聚，迎着融融的月光，伴随音乐的节拍，在草坪上欢乐地翩翩起舞。这似乎不是对遥远的岁月的回忆，不是幻觉，而是"生活的真正信号"。然而，韶光易驰，逝者如斯，青春年华已不再属于他。回忆无法使诗人摆脱周遭阴暗的现实，重新享有美好的往昔。他的心灵重又被痛苦所侵扰（《柠檬树上的黑喜鹊》）。

幸福和希望无法在现实生活中获得，这就是诗人无比的凄惶和深沉的忧伤的缘由。诗人禁不住咏叹"夜幕在我的心中升起"，"我的心远远地飞走了/我是一片荒漠"，叹息"岁月是瓦砾场"（《消逝的笛音》）。孤独的诗人又常常向青年时代心爱的人寄托情思，倾诉衷曲，寻求慰藉。爱是真善美的体现，代表着纯洁、神奇；“爱是抵御忧伤的盾牌”，是对丑恶、扭曲的现实的解脱（《廷达里的风》）。诗人又常常诉诸大自然，广袤的大自然是那么美妙、奥秘，又是那么温柔、宽仁，历尽磨难的诗人，多么渴望投入大自然的怀抱，消融，苏生，重新获取生命的乳液，求得内心的和谐：

温柔的秋，
我将你紧紧地搂抱，
……
在坎坷的人生途程，
我与你相偎相依，
在你的怀里
我消融、苏生。
造化的树上
抖索地飘落的枯叶
在你的心地
重又获得生命的乳液。

《秋》

然而，夸西莫多不是悲观望的诗人。他献身诗歌，绝不仅仅是为着抒发孤凄的心境，无病呻吟。他把诗歌看作是对自己的心灵的拯救，对个性和尊严的维护，是对污浊现实的摒斥。对于他，诗歌是对美好事物的爱恋、追求，是一种可贵的更新的力量。这就是夸西莫多一生中无论遭遇怎样的艰难与曲折，始终忠实于这一信念，终不悔恨的缘故。请听他在致抒情诗人缪斯厄拉托的一首诗中的自白：

委付于你啊，
一颗孤凄的心，
把阴冷晦暗的思绪驱除干净，
却执着地更新和爱恋
那恍如我们的昨日
而今在暗夜中隐翳的一切。

这种态度自然为法西斯当局所不容。诚然夸西莫多在二十年代没有直接参加反法西斯的斗争，但他和蒙塔莱、翁加雷蒂，作为“隐秘派”的领袖，却遭到官方的舆论和几乎所有意大利报刊的攻击。1939年，他又因所谓从事反法西斯活动的罪名，被解雇了《时报》文学编辑的职务。嗣后，夸西莫多受到监视，并遭到充当坐探的文人的告发，被迫转入半地下状态。但是，他一天也不曾放下他手中的一管羽笔。他不顾空袭、饥饿和白色恐怖的威胁，在友人家中，防空洞里，孜孜不倦地从事写作和翻译。

反法西斯抵抗运动，对夸西莫多的诗歌产生了积极的影响。炸弹、机枪和集中营似乎摧毁了一切有价值的东西，意大利和欧洲仿佛成了一座坟茔，一切仿佛都毁灭了，“或许只留存了我们的心，或许只有心”！“诗人永生永世不能忘记”法西斯和战争的浩劫。他的诗歌观和诗歌的内容发生了变化。他认为，战争和抵抗运动“摧毁了（诗歌）传统的内容”，“提出了崭新的人的价值观念”。[①]倘使说，他在此以前写作的诗歌更多地是诗人心灵的“独白”，那么，现在更多地出现了诗人同人们的“对话”，出现了“多声部的合唱”，抒情诗注进了“社会诗”的内涵。这是一个引人注目的变化。夸西莫多的诗歌不再单单是抒发个人的绻绻情愫，它从“我”过渡到了“我们”，化为造就人的一种行动，化为对社会和整个人类命运的深沉的思索。“通过人，去寻求对现实世界的阐释”。[②]朦胧的、少年时代的西西里渐次消隐，礼赞经受战争的血与火的洗礼的国土，为捍卫祖国的自由与独立而英勇捐躯的英烈，成为一曲新的旋律，激越动人。这一变化，自然不意味着对前期诗歌创作的否定，夸西莫多的全部诗歌中始终跃动着一颗炽热的赤子之心。这一变化，是夸西莫多的诗歌沿着历史前进轨迹合乎逻辑的发展和深化，是赋予了新时代的声光色相的升华。

夸西莫多是最早热忱讴歌抵抗运动的诗人之一。他的诗集《日复一日》堪称意大利和欧洲战后一部不可多得的抒情诗集，全部写于最艰难的1943年至1945年。

我们怎能歌唱
当侵略者的铁蹄
踏在我们的心上，
烈士们的尸体
横卧在广场
冰雪掩没的草地……
《柳树枝头的竖琴》

请别在院子里开挖水井了：
生者再也不觉得干渴。
请别触动死者，

① 夸西莫多:《当代诗歌》，载《诗人、政治家和其他》，米兰，蒙达多里出版社，1967年。

② 夸西莫多:《我的诗学》，见《国际诗坛》，漓江出版社，第1辑，第168页。

他们沾满鲜血，又浑身浮肿：
让他们安息吧
在他们家园的土地上：
城市已经死亡了，已经死亡！

《米兰，1943年8月》

这两首抒情诗，是声声滴血的哭诉，痛斥法西斯强盗屠杀无辜良善的残暴罪行，诗人爱国忧民的情潮奔涌激荡，沉哀彻骨，读来令人心悸而魄动。《致切尔维七兄弟》、《致洛莱托广场十五英烈》、热情讴歌同法西斯刽子手展开英勇斗争的人民的优秀儿子，诗人从这些“为着爱默默地献身”的普通人身上不只是目睹了一场悲壮的民族悲剧，而且更重要的是，他看到了意大利希望的闪光，这些名不见经传的战士，具有那班高谈阔论的政治家、狡黠的智者和文人墨客绝不具备的高贵品格，他们的伤口汩汩流淌的鲜血，润滑着时代的车轮，推动着历史迅疾前进。

夸西莫多的诗歌在那难忘的岁月里发生了异乎寻常强烈的反响。第二次世界大战期间，在波兰帕兰密斯集中营里，数百名被囚禁的犯人，遭受着非人的折磨。一名意大利军官，冒着风险珍藏着一卷诗集。每个清晨，他打开这本书，朗诵其中的一首诗。同室的难友们——工人、医生、工程师和素来不爱读诗的律师——纷纷围拢过来，静静地谛听，眼眶里止不住流淌下思念祖国和亲人的泪水。军官朗诵的诗，便是夸西莫多的诗歌。在那苦难的日子里，诗歌便这样把夸西莫多同祖国、人民紧密地联系在一起。

《生活不是梦》（1949）、《真实的绿与虚假的绿》（1956）、《乐土》（1958）等，也是战后时期夸西莫多笔耕结出的硕果。“生活不是梦”，不只是一部诗集的名字，而且也表达了诗人至高的信念，即生活并非唏嘘感慨的叹息，虚无缥缈的幻想。生活是斗争，是义务，每一个人都应当在生活中承担责任。夸西莫多自觉地意识到自己应当承担的历史性的使命，他在《关于诗歌的谈话》一文中写道：“诗人对于社会的立场不应当是消极的，他的使命是‘改造’世界。”①“重新造就人，是诗歌的首要任务。”②因此，他自豪地宣布：“诗歌是人。”③

夸西莫多虔诚地相信，曾经糟蹋了人的庄严的称谓，扭曲了人的形象的纳粹分子、刽子手如今打倒了，“他们的坟墓已化作耻辱的灰烬”（《我们的同时代人》），而像洛莱托广场上英勇就义的十五位烈士那样的新人将从民众中涌现出来，他们肩负着“‘改造’

---

① 《〈夸西莫多诗歌全集〉附录》，米兰，蒙达多里出版社，1984年，第295页。
② 《我的诗学》。
③ 《〈夸西莫多诗歌全集〉附录》，米兰，蒙达多里出版社，1984年，第295页。

世界”，建设未来的重任。夸西莫多渴望投身到民众中去，同他们建立直接的交流与联系，向他们倾诉自己的理想。因此，战火的硝烟尚未完全消失，他便风尘仆仆，奔波于各地，深入到平民区，去探望正在废墟上重建家园，正在为面包、为工作而搏斗的普通人，向他们朗诵自己的诗篇：

我的祖国是意大利，
我要把心中的歌献给它的人民

《我的祖国意大利》

夸西莫多所到之处，受到极其热烈的欢迎。他的生活信念更充实、更坚定了。他的诗歌中充满对未来寄予希望的乐观精神，积极参与社会生活的热切愿望。

生活岂能是心脏，
恐怖而阴暗的颤抖，
生活也并非怜悯，
生活只是鲜血的搏斗。

《信》

生活是何等的强劲
只因它自身的潜力。

《致父亲》

这字字句句，铿锵有力，凝聚着深邃的人生哲理，洋溢着坚韧地追求生活的豪放激情。

夸西莫多这一时期采取的立场，写作的诗歌，遭到一些人的非议，流言蜚语不时向他袭来。1958年、1965年，夸西莫多两次身患重病，送入医院抢救。死神时时威胁着他的生命。然而，诗人没有消沉，没有畏惧：

兴许我就要溘然长逝以去，
但我乐意聆听
从来不曾理会的生命的真谛，
乐意求索生活的哲理。

《鲜花与白扬》

他认为，死亡并不可怕，但消极的、苟且偷安的生活，无异于死亡，甚至比死亡更加可怕。1968年6月，夸西莫多前往那不勒斯附近的阿玛菲城，作为当地文学奖评委会主席，主持授奖大会，但脑溢血突然发作，抢救无效，不幸逝世。诗人用生命表达了对信念的忠诚。

二、"句中有余味，篇中有余意"

诗为心声。夸西莫多的诗歌，是他那个时代的生活写照，也是诗人心灵世界的剖白。他的抒情诗，情愫绵绵，神采飞动，无论状景，咏物，或抒写现实世界，或缅怀往昔，都饱和了诗人的绻绻之忱。他的诗篇，犹如潺潺流淌的感情的溪流，娓娓倾诉对遭受黑暗势力蹂躏的苦难祖国的挚爱，咏叹坎坷的人世，抒发痛楚的心灵历程。他用浓烈的感情，涂抹时代生活的悲剧，又把热烈憧憬的理想，晕染在感情的多种色彩之中。他的每一首诗，字里行间无不踊跃着激荡的情怀。

夸西莫多的抒情诗，丝毫没有浅露的直白，抽象的意念。夸西莫多擅长把对内心世界的抒情，同对自然景物的描绘，融合在一起，把诗人感触最深的一刹那捕捉住，又从自然中摄取意境新巧的景象，情中景，景中情，情景妙合，从客观环境中，写出人的主观感受，刻画人的精神、灵魂。这是夸西莫多抒情诗一个重要的艺术特色。

夸西莫多有一首名叫《瞬息间是夜晚》的抒情诗，是各种选本必收的佳作。1942年，夸西莫多把已出版的各个诗集结集成卷，即以它命名。这首诗短小精粹，总共才四行：

每一个人
偎依着大地的胸怀
孤寂地裸露在阳光之下：
瞬息间是夜晚。

诗作于1930年。这是墨索里尼独裁统治时期，史称"黑暗的二十年"。诗人的故乡西西里也沉陷于黑暗之中。正如法国诗人、小说家阿拉贡在评论夸西莫多诗歌中西西里的形象时所说，"在任何一处别的地方，都不曾笼罩着这般的黑暗。这不是昏黯，而是风寸如磐，一片漆黑。"[①]夸西莫多在这首诗中，没有从大处落笔，而是自筑蹊径，由自然中撷取从日落黄昏到夜幕降临这一特定的、短暂的景象，捕捉住这"瞬息间"人的内心深处最微妙、最复杂的情绪，又以艺术家的敏锐，从这一特定场景中，精心选

① 路易·阿拉贡：《向萨瓦多尔·夸西莫多致敬》，载《法兰西文学》，1959年11月11日，转引自《〈夸西莫多诗集〉附录》，米兰，蒙达多里出版社，1984年。

取两组极富形象性的意象，“阳光”与“夜晚”，“偎依”和“裸露”，造成鲜明的对照与强烈的反差，并采用明快、迅疾转换的节奏，把诗人在灾难深重的岁月里，心灵如同黑暗的“夜晚”，无比“孤寂”的主观感受，传神地渲染出来。在这里，“阳光”、“夜晚”，亦景亦情，情景一体，制造了浓郁的抒情氛围和深邃的意境。短短的四行诗，层次清晰，婉转巧姿，可谓纸短情长，余韵无穷。

《伊拉丽娅墓前》是另一首优秀的诗篇，他作于三十年代，也是亦景亦情的抒情诗。诗人访问文化古城卢加，瞻仰文艺复兴时代卢加城邦君主的夫人伊拉丽娅的陵墓。年轻的公爵夫人长眠于石雕的卧榻，表情宁静、温柔，仿佛在甜蜜的沉睡。五百余年的时光流逝了，但一切全恍若公爵夫人当年的情状。

诗人忽然触景生情，感情奔涌。“黯然无神”的阳光，“荒凉的沙滩”，“愤怒的海鸥”，这一组哀伤的景象，强烈地映现出昔日荣华高贵，美貌绝伦的公爵夫人而今“孑然一身”的孤凄。诗人又进一步以乐景写哀怨，“柔和的月光”，盛装的少女“融融地漫步”，情侣们相偎相依，沉醉在他们的梦幻中，倾诉衷肠，这是多么美好的场景！情景截然，有力地反衬出伊拉丽娅落寞的哀怨，愈见诗人触发的悲痛之情。在这里，情寓于景，妙合无垠。

然而，诗人不止于写景抒情，而是进而对人生，对时代进行哲理的、冷峻的思索。诗人同死者进行了关于人生的对话。他叹息伊拉丽娅公爵夫人现今被人遗忘，孤独无比的境遇。这种孤独是无法解脱的。它使一切遭到摧毁。诗人询问公爵夫人：

“你安眠于九泉，可有什么怨诉？”

诗人愿用诗的字行代为抒发。但是，诗人旋即感到，他自身的命运似乎也是同死者一样。周围的人，对死者，对他，全部无动于衷，都是那么陌生、隔膜。这，勾起了诗人的“惶恐”、“惊愕”，因为他在生存环境中发现了所有人的命运，看清了人们逃避对社会、历史承担责任的怯懦。诗人抑制不住愤懑之情，在诗的末尾悲痛地道出了一声振聋发聩的呐喊：

生者比死者更加遥远！

这样，夸西莫多在《伊拉丽娅墓前》这首诗中，因景生情，景中有意，以景衬情，由情及理，惆怅的抒情与深沉的思考交融，不只抒发了人的心灵的孤独，而且点出了时代的悲剧乃是这一不可解脱的孤独的渊薮，从而使这首抒情诗具有不同寻常的感情升华，又具有令人省悟的思想深度。

驰骋浪漫的想象，施展大胆的幻想，以立意新颖的象征，隐喻、联想，直接诉诸人的视觉、听觉和幻觉，去建立灵动、鲜明的艺术形象，这是夸西莫多抒情诗的另一个艺术特色。

诗人曾在不止一篇的诗作中，用大海的形象，来抒发对青年时代爱恋的西西里少女的缅怀。

人去楼空啊，
再也听不见你对我这个游子的问候。
欢乐从来不能出现两次。
节日的余晖洒向松林
仿佛海涛的波光，
荡漾在大海也只是幻影。

《我这个游子》

碧海波光，青松余晖，旧事如烟如梦，倾诉出对多少回魂牵梦萦的人的断肠相思！

而《海涛》一诗则别开生面，可谓巧用象征，意象多姿的佳篇。多少个静夜，背井离乡，远离昔日钟爱的女子，诗人沉浸在回忆中，他耳际仿佛听见故乡大海的轻涛细浪拍打柔和的海滩，他又仿佛听见从记忆的“脑海”里传来心爱的人亲切的声音，听见当年他和恋人伴随海涛的悄声细语：

啊，我多么希望
我的怀念的回音
像这茫茫黑夜里
大海的轻涛细浪
飘然来到你的身旁。

诗人的构思新奇，彩笔横飞，描绘了大海的波涛拍打堤岸的现实的画面，和思绪起伏的“脑海”里他和恋人相爱的想象的幻景，又略加点染，勾画出海鸥和鸟儿春天啼鸣的背景。这两幅“海”景，一远一近，一虚一实，视觉与听觉，联想与象征，巧妙地糅合起来，构成了新鲜而富于美感的意境。诗人把内心世界的强烈感情，凝聚在这具有双重含义的“海涛”的形象中间，使整首诗篇情味隽永，动人心曲，耐人寻思。

在夸西莫多的抒情诗中，梦幻与现实，回忆与写实，常常重叠替错，紧密交织。

在《海涛》一诗中，我们对此已有所领略。《归乡》是一支思乡曲，写飘零异乡的主人公，在一个繁星灿烂的夜晚，孤单地坐在罗马市中心的广场上，怀着一颗凄惶的心，“驾着记忆的轻舟”，“重归遥远的家乡”的心境。幻想与现实，往昔与现时，互相交替，倾诉了诗人对西西里的眷恋，对失去的童年的缅怀，以及对现实的失望。

另一篇名诗《廷达里的风》，被批评家誉为代表夸西莫多“诗歌创作顶峰的突出成就”[1]。它是采用梦幻与现实、往昔与现今交叉手法的杰作。从诗的开篇便展开两条交织的线索。一个明媚的假日，诗人和一群朋友攀登北方的阿尔卑斯山，一路上微风飘香，欢声笑语。诗人情不自禁地神驰千里之外，西西里故乡美丽的廷达里山峰蓦地闯入他的记忆，拨动了他奥秘的心弦。阿尔卑斯山脉，陪伴诗人登山的朋友，在他的意识屏幕上渐渐“淡化”，消隐了。脉脉温情的廷达里山，娟秀的风神之岛，依次“化入”。对故土和青年时代所爱慕的姑娘的恋情，从回忆中喷涌而出。诗人向心爱的人倾诉离情别绪的感伤，漂泊异乡地域的辛酸。一颗游子的心，“没日没夜的沉浸于忧伤”。唯有用诗句来吐露千情百感。诗人依稀见到，清朗的月光下，恋人姣美的容华，但竟无法消受爱的欢情，纵然“爱是抵御忧伤的盾牌”。诗人在幻觉中回忆幸福的往昔，感叹凄凉的现今，咀嚼人生的甘甜和苦涩。突然，同行的朋友呼唤诗人，邀他观赏阿尔卑斯山风景，幻梦醒了。但断肠的相思依然萦绕心际，竟没有一个人能予理会。

在这首诗中，夸西莫多显示了把心理探索和景物描写紧密结合的才华，使人的心理过程和景物变化融于一炉。诗人在幻想和现实的两个层次上，描绘北方阿尔卑斯山和南国廷达里山这两组交织的景观，高峻的山脉，迷蒙的烟雾，飘香的幽风，既是美景的写照，又是感情的吐露，心态的映显。回忆的梦幻，现实的情景，重叠交替，相辅相成，宛如诗人特意铺设的两行轨道，径直通向人物的心灵深处。对故土、恋人的情深意浓的思念，梦幻中重游廷达里山欣悦中夹杂着惆怅的复杂心绪，得到了细婉舒放、富于情致的刻画。

夸西莫多十分重视诗歌语言的提炼。他的语言凝练、明净、形象，丝毫没有那个时期诗坛流行的堆砌浮华和隐晦艰涩的弊病。诗人力求从他选取的词语里挖掘出最能表现人的无比丰富的感情的内在意味，以抒写大自然的运动、色彩、音响的美，抒写朦胧的烟水迷离的美。

一湾碧蓝的流水
催动悄然东去的玫瑰，
落花轻舐堤岸
在静谧的海湾低回。

《岛》

我到处流浪，
影子披拂月桂

① 彼特洛基:《夸西莫多和他的故乡》，载《诗歌和叙述技巧》，米兰，墨尔西亚出版社，1965年，第66页。

栖息在空明的穹苍。

《一个被埋葬者在我心中歌唱》

白鹭飞向海面
懒懒地嗅着
灌木丛中的污秽；
柠檬树上
黑喜鹊一声长鸣。

《柠檬树上的黑喜鹊》

这样的抒情诗，堪称“句中有余味，篇中有余意”。诗人要求读者去想象，也提供烟水迷离的意境让读者去追寻，获取一种诗美的享受。

夸西莫多注重诗歌的音乐性，追求自然、朴实的韵律，诗歌的节奏同人物感情的起伏丝丝入扣，发生动人心弦的共振。因此，他的诗歌写景时瑰奇独特，抒情时低回吟唱，常常兼有绘画作品的明丽色彩和音乐作品的优美音韵。

诗坛巨匠蒙塔莱高度评价夸西莫多诗歌的艺术特色，指出：夸西莫多诗歌的独创性在于大胆地运用类比，在于音乐性。[①]蒙塔莱的高度评价，应该说是确切和中肯的。

夸西莫多注意吸取意大利传统诗歌的技巧。在《米兰，1943年8月》一诗中，诗人以巨大的激情表达人民的哀痛对德国法西斯1943年8月在米兰狂轰滥炸和大屠杀的罪行发出悲愤的抗议。他在诗中采取生者与死者叙谈的形式，情深辞切，并成功地运用了重复、对称等手法。“城市已经死亡了”的诗句，在短诗中反复出现三次，“请别触动死者”、“请别在院子里开挖水井了”的诗行，前后对称；它们互相勾连，上下照应，情潮逐浪高，使控诉法西斯大屠杀罪行的激越情感倾泻而出，产生强烈的艺术感染力。《秋》则采用拟人化的手法，蕴藉含蓄，赞美“秋”温柔、宽仁，反衬坎坷的人世。

战后，夸西莫多把叙事因素注入抒情诗歌。但在他的笔下，叙事、状物，也全是为着烘托和揭示人物的深层心态。叙事和抒情浑融无迹地混合在一起。这构成夸西莫多战后诗歌一个新的特色（《致切尔维七兄弟》、《马佐博托死难者碑文》、《鲜花与白杨》等）。

夸西莫多是一位才华过人的艺术家。他对古典文化和外国文学有着精深的造诣，在长年累月潜心研读的基础上，他先后翻译了荷马、索福克勒斯、埃斯库罗斯、维吉尔、奥维德、卡图卢斯[②]、莎士比亚、莫里哀、聂鲁达等的诗歌与剧本，以及《古希腊

---

① 《飞马》杂志，1931年第3期。

② 卡图卢斯（约公元前87—约公元前54），古罗马著名抒情诗人。

抒情诗》、《约翰福音》。夸西莫多评价自己的文学翻译时说，“这是在年复一年的劳作中所进行的诗的交流”。[①]他认为，诗歌翻译必须突破翻译的旧观念，不仅要以语言为媒介，从语言的侧面接近诗的字句，打破语言这堵厚墙，而且，更重要的是要实现理解、阐释诗的内涵的过渡。[②]《古希腊抒情诗》，便是体现他这一翻译观的代表。

《古希腊抒情诗》不只以优美的译文见长，而且用意大利诗歌的形式，对古希腊诗歌进行新的阐释，因而，它实际是一次艺术的再创作，与其说是诗歌的翻译，毋宁说是对翻译的诗歌思考。由此，许多批评家把夸西莫多的译诗视为他整个诗歌创作的有机组成部分。这是意味深长的。对外国文学的翻译与研究，无疑扩大了诗人的艺术视野，提高了他的文学修养，对他的诗歌创作起到了有益的作用。此外，夸西莫多还著有评论文学、戏剧、电影、绘画的文集多卷。

1959年，夸西莫多获得诺贝尔文学奖。瑞典皇家科学院在授奖词中高度赞扬夸西莫多的诗歌创作，说:“他的抒情诗，以高贵的热忱，表现了我们时代生活的悲剧经历。”我想，不妨补充说，夸西莫多的抒情诗，堪称闪照心灵与时代悲剧的明镜。

---

① 《我的诗学》。

② 同上。

化微为宏，力突笔外

——莫拉维亚当代短篇小说特色解析

阿尔贝托·莫拉维亚（Alberto Moravia，1907—1990），对于我们已不是一个陌生的名字。他是当今意大利和西方的文学大家之一。

在五十年代，他的《罗马故事》已引起我国读者的浓厚兴趣。自然，《罗马故事》只使我们窥见了莫拉维亚创作全貌的一斑。在近六十年的文学生涯中，莫拉维亚发表了各种体裁的作品四十余部。在意大利，他的作品经常获得各种文学奖金，并被竞相搬上银幕；在国外，他的作品被译成各种文字。他的许多作品问世时都掀起轩然大波。在法西斯统治年代，墨索里尼曾多次剥夺他发表作品的权利，后来他被列入黑名单，几遭逮捕。梵蒂冈则不断攻讦他的作品有伤风化，1952年甚至发表通谕，把他的全部作品统统列为禁书。

批评界对莫拉维亚的创作历来意见分歧。莫拉维亚本人曾开诚布公地对笔者说："批评界对我的每一部作品都持有分歧的意见。历来如此。一些批评家敌视，另外一些赞美。总之，可以这样说，我始终是引人注目的作家。"[①]实际情形正是这样。有的批评家把他当作新现实主义作家，例如评论家费莱蒂主编的《新现实主义引论》[②]，就选收了莫拉维亚的处女作《冷漠的人们》（1920）的两章，把它视为新现实主义的开山之作。不过，莫拉维亚本人却一直否认他的文学创作同新现实主义的关系。不少批评家把他同弗洛伊德精神分析学联系起来进行研究。也有的学者把他视为存在主义大师萨特的

① 《台伯河畔一席谈——访莫拉维亚》，《世界文学》1981年第5期。

② 贾·卡尔洛·费莱蒂：《新现实主义引论》，罗马，联合出版社，1974年初版，1977年再版。

先驱，把他的成名作《冷漠的人们》同萨特稍晚发表的《恶心》相提并论。[①]一位名叫梅扎拉纳的评论家则干脆称他是“人道主义者”。[②]

然而，透过众说纷纭的迷雾，却不难发现这样一个毋庸置疑的事实：莫拉维亚的生活和创作，始终带着社会生活升沉运动的印记；半个多世纪来意大利现实世界的风云变幻，人们精神世界的动荡、冲突，在作家各个时期的作品中，都留下了投影。倘使再作进一步的考究，人们在击节叹赏作家观察人生的敏锐目光，对人物内心世界的深入掘发的时候，并不理会他属于什么流派。显然，人，既是作家，也是读者关注的中心。可不是，六十年代初，莫拉维亚曾经写过一本很有点影响的论著，书名画龙点睛，就叫《人是目的》。

一

在莫拉维亚的整个创作中，短篇小说占有异常重要的地位。他迄今发表的短篇小说共计十部，总数五百余篇。在他的全部作品中，笔者以为，较之长篇小说，短篇小说提供了更为丰富的审美材料和艺术形象，提供了更为多样的审美角度，使读者得以紧密追踪作家创作思想发展的轨迹，深切感受他的独特的艺术价值。

在以长篇小说《冷漠的人们》为代表的创作初始阶段，莫拉维亚塑造了一系列庸俗自私、空虚堕落的“冷漠的人”。在他们身上，私欲主宰道德，冷漠扼杀热情；他们企图违抗现实，冲决环境的精神牢笼，但他们徒有抱负，意志薄弱，随波逐流，最终成为失败者。这是一群属于一个特殊的历史时代的资产者的画像。莫拉维亚以曲折的方式揭示，资产阶级的这种冷漠态度，是法西斯主义滋生的精神土壤和道德基础。“冷漠的人”，成为意大利当代文学中具有民族、时代特征的审美形象。

就在那个阶段，却有若干作品跳出了这一题材框框，别开生面。一部作品是表面上揶揄某假想的南美专制国家的独裁者，实际上向法西斯头子墨索里尼抛出投枪的《假面舞会》(1941)。另一部作品便是莫拉维亚的第一个短篇小说集《瘟疫集》(1944)。《瘟疫集》立意新颖奇特，作者自称各个短篇是“超现实”的故事。莫拉维亚驰骋丰富的想象力，以极其大胆的夸张，把现实生活中的人和事，世人对幸福的渴求和凄凉的失望，作者的强烈感情，别出心裁地融汇于“超现实”的、童话式的故事之中。“超现实”，实质上是莫拉维亚在特定的历史条件下透视现实，评价生活的一种巧妙的方式。对现实世界种种畸形象的辛辣嘲讽，旁敲侧击，在这里取得了出乎意想的艺术效果。

---

① 古利埃米诺：《二十世纪文学导论》，米兰，1978年版，第244页；《晚邮报》纪念莫拉维亚诞辰七十周年专刊，1977年11月27日。

② 费尔德茨：《意大利小说与现代意识的危机》，巴黎，1958年。

《橱窗里的幸福》、《月球特派记者发自地球的第一个报告》，可说是集子中体现这一特征的佳篇。

五十年代面世的两部短篇小说集《罗马故事》(1954)、《罗马故事新编》(1959)，是战后莫拉维亚把目光投向意大利下层社会的成果，体现了作家创作历程中具有倾向性的变化。意大利人民开展的波澜壮阔的反法西斯抵抗运动，作者本人为躲避法西斯的迫害，逃出罗马，过了九个月颠沛流离的难民生活，充满生气的新现实主义文学的崛起，无疑对莫拉维亚这两部作品的创作产生了有益的影响。

《罗马故事》、《罗马故事新编》中的短篇，最初曾陆续刊登于米兰《晚邮报》。在这些脍炙人口的故事里，作者没有正面描写当时的重大政治事件，而是把焦距对准罗马社会底层的日常生活，或者如作者所说，故事的内容都是“奇谈偶闻，或者小小的新闻”。这些故事的主人公都是最普通、最卑贱的小人物：流浪汉、失业者、小偷、侍者、仆役、厨师、工人。

这些为话语权在资产者手里的罗马所不容的不幸的人，蒙受着生活上、精神上的深沉的痛苦和创伤，人的价值被降低到了极其可怜的地步。他们为了争得生存的权利，只得去干犯罪的营生（《教堂里的小堂》、《假钞票》、《抢劫》），或者接受低级无聊的差事（《红雨衣》）。他们苦苦挣扎在饥饿线上，忧伤像影子一样永远攀附在他们身上（《孩子》、《艾丽维拉的眼泪》）。为了摆脱令人难堪的屈辱，他们不得不诉诸可笑而又可悲的方式，来寻求精神上的满足（《中国瓷瓶》）。

《罗马故事》、《罗马故事新编》不啻是罗马底层生活的两帧画轴。作家以艺术雕刀，为当代意大利文学的人物画廊塑造了善良、纯朴的小人物群像，把他们的希望与悲哀，欢乐与呻吟，他们艰辛困苦的人情世态，栩栩传神地呈现于读者的面前。

大约从六十年代初起，莫拉维亚又重新把目光投向资产阶级生活的圈子，着重描写进入“福利社会”以后中小资产阶级的精神面貌。

这标志着莫拉维亚的创作进入了一个新的阶段。

《不由自主》(1963)，是六十年代问世的头一部短篇小说集。嗣后，莫拉维亚以旺盛的激情，一连推出了另外五部短篇小说集:《东西就是东西》(1967)、《天堂》(1970)、《另一种生活》(1973)、《嘿》(1976)、《东西》(1984)。

《不由自主》收短篇四十一篇。书名取自题为《不由自主》的一则短篇。出版者在为这部集子撰写的“卷首语”中称，莫拉维亚写这些短篇时，并无预定的计划，然而它们一致地反映了作家这些年来的“忧虑”。“卷首语”认为，同《罗马故事》比较，这部作品明显地反映“作家的兴趣和历史环境的变化”。确实，这种变化是引人注目的。收入丰厚、生活优裕、富于文化教养的商人、高级职员、律师、艺术家，以及具有同样社会地位的年轻聪明的女性，取代了战后初期挣扎于饥饿线上的罗马底层的小人物，他们无须再为获得一小块面包或寻找一个糊口的工作而苦恼，或铤而走险。然而，他们几乎毫无例外地被另一种苦恼所折磨。

有时，他们安享富裕的生活，仿佛醉酒一样，处于兴奋的状态，觉得生活中一切都很有意义、很实在。但是，一觉醒来，他们突然感到一切全部毫无意义，一切全是那么虚伪，那么空洞。一个年轻、潇洒的律师，家庭生活一向异常美满。一天，他竟突然在新购置的穿衣镜前发现自己的长相十分丑陋，令人厌恶。原先他巴不得儿子长大后像他那样俊美，现在他竟害怕儿子像他。随着这种厌恶情绪的蔓延，他对妻子、孩子，以至周围的一切，全都厌恶起来（《穿衣镜》）。这种莫可名状的厌恶，表明主人公在现实中无法确立跟自己的关系，也无法确立同周围人的关系。它是一种无所适从、颓唐愁闷的心态，是一种精神上无依无靠，行动上无能为力，充满孤独、失落和痛楚的人性真实，反映了现代人所处的“非人”的地位。

一个家庭生活素来十分和谐的主人公，兴致勃勃地约定和妻子、孩子星期天去郊游，欢度结婚纪念日。但星期天清晨醒来，他怎么冥思苦想也想不起来为什么要去郊游。一种难以言传的孤凄、烦闷的感觉，咬噬着他的心灵，最后竟至迫使他企图驱车冲入湖底，和妻子孩儿一起葬身鱼腹，以求一了百了（《不由自主》）。有的时候，他们会突然无缘无故地神志恍惚起来，焦躁，惊恐，茫然失措（《恍惚的女人》）。或者，说什么也无法消磨等待朋友的两个钟点；两个钟点的时光仿佛钟表一样停歇在那里，似乎是永恒的静止，而主人公则注定被生生地排斥于时间之外（《时间》）。另一短篇里的女主人公嫁给了一位阔佬，他们家资豪富，豪华的别墅遍布世界游览胜地，过着挥金如土、骄奢淫逸的生活，但她整天无聊得发慌，烦躁不安，迷迷糊糊，不晓得如何打发日子，似乎自己活生生地被排斥于生活之外（《贵妇人》）。透过人物迷迷糊糊、惊恐不安的主观感受，读者分明看到一种非正常心态，或者说反常心态下精神挣扎的折磨，灵魂痉挛的痛苦。

显然，莫拉维亚借助这些离奇的故事来展示，这些资产阶级诚然有着优裕的物质生活，他们有多情的妻子，或万贯家财，有健康的孩子，但他们的幸福是虚假的、不真实的；生活犹如《不由自主》里主人公的自动电唱机的唱针，说不定什么时候就会脱出常轨，出现莫名其妙的毛病，给人带来忧愁和苦恼。这种忧愁、苦恼，全然不可捉摸和意想不到，也无法排遣，是“不由自主”的。

这种“不由自主”，正是人的异化的一种表现，也是贯串莫拉维亚六十年代以来短篇小说创作的一根红线。

在高度发达的资本主义社会里，人一旦获得梦寐以求的物质文明，就立即被他所占有的物质所包围，由物的主人，异化为物的从属品。莫拉维亚写了一则短篇，给它取了个耐人寻味的篇名:《机器》。富有的主人拥有众多的、豪华的别墅、汽车，各种现代化的设施和电器应有尽有，他的生活似乎是（或者说应当是）异常美满、快活自在的；然而，不幸的是，他的生活不知不觉中变得像机器一样，成为全靠外力和惯性牵引的机械运动，全然丧失了意识、灵魂。尤为不幸的是，主人竟也不由自主地物化，沦为他拥有的众多机器中的一台机器，而且是故障最严重的一台机器！

人受到物的压抑，精神上遭到折磨，失去和谐发展的可能，失去人的原先的、真实的面孔，从而异化为畸形的、丑陋的人。请看，在莫拉维亚的笔下，那些最豪华、最现代化的别墅、小轿车、电视机、洗衣机、电冰箱、家具的占有者，几乎无一不是丑陋不堪、灵魂空虚的俗物（《比你更漂亮》、《中国盒子》）。

这样，人失去了人的价值，失去了人的本质，从而沦为自己的异己者。个人与自我的关系扭曲了，畸形化了，出现了互相矛盾的、格格不入的、双重的“自我”。人，犹如月亮，有着两副面孔：一副面孔是人人熟悉、始终如一的，另一副面孔则始终隐蔽在难以窥视的阴影之中，是任何人，甚至自己也无法认识的，因而于自我是异己的（《月亮的另一副面孔》）。人的“自我”，顺理成章地分裂为“内在的我”与“外在的我”，或者换句话说，分裂为“头脑”与“身躯”，“思想”与“声音”，这两者永不停歇地处于尖锐的对立、矛盾之中，不断发生冲突，甚至互相欺骗，但总是后者占得上风（《里面与外面》、《头脑与身躯》、《衣柜》）。

莫拉维亚试图表明，人的两重性和种种荒唐、自相矛盾的行为，同样渊源于现实本身的荒唐，因为他们置身于其中的现实本身就充斥着阴差阳错，具有“两重性”：“生活中现实的部分遭到否定，非现实部分却被当作唯一的现实得到肯定。”（《愚蠢》）

这互相矛盾、格格不入的双重的“自我”，如果各自单独存在，一切就合理、圆满、正常；如果合二为一，则产生冲突、荒唐、反常（《梦》）。人的自我本质，如此可悲地，身不由己地分裂了，支离破碎了。这是莫拉维亚着力刻画的人的异化的又一个方面，又一种表现。

莫拉维亚笔端的人物，不仅失去了自己的本质，成为自我的异己者，而且，全然无法同周围的人建立明确的、真实的关系，从而互相成为异己者。《不由自主》里的主人公在愁闷的时候，瞧着自己的妻子领着两个儿子走进房间，突然觉得，今天仿佛是初次见到自己的妻子，异常陌生。一个男子下班回家，置身于一个陌生的地点；豪华的高楼，漂亮的街道，深深吸引了他；更使他神往的，是他遇见了一位陌生的美丽的女子。他心里一动，便鼓起勇气紧紧尾随；他紧张、激动得心怦怦乱跳。最后，他骤然发现，他跟踪的那位陌生的美人，就是他的妻子！那陌生的地点，就是他住的公寓所在的街道！（《房间与街道》）更有意思的是，一对新婚夫妇，在教堂隆重举行婚礼后两小时，乘火车离开罗马，开始蜜月旅行。旅途中，他们越是亲切地谈话、接触，越是觉得互相不能理解，没有共同的语言。转眼间，他们由刚刚结合在一起的新婚夫妇，成为仿佛互不相识，只是偶然在同一车厢里相遇的陌生旅客（《蜜月旅行》）。

小说中陌生而荒诞的幻境，不就是现实人生的夸张而巧妙的艺术写照吗？人物的错乱意识和变态心理，不正是作家用斑驳陆离的色彩，把人世间令人毛骨悚然的冷漠、隔绝，作了淋漓尽致的展览吗？

人与人之间，甚至夫妻之间，都存在着一道不可逾越的鸿沟，无法沟通思想、情感，连最亲密的人也失去了真实的本质，呈现出不可辨认的、陌生的面孔，化为幻觉！

莫拉维亚从描绘个人与自我、个人与个人之间对立的、畸形的关系出发，进而表现个人与现实之间的格格不入的、畸形的关系。经历长达二十年之久的法西斯独裁统治和战争的浩劫，战后初期的严重动乱，经济萧条，五十年代末，意大利的经济迅猛发展，一跃进入发达的资本主义国家的行列。当时舆论界不无骄傲地把这一飞跃称作“经济奇迹”，宣扬意大利进入了“新资本主义”“福利社会”。但随着时间的推移，“福利社会”的魅力逐渐消失了。周期性的经济危机，无休止的政治动乱，声势浩大的罢工浪潮，向传统和信仰进行最大胆挑战的青年反叛运动，形形色色政治思潮的泛滥，使这个社会固有的矛盾和派生的灾祸一齐迸发出来，使人陷入失望和忧虑之中，感到前途茫然和不可捉摸。现实也失去了原先的面孔、真实的本质，失去了现实性，转化而成非现实、虚无，或者说梦幻。

梦幻，很自然地成为莫拉维亚在他的短篇中奏出的一曲韵味隽永的乐章。

然而，莫拉维亚不是为写梦而写梦。写梦，不妨说是现代派作家经常诉诸的一种艺术手法。莫拉维亚在描写人的梦幻时，受到弗洛伊德精神分析学的影响。但作家并没有把这一切简单地写成人物某种潜意识的突然爆发或病态的生理现象，而是把精神分析学作为一柄锋利的手术刀，来解剖人的灵魂，解剖人的深层的意识、心理，进而揭露当今西方社会的种种病态现象。在莫拉维亚的小说中，梦幻是潜意识和本能的载体，通过梦的想象，展现人的潜意识世界中紊乱的幻象、瞬息间的冲动，暴露人的隐蔽的、被压抑的愿望、情感。

丈夫怀疑妻子跟他的朋友私通，产生嫉妒。他忽儿瞧见他俩在客厅里搞鬼名堂，忽儿发现他俩在海滨浴场更衣室里玩把戏。他终于按捺不住心头怒火，挥拳朝他的朋友打去，两人扭作一团，不可开交。最后，妻子告诉他，这全是他的幻觉，把梦幻当作现实，把现实视为梦幻（《出于嫉妒的玩笑》）。或者，人由于无法把握现实，因而终日沉浸在梦幻的错觉中，干出了不少愚蠢透顶的事情（《阴差阳错》）。或者，人执着于梦幻，但自始至终都无法区别现实与梦幻（《梦中听见楼梯上的脚步声》）。

这些短篇叙述的事情全撷自日常生活，看上去普普通通，但又全在梦幻与现实的紧密交织中展开。主人公在梦中追寻现实，因而，梦幻与现实达成某种媾和。梦幻既显得荒诞不经，又展现心灵的奥秘、真实，这样，梦愈荒诞，其意义愈深邃。

《中国盒子》中的主人公是腰缠万贯的工厂主，但他精神上时时体验到无所适从的窒息感。他整日价浑浑噩噩，茫茫然，愁闷、孤独和空虚像毒蛇纠缠着他，愈是挣扎，愈是不得解脱。他在雇员面前颐指气使，又同雇员美丽的妻子发生富有刺激性的关系。可是，到头来，这竟全是南柯一梦中的想象。主人公诚然清楚地意识到，梦幻就是虚无，在梦幻中“事情的真相受到歪曲”，但因为梦幻是“一种特殊的手段”，能够帮助他实现在非现实中寻求现实的愿望，因此，他的唯一出路只能是沉湎于梦幻。

西方现代派文学先驱者之一卡夫卡在他的名作《变形记》中，形象地描绘了在噩梦的世界里，一个普通人变成甲虫后惊恐失措、无可奈何的病态心理，触目惊心地表现了小人物在资本主义社会里异化为“非人”，任人宰割的悲剧。

莫拉维亚笔下人物在噩梦中的非人化，同卡夫卡主人公在噩梦中的变形，有着异曲同工之妙。

莫拉维亚在短篇小说中，借助梦幻，使隐蔽在潜意识帷幕后面的现代人的“自我”，他的失去意识、失去灵魂的真面孔，原形毕露。

在某些短篇中，莫拉维亚干脆写梦游症患者的离奇行为（《梦游症患者》）。在莫拉维亚笔下，梦游症并不是一种病理现象，或者说，至少不是一种纯粹的病理现象。所谓梦游症，其实是异化的别一种方面，别一种表现。所谓梦游症患者，就是一种严重异化了的人。他们失去了自己，失去了自我意识。他在“沉睡中梦见自己醒着”，把梦幻当作现实，视现实为梦幻。这也难怪。因为正像《出于嫉妒的玩笑》中的主人公惊骇地意识到的，“梦幻具有现实的某种模样，而现实具有梦幻的荒诞”。这两者真真假假，扑朔迷离，梦中的事重复多次，或许便成为现实。倘若一定要寻出它们之间的差异，那么，差异是微乎其微的，或者说，这只是第一梦幻、第二梦幻、第三梦幻的差别，如此而已。

人既然无法用旧的认识手段把握已转化为非现实的现实，同它建立可靠的关系，那么，他在现实中也就失去了生存的条件，再也找不到一席安身之地。正像莫拉维亚六十年代写的一部长篇小说《愁闷》中的主人公弗朗齐斯科，他在梦中瞧见自己攀登悬崖峭壁，下面是万丈深渊，他既不能登上山巅，又无法返回平地，也难以在原地立足。那么，怎么办？于是他执着于梦幻、梦游症，甚至对此比醒着更喜欢，这只是为了从梦幻中寻求生存的条件，寻求慰藉和解脱，其实也是一种自我麻醉。

这里凝聚着哲理。莫拉维亚在小说中冷峻地思索、严肃地探讨着生活与梦幻的关系。现实生活好像是一道污浊的水流，梦幻则犹如经过某种过滤的杯中水，诚然它依旧未脱尽混沌，但毕竟多少得到了净化。主人公们分明知道，那些梦幻不过是想入非非，短暂而又虚妄，梦幻本身也常常充满混乱，充满谬误；可是，它们同荒谬、虚伪的现实生活毕竟是对立的，同现实生活比较，梦幻更符合人的理想与追求，更为真实亲切，更有力量。因此，对于莫拉维亚笔下的人物来说，梦幻，一方面是对现实生活的逃遁，另一方面则是对现实生活的挑战，是对现实生活的超越，对现实生活的胜利。

莫拉维亚曾说，文学的使命在于对现实生活进行“分解”，描绘出它的无数种可能的形态，用它们来同现实生活抗衡。[①]作家这一独到的文学观，也是我们捅开这些梦幻小说的锁孔的钥匙。上文提及的短篇无一不写得迷离惝恍，正是莫拉维亚自筑蹊径，有意从探讨生活与梦幻的关系、梦幻与生存环境的关系这一极不寻常的视角着眼，去审视人与人的关系，人与社会的关系，因而“以非凡的透彻力，展示出资本主义社会的模棱两可的特点和关系”[②]，展示出它的令人骇然的混乱、荒谬和沉沦。一位意大利批评家可谓一语中的：这些短篇“再现了异化社会里的许多新的特点”。[③]

莫拉维亚同写异化题材的一些西方当代作家的不同之处在于，他不是采用极其隐晦或纯粹象征的手法，不是画地为牢，被弗洛伊德的精神分析学的本能决定论所羁绊，仅仅把目光滞留在人的本能和潜意识的世界里，而是着意于对外在世界的透视，把人的异化看作社会环境、人际关系的产物。他相当明确地指出，人的种种荒唐、反常行为的渊薮，是现实本身的荒唐、反常。《愁闷》的主人公直言不讳地说，“愁闷的感觉在我身上产生，是现实的荒诞无稽引起的，这个现实不足以，也无力证实我本人确确实实的存在。”正是他尖锐地感受到的“对客观现实的某种不满足，”使他先是诉诸艺术创作，继而沉溺于性欲，寻求解脱，但却遭到失败，从而陷入更深沉的苦闷。

这里不能不特别提及，莫拉维亚七十年代发表的《天堂》、《另一种生活》、《嘿》三个短篇集子。它们的主人公全是妇女，用第一人称叙述自己的生活。莫拉谁亚为什么突然要把妇女当作他的作品的主要人物？出版者的“卷首语”说得分明：妇女长期被摒弃于历史之外，而今，她们像其他长期不公正地遭到排斥的社会集团一样，进入了历史，这就给她们造成了“既要适应又要叛逆的种种问题”。妇女的这种特殊境遇，自然比男人更吸引人们的注意。这些女主人公年轻、漂亮、健康，她们的出身、社会地位，大多跟其他短篇中的男主人公相似。她们如今虽然进入了历史，似乎在爱情、家庭生活中把握了现实，但现实犹如梦幻一般，飘忽不定。她们追求一种生活，但总是得到“另一种生活”。

一个漂亮的电影女明星，享有世界声誉，到处受到欢迎和崇拜，但她却感到无比的孤寂和郁悒，常常伤心落泪。孤独的根源就在于她是漂亮的女明星。她自怨自艾地说，她仿佛是被安置在商品橱窗里的广告品，“供人欣赏，马路上所有的过客都瞅着你，可是任何人不能接触你，你同样也无法接触任何人”。(《女明星》）在那拜物主义世界上，她这个明星已经失去了人的价值，异化为物，成为受市场摆布的“高档商品”。

一家航空公司的“空中小姐”，在飞机上的打扮、举止活似天使；回到地面后，她跟男朋友厮混，完全过着另一种生活。她想改弦更张，但又偏偏跟一个她毫不喜欢但

① 《新闻报》文学版，1983年11月11日。

② 马纳科尔达：《意大利现代文学史》，1972年，第244页。

③ 潘迪尼：《莫拉维亚》，米兰，1973年，第93页。

热情追求她的丑八怪也似的富豪相好。她无可奈何地得出结论："生活中最可怕的东西，正是生活。"（《生活中最可怕的东西》）

冷酷无情的现实生活是一种可怕的神秘的力量，沉重地压迫着人的心灵，剥夺人的尊严和价值，切断沟通人与人之间联系的桥梁，造成不可逾越的鸿沟。而首当其冲的受害者，正是妇女！

倘使说，莫拉维亚在前期所写的长篇小说《冷漠的人们》、《随波逐流的人》、《鄙视》、《违抗》等中，塑造了一系列以冷漠、自私、虚伪为特征的"冷漠的人"的典型，描绘了他们道德上的堕落，那么，在六十年代以来的短篇小说中，则刻画了一系列"不由自主者"的形象。从"冷漠的人"到"不由自主者"，这是一脉相承的，但后者不是前者的重复、再现，而是在更高层次上的回归、发展，揭示了这个道德堕落的过程是沿着怎样的新方向在发展的。莫拉维亚在这一代资产者身上着重揭示的，是他们在物质文明高度发达的"福利社会"里，个人怎样失去自我的本质，对周围的人和对现实世界都成为异己者的生存危机，空虚、迷茫、无所适从、悲观颓丧的精神危机，是当代人怎样惊恐地异化为"非人"的心理危机。

倘使说，卡夫卡刻画了下层社会小人物沦为"非人"的际遇，莫拉维亚则进了一步，把资产阶级，这个过去迫使劳动者异化的阶级，资本主义世界的佼佼者，如今也不可避免地、"不由自主"地异化为"非人"的命运，活灵活现地展示了出来。这在今天的资本主义制度下是具有典型意义的社会现象。难怪小说《愁闷》的主人公感叹地说：他所属的阶级（资产阶级）过去是不为异化所困扰的，因为它使下层阶级异化，而现在，它却不可避免地落入了异化的异化中！莫拉维亚以他的锐利的解剖刀，无情地剖析了当代西方世界，揭示出物质生活的高度发达和丰富，必然伴随着精神生活的高度贫乏及思想危机的不断深化这样一个不可救药的病症。

莫拉维亚曾说，他的小说"既没有正面人物，也没有反面人物"。他的短篇小说里的主要人物虽然集中体现了当代资产者孤独、苦闷和在社会上找不到支撑点的心态，然而，他们又并不都是或始终如一地是冷漠、倦怠、丧失任何理想之光，而又徒然在逸乐、色情、冒险中寻求生存的人们。对现实生活的不满和厌恶，精神生活失去平衡的痛苦，常常迫使他们转而采取挑衅、叛逆和造反的态度，企图借此求得同现实和他人的关系的新的平衡。

《想象》的女主人公每逢陷入进退维谷的困境时，敢于蔑视和摒弃现实给她安排的选择，拒绝妥协，而硬是要承担风险，独自另寻出路。一个嫁给珠宝商的女子，为丈夫献出了一切——青春、美貌、才学，而作为交换，她只不过成了丈夫开设的珠宝店的一名伙计。财富造成了夫妻关系的严重不平衡，她决意盗窃丈夫店里的最珍贵的珠宝玉石，把它们扔到台伯河里去，借以表明她不单纯是丈夫的伙计，从而能够重新获得平衡（《平衡》）。

莫拉维亚笔下的各式人物，无论是男人，还是妇女，始终处于愿望与现实的矛盾之中。他们跟现实格格不入，厌恶现实，以这种或那种方式对社会表示叛逆，但最终却以出乎意料的妥协，无可奈何的适应收场。他们丧失了旧的价值观念，但又无法寻找替代的价值观念。他们追求生活中缺少的某种东西，或者追求某种理想的生活，但又崇拜现实生活中最龌龊的东西，无法摆脱那个社会赖以存在的各种矛盾。他们掀起的充其量只是茶杯中的风波，结果是“借酒浇愁愁更愁，抽刀断水水更流”，最后差不多总是失败，甚至跟环境同流合污。正像俗话所说，“天堂虽然存在，但虚无缥缈。”

这种愿望与行动矛盾的脱节感，理想与现实矛盾的失落感，是对理想和信心的摧毁。不过，这究竟还不等于理想和信心的彻底毁灭。在这里援引莫拉维亚说的一番话是很有必要的：“我的人物是悲观的，但不是怀疑主义者。他们都在努力寻找出路，但还没有找到。”[①]显然，他们现在正处于意识到自己面临的问题的阶段，但还无力解决。他们无可奈何地生活在现实与梦幻交替的境地。然而，梦幻又何尝不是对现实的一种否定、反叛，对理想的一种向往与追求？因此，我们理解和赞同莫拉维亚道出的一句意味深长的话：“即使在失望中，也存在着希望。”[②]

二

莫拉维亚六十年代以来的短篇小说，既明显地打烙着潜意识、意识流等表现手法的印记，又继承了历史悠久的意大利短篇小说的传统，较多地采用了写实的艺术手法。

莫拉维亚的短篇小说，真正当得上一个“短”字，短小精悍，每则短篇少则三千字，多不过五千字，很少有例外。但它们却有着厚实的生活容量。这是一种难能可贵的艺术功力。作家善于把错综复杂的现实生活中最普通、最常见的横断面截取下来，精心剪裁，进行新奇、巧妙的艺术构思，熔铸成概括、凝练的作品。

小说大抵上都是开门见山，一开场就干净利落地把矛盾冲突勾画出来，像电影的特写镜头，摇到读者的眼前，作为推动情节在尖锐的矛盾中发展的契机。莫拉维亚充分施展他驾驭材料的娴熟才能，运用自由、流畅的笔触，从容不迫地、轻松自如地描叙故事，展开矛盾。在情节的进展中，作家又擅长寓新奇于平淡之中，抓住那些活生生的、富于戏剧性的细节，加以简峭的勾勒，敏捷地把冲突推向意想不到的高潮，使比较平凡、简单的情节中突起波澜，产生触目惊心的效果。

《别了，乡村》、《结婚礼物》中叙述的故事，都是平淡无奇的，但作者并不是孤立地描写它们，而是凭借自己把握和钻探生活的才能，把这样的描写同反映社会的本质

① 《台伯河畔一席谈——访莫拉维亚》，《世界文学》1981年第5期。

② 莫拉维亚答记者问，载《美》杂志，1982年第3期，第52页。

特征结合起来，通过一对乡村恋人的分离，通过两个莫逆之交的朋友的感情破裂这类凡人小事，对大都会罗马的恶性膨胀，资本主义势力不只吞噬土地、菜园，而且戕害人的灵魂的图景，作了形象的描画。平凡中见真实，普通处见本质。这些生活现象司空见惯，未必为人注意，但把畸形的人际关系、尖锐的社会矛盾，作了深刻的揭示。篇幅有限的短篇小说，获得了丰厚的意蕴和可观的深度。

在对人物的描绘上，莫拉维亚不落俗套，他凭借观察人的敏锐目光，善于捕捉住最富于个性色彩的特征和细节，使用极其普通而又准确的字眼、状物传神的譬喻，三言两语，寥寥数笔，使人物形象鲜明活跃于纸上。《不由自主》里的圭多、《女明星》里的女主人公等人物形象，就是这样卓荦而立的。

同时，人物的外形描写又蕴含着另一种思想涵义。我们知道，文艺复兴时期人文主义者曾提出全面发展人的思想。短篇小说大师薄伽丘在他著名的故事集《十日谈》中塑造了一系列和谐发展的人的形象，他们"聪明机智"，"才思敏捷"，妇女个个"长得非常美丽"，"仪态优雅"，"身段容貌，都挺漂亮"，男子人人"气宇轩昂"，"英俊貌美"。薄伽丘人物的外形描写表达了处于上升时期的资产阶级对于人的理想的追求，朝气蓬勃的进取精神。而莫拉维亚笔下那些堪称最现代化物质文明的占有者，却几乎无一例外地"相貌奇丑"，"仿佛是某些东西没有能够获得最终的形式，而只是笨拙的、畸形的半成品"，露出"一副令人作呕的丑态"。莫拉维亚用省简的笔触勾画出来的主人公"丑八怪似的"外貌，正是当代资产阶级丧失理想、自我本质变得支离破碎的形象写照。

莫拉维亚对人物复杂的心理活动的刻画，是精细入微的。作家没有诉诸现代主义者喜欢使用的抽象的隐喻，但适当借鉴现代派文学的技巧，从刻画人物的意识、心理落笔，选取若干个近镜头，把几种层次的意识活动（意识、潜意识与无意识）交错在一起描写，又从现实生活的基本形态出发，注意对人物复杂的心理活动加以取舍、分析和概括（《流浪者》、《女明星》）。小说在一定程度上突破故事情节和时空的制约，但又不违背艺术创作的规律，故事情节和人物性格的发展仍然不失逻辑性。现实主义与现代派手法的融合，无疑是在篇幅有限的短篇小说中扩大心理描写的范围和思想容量的一种手法。

莫拉维亚的短篇中常常写梦，其手法变化多端，曲折有致。有时人物眼睁睁地醒着，其实是在梦中；有时酣然沉睡，进入梦幻状态，却又分明醒着；有时又把读者不知不觉地带入梦中梦、连环梦中。对梦幻、梦中梦的描写，真真假假，既真又假，真假难辨，出神入化，推动情节变化多端地展开，更强化了对人物深层心理的剖析。其中，《中国盒子》（收入1967年发表的短篇小说集《东西就是东西》）是有代表性的名篇之一。

这则短篇构思新颖，但又不像某些现代派小说那样晦涩费解，而是寓新颖于朴实，平淡中见曲折。小说的情节很简单，写一个企业的董事长被不可名状的愁闷、孤独所困惑，常常无缘无故地神态恍惚，茫然失措，并由此做出一些不可思议的怪诞行为。他时时想显示他作为雇员命运的主宰者的威风，不料他处处受到雇员的嘲弄，反倒显出自己是个十足的傻瓜蛋的原形。他想跟手下一名雇员的美丽妻子发生风流韵事，借此宣泄他萦怀的愁绪。按照传统的写法，大抵都是正面落笔，描叙这位老板的空虚苦闷的心理状态，这样，一则四千来字的短篇势必难以打住，无法写透。莫拉维亚匠心独运，为工厂主巧妙地设计了一场梦幻，在梦与梦中梦、梦幻与现实交替的境界中展开情节，刻画人物。

小说开头写身居简陋斗室的雇员生活窘困，整日价提心吊胆，生怕遭到老板的解雇，他分明睁着眼睛，忧心忡忡地跟妻子唠叨自己的苦衷；其实，这却是老板在梦中的假想，一厢情愿。雇员在遐想中跟老板的妻子发生富有刺激性的艳遇，以排遣郁悒寡欢和悲愁失望；而实际上，这又是梦幻，是老板想入非非，幻想为自己解脱苦闷的梦中梦。这种诡奇独特的开局，把读者于不知不觉中带进了扑朔迷离的梦中梦、连环梦，立即磁石般紧紧地吸引住读者，推动情节在充斥戏剧性的矛盾中展开，有力地刻画出异化了的人失去自我意识的病态的心理活动。

莫拉维亚的文字不事雕饰，朴素，简洁，既具有民间口头语言的生动性，又有着文学语言的精确性，朴而不俗，直而不拙，富有很大的艺术表现力。他的短篇保留了意大利古典短篇小说和他本人五十年代《罗马故事》的朴实无华、栩栩生动的特色。这也是莫拉维亚的短篇小说既写得含蓄、深邃，又灵动传神、引人入胜的原因。

莫拉维亚用晓畅的描述、细微的刻画，铺展人物的心理历程时，常常间以冷峻的哲理性论述，加强了对人物内心世界的深入掘发。莫拉维亚像剥笋皮似的，步步深入地剖析人物的精神状态，自然贴切地运用各种形象的比喻，阐发对现实、对人生的看法，使小说不只真切生动，而且充溢着哲理。这些哲理性论述，立论精辟，闪耀着思维的火花，把读者的认识引向深处，起着强化作品主旨的作用，也突出了对现实的批判锋芒。这是莫拉维亚六十年代以来小说创作中出现的一个新特点。有些评论家把这样的作品称作“论述性小说”①，意大利研究当代文学的学者古利埃米诺则把它们称作“哲理小说”②。

请看《中国盒子》结尾，主人公细细地反省他在梦中的胡思乱想，苦苦地思索：“所有这一切，都意味着什么呢？”作者没有正面给出答案，只写妻子此时送给他一件礼物，一只金漆的熠熠闪亮的中国盒子，他木然地把它打开，盒子里面套了另外一个盒子，他打开第二个盒子，里面又套了第三个盒子，尔后，第四个，第五个，第六个。

---

① 《试金石》，1965年，第8期。

② 古利埃米诺：《二十世纪文学导论》，米兰，1978年，第246页。

这是小说的画龙点睛之笔，表达作家对生活的哲理性思考，也给读者留下了玩味思索的余地。

无独有偶。莫拉维亚在1963年发表一部论文集《人是目的》，其中也有一段至关紧要的文字，谈及《中国盒子》：

> 现代世界颇像一只中国盒子，盒子里面装着一只小盒子，小盒子里面又装着一只更小的盒子，如此等等。就是说，现代社会这个巨大的梦魇里蕴含着其他较小的梦魇，一个比一个小，最后竟至每个单独的人都恍若觉着自己就是一个梦魇。

莫拉维亚的这一席话，不啻是对小说《中国盒子》，以至他的整个短篇小说创作的主旨，所作的一个绝妙的注脚。

综观莫拉维亚六十年代以来的短篇小说创作，不难看出，作家在许多短篇中，剥下了那个梦魇世界诱人的五彩缤纷的外衣，让我们看到了一个充满深刻矛盾、荒唐而畸形的社会，看到了它的阴暗、反常、古怪的特征，对那个梦魇世界中被压抑的人与自我、人与人、人与环境的可悲的关系，也作了锐利的揭露和批判。作家对现实生活中屡见不鲜却又难以一眼看透的事物的观察与思考，艺术概括的能力和娴熟的技巧，对我们也有借鉴的作用。

阅读莫拉维亚的小说，我们也仿佛打开了一只莫拉维亚制造的“中国盒子”，视觉屏幕上显示出一个奇特的梦，这梦套着另一个梦，在连环梦中展览出人的内在世界的奥秘景观。透过飘忽、朦胧的梦幻，我们又依稀瞥见人的外在世界的离奇景象。在梦魇世界与现世人生的交织中，我们悟出一些人生真谛。

莫拉维亚是一个诚实的作家。他勇于揭示当代西方社会的真实。诚然，这只是部分的真实。揭示真实的作品，能够帮助我们认识世界，启发我们去思索。

不认识世界和进行思索，又怎能更好地生活呢？

历史·童话·现实
——卡尔维诺小说剖示

1979年初冬，我去意大利，恰值卡尔维诺（Italo Calvino,1923—1985）的新作《如果一个冬夜，一个旅行者……》问世不久。尽管出版业颇不景气，这部小说却在畅销书目中持续地名列前茅；打开报刊，书评、照片、采访记接连映入眼帘；在社交场合，人们饶有兴味地谈论着它；一些大学文学系还特地开设了研讨这本小说的专题讲座。一股“卡尔维诺热潮”，给刚刚踏上意大利国土的我，留下了深刻的印象。

执教于美国加利福尼亚大学的意大利诗人、文学批评家丰塔内拉教授，在罗马的一次聚会中告诉我，现今最受美国读者欢迎，最得批评界赏识的意大利作家，首推卡尔维诺；就影响来说，他足以同著名老作家莫拉维亚并驾齐驱，如果说不超过的话。法国、苏联和欧洲、拉美许多国家，对卡尔维诺也表现了深厚的兴趣。

说也有趣，几乎是同时，卡尔维诺在中国也引起了文学界的注意。上海《外国文艺》译载了他的小说《分成两半的子爵》，一家很有影响的杂志发表一篇旅居海外学人的文章，大力推荐卡尔维诺。

我用心阅读了《如果一个冬夜，一个旅行者……》，蒐集和检阅了有关评论资料，并在罗马大学文学院院长阿卓尔·罗萨教授的介绍下，访问了卡尔维诺。

应当说，这是一部不那么容易读懂的作品，如果不得要领，很可能读毕全书仍然丈二和尚摸不着头脑，无法领略其奥妙。说实话，小说变幻奇谲的技巧使我吃了一惊，我惊奇这样一位知名作家在小说的结构、形式上竟作了如此大胆、独特、诡奇的试验。小说虽然博得舆论的一致好评，但对它的理解和分析却众说纷纭。

这本小说并不是一部孤立的作品。应该把它跟卡尔维诺的创作整体联系起来加以考察。这是一部由十篇小说合成的长篇小说。这十篇小说具有共同的因素，但它们之间没有贯穿的情节线索，在某种意义上，它们又是各自独立的。每一篇的开局，都各各不同，但是，这十篇小说的力量，全部蕴含于它们的开局之中。卡尔维诺在笔者采访他时，直截了当地说：“在这本小说中，我想研究一下，小说的开局能够具有怎样特殊的力量，研究一下小说吸引读者的艺术技巧，形象地说，研究使读者成为戏剧性事件的‘俘虏’的技巧。”

此书的开局确实异乎寻常，具有先声夺人的特殊的力量，读者不由自主地成为迷离惝恍的事件的俘虏。

一位“读者”，正在阅读卡尔维诺的新作《如果一个冬夜，一个旅行者……》。

一个严寒的冬夜，一个拎皮箱的旅行者，从巴黎乘火车前往意大利。火车在一个小站停下。旅行者应当在这里把皮箱交给前来接应的同伙。他走进车站酒吧间。同伴失约。陌生的环境，不协调的气氛，警官的举止行动，使他隐约觉得，他的处境很不安全……

突然，“读者”发现，小说页码错乱，内容走样。“读者”找书店老板询问，老板几经查核，发现小说装订过程中发生了事故，把卡尔维诺的小说同波兰作家巴萨克瓦的小说《马波克村外》搅混在一起了。于是，第二章成为另一篇小说的开局，而不是上一章的继续。

《马波克村外》里的主人公忙得不可开交，登门拜访的客人川流不息。他明天将第一次离开家庭，到一位朋友家里客住一个星期，学习如何掌握从比利时进口的新式干燥机……

“读者”正读得津津有味，小说页码忽然又乱了套。在查询事情原委的过程中，“读者”认识了一位跟他一样寻求答案的“女读者”柳德米拉。他们终于得知，他们读的根本不是波兰小说，而是希美里族作家乌柯的小说《险峻的河岸》。

第三章于是又变成另一部小说《险峻的河岸》的开局。主人公寄居在康德尔教授家。每天清晨，康德尔教授到气象台工作，搜集科学数据。主人公闲来无事，不时离开教授的庄园到港口散步。附近有一座充当监狱，关押犯人的古堡。一天，他跟一位名叫茨薇塔的小姐邂逅……

故事波澜横生地展开。不料小说又告中断。据研究希美里文学的专家称，作者乌柯写到中途，精神病突然发作，自杀身亡。希美里语遂成为死的语言。二次大战后，希美里成为琴伯里共和国的一部分。“读者”和“女读者”便借来琴伯里作家写的《不怕狂风和晕眩》。

于是，《不怕狂风和晕眩》构成小说第四章的开局。主人公瓦莱里安诺和伊琳娜，都是革命者；城市里形势动乱，爆发了罢工和革命。主人公的秘密使命是侦察清楚，瓦莱里安诺和伊琳娜当中，谁是混进革命队伍，想把城市拱手交给白匪的奸细……

“读者”和“女读者”满以为可以顺利读下去，殊不知小说内容又发生了阴差阳错。出版社答复说，现已查明，译者对琴伯里语一窍不通，他施用移花接木之计，塞进了比利时一个末流作家的小说《注视黑影凝聚的地方》。

在“读者”和“女读者”不断阅读、不断寻求答案的过程中，书中的人物、情节、环境和节奏，也走马灯似的不断交换，十篇小说像连环套似的依次展开。

在这令人眼花缭乱的马拉松式的阅读中，“读者”与“女读者”柳德米拉成为知心，喜结良缘。洞房花烛之夜，“女读者”要熄灯就寝，“读者”说道：

“稍等片刻，我马上就要读完卡尔维诺的小说《如果一个冬夜，一个旅行者……》了。”

表面看来，这部小说只是在一个大框架下，叙述了十件互不相干、各自独立的事件，它们之间没有情节上的递进发展关系，也缺少矛盾冲突的联系机制，小说的整体结构似乎十分松散。然而，细加考究，不难发现，这部小说的结构形态不只奇特，而且异常严谨，它有着紧密的内在凝聚力，有着沟通全书的同一指向的意识倾向。

有的评论家把这部小说称作“连环套小说”，不只因为它包含的每一篇小说的结尾与下一篇的开局互相连环，而且全书的开局与结尾彼此勾连。小说的末尾，对于读者来说，是结局；对于作者而言，又意味着新的开头。

卡尔维诺本人更乐意把自己的作品称作“封闭式小说”。“读者”的阅读经历构成小说的内容。书的开局与结束首尾呼应，互相衔接。“读者”在小说开局登场，在小说结尾离去，又引出作者，推出小说。作者重新出台，势必又诱导读者以阅读过程中获取的审美经验，站在新的起点上，继续着自己的思考。因此，这是一部环环相扣，步步深入，形为封闭，实质结构开放的小说。

同这种奇特的结构形态相呼应的，是作家精心塑造的人物形象。在小说的十篇故事中，卡尔维诺无意去塑造一个或数个明确的、典型化的形象性格。在这十篇故事中走马灯似的登场的人物，象匆匆的过客，幻入幻出，只留印着淡淡的身影。作家一反传统，施用奇兵，把读者牵进书中，使之成为串连全部作品的人物。他把读者的形象溶入于“读者”和“女读者”柳德米拉两个人物之中，给他们注入了生命的精灵和个性。男“读者”没有姓名，他执着于阅读，注视每篇小说中发生的事件，寻求小说的答案。“女读者”柳德米拉隽智聪慧，她有点儿任性，在每一篇小说中都改变自己的阅读的趣味，但其实是更富有进取精神，她的渴望与追求是基于对文学的充分信任。

卡尔维诺把这部小说称作“关于阅读小说的小说”。由此不妨说，“阅读小说”的“读者”和“女读者”柳德米拉，不只是接受的主体，而且更主要地是作品的主体，是小说的真正的主人公。在全书的建构上起着穿针引线的作用，便是他们的使命之一。这是一个方面。另一方面，他们既是阅读小说的读者的代言人，在某种意义上，他们的追寻，又体现着创作小说的作家的思想、情感。

这样，他们就集作家、人物和读者这三者的主体性于一身。作为小说真正的主人公，“读者”和“女读者”把多元的、开放性的叙述材料组合成一个有机的整体，给这部几乎完全由十个片断组成的小说注入了完整、统一的情绪力量。难怪卡尔维诺本人说："倘使说贝娅特丽丝是《神曲》中但丁幻游天堂的向导，那末，柳德米拉就是我这本小说的贝娅特丽丝。"

卡尔维诺是怀着强烈的愿望来破除旧有的小说模式的。对小说的结构形态所作的富有想象力的探索，对小说主人公的别出心裁的设计，都是一种尝试。他把小说这架机器拆卸开来，尔后采用别一种方式，予以重新组装。拆散，表示一种破坏；而组合，又意味着在新的层面上的一种创造。这是卡尔维诺对小说固有的艺术模式的挑战、开拓，是对表现现代社会与现代人的艺术新形式的孜孜追寻。

自然，卡尔维诺作为一位严肃的作家，他在艺术形式上的追求，还有着更深一层的旨趣。只要浏览一下他的每一部作品，就可发现，它们的形式都很新奇，都有开拓，但新奇之中又蕴含着深邃的哲理。那末，《如果一个冬夜，一个旅行者……》这部别出心裁的小说又包含着什么寓意呢？

意大利权威的文学史杂志《贝法哥尔》的一篇评论说，卡尔维诺旨在表现艰难的现世生活中，作为文学创作主体的作家和作为文学接受主体的读者，都是"软弱无能"的。

确实，在现今这个世界上，要理解周围发生的一切是异常困难的。在现世人生中，有多少事件是那么错综复杂，不可捉摸。正如卡尔维诺所说，在力求反映这纷繁混乱的现实时，"小说总是描写相对地来说比较明确的事件"。就这一点而言，《贝法哥尔》杂志的观点不无道理。但具体到《如果一个冬夜，一个旅行者……》，就很难苟同这一观点。

卡尔维诺的小说触及了现实生活中人与人之间沟通思想、情感的困难这样一个敏感的问题。在当代西方文学中，这是很流行的主题。但这部小说与众不同。它不是借助合乎常规的叙事因素、文学手段和艺术形式来表达的。卡尔维诺采用新奇的小说形态，通过"读者"与"女读者"阅读的经历，通过他们寻求小说的答案，渴望认识自己的需要，来表现这一主题。"形式一旦达到圆满的境地，内容也随之改变了。"①因此，表现现实生活中人与人之间沟通思想、情感的困难的主题，升华为对文学的信任，小说获得了更高层次上的思想内涵。

在这里，不能不提及卡尔维诺在他主编的《梅那波》杂志上发表的一篇论文。他认为，今日的外在世界混乱、荒唐，不啻是一座座迷宫。面对这一严酷的情势，不同思想、审美立场的艺术家采取迥然不同的态度。一部分艺术家追求强有力地表现主观精神和内心激情，把整个的客观世界纳入、消融于"我"的主观世界，如绘画领域的康定斯基，文学领域的乔伊斯。另一部分艺术家正好相反，把主观精神、"我"统统淹

① 《葛兰西论文学》，人民文学出版社，1983年，第24页。

没于混乱、荒唐的客观世界，如意大利新先锋派。而法国新小说派则认定，艺术家只能在作品中客观地记录、模拟外在现实，而无法予以理性的表现。卡尔维诺自有主见，他十分强调作家意识的作用，理性的作用，他明白无误地宣称，外在世界诚然是一座座迷宫，但作家不可沉浸于客观地记叙外在世界，从而迷失于迷宫之中；艺术家应该寻求出路，尽管需要突破一座又一座迷宫；应该向迷宫宣战！[①]这是颇有点振聋发聩的见解，其核心恐怕就是对文学的巨大信任。这也可算是《如果一个冬夜，一个旅行者……》的题解吧。

诡奇的艺术形式，蕴含着作家对迷乱的现实的沉思和挑战，蕴含着对文学的信任和希望。这或许就是这部小说深受读者青睐的缘由吧。

卡尔维诺在艺术上的独特追求，他对文学的信任，并不自《如果一个冬夜，一个旅行者……》始。不妨说，在他的处女作《通向蜘蛛巢的小路》中已初显端倪。

《通向蜘蛛巢的小路》发表于1947年，当时卡尔维诺年方二十四岁，刚刚步入文学的殿堂。卡尔维诺的父母亲都是科学家，他在科学气氛浓郁的环境里成长，却偏偏爱上了文学。但法西斯专政和战争的烽火，粉碎了他成为文学家的理想。他投奔了游击队。战争刚结束，他从硝烟弥漫的战场直接跨进了高等学府。从都灵大学文学系毕业之后，他走上了文学创作的道路。“我的创作是从写战争和人民的生活开始起步的。”卡尔维诺这么说。《通向蜘蛛巢的小路》，就是一部反映抵抗运动的小说。

读者如果希冀在这本书中看到轰轰烈烈的斗争场面，英雄人物的形象，可能会感到失望。它跟当时盛行的同一题材的新现实主义小说比较，大相径庭。因此，一些批评家把它视为新现实主义小说，是很勉强的。意大利学者古利埃米诺就指出：“乍一看，卡尔维诺的处女作无论就题材（游击队的斗争）而言，还是就发表时间而言，都理应属于新现实主义小说的范畴；而实际情形恰恰相反，把《通向蜘蛛巢的小路》列为新现实主义小说，是非常不适宜的。”[②]

人们熟悉的反映抵抗运动的小说，大抵都是描叙从事反法西斯斗争的英雄人物的业绩。但卡尔维诺笔下的主人公皮恩，原先却是一个在邪恶中生活，并被邪恶腐蚀的少年。他的姐姐是向德寇卖笑的妓女，他干的是给姐姐拉皮条的营生。皮恩仇恨那个蹂躏姐姐的德国人，偷了他的一支手枪，参加了游击队。这支游击队由流浪汉、兵痞、小偷、投机倒把分子组成，他们觉悟不高，纪律涣散，酗酒，调情。从社会学的角度看，皮恩和游击队里的同伴们都属于生活在社会底层的流氓无产者；从生物学的角度看，大凡人的各种动物性的原始本能，在他们身上统统得到表现；从意识形态的角度看，他们是无政府主义者，既反对资产阶级，也反对法西斯主义。卡尔维诺就通过生

① 卡尔维诺：《茫茫的客观世界》，载《梅那波》1960年第2期。

② 古利埃米诺：《二十世纪文学导论》，米兰，1978年，第318页。

活在这样的集体里的少年皮恩的感受、困惑和成熟，来反映抵抗运动。

卡尔维诺独特的历史观、审美观，在《通向蜘蛛巢的小路》中开始体现出来。

皮恩和游击队员们沾染了一身恶习，但他们毕竟不是堕落的一群。他们以各自不同的经历、不同的方式参加了游击队。抵抗运动把他们卷进了历史的进程。他们不是英雄，也没有做出什么惊天动地的行动。但历史既是由一些惊天动地的英雄业绩构成，也是由一些渺小的行动构成的。他们也许明天就会牺牲，他们在牺牲以前做的一切，他们的死亡本身，却将成为历史的一部分，并将对明天的历史发生影响。

历史，对于皮恩来说，不是遥远、伟大的理想。历史于他是具体的、亲切的，历史跟那支从德国鬼子那里偷来的手枪联系在一起；他把手枪隐藏在一条布满蜘蛛巢的偏僻小路上。手枪于他是向德国人报复的武器，是力量的象征。历史还跟美丽的大自然，跟宁静、神秘的蛛巢世界，跟游击队员"表兄"、政委吉姆这些真正的朋友联系在一起。"通向蜘蛛巢的小路"，是皮恩逐渐成熟，走上了通向历史的未来的道路，走上了获得人性的道路的标志。

小说出版十五年后，卡尔维诺仿佛为了回答某些批评家的责难，申明道，他在书中没有写抵抗运动的优秀代表，回避表现英雄主义、献身精神，因为他需要在两条战线上作战：既反对对抵抗运动的诋毁，批驳把社会的罪恶归咎于抵抗运动的言论，又反对把抵抗运动神圣化，描写使徒行传式的正面人物[①]。他在笔者采访他时，更进一步阐释道，在他看来，塑造抵抗运动英雄形象的小说，已经为数很多，例如《安妮丝之死》。他认为，英雄人物没有必要再去表现，因为他们已经是英雄人物了。还没有成为英雄人物，而又正在作出努力的那些人，反倒值得我们去描写。英雄主义将是毫无意义的，倘使不明白它从什么地方，在什么土壤上诞生。为了论证自己的看法，卡尔维诺还提到，即使在革命年代遵循社会主义现实主义原则创作的某些苏联作家，也采用过跟《通向蜘蛛巢的小路》相近的手法写战争题材，如卡达耶夫和巴别尔，前者在《雾海孤帆》中依照生活中实实在在的样子展示那个时代的游击队员，后者在小说中则客观地反映出了斗争双方的残忍。

显然，卡尔维诺在《通向蜘蛛巢的小路》这部小说中，是以抵抗运动为背景，着意写"非英雄人物"。他力图避免和克服某些反映抵抗运动的小说塑造人物性格简单化、单纯化的毛病。这些非英雄人物，不好亦不坏，在他们身上，既有着善良，又有着邪恶，两者交织在一起。但他们正在历史的进程中逐步地认识自我，不断地恢复被扭曲的人性。他们正在作出努力，他们中的一些人或迟或早可能成为英雄人物。因此，描绘出成功的非英雄人物，也就从一个方面写出了抵抗运动的艰巨性、复杂性；描绘出有血有肉的非英雄人物，也跟描绘出可亲可信的英雄人物一样，可以传达出时代的信

---

① 卡尔维诺:《(通向蜘蛛巢的小路)序》，米兰，蒙达多里出版社，1964年。

息，一样可以折射出历史前进的轨迹来。意大利当代小说家、诗人帕韦泽称赞这部小说是描写抵抗运动的最佳之作，不是没有道理的。

在《通向蜘蛛巢的小路》中，洋溢着一种抒情的、童话式的氛围。小说中发生的一切，都是通过少年皮恩的感受来表现的，那些充满惊险性的事件，那些涂抹上童话色彩的日常生活，那条跟童话里的世界相近的通向蜘蛛巢的小路，还有那些几乎都以童话里的人物命名的人物，简直构成了一个民间故事的世界。主人公皮恩（Pin），实际是科洛迪的著名童话小说《木偶奇遇记》的主人公匹诺曹（Pjnocchio）的简化。政委吉姆取名于吉卜林小说《吉姆》的同名主人公。其他人物也充满象征意味，如“红狼”、“长颈鹿”，等等。在任何时代、任何民族的童话中，武器，都是作为一种力量的象征、权威的象征来予以描绘的。[①]

在《通向蜘蛛巢的小路》中，就有一支神秘的手枪，贯串情节的始终，作为力量的象征，“历史”的象征。

卡尔维诺对童话有着精湛的研究。他竭精殚力编纂的巨著《意大利童话》[②]，在世界民间文学史上占有突出的位置。因此，卡尔维诺熟悉童话的特性与手法，他偏爱在小说中用童话的手法来写现实中的人与事。他认为，童话既渲染一种幻境，又是生活的真实的艺术再现；童话既富于诗意，又富于寓意。[③]童话作为一种艺术样式，能使作家抽象的思想意识获得最形象、灵动的阐发。在卡尔维诺后来的作品中，这种用童话的手法来写现实的人和事的倾向，愈发变得鲜明起来。《我们的先人》三部曲，便是这一倾向占据主导地位的标志。

《我们的先人》三部曲由《分成两半的子爵》（1952）、《树上的男爵》（1957）、《不存在的骑士》（1959）三部小说组成。同许多当代意大利长篇小说一样，它们的篇幅都不长，每部约合中文七八万字，实际上相当于我们所说的中篇小说。三部曲没有一个共同的人物或情节脉络把它们缀连；共同的思想内涵，共同的艺术探索，把它们合成一个有机的整体，即这三部小说都采用童话的形式，来表现当代社会里人被摧残，苦苦追寻自身的完整性的遭际。

小说中描叙的故事全发生在远离我们的年代。

十七世纪末，奥地利皇帝统率基督教大军讨伐土耳其异教军。风华正茂的梅达尔多子爵参军来到前线。不幸，他在第一次战斗中便被敌方的炮火击中，一颗炮弹不偏不倚，正好把他从头到脚炸裂成整整齐齐的两半。子爵从此成了两个半拉的人。右边

---

① 普洛坡：《童话的形态学》，转引百博努拉《卡尔维诺》，米兰，摩西亚出版社，1985年，第49页。

② 卡尔维诺：《意大利童话》，1956年。中译本1985年问世后，引起我国读书界重视，已再版多次。

③ 卡尔维诺：《〈意大利童话〉序》，都灵，埃依纳乌迪出版社，1956年。

的半拉，是邪恶的子爵；左边的半拉，是善良的子爵。邪恶的子爵返回故乡，以疯狂的残忍干着种种伤天害理的事情；他杀人（连自己的生身父亲也下毒手害死），放火（连自家的庄园也不放过，竟然纵火付之一炬），他以一种虐待狂的冲动，把他所遇见的任何东西（树木、花朵、蝙蝠、青蛙、蘑菇、水螅）统统扯裂成两半。随后，善良的子爵也重归家乡。他的行为同邪恶的子爵针锋相对。他处处行善积德，救济贫困，为乡民排难解忧。说也有趣，两个半拉的子爵同时爱上了一位美丽的牧羊姑娘帕美拉。于是，发生了一场不可避免的决斗。他们在格斗中互相劈开了对方原先的伤口，鲜血顿时喷涌不止。抢救的医生把他们缝合。这样，善良的子爵与邪恶的子爵的血肉又粘连成一体，合二为一。当子爵从昏迷中苏醒过来时，他已成为一个完整的人。

乍一看来，卡尔维诺在小说中触及了善与恶的对立这样一个在文学创作中古老而又古老的命题。然而，卡尔维诺摒弃了俗见的扬善抑恶的路子。在小说中，被邪恶主宰的子爵做出的种种反常、疯狂的行动，卡尔维诺并不把它们视为纯粹的恶的表现而予以谴责。他的旨趣在于借这些看似失去理性的恶行败德，来表现人的自我遭到肢解、分裂，丧失完整性以后的愤怒的挣扎，绝望的反抗，表现现代人遭到异化时的惨烈的痛楚。同样，善良的子爵的种种义举，卡尔维诺也没有把它们视为纯粹的善的表现而予以讴歌。卡尔维诺的用心在于写出善与恶在现代人身上的并存，善与恶在现代人身上的对立与冲突，写出现代人的人性的破碎。

卡尔维诺用梅达尔多子爵自我分裂的手法，即用善良的子爵和邪恶的子爵这两个人物的两种视角，来分别审视和表现人物的自我。这种自我的分裂。自我的完整性的复归的构思与手法，诡奇独特，富于非凡的想象力，使得现代人的“分裂，残缺，不完整，与己为敌”的本质特征，使得现代人被异化的状态，以极其深刻的真实性与形象性，跃然纸上。这种人物自我分裂与自我合成的手法，也提供了审视生活的多种视角。现代人身上古老的和谐性与完整性已消失殆尽；作为人的不完整性的映照，现代社会也是丧失和谐的、不完整的。现代人，现代社会，都需要新的完整。

卡尔维诺并不止于以奇特的笔法对现代人的异化状态进行刻画。他有着更深一层的旨趣。人一旦被异化，被分裂，沦落于非人的困境，他立时比自我完整时更能痛切而深刻地理解周围的现实的真实面貌，理解他作为一个正常的人时完全忽略或无法理解的事物。失去了自我的一半，意味着抛弃了原先那愚蠢的完整观念的桎梏，摆脱了把一切都看成空气一样自然、简单、单纯的思维定式。自我分裂的代价，是换得了一种新的眼光，一种新的价值观念。

> 倘使你将变成只有你自己的一半，孩子，我祝福你将如此，你便会理解用完整的头脑的一般悟性所不能理解的东西。诚然，你失去自我和世界的一半，但留下的这一半将千百倍更深刻、更宝贵。

邪恶的梅达尔多子爵对他的侄子这样说。无独有偶，善良的梅达尔多子爵也对心爱的姑娘帕梅拉说道：

> 如今，我怀有以前完整时从来不曾有过的仁爱之心，对人世间的一切残缺与不足都深感同情。

善的子爵和恶的子爵不约而同地发自肺腑的这一番自白，道明了潜在小说深层的思想底蕴。

恶的子爵处处为非作歹，进行破坏，真不啻是个“野兽”。善的子爵扶危济困，其使命是进行“疗救”，他真不愧是位“天使”。

“野兽”与“天使”，破坏与疗救，自然是截然对立的，水火不相容的。而实际上，他们是殊途同归，因为他们都在分析，都在思考，都在探究。他们由对立而决斗，而合二为一，看似荒唐，其实是合乎逻辑的必然。他们的合成，便是理想的现代人。小说的尾声，子爵的侄子有这样一番话：

> 我的叔叔梅达尔多就这样恢复成了一个完整的人，既不坏，也不好，好坏相兼，看来跟不曾分成两半时毫无区别。不过，他具有了而今重新合在一起的两个半身的经历，更加明智了。他安度幸福的生活，儿女满堂，治理公正。我们的生活也变好了。子爵复归完整，我们可望有个奇迹般的幸福时代。

子爵的畸形、分裂，是一场痛楚的劫难，但又是一次炼狱之火的洗礼。子爵趋向完善了。他成为更加健康、更加明智的人。社会也变得幸福、公正。这是希望，是信念，虽然不免朦胧，并难脱虚假之嫌，但它毕竟是对人类和世界的美好未来的乐观而执着的追求。

《我们的先人》三部曲的第二部小说《树上的男爵》的故事发生在十八世纪[①]。

十二岁的科西莫进餐时跟父亲发生争执，拒绝吃一道蜗牛菜，一气之下离家出走，爬上了树。从此，他在树上定居下来。他营造了一个耸立于树枝的颇为舒适的住所。在那里，他可以洗澡，打猎，甚至谈情说爱。在那里，他潜心读书，结交朋友，甚至参与时政。法国资产阶级革命的风暴席卷大陆。继承了男爵爵位的科西莫，热情地宣传启蒙思想，还领导乡民发动武装起义，建立革命政权，制定宪法。但封建复辟的逆流，粉碎了他的一切努力。一只英国热气球飘然而至，把衰落唐颓的科西莫男爵带走，

① 卡尔维诺：《〈我们的先人〉后记》，都灵，埃依纳迪出版社，1978年。

在大海上空消失。一阵狂风刮来，树木纷纷倾倒，乡村黯然失色……

科西莫在树上过着传奇般的生活，仿佛是一个古老童话里的主人公。他又很像一个具有特异功能的怪人。他能够像松鼠一样灵活、自在地在树上生活、行动。不过，科西莫愤然上树的缘故自然不是跟父亲为一道蜗牛菜而发生的争吵，而是有着更深刻的动因。他面对的是严酷、腐败的社会。在那个世界里，他是无可奈何，无能为力的。他只能选择一个超脱世俗污浊与纷争的角落，作为对这个社会的不满、厌恶和反叛。所以，科西莫男爵上树，是在现实世界里被异化的结果。

然而，科西莫绝不是逃遁于世外桃源的隐士。他始终是一个社会的人，现实的人。他的上树并不意味着脱离人类社会。他只是在树上选择了一个绝佳的高视点，居高临下，审视周围现实复杂的社会、政治、道德关系，俯视人生。同时，他又身不由己地参与现实的斗争，时时同自然作较量。小说第八章有一段科西莫同野猫作你死我活的搏斗，他被迫杀死野猫的描写。这一情节是意味深长的。它表明，人必须用强力反抗现实与自然，排除种种艰难险阻，才能理解人是什么。科西莫在现实社会中丧失了立足点，只是在回归大自然中，在大自然的种种历险中，才找到了安身立命之地，寻找到了自我，英雄有了用武之地。但一阵狂风，一只热气球，终于把科西莫带走了，把生机盎然的自然摧毁了。理想、希望……风一吹，一切都消失了。

卡尔维诺的童话破灭了。人争取生存，争取完整的自我，争取自由的人格的目标，仍然有待付诸实现。

那树上的世界，是现实社会里的童话；而树下的世界，则是童话里的现实世界。童话与现实在这里水乳交融，浑然一体。小说超脱了现实，超脱了时代，但又是在更高的层次上把握了现实，把握了时代。

比起《一个分成两半的子爵》里的梅达尔多和《树上的男爵》里的科西莫，《我们的先人》三部曲的第三部小说《不存在的骑士》里的主人公阿吉卢尔福，距离我们的时代更为遥远，但又是最彻底地被异化了。梅达尔多子爵失去了自我的一半，又重归完整。科西莫男爵逃奔到树上，找到了立足点。而骑士阿吉卢尔福则完全失去了自我的躯体，失去了自我的身份。

阿吉卢尔福是法兰克国王查理大帝麾下效力的骑士，他凭借坚强的意志和过人的英勇，对神圣事业的忠诚，指挥一支帝国的军队，南征北战，屡建赫赫战功，不愧是全体军官中的佼佼者。然而，他没有血肉，没有面容，没有生活，没有爱情。他终究是个不存在的骑士。只有他所穿的一副雪白铿亮、威武雄壮，然而空空洞洞、紧紧闭锁的铠甲，代表着他的身份，其实只是他的自我的“影子”。

《不存在的骑士》的故事充溢着传奇的情调，使人不由得想起文艺复兴时期诗人阿里奥斯托的传奇叙事长诗《疯狂的罗兰》。卡尔维诺本人在《意大利长篇小说的三种倾向》一文中就写道，他曾毫不倦怠地、反复地研读阿里奥斯托的作品，在意大利诸诗人中，阿里奥斯托是他最感亲切的一位。①《不存在的骑士》明显地继承了阿里奥斯托《疯狂的罗兰》的传统。这表现于作家对故事的传奇性的浓厚兴趣，对曲折、惊奇的情节的精心编织，表现于内容也都是写基督教大军对回教徒的征战，骑士的惊险遭遇，男女青年的爱情，大自然的绚丽景象。而在结构上，这两部作品都采用围绕一条情节主线，平行展开多条线索的样式。《不存在的骑士》对《疯狂的罗兰》传统的继承还表现于作者借古喻今，以古代传奇表达现代人的意识、情感的用心。阿里奥斯托采用骑士传奇的体裁，是为着批判中世纪宗教偏见和禁欲主义，赞美现世生活，讴歌爱情与英勇行为，体现了文艺复兴时代人文主义的理想。卡尔维诺则是借古代骑士故事的传奇性，表达失落自我的现代人对生存的争取，对人格的追求，对泯灭的理想的憧憬。

阿吉卢尔福丧失了人的特质，但他时时处处竭尽全力维护自己的人格、尊严。他不具备进餐所必需的嘴巴、喉管、胃囊，他却要郑重其事地赴宴，风度十足地做出用餐的样子，因为他不甘心情愿让自己沦落为纯粹的幻影。他没有能力去爱异性，但他巧妙地跟一名贵妇人一起度过整整一夜，而没有暴露自己的性无能，因为他希冀众人把他看作一个有名有实的人。尽管如此，他依旧只是虚无、影子。他不得不离开帝国的军队，策马飞奔，去寻找他曾经拯救过的索福罗妮亚公主，希望公主作为他的骑士身份的证人，证实他的自我的存在。历尽艰险，阿吉卢尔福终于找到索福罗妮亚公主。当他陪同查理大帝来接公主时，不料公主已跟骑士托里斯蒙多结合。阿吉卢尔福寻找自我的努力最终失败了。他留下了代表自己的一副铠甲，愤然出走，消失得无影无踪。

阿吉卢尔福是一个“机器人”的象征。他出色地同时又是绝对机械地完成查理大帝下达的一切指令，模范地同时又是绝对机械地严守纪律。那副银光锃亮的铠甲，原本是他战斗的武器，护身的工具，但他实际上完全等同于他的工具，沦落为他的工具。作为一个“人”，一个自然的人，阿吉卢尔福从来不曾存在过。所以，他的消失是不可避免的、顺理成章的。

围绕阿吉卢尔福骑士追寻自我的历险这根主线，书中又平行展开几条情节线索：骑士拉姆巴尔多跟女骑士布拉达曼苔的爱情与历险，骑士托里斯蒙多跟索福罗妮亚公主的爱情纠葛。这些人物的经历、性格、志向各个不同，但他们也无一不在孜孜不倦地追求。拉姆巴尔多一心欲为父亲复仇，同时热烈爱慕布拉达曼苔，他希冀战胜敌人，赢得爱情，以确认自我的价值。布拉达曼苔钟情于阿吉卢尔福，后来跟拉姆巴尔多结合，他追求爱情是为着追寻完美、和谐，在实践中完善自己。托里斯蒙多是个私生子，他去荒无人烟的地方寻根，以期获得对自我的认识与肯定。

骑士阿吉卢尔福消失了，再也“不存在”了。一群朝气勃勃的青年骑士为了爱情、

---

① 卡尔维诺:《意大利长篇小说的三种倾向》，载《岩石下》，都灵，埃依纳乌迪出版社，1980年。

荣誉和人的价值而搏击着。他们当中有的人实现了自己的目标，有的正在不懈地向着既定的目标奋进。小说的这一结尾，意味深长，余韵袅袅。

《分成两半的子爵》、《树上的男爵》、《不存在的骑士》的故事都发生在遥远的年代。但读者在阅读过程中却分明看到，卡尔维诺笔下的主人公们其实只是穿戴上了古代服饰的现代人，他们的全部情感、意识、行为，无不打烙着现代的印痕。意大利著名批评家潘帕隆尼说得好："这是现代人的三部曲。"①

卡尔维诺让子爵、男爵、骑士三个人物，从三种角度分别表现现代人，暴露现代人；而从三个不同角度投来的三束光，全聚光在现代人的异化这一焦点上。子爵被肢解、分裂，男爵被迫逃遁于大自然，骑士沦落为生活的幻影，他们代表了异化的三种特性，三种形态；而集合这三部小说的《我们的先人》三部曲，正好勾画了现代人异化的总体形态，总体特征。子爵渴望完整人性的复归，男爵建构区别于人世社会的理想境界，男女骑士们孜孜不倦地追求人的价值，《我们的先人》三部曲的主人公们，又正好集中体现了现代人的自主意识和追索精神。

三部曲里主人公们的命运是迥然有别的。梅达尔多子爵实现人性完整性的复归，获得了幸福的生活：科西莫男爵乘热气球飘然而去；骑士阿吉卢尔福丢下一副盔甲，消声匿迹了，骑士的同伴们继续执着地追寻。这些人物的不同遭际，互相映衬，形成某种反差。这是合乎情理的。一方面，人遭到摧残，失去人性，一方面又竭尽全力争取恢复完整的人性；一方面人失去在生活中的立足点，失去存在的可能，一方面又毫不懈怠地追求；这两方面相辅相成，不正构成现实生活的本质倾向吗？不正勾画出人同异化的社会、同横逆的命运作斗争的艰难性、复杂性吗？这里没有阴暗的悲观，也没有虚假的高调；没有过度的失望，也没有盲目的希望。卡尔维诺只是着意在为同时代人塑造一种新的、理想的人格特征。

《我们的先人》三部曲，都放弃了写实的手法。同《通向蜘蛛巢的小路》比较，卡尔维诺转换了视点，从一个超现实的角度，逼近现实之上，来审视现实，但又保持距离，游离于现实的真实情态之外。卡尔维诺认为，童话是实现这一构想的最好的形式。如果说，莫拉维亚偏爱写梦幻，在梦幻中把隐藏于潜意识深层的现代人的异化心理与异化意识原形毕露地展现出来，那末，卡尔维诺的童话，同莫拉维亚的梦幻有着异曲同工之妙。卡尔维诺采用童话体，把客观现实化入幻想世界，把被肢解、被异化的现代人的灵魂的挣扎与追求这样很难装进写实的故事里去的东西，给予鲜活多姿、淋漓尽致的描绘。一个用传统的写实手法很难表现的思想意蕴，在现实与童话的交织中显得游刃有余。人生主题在写意风格中获得升华，虚拟性更充分地体现出思想的普遍性。因此，三部曲诚然涂抹上幻想、传奇的色彩，但时代的阴影仍然构成画面的底

① 古利埃米诺：《二十世纪文学导论》，米兰，1978年，第319页。

色。不妨说,《我们的先人》三部曲，既具有现实的童话意义，又具有童话的现实意义。

卡尔维诺在三部曲中出色地运用了变形的艺术手段。他描绘了各式各样的变形，他笔下的主要人物——被炮弹劈成两个半拉人的梅达尔多子爵，像松鼠一样栖身树枝的科西莫男爵，蜕变为御身的盔甲的阿吉卢尔福骑士——都是变形的艺术形象。作家对人物作艺术上的变形，不是随心所欲，任意所为，其目的也不在于对人物作客观的描摹，而是在掌握人物的质的规定性的前提下进行的，变形始终紧紧扣住陷入异化困境的现代人自身固有的精神特征。换言之，人物的变形只是一种符号，是变态的灵魂的外化，是人们调整自我价值和自我意识时“阵痛”的具象化。因此，变形成为作家透过怪诞的物境来感喻人的心境，表现主体对现实的一种独特的审美感受的手段，作家通过变形的人物来暗示小说的象征意蕴。

有些评论家把《我们的先人》三部曲称作哲理小说。这有一定的道理，但并不完全确切。卡尔维诺把童话作为小说故事的载体，以对紊乱的现实进行严肃、深沉的哲理思考。深邃的哲理性，是小说的内核。童话与哲理的融合，形成三部曲的重要特色。但卡尔维诺的小说又毫无一般哲理小说那种充斥篇幅的理性的分析，毫无滞重、说教的气息。这或许是因为如作家本人所说，“我不是一个地地道道的哲学家，因为我没有非常明确的哲学思想体系需要表述。”但更重要的，恐怕是作者在充满活力的想象、幻想的有趣故事中，建立起了对当今资本主义社会生活的现代哲理思考意识。

这三篇富于传奇性的故事，读来亲切、有趣。读者犹如置身无限的大海，蔚蓝、温馨、潋滟闪光的大海，显得异常可爱。而你一旦潜入水中，沉下海底，你就会惊奇地发现碧森森的沟壑，阴暗的隧道，嶙峋的巉岩，可怕的怪鱼，更有那浮动漂游的海藻，煞象焦躁不安的、活动的人形。当你合上书卷的时候，将会不胜感叹道：这是一个多么神奇浩瀚的世界！一个多么奇形怪状而又真实可信的世界！

意大利二十世纪诗歌：传统与革新

贫血的缪斯女神，
跌进陈旧格律的茅草堆。
让我们，年轻人，打开窗户，
换掉发霉的空气！

尼奥里：《打开窗户》

这是意大利诗人多梅尼科·尼奥里（1838—1915）六十五岁高龄时，重新焕发了青春年华的激情，向后生们发出的革新意大利诗歌的呼吁。

时值1904年。人们刚刚告别十九世纪，跨入二十世纪。其时，物质大生产和科学技术急速发展。社会生活极大改变了原来的模样。尼奥里的大声疾呼，正表达了意大利诗界上上下下急切希冀跟上社会变革的步伐，对最敏感的艺术形式——诗歌来一番革故鼎新的心愿。他的这首诗一时间不胫而走，四处传诵，成为富于象征意味的名诗，成为新世纪一代诗人的行动口号。

其实，十九世纪末叶，不少诗人已处于生活、艺术的诸种难以排解的矛盾之中。他们因此苦恼。他们因此探索。他们厌恶民族复兴运动以后使他们深感失望的、沉重的、龌龊的现实，他们意欲摒弃这个现实世界，他们向往理想至上，热衷唯美主义。然而，他们作为社会的人，又无法揪住自己的头发离开人世间，又不能不"进入"他们周围那个充斥着痛苦、贫困和辛酸的现实世界。

大诗人卡尔杜齐（Giosue carduccl，1835—1907），是意大利第一位诺贝尔文学奖得主。他的后期诗作中，民族复兴运动时期激越昂奋、意气风发的情感，日益淡化了，诗人更倾心于袭用古希腊罗马诗歌的韵律，追求美的艺术形式。然而，回归古典的传统，只是卡尔杜齐后期诗歌的一个方面；另一方面，他也意识到当时流行的诗歌韵律的贫乏，同社会生活的不相适应。因此，他又对诗歌的格律、结构，作了某些革新的尝试，力图开创一种贴近自然，贴近人的情感，质朴、清新的诗风。诚然，他的这种努力还称不上是创新，但毫无疑问，对于意大利诗歌古典传统却是异乎寻常的。同时，在他的后期诗作中，对同时代人的生存问题和心理状态的阐释，也显示出一些新的因素。

这样，在跨世纪的第一位大诗人卡尔杜齐身上，传统与革新就如此矛盾地、不平衡地却又合乎自然地紧紧纠结在一起。卡尔杜齐诗歌创作的这一特征，是具有典型的、象征的意蕴的。这也似乎预示着，二十世纪意大利诗歌，贯串着一根红线：传统与革新的交织。

另一位鼎鼎大名的诗人邓南遮，凭着他的敏锐的艺术感觉，察觉到了直觉与表现之间存在着颇难逾越的鸿沟。但颇有意思的是，他又发现，词汇具有无穷无尽的潜力。因而他在孜孜探索人生经验中前人少有涉足的范畴时，便煞费苦心地使词汇具有最大限度的可塑性、精致性和深刻性，以最大限度地揭示人的精神世界的神秘的、被人忽略的领域。评论家把他的诗歌的这一长处不无道理地形容为“对阴影的探索”。因此，邓南遮写作诗歌，说穿了，就是为着锻造一种具有穿透力和透明性的表现手段。他的那些精细地捕捉和表现美、色彩以及心灵和感官的细微感受的诗歌，无疑是对意大利诗歌传统的某种突破和变革。大凡二十世纪意大利小有成就的诗人，几乎没有一个不受到邓南遮的影响。可是，物极必反。当邓南遮的诗歌风靡文坛，日益成为脱离现实的、僵化的、唯美的诗歌时，它又跳到了另一个极端，沦为一种沉重得可怕的传统！

在二十世纪初叶的意大利诸诗派中，“微暗派”（又称“黄昏派”），是颇为引人注目的。

“微暗派”这个提法最早见于批评家博尔盖塞1911年发表的一篇文章。博尔盖塞认为，如果说，近代意大利诗歌的伟大传统的体现者是十九世纪诗坛三杰福斯科罗（Ugo Foscolo，1778—1827）、曼佐尼（Alessandro Manzonj，1785—1873）和莱奥帕尔迪（Giacomo Leopardi，1798—1837），他们代表着近代意大利诗歌传统的朝气蓬勃的黎明，而另外三位诗坛巨星卡尔杜齐、帕斯科利（Giovanni Pascoli，1855—1912）、邓南遮标志着这一伟大传统的光辉灿烂的正午，那末，莫雷蒂、科拉齐尼等还只在诗坛上“微暗地”闪光的一批年轻诗人的出现，则意味着上述意大利近代诗歌传统业已日落西山，步入黄昏。这些青年诗人因而被称作“微暗派”。

微暗派是高举反邓南遮的大纛登上诗坛的。这一派诗人的诗歌语言具有某种值得重视的新意。他们追求诗歌的散文化；在他们的笔下，诗歌不再是精雕细琢的艺术品，而还原为文辞不事任何雕饰，普普通通，实实在在的东西。他们努力缩短诗人同读者的距离，诗人不再居高临下，而是和读者平起平坐，采用诗人同读者娓娓叙谈的方式，来抒写脆弱、疲惫的人生，平淡、单调的外省生活，现实世界的爱情和大资产者的忧伤心态。

信手拈来两首微暗派诗作的片断：

下雨了。星期三。我来到切塞纳
在我新婚的姐姐家做客，
她六七个月以前才出嫁。

莫雷蒂：《在切塞纳》

你为什么叫我诗人？
我不是诗人。
我不过是一个哭泣的孩子。
你瞧，我只有洒向沉默的眼泪。
你为什么叫我诗人？

科拉齐尼：《一个可怜的、多愁善感诗人的失望》

显然，微暗派这些内容和风格都很朴实的诗歌，是对邓南遮诗歌中美化了的生活之梦和超人神话的反拨，是对邓南遮的典雅、精细、浮华文体的摒斥。

微暗派诗人戈札诺笔下的人物，可以说是反邓南遮的典型：

你穿一身农家服装
几乎是个丑八怪，毫无魅力，
可你有一张主妇的善良的脸孔

戈札诺：《一个名叫幸福的小姐》

托托一年又一年梦想着爱
可爱始终没有来。
他曾经梦想为女明星和公主殉难
可如今找了个十八岁的厨娘当情人。

戈札诺：《托托·梅卢梅尼》

这些平淡无奇的诗句，对爱情和女性的调侃和几乎粗俗不堪的描绘，同邓南遮精致地描叙的女性的容貌之美，恋人之间狂放的、有时近乎肉欲的爱，形成了鲜明的反差。

微暗派是对邓南遮的传统发起的一次有力的冲击。邓南遮的狂飙时代开始走向没落了。但另一方面，对于十九世纪意大利现实主义诗歌传统，对于“浪子派”诗人的散文化风格，对于帕斯科利钟爱平庸的事物和卑微的现实的倾向，微暗派又是对它们的一种继承。

我们倘若作纵向的历史考察，便会发现这样一个很有趣的现象：微暗派反对“兄辈”(邓南遮)的传统，却又继承“父辈”(十九世纪现实主义诗歌和帕斯科利)的传统。

不妨再进一步探究。微暗派诚然是反邓南遮的英雄，但他们宣扬的信念的危机，失落的空虚感，个性与社会的割裂，对孤独的渴求，封闭于自我的小天地，同邓南遮以利己主义为核心的唯美主义，尽管在艺术形式上是相悖的，但在思想鼎源上却有着某种相通之处。这，或许是微暗派诗人所不愿承认的。但这毕竟是现实。倘若我们再作一横向的比较，则不难看出，微暗派诗歌又受到法国、比利时诗人魏尔兰、拉弗格、萨曼和罗登巴赫等的影响，或者说，同他们有颇多相近之处。魏尔兰擅长表达的婉约的情思，内心的憧憬和惶惶不安的情绪；拉弗格不拘绳墨的自由诗；萨曼用不事雕饰的辞句抒写的无限的忧愁和朦胧的梦影；罗登巴赫对故乡风物的追忆和怀旧的心态，在微暗派的诗歌中都可见出或浓或淡的投影。

由此，我们可以认为，在微暗派诗人身上，传统与革新是相辅相成的，或者说，这两者的关系是你中有我，我中有你。只是他们在思想认识上缺乏对时代的本质把握，在审美主张上缺乏鲜明性，在艺术创新上缺乏活跃性；这种局限性，就是微暗派诗歌在意大利二十世纪诗歌史上未能大放异彩，而仅仅“微暗”地发光的缘故。

未来主义在1909年的诞生和随后的迅速扩张，犹如一石击水，搅乱了意大利诗坛相对平静的态势。意大利历史上，还从来不曾有过像未来主义这样的文学艺术运动，以成打的狂热宣言和激进的美学主张，强烈地震动了文坛。

未来主义同沉醉唯美世界的邓南遮，同眷恋外省卑微生活的微暗派迥异，他们明确地意识到，意大利已紧随欧洲社会，走上了急速工业化的道路。他们欣喜地把目光投向构成这一新现实的元素：大工厂、工人群体、大都市、机器、汽车、速度。在他们看来，宏伟的世界因速度的美而更加多姿多彩，奔驰的汽车远比古希腊的雕塑杰作更加富于魅力。他们要求艺术保持同现实的联系，跟上时代的步伐。因此，就艺术同现实世界的关系这一基本问题而言，未来派比邓南遮、微暗派进步了，他们更具有现代意识。

就艺术纲领而言，未来主义对传统持彻底否定的态度。他们以为，既往的文学艺术史止于对现实作静态的、表层的描摹，并且过于伤感、苍白和冷冰冰，业已僵化。未来的艺术应当是破坏旧的社会秩序和旧的文学传统的有力武器：

我写的每一首诗
都是一把燃烧的
烈火！

帕拉采斯基:《纵火者》

他们主张面向未来，倾力反映资本主义大生产这一新的社会现实所派生的新的价值观念、新的道德观念，讴歌科学技术迅猛发展的时代的特征——运动、竞争和进取，讴歌速度的美。这意味着，动态地反映客观现实，或者说，反映客观现实的动态，是未来派审美原则的出发点。在他们看来，现代的科学技术大大延伸和发展了人的视听感官，丰富了人的诸种感官的感受能力，从而也为诗歌艺术形式的发展与革新创造了条件。由此，他们要求用现代思维来大胆革新和开拓艺术表现手段，废弃传统的语言规范：

我的新歌
不需要格律、韵步和规矩。

索菲奇:《诗的理性》

他们采用奔放、跳跃的词句，热衷直觉、感应、想象和联想的绝对自由，遵循逻辑的或音乐的节奏，突出色彩、声响、字形等物理因素的作用：

我，一个强者
能够使一个钟点
具有一个星期的生命，
或者，把钟点
像柠檬一般
紧紧捏在坚硬的手心里，
挤出一刻钟的
乳汁！

马里内蒂:《时间与空间》

这是一首典型的未来主义诗歌的一节。从内容上看，马里内蒂勾画了一个意欲摧毁现存社会秩序的“强者”，时间与空间的反叛者的自画像。从形式上看，这是一首“自由诗”，诗人摒弃传统诗歌的韵律模式，而完全遵循一种顺应内心情绪急促而跳荡的节奏，用粗暴、怪特的笔触，来宣泄他这个“强者”强劲的情绪和强烈的个人意志。

有的评论家指出，超现实主义、表现主义都产生了杰作，而未来主义者却没有创作出上乘之作，未来主义仅仅意味着抗议。这一见解相当尖刻，但不无道理。然而，问题本身却远为复杂得多。

未来主义确实是一个很庞杂的运动。它在政治上集虚无主义、民族主义和无政府主义之大成，但同时它又包含了反教权主义和对劳工阶级斗争的颂扬，未来主义成员中，有左中右之分，日后分化出共产党员、社会党员和法西斯主义分子。未来主义不仅在政治上是一个很不统一、协调的运动，而且在艺术理论和实践上也是一个很不统一、协调的运动。

在艺术主张上，帕皮尼、帕莱采斯基、索菲奇等“异端的未来主义者”，是同马里内蒂鲜明对立的。他们公开批判马里内蒂的虚无主义艺术观，指出“盲目地拒绝过去，势必导致盲目地否定未来”。

他们强调，艺术的发展，意味着“对文化的吸收与超越”。正是这些“异端的未来主义者”，留下了在诗歌史上值得一提的篇什。

而以马里内蒂为代表的右翼未来主义，把虚无主义作为自己的理论纲领，否定并破坏文学发展进程中的秩序和规范。然而，文学发展进程的任何一个阶段上的思潮、流派，都不可能是空穴来风，它们都萌芽和生发于传统之中，都是对传统的某种继承与弘扬。传统是任何文学发展进程的不可或缺的坚实基础和先决条件。

右翼未来主义要同传统一刀两断，宣扬一切从零开始，这就必然使它自身的发展失去了可靠的基础和依托，无根之木自然无法生发翠绿的新芽。

未来主义的艺术纲领和探索，从整体上来说，是激进的，过头的，有时甚至是荒谬的，离奇的。它在艺术形式、手法和语言方面进行的种种试验，大胆新奇，但往往违背艺术发展的客观规律，从而沦为耍弄花招和文字游戏。显而易见，未来主义的反传统，追求新，并不是创新的同义词。看来这正是未来主义在文学领域的成绩令人失望的缘故。

但绘画和雕塑是例外。或许，造型艺术是未来主义者体现自己的审美原则的最适宜的形式。未来主义画家、雕塑家不着眼于事物既成的形式，而重视事物不停顿的运动、组合，即所谓事物的“普通的动力学”，他们用造型语言来表达对现实的直觉感受，表现运动、光和色，比较诗人用文字来表达这一切，显得得心应手得多。

颇为有趣的是，未来主义以反传统相标榜，然而，传统却具有一种非凡的魔力，任你怎样反叛，都无法与之决裂。相反，传统总是以这种或那种形式，或隐或现地粘附在你身上。其实，这是不足为奇的。从历史的角度考察，传统可以说是文学发展的历史进程中积累的一切精华；如果把视野再放宽一些，则可以认为，传统是文学长河中的一种存在，一种积淀。正是在这个意义上，不妨说，先于未来主义而在文学史上存在过的象征主义、邓南遮唯美主义，也都不失为一种传统。因此，未来主义虽然竭力要挣脱和砸碎传统的锁链，但它的努力不可避免地要归于失败。它必然要或多或少带着传统的胎记，保留着传统的基因。

马里内蒂的一些较为成功的作品，分明较少受到他的宣言的制约，较少反传统的色彩。另一方面，马里内蒂的创作活动，是从用法语写作象征主义诗歌起步的。象征主义的审美特征在他的诗歌中打着深深的烙印。他是象征主义诗歌传统的继承者。而在马里内蒂起草的未来主义宣言中，还可以发现柏格森的直觉主义——否定理性，强调用直觉认识来把握事物——的观点，更可以发现尼采崇拜的暴力、强人的哲学。马里内蒂以反邓南遮自诩，但在他的纲领和实践中，对力量、冒险精神和进取的讴歌，又分明可以见到邓南遮的影子。这真是荒唐而又自然的殊途同归。而马里内蒂这个反传统的勇士的个人经历，是以"纵火者"的姿态杀上文坛，末了却摇身一变为反对社会主义和革命的消防队；他曾发誓要摧毁图书馆、博物馆和科学院，晚年却欣然接受墨索里尼的任命，当上意大利科学院院士。这又是多么富有讽刺意味！

如果说，未来主义在文学领域没有产生杰作，是不容否认的事实；那末，同样不容否认的是，未来主义对意大利文学也产生了深远的影响。未来主义的艺术纲领，既有破坏性的一面，又有变革性的一面。针对邓南遮追求诗歌形式的美和文辞的美的倾向，未来派提出了突破诗歌语言的程式，适应新的时代的要求。这一派诗人注重诗歌自由、灵活的形式，不把语言规范当作束缚艺术的构思的框框，强调诗歌本身的、内在的节奏。他们把日常生活的语言，政治、科学技术的新词汇，吸收到诗歌中来，冲刷了诗歌界的守旧习气，这对唯美主义是个不小的打击。

他们采用运动的形象化手段，重视声响、色彩的运用，突出声响的效应和色彩的强烈对比。请看戈沃尼《市镇》一诗的后半部分：

从黑洞洞的草房里走出几头牛
悠闲地踱步在堤岸，
笨拙地到河边
去喝银光闪闪的河水。
玫瑰色、白色的田野上
青翠的麦田里
几座坟茔。

戈沃尼用这种典型的未来主义艺术手法，来描写市镇的普普通通的日常生活的场景，透露出作者对家乡的眷恋，表达了一种不同于一般未来主义诗人的情调。

杰尔比诺在《争斗着的大自然》中描绘黑幕降临、华灯初上这样一幅日常生活的场景，匠心独运地把这一屡见不鲜的景象比喻为一场"光与影"的"肉搏"，光明对黑暗的“残酷屠杀”，借助类比，把握不相似的事物中相似的特征，放纵而不怪诞，独特而不神秘，给人以新鲜的感受。

未来派元老帕拉采斯基在《生病的喷泉》中，别致地把衰旧的喷泉比作身染肺痨的病人，借助一连串谐声字来形容病泉的咳嗽、呻吟、喘息和颤抖，以及它们对诗人心灵造成的痛苦感觉。在诗中，谐声与类比的结合，比较得体，视觉形象与听觉形象融为一体，互相映衬，物的感性现象成为把读者带进人的内心意识中去的一种手段，取得了较好的艺术效果。

这些，都是未来主义在扩大表现手法上的突破。

意大利不止一代的诗人借鉴或吸取了未来主义的经验，如“呼声派”的诗歌创作。而隐秘派主将翁加雷蒂早期干脆就是个未来主义诗人。苏联无产阶级诗人马雅可夫斯基曾指出他同意大利未来主义思想上的分野，但又承认他在艺术表现形式上和它的共同点。马雅可夫斯基诗歌中，刻画运动着的事物的形象，善用新奇的词语，生动、夸张的想象，探索诗歌的节奏、韵律，利用声音的模拟和组合来表现主观的感觉和思想等，都是同典型的未来主义艺术特征分不开的。

二十年代，是意大利诗歌兴旺的时期。这个时期是以一个具有欧洲和世界影响的诗歌流派为标志的。这就是隐秘派（又译称隐逸派、奥秘派）。

隐秘派为诗坛奉献了一批出类拔萃的诗人，如中国读者已颇为熟悉的翁加雷蒂、蒙塔莱、夸西莫多，后两位曾分别获得诺贝尔文学奖。隐秘派的诗学，在整整半个多世纪的时间里，影响了不止一代的意大利诗人。

隐秘派在诸多方面进行了可贵的创新，开了意大利诗歌的新生面。

同卡尔杜齐、帕斯科利和邓南遮不同，隐秘派诗人不再囿于自我的内省，或玩赏精美的艺术形式，也不像微暗派诗人热衷于朴实、平淡与琐屑。他们的创作行为蕴含着鲜明的批判意识。这种批判意识显然是与同时代紧密关联的。

二十年代，正是意大利从资本主义向法西斯主义过渡的年代，是墨索里尼建立世界上第一个法西斯独裁政权的年代。在这风雨如磐的黑暗岁月，诗人们的内心涌动着极其复杂、微妙的情绪，他们以诗人的敏感，体验到心灵如同黑暗的夜晚的痛楚。在他们诗作的字里行间，充溢着对残酷的现实和民族的灾难而萌生的忧患意识和危机意识。他们独具匠心地运用曲折而奥妙的手法，把这样的情绪宣泄出来，把它们的批判意识化作投枪，掷向“生活之恶”。

在相当长的时间里，邓南遮的唯美主义曾风靡意大利诗坛。微暗派发动的旨在使诗歌非英雄化和叙事化的运动，未来主义的破坏多于建设的诗歌主张与实践，都曾给邓南遮的诗风以不小的冲击，但它们由于本身的局限性终究未能成大气候。只是到了隐秘派登堂入室，闯进诗坛，才以别具一格的诗歌一扫专心玩弄形式美的高贵诗风。

“倘若诗歌的问题就在于让自己明白，那末，谁也不会去写诗了。问题在于让别人明白quid[①]……

“我的诗作全是树林中自生自长的蘑菇；它们被人采集，吃掉。有人发现它们是有毒的，而另外一些人则断言它们是可以食用的。”[②]

蒙塔莱这两段“自白”，再清楚不过地表明了隐秘派诗人的旨趣，表明了他们同生活，同自然，同大众的水乳交融的关系，他们对淳朴、真挚诗风的向往，从而同邓南遮的高雅的唯美诗歌划清了界限。

从意大利二十世纪诗歌发展的整个历史进程来看，隐秘派的审美追求，乃是微暗派生活化诗歌风格的努力的继承和延续。然而，这不是在同一平面上的重复和继续。隐秘派没有再走微暗派诗歌平淡无奇的散文化的路子，也扬弃微暗派调侃式的叙事化风格。隐秘派既反对邓南遮精致、矜持的纯诗歌，又执着追求诗歌纯朴、自然的风格，及其同完美的形式的结合，尤其重视诗歌语言的音乐性。

在这一派诗人看来，音韵是诗歌不可或缺的重要元素。一部诗歌史，就是语言和音乐的血缘关系史。最古老的诗歌的诞生，是出于部落人在原始音乐中加上言语的需要。待到诗歌成为书面的东西，它同音乐的血缘关系仍然清晰可见。所以，隐秘派大师蒙塔莱才如此直截了当地表示：他的诗歌是“音乐+观念，换言之，与其说我的诗歌是这两者的总和，毋宁说是它们的相互渗透”。[③]隐秘派三巨头翁加雷蒂、蒙塔莱和夸西莫多的诗风各不相同，但他们的诗作都讲究音韵，既真挚可亲，又富于交响乐般的韵味，使意大利诗歌达到了一种崭新的艺术境界，如蒙塔莱的《英国圆号》，夸西莫多的《岛》和翁加雷蒂的《请不要再喧哗》，其中，《请不要再喧哗》：

别再杀害死者，
啊，请不要再喧哗，
不要再喧哗，
倘使你们还想听到他们的声音，
倘使你们不再希望毁灭他们。

他们不再发出声响，
絮絮低语
仿佛破土的芳草。
欣悦存在于不同的地方。

① 拉丁语，意为某种东西。
② 蒙塔莱:《自白》，载《国际诗坛》第4辑，漓江出版社，1988年。
③ 同上。

隐秘派擅长抒发内心世界瞬息间微妙、奥秘的感受。不过，这一派诗人并不像未来派那样致力于捕捉瞬息间模糊不清的、彼此之间缺乏逻辑联系的，因而也是片断的、叠合的感觉印象。他们执意表达的，是诗人体验到的直接的但又进行了理性加工的，因而具有必然的内在联系的印象、感受和意象（如蒙塔莱的《希特勒的春天》，夸西莫多的《归乡》）。

为此，隐秘派诗人十分注重语汇的实质，他们大胆放弃传统诗歌习用的语汇，努力寻求一种不带任何浮华的雄辩色彩，且是采自现实的、富于表现力的语汇。或者更准确地说，他们重新赋予那些被人们在日常生活中千百次地应用的语汇原始的涵义，使这些语汇当初第一次使用时所具有的原本涵义，即当初能够确立人与现实之间的关系的原本涵义，得以还原，这些语汇从而也就获得了新意。这样，隐秘派诗人笔下的语汇就摆脱了拖沓和僵滞，而具有了表现难以表现的事物，表现现实的隐含的本质的活力，如蒙塔莱的《汲水的辘辘》，夸西莫多的《柠檬树上的黑喜鹊》和翁加雷蒂的《卡尔索[①]的圣马丁诺镇》，其中，《卡尔索的圣马丁诺镇》：

这么多
鳞次栉比的房屋
仅仅残存了
断垣残壁
几堵
这么多
患难与共的朋友
幸运的
生者
屈指可数
一个个十字架
竖立心中
我的心啊
是最悲伤的陵墓

隐秘派很重视类比的运用。类比，曾是未来主义的重要艺术特征之一。未来主义主张绝对自由的类比，他们用“类比的链”，把迥然不同、缺乏任何特征上的相似的两

① 意大利北部地名，第一次世界大战期间，意奥军队在此激战。

种事物生拉硬扯在一起，在多数情况下，结果只能是扭曲客观事物的形象，一味宣泄强烈的个人意识。隐秘派诗人也像未来派一样擅长类比，但同未来派比较，他们的类比运用具有了新意。他们排除浅近、平庸、乏味的类比，而着力把握不相似的事物之间相似的内在特征，如翁加雷蒂把“记忆”比作积淀在心灵的“尘云”。夸西莫多则形容悲哀的呐喊为“黑色呐喊”，借助类比，把听觉印象同视觉印象融为一体，既意味深长，又饱含诗意，给人以独特而新鲜的感受。

隐秘派诗人摒弃廉价的乐观主义，拒绝法西斯当局要求文学承担歌功颂德的使命。蒙塔莱从日常生活的常见场景中，如枯黄的败叶、干涸的溪水、奄奄一息的鸟儿，揭示在那特定的社会情势下体验到的令人窒息的“生活的邪恶”。在夸西莫多的诗篇中，对失去的西西里岛的眷恋，伴随着诗人每日每时的孤独，夜晚降临心头的痛楚体验。

特别值得一提的是，隐秘派的代表诗人都具有良好的教养和文化素质。他们或从小熟读古典诗歌，或在国外深造；他们又都是出色的翻译家，把古希腊罗马大家和当代外国经典作家的名作译成意大利语，他们的译作几乎无一例外地是优秀的艺术再创作。

他们博学广识，兼收并蓄，从古典和域外的文学宝库中汲取滋养，大大丰富了自己的创作。

概而言之，隐秘派诗人注意继承古典作家的创作成就和艺术手法，善于吸收本世纪国内外各派各家之长；同时，他们又在传统的基础上革新，完整地、独特地表现外在世界与内心世界、时代精神与个人情绪。他们是意大利二十世纪诗歌发展进程中继上启下的流派，开了意大利当代诗歌的先河，体现了传统与革新的统一。

二次大战后，新现实主义在意大利文坛风行一世。它是反法西斯抵抗运动的激情与理想在文化领域的产物，主要表现在小说、电影领域。在诗歌领域，新现实主义没有成为主导的流派，但在它的思想、文化、艺术氛围的影响下，一些诗人的创作也出现了不容忽视的变化。这一变化的主要标志是诗歌的内容和风格的变革。

隐秘派重要代表夸西莫多的诗歌创作的转折是耐人寻味的。

经历了血与火的考验的诗人深沉地表示，法西斯和战争酿成的悲剧，“诗人永生永世不能忘记”。战争和抵抗运动“摧毁了（诗歌）的内容”，“提出了新的人的价值观念”。倘使说，他以前的抒情主要是抒写对失去的童年和对西西里故乡的眷恋，倾诉了诗人忧伤的心灵的“独白”，那末，战后他则写了许多优秀的政治抒情诗、社会抒情诗，从“独白”过渡到了“对话”，从“我”过渡到了“我们”，从缅怀往昔，过渡到了对社会和人类未来的深深思索。

《柳树上的竖琴》、《米兰，1945年8月》、《我的同时代人》、《我的祖国意大利》、《切尔维七兄弟》等名篇，热诚颂扬经受了反法西斯斗争洗礼的祖国，讴歌为捍卫祖国的自由与独立而捐躯的英烈，昂扬激奋，令人感奋。这些优秀的政治抒情诗、社会抒情诗，并不是对诗人前期抒情诗的否定，而是贯串他前期诗歌中的对故土和劳苦大众的挚爱，在新的历史条件下的深化和升华。

福尔蒂尼、萨巴、塞雷尼、沃尔波尼等诗人也奉献出了不少好诗，或揭露法西斯主义的反人民本质，给民族带来的巨大创伤，或描叙意大利人民反对法西斯所进行的艰苦卓绝的斗争，或对战后时期新的人际关系和社会矛盾进行冷静的思考，如福尔蒂尼的《最后的游击战士之歌》，萨巴的《阿尔蒂内利剧院》，塞雷尼的《战后的星期天》等。

二次大战后意大利诗坛引人注目的现象，当属新先锋派的崛起。

早在1956年，诗人桑圭内蒂（F'doardo Sanguineti，1930—　）便发表了一部诗集*Laboritltus*。这个怪诞的诗集名字系由两个拉丁单词连缀而成，意为“内在的劳作”。诗中语言规范完全被推倒，意大利语、拉丁语、希腊语交替使用，这种怪诞到极致的诗歌试验，被批评家一语中的地形容为“神经衰弱的真挚笔录”。这部诗集堪称新先锋派的先导。

翌年，诗歌批评家安切斯基（Luciano Anceschi，1891—　）主编的《维里》杂志问世。安切斯基提出了“物体的诗学”的理论，主张用现象学的观点去对待现实，即诗人着重探讨意识对物体的投射，追究物体与意识的交叉点。这家杂志便成了新先锋派进行新奇试验的园地。

1961年，《维里》杂志编辑出版诗集《新诗》，收帕利亚拉尼、朱利安尼、桑圭内蒂、波尔塔等新先锋派诗人的诗作。因此，意大利新先锋派有时又称作“新诗派”。到了1963年，新诗派聚会于西西里首府的帕勒莫，宣布成立新先锋派组织“63社”。

尽管新先锋派诗人的倾向、理论与风格不尽相同，日后的创作道路更为歧异。但作为一个流派，他们信奉一些共同的诗学主张。

新先锋派的全部理论与实践的出发点在于，他们认为五十年代后期六十年代初，意大利送走了战后的萧条，迎来了“经济奇迹”，已进入“福利资本主义”的社会。这个社会集政治、社会不正义之大成，压迫个性的自由表现。因此，必须彻底否定这个社会现实，打倒文学传统，必须对文学的结构、语言、技巧进行全面、彻底的革新。新先锋派摒弃任何意识形态，认为从意识形态出发去反映现实，无异于把现实强行置于古希腊神话中的普罗克拉提斯的床，迁就一种人为的框框，势必造成虚假。他们因而提倡非意识形态的、非历史的诗歌。这种竭力要把正确的思想导向、把理性排斥于诗歌之外的立场，只能导致诗人陷入现实的迷宫，不能自拔，只能导致诗歌在物体的海洋里的迷误。

在新先锋派看来，为了反对艺术与语言在当代资本主义社会里的物化和异化，就必然要革新语言。“今天所有的语言都趋向于沦为商品，因而任何一个单词，任何一种语法形式，任何一段文字，都无法现成地拿来。”朱利安尼在《新诗》序言里这样写道。

新先锋派主张彻底革新语言，让语言成为一种“否定现有信息的信息”，用混乱不堪的方式来观照混乱不堪的现实。他们革新以后的语言不是什么别的，只是混乱的“语言流”，玩弄的是随心所欲的语言游戏。不妨说，新先锋派破坏传统语言规范的种种尝试，乃是对语言物化的反拨，但他们的种种实践实际上又否定了语言的交流功能，从而也就使语言异化，宣判了艺术的死亡。

新先锋派喧嚣了十来个年头，到了七十年代逐渐偃旗息鼓，走完了自己的路程。这是合乎逻辑的结果。

新先锋派以反理性、反对一切传统相标榜，其实，他们的纲领只不过是未来主义的宣言在新形势下的翻版，也就是说，他们继承了未来主义负面的传统。他们宣称反对一切意识形态，但他们无法做一个生活在真空里的出世者，而时时自觉不自觉地卷入当代政治、思想领域里的激烈斗争。六十年代，新先锋派就曾在他们主办的《半月刊》杂志上，多次就大学生造反运动、黑社会势力、拉美民族解放运动和越南战争等尖锐而敏感的社会现实问题，展开过专题讨论。他们当中的一些人更从文坛一跃登上政治舞台，投身政治斗争或议会选举。新先锋派起先曾以现实社会的乱臣逆子自居，但后来他们当中的不少人进入了上层社会，在报刊、出版社、文化学术机构担任要职，从而获得了“经纪人先锋派”的谑称。

在艺术创作上，新先锋派一些成员也逐渐“浪子回头”，走出迷宫和误区，向传统靠拢。新先锋派的理论家埃科（umberto Eco，1932—　）在1981年写出小说《玫瑰的名字》，轰动世界文坛。《玫瑰的名字》连续十年名列畅销书之榜首。它其实是一部糅合了推理小说和历史小说特点的作品，情节扑朔迷离，可读性强，而新先锋派的特征在书中已荡然无存。诗人波尔塔在诗集《侵入》中，把东方古典诗歌手法同新先锋派的技巧结合起来，写出了不少类似东方古典诗歌和日本俳句式的短诗，给人耳目一新的感觉。

新先锋派一度热衷的“视觉诗歌”、“电子诗歌”、“语言流”等试验，由于太过离奇，终究没有能够留下什么有价值的作品。

波尔塔、帕利亚拉尼、卡勃隆尼等新先锋派诗人写出了一些艺术上较为成功的诗作，大抵上是因为他们寻觅到了变化多端而又较为适宜的艺术形式与表现手法，来外化人的心理意象，抒发内在情感，传达心理节奏。卡勃隆尼的诗作《影与歌》，便是一个例证：

我抓了一把青草走进教堂。
这里竟然没有一个人。

我和随我进来的

青草的气息。

不管我怎么努力，也无法
回忆起脑子里储存的
歌与影。

意大利二十世纪诗歌发展的历史进程中，有一个很值得重视的现象，即方言诗歌重新引起人们的兴趣，涌现出一批出色的方言诗人，如布蒂塔、马林、皮埃洛、赞佐托、帕佐利尼等。

意大利方言诗歌有着悠久的历史。最早的方言诗歌就是民间游吟诗人在街头、广场吟唱的叙事谣曲。十九世纪末，真实主义成为文学主潮，作家们纷纷把目光投向自己的故乡，投向自己最熟悉的或者最贫困的地区，用方言俚语描写下层人物的命运遭际和千情百感，方言诗歌作为真实主义文学的组成部分，又一次出现了高潮。

本世纪以来，特别是二次大战以后，意大利经济迅速发展，民众文化水平不断提高，方言使用的范围和程度日益萎缩，意大利语日益成为全民的语言。在这种情况下，一些诗人回过头去采用各自故乡的普通人的口头方言写作，表面看来真是有点像不合乎潮流的倒退行为，其实却是推陈出新，别开生面。

这些方言诗人视方言为诗歌创作的重要因素。他们写作的方言诗歌，植根于民间沃土，继承了历史上民歌的特点，其内容、语言、韵律都同人民大众的生活、感情和情趣互相沟通，息息相关。

从审美效应的层面看，他们的方言诗作体现出来的大众意识，使方言地区的读者产生一种亲切感、参与感，而其他地区的读者则体验到一种新鲜感；再从文化效应的层面看，他们的方言诗歌在以精神生活与物质生活的错位、物欲横流为特征的当代西方社会中，又显示出难能可贵的回归自然、返璞归真的价值。

一些方言诗人的篇什明显保留了人们喜闻乐见的、供吟唱的民歌的特色，朴实真淳，形式活泼，朗朗上口，如布蒂塔的《爱情的列车》。有的方言诗歌鲜活灵动，比喻形象，纯朴中透出甘醇的诗美，如马林的抒情诗。皮埃洛的诗歌则具有浓郁的古风，不只诗句的结构如此，而且他还偏爱采用一些已被人们遗弃的、古僻的字眼，给人以发掘历史文物的感觉。读者阅读它们，仿佛观赏刚刚出土的文物，铜锈斑斑，散发出粗犷、原始的美。古老的传统平添了新意。

1991年深秋

咏叹生活之恶　追寻金色阳光

——隐秘派大师蒙塔莱诗论

在二十世纪的西方诗坛上，意大利隐秘派（又译隐逸派），是个十分惹人注目的诗派。它的自筑蹊径的诗学品格和艺术风格，它对不止一代意大利诗人所发生的久远而深刻的影响，簇拥在它的大纛之下的才华横溢、光彩煜人的诗人群，它享有的国际声誉（有两位代表诗人先后获得诺贝尔文学奖），使得它在诗界独领风骚长达半个多世纪。

而隐秘派最重要的代表，当推蒙塔莱无疑。

一

1896年10月12日，埃乌杰尼奥·蒙塔莱（Eugenio Montale）出生在热那亚。父亲是一家经营化学制品的公司的经理，埃乌杰尼奥是这个大家庭六个孩子中最小的一个。他在童年和少年时代，每年都到里古利亚海滨的蒙特洛索度过愉快的夏天。民族复兴运动以后相对安定、和平的环境，中产阶级家庭较为宽裕的生活，旖旎秀丽的海滨风光，给他的少年时代涂上了一重美妙的色彩。

蒙塔莱自幼喜爱音乐，从男中音歌唱家西沃里学习声乐，同时孜孜不倦地研读文学作品，希望将来当一名优秀的男中音歌唱家。但第一次世界大战爆发了，战争的炮火无情地击碎了他的美好理想，只是因为健康的原因，他被批准暂时免服兵役。1916年，蒙塔莱写出了第一首抒情诗《夏日正午的漫步》，当时他年方二十岁。翌年，他终于被征召入伍，编入第二十三步兵团，驻防诺瓦拉。后来，他被派往北方前线，指挥一个前沿哨所。

蒙塔莱经历了战争造成的社会动荡，目睹资产阶级政治日益腐败。生活失去了美妙的光彩，而显露出丑恶、畸形的本相。

他心绪抑郁，厌恶阴暗的现实，但又深感无力改变这一切。于是，蒙塔莱埋头于诗歌创作。他把自己的思想情感凝聚于笔端，写出了处女作《乌贼骨》。

诗集《乌贼骨》1925年出版。第一版仅印一千册，其中五百册还毁于火灾。但诗集一经问世，即刻轰动诗坛，蒙塔莱一举成为当时意大利最著名的抒情诗人。《乌贼骨》至今已印行九版。它体现了蒙塔莱创作理论和隐秘派诗歌的重要特征。

隐秘派诗歌是意大利历史、社会、文化条件的产物。《乌贼骨》问世之际，意大利文学艺术的发展陷入了危机。高举全面打倒传统、彻底革新文学的大旗，世纪初登上文坛的未来主义，终因纲领的过激和内部的分裂，未成气候，此时已成强弩之末。邓南遮的唯美主义曾经风靡一时，招致众多的诗人东施效颦，但如今已日渐丧失吸引力。于是，在沉寂、贫困的意大利文学界，皮兰德娄的怪诞剧，隐秘派诗歌，便石破天惊，成为戛戛独造的文学现象。

如果说，皮兰德娄打破传统戏剧的规范，通过描写荒诞不经的环境里发生的荒诞不经的事件，表明人的自我的沦丧；那末，隐秘派则同邓南遮华美浮夸的唯美主义诗歌相悖，倾力刻画内心世界奥秘、微妙的情绪，刻画人的个性的危机。

在艺术上，隐秘派诗人排斥抽象的理念和乏味的说教，回避写实，而是直接诉诸人的感官，诉诸人的视觉、听觉、触觉和脑海里的幻觉，以精心选取的自然场景的断片作为抒情的中介，并运用立意新奇的象征、联想，去表达微妙、复杂的主观感觉。

蒙塔莱处女作《乌贼骨》卷首的《柠檬》，是一首著名的抒情诗，又不啻是一篇隐秘派诗歌的宣言。诗人借助同一个沉默的对话者叙谈的手法，在诗中开宗明义地表示，从步入诗歌殿堂之日起，他即同官方的、学院派的“高贵的诗人们”分道扬镳了。作为诗人，他不仅仅眷恋周围平凡的事物（“青草芜杂的道路”“丛丛芦苇的小径”“田野”“柠檬树”），这些最平凡的，或者说最卑贱的东西，也是最现实的，它们具有一种形而上学的意义，而非物质的意义。诗人的旨趣在于透过这些朴实无华的事物，由表及里，发现生活的美，感受生活的馨香，并努力把它们展示出来，奉献给读者。

蒙塔莱的《柠檬》，使人联想到隐秘派另一位代表人物翁加雷蒂的一句名言：“诗人的生活，首先是‘人的生活’。”这句名言精辟地道出了隐秘派诗歌与生活的关系，诗人的生活道路与诗歌创作道路的关系。蒙塔莱的《柠檬》，也使人联想到另一位隐秘派著名诗人夸西莫多的两句名诗：“啊，生活的道路 / 赋予我诗与歌。”（《重归》）

由此不难看出，隐秘派诗人虽然回避直接地反映严酷的现实，全神贯注于人的精神世界，但这并不意味着他们一头扎进了象牙之塔，把自己封闭起来，把自我同现实截然隔绝开来。从根本上说，现实生活始终是隐秘派和蒙塔莱的“根”，是他们诗歌的源泉。蒙塔莱在《柠檬》中向往的那种纯朴的生活之美与情趣，同“喧嚣”“阳光黯然失色”的城市形成鲜明的对照。诗人孜孜不倦地追寻的，是柠檬所象征的金色的阳光，“金色的歌”，是柠檬所象征的真善美。对金色阳光的赤诚眷恋，是同对“生活之恶”

的强烈摒斥紧密相连的，前者是后者隐含的内核。这两者构成贯串于《乌贼骨》和蒙塔莱整个诗歌的两个紧密交织、相辅相成的主旋律。

在《乌贼骨》中，故乡里古利亚海滨的景物不断呈现，然而，诗人无意用田园诗式的笔调去抒写绮丽明媚的自然风光，他把目光投向比人类更古老也更年轻的大自然，从草木山石中寻求慰藉和灵感。他把镜头的焦距对准大千世界中这样一些景象："龟裂的田野"、"折断的树枝"、"烈日炙晒的卵石"、被"暴戾、吼嚣"的大海席卷而去的浪花，等等，这些景象在现实生活中可谓屡见不鲜，却又喻示了岁月的特性。它们是失去的乐园的象征，是敏感的诗人悲凉、惆怅的心态的外化。

在那首著名的诗篇《生活之恶》中，蒙塔莱精心选取一系列富有象征意味的艺术场景，诸如"喉管扼断的溪流"、"枯黄萎缩的败叶"、"奄奄一息"的鸟儿，予以着意描绘，反复渲染，并寓情于景，低回吟唱，淋漓尽致地倾诉人生"不可捉摸的痛楚"，抒发、"生活之恶"给人酿成的悲剧，从而以异乎寻常的艺术冲击力表述了隐秘派的观点：人时时遭遇"生活之恶的侵袭"，人的个性陷入了严重的危机。

蒙塔莱一首《幸福》诗，咏叹人的幸福好似"眼前瑟缩摇曳的幽光"，"脚下震栗碎裂的薄冰"，是短暂的、不可捉摸的，幸福又似孩童戏耍的气球，随时会高飞远逸，消失得无影无踪。幸福捉摸不定，它是似乎可以获得，但永远不可企及，越追求越发不能获得的怪物。由此，人的心灵充溢丝丝哀怨，人的孤寂的心灵，恰似"不和谐的乐器的丝弦"，即使在瑰丽多彩的大自然中，竟然也无法获得慰藉（《英国圆号》）。人，在支离破碎的生存中，得不到喘息与安宁。人，在现实中也无法维护自己的幸福，乃至无法存留哪怕对美好往昔的片刻的回忆。

诗人处处看到恶、痛苦。这种恶是无法疗救的，因为它失去了理性。唯一的疗救是坚毅的"冷漠"，这是唯一可以摆脱恶，使人们从失望中解脱出来，战胜人的一切情感的手段。

> 我不晓得别的拯救
> 除去清醒的冷漠

为了躲避令人窒息的"生活之恶"，诗人宁愿化作：

> 一朵白云
> 悬挂清明的蓝空；
> 一只大鹰
> 悠悠地翱翔于苍穹。

——《生活之恶》

而“生活之恶”却一步步地蛀蚀着世界，缓慢而无情地吞噬一切生命的血与肉，只遗留下一副骸骨。《乌贼骨》，既是生活的最终象征，也是他这部处女作的画龙点睛的名称。

《乌贼骨》还体现了蒙塔莱的一种独特的诗学观。在他看来，语言的表现力是软弱的，无能的，不可信赖的。语言犹如一道难以逾越的鸿沟，横亘于诗人同生活之间，生活因而成为于诗人可望不可即的东西。语言的不确定性、假定性，便规定了它对生活的真实与本质的绝对表现的不可能性。生活的真正涵义也就依旧是模糊的、隐秘的。而蒙塔莱以为，真正的诗歌应当仅仅是那些表现了生活的真实与本质的诗歌；于是，诗人追求的真正的诗歌，实际上就成了不可企及的目标；于是，诗歌就成了观念，成了回忆。

蒙塔莱在《乌贼骨》的许多诗篇中向我们阐示了这样一种情感的、精神的体验，即人生的痛苦不是什么别的，而只在于：他始终接近于把握现实世界的真谛，可又总是令人失望地、眼睁睁地瞧着它失之交臂。客观的物象常常在瞬息间从灰暗中浮现出来，可它们随即又重新坠落虚无，而无法捕捉它们，识别它们，把握它们。人又重新沦陷于昏暗的生存，在混乱的世界中迷茫，在一团剪不断、理还乱的思绪中徒然地寻找自我。

诗人意识到这一点，便摒弃任何幻想，勇敢地接受“生活之恶”和孤独的命运的挑战，勇敢地反省。诗人还意识到，诗歌表达的对象是“非存在”；诗人只能说：

我们不是什么，
我们不要什么。

——《请你莫要问我们》

由此，蒙塔莱诗歌中的意象，便具有了超越文字表层意思的涵义和价值，便转化为象征。诗人因意识到自己的诗无法表现现实生活而生发的心态、情感和反思，便构成《乌贼骨》的诗学基调。

《乌贼骨》问世于意大利历史上一个极其特殊、微妙的时刻。

当时，墨索里尼通过“罗马进军”，已登上了多党联合政府的总理宝座，他正磨刀霍霍，图谋把所有的进步力量打下去，建立法西斯独裁统治（《乌贼骨》出版的翌年，墨索里尼的这一野心终于得逞）。在《乌贼骨》中，蒙塔莱没有正面触及当时这般尖锐、激烈的社会矛盾。蒙塔莱笔下的“生活之恶”，蒙上了一层超然的色彩，具有朦胧的、抽象的特征。但另一方面，诗人笔下的“生活之恶”，有着明确的指向。这“生活之恶”，在广义上是泛指周围世界中的种种邪恶、强暴的势力；这“生活之恶”，又深深打上了那个时代和那个社会的印记，是那个长夜难明的年月里诗人及其同时代人极其哀痛的心灵历程的反照。一代人承受着笼罩意大利的法西斯“阴霾”，不可遏制地喷发出失望、厌恶和悲愤的情感。

不妨说，一部《乌贼骨》，不只记载着默默的忧伤，而且倾注着呐喊和抗争，流溢出维护人的自我与价值的强烈意识。

二

法西斯当局企图拉拢孚有声望的蒙塔莱，但遭到了失败。

1925年，蒙塔莱和一批文化界知名人士克罗齐、阿门多拉等领衔签署《反法西斯知识分子宣言》，义正词严地谴责墨索里尼独裁政权。两年后，蒙塔莱迁居佛罗伦萨，随后，他被任命为该市著名文学机构和图书馆——维俄舍文学馆馆长。在这段时间里，他勤奋地写作诗歌，为各种文学刊物撰稿，和进步的诗人、作家、评论家过从甚密，并到巴黎、伦敦旅行。

1938年，蒙塔莱因拒绝加入法西斯党被解除维俄舍文学馆馆长的职务。他在白色恐怖下处境非常艰难，但他没有放下手中的笔，他一面从事美国、英国、西班牙小说和戏剧的翻译，把艾略特、庞德和莎士比亚的作品介绍给意大利读者，一面继续写诗。

他这一时期的诗歌结集为《境遇》。

蒙塔莱在《乌贼骨》最后一首诗《海滨》中，曾慨然表示，希望“把哀歌变成进行曲”。自然，在那支离破碎的岁月，现实不容许蒙塔莱唱出高亢激越的“进行曲”。《境遇》中的诗歌，仍然犹如一首哀婉低回的悲曲。诗人满腔忧愤，抒写死亡的阴影不可抗拒地占领历史的空间，人在痛苦中挣扎的意识；表现人的惊恐不安，仿佛暴风雨之夜撞毙于灯塔的飞鸟；人的个性遭到暴力的践踏。

但是，《境遇》中的诗章表明，诗人没有绝望。他在追寻，在求索。他既探索人生奥秘和生活完整的、丰富的价值，又寻求疗救痛苦与邪恶的办法，寻求摆脱“生活之恶”的出路。由此，《境遇》达到了别一种境界。蒙塔莱在一些诗歌中把“生活之恶”同一定的历史时代明确地联系起来。在著名的《多拉·马尔库斯》中，蒙塔莱引譬连类，批判纳粹政权乞灵于暴力和蛊惑人心的宣传，“残酷的信仰把毒液四处散布”；他发出强烈的呼吁，用“沉默”、“神圣的冷漠”，来同法西斯秩序相对抗。

在不少诗篇中，诗人抒发了对他爱恋的女子的缱绻情思。这女子饱含喻意。一方面，从表层的涵义来看，诗人同她（有时称作克吕提厄，有时只称之为“她”）的关系，犹如文艺复兴时期大诗人但丁、彼特拉克同他们爱恋的女子贝娅特丽丝、劳拉的关系一样，因为蒙塔莱在1930年前后曾结识一位美籍犹太女子，对她产生了爱慕之情；克吕提厄，其实就是她的化身。诗人在她身上寄托了一种伟大的精神之爱，她和贝娅特丽丝、劳拉一样，都是高尚的、超凡的形象，是诗人黑暗中的希望和精神上的向导，是诗人的情思与灵感的源泉。她们是诗化了的，同时，又是神化了的女子形象。

然而，她们对于蒙塔莱又别具一种更深远的涵义。蒙塔莱抒写的女子克吕提厄，按照古罗马诗人奥维特在《变形记》里叙述的希腊神话，原是一位海神，被阿波罗所爱，随又被他遗弃，后来爱上太阳，为了时时追随太阳，遂变成向阳花。

克吕提厄（或“她”），对于蒙塔莱是圣洁和光明的使者，是他的女神，就是诗歌。诗人诉诸他的女子，从她那儿获得对生活真谛的领悟，获得诗歌创作的灵感：

你的血涌进了我的脉管。

——《征兆》

然而，女神并不能长久伴随诗人。

太阳将从我们的记忆中泯灭，
再也听不见诗歌的声音。

——《我们不晓得……》

诗人纵然晓得：

我应当断绝对你的思念
可我做不到。

——《我应当断绝对你的思念》

于是，诗人的周遭又呈现一片灰暗，诗人的心头又颤过一缕悲哀。

这样，在《境遇》中，蒙塔莱进一步深化了他的诗学观。对于诗人来说，纵然诗歌未必能表现繁富多姿的生活的本质与真谛，然而，诗歌存在着，虽然是短暂的或片刻的存在。诗歌意味着一种现实，一种形而上的现实，或者说，一种神化了的现实。诗歌成为净化精神，趋向神圣的一种手段。

《境遇》收入的诗章，全部写于法西斯统治年代。文化遭到摧残，文学同政治、文学同生活的联系纽带被扼断，人的思维与精神活动的权利被生生剥夺、钳制，是那黑暗的时代的本质特征。蒙塔莱在《境遇》中，既对心灵深处的感情波纹作了出色的细腻描摹，又笔有藏锋，以深沉的，甚至艰涩的隐喻，力突笔外，展示出这些具有本质意义的时代特征。这是诗集《境遇》的难能可贵之处。

三

1943年，德国纳粹占领佛罗伦萨期间，蒙塔莱的寓所成了从事地下斗争的朋友们秘密聚会的地方。萨巴、莱维等进步作家都曾在他的家里避难。1945年，意大利反法西斯抵抗运动掀起高潮，蒙塔莱积极投身这场斗争，被抵抗运动的最高领导机构民族解放委员会任命为它属下的文化艺术委员会成员，并加入以反对法西斯和争取民主为政治纲领的行动党，领导该党的机关刊物《自由意大利》，直至1947年该党解散。

二次大战后，蒙塔莱从佛罗伦萨迁居米兰。在担任《晚邮报》等报刊的专栏作家、音乐评论家的同时，继续从事诗歌创作。诗集《暴风雨及其他》（1956年），就是他四五十年代诗歌创作的重要硕果。

《暴风雨及其他》汇集了蒙塔莱从1940年至1954年期间写下的诗作。多声部，是这一诗集的特色。我们依然可以听到，类似《乌贼骨》主旋律的悠久委婉的乐音摇曳不绝。诗人悲叹人的心灵仿佛是一潭冷漠的湖水；“炼狱，永远持续”（《囚徒的梦》）。

而“历史只不过在灰烬中延续，/坚持仅仅意味着覆灭”（《小小的遗言》）；“死亡，生活，是同一圆点”（《乌云》）。

然而，蒙塔莱从来不是，如今更不可能是沉湎于无病呻吟的消极受难者。他冷眼烛世，不动声色，巧妙地运用曲折的文笔，在一些诗篇中批判法西斯主义。他因物寄言，揭发法西斯专制是“酷刑和呻吟的时辰，打击世间万物”（《菜园》）。1938年春天，希特勒访问意大利，同墨索里尼会晤于佛罗伦萨，密谋进一步勾结。不久，蒙塔莱挥笔写下了一首名闻遐迩的诗作《希特勒的春天》。诗人采用隐喻的手法，叙述风雪交加的早春之夜，地狱使者在刽子手们的欢呼声中，展翅飞临意大利，这个凶神恶煞给善良的人们带来无穷的灾难。在地狱使者怪诞、丑恶的形象里，灌注了诗人对法西斯魁首希特勒无比憎恶的思想感情。在诗的结尾，诗人热诚企盼，“天宇的声音”，终能驱走“黑夜中狂舞的群魔”：

> 那高贵的音乐
> 徐徐降临，高奏凯歌
> 让黎明
> 纯洁不再带有罪恶的羽翅
> 明天把曙光洒向所有的人，
> 洒向南方干枯的河岸。

在《暴风雨及其他》中，“暴风雨”的意象反复出现，具有特殊的涵义。“暴风雨”

在这里喻指战争、法西斯独裁。同“暴风雨”相对立的，是诗人内心的宁静和他诉诸的女子。对于诗人来说，战争和暴风雨意味着：

尖厉的枪声，紧锣密鼓的
啸吟，凡丹戈舞步式的践踏，
胡乱的挣扎……

而对战争、暴风雨，诗人诉诸的女子，“走进了黑暗”（《暴风雨》）。

于是，诗人失去了诗神的庇护，失去了诗的灵感。

战争和暴风雨，打破了诗人内心脆弱的平衡，精神和艺术再也不能摆脱险恶的、悲剧性的现实。“暴风雨”蹂躏着精神与文化。诗人逃遁于精神的、艺术的世界的幻想，像美丽的肥皂泡一样破灭了。而这幻想，正是那灾难的岁月里许多文化人所共有的幻想。

“暴风雨”在这里又象征世间的恶。它时时向善、向人类文明发动攻击。它把城市变作一座军营、医院，处处可闻“呼喊”、“哭泣”和“使人心碎的号角声”（《日与夜》）。

在蒙塔莱看来，恶意味着专制的政治力量。在《希特勒的春天》中，希特勒的化身“地狱使者”，不只作为腐朽的政治势力遭到谴责，而且是作为践踏文化王国、毁灭精神的最高价值的恶势力遭到抨击的。善则意味着文化。而诗歌正是精神、文化的体现，正是善的体现。诗人的使命便是写作真正的诗歌，成为维护善的斗士。

如果说，蒙塔莱在《乌贼骨》中借助自省与反思，艺术地表达了真正的诗歌存在的不可能性，并抒写了这种无能为力、无可奈何的困境；如果说，蒙塔莱在《境遇》中力图避开现实，建构起艺术的国度，作为同现实生活对立的独立的王国；那末，《暴风雨和其他》则体现了诗人建立艺术同现实的关系的不懈努力，是诗人在前两部诗集中表达的诗学观和进行的艺术尝试的交融与合成。

《暴风雨及其他》中的诗篇，大多作于法西斯统治的盛期，一部分则写于战争行将结束，法西斯崩溃的前夕。诗人纵然常常是从道义的角度着笔，文字颇为隐晦曲折，抗争的呼声也比较软弱，但他毕竟是把抨击的矛头直接指向了代表死神和毁灭的法西斯主义，无论是沉哀彻骨的泣诉，还是沉重冷酷的鞭笞，都充溢着反法西斯斗争的精神与理想，可谓幽深警峭，落笔惊风。在那个特定的时代，蒙塔莱表现出来的道德上的勇气，是对法西斯制度的反叛，对于他的同时代人来说，不啻是一面精神上的旗帜。这就是《暴风雨及其他》在蒙塔莱创作中占有一席重要地位的缘故。

四

五十年代后期，意大利经历了战后的动荡、萧条，出现了“经济奇迹”，进入了所谓“福利社会”。但蒙塔莱始终没有改变他对现实所持的冷漠、批判的态度。在他看来，人们在某些方面（例如物质方面）获得的任何成就、进步，无不被其他方面（例如精神方面）同等的停滞、倒退所勾销，因而，人类幸福的可能性的整体，依然一成不变。人们的交流手段，从一方面看，较之从前无可比拟地丰富多样了，因为广播、电影、电视、电话、书籍、报纸、画报，获得日益广泛的传播，但从另一方面看，今天的现实又充斥着不断增长的、无法遏制的不稳定感，原先架设在人与人之间，以沟通思想、感情的所有桥梁都已切断。因此，蒙塔莱认为，人对人类丧失了责任感，这是当今世界最严重的危机（《在我们的时代》）。

这一危机在精神生活领域的表现，便是艺术的危机，诗歌的危机。在古罗马时代，诗人贺拉斯曾骄傲地宣称，他的《歌集》将是一座比青铜更富有久远的生命力的纪念碑。确实，古典诗学充满了自信和自豪。它从来不曾对艺术特别是诗歌的超越历史和时代的价值表示丝毫的怀疑。而今，文化却沦落为消费主义的文化。文化产品伴随它的生产和消费过程而自行死亡。也就是说，艺术品一旦产生，即丧失了它的真实性，丧失了自我。诗人沉痛地发问：诗歌的存在依然是可能的吗？

在危机笼罩诗歌的时候，在“新诗派”、“63社”等新先锋派继承未来主义的衣钵，打起彻底摧毁传统、全面革新诗歌的大旗的时候，蒙塔莱沉默了。然而，这沉默并没有持续很久。蒙塔莱毕竟无法抗拒缪斯女神对他的诱惑，对他的感召。从1961年起，他又继续诗歌创作，陆续写下了《萨图拉》（1971）、《1971—1972年诗作》（1973）、《未发表的诗》（1975）、《四年诗抄》（1977）等。

《萨图拉》可以说是诗人晚期创作的最重要的一部作品。“萨图拉”（Satura）一词源于拉丁语，意即配有各色菜肴的拼盘，或曰大杂烩。蒙塔莱以此作为诗集的名字，借以暗喻这部作品在内容和风格上包容的多样性。如果说这部诗集有一个主人公的话，那末，它就是诗人置身其间的时代。经过几个年头的沉默，蒙塔莱如今一旦复出诗坛，便把现实社会的风尚习俗、人情世态、思想信念和千情百感，把构成这个社会的要素的荒诞、离奇和矛盾，统统作为诗歌的直接表现对象。而且，他不是作为出世的旁观者，而是以入世的诗人、哲人的姿态，去抒写，去抨击，去求索。

讽刺和诙谐，是诗集《萨图拉》的两大特色。诗人每每借助诙谐，借助滑稽可笑来进行讽刺。为此，他诉诸最平淡无奇、司空见惯的现实，来展示当今时代一切价值的堕落、颠倒和沦丧。

蒙塔莱的讽刺，有时辛辣，有时苦涩，有时又几乎令人惊奇。他把对人生的求索，熔铸于自由放达的讽刺与诙谐，熔铸于轻捷闲寂的情韵和深沉的哲理观照之中。

在《萨图拉》中，蒙塔拉重新诉诸他既往作品中反复出现过的审美意象和形象，并从一个新的视角，予以新的表现，新的开掘。

读者当会记得蒙塔莱诗歌中不止一次写到蝉。在《夏日正午的漫步》(《乌贼骨》)中，呈现于读者眼前的是一幅烈日炎炎、田野龟裂的景象，小鸟低沉地啼鸣，蛇儿沙沙地穿行，大海颤动，而远处——“飘来凄恻的蝉声”。这蝉声，传达了大自然的一种奥秘的信息；这蝉声，又似画龙点睛，喻示了人生的全部辛酸和苦艰。在《玉兰花的影子》(《暴风雨及其他》)一诗中，蒙塔莱借助一只在高处“断断续续鸣叫”的蝉，来喻示“冷冽的霜风”笼罩下，诗歌创作面临的艰难处境。而收入《萨图拉》的诗篇《没有什么严重的》中的“蝉”，则具有别一种的象征意义。读者由蝉的命运引发出来的思考扩展了，升华了，很自然地由蝉的命运联想到现代诗歌的命运，而人对待蝉的态度，又意味着现代人对待诗歌的态度。在这儿，“蝉”的象征减少了暗示性和隐喻性的色彩，平添了确定性，具有了深一层的感慨和冷峻的思辨色彩。

《萨图拉》的许多诗章献给他生活中的忠实伴侣——亡妻莫斯卡(《赠辞》)。“赠辞”借用拉丁语Xenlum，意为赠送给一位好友的礼品。蒙塔莱的意思是把这些诗章献给他这个家庭的主人，而今永别了他的爱妻。莫斯卡在诗中犹如一个复活了的人物，她的音容笑貌，她的举止行动，她的可亲可爱的性格，经诗人一管羽笔的点染，全栩栩如生地再现出来，绻绻情思，充溢字里行间。这些记叙日常生活和追思爱妻的诗篇，平平淡淡，纯朴无华，蒙塔来本人把这种不同于既往作品的风格称之为“新闻体诗”。

莫斯卡又是在蒙塔莱先前的诗作中出现的女性形象克吕提厄的延续和深化。她是诗的使者，诗的化身。她去世了，但她活在诗篇中。因此，她既是活着的女子，又是死去的女子。她是具有生命力的诗歌和失去生命力的诗歌的结合。而这一内在的、深刻的矛盾，正是那个时代诗歌的本质特征。

蒙塔莱晚年的主要诗作还有《四年诗抄》(1977)、《集外诗集》(1981)、论集《在我们的时代》(1972)和一部音乐评论集。

他的诗作获得国内外多种文学大奖。1967年，意大利总统萨拉盖特为表彰他在文学艺术领域的卓越成就，授予他“终身参议员”的荣誉。1975年，蒙塔莱荣获诺贝尔文学奖。

1981年9月12日，蒙塔莱因循环系统疾病在米兰逝世。意大利政府为他举行了异常隆重的国葬。

五

作为隐秘派大师，蒙塔莱擅长刻画人的精神世界微妙、隐秘的感受和情绪。他每每驰骋奔放的想象，借助隐喻和象征，赋予日常生活中普普通通的事物以不同寻常的意蕴，建立含蓄、深邃的艺术形象。

《汲水的辘轳》堪称体现这一艺术特色的范例。蒙塔莱运用象征的笔法，描写从回忆的深井中汲取青春年代的形象，但诗人刚一凑近她，意欲亲吻她，青春便立时模糊了，消失了。诗人以此暗示，美好的青春不仅无法在现实中再现，甚至在回忆中，除了带来瞬息间的喜悦，也是稍纵即逝，无法再现。

这首抒情诗的象征，还具有更深一层的意义。诗人身受现实生活的重压，希冀在回忆中寻觅解脱。对往昔的回忆，是诗人抵御残酷的、变幻无定的现实的精神支柱。然而，诗人诉诸的记忆又全是疲惫的记忆，灰暗的记忆。它犹如一种机械的力量，神秘的力量，奇特的力量，以致诗人周遭的事物总是显得那么模糊、朦胧，都在“迷蒙的记忆”中消失。人无法维护自己的记忆，回忆最终将支离破碎。因此，《汲水的辘轳》中记忆的形象，只不过是已消逝的生活的残余！

《剪子，莫要伤害那脸容》，是巧用隐喻和象征的又一佳作。

莫要伤害那脸容啊，剪子，
它是记忆中唯一的幸存
逐渐地迷蒙暗淡，
莫要把阴霾永远地笼罩
沉默的、亲切的脸容。

一阵飕飕的寒气……
树冠在凶狞的一击下落地。
负伤的洋槐
把蝉的外壳
抖落在十一月的最初淤泥。

在这里，诗人以“脸容”隐喻往昔，“剪子”比喻时光，盛夏终日欢唱的“蝉”，象征生命、幸福。“蝉”在凶狞的一击下，从“负伤的洋槐”上跌落于淤泥，“阴霾”又重新笼罩亲切的脸容。这样，日常生活中的一组普普通通的事物，赋予异乎寻常的寓意，来影射生命和幸福丧失了根基，一步一步地被邪恶所吞噬。

而遵循蒙塔莱的诗学观来解读，又可领略这首诗的另一重深邃的涵义。这儿终日欢唱的“蝉”，又隐喻诗人，“蝉的外壳”则比喻诗人的诗情。全诗暗示，在外在的强力的打击下，无论诗人的存在，还是诗歌的表现，都成为不可能。

在蒙塔莱诗歌中频繁出现的“墙”的意象，也含有双重的意蕴。生活犹如盛夏正午沿着一道围墙无休止地踯躅，那“墙”好比一道堑壕，它阻碍人们超越灰暗的日常生活，阻止我们去领悟周围世界的奥秘。“墙”凝聚了诗人对人生、对生活本质的哲理思索。(《夏日正午的漫步》)

同时，“墙”的意象，又是蒙塔莱前面谈及的诗学观的物化。

它使人联想到几乎异曲同工，同样频繁出现于蒙塔莱诗章的“大海”的意象。辽阔无垠的、多姿多彩的大海，一方面是生活的能动的化身，而另一方面，诗人面对大海，又痛感自己的无能为力，他无法同浩瀚的大海融为一体，痛感自己平凡的声音无法同大海的神圣的声音合二而一。

蒙塔莱在《会合》一诗中，怀着激动不安的情绪，恣意抒写“忧愁”(“忧愁”、“我的忧愁”、“亲爱的忧愁”)。对于诗人而言，诗歌不啻是唯一的、脆弱的桥梁，把他同日复一日的单调、荒唐的生活相勾连。而今，“忧愁”将要离诗人而去，孤独成为不可抗拒的力量；诗人无可奈何，但又别无所求，他仅仅希冀在最需要的时刻，能感觉到“忧愁”像亲密的伴侣出现在自己的身旁。

“忧愁”这一词语在这里舍弃了，或者更确切地说，超越了它寻常的、普通的涵义，它既是一种实实在在的、高尚的感情，又是一种形而上的精神升华。

不妨再读一首《戴胜鸟》。蒙塔莱在诗中诉诸“春天的使者”戴胜鸟，满怀深情地对“快活自在”的鸟儿说：“为了你，时间静止了。”而“时间”一词在这里也同样不再具有通常的物质性。诗人采取用透镜使生活聚光的方式，在典型的、富有诗情的具象中灌注了思辨的汁液。因此，“时间”对于诗人来说，便成为一种敌对的现实，转化为一种意象。时间的流动，即是诗人默默的“忧愁”的流动；时间的停顿，则意味着获得片刻的宁静与幸福。

重视诗歌的音乐美，讲究诗歌语言的提炼，是蒙塔莱诗歌的又一重要艺术特色。蒙塔莱青少年时代曾主修过声乐，后来又长期担任权威的《晚邮报》的音乐专栏评论员，因而也促使他诗歌中的这一特色愈加显得突出。

在蒙塔莱看来，词语的音韵，不只赋予诗歌以音乐美，而且往往蕴含比词语的意义更深邃的内涵，更富于表现力、冲击力。

一些诗歌的篇名，如《梦幻曲——德彪西作品印象》、《假声》、《英国圆号》(这是蒙塔莱以交响乐的各种乐器为题的一组诗歌中的一篇)，明白无误地表达了诗人对诗歌音乐性的追求。阅读蒙塔莱的诗作，我们常常体验到一种特殊的、愉悦的审美感受，仿佛聆听到从诗的字里行间流泻出来的不绝如缕的乐音，这乐音或低沉委婉，或繁弦急管，穿透时间和空间，使整个大千世界浸润于音乐之中。蒙塔莱曾说过，“音乐+观念，与其说我的诗歌是这两者的总和，毋宁说是它们的相互渗透。”这就是蒙塔莱的许多诗歌具有音乐美，饱含“交响乐的韵味”，被称为“纯诗歌”的缘故。

诗歌语言贵在精练。蒙塔莱具有出色的语言修养，讲究诗歌语言的提炼，但又不热衷华丽的词藻和刻意的修饰。蒙塔莱无论状物抒情，都在遣词用语上下功夫，句锻字炼，斟酌吟味。诗歌的语言，犹如彩色缤纷的镶嵌艺术品中的玻璃片，贴切、准确、和谐，恰到好处。他的不少诗篇，如《假声》、《我不晓得……》，都是篇幅精当、工于用字炼句的佳作，达到了“句中有余味，篇中有余意”的境界。

在后期诗歌，特别是《萨图拉》、《1971—1972年诗作》中，蒙塔莱的诗风也有不小的变化。诗人常常采用同人物娓娓倾谈的形式，或一反诗歌的程式，以极其朴实的语言，冷嘲热讽，愤世嫉俗，带有明显的散文化趋向。

同隐秘派另外两位大诗人翁加雷蒂、夸西莫多比较，蒙塔莱和他们既有共同的艺术追求，又有自己鲜明的艺术个性。翁加雷蒂的诗品淋漓尽致地倾诉民族的灾难与个人的不幸使心灵蒙受的创伤，强烈、短促的节奏透出诗人哀幽、悲愤的心态，使诗歌平添一种独特的节奏美。夸西莫多的诗章把诗人对美丽而又苦难的家乡的眷恋，同诗人深沉的失落感、孤寂感交织在一起，他的诗句明净、清丽，浓郁的诗情与瑰奇的诗美互相映衬，相得益彰。蒙塔莱的诗歌则着力刻画处于“生活之恶”重压下人的感觉世界，刻画他的幽思衷肠，他更多地借助隐喻和象征，突破时空的制约，在简洁的诗句中，把历史与现实、真实与幻觉、情感与理智、景物与回忆，错综重叠，浑然交融，因而他的诗意境深远。

氤氲于蒙塔莱诗歌的典雅的美深深为读者所激赏，但它的隐晦幽奥又着实令人费解。

蒙塔莱以巨大的艺术独创性，去表现个人的情感世界，表现人的生存本身，表现人的瞬间感受和内心世界的奥秘，回避用艺术的具象去直接观照当时异常激烈的社会政治斗争，但是，诗人投向内心世界的光束，对人的情感世界敏锐的洞察力和丰富的表现力，最终都是曲折地反映外在的客观世界，把读者的思考引向深处。自然，蒙塔莱有时免不了把抽象的“生活之恶”当作社会祸害的根源；有的诗歌也情不自禁流露出伤感、悲观的色彩。

蒙塔莱的诗作和他所代表的隐秘派诗歌，是同为法西斯歌功颂德的文学、同唯美主义文学相对立的，它映照出第一次世界大战后意大利灾难深重的历史和现实投在诗人心灵上的蜮蜮暗影，它以独特的方式抒写了一代人的生活经历与心灵历程，表达了他们对法西斯专制及其意识形态不满、厌恶，但又无可奈何的苦闷、忧伤的情绪，因而具有独特的思想意义和认识价值。蒙塔莱和隐秘派诗人在艺术上努力寻求创新，扩大诗歌表现手段，细腻地刻画人物的心灵世界，精心锤炼语言，对意大利当代诗歌的发展产生了重大影响。二十世纪意大利诗歌的成就，是同隐秘派紧密相关的。

马雅可夫斯基当年曾高度评价蒙塔莱的诗，说蒙塔莱“是我所喜爱的诗人，我希望能读他的意大利文的诗”[1]。

关于蒙塔莱，我还想交代几句。

记得是1975年冬，蒙塔莱获诺贝尔文学奖的消息传到闭锁的北京。当时我正因连续高烧卧床；情况稍见好转，闲得发慌，便翻出了手头一本《意大利20世纪诗选》，在病榻上诵读蒙塔莱的抒情诗，读着读着便情不自禁地拿起笔来，随手译下了《幸福》、《英国圆号》、《夏日正午的漫步》、《汲水的辘轳》四首抒情名诗。蒙塔莱诗中对人的内心世界无比微妙、复杂的感受，对人的无比孤寂、忧郁的抒发，深深打动了我，诗翁笔下呼啸的“黄昏的风”，仿佛也把我那忧伤的心灵的不和谐的丝弦拨动了。

那是文人失去做文，以至失去做人的权利的岁月，这些译品自然只得束之高阁。

一个严冬过后的初春，汤永宽先生从上海来信云，译文出版社正在筹办《外国文艺》，他主持其事，邀我译点意大利隐秘派诗歌。我便把手头蒙塔莱的这四首诗细心校改了一遍，连同根据我阅读和翻译的心得所写的“译后记”，一并邮寄了去。这四首诗和“译后记”后来刊载于《外国文艺》创刊号。这是中国读者头一次结识这位西方和意大利的当代大诗人；我也就这样和蒙塔莱结下了不解之缘。此后，应一些刊物的邀请，我又断断续续译了蒙氏的一些诗作，写了一些关于隐秘派和蒙塔莱诗歌的评论文字。

1987年秋，意大利驻华使馆文化处在长城饭店举办“中国意大利诗歌晚会”。我不揣冒昧，登上舞台，用南腔北调的国语，朗诵了一首《幸福》，意大利汉学家康薇玛女士朗诵了它的原文。这是我生平头一遭登台献艺，究其缘由，仍然是受着富于魅力的蒙塔莱诗歌的驱使。

蒙塔莱的诗章，无论是众多的抒情诗，还是那些熔铸了对人生与自然的冷峻思索的哲理诗（这样的诗后期更多一些），都异常优美，又异常艰涩。因此，且不说研究蒙塔莱的诗，就是译蒙塔莱的诗，也着实费神，每每绞尽脑汁而难得其果。然一旦译出，又获得一种难以言语的兴奋，获得别一种满足。这兴许也可以勉强地说：艺术就是克服困难吧。

蒙塔莱已于十一年前谢世。不过，他的至理名言——“艺术始终是既为所有的人，又不为任何一个人”[2]，恐怕会和他的诗篇一样久远地流传下去的。

1992年，早春

---

① 蒙塔莱:《诗歌是可能存在的吗？》。

② 同上。

“隐逸派”译名之我见

“隐逸派”在二十世纪诗坛独树一帜，影响甚广。近年来，我国对它的介绍与研究出现了可喜的势头。然而，这一诗派的译名却颇不一致。在大陆，或译作“隐逸派”，或称为“密封派”，也有译作“奥秘派”；在台湾，同一学者主编的同一套丛书，竟也有两种译法，一译“神秘主义”①，一译“密闭诗派”②。

“隐逸派”是时下流传较广的一种译法，但细究起来，也欠确切、妥帖。这涉及对这一流派的诗学特征的理解与把握，也涉及这一理解与把握的表达。

这一诗歌流派起初出现的时候，批评家们称它为“纯诗歌”。

但“纯诗歌”实际上是一种内涵相当宽泛的诗学主张与实践。象征主义搞过“纯诗歌”。克罗齐也曾从理论上大力提倡“纯诗歌”。它们同作为意大利特定条件下形成的一个特定的诗歌流派自然不能等量齐观。后来，意大利大学者弗洛拉在《隐逸派诗歌》一书中指出，“纯诗歌”的提法过于笼统、含糊，难以同既往的各种唯美主义、形式主义诗歌区别开来；他认为，只有用“隐逸派”这个称谓，才能确切地表述这一诗派的审美主张和艺术特征。

“隐逸派”诞生于二十年代。这是意大利人蒙受深重灾难的岁月。第一次世界大战向他们展示了一幅极端紊乱、荒谬和现实图景，法西斯专制的白色恐怖，使他们失去了起码的安全感，“生活之恶”蛀蚀着世界，吞噬一切生命的血和肉。诗人们对这一巨大悲剧最为敏感，他们的危机意识最为强烈。他们断然摒弃咄咄逼人的“生活之恶”。

① 陈映真主编：《诺贝尔文学奖全集》，第47卷，《孟德雷（蒙塔莱）及其作品》，台湾远景出版事业公司，1982年。

② 同上，第36卷，《瓜西莫多（夸西莫多）得奖经过》。

作为抗争，他们毅然避开严酷、黑暗、令人厌恶的现实世界，把目光投向了自我的内心世界。他们在人的内心世界构建了一个精神防御体系，来维护人的尊严与价值，寻觅失落的个性的真实。他们又在人的内心世界选取了一个巧妙的空间坐标，来建立他们的情感宣泄体系，倾诉他们默默的忧伤、痛楚的困惑和深沉的悲愤。

我不晓得别的拯救
除去清醒的冷漠

“隐逸派”主将蒙塔莱在名诗《生活之恶》中发出了这样的咏叹。

这是“隐逸派”诗歌的一个重要的特征。然而，这不是它唯一的特征。“隐逸派”的不确切的译名，似乎同此相关。

“隐逸派”这个译名，容易使人联想到中国古代的“田园诗人”、“隐逸诗人”陶渊明，从而产生误解。陶渊明因政治上的失意和生活上的清贫，愤世嫉俗，便决意超脱污浊的现实，归隐田野，“躬耕自资”。他不肯和世俗同流合污，甘愿在简朴的田园生活中“托身得所”，洁身自好，寻觅“复得返自然”的欣悦。

显然，生活于公元四五世纪的中国诗人陶渊明，其思想倾向和诗歌创作，同活跃于本世纪二三十年代意大利诗坛的蒙塔莱、翁加雷蒂、夸西莫多等，是有着不小的差异的。“隐逸派”诗人的“向内倾”，其实最终都是导向曲折地反映外在的客观世界。

事实上，蒙塔莱、夸西莫多都分别写了抨击墨索里尼独裁、讴歌抵抗运动的诗章，在意大利人民反法西斯斗争高涨的年代，他们都明确地支持或直接地参加了抵抗运动。

在艺术上，“隐逸派”诗人排斥理念，回避写实，回避用艺术的具象去直接观照悲剧性的世界，而是径直诉诸人的感官，诉诸人的情感世界和感觉世界。他们运用立意新奇的隐喻、象征、联想、暗示、幻觉等艺术手段，去刻画人的“清醒的冷漠”，沉重的失落感、孤独感，去透视“生活之恶”重压下人的神秘、复杂、微妙的心态。他们的拿手好戏是擅长捕捉人的瞬息间的主观感受，哪怕是一点细微的、奥妙的感受，也善于营造出一个有声有色、多姿多彩的艺术意境。

“隐逸派”诗人的语言简练、含蓄、深邃，他们力图从词语中挖掘出最富于感情色彩、最富于表现力、冲击力的涵义。他们的诗章氤氲着一脉幽思衷肠，但常常隐晦幽奥，曲折玄妙，令人费解。在蒙塔莱的诗歌中，这一点表现得尤为突出。

这是“隐逸派”诗歌的又一重要特征。

这一特征同上述的另一特征相辅相成，构成“隐逸派”诗学的本质。它们是一枚银元的两面。因此，我以为，用“隐秘派”来称呼这个诗派，比较贴切、合适，能够体现它的回避现实、“向内倾”和幽奥、神秘、隐晦这两个方面的特征。

“隐逸派”在很大程度上是个约定俗成的译名。飞白同志的文章终于打破了译名问题上的僵局，功不可没。自今年年初起，笔者也开始在撰写的文章、词条中试用“隐秘派”这个译名。现借飞白同志抛玉引砖之机，把一孔之见写出，参加讨论。

1988年，初春

返璞归真，推陈出新

——意大利当代方言诗歌概论

二次大战后，意大利诗歌的发展进程中，有一个很值得重视的现象，即方言诗歌重新引起人们的兴趣，涌现出一个出色的方言诗人群体。

1989年，意大利作家代表团访华。在北京举行的一次座谈会上，来自米兰的出版家舍叶维勒尔（V. Scheiwiller）先生指出，方言诗歌的复兴，是当今意大利文学的一大特征。

学者们也很关注这一现象。罗马大学文学系教授费隆尼（G. Ferroni）去年推出四大卷《意大利文学史》。在这部受到学术界高度评价的巨著中，有好几个章节用来专门谈方言诗歌。费隆尼把方言诗歌的复兴概括为“新方言诗歌的繁荣”。[①]

近些年来，出于业务工作的需要，我翻译了若干意大利方言诗人的作品。去年，为安徽文艺出版社编选和翻译了一本《意大利二十世纪诗歌》，很自然地又对方言诗歌的复兴这一独特的文学景观发生了兴趣，读了一些资料，作了一些研究，因此免不了想表示一些看法。

关于意大利方言诗歌，说来话长。它有着悠久的历史。最古老的方言诗歌，就是民间游吟诗人在街头、广场，用各种方言吟嚼的叙事谣曲。

十九世纪末，真实主义领导意大利文学潮流。作家们纷纷把目光投向自己的故乡，投向他们最熟悉的或者最贫困的地区，用方言描写普通人的辛酸遭际。方言诗歌，作为真实主义文学的组成部分，又一次掀起了高潮。

本世纪以来，特别是二次大战以后，意大利经济迅速发展，民族的乃至欧洲的共同市场形成；大众的教育程度和知识水平不断提高，社会文化交往日趋频繁，新闻媒

① 费隆尼:《意大利文学史》，第4卷，第276页，米兰，埃依纳乌迪出版社，1991年。

介获得空前广泛的传播。世界主义成为意大利和欧洲社会发展的一大趋势。而方言，原本是民族语言的一种地方变体，是长期封闭、落后的农业经济和狭隘的地区文明的产物。如今，在现代工业文明的猛烈冲击和荡涤下，方言不可避免地丧失了自己的作用，它使用的程度与范围日益萎缩，意大利语日益成为全民的共同语言。这真应了一句老话："皮之不存，毛将焉附？"

颇有意味的是，在这种历史、文化的新格局中，却有一些诗人偏要反其道而行之，回过头去，采用各自故乡的普通人的口头方言写作，表面看来，这种"食土不化"，真有点像不合乎历史潮流的倒退行为。其实，这一独特的现象却是大有文章，包含着多种层面的意蕴和缘由。

方言诗歌大体上以真实剀切地反映诗人的故乡或他熟悉的地域的生活为特点。但优秀的方言诗人并不止于此。他们追求一种更高、更普遍的价值。二次大战后，意大利成为高度发达和现代化的国家。这一历史进程，不以人的意志为转移地伴随着人与自然关系的畸形化，伴随着物质文明对人的精神的压迫，也伴随着文化的商业化。

而方言，是没有受到现代化污染的语言。方言诗歌描叙的大抵上是一个相当狭小的天地，例如，弗留里诗人马林使用的格拉多地区方言，据帕多瓦大学巴尔杜依诺教授谈，现今只有一千人左右使用它。这些狭小的天地，常常与世隔绝，超越时间与空间，超越历史与现实。这狭小而又神奇的小天地，没有受到现代化进程的侵袭与伤害，它维护了自己的传统与纯洁，不妨说，这是一个世外桃源，是一块净土。因此，方言诗歌作为一种世俗的民间文化，它以清新、独特的品格，把人或人与人之间最质朴、最本真的情感流程挖掘出来，展现于公众面前。这样，从意识形态的层面看，方言诗歌是摆脱现代化的破坏性作用的一种方式，是维护人与人、人与自然之间的和谐关系的一种方式，也是对商业化的文明和世界主义的一种反拨。

方言诗人长期生活在他们的故乡，他们对那儿的历史和人、社会和自然、风尚与习俗，了如指掌，怀有最深厚的感情。方言诗人坚信诗歌是无法翻译的信条，他们认为，即便是方言和意大利语之间，也同样存在着翻译的障碍，意大利语无法恰切地表达方言语汇的涵义，特别是要表达那个特定的小天地里人的情感与心态，意大利语是无能为力的。

因此，这些诗人视方言为诗歌创作的重要元素。他们写作的方言诗歌，植根于民间沃土，继承历史上民歌的特点，其内容、语言、韵律都同人民大众的生活和情趣互相沟通，休戚相关。换言之，方言诗歌的字里行间，奇妙地沉淀着各个地域的人情世态、语言韵味和心理节奏，联结着人们童年的人生启蒙、中年的命运遭际和老年的故乡情结。

我们完全可以说，从文化效应的层面看，方言诗歌既是民族诗歌的一种地方变体，又是熔大众意识与乡土意识、历史意识与现代意识于一炉的文化。在以精神生活与物质生活的错位，利己主义与消费主义为特征的当代西方社会中，又显示出难能可贵的回归自然、返璞归真的价值。

从审美效应的层面看，方言诗歌体现出来的大众意识与乡土意识，使本地区的读者产生一种亲切感、参与感，其他地区的读者则体验到一种新鲜感。而对本地区和其他地区的读者，方言诗歌都能焕发一种审美冲动和共鸣。方言诗歌特有的自由放达的笔姿、开阔舒展的节律，又同现代人的审美心理契合。

在方言诗人群体中，来自古老而神奇的西西里的布蒂塔，无疑是最具艺术活力的一位。

伊尼亚齐奥·布蒂塔（Ignazio Buttita，1899—　）从小在西西里从事各种体力劳动，干过各种卑贱低下的职业。他依靠自学成才。后来因从事反法西斯地下斗争，曾两度被捕。

布蒂塔诗歌用西西里的布盖里亚镇的方言写成。诗人的笔触横贯数十年，纵括人间沧桑事，战后初期农民的穷饿流荡、争取土地的艰难斗争、当代市井小民的苦恼欢乐、人生世相的斑驳迷离，无不在他的诗歌中得到活跃的表现。他的方言诗歌独标一格之处在于，他把传统的、民间诗歌的特色保留和发挥到了极致。布蒂塔的艺术追求，是让自己成为一个“广场的诗人”。他身体力行，采用西西里人喜闻乐见、形式活泼的歌谣体写作。他经常到工厂、农村、学校和各种公共集会朗诵自己的诗作，深受群众的欢迎。他的诗歌多次获得维阿雷乔等文学大奖。请读他的一首代表作《爱情的列车》的片断：

在你离弃我的时候
我曾坦然赠言：
如果你追悔重归
我的心灵之门早已紧闭，
任你怎样叩门求情
它再也不屑理会。

心灵的车站
谁个知道它的宽广？
行踪飘忽的过客
只能永世在它外面流浪。
爱情的列车
是多么独特的列车；
欢乐时风驰电掣
又适时地戛然而止。

心灵的车站
谁个知道它的宽广?
行踪飘忽的过客
只能永世在它外面流浪。

爱情的列车
如果缺乏新鲜的血液
没有什么灵丹妙药,
唯有停止运行,
在轨道上葬送瘫痪的生命。

心灵的车站
谁个知道它的宽广?
行踪飘忽的过客
只能永世在它外面流浪

布蒂塔的这首诗和其他方言诗，由另一位西西里大诗人、诺贝尔奖获得者夸西莫多译成意大利语。在夸西莫多出色的意大利语译本中，我们依然能够体味到布蒂塔诗歌本真的语言韵味，原始的美；我们依然可以感受到，传统与现实，信念与情感，在诗人的笔下水乳交融了。诗人的真淳，刚健的语言，扑面而来的浓郁的乡土气息，重复、对比等传统歌谣的手法，朗朗上口，可以吟唱的民歌特色，给他的诗歌增添了艺术魅力，注入了动力，使它们从西西里的巴盖里亚小镇腾飞，飞向了罗马和米兰、莫斯科和巴黎，又来到了遥远的中国。

来自意大利最北端的弗留里诗人马林，则以独具风姿的抒情诗享誉文坛。

比亚乔·马林（Biagio Marin，1891—1985），弗留里大区格拉多镇人。他21岁时进入维也纳大学攻读哲学。第一次世界大战时应征入伍，但很快开了小差。战后毕业于罗马大学哲学系。

他青年时代开始用格拉多方言写诗。对故土和大海的眷恋，礼赞美妙的青春和真挚的爱情，是贯串马林抒情诗的主导旋律。

《你还很遥远》，是一首献给他恋人的诗，体现了他的诗歌创作的这一特色。

我晓得你还很遥远,
可你舒散的一蓬蓬

弗留里乡土的温馨和芬芳，
已在我心中荡漾。

我瞥见金灿灿的朝霞
碧绿绿的原野，
浸染你徘徊的姿影
我一颗迷乱的心。

到我身边来吧，在我返航的前夕
摘一朵明丽的彩霞，
捧一腔似水的柔情
慰藉我寂寞的心。

和许多当代方言诗人一样，马林的方言诗继承民间诗歌的传统，更确切地说，继承意大利北方民间诗歌的传统，从中汲取滋养，清新、明净、自然，毫无某种现代诗歌的造作和艰涩。他的方言诗鲜活灵动，比喻形象，富有音韵，铿锵有声。在看似平淡的纯朴中，透出隽永的情味、甘醇的诗美。意大利当代著名方言诗人、小说家、电影导演帕佐利尼曾这样评价马林，说他的诗“实在无可指摘，他的诗即意味着美”①。

请再读一首《我是一湾清泉》：

我是一湾清泉
悠悠地
如睡似醒地
跃动在绿的胸怀。

我是一条喷涌的大河
载一片落叶
轻轻托起
不忍心它葬身河底。

我又是一块泥土
悄悄向大海落去

① 罗马《信使报》，悼念马林逝世专版，1985年12月27日。

犹如我的生命
抒出最后的一支乐曲。

八十年代中期，年逾九旬的马林双目失明，他预感生命之火即将熄灭，但他坚持写作，用自己的心和血，吟唱生命的最后之歌。在《我走进花园》一诗中，老诗人这样描叙他的心境：他“虽然风烛残年”，“身心交瘁”，“孤寂笼罩心头”，但他仍然走进诗的“花园”，花园中盛开的纯洁的鲜花，荡漾的纯真的爱，给予他力量和灵感，因此，他决意仍然要“献展”比黄莺更动人的。

老诗人把自己同命运抗争，在自然和生活的美中寻觅精神价值的火一般的热烈情感，倾注于他生前最后一部诗集《夜的歌音》（1985年）之中。

不妨顺便提一句，1984年，即老诗人逝世前一年，马林写给笔者两封信。他在信中写道：“青年时代，我就热爱两位中国人，思想家老子和诗人李白，对他们的爱贯串了我的一生。”诗人还说：“老子令人尊敬的朴实、清晰，李白同样的清晰和纯洁，征服了我。”

马林的这番话，表达了他对中国古典文化的深厚感情，同时，也提示人们注意，在意大利方言诗歌和中国古典哲学、诗歌之间，存在着某种有趣的、内在的关系。这也是有待于学者们去作进一步比较研究的课题。

另一位值得一提的方言诗人，是来自南方巴西利卡塔大区图尔西镇的阿尔比诺-皮埃洛（Albjno Pierro，1916—　）。他青少年时代过着漂泊不定的生活，直到1939年才在罗马落户。从罗马大学毕业以后，即在高级中学教授哲学和历史。皮埃洛起先用意大利语写作诗歌。说来也有趣，长达二十年的意大利语创作生涯，并未给他带来什么引人注目的成就，反倒是他近年用图尔西方言写作的诗歌，却使他声誉鹊起，跻身当今意大利大诗人的行列。

图尔西是一个仅有六千居民的市镇，图尔西方言是几乎失传的古老方言，历史上从来不曾有人用它进行创作。皮埃洛敢为人之先，第一次把图尔西方言引入了文学的殿堂。他把方言作为一种手段，来重新构建一个仿佛没有存在过的、如今在记忆中被重新召唤出来、而后又被埋葬的现实。他力图用方言来展示一个属于下层百姓和农民大众的、没有予以丝毫美化和田园诗化的原始世界。

皮埃洛的方言诗题材广泛，既有抒写封闭的故乡的秀美风光，对童年生活的忧伤回忆，更有历经沧桑变迁后对故土、童年和生活的再审视。诗人多么企盼返回母亲养育自己的地方，多么企盼重新体验孩提时代的欣悦，但在诗人对故土和童年的甜蜜的回忆中，我们又分明听到他痛苦的、失望的呼唤。可不是嘛，诗人经历了人海横流，沧桑千古，把沉郁苍凉的感情凝聚于笔端，抒发出一段怀恋，一缕幽怨，一声呐喊。诗人把自己比喻为“一条狗／日日夜夜奔走／寻找遥远的主人”；他又把自己说成是

“一名囚徒／再也不能走出铁窗”。

失望、凄凉的情致，充溢于皮埃洛的许多诗篇。请读一首《红隼鸟》：

高高的高高的
屋檐的瓦片上
扑棱棱地展开翅膀
落下一只红隼鸟。

风儿就像雨水
清洗跟悬崖边青草相似的羽毛。
我多想叫唤它
我欲告诉它
“我的纸袋里有许多蟋蟀和蜥蜴。”
可它的一双眼睛搜索着
对面的凉台，
那儿掩埋着
我的一只死去的
红隼鸟。

忧伤、悲怆的情致，氤氲整首诗篇。诗中被掩埋的“一只死去的红隼鸟”，同诗人那寻找不到遥远的主人的“一条狗”，同那再也走不出铁窗的“一名囚徒”，都是一种艺术的意象，饱含象征，凝聚着哲理，内涵深邃凝重。

皮埃洛的方言诗具有浓郁的古风。不只诗句的语言、结构是如此，而且他还偏爱采用一些已被人们遗弃的古僻的字眼，配合以和谐的音韵。我们阅读意大利语和图尔西方言对照的文本，自然难以完全领略皮埃洛方言诗的韵味，但据文学批评家们的评论，皮埃洛的方言诗，保留了拉丁语的特色，似乎显得生僻、古怪，给人以发掘历史文物的感觉。读者阅读它们，仿佛欣赏刚刚出土的文物，铜锈斑斑，散发出粗犷、原始的美。古老的传统平添新意，出奇制胜，获得了意想不到的艺术效果。

在当代意大利方言诗人群体中，值得一提的还有中北部罗马涅地区诗人格埃拉、北部威尼托地区的藏佐托和弗留里诗人帕佐利尼。

托尼诺·格埃拉（Tonl’-no Guerra，1920—　）在二次大战后是作为新现实主义作家登上文坛的。后来，他的创作风格发生变化，喜欢以令人惊异的笔触，用罗马涅方言描绘被社会摒弃的下层人物的善良形象，抨击工业化社会的利己主义。顺便说一句，格埃拉是位多才多艺的艺术家，他作为电影剧作家，长期同电影大师费利尼、安东尼奥尼拍档，享誉世界影坛。

安德雷阿·藏佐托（Andrea Zanzotto，1924—　），毕业于帕多瓦大学文学系，参加过抵抗运动，后来一直居住在故乡。和皮埃洛一样，他最初也是用意大利语写作，后来改用威尼托方言。藏佐托自称是生活的“过客”，“与其说是现实世界的演员，毋宁说是它的观众”。在他的诗歌中，故乡的山山水水和风土人情，内心体察和冷峻思辨，紧密交织。后期诗歌侧重于表现自我与世界的全面解体的形象，致力于揭示现实的敌对的本性，执着于追求一个更人道的、吸引人们投入的社会。

彼尔·保罗·帕佐利尼（1922—1975）出生在博洛尼亚，母亲是弗留里的卡萨尔萨镇人。青年时代，每逢夏季，帕佐利尼都去卡萨尔萨度假，他对当地的方言产生了浓厚的兴趣。这是当地6500位居民口头使用、从未见诸文学作品的语言。因此，它从未受到文学的腐蚀，也未受到资产者生活的污染，而保持了它的完整性、纯洁性。帕佐利尼就是以卡萨尔萨方言写作诗歌，开始了文学创作生涯。

帕佐利尼用卡萨尔萨方言，向读者揭示了一个长年封闭的、没有被现代文明玷污的世界，这个世界同现代社会格格不入，这不是现实的，而是阳光明媚、景色秀丽的田园般的世界。风华正茂的帕佐利尼，在诗中表示了用自己的青春去拥抱这个世界的热忱愿望。他的方言诗弥漫了浪漫氛围。这同他后期用意大利语写作的诗歌，同他后来创作的反映流氓无产者遭际的小说，同他导演的轰动世界影坛的影片（《十日谈》、《一千零一夜》等），形成了鲜明的对照。

综上所述，方言诗人们的创作旨趣各个不同，他们采用的方言及其语音、语汇、结构、风格也迥然有异，真可谓八仙过海，各显神通。然而，这些方言诗歌在艺术创作过程中都蕴含着一个共同的规律性的特征，即它们都注重对人的本真感情流程的挖掘，对善与美的人生状态的追求，它们都紧紧联结着诗人同读者的内心体验，都引发着读者的审美参与，因而都具有较高的文化品位和思想认识价值，是异常珍贵的艺术文献。这兴许就是意大利当代方言诗歌具有返璞归真、推陈出新、别开生面的艺术效应的缘故吧。

1992年5月

悲壮辉煌的乐章，多姿多彩的画卷

——纵论意大利反法西斯文学

1922年，阳光明媚、风景如画的亚平宁半岛风云突变，阴霾沉沉。墨索里尼一手策划了反革命武装政变，率领法西斯军团，实现了“罗马进军”，登上内阁总理的宝座。

从此，意大利开始了极端反动的法西斯统治时期。这就是历史上有名的“黑暗的二十年”。

意大利是世界上头一个建立法西斯政权的国家。对外，墨索里尼大力推行军国主义扩张政策，入侵欧洲邻国，远征非洲大陆，妄图再现昔日罗马帝国的威风；对内，他则以空前残暴的压迫和白色恐怖，把素有“欧洲花园”之称的意大利变成了一座大监狱。

然而，法西斯这个怪胎呱呱坠地之日，便是伴随它的掘墓人——反法西斯运动的兴起之时。而伟大的反法西斯斗争，又不能不把它的印记深深镌刻在那个时代的文学艺术作品里。因此，意大利又是世界上最早的反法西斯文学的发源地。

诚然，由于法西斯当局在文艺界推行高压政策，相当多的作家默默地注视着这场巨大的民族灾难，缄默了。他们尽可能地避开一切可能的灾祸（法西斯审查、监禁、流放）。有些文人，如邓南遮、马里内蒂，公开堕落为法西斯的喉舌。少数革命作家被迫亡命国外，坚持创作（如《一个理发师的札记》的作者杰尔马内托），但他们的作品一时难以冲破重重封锁，传入本国。正直的作家、诗人，只能诉诸隐晦、曲折的手笔，表现资产阶级精神世界的危机，暗喻资产者的冷漠是法西斯主义滋长的沃土（莫拉维亚处女作《冷漠的人们》，1929），或描绘南方地区牧民的永恒的贫穷（阿尔瓦罗的《阿斯普罗蒙特人》，1930）。这些作品抒发了一代人在黑暗现实的重压下内心的痛楚和精神的苦闷，从而表达出情感上、道义上对法西斯主义的摒弃。

1933年，著名的政治家、作家西龙尼（Ignazio silone，1900—1978）的长篇小说《丰塔玛拉》出版，打响了意大利作家向法西斯政权抗争的第一枪。枪声划破死寂的亚平宁半岛的天空，震动了世界。翌年，小说的意大利文版在巴黎和苏黎世出版，随即风行欧美各国，二十年里印了六十余版。《丰塔玛拉》也很快传播到相隔千山万水，正在抗击日本法西斯主义的中国。[①]

茅盾主编的《文艺阵地》刊登了他的作品，并载文予以好评。[②]开明书店等也陆续出版了他的另外两部作品《亚里士多德先生》、《巴黎之旅》。

《丰塔玛拉》是一部由十篇特写组合的作品，采用丰塔玛拉农民自述形式，以第一人称写成。

“丰塔玛拉”是一个虚构地名，意大利文是Fontamara，由fonte和amam两词组成，意谓“痛苦的源泉”。实际情形正是如此。这里山峦起伏，土地荒瘠。贫穷，是祖先们世代相传的唯一遗产；非正义，犹如风、雨、雷一样，成为古老、自然的现象。毛驴，是农民的伴侣，也是他们的象征，因为农民实在就是会说话的毛驴。不过，毛驴要比农民幸运得多；毛驴一生劳作顶多不过二十来年，而农民却注定要操劳五六十载。为什么上帝宁愿施恩典于牲畜，而毫不怜惜农民呢?

丰塔玛拉人习惯于逆来顺受。无论是镇长玩弄卑鄙的骗局，开挖新渠，截走灌溉农民土地的湖水，还是法西斯党徒乘男人们去地里干活儿之机闯进各家，轮奸妇女们，丰塔玛拉的人们都默默地忍受着这一连串的悲剧。咒骂成为发泄不满、仇恨和反抗的唯一形式。

唯有青年农民贝拉多是例外。他敢于同法西斯分子进行面对面的英勇斗争。贝拉多在酷刑的折磨下坚贞不屈，他临死前向难友表示，他要成为不是为自己，而是为他人而献身的第一个丰塔玛拉人。

《丰塔玛拉》的主人公贝拉多是意大利文学中第一个反法西斯战士的形象，这一艺术形象具有警世和预言的价值。丰塔玛拉的农民在贝拉多的精神鼓舞下，创办了小报《怎么办？》，向外界揭露丰塔玛拉的现状。贝拉多牺牲的事迹，提出了一系列“我们应该怎么办？”的严峻问题。在作品的结尾，作者借一名老农之口提出发人深思的问题：“我们经受了无数的灾难和悲哀，无数的眼泪和伤痕，无数的仇恨、失望和非正义，现在，我们应该怎么办？”这一连串的“怎么办？”振聋发聩，令人震撼。不只丰塔玛拉人在思考着答案，整个意大利人民都在默默地思考着。人民沉默得愈久，爆发的反抗愈烈，就像沉睡的维苏威火山，一旦苏醒，喷发，其熔浆之炽烈，其气势之磅礴，便锐不可当，所向披靡。

---

① 西龙尼：《意大利的脉搏》(《丰塔玛拉》)，绮纹译，上海金星书店，1939年；《死了的山村》(《丰塔玛拉》)，赵萝蕤译，重庆，独立出版社，1943年初版，1944年再版。

② 《文艺阵地》，1939年，第3卷，第8期、第11期；1942年，第6卷，第5期。

1943年，世界反法西斯战争终于迎来了历史性的转折。意大利的反法西斯斗争也进入一个新阶段。人民积郁了二十年的怒火爆发了。在民族解放委员会领导下，武装起义和游击战争如火如荼地兴起。人民群众纷纷起来向摇摇欲坠的法西斯政权展开了总攻击，起到了扭转乾坤的作用。民族解放委员会在德军占领区发动了有150万人参加的大罢工；1945年4月，拥有15万人的游击队在北方所有大城市举行起义，解放了上百个城镇，消灭了意大利境内的希特勒军队，逮捕了墨索里尼，把他送上了绞刑架，从而彻底埋葬了法西斯政权。

反法西斯运动不只是一场声势浩大的军事斗争，而且是一场深远影响的政治斗争、思想文化斗争。抵抗运动在意大利造成了一个前所未有的人民群众斗志昂扬、意气风发的政治局面。作家们纷纷行动起来，投笔从戎。蒙塔莱、卡尔维诺、卡·莱维、普拉托里尼、托比诺、维多里尼等，都投入了斗争。青年诗人别尔托的预言被证实了。他曾说："总有一天，知识分子会像现实要求的那样行动起来。每个人都在战斗的行列里占据一个岗位。"[①]一些电影工作者背起了摄影机，投入了斗争，抢拍报道反法西斯武装斗争的纪录片。随后，经历了血与火的洗礼的文学家们又把抵抗运动的激情和理想注入了文学。可以毫不夸大地说，没有反法西斯抵抗运动的勃兴，便没有战后初期构成意大利文学主潮的新现实主义。

作家们尤其是新现实主义作家，不再禁锢于象牙之塔，洁身自好；他们明确地意识到，他们肩负着革新社会和革新文学的历史使命。在对待现实的态度上，他们坚决摒弃对现实的回避、粉饰，怀着贴近现实、反映现实的强烈渴求，迈向活生生的现实，迫不及待地把自己在"墨暗的二十年"和抵抗运动中的经历倾泻于纸上。他们向世人展示了一个平民的意大利，一个普普通通、实实在在的意大利。因此，追求真实，返璞归真，和写作以真人真事为基础的特写、回忆录或带有浓厚的自传体色彩的作品，便成为战后初期涌现的反法西斯文学作品的鲜明特色。

女作家维加诺的长篇小说《安妮丝之死》、卡尔洛·莱维的《基督不到的地方》、普里莫·莱维的《如果这是人》，是体现这一特色的优秀之作。

雷娜塔·维加塔（Renata Vigano，1900—1976）原是一名普通的护士。抵抗运动兴起后，她和丈夫双双投奔游击队，丈夫担任加里波第纵队司令员，她率领红十字救护队。他们在极端艰苦的条件下，在意大利中部地区坚持斗争，并于1945年4月转入反攻，解放了该地区的许多重要市镇。抵抗运动锻炼了人，也造就了作家。"战争结束了，我觉得有许多话憋在心里要倾诉，我有义务，也能够把它们写出来。"维加诺在回忆那段难忘的经历时这样写道。

---

① 帕奥卢契:《抵抗运动文学》，佛罗伦萨，1956年。别尔托，反法西斯战士，诗人，翻译家，1943年在一次战斗中牺牲。

她先写了一则短篇，叙述游击队里和她并肩战斗了多年的一个农村妇女的真实经历。此后，又在这则短篇的基础上，写成了《安妮丝之死》。小说没有曲折的情节，作家只是以朴实的语言记叙了老农妇安妮丝在一支游击队里的成长过程。她原先过着极为简单、宁静的生活，丈夫后来被纳粹党徒强行押往德国，在途中惨遭折磨而死。怀着一颗为丈夫复仇的心，安妮丝投奔了游击队。炮火的洗礼，战斗的集体，使她逐渐成熟了，从做饭、洗衣，到输送军火，往来联络，直至献出自己的生命……作品里描写的一切都是平凡的，“一切都是真实的……我只是对某些事件作了不多的调整和变动”。作家通过这样如实的描写来证实，安妮丝所经历的道路，正是千万意大利劳动妇女在抵抗运动中的经历的道路。安妮丝，是意大利作家第一次塑造的战斗的劳动妇女的形象，这个普通、平凡的农妇，逐渐变得高大，不平凡起来。

卡尔洛·莱维（Carlo Levi，1902—1975）的经历，同维加诺大不相同。他是犹太人，医生、画家。因参加反法西斯运动多次被捕。1934年再次被捕，被放逐到南方偏僻的山区一年。1942年从法国返国参加抵抗运动，第三次锒铛入狱。《基督不到的地方》就是作者1943—1944年在牢狱里，禁锢于斗室，回忆三十年代被放逐到南方的遭际，“在记忆里重游那个地方的产物”。

这是一部无法归入任何传统文学体裁的作品。它像一部日记，亲切地记叙作者在那个古老、荒凉、“蒙着黑纱的世界”的经历；又似一部特写集，形象地描绘那个同历史、国家相隔绝，被骇人听闻的赤贫和落后所束缚，时间、文明、希望、理性，甚至基督都从来不曾来到过的农民社会的悲剧性的情状。卡尔洛·莱维不止于对备受煎熬的农民掬以满腔同情的泪水，他更从历史和社会学的角度对这个基督不到的地方的过去、现在和未来进行探究和反思。农民的世界没有道德上的邪恶，只有永恒的痛苦，它同当地以法西斯村长为首的上流人物的丑恶世界，同他们卑鄙的情欲、倦怠、贪婪、无能，同整个法西斯制度，形成尖锐的对立；法西斯统治的国家，意味着“在罗马的家伙们”，它对于农民比天堂还遥远，带给他们的苦难也更大。

卡尔洛·莱维在这儿深刻地触及了意大利的“南部问题”。

作家透辟地揭示出，所谓“南方问题”，是意大利南北方发展极端不平衡造成两极分化的恶果，法西斯统治更使“南方问题”雪上加霜，进一步恶性发展。

卡尔洛·莱维是位画家，他擅长白描的手法，语言简洁、自然、真纯，具有极大的形象性和深刻性。作者情感的投入同理性的剖析水乳交融，使这部作品熠熠生辉。

如果说，两栖于文学与绘画的卡尔洛·莱维以其深邃的思想力量和别树一帜的艺术风格，使《基督不到的地方》成为战后初期反法西斯文学中的杰作，那末，从化学实验室被驱赶进法西斯集中营，死里逃生后终于登上文坛的普里莫·莱维，则为意大利反法西斯文学开辟了新的领域。

普里莫·莱维（Primo Levi，1919—1987）原是位化学家，因出身犹太人家庭而备受法西斯排犹政策之苦。1943年，他加入游击队的行列，不幸被捕。1944年从意大利福索利集中营押往奥斯维辛集中营，历经折磨，直到1945年被苏联红军解放。

《如果这是人》，便是普里莫·莱维在纳粹集中营蒙受的非人生活的真实记载。作品采用日记体形式，然而，这绝然不是一部文献纪录片式的实录作品。书中现时与历史交替，记叙的每一个事件，每一种情势，每一个人物，无不充溢着作家的一种强烈的愿望，即透过具象，深入到这一经历的本质，去理解，去揭露那野蛮的、丧失任何理智的现实。作为一名囚徒，面对那恐怖、荒唐的世界，面对那种种令人发指的酷刑，作者——主人公断然摒弃它，绝不屈服，苟且偷生。他时时刻刻把理性作为武器——诚然它是那么脆弱和无能——来维护自己的尊严，反抗法西斯暴行。作者借助理性之光，来撕开集中营生活骇人听闻的黑幕，透视它的罪恶的本相。

在《如果这是人》和随后的《喘息》（1963）中，普里莫·莱维回避语言上的夸张和修辞上的矫饰，不追求刺激性的描写，而采用非常洗练、明晰和坚定的语言，与其说是作家对那些法西斯集中营里走向死亡的囚徒吟唱了一支哀歌，毋宁说是写出了一部对那些诚然失去了人的风貌，但顽强争取生的权利，迎接未来的人们的颂歌。

在意大利反法西斯文学中，瓦斯科·普拉托利尼（Vasco Pra-tolini，1913—1991）占有一席重要的位置。他出生于工人家庭，自学成长。他始终严格遵循现实主义的路子写作。他的目光始终投向现实生活。他自幼在法西斯统治下经受的苦难经历，使他对劳动者的生活有着真切的体验，怀有深厚的情感。他始终把像他一样的普通劳动者，作为作品的主人公，把他生活过的、他最熟悉的佛罗伦萨的工人街区，安排为小说赖以展开的环境。作为优秀的现实主义作家，普拉托利尼虽然置身于下层人的悲惨世界，但他绝不止于实录他的同胞们的苦难生活，而是着力刻画在“黑暗的二十年”里众多拥有丰富精神世界的普通人的社会心态：价值观念、思想情操和理想信念，写出了意大利民族性格的优秀品质。

他的第一部长篇小说《街区》（1946），描绘佛罗伦萨一个工人住宅区四个青年的遭遇，他们追求各自认为的幸福，走上了不同的道路。在法西斯毒害下，有的青年不免失足堕落。但年轻一代终究觉醒了，开始掌握自己的命运。小说以最年轻的瓦雷利奥和女友准备参加反法西斯街垒战结束。

《苦难情侣》（1947）不啻是《街区》的姐妹作，但把《街区》中刻画的题旨加以深化和拓展了。科尔诺街是佛罗伦萨的又一条普通的街道。这里的居民的职业和性格各不相同，但共同的命运把他们紧紧地联结在一起。在法西斯分子对进步人士大逮捕、大屠杀的夜晚，共产党员、铁匠科拉多为了通知面临危险的进步人士，英勇牺牲了。他的死激励了科尔诺人。科拉多的同伴乌哥、马里奥成为抵抗运动战士。乌哥又不幸被捕。但科尔诺人明白，法西斯建立的“新秩序”不是永恒的，科尔诺人获得自由的日子不会遥远了。

小说以科尔诺街的几位姑娘的恋爱史为情节脉络，把个人情感的线索，同民族生存死亡的大搏斗的主线紧密交织，既写出丰满而厚实的人物形象，又以广阔的画面表现了青年一代在灾难深重的岁月里的艰辛生活与英勇斗争。小小的科尔诺街，是一个集体，又是整个意大利的缩影，小说从而获得了历史的景深与厚度。

同普拉托利尼描写意大利中部城市青年的反法西斯斗争相呼应，弗朗齐斯科·约维内（Francesco Jovine，1902—1950）则在长篇小说《神圣的土地》（1950）中展现了南方农民反抗法西斯的壮举。为了摆脱世世代代的贫穷，为了生存，一贯逆来顺受的农民们终于忍无可忍，揭竿而起，用武力夺取属于寺院的一块“神圣的土地”。封建主不甘心失败，勾结法西斯党徒，血腥镇压起义的农民。

如果说，由新现实电影大师利赞尼搬上银幕的《苦难情侣》（1954），成为战后轰动意大利影坛的一部杰作；那么，著名剧作家、导演路易·斯夸尔奇纳创作的《罗马涅女人》，则是意大利戏剧舞台上正面反映抵抗运动的一部不可多得的佳作。剧本写于1951年至1957年间，1959年即抵抗运动的硝烟早已消逝，“经济奇迹”和“福利社会”的宣传成为舆论关注的中心的年代，该剧首次在罗马上演，获得巨大成功。

斯夸尔奇纳用一对青年从相爱到决裂的戏剧冲突，揭示出抵抗运动不仅是正义与非正义的分水岭，也是鉴别道德情操的高尚与卑劣、心灵的美与丑的试金石。

意大利法西斯对非洲的武力扩张，给非洲人民制造了无穷的灾难，也给意大利人民带来不幸，这样重大的历史事件，自然也在文学作品中获得了反映。

马里奥·托比诺（Mario’Fobino，1910—1991）的《利比亚沙漠》，是一部以1940至1941年间意大利法西斯入侵利比亚战争为背景的小说。意大利军队是入侵者，骄横跋扈，不可一世。

但它装备不良，供养不足，在同盟军的作战中屡战屡败，军官们争先恐后地逃命，士兵们都被丢弃在沙漠中，成为法西斯侵略战争的牺牲品。

作为一名优秀的精神病科大夫，托比诺把那些被法西斯驱往非洲的士兵们的心态，作了淋漓尽致的刻画。他们身在异国他乡，眷恋亲人，思念故土，他们在精神上经受着难以忍受的折磨，因为他们是一群“没有祖国，没有旗帜”的士兵；战争粉碎了他们的幻想，而他们如今又不得不为了幻想而活着，并且仅仅依靠幻想而活着。这是为法西斯充当炮灰的一代人的大悲剧，而那班坐镇罗马的专横、昏庸的法西斯头头们，则是这一大悲剧的根源。

托比诺是位两栖于医学和文学的艺术家。作为一名才华横溢的作家，他彩笔横飞，出色地描绘了阿拉伯世界的种种景观：

> 那漫漫黄沙，大漠雄姿，荒凉而苍茫；那沙漠绿洲，寥廓萧疏，而又幽媚旷逸；那美丽而神秘的阿拉伯姑娘，仿佛从“一千零一夜”中走来；这一切，无不

透出大自然的豪壮与瑰奇，氤氲着阿拉伯特有的古老而诱人的氛围。

而这大千世界的繁华的景象，又同人们内心世界心中涌荡的一缕希望暗合："这场战争正在我们身上撒播下某种东西，一种信念，一种即将成熟的信念。"

意大利在军国主义战争期间派了数以千计的志愿兵去西班牙，进行反对共和政权的战争。这些志愿兵都是赤贫的无产者，在饥饿与失望、穷困与死亡的威胁下，被绑上了法西斯战车。正是墨索里尼政权和军国主义在国内创造了"雇佣军"环境，把这些为地主阶级卖身的苦力，转变为替法西斯卖命的炮灰，驱使他们去残杀像他们一样的异国兄弟。夏侠的《安蒂莫尼》，便是表现这一题旨的优秀短篇小说。作家用异常冷静、淡漠的笔触，刻画了主人公在这场牵动当时全世界进步人士的心的战争中意识上的觉醒，精神上的成熟。

抵抗运动这面大旗，吸收和汇聚了思想倾向、艺术风格和价值观念迥异的作家。他们从不同的视角，用不同的方法，以多样化的艺术风格，去表现抵抗运动这场伟大的斗争。卡尔维诺、维多里尼和蒙塔莱，这三位在当代意大利文学史上占据显要的位置，而又各具鲜明的艺术个性的文学家，便是颇具典型意义的代表。

依塔洛·卡尔维诺（Italo Calvino，1923—1985），被欧洲批评家称为后现代主义大师。1943年，德国纳粹入侵意大利，他走出都灵大学的课堂，投笔从戎，加入游击队作战。1946年，他奉献出"反映抵抗运动"的处女作《通向蜘蛛巢的小路》，一炮打响，震动文苑。卡尔维诺有意识地摒弃新现实主义的写真实原则，而独辟蹊径，采用非英雄化的手法，描写一支纯由流氓无产者组成的游击队的经历。这儿没有轰轰烈烈的战斗场面，没有令人感奋的英雄主义，作家的旨趣显然在于表现，历史不只是由英雄的业绩，而且也是由平淡无奇的行为所构成，今日的凡夫俗子，经过抵抗运动大熔炉的熔炼，明天可能成为铁骨铮铮的英雄好汉。叙写游击队的日常生活的小说，又浸透着一种浓郁的童话氛围，更显得亲切、贴近。

埃里奥·维多里尼（EIi0 Vittorini,1908—1966）是另一位善于选取异常独特的视角，采取异常独特的艺术手法，来写抵抗运动的大作家。这一特色贯串于他的反法西斯三部曲。

维多里尼的第一部长篇小说《红石竹花》于1933年2月至1934年12月在《索拉里亚》杂志连载。它是意大利最早问世的反法西斯文学作品之一。作者通过一个朦胧地向往革命的青年，在情感和政治上误入歧途，而堕落为法西斯突击队员的故事，试图揭示法西斯主义同小资产阶级思想意识的关系。小说体现了作家的"对现实的抒情性解读"的审美准则。按照这一审美观，作家不是把目光偏离具体的、历史的现实，相反，作家始终关注现实，只是它的叙事艺术不再是客观的写实，而是着重于现实的抒情性表现，并把它同纪念性的描绘结合起来，又糅合进了对人物意识的隐蔽领域的探索。这样，人物成为象征，历史化作神话，开创了一种独特的文风。《红石竹花》发表后遭到法西斯当局的禁止，单行本直到1948年才得以问世。

《西西里的谈话》是维多里尼的第二部长篇小说，1938年4月至1939年4月在佛罗伦萨《文学》杂志连载，单行本1941年出版。青年西尔维斯特洛厌恶法西斯统治下的北方城市生活，离开米兰，返回西西里探望母亲。西班牙战争，现实的黑暗与冷酷，法西斯警察的暴力，西西里的穷困与痛楚，都在主人公同形形色色的西西里人的谈话中获得真切的反映。维多里尼保持原来的叙事风格，把现实主义和象征主义结合，又赋予了小说的语气以隐喻性、暗示性，使作品更富于审美的、道德的价值。

三部曲的第三部《人与非人》，渗透了作者亲身参加抵抗运动的体验。以代号埃内2为首的游击队的战斗活动，埃内2同贝尔埃夫人的感情纠葛，是小说的两条主要情节线索。它们紧密交织，互相勾连，烘托出作品的题旨：1943年冬季这个黎明前的黑暗时刻里，米兰人民为抗击德意法西斯而英勇斗争。斗争无比残酷，许多战士牺牲了，小说尾声写一位工人加入战斗行列，预示着这场斗争将继续下去，直至胜利。

维多里尼从“人”与“非人”的角度，表现爱国者与法西斯的斗争。黑暗的现实是堕落的人类的抽象象征，法西斯意味着“非人”，意味着对“人”、“人性”的蹂躏与摧残。维多里尼一方面从人性论出发，严峻地抨击代表“非人”的法西斯；另一方面又使作家真诚地予以表现的蕴含着重大思想内容的题材，转化为道德范畴的矛盾与斗争。

在艺术上，作者显然借鉴了电影艺术和美国小说的叙事模式，并采用夹叙夹议的手法；作者大段的议论，人物的内心独白，人物的对话，活人同死人的对话，甚至人同物的对话，都有机地嵌入小说的构架，从而使人自身的内心世界丰富而复杂的矛盾外化，强化了他追求的叙述的抽象性、哲理性的倾向。

隐秘派（又称隐逸派）主帅、大诗人蒙塔莱，是以独标一格的对历史的观照，立意新奇的艺术手法，来触及反法西斯这个重大主题的。这个被誉为“生活之恶”的歌手，在诗集《乌贼骨》（1925）、《境遇》（1939）中，避开正面抒写当时进步与反动势力的严峻斗争，而借助暗示、联象，以朦胧，甚至隐晦的笔致，尽情倾诉了“生活之恶”给人生酿成的“不可捉摸的痛楚”。在蒙塔莱的笔下，“生活之恶”既具有抽象的特征，又有着明确的指向，是影射那个长夜难眠的特定岁月里现实世界的邪恶、强暴势力，是一代人在法西斯“阴霾”的笼罩下，郁积心胸的厌恶、悲愤情绪的宣泄，是对法西斯主义的摒斥和维护人的尊严与价值的强烈意识的表露。

1938年春天，希特勒对意大利作了一次闪电式访问，在佛罗伦萨会晤墨索里尼，密谋两个法西斯政权的全面勾结。不久，蒙塔莱写出长诗《希特勒的春天》，很快在亚平宁半岛不胫而走，广为流传。诗人把希特勒比作丑恶、怪诞的地狱使者，这个恶魔所到之处，遍洒灾难和怨恨。诗人预言，“天宇的声音”必将驱走“黑暗中狂舞的群魔”。蒙塔莱一如既往地巧用象征、隐喻，把寓意性和抒情性熔于一炉，并且从道义的角度着笔，把尖锐的批判锋芒明确地指向法西斯主义魁首。这首长诗不啻是射向法西斯的一支鸣镝响箭，因而被批评界誉为同时代人的一面精神上的旗帜。

抵抗运动开辟了意大利当代文学的新生面。这场历史风暴呼啸着席卷意大利大地的时候，几乎没有一位文学大家能够置身局外，袖手旁观。这场历史风暴几乎无一例外地在文学家们的作品里留存下了清晰可见的印记，甚至改变了他们的艺术风格或创作道路。

享有世界声誉的大作家莫拉维亚，素以客观主义和精神分析手法描绘资产者的内心生活见长，如上文提及的他的处女作《冷漠的人们》。1941年，莫拉维亚又写了一部《化装舞会》。故事发生在拉丁美洲某国，围绕独裁者泰雷索将军将举办的一次化装舞会而展开。情节近于离奇、荒诞，竭尽夸张之能事。关于此书的主旨，作家后来追忆道：

“多年以来，我便被一种渴望所驱使，想写点什么反对法西斯专制的东西。然而，当时走写实的路子绝对行不通。必须用一个漂亮而又颇为透明的赛璐珞外壳，把讽刺包装起来，并且赋予它热热闹闹的气氛。”①

德国纳粹策划的国会纵火案，作家的墨西哥之行，终于触发他的创作灵感。有趣的是，《化装舞会》定稿后，上送法西斯文化部审查，从普通科员直到部长，全都捉摸不透它的涵义，便把稿子呈送墨索里尼，他草草翻阅后，以为这不过是一部幽默剧，是文人们通常为庆贺圣诞节而写的应景之作，便签发出版。不料，作品一经问世，明眼人都看得出来，那拉丁美洲某国，分明就是指意大利，那专横跋扈、不可一世的泰雷索将军，不啻是墨索里尼的化身。墨索里尼这才恍然大悟，恼羞成怒，立即下令查禁此书，并不准莫拉维亚从此再发表作品。

不久，莫拉维亚被列入黑名单，几遭逮捕。他被迫逃离罗马，和难民们一起在山区隐居了半年多。这段艰难的个人经历和轰轰烈烈的全民抵抗运动，对莫拉维亚的创作发生了积极的影响。

他一改既往的创作路子，写出了自称“反映抵抗运动的小说”《乔恰里亚的女人》。

读者追随女主人公切西拉，从罗马来到山区，眼前展现出一幅幅悲剧性的场面：贫困、盗匪、黑市、食品匮乏、农民破产、民不聊生。作者凭借平凡的，但饱含生活汁液的场景和细节描写，不只把现实生活的阴暗面，而且把人的灵魂世界的卑鄙面，统统暴露于光天化日之下。在千万百姓颠沛流离、家破人亡的背景上，作家对切西拉、女儿罗塞塔、大学生米凯莱三个不同人物的刻画，像三道强烈的光束，投照与凝聚于一个焦点，洞烛与凸现出法西斯反历史、反人民的本相。农民出身的小店主切西拉物质上破了产，精神上也蜕变了。天使般美丽纯洁的女儿，被士兵强奸，心灵遭到摧残，

① 奥塞斯特·德尔·布奥诺编：《莫拉维亚》，菲尔特利内里出版社，1962年，第43—44页。

堕落为放荡的女人。正直的米凯莱可说是书斋里的反法西斯分子，竟也横遭他救济过的纳粹侵略者的杀害。这些罪恶的渊薮是什么呢？是法西斯主义，是战争。《乔恰里亚的女人》的独特意义在于，它对法西斯主义的罪恶作了深层次的揭露，即揭发和鞭笞法西斯在精神上、道德上对人民大众的摧残与毒害，而这正是法西斯主义反历史、反人道的本质。

抵抗运动也构成另一位隐秘派大诗人夸西莫多创作的分水岭。他的前期创作以委婉有致地吟唱心灵的奥秘感受为特征，抒发他在那灾难岁月里经历的人生旅程中的横逆多蹇，体验到的欢乐与痛苦，爱情与怨恨。后来在抵抗运动的感召下，夸西莫多的诗风出现了明显的变化，从“独白”转向“对话”，更多地抒写抨击法西斯、热忱讴歌人民斗争的“社会诗”和政治抒情诗，给我们留下了《柳树枝头的竖琴》、《我的祖国意大利》、《致切尔维七兄弟》、《致洛莱托广场十五英烈》等脍炙人口的名篇。

反法西斯斗争，是推动世界历史进程的火车头。这场斗争波澜壮阔，无比悲壮，惊天地，泣鬼神。这场斗争犹如大浪淘沙，无论是从法西斯集中营的毒气室和流放的沼泽地走出来的艺术家，还是英勇地穿过抵抗运动的烽火与硝烟的文学家，他们都怀着深深的虔诚，把这场伟大斗争的悲壮与激情、痛苦与理想，毫无保留地倾注进了文学。他们奋意纵笔，多姿多彩地从各个侧面表现了人们的全部思想、意识、情感与道德在这场“命运交响乐”中弹奏的每一个音符。其多姿多彩的画面，其生动感人的形象，是任何历史学辉煌巨著所无法比拟的。

这，就是意大利反西斯文学的巨大价值所在。

多元化、多声部的文学格局
——意大利当代短篇小说发展态势

意大利当代短篇小说，繁富多姿；但对于中国读者来说，却又相当陌生。

远在文艺复兴运动时期，意大利短篇小说就曾闪射出灿烂夺目的光辉，涌现出优秀的短篇小说家群体。人文主义先驱薄伽丘在《十日谈》里显露出来的卓越的独具匠心，他为欧洲短篇小说发展奠定基石的历史功绩，早已赢得我们深深的敬意。在激赏薄伽丘等一代大师的成就的同时，人们也理所当然地萌发这样的意愿：了解现时意大利短篇小说的情状，领略它的风采。

从第二次世界大战结束，直至今日，将近半个世纪的时光里，意大利短篇小说走过了一段弯弯曲曲、颇耐人寻味的路程。

现实主义的回归——新现实主义的勃兴

战后的最初岁月里，在反法西斯抵抗运动的感召下，意大利文学界涌现出一股新的潮流——新现实主义。

在新现实主义文学潮流里，虽然交织着轩轾有别的各种旋律，但也清晰可见贯串整个运动的共同特征。新现实主义作家大多参加过抵抗运动，他们意气奋发地描叙这场埋葬法西斯主义的伟大斗争。他们又把目光投向千疮百孔、民不聊生的社会现实，怀着真切的同情心，用笔蘸着人道主义的墨汁，描绘普通人的身世际遇，抒写他们为了一块面包，为了一个能够糊口的工作，为了一片属于自己的土地，而苦苦挣扎的辛酸和悲凄。

莱阿的《斯帕卡那波利街》(1947)、《耶稣，给我们以光明》(1992)，奥尔黛赛的《海水洗不净那波利》(1953)，卡索拉的《伐木集》(1954)，都是把作家们最熟悉的、感受最深的事物予以真切细致的描叙，揭露社会的矛盾。这些短篇以小见大，不啻是活生生而又平淡无奇的社会现实的缩影。

阅读新现实主义作家的小说，我们可以强烈感受到，艺术家们从心灵深处向人们呼唤着爱，呼唤着善，呼唤着人性。这种爱，这种人性，并非抽象的、肤浅的。新现实主义者大多经历过反法西斯斗争的洗礼，又生活在战后动荡时代的激流之中，他们还常常深入社会生活的底层，同时，他们大致上又处于他们那个时代较高的世界观水平，因此，对社会生活的较为深刻的思考和独特的思想发现，使他们呼唤的爱、善和人性，蕴含了相当的思想深度。

在艺术上，新现实主义者渴求真实，力图按现实生活的本来面貌予以如实的展示，记叙生活的自然流程，不加任何伪饰。著名作家、电影剧作家柴伐蒂尼说得最彻底："艺术家不必从生活中去觅取素材，加以虚构，而只消把镜头对准普通人，照实一一录下他们的日常生活就是了。"

新现实主义作家在传统的叙事结构中，融入散文式的叙述风格，追求自然朴实的生活复原。他们笔下的小人物形象，几乎像生活本身一样质朴无华。他们努力使文学摆脱法西斯年代梦呓式的说教和矫饰虚情。这些作品充溢着自心灵深层和社会底层喷涌的激情，使文学臻于返璞归真；它们吹来一股爽身扑鼻的清新之气，给读者带来新的审美感受，开了当代意大利文学的新生面。

新现实主义浪潮以冲击奔射的气势席卷意大利文学，连莫拉维亚、卡尔维诺这样的大家也自觉不自觉地在自己的作品中留下了新现实主义的印记，如前者风靡世界的《罗马故事》(1954)，后者集短篇精华的《乌鸦最后飞来》(1949)。

不妨说，新现实主义是对法西斯年代充斥于文学的梦呓式的说教和矫饰虚情的否定，是现实主义的回归。

新现实主义的勃兴，是对法西斯统治下"黑暗的二十年"文学的重大突破，在完成这一突破的光荣使命之后，新现实主义自然就面临着对自身的突破。较之对既往的文学的突破，文学对自身的突破，显得更加艰难得多，但只有实现这一突破，文学才能获得继续发展，产生进行新的跃进的原动力。然而，这样的突破却未能实现。

被战争炮火摧毁成一片废墟的意大利，经过十来年的更新、改造，迎来了"经济奇迹"，一跃登上了发达资本主义国家的第七把交椅。经济和社会结构、思想意识，发生了重大的变异。物质文明的冰水熄灭了抵抗运动点燃的追求自由、正义的理想之光。新现实主义作家赖以建构自己作品大厦的精神支柱——人道主义思想，受到猛烈的冲击，动摇，倾倒了。

新现实主义作家对生活流程自然质朴的记叙，对情节、环境、细节的真实性的追求，导致他们作品的美学结构和文学语言只具备单一性、封闭性。在社会的物质生活和精神生活发生巨大变化的新形势下，这种美学结构已越来越难以负载愈加丰富多样的审美对象，而随着人们对生活、对艺术的理解与需求的日益多样化、复杂化，也难以满足于它提供的审美价值和审美感受。

在战后波迭浪涌、后浪推前浪的文学大川里，新现实主义作为第一个浪潮，持续了十来个年头，便趋向衰落了。

对现实主义的反拨——新先锋派的崛起

战后意大利文学的第二个阶段，大致从五十年代后期至六十年代中期，是以新先锋派的崛起为标志的。

五十年代末起，文学界的革新与探索空前活跃。新的文学刊物（如《实验室》、《总结》、《向导》、《公豬》等）和理论著作像雨后春笋般涌现。它们就文学艺术的许多理论问题（作家与现实的关系，文学与意识形态的关系，文学与工业化的关系，语言与方言的关系，等等），展开异常热烈的论战。青年作家、批评家显得尤为活跃。他们探求新的方法论，热衷于“试验”，勇于接受外来文学，从而形成对战后意大利文学的又一个冲击波——新先锋派。

需要说明，在意大利文学批评中，“先锋派”的概念，大致相当于我们通常所说的“现代主义”，后者不大为意大利批评家所采用。而所谓“新先锋派”，则是同本世纪初未来主义、象征主义等早期“先锋派”相对而言。

很难给新先锋派下个确切的定义。但从总体上考察，它大致有这样几个特征。

在新先锋派看来，资本主义社会是对个性自由表现的一种压迫，是一种损害，是集人世间一切不正义之大成（批评家斯夸洛蒂语）。因此，他们把叛逆的矛头毫不含糊地对准资本主义社会本身。

新先锋派承认艺术家的首要任务是确立自己同现实的关系，但他们强调艺术家主体的第一性，全盘否定意识形态的价值，拒绝遵循意识形态的原则来反映现实。他们认为，这些原则“逼迫我们故步自封，捆绑我们的手脚”（诗人、小说家巴莱斯特里尼语），简直如同希腊神话中的普罗克拉提斯的床，是文学前进道路上的障碍。因此，必须断然摒弃意识形态的条条框框的禁锢。

新先锋派的崛起，是基于高度工业化社会的开放性的商品文化，取代以农业社会为基础的地区性的、传统的文化的结果。

伴随经济繁荣而来的消费主义对思想文化的侵蚀，知识阶层在苏共二十大后经受的信仰危机，恐怖主义的活跃，意大利社会陷入新的不安与动荡，这些都可以说是新先锋派问世的催生婆。结构主义对语言技巧和文学形式的探索与更新，也起到了推波助澜的作用。

这一派的成员主张，文学必须同现实建立一种新的关系，文学作品必须选择同现代工业世界相适应的形式，以新的手法来建构，来完成，因此，它同传统是势不两立的。他们又把资本主义社会和文学传统塞进一个麻袋里鞭打。从上述两个前提出发，新先锋派很自然地得出结论：文学是“不停顿地更新的行为”，传统的、如今业已过时的文学形式、语言、技巧，已无法对现实作出真切可信的反映，必须进行彻底的更新。

1963年，新先锋派聚会于西西里岛首府巴勒莫，宣布成立“63社”，进一步树起否定现存社会秩序，打倒文学传统，摒弃语言规范，向新的文学形式开放的旗帜。可见，新先锋派是对资产阶级社会和文学传统的叛逆，是对现实主义的反拨。

新先锋派的纲领很激进，也很混乱。它是思想上、艺术上对新现实主义的反动。他们敏锐地感觉到了西方社会经历的外在的、潜伏的危机，但又错误地把经济和社会结构的变革，把艺术的发展，看作是“生存的混乱”，这就不能不导致虚无主义，陷入狂热而肤浅的骚动。

新先锋派强调文学需要不断更新，但他们全盘否定意识形态的原则，也就是否认文学作品应当以理性的阐释和历史的、道德的评判为内核，这样，文学势必沦为事实的消极的记录。他们对文学传统采取彻底推倒的态度，完全割断了今天的文学同昨天的文学的关系，这样，也就切断了今天的文学同明天的文学的关系。

新先锋派的成果主要体现于诗歌领域。“视觉诗歌”、“电子诗歌”和“诗歌展览会”的试验喧嚣一时。这也不足为奇。诗歌这一艺术品种可能是推行新先锋派诗学的最理想的突破口，也最适应于他们以混乱、奇特和古怪的词语、句子形态来宣泄他们同样混乱的叛逆意识和情绪的要求。新先锋派在小说领域的作用在于，它破坏了被新现实主义者张扬和推到极点的审美规范，迫使文学家去对社会的结构和艺术的发展进行自我反省与自我调节。

意大利新先锋派文学的喧哗与骚动，持续了大约十来个年头，到了六十年代中期，便失去了咄咄逼人的势头，走上了下坡路。

多元化、多声部的文学格局

六十年代中期起，意大利文学呈现出多元化、多色彩、多声部的格局。

每一位作家都是这格局中的一页，采用自己认为最合适的表现形式与手法，写自己熟悉的内容，走自己的路。文学家们竞相奉献倾向、风格和水平各不相同的作品。传统的现实主义作品，表现工业社会里人的异化的“工业文学”，揭露黑手党和政界黑幕的社会政治小说，用变形手法写现代人自我本质的毁灭的“童话小说”，等等，并存共处，各行其是。

现实主义的原则在经受新先锋派的猛烈冲击后，又得到复苏。遵循传统文学形式的作家及其作品，继续或重新受到人们的青睐。

普拉托利尼（Vasco Pratolini，1913—1991）和德西（Giuseppe Dessi，1909—1977），依然遵循着意大利现实主义文学的传统，把目光投向各自的家乡——佛罗伦萨和撒丁岛。普拉托利尼以一贯的朴素平实的笔触，描写普通人的喜怒哀乐，青年男女之间的真挚情谊，并从中牵出时代的风风雨雨。德西受到撒丁岛女作家黛莱达的影响，他在情致盎然的撒丁岛民风、人情的描写中，展示时代对个人命运的影响。他们的艺术视野比起先更加开阔了，他们描绘的个人的命运遭际和青年男女的爱情悲剧，都蕴满了特定时代的历史风尘。

老作家索尔达蒂（Mario Soldati，1906— ）同样恪守传统，但他更多地受到“书法派”的熏陶。他的文笔精细优雅，人物心灵中的感情波澜刻画得委婉有致，善于把一件普普通通的事情描写得情趣隽永，令人玩味。他的短篇名作《弗洛里昂咖啡馆的椅子》，充分体现了这一艺术特色。

短篇叙述一位英国老处女到威尼斯的旅游，作家寥寥几笔勾画出迷人的威尼斯之夜，旋即以此为背景，着意铺展小说的情感主线，时而把镜头闪回到“昨天”，遥远的二十九年以前，追溯女主人公青年时代在弗洛里昂咖啡馆发生的一场短暂的爱情经历，时而叙写她经过周密思虑之后将采取的一项行动，到咖啡馆去偷一把椅子；这把椅子，对于她而言，代表着青春的追求，遥远的年代的爱和幸福，而今，她孤寂的情感世界多么需要寻找回来失落的爱。她失败了，但这愚蠢、可笑的行动自然赢得了同情，令人肃然起敬。威尼斯的旖旎风光，老处女心湖的感情旋涡，写得情愫绵绵，令人断肠。索尔达蒂的短篇小说，无不充溢着一种柔美的内秀，显示了这位老作家深厚的艺术功力（《冬天的五十五个故事》，1972）。

著名作家夏侠文如其人，他的短篇小说如同他著名的长篇一样，始终贴近现实生活，大胆触动最敏感的社会政治问题，毫不掩饰其锐利逼人的批判锋芒。

夏侠的短篇小说集《葡萄酒色的大海》（1972），既有南方生活场景的叙述，又有针砭时弊的篇什；西西里的乡土味，同推理小说的某些手法浑然交融，在冷峻的格调中撕破黑手党和上层社会的黑幕，刻画出各色人等深邃、复杂的心态。

《勾心斗角》（又译《你死我活》），是这部集子中匠心独运、广为流传的佳作。一个有钱有势的大亨，经过长期的精心筹划，雇了一名刺客去谋害自己的妻子。不料，妻子早已洞察，坦然等候刺客的光临。在她的揭发和挑唆下，刺客竟反戈一击，掉转枪口，去向那大亨下毒手。

夏侠不愧是一位大家，这样一个惊心动魄的故事，他却写得那么冷静，不动声色，没有一字一句的渲染，没有一丝一毫的藻饰，通篇采用对话，而且是平平淡淡的对话写成，但读者却在阅读中觉得有声有色，扣动心弦。轻松、平静的形态蕴藏着深刻、激烈的主题。

从整体上看，现实主义不再是原来意义上的现实主义，不再停留在忠实地写照现实的基本层次上，不再仅仅关注人同社会、自然的冲突，而是把笔锋伸向内心，去触动人们个性世界里的种种冲突。现实主义的表现领域扩大了，艺术形式与表现手法在多向移植和交叉融汇中得到丰富了。

在多元化、多色彩、多声部的文学总体格局中，出现了一个引人注目的倾向：现实主义与现代主义的相互渗透、融合。

这一倾向在不同作家身上都有着程度不同的表现，连一些原先的新现实主义作家也概莫能外。莱阿、贝尔托、帕隆波等人的小说中，仍不难发现新现实主义的特征，但他们在对人物微妙情感和深层心理的开掘上，在不同艺术风格的把握上，又有新的进展，并且从现代主义中吸取了一些养分，使小说的内涵更加深郁。

莱阿（Domenico Rea，1921—　）是新现实主义的代表作家之一。五十年代，他的作品尤其是短篇小说，通过真切、细致的叙述，勾勒了那波利小人物走投无路，人格与才能都遭到践踏的境遇。

嗣后，他的短篇小说（《国王与擦皮鞋匠》，1961;《短篇小说集》，1966）保持了新现实主义的特点，他的旨趣依然在描叙那波利平民、小资产者的生活，但把注意力更多地从人们置身于其间的现实世界，投向人物的精神世界向人物复杂、深邃的深层意识转移。他还是用那波利方言，写那个喧闹纷杂的大都市那波利，但莱阿以浓厚的悲喜剧色彩，对被社会扭曲的不幸儿，进行了深情的热讽与痛楚的针砭。绝望的哀伤，残酷的感情，糅合了轻松的幽默、漫画式的夸张。

贝尔托（Ginseppe Berto，1914—1978）以两部新现实主义小说《满天红》、《强盗》，蜚声战后初期的文坛。这两部作品感人至深地描绘出被战争的炮火毁灭了青春和幻想的青年一代的际遇和南方贫苦农民为争取土地而进行的斗争。

从六十年代中期起，贝尔托的创作也发生转折。在短篇小说集《微小的成就》（1963）和其他作品中，贝尔托一如既往，注意对人物的微妙情感的细腻有致、委婉舒徐的抒写，揭开社会生活的帷幕，或展示人与人之间的关系。他的作品呈现出五光十色，社会生活继续留在他的视野之内，但艺术的天平已倾向于刻画人的潜意识和内在世界，从写意渐次转向精神分析，探索人的生存意义，有的作品中还采用了乔依斯的内心独白手法。

另一位新现实主义作家帕隆波（Nino Palumbo，1921—　）在短篇集《今天是星期六，明天是星期日》（1964）中，仍然以小职员、手工业者、小官吏为主人公，描写他们被迫害被践踏的辛酸生活，表现他们为摆脱穷困、维护人的尊严进行的挣扎。作家对他们的同情与哀怜，溢于心怀，流于笔端。但留神阅读，又可发现他的艺术风格有了微妙的变化。帕隆波对普通人的孤独、忧伤和茫茫然找不到出路的精神状态，有着深刻入微的心灵体察，有着不落俗套的披露；叙述与回忆，写实与臆想，现实与往事，当今与未来，作家都给以大胆的、反复的交错，使小说具有了更加浓烈的悲怨的情韵。

帕里塞（Golfredo Parise，1929—　）是作为新现实主义的追随者在五十年代登上文坛的。后来推出的几部长篇小说，如《主人》（1965）、《绝对的自然》（1967），表现当代人的隔膜，沦为非人的境遇。短篇集《维也纳的焚尸炉》（1969）、《识字课本第一号》（1972）、《识字课本第二号》（1982），使帕里塞跻身于著名短篇小说家的行列。

这些短篇集保留了他的长篇小说的特征，但覆盖的生活面要更宽广些。有的篇什曲曲折折地写抵抗运动（《旅馆》），较多的短篇中，则是乡村世态的素描，社会弊端的展示，交织成一片。

但更令人感到兴味的是，作家以夸张的笔调，怪诞的风格，揶揄当代西方社会里人被异化了的境遇。现实主义的底版，抹上了超现实主义的色彩。短篇《臆想的直线》写主人公A身不由己地走进一座奇怪的建筑物，身不由己地被整得浑身不舒服，不能动弹，终于身不由己地被装进一具棺材，送进焚尸炉火化。帕里塞把写实的成分同描写幻象的超现实主义因素，把荒诞的情节同细节的真实，奇妙地糅合起来，使人想起卡夫卡的《城堡》，颇具惊世骇俗的力量。

新先锋派也已不完全是原来意义上的新先锋派。新先锋派组织“63社”解体了，它的除旧布新的变革精神被继承下来。但六十年代新先锋派特有的虚无主义和狂热的肤浅被扬弃了，“电子诗歌”之类哗众取宠的试验不再吃香。一些新先锋派作家采取较为冷静、严肃的态度，在短篇小说领域进行的艺术探索中，写出了若干有影响的作品。

曼加内利、马莱尔巴、彭蒂贾，是三位在文坛很活跃的新先锋派作家，他们有着各自鲜明的艺术个性。他们或是披露人物意识深层凌乱、含糊的感觉的流动，或是勘探人物隐秘的原始本能的心态，或是展现朦胧的景物、象征、梦幻同扭曲的心理交织的断片。他们的共同特点是淡化情节，艺术手法上标新立异。

曼加内利（Giorgio Manganelli，1922—　）的文学批评与创作一开始便是同新先锋派联系在一起的。他摒弃传统的文学模式，孜孜不倦地寻求崭新的艺术表现手段。他曾干脆说道：“文学是挑衅和神秘”（《文学是谎言》，1967）。

他的长篇小说《悲喜剧》（1964）通篇采用冗长的、冷嘲热讽的独白，来探讨现代西方社会里人的命运与本质。其他几部长篇，如《致别的神明》（1972）、《A与B》（1975），形式上都很怪诞离奇，采用混乱、奇特和古怪的词语、句子形态，来反映同样混乱的现实和意识。

曼加内利的《微型小说百篇》（1979），是一部典型的新先锋派文学作品。这百篇微型小说，是对传统小说模式的叛逆。传统小说每每以情节为框架，借助情节来表现主题，对人物的心理描写只是在这样一个总的格局内展开，并受到制约。而在曼加内利的微型小说中，对人物的心理、意识的描写，构成小说的框架，情节不只是淡化，而且几乎是消隐了，至少是放在了无足轻重的、可有可无的位置。作者仅仅展示人物意识深层一连串凌乱不堪、含糊不清的感觉和情绪的流动；或是主人公似乎觉得时时刻刻被盯梢而又永远无法摆脱的感觉；或是主人公仿佛觉得自己在梦中杀了人、犯了罪的幻觉；或是人物酒醉以后错乱的潜意识；等等。

曼加内利采用这样一种扭曲的方式，把人物惶惑、恐惧的情绪、意识，传达给读者，把一颗颗痛苦而扭曲的魂灵，赤裸裸地呈现于读者眼前。曼加内利着力披露的这些人物的意识、潜意识，是支离破碎的、变幻莫测的、模糊不清的、急速跳跃的。它们在非理性、非逻辑的语言外壳中，包孕了同现实、世界、人的精神世界息息相关的东西，因此又含有某种现实主义因素。这百篇小说，篇幅出奇的短，每则不过六七百字。它们一方面含蓄幽奥，隐晦艰涩，另一方面却又激发读者的审美意识，催动读者去想象，去充实，去再创造。因而，这些小说的内涵大大超过了微小篇幅的容量。不妨说，曼加内利的作品既是对传统的短篇小说审美特征的挑战与破坏，又可以视为对它的强化与发展。这部集子获得当年意大利最大的文学奖维阿雷乔奖。

马莱尔巴（Lulgl Malerba，1927—　）是另一位新先锋派代表人物。他受到尤内斯库、贝克特和博尔赫斯的影响。但他的作品又具有鲜明的个性。他的小说的特色在于，以荒诞不经而又滑稽可笑的形态，表现陷入危机深渊的社会和它的居民，悲剧披上了喜剧的外衣。短篇小说集《碰上鲨鱼以后》（1979）中人物的思维、心理，显然已被那个社会毒化，脱出了常规，人格也已分裂。唯独他们的潜意识、梦幻尚未遭到亵渎，是一块世外桃源。马莱尔巴正是选择这块圣洁而纯粹的领域，架起钻井，深入勘探，把人物隐蔽而微妙的、充满野蛮的原始本能的心态，入木三分地揭示出来。

彭蒂贾（Gniseppe Pontiggia，1934—　）是新先锋派的后起之秀，在短篇小说之林颇有建树，代表作有《阿德菲亚纳》（1971）、《银行里的死亡案件》（1979）。不妨来看一看其中一篇淋漓尽致地体现了新先锋派文学特征的短篇《出版社的阅稿人》。

一个受出版社委托的阅稿人，审阅一批无名的小说稿件。于是，小说中套小说，一个接一个的生活断片、场景，流动于读者眼前。朦胧的景物，模糊的梦幻，含混的象征，扭曲的心理，互相替换，又紧密交织。叙述的人称不停地变化，场景、节奏急速地跳跃，读者忽儿随同阅稿人跳入“小说中的小说”，忽儿又返回小说。每一部被审阅的小说，全是平平淡淡的，充满模仿、谬误，乃至阴差阳错（例如最后一部小说）。每一部被审阅的小说，又全都是没有结论的，结论可能就是小说本身。

人们就是置身于这样一系列毫无意义、捉摸不定、彼此毫无联系的梦幻式的景象之中。生活被扭曲了，变形了，象征成为唯一的现实。彭蒂贾在这里采用的艺术手法堪称别树一帜。他在一则短篇小说中套进许多小说，或者说，在一个整体框架内，把一块块梦幻式景象的断片，镶嵌成一幅近看模糊、远视鲜明的画图，使西方当代文学中已经司空见惯的、极其抽象的异化主题，表现得富于色彩、声响，曲折而又奇妙。

马拉伊妮（Dacia Maraini，1936—　）是位多才多艺的女作家，在小说、诗歌、戏剧、新闻等领域都有建树，并且是意大利女权运动的积极分子。她的小说着重表现无法解脱的异化造成的骚动不安的心态，又往往涉及当代妇女解放这样一个敏感的社会问题，显露出锐利的思想锋芒，具有新先锋派的特征。她写于1984年的一则优秀短篇《茉莉冰淇淋》，耐人寻味。小说通过一个小女孩天真稚气的眼睛，通过她的敏锐的感觉、幻觉，点染出三代女性的生活与情感的断面，生活既笼罩着令人毛骨悚然的梦魇，又荡漾着茉莉花温馨的朦胧希冀，使读者得以窥见现代社会里人的困惑迷茫的内心节律。

现实主义与现代主义的相互渗透与融合，在卡尔维诺和莫拉维亚的小说中体现得更为充分。他们都把审美焦点对准人的内心世界。卡尔维诺擅长把现实的因素同荒诞的因素、科学的因素同童话的因素，精巧地冶于一炉，向读者展示一个荒诞、变形而又真实可信的世界。

六七十年代，罗马下层社会的小人物从莫拉维亚的短篇中“淡出”，“冷漠的人”群体“化入”；他们当然不是莫拉维亚写作于墨索里尼时代的《冷漠的人们》的复制，而是发达资本主义的产儿。莫拉维亚细吹细打，弹拨起一支又一支西方现代人孤独、异化的变奏曲（《不由自主》，1962;《天堂》，1970;《另一种生活》，1973；等等）。

莫拉维亚1983年推出的最后一部短篇集《东西》，可以说是这一变奏曲的“绝唱”。

这部集子收辑了二十篇短篇。其主人公都为普通人，大抵是文化人、公务员、职员、恐怖分子，还有同性恋者。故事全部发生在罗马，撷自日常的现实生活，看上去是信手拈来，连地名全部都是真实可查，看上去一切都是普普通通的。

莫拉维亚全神贯注于人的梦幻意识，在现实与梦幻的紧密交织中叙写故事。他笔下的人物都有一种怪癖，喜欢幻想，或者说执着于梦幻，甚至耽溺于梦中做梦。在这里，莫拉维亚致力于探讨生活与梦幻的关系。在他看来，现实生活好像是一道污浊的水流，梦幻则犹如污水经过某种过滤后获得的杯中水，诚然它依旧未脱尽混沌，但毕竟多少得到了净化。

主人公们分明知道，那些梦幻不过是想入非非，短暂而又虚妄，梦幻本身也常常充满混乱，充满谬误；可他们竟然觉得，梦幻同荒谬、虚伪的现实生活毕竟是对立的，同现实生活相比较，梦幻更符合他们的理想与追求，更为真实，更为亲切，因而更富于魅力。因此，对于莫拉维亚的主人公们来说，梦幻与其说是对现实的逃遁，毋宁说是对现实生活的挑战，是对它的超越，对它的胜利。

莫拉维亚曾说，文学的使命在于对现实生活进行“分解”，描绘出它的无数种可能的形态，用它们来同现实生活相抗衡。作家这一独到的文学观，有助于我们理解他的这些短篇小说的主旨。

它们写得那么迷离恍惚，似真似假，但这正是莫拉维亚自辟蹊径，有意从探讨现实生活与梦幻的关系这一极不寻常的视角度着眼，去审视人与人的关系，人与社会的关系，透视现代人性的变态，因而成功地以令人信服的方式，把当代现实世界致命的缺陷揭示了出来，获得了惊心夺魄的艺术效果。

现代派的十八般武艺，诸如突破三维空间、时序颠倒、意识流、内心独白，等等，莫拉维亚在这些短篇小说中都一一得心应手地运用。对梦幻、梦中梦与连环梦的描写，更是变幻奇谲，出神入化，曲折有致，使他的小说显得那么扑朔迷离。

同时，莫拉维亚又继承了薄伽丘开创的意大利短篇小说的优良传统。他善于巧妙地编织情节，寓新奇于平淡，在精心剪裁的短小篇幅中，从刻画人物的心理、意识落笔，敏捷地展开矛盾。

他的短篇结构凝练、精粹（每篇最多不超过五千字），但又留下足以让读者去想象、去玩味、去思考的艺术空白，读起来引人入胜。现代意识与民族特色、现实主义与现代主义已臻于水乳交融的境界。

顺便提一下二次大战后意大利文坛上另一个不应忽视的特点。一批两栖于自然科学与文学、医学与文学、电影与文学的作家，登堂入室，成为文艺界的一支生力军。如心脏病专科医生作家博纳维里（Giuscppe Bonlaviri，1924—　），化学家、作家普·莱维，精神病主治医生、作家托比诺（Mario Tobino，1910—1991），曾与当代意大利电影巨擘费利尼搭档二十年之久，担任震动世界影坛的杰作《她在黑夜中》、《甜蜜的生活》《8 1/2》编剧的弗拉雅诺（Ennio Flajaao，1910—1972）等。他们也都是优秀的短篇小说作家。

这些作家的职业，不仅是蕴藏着丰富的人生经历与体验的矿藏，他们可以不断从中汲取创作的素材，而更重要的是，作为一个两栖于科学与文学、医学与文学或电影与文学的作家，他们力图把科学、电影等领域的新观念、新成就与新语汇，引入文学创作。多学科的结合，使他们的思维空间更加开阔，想象更加丰富，艺术的表现手段更加多样，从而为他们的文学创作开辟了一个新天地。

一曲贵族之家的挽歌

——评黛莱达的代表作《风中芦苇》

格拉齐娅·黛莱达（grazia Deledda），对中国读者来说，似乎是一个颇为陌生的名字，但在二十世纪上半叶灿烂辉煌的意大利文学星座中，黛莱达是一颗闪发着奇妙光彩的星星。

黛莱达是一位不可多得的才女，天禀聪颖，才思横溢。她的作品倾倒了无数读者。她是第一位获得诺贝尔文学奖殊荣的意大利女作家。

黛莱达的生活道路，鲜明地体现了她奋发、进取的个性。

她是撒丁岛人，这个距离意大利本土近一百英里的海岛，许多世纪来以农牧业为主，经济衰竭，文化落后，与世隔绝。1871年9月27日，黛莱达出生在撒丁岛东部山区的努奥罗城。她的祖父以制作圣徒像为生。她的父亲是个小土地所有者，自食其力，收入颇丰。他膝下有六个孩子，黛莱达排行第四。父亲曾用拉丁方言写过一些诗篇，他生平慷慨豪爽，时常接待因出差或参加宗教活动来到努奥罗的亲朋好友，留他们在家小住。因此，格拉齐娅从小便广泛接触到三教九流的过客，他们在黛莱达日后塑造的众多人物形象身上留下了自己的面影。

黛莱达仅仅在小学念了四年书，便被迫辍学在家，因为在这穷乡僻壤，封建宗法观念根深蒂固，按照撒丁岛的封建礼教和古老习俗，不允许女孩子接受更多的教育。她眼睁睁地看着哥哥桑图斯享受特权，进入高等学府读书。她后来在自传体小说《柯西玛》中不胜感慨地回顾了这段伤心的往事。

虽然身处与世隔绝的海岛，但黛莱达怀有强烈的求知欲和上进心。她羡慕甚至嫉妒有机会接受高等教育的哥哥，因此发愤苦读，用心自学。幸运的是，她的父亲特别是她的当神甫的叔叔的藏书相当丰富，于是她开始如饥似渴地阅读各种书籍和文艺作品，像海绵吸水似的从书籍中汲取知识。德·亚米契斯、卡尔杜齐、邓南遮、大仲马、爱伦·坡、哈代、托尔斯泰、陀斯妥耶夫斯基、布尔热，都是她当时喜爱的作家。

父亲为黛莱达请了一位中学教员，给她讲授意大利语。这位教员常常出些题目让她作文。聪慧过人的格拉齐娅写的一些作文如此出色，以至老师鼓动她送给刊物去发表。当时她年方十三岁，压根儿不懂得怎样投稿。凑巧她手头有一份杂志，便按照上面标明的地址，寄去了一则速写，竟然很快就登了出来。黛莱达便这样同文学结下了不解之缘。

从此，黛莱达更加勤学苦读，既习作写诗，又试写小说。几载寒窗，终于收获了第一批硕果。1888年，她十七岁，她的第一篇短篇小说《在山上》发表于罗马的《儿童天堂》周刊。翌年，又在同一刊物上发表《童年轶事》。这两个短篇于1890年合集为《在蓝天》，在都灵出版。她文思如涌，同时为多家刊物撰稿，发表的作品源源不断。有志者事竟成。撒丁岛的一名黄毛丫头，终于登堂入室，闯进了意大利文学界。

几乎是同时，黛莱达在罗马的《新潮》杂志刊出短篇小说《撒丁人的血》。随后，她又闯入中长篇小说领域，在报章上以连载形式发表《秋天的故事》、《东方的星辰》（1891）、《爱的报复》（1891）、《撒丁岛的精华》（1892），等等。这些乡土气息浓郁的作品，引起文学界，特别是真实主义理论家、作家卡普安纳的注意。

使黛莱达一举成名的作品，是《邪恶之路》《1896）。这是一部充满撒丁岛的乡土气息的长篇小说。爱情与道德，罪与罚，是这部小说的主题，而且这一主题从此贯串黛莱达的许多作品。庄园主的女儿玛丽娅同雇农彼得相爱，但她又没有勇气同传统观念决裂，因而不敢接受彼得的爱。彼得失去了她的爱，逐渐走上了罪恶的道路。玛丽娅也失去了真正的幸福。对撒丁岛贫困、落后的阴暗面的展示，对日益没落的乡村文明流露出淡淡的哀伤，婉约纤丽的文笔，对人物心理的着意刻画，使黛莱达的这部小说及其后的文学创作既打上了十九、二十世纪之交意大利文学中占主导地位的真实主义的印记，又体现出黛莱达独树一帜的抒情心理小说的风格。

1900年10月，黛莱达离开故乡，来到撒丁岛首府卡利亚里，在朋友家中小住。在那里，她结识了在财政部任职，从罗马出差到卡利亚里的帕尔米罗·莫德桑尼。两人一见如故，互相倾慕，翌年1月便结为伉俪。三个月后，黛莱达随丈夫迁往罗马，在那儿定居，直到去世。

从穷乡僻壤的撒丁岛来到意大利政治、文化的中心罗马，在黛莱达面前不啻展开了一个崭新的天地。她广泛交游文艺界人士，了解意大利和欧洲文学发展的态势，从而得以从新的文化高度，以开阔的视野，审视和表现撒丁岛的历史和现状、社会和文化。《埃里亚斯·波尔托卢》（1900）、《长春藤》（1908）、《风中芦苇》（1913）、《玛丽安娜·西尔卡》（1915），便是黛莱达文学创作盛期结出的累累硕果。1900年8月，《新文集》刊物连载黛莱达的长篇小说《埃里亚斯·波尔托卢》（1903年出版单行本）。这是一出伤感而深沉的爱情悲剧。一对青年男女既不可遏止地追求爱情与幸福，又因性格懦弱而不得不逆来顺受；他们既决心对旧势力作抗争，但又惶恐地救赎罪过。这种种矛盾的、复杂的微妙心境，在黛莱达的笔下都得到了纤细入微的刻画。

长篇小说《常春藤》(1908年在《新文集》连载，同年出版单行本)、《玛丽安娜·西尔卡》(1915年在《阅读》杂志连载，同年出版单行本)以及《风中芦苇》，是黛莱达创作盛期的代表作。

《常春藤》叙述一个古老封建家族成员的不同遭际;《玛丽安娜·西尔卡》则描写一个出身于有产者家庭的老姑娘玛丽安娜·西尔卡同一个落草为寇的青年之间的爱情。它们从不同侧面展示出在资本主义关系的冲击下，建立在宗法关系基础上的撒丁岛经历的动乱和变迁，旧的经济、文明、道德遭逢的危机。现实主义的艺术力量，同哀怨、颓唐的色调，象征主义的手法，紧密交织，具有强烈的艺术感染力。

黛莱达一生勤奋笔耕，同时，为了抚育儿女，操持家务，她又不辞辛劳，克尽厥职。她曾嘲解地自称是“一个沉默寡言而又喜欢舞文弄墨的家庭妇女”。在五十余年的文学生涯中，她总共写了长篇小说、中篇小说、短篇小说集五十余部，真可谓著作等身。她在诗歌、戏剧领域也显示了难能可贵的才华，还翻译了巴尔扎克的小说《欧也妮·葛朗台》。

1936年8月15日，黛莱达在痛苦地病卧了一年之后，逝世于罗马。她的最后一部作品是自传体小说《柯西玛》，1936年9月至10月在《新文集》连载，单行本于1937年问世。

《风中芦苇》是最能体现黛莱达的风格、也是作家最钟爱的一部作品。1913年先在《意大利画报》连载，同年出版单行本。

这是一个庄园主家族的衰落史。这个家族就是小说的群体主人公。小说以家族的三姐妹的命运作为轴心，又把一个忠心耿耿为这个家族效劳的老长工的身世遭际作为情节主线，贯串始终。埃菲克斯在庄园主平托尔家打了一辈子长工，他的身世像一面镜子那样映照出平托尔家兴衰荣辱的变迁。他的一切都同这个家族紧紧拴在一起，像青苔附着于石头一样，难解难分。他经历过这个家资豪富的大家庭的黄金年代，又是这个家族一步步走向没落的见证人。如今，他留在这个家族保留下来的最后一小块土地上默默地耕耘，远离市镇，面对孤独，用他艰辛的劳作来支撑着三位贵族小姐的生活。埃菲克斯不啻是为他人奉献一切的殉道者。

诺爱米是三姐妹中最年轻的一位。如果说，她的两个姐姐露丝、艾丝苔尔经过无情岁月的煎迫，已经习惯于忍受这种清苦的、死气沉沉的生活，变得麻木而冷漠，那末，诺爱米就不是如此了。虽然家族的痛苦、忧伤的历史在她身上留下了浓重的阴影，但她对生活的热情并没有在她的内心熄灭，她对周围这暮气沉沉的、僵化了的现实不满，她不甘心把自己的青春年华作为殉葬品，和家族的荣耀一起埋葬在废墟之中。对贵族之家既往的光荣的追忆，给她带来些许慰藉，但她更怀着一颗躁动不安的心去渴望和幻想未来的生活。她比两个姐姐傲慢，孤芳自赏，但因而也更执拗地渴求打破自己老一套的、孤凄的生活，以旧生活的破裂的碎片，去重建另一种崭新、富有活力的生活的愿望，在她的一双美丽的眼睛里燃烧。

贾钦托的到来，加速了这个贵族之家的衰落。许多年以前，平托尔老爷的第四个女儿丽娅，为了反抗不堪忍受的家庭专制，跟随一个路过的商人，弃家私奔。丽娅不幸早逝，遗下一个儿子贾钦托。他无依无靠，便从意大利大陆返回撒丁岛。

贾钦托被平托尔家族的三姐妹视为“陌生的外乡人”，他的意外出现，犹如一块石头投入一潭死水，打碎了三姐妹平静的、刻板的生活，也搅乱了埃菲克斯厮守在蛮荒的最后一块土地上辛勤劳作的世外桃源式的生活。贾钦托不像三位姨妈那样听天由命，也不像埃菲克斯那样安分守己，他有点儿好逸恶劳，向往富足的、轻松快活的生活，又经受不起外界的引诱，于是不多时便债台高筑，不得不去借高利贷。但他懦弱的本性又透出一种善良、朴实和率直，这也许是他终于没有堕落的缘故。末了，他走投无路，不得不远奔他乡，找到一份和牲口干的活一样繁重的苦活儿，开始自食其力，并在贫苦姑娘格莉塞达纯洁的爱情中获得了幸福。

三姐妹不喜欢这个外甥的所作所为，对他怀有一种半是敌意半是怜悯的情绪。然而，说也奇怪，诺爱米却渐渐地体验到，她的内心深处萌发了对贾钦托的一种奇特的感情，一种隐秘的、奥妙的感情。这种奇特的感情或许是她想冲决贵族之家的精神牢笼的渴望的一种奇特的、扭曲的表现。于是，她的孤寂的心灵开放出生活之梦的花朵，犹如荒芜的古老陵园的乱石间绽开的玫瑰花。不过，这种扭曲的情感在冷酷的现实中注定是要破灭的。这一发现，使诺爱米的情感世界掀起了波澜，她既惊恐又激动，她想尝试禁果的甜蜜，又不得不竭力克制自己；她不禁暗自悲叹，嘤嘤啜泣；也许，这是因为幸福的痛楚，又也许是因为痛楚的幸福。

埃菲克斯满怀恐惧的心情，发现诺爱米对贾钦托的奥秘感情。他以为这是命运对家族的惩罚，是对他当年帮助丽娅出逃的罪过的惩罚，是对他为了掩盖这一事件的真相而把平托尔老爷杀死在野外的罪过的惩罚。

随着情节的展开，埃菲克斯的形象越来越集中地体现出这个古老家族没落的特征。小说第二部分侧重写埃菲克斯为了救赎自己的罪过，背井离乡，沿途乞讨，四处流浪的遭际。当这个浪迹天涯的老长工吃足了苦头，弄垮了身子，硬是挣扎着重新回到女主人身边时，已是皮包骨头、奄奄一息的生命垂危者。他躺在厨房里炉灶边的芦苇上。他因严重的肝病而连续发着高烧，他清醒地意识到死神正在向他召唤，他体验到一种肉体和灵魂获得解脱的甜蜜，因为他过分劳累了，他的卑微的身份和干枯的躯体，再也无力支撑这哗啦啦行将倾圮的贵族之家。

诺爱米小姐即将出嫁给暴发户、高利贷主堂·普列杜。此刻，埃菲克斯几乎已经睁不开昏花的眼睛，但他注视着婚礼的筹备工作。他离开人世间前最后一眼看到的，是新娘诺爱米双眼饱含的泪花。如果说，诺爱米对贾钦托的爱情是没有希望的爱情，那末，诺爱米同堂·普列杜的婚姻，是没有爱情的婚姻！诺爱米最终抗争不过命运的力量，不得不牺牲自己精神和肉体的自由，把自己作为祭品，奉献给垂涎她已久的堂·普列杜。贵族之家的体面得到了挽救。然而，透过这个庄园主家族的解体的历史，读者分明见到了在以堂·普列杜为代表的金钱势力的冲击下，历史悠久而又闭塞、落后的撒丁岛发生的相当缓慢而又不可逆转的变革，古老的封建宗法关系已经分崩离析。

埃菲克斯平静地、悄悄地告别了人世。他的死给古老的贵族之家涂抹上了一层哀怨的色彩。诺爱米出嫁了，她的婚礼也笼罩上了一重不祥的光圈。几乎发生于同一天的红白喜事，其实都是悲哀得不能再悲哀的悲剧。“风中芦苇”，不啻是主人公们的象征。他们被神秘、强大的命运所拨弄，无能为力，恰如任凭狂风摆布的芦苇。

唯一的胜利者是堂·普列杜。他起初同恪守传统的平托尔家族之间看来似乎难以调和的矛盾，以及后来他同这一没落家族之间看来似乎很不和谐的联姻，实际上是商品经济关系同封建宗法关系之间的对立与冲突，这种对立与冲突给平托尔家族，给撒丁岛，带来了灾祸，又给它注入了活力。这便是一部贵族之家的没落史所蕴含的深刻的哲理。

《风中芦苇》是一部抒情性的社会—心理小说。黛莱达在作品中充分显示了她极其独特的艺术才华。

作家对撒丁岛怀有一腔深深的爱恋之情。展示在读者面前的海岛乡村，宛如一幅描绘着绿色的河堤，静静的碧水，点缀着洁白的卵石的油画，一切都是美好、温馨和亲切的。在黛莱达的笔下，撒丁岛的乡村不啻是一个神奇的世界，故土的历史、文明、风土人情和自然风光，无不染上一重神话般奇异的色彩。那天上银色的月光、星星和云彩，田野间的树叶和花朵，无不是小精灵、仙女和幽灵们的幻化；那杜鹃富有节奏的啼鸣，蟋蟀的嘤嘤叫声，清风的微微吹拂，似乎是它们的声息。这些神秘的生灵飘忽不定，或藏身于晨曦的朦胧之中，或隐匿于黑夜的帷幕后面，或伴随着月光，使山丘和河谷都充满了盎然生气。这是多么充溢着诗意的美妙的景象啊！现时与往昔，现实与幻觉，神奇与迷信，在这里浑然一体；对二十世纪初叶撒丁岛乡村的社会—文明情状的现实主义叙述，同抒情诗般的、挽歌式的、朦胧的、超现实的风格，得到水乳交融的结合。

黛莱达最擅长把人物的心境同自然物境的描绘，把社会—道德的冲突同人物内心世界的冲突糅合起来，加以委婉舒徐的刻画，造成浓郁而典雅的抒情韵致。

那悠扬的琴声，在小说中不止一次地出现。有时，它的旋律是欢快的、跳跃的，它催人兴奋，深深地拨动着人的情欲；有时，它的音调又是那么哀怨凄恻，如泣如诉。无须多着笔墨，人物喜怒哀乐的心态，青春躁动与坎坷悲凉的境遇，全在这琴声中获得了淋漓尽致的宣泄。

贯串全书的芦苇，更被黛莱达赋予了生命和活力。在万籁俱寂的夜晚，受罪与罚的纠葛折磨的埃菲克斯，辗转反侧，不能入眠；絮絮低语的芦苇，仿佛在向沉睡的大地祈祷。在这里，芦苇简直成了忏悔自己罪过的虔诚的基督徒埃菲克斯的化身。有时，瑟瑟作响的芦苇，朝埃菲克斯弯下身子，用犹如柔指，犹如舌头，充满生机的叶子抚摸他，舐他，对他神秘地、持续地悄声细语，重复着河谷那些精灵的喃喃声，流水的潺潺声，朝圣者们的唱歌声，磨房的索索颤动声。在这里，芦苇又化作灵魂受到煎熬的老长工的贴心人，给他慰藉和柔情；又好像化作了整个大自然，使人感到神奇、亲昵。至于那个反复出现的"风中芦苇"的意象，更成了一种象征，一种永恒。

当埃菲克斯惊恐地发觉诺爱米同贾钦托的情感纠葛时，顿时忧心忡忡，他的内心激起汹涌不息的巨澜，而此时他周围的大自然却又是那么宁静、温馨："夜莺在歌唱，整个河谷沉浸于一片金色的光泽，一片光灿灿的天空的余霞而反照出来的蔚蓝色的金光。"外在世界的安谧、光灿，有力地反衬出老长工此刻焦灼、惶恐的心态。两者之间形成的强烈反差，赋予小说一种巨大的艺术冲击力。

意大利著名文学史家、罗马大学教授萨佩尼奥在评论黛莱达的艺术风格时这样写道："黛莱达不是在叙述，而是在歌吟她叙述的事件。"应当说，这是很高的评价，也是很恰当的评价。

黛莱达的声誉越出了撒丁岛和意大利半岛，赢得了各国读者的欢迎。1926年，她因"那为理想所鼓舞的作品以明晰的造型手法描绘海岛故乡的生活，并以深刻而又同情的态度处理一般人类问题"，荣获诺贝尔文学奖。

黛莱达一生写了长篇小说、中篇小说、短篇小说集五十余部。《风中芦苇》是这位女作家的长篇小说首次同我国读者见面。

1991年是黛莱达诞生一百二十周年，我们谨以此来表示对作家的热诚而真挚的敬意。

1990年12月

凄丽沉婉，含蕴深深

——谈黛莱达抒情心理小说的艺术风格

格拉齐娅·黛莱达，是一位富于艺术魅力的女作家。

黛莱达的故乡是撒丁岛。自古以来，撒丁岛就是一个偏僻、闭塞、穷困和落后的海岛。学者们在描绘意大利文学地图时，似乎常常忽略了撒丁岛这块贫瘠、荒漠的土地。然而，黛莱达这个在撒丁岛土生土长的女子，却从这里走向意大利，走向世界，以她多姿多彩、独具情韵的艺术风格，丰富了意大利和世界文学的宝库。

长篇小说《邪恶之路》，是黛莱达的文学创作开始形成鲜明的艺术个性与艺术风格的标志。

在《邪恶之路》中，黛莱达选取了一个独特的视角，以爱情与道德、罪与罚的冲突为切入点，展示了撒丁岛古老的文明和宗法制下的乡村生活，这种对于意大利文学来说颇为新颖别致的题材，从此成为贯串黛莱达众多作品的一根红线。黛莱达在这部小说中展示的凄丽、清逸、深婉的情调，深深叩动了读者的心弦，这种别具一格的韵致，奠定了作家抒情心理小说的艺术风格。

《邪恶之路》的写作始于1892年底，历时几近一年，1893年11月完成，1896年出版。嗣后，小说几经修改，1916年发表最后的修订版，内容几乎全部改写。本书就是根据1916年版译出的。

《邪恶之路》初版问世，比黛莱达早期的爱情小说《撒丁岛的精华》略晚几年。然而，无论是情感的剖析，还是小说的风格，都趋于成熟了。

十九世纪末叶，真实主义在意大利文坛占据主导地位。这一流派的作家通常把目光投向故乡或自己最熟悉的地域，着力描写下层人物的命运遭际，暴露社会的阴暗面，追求环境、细节和语言的真切自然。黛莱达在真实主义文学氛围中成长，受到它的熏陶，她的小说中自然可以见出这一流派的特色。另一方面，某些真实主义作家又热中于描绘富有乡土情味的传奇性故事，例如邓南遮在早期创作中作为真实主义者便对他的故乡——贫瘠的阿布鲁齐地区的牧人生活，作了诗意的美化。这种影响也在黛莱达的作品中留下了痕迹。然而，黛莱达摒弃了邓南遮把具有认识价值的材料化为一种艺术修饰手段的倾向。她已不再倾心于使小说成为富于民间色彩的抒情“文献”，而是着意让小说表达一种道德意识，着意展示古老的撒丁岛的社会—文化品格。

《邪恶之路》是一部写爱情与道德冲突的小说。作品的情节是在一个世代务农但渴求进入资产者圈子的家庭里展开的。她，玛丽亚，是主人；他，彼特罗，是长工、仆人。他们彼此相爱了。

他们被一种狂热的情感所吸引、所陶醉，他们渴求的爱把两颗滚烫的心拴结在一起。

但是，社会地位的差异，使得男女主人公之间有一条几乎无法逾越的鸿沟。一种阴暗的、悔恨的感觉，开始折磨他们，把他们痛楚地分开，特别是玛丽亚，她的狂热情感不时被一种救赎罪过的痛楚意识所压抑。爱的情感与罪孽感之间的冲突戏剧化了。

玛丽亚虽然爱着彼特罗，但终究还是嫁给了有钱有势的财主弗兰切斯科。婚姻成了进入资产者圈子的敲门砖。年轻女主人的背叛，使彼特罗身上原始的本性苏醒了，他痛苦地渴求“血与泪”。他受难以驾驭的野蛮情爱驱使，怀着野蛮的仇恨，实行报复，杀害了情人的丈夫。

如果说，在黛莱达青年时代的作品中，爱情题材充溢着浓郁的幻想色彩，情爱是作为一种不可抗拒的命运来表现的，只有罪过本身才能使人挣脱这种命运的摆布，爱的情感无论在心理刻画和道德剖析方面都没有获得深化；那末，随着作家的道德意识和艺术意识的强化，在她的爱情题材小说中，救赎罪过的必然性也大大强化了。

诚然，在《邪恶之路》中，情爱也始终是作为一种命运出现的。它把男女主人公卷入了情感冲突的旋涡。然而，作为情爱的对立面，黛莱达又写了忏悔和赎罪意识，以表达作家的道德评判，借助忏悔和赎罪意识的痛苦来荡涤和解救灵魂。特别是在女主人公身上，救赎意识获得了最强烈的展示，在小说中渐次演化成为主旋律。

小说的最后部分，情节以急速的节奏展开。守寡的女主人嫁给了她从前的仆人——如今因为获得一笔来路不明的、可观的财产而发迹的彼特罗。一双苦恋的情人终于喜结良缘。然而，这姻缘却远不是花好月圆般的美满。种种反常的迹象，使玛丽亚醒悟了，彼特罗是杀害她丈夫的凶手。她感到恐惧，但同时，一种赎罪的意识又立即占了上风。她隐隐约约觉得，正是她同彼特罗的情爱，迫使彼特罗走上了邪路，正是为了她，彼特罗才会去犯罪。

因此，她实际上也已堕落为凶手的同谋者。在经历了揪心的痛楚折磨之后，玛丽亚终于把自己的痛苦与彼特罗的痛苦融为一体了。从此，他们的命运就永远紧紧地联结在一起，再也不可能分离了。

此刻，玛丽亚不禁回忆起，有一回，她瞧见一群罪犯排列成长队，被遣送到服刑的地点去。这些罪犯每两个人排成一行，被锁链铐在一起，蹒跚地朝前走着。她和彼特罗如今不正是跟这些不幸的罪人相差无几吗？他们俩被一条情爱和罪孽铸成的铁链系在一起，径直朝着惩罚他们的同一个地点走去。

正像任何一名医生都无法治愈他们的病症一样，任何一名法官都无法判处他们比他们已经蒙受的惩罚更为严厉的惩罚。

这就是作家为这个伤感哀怨的爱情故事刻写的最后一笔，凄清感人而又含蕴深沉的一笔。

不难看出，在《邪恶之路》中，爱情题材的描绘包蕴无比丰富、复杂的情感，愈来愈着重展示爱情引发的戏剧性纠葛，展示罪与悔罪之间的尖锐矛盾以及在内心世界激起的剧烈冲突。作品的伦理性愈来愈鲜明、突出，心理探索愈来愈显露出犀利的锋芒。作家同时又摒弃自然主义的手法，回避直接描写报复的场面。这一切，都是作家思想上、艺术上成熟和自信的标志。

《邪恶之路》仍然流露出浪漫主义的情调，例如，作者不时用纤细婉约的文笔描绘的悲痛、失望、苦恋、梦幻等等。读者在小说中可以强烈地感受到撒丁岛民间传统的魅力。这构成了黛莱达小说抒情氛围浓郁的特色。她对原始的民间迷信的出色描写，展示出了这种迷信具有的神秘的根源，它孕育了撒丁人那种严酷的性格特征。

但是从整体上看，小说的风格是现实主义的，对人物心态、对现实环境、对自然世界……黛莱达所作的种种描画，已消除了早年创作中的奇异的、浪漫主义的情调。温馨的农家生活，四季农家劳作的节拍，清新、静谧的乡村，美妙的田野风光，富于宗法制色彩的古朴的民情民俗，鲜艳多彩的服饰，人物的音容笑貌，都得到真切乃至精细入微的描绘。而这种真切的描绘，全是为了对人物和环境作尽可能真实可信的阐示。因此，《邪恶之路》这部小说既打上了真实主义的印记，又体现了黛莱达独具一格的抒情心理小说的风韵。

黛莱达的另一部长篇小说《埃里亚斯·波尔托卢》，1900年8月至12月在《新文集》上连载，1903年出版单行本。

埃里亚斯是小说的主人公，占据小说的中心位置。黛莱达只是用寥寥数笔勾画了他的相貌与性格特征：一个漂亮和软弱得像女人的小伙子，但却气韵生动地展现了这一性格特征的整个发展历程。

埃里亚斯优柔寡断，很容易受诱惑，他因为早年交上了坏伙伴而锒铛入狱，备尝铁窗之苦。他意识到自己的弱点，因此很警惕，努力避开诱惑他的危险。然而，他出狱之后，偏偏遇上了充满火一样的热情、年轻美貌的嫂嫂玛达莱娜，而且玛达莱娜又向他寻求帮助。此时，他隐约觉得自己再也无力摆脱命运的召唤了。

从小说的第一页开始，黛莱达就描写盲目的、不可遏止的情欲如何摧毁了一切抵抗。这种盲目的、不可遏止的情欲犹如一张编织紧密的情网，心理与道德之网，沉沉地罩住了男女主人公。

作者以简洁的文辞，洗练的笔法，丝毫不加修饰地描写这种情欲。埃里亚斯和嫂嫂之间燃起的汹涌的爱之火焰，势不可挡，这似乎是命中注定的，同它的搏斗似乎是徒劳无益的。埃里亚斯挽救自己的希望越来越黯淡了，他的抵抗也越来越软弱了。

整部小说围绕着这一情欲的轴心展开，其他一切成分都被推移到了次要的位置。在艳亮夺目的情欲之火面前，一切都黯然失色了。从最初的时刻起，男女主人公之间的爱便是陶醉、幸福、希望，同时也是悔恨、罪过、失望。因此，作家便营造出一种甜蜜中浸淫着忧伤、昂奋中蕴含着压抑的氛围。

同《邪恶之路》比较，在《埃里亚斯·波尔托卢》中，罪过的意识更加尖锐，更加痛苦。在男主人公激荡不安的心灵中，罪过意识始终同爱的情感，同其他阴暗、可怕的情感，同邪恶的情感、沉沦的情感，错综纠结。埃里亚斯感觉到，对于他来说，倘使生活的欢悦一旦消失，便将爆发同嫉妒、罪过、悲苦搏斗的内心剧痛，他的心灵世界，他周围的现实世界，便将笼罩着一种令人不寒而栗的黑暗。

埃里亚斯朝沉沦迈出的每一步，都伴随着剧烈的、丰富的内心冲突。值得指出的是，黛莱达是以严峻的道德责任感为尺度，来描绘主人公微妙心态的。她把一个无力自拔、始终被情欲主宰的人思想感情上的起伏，写得波叠浪涌而又脉络清晰。当埃里亚斯和玛达莱娜的目光不期而遇的时候，他们的呼吸仿佛停止了，一种震颤，一种使人头晕目眩的欣悦，使他们飘飘然，忘乎所以。

此刻，情爱在埃里亚斯身上压倒了一切，化为一种梦呓，理性被窒息了，沉默了。一切在此之前被认为是罪过和痛苦的东西，而今他觉得是权利、幸福；一切在此之前唤起他恐惧的东西，而今不可抗拒地强烈吸引着他。

然而，这情欲又是命中注定的，剥夺了他不想再堕入罪过的希望。他觉得，他现在爱玛达莱娜爱得要命，只要一有可能他便会重蹈覆辙，一想到这里，他便害怕得毛骨悚然。如果说在此之前，爱的情欲曾给他带来比死亡更阴暗的痛楚，那末，在现在同恶的搏斗中，情欲已把他牢牢地攫住了，把他像一片树叶那样扔进了旋涡。他的眼睛已然是冷漠的，充斥着恶意，他的脸孔因情欲和罪孽而憔悴、干枯了。

经过苦苦思索之后，埃里亚斯作出了去当神甫的决定。这给他以解脱，使得他在遭受暴风雨侵袭而丧失抵抗力之后，获得了片刻的喘息。如今，他怀着一种圣洁的心情想着玛达莱娜，在这短暂的日子里，他不再感到悔恨、恐惧与厌倦，他的心灵笼罩着宁静。

其实，在他披上神甫的长袍之前，他仍无力割断七情六欲，仍是自己软弱的性格牵制。世俗的爱和圣洁的意念，这两种截然对立的声音时时发生撞击，在他宁静的心湖中掀起波澜。他依然被他那获得满足的情欲，被他那可怕的幸福回忆所吸引，要知道，这是他在生活中获得的唯一幸福。他爱他和玛达莱娜生的孩子，他站在奄奄一息的哥哥，即玛达莱娜的丈夫，众人皆以为是那孩子父亲的人病床前，禁不住黯然神伤，心中苦涩难言。但他又真诚地确信，他虽然希冀哥哥死去，但他绝不被撒旦压倒；他的躯体虽然脆弱，但撒旦绝不能战胜他的灵魂。

哥哥死后，充满诱惑的梦又攫住了埃里亚斯，那甜蜜的、不再是罪过的爱又展现在他眼前。不过，他到底还是战胜了诱惑，抵住了玛达莱娜对他的执拗请求，毅然当了神甫。

然而，尘世的情感仍然藕断丝连，纠缠着他。如果说他对玛达莱娜的情爱已经熄灭，那末，他对儿子的父爱仍然折磨着他，这是一种充满温柔、渴求和嫉妒的爱。玛达莱娜即将再嫁，而他的儿子也将成为另一个男人的儿子，再也不会认他为父亲。孩子的猝死，标志着埃里亚斯终于从尘世的情欲中解脱出来了。在病危的孩子面前，他终于重新获得了他以为已经永远失去的宁静。

他的灵魂得到了净化。

黛莱达以工笔描写之势，把一则爱情故事表现得绵邈深情，凄丽沉婉。读毕掩卷，一缕幽怨犹余音袅袅，它促使读者怀着一颗不平静的心去咀嚼，去思索。

黛莱达透过主人公情感世界的剧烈冲突，在罪过意识的层面上表现了一幕伤感的爱情悲剧，叩动了读者的心弦。但她并不止于这一层面。她又紧紧把握住主人公性格世界的尖锐矛盾，在社会—文化的层面上揭示了意蕴深邃的内涵，升华了小说的思想价值与审美价值。是的，埃里亚斯曾真诚地、不可遏止地渴求爱情和幸福，可是懦弱的性格却迫使他不得不逆来顺受，委曲求全。他曾下定决心，要对旧礼教旧思想拼力作斗争，可旧礼教旧思想却像撒丁岛莽莽苍苍的高山，沉重地压迫着他，逼迫他惶恐地救赎罪过。埃里亚斯是自身懦弱的性格的牺牲品，是撒丁岛千年旧礼教旧思想的牺牲品。这样，撒丁岛的历史与现实，在悲剧性的爱情故事里，在人物复杂与变化的心理云彩的背景上，都投下了浓浓的阴影。

黛莱达以淡雅清冽的笔致叙写这一动人心曲的情感悲剧，洋溢着诗情。她又以清捷秀润的笔触描绘多色多姿的自然景色，充满了画美。在小说中，自然同人物浑融无迹，诗情与画美冶于一炉。自然景色同人物感情一样浓烈。情感在景物中映显出来，不时给景物晕染上各种色彩。这是粗犷的、蛮荒的撒丁岛景色，它像一面广阔无垠的镜子，始终参与和映照戏剧冲突，从而使情感的戏剧获得有力的共振。

《埃里亚斯·波尔托卢》显露了从真实主义向抒情的社会心理小说的过渡。而短篇小说集《变迁》（1912）和长篇小说《风中芦苇》（1913）、《玛丽安娜·西尔卡》，则是完成这一转折后的重要收获。

《玛丽安娜·西尔卡》最先于1915年在《阅读》杂志上连载，同年出版单行本。

黛莱达在这部小说中似乎要对贯串她许多作品的情爱罪过、情爱悔罪的主题予以总结，在更深沉的层次上予以抒情化。

青年西蒙内是落草的强盗，过去是年轻、富有的女主人玛丽安娜的仆人，而且早已深深爱着她。在分离多年后，这一对青年恋人重新见面了。女主人与仆人相恋相爱。情爱是无法抗拒的命运这一命题，在《邪恶之路》中曾经构成全部情节的核心，而在《玛丽安娜·西尔卡》中似乎又再现了。不错，作家铺张笔墨，细吹细打，着意渲染了这一情爱无法圆满实现的悲哀；然而，戏剧冲突的重心，却是落在西蒙内这个被法律排斥于社会之外的强盗的境遇，以及由这一地位而在主人公们内心引发的骚动、激愤和失望的复杂情感上。

故事在两个不同的平面上推进，围绕西蒙内和玛丽安娜这两个遭遇、处境迥然不同的主人公，情节交错展开。西蒙内落草为寇，过着流放似的生活，他的天地是孤静的原野，是蛮荒的不毛之地。这个自由的王国，或遭遇狂风骤雨的侵袭，或在悲凉的辽阔中显出冷寂，或展露出大千世界明朗的美。西蒙内的心境，正同这样的环境与场景丝丝入扣。他忽而觉得，潜伏在他心里的那头残酷的野兽苏醒了，像翻江倒海似的，把他的内心世界搅得不得安宁；他忽而又觉得，他对玛丽安娜的爱是纯洁的，这种纯洁的情感使他的心境趋于平静、开朗。

而在玛丽安娜的内心，情感的种种冲突却深藏于表面的冷漠，深藏于日复一日的漫长相盼，深藏于看似平静实则充满希望、焦虑和恐惧的等待之中。她的岁月，已化作一个等待的梦。

同玛丽安娜此种喜悦的憧憬与忧心忡忡互相交织的心境相呼应，黛莱达描绘出一幅田园诗歌般静谧、透明的风光，就像这对长别离的情人在棚屋中重逢时的场景：夜是那么温暖而明朗，树林上空的星星显得那么亲切，仿佛一抬手就可以把它们摘下来。

周围的一切，青草、树叶、花朵，散发出甜蜜的芳香。作家时而又勾画出阴暗的、好像灾祸即将来临的景象：在空旷的街道那一边，在教堂的暗红色钟楼上空，浮游着一朵像火一样血红的云彩，一切全是昏暗的、血色的，燃烧着一种神秘的火焰。

黛莱达倾力刻画的玛丽安娜，是一个异常丰满的艺术形象。

她以坚毅、果敢的态度捍卫自己爱的权利，坚持爱的选择；各种矛盾与冲突，情绪的变化转换，充斥她的内心世界，使她的内心世界比她外露的情感要丰富得多。她把自己禁锢于爱，禁锢于日益成为痛苦的爱。她感觉到，那痛苦的失去希望的情爱，已经命定地把她和西蒙内连接在一起了。

有人兴许会产生一种错觉，从开卷直到悲惨的结局，《玛丽安娜·西尔卡》是一部静态的小说。事实上，这部小说却因充溢着女主人公内心世界的纠葛而富于不同寻常的活力。无论是玛丽安娜醒悟到自己和西蒙内之间的距离，终于从自己难以实现的梦中苏醒，恐惧突然攫住她的心灵时，还是她暗暗执着地确信，她有能力克服一切障碍，去实现那个等待的梦时，无论是她偶尔沉浸于情感的甜蜜还是她意识到可怕的责任感时，或者两位主人公在悲伤之中都感觉到心灵的创伤难以愈合，生发出重新远远地分离，今生今世再也不要相逢的愿望时，读者的心都始终被女主人公曲曲折折的遭际和叠波涌浪的情感所打动，所震撼。

相比之下，西蒙内的形象不及玛丽安娜那么光彩。他不是那种能赢得人们尊敬，或是让人们害怕的强盗。当局并没有悬赏捉拿他，因为他从来不曾杀害善良的基督徒。他沦为土匪，只是为了帮助清贫的家庭。他平时打家劫舍，只跟真正的落草生涯沾上一点边儿，他倒是打心眼里羡慕那些令人生畏的强人。黛莱达摒弃浪漫的情调，避免把他写成那种残忍而又高尚、赚得少女们暗暗相爱的绿林好汉。西蒙内只是一个平庸的强盗，玛丽安娜爱上他，仅仅是因为童年时代时他们在一起度过了一段美好的时光，因为他具有一种男子汉的美，因为这个从前的仆人爱她这个女主人。

人们记得，在黛莱达的许多小说里，都写到男子汉的美，但在她的早期作品里，这种描写更多地带有一种浮华的色彩，而在《风中芦苇》、《玛丽安娜·西尔卡》等作品里，对男主人公形貌的描写，从人物灰绿色的眼睛到光灿灿的目光，从高挑的身材到灵活而机警的举止，诚然还是那么精细，却不温不火，分寸恰当，显示出深厚的艺术功力。

西蒙内向玛丽安娜许诺秘密结婚，并立即去宪兵队自首，但他后来却不见了踪影。他犹豫了，动摇了，他不甘心为赢得一个女人的爱而放弃自己的自由，他因彷徨、爱和悔恨而沉沦。

主人公们经历的情感冲突，以不同的方式一一展示出来。在西蒙内身上，情感的冲突爆发为焦躁、愤怒；他的言语，他的举止，无一不像是一头苏醒的凶兽猛禽的表现。而在玛丽安娜身上，情感的冲突却得到克制，化为在内心竭力予以遏制的、滴血的痛苦。

西蒙内虽然能把自己全部的爱奉献给玛丽安娜，但是拒绝舍弃自己的自由；既然如此，玛丽安娜只好强忍满腔悲怆，抛弃一片痴情，打碎自己编织的等待的梦，永远地拒绝他，永远地离开他。

在《玛丽安娜·西尔卡》中，对戏剧性的事件和人物的行为着墨不多，这就为景色描写提供了广阔的余地。对山野风光和大漠雄姿的灵动形象的描画，填充了叙述的空白。黛莱达在这儿比在其他任何一部小说中都更加出色地用自然景色来刻画人的心境。上文论及玛丽安娜的情感世界时，我们对此已作了分析。作家笔下大自然的景象，同人物的心态时时处于一种对照而和谐的状态。作家没有花费很多笔墨去描写人物的行为，情节的展开似乎只集中于两位主人公不多的会面，人物的行为浓缩于他们之间简单的，甚至是干瘪的对话，没有任何的虚饰和造作，但书中氤氲着一种暗淡的抒情，一种光与影、纯洁与罪过组合的暗淡的诗。

这部小说的对话写得极具特色。对话同人物的境况，同人物之间的关系，吻合无间。黛莱达没有使用撒丁岛的方言，却通过对话营造出特定的环境所需要的乡土色彩和艺术表现力。玛丽安娜与西蒙内不多的对话，玛丽安娜对父亲的坦白，玛丽安娜对向她求婚的堂兄塞巴斯蒂安诺的回答，都是那么简洁明了，都饱含着浓烈的、感人的激情。借助人物的对话，男女主人公心灵世界激荡的情感风采，他们所怀有的绝望的孤独感，他们痛感用彼此的爱无论如何也难以填补鸿沟的心绪，全都得到了情真意切的描画。

如果说，黛莱达的每一部小说都写了不同的主人公的不同遭遇，那末，在她的全部小说中，还有一个贯串始终的主人公——撒丁岛。

十九世纪末叶，意大利文坛曾涌现出光彩熠熠的乡土作家群体。真实主义大师维尔加、卡普安纳情真意切地描写西西里岛及其品性淳朴而命运多舛的农夫、牧人和渔民；迪·贾科莫凄情感人地抒发了那不勒斯平民的悲愁和期盼；福加扎罗小说的特色在于勾画伦巴底—威尼托地区秀丽的山水和中产阶层的风貌；黛莱达则为意大利文学和世界文学献出了一个伟大的发现，她发现了撒丁岛。

在黛莱达小说的每一页，字里行间无不充溢着撒丁岛的气息。撒丁岛体现于作家描写的人物的言谈、举止和性格，体现于历史、宗教、传统、民俗和自然景色。作家的目光超越主人公生活的破落庄园的围墙，投向苍茫的山岭、瑰奇的河谷，投向辽阔的牧场，那儿笼罩着沉默和孤寂。撒丁岛是贫穷和荒芜的地域，但它是激情和想象的源泉，它激发作家从自身的经历与回忆中汲取艺术的素材。对撒丁岛现实的细微的展现，蕴含着对它的“根”进行自觉的探究，蕴含着对人的命运进行深沉的思索。于是，抒情的语言转化为社会—心理分析的语言，叙述演化为阐释。透过一则则情思浓郁的“撒丁岛故事”，读者分明看到了二十世纪初叶这一历史转折时期撒丁岛的人情世态，以及这个海岛上发生的社会生活升沉运动的微妙轨迹。伦理性是黛莱达整个文学创作的另一显著特色。善与恶的冲突构成作品的旋律，表面看来似有千篇一律之嫌，其实作者是不断地予以开掘、深化的，在艺术表现上愈来愈得心应手。

在黛莱达的作品中，爱情较少作为纯洁的感情予以描写，而更多是作为罪过，作为需要赎罪的感情来展示，由此生发出人同邪恶的诱惑进行斗争。在黛莱达的早期作品中，以爱的激情的描写染上了一层浪漫主义色彩，而在《邪恶之路》中，爱则是作为命定的罪过来表现，主人公徒劳地抗争，对它的妥协终于付出了需要终身救赎的代价。

激情渐次化作一个富有魅力的、令人目眩的噩梦。沉浸于情欲的罪过，乃是既甜蜜又苦涩的陶醉。人永远在同情欲的本能搏斗，力图遏制它们，但很难最终征服它们。这就是人的脆弱性。人如同风中的芦苇，听任命运的摆布。因此，黛莱达作品的伦理性流露出宿命论的神秘色彩。

在黛莱达的小说中，家庭被视为宗教信仰的核心，传统习俗被视为历史的阶段，而社会则严格遵循着荣誉的信条。置身于这种独特的生存环境里，人物成为人的生存状态的象征，人物的性格反映着严峻的社会规范。因此，这些人物具有鲜明的社会属性。在黛莱达的所有人物身上，都展开了一场情爱与道德意识的较量。对于他们来说，情爱又意味着对传统的摒弃，对不可接受的道德规范的叛逆。正是旧传统和社会道德规范把玛丽安娜与西蒙内这样的恋人活生生地拆开了，迫使他们生活于非法的状态。

这样，黛莱达作品的伦理性就显露出了社会批判性。

撒丁岛的大自然是迷人的。在黛莱达的每一部长篇小说和每一则短篇小说里，黛莱达都满怀深情地描绘着故乡的自然景色，它们同她的童年和少年时代的撒丁岛千丝万缕地联系在一起，是那么清晰而亲切。险峻的山峦，干裂的荒野，青翠的牧场，并不是在作家的笔下作静态的、平面的展现，而是同馨香四溢的森林，涓涓流动的河水，絮絮私语的芦苇，婉转啼鸣的鸟儿，相映成趣。

黛莱达的主人公们，在撒丁岛的大自然中诞生、生活、劳作，他们植根于这个环境，就像是在这块土地上播种和生长的植物，又好像巍峨的峭壁，依附于高山，构成崇山峻岭的一部分。黛莱达描画的人物，其实也就是自然的活生生的形象，而自然则又是人的真切的肖像。自然景色，连同人物的情感、人物的情欲，一起成为故事结构的重要元素。人物同自然完全水乳交融，浑然一体了。

《埃里亚斯·波尔托卢》中人物忧伤的欣悦和悔罪的痛苦，在大自然的景色中得到了出色的反应和呼应。在《风中芦苇》中，故事的伤感结局，由于对人物的心态与景物的异常和谐的描绘，而具有格外感人的力量。在《玛丽安娜·西尔卡》中，自然景色犹如一支如泣如诉的乐曲，时而高昂，时而低回，淋漓尽致地衬托出人物的心绪。在这里，自然景色不只是抒情性的，而且是道德化的，它伴随和突出了人物的情感和意识历经的一波三折的痛楚。

在黛莱达描写的自然景色中，一轮明月总是不可或缺的。在她青年时代的作品里，月光俊俏动人，具有浓郁的田园诗的情趣。而在她创作盛期的小说里，作家则赋予月亮更积极的使命。

月亮是大自然的精灵，它温柔、宁静，它使人物内心喷涌而出的激情得以平息；它用自己皎洁、清朗的银光荡涤人和自然，使他们获得精神上的净化。月亮，犹如亲密的朋友，给予被七情六欲折磨得好苦的主人公以温馨的慰藉，令其精神振作。黛莱达的一支纤丽画笔，把自然的物境同人物的心境绝妙地糅合起来，加以委婉舒徐的刻画，在浓郁而典雅的抒情氛围中，透过人物内心世界的冲突，凸现了社会—道德的冲突。

意大利权威的文学史家莫米利亚诺教授对黛莱达的艺术成就作了精辟的总结。他把黛莱达同陀思妥耶夫斯基相提并论，认为她是“勾画苦难的精神历程的伟大诗人”。

1991年是黛莱达诞生120周年。经历了长久的隔离之后，这位撒丁岛女作家终于漂洋过海，千里迢迢，来到了中国。漓江出版社和译文出版社今年不约而同地出版她的代表作《邪恶之路》、《玛丽安娜·西尔卡》和《风中芦苇》，便是我国读书界向黛莱达奉献的一份诚挚而宝贵的情谊。

皮兰德娄戏剧的魅力

西西里岛最南端的阿格里琴托城郊。蔚蓝色的大海静悄悄的。

海边耸立着一棵苍劲、挺拔而又孤独的松树。一座简陋的两层楼房，墙上钉着一块铜牌："皮兰德娄故居"。

谁也不曾料到，114年以前在这个穷乡僻壤呱呱坠地的一个小生命，日后他仅凭一支软软的羽笔，便惊世骇俗地揭露出一个时代的危机，把那个世界搅得不得安宁。

皮兰德娄生活于十九世纪与二十世纪之交。那是个充满危机的时代。意大利民族复兴运动追求的自由、民主、博爱的美妙理想毁灭了，理性和人道的信念沦亡了，取而代之的是人欲横流，弱肉强食，人的价值被降到了极其渺小、可怜的地步。

皮兰德娄便是那个充满危机的变革时代的代言人。

在前期的短篇小说和长篇小说中，如《一个，十万个，什么也不是》、《已故的玛蒂亚·帕斯卡》，已经可以见出皮兰德娄后来的戏剧创作的主要特征，即富于人道精神和悲剧意蕴的题材，反对资产者的批判意识，对更加自由、更加合乎情理的生活的渴求，怪诞的戏剧构建模式。而皮兰德娄的戏剧，则把这些特征加以张扬，推到极致，达到了空前的高度。

皮兰德娄是戏剧革新家。

辩证法，是皮兰德娄用来革新戏剧的武器。在他以前，戏剧只是努力把现实作为既成的事实予以反映，但皮兰德娄却引进了不再是静止地，而是辩证地考察现实的观念。在他看来，我们的物质生活和精神生活中，没有任何东西是固定的，绝对的，终结的，一切都在变化，一切都在消逝，一切都处于不停歇的运动之中。于是，延续了千百年的形而上学的思维定式，被辩证法无情地打碎了。

幽默主义，是戏剧革新家皮兰德娄的诗学。他认为，人们的生活状态是悲惨的，绝顶糟糕的；然而，人们往往给自己制造幻觉，或者欺骗自我。于是，皮兰德娄嘲讽他们，谴责他们，解剖他们，向人们展示其生存状态的荒唐，展示冷酷的现实与充满热情的幻觉之间的对立，从而让我们看到人与事物的另一副面孔，透视到它们的反面，并把这另一副面孔扭曲到丑陋的，使人啼笑皆非的地步。透过人与事物的常见的，却是虚假的面孔，或者说正面，去揭示其丑恶的，却是真实的另一副面孔，或者说反面，暴露其真相与本性，这就是皮兰德娄的幽默主义。这是辛酸的、黑色的“幽默”！

由此，皮兰德娄的幽默主义是悲剧性的，它揭示人际关系的虚伪，揭示人的本质的两重性，揭示自我的两副面孔的不可调和的矛盾，揭示个性的无可救药的孤独。

皮兰德娄作品中的人物，并不追求爱情、财富、权力、享乐。他们的人生目标，仅仅是寻找自我，寻求生活的本来面貌和本质，寻求“为什么？”他们饱受折磨，因为他们彼此注视，但他们互相看不见；他们彼此交谈，但他们互相听不见；他们之间无法建立兄弟般的亲善关系；因为他们都带着假面。这便导致了人的本质的分裂，使人从“一个”，沦落为“千万个”，最后又“一个也不是”。

皮兰德娄在剧作中塑造的人物，其出身、经历、社会地位各不相同，但他们无一不是悲剧性的人物（《亨利第四》中的亨利第四,《六个寻找作者的剧中人》中的父亲、继女,《寻找自我》中的朵娜塔,《给赤裸者穿上衣服》中的艾西丽娅,《高山巨人》中的伊尔丝），因为他们不懂得幻想，不懂得自欺欺人，而天真地耽溺于希望。他们还没有来得及摘下假面，去认识自我，认识别人，他们就已经沉沦，而且是永世的沉沦！

皮兰德娄对荒唐的生存状态的牺牲品——人，痛楚地一掬同情的泪水。他断然撕下置身于可怕的现实中的人们用来伪装自己的假面，赤裸裸地暴露出被假面掩盖的自我与人性。《赤裸裸的假面》，正是皮兰德娄给自己的戏剧全集所取的意味深长的名字。

皮兰德娄的剧作，从一方面看，抨击一切既成的、固定不变的事物、社会关系，是对一切束缚、禁锢、窒息人的自由发展的力量发出的控诉，是决裂，是叛逆，是反传统。从另一方面看，他的剧作又表达了人们新的文化、道德、社会要求，表达了人们对真与善、爱与人性的追求。

皮兰德娄意味深长地把自己的戏剧称之为“镜子剧”，因为人们在他的剧作中看到了不带假面的生活，看到了生活的真相与本质。读者、观众和演员在皮兰德娄的剧作中看到了实实在在的自我，就像在一面镜子前看到了原本的自我一样。他们怀着好奇与不安的心情打量自己，常常发现镜子里的自我形象受到了歪曲。不过，他们终究认识了自己那尽管受到扭曲，却是真实的形象，它不同于自己一直一厢情愿地假想的形象。

谈及皮兰德娄，不由得联想到中国大文豪鲁迅。阅读皮兰德娄的剧作，或者在剧场观看皮兰德娄戏剧的时候，常常会萌生类似阅读鲁迅的《阿Q正传》或其他作品的感受。读者、观众和演员一起，注视着皮兰德娄，他就像鲁迅一样，手执一柄锐利的外科手术刀，以出奇的冷静，把生活的假象，把一切丑恶的东西，一层层地剥露开来给众人看。

皮兰德娄与鲁迅，天各一方，相距万里，他们从来没有谋面。但他们是同时代人，他们都是自己时代的代言人。不妨说，他们是精神上的兄弟。

肤浅的读者、观众不免会觉得皮兰德娄的戏剧过于艰涩、复杂和沉重。因为，延续了数百年的戏剧框框，被皮兰德娄破除了。

他的戏剧不再像以往那样要求曲折的情节，也不再以情节的发展线索作为主线，也不再像传统戏剧那样讲究完整的故事，一步步开展情节。皮兰德娄掐断了情节发展线，使情节散乱，需要读者或观众通过自己的思考去连贯。

观众看戏一向重娱乐轻思辨的积习，也被皮兰德娄摒弃了。

皮兰德娄以批判意识、现代意识作为其戏剧主线。他对剧作家、导演和演员，甚至观众，都提出新的要求。他要求剧作家、导演和演员要有批判意识，他们不是向观众讲一个悲欢离合、多情善感的故事，而是作为一个批评家，同时又是一个诗人。观众看戏，也不再是一种茶余饭后的消遣行为，而是要积极参与，就像面对镜子，既照见别人，又反观自己。

如果我们阅读和观剧的时候能够投入自己的心灵与思辨，如果我们能够把目光透过表象，那么，我们就不难发现，皮兰德娄的旨趣是要引导我们走进人的精神的迷宫，是要向我们展示生活与形式、现实与虚幻、正常与反常之间的矛盾，我们也就不难体味到皮兰德娄戏剧的魅力了。

1991年初春

卡尔维诺小说的神奇世界

在二次大战后的意大利文学史上，依塔洛·卡尔维诺，无疑是一个富于无穷魅力的名字，是一种雄奇浩大、独具风姿的文学现象。

如果说，莫拉维亚擅长以冷静的笔调，细微的描叙，把那个五彩缤纷世界的荒唐、反常的特质，以及人与现实、人与人之间可悲的畸形关系，入木三分地刻画出来；如果说，夏侠的不同凡响之处，在于他目光敏锐，笔锋犀利，透过西西里这个天地里的种种灾祸苦难，对意大利最微妙、最尖锐的社会政治问题，对黑手党的种种罪孽，痛下针砭；那末，卡尔维诺则是作为一位始终孜孜不倦地探索与创新的艺术家，彪炳于当代意大利和西方文学史的。

卡尔维诺一生黾勉从事，笔耕几近四十载，在创作（著有长篇小说、短篇小说集、童话集、文艺评论等22部）和编辑（历任权威的文学杂志《梅那波》、《工艺》主编和多家出版社的文学顾问）两个领域，都取得了令闻广誉的成就。他对文学始终不渝地怀着一腔苦恋似的情愫，把他对人生和现实的执着信念，饱含痛楚的哲理思索，倾注于文学。他的每一部作品风格迥然，但无不闪耀着对艺术异常严肃而又无比大胆的探索精神的奇妙之光。这，使得卡尔维诺在战后思潮迭起、流派纷呈的文坛上，始终卓荦而立。他在世界文学的影响，有人认为已经超越了长他一辈的莫拉维亚，后来居上；至少可以说，他是一位同莫拉维亚并驾齐驱的大家。

卡尔维诺在文坛的头一次亮相，是在战后初期意大利社会动荡不安的1947年，推出他一鸣惊人的处女作《通向蜘蛛巢的小路》。

当时，卡尔维诺年方二十四岁。但历史的车轮已经在这名青年的人生旅程上辗出了深深的辙印。德国纳粹的入侵，打破了他一心想当文学家的梦想。他加入了游击队。反法西斯抵抗运动迎来胜利的时候，他告别了战场，重返高等学府，去寻觅与实现他失落的梦想。他矻矻终日，有志竟成。在两年的时间里，他不仅提前修完了文学系的全部课程，完成了一篇论康拉德的出色的毕业论文，而且献出了他的《通向蜘蛛巢的小路》，叩开了文学殿堂的大门。

这是一部描写作家亲身经历的抵抗运动的小说。然而，卡尔维诺没有把《通向蜘蛛巢的小路》写成当时流行的自传体或回忆录式的作品，他有意识地突破了一般写抵抗运动小说的题材套路。

他自辟蹊径，透过一个被邪恶腐蚀的少年皮恩的遭际与感觉，困惑与成熟，来写抵抗运动。

在卡尔维诺的笔下，皮恩和游击队里同伴们的身上，不乏种种放浪形骸的恶习和原始的本能。然而，他们就像意大利大诗人但丁的史诗《神曲》描写的那些炼狱里的灵魂，他们犯有各种过失，但可以得到宽恕和拯救，而且，他们正在接受“炼狱之火”的洗礼，荡涤邪恶，认识自我，艰难地却又是一步一步地走向善良与光明。

这样，卡尔维诺以抵抗运动为背景和契机，以别一种艺术方式，把主人公的遭际、体验，以及个体的命运，升华为对人的价值的领悟，从现实的形象的感受，升华为对历史的形而上的思辨，或者说，在历史之光的观照下，对社会现实进行哲理的求索。

卡尔维诺擅长采用童话的艺术形态阐发抽象的哲理。他对童话也确实有着浓厚的兴趣和精湛的研究。在他一生写作的二十二部各种体裁的文学作品中，就有一部煌煌巨著:《意大利童话》(1955)。

钟爱童话这一艺术形式的卡尔维诺，自然也谙熟童话的象征与手法。他以为，童话既是任凭想象插上翅膀，纵横驰骋的幻境，又是生活真实的艺术再现；寓意和诗意，哲理和美，正是在童话里才获得奇妙的融合。

我国读者熟悉的《我们的祖先》三部曲(《分成两半的子爵》、《树上的男爵》、《不存在的骑士》)，就是体现卡尔维诺这一审美主张和艺术特色，采用童话的特征与手法的代表作。而中国公众比较陌生的《宇宙奇趣》(1965)，则是卡尔维诺另一部洋溢着童话情趣的作品。

《宇宙奇趣》由十二则短篇组成。作家在这儿把童话与科学糅合了起来；他的兴趣似乎在于研究宇宙学，探讨宇宙与生活的起源，社会的进化。每则短篇的开头都援引一段关于宇宙学的学术论著。一个名叫Qfwfq的生物，贯串这12则故事。他充满神秘的色彩，他的名字Qfwfq谁也无法拼读出来，不过反正顺着读倒着读都是一个样儿。他犹如童话里奇妙的精灵，最先出现的时候是个软体动物，随后进化为恐龙，最后变成了人。

Qfwfq跨过遥远的时间和空间，向我们走来，颇像人类最古老的祖先；然而，他的举止、谈吐、行动和思维，又俨然是一个现代人。Qfwfq也会谈情说爱，但他在恋爱中体验到，他和恋人其实并不存在，只不过是先祖们的再现罢了。Qfwfq很严肃地探讨人类的繁衍问题，但得出的结论却是悲观的：在混沌的大千世界，一个新生命的诞生，全靠死亡，而死亡愈多，生命愈众，其实也就是灭绝。

Qfwfq不禁使我们想起《我们的祖先》三部曲中的“分成两半的子爵”和“不存在的骑士”。卡尔维诺借助这一最有浓郁的童话色彩、科幻色彩的人物，表述了现代人无可救药的孤独、失望，彼此无法沟通的痛楚，表达了对现实的紊乱、倒退与阴差阳错的冷峻的哲理沉思。

由此，《我们的祖先》和《宇宙奇趣》纵然放弃了传统的写实手法，采用童话的艺术形态，但时代的色彩仍然构成作品的底色。

童话里的幻想世界，实际上是现实世界的投影；迷茫、扭曲与异化了的现代人的挣扎与追求这一深刻主题在童话与现实的交织中，得到淋漓尽致的体现。

卡尔维诺是一位不甘于墨守成规的作家。他从不重复自己。他的每一部作品，都绝不重复前一部成功的作品，而是一次新的艺术探索，都是对自我的突破与超越。1979年问世的《如果一个冬夜，一个旅行者……》（又译《寒冬夜行人》），就是作者对小说艺术的新试验、新开拓的成果。小说在意大利文坛刮起了一股旋风。

一时间，报纸、刊物、电台、大学讲台，都纷纷议论这部作品。一些大学文学系甚至临时调整教学课程，把它列为专题讲授和研讨的课题。

这部小说的艺术价值，首先在于它的奇特的结构形态，在于对小说艺术模式的挑战。

卡尔维诺是怀着强烈的愿望来破除旧有的小说模式的，在他看来，小说的形式，如同一台机器，作家尝试着把这台机器的零件一一拆卸下来，尔后采用另一种方式，予以重新组装。拆卸，表示一种破坏；而组合，又意味着更高层次上的创造。

引入时间零的观念，作为构建小说新模式的理论基础，可以说是卡尔维诺在这部小说中的独特创造。在一篇题为《你和零》的论文里，卡尔维诺对时间零的观念作了颇为精彩的阐述，就小说的艺术模式阐发了一种异常独特而又饶有兴味的观念：

猎人去森林狩猎。突然，一头雄狮张牙舞爪，向猎人扑来。猎手急忙挽弓搭箭，向狮子射去。雄狮纵身跃起。羽箭在空中飞鸣。

这一瞬间，犹如电影中的定格一样，呈现出一个绝对的时间。卡尔维诺把它称之为时间零（T_0）。

这一瞬间以后的事态发展，存在着两种可能性。狮子可能张开血盆大口，咬断猎人的喉管，吞噬他的血肉；也可能羽箭射个正着，狮子挣扎一番，一命呜呼。但那都是发生于时间零之后的事情，也就是说，进入了时间一（T_1），时间二（T_2），时间三（T_3）……。至于狮子跃起与利箭射出以前，那都是发生于时间零以前，即时间负一

（T_{-1}），时间负二（T_{-2}），时间负三（T_{-3}）。[①]

依照卡尔维诺的看法，传统的小说大都致力于苦心经营故事情节的发展机制，描写它的来龙去脉，即着意描写T_{-1}，T_{-2}，T_{-3}（即所谓故事的“来龙”），并铺张笔墨，描叙T_1，T_2，T_3（即所谓故事的“去脉”），交代故事的结局。也就是说，传统小说依靠情节来吸引和打动读者，遵循的是线型的因果关系。

岂止传统的小说家是这样，一般的读者也醉心于此，只注重看有头有尾、情节曲折的故事，乐此不疲。而卡尔维诺却以为，唯有时间零才是最重要的、最令人感兴趣的时刻，是作者和读者最该注意的时刻。这一绝对时间，就其内涵来说，是最富意蕴、最为深刻的，不妨说，它本身就是一个无比丰富的“宇宙”。[②]

《如果一个冬夜，一个旅行者……》(《寒冬夜行人》)，便是卡尔维诺在《你和零》中阐发的这一观念的艺术体现，便是实现其时间零理论的一部小说。

卡尔维诺在这部小说中只热衷于营造时间零，而有意忽略这绝对时间之前和之后的时刻。小说的每一章的结局，都像电影中的定格，呈现为时间零（T_0）。而对于下一章，它则转化为时间负一（T_{-1}）。同样，小说的再下一章又呈现为时间零（T_0），而前面两章对于它则分别转化为T_{-1}，T_{-2}。小说的两位主人公“读者”与“女读者”像磁铁吸石一般被驱引着不停地去寻求小说的下一章，即追寻T_1，T_2……

由此，这部作品乍一看来像是十个独立的短篇小说的组合，但骨子里这部作品中每一篇的开局又都与另一篇的结局紧密勾连，步步深入；而从总体构架看，全书的开局与结尾又呈首尾呼应，互相衔接的态势。不妨说，这部小说从里到外，从头到尾，从局部到整体，都具有异常严谨的结构形态，蕴含着内在的凝聚力。作者与读者之间也产生一种特殊的引力。

这样，卡尔维诺在小说中不断营造时间零的结果，便是不断向读者提供新的阅读层面，使阅读不致成为一种纯粹的关注情节发展的消遣，而化为一种不断探寻，不断再创造的过程。作家在全书末尾重新出现，自然就站在新的高度上，带领读者继续着新的阅读，新的思考。我们由此不难体味小说变幻奇谲的结尾所蕴含的力量，不难领略作者在营造小说开局时所表现的匠心独具，对小说艺术模式的开拓价值。

同这种时间零的观念相一致的，是作家在小说中刻意安排的人物形象。作家与读者之间的传统关系被摒弃了。读者不再是旁观者，而是自觉的参与者，并成为贯串十篇小说的主人公，成为整个作品的主体。小说中的女主人公——“女读者”柳德米拉，不由得让人们联想起大诗人但丁笔下的贝娅特丽丝，她是《神曲》中带领但丁幻游天堂的向导。我们也不妨说，柳德米拉就是这部小说的贝娅特丽丝。因此，“读者”与“女

① 卡尔维诺:《你和零》，都灵，埃依纳乌迪出版社，1978年，第105—112页。

② 同上，第116页。

读者”不只在全书的结构上发挥了串连组合的作用，而且又促成一种强烈的光合效应。他们既是小说的接受者的代表，又是小说的创作者的化身。读者的主体意识和作家的主体意识在这里合二而一，读者成为作家的艺术、思想追求的体现者。

卡尔维诺的小说，以一种特殊的艺术力量，以新颖诡奇的艺术形式，营造了一个异常多姿多彩、无比神奇的世界。

探究光怪陆离的西西里
——评夏侠黑手党题材小说

毋庸置疑，黑手党是意大利最独特、最敏感、最引世人注目的问题。世界各地的通讯社、电视、广播，几乎没有一天不播出跟黑手党相关的新闻。时至今日，人们围绕黑手党撰写了无数的著作，其中不乏读起来饶有兴味的书籍，或者堪称精深博大的学术著作。一位西西里作家甚至写了一部喜剧，那简直是一份为黑手党涂脂抹粉的辩护书。而在蔚为可观的文学作品中，竟然没有一个人胆敢触及黑手党问题。只有一个人这样做了。他就是——夏侠。

夏侠以写西西里黑手党和政治题材小说而跻身文学大家之列，其声誉远远超越了西西里和意大利，其影响则大大超越了文学领域。夏侠获得如此的成就，不是偶然的，也不是一步登天的。

意大利动荡而微妙的社会、政治环境，经年累月扎根于西西里故土而汲取的滋养，坚定的人生信念，执着的艺术追求，当是造就夏侠的成长与成熟的不可或缺的因素。

一

莱奥那多·夏侠（Leonardo sciascia，192l—1989），是西西里人，他的家乡是位于这个岛屿最南端，也是整个意大利最穷困、最偏僻的阿格里琴岛地区的一个小镇，名叫雷加尔穆托。他的家庭是世代矿工之家，祖父当过硫矿的工人、工长，父亲也一辈子跟硫矿打交道。在故乡度过少年时代以后，夏侠进入省会卡塔尼塞塔的师范学校就读。1941年，年方二十的夏侠回到雷加尔穆托，进入一家粮食收购公司当职员。在长达八年的时间里，他有机会熟悉小城方方面面的生活，接触小城形形色色的人物。

1949年，夏侠执教于家乡的一座中学。平静的校园没有能够使他胸腔中一颗年轻、躁动的心平静下来。他深深感到痛苦。他是位教员，但他觉得，他同宪兵、官吏等政府的其他“工具”相去不远，政府赐给他们面包，他们便沦为那些为害贫苦人民的骗子的同谋。1956年，他毅然辞去教职，到省教育局工作。翌年，他迁居西西里首府巴勒莫。

在西西里生活的二十六个春秋，对夏侠日后的创作，无疑发生了重要的影响。他对西西里岛的风土人情，人世沧桑、新旧交替，有了异常深切的体验，获取了丰富的创作素材。雷加尔穆托、阿格里琴托、塔尼塞塔、巴勒莫，这些留下了他的人生足迹的地方，日后成了夏侠笔下那些动人心魄的善良与顽恶较量的场所；他异常了解、稔知于心的矿工、教员、官吏、豪绅和三教九流的人物，后来都在他的作品中粉墨登场，演出了一幕幕历史活剧。

夏侠从小酷爱文学，当然，穷乡僻壤和寒素之家难以满足他对知识的渴求。他便利用一切可能的机会，如饥似渴地阅读意大利古典和当代文学作品，广泛涉猎法国、俄国、美国文学。他阅读文学作品，绝不是仅仅出于兴趣，相反，他把书籍当作良师益友，以求通过阅读获得认识人生、理解现实的裨益。后来，他曾以不能自已的心情回顾这段经历：

“我常常被一种不可遏制的愿望所驱使，渴求从每一样事物的内部来认识事物。对于我而言，每一个人，每一件东西，全都犹如一部书，可以摊开于书桌上，任意翻阅……我一旦把它打开，一个世界便霍然呈现于我的眼前。”①

正因为这个缘故，夏侠特别推崇皮兰德娄、维尔加、德·罗贝托、布朗卡蒂等西西里作家。这些文学先辈和同乡的作品，帮助他开阔视野，升华认识，掌握揭开西西里扑朔迷离的现实的钥匙。

夏侠的文学创作始于四十年代末。打一开始，他便是怀着一种虔诚、热烈甚至痴迷的精神拿起笔杆的。他对此有一段生动至极的叙述：

“我对写作坚贞不二地倾注了一腔爱恋，我甚至爱上了那些供写作用的一切工具。孩提时代，我便喜爱练习簿、钢笔、铅笔、墨水。我这样频繁地使用这些东西，以至现在回忆这些往事，我似乎又嗅到了墨水的气息。兴许，我当真喝过墨水呢。几个月以前，我看到斯丹达尔用过的一个烟盒，从里到外密密麻麻地写了字；我油然想起，当我开始写作的时候，没有一样我伸手可及的东西、木片、废纸，不是被我写满了字的。”②

夏侠最早的作品是1950年发表的《独裁者的童话》。这部闪耀着反法西斯精神的童话，没有引起批评界应有的重视。随后问世的《雷加佩特拉教区》（1956）、《西西里大

---

① 卡塔涅依：《夏侠》，莫尼耶尔出版社，1979年，第54页。

② 安布罗依塞：《夏侠》，墨尔西雅出版社，1978年，第56页。

叔》(1958)，是夏侠蜚声文坛的力作。

《雷加佩特拉教区》从作家自身的经历的生活中撷取素材，对西西里的日常生活和社会风情，予以真切的描摹。这儿既有对岛屿历史的回顾，也有对外省小城生活的描叙，而透过这些回顾与描叙，则流露出对过去和现今的统治者的罪责以及为此付出的代价所进行的沉痛的反思。

《西西里大叔》是一部中短篇集。其中的《四八年》是篇历史小说。作者采用倒叙的手法，把目光投向十九世纪中叶的西西里，着意描绘民族复兴运动在这块大地上掀起的洪波巨澜以及社会生活发生的变故，成功地塑造了在这场历史风暴中亮相的各式人物的形象，把封建贵族极端腐朽的真相昭示于众，表达了南方平民的失望情绪。小说借鉴了德·罗贝托反映民族复兴运动的名作《总督》(1894)，但又以新的眼光来审视和剖析历史，反照现实，因而又比作《总督》高出一筹。

集子中另一则中篇《安蒂莫尼》以夏侠十分熟悉的西西里硫矿工人为主人公。面对矿井地狱般的生活，面对赤贫和死亡的威胁，主人公不得不告别矿井，宁愿选择任何别的生活方式，哪怕是战争。于是他志愿去西班牙，参加反对西班牙共和国的战斗。战争是炼狱之火，驱除了他的迷误，洗涤了他的灵魂，他终于明悟，他事实上是在同跟他一般的兄弟厮杀，他的枪口瞄准了西班牙的矿工、雇农。

集子中还有一篇《斯大林之死》，表现二次大战后动荡不安的岁月里，西西里人经历的苦难的思想历程。

无论是把目光投向历史，还是投向西班牙内战，但都是殊途同归，立足当今。《西西里大叔》折射出对西西里故土和同胞的现状进行检讨和剖析的理性之光。

《雷加佩特拉教区》和《西西里大叔》的价值在于，作为夏侠文学活动的成名作，它们概括了作家后来在其他作品里以不同的形式予以表现的所有主题。或者，正如作家本人所坦言：

“我的第一部小说《雷加佩特拉教区》概括了我后来在其他作品里以不同的方式予以表现的所有主题。……我的所有作品，其实就是一部作品。这是一部关于西西里的作品，它触及既往和现今的各种令人痛心疾首的问题，它不啻是部理智不断遭遇挫折的历史，是那些在挫折中被打倒和毁灭的人们的历史。”①

从此，着力描绘西西里的历史与现状，展示在这块古老、美丽而又贫苦、落后的大地上发生的善与恶的残酷搏斗，便成为贯串夏侠创作的一根红线。

---

① 夏侠:《雷加佩特拉教区》1967年版自序。

二

六十年代，西西里迎来了迟到的工业—技术起飞。急速而紊乱的发展，加剧了西西里同北方原已尖锐的差距和矛盾。西西里陷入了异常复杂的、令人失望的境地。如今，它既同第一世界共处，但又面临第三世界的问题。它从表面的、无关宏旨的进步中获得好处，同时又遭受古老的和新生的弊病带来的双重痛楚。

原先以农村为大本营的黑手党，以此为契机，一举打进了城市，打进了金融、工业和政治领域。黑手党在一些地区窃取了政权，一些国家政权机关同黑手党同流合污。同政治权力的结合，使黑手党比以往任何时候都更具有危害性，使它的罪恶活动在大红伞的保护下，比以往任何时候都更具有隐蔽性，也使同黑手党进行的斗争比以往任何时候都更具有艰难性和危险性。黑手党不啻是附着于意大利社会肌体的要害部位并恶性扩散的毒瘤。

正是从六十年代起，在上述社会政治大背景下，夏侠的创作步入了一个新阶段，发表了为他赢得世界声誉的黑手党和政治题材系列小说:《白天的猫头鹰》(1961)、《各得其所》(1966)、《前因后果》(1971)、《千方百计》(1974)等。这些小说都以西西里为背景，用机锋犀利的笔墨，揭发黑手党在其巢穴西西里的猖狂肆虐，统治阶级的恣睢腐败以及同黑手党的狼狈为奸，从而准确地捕捉和深刻地展现了这一特定的历史时期的本质特征。

《白天的猫头鹰》，是夏侠黑手党题材系列小说的第一部。

小说以宪兵上尉贝洛迪受命侦查黑手党杀害一名不愿对他们俯首听命的建筑合作社经理的案件为贯串全书的情节线索。贝洛迪曾参加反法西斯抵抗运动，当过游击队员。他为人正直、刚毅，还透出几分机敏。经过周密的侦查，案情终于水落石出，凶手是马尔吉卡。贝洛迪打破了从凶杀案发生的那一刻起罪犯们便精心建立的攻守同盟，获取了凶手及其唆使者的供词、罪证。然而，在他返回家乡帕尔玛休假时，黑手党组织反扑，阴险地制造了罪犯不在犯罪现场等种种伪证，使形势急转直下，贝洛迪前功尽弃。

案件出乎意外的结局似乎在向人们提示：代表司法力量的贝洛迪上尉失败了。顽恶战胜了善良，黑手党的法压倒了国家的法、社会的法。贝洛迪面对的不只是一个马尔吉卡或者几个唆使者；他面对的是知情人和周围的人的恐惧和冷漠，他们的眼睛、耳朵和嘴巴全都闭上了；他面对的是黑手党同政界的沆瀣一气。这一切，组成了一道铜墙铁壁，横亘在他的面前。他孤军作战，同这铜墙铁壁撞击，注定要碰得头破血流。

宪兵上尉贝洛迪的形象，极富说服力地表明，比西西里的物质贫困更严重、更可怕的，是西西里精神、道德的贫困。贝洛迪与其说是在侦查一件凶杀案，毋宁说是为着疗救西西里精神、道德的贫困而行动。

小说结尾，宪兵上尉贝洛迪毅然决然地表示，他热爱西西里，纵然他不是西西里人，但他将义无反顾地返回西西里。他大声说道："我宁愿在那儿碰得头破血流。"这是掷地有声的誓言，表达了作家和一切正直者的信念，诚然上尉清楚地意识到，在西西里，等待他的绝不是胜利，但这无关紧要。

《白天的猫头鹰》问世后五年，夏侠推出另一部黑手党题材的力作《各得其所》。

一位名叫拉乌腊纳的中学教员，无意中发现一起黑手党谋杀案的线索，出于好奇心，也出于正义感，不知不觉地去追踪案件的底细，结果惨遭黑手党的杀害。

夏侠在这部小说中有意识地超越侦查和破案的情节范畴。诚然，他的主人公拉乌腊纳身不由己地卷入了凶案的调查；然而，作家更多地关注的是主人公在侦查中同社会生活发生的关系，而不是侦查本身；换句话说，夏侠是借主人公进行社会调查。夏侠仅以简峭、凝练的笔触交代情节纠葛的发展，而倾其全力进行社会深层的探究。

夏侠选择他的家乡阿格里琴托地区为故事展开的舞台。透过精细入微地予以描绘的各个情节场面，读者分明看到了黑手党及其利益渗透到社会生活的各个领域的情景。一切都没有改变。一切又似乎都在改变。但夏侠小说的鞭辟入里之处在于：它揭示了西西里发生的一切变化都只是表象，一切都没有改变才是本相。这不由得令人想起另一位著名西西里作家兰佩杜萨在历史小说《豹》中，揭露十九世纪下半叶封建贵族为了对付民族复兴运动的革命高潮所采取的策略："一切都改变，为的是什么都不改变。"二十世纪六十年代的黑手党，继承了一个世纪前老祖宗的衣钵，也祭起了"以万变求不变"的法宝。可不，如今西西里在经济技术发展的推动下，似乎开始发生了最初的变革，而骨子里，所有的人和物都继续禁锢于不可动摇的成规之中。西西里继续以其不可改变的面貌凸现于读者的眼前。邪恶与阴谋，愚昧与沉默，编织成一张古老的、密不透风的、可怕的罗网。拉乌腊纳便是自投罗网。

拉乌腊纳是一座古典中学的意大利语和历史教员。他生活孤独，性格执拗。他半好奇半打抱不平地卷入了这宗案件。夏侠把调查凶案的任务交给了一位教员，而不是国家司法机关的代表。读者在小说中看不到司法机关的运作，而只见一个像当年的夏侠一样的中学语文教员，一个知识分子在履行这项职责。个中缘由不言而喻。在夏侠看来，司法机关在西西里的较量中失败了，因为司法机关竭力维护西西里的封闭落后和沉疴恶疾。

拉乌腊纳并不是一般侦察小说中习见的私人侦探。他要去解决司法机关无力也不愿去解决的难题。他天真而又坚定地扮演着执法官的角色，单枪匹马地向扑朔迷离的案件挑战。拉乌腊纳从意大利文学和诗歌中获得的聪明才智，是他唯一掌握着的斗争武器，何况他又太过单纯圣洁。而黑手党分子则完全隐去了他们一贯的耀武扬威的模样，退居幕后，成为一种幽灵，在暴行和恐怖的掩护下干着见不得人的勾当。拉乌腊纳遇到了不可逾越的障碍。他显然是不自量力，这便注定了他的失败。

夏侠赋予了这个人物一切只有职业警官才应具有的特征，因此，拉乌腊纳的原本个人的、偶然的行为，便具有了典型的意义。他成了黑手党的罪恶与司法机关的无能的替罪羊。他的下场比《白天的猫头鹰》中慨然表示"我宁愿在那儿碰得头破血流"的贝洛迪上尉更加悲惨。他无法理解这个与他异己的世界。周围的人几乎打凶案发生之时起就明白了一切，或保持沉默，或订立攻守同盟。只有他一个人蒙在鼓里，"是个糊涂虫"，仍然执迷不悟地去调查，去追究。这沉默实际是默许和纵容黑手党及其罪恶活动。拉乌腊纳自然无力打破沉默、阴谋和攻守同盟的坚冰，反倒被这坚冰压垮了。堂卢易吉在小说结尾说的那句话——"他是个白痴……"——似乎成了他的墓志铭。他的横卧在一座报废的硫矿渣滓堆上的尸体，因而具有了蕴涵极深的象征意义。

拉乌腊纳的调查未能触动黑手党的一根毫毛，然而，它触及了黑手党赖以滋长、猖獗的社会。这个人物形象的价值，不在于他作为一个业余侦探的行为和遭遇，而在于他本身就是一个小小的世界，他的身上集中体现了个人同国家，个人行为同政治，历史遗留的邪恶同新的社会矛盾等种种根本性的冲突。具有辛辣的讽刺意味的是，拉乌腊纳的死使当地上流社会和教区恢复了一度失去的平静，使因凶杀案而解体的家庭重新组合。

夏侠写作《各得其所》的时候，怀着比写作《白天的猫头鹰》更其强烈的内心激动，更其深沉的愤慨。他充分认识到在西西里进行任何革新和改造的无比艰难。因此，他在《各得其所》中力图着重揭示这种变革同旧势力之间的巨大反差和不可调和的矛盾。他对当时某些势力因经济、技术的进步而制造出来的美化现实的神话，表示不安与谴责。还在写作《各得其所》的时候，夏侠接受一家杂志的采访，就明确指出："我坚持认为，意大利的南方问题仍然异常严峻地存在着。我们断然不可予以美化。"

在夏侠看来，西西里的环境及其邪恶，犹如常春藤的根，盘根错节，顽固不化，欲想改变它，全然是徒劳的。永恒的悲剧和痛苦的土地上绵绵不绝地滋生的痼疾顽症，又一次沉重地叩击着读者的心灵。读罢《各得其所》，小说中一位叫贝尼托的人物的话语，仍犹如警钟在耳边回响：

"西西里岛如同一艘海盗船，船只正在沉没，我的朋友，正在沉没。"

在《各得其所》面世之后，夏侠陆续写了十余篇短篇小说（结集为《葡萄酒色的大海》，1973年出版），随后，夏侠又返回长篇小说创作，于1975年发表了《千方百计》。

《千方百计》，原文为1'odo naodo，语出耶稣会创始人依纳蒂·罗耀拉（Ignacio de Loyola，1491—1556），原意系指顺应天主圣意的最好方式。夏侠用来作为书名，其含义是表明，他利用与借助既往的历史材料，尽可能深地开挖他所处的时代的现实。

在西西里一座豪华而神秘的旅馆里，聚集了一批形形色色的头面人物：执政党的部长、议员、企业家、文化界名流、大主教、红衣主教等。他们汇聚在这儿，冠冕堂皇的理由是进行“静省”，即集中一段时间按照宗教礼仪进行默想、反省。不料，这些显要人物“静省”的结果，却是接连发生三桩骇人听闻的凶杀案。

小说的主人公是一位颇负盛名的画家，四十来岁。他外出度假，很偶然地来到这座旅馆，小住数日，从而成为在那儿不幸发生的一切的目睹者。画家来到旅馆，正是某种至关重要的、决定性的事件行将发生的时候。他纯粹受一种特殊的、职业的好奇心所驱使，把目睹这儿发生的一切，当作一种饶有兴味的消遣，他绝对没有对事件追根究底的愿望。他同那些政界、财界、宗教界的显要们不同，他冷眼旁观他们，客观地评估他们。他以艺术家敏锐的目光，起初以愉悦的心情，继而满怀惊慌不安，对发生的一切作了记录。

豪华旅馆里的那些神秘客人，手里掌握着政治、经济大权，聚敛着权力和金钱。他们在这儿“静省”的目的，其实是为了进行秘密的政治交易，进行权力的再分配，或者说，每一方都力图尽可能更多地、更有利地瓜分权力。这就不可避免地导致了种种阴谋诡计，而正是这些见不得人的阴谋诡计，打破了一潭死水，掀起了汹汹波涛，引爆了一向用妥协、勾结包装起来的火药桶。一系列马基雅维利式的阴谋，终于酿成了一桩桩凶杀案，撕下了上层人物进行不可告人的政治交易的黑幕。

夏侠以极其明晰的、理性的剖析，把社会现实和统治阶层的种种龌龊暴露于光天化日之下，揭示出国家和社会的衰败，人们习惯地依赖的准则、公众机构，在万花筒般变幻以后，最终也腐败了，就像皮兰德娄笔下的人物惊骇地发现，他们的人格、完整性丧失了，自我也可悲地肢解了。

书中的堂加埃塔诺是个神秘莫测的人物。他精通西方文化，从启蒙主义到实证主义，无所不晓，不愧为富于教养的神甫。他沉稳、老道，并且善于借助他的渊博学识和出入上流社会的交际手腕来掩盖他的老谋深算。广闻博学使他获得了一层文化人的保护色，老谋深算则使他得心应手地进入上流社会。他既真诚可爱，又厚颜无耻，他既从内心深处鄙夷那些上层人物，又巧妙地同他们周旋。

我们不由得想起神甫的那段自白：“我们的肉眼无法瞧见奶酪上的蛆的爪子，但这并不是说蛆不存在；而我就是奶酪上的一条蛆，所以别的蛆的爪子我看得一清二楚。”这自白坦率得可爱，真切得可信，真是鞭辟入里，一针见血！

堂加埃塔诺的猝死意味深长。他是最后一个牺牲者。其实，归根结底，在这场神秘莫测的政治游戏中，很难说有真正的胜利者。堂加埃塔诺的死仅仅能够证明，胜利属于神秘和沉默。

在这部小说中，行为发生的空间与时间高度浓缩了，夏侠似乎返回到古典主义，遵循它的行为、地点、时间一致的三一律。这虽然在某种程度上限定和制约了艺术虚构和创造性所需要的空间和自由度，然而，却突出了小说中叙述的事件的可信性，赋予了读者返归现实和直接投入的契机，而这，正是同作家一贯的创作旨趣吻合的。

《千方百计》中发生的事件，惊心动魄，骇人听闻，但一经夏侠用画家的第一人称予以徐缓有致的叙述，便显得异常紧凑、敏捷，显得异常从容自如，不动声色，从而为作家的哲理性的思辨性的探求提供了条件。画家的叙述又注意去除蔓枝繁叶，以求达到最大限度的洗练，这样就借助这些事实本身把揭露的锋芒更明快地指向现实，用事实本身来让人震惊和彻骨。

三

夏侠步入文坛，声誉日隆之日，正是反法西斯抵抗运动精神所孕育的新现实主义文学衰落之时。不过，在新现实主义熏陶下成长的夏侠，很明显地接受了它的影响。新现实主义的一个重要特征，是对历史的、同时代人的现实的执着的关注，对认识这一现实和让人们认识这一现实的渴求。而这，同十九、二十世纪之交的真实主义文学，同西西里文化传统，又是一脉相承的。

可以认为，夏侠是西西里文化传统的直接继承者。这西西里文化顽强地拒绝对现实作浪漫情调的、变形的选择，而始终不渝地遵循客观地表现现实与真实的道路。无论是真实主义，还是新现实主义，都曾着力表现南方贫苦农民、牧人同社会的对抗，南方同北方的对峙。随着时代的变化，夏侠的小说自然也采用了不同于真实主义、新现实主义的题材、形式，然而，作为西西里作家，夏侠虔诚地忠实于西西里大地哺育的真实主义、新现实主义作家们的诗学，他的人生阅历和文学道路，他的小说对西西里现实的历史的、真实的表现，无不深深打上了西西里文化特有的印记。

夏侠是最典型的，同时又是最具独特的个性的西西里作家。他的小说不是建筑于无关宏旨的、短暂性的，因而是局限性很大的事件，而是立足于特定的历史时期的、动态的事件。作家的叙事材料虽然常常同别的南方作家相近或吻合，但夏侠独标一格，他始终不渝地、执着地在人物、环境的发展机制中，在它们的具体的、以人为本的确定性中予以刻画。他笔下的主人公充分意识到时代的责任感，意识到他们的行动和他们的社会义务的分量。西西里不再是遥远的、富于童话情调和传奇色彩的地域，而是处于运动之中的、具有双重个性的、充溢着活力的环境。这是多色调的、奇特的，然而真实可信的，混合着痛楚和荒唐，包含着深深的屈辱的西西里。作家不再是止于对不可捉摸的同时又无法抗拒的命运的哀叹，而是运用强烈的对照和反差，展示西西里的社会和群体的不可避免的、历史的分化。他冷静而无情地对西西里进行解剖，并让西西里自我解剖，探寻西西里悲剧产生的生存环境、历史根源和人们的心理基础。

夏侠曾申明，他对文学作品的体裁不感兴趣。他对“非纯粹的叙事”，即不拘泥于一种形态的叙事情有独钟。因此，他的叙事技巧有点不拘一格，不守章法。道理很简单。他如饥似渴地追求现实与真实，这是他的全部创作活动的命脉、中心。对此，他曾作了这样明确的说明；

“我‘展示’某种东西，藉以表现构思的和虚拟的事件，而所谓的构思，其实是寻得的意思，即在历史和新闻中寻得的事实。”

当然，夏侠更渴求引导读者去译解现实，揭示真实。这就是他选择叙事形态的出发点。

夏侠以为，资产者社会竭力切断读者认识西西里现实的可能性，因此，只有采用某种具有震撼人心的力量的艺术形态，才能使读者摆脱资产者社会的封锁和阻挠。为此，夏侠让读者直面他们置身于其中的社会的种种矛盾和阴谋，让他们目睹这些矛盾和阴谋象榴弹一样砰然爆炸。于是，夏侠便选择侦探小说这一体裁，作为传达他这一思想的外在载体。

事实上，他的小说也确有点像常见的侦探小说一样，情节曲折，悬念丛生，但作家绝不是故弄玄虚。夏侠借鉴侦探小说的体裁，不仅仅因为可以用生活原本就是这样来解释，而且是因为这种结构形态同作者对生活的思考取得了和谐的一致。夏侠把风土人情、政治、文学、哲理、荒诞，统统包容了进去，从而建构了多层面的、充满暗示性和揭露性，富有诱惑力的叙事结构。而这种借取侦探小说为外在载体，以历史的真实性和哲理的思辨性为内核的创作，既同一般商业化的侦探小说划清了界限，又是对文学传统的一种挑战。

在传统的侦探小说中，必然有一位依靠公认的法则，在国家权力范畴内进行侦查活动，并且永远正确无误的侦探。此类小说有一套固定的模式：侦探奔赴凶案现场，从种种蛛丝马迹中寻觅和筛选线索，惊险的、一波三折的侦查，知情人的告发，最终真相大白，凶手落网。而夏侠的兴趣点并不在于一起起血案，他的小说也不像一般的侦探小说那样有着破案的结局，这于他是无关紧要的。夏侠生活于黑手党和教会势力猖獗的社会，在那儿，法律和国家机器无法提供生存的保证，出卖法律和理想的力量朋比为奸。法律显得那么遥远、抽象，甚至戏弄人们。不妨引用夏侠讲过的一段话：

“我并不认为自己是个小说家。我仅仅是个诉状作者，这对于我已意味着很多了。”

好一个“诉状作者”！这意味着，作家夏侠自觉地扮演着原告的角色，小说于他便是一份控告社会的状子，便是向黑暗势力奋然掷去的投枪。他要揭露令人痛苦和愤懑的现实，追究正义正在消亡的严峻现实。小说中描写的案件所涉及的历史社会环境，为作家提供了揭发和追究这个现实的契机。探案因此具有了政治的、社会的和形而上的特征。这样，在西西里岛发生的事件、血案，便成为各种政治交易的罪证，成为社会堕落和国家政权渎职的写照。

这样，作家对西西里生存环境的不安与反思，压倒了对案件的侦查，案件不可避免地退居次要的地位。毫不奇怪，注意一下夏侠小说的结局，常常是案件不了了之，或者罪犯业已暴露，但照旧逍遥法外，得不到惩治。透过夏侠小说的非同寻常的结局，我们依稀看到了夏侠悲愤地勾画出来的路线：对理性的坚强信仰；信仰的不断失败；从而又导致不得不依然失望地信仰理性。夏侠小说的结局，就其思想底蕴而言，不啻是向世人宣告：失望与责任令人痛楚地共存着。

夏侠的叙述语言非常讲究，既反对浮华无味的文风，具有尖锐、辛辣、诙谐、生动的特色，又注重暗示，忌讳直白，笔触淡漠，摒弃主观感情成分，从而造成一种生疏奇异的艺术效果。主人公们充满哲理的对话、反思，关于善与恶的争论，幽深警峭，剀切中肯，读来并不觉得枯燥，反而让人在细细的咀嚼和鉴赏中获得无穷的回味。

至此，我们可以得出这样的看法，在《白天的猫头鹰》、《各得其所》、《千方百计》等作品里，夏侠借鉴侦探小说的叙事形态和手法，把具有典型意义的日常生活，冷峻深邃的哲理剖析，融汇于曲折有致的叙述结构，通过西西里这面镜子，突出表现了意大利严重的社会政治问题。作者怀着饱满的，甚至悲愤的激情，带着读者一同走进生活的激流，去认识和探究这光怪陆离的现实世界。

夏侠是位勤于开拓的作家。除了具有侦探小说特色的社会政治小说，他还力求运用多种文学样式、多姿多色的风格，来反映尖锐的现实问题，显示了多方面的文学才华。《埃及卷宗》（1963）、《检察官之死》（1964），都是借古喻今的历史小说。《议员》（1965）、《黑手党徒》（1976），系抨击黑手党和统治集团的政治剧。《马约拉纳的失踪》（1975）、《刺客》（1976）分别对一位原子能专家失踪的真实根源，司法机构同行恶的当权者的微妙关系，进行严肃的追究。《莫罗事件》（1978）与其说是文学作品，毋宁说更近于战斗檄文，或调查报告，它对红色旅谋杀意大利前总理莫罗这一震惊世界的案件，作了详尽的记叙。《康迪多》（1977）令读者联想到法国启蒙主义作家伏尔泰的哲理小说《天真汉》。在《记忆的戏剧》中，皮兰德娄哲学思想的印记清晰可辨。

勤勉笔耕三十余载，夏侠的成果累累。除上述作品外，他还著有反映西西里生活的短篇小说集《酒一样颜色的大海》（1973）、文艺批评集《皮兰德娄和皮兰德娄主义》（1953）、《皮兰德娄和西西里》（1965）、《魔绳》（1970），札记《黑纸上的黑字》（1979）和研究西西里古老习俗的著作《西西里的宗教节日》（1965），等等。现今，夏侠的作品已被翻译成世界数十种语言。许多小说和短篇小说被改编为话剧，或摄制成影片，搬上电视屏幕，他的剧作已成为不少剧院时常公演的保留剧目。

夏侠又是一位著名的政治活动家，先后当选欧洲议会议员、意大利众议员、西西里大区议员，在意大利政界深孚众望。从意大利议会反黑手党委员会成立之日起，夏侠便是它的成员。他在解释他为什么接这项崇高而危险的使命时，这样说道：

“统治阶级无力审判自己，更无力宣判自己有罪。”

针砭时弊，揭露黑幕

——关于夏侠

莫拉维亚、卡尔维诺、夏侠，大凡谈及意大利当代文学，这三个名字是不能不首先提到的。这三位作家的创作个性、艺术风采迥异，他们从各个不同的角度，致力于时代风貌的描绘，从而广泛影响于文学界。在今日之文坛，他们形成三足鼎立之势，有当代意大利文学“三杰”的美称。

夏侠是西西里人，在首府巴勒莫市落户。自从当选为国会议员，也时常来罗马。访问了莫拉维亚和卡尔维诺之后，我自然很想跟夏侠见面。汉学家安娜是位热心肠的人，她给巴勒莫挂了长途电话，转达了我造访的愿望。夏侠欣然允诺，说一俟来到罗马，便即刻作出安排。

时光荏苒，春去夏来。六月九日，夏侠的议会秘书给我打来电话，说夏侠已从巴勒莫来到罗马，约我和安娜第二天在民族饭店会面。

初夏的罗马，云淡风清，蓊葱勃郁，街头一丛丛夹竹桃花吐出清新甘冽的香气。距圆柱广场不远，有一座著名的蒙泰齐托里奥宫，朴素典雅，苍古入画。这是众议院的所在地。每逢众议院召开例会，来自外地的众议员们多半在与这座宫殿毗邻的民族饭店下榻。

这一天，议会好像休会，但饭店里仍然可见宾客熙来攘往，颇为忙碌。夏侠在宽敞的客厅里接待了我们。他衣着很随便，身穿一件普通的米黄色外套，没有系领带；矮墩墩的个子，两道乌黑的浓眉下面，闪烁着一双深沉、明亮的大眼睛，脸上泛出西西里人特有的憨厚、热忱的微笑，全然没有政界要人或文化名流的矜持倨傲。虽说上六十岁的年纪了，但精神矍铄。

夏侠的温厚、热情，使我们的谈话打一开始就显得很融洽，无拘无束。话题是从西西里谈起的。这兴许因为西西里是夏侠的故乡，也许由于西西里跟意大利文学的关系太密切了。古老、美丽的西西里岛，曾作为中世纪意大利文化的发源地而名扬四海，这里诞生了意大利第一个诗派——“西西里诗派”，它又养育了现代意大利文学史上的西西里大师群：维尔加、卡普安纳、皮兰德娄、夸西莫多，后两位都是诺贝尔文学奖获得者。第二次世界大战后，像红线一般贯串意大利文学的“南方问题”，也跟西西里紧密关联。

夏侠开门见山地说：

“一个作家总是写他最熟悉的东西。我是西西里人，出生在一个名叫雷加尔穆托的小城。父亲是硫矿的职员，母亲是家庭妇女。

“在家乡念了小学，到省城读中学，又回到家乡，进入一家农业公司任职。后来，在故乡的一所中学教了很长时间的书。我就是在这样一个乡村世界里长大的。

“西西里是地中海的一个小岛，一度在西方世界历史上占有举足轻重的地位。它像一面镜子，反照着欧洲历史。文学界有一派作家，专写南方问题；然而，南方问题如今已超越原先的地理范畴，演化为意大利问题，甚至国际问题。我是个西西里作家，南方作家，但我同时又把自己看作是意大利作家，欧洲作家；这不只出于语言和文化方面的缘故，而且因为我觉得，意大利其实就是欧洲的西西里。”

他眯起双眼，沉默了一会儿，深沉的思绪仿佛翩然飞向了遥远的家乡。

“是的，西西里这块土地上涌现了许多大作家，我的创作是跟他们休戚相关的。我几乎是很偶然地接触到了皮兰德娄，看了电影《已故的帕斯卡尔》①，这是一部动人心弦的片子，于是我把原著找来阅读，随后又读了皮兰德娄的全部其他作品。我在他展示的现实中认识了自我。我的家乡距离皮兰德娄的城市阿格里琴托仅仅二十公里，对于他的作品我有一种异乎寻常的亲切感。许多批评家喜欢谈论皮兰德娄的哲理，其实我倒觉得他描写的是实实在在的现实，他是位现实主义作家，他真使我着了魔。”

自然，皮兰德娄不是夏侠走上文学道路的唯一指引者。夏侠以敬重的心情，又向我介绍了对他的创作发生过启蒙影响的另外两位西西里人：德·罗贝托（Federico De Roberto，1861—1926）可算维尔加的同时代人，“真实主义”流派的代表。夏侠说，罗贝托的优秀长篇小说《总督》让他这位未来的作家“领悟了西西里悲苦的历史”，“揣摩了西西里人心头的期望与憧憬，——然而，一切又都以新的失望告终！”布朗卡蒂（Vitaliano Brancati，1907—1954）跟夏侠曾是莫逆之交，一起在高级中学执教过。他的作品全以西西里为背景，擅长“在普普通通、活生生的现实中，开掘出滑稽的、可悲的因素，惊心怵目”，给夏侠很大的触动。

在西西里度过的三十个春秋，使夏侠对家乡的历史、文化、习俗、人情世态，对西西里人的生活与斗争、哀痛与希望，都有了极深切的体验和透彻的了解。西西里大

① 皮兰德娄作于1904年的长篇小说，表现人在现实世界里，或虚构的现实里，都寻找不到一席安身之地。

地的活水，滋养着夏侠。西西里母亲的乳液，哺育着夏侠。在西西里岛的沃土上，作家夏侠成长了。当五十年代后期，风行一时的新现实主义趋向消亡，许多作家因抵抗运动理想的破灭而迷惘、惆怅时，夏侠终于脱颖而出，赫然出现于意大利文坛。

夏侠在自己的全部作品里，倾力反映发生在西西里这个天地里的种种灾祸苦难、沉疴恶疾。早期的小说《雷加佩特拉教区》(1956)，就是他用笔做号角，希冀把西西里从千年沉睡中唤醒，使之奋起而写出来的。在更多的小说、剧本里，他则是把笔化作投枪，向政治权势集团，向教会，向黑手党奋力掷去。《白天的猫头鹰》(1961)、《议员》(1965)、《各得其所》(1966)、《前因后果》(1971)、《千方百计》(1974)，就是这一类作品的代表。他的每一部作品，他的每一次讲话，根据他的小说改编的每一部影片，无不显露出逼人的批判锋芒，常常像一石击起千重浪，在政界和文坛掀起轩然大波。啧啧赞赏者有之，冷嘲热讽者有之，口诛笔伐者有之。难怪有人说他是太岁头上动土的作家。的确，他借助西西里的这面“镜子”，把意大利的政治黑幕，现实中最微妙、最复杂、最尖锐的社会—政治问题，以及臭名昭著但无人敢于触动的黑手党的罪恶，一股脑儿地、赤裸裸地抖露了出来，夏侠从而也成了最孚国际声望的当代意大利作家之一。

也许是社会的黑势力太强大了，夏侠的作品有时染上一重淡淡的哀婉的色彩，作品也往往以善良的人遭逢凶险，杀人凶手逍遥法外结局，显得苍凉、悲壮。记得1970年，夏侠在《前因后果》脱稿以后，对报界作了一次轰动一时的谈话。他说，在这荒谬的世界，一切，包括写作、演说，全是毫无意义的，因此，他决计辍笔，告别文学界，因为“一个人唯有对未来满怀希望的时候，才会动笔写作”。

当我提起这一往事，夏侠莞尔一笑，说道：

“如果我继续写作，那意味着我不是悲观主义者！是的，我曾经说过搁笔的话，但后来重新考虑了。我们的现实确实叫人悲观失望，然而，我是毫不悲观失望的。”

短短几句话，掷地有声，饱含了作家对生活的坚定信念，对未来的执着追求。

夏侠又是一位孚有声望的政治活动家。他参加过黑手党罪行调查委员会，震惊世界的莫罗惨案发生后，他又是莫罗事件调查委员会成员。他还曾经任欧洲议会议员。他在政界虽然十分活跃，但却脚踏实地，他从不喜欢发表哗众取宠、夸夸其谈的崇论宏议，而总是秉公直言，指陈时弊，对时俗痛下针砭。或许由于他的言词有时过于锋利、激烈，或许故意为了给他抹黑，所以人们传说他是“激进党”①成员。一时以讹传讹，沸沸扬扬。夏侠在谈话中郑重地告诉我，他从来不曾加入过任何政党，也并非“激进党”成员，他只是一名议员，如此而已。

繁忙的政治活动，不可避免地分散了作家的精力、时间，构成沉重的负担，但令

① 意大利政党，1956年成立，其政治路线和纲领具有左的倾向。

人惊奇的是，夏侠的创作却始终保持着旺盛的势头。他是怎样兼顾文学创作和政治活动的呢？我自然是很想了解这一点的。

夏侠用略微显得低沉的声音开始叙述，语言像他的小说一样简洁、明达：

他大致每年写一部作品，但平时主要忙于政治活动，还要应付报刊的约稿，无暇顾及写作。到了炎炎盛夏，人们纷纷去海滨避暑，或出国旅游，他却悄然离开城市，蛰居西西里乡村，进入了角色。他每天黎明起身，在写字桌前坐下，连续工作六小时，撰写四页打字稿纸。这样日复一日，当金色的初秋降临海岛的时候，他的小说也就大功告成了。有趣的是，他写出的稿子，从不加以修改，也不作文字润色，全是一气呵成，因为在这整整一年的光景里，他的脑子里一直在构思，在酝酿着这部书。

这倒使我油然想起一句中国俗话：十月怀胎，一朝分娩。事逼势迫，夏侠就这样靠着沉毅坚强、矢志不移的精神，把文学创作与政治活动结合起来，做到了两全其美。

夏侠向我透露，他想年内辞去众议院的席位，全副身心致力于写作。“不过，”他沉吟了片刻，接着说，“政治活动倒使我获得了极其重要的阅历，我不晓得这重要性如何得到体现，但它帮助我更加明晰、透彻地认识社会生活中的种种现象。”

不是吗？夏侠在小说中对西西里和意大利黑幕的揭发是那么鞭辟入里，对社会肌体的解剖是那么锐利无情，一个站在生活浅滩上的冷眼旁观者显然是力莫能及的；这些作品可以说融汇了一个在时代的激流中奋力搏击者的丰富阅历，是他鲜明的社会观点和政治倾向的艺术体现。文学家的敏锐、深邃，政治活动家的热忱、睿智，在他身上相辅相成，浑然天成。

自从1950年发表《独裁的童话》以来，夏侠勤勉写作，迄今已发表小说、剧本、随笔、评论等各类体裁的作品近三十部。谈起他的处女作，夏侠谦逊地说，当时总共才印了两百册，很不显眼，现在很多人已经把它淡忘了。但著名诗人、小说家帕佐利尼（P. Pasolini）别具慧眼，立即撰文，予以热情的赞扬。安娜插话道，可惜《独裁的童话》在意大利已经绝版了，有一次她偶然在书店购得它的法文译本，阅读之后极为欣赏，心想中国朋友一定会喜爱这部作品的，于是在1980年访华回去后，立即邮寄给了高行健，因为高既懂法文，又搞创作。

值得注意的是，这三十部左右的作品中，相当大的一部分在艺术上都借用侦探小说的某些手法。这是使夏侠在意大利文坛上别树一帜的另一个重要原因。我很感兴趣地请夏侠就他这一创作特色谈谈自己的看法。

“这是不足为奇的。”夏侠的双眸显示出光耀的火花，铿锵有力地说，“当今意大利现实充斥凶案、恐怖，很遗憾，我们身陷其境而无法解脱！采用侦探小说的形式，来反映这样的现实，是合乎逻辑的结果。另外，我很喜欢侦探小说的形式，它有悬念，有纠葛，引人入胜，我写作的时候，读者阅读的时候，全都觉得饶有兴味。”

不错，夏侠的许多小说近似侦探小说，情节跌宕起伏，波澜横生，但近似之处仅仅止于此。它们同俗见的商业性侦探小说大相径庭。《各得其所》、《千方百计》等小说里，情节的描叙同哲理性的议论紧密交织着。一些人物的大段议论，有时使情节进展的节奏显得多少有点缓慢，但它们既是故事发展的链条上不可缺少的重要环节，又饱含冷峻的哲理与悲愤的讥刺，是理解作品的主旨的钥匙。《各得其所》中有三个看来无关紧要，其实却是作者精心设计的人物：圣安娜堂区神甫、罗西奥老教授、贝尼托，夏侠通过他们愤世嫉俗的谈话，对教会神职人员的诡诈刁刻，政界要人、黑手党的敲剥聚敛、凶残冷酷，这三者的沆瀣一气，对世人的冷漠、卑琐，作了淋漓尽致的抨击。

可见，夏侠的旨趣与其说在于描写对某一种谋杀案的侦破，毋宁说是为着从意大利社会无时无刻不在发生的谋杀案这个特殊的视角度上，去审视病变的社会肌体，去剖析时代的重大矛盾，激发人们去认识生活，思考问题。这就是应当把这些吸取了侦探小说某些手法的作品看作严肃的社会政治小说的缘故吧。

夏侠随即以他的《马约拉纳的失踪》(1975)为例，对此作了阐发。马约拉纳教授是西西里人，为战前意大利最权威的原子能专家，有"现代伽利略"之称。1938年3月，他在巴勒莫开往那不勒斯的邮轮上突然失踪，举国为之震惊。墨索里尼曾直接过问此案的侦查。数十年来，围绕这位大科学家之死究竟是自杀还是他杀，发表了无数调查报告、著作，众说纷纭。夏侠的小说以马约拉纳的失踪始末为情节线索，探究这一神秘案件的根源：

"我写这部小说的动机是偶然触发的。有一回，我在瑞士遇见一位美国科学家，他参与制造了第一颗原子弹，并因此而洋洋自得。我感到无比愤懑，挥笔写了《马约拉纳的失踪》。我力图表明，我们这位西西里科学家并非自杀身亡，而是'失踪'！

"马约拉纳预见到了他的科学研究——原子的裂变将不可避免地导致巨大的灾难，于是决意洗手不干。我想提出这样的问题：科学给人类带来死亡的威胁时，应该怎么办？"

已是正午时分。夏侠要去朋友家里聚餐，他邀请我们同去。从民族饭店乘出租汽车，约莫十分钟，来到一座古老的宅邸。主人名叫布鲁诺·卡鲁卓，是位西西里人，在绘画界颇有名气，其他客人也是夏侠的同乡。席间，宾主一面品尝着别具风味的西西里菜肴，一面随意交谈。绘画、文学、中国丝绸、烹饪、刚上台的斯帕多利尼①，都是热情、风趣的西西里朋友的话题。夏侠细心地听着，不时露出温厚的微笑，偶尔插上几句话。

第二天上午，在约定的钟点，夏侠在民族饭店门口等候我和安娜。他陪同我们缓缓步行，穿过旧罗马的几条石子甬路，进入一座古典建筑。

楼里一色嫩黄的墙壁，曲折回环，清幽雅洁。安娜介绍说，这里原先是一座修道

① 1981年6月，共和党领袖斯帕多利尼出任意大利政府总理，打破战后三十六年一直由天主教民主党人领导内阁的局面。

院，后来改建为议员们处理公务的行政大楼。夏侠的办公室出奇地宁静。宽大的写字桌上，除了两只公文袋，到处堆满了意文、法文书。玻璃柜里书籍琳琅满目，我们仿佛走进了学者的书斋。

围着写字桌坐定，我们继续交谈。从《马约拉纳的失踪》，话题转到了夏侠的新作。

夏侠颔首微笑，以安详的、慢条斯理的声音介绍道，他正在写一本小说《记忆的戏剧》。十六世纪，意大利有部著作就叫这个名字，它专门论述如何强化记忆，使记忆成为储存事物形象的百科全书。他新作的书名取自这部古书，但从本世纪二十年代发生的一桩轰动整个意大利的真实案件中撷取了情节素材。一个被当场拿获的小偷，因神精失常被送进疯人院，围绕这个失去记忆的人，展开了一场意想不到的纠葛：威涅托地区的一个资产阶级家庭认定他就是战场上失踪的亲人卡尼拉教授，而当局的审查却证实，他是都灵工人布鲁涅里，因一贯行窃而早被警方通缉。孰是孰非？两种可能的身份，两种人的本质，发生了冲突。夏侠悉心研究了有关此案的档案资料，加以艺术概括，力图展现出二十年代意大利社会的横断面。

细心的读者当会发现，在《记忆的戏剧》里，怪诞剧大师皮兰德娄关于人具有无数个“自我”，人时时处处陷于真实的“自我”与“假面”的冲突之中的理论，打下了颇为明显的印记。这个事实再次表明，夏侠不只以自己独特的生活实践为底蕴，而且善于广取博采，兼蓄各家之长，形成自己的艺术风格。

由此受到启发，安娜和我都提出这样的问题：他是如何对待和借鉴古典的和外国的文学遗产的。夏侠眉头一扬，那双深沉的眼睛里闪动着明亮的光彩，他爽朗地侃侃而谈，列举了他最推崇的作家的名字：曼佐尼、“哨兵派”、狄德罗和斯丹达尔。

曼佐尼是十九世纪意大利浪漫主义的主要代表，他把民族复兴运动的激情和理想注进了自己的诗歌、历史小说和历史剧。

“我非常喜欢曼佐尼，虽然他是位基督教徒，但他的艺术风格惊人地清新明净。您想必读过他的《约婚夫妇》，这部作品可以当之无愧地称之为意大利历史小说的绝唱。”夏侠对曼佐尼的赞赏溢于言辞。

至于说到“哨兵派”，中国读者是比较陌生的。这是第一次世界大战后围绕文学刊物《哨兵》（La Ronda）聚合起来的一群作家。

他们批判未来主义对文学传统的彻底否定，又反对文学以自我意识为中心，他们崇尚古典文学，追求艺术形式的美，是“艺术散文派”的先驱。

“我很年轻的时候就喜欢写作，”夏侠说，“在中学里，我的意大利语很棒。但作为一个作家，我的成长是跟‘哨兵派’分不开的。卡达雷利（V. Cardarelli，1887—1959）、切基（E. Cecchi，1886—1966），是这一派作家中的佼佼者，他们的散文，跟他们最推崇的优秀抒情诗人莱奥帕尔迪（G. Leopardi，1798—1837）的诗歌一样，清新，隽永。曼佐尼和‘哨兵派’，还有法国作家，就是我写作的楷模。”

在法国作家中，夏侠最先接触到，并且最受影响的，当数狄德罗。

“我的家乡是个小城，很难读到文学作品。在一个偶然的场合，我读到狄德罗的《演员是非谈》，简直入了迷，于是我逐渐把狄德罗、伏尔泰的全部作品通通读了一遍。斯丹达尔是我年轻时读《吕西安的娄万》而发现的，斯丹达尔的全集和论述他的著作，成了我珍贵藏书的一部分。”

夏侠的艺术视野很开阔，除了意大利、法国的经典作家，他还把目光投向俄罗斯的文学大师。

“我青少年时代读了很多俄国小说。即便是今天，我回到西西里乡村避暑，也常常阅读它们。我最喜爱托尔斯泰，还有屠格涅夫，诚然后者如今只拥有为数不多的读者了，但其实他是很值得人们去重新阅读的。契诃夫的小说很像维尔加的作品，他笔下描绘的小市民、小官吏的世界，叫人压抑得透不过气来，但他不失为一个伟大的作家。”

对于近年来勃然崛起的第三世界文学，尤其是阿根廷当代著名作家博尔赫斯，夏侠怀有特殊的感情和兴趣：

“这是个富有独特个性的作家，我觉得，皮兰德娄身后，以最出色的方式和效果，把外在世界客观地展现出来的，当推博尔赫斯无疑。过去，我们常常谈论的皮兰德娄风格，系指作家试图反映那种飘忽不定的不可捉摸的现实，支离破碎的人的本质。今天，我们谈论博尔赫斯风格，即指作家刻意表现那种奥秘的魔幻般的变故。”谈话进行的过程中，夏侠案头的电话两次铃声大作。我们明白，过多地打扰作家是不合适的。于是，我抓紧时间，就西西里和意大利文学的现状，对现代派的评价，提了几个问题，聆听夏侠的意见。

临别的时候，夏侠从书柜里取出三本书，赠送给我，两本是批评家们研究他创作的专著，另一本是二十世纪初叶意大利著名作家蓬丹佩利（M. Bonte Mpelli，1878—1960）的文艺论集。尔后，他用苍劲有力的笔迹，在我的记事本上写下了他的地址：

巴勒莫

斯卡杜托大街10/B

莱奥那多·夏侠

韶光流逝，又是一年过去了。安娜多次给我捎来了夏侠热情的问候，由于怠惰，我竟一直没有给他去信。现在我该给夏侠写信，从遥远的北京向他致意了；我还要告诉夏侠，他的小说《千方百计》、《白天的猫头鹰》和一些短篇，已相继译成中文，中国读者正在“饶有兴味”地阅读着它们。

1982年金秋

人是目的

——关于莫拉维亚

秀丽的台伯河，曲折萦纡地流过罗马；两岸青青垂杨，随风飘荡，婆娑多姿。从烦嚣的市中心进入僻居罗马西北角的维多里亚滨河大街，顿觉恬静宜人，精神爽适。路旁一座嫩黄色的楼房，素净别致。这就是著名作家莫拉维亚的寓所。

莫拉维亚先生热情地和我握手。他的头发稀疏，鬓发如银，前额宽广，一双大眼睛，那么明亮、深邃，仿佛是在沉思；虽然已经七十四岁了，却精神矍铄。走路的时候，左腿微瘸，大概是童年时候患骨结核病留下的后遗症。

寒暄了一番以后，我向他表明了来意。他爽朗地笑了起来，请我跟他坐在一张沙发上，说这样交谈随便些。

“我始终是引人注目的作家”

我们的话题，是从他的作品不断在意大利和各国引起强烈的反响和广泛的议论谈起的。

“批评界对我的每一部作品都持有分歧的意见。历来如此。一些批评家敌视，另外一些赞美。总之，可以这样说，我始终是引人注目的作家。”

莫拉维亚这么开门见山地说。他的谈吐如同他的小说，从容不迫，明快朴实。

“您刚才提到有的批评家称我的作品是意大利资产阶级的‘一面镜子’。是的，我同意这个说法。不过，我的作品也是我自己的一面镜子。因为它是我写的，不是社会写的。

“从我的第一部小说《冷漠的人们》于1929年发表，到七十年代末，意大利社会确实发生了变化，变成了工业国，比过去富多了。但是，社会的本质没有改变。意大利本质上仍然是基督教—资产阶级的国家。"

说起他的处女作《冷漠的人们》，问世已经五十多年了，批评界照旧议论纷纭。著名评论家费莱蒂（Gian carlo Ferreti）主编、前不久修订再版的《新现实主义文集》，就收选了这部小说的两章，把它视为新现实主义的开山之作。而另外的学者则把它同存在主义大师萨特稍晚发表的《恶心》相提并论。我自然很想听听作家本人的想法。

"我是存在主义小说家，属于存在主义流派。事实上，我的老师是陀斯妥耶夫斯基。他是存在主义的奠基人。"他的回答异常爽快，甚至颇为新奇，有点出乎我的意料。

莫拉维亚又微笑着补充说，他是弗洛依德的"同时代人"。弗氏的理论对他是有影响的，"我把弗洛依德的精神分析学归结于存在主义的体系"。

不过，时常有这样的情况，莫拉维亚小说的读者，在击节叹赏他观察人生的敏锐眼光，对人物内心世界的深入掘发的时候，并不理会他属于什么流派。显然，人，是作家和读者关注的中心。可不是，六十年代初，莫拉维亚曾经写过一本论著，书名画龙点睛，叫《人是目的》。一位名叫梅扎拉纳（Baldini Mezzalana）的评论家干脆称他是"人道主义者"。但莫拉维亚笔下的人，用他的话来说，从来不是抽象的、单纯的人。

"在小说中，我总是力图反映人的本性固有的矛盾。人，是矛盾的人。莎士比亚也是反映人的本性固有的矛盾。何况，没有矛盾，生命也就终止了；矛盾是历史前进的动力。——这是毛（泽东）的论断，对吗？"

他停顿了片刻，随即进一步阐发他的观点：

"要知道，我是个欧洲作家。现在，欧洲被夹在两个巨人之间。一边是苏联，所谓的社会主义国家；另一边是美国，地道的资产阶级国家。欧洲被分裂了。欧洲的文化被分裂了。每个欧洲国家都既有资产阶级政党，又有共产党。所以，欧洲作家被迫地、不由自主地对矛盾具有特别敏锐的感觉。"

"我最喜欢的娱乐就是旅行"

我们的谈话是在客厅里进行的。宽敞、明亮的房间，清幽雅洁。墙上挂着三幅油画。一幅是作家的肖像，一幅是写实主义的静物画，另外一幅的画面是抽象派风格的自然风光。四壁立着高高的书架，全是古今文学名著，点缀着些许体态玲珑的外国工艺品。

莫拉维亚是位勤勉创作，而又兴趣广泛的作家。他告诉我，他每天早晨七点钟起床。八点，在打字机前坐下，开始写作，直到中午十二点钟。其他时间概不写作，只是读书、散步、访友；他爱听音乐，也常常观剧、看电影。从来不开夜车。

他一生中结过两次婚。没有孩子。有趣的是，他两次结合的伴侣都是作家，也都到过中国。第一个妻子莫朗苔（ElSaMorante），是位很有才华的女作家。她善于把写实和寓意融为一体，细腻地刻画暴力在人的心田犁下的烙印。1958年随意大利文化代表团访华。她最近的一部小说《历史》已有中译本。第二个妻子玛拉依妮（Dacia Maraini），在日本度过童年，六十年代初步入文坛。她多才多艺，诗歌、剧本、小说、评论都能写，可惜我没有读过她的作品，据说多以女性解放为主题，具有新先锋派的艺术特色。三年前随意妇女代表团到过中国。①

"我们的家庭生活跟大多数意大利家庭一样，没有什么特别之处。我和玛拉依妮常常一起旅行。顺便说，我最喜欢的娱乐就是旅行。欧洲大部分国家，美洲、非洲、日本，我都访问过；中国，我去过两次呢。"②

中国之行，显然引起了莫拉维亚愉快的回忆。

"第一次，1936年，马可·波罗桥（卢沟桥）事变前夕，我从布林的西港乘海轮启程，经过二十四个昼夜，到了上海。中国古色古香的民族风格非常迷人，跟欧洲比较，你们有很多美好的东西，譬如京剧。我在上海看过梅兰芳的戏，美极了。在南京的中山陵、苏州的虎丘散步，也给我带来莫大的乐趣。

"第二次是1967年，正遇上文化大革命。北京仍然像我第一次见到那样是个美丽的城市，可惜许多地方被破坏了。在天坛，我看到不少琉璃瓦破碎了，树木也糟塌了。我想，现在那里一切都正常了吧。"

现在，莫拉维亚最大的愿望是到西藏访问；几年之前他就正式提出了申请。他很高兴，中国有关方面已向他发出了邀请，但他很遗憾地说：

"可惜我现在实在太忙了，今年恐怕难以成行了。不过，西藏我是一定要去的。"

"我正在赶写一部长篇小说"

莫拉维亚的确是位大忙人。他是文艺杂志《新论题》的双主编之一，每星期还要给《快报》周刊写一篇影评。美国早已邀请他年内去访问。当然，还有一件最要紧的事："我正在赶写一部长篇小说，秋天脱稿，跟读者见面。"

我趁机请他介绍一下这本新作的内容。

"小说叙述1934年发生的事件，所以取名《1934》。

"书中的情节围绕同德国纳粹主义的关系展开。我描写的人物中有德国人，但故事发生在意大利。跟我其他的长篇小说一样，主人公是知识分子，青年人，只有二十九岁。同纳粹的关系使他痛苦、失望，虽然也看到希望，但他彷徨不决，企图自杀。

---

① 八十年代中期，莫拉维亚同玛拉依妮离异，同一位西班牙年轻女子结婚，直到1990年作家去世。

② 1986年，莫拉维亚应邀第三次访华。

这就产生了激烈的内心冲突。就我的愿望来说，是不希望主人公自杀的，因为没有必要……"

谈话气氛很融洽，我便坦率地发问，作家笔下的主人公是否都过于悲观了呢？他们似乎无一例外地都在寻找出路，但始终寻求不到。

"是的，我的人物是悲观的，但不是怀疑主义者。他们都在努力寻找出路，但还没有找到。或许，他们已经找到了，但我不知道。

"社会在前进。社会却无力解决所有存在的问题。有的问题，能够解决，有的问题却不然，例如死亡。幸运的是，这样的问题不多。"

提到莫拉维亚作品的主人公，自然不能忽视他塑造的许多栩栩如生的女性形象。我曾经读到某位有影响的学者的一篇评论，把她们的叛逆与妥协同当今西方流行的女权运动联系起来探讨。莫拉维亚怎样看待呢？

"我一共写了近五百篇短篇小说，其中九十篇以妇女为主人公，它们跟女权运动没有联系。我描写的这些女性，正处于意识到自己面临的问题的阶段，或者说，她们已经意识到了自己的问题，但还无力解决。"

莫拉维亚交谈的兴致很浓。当我即将告辞的时候，他又侃侃地谈起中国的宗教、文物、古迹，询问中国介绍意大利文学的情况。当他听说中国从五十年代就开始介绍他的作品，他表示高兴和感谢。

"中国读者喜欢《罗马故事》，喜欢我的短篇小说；但他们没有读过我的一部长篇小说，怎么能进行比较呢？"①

这话问得有道理，就意大利文学而言，又岂止是莫拉维亚的长篇小说没有介绍到我国呢？由于种种原因，我们两国之间的文化交流，留下了许多令人遗憾的空白。十三世纪，著名的旅行家马可·波罗的中国之行，掀开了两个文明古国以至东西方友好交往的新篇章。今天，君不见《马可·波罗》又从威尼斯出发，前往中国去了吗？②

1981年6月初，罗马

---

① 莫拉维亚的长篇小说《冷漠的人们》、《罗马女人》，已译成中文出版，另一部长篇小说《乔治里亚的女人》的中译本也即将面世。

② 此处指意大利导演蒙塔尔多在威尼斯圣马可广场隆重举行的《马可·波罗》影片开拍仪式，然后率领庞大的摄制组，浩浩荡荡开往中国。

奇特而朴实的“第二现实世界”

——关于马莱尔巴《一个梦者的日记》

1987年初秋的夜晚，西西里首府巴勒莫近郊的帕拉斯大旅馆的花园广场。蒙德罗国际文学奖授奖仪式正在举行。评委会主席莱蒂尼教授宣布本届蒙德罗国际文学奖特别奖授予中国作家王蒙和英国女作家多丽丝·莱辛，随后，又宣布了本届小说大奖的获得者。

此时，只见一位身材壮实，脸部棱角分明，长着一只鹰钩鼻，一双眼睛炯炯有神的作家，健步登上主席台。他接受了奖状，并从容不迫，侃侃而谈地回答晚会主持人的即兴提问。他，就是被评委会誉为“本世纪下半叶意大利最杰出的作家之一”的路易吉·马莱尔巴。

授奖仪式之后，在评委会组织各国作家游览莫齐娅小岛的旅途，在中国大使馆的招待会上，我和马莱尔巴作了几次交谈，向他转交了《世界文学》编辑部向外国著名作家发出的调查表，他向我赠送了此次获奖的小说《蔚蓝色的行星》和1980年访华后发表的《中国，中国》，并在高莽兄将为他绘制的肖像画的宣纸上写下了美好的话语。我归国后，他寄来过两封信和调查表、一些剪报，并回答了我提出的一些关于他的创作的问题。

我不曾料到，一位创作品格极“怪”，个性极强的作家，竟如此温和可亲，对中国又怀着如此友好的情感。（他曾写过一部以秦皇苛政为题材，颇具异域情调的历史小说《皇帝的玫瑰》，在《中国，中国》一书中，他又真诚地写道：“我很遗憾没有成为一个中国人。”）我记得，二十五年以前，也是在西西里的巴勒莫，马莱尔巴和一群才气横溢、血气方刚的青年诗人、作家、批评家聚首一堂，高举起“新先锋派”的大纛，大声疾呼，喊出了打倒传统，彻底革新文学的口号，成立了名噪一时的“63社”。此举震撼了意大利文坛。莫拉维亚、蒙塔莱、卡尔维诺等文坛名家纷纷对他们发出批评和诘难。我也记得，就是去年夏季，意大利很有权威性的斯特雷加文学奖评委会决定把小说大奖授予马莱尔巴的《蔚蓝色的行星》，不料马莱尔巴当即向报界发表谈话，断然拒绝接受该项大奖，掀起了一场轩然大波，这使由众多文学界权威、名流组成的评委会下不了台。

不过，细读马莱尔巴的作品，他的创作品格与其说是“怪”，毋宁说是他对当代西方社会经历的动荡、变化与潜伏的危机，有着极其敏锐、纤细的感觉，并且能够用一种独特的发现去开启每一部作品的锁孔。

不妨读一读《一个梦者的日记》。这部写于1981年的作品，通篇写梦，记叙1979年一年间作者所做的梦，林林总总，共写了365个大大小小、奇奇怪怪的梦。

梦，本是每个人几乎每个夜晚，至少说是每个人经常会体验到的精神活动。梦的内容，既平常，又丰富，当然也可以说，既简单，又复杂。所以，写梦，是古今中外文学作品中屡见不鲜的内容。对于梦，历来也有着迥然不同的描写，特别是迥然不同的解析。

《圣经·创世纪》就写了约瑟喜欢做梦和善于圆梦而引发的有趣而惊险的经历。约瑟是古希伯来族首领雅各的儿子，从小受到宠爱，养尊处优，又喜欢讲述自己的梦，在他的梦中，他的异母兄弟总是充当一些不体面的角色。由此，好做梦的约瑟招来兄弟们的忌恨，几乎酿成了杀身之祸。后来，身陷囹圄的约瑟，为埃及法老圆了那个七头瘦牛吞吃七头肥牛的怪梦，得到法老的赏识，立时从一个阶下囚变成权势显赫的埃及宰相。显而易见，在《圣经》中，梦具有预言、神谕的特征，或者说，梦是激发人们恐惧的一种手段。《圣经》中的上帝就经常借助梦来宣传他的指示或预言，以维持他对人们的威慑效应。

但丁的史诗《神曲》自叙诗人幻游地狱、炼狱和天堂的历程。

它的开首第一歌，描写但丁迷途于一座“幽暗的森林”，三头色彩斑斓的猛兽，张牙舞爪，向他扑来。这恐怖的“幽暗的森林”，岂不就是一个黑夜的梦？诗人用它来喻指自己失去贝娅特丽丝之后，陷入迷惘和错误，不能自拔，同时，它又影射基督教世界的黑暗现实。梦，在但丁的笔下，具有了隐喻性、象征性，具有了道德的、伦理的、社会的意蕴。

意大利当代大作家莫拉维亚是位写梦的高手。在他的长短篇小说中，梦幻与现实交织，扑朔迷离，梦中梦、连环梦，变幻莫测。莫拉维亚写梦的旨趣，是为着刻画现代异化了的人失去自我、失去自我意识的病态的心理活动。因此，梦，对于莫拉维亚的男女主人公们来说，不啻是一种慰藉与超脱，一种自我陶醉，是他们寻求的一种生存的手段，或者说，梦，是他们建立同现实的关系的一种方式。

马莱尔巴写梦，却是自筑蹊径；对梦的阐释，也有其独到之处。他对《圣经》、《神曲》赋予梦以预言、象征、隐喻的意义不以为然。他也不像莫拉维亚那样执着于写梦幻与现实的交织与交替。马莱尔巴对弗洛伊德的精神分析理论也表示了强烈的不满，予以摈斥。

人们都记得，弗洛伊德在他的著作中不止一次地写道，梦就是人的被压抑在潜意识领域的欲望得到渲泄，在幻想中得到满足的一种曲折方式。因此，他把梦当作人的种种病态的心理现象的头一种。借助梦者的联想，对象征的解析，梦可以用来推衍出梦者的潜意识的诸种问题。

马莱尔巴毫不客气地批评弗洛伊德从病态心理学的角度来看待梦的理论。他以为，梦本身并不是病态的症状，梦不应当被视为病态的心理现象的征兆，梦者也不应当被视为具有病态心理的人。因此，把梦作为人的正常的精神活动，作为日常的思维、情感与心绪的曲折反映，把梦者作为正常的人，这是马莱尔巴在小说中写梦的出发点，也是对弗洛伊德理论的反拨。

马莱尔巴以戏谑的口吻声称，读者阅读他的《一个梦者的日记》，不妨看作是意大利航空公司发生罢工，班机停飞时，读者另行选择的一次别开生面的旅游，或者说，犹如免费观看一场电影。

当黑夜降下深沉的帷幕，读者就仿佛走进灯光熄灭的幽暗的电影厅，银幕上开始映示出这盘拷贝所储存的一个又一个的人物与形象，故事与幻觉。这里有梦的断片，有梦的组合，有梦中之梦，也有空白（所谓空白，其实也就是等待做梦而没有做梦）。这些梦，正像马莱尔巴借梦者之口在一则日记中所写的，“是绝对自由的，它们的出现全凭自己的兴致，绝不会听从他人的吩咐召之即来。”

因此，梦是一个绝对自由的王国，时间与空间在这里不断受到嘲弄，是奇特的、最不可思议的事情，在这里有可能煞有介事地、活灵活现地展开。作家引导读者去作一次自由自在的、随心所欲的夜间漫游。天色破晓，作者和读者一起结束这场奇妙的旅游，就仿佛银幕上显出“剧终”的字样，电影厅里重新亮起灯光，影片的放映到此为止。

如果说，在弗洛伊德那里，梦的叙述和梦的解析，就像X光射线一样，帮助医生透视病人的五脏六腑，把人的内在世界潜伏的、被压抑的、病态的情感、动机和欲望，毫不留情地、赤裸裸地展示出来；如果说，在莫拉维亚那里，梦者常常就是梦游症患者，即失去自我本质的被异化者的自我剖析；那末，在马莱尔巴的《一个梦者的日记》中，梦便是没有受到社会的毒化，没有受到干扰与污染的一片净土，是纯粹的精神，或者说，梦是心灵深处的纯粹。这里没有现实生活中的官僚政治、审查制度，没有污浊的空气、拥挤的街道，人们在梦中欣喜地重新获得了在现实中被剥夺了的想象的空间，幻想的自由。马莱尔巴正是相中这片净土，从这里下手，把他的一支笔化作一杆钻机，着力勘探这个奇特、怪诞而又自然朴实的世界。

马莱尔巴写梦，不是着意于解析，也不是热衷于自我剖析，而是把梦作为一种普普普通通的表达、自白，这365个梦，不妨说是现实的断片，是现实的外延。作家在写给笔者的一封信中，谈及写作此书的用心时，意味深长地把这些梦称作“第二现实世界”。

这“第二现实世界”，源自心灵，是作者体验到的现实，而不是源自畸形的心态，或者是病态的情感、欲望的宣泄和外化。这“第二现实世界”，与其说是现实社会（我们姑且称之为“第一现实世界”）的缥缈、虚幻的影像，毋宁说是它的有所扭曲，但并不失真的投影。

马莱尔巴在《一个梦者的日记》的“开场白”里，打了一个颇为精彩的譬喻：古代中国的贤哲庄子做了一个梦，他梦见自己变成了一只蝴蝶；马莱尔巴以哲人的思维，提出怀疑，很可能不是庄子梦见自己变成了蝴蝶，而是蝴蝶梦见自己变成了庄子。这则典故，恐怕就是作家特地向我们提供的理解《一个梦者的日记》的钥匙。

人们在充斥缺憾、单调、乏味的社会现实中生活得太倦乏了，他们渴望寻觅到一个宁静、自由的栖身之处，躲避寒冷与酷暑，躲避狂风与暴雨，躲避一切危险与灾祸。在《一个梦者的日记》里，现实生活中人们的爱和怨，喜和悲，被巧妙地、生动地带入了梦境，你可以说，马莱尔巴把梦想的内容世俗化了，同时，你又尽可以说，他把世俗生活中个性和群体的焦虑与不安、恐惧与冒险、失落与渴求，作了淋漓尽致的刻画。或者说，他把这一切统统荒诞化了，梦想化了。这或许就是作者和一些评家把这部专门写梦，看似荒诞不经的“日记”，说成是一部“洋溢着现实性的作品”的缘故。

马莱尔巴是从新现实主义起步，继而走向新先锋主义，并且在新先锋主义的舞台上大显身手，获得了令人瞩目的成就。就这一点而言，马莱尔巴的创作道路，倒是勾画了意大利战后文学发展进程中的某种轨迹。

路易吉·马莱尔巴（1927—　）出生于文化古城帕尔马附近的贝尔切托城。他自幼酷爱文学，但在大学攻读的专业却是法律，只是大学毕业后他改换了职业，才得以施展他过人的文学才华。这样的经历好像是意大利古今许多作家共同的。1950年，他迁居罗马，进入影视界当编剧。他独立编导的历史片《女人与士兵》具有鲜明的新现实主义风格，表现十五世纪帕尔马的乡村生活，完全采用帕尔马方言。

马莱尔巴的文学成就，同以“63社”为发端的新先锋主义密切相关。意大利新先锋主义否定现存社会秩序和意识形态，摒弃文学传统和语言规范，追求思想和表达的充分自由，彻底革新文学形式。他们的思想立场和文学实践，都以毫不妥协的、激进的叛逆为特征。

马莱尔巴的长篇小说三部曲《蛇》（1965）、《筋斗》（1968）及获得1970年法国梅迪契国际奖的《主角》（1973），便是集新先锋主义的思想、艺术特征的大成者。它们以几起案件的侦查过程为情节线索，但作者无意引导读者去探究案犯的动机，他的旨趣全然在于让读者追寻作者的意图，去解开作者充满戏剧性的、荒唐的、虚构的圈套。

在这些小说中，以合乎逻辑地反映生活为基础的传统小说的结构打破了。小说的语言扬弃了传统的涵义，获得了新的内容。马莱尔巴用心建构了一个个非理性的世界，他的主人公们已被周围的现实毒化，科学与文明的进步，本应为世人造福，结果却使他们沦为科学与文明的奴隶，使他们异化了，他们的一言一行，他们的情绪与心态，全然失去了理性之光的照耀，脱出了常轨。他们沦为木偶似的人。马莱尔巴追求纯精神的自动反应，倾力描绘潜意识。由此，怪诞具有了滑稽的形态，悲剧披上了喜剧的外衣。

这就是他笔下陷入了危机深渊的社会的本质特征。

随着七十年代后期意大利新先锋主义狂飚时代的终结，马莱尔巴的创作也起了变化。支撑长篇小说三部曲的非逻辑的文学形式，淡化了；非理性的艺术因素，削弱了。但是，他依然保持着一种可贵的思想激情和艺术追求。用作者自己的话来说，他的每一部作品，都是对充斥社会的忧虑和恐惧发表见解，都是用艺术家的敏感来阐释时代精神的尝试。《一个梦者的日记》是如此，长篇小说《蔚蓝色的行星》也是如此。后者以一个避暑公寓的房客德梅特里奥神秘的失踪的故事为切入口，从表现纯精神的自动反应的角度，把人物的人格分裂这一晕染着时代色彩的个性悲剧，作了真切的刻画。

马莱尔巴对儿童文学也表现出浓厚的兴趣，《1000年的故事》（1972）、《烟蒂历险记》（1975）、《小故事集》（1977）等，显示了他的奇妙、丰富的想象力和对少年心理的深刻理解。

马莱尔巴郑重地宣称，他的每一部书都产生于逆境。这是发自肺腑的真心话。请看他4月21—22日的一则日记，作者叙述如何梦见自己半个身子蜷曲于大树上的一个鸟巢，艰难地写着小说。此梦不正是作者在艺术实践中不屈不挠，执着地奋进的写照吗？

就在笔者将要打住这篇文字的时候，马莱尔巴寄来了他新近出版的短篇小说集《银头》。作家已年过六旬，但依然保持着每年奉献一部新作的势头。这正好给本文的结束语提供了又一个有力的佐证。

1988年11月

斯特莱赫勒和“人的戏剧”

米兰有座名闻遐迩的斯卡拉歌剧院，堪称世界歌坛的“麦加”。各国歌唱家都以朝圣者的虔诚期待着有朝一日能登上这家剧院金碧交辉的舞台一展歌喉，获取毕生的殊荣。

也是在米兰，二次大战后诞生了一家取名颇为谦虚的话剧院——米兰小剧院。最初，它并不起眼，但随着岁月的流逝，它的剧作家的作品一旦被搬上米兰小剧院的舞台，便可望成为“经典”，而古典作品倘使在此上演便获得新的活力与价值。正像你能在斯卡拉歌剧院领略当今世界最高水平的音乐演出，你可在米兰小剧院感受到今日西方话剧脉搏的震跳。

米兰小剧院的声望与成就同一位大导演的名字紧密联系。那就是斯特莱赫勒。

乔尔乔·斯特莱赫勒（Giorgio strehler）诚然早已蜚声西方剧坛，但对于中国戏剧界却还颇为陌生。他于1921年出生在意大利东北边陲城镇巴尔科拉。1940年毕业于戏剧学院。曾在图米亚蒂的剧作《青年意大利》中饰演资产阶级革命时期的民族英雄马志尼，崭露头角。著名文艺批评家雷帕契当时撰文评论说：“这是一位具有巨大潜在戏剧才华的、富于激情与特色的，足堪信赖的演员。他将很快找到自己的道路。”

斯特莱赫勒确实从此开始孜孜不倦地寻找自己的艺术道路。不过，已不再是以演员的身份，而是作为导演。第二次世界大战期间，斯特莱赫勒流亡瑞士，创立假面剧院，公演加缪的剧作《卡利古拉》。这个剧本取材于古代历史，卡利古拉是罗马皇帝，乖戾暴虐，残忍成性，最后被忍无可忍、揭竿而起的臣民打翻在地。

斯特莱赫勒选择这样一部洋溢着批判专制主义激情的剧作，显然透示了他追求民主、自由的情怀与倾向，表明他在艺术生涯的起始便赋有历史的使命感。

返回意大利后，斯特莱赫勒和巴纳西—托里耶里剧团合作，在米兰奥登昂剧院先后公演奥尼尔的《悲悼》和高尔基的《小市民》，赢得评论界的赞誉。1917年5月11日，斯特莱赫勒和保罗·格拉西（Paolo Grassi）共同创立了米兰小剧院，并任该院领导。

它献演的高尔基名剧《底层》，犹如一声春雷，为意大利当代戏剧带来了新的气象。

斯特莱赫勒一共导演过200余部戏。经他导演搬上米兰小剧院舞台的外国剧作有：莎士比亚的《李尔王》、《暴风雨》、《亨利四世》，果戈理的《钦差大臣》，契诃夫的《海鸥》、《樱桃园》，易卜生的《玩偶之家》，斯特林堡的《暴风雨》，布莱希特的《三分钱歌剧》、《伽利略传》、《四川好人》，威廉斯的《夏日烟云》，加西亚·洛尔卡的《贝尔纳多·阿尔瓦的家》，米勒的《两个星期一的回忆》，毕希纳的《丹东之死》，迪伦马特的《老妇还乡》，贝克特的《美好的日子》，艾略特的《大教堂的谋杀案》、热内的《阳台》，以及萨特、季洛杜、缪塞等作家的剧作。

他执导过几十位意大利剧作家的作品。如哥尔多尼的《一仆二主》、《狡猾的寡妇》、《乔嘉人的争吵》，邦藤佩利的《我们的女神》，贝蒂的《北方的山崩》，布拉加的《模范妻子》，莫拉维亚的《假面舞会》，布扎蒂的《医院风波》，乔万尼内蒂的《不闪光的金子》，扎尔蒂的《埃玛》，维尔加的《水上之路》，皮兰德娄的《六个寻找作者的剧中人》、《亨利第四》、《高山巨人》……

1968年，斯特莱赫勒曾一度离开米兰小剧场，领导行动剧院。1972年，他重返米兰小剧院，担任院长、总导演。

从这份不完全的名单中，我们不难看出，斯特莱赫勒具有惊人的充沛的艺术创作力和笃行不倦的奋发精神，具有极其宽阔的艺术视野与情趣，具有广博的、多方面的学识和足以驾驭迥然不同的民族、题材风格剧作的艺术才华。

斯特莱赫勒创立米兰小剧院的时候，面临着革新意大利戏剧的艰巨任务。在法西斯统治年代，意大利舞台上充斥着借古喻今、为法西斯歌功颂德的历史剧和粉饰现实生活的庸俗剧。战后初期，意大利戏剧陷于不景气的境地。上剧场看戏，只是上层社会的一种社交方式。戏剧同急速变化了的现实生活，同普通人的情感、意愿严重脱节。

鉴于此种情况，斯特莱赫勒和格拉西在米兰小剧院创立时共同发表了一篇《宣言》，着重阐明他们革新戏剧的主张：

> 我们以为，戏剧不应当是一种社交的风尚，或是对文化的抽象的崇敬，剧院自然也不是往日古老的剧目和今日古怪的新戏的展览馆。剧院是这样一处场所，在那里人们倾听应当接受或应当摒弃的谈话，这些谈话将帮助人们习惯于决定自己的个性生活，决定自己的社会责任感，诚然他们自己并不意识到这一点。

斯特莱赫勒在后来的一篇文章中对此又作了进一步的阐释，明确提出了建立“人的戏剧”的主张。他指出，布莱希特在30年代就在他的剧作中提出过善与恶的问题，呼吁人们以善对待自己，以善对待他人，一言以蔽之，呼吁人成为人。而当今的世界是冷酷无情的世界，它正走向冰冻和隔膜。“今天，自由、革命、变革世界的渴望……是我热爱的戏剧比既往任何时候都更加严重面临的问题。戏剧要脱离人类几乎是不可思议的。”“人的戏剧，就是要寻找、探索人和人共同生的方式的可能性，并把这种可能性予以美学的表现。”

由此可见，斯特莱赫勒的艺术旨趣，就是创立一种不为政治利益、经济效益所左右，努力贴近社会生活，贴近人的情感，关注人的命运的“人的戏剧”。让人成为戏剧的中心，又让戏剧成为人的文化、情感生活的内容。但斯特莱赫勒强调，“人的戏剧”不应当成为“政治剧”、“教诲剧”；归根到底，它只是戏剧创作的“一种新方式”，是对现实、对人的“一种诗学的解析”。毫不奇怪，集斯特莱赫勒的理论与实践成果之大成的著作，就取名《争取人的戏剧》。

不过，斯特莱赫勒革新意大利戏剧的时候还面临着另一重障碍。长期以来，意大利戏剧界盛行名角包打天下的风气。走红的名演员不只是剧团的台柱，而且在舞台上热衷于出风头表现自己。人们管这种演员叫mattatore①。

为了建立“人的戏剧”，斯特莱赫勒不得不向这种陋习开刀，决意树立一种以导演为核心的戏剧表演机制，树立一种冶探索性与严肃性于一炉的艺术作风。斯特莱赫勒强调，戏剧是导演的戏剧，但正像演员不应当是mattatore一样，导演不应当是demiurgo②；导演应当尊重剧作，同时应当对剧中描写的事件作出自己的、冷静而精确的剖析和阐释，作出自己的艺术选择和再创造。斯特莱赫勒把剧作比喻为“三只中国盒子”，一只套着另外一只。导演打开第一只盒子，展示“剧中人的遭遇”，即展开剧情，这是导演创作的第一个层次；然后打开里面套着的第二个盒子，展示“历史”；最后再打开最里面的第三个盒子，揭示“人的真正的历史”，这是导演创作的最高层次。斯特莱赫勒用意大利人熟悉的神奇的“中国盒子”为比喻，生动地阐明了“人的戏剧”的导演艺术的真谛。

且以斯特莱赫勒导演艺术的代表作之一，布莱希特的《四川好人》为例。斯特莱赫勒以为，这部剧作写了沈黛和隋大的“双重品格”，实质上也是我们的“双重品格”，是我们生活于其中的社会的“双重品格”。由此，演出《四川好人》的主旨不是教诲人们去恨隋大，我们也不能简单地去消灭隋大，因为隋大就是我们自己。推出这出戏的宗旨在于让我们认识这一切，理解这一切。他在充分尊重原作的基础上，对戏的结尾作了两处引人注目的改动。

在卖水人老王住处的过场戏里，布莱希特是这样交代的：

---

① 双关语，意为屠夫、好出风头的演员。

② 仅次于神的造物者。

三位神祇最后一次出现在老王的家里。他们完全变了样。漫长的出游、极度的疲惫和各式各样的恶劣遭遇，这一切都可以明显地看出来。

斯特莱赫勒把这些交代统统删削，而让三位神祇坐在三只垃圾筒里降临到舞台上！人们不由得想起荒诞派剧作家贝克特在《最后的结局》里，让两位主人公住在垃圾筒里的安排。然而，千万别以为斯特莱赫勒的这一改动是随心所欲的举动，或者是类似先锋派的新花招。他把三位神祇打发进垃圾筒里，比布莱希特原作中单单表现他们极度的疲惫和失望，有着更丰富的内涵，更深一层的意味。斯特莱赫勒强调神祇漠视人的遭遇，让人听凭命运的摆布；他们来到人间寻找好人，却又为只找到一个好人沈黛而失望；因此，他们是虚伪的、愚蠢的，也是无能的、徒劳的；神祇不是人之子，因为他们不愿作出牺牲来拯救别人。于是把他们当作废物扔进垃圾筒里，是非常合乎情理的。在这里，人是至圣的，人被置于神祇之上。斯特莱赫勒精心构思的这一神来之笔，对布莱希特的剧本作出了富于创造性的“诗学的解析”，体现了“人的戏剧”和导演的戏剧的精髓。

斯特莱赫勒对《四川好人》的尾声也动了一个小小的手术。原剧中写道：众神祇宣告寻找好人的使命已经结束，他们将返回上天时，“沈黛绝望地向众神祇伸出双手，众神祇在高空微笑招手渐渐消失”。此时，一位演员走到幕前，朗诵收场诗：

应当是另一个人？
或是另一个世界？
或是另一些神明？
或者根本没有他们……

斯特莱赫勒删去了整篇收场诗，他安排沈黛不是向返回上天的神祇，而是向观众“伸出双手”，作为全剧的结束。

在斯特莱赫勒看来，化装成法官的三位神祇，虽然最终宣布赦免沈黛的恶的代表——隋大的一切罪恶，但他们降临人间只是为了审判，为了宽恕，而不是出于对人的爱，也不是为了留在人间给人类以救助。因此，沈黛向众神祇伸手求援已失去了意义。她自然要向观众，向我们的兄弟们，向我们这些上帝之子，向我们这些人之子，“伸出双手”求援。

斯特莱赫勒执导过皮兰德娄的许多剧作，或许这是因为皮兰德娄的怪诞剧给斯特莱赫勒导演才能的施展提供了广阔的余地，所以这位西西里剧作家的作品在米兰小剧院的保留节目中占有重要的位置。除了《六个寻找作者的剧中人》、《亨利第四》等名剧，斯特莱赫勒还把皮兰德娄的一些起初并未引起人们特别注意的剧作搬上舞台，使它们焕发出绚丽的光彩。《正像你们所希望我的那样》就是一个例证。

这是一部典型的皮兰德娄风格的怪诞剧。剧中写威尼斯女演员埃玛（在剧中称“无名氏”）在一次大战后来到柏林，和德国作家萨尔台同居。后来，两人关系恶化，时常发生争吵。一个名叫博菲的男人，认出埃玛是他的好友彼埃里的妻子契娃。战争期间，彼埃里在前线服兵役，奥地利侵略者把契娃抢走。埃玛（“无名氏”）确信自己不是契娃，但她厌倦眼下的生活，便将计就计，和博菲一起离开柏林，回到期待她整整十年的“丈夫”彼埃里的身边，开始另一种生活。但她的幻想逐渐破灭。她发现“丈夫”和一家人都利用她作为争夺遗产的工具。不久，萨尔台带来了一名精神失常的女人赶来意大利，力图说服众人，那神经错乱的女人才是真正的埃玛（“无名氏”），她在战争期间被奥地利人掠到德国，从此丧失了记忆……

《正像你所希望我的那样》堪称皮兰德娄的另一名剧《是这样，如果你们以为如此》①的姐妹篇。皮兰德娄以惊世骇俗的笔力揭示的所谓“无名氏”，其实是在现代社会中失去了自我的本质，而又无法在现实中找到一席之地的人。斯特莱赫勒在导演这部皮兰德娄的剧作时，确信至关主要的一点是，要把观众的注意力从荒诞不经、扑朔迷离的情节的悬念中解脱出来，不让观众的精力、情感浪费在揣测这位“无名氏”究竟是谁的纠葛上，因为那是对原作的最浅层次的理解。他希望带领观众一同去探究剧本中隐秘的意义，揭示剧作的深层的底蕴：表象的现实生活与真实的现实生活的严重脱节、扭曲，探究女主人公寻觅失落自我、重建遭到毁灭的个性的痛苦的内层心态。斯特莱赫勒利用原作提供的曲折离奇的情节的强烈悬念，创造出一种停顿，一种冷却情感与激发理性的停顿，一种反思与评判的停顿，以把观众的哲理认识与审美认识升华到更高的层次：真正“丧失记忆”的人，真正丧失自我本质的人，不是埃玛，而是埃玛周围的人，是那些强行给她戴上“无名氏”的面具，而且只承认这面具的人！这是斯特莱赫勒对皮兰德娄的《正像你所希望我的那样》作出的独特的“诗学的解析”，“人的戏剧”在这里产生了巨大的震撼力和感染力。

今年3月，米兰小剧院献演斯特莱赫勒执导的《正像你所希望我的那样》获得了巨大的成功。剧终时，观众久久不肯离去，狂热的欢呼声、鼓掌持续了十余分钟！

斯特莱赫勒主张戏剧贴近现实生活，贴近现代人的命运，丝毫也不意味着摒弃传统。

斯特莱赫勒对意大利悠久的戏剧传统怀有浓厚的兴趣和诚挚的感情。他说：“不从过去走来，戏剧便无法站稳脚跟。现在总是从过去中汲取营养的。”在米兰小剧院的保留剧目中，意大利和外国古典剧目占有相当大的比重。就拿意大利十八世纪喜剧大师

---

① 《是这样，如果你们以为如此》的介绍，参见《外国戏剧》1982年第D期，第99—100页。

哥尔多尼的名剧《一仆二主》来说，从1947年斯特莱赫勒首次为米兰小剧院导演这部杰作以来，几乎年年都要演出此剧。不过，斯特莱赫勒是用二十世纪的眼光，用现代人的眼光，来看待这部古典剧作的，他力求让观众从传统戏剧中感受到现代气息。所以，斯特莱赫勒每次复排它，都有新的阐释，正像他自己所说的："《一仆二主》始终是一个样子，但又始终是迥然相异的。"

"每隔五六年，观众便会看到一出新的《一仆二主》，它既不是前一年'版本'的照搬，也不是同过去的'版本'对立，而是既往演出的辩证的继续，既相同又不相同。"斯特莱赫勒塑造的《一仆二主》主人公阿雷金诺的形象，已成为消逝的和更新的生命的象征，它已融化为米兰小剧院和观众的脉管里汩汩流淌的血液。

这就是《一仆二主》久演不衰、历久弥新的缘故。

斯特莱赫勒不只用当代的眼光看待传统，而且又用当代的眼光去借鉴传统。而这种借鉴同斯特莱赫勒在艺术风格上的追求息息相关。

在哥尔多尼数量众多的喜剧作品中，斯特莱赫勒为什么最青睐《一仆二主》呢？斯特莱赫勒以为，这部剧更多地也是最成功地糅合了哥尔多尼现实主义喜剧和假面喜剧（即兴喜剧）的传统，使之浑然一体。哥尔多尼在《一仆二主》中保留了许多假面喜剧的成分。如演员随机应变、即兴发挥、插科打诨的表演，天然质朴、淳厚真实的风韵，充溢着欢快、幽默和乐观的情调，这些富于艺术特色但濒临失传的特色，值得当代喜剧借鉴。

基于大致相同的原因，斯特莱赫勒很赞赏意大利当代喜剧大师德·菲立波。在斯特莱赫勒看来，德·菲立波自编自导自演，用那波利方言演出的剧作中，民族喜剧的传统和民间喜剧的色彩水乳交融，它们通俗、真诚、自然，像生活本身一样返璞归真，又饱含伦理的内涵。在德·菲立波的剧作中，人是活生生的人，人的际遇、性格和感情，惊人地朴实无华，这在当代戏剧中是鲜见的。斯特莱赫勒高度评价德·菲立波的喜剧，称赞他的《大戏法》简直是篇"诗"，是"对过去的忧伤的沉思，又是对明天的展望"，而德·菲立波则是"地地道道的意大利艺术家，地地道道的那波利艺术家，地地道道的世界艺术家"。

斯特莱赫勒继承与发扬传统，推陈出新的另一个范例，是他别具慧眼，把已销声匿迹的意大利自然主义戏剧重新推向舞台，导演了贝尔托拉齐（carlo Bertolazzi，1870—1916）的方言喜剧《我们的米兰》和《利己主义者》。斯特莱赫勒以艺术家的敏锐目光发现《我们的米兰》描写的虽是本世纪初崛起的工业化社会和大都市里穷苦人受贫寒煎迫的遭遇，但那些普通人自强不息、团结友爱、奋发进取的精神，在今日高度发达的工业化社会中是弥足珍贵的，可惜已荡然无存了。这，正有助于人们在今日更加严酷的生活中思索人的自身价值；这，也正是贝尔托拉齐方言戏剧的现实价值。于是，斯特莱赫勒妙手回春，一出问世后默默无闻、已被人们遗忘了的《我们的米兰》，成了米兰小剧院的保留剧目；一直遭到非议的自然主义戏剧，重新闪露出了艺术的光彩。

如果说，在皮兰德娄、布莱希特作品的导演处理上，斯特莱赫勒更多地诉诸理性，唤起观众冷静而深沉的反思与评判，追求叙事剧的艺术风格；那么，在排演哥尔多尼、德·菲立波的喜剧时，他更多地诉诸直觉，追求一种抒情现实主义的风格。而在莎士比亚的《李尔王》、契诃夫的《樱桃园》、热内的《阳台》、哥尔多尼的《广场》等剧中，斯特莱赫勒则努力把这两种风格融为一体，形成兼容理性与抒情的艺术风格。

由此可见，不拘一格，兼收并蓄，已成为斯特莱赫勒艺术创作的重要信条。除去对传统戏剧、民间戏剧的借鉴外，在他执导的剧目中，人们也可发现荒诞剧、哑剧、丑角剧的特征，而作为一名出色的歌剧导演，他又常常把韵、歌唱的成分引进叙事剧，作为实施他的艺术构思的有效手段。

斯特莱赫勒在致德·菲立波的一封信中，曾感情深沉的写道：

> 我们从久远的过去走来，我们也将向久远的未来前进。

此话意味深长。这是斯特莱赫勒的坚定信念与执着追求。我们由此确信，斯特莱赫勒的艺术将永葆美妙之青春！

1987年，仲夏

渗透·交融·创新

——意大利电影与文学的关系①

西方一位评论家曾说：二十世纪所有的文学艺术运动，都或多或少同电影有过牵连。那末，不妨补充说，第二次世界大战以后，意大利电影与文学有着比以往任何时候都更加深刻、广泛的牵连。它们之间的关系，不仅仅是互为危险的竞争者，更重要的是合作与促进，渗透与交融。

一

第二次世界大战以后，新现实主义的崛起，开创了意大利电影的新生面，也给世界电影注进了盎然生气。新现实主义电影是意大利特定社会、历史条件下的产物，但是，它在孕育、诞生和成长的过程中，无疑也从文学中摄取了滋养。我们知道，意大利和其他欧美国家一样，直到本世纪二十年代，电影才开始成为一门艺术。但到二十年代中期，墨索里尼便在意大利建立了世界上第一个法西斯独裁政权。“黑暗的二十年代”给处于襁褓期的意大利电影带来了巨大的悲剧。意大利不曾有过其他国家在三十年代出现的电影繁荣时期。反法西斯抵抗运动的洪流冲决了电影同人民、同现实之间矗立的高墙。当电影艺术家们开始用电影来表达抵抗运动的理想和反映现实生活时，他们发现，正像在一片废墟上重建意大利国家一样，他们也面临着在近乎荒凉的影坛上重建现实主义电影的艰巨任务。因此，他们十分迫切地要求从具有悠久传统的文学中，尤其是从取得高度成就的意大利十九世纪真实主义文学中汲取养分。

---

① 1984年冬，“意大利电影回顾展”在北京举行。回顾展期间，中国电影资料馆举办了意大利电影研讨会。本文便是我在研讨会上所作的学术报告。

真实主义是在意大利民族统一完成、资本主义新秩序建立、体现民族复兴运动理想的浪漫主义文学衰落以后出现的文学流派。

它构成了十九世纪下半叶至二十世纪初意大利文学的主流。

真实主义主张：作家应从当代的普通生活中选取题材，真实地、不加粉饰地予以描绘（真实主义由此得名）；作品不仅应当在艺术上具有美的价值，而且在科学上具有文献的价值。为了获得强烈的真实感，真实主义文学作品一般有着忠实的、客观的表现形式，强调对细节进行逼真的描绘；注意揭示人物与环境的关系，并用环境来衬托人物心理与意境，使作品洋溢浓郁的抒情性；大量汲取民间口语与方言。为此，真实主义作家把目光投向当时意大利社会矛盾最尖锐、生活最穷困的南方，特别是西西里岛，对下层人民倾注巨大的关怀与同情。

只消把真实主义文学的这些艺术主张，同我们异常熟悉的新现实主义电影的特征稍加对照，便不难看出，在如下两个重要的创作原则上，它们之间存在着相通之处。

首先，无论是真实主义作家，还是新现实主义电影艺术家，都对贫苦、落后地区和社会底层的小人物怀着一腔真挚的情感，“文字缘同骨肉亲”，着意表现他们的哀痛与欢乐，忧伤与希望，为善良的人们一掬同情之泪。其次，无论是真实主义作家，还是新现实主义电影家，都无意追求重大的题材，而致力于让艺术尽可能地贴近生活，让普通人平凡的日常生活与细节，展示出不平凡的诗意，折射出理想的闪光，使生活上升到美的高度；概括地说，对小人物寄予深切的同情与爱的人道主义思想感情，纪实性与抒情性相融合的艺术风格，新现实主义电影的这两大特征，显然同真实主义文学有着一脉相承的关系。

再把新现实主义的重要代表人物维斯康蒂，同真实主义文学的主将维尔加作一对照。维斯康蒂的影片《大地在波动》，是开新现实主义电影先河的杰作。不错，维斯康蒂起先是把它作为一部纪录片来拍摄的，只是在创作过程中才改制成故事片。但是，无论维斯康蒂本人，还是评论家们，全都众口一词地指出，这部影片受到维尔加的代表作《马拉沃里亚一家》的启示和影响。维尔加的小说形象地展示了西西里岛一个普通渔民家庭的命运，马拉沃里亚一家横遭风暴、瘟疫的灾祸，又蒙受资本主义金钱势力的腐蚀，祖孙三代死的死、堕落的堕落，到了家破人亡的地步。维斯康蒂的影片《大地在波动》，也以真切感人的艺术力量，描绘了西西里一个寻常的渔民家庭的悲惨遭遇。在主人公安东尼奥的身上，似乎依稀可见马拉沃里亚的影子。两个渔民家庭的命运，映照出两个不同的然而却是紧密联系的时代。这两部作品仿佛是西西里风俗系列画中两幅连接的画卷。

维斯康蒂的另一力作《罗科和他的兄弟们》，也同样受到维尔加的影响。关于这一点，我们下面再谈。

有的评论家把新现实主义又称作新真实主义。这个说法未必确切，却也中肯地道明了新现实主义电影同文学传统的密切关系。

二次大战后，西方文学艺术领域流派迭起。新现实主义同这些形形色色的文学艺术流派的一个重要区别在于，它不是反传统的；相反，它同民族文学的传统有着千丝万缕的联系。换句话说，新现实主义电影扎根于意大利民族文化的土壤。这或许是新现实主义电影具有鲜明的民族性和富于蓬勃活力的一个原因吧。

当然，新现实主义电影艺术家满怀人道主义激情瞩目于南方地区和社会下层人物的生活变故，并非仅仅是对真实主义传统的继承，更重要的是抵抗运动以后的新时期生活本身所显露出来的矛盾和趋势，对他们有着不可抗拒的吸引力。他们力图在影片中使自己的艺术表现具有时代感、历史感，以历史视野来反映二次大战后意大利现实生活与社会关系的特征。所以，从这个意义上说，新现实主义电影又是真实主义文学的超越和发展。

二

倘若我们看意大利影片时，留心看它的片头字幕，可以发现一个特点：编剧的名单往往比较长，既有导演，又有作家。例如，《偷自行车的人》，除柴伐梯尼、德·西卡以外，还有五名编剧；《小美人》编剧三人，其中包括维斯康蒂；《满城风雨》的编剧，除罗西以外，还有三人。那种认为电影剧本在意大利电影创作中无足轻重的观点，实际上是莫大的误解。安东尼奥尼曾说，电影剧作是电影创作中间的、然而是必不可少的阶段。他根据自己的切身经验指出，编写电影剧本是名副其实的艰辛劳作。因此，重视电影剧本的作用，作家参与电影创作，编写电影剧本，已成为意大利电影的一个传统。

还在新现实主义早期，一些影片的对白、画外音就是专门约请知名作家写的。若再细加注意，还可以发现，一些著名导演经常或固定和某一位、或某一些作家合作编剧。著名导演德·桑蒂斯曾说："我始终是和一批固定的剧作家合作，编写电影剧本的。"德·西卡与柴伐梯尼、费里尼与弗拉雅诺、安东尼奥尼与古埃拉，就是导演与作家合作而成绩卓著的三对搭档。

由此，电影导演与作家之间建立长期的、稳定的、密切的合作，是意大利电影与文学之间关系紧密的一个重要特点。

人们通常只知道，柴伐梯尼是新现实主义电影的理论家、电影编剧；其实，他是写小说起家的，是个才华出众的作家。早在二十年代末，他已笔耕于文坛，就陆续有两部短篇小说集问世。1935年进入影坛，编写电影剧本，但数十年来小说创作从未辍止。六七十年代他仍有作品出版。著名影片《米兰的奇迹》就是根据他的第三部作品《我是一个魔鬼》改编的。柴伐梯尼相继和许多导演合作，为维斯康蒂、德·桑蒂斯、布拉塞蒂编写剧本，但后来和德·西卡结成亲密的合作者。在意大利电影史上，柴伐梯尼和德·西卡两个名字始终是紧密地联系在一起的。他们二人，一个提出新现实主义的理论主张，一个在电影创作中予以实践，志同道合；一个编剧，一个导演，密切配合，相得益彰。从四十年代的《擦鞋童》、《偷自行车的人》，五十年代的《温培尔托D》、《屋顶》，六十年代的《意大利式的结婚》、《向日葵》，到七十年代的《旅行》等片，他们一起搞了几十部影片，合作近三十个年头，直至1974年德·西卡逝世。

导演和作家在电影创作中的这种合作，有如音乐中的二重唱，乒乓球、羽毛球比赛中的双打。并非任何两个优秀歌手都可组成一对优秀的二重唱，也并非任何两名优秀的乒乓球或羽毛球选手都可组成一对出色的双打。这里需要艺术上的和谐、思想上的一致。柴伐梯尼在小说中已经展示出来的朴实无华而又浸润着机智、幽默的文风，同喜剧演员出身的导演德·西卡有着相近的艺术风格，他们的艺术观、审美观又相吻合，所以二人一旦搭档，便一拍即合，长期配合默契。

费里尼和弗拉雅诺结成对子亦非偶然。弗拉雅诺是个才华横溢的艺术家，当过戏剧、电影评论家，还撰写绘画、体育、政治评论，四十年代献身文学，发表了十来部小说、喜剧。他的剧作有着强烈的讽刺性，但这种讽刺不是直露的。而体现于隐喻和荒诞。他的代表作《不断中止的谈话》（1971）近于荒诞剧，剧中三个人物：作家、诗人、电影导演，一起讨论如何写一部电影剧本。

三个人物的谈话贯穿全剧，谈话时不时中断，又不断更换话题；但万变不离题旨：今日的艺术家陷入了无可奈何的创作危机。他的小说创作则颇有点现代派的味道。小说的叙事结构被分解了，因为他认为，当今现实已支离破碎，艺术形式作为现实的反映理应如此。弗拉雅诺1946年进入电影圈，先后为罗西里尼、藏巴、布拉塞蒂、佩特里等写过剧本，但是同费拉尼合作的时间最长、最为成功。以上的勾画不难看出，他的艺术追求同费里尼着力于对人的心灵世界和精神危机的探索正不谋而合，他的艺术手法同费里尼的现代派电影手法也相一致。心有灵犀一点通。正是从《道路》这部体现出费里尼创作新特征的影片开始，他们结下了亲密的合作关系。此后，弗拉雅诺为费里尼写了像《她在黑夜中》、《甜蜜的生活》、《8½》这样一些名片的剧本，直至1972年去世，他们的合作持续了近二十年。

古埃拉也是小说家，又是用方言写作的诗人，至今已发表近二十部小说、诗集。作为艺术家，他对人的意识有着敏锐的感受力，热衷于剖析个性的分裂。1953年转入电影界，先后为许多导演编写剧本，但他是作为安东尼奥尼的合作者蜚声影坛的。安东尼奥尼的主要影片，如《奇遇》、《夜》、《蚀》和《红色沙漠》等的剧本，都是他俩合作的成果。弗拉雅诺去世以后，古埃拉应邀与费里尼搭档，一起创作了《我的回忆》等片的剧本。

导演和作家结成这样亲密合作的“对子”，在创作上有着明显的优越性。它使编剧和导演这两个电影创作中至关重要的环节不再互相游离、割裂，而构成一个完整的、和谐的创作过程。各国电影艺术发展的经验表明，电影的思想艺术质量同电影剧本的思想艺术质量息息相关，后者是前者的基础。导演和作家的密切合作，就保证了电影剧本有着上乘的思想艺术质量，从而为提高整个影片的水平提供了可靠的保证。

从德·西卡和柴伐梯尼、费里尼和弗拉雅诺、安东尼奥尼和古埃拉这三组“对子”的合作可以看出，他们不是临时的凑合，不是在一、两部片子，也不是持续三年五载，而是坚持十几年，甚至二三十年。在共同的创作实践中，编剧和导演对彼此的艺术情趣、素养、气质、追求都娴熟于心，真正做到了两心相知，情投意和，因此合作起来得心应手，非常默契。这就大大促进了编导鲜明、独特的艺术个性和风格的形成。德·西卡、费里尼、安尔尼奥尼能够成为独树一帜的电影潮流和风格的代表，显然是和他们各自与一位志同道合、情趣相近的作家建立这种长期、稳定、和谐的合作分不开的，从意大利战后电影发展的历史来看，这样组合的编导“对子”，实际上承担了进行新的艺术探索的重任，成为电影创作队伍中的尖子和开拓者，对各个历史时期的电影都发生了重要影响。德·西卡和柴伐梯尼这一对二重唱，唱出了新现实主义电影的最强音；费里尼和弗拉雅诺、安东尼奥尼和古埃拉这两对搭档，则是新现实主义衰落以后，以表现人的精神危机和异化为旨趣的电影潮流的先锋和主将。

三

一些作家、诗人转向电影创作，或者，一些电影创作人员集导演、小说家于一身，是意大利电影与文学关系中的又一重要特点。

这样的例子不少，业已构成意大利文艺领域的一个重要的势头。在年长的一辈中，可以举出索尔达蒂、莫拉维亚。索尔达蒂是老资格的作家、导演、影评家，他发表的长、短篇小说、剧本，导演的影片，都不下二十部。他原是意大利文学中“书法派”的代表，讲究美的艺术形式，注重精雕细琢。后来，他把这种风格带入电影，和卡斯戴拉尼、拉都阿达并称“书法派”电影的“三杰”。

莫拉维亚则可谓当代最负有声望的意大利作家，曾任国际笔会主席。他又是权威的影评家，主持发行量很大的《快报》周刊影评专栏，每周必定撰写一篇影评。他的全部长篇小说和许多短篇小说已被搬上银幕，他本人一直直接、间接地参与它们的改编。

内洛·里西是另一个“两栖”于文学和电影的代表。他是《以意大利人民的名义》一片的导演迪诺·里西的胞弟。四十年代，他迷上了诗歌，他的诗集多次获得文学奖，并由于出色地翻译了不少法国诗作而享誉文坛。五十年代，他“下海”当上电影导演，执导了《热浪》、《耻辱柱》等片。

安东尼奥尼是人所共知的大导演。而他起初是作为电影剧作家、影评家而与电影结下不解之缘的。近年来他又写起了小说。不久前他的一个短篇小说集问世，共收十二个短篇，引起评论界的重视。一位批评家指出，这部短篇集“构成安东尼奥尼另一半的艺术个性”。

电影是一门综合艺术，莫拉维亚曾说，电影是“介于文学和造型艺术之间的艺术”。所以，电影导演不只需要具备丰富的生活阅历、广博的知识和思想理论修养，还需要有开阔的艺术视野，陶冶较高的审美情趣和文学艺术素质。从这个意义上说，在电影与文学上能够“两栖”一下，沟通、融汇电影与文学两个不同的艺术品种的特点，广采博撷，摄取营养，提高把握艺术总体的能力，对于导演的创作，以至对于整个电影创作事业，都是大有裨益的。这从帕佐利尼、费里尼两人身上可以得到印证。

帕佐利尼原是一位出色的抒情诗人，他献给意大利共产党创始人葛兰西的长诗《葛兰西的骨灰》，荣获意大利最权威的维阿雷乔文学奖。五十年代，他以两部描写罗马流浪汉的漂泊生涯的长篇小说《生活的儿子》(1955)、《暴烈的生命》(1959)，轰动文苑。

随后，他踏进电影圈。作为一名导演，帕佐利尼孜孜不倦地进行探索，希冀创立一种“诗电影”。他认为电影是“不用符号而是用现实本身来表达现实的诗的语言”。换句话说，帕佐利尼鲜明的特色在于，他既是以电影导演的眼光，又是以诗人、文学家的眼光，来观察和反映现实生活的，诚如他自己所说，“我是作为一个诗人来创作我的全部影片的。”在他依据世界文学名著改编的《十日谈》、《一千零一夜》、《坎特伯雷故事集》等影片中，他善于从画面上的各个细微之处发掘出诗的意境；他所观察到的，他所想象到的，他所表达出来的，往往超过一般导演。观众从他的那些富于诗意的影片中，会感到获得了一个新的感观。这就是他大力提倡的“诗电影”的真谛，或许也是他得以跻身世界名导演之林的缘故。

再来看费里尼。他早年是连环画家，在出版社当过校对，又曾是文学刊物的记者，担任过一些幽默杂志的撰稿人，并发表了一些探险小说。后来，他作为剧作家步入影坛，有好几年的光景替别的导演编写剧本。从画家、记者、小说家，到电影剧作家、导演，费里尼走过的这条道路，无疑对于他把握电影这门综合艺术所特有的整体性和复杂性，对于他真正步入“艺术世界”，发生了积极的作用。人们可以对费里尼影片的思想内容持有不同的看法，但不能不对他善于利用电影这一视觉形象的艺术形式，去深刻地表现人的内心世界最隐秘的情感，传达人的难以捉摸的潜意识活动的功力，表示折服；也不能不对他把画面、对白、音乐、表演等电影的诸因素，水乳交融地合成为一个完美的艺术整体的才华发出赞叹。

帕佐利尼曾经指出：“战后，意大利电影一直走在文学的前头。”这位在诗歌、小说和电影领域都成绩卓然的艺术家作出这样的评价，应该说是公允的。另一位知名诗人、小说家帕维塞的看法更尖锐，他说：“战后意大利最优秀的小说家是德·西卡！”此话不免过于偏颇，但究其用意，也无非是为了强调战后意大利电影领先于文学的事实。

这样的客观事实自然是由多方面的因素造成的。[①]原因之一，恐怕是战后意大利电影中不断形成具有上乘艺术水平的编剧、导演群体，生生不息，星光灿烂，使意大利电影熠熠生辉。而这同本文谈及的电影与文学交融的两个特点，显然有着密切的关系。

四

谈论意大利电影与文学的关系，还不能不涉及文学作品改编为电影的问题。

把文学作品改编为影片，是意大利电影界很普遍的现象。许多古典文学作品，如薄伽丘《十日谈》中的故事，哥尔多尼的喜剧，曼佐尼的《约婚夫妇》，科洛迪的《木偶奇遇记》，德·亚米契斯《爱的教育》，不止一次地搬上银幕。而像莫拉维亚、夏侠这样一些当代名作家，他们的作品几乎无一例外地被改编为影片。

1984年在中国举行的意大利电影回顾展中，《随波逐流的人》、《鞑靼人的沙漠》、《麦泰洛》、《布贝的未婚妻》、《罗科和他的兄弟们》等片，就是分别依据莫拉维亚、布扎蒂、普拉托利尼、卡索拉、台斯托里等作家的小说改编的。

对于这一现象，在意大利也有着不同的议论。有人认为，大量改编文学作品会助长电影编导的惰性，不利于电影事业的发展，因而呼吁此风不可长。对此，我们且不予置评。我们感兴趣的是意大利电影艺术家们在改编文学原著方面的某些不乏启示和借鉴价值的观点和经验。

意大利电影史专家和影评家巴尔德利提出一个颇有见地的观点。他说："评论一部依据文学作品改编的影片时常常容易犯这样的错误：总是把影片同文学原著加以比较，把原著当作评判影片的准绳，来检查小说的哪些思想内容、哪些情节，在影片中遗漏了；并据此怪罪影片的编导。"巴尔德利认为，这种比较是不恰当的。

奥地利电影导演帕伯斯特依据西班牙作家塞万提斯的名著《堂·吉诃德》，于1933年摄制了同名影片。法国作曲家古诺、意大利作曲家博伊托分别把德国诗人歌德的巨著《浮士德》和《梅菲斯托菲尔》改编为歌剧《浮士德》和《梅菲斯托菲尔》。这三部改编作品有一个共同点，即把文学原著里的情节、心理描写，作了大量的删削，如果用塞万提斯、歌德的名著为准绳来衡量，那么帕伯斯特的影片和古诺、博伊托的歌剧简直可以说是对原著的歪曲、亵渎。然而，这些影片、歌剧仍然有着独立的生命力和艺术价值，发生了很大的影响。所以，巴尔德利主张，改编后的影片，同文学原著比较，究竟有多少改动，这是无关紧要的，至关重要的是，影片的这些改动本身应当是

① 例如，莫拉维亚认为，意大利具有悠久的、出色的造型艺术传统，所以，介于文学与造型艺术之间的电影，自然也就取得显著的成就。

有光彩的，富于生命力的。换句话说，只要影片作为一部具有独立品格的艺术作品能够站住了，这就足够了。

莫拉维亚也反对拘泥于原著的电影改编。他指出，电影不能够也不应当去说但丁、拉伯雷、陀斯妥耶夫斯基、普鲁斯特说过的话。巴尔扎克在《高老头》中描写主人公的寓所，花了十来页的篇幅，而在电影里，只需用几秒钟的时间就可以把公寓展示在你的眼前。按照他的观点，改编文学作品既要从小说中撷取，又要对小说进行补充。撷取与补充，这两个因素辩证的、有机的统一，造成电影改编文学作品的创作过程。一般说来，撷取较为容易，补充则困难得多，但却又是最为紧要的，它决定着影片艺术上的成败。

巴尔德利和莫拉维亚的见解是可取的。电影和文学是两个不同的艺术门类，诚然，它们都以形象思维为创作手段，以塑造艺术形象为创作的出发点，但前者主要以文字为媒介，以表现客观事物和主观的审美感受；后者主要凭借视觉形象，去描绘客观事物和主观的审美感受。它们有着各自的规律。因此，对原著进行改编，没有必要照搬和复制小说的内容，而需要遵循电影自身的规律，对文学作品进行二度创作，用视觉形象予以艺术的再现。这样才能使影片比小说具有更多的、更丰富的内容与价值，才能做到既忠实于原著的精神，又富于符合电影艺术规律的独创性。或者借用莫拉维亚的话来说，改编的影片应当把对小说的撷取和补充交融于一体。

维斯康蒂编导的《罗科和他的兄弟们》堪称对原著进行改编的范例。这部影片的剧本以意大利当代作家台斯托里的小说《吉尔索法桥》为蓝本写成的。小说篇幅不长，维斯康蒂从中撷取了情节素材，但不受它的拘束，以相当大的灵活性进行了出色的艺术再创造。原作通过一家朴实、贫困的西西里人来到米兰谋生以后的遭遇，着重反映大都会米兰的社会风貌。维斯康蒂却把影片的重点作了转移。米兰是情节展开的环境、背景，而镜头的焦距却紧紧对准了这个西西里家庭各个成员的心灵。所以影片的真正重点是西西里人。还在拍摄《大地在波动》时，维斯康蒂就计划拍摄“西西里三部曲”，后来因故中断。所以《罗科和他的兄弟们》实际上可以看作是四十年代反映西西里渔民生活的影片《大地在波动》的继续。

其次，这部影片虽然根据台斯托里的小说改编，但维斯康蒂又糅进了十九世纪真实主义作家维尔加的思想。维尔加的小说中贯串着一个主题：城市文明同乡村文明的对立。在维尔加的笔下，资本主义城市文明不仅给农村带来物质上的灾难，而且是腐蚀农民的邪恶力量。维斯康蒂在《罗科和他的兄弟们》中也对城市文明进行强烈的谴责，西蒙就是被资本主义文明夺取了灵魂，从而道德堕落的牺牲品。但是，维斯康蒂又超越和发展了维尔加的思想，灌注进了时代的精神。他着重揭发来自西西里穷乡僻壤的劳动者在“经济奇迹”的中心米兰遭遇的心灵的磨难，表现了在意大利所谓“福利社会”的新的历史条件下，两种品格、思想意识、道德观念的猛烈冲撞，有力地表现了新的一代在觉醒的基础上的抗争。

在艺术手法上，维斯康蒂又把电影与小说的特点冶于一炉，在紧张、复杂的情节逐步展开中，常常安排一些围绕一个中心人物而展开的故事，倾力刻画这个人物的性格特征。这些故事一环紧扣一环，互相勾连，把冲突引向扣人心弦的高潮。

台斯托里很难称得上是意大利当代的第一流作家，他的那个短篇也不能说是一篇杰作，但由于维斯康蒂对原著进行了创造性的艺术再加工和创新，使影片既源于小说，又高于小说，具有新意，获得了新的艺术价值，从而成为六十年代意大利电影史上一部出类拔萃的作品。

一枚银币的两面

——文学翻译与文学研究

意大利有句广为流传的俗话，连小学生都晓得，叫作Traduttore traditore，意为“译者是叛逆者”。乍一听来，此话颇为刺耳，对译家贬抑得煞是厉害，令人几乎无地自容。然而，细细玩味，却又觉得，它倒是一语中的，极其透彻地道出了译事的艰难，译家脚下的路，真可谓荆棘充塞！

在文学翻译领域，说句老实话，我需要学习和探讨的东西，远远多于能够作为经验总结的东西。

自1962年走上工作岗位，从事意大利文学研究，迄今已30多个年头。由于尽人皆知的缘故，研究和翻译工作，都是曲曲折折、断断续续的，而“四清”和后来那场“文革”大悲剧，竟把我耽误了整整12年！

倘使一定要说一点什么体会，我觉得，最深切的一点感受是，文学翻译离不开文学研究，严肃的翻译也于研究大有裨益，或者说，文学研究也需要翻译。两者密不可分，理当互为促进，相辅相成。

文学翻译并不是只要懂点外文，就可以借助字典，对着原著依样画葫芦的简单劳动。在某种意义上，文学翻译是科学的、创造性的劳动，也是艺术的二度创作。翻译一部文学作品，既需要对作家、作品所属的那个时代的社会、历史、文化乃至风尚习俗，力求有尽可能广泛、真切的了解和把握，也需要对作家的思想意识、文艺观点、身世际遇、艺术特色和语言风格，力求有尽可能深入、细致的理解和研究。

在这里，研究贯穿翻译全过程。研究是翻译的前提。离开研究，文学翻译的水准和质量势必得不到保证。同时，翻译的过程，又是对作家、作品的认识和理解不断深化、不断升华的过程。作品里往往有不少东西是阅读一遍两遍不好把握、难以领悟的，但在翻译过程中，你深深地钻进去了，你的整个身心和你的全部感情全都融合到作家笔下的那个艺术世界里去了，你就能够真切把握与领悟这些一般阅读难以把握和领悟的东西，把它们从潜藏的深处开掘出来，能够敏锐地、深切地感受出来。所以，文学翻译的过程，又是文学研究的过程。文学翻译和文学研究应当是统一的，它们是一枚银币的两面。从事文学翻译者，应当尽量多做研究工作；从事外国文学研究者，也可结合研究课题，多少涉足译海。这将有益于两者关系的良性循环。

基于对文学翻译与文学研究关系的上述思考，我以为，文学作品的译者，应当是学者。个中道理不必赘述，只需点到为止。

唯有学者型的译者，才能通晓两种文明，即本民族的文明和另一个民族的文明，谙熟他们的差异，求得它们的契合点。

唯有学者型的译者，才能最大限度地缩小译者与作者之间的距离，缩小一国语言（出发语言）与另一国语言（归宿语言）之间的距离。

唯有学者型的译者，才能使文学翻译接近或达到它的最高境界，即“化”的境界。

唯有学者型的译者，才有可能与条件形成自己独特的翻译风格。

1964年，我曾为自己定制了两项研究课题：葛兰西文艺思想和莫拉维亚短篇小说创作，并打算分别编选和翻译《葛兰西论文学》和《莫拉维亚短篇小说选》两本书，作为这两个课题的配套工程。课题上马不久，“文化大革命”风暴突起，活活剥夺了文化人作文做人的权利。待到我70年代后期重新捡起这些课题时，已几乎是重起炉灶了。

葛兰西是意大利共产党创始人，当年都灵大学文学系的高才生。他对政治、哲学、历史、经济、文化、宗教等诸多领域的众多问题都有精湛的研究，并从理论上作了深入的论述。他有关文艺的著述大多作于法西斯狱中，逝世后被编入卷帙众多的《狱中札记》和《狱中书简》。为了躲避法西当局的严格审查，又因为狱中严酷条件的限制，这些在极其险恶的特殊环境下写就的笔记，常常呈片断、零散的形式，可谓名副其实的“豆腐干”，大多采用省简的笔法，含蓄幽奥，隐晦曲折，有些则近于读书心得或写作提纲，或者仅仅是思想火花迸发时的速记。这就给阅读和翻译葛兰西的著作带来相当大的困难。往往为了翻译一篇短文，需要查阅大量有关的背景材料，意大利学者研究葛兰西的著作、评论对象的著述，反复琢磨葛兰西的原文，透过他的思想迸发的火花，去把握它完整的、准确的、丰富的内涵。因此，翻译葛兰西那些片断的、提纲式的著述，若是离开了对葛兰西及其文艺思想的研究，便寸步难行。

葛兰西异常推崇文艺复兴的伟大先驱但丁的《神曲》，还在都灵大学读书时，就对它进行了初步的探讨。遗憾的是革命活动和铁窗生涯使他未能实现深入研究这位诗圣的夙愿。但是葛兰西仍然以极大的毅力，克服重重困难，在狱中写下了酝酿已久的分析《神曲·地狱篇》第10歌的提纲，又于1929年8月26日和1931年9月20日先后从狱中写了两封书信给大姨丹尼娅。这两封书信于50年代问世后，受到意大利学术界的高度重视，丰富了对但丁的研究。

我翻译这两封书信前，反复研读了《神曲·地狱篇》第10歌，以及有关该歌的评论资料。但到着手翻译时，又遇到了一个难题，不解决它，根本无法开译。

葛兰西在阐述但丁诗作的思想价值和艺术特色时，首先对克罗齐的研究观点和方法提出了批评。葛兰西指出，克罗齐把《神曲》这样一部完整的、和谐的艺术作品机械地分割为“poesia”和“struttura”，把它们截然对立起来，是站不住脚的错误观点。在意大利语中，poesia意为“诗”，其涵义在本文中容易理解。Struttura字面的意义是“结构”，但按照这一字眼的通常涵义去理解，葛兰西著述的上下文的意思就变得不清不楚了。把那两封仅有500字和1500字的简短书信细细研读了多遍，它们依然犹如密码，难以破译。

当然，按照字面的意思硬译，不求甚解，也不算错误，但我总觉得那是对自己对读者都敷衍塞责的行为。我查阅了克罗齐的有关著作和评论克罗齐的论著，又请教意大利朋友、罗马大学文学系费隆尼教授，总算破译了这个“密码”。

克罗齐美学思想的一个重要内容，是把艺术作品区分为poesia（“诗”）和non poesia（“非诗”）。有的时候，他又用struttura（“结构”）这个概念来替换non poesia（“非诗”）。在克罗齐的美学理论体系中，举凡表现情感、激情、心理者，都称之为“诗”；所有表现思想意识、道德、宗教者，则不称其为“诗”，而只不过是“非诗”，或者也可以说，是“结构”。这正是贯串克罗齐美学理论体系的基本观念“直觉即艺术”的衍化，是他宣扬感觉、情感先于思想、观念，优于思想、观念，提倡“纯诗歌”、“纯艺术”的形式至上主义的体现。克罗齐把“诗”和“非诗”，或者说把“诗”与“结构”对立起来，褒扬前者，贬抑后者。他恰恰是依据这样的理论来评论《神曲》，从而把《地狱篇》第10歌中描写法利那塔和卡瓦尔康蒂的两个部分对立起来的。

葛兰西在他的书信中，言简意赅地驳斥了流行于文学批评领域的克罗齐唯心主义美学理论。他指出，否定“结构”，即是否定思想、观念，“诗歌也将不复存在”。因此，“结构也具有诗歌的价值”，“结构”也是“诗”。

克罗齐（还有另一位意大利19世纪权威批评家德·桑蒂斯）关于《地狱篇》第10歌的“诗歌”与“结构”的论点，历来被认为是正确无疑的。葛兰西在这两封书信中，以辩证唯物主义为武器，四两拨千斤，给予致命的一击。他从而得出结论，《地狱篇》第10歌的两个部分，描写了两个人物的悲剧，即法利那塔的悲剧和卡瓦尔康蒂的悲剧。但葛兰西还不止于此。他由此更前进一步，从理论上探讨古典艺术和中世纪艺术展示人的巨大痛苦所诉诸的表现手法，借以揭示但丁在《地狱篇》第10歌中刻画卡瓦尔康蒂悲痛的心理状态的艺术成就，而这一点，正是古今但丁研究家们一直忽视的。

显而易见，执笔翻译之前，只有首先下点功夫，对克罗齐的有关美学思想作一番细致的了解、研究，才能吃透struttura这个关键字眼的涵义，才能进一步理解葛兰西对克罗齐主张的纯诗歌、纯艺术的美学思想作了何等深刻批评，也才能深切理解葛兰西对《神曲·地狱篇》第10歌这首历来众说纷纭的名篇作了何等富于见地的探讨。

葛兰西论但丁《神曲》的两封书信，总共才2000字，有一两天时间翻译足够了，但为了弄懂和把握它的涵义，我花费的时间又何止一两个星期！

编选和翻译《葛兰西论文学》一书，反过来又大大地促进了研究工作，使我对葛兰西的文艺思想获得了深一层的认识。完成此书的同时，我撰写了我国第一篇探讨葛兰西文艺思想的论文，它比我以前撰写的有关葛兰西的评介文字，就丰满得多、深刻得多了。

我还曾译过皮兰德娄的一出名剧《亨利第四》。皮兰德娄在剧中写了一个“现代人”的悲剧。这个贵族青年遭人暗算，失去理智，以古代皇帝亨利第四自居，过着疯人生活。后来，他清醒过来，恢复了理智，却再也无法恢复原先的生活，注定要永世戴上疯人的面具。

在大学读书时，我曾写过一篇以皮兰德娄早年的现实主义长篇小说《被遗弃的女人》为题的学术论文。70年代后期，又陆续写过一些有关皮兰德娄的评介文学。但我深有自知之明，这点底子，对于翻译这个被称为“20世纪的《哈姆雷特》”的《亨利第四》，是太浅薄了，需要好生钻研一番皮兰德娄的怪诞剧，把前期准备工作做扎实。我利用在意大利进修的机会，阅读了意大利朋友推荐的几部论著，特别用心琢磨其中关于贯串皮兰德娄创作的假面——自我的冲突的主题，关于皮兰德娄的剧中人的性格两重性的论述。

在研读材料过程中，我向自己提出了这样两个问题：中译本如何体现这部怪诞剧的基调和风格？如何传达主人公的精神世界经受的无比深刻、复杂的危机？我以为，《亨利第四》不愧为皮兰德娄怪诞剧的杰作，但是切忌把它当作一部情节离奇、荒唐的巨作来译。读者/观众/在阅读/观看/眼前展示的荒诞不经的戏剧纠葛的时候，应当受到一种惊世骇俗的力量的冲击、一种心灵的震撼，他再也没有法子去当一个无动于衷的旁观者，而会不由自主地和作者一起去对事件作冷静的思索和严峻的评判。这出怪诞剧实质上是心理剧和哲理剧的统一，是极富思想深度的现代人的悲剧。这是翻译中应当把握的基调。

《亨利第四》中，主人公有许多大段的独白，在翻译中颇不容易处理。这些独白不仅把剧中零散的情节连缀起来，更是作者用来解剖人物的心灵危机、追究痛苦的原因的重要手段。从主人公规定的性格特征出发，我在翻译中既注意避免把这些独白译得混乱、轻浮，像个真正的疯人的胡言乱语，又防止把它们译成干瘪、直露的长篇大论，像是头脑清醒者的说教。主人公忽而清醒明智，忽而疯狂昏乱，真真假假，嬉笑怒骂，他正是借助这些大段的独白把内心深处积郁的、对现实世界的满腔悲愤、怨恨，统统倾泻出来。这些独白，既激情洋溢，又饱含哲理；既具有心理深度，又充满思辨色彩。

前期的准备工作做得较为充分，心里就有了谱，对剧作的基调、风格和那些至关重要的独白的把握，就大致做到了分寸适度，翻译也顺当了。记得那是1980年金秋，正值意大利南方葡萄丰收的季节，周围的几位朋友上酒厂勤工俭学去了。校园里异常宁静。我一头扎进了书斋，花了整整12天的时间，一气呵成，把《亨利第四》译了出来。译完最后一句台词，已是凌晨5点。但不晓得是因为完成了一件艰难而有意思的工作而过于兴奋，还是脑子长期处于亢奋状态的缘故，躺在床上久久不能入眠。我又一次尝到了翻译的苦与甘。

关于翻译家的素质，葛兰西曾说过这样一段精辟的话："一个合格的翻译家，不只应该会按照字面的意思翻译，而且应该善于用另一种民族文化的词汇、观念，来表达某一特定的民族文化的语汇、观念。换句话说，这样的翻译家应该批判地通晓两种文明，善于借助一种文明的特定历史条件下的语言，把这种文明介绍给另一种文明……"

葛兰西在这里指出，一个合格的翻译家，要通晓"两种文明"，除了本民族的文明，还要通晓另一个民族的文明。这后一层意思，我以为，正是点明了文学翻译与文学研究不能分离，而是互为促进、相辅相成的道理。

意大利新现实主义电影（上）

一九四五年冬，在罗马一座由照相馆仓促改建的简陋的摄影棚里，电影导演罗塞里尼领导一批演员，紧张地在拍摄一部不寻常的影片；后来，他们又出现在街头、广场、城郊，拍摄外景。不久以后，轰动意大利和世界影坛的第一部新现实主义影片——《罗马，不设防的城市》诞生了。

随着《罗马，不设防的城市》之后，许多新现实主义影片相继问世。新现实主义成了战后意大利电影领域里的一个主要流派。在国外，新现实主义对于某些国家的电影创作，也产生了一定的影响。

一

新现实主义电影在战后的意大利出现，不是偶然的。它是时代的产物。

1926年，意大利在墨索里尼对外侵略政策和对国内血腥的统治下，遭遇到了巨大的民族惨剧。

在这场民族灾难里，文艺也不能幸免。正直的艺术家横遭迫害，大多数艺术家默然了，有的堕落为法西斯的御用文人。反映在电影里，那就是荧幕上色情片、传奇片、惊险片泛滥成灾；场面豪华、色彩艳浓的历史片、音乐片成了制片商竞相拍摄的时髦影片。墨索里尼政权也竭力鼓励拍摄单单追求官能享受的影片，以腐蚀人民的意志。这样，意大利人民在现实生活中过的是黑暗、悲惨、痛苦不堪的日子，在银幕上看到的都是豪华靡丽、灯红酒绿或是歌颂“英雄”、“奇迹”的镜头，意大利电影经历着严重的危机。

1944—1945年，墨索里尼政权崩溃。饱受法西斯和德寇蹂躏的工农、学生，纷纷拿起武器，参加战斗，掀起了气势磅礴的抗击法西斯，争取独立、民族的抵抗运动。

崭新的政治局面，给枯萎、濒于衰亡境界的意大利文学、艺术带来新的活力和生机。首先起来响应形势的是电影工作者。他们背起了摄影机，拍摄了报告抵抗运动的新闻片、纪录片。导演维斯孔蒂和德·桑蒂斯拍摄了纪录片《光荣的日子》。这部影片，记录了武装斗争和对法西斯警察魁首卡鲁卓的公开审判。随后，维斯康蒂，还有其他导演，相继拍出了一批反映抵抗运动和意大利战后现实生活的艺术片:《罗马，不设防的城市》、《太阳刚升起》(维尔加诺，1945—1946)、《擦鞋童》(德·西卡，1946)、《悲惨的追逐》(德·桑蒂斯，1944)、《偷自行车的人》(德·西卡，1948)、《大地在震动》(维斯康蒂，1948)、《橄榄树下无和平》(菲利波，1905)、《警察与小偷》(莫采利尼，1951)、《罗马，十一点钟》(德·桑蒂斯，1952)……这些电影工作者把自己的创作方法称之为新现实主义，自己的影片称之为新现实主义电影。“新现实主义”这一名词，也就随着这些具有新的思想倾向和艺术特点的影片在国内外获得的成就而流行起来。

二

新现实主义之所以称为新现实主义，倒并非因为它是某种与通常可理解的现实主义相抗衡的、新型的现实主义。从根本上说，它是抵抗运动精神的反映，是一部分电影工作者争取民族独立、社会平等、民主自由的要求在电影创作里的反映。就其美学观点和艺术创作来看，新现实主义没有、也不可能超出评判现实主义的范畴。它所指的新，只是与法西斯统治期间那些粉饰现状、逃避现实的电影比较而言。这个新，指的是重新的意思，即重新恢复与发扬意大利电影艺术中现实主义的意思。

从新现实主义电影创作的两个主要特征中，可以清楚地看出这点。

试图如实地、逼真地反映客观现实，追求这种反映的最大限度的真实性，这是新现实主义电影的一个重要特征。

新现实主义也确实在一定程度上揭示了40—50年代意大利的真实，及其所面临的某些迫切问题。最早问世的《罗马，不设防的城市》直接描写了抵抗运动；以后出现的《悲惨的追逐》、《橄榄树下无和平》叙述游击队战士回乡后的生活和为了生活的权利而进行的斗争;《堕落的青年》、《那波里——百万富翁之城》揭露英美盟军带来的混乱、堕落;《擦鞋童》记述无家可归儿童的流浪生活;《大地在震动》是西西里岛渔民艰辛的劳动和生活的写照。不少新现实主义影片揭露了意大利最普遍、最严重的社会现象——失业问题，像《罗马，十一点钟》《偷自行车的人》《警察与小偷》……

新现实主义所主张的如实地反映的现实，主要指的是人们四周的客观环境，是那些最平凡的、日复一日地无数次重复出现的普通人的生活。艺术家们不在巨大的时间中寻觅创作素材。这种平凡的日常生活，对新现实主义者来说，就是最真实、最生动、最富有表现力的现实；同时，又是最富有诗意的现实。在他们看来，人们周围的世界，日常的生活，简直可以不加扬弃、概括就可以嵌入电影的戏剧情节、事件。生活与戏剧之间的鸿沟消失了。生活里的任何人、事、物，只消信手拈来，便立刻可以化为艺术作品的有机组成部分。由此，新现实主义者可倚重的、可苦心企求的真实性，是纪录片式的真实性，是要在银幕上尽可能按生活的原来模样再现生活。他们认为这是无条件的、率直的真实。

正是根据这种看法，许多新现实主义影片都以真人真事为基础，有的片子甚至是由当事人自己扮演，在事件发生的地点拍摄的。《罗马，不设防的城市》，《偷自行车的人》都有真实事件为依据。

为了达到这样的真实性，他们在剧作中有的是煞费苦心的。泽瓦蒂尼着手写电影剧本《屋顶》以前，特地花了几个月的时间，走访了无家可归的泥瓦匠、失业者，和他们打交道，参观地方违法偷建的茅棚。《罗马，十一点钟》的摄制过程，最能具体说明新现实主义者在这方面的态度。1951年1月15日，二百多名失业青年女子，根据报载某公司的招聘启事，聚集在罗马沙伏诺大街一栋住宅的楼梯上，竞相争取一名打字员的缺额。楼梯在人群重压下倒塌，致多人受伤，一人死亡。记载这件惨案的新闻引起了导演德·桑蒂斯的注意。他委托艾里奥·别特里（他今天已经成为意大利的著名电影导演，但他的作品也开始走上了危险的颓废道路）以记者或助理导演的身份访问了当事人和惨案的目睹者，详细调查了应聘女子们的身世、家庭情况，她们当时的心理状态，做了记录。影片就是这些真实人物的遭遇在银幕上的再现。惨案发生的经过，时间、地点完全没有变动，甚至连招聘广告也是逐字从报上抄录下来的。

上述的创作方法，同法西斯时代的电影比较起来，是有其可取之处的。因为它毕竟主张艺术应当反映生活，愿意正视社会中的某些现实，而且强调要把作品的内容建立在举目可见的生活事实的基础上。然而，它的根本弱点和局限性也是十分明显的。新现实主义者竭力追求真实性，实际上他们反映的依然只是意大利现实生活的部分真实、个别方面，而远非其全部真实，主要方面。细琐的生活细节，常淹没了错综复杂、丰富多彩的现实生活的全貌。仔细观察，搜集来的现象、事件，并未给以足够深刻的挖掘和概括，艺术家没有透过纷杂的社会现象，揭示出它的本质与根源。以《罗马，十一点钟》为例。影片处理的是一个对于战后意大利来说十分严重、带有普遍意义的社会问题——失业问题，是一个非常值得艺术家加以分析、研究和表现的问题。影片以真实事件为基础，找到了比较丰富的生活细节，并加以提炼加工，完成了一部有着自己艺术特色的电影作品。影片的作者对这些不幸的罗马姑娘的同情态度，确实得到了体现。但是，产生如此严重失业现象的社会根源何在？她们又是由于什么原因成了失业者？调查材料、电影剧本、摄成的影片中，都找不到答案与暗示。新现实主义者是拒绝向自己提出这样的任务的。这样，他们对生活的反映必然是半途而废。也正因为如此，尽管他们强调调查方法，并认为它是艺术剧作的重要步骤，但是，这种调查充其量不过是一种局外人的旁观，对不幸者只能采取冷静地同情的态度罢了。

对小人物的同情，企图表达他们最基本、最迫切的要求，是新现实主义电影的另一重要特点。

新现实主义影片不但给意大利电影带来了新的命题，也给意大利电影带来了新的主人公——被欺压、被盘剥的农民、渔夫、杂役、失业者、流浪儿、小偷……这些小人物第一次作为正面形象出现在意大利银幕上，是有意义的。影片细致地记述他们的欢乐与悲哀，希望与失败，描绘他们在艰难崎岖的生活道路上的辛酸经历，并对之寄予同情。艺术家为这些饱受凌辱、摧残的小人物喊出了要求最起码的生活权利的凄厉呼声："我们要面包，要工作！"《罗马，十一点钟》里，上百名姑娘在楼梯上拥挤争吵，最终惹起一场灾祸，为的是什么呢？——工作。《警察与小偷》里的警察与小偷，都是受人压迫，原该同病相怜，或至少是井水不犯河水的小人物，在他们之间却爆发了一场有你无我、你死我活的冲突。是什么使这对可怜虫变成了冤家对头的呢？——面包。《乌贝尔托D》里一群白发苍苍的退休的老人，走上街头示威，闹得满城风雨，也不过是为了增加几个养老金。

这些新的人物并不具备新的性格、面貌、品格，他们只是被侮辱、被损害的小人物，是被同情、被怜悯的对象；他们不是生活的主人，历史的驾驭者。

其次，新现实主义者展示了社会里小人物的心酸遭遇和悲剧生活，但摆脱这种境遇的出路何在呢？艺术家们在这个问题面前是徘徊、踌躇，不知所措的。他们禁不住将伤感、失望、哀愁的杂乱情绪注入影片。新现实主义的影片，常常激使观众洒下同情之泪，但极少用高昂的号角去唤起人们的斗志。这个缺陷几乎是所有新现实主义影片的通病。

意大利新现实主义电影（下）

三

意大利新现实主义电影的创作特色和新颖的艺术风格，表现在影片创作过程的各个环节里。

影片既然要以最大限度的真实性描摹普通小人物的悲惨贫困的生活，摄影机的镜头就不能不对向平凡的、实在的生活世界。为了获得真实气氛，导演们在拍片的时候，便往往走出制片厂的摄影棚，代之颓旧的广场、街道和贫民窟，比之有名的电影明星，导演们更喜欢让现实生活中的人物扮演自己。《大地在震动》里的渔民完全由西西里的渔民扮演;《帕叶查》里根本找不到一名职业演员；捷尔米拍摄《希望之路》时和摄影师深入到硫矿工场，现场拍摄罢工镜头，因为影片里的故事就发生在这里，这里的工人就是影片的演员。

客观原因在一定程度上也迫使新现实主义者放弃摄影棚和职业演员：制片商常常拒绝承拍他们的片子，导演们不得不节俭使用一些团体、个人捐助的资金。但更主要的原因还是为了要使电影更逼真、自然，更接近生活。广大观众在电影院里看到的不再是长期泛滥于银幕的历史片、歌剧片里豪华、阔气的场面，好莱坞出品的金发女郎、裸露的大腿；他们看到了自己的形象，自己的生活环境，尽管这环境常常是寒酸、不够体面的，但他们却感到比较亲切。

在影片的镜头调度、画面构图上，新现实主义艺术家也有自己的特色。他们很少采用使人物突出的特写镜头，他们偏爱全景和中景，使人物、环境融于一体。在影片的开始，展示于观众面前的常常是一幅带有浓烈生活气息的全景图，将故事要发生的地点、环境作一交代——狭窄污秽的街道，像凌乱的彩旗在每家窗口飘扬的破被单、衣服，喧嚷的人群，各色各样的人。全景逐渐淡化。镜头瞄向人群，缓慢地逐一摇到每一个人面前，似乎在寻找主角；而人群中的每一个人好像都可以成为片子里的主角，让摄影机在他面前打住，对准他拍摄。每一次的选择似是偶然的，但又是必然的；这个人的遭遇，同样也完全可能是这群人里任何另外一个人的遭遇，因为他们都是生活在同一现实环境里的普通人。

新现实主义艺术家在摄影技巧上不要弄能使观众产生强烈印象的花招。一般说，他们的导演手法比较朴素、简练。他们喜欢让摄影机镜头长久地停滞在一个点上，任生活自己在镜头内活动、流逝。由于所选择的特定的题材、人物、环境，新现实主义者十分禁忌鲜艳的五彩片，几乎只拍黑白片。

在新现实主义影片里，特别是在早期影片里，画外音（旁白）广泛被采用。其所以如此，除了叙述解释剧情，制造和渲染气氛外，主要是用来表达作者的意见，抒发他们的情感，他们的爱和憎；帮助表白人物的心理活动，剖析其内心世界，画外音又起着烘托主题、勾勒人物性格的作用。

新现实主义影片的对话多半是方言土语，是片中人日常使用的通俗语言。《大地在震动》的开头，有一段字幕，它中肯地道出新现实主义者在这方面的观点：

“在本片里代替职业演员拍摄的，是当地的居民——渔夫、农民、石匠、鱼贩、妇女。

“为了表达自己的感情——抗议、痛苦、希望——他们使用自己的语言，穷人的语言——西西里方言。

“意大利语在西西里——不是穷人的语言。”

四

战后初期的五年，可算是意大利新现实主义电影的全盛时期。大约从1950年起，新现实主义队伍开始逐渐分解，向几个方向发展。有一部分艺术家继续沿着他们开创的道路前进，坚持新现实主义的创作原则。在完成了像《警察与小偷》、《罗马，十一点钟》《乌贝尔托D》等影片后，又拍出了《苦难情侣》（里赞尼，1953）、《屋顶》（泽瓦蒂尼编剧，德・西卡导演，1956）、《德拉・罗尼雷将军》（罗西里尼编剧，德・西卡导演，1959）等反映下层人民生活的片子。

以导演卡斯特莱尼、欧梅尔为代表的新现实主义分化后的另一枝叶，虽然还把注意力放在对普通人日常生活的记叙上，但是，在他们的影片里，幽默、欢笑增多了，下层人民的生活被美化了，穷困、落后的乡村被描绘成诗意盎然田园。小人物不再是受欺压、被寄予同情的对象，却成了呆头呆脑的可笑人物。他们打着吸引观众的新现实主义的旗号，采用了一些新现实主义者惯用的手法，却阉割了新现实主义最主要的精神，这只要从他们片子的名字上就可一眼看出:《面包、爱情与幻想》、《面包、爱情与姑娘》(之后如法炮制的《面包、爱情与XX》式的影片纷纷出笼)、《漂亮的穷人》、《威尼斯、月亮与你》……

为了把这些影片区别于真正的新现实主义，一般通称之为“玫瑰色的新现实主义”。

另一部分导演，抛弃了新现实主义传统的题材，把摄影机镜头转向上层社会，表现它的生活、道德、精神面貌。菲利尼是这一派的突出代表。他的《娇儿》(1953)描写一群心灵空虚、无所事事的青年的遭遇;《她在黑夜中》(1957)，通过表现一个妓女的命运，揭发这社会的丑恶;《甜蜜的生活》颇似以一个新闻记者为线索连贯起来的一组电影《短篇小说》，通过记者的耳闻目睹，表现有钱人的腐化、堕落。客观上说，这些影片在一定程度上起了揭露作用。像《她在黑夜中》，对意大利社会的冷酷、虚伪、尔虞我诈、损人利己和铜臭、私欲等，作了比较深刻的暴露。在这社会里，像卡比丽娅这样试图以正直、对人信任来获取幸福和爱情的人，注定要遭到可悲的失败，美好愿望必成泡影。

然而，这类影片有严重的脆弱性和消极的一面。

菲利尼等在反映上层社会时，采用了新现实主义的如实写照的手法。但是，这种反映流于自然主义；作者的态度过于冷漠无情。《甜蜜的生活》里的记者是周围发生的一切的目睹者，他的任务是观看，记录，而不是予以分析、评价。如果说，在新现实主义影片里明显地流露了作者对小人物的爱和同情，那么，在菲利尼的作品里，这一点就模糊不清了。在他的作品里很难找到对健康的、积极的、能与社会的罪恶势力抗衡的力量。

菲利尼很少在自己的片子中作断语，或者说，他的断语常常是朦胧、含糊、模棱两可的。且以《她在黑夜中》为例，妓女卡比丽娅的遭遇是痛苦的不堪回首的悲剧。她，孤苦伶仃，一个被蹂躏、被抛弃女人，往何处去呢？影片的结尾是：迷茫的黎明，卡比丽娅，脸容凄惨，眼光失神，独自迟钝地行走，漫无目标……周围响起了青年人的笑声、歌声。他们奔跑、追逐、嬉笑。卡比丽娅忽有所感悟，布满凄惨、哀愁刻下的皱纹的脸上露出了笑。微笑着，她昂起头，继续向前走去……观众若稍加思索，便会发问：这惨淡的微笑，表示什么呢？如果是标志要活下去的愿望，她的愿望又是由何而来的呢？那朦胧的歌声又到底象征什么呢？卡比丽娅从自己的悲惨遭遇中是否已清楚地知道，生活，在那个社会里意味着什么？她又怎能忘怀过去，表示要活下去呢？这种含糊、迷茫的结尾，不得不说是带有神秘色彩的妥协。这是以表面的、抽象的结局代替本质问题的揭示，以虚假的结局解决根本矛盾冲突。

1950年以后新现实主义者的逐渐分化，是有其深刻的原因的。

正是在1950年以后的一段时期，抵抗运动期间出现的生气勃勃的局面消失了。意大利出现了动荡不安的恶劣形势。制片事业被垄断了，建立了影片的审查制度，对揭露社会现实的影片的摄制百般刁难，施加重重压力，同时，大量拍摄劣质影片，并源源输入好莱坞影片，以抵抗新现实主义的电影。在1952—1953年度，意大利放映的国产影片是107部，而美国片竟多至300部！在这种急速变化的形势面前，大部分艺术家又开始动摇，他们踌躇彷徨，悲观消沉，他们向后退却了。新现实主义终成了“强弩之末”。

总而言之，新现实主义展示战后意大利社会生活景象，揭发了现实社会里腐朽的一面。在这个素以太阳与诗歌闻名的美丽国家里，失业流浪、饥寒交迫，以至道德败坏，乃是日常现象；小人物走投无路，无以为主，人格遭到践踏，才能与智慧遭到摧残，艺术家为他们喊出了要面包、要工作的呼声。然而，新现实主义的局限也正在于：艺术家只把摄影机的镜头专注在人物的普通的、日常的生活经历上，而对他们生活的时代环境、重大的社会事件，只投以淡弱的照射。艺术家未能将普通人的生活同社会生活、个人生活的波折同重大的社会运动结合起来。战后意大利人民掀起的、今天仍在继续高涨的争取民主、社会进步的运动，被摒弃在影片画面之外。即使在其鼎盛时期，新现实主义远未能充分反映出意大利的现实。因为，它过分注意意大利个别情况。在银幕上还缺乏劳苦大众的斗争，而如果缺乏这些，是不能成为真正的现实主义的。

意大利文坛管窥

多如牛毛的文学奖背后

说起意大利的文学奖，我曾怀着好奇心向此地的一些行家打听过究竟有多少：他们一个个耸耸肩膀，回答不上来。五十年代前期，意大利文学奖似乎是少而精的。战后不少优秀作品，如维加诺（Renata Vigano）的《安妮丝之死》、普拉托里尼（Vasco Pratolini）的《麦泰罗》，是同维亚雷乔、斯特雷加这样一些文学奖联系在一起的；另外一些作家则因获得这些负有声望的文学奖而蜚誉文坛，如《布贝的未婚妻》的作者卡索拉（Carlo Cassola）、《五个菲拉拉的故事》的作者巴萨尼（Giorgio Bassani）。

近年来，如同滚雪球似的，文学奖的数目直线上升，据说已达到了三位数！真是多如牛毛。

眼下，围绕各文学奖的遴选，出版商们正展开激烈的角逐，开动宣传机器，为各自出版的作品大造声势，力争届时名列金榜。其间免不了尔虞我诈和一位文学评论家所称的“觥筹交错的晚宴和悄悄施加的压力”。

这不足为奇。意文艺界众口一词，认为近两年来，意大利文学颇不景气。据一位专门出版文学作品的书商谈，这两年中，文学作品的销售量锐减了百分之三十。小说发行一万五千至两万册，就算得上“畅销书”了，售出五万册以上者简直是凤毛麟角。

为了摆脱危机，出版商们绞尽脑汁，采取了种种措施。一曰抬高书价。幅度平均为三成至一倍，《堂吉诃德》短短几年中售价竟上蹿六倍！读者叫苦不迭，作家也怨声载道。老一代文人索尔达蒂（Mario Soldati）的新作《火》每册售价九千里拉，作家向报界诉苦说，他一本小说的价值仅抵得上主妇菜篮里的两公斤青豆！

二曰消减印数，加速流通。一般的文学新书上市后，如果销路不佳，多则两三个月，少则几个星期，就从书店架子上撤下，另推出新书。有时，一本需要的书未能及时购买，失之交臂，便踏破铁鞋无觅处了。

面临严峻的形势，出版商们自然把希望押在一年一度的文学奖的评选上，把它视为扭转困境、谋求生财之道的大好机会。作家们的艺术竞赛，变为出版商的商品竞争。借用西方文学流行的一个语汇，不妨说，小说、文学奖也“异化”了，成为商品了。这或许是连那些在小说里入木三分地描写“异化”的作家们也始料未及的吧。

1976年意大利二部有影响的小说

一、奇娅伦苔的自传体小说《魏赛贝格尔家的四姐妹》

法丝塔·奇娅伦苔是位老作家，三十年代即开始创作生涯。她过去的几部长篇小说，如《克蕾奥帕特拉的庭院》(1936)、《东方颂歌》(1961)、《寒冬》(1966)等，多以个人经历和在埃及的生活为题材，没有引起舆论的特别重视。到去年她发表新作《魏赛贝格尔家的四姐妹》，才一鸣惊人，获得“斯特雷加文学奖”[①]。小说出版后，各报刊纷纷发表文章，配以作家的照片和采访记，进行评论。它已成为人们竞相阅读的作品。

据意大利报刊介绍，《魏赛贝格尔家的四姐妹》是一部自传体小说，描写魏赛贝格尔一家三代人的生活。小说从1880年写起，囊括从十九世纪末直到二十世纪四十年代的一系列重大历史事件，并成功地把个人遭遇、家庭变迁同这些事件糅合在一起。

古斯塔沃·阿道尔夫·魏赛贝格尔，音乐家，祖籍奥地利维也纳，在当时被奥地利并吞的意大利北部边境城市的里雅斯特定居。这是一个富有教养的上层资产阶级家庭。音乐、戏剧、舞会和社会名流的聚会，构成魏赛贝格尔及其四个女儿的田园诗般生活的重要内容。他的最小的女儿和一名思想进步的军官结识、恋爱，结婚。这对青年夫妇就是法丝塔·奇娅伦苔的父母。然而，犹如一枚石子投入恬静的池水，收复失

① 意大利主要文学奖金之一，1947年由罗马一批参加过抵抗运动的文艺界人士创立。

地运动[①]和随后爆发的第一次世界大战搅乱了魏赛贝格尔家宁谧闲逸的生活。家庭内发生了分歧和不幸。母亲盲目地拥护收复失地运动，父亲则憎恶它。天真热情的表兄范比奥被运动的口号所吸引，志愿从军，结果战死于前线。奇娅伦苔和母亲、弟弟利纳多，随着父亲所在部队的频繁调动，从一个陌生的地方漂泊到另一个陌生的地方，度过了少年时代。利纳多后来献身于戏剧，成了著名的演员。奇娅伦苔也在1921年与作曲家特尔尼结婚，前往埃及亚历山大，在那里生活了二十六个年头。小说展示了埃及土著人的生活，以及傲慢的白人殖民者对他们的残酷奴役。严酷的经历使奇娅伦苔明白了许多过去无法理解的东西，明白了法西斯和战争意味着什么。作家以感伤的笔触描写了法西斯统治，第二次世界大战期间的艰难岁月，以及弟弟利纳多1943年在罗马的惨死。战后，奇娅伦苔返回祖国。然而，迎接她的却是人生道路上新的徘徊、新的失望和捉摸不定。

……

二、意大利作家莫尔塞里死后出版的小说《共产党员》

意共作家古伊多·莫尔塞里，于1973年突然自杀身死，原因至今不明。1974年至1975年，米兰阿德尔菲出版社接连刊印了莫尔塞里生前一直被出版社拒绝的《没有教皇的罗马》等三部历史幻想小说，引起了人们的注意。1976年，他的第四部长篇《共产党员》问世，进而轰动文坛。从此评论家们把莫尔塞里吹捧为“最有才华的”、“神奇的”作家，说他创作了“文学史上罕见的优秀政治小说”，可以与五十年代因死后出版的小说《豹》而蜚声文坛的兰佩杜萨相媲美。

据介绍，《共产党员》写于1964年至1965年，其主要情节则发生在1958年前后。小说前半部描叙一个典型的意共基层党员的经历，后半部则着力于表现他的思想危机，从一个侧面反映了苏共二十大以后到1964年陶里亚蒂病死前意共蜕化的过程。

现据意大利报刊材料[②]，将小说梗概介绍如下。

瓦勒台尔·费拉里尼，生于意大利北部艾米里亚。父亲是铁路工人，无政府主义者。费拉里尼自幼酷爱读书，喜欢沉思默想。他一面在药铺当小伙计，一面自修功课，

---

① 指十九世纪下半叶在意大利兴起的收复被异族侵占的土地，特别是被奥地利占领的特兰提诺和的里雅斯特的运动。最初，这一运动同意大利争取解放和统一的复兴运动联系在一起，具有进步的性质，因而遭到当局镇压。二十世纪初，意大利进入帝国主义阶段，资产阶级政府一反常态，积极利用和扶植这一运动，以收复特兰提诺和的里亚斯特失地为口号，蛊惑人心，为它推行的对内镇压进步力量和工人运动，对外发动侵略，特别是向巴尔干和亚德里亚海地区扩张的反动政策服务。

② 见《时代》周刊（1976.3.31）、《阅读》月刊（1976年8—9月合刊）、《文坛》周刊（1976.3.14）、《再生》周刊（1976.7.16）。

期望有朝一日能献身于生物学的研究。1929年父亲病故，后来又发生一连串事件，这使费拉里亚的美好理想化作泡影。他被当局列入了“颠覆分子”的黑名单，只得到处流浪，出卖苦力以维持生计。西班牙内战爆发后，他参加台尔曼国际纵队，为保卫共和国而战斗。不幸共和国失败了，费拉里尼虎口逃生，流亡巴黎，随后到了美国，进入一家庄园当工人。庄园主的女儿南希年轻貌美，费拉里尼为之倾心，同她结了婚。然而，一时感情冲动结成的姻缘很不美满，思想意识上的分歧带来同床异梦的苦恼。1945年意大利解放，费拉里尼毅然离别南希和优美的草原，抛弃美国生活方式，返回祖国。

费拉里尼回到艾米利亚，积极开展农村斗争，领导省委工作，使他的家乡成了“意大利的红区”。他是个完美无缺的共产党员，对党忠诚，执行上级的指示一丝不苟。苏共二十大以后出现的“非斯大林化”浪潮，他出于对斯大林的一贯敬仰，思想上接受不了，但他信任中央领导的远见卓识和英明正确，克服了感情上的保留。不久，费拉里尼当选意共的国会议员，迁居罗马。新的地位没有改变他的严肃刻板的生活。诱人的功名利禄，他淡然置之；罗马五光十色的社交活动，他无动于衷。除去完成组织交给的任务，他花费许多时日孜孜不倦地攻读马克思主义经典著作和达尔文学说。他自修学会了俄语，同苏联一些著名科学家通信，请教生物学方面的问题。

不料，费拉里尼同一个名叫努齐娅的女人秘密保持的关系被党组织发现了，招来了麻烦。努齐娅既不年轻，也不漂亮，但颖慧、多情；她同在党内很有影响的丈夫离了婚，在罗马经营一家书店。谁知努齐娅原来的丈夫突然提出了复婚要求。党中央“文化和教育委员会”的负责人找费拉里尼谈话，转达党的领导人对他的不满和批评，要他同努齐娅断绝关系，他还暗示这是党中央头头马卡尼（《再生》周刊认为，这个人物的原型是陶里亚蒂）的意见。

一波未平，一波又起。费拉里尼经过一段时期对马克思主义和达尔文学说的钻研，又结合自己从事体力劳动和党的基层工作的经验进行独立思考，结果全盘接受了资产阶级的异化理论，共产主义的政治信念动摇了。苏联之行越发加深了他的思想危机。他惊讶地发现，在社会主义苏联竟然存在着无数的等级歧视，阶级对立在劳动过程中重新产生。一位权威的苏联科学家操着西方学者的腔调所谈的一席话，不时在他的脑海里萦绕：异化，是不以社会变化和人的意志为转移的，任何力量，即便是共产党，在它面前也一筹莫展。事有凑巧，作家莫拉维亚主编的《新论证》杂志向他征稿，他欣然执笔，撰写了一篇题为《劳动，物质世界，异化》的论文，发表在该杂志上。文章从异化问题入手，向马克思主义提出了挑战。文章论证：马克思主义关于异化的观点（即工人的异化乃是人剥削人的社会关系的产物，一旦进入社会主义社会就能摆脱）是谬误的理论。文章说：工人的异化，人类的不幸，永远无法铲除，因为物质世界并不受我们制约，恰恰相反，我们生活的每一瞬间、每一行动，无不受物质世界的制约；

我们是奴隶，因为我们注定要劳动，要同自然、疾病、衰老、死亡搏斗，即使在消灭了剥削的自由社会里也不得解脱。费拉里尼的论文博得了资产阶级舆论的大声喝彩，被誉为“马克思主义者对马克思主义的批判”。党组织把这一事件看作是严重的异端，把费拉里尼召去，进行冷酷而令人屈辱的谈话，并提出警告，要他公开修正自己的观点。费拉里尼在精神上受到了严重的创伤。

这时，南希病重，费拉里尼急赴美国。思想上受到的刺激，旅途的劳累，使他刚到达目的地便心脏病发作，进入医院急救。南希也正好在这家医院治疗。但是，费拉里尼病刚痊愈，便扔下南希赶回意大利。没有任何人迎接他，没有任何慰藉，他也不作任何妥协。他独自在道路上往前走。小说结尾暗示，费拉里尼将不久于人世。

《时代》周刊认为，小说主人公在很大程度上是作者的自画像。《再生》杂志则推断说，莫尔塞里是以他的一个莫逆之交、意共党员为模特儿，创造了费拉里尼这个人物。

《时代》周刊指出，莫尔塞里塑造了一个“各种思想意识交织在一起的、复杂的人物”，他的创作意图可能是“对意大利共产党的社会民主化表示模糊的忧伤”。

值得注意的是，意共《再生》杂志也无法掩饰费拉里尼的演变与意共的关系。它所发表的意共中央委员、文艺评论家拉迪奇的文章，开头把莫尔塞里捧了一番，说他是“正直的共产党员”，“才华出众的作家，应在意大利文化史上占有一席之地”；说小说的主人公在当代意大利文学的共产党员形象画廊中“十分引人注目”。但接着笔锋一转，给作者罗织了三条罪状：一曰，作家没有掌握小说主要情节据以展开的历史环境，即1956年苏共二十大至1964年陶里亚蒂逝世这一历史时期；二曰，费拉里尼因为同努齐娅的关系而受到批评，这与党内的真实情况不符；三曰，小说的中心情节，即费拉里尼发表论文后的遭遇，完全是站不住脚的杜撰，因意共从来不是排斥异端的政党，党章明文规定党员有哲学信仰自由。这篇文章硬说，作家受到了“长期以来污染意大利政治生活的反共思潮”和攻击陶里亚蒂的恶意宣传的影响。然而，文章最后又不得不承认，费拉里尼的蜕变正是在意共领导集团，因为它是小说主人公和其他一些意共党员从信仰坚定走向“悲观失望”的重要原因之一，在于他们“认识和体验”了意共党内“僵硬化和官僚主义进程（即小说中费拉里尼所说的‘资产阶级化’）的发展”。

原文载《外国文学动态》

意大利文学界关于《爱的教育》的争论

近年来，意大利文学界围绕德·亚米契斯的名著《爱的教育》，展开了激烈的争论。一些作家、批评家把它贬得一无是处，分文不值，另外一些人则认定它在过去和现在都不失为一部伟大的杰作。两种截然不同的评价和观点，针锋相对地出现于学术讨论会和各种报刊，引起了人们的关注。

埃德蒙多·德·亚米契斯（Edmondo De Amicis，1846—1908），是十九世纪意大利作家。他参加过争取祖国独立、自由的民族解放运动，后来加入社会党。他最早作为军事记者，写过反映军营生活的小说，又多次周游世界，在许多游记中叙写异国风土人情，宣传爱国主义。他的代表作《心》(1886，中译《爱的教育》) 问世后，风靡世界各国，成为不止一代青少年的必读作品。《爱的教育》是一部日记体裁的作品，通过一个三年级小学生恩里科的日记（每月十篇，附加一篇“每月故事”，历时十个月)，朴实无华地描写小学生们的学习和生活，饱含激情地表现中下层人民艰辛的生活，他们善良、纯洁的品格，反映了亲子之爱、师生之情和爱国精神。他的其他小说也多以学校生活为题材，把社会主义思想和博爱精神熔于一炉。

在我国，早在四十年代，《心》即由夏丏尊先生译成中文，取名《爱的教育》，上海开明书局发行，刊印了近二十版。另一个中译本（知非译，大陆书局）流传也颇广泛。近几年来，《爱的教育》的新译本和德·亚米契斯的小说《卡尔美拉》相继与读者见面。北京人民广播电台文艺节目播出《爱的教育》中的故事《小抄写员》(旧译《少年笔耕》)。上海电视台不久前又把这则故事改编为儿童电视剧《夜，静悄悄》，搬上屏幕，获得好评。

意大利文学界围绕《爱的教育》的论争，发端于两年多前。1981年5月，是德·亚米契斯诞生一百三十五周年，作家故乡所在的因佩里亚省政府发起、组织了一系列纪念活动：举行由学者、教授、文化界人士参加的德·亚米契斯学术讨论会，放映根据作家小说改编的影片，举办作家生平史料、作品版本和作家肖像展览。学术讨论会共进行了四天，与会者听取了二十四个报告。出乎人们意料的是，多数发言对亚米契斯及其作品进行了前所未有的猛烈抨击。这些发言的内容大致包括这样几个方面：

第一，批判德·亚米契斯创作的思想倾向。贯串德·亚米契斯全部作品的核心思想，是主张社会平等，提倡博爱精神，宣传乡国之感。发言者指责这些统统是虚假的、廉价的思想情感，它们在今天“早已不合时宜”。

第二，批判作家的基本立场。发言者攻击德·亚米契斯对下层人民吐露的挚爱和同情，是“高踞普通人之上的父道主义”，纯系“小资产阶级意识”。

第三，贬斥德·亚米契斯创作的文学价值。荷兰阿姆斯特丹大学一位教授抓住德·亚米契斯写的荷兰游记的某些缺陷，无限引申，断言他的整个创作“肤浅不堪”。

第四,一些发言者走得更远，由书及人，给德·亚米契斯扣上了一系列帽子，予以全盘否定。这些发言不摆充分的事实，硬说德·亚米契斯是“民族主义者”、“种族主义分子”、“言行不一”，等等。作家阿尔巴季诺还在报刊上发表文章，说德·亚米契斯是个“值得怀疑的作家”，充其量不过是个“独特的人类学家”。这些发言来势凶猛，言辞激烈，以致有影响的都灵《新闻报》在一篇报道中评论说，德·亚米契斯学术讨论会变成了“对德·亚米契斯的审判”。

在那次讨论会上，同上述观点针锋相对地进行辩论的，只有罗马大学现代语言文学院院长阿卓尔·罗萨教授（Alberto Asor Rosa）一人。他舌战群儒，力排众议，从德·亚米契斯的整个创作和思想出发，论证这位作家的价值在于：对普通人始终不渝地怀着深沉的爱，又坚定不移地表达了普通人固有的真挚、高尚的情操，因而是一位“值得尊敬的作家”。

阿卓尔·罗萨教授是意共产党员、国会议员、意大利研究现当代文学的权威，为了集中精力主持文学院的工作，于1980年辞去议会席位。事后他跟笔者谈起那次讨论会的情况时，提及了这样一件事：他启程去因佩里亚参加讨论会以前，读到米兰《晚邮报》驻北京特派记者写的一篇专稿，其中谈到《爱的教育》新的中译本出版，这本书成为中国青少年十分喜爱的读物，从一个方面配合了正在开展的五讲四美运动。阿卓尔·罗萨教授把那份报纸放进行囊，带到了因佩里亚，并在大会辩论中引用了这篇专稿，以说明德·亚米契斯的作品具有不容忽视的现实意义。但那些持激进观点者不予理会。他感慨地说：“《爱的教育》在意大利遭到围剿，却在人民中国受到欢迎，这件事给我们以启示，促使我们思考。”

不久前，意大利著名电影导演科门契尼（Iuigi Comencini）宣布将把《爱的教育》改变为影片；这将是德·亚米契斯这部名著第二次搬上银幕。饰演少年主人公的小演员业已物色停当，导演表示，他的兴趣在于表现人的各种美德和丑行。这一消息再次触发了对《爱的教育》的论争。7月16日《新闻报》发表专文，综合介绍文学界在对《爱的教育》评价上的分歧。

著名哲学家、历史学家、文艺理论家克罗齐的女儿埃莱娜·克罗齐（E1ena croce），是位女作家，并从事青年文学和儿童文学的研究。她说："德·亚米契斯作为一位新闻记者，我由衷赞赏。然而，《爱的教育》是一部有害的书。从教育学的观点看，它给我们带来许许多多祸害。当人们阅读小泥瓦匠的故事的时候[①]，那过分折磨人的感情的情节，让我们觉得极不舒服，人们禁不住要大喝一声：'够了！'"

来自都灵大学的桑古伊奈蒂（Edoardo sanguinetti），是位有影响的中年作家、批评家，六十年代曾是喧嚣一时的先锋派组织"63社"的重要代表。他认为，"如果情感教育主要依赖于'心'，那将产生很坏的作用。当年德·亚米契斯的作品问世不久，曼台加查即写了一部名为《理智》[②]的作品，同《心》唱对台戏。曼台加查想让我们明白，完全可以摆脱那些以伪善的泪水为基础的感情，来认识现实。可是有什么办法呢，今天，在多数情况下，眼泪仍然是作品的真实性的保证。"

桑古伊奈蒂还说，应当把德·亚米契斯置于当时意大利和欧洲学校教育的历史背景予以考察。当时，学校教育中占主导地位的是感情美育，而且，当时意大利的社会主义者常常打着宗教的旗帜出现，把人分成富人和穷人，并鼓吹这样的道德观念："富人们，请勿虐待穷人！"

埃莱娜·克罗齐和桑古伊奈蒂还都对《爱的教育》的语言提出非议，指责德·亚米契斯为了宣传温文尔雅而令人感伤的德行，故意使用流于抽象、幼稚、矫揉造作、背离意大利语的文辞。

在《爱的教育》批判者的营垒中，要数诗人、作家兼电影导演贝维拉夸（Alberto Bevilagua）的态度最为激烈。他断言《爱的教育》"是以痛苦地折磨人的狡黠写成的作品之一，今天唯有在'没有达拉斯'电视系列片中才能碰到同样的货色；它们之间的区别仅仅在于，《爱的教育》更加残忍，因为它把人们高尚的情感当作手段"。他还一口咬定德·亚米契斯是个"冷漠无情的犬儒主义者"。

以《伐木集》、《布贝的未婚妻》蜚声战后文坛的小说家卡索拉（carlo Casso1a）断然摈弃对德·亚米契斯的一切攻讦。他坚持这样的观点："德·亚米契斯是位伟大的作家，《爱的教育》是部伟大的作品。"他说："我对那些轻率的冷嘲热讽毫无兴趣，我觉得那是荒唐无稽的行为。《爱的教育》中某些'每月故事'，可以当之无愧地归入十九

① 指书中《小泥瓦匠》、《垂死的小泥瓦匠》两篇，描写小泥瓦匠重病，恩里科和同学们前往探视，依依诀别的故事。

② 保罗·曼台加查（Paolo Mantegazza，1831—1910），生理学家、作家。著有许多学术专著，宣传达尔文主义。在他的六部小说中，《理智》（1887）旨在批评《爱的教育》中的人物过于软弱，近于病态。

世纪最优秀的短篇小说之列，例如那篇《小抄写员》。科门契尼打算把这部作品摄制成影片，我深感欣喜。他曾经把我的长篇《布贝的未婚妻》改编成电影，我知道他是一个正直的艺术家。我确信他完全能够胜任这一纵然是艰难的任务。”

擅长写家庭问题的女作家桑薇塔蕾（Francesca Satlvitale）是在法西斯统治年代念小学的时候读过《爱的教育》的，她也认为，科门契尼的任务十分艰难。在她看来，那个崇尚摩尼教[①]善恶二元论，抹杀善与恶的区别的世界，今天已失去了存在的价值。倘若人间有邪恶之徒，那我们应当明白，他们为什么会堕落，而不能简单地把他们揭露一番了事。她主张以谨慎的态度对待这部作品，诋毁不费吹灰之力，但无济于事；以怀旧之情去欣赏，也未必可取。“今天需要把《爱的教育》置于当时的历史条件下予以探究。科门契尼的影片或许有助于我们做到这一点。”

长期合作写作的两位小说家弗鲁台洛和卢琴蒂尼（Fruttero e Iucentini）不同意桑薇塔蕾所作的结论。他们说，把这部作品置于一百多年以前的历史条件下去研究，实在没有必要，因为它所蕴含的现实的，甚至非常现实的意义，是一目了然的。“唯有一个肤浅的读者，才会以为《爱的教育》是部陈旧的、过时的、丧失价值的作品。”恰恰相反，这部杰作清晰地映照出今日意大利一切公众的和个人的愚蠢、卑劣的行径，它们以改头换面的形式每日每时地向我们侵袭。“没有一部作品，包括曼佐尼的《约婚夫妇》，更不用说马基雅维利的《君主论》，能够像《爱的教育》那样对意大利人发生如此长久的、细微的、潜移默化的作用。”

原文载《外国文学动态》

① 公元三世纪创立于波斯的宗教，宣扬善与恶都是创造世界的原动力。

意大利作家莫拉维亚近十五年的创作

莫拉维亚（Alberto Moravia）是当今意大利和西欧最有影响的老作家之一。自1929年发表第一部作品以来，在将及半个世纪内，共发表了长篇小说、短篇小说集、剧本、论文集、游记近四十部，电影和电视脚本多部。最近，出版社又预告，他的一部长篇小说和一部短篇集将在今年问世。在国内，他的作品经常获得各种文学奖金，并被电影导演竞相搬上银幕，风行影坛。在国外，他的作品被译成许多种文字，在西欧、美国、日本、苏联和东欧也很畅销。除了从事创作，莫拉维亚还担任《新论证》的主编，《快报》周刊的电影专栏评论员，五十年代，曾任国际笔会主席。

文化大革命前，《世界文学》曾刊登过他的作品，上海出版了他的短篇集《罗马故事》（选译，内部发行）。但是，对于莫拉维亚1962年以来出版的作品，国内一直未作过介绍。而莫拉维亚在这十五年里相继发表了二十部左右各种体裁的作品，就其思想内容和艺术手法来看，都具有许多新的特点，表明他的创作发展到一个重要的新阶段。

现在将莫拉维亚近十五年来的创作（主要是小说），作一初步的综合介绍。为了叙述方便，首先对他以前的情况作一简略的回顾。

莫拉维亚的生平和1962年以前创作的简略回顾

阿尔贝托·莫拉维亚，真名阿尔贝托·平凯尔勒，1907年生于罗马。父亲是建筑师、画家。1929年，他发表第一部长篇小说《冷漠的人们》，轰动法西斯控制的文坛。小说描写墨索里尼统治下意大利资产阶级的冷漠自私和道德堕落。评论界把这部小说捧得很高，说它的重大价值在于，以曲折的方式揭示资产阶级的这种冷漠态度是繁殖法西斯主义的精神土壤和道德基础。法国研究莫拉维亚的专家费尔南德茨把它跟萨特的《恶心》相提并论[1]。《冷漠的人们》很快遭到法西斯政权的禁止。由于莫拉维亚同当局采取不合作的态度，多次被墨索里尼政府剥夺发表作品的权利，不得已而出走英、法等国。法西斯崩溃前夕，他被列入黑名单，几遭逮捕。在三十至四十年代，莫拉维亚的作品，如《未曾实现的抱负》（1935）、《倒霉的情人》（1943）、《阿谷斯蒂诺》（1944）、《罗马女人》（1947）、《违抗》（1948）、《夫妇之爱》（1949）、《随波逐流的人》（1950）等，基本上表现资产阶级的精神空虚、庸俗自私、意志薄弱，艺术上侧重客观主义的描写和心理分析。

这一时期，他也有若干作品突破这一框框，或以隐喻的手法，抨击墨索里尼的独裁统治（《假面舞会》，1941），或旁敲侧击，对资本主义社会进行一定的讽刺（《瘟疫集》，1944）。

意大利人民反法西斯的抵抗运动，对莫拉维亚的创作产生了积极的影响。长篇小说《乔恰拉》（1957）跳出了中上层资产阶级生活的圈子，叙述抵抗运动时期一个罗马小店主的遭遇。特别是短篇集《罗马故事》（1954）、《罗马故事新编》（1959），第一次把生活在罗马社会下层的普通人作为许多短篇的主人公，展现他们在战后岁月里的艰难生活，成为战后意大利文学的杰作之一。

1960年出版的长篇小说《愁闷》，引起评论界的热烈争论。小说在表现所谓“新资本主义”社会里人的“异化”的旗号下，竭力渲染资产阶级颓废愁闷、无所适从、悲观厌世的精神状态。意修吹捧它是一部“杰出的小说”，“反映了现代人的孤独”，“当今社会里人所处的非人地位”。[2]

短篇小说集《不由自主》（1962年）

收短篇四十一篇。书名取自题为《不由自主》的一则短篇。

出版者为这部集子撰写的“卷首语”说，莫拉维亚写作这些短篇时，并无预定的计划，然而它们一致地反映了作家这些年来的“忧虑”。

短篇《不由自主》：格维多清晨醒来，突然发觉他忘了一件事。去赴约会吗？不是。给朋友打电话吗？不是。偿付一笔到期的款子？也不是。反正忘了一件事。他走到穿衣镜前，端详自己的模样：他愈打量，愈觉得镜子里的形象令人厌恶，纵然他今天穿的是新西服、新裤、新袜子，系的是新领带。他想听听音乐，借以排遣愁闷。电唱机是自动装置；他像通常那样一按电钮，唱针却蓦地跳到唱片中央转动起来，发出一阵尖厉刺耳的噪音，把唱片毁了。他怏怏不乐，换了一张唱片；唱针开始正常地旋

① 《晚邮报》纪念莫拉维亚诞辰七十周年专刊，1977年11月27日。

② 《新路》周刊1961年第11期。

转，响起了悠扬悦耳的音乐。他正在纳闷，妻子领着两个儿子走了进来。他突然觉得，今天仿佛是初次见到自己的妻子，异常陌生。

就在这种莫可名状的情绪支配下，他带着全家驱车前往郊外。这是一个星期天。春光明媚，草木葱茏。妻子和孩子们在快活地谈笑。格维多一声不吭。一片云翳飞来，遮住晴朗的天空，他越发感到愁闷。远处，阿尔巴诺湖隐约可见。他脑际闪起一个念头：连人带车冲进湖底，葬身鱼腹，以求一了百了。他猛踩汽车油门，向前冲刺，纵然他此时觉得比任何时候都愈加爱他的妻子和孩子。小汽车高速翻过斜坡后，出乎他的意料，没有冲进阿尔巴诺湖，却在一块草地上戛然而止。他惊讶不止，暗自思忖，倘若车子径直坠进湖底，那是顺理成章、极其自然的事儿；现在，倘若重新开足马力冲下去，却是罪过了。于是，他下得车来，牵着妻子和孩子们的手，一起欣赏湖景。刹那间，他猛然想起了早上遗忘的事儿：今天是他和妻子结婚的纪念日。

莫拉维亚意在表明，他笔下的人物，即那些中小资产阶级，虽然有着比较优裕的物质生活，多情的妻子，健康的孩子，但他们的幸福是虚假的；生活仿佛电唱机的唱针，说不定什么时候就会脱出常轨，全然意想不到，“不由自主”。出版社的“卷首语”说，所谓“不由自主”，“其实不过是异化的一个方面”。

短篇《房间和街道》：一天，利加多下班以后，乘公共汽车回家，误过了站。下车后，他发现周围是一个完全陌生的高级住宅区。豪华的高楼，漂亮的街道，深深吸引了他；更使他神往的，是路上遇见的一个美丽的金发女子。他暗想，倘若自己住在这里，那该多好呵；倘若爱上这位美人儿，并且得到她的垂爱，那又该是多么幸福。他鼓起勇气，尾随金发女子走去。那美人儿似乎有所察觉，仿佛对他也不无意思。他紧紧盯着她，大胆地跟踪她走进一幢楼房。随后，又尾随她登上楼梯。他紧张、激动，心怦怦地乱跳。骤然间，那女子猛一回首，他顿时瞠目结舌，茫然失措，原来他跟踪的那位美人儿，就是他的妻子！他大胆走进去并且登上楼梯的那幢楼房，竟然就是他住的那座房子！

短篇《出于嫉妒的玩笑》：丈夫怀疑妻子跟他的朋友私通，产生嫉妒。他忽而瞧见他俩在客厅里搞鬼名堂，忽而发现他俩在海滨浴场更衣室里玩把戏。他终于忍耐不住，挥拳朝他的朋友打去，两人扭作一团，不可开交。最后，妻子告诉他，这全是他的错觉，把梦幻当作现实，把现实视为梦幻。丈夫惊骇地意识到，他生活在现实与梦幻的交替之中，“梦幻具有现实的某种模样，而现实具有梦幻的荒诞”。正因为如此，梦中的事重复多次，或许便成为现实。

莫拉维亚在这里竭力渲染，资本主义社会的现实犹如梦幻，似真非真，似假非假，真假难辨，不可捉摸。有的评论家认为，这些短篇“再现了异化的社会里现实的许多新的特点”。[①]

长篇小说《注意》(1965年)

故事发生在二次大战后到1963年。小说的结构分“序幕”、“日记”、“尾声”三部分，共348页。主人公是新闻记者弗朗齐斯科·梅丽吉，用第一人称叙述。

序幕。弗朗齐斯科原先是一家左翼报纸的记者，后来突然转而为保守派报纸撰稿。诚然许多人就此严厉指责他，说他把自己出卖给了右派，他却十分坦然，因为这并不表示他追求升官发财，也不意味着他的政治信仰的改变，只不过因为左翼报纸经济拮据，无法派他出国采访，而右派报纸财力雄厚，他有机会到海外旅行。

其实，他出国旅行、采访，主要是为了不跟妻子生活在一起，或者说，尽量少地生活在一起。

他的妻子名叫科拉，一个来自平民阶层的女人。她的父亲是菜农，母亲当洗衣工。弗朗齐斯科出身资产阶级，年轻潇洒，富有文化教养，生活优裕。他觉得，今天的社会被分裂为对立的集团——这个集团通常叫作阶级，分裂成为贫困、痛苦的地狱和富有、幸福的天堂；他生活在天堂里，但被那里笼罩的虚伪所震撼。打个比喻说吧，他回忆他的过去，仿佛清晨回忆头天晚上醉酒的情景：那时，他纵酒狂饮，处于兴奋的状态，觉得周围的一切都很有意义、实在、必要，而一觉醒来，一切突然都变得毫无意义、虚伪、空洞。他逐渐地、自然地形成了关于平民的神话，似乎觉得唯有平民才是世上唯一保存了真实的人。这个神话由于法西斯和战争这两大灾难而得到证实。因此，一遇上以裁缝为职业的科拉，他立即爱上了她。

父亲去世后，他分得一笔遗产，便和科拉，还有她在战争中跟一个德国兵生的女儿芭芭住在一起。他着手写一部久已酝酿的小说，叙述他同科拉的爱情，从初次见面直到结婚。他觉得，他的生活，犹如历经风暴的船只，终于驶进了宁静的港口。然而，恰恰在这个时候，突然发生了一件未曾始料的事：他不再爱科拉了。他甚至对她产生了一种难以准确形容的反感。他曾经表示要一辈子爱她，谁料结婚才一年，就……

他已经写完了小说的初稿，三百多页；这是在跟科拉的感情破裂之前，用半年多的时间一气呵成的。当初想通过叙述他跟平民出身的科拉的爱情，来寻求跟现实的关系，现在他恍然大悟，这不啻是从虚无中寻求实在，从非现实中寻找现实。他毫不犹豫地拿起手稿，把它撕得粉碎，走近窗口，扔到楼下的垃圾场上。他坠入沉重的颓唐。这仿佛有时在梦境中遇到的情景：他在悬崖峭壁上攀登，下面是万丈深渊；他既不能登上山巅，又无法返回平地，也难以在原地立足。他痛苦绝望，但并不打算跟科

① 潘迪妮:《莫拉维亚》，米兰，1973年，第93页。

拉分离。分离将意味着一个行动，而如今他觉得已完全无力采取任何有意义的行动；行动即意味着撒谎，就是说，制造新的、更坏的不真实。

弗朗齐斯科开始另一种生活，一年里只在罗马住两个月，其余的时间都在国外采访。从1952年到1962年，他按字母顺序几乎游历了所有的国家。他旅行表面上是为了写文章，其实意在自我麻醉。至于那些文章，是他在罗马根据百科辞典、游览指南、游记拼凑的，看来准确无误，实际上缺乏任何直接的体验，充斥着非现实。现在，他的头脑好比一爿瓷器店，不知从哪里飞来一枚炸弹，所有的器皿炸成了飞溅的碎片。他头脑里的炸弹什么时候爆炸的？说不上来，或许是他发现不再爱科拉的时候。这枚炸弹使他神思恍惚，好像一个梦游症患者。换句话说，他似乎在站着睡觉，或者说，他的脑袋在睡觉。他在沉睡中梦见自己醒着，充当特派记者。这倒使他比醒着更欢喜，所以他不做任何可能唤醒自己的事儿。

弗朗齐斯科回到罗马家中，仿佛一个陌生的房客，独自生活。芭芭已经在大学文学系学习，她和科拉住在一起。在众多的变化中只有一件事没有改变：他对文学的爱好，特别是有朝一日要重写一部小说的愿望。随着岁月的流逝，小说对于他，与其说是一种文学形式，毋宁说渐渐成为理解生活的一种方式。他在现实中无法确立跟自己和跟其他人的关系，他确信，小说是唯一的这种场合，在那里真实性不但是可能的，而且是必需的。于是，他决定进行一种实验：在两次旅行的间隙，利用在罗马停留的时间，每天写日记，以便随后从中产生一部小说。这将是一部描写日常生活的、真实的小说。

日记从1963年10月13日开始，止于同年12月7日，将近三个月。在这一部分里，小说与日记交织，形成“书中书”，现实与虚构混杂，其间穿插冗长的对话和议论，最长的对话达十三页，很难揣测谁是对话者。

弗朗齐斯科在日记里写道，他原先打算写没有事件和行动的日记，但这一设想落了空，因为第一天就偏偏发生了戏剧性的事件和行动。跟芭芭的谈话使他发现，科拉从事着第二职业——老鸨。她开设一家妓院，还带芭芭去接过客；那时芭芭年方十四岁。逐渐地，弗朗齐斯科也爱上了芭芭。当初他爱科拉，其实是虚无，好不容易才摆脱了它；现在又忽然重新在芭芭身上陷入了虚无。

科拉开设地下妓院的事终于暴露，被警察局传讯。她患的肺癌受到这一刺激，日益恶化，不久去世。芭芭即将跟未婚夫结婚。弗朗齐斯科也收拾行装，准备去美国长期采访。

小说尾声。弗朗齐斯科最终发现了一件使他惊奇，甚至几乎使他生气的事：完全没有必要根据日记再写一部小说，他的日记就是一部完稿的、出色的小说，它的主人公不是人物，正是小说。

有人会反驳说，整个日记只不过是虚构，因而也就是梦幻罢了。弗朗齐斯科承认，反驳是正确的；他唯一能够回答的是：岂止他的日记是梦幻，整个生活都是梦幻。在称作现实的事和梦幻的事之间，差异是微乎其微的。这只是第一梦幻，第二梦幻，第三梦幻的差异，如此而已。

莫拉维亚在对《晚邮报》发表的谈话中说，这部小说“没有正面人物，也没有反面人物”；它的主人公是小说，或者说“这是一部关于小说的小说”。

这部小说摒弃了莫拉维亚前期作品中的客观主义描写，而把对人物的心理分析、潜意识描写，跟作者的哲理性论述糅合起来。特别是在“序幕”、“尾声”里，莫拉维亚在像剥笋皮似的层层剖析人物的精神状态的时候，运用各种各样形象的比喻，阐发对现实、人生的看法。这些哲理性论述是理解作品主题思想的钥匙。一些评论家认为，这是莫拉维亚六十年代以来小说创作中的一个重要的新特点，因而把他的这些作品称为“论述性小说”。[①]

意大利研究当代文学的评论家马纳科尔达认为，在这部小说中，莫拉维亚“善于以非凡的透彻力，展示出资产阶级社会模棱两可的特点和关系”。[②]

短篇小说集《天堂》（1970年）、《另一种生活》（1973年）

这两部集子分别收短篇三十四篇和三十一篇，其中大部分曾发表于《晚邮报》。

主人公都是妇女，用第一人称叙述自己的生活。莫拉维亚为什么突然要把妇女当作他的作品的主要人物？出版者的“卷首语”说，妇女长期被摒弃于历史之外，而今，她们像其他长期不公正地遭到排斥的社会集团一样，进入了历史，这就造成了她们“既要适应又要叛逆的种种问题”。妇女的这种特殊境遇，自然比男人更吸引人们的注意。

这些女主人公的出身、社会地位，大多跟莫拉维亚以前作品中的男主人公相似，属于典型的中小资产阶级。她们年轻，漂亮，健康，受过高等教育，以医生、律师为职业，或者，她们的丈夫是著名的医生、律师、商人、高级职员。

短篇《梦游症患者》：主人公是女律师，患有梦游症。丈夫是浪荡公子，暗地里过着荒淫的生活。她决计采取行动报复：夜间佯装犯梦游症，闯入丈夫的房间，开枪打死他。说到做到。当天晚上，丈夫照例出外幽会。她抽烟，看电视，翻阅画报，借以消磨时间。凌晨一时，丈夫归来，蹑手蹑脚溜回了他的卧室。她蜷缩在自己的房间里，在黑暗中抽着烟，等待时机。凌晨五时，丈夫已经入睡，她持手枪悄悄踅进了丈夫的卧室，只见他正搂着女仆呼呼大睡。她怒不可遏，举枪射击……砰然一声响，她从梦中惊醒了。

---

① 《试金石》，1965年，第8期。

② 《意大利现代文学史，1940—1965》，1972年，第244页。

她走到窗前。黎明已经到来。原来这是她照例犯的一次梦游症。不过，这究竟是梦游症发作时的行为，还是梦中之梦呢？她自己也不明白。她望着黎明的景色，心想，或许这也是梦境吧！

短篇《平衡》：女主人公深夜醒来，瞅着躺在身边的丈夫，忽然尖锐地感到："对于我来说，丈夫是个问题。""我丈夫的问题在于：我为他献出了一切——青春、美貌、才智，一句话，一切。而作为交换，他不曾给我任何一丁点儿东西，或者说，作为交换，他迫使我当了他开设的珠宝店的伙计。"这样，夫妻关系的天平上出现了不平衡：丈夫的秤盘沉甸甸的，往下坠，妻子的秤盘空空如也，朝上翘。显然，她应该做某件事，以使夫妻的天平保持平衡。

她的计划很简单：到珠宝店去，把贵重的珠宝玉石塞满一个大塑料袋，然后扔到台伯河里去。这样，丈夫将遭到数百万里拉的损失，而她也就表明，她并不单纯是丈夫店铺的伙计；夫妻关系的天平将至少保持几年平衡。

她驱车来到珠宝店执行计划。后门虚掩着，她进到里面，骤然发现一个小偷正在盗窃珠宝。她当即冲上去捉拿罪犯，小偷迎面给她一拳，她毫不退缩；接着，脸上又火辣辣地挨了一记。她忍着疼痛，使劲地攥住小偷的袋子，小偷把她打倒在地，狼狈逃窜。

她独自站在寂静、杂乱的珠宝店里，恍然大悟："我原是来偷盗的，借以表明我不是丈夫的伙计；结果适得其反，我的行为表明我完完全全是他的出色的伙计。……天平愈加不平衡了。"

莫拉维亚的女主人公们虽然进入了历史，似乎在爱情、家庭生活中把握了现实，但现实犹如梦游症患者经历的梦幻，飘忽不定。她们追求一种生活，但总是得到"另一种生活"。正像俗语所说："天堂虽然存在，但它虚无缥缈。"这种愿望与现实的矛盾，即女主人们企图对环境"叛逆"，但最终却以出乎意料的妥协、无可奈何的适应来结局的遭遇，是《天堂》、《另一种生活》这两部集子中常见的一个主题。莫拉维亚自己说，他描写的这些妇女，"意识到自己的地位，但是没有力量和不懂得如何改变它"。[①]

还有一些短篇描写名誉、地位，它并不给人带来幸福，而只是痛苦的渊薮。例如短篇《女明星》写一个著名的电影女演员到非洲访问，所到之处，受到各国政府和人民的热烈欢迎；但她感到十分孤独、忧郁，常常伤心落泪。孤独的根源就在于她非常漂亮，尤其因为她是一个女明星。她自怨自艾地说："事实上，名望即意味着孤独；名望仿佛商店橱窗里的水晶，你被安置在那里展览，供人欣赏，马路上所有的过客都瞅着你，可是任何人不能接触你，你同样也无法接触任何人。"

---

① 莫拉维亚七十诞辰答记者问。《晚邮报》，1977年11月28日。

长篇小说《我和它》(1971年)

莫拉维亚自称，这部小说的写作始于1966年，其间曾五易其稿；根据当初的设想，这是一部主题严肃的作品，但最终却成为一部喜剧式的小说。

小说的主人公“我”，名叫费得里柯，或简称里柯，是电影编剧、导演。他的妻子法丝塔秉性柔弱，难以满足他的情感需要。他离开法丝塔，专心致志于制作一部影片，希望从中满足受到压抑的欲望。他遇见一个名叫伊琳娜的姑娘，她在外国驻罗马的使馆当秘书；出于情感的冲动，里柯想跟她建立真正的爱情，但遭到失败。为了使他的影片获准开拍，他巴结、追求制片商的妻子，也遭挫折。他想纵火烧毁制片商的别墅，想自杀，又都失败。最后，他不得不重新回到妻子的身边。

小说受到精神分析学的明显影响。书中的“我”代表人物的意识、精神，“它”代表人物的肉欲、本能冲动。莫拉维亚竭力表现人身上的“我”和“它”的冲突；“它”不断追求欲念的满足，但处处受到客观环境和“我”的限制和压抑。于是，艺术创作成为使这些欲念得到变相满足的手段。小说用许多篇幅直接描写里柯身上的“我”和“它”之间的对话、争论。某些场面写“它”竭力摆脱“我”的抑制而发生的种种荒唐、下流的行为，还有一些放纵情欲的赤裸裸的描写，极为庸俗、猥亵。

游记《你属于哪个部落？》(1972年)

这是莫拉维亚1962至1972年间游历加纳、尼日利亚、坦桑尼亚、肯尼亚、苏丹、乌干达、喀麦隆等国的随记。书名取自乌干达一土著人对作者的问话。

莫拉维亚在书中说，他在旅行中力求“从认识方面发现非洲，即希望认识它和理解它”。他把自己的这种观点同十九世纪欧洲人对非洲的“侵略性发现”相对立，认为那时的欧洲探险家前往非洲，都不是为了认识和理解它，而是“为了侵略它和占有它”。

游记以莫拉维亚近年来小说创作中罕见的明快、开朗的笔调，叙述非洲国家独立后出现的新气象，殖民主义者遗留下来的痕迹，谴责新殖民主义者对非洲实行“经济的、旅游的、文化的暴力”；对于昔日奴隶主义贩卖奴隶的残酷情景，印度商人盘剥土著黑人的事实，书中也作了历史的回顾。作者以极大的兴趣详细描绘非洲大陆迷人的自然风光、独特的风土人情、悠久的文化和历史传统，莫拉维亚认为，这些就是创造出今日非洲的深邃的内在力量。

莫拉维亚往往以资产阶级的历史观、文化观来谈论非洲的过去和未来。他用“历史”和“非历史”这样两个对立的观念，来解释非洲遭受殖民主义压迫的历史。他说，“欧洲对非洲的奴役，是‘历史’对自己的必然的伴侣——‘非历史’的暴力。”所谓“非历史”，他认为，就是“自然本身”，是“永恒的、超越时间的”。在展望非洲大陆的前景时，他断言非洲已产生新资本主义的特点，“整个非洲处于从昨天的殖民主义，向今天的新资本主义过渡的阶段”。

书中还美化天主教，宣扬天主教文化是人道的、普遍的文化。游记在叙述某些部落的传统、文化时，常常津津乐道地谈论它的落后、原始的方面，流露出作者猎奇异国情调的陈旧趣味。

短篇小说集《嘿》（1976年）

收短篇三十篇。主人公都是妇女，用第一人称叙述。书名取自其中一则短篇，“嘿”是女主人公回答问题或自言自语时使用的语气词。

短篇《嘿》：女主人公自称是“天生的造反者、叛逆者、挑衅者”。十五岁那年，她得一种怪毛病：愤怒。特别是清晨醒来，一种难以形容的愤怒侵袭她，使她焦躁不安。“倘若世界是只茶杯或盘子，我会毫不犹豫地把它摔在地上，砸个粉碎。”起床后，她照例来到马路边，倚在电灯柱上，拦截过往的小汽车，寻找发泄她的愤怒的机会。一次，她坐上一辆小汽车，驾车的主人是名建筑师，于是她借机把建筑师们臭骂了一通，骂他们利用公众的地皮投机钻营，大发横财，逢迎百万富翁，敲诈穷苦百姓；这些家伙像他们建筑的高楼一样，“外表华丽、优美，内底腐朽、龌龊”。另一次，她遇到一个商人，交谈不上几句，便破口大骂商人们是“寄生虫、吸血鬼”，他们的祖先是一伙“罪犯、强盗”，依仗巧取豪夺聚敛了财富。她在辱骂中感到莫大的快慰，随着辱骂的收场，她也成为泄了气的皮球。临下车前，她照例厚着脸皮向车主人伸手讨钱。一方面需要寻衅，发泄愤怒，一方面需要金钱，这就是生活的矛盾，是“我的生活中种种无能为力的一种表现”。

短篇《生活中最可怕的东西》：一家航空公司的“空中小姐”，在飞机上，她的打扮、举止，活似天使；回到地面，她跟男朋友们厮混，完全过着另一种生活。她想改弦更张，但总是好景不长，缺少持之以恒的意志。最后，她又跟一个她毫不喜欢，但热烈追求她的青年相好。她无可奈何地得出结论：“生活中最可怕的东西，正是生活。”

短篇《发现》：女主人公是十八岁的姑娘，穷公务员的女儿。她长得很美，但贫穷使她无法意识到这一点。在大街上，男人们都出神地瞧着她，而她则出神地瞧着商店橱窗里的时装。那些漂亮、新颖的时装在她的心目中，仿佛蓝天对于牢狱中的囚犯，象征着不可企及的自由和幸福。

一天，她站在一家时装店橱窗前，出神地欣赏着一件短裙；身旁站着一个男子，出神地欣赏着她。她油然产生了一个念头：“我想获得裙子，他想获得我；倘若他把我买下，岂不是我就可以买下裙子。”于是，她在十八岁的时候发现了一个最古老、最普通的东西：卖淫。

她跟一个青年订了婚，开始筹备婚礼。她走进一家珠宝店，光彩夺目的宝石戒指吸引了她，但她无力购买。于是，她发现了另一个最古老、最普通的东西：盗窃。

还有一些短篇写人身上的双重性。人好比月亮，有着两副面孔：一副面孔是人人熟悉、始终如一的，另一副面孔则是任何人，甚至自己也认识不到的（《月亮的另一副面孔》）；人身上的“内在的我”与“外在的我”，“头脑”与“身躯”，好比人的双重个性，经常处于尖锐的对立、矛盾中，不断发生冲突，而且总是后者占得上风（《里面与外面》、《头脑与身躯》）。

莫拉维亚试图表明，人的双重性和种种荒唐、自相矛盾的行为，渊源于现实本身的荒唐，因为她们置身于其中的现实本身就充斥着阴错阳差，具有“两重性”：“生活中现实的部分遭到否定，非现实的部分却被当作唯一的现实得到肯定。”（《愚蠢》）

从以上对莫拉维亚近十五年来的代表作品的简略介绍，可以大致看出，莫拉维亚以他独特的敏锐观察力和艺术技巧，对当今资本主义社会脱出常轨、荒诞不经的一面，对西方资产阶级陷入的深重的精神危机，作了一定程度的暴露。然而，莫拉维亚始终没有跳出精神分析学和怀疑主义的泥潭。他笔下的各式人物，无论是男人，还是妇女，一方面“厌恶”现实，跟现实格格不入，以这种或那种方式对社会表示“叛逆”，掀起茶杯中的风暴，一方面又崇拜现实生活中最龌龊的东西，无法摆脱那个社会赖以存在的各种矛盾；他们想把艺术创作、性欲当作摆脱痛苦的出路，结果却是“借酒浇愁愁更愁”，最后甚至跟环境同流合污。莫拉维亚以冷酷的态度，淋漓尽致地刻画这些既不是反面人物，又不是正面人物的心理和行为，最终走向怀疑人的任何行为的价值；又以老练的技巧，着力描绘像梦幻一般扑朔迷离、似抽象派的画面一样支离破碎的现实，最终走向怀疑客观现实的存在价值。这样，就不能不大大削弱了他前期的某些作品所具有的思想深度和认识价值。

莫拉维亚对苏联文艺界的态度

三十年代，苏联曾经全盘否定莫拉维亚的创作，称他为“反动作家”。五十年代开始，态度发生急剧转变，对莫拉维亚竭力吹捧，大加拉拢，除大量出版他的作品的译本外，还多次邀请他访苏。不过，莫拉维亚对苏联并不感恩戴德，相反却不时对苏联文艺界进行抨击。现举出两个比较突出的例子如下：

1976年6月，莫拉维亚应邀参加苏联第六次作家代表大会。莫拉维亚在向报界发表的谈话中，尖锐地指出苏作协第一书记马尔科夫所作的主要报告，冗长空洞，毫无特色，“几乎像一篇宗教演说辞，仿佛牧师做弥撒时用拉丁文念的祈祷”①。莫拉维亚以来宾身份在大会上作了一个唱反调的发言。他针对马尔科夫报告中宣扬苏联文艺应该“从党的政策中汲取灵感”的论调，强调说，“文学创作渊源于个人的经历，依据外界的指令来进行创作，这是完全不可能的。”针对马尔科夫鼓吹苏联文艺界的重要使命是反映二十五大提出的各项任务，莫拉维亚以陀斯妥耶夫斯基和西欧十九世纪作家为例，指出文学跟哲学、历史不同，它只能借助个人的、日常生活的题材来反映社会生活；从普通的事物升华为历史，这是艺术作品的特点。针对大会死气沉沉的情况，他建议用自由讨论来代替走马灯式的乏味的表态。苏联《文学报》在刊登莫拉维亚的发言时，删去了针对马尔科夫报告的部分，激起了莫拉维亚和意大利新闻界的强烈不满。

1977年，威尼斯“艺术双年节”期间，意大利文艺界、政界人士顶住了苏联当局施加的压力，以贯彻赫尔辛基会议精神为旗号，毅然决定把苏联、东欧持不同政见的文学、艺术列为“双年节”的活动计划。从十二月上旬开始，“双年节”相继举办了苏联、东欧地下出版物展览，持不同政见戏剧讨论会，持不同政见文学讨论会等活动。苏文学界持不同政见者代表西尼亚夫斯基、马克西莫夫，前捷克作协主席、现流亡国外的戈德斯德克尔等参加了讨论持不同政见文学的圆桌会议。自称为了摆脱罗马频繁的社交活动，特地到威尼斯休假的莫拉维亚也出席了会议，并第一个在会上作了发言。

莫拉维亚首先对苏联官方作家拒绝参加“双年节”活动表示遗憾。他说，苏联目前的文学不是单一的文学，而是存在着三种文学：官方文学、非官方的地下文学、流亡国外作家的文学。他认为，艺术从根本上来说，是反社会的，因为艺术是以被窒息的东西为反映的对象，它的社会使命在于，把被社会的其他形式扼杀的东西表达出来。因此，艺术的作用，犹如梦幻在个人生活中所起的作用。莫拉维亚说，在“苏联，艺术已经沦为政权的工具，起着跟警察、官僚机器一样的作用；它交替地以温和或残酷的形式，执行着镇压作用”。苏联今天不允许“批判的艺术”的存在，因为害怕它会揭露制度的缺陷。由此，莫拉维亚得出结论说，这一切表明，苏联文艺界的现状是“不正常的、病态的”。

原文载《外国文学动态》1978年第6期

① 《团结报》，1976年7月17日。

薄伽丘和人间诗歌

乔万尼·薄伽丘经历了十四世纪的大部分——1313—1374，他和但丁、彼特拉克一样，也是佛罗伦萨人，他是意大利文学和文化在短短几十年的时间里所跨越的异乎寻常的路程的生动的体现者。他异常忠诚于两位伟大的先驱者但丁和彼特拉克的教诲，但同时又在很大程度上摆脱了他们，为近代西欧文学开创了新的道路，这在他的代表作《十日谈》中表现得尤为鲜明。

《十日谈》是一部用散文写成的题材广泛的短篇小说集。同过去相比，这里就已包含了某些创新因素。首先，诗歌在文学创新中的主导地位，直至彼特拉克，都是无可争议的，而《十日谈》则标志着这主导地位正转让给散文，从此散文便将获得长达数百年的发展，直至十九和二十世纪。其次，彼特拉克曾认为，只有某些题材，特别是高贵的和文雅的题材，才有权进入诗歌世界，而在薄伽丘的短篇小说中，我们可以见到完完全全自由不拘的题材，有关人的各种题材，从最崇高的悲剧，直到最普通的寻欢作乐的喜剧。在这一点上，可以寻找到同但丁《神曲》复杂、多题材的结构的某些共同之处。正因为如此，研究意大利文学的大师学家德·桑蒂斯把《十日谈》称作"人曲"，以区别于但丁的《神曲》。

研究薄伽丘的著名批评家、文学史家布朗卡教授曾指出，在《十日谈》的复杂结构中，可以发现传统文学和中世纪审美趣味的鲜明印记。书中的短篇小说共100篇，分10天叙述，在这10天中，只有第一天和第九天的故事，题材自由不拘，其他天叙述的故事都是围绕事先确定的题目。薄伽丘构想，由10位高贵的青年（7位姑娘和3位小伙子），为了躲避可怕的瘟疫——在历史上，曾于1348年发生过这样的瘟疫——从佛罗伦萨来到乡村，他们每天叙述故事，是为着寻取快乐和消遣时光。这样的结构模式，除了同中世纪追求对称的趣味有关（正像我们所看到的，这里贯串着数字10，这数字对

《神曲》也是很重要的），也让人想起某些杰出的东方短篇小说集，如《七哲人书》和《一千零一夜》，《十日谈》无疑同它们有着某种关系，虽然有关的细致研究是发现了书中有四五处明显地取材于东方作品。

对于《十日谈》来说，正像对于《神曲》那样，作品的整体结构诚然是重要的，但同每则估计的具体展开比较，它并不是更为紧要的。不妨说，薄伽丘利用散文故事赋予他的最大自由，来捕捉人的生活的一切可能的方面。如果说薄伽丘用他的故事来引发读者的笑声，因而不妨认为作品的基调是喜剧性的，那末，同样无疑的是，在许多故事中，主调则明显的是悲剧性的、冒险性的、多愁善感的和富于感情的。实际上，人的所有情感，从最卑劣的到最高尚的，都在作品中获得了展现。

在对人的情感这样大规模的展示中，仍然可以找到一根重要的阐释性的脉络。薄伽丘所观照的人，摆脱了任何先验性；人完完全全扎根于大地，扎根于世界；人同宗教的关系，如今已经是非直接的，有时不过是起个托词的作用，薄伽丘借机竭尽嬉笑怒骂之能事，存在人同宗教的关系又是冲突的导火线，薄伽丘利用它来向僧侣们堕落、贪色的恶习进行尖锐的抨击。

按照但丁的说法，人的生活是依据神明的、宗教的因素，以隐秘的方式安排的；而在薄伽丘笔下，在人的生活中，占主导地位的是人的激情、渴求的推动力，是每一个人实现特定的目标的愿望的推动力。因此，从一方面说，存在着众多无法预料和常人难以驾驭的因素，薄伽丘借用来自拉丁语的一个词儿FORTUNA机遇来称呼它们；另一方面，人赋有智慧、聪明、敏锐的才能，人力求摆脱名副其实的丛林，力求获得而不是失去，薄伽丘同样借用古典文化的一个观念，把这称之为VIRTU的美德。这样，人的历史不妨看作是机遇同美德的冲突，在这冲突中，那些具有比普通人更出色的才干、能用语言或行动来战胜所处的困境的人，占了上风。在这一背景之下，薄伽丘赋予爱情以头等重要的位置。在薄伽丘的艺术体系之中，爱情是人的千情百感之中最具分量的。在这里既可以看到对以往的意大利文学传统继承的因素，又可以看到明显区别于传统的因素。之所以说继承，因为在意大利文学自诞生以来的全部表现中，从西西里诗到温柔的新体诗人，到但丁、彼特拉克，爱情确确实实是受到青睐的题材。之所以说区别，因为薄伽丘是从其纯粹的性的根源来看待爱情的，爱情被视为“肉欲”的产物，人们无法抵御它的诱惑，无论是性爱的最高表现形式，还是最低表现形式。然而，薄伽丘把爱情当作人和动物共有的自然本性流露这一事实，并不意味着爱情仅仅具有肉欲的表现。相反，在“十日谈”中就有这样的短篇，例如关于唐克莱亲王和绮思梦达的故事（第四天，故事第一），关于圭雷莫·罗西里奥娜和圭雷莫·瓜达斯尼奥的故事，薄伽丘通过他们展示，爱情诚然有着肉欲的根源，但它能够在男子和女士身上引发一种激情的张力，这种情感的力量不仅不排斥任何献身精神，反而能焕发绝对的忠诚。正是在这个意义上，在既往的意大利文学家笔下典型的关于高贵的观念，也发生了进一步的演变和世俗化：高贵不取决于人的出身，高贵属于那些用自己的美德——天赋的或培养的——表明自己堪称高贵者的人。这同样适用于男子和女士，在我们的文化史上，男子和女士第一次被置于绝对平等的地位。

薄伽丘的叙事散文，异常复杂、流畅，从修辞学的角度看，又异常庄重。他想以此来模仿古典作家的语言即拉丁语的行文造句。这一选择似乎是同他深刻地表现当时现实生活的方方面面的意愿是相矛盾的，对于这一点，可以这样来辩解：正因为薄伽丘意欲把现实世界置于他关注的中心，这对他便感到有必要提高自己的实践的文体水平。事实上，薄伽丘对文学和诗歌怀有及其崇高的看法，在这一点上，他同自己的导师但丁、波特拉克十分相似。因此，他始终不肯让自己描写的现实生活的故事去迁就过于简单或粗糙的形式。为了让现实生活化为文学和诗歌，这就需要让现实生活具备高贵的形式，而高贵的形式本身，就是崇高和优秀的佐证。

同彼特拉克一样，薄伽丘以这种方式为那个日后成为意大利人文主义的伟大的文学文化运动，开辟了道路。

意大利隐逸派诗歌

隐逸派是本世纪二三十年代产生于意大利，并在西方发生重要影响的一个诗歌流派。

起初，批评家们称这个流派为“纯诗歌派”。后来，意大利著名文艺批评家弗朗齐斯科·弗洛拉在《隐逸派诗歌》一书中指出，“纯诗歌”的概念过于笼统、含糊，难以同既往的各种唯美主义、形式主义诗歌区别开来，他认为只有用“隐逸派”这个称谓，才能确切地表述这一诗派的审美主张和艺术特征。

隐逸派诗歌是意大利特定的历史、社会、文化条件的产物。20世纪初，意大利跻身于帝国主义行列；随后，意大利建立了世界上第一个法西斯独裁政权，白色恐怖笼罩文化思想领域。文学艺术的发展遭遇到了空前危机。高举全面打倒传统、彻底革新文学的大旗，在世纪初登上文坛的未来主义，终因纲领的过激和内部的分裂，未成气候，此时已成强弩之末。邓南遮的唯美主义曾经风靡一时，招致众多的文人东施效颦，但如今也已日渐丧失吸引力。于是，在沉寂、贫困的意大利文学界，皮兰德娄的怪诞剧，隐逸派诗歌，成为最引人注目的文学现象。前者打破传统戏剧的规范，通过描写荒诞不经的环境里发生的荒诞不经的事件，表明人的自我的沦丧，后者同邓南遮华美浮夸的唯美主义诗歌相对立，倾力刻画内心世界奥秘、微妙的情绪，刻画人的个性的危机。它们的共同点在于表达了意大利从帝国主义向法西斯主义转变的灾难岁月里，在生活中失去立足点的中小资产阶级和知识分子对现实的厌恶、苦闷和彷徨的心态。隐逸派诗歌和皮兰德娄怪诞剧，以它们独标一格的思想、艺术特征，构成这一时期意大利文学的主潮。

隐逸派对生活的认识和艺术主张是颇为独特的。隐逸派诗歌的代表人物蒙塔莱在他的早期名诗《生活之恶》中表述了隐逸派诗人的观点：人时时遭遇“生活之恶的侵袭”，人的个性陷入严重的危机，它仿佛“喉管扼断的溪流暗自啜泣”，仿佛“炎炎烈日下，枯黄萎缩的败叶”。他认为，在现实生活中，原先架设在人与人之间，以沟通思想、感情的所有桥梁都已切断，世界陷入了危机的深渊。蒙塔莱这里所说的“生活之恶”，有着极其明确的指向，说的是使意大利人民陷入暗无天日的悲惨境遇的墨索里尼专政和法西斯挑起的战争，同时，这“生活之恶”广义上又是泛指周围世界中的种种强暴、邪恶势力。由此，蒙塔莱认为，诗人的使命不应当是表现这一或那一历史事件，不是描述社会现实生活，因为诗人无力表现普遍的真实。他主张诗人避开严酷的现实，隐逸于自我，隐逸于个人的情感世界，去表现人的生存本身，表现自我情感和内心世界的奥秘，因为只有在人的内心世界，才能寻觅个性的真实，才能维护人的价值。

我不晓得别的拯救
除去清醒的冷漠

蒙塔莱:《生活之恶》

隐逸派诗人回避直接地反映严酷的现实，全神贯注于人的精神世界，这并不意味着他们一头扎进了象牙之塔，把自己封闭起来，把自我同现实世界截然隔绝开来。不妨读一读蒙塔莱的名篇《柠檬》。诗人明确宣布，他是同官方的、学院派的“高贵的诗人们”对立的。他不愿像“高贵的诗人们”那样，“仅仅钟爱稀罕的名树”，他的旨趣在于从朴实无华的事物（“乡间小径”、“柠檬树”）中发现生活的美，并努力把它们展示出来。

诗人的生活，首先是“人的生活”。这是隐逸派另一位代表人物翁加雷蒂的一句名言。它精辟地道出了隐逸派诗歌与生活的关系，诗人的生活道路与诗歌创作道路的关系。而经历横逆多蹇的人生旅程，终于登上诗坛的另一位隐逸派著名诗人夸西莫多也道出了这样的自由：

啊，生活的道路
赋予我诗与歌

《重归》

由此不难看出，从根本上说，现实生活始终是隐逸派的“根”，是他们诗歌的源泉。他们精心选取自然场景的片断作为抒情的中介，着意抒发人的内心世界的微妙情绪与感受，最终都是导向曲折地反映外在的客观世界。

在艺术上，隐逸派诗人排斥抽象的理念和乏味的说教，回避写实，而是直接诉诸人的感官，诉诸人的视觉、听觉、触觉和脑海里的幻觉，驰骋奔放的想象，运用立意新奇的象征、联想，去建立鲜明的艺术形象，表达微妙、复杂的主观感觉。隐逸派诗人擅长从自然中摄取富于丰富内涵的景物，予以渲染，把它同抒发诗人感触最深的、瞬息间的体验交织起来，情景妙合，扣动读者的心弦。

对语言的重视，是隐逸派诗歌的另一艺术特色。诗人们讲究诗歌语言的提炼，力图从词语里挖掘出最能透视人的奥秘心态、最富于感情色彩的涵义。隐逸派注重诗歌的音乐美，在这一派诗人看来，词语的音韵，不只赋予诗歌以音乐美，而且往往蕴含比词义更深邃的内涵，更富于表现力、冲击力。

当然，隐逸派诗人既有共同的艺术追求，又有各自不同的艺术个性。以这一流派的“三杰”为例。蒙塔莱的诗歌着力刻画于“生活之恶”重压下人的感觉世界，他的幽思衷肠；在艺术手法上则更多地借助隐喻、象征。氤氲于蒙塔莱诗歌的典雅的美深深为读者所激赏，但它的隐晦幽奥又着实令人费解。夸西莫多的诗章把对诗人对美丽而又苦难的家乡的眷恋，同诗人深沉的失落感、孤寂感交织在一起，他的诗句明净、清丽，浓郁的诗情与瑰奇的诗美相互映衬，相得益彰。翁加雷蒂的诗品则淋漓尽致地倾诉民族的灾难与个人的不幸使心灵蒙受的创伤，短促、强烈的节奏透出诗人哀幽、悲愤的心态，同时使诗歌平添一种独特的节奏美。

隐逸派诗人把目光投向自我的内心世界，回避写实，也就是回避用艺术的具象去直接观照当时异常激烈的社会政治斗争，而借助隐喻、象征、暗示等手段去曲折地反映那严酷的现实；自然，有时他们免不了把抽象的“生活之恶”当作社会祸害的根源；他们的诗歌也常常情不自禁地流露出伤感、悲观的色彩。隐逸派诗歌是同为法西斯歌功颂德的文学、同唯美主义的文学相对立的，它映照出第一次世界大战后意大利灾难深重的历史和现实投在诗人心灵上的蜮蜮暗影，它以独特的方式书写了一代人的生活境遇和心灵历程，表达了他们对法西斯专制及其意识形态不满、厌恶，但又无可奈何的苦闷、忧伤的情绪，因而具有独特的思想意义和认识价值。

隐逸派自然为墨索里尼独裁政权所不容。隐逸派诗人几乎都受到法西斯当局的迫害。他们以不同方式参加了抵抗运动。波澜壮阔的反法西斯斗争给诗人们的创作注进了新的因素，他们的诗歌奏出了爱国主义、反法西斯主义的鲜明旋律。夸西莫多的转变尤为明显，他在战后明确表示，诗人应从“独白”转向同人民的“对话”，他提出了写作“社会诗歌”的主张。

隐逸派诗人在艺术上努力追求创新，扩大诗歌表现手段，细腻地刻画人物的心灵世界，精心锤炼语言，对当代意大利诗歌的发展产生了重大的影响。二十世纪意大利诗歌的成就是同隐逸派紧密相关的。

隐逸派的主要代表为当代意大利诗坛的三位杰出诗人：蒙塔莱、夸西莫多、翁加雷蒂。前两位都是诺贝尔文学奖获得者。属于这一派的诗人还有萨巴、卢齐、塞雷尼等。

埃乌杰尼奥·蒙塔莱（Eugenio Montale）是隐逸派最重要的代表人物。

蒙塔莱1896年10月12日出生于热那亚，父亲是一家经营化学制品的公司的负责人，埃乌杰尼奥是这个中产者家庭的六个孩子中最小的一个。他的童年和少年是在风光旖旎的里古利亚海滨的小城镇度过的。后来从男中音歌唱家西沃里学习声乐，同时孜孜不倦地攻读文学作品，只是因为健康的原因，他被批准暂时免服兵役。二十岁时写出了第一首诗《夏日正午的漫步》。1917年，他终于被征召入伍，编入步兵团。翌年，他被派往北方前线。

战争结束后，蒙塔莱开始诗歌创作，并同文学艺术界人士广泛交游。1922年陆续发表抒情诗。1925年，出版第一部诗集《乌贼骨》。两年后，蒙塔莱迁居佛罗伦萨，随后，他被任命为市图书馆馆长。在这段时期，他勤奋地写作诗歌，为各文学刊物撰稿，同时和进步的诗人、作家、评论家过从甚密，并到巴黎、伦敦旅行。1938年，蒙塔莱因拒绝加入法西斯党被解除图书馆馆长之职。蒙塔莱在白色恐怖下的处境异常艰难，但他没有放下手中的笔，他一面继续写诗，一面从事文学翻译。1943年冬，德国纳粹占领佛罗伦萨期间，他的寓所成为从事地下斗争的朋友们秘密聚会的地方。1945年，蒙塔莱被民族解放委员会任命为文化艺术委员会成员，积极投身反法西斯抵抗运动。战后，他当过记者、编辑、专栏作家、音乐评论家。他的诗作获得各种文学大奖。1967年，意大利总统为表彰他在文学艺术领域的卓越成就，授予他“终身参议员”的荣誉。1975年，蒙塔莱荣获诺贝尔文学奖。1981年9月12日，因病在米兰逝世，意大利政府为他举行了隆重的国葬。

《乌贼骨》是蒙塔莱的处女作，1925年出版，第一版仅印一千册，其中五百册还毁灭于火灾。但诗集一经问世，即刻轰动诗坛。《乌贼骨》体现了蒙塔莱的创作理论和隐逸派诗歌的重要特征。《柠檬》是收入这部诗集的一首抒情名诗，又不啻是一篇诗歌宣言。蒙塔莱开宗明义表示，从步入诗歌殿堂之日起，他即同官方的、学院派的“高贵的诗人们”分道扬镳了。作为诗人，他全然只在周围平凡的事物（“青草芜杂的道路”，“丛丛芦苇的小径”，“田野”、“柠檬树”）中感受生活的馨香，汲取诗歌的源泉。他所向往的这种纯朴的生活的美与情趣，同“喧嚣”、“阳光黯然失色”的城市形成鲜明的对照。诗人孜孜追寻的，是柠檬所象征的金色的阳光，“金色的歌”，是柠檬所象征的真善美。

对金色的阳光的赤诚眷恋，是同对“生活之恶”的强烈摒斥紧密相连的，前者构成后者隐含的内核。由此，对“生活之恶”的咏叹，成为贯串《乌贼骨》的重要旋律。蒙塔莱从大千世界中精心选取一系列富于象征意义的艺术场景，如“喉管扼断的溪流”、“枯黄萎缩的败叶”、“奄奄一息”的鸟儿，被汹涌的大海波涛席卷已去的浪花，抒发“生活之恶”给人生酿成的痛苦与悲剧（《生活之恶》）。

蒙塔莱在诗中叹息，人的幸福好似“眼前瑟缩摇曳的幽光”、“脚下震栗碎裂的薄冰”，是短暂的、不可捉摸的，幸福又似孩童玩耍的气球，随时会高飞远逸，消失得无影无踪（《幸福》）；人的心灵恰像“不和谐的乐器的丝弦”，难以获得慰藉（《英国圆号》）。

蒙塔莱借助艺术形象隐喻，人生原象盛夏终日欢唱的“蝉”，但在凶狞的“斧子”的打击下，坠落于“淤泥”（《剪子，莫要伤害那脸容》）。人，在支离破碎的生存中，得不到喘息和安宁。人，无法维护自己的幸福、生活，乃至回忆（《汲水辘轳》）。“生活之恶”一步步地蛀蚀着世界，缓慢而无情地吞噬一切生命的血和肉，只遗弃下一副骸骨。“乌贼骨”，即是生活的最终象征，也是他的诗集的名称。

《乌贼骨》问世于意大利历史上一个极其特殊、微妙的时刻。当时，墨索里尼通过“罗马进军”，已登上了多党联合的政府总理的宝座，他正磨刀霍霍，图谋把所有的进步力量打下去，建立法西斯独裁统治（《乌贼骨》出版的翌年，墨索里尼的这一野心终于得逞）。在《乌贼骨》中，蒙塔莱没有正面触及当时这般尖锐、激烈的社会矛盾，也回避抒写进步与反动势力正在进行的殊死搏斗。蒙塔莱笔下的“生活之恶”，应当说，蒙上了一层超时代、超阶级的色彩，具有抽象、朦胧的特征。但另一方面，蒙塔莱笔下的“生活之恶”又深深打上了那个时代的印记，是那个令人窒息的年月里的诗人及其同时代人极其哀痛的心灵历程的反照。一代人承受着笼罩意大利的法西斯“阴霾”，不可遏制地喷发出失望、厌恶和悲愤的情感。一部“乌贼骨”，不只记载着默默地忧伤，而且倾注着抗争和呐喊，流溢出维护人的自我与价值的强烈意识。

《乌贼骨》从思想内容和艺术上为蒙塔莱的整个诗歌创作奠定了基调。他继续抒写人在痉挛中挣扎的痛楚，意识到不可逆转的结局的悲哀，“存在只不过是覆灭”（《小小的遗言》）；死亡的阴影不可抗拒地占据历史的空间，生活的抵抗徒劳无益（《境遇》，1939）。他表现人的惊恐不安，犹如暴风雨之夜撞死于灯塔的飞鸟；人的心灵仿佛是“一潭冷漠的湖水”，“残酷和忧伤的时辰敲打着人世”，人的个性被暴行撕得粉碎；“炼狱，永远持续”（《囚徒的梦》），“死亡，生活，是同一圆点”（《暴风雨和其他》，1956）。然而，蒙塔莱绝不是沉湎于无病呻吟的消极受难者。在一些诗篇中，他用曲折的文笔，抨击法西斯主义，斥责“黑暗中狂舞的群魔”，期待“黎明”把曙光洒向所有的人（《希特勒的春天》）。蒙塔莱一生创作勤勉，晚年虽体弱多病，但始终未停止笔耕。他的许多诗章或记叙日常的生活，或献给他生活中的忠实伴侣——亡妻（《萨图拉》，1971），或对人生作冷峻的、哲理的思索（《诗抄：1971—1972》，1973）。

蒙塔莱的诗歌突出人的内心世界的细微感情，常常采用象征和隐喻的手法，提炼含蓄、深邃的艺术意象：

莫要伤害那脸容啊，剪子，
它是记忆中唯一的幸存

逐渐地迷蒙暗淡，
莫要把阴霾永远地笼罩
沉默的、亲切的脸容。

一阵飕飕的寒气……
树冠在凶狞的一击下落地。
负伤的洋槐
把蝉的外壳
抖落在十一月的最初淤泥。

《剪子，莫要伤害那脸容》

诗人以“脸容”隐喻“往昔”，“剪子”比喻“时光”，夏天终日欢唱的“蝉”象征生活、幸福；日常生活中的普通事物被赋予不寻常的寓意来影射生活、幸福一步一步地被邪恶所吞噬。

蒙塔莱常常突破时空的制约，在短短的诗句中，把现实与幻觉、现今与往昔、景物与回忆，错综重叠，浑然交融，因而他的诗篇既意境深远，又有点隐晦费解。蒙塔莱的诗歌追求音韵，讲究诗的字句的雕琢，具有“交响乐的韵味”。他由于“独树一帜的诗歌创作，以巨大的艺术敏感性和排除谬误与幻想的生活洞察力，阐明了人的价值”，获得1975年的诺贝尔文学奖。

蒙塔莱是当代西方最重要的诗人之一，他的诗歌发生了广泛的国际影响。马雅可夫斯基当年曾高度评价蒙塔莱的诗，说蒙塔莱“是我所喜爱的诗人，我愿能读他的意大利文的诗”。

在隐逸派诗人中，萨瓦多尔·夸西莫多（Salvatore Quasimodo, 1901—1968）占有一席特别重要的地位。他诞生在意大利南方西西里，父亲是铁路职工，靠微薄的工资养活家庭。由于父亲工作地点频繁调动，夸西莫多的童年是在不断地迁移，在许多穷乡僻壤的小城镇度过的。故乡西西里，它的痛苦和忧伤，从此深深扎根于夸西莫多幼小的心灵。

起初，夸西莫多攻读理工科学，对文学的酷爱驱使他转而研习古希腊罗马文学。因家庭经济的拮据，他不得不辍学去谋求生计。他当过营业员、会计、绘图员。这正是墨索里尼建立独裁统治的岁月，也是饱尝生活忧患的夸西莫多开始献身诗歌的年代。1929年，夸西莫多前往佛罗伦萨，和许多文艺界知名人士结识，并和隐逸派元老蒙塔莱建立了亲密的友谊。翌年，他的处女作《水与土》问世，一时声名大振，成为意大利的优秀抒情诗人。

对西西里，对在家乡度过的童年的缅怀，犹如一支低回婉转的主旋律，反复出现于《水与土》中的各个诗篇。

夸西莫多怀着一腔深情，赞美遥远的、富庶的西西里大地，它的明媚秀丽的自然风光，勤劳、朴实的人民。他向每天"肩背鱼篓，挂起满帆"，唱着离别之歌去海上捕鱼的乡亲们表示敬意，抒发自己愿为西西里分忧担愁的赤子之感。

啊，大地
你的苦痛
怎不叫我碎了心肠！

《大地》

对于在邪恶的现实中饱经世态炎凉的夸西莫多来说，故乡和童年，是他的"根"，是幸福的象征。他在"水与土"的诗篇中不止一次满怀深情地向故乡的山山水水、一草一木发出礼赞：

不只一次，我的心头
感觉到泥土和青春的分量。

《莫名的痛楚》

然而，幸福和希望无法在现实生活中获得。对童年和家乡的回忆"仅仅带来短暂的梦幻"，这就是诗人无比忧伤和凄惶的缘由。诗人又常常向青年时代心爱的人寄托情思，寻求慰藉。爱，对于诗人而言，是对丑恶现实的抗争、解脱：

爱是抵御忧伤的盾牌。

《延达里的风》

《水与土》在艺术上独具风韵。夸西莫多善于把内心感触最深的一刹那捕捉住，又从自然中摄取意境新巧的景象，情景交融，直抒胸臆。

《瞬息间是夜晚》是《水与土》开卷的第一首诗，也是各种选本必收的一首名诗。诗很短，总共才四行：

每一个人
偎倚着大地的胸怀
孤寂地裸露在阳光之下：

瞬息间是夜晚。

诗人由自然中撷取从日落黄昏到夜幕降临这一特定的“一瞬息”的景象，选取“阳光”与“夜晚”、“偎倚”与“裸露”这两组极富形象性的景象，造成强烈的对比与反差，并采用明快、迅疾转换的节奏，把诗人在法西斯统治的灾难年月里，心灵如同黑暗的“夜晚”，无比“孤寂”的主观感受，酣畅淋漓地渲染了出来。

梦幻与现实、回忆与写实交织，是《水与土》的另一个艺术特色。《归乡》抒写飘零异乡的主人公，在一个繁星灿烂的夜晚，孤独地坐在罗马市中心的广场上，怀着一颗凄惶的心，“驾着记忆的轻舟”，“重归遥远的家乡”的心境。另一篇抒情诗《延达里的风》，刻画诗人想象中重返西西里岛延达里的感受，回忆的梦幻、现实的情景，重叠交叉，相辅相成，宛如诗人特意铺设的两行轨道，径直通向人物的心灵深处。对故土、恋人的情深意浓的思念，梦幻中重游延达里欣悦而惆怅的复杂心绪，得到了细致入微而富于情韵的描写。

夸西莫多在《水与土》中吟唱的主旋律，也贯穿于他三四十年代陆续发表的诗集《消逝的笛音》(1932)、《厄拉托与阿波罗》(1932—1936)、《新诗》(1936—1942)。1939年，夸西莫多被聘为米兰音乐学院意大利文学教授。

反法西斯抵抗运动对夸西莫多产生了积极的影响。他后来曾说，战争和抵抗运动“摧毁了(诗歌)传统的内容”，“提出了人的价值的新观念”。他不再单单抒发个人的情愫，他的抒情诗中糅进了“社会诗”的内涵，低回婉转的吟唱同激奋昂扬的战歌交融。诗人从“我”过渡到了“我们”。诗集《日复一日》全部写于艰难的1943—1945年，堪称意大利和欧洲战后一部不可多得的抒情诗集，它痛斥法西斯强盗屠杀无辜良善的残暴罪行：

我们怎能唱歌
当侵略者的铁蹄
踏在我们的心上，
烈士们的尸体
横卧在广场
冰雪掩没的草地。

《柳树枝头的竖琴》

对于同法西斯刽子手展开英勇斗争的战士，诗人予以热情的礼赞，他在这些意大利优秀儿女的身上看到了复兴祖国的希望的闪光。诗集《生活不是梦》(1946—1948)、《乐土》(1955—1958)等寄托了夸西莫多崇高的信念：生活不是梦幻，而是义务；诗人的使命是"'改造'世界","重新造就人"。此后,夸西莫多虽然身患重病,而且因生命垂危两次住入医院治疗,但他的生活信念更充实、更坚定了:

兴许我就要溘然长逝以去,
但我乐意聆听
从来不曾理会的生命的真谛
乐意求索生活的哲理。

《鲜花与白杨》

1968年6月,夸西莫多因脑溢血突然发作,抢救无效,不幸去世。

夸西莫多1959年获诺贝尔文学奖,因为他"以充满古典热情的抒情作品表现现代人生的悲剧"。

翁加雷蒂是隐逸派的另一位重要代表。朱塞培·翁加雷蒂(Giuseppe ungaretti, 1888—1970)出生在埃及一个意大利侨民的家庭,他在亚历山大生活了十四年。伴随他度过童年和少年的非洲大沙漠在他的心灵留下了深深的印记,成为他日后诗作中经常出现的一个题材。1912年至1914年迁居巴黎。当时正是法国象征主义和意大利未来主义兴盛时期。象征主义和未来主义的理论主张,同它们的代表人物的广泛交游,对他发生不小的影响。1914年,翁加雷蒂返回意大利米兰,开始在未来主义刊物上发表诗作。但不久爆发了第一次世界大战,他即被征召入伍,作为普通士兵开赴前线。

翁加雷蒂把这些丰富而复杂的人生阅历融汇于他最初的两部诗集(《被埋葬的港口》,1916年;《覆舟的愉快》,1919)。这些诗歌以朴实无华、精粹的语言,巧用隐喻、意象,借助富于强烈节奏和刺激的短句,抒发人的孤独、痛苦。人生犹如惊涛骇浪中漂行的小舟,时时会触礁遇险,遭遇灭顶之灾;然而覆舟却又激起人们对生活的爱恋、向往。这两部诗集是隐逸派诗歌的最早代表作。

战后,翁加雷蒂迁居罗马附近的小镇马里诺,从事新闻工作。1933年,翁加雷蒂发表诗集《时代的感情》。诗人着意抒写法西斯统治下同时代人因蒙受时代的灾难而产生的忧虑意识,因文明遭到蹂躏而萌发的悲凉感情,以及对人类命运的反思。

1936年,翁加雷蒂为躲避法西斯的白色恐怖,不得不漂洋过海,前往巴西,在圣保罗大学担任意大利语言文学讲座的教授。1939年,他的儿子安东尼埃托去世。诗集《悲哀》(1947年出版)倾诉了诗人漂泊异国他乡六年的痛苦感受及失去爱子的悲哀。

1942年,翁加雷蒂返回意大利,定居罗马,在罗马大学主持意大利现代文学讲座,同时写作诗歌,翻译外国文学名著(莎士比亚、拉辛、马拉美)。战后出版的几部诗集《福地》(1950)、《呼喊和风景》(1952)、《老人笔记》(1960),依然鲜明地表现出隐逸派诗歌的特点,个人的孤独、忧伤与第二次世界大战给人类造成的悲剧感紧密交织。

1962年，翁加雷蒂任欧洲作家联合会主席。

翁加雷蒂是位孜孜不倦的艺术探索者。《被埋葬的港口》、《覆舟的愉快》发表于第一次大战期间，其后诗人不断予以修订，历时近三十年，直至1943年才最后改定。翁加雷蒂原先受到未来派的影响，他探索用节奏强烈、抑扬顿挫的短诗，来表现人物复杂的内心生活：

在人世间
每一个
角落
我全没有法子
栖身
……
我归来了
从饱经忧患的
岁月

安享哪怕
生活的片刻
欢悦

《流浪者》

后来，他又用心继承意大利古典诗歌传统，借鉴彼特拉克六音节诗和莱奥帕尔迪自由体抒情诗，并吸取法国象征派诗歌的特点，因此，他的诗歌富于表现力和韵律感，形式灵活多变，既善于刻画人物的内心世界，抒情色彩浓郁，又擅长抒写回忆、日记形式的叙事诗。名诗《请不要再喧哗》就是把莱奥帕尔迪自由体抒情诗和翁加雷蒂早期诗歌的特点冶于一炉的范例：

别再杀害死者，
啊，请不要再喧哗，不要再喧哗
倘使你们还想听到他们的声音，
倘使你们不再希望毁灭他们。

他们不再发出声响，
絮絮低语

仿佛破土的芳草。
欣悦不存在于人迹不到的地方。

翁加雷蒂始终直面尖锐的现实问题，但他确信，在“人类覆舟的悲剧中，只有诗人的词语，才是唯一可靠的支撑点”。因此，翁加雷蒂特别重视诗歌词语的选取、提炼，着力赋予特殊的感情、力量。

隐逸派的诗人还有萨巴、卢齐、塞雷尼等。翁贝尔托·萨巴（Umberto Saba, 1883—1957）是位老诗人。他早年受到邓南遮、帕斯科利的影响，三四十年代转向隐逸派。他是犹太人，身受法西斯种族主义的歧视和迫害；他从小被父亲抛弃，经历家庭的不幸；长年的流亡生活，使他饱经忧患。这一切，都在他的诗歌中倾诉了出来，发出阵阵凄楚而惨烈的呐喊。

和萨巴不同，马里奥·卢齐（Mario Luzi, 1941— ）的诗歌一开始就受到马拉美和翁加雷蒂的影响，倾力表现人的精神上的忧虑和对抽象的价值的渴求。他确信诗歌能拯救对世界痛感失望的人，因而努力使诗歌成为同人们对话的工具和形式。

维多里奥·塞雷尼（Vittorio Sereni, 1913—1983）也是在隐逸派旗帜下步入诗坛的。他在二次大战期间当过兵，后被俘，囚禁于阿尔及利亚。战后在皮雷利垄断集团任职。他的诗感情含蓄，意象奇妙，透过飘忽幽奥的内容，可以感受到一股怨艾、痛楚、悲愤交织的感情的潜流。

原文载《外国文学欣赏》1987年第1期

谈莫拉维亚近二十年来的短篇小说

意大利当代著名作家阿尔贝托·莫拉维亚（Alberto Moravia, 1907—　），对于我们已不是一个陌生的名字。他的《罗马故事》曾引起我国读者的浓厚兴趣，脍炙人口。自然，《罗马故事》只使我们窥见了莫拉维亚创作全貌的一斑。在整整五十年的创作生涯中，莫拉维亚共发表了长篇小说、短篇小说集、剧本、评论文集、游记近四十部，电影和电视脚本多部。他的作品不断获得各种重要的文学奖金，并被竞相搬上银幕；在国外，他的作品被译成许多种文字，畅销各国。他的许多作品问世时都掀起过轩然大波。在法西斯统治年代，墨索里尼曾多次剥夺他发表作品的权利，后来他被列入黑名单，几遭逮捕。梵蒂冈斥责他的某些小说有伤风化，列为禁书。文艺界对他的评价历来意见分歧。有人把他当作意大利新现实主义的代表，虽然他的整个创作同新现实主义的差异是十分明显的，他本人也一直否认同新现实主义的关系。有些批评家把他同弗洛依德精神分析学联系起来，进行研究；也有些学者将他视为存在主义大师萨特的先驱；等等。在意大利当代文学史上，还不曾有过一位作家，像莫拉维亚这样引起如此强烈的反响和如此广泛的议论。

不过，透过众说纷纭的迷雾，却不难发现这样一个不容置疑的事实：半个多世纪以来，意大利社会的风云变幻，人们的精神面貌，在莫拉维亚各个时期的作品中都留下了某些投影。他的处女作《冷漠的人们》写于法西斯独裁统治时期，他以心理分析的手法隐晦地描写资产阶级道德堕落及法西斯主义滋长的关系，轰动文坛。短篇小说集《假面舞会》（*La mascherata*, 1941）问世于墨索里尼政权岌岌可危的年代，以暗喻的手法辛辣地抨击法西斯独裁统治。"献给抵抗运动的小说"《乔恰拉》（*La ciociara*, 1957），以一个女店主在抵抗运动期间的经历为线索，对当时错综复杂的社会生活的一个侧面做了别开生面的描绘。《罗马故事》（*Racconti romani*, 1954）和《罗马故事新编》

（*Iracconti nuovi*, 1959），则把战后初期社会动荡不安，小人物艰辛困苦的人情世态，栩栩如生地呈现在读者面前。

大约从六十年代初期，莫拉维亚又重新把目光投向资产阶级生活的圈子，着重描写进入“福利社会”以后中小资产阶级的精神面貌，勾画了这个历史时期资本主义社会某些具有本质意义的特征。这标志着莫拉维亚的创作进入了一个新的阶段。近二十年来，莫拉维亚发表了各种体裁的作品近二十部，其中有长篇小说《愁闷》（*La noia*, 1960）、《注意》（*L'attenzione*, 1965）、《我和它》（Io e Lui, 1971），短篇小说集《不由自主》（*L'automa*, 1963）、《东西就是东西》（*Una cosa e una cosa*, 1967）、《天堂》（*Il paradiso*, 1970）、《另一种生活》（*Un'altra vita*, 1973）、《嘿》（Boh, 1976），剧本《世界就是如此》、《生活是游戏》，评论文集《人是目的》等。在莫拉维亚的这些作品中，短篇小说最集中、最鲜明地体现出他的创作思想内容和艺术手法方面的新特色。

《不由自主》是六十年代问世的头一部短篇小说集。集子的“卷首语”说，同《罗马故事》比较，这部作品明显地反映出“作家的兴趣和作品的历史环境的变化”。这种变化确实是引人注目的。作品的主人公取代了战后初期挣扎于饥饿线上的罗马社会底层的小人物，而大都是收入丰厚、生活优裕、富于文化教养的医生、律师、艺术家、商人、高级职员，或者是具有同样社会地位的年轻聪明的女性。他们无须再为获得一小块面包或寻找一个糊口的工作而苦恼，或铤而走险；然而，他们几乎毫无例外地被另一种苦恼所折磨。有时，他们安享富裕的生活，仿佛醉酒一样，处于兴奋的状态，觉着生活中的一切都很有意义、实在、必要，但一觉醒来，突然感到一切都毫无意义、虚伪、空洞。一个年轻、潇洒的律师，家庭生活素来异常美满，一天，竟突然在新购置的穿衣镜里发现自己的长相十分丑陋，令人厌恶。原先他巴不得儿子长大后像他那样俊美，现在他害怕儿子像他。随着这种厌恶情绪的蔓延，他对妻子、孩子，以至周围的一切，都厌恶起来（《穿衣镜》）。另一个短篇的主人公兴致勃勃地约定和妻子星期天去郊游，欢度结婚纪念日，但清晨醒来，他却怎么也想不起来为什么要去郊游；一种莫可名状的孤独、愁闷的感觉，咬噬他的心灵，最后竟至迫使他企图驱车冲入湖底，以求解脱（《不由自主》）。有时候，他们会突然无缘无故地神志恍惚起来，焦躁，惊恐，茫然失措（《恍惚的女人》）。或者，说什么也无法消磨等待朋友的两个钟头；两个钟点的时光仿佛钟摆一样停歇在那里，似乎是永恒的静止，而主人公则注定被活生生地排斥于时间之外。

显然，莫拉维亚借助这些离奇的故事来展示，这些资产阶级诚然有着优裕的物质生活，多情的妻子，健康的孩子，但他们的幸福是虚假的；生活仿佛《不由自主》里主人公的自动点唱机，说不定什么时候就会脱出常轨，出现意想不到的毛病，给人带来忧愁、苦恼，这种忧愁、苦恼全然不可捉摸，意想不到，“不由自主”。

这种“不由自主”，评论家指出，“其实不过是异化的一个方面”。在资本主义社会里，人一旦获得梦寐以求的物质文明，立即沦为他所占有的物质的从属品。生活变得像机器一样全靠外力和惯性牵引的机械运动，丧失了意识、灵魂。人受到物的压抑，精神上遭到折磨，失去和谐发展的可能，失去本来的真实的面孔，异化为畸形、丑陋的人。最豪华、最现代化的小轿车、电视机、洗衣机、电冰箱、家具的占有者，无一不是丑陋不堪、灵魂空虚的俗物（《比你更漂亮》）。这样，人失去了人的价值，失去了人的本质，从而沦为自己的异己者。个人与自我的关系扭曲了，畸形化了，出现了相互矛盾、格格不入的双重的“自我”。人犹如月亮，有着两副面孔：一副面孔是人人熟悉、始终如一的，另一副面孔是任何人甚至自己也无法认识的、异己的（《月亮的另一副面孔》）。人的“自我”分裂为“内在的我”与“外在的我”，“头脑”与“身躯”，“思想”与“声音”，这两者不停地处于尖锐的对立、矛盾之中，不断发生冲突，甚至互相欺骗（《里面与外面》、《头脑与身躯》、《衣柜》）。这双重的自我如果各自单独存在，一切就合理、圆满、正常；如果合二为一，则产生矛盾、荒唐、反常（《梦》）。人的自我本质变得支离破碎，是人的异化的一种表现，也是莫拉维亚六十年代以来短篇小说中的一个重要主题。

莫拉维亚笔端的人物不仅失去了自己的本质，成为自我的异己者，而且无法同周围的人建立明确的、真实的关系，从而互相成为异己者。《不由自主》里的主人公在愁闷的时候，瞧着妻子领着两个儿子走进房间，突然觉得，今天仿佛是初次见到自己的妻子，异常陌生。一个男子下班回家，在一个陌生的地点，遇见一位陌生的美丽的女子。他心里一动，便鼓起勇气紧紧尾随，紧张、激动得心怦怦乱跳。最后骤然发现，他跟踪的那位陌生的美人，就是他的妻子！那陌生的地点，就是他住的公寓所在的街道！（《房间与街道》）更有意思的是，一对新婚夫妇，在教堂隆重举行婚礼后两小时，乘火车离开罗马，开始蜜月旅行。旅途中，他们越是亲切地谈话、接触，越是觉得互相不能理解，没有共同的语言。转眼间，他们由刚刚结合在一起的新婚夫妇，成为仿佛互不相识，只是偶然在同一车厢里相遇的陌生旅客。（《蜜月旅行》）人与人之间，甚至夫妻之间，都存在着隔膜，无法沟通思想、感情，连最亲密的人也失去了真实的本质，呈现出不可辨认的、陌生的面孔，化为幻觉！

莫拉维亚从描绘个人与自我、个人与个人之间的对立的、畸形的关系出发，进而表现个人与现实之间的格格不入的、畸形的关系。经历长达二十年之久的法西斯独裁统治和战争的浩劫，战后初期的严重动乱，经济萧条，五十年代末，意大利的经济迅猛发展，一跃进入发达的资本主义国家的行列。当时舆论界无不骄傲地把这一飞跃称作“经济奇迹”，宣扬意大利社会进入了“新资本主义”、“福利社会”。但随着时间的推移，“福利社会”的魅力逐渐消失了。周期性的经济危机，无休止的政治动乱，声势浩大的罢工浪潮，向传统和信仰进行最大胆挑战的青年反叛运动，形形色色政治思潮的泛滥，使这个社会固有的矛盾和派生的灾祸一齐迸发出来，使人陷入失望、忧虑、茫然，感到前途不可捉摸的悲观。现实也失去了原先的面孔，真实的本质，失去了现实性，转化成非现实、虚无，或者说梦幻。“梦幻具有现实的某种模样，而现实具有梦幻的荒诞。”因此，人无法同现实建立直接的、真实的关系，而只能借助梦幻，来同现实建立间接的、似是而非的关系。

莫拉维亚的某些短篇专门写人由于无法把握现实而终日沉浸在梦幻般的错觉中，干出不少蠢事（《出于嫉妒的玩笑》），或者干脆写梦游症患者的离奇行为（《梦游症患者》）。所谓梦游症，用《注意》里的主人公弗朗齐斯科的话来说，就是“沉睡中梦见自己醒着”。他们把梦幻当作现实，视现实为梦幻，他们就生活在现实与梦幻的交织之中；而这两者真真假假，扑朔迷离，它们之间的差异是微乎其微的。这只是第一梦幻、第二梦幻、第三梦幻的差异，如此而已。

人既然无法用旧的认识手段把握已转化为虚无、非现实的现实，同它建立可靠的关系，那么，他在现实中也就失去了生存的条件，找不到一席安身之地。正像弗朗齐斯科在梦中瞧见自己攀登悬崖峭壁，下面是万丈深渊，他既不能登上山巅，又无法返回平地，也难以在原地立足。因此，他们执着于梦幻、梦游症，甚至对此比醒着更喜欢，只是为了从梦幻中寻求生存的条件，寻求慰藉和解脱，其实也是一种自我麻醉。莫拉维亚以这种非凡的透彻力，展示出资本主义社会的令人骇然的混乱、反常、荒谬和沉沦，它的无法解决的矛盾和分崩离析的危机，“再现了异化社会里的许多新的特点”。①

莫拉维亚同写异化题材的某些西方当代作家的不同之处在于，他不是采用极其隐晦或纯粹象征的手法，而是比较明确地指出，人的种种荒唐、反常行为的渊薮，是现实本身的荒唐、反常。《愁闷》的主人公直言不讳地说，“愁闷的感觉在我的身上产生，是由现实的荒诞无稽引起的，这个现实不足以，也无力证实我本人确确实实的存在。”正是他尖锐地感到的“对客观现实的某种不满足”，使他先是诉诸艺术创作，继而沉溺于性欲，寻求解脱，但都遭到失败，从而陷入更深沉的苦闷。另一个漂亮的电影女明星，享有世界声誉，到处受到欢迎、崇拜，但她却感到无比的孤独、郁悒，常常伤心落泪。在那个拜物主义世界上，她这个明星已失去了人的价值，转化为物，成为受市场控制的“高档商品”。她仿佛被安置在商店橱窗里的广告品，供人欣赏，所有的过客都瞅着她，可是任何人不能接触她，她也无法接触任何人。（《女明星》）冷酷无情的现实，是一种可怕的、神秘的力量，沉重地压迫人的心灵，剥夺人的尊严和价值，切断沟通人与人之间联系的桥梁，造成不可逾越的鸿沟。

诚然，莫拉维亚在描写人的莫可名状的受压抑、苦闷的精神状态和不可思议的怪诞行为时，受到弗洛依德精神分析学的一定影响，但作家并没有把这一切简单地写成人物某种潜意识的突然爆发，或病态的生理现象。如果说，莫拉维亚在写于战前的作

① 潘迪尼:《莫拉维亚》，米兰，1973年，第93页。

品《冷漠的人们》、《随波逐流的人》、《鄙视》等中，描画了以冷漠、自私、虚伪为特征的资产阶级道德上的堕落，那么，在六十年代以来的短篇小说中，莫拉维亚在这一代资产者身上着重揭示的，则是个人失去自我的本质，对周围的人、对现实世界都成为异己者的生存危机，空虚、迷茫、无所适从、悲观颓丧的精神危机。或者用意大利评论家的话来说，莫拉维亚"反映了现代人的孤独"，"当今社会里人所处的非人的地位"(《新路》,1961年11期)。资产阶级，这个资本主义社会的佼佼者，居然异化为"非人"，这在今天的资本主义制度下是具有典型意义的社会现象。难怪《愁闷》中的主人公感叹地说：他所属的阶级（资产阶级）过去是不为异化所困扰的，因为它使下层阶级异化，而现在，它却不可避免地落入了异化的异化！莫拉维亚以他的锐利的解剖刀，无情地剖析了当代资本主义制度，揭示出物质生活的高度发达、丰富，必然伴随着精神生活的高度贫困和思想危机的不断深化这样一个不可救药的病症。

莫拉维亚曾说，他的小说"既没有正面人物，也没有反面人物"。他的短篇小说里的主要人物虽然集中体现了中产阶级孤独、苦闷、在社会上找不到支撑点的心理危机，然而，他们又并不都是或始终是冷漠、倦怠、丧失任何理想之光，而又徒然在逸乐、色情、冒险中寻求生存的人们。对现实生活的不满、厌恶，精神生活失去平衡的痛苦，常常迫使他们转而采取挑衅、叛逆、造反的态度，企图借此求得同现实、同人的关系的新的平衡。这是莫拉维亚六十年代以来短篇小说中最常见的另一个主题。《想象》的女主人公每逢陷入进退维谷的困境时，敢于蔑视和摒弃现实给她安排的选择，拒绝妥协，而硬是要求担风险，独自另寻出路。一个嫁给珠宝商的女子，为丈夫献出了一切——青春、美貌、才学，而作为交换，她只不过成了丈夫开设的珠宝店的一名伙计。财富造成夫妻关系的严重不平衡。她决意盗窃丈夫店里最珍贵的珠宝玉石，把它们扔到台伯河里去，借以表明她不单纯是丈夫的伙计，从而能够重新获得平衡。(《平衡》)

他们试图对环境叛逆，但最终却事与愿违，愿望同行动发生矛盾，以出乎意料的妥协、无可奈何的适应告终。一个自称"天生的叛逆者"的女青年，常常被对现实的愤怒所侵袭，使她焦躁不安。"倘若世界是只茶杯或盘子，我会毫不犹豫地把它摔在地上，砸个粉碎。"她常常痛骂商人、建筑师们投机钻营，巧取豪夺，是敲诈穷苦百姓的吸血鬼、寄生虫。但她一方面需要寻衅，发泄愤怒，一方面却需要金钱，不得不厚着脸皮向她痛骂过的人伸手讨钱。主人公自叹，这就是生活的矛盾，是"我的生活中种种无能为力的一种表现"。这个"叛逆者"的表现，反映了一代资产者在现实生活中的处境。他们跟现实格格不入，厌恶现实，以这种或那种方式对社会表示叛逆；他们丧失了旧的价值观念，但又无法寻找替代的价值观念；他们追求生活中缺少的某种东西，或者追求某种理想的生活，但又崇拜现实生活中最龌龊的东西，无法摆脱那个社会赖以存在的各种矛盾。他们掀起的充其量只是茶杯中的风波，结局差不多总是遭到失败，跟环境同流合污，得到“另一种生活”。正像俗话所说，“天堂虽然存在，但虚无缥缈。”这种愿望与行动、理想与现实的矛盾，反映了当代资产阶级在深刻的社会矛盾、严重的精神危机面前无能为力、无可奈何的特征。这是理想的毁灭，信心的毁灭。莫拉维亚自己曾说，他描写的这些人物，“意识到自己的地位，但是没有力量和不懂得如何改变它。”①

莫拉维亚在短篇小说的创作上独树一帜，具有独特、新颖的艺术风格。如果说在他的长篇小说中可以明显地见出潜意识、意识流等表现手法的印记，那么他的短篇小说则继承了历史悠久的意大利短篇小说的传统，基本上采用现实主义的艺术手法。莫拉维亚的短篇小说短小精悍，少则三千字，多不过五千字。作家善于把错综复杂的现实生活中最普通、最平淡无奇的横断面截取下来，进行艺术典型化的构思，熔铸成概括凝练的作品。小说往往开门见山就把矛盾冲突勾画出来，像电影的特写镜头，推到读者的眼前，紧紧吸引住读者，作为推动情节在尖锐的矛盾中发展的契机。莫拉维亚凭借娴熟的驾驭材料的技巧，运用凝练、晓畅的笔触，从容不迫、轻松自如地描叙故事，展开矛盾。在情节的进展中，作家又擅长寓新奇于平淡之中，通过活生生的、富于戏剧性的细节，敏捷地把冲突推向意想不到的高潮，使比较平凡、简单的情节突起波澜，产生触目惊心的效果。

在对人物的描画上，莫拉维亚也不落俗套，而是借助观察事物的敏锐眼光，捕捉住最富于个性色彩的特征和细节，选取极其普通而又准确的字眼、状物传神的譬喻，三言两语，寥寥数笔，使人物形象鲜明，活跃于纸上。作家的文字不事雕饰，朴素、简洁、生动、精确、朴而不俗、直而不拙，富有很大的艺术表现力。这些都是使莫拉维亚的大多数短篇小说既写得含蓄、深刻，又栩栩生动、引人入胜的原因。

莫拉维亚短篇小说的另一个重要的艺术特色是，他把冷静的笔调细微的刻画同哲理性论述糅合起来，加强了对人物内心世界的深入掘发。莫拉维亚像剥笋皮似的层层剖析人物的精神状态，很自然贴切地运用各种各样形象的譬喻，阐发对现实、对人生的看法，使小说既朴实生动，又富于哲理性的思考。这些哲理性论述起着画龙点睛的作用，是理解作品主题思想的钥匙。这是莫拉维亚六十年代以来小说创作中出现的一个新特点。有些评论家把这样的作品称作“论述性小说”。②

综观莫拉维亚近二十年来的短篇小说创作，不难看出，作家在许多短篇中，剥下了当今资本主义世界诱人的五彩缤纷的外衣，让我们看到了一个充满深刻的矛盾、荒唐而又畸形的社会，看到了它的阴暗、反常、分崩离析的特征；对西方资产阶级陷入的不可救药的精神危机，对人与自我、人与人、人与社会之间的可悲的、畸形的关系，

---

① 莫拉维亚七十诞辰答记者问。《晚邮报》，1977年11月28日。

② 《试金石》，1965年第8期。

也作了一定程度的揭露和批判。作家观察事物的敏锐眼光、艺术概括的能力和娴熟的技巧，对我们也具有借鉴的作用。

作为一个现实主义作家，莫拉维亚勇于揭示当代西方社会的真实，诚然这只是部分的真实。揭示真实的作品能够帮助我们认识世界，启发我们思索。而不认识世界和进行思索，又怎能更好地生活呢？

当然，也应该看到，莫拉维亚作为一个具有才华的作家也没有能够完全冲破精神分析学和怀疑主义的藩篱。他以严峻的态度，淋漓尽致地刻画这些既不是反面人物又不是正面人物的复杂的心理和行为，往往失之于过分描写人物受潜意识支配的怪诞行为，某些短篇甚至渲染人的本能和猥亵的场面，最终走向怀疑人的任何行为的价值。他以老练圆熟的技巧，着意描绘像梦幻一般扑朔迷离、仿佛抽象派的画面一样支离破碎的现实，最终走向怀疑客观现实的存在价值。这并不奇怪。这正是资产阶级作家无力解决面临的深刻矛盾的痛苦的反映。

原文载《世界文学》1980年第6期

卡尔维诺独特的小说世界

“当意大利爆炸，当英国焚烧，当世界末日降临，我想象不出在我身边有比卡尔维诺更好的作家。”英国作家罗什迪在1988年说这番话，是对卡尔维诺至高无上然而又恰如其分的评价。

意大利作家卡尔维诺（1923—1985），辛勤笔耕近四十年，始终不渝地怀着对文学的一腔苦恋，对人生的执着信念，对现实的哲理思索，对艺术的大胆探求，卓然屹立于二战后群英争雄、流派纷呈的意大利和世界文坛。

“我的创作是从写战争和人民的生活起步的。”卡尔维诺曾这样自述。他的处女作《通向蜘蛛巢的小路》，以他亲身参加抵抗运动的经历为底蕴，但又突破当时写抵抗运动小说的套路，着重描写那些在血与火的洗礼中做出努力，逐步认识自我，寻找着被扭曲的人性的游击队员，凸现了抵抗运动的艰巨性、复杂性。这部独标一格的小说为卡尔维诺叩开了文学殿堂的大门。

卡尔维诺曾花费近三年的时间，踏遍意大利的山山水水，埋头于各个图书馆，发掘和搜集历史悠久、内容纷繁的口头文学，对那些流布于各个地区的口口相传的民间故事，进行整理、筛选和考证，予以必要的加工，从方言译成意大利语，又用心探讨百余年来意大利和世界童话作品及研究成果，终于完成了一部皇皇巨著《意大利童话》。阅读这些童话故事，我们恍如聆听民间艺人朗朗上口、朴实无华的叙述，真切感受它们清新扑鼻、原汁原味的语言风格，领略各个地区奇异有趣、摇曳多姿的风土人情。有评论家认为，卡尔维诺《意大利童话》在世界民间文学史上的价值，超过了《格林童话》。

卡尔维诺对童话情有独钟，并把童话的特征、手法得心应手地应用于小说创作，因为他觉得童话是实现他的小说理念和审美构想的最恰当的形式。在他看来，童话既能任凭想象插上翅膀，自由翱翔，尽情营造一种幻影，又是生活的艺术再现；童话富有寓意又充溢诗意；在童话中，美和哲理才获得奇妙的融合。

《分成两半的子爵》中的青年子爵，被炮弹活生生劈成两个半拉人，即善良的子爵与邪恶的子爵，他们的自我分裂、搏斗与自我合成、完善，正是借鉴了童话中常用的手法。但卡尔维诺决不止于此。他巧妙地把现实世界化入幻想世界，在童话与现实的交织中，升华民间文学中古老的命题与手法，来鲜活灵动地表现现代人生命异化时惨烈的痛楚。

《树上的男爵》的主人公深受贵族家庭与社会的束缚、压抑，因与父亲发生争执，一气之下，爬上了树。他仿佛古老的童话里的人物，能够像松鼠一样自由、灵活地在树上生活、读书、交友，甚至谈情说爱，参与时政。显然，男爵愤然上树，是在现实世界里被异化的结果。他在树上居高临下，俯视人生，批判现实社会的政治、道德关系。不妨说，那树上的世界，是现实社会里的童话；而树下的世界，则是童话里的现实社会。在童话与现实的水乳交融中，小说反映了现实，又超越了现实。

而《不存在的骑士》里那个英勇善战、威武雄壮，却没有血肉、没有面容，只凭一副雪白锃亮、空空洞洞的铠甲，代表自己的身份的骑士，骑士只是他的自我的“影子”，是个名副其实的“不存在的骑士”。最终，他策马飞奔，去寻找能够证明自己的骑士身份的证人，消失了。童话里骑士故事的传奇性，表达了失落自我的现代人对生存的争取，对人格的追求。

卡尔维诺别出心裁，把童话作为小说故事的载体，既是对紊乱的现实进行严肃灵动、深沉的哲理思索，又是对形式艺术形态和叙事结构的不倦探索。这一重要的特征，体现在他嗣后的小说创作中。《宇宙奇趣》把科幻与童话、荒诞的因素与现实的因素融为一体。《命运交叉的城堡》讲述在一个好像童话中常常遇到的古老城堡里，互不相识的旅人们玩塔罗纸牌；按照纸牌上的图画，每个人讲述自己形形色色的冒险经历。读者一面观看纸牌的图画，一面阅读小说的文字。小说喻示，人生也像塔罗纸牌一样，因纸牌图画的组合不同，“解读”不同，而充满多义性和不确定性，让读者感受到作者对人类的生存情状的忧患意识。《看不见的城市》是卡尔维诺的另一部奇妙的小说。马可·波罗受忽必烈的委托，巡视帝国的各个城市，归来后向忽必烈汇报。马可·波罗叙述的城市，是纯粹臆想的、虚幻的，是“看不见的城市”，但它们又充斥现代大都市的各种符号，显露出当今社会的特征。“看不见的城市”其实是我们生活于其中的“看得见的城市”的奇妙折射。

卡尔维诺在他的最后两部小说《寒冬夜行人》和《帕洛玛尔》中，前者继续采用“连环套小说”的形式，并把“读者”作为主人公，引入小说；后者借助数学代码，构建小说的叙事框架：以这种异乎常规的叙事元素与文学手段，来微妙地反映紊乱、复杂、不可捉摸的世界。在他看来，外在世界不啻一座座迷宫，而作家的使命就在于突破这一座座迷宫，寻找出路。

卡尔维诺的小说诡奇独特，厚实的思辨与涌动的抒情冶于一炉，不断驱动读者走进深邃的思想境界与艺术境界，氤氲着特殊的艺术魅力，开拓了小说世界的新天地。

原文载《人民日报》2002年2月26日

直面现实的艺术家

——记1997年诺贝尔文学奖得主达里奥·福

达里奥·福是二战后在国际剧坛上很有影响的一位意大利戏剧家。

达里奥·福1926年出生于意大利北部马乔列湖畔的桑贾诺镇。他的父亲是铁路工人，母亲务农。他最初在米兰布莱拉美术学院和工学院建筑系学习，但由于酷爱艺术，便改行从艺，先是在咖啡馆和娱乐场所演出综艺节目，为电台、电视台撰写和表演喜剧独白，拍摄影片，当过电影演员，后来全力投入喜剧创作。家庭民主思想传统的熏陶，故乡世代相传的民间说唱艺术，对他日后的戏剧创作都产生了影响。达里奥·福具有很高的艺术天赋，他不但集编剧、导演和演员于一身，而且对歌舞、舞台美术、服装设计都很精通，甚至亲自设计演出海报。

《一针见血》(1954)是达里奥·福的第一部剧作，对装腔作势的说教和虚假的英雄主义进行嘲讽，获得成功。1958年，达里奥·福和出身梨园世家的著名演员弗兰卡·拉梅(1929—)结婚，并共同创办了达里奥·福和弗兰卡·拉梅剧团。从此，他把戏剧当作反映和参加现实斗争，揭露黑暗，针砭时弊的手段，这成为贯串达里奥·福全部戏剧创作活动的一根红线。而贴近生活，贴近大众，通俗易懂的政治讽刺剧，则是达里奥·福热衷的主要戏剧样式。

从五十年代末起，达里奥·福的政治讽刺剧源源不断问世，例如《大天使不玩台球》(1953—1960)，嘲讽政府官员的恶习;《他有两只长着白眼睛和黑眼镜的手枪》(1960—1961)，揭露法西斯主义与资产阶级、黑社会与政权相互勾结，狼狈为奸;《总是魔鬼的不是》(1965)、《工人识字三百个，老板识字一千个，所以他是老板》(1969)，抨击资本主义社会和资本家。这些政治讽刺剧锐利、泼辣，显露出强烈的批判锋芒，受到公众的热情欢迎，但屡屡遭到戏剧审查机关的刁难和阻挠，并一度被禁止在电视演出。

1969年开始问世的系列《滑稽神秘剧》和翌年公演的《一个无政府主义者的突然死亡》，给达里奥·福带来了世界声誉。

《滑稽神秘剧》是达里奥·福把目光投向意大利民间戏剧传统的产物，他从中世纪游吟诗人的作品中撷取素材，对中世纪传说进行整理、加工和再创造，借古代的故事来揭露统治者同人民的尖锐对立，抨击时政，嘲讽社会中的虚伪、道德沦丧。这些剧作演出的时候，既无布景，也无道具，舞台上只有一个演员，全凭达里奥·福的独白和表演吸引观众。他常常同时扮演几个角色，先后饰演了近百个不同的角色。达里奥·福自称是“人民的游吟诗人”，这些剧作是他把传统的民间戏剧嫁接到现代戏剧，汲取中世纪民间戏剧的活力和诗意，借鉴它的表演手段，对现代戏剧形式、语言和表演进行革新的成功尝试，轰动了剧坛。

《一个无政府主义者的突然死亡》（1970）最充分地体现了达里奥·福的戏剧为现实政治斗争服务的思想。这是根据真人真事创作的政治讽刺剧。

1968年，意大利和西欧爆发了学生反叛运动，出现社会动荡的态势。一系列爆炸事件使局势更加恶化。1969年，米兰火车站发生炸弹爆炸的恐怖事件，警方逮捕了一名嫌疑犯，这个名叫皮内利的无政府主义者被指控为凶手，他在被审讯期间突然从拘留所楼上窗子里摔到大街上死亡。这竟然是右翼组织的卑劣勾当，企图借此嫁祸左派人士。

达里奥·福抓住这一事件，敏锐地作出反应，写出了《一个无政府主义者的突然死亡》：

在社会动乱之际，罗马发生了一起炸弹爆炸事件。警方拘捕了一批“无政府主义者”，严刑逼供，活活打死其中一人，并把他从窗户扔到街上，向媒体宣称他畏罪自杀。

一名“疯子”偶然地洞悉了此案的全部内情。他伪装成最高法院的代表复审此案，向媒体披露了事件的真相。

达里奥·福以极大的真实性和尖锐性，揭露了司法和警察当局颠倒是非，捏造事实，诬陷进步人士的丑恶行径。这出戏的公演，在意大利和西欧、东欧、美国都产生了强烈的轰动效应。

嗣后，达里奥·福又创作了一系列政治讽刺剧。《突击队员》（1972）反映了巴勒斯坦人民的斗争；《砰，砰，谁来了？警察》（1973）取材于1969年几个无政府主义者图谋爆炸一家米兰银行而被捕的案件，抨击意大利当局的暴力与卑鄙；《范范尼绑架案》（1975），虚构政界元老范范尼被绑架的事件，把批判的矛头指向政界权力中心。

八十年代，达里奥·福的戏剧创作和演出活动，依然同意大利社会政治生活和大众的日常生活保持着紧密的联系，不断作出敏锐的反应。同时，他在戏剧实践中，依然热衷于用即兴喜剧的手法，来展露他逼人的批判锋芒。

1981年演出的《拒不付款》是一出讽刺剧，写一群家庭妇女不堪忍受物价飞涨，彼此呼应，联合起来，到超级市场去窃拿商品，“拒不付款”。达里奥·福称这些家庭妇女为“被剥夺的无产者”，表现她们和普通人面对物价高涨的资本主义剥削的无奈和抗争。

同年公演的《喇叭、小号和口哨》，在达里奥·福的政治讽刺剧中引人注目。菲亚特集团大老板阿涅利在一次车祸中身受重伤，幸被一名菲亚特的工人搭救，送医院急救。工人留下了自己的身份证。医生根据该工人的相片，对阿涅利施行外科手术和整容手术，把他整形得同那工人一模一样，由此产生出种种戏剧效果。在戏中，荒诞、幽默和政治讽刺熔于一炉，达里奥·福同时饰演多个角色的才能得到完美的发挥，对政界和财界头面人物的揶揄达到了淋漓尽致的地步。

1984年，达里奥·福创作了《伊莉莎白塔》，表现英国文艺复兴时期大剧作家莎士比亚同伊丽莎白女王的关系。剧中的事情虽然发生在16世纪的英国，但达里奥·福的兴趣却是当代的意大利。他透过伊丽莎白，刻画了一个具有共性特征的统治者的形象，触及了戏剧艺术同执政者的关系这一普遍性的问题，以此针砭意大利的社会政治现实。

《阿尔内基诺》（1986）是达里奥·福研究和借鉴中世纪民间戏剧的又一可喜成果。阿尔内基诺是流行于15—17世纪的即兴喜剧（或称假面喜剧）中的一个重要人物行当。他戴着假面具，没有固定的台词，性格通常是定型的，总是扮演一个忠实、憨厚、聪明机智，但常常又显得粗俗、愚笨的丑角，在剧中插科打诨，制造笑料。哥尔多尼进行喜剧改革时，废除假面，固定台词，突出性格的刻画。他的代表作《一仆二主》中的仆人，名叫阿尔内基诺，就是哥尔多尼对这个人物予以创新的成果。

达里奥·福塑造的阿尔内基诺则是传统的、民间的戏剧人物，是他“还阿尔内基诺的本来面貌”的产物。他既保留了即兴喜剧中阿尔内基诺的特征，又把现代思想赋予这个人物，使之成为一个有血有肉、鲜活可爱的平民大众的代表人物，粗俗和机智、假面和现实、中世纪和现代、即兴表演和抨击时政，在剧中获得了和谐的融合，使这出戏洋溢着人文精神和艺术活力。

1970年，达里奥·福与弗兰卡·拉梅创建于六十年代的新舞台剧团内部发生分歧，他们又联合一些志同道合者，创立了戏剧公社。他们常年坚持在各地巡回演出。由于没有固定的剧场，他们便深入工厂、农村，有时甚至在街头、广场演出。每场演出后，又同观众进行座谈，既讨论意大利的政治、经济和社会问题，又探讨戏剧艺术。达里奥·福还曾率团赴美国、法国、德国演出，他的剧本被译成十余种文字，在各国上演。

达里奥·福的剧作大多是对国内外的重大事件迅速作出反应，匆匆写出的，因而它们往往都没有定型，有时更接近于提纲，只能在演出中不断修改、丰富和完善，因而有的剧本会有几个版本。这就要求演员不仅熟悉社会、掌握观众的情绪，而且要具有丰富的想象力和戏剧表演才华，擅长在演出时即兴表演和发挥。因此，达里奥摒弃正统戏剧的规范，而别出心裁，执着地发掘民族戏剧的传统，从民间戏剧摄取营养，发挥古老的假面喜剧的即兴表演的特长，又借鉴欧洲现代派戏剧，常常不用布景、道具，而广泛采用滑稽和幽默、夸张和荒诞的手法，创立了大众化的政治讽刺喜剧这一戏剧形式，通过笑声来针砭社会的丑恶，让观众获得思想启迪和审美愉悦，从而在当代意大利和欧洲剧坛独树一帜，产生了广泛的影响。

原文载《文学报》1997年10月23日

剧坛奇才达里奥·福

瑞典皇家学院10月9日宣布，意大利剧作家达里奥·福为今年诺贝尔文学奖得主。

这一决定，犹如一石激起千重浪。对于大多数人而言，他们获得了一份意外的惊奇和欣喜，但也可听到不和谐的声音。有人以傲慢、鄙夷的态度，贬斥这位大师，而梵蒂冈则难以掩饰对这个一向批判教会的艺术家的敌视，攻击达里奥·福是个“小丑”。不过，达里奥·福是个出色的艺术家，却是不争的事实。

1926年，达里奥·福出生在意大利北部桑贾诺，这是一个毗邻马乔列湖的市镇，风景秀丽，气候温和。他的父亲是铁路工人，母亲务农。家境虽然颇为清贫，但他深受家庭进步思想传统的熏陶，从小又喜爱故乡世代相传的民间说唱艺术，因此，在他幼小的心灵里，很早就播撒下了民主和戏剧的种子。

最初他曾相继在米兰布莱拉美术学院和工学院建筑系攻读。他由于酷爱艺术，毅然改行从艺。他先是同几位演员搭档，在咖啡馆和娱乐场所演出综艺节目。所谓综艺节目，是兼具小品与弹唱特色的节目，短小精悍，现实性强烈，讲究随机应变，插科打诨，这对培养达里奥·福综合戏剧素质和日后讽刺喜剧创作大有裨益。

后来，他为广播和电视撰写和表演喜剧独白，又拍过电影，当过两年电影演员，最后终于全身心投入了戏剧创作。

达里奥·福天资聪颖，是个全才型的艺术家。他集编剧、导演和演员于一身，又擅长唱歌、器乐、舞蹈、舞台美术、服装设计等，真可谓十八般武艺，件件精通，他甚至亲自绘制布景，设计海报。

1958年，他同出身梨园世家的著名演员弗兰卡·拉梅结婚，共同创办了剧团。1970年，剧团内部发生分歧而分裂，他们又联络一些志趣相投的同行，创立了戏剧公社。在漫长曲折的艺术道路上，这对志同道合的伴侣，相濡以沫，风雨同舟，共同开拓出了一片当代喜剧的新天地。

达里奥·福有着惊人的旺盛创作力，迄今共写了50多部戏，有讽刺剧、广告剧、独幕滑稽剧、黑色喜剧、荒诞剧，但最拿手的、影响最大的，当是政治讽刺剧。

“创作富于战斗性的戏剧”，这是达里奥·福的座右铭。他把戏剧当作参与现实斗争的武器，他创作的众多政治讽刺剧，毫不留情地暴露与抨击社会的黑暗、当权者的腐败，显示出不同寻常的战斗性、批判性。

达里奥·福的政治讽刺剧，从最早的《一针见血》到《范范尼绑架案》，内容不尽相同，但无一不是从现实生活中获取灵感、采撷素材，无一不是对国内外重大政治事件直接作出的反应。《拒不付款》表现百姓对物价飞涨的无奈与斗争；《大天使不玩台球》揶揄政府官员的恶习；《范范尼绑架案》把矛头直接指向政界要人。通货膨胀，堕胎自由，离婚法，官员收受贿赂，资本家对工人残酷盘剥，黑社会同政权狼狈为奸，国家制度腐败……这些平民大众最觉得敏感的问题，都被达里奥·福置于他的政治讽刺剧之中，暴露在光天化日之下，其讽刺之泼辣，抨击之激烈，实为罕见。而那些炙手可热的人物，无论是菲亚特巨头阿涅利，还是耀人光环下的耶稣、教皇，甚至连同教会、国家制度，都在他的嬉笑怒骂之中，受到犀利的嘲讽和有力的批判。

1968年，意大利和西欧爆发了学生反叛运动，出现社会动荡的态势，一系列爆炸事件使局势更加恶化。1969年，米兰火车站发生了炸弹爆炸的恐怖事件，警方逮捕了一名嫌疑犯。这个名叫皮内利的无政府主义者被指控为凶手，他在被审讯期间突然从拘留所楼上的窗口摔到大街上死亡。这竟然是右翼组织的卑劣勾当，企图借此嫁祸左派人士。

达里奥·福抓住这一事件，敏锐地作出反应，写出了《一个无政府主义者的意外死亡》：一名“疯子”偶然地洞悉了此案的全部内情。他伪装成最高法院的代表复审此案，向媒体披露了事情的真相。

达里奥·福以极大的真实性和尖锐性，揭露了司法和警察当局颠倒是非，捏造事实，诬陷进步人士的丑恶行径。这出戏的公演，在意大利和西欧、东欧以及美国都产生了强烈的轰动效应。

达里奥·福的政治讽刺剧，不是政治观念的图解，而是具有独特的艺术特色。他视野开阔，博采众长，既借鉴现代派戏剧的荒诞、夸张、变形和黑色幽默的表现手法，更注重吸收意大利民族民间戏剧之精华，使两者有机地融合。

达里奥·福的讽刺剧理所当然地受到公众的热烈欢迎。每次演出，总是座无虚席。演员与观众毫无拘束地、直接地交流感情，笑声掌声不断，剧场效果极其强烈，公众在笑声中宣泄自己的情绪，笑声又启示观众去认识、去思考。

原文载《中国文化报》1997年11月20日

人民的游吟诗人

——1997年诺贝尔文学奖获得者、意大利戏剧家达里奥·福

10月9日，瑞典皇家学院宣布将1997年诺贝尔文学奖授予意大利剧作家、导演和演员达里奥·福。这是继1986年尼日利亚黑人剧作家沃尔·索英卡获得此项殊荣后，又一位戏剧家荣登文学的奥林匹斯山。

达里奥·福是二战后国际剧坛上很有影响的意大利戏剧家。他1926年出生于意大利北部马乔列湖畔的桑贾诺镇。他的父亲是铁路工人，母亲务农。他最初在米兰布莱拉美术学院和工学院建筑系学习，但由于酷爱艺术，便改行从艺，先是在咖啡馆和娱乐场所演出综艺节目。综艺节目兼具喜剧小品与弹唱的特色，短小精悍，现实性强烈，讲究随机应变，插科打诨，这对培养他的喜剧综合素质大有裨益。后来，他为电台、电视台撰写和表演过喜剧独白，拍摄过影片，当过电影演员，最终全身心投入戏剧创作。家庭民主思想传统的熏陶，故乡世代相传的民间说唱艺术，对他日后的戏剧创作都产生了影响。达里奥·福具有很高的艺术天赋，他不但集编剧、导演和演员于一身，而且对歌唱、器乐、舞蹈、舞台美术、服装设计都很精通，甚至亲自设计演出海报。

《一针见血》(1954)是达里奥·福的第一部剧作，对装腔作势的说教和虚假的英雄主义进行嘲讽，获得成功。1958年，达里奥·福和出身梨园世家的著名演员弗兰卡·拉梅(1929—)结婚，并共同创办了达里奥·福和弗兰卡·拉梅剧团。从此，这对志同道合的伴侣，相濡以沫，风雨同舟，共同开拓了当代戏剧的一片新天地。

“创作有战斗性的戏剧”，这是达里奥·福的座右铭。他把戏剧当作反映和参加现实斗争，揭露黑暗，针砭时弊的手段，这成为贯穿达里奥·福全部戏剧创作活动的一根红线。而贴近生活，贴近大众，通俗易懂的政治讽刺剧，则是达里奥·福热衷的主要戏剧样式。

达里奥·福的政治讽刺剧，无一不是从现实生活中汲取灵感，采撷素材，无一不是对国内外重大事件直接作出反应。物价飞涨，堕胎自由，离婚法，官员收受贿赂，资本家对工人的残酷剥削，黑社会同政权的勾结，等等，这些平民百姓最为敏感的问题，都被达里奥·福置于他的政治讽刺剧中，暴露在光天化日之下，其讽刺之犀利，抨击之激烈，实为罕见。而那些气焰赫赫、炙手可热的政界头面人物、工业巨头，光环笼罩的耶稣、僧侣，连同教会、国家制度，都在他的嬉笑怒骂之中，受到无情的嘲弄和有力的鞭挞。

这些政治讽刺剧锐利、泼辣，显露出强烈的批判锋芒，受到公众的热情欢迎，但屡屡遭到戏剧审查机关的刁难和阻挠，不能在正规剧场演出，电视演出也遭禁止。他还多次被起诉。直到70年代后期，戏剧审查机关取消，一些剧场才向他开放，国家电视台才撤销对他的禁令，而大名鼎鼎的斯卡拉大剧院也才邀请他去执导歌剧。

1969年开始问世的系列《滑稽神秘剧》和翌年公演的《一个无政府主义者的意外死亡》，给达里奥·福带来了世界声誉。

《滑稽神秘剧》是达里奥·福把目光投向意大利民间戏剧传统的产物。他从中世纪游吟诗人的作品中撷取素材，对中世纪传说进行整理、加工和再创造，借古代的故事来揭露统治者同人民的尖锐对立，抨击时政，嘲讽社会中的虚伪、道德沦丧。这些剧作演出的时候，借鉴中世纪街头戏剧的形态，既无布景，也无道具，舞台上只有一个演员演独角戏，全凭达里奥·福充满灵气的独白和即兴表演吸引观众。他常常同时扮演几个角色，先后饰演了近百个不同的角色，从而博得了“魔法师演员”的雅号。达里奥·福自称是“人民的游吟诗人”。这些剧作是他把传统的民间戏剧嫁接到现代戏剧，汲取中世纪民间戏剧的活力和诗意，借鉴它的表演手段，对现代戏剧形式、语言和表演进行革新的成功尝试，因而轰动了剧坛。

《一个无政府主义者的意外死亡》（1970）最充分地体现了达里奥·福的戏剧为现实政治斗争服务的思想。这是根据真人真事创作的政治讽刺剧。

1968年，意大利和西欧爆发了学生反叛运动，出现社会动荡的态势。一系列爆炸事件使局势更加恶化。1969年，米兰火车站发生炸弹爆炸的恐怖事件，警方逮捕了一名嫌疑犯。这个名叫皮内利的无政府主义者被指控为凶手，他在被审讯期间突然从拘留所楼上的窗子摔死到大街上。这竟然是右翼组织的卑劣勾当，企图借此嫁祸左派人士。

达里奥·福抓住这一事件，敏锐地作出反应，写出了《一个无政府主义者的意外死亡》：在社会动乱之际，罗马发生了一起炸弹爆炸事件。警方拘捕了一批“无政府主义者”，严刑逼供，活活打死其中一人，并把他从窗口扔到街上，向媒体宣称他畏罪自杀。一名“疯子”偶然地洞悉了此案的全部内情。他伪装成最高法院的代表复审此案，向媒体披露了事件的真相。达里奥·福以极大的真实性和尖锐性，揭露了司法和警察当局颠倒是非，捏造事实，诬陷进步人士的丑恶行径。这出戏的公演，在意大利和西欧、东欧、美国都产生了强烈的轰动效应。

嗣后，达里奥·福又创作了一系列政治讽刺剧。《突击队员》(1972)反映了巴勒斯坦人民的斗争；《砰，砰，谁来了？警察》(1973)取材于1969年几个无政府主义者图谋爆炸一家米兰银行而被捕的案件，抨击意大利当局的暴力与卑鄙；《范范尼绑架案》(1975)，虚构政界元老范范尼被绑架的事件，把批判的矛头指向政界权力中心。

80年代，达里奥·福的戏剧创作和演出活动，依然同意大利社会政治生活和大众的日常生活保持着紧密的联系，不断作出敏锐的反应。同时，他在戏剧实践中，依然热衷于用即兴喜剧的手法，来展露他的逼人的批判锋芒。

1981年演出的《拒不付款》是一出讽刺剧，写一群家庭妇女不堪忍受物价飞涨，彼此呼应，联合起来，到超级市场去窃拿商品，"拒不付款"。达里奥·福称这些家庭妇女为"被剥夺的无产者"，表现她们和普通人面对物价高涨的资本主义剥削的无奈和抗争。

同年公演的《喇叭、小号和口哨》，在达里奥·福的政治讽刺剧中引人注目。菲亚特集团大老板阿涅利在一次车祸中身受重伤，幸被一名菲亚特的工人搭救，送医院急救。工人留下了自己的身份证。医生根据该工人的相片，对阿涅利施行外科手术和整容手术，把他整形得同那工人一模一样，由此产生出种种戏剧效果。在戏中，荒诞、幽默和政治讽刺熔于一炉，达里奥·福同时饰演多个角色的才能得到完美的发挥，对政界和财界头面人物的揶揄达到了淋漓尽致的地步。

1984年，达里奥·福创作了《伊莉莎白塔》，表现英国文艺复兴时期大剧作家莎士比亚同伊丽莎白女王的关系。剧中的事情虽然发生在16世纪的英国，但达里奥·福的兴趣却是当代的意大利。他透过伊丽莎白，刻画了一个具有共性特征的统治者的形象，触及了戏剧艺术同执政者的关系这一普遍性的问题，以此针砭意大利的社会政治现实。

《阿尔内基诺》(1986)是达里奥·福研究和借鉴中世纪民间戏剧的又一可喜成果。阿尔内基诺是流行于15—17世纪的即兴喜剧(或称假面喜剧)中的一个重要人物行当。他戴着假面具，没有固定的台词，性格通常是定型的，总是扮演一个忠实、憨厚、聪明机智，但常常又显得粗俗、愚笨的丑角，在剧中插科打诨，制造笑料。哥尔多尼进行喜剧改革时，废除假面，固定台词，突出性格的刻画。他的代表作《一仆二主》中的仆人，名叫阿尔内基诺，就是哥尔多尼对这个人物予以创新的成果。

达里奥·福塑造的阿尔内基诺则是传统的、民间的戏剧人物，是他"还阿尔内基诺的本来面貌"的产物。他既保留了即兴喜剧中阿尔内基诺的特征，又把现代思想赋予这个人物，使之成为一个有血有肉、鲜活可爱的平民大众的代表人物，粗俗和机智，假面和现实、中世纪和现代、即兴表演和抨击时政，在剧中获得了和谐的融合，使这出戏洋溢着人文精神和艺术活力。

原文载《外国戏剧》

乡村文明的歌手

——意大利作家卡尔洛·斯戈隆

80年代以来，意大利一批成就卓著、声名显赫的大作家，如蒙塔莱、卡尔维诺、莫拉维亚、夏侠、普拉托利尼、莫朗苔等，相继谢世。一时间，意大利文坛似乎给人以人去楼空、元气大伤的感觉。

不过，意大利毕竟是一个文化底蕴和文学传统异常深厚的国家。除了实力派诗人卢齐、作家马莱尔巴依然保持强劲的创作势头以外，一些才识不凡、风格独特，但甘耐寂寞、不事张扬的作家，此时在颇显冷清的文坛上渐渐凸显出来。他们的影响，从文学圈扩张到广泛的社会阶层，他们文学创作的价值和重要地位，获得了大众的普通认知。

卡尔洛·斯戈隆，便是这种情形的一个代表。

一

1930年7月26日，卡尔洛·斯戈隆（Carlo Sgorlon）出生在乌迪内市郊区的乡村。父亲是名裁缝，也经营布匹和木材的销售，母亲是名小学教员。母亲生育了五个子女，卡尔洛排行老二，由于家中境况窘迫，他三岁起便长期跟随爷爷奶奶生活。奶奶是洗衣工，爷爷是退休教师，平日里除了照管菜园子，还喜欢给乌迪内的报纸写写文章，或者写作弗留里方言诗和民间故事。他常常给小孙子卡尔洛念但丁的《神曲》和阿利奥斯托、塔索、莱奥帕尔迪的诗歌，周围的人也向卡尔洛叙述民间流传的童话、神话故事。

乌迪内是弗留里自治区所辖的乌迪内省的省会，从地形上看，它正好位于欧洲的中心，但地处意大利的东北边陲，同奥地利、克罗地亚接壤。弗留里的大部分地区为山峦、丘陵，曾长期遭受外来侵略者的蹂躏，居民朴实，勤劳，但生活贫困，历史上人口外流，去国外谋生现象严重。这里至今保留着弗留里方言和丰厚的民间文化传统。

在环境和家庭的熏陶下，卡尔洛还在识字以前就能背诵许多诗歌片断，他被那些奇妙的神话，关于海妖、女巫的传说，充满爱情和死亡、激情和痛苦的故事所深深吸引。他常常独自流连于村头田野，观察农民的劳作，畜生的生活，或者和邻居的小孩游戏。偏僻、纯朴的乡村世界，悠久、深厚的乡土文化，陶冶着他的情操，对锻冶他未来的性格和个性，产生了重要的作用。农民世界，以及它的乡村文化、风尚习俗、人情世态、宗教情感，融入了他的血液，成为他日后全部文学创作的底蕴。

卡尔洛·斯戈隆没有上过小学，完全靠天资聪颖和刻苦自学成才。他每年一次进城参加学年考试，取得升级的资格，然后又返回乡村自学。进入乌迪内中学后，他对俄罗斯文学产生了浓厚的兴趣，大量阅读许多俄罗斯作家尤其是托尔斯泰和陀思妥耶夫斯基的小说。他又有幸遇上了一位出色的意大利语教师。她是著名女作家阿达·涅格丽的好友，有着良好的文化素养。她激发了斯戈隆的艺术感觉，使他明悟了语言蕴含的巨大表现力，从而自觉地去掌握语言。在良师的诱导下，斯戈隆开始了写作练习。不过，他总是不满意自己的习作，每一次写完，他便把稿纸揉成一团，扔进纸篓。

1948年，十八岁的斯戈隆进入比萨高等师范学校，就读于文学哲学系。他对这座著名的高等学府仰慕已久，但更令他欣慰的是，这是当时向他这样的清贫学生敞开大门，使他得以继续学业的唯一大学。

时值二战后意大利政局处于大分化、大动荡。大学校园里各种政治势力的斗争异常激烈。斯戈隆反对随波逐流，蔑视一些文化人见风使舵、朝三暮四的行为，而采取了相当清醒的立场，崇尚思想的独立。他不愿盲从，但是对一切渊源于善行的信念，对进行诚实的思考的学说，都深怀敬意。他希望，在这愈益神秘莫测，充斥阴暗、灾祸和需要同情的时代，人的理智，探究自然的规律和必然性的哲学，有助于理解各种事物。因此，斯戈隆迷恋上了托马斯·曼的思想和作品。在他看来，曼的思想融理智与激情、生命与精神于一体，善于清晰地展示当今世界的危机，这既是人文传统失落的结果，又是人类进步的必然。他又钻研斯宾诺莎的哲学，深受影响。他确信，上帝是纯粹的精神，其实也就是自然，是无限的、不停息地变化着的宇宙的本质。

他选择卡夫卡作为毕业论文的题目。他喜欢卡夫卡的作品，尤其是那些表现作者被生活和同类生生摒斥的感觉的小说。他喜欢《城堡》、《中国长城》，这些作品氤氲着形而上的、宗教般虔诚的渴求，主人公们期盼着永久不存在也永远不会来临的信息。1953年，他以《小说家卡夫卡》为题的毕业论文通过答辩。随后，他去慕尼黑访学。回国后，一面在弗留里大区的一所农学院、乌迪内的科技学院一面执教，一面开始写作。

二

1960年，斯戈隆写出第一部长篇小说《葡萄园的风》。但是，他没有立即付梓印行，而是反复修改，直到1970年才以弗留里方言出版，1973年，小说的意大利语版问世。

52岁的马车夫埃利塞奥·巴斯蒂亚努蒂，度过了27年的铁窗生涯之后，被大赦出狱了。当年他因情人的丈夫侮辱他残疾的兄弟，一时冲动，犯下了凶杀罪，被判终生监禁。牢狱彻底改变了他的性格。一个血气方刚的青年，如今变得谦卑、胆怯、逆来顺受。他同家庭、社会的一切关系都被切断了。村子里的居民，都对他冷漠无情。

他的姐姐拒绝接纳他，并且剥夺他分享家产的权利。未婚妻也早已抛弃了他。他在同房东丽塔寡妇的接触中萌生了爱意，但他的求婚遭到丽塔的拒绝。他举目无亲，一无所有。他自幼深深热爱，但后来被牢狱隔绝的大自然，重新赋予他生活的信念和勇气。大自然是他的生命之根。他以坚毅果敢的精神挑战孤独、冷漠，终于又在个人生活和社会生活中获得了应有的位置。

《葡萄园的风》体现了贯串斯戈隆日后创作的鲜明特色：在工业文明时代，对日益衰败的农民世界的关注；对人的生存境遇和情感生活的重视；在人们热衷于谈论经济奇迹，生态学普遍被忽视的时候，从生态学的角度来审视人的生存问题；描写人与自然之间的和谐关系。小说出版后，受到热烈欢迎，迄今已再版十六次。

在斯戈隆看来，当代文化摧毁了神话、童话、传说和故事，而代之以冷冰冰的炼金术、狂妄的意识形态和干巴巴的实用主义。暴力、战争、争权夺利，也侵蚀了乡村。在随后发表的小说《安乐椅》(1968)、《黑夜的蜘蛛》(1970)里，斯戈隆描绘了一出出关于人的生存的忧愁和惶恐的历史。人们强烈地感受到，生活与时间令人可怕的变幻莫测，无情地挤压他们；人们试图认识自己，但徒劳无益；他们更愿意自在地进入梦幻、想象的领地，处于清醒与梦幻、现实与幻觉的交织之中。斯戈隆遵循想象的绝对自由和自然神圣化的诗学，去表现人的永恒苦恼，人的生存状态的不稳定性。

《紫晶色的月亮》(1972)是一部关于人的生存境遇的童话小说。一群朋友生活在几乎与世隔绝的、荒凉的山村，过着灰暗的、昏昏沉沉的生活。一个名叫拉巴尔的神秘人物，不知道从什么地方悄然出现了。他是幻想和生命力的化身。朋友们在同拉巴尔的接触中，重新获得了生活与行动的乐趣。灰暗的生活闪现了诗意的亮光。但随着拉巴尔的悄然消失，他们又恢复了原先的懒散怠惰和死气沉沉。小说渗透着哀歌式的情调，它喻示，幻想和诗歌具有拯救生活的作用。

嗣后，斯戈隆的创作发生了转折。他不再止于抒写个人的痛楚、孤独的境遇，而是着重叙述那些身处社会下层的群体的生活；吉普赛人、犹太人、伊斯的里亚人、哥萨克人的屈辱遭际，都一一进入了他的艺术视野。小说的主人公不再是天马行空式的个性，而是力图把自身融入群体，或者善于把群体吸引到自己周围的个性。主人公努力唤醒群体的感情意识和价值意识，寻求摆脱生存灾难的途径。斯戈隆厌恶当代文化令人窒息的冷漠，而更多地诉诸神话、传说、童话和近似北欧中世纪长篇叙事文学的“萨迦”，诉诸一切原生态的、古代的、神奇的、富于诗意的形式，因为他觉得，这是让人们展开想象的翅膀、叙述种种故事的丰厚源泉。

1973年出版的《木头宝座》是一部介于现实和童话之间的小说。主人公朱利安诺生性不安分，充满幻想，在母亲去世以后，从弗留里出发去丹麦追寻外祖父的足迹。他四处流浪，经历了种种冒险的奇遇，又同两名女子（一名热情活跃，生性浪荡；一名沉思默想，恪守传统）发生感情纠葛。末了，主人公回到阿尔卑斯山上的一个小村子里，才获得了安宁，才得以同世界和睦共处，才得以安坐在一张很像宝座似的木头大椅子上，叙述他的种种令人惊奇的故事。他成为一名作家，从民间口头文学传统中汲取养料，创作关于普通农民和乡村文明的文学作品。他最终超越了时间，超越了生活，因为他领悟到，只有诗的艺术，只有童话、传说，才能对抗怪谬的、捉摸不定的现实。他借助语言，寻找到了弗留里农民世界的深厚传统。这部近似“萨迦”的小说，获得了意大利重要文学奖——康彼埃洛文学奖。

故乡弗留里时时跃动于斯戈隆的心头，挥之不去。这块古朴、神奇的大地，对于他与其说是一种现实生活，毋宁说更多地涂抹上了奇异、魔幻的色彩。在随后问世的小说中，如《诸神将要归来》（1975）、《铜马车》（1979）、《街区》（1980），弗留里大区和乌迪内古城都成为斯戈隆着意描写的对象。《诸神将要归来》的主人公在南美洲长年漂泊之后，返回故乡。面对技术化和物欲化的现代文明的威胁，他终于明白，只有故乡才是他最终赖以栖身的港湾，伦理和人性只有在这里才能获得弘扬。他决意搜集父老乡亲们的生活与历史的材料，撰写成书，流传给未来。

一个弗留里农民家庭的五代人的经历，构成《铜马车》的叙述主线。小说的时间跨度长达90年，直到1976年弗留里大地震。弗留里从乡村文明向工业文明过渡的沧桑变迁、人生世相，获得了深邃凝重的勾画。

《阿那塔伊的贝壳》（1983）使斯戈隆再次赢得了康彼埃洛文学大奖。这部小说被评论界公认为斯戈隆的杰作。19世纪末20世纪初，瓦莱里安诺等一批弗留里人为贫困所迫，背井离乡，来到俄国，在西伯利亚大铁路工地上当苦力。从鄂姆斯克到贝加尔湖，在茫茫无垠的雪原，在人烟罕见的冻土带，在艰苦、危险的劳动中，共同的命运和共同的农民的根，把弗留里移民同俄罗斯人联系在了一起，结下了不寻常的情谊。对于建造西伯利亚大铁路，当地有人支持，有人反对。而对于弗留里人来说，诚然他们深受孤独、寒冷和乡愁的折磨，但铁路维系着他们的全部思想、情感和心灵，铁路成了生存的象征，体现着他们的价值。九十高龄的阿那塔伊是贯串全书的一个重要人物。他是吉尔吉斯人，以打猎为生，平时沉默寡言，但机敏睿智。他的小木屋成了弗留里人的窝。他真诚地帮助这些外来人挑战布满死亡陷阱的生存环境。阿那塔伊刚直坚毅的品格，他同外乡人在恶劣透顶的境遇中建立的和谐的人际关系，在小说中流光溢彩。

两年以后面世的《军团挺进消失的河流》，是一部“半是历史半是虚构”的作品。小说中的人物是虚构的，但描写的时间却是第二次世界大战期间发生的一场鲜为人知的真实的悲剧。在德国法西斯的蒙骗下，一支哥萨克军团（有士兵、妇女、老人和孩子）侵入纳粹占领下的弗留里地区，寻找德国人向他们许诺的福地。于是，在哥隆克人和弗留里人之间发生了对抗和冲突。弗留里人遭到入侵者的蹂躏，而哥萨克人又注定沦为没有祖国的民族。他们都是牺牲品。但斯戈隆无意渲染这场冲突引发的仇恨、杀戮，而是锐利地揭示，即使在这种你死我活的残酷冲突中，仍然是人间自有真情在，通过玛尔塔这一令人难忘的女性形象，让人深切地感受到，爱是战争的解毒剂，“时间终究存在着和谐，哪怕它只是隐隐约约地存在，生活也因此而永恒”。小说获得斯特雷加文学奖。

人同自然的关系，是贯串斯戈隆创作的另一旋律。《最后的山谷》（1987）、《罗莱纳的喷泉》（1990）和《建筑师》（1995），被称为斯戈隆的“生态三部曲”。作家对自然，对弗留里的山山水水，怀着神圣般的敬重。对于他而言，大自然的一切造物都是上帝，他以宗教般的情感热爱大自然的一切造物。三部曲中描写的人与事，无不倾诉着这样的信念，人同自然血肉相连，人决不可借助现代化，或放纵消费主义，去摧残自然，那将意味着为自己的灭亡创造条件。人其实属于自然，是自然的造物，是自然链的一环。人唯有调整与改善同自然的关系，才能重新找到生活的真谛。斯戈隆在作品中还触及了1963年在意大利发生的震动全国的瓦约恩水库毁灭的灾难性事件。为着建立人同自然的和谐关系，斯戈隆主张，现代人应当继承农民文明的优良传统，如节俭朴实，崇尚自然，对自然怀有纯真、虔诚的爱。

斯戈隆还是一位很有成就的学者，著有研究卡夫卡和意大利当代女作家莫朗苔的论著《小说家卡夫卡》（1961）、《阅读艾尔莎·莫朗苔》（1972），以及论述戏剧、艺术、美学的专著和译著。

三

斯戈隆在其众多作品中展示的世界，几乎无一不是农民的世界，或者说得准确点儿，是弗留里的农民世界。打孩提时代起，他魂牵梦萦的，就是这个世界。诉说这个世界的命运，是他作为一名作家的毕生使命。他描写的故事，几乎总是发生在乡村，发生在木棚、石屋，或者在飘荡着牲口的气息和牧草的芳香的院子。他笔下的农民，贫寒、辛劳、节俭，他们头脑简单，但充满智慧和理性，蔑视权威和权力。他对弗留里农民有着深刻入微的心灵体察。古老的伦理，博爱、诚实的品格，铸就了农民的精神世界，融入了弗留里的乡村文明。他善于从现实的恶善杂然中展现人性美。但是，斯戈隆并不留恋弗留里乡村文明中落伍的东西和狭隘的地方色彩。他摒斥今日现代化的、失去个性的弗留里，而更倾心于19世纪末20世纪初古朴、纯真的弗留里。

如果把斯戈隆置于当代意大利文学发展进程中予以考察，又可从另一侧面见出他的鲜明的文学个性。

第二次世界大战后的最初岁月，新现实主义在意大利文坛风靡一世。新现实主义是对法西斯统治时期盛行的粉饰现实或脱离现实的形式主义的反拨。它意味着作家直接参与社会生活的义务，意味着对真实性的刻意追求。斯戈隆的创作虽然始于新现实主义衰微的年代，但他的作品中仍可发现新现实主义的印痕，对历史真实和人性真实的执着追求。然而，这又并非真正意义上的新现实主义，而是一种回归自然，关注人际和谐，批判现代文明，因而意识更加开放，内涵更加扩大，思维更加前瞻，升华到这个层次，以至充满浓烈的人文精神的写实主义。

斯戈隆的创作也不同于随后在意大利文学界崛起的新先锋派。新先锋派高举革新文学的旗帜，宣扬传统文学和语言无法适应日新月异的现代化社会，应予否定和摒弃。他们提倡对文学形式和语言进行大胆的革新与试验。斯戈隆的观点同新先锋派大相径庭。他认定，现今的语言并未老化，也不能断言它的潜力已经消耗殆尽，需要试验或者嫁接出一种新的语言。相反，他确信，语言始终是“新鲜的”，词语始终好像“刚刚诞生”一样，充溢着活力；语言不会被“磨损”，因为作家使用语言，是为着表达生活中最本真的情感，绝对不受现代文明的污染。斯戈隆的语言风格，也正印证了他的这种观点。他的小说语言，以笔致自由放达、天然真淳见长，质朴中含繁富，淡雅中孕刚劲，字里行间浸润着人性的温馨，流泻着诗情的活力。

同那些倾力刻画人的自我本质的分裂、人的异化的现代作家不同，斯戈隆把人和人的命运遭际置于自然之中，置于生活之中，置于大地母亲的怀抱之中，进而深刻地揭示，人只要能够寻觅到自己的根，重新发现自己的文明进化的源头，人便能重新找到自己的正确位置，获得个人的和人类的拯救。他为此从意大利文艺复兴时期和稍后的人文主义者皮科·德·米兰多拉，布鲁诺、康帕内拉身上汲取思想营养，丰富自己的哲理思辨。对于他而言，自然、宇宙的力量，诚然是神秘的、难以捉摸的，但归根结底是一种取之不竭的、创造性的伟大力量。

纵观20世纪欧洲文学，许多大作家都在自己的作品中着意选取某一个城市或地区，作为叙事的载体，既最大限度地体现着欧洲共性，又最大限度地显示出独特的地域性，如乔依斯的都柏林，普鲁斯特的巴黎，穆西尔的维也纳，斯韦沃的里雅斯特，皮兰德娄的西西里。斯戈隆也不例外。弗留里，就是他作品中展示的这种欧洲共性与地域性的交汇点。他的作品不啻是近百年来弗留里社会生活和精神生活的全景图。弗留里历史上经历的所有重大事件，弗留里人的理想情操和心灵轨迹，都在他的小说中历历可数。同时，斯戈隆又从乡村文明同现代文明的碰撞这一独特的角度，展现了困扰现代意大利和欧洲的具有普遍性、现实性的诸多焦点问题。

斯戈隆长期生活在东北边陲城市乌迪内，平时不愿在公共场合抛头露面，也很少去罗马、米兰等大城市参加社交活动。但是，他的作品已愈来愈激起巨大的反响，在意大利和欧洲赢得显赫的声誉。据笔者掌握的材料，他迄今已三十四次获得国内外各种文化、教育和文学机构、团体授予的勋章、文学奖和名誉称号！他的小说一版再版，畅销不衰，其中，《军团挺进消失的河流》印行了22版，《木头宝座》21版，《阿那塔伊的贝壳》15版，《最后的山谷》、《诸神将要归来》9版，他的作品累计印数达到二百五十万册。他被意大利文学界推荐为诺贝尔文学奖候选人。

今年，斯戈隆将推出一部新作。这一回，他把目光投向了遥远的东方文明古国，描写十四世纪来华，堪称中意文化交流的先驱者之一，弗留里人鄂多立克的传奇生涯。

据悉，国内出版界即将首次出版斯戈隆小说的中译本。我国读者将有幸结识这位独标意韵、富于魅力的意大利作家。

《外国文学动态》1999年第3期

评　论

崇高的东西往往看起来是冷冰冰的，但覆盖在高山之巅的皑皑白雪，是最先得到阳光的亲吻和最后向夕阳告别的。

——吕同六

编者说明

吕同六先生作为中国意大利文学研究、评论、翻译的开拓者与领军人，先后向国人介绍了180多位意大利小说家、诗人、剧作家、散文家、文论家，包括意大利六位诺贝尔文学奖得主：1906年获奖的诗人卡尔杜奇（CARDUCCI）、1926年获奖的女作家黛莱达（DELEDDA）、1934年获奖的戏剧大师皮兰德娄（PIRANDELLO）、1959年获奖的诗人夸西莫多（QUASIMODO）、1975年获奖的诗人蒙塔莱（MONTALE）、1997年获奖的剧作家达里奥·福（DARIOFO）。

本卷收辑吕同六先生对意大利180多位名作家及部分名著的评论，涵盖重新评价的作家和崭露头角的新秀，绝大多数在我国是首次评介。为便于我国读者全面了解作家情况，作者除注明作家生卒年月日及地点外，还力求材料翔实可靠、评论客观公允，力求评介作家生平经历和阐释、评论创作特色并重。180多位意大利文学名家及其佳作，犹如灿烂的群星，映照着熠熠生辉的意大利文坛，囊括意大利古今不同历史时期、迥然不同流派和风格各异的文学大家。

力求科学性、知识性和鉴赏性相结合，是同六先生评论的特点之一，目的是使中国读者得以一窥历史悠久而绚烂多姿的意大利文学宝库之一斑。

评介意大利名作家

阿尔菲耶里·维多里奥（Vittorio Alfieri，1749—1803）

意大利剧作家。1749年1月6日生于北方皮埃蒙特大区的阿斯蒂城，1803年10月8日卒于佛罗伦萨。父亲是伯爵，在他幼年时去世，母亲改嫁。9岁那年，阿尔菲耶里进入都灵军事学校，因厌恶军校的环境和课程，1766年离开。随后，他到意大利各地和法国、奥地利、德国、瑞典、芬兰、西班牙、葡萄牙、俄国、荷兰等国作长期旅行，富于浪漫色彩而又悲愁忧郁的性格开始在他身上显露。1772年，他满怀失望的心情，返回都灵，潜心研究古典文化和启蒙主义文学，并开始用意大利文和法文写作。

阿尔菲耶里的第一部悲剧《克莉奥佩特拉》问世于1775年，在都灵公演获得好评。1778年，他迁居佛罗伦萨。同斯托贝格伯爵夫人相爱，1785年和她出走，双双奔赴巴黎。在那里，除自编悲剧集，还写过颂扬攻打巴士底狱的赞歌，但后来对资产阶级革命产生厌恶情绪，认为资产阶级革命后的政权只是改头换面的专制政权。1792年，阿尔菲耶里返回意大利。当时，法国启蒙主义思想和文学广泛流行。倾诉痛苦的内心感受的强烈愿望驱使阿尔菲耶里奋发写作。从1775年到1790年间，他的创作达到鼎盛阶段，写出许多政论、诗歌、喜剧和悲剧。

阿尔菲耶里的政论以敏锐、犀利见长，锋芒毕露。《论暴政》（1777）猛烈抨击任何形式的封建专制政权，表达出对共和政权的模糊向往。但他又认为，只有少数杰出而又孤独的个性才能同暴君相抗争。《论君主和文学》（1778—1786），谴责封建君主收买文人，控制文学的行径，赞颂作家的创造活动优越于人类的一切活动，作家是自由的使徒和旗手。

阿尔菲耶里对18世纪意大利文学的重大贡献在于悲剧。他一生共写了二十一部悲剧，大多取材于古代或中世纪历史、神话和《圣经》。《腓力》（1776）描写西班牙国王腓力二世强占王子堂卡洛斯的恋人伊莎贝拉为妻，后又施展阴谋诡计，把他们迫害致死。对凶残、冷酷的腓力痛加鞭挞，洋溢着批判封建暴君的激情。《老布鲁图斯》、《小布鲁图斯》，借古罗马元老布鲁图斯反抗暴政、大义灭亲的事迹，着意刻画一个献身民主、自由的英雄形象。《维吉尼娅》也是从古罗马政治生活中撷取素材，反映罗马平民与暴君克劳迪奥的对立。暴君克劳迪奥觊觎平民女子维吉妮亚，激起罗马平民同统治者的冲突。这些悲剧贯穿了启蒙主义精神，反映了18世纪意大利人民对民主政治的向往。

《扫罗》和《弥拉》是阿尔菲耶里另外两部颇有影响的悲剧。《扫罗》（1782）取材于《圣经》，以色列王扫罗一心维护自己的权力，但力不从心，又嫉贤妒能，重用里通外国的奸臣，迫害忠心耿耿、年轻有为的大卫，以致众叛亲离，在同非利士人的战斗中兵败自刎。《弥拉》（1787）取材于古代神话，描写错综复杂的感情造成的精神痛苦。人民同暴君、民主同专制的冲突淡化了，个人的孤独、傲慢、忌恨、恐惧交织的内心痛苦，在这些剧中得到酣畅淋漓的表达。这是阿尔菲耶里贵族自由派立场的表现。

阿尔菲耶里的悲剧严格遵循古典主义的创作原则，用诗体写成，由于注进了启蒙主义的新思想，情节虽简明、但饱含政治激情，人物虽少，但性格特征鲜明；由于台词采用韵句，语言精美、典雅，对意大利悲剧的革新作出了重大的贡献，并对19世纪民族复兴运动起到了制造舆论的作用。

阿尔菲耶里还写过六部喜剧，但影响甚微。晚年，他攻读希腊语，翻译古罗马作品，还撰写了回忆录《阿尔菲耶里自述的生平》。

阿里奥斯托·卢道维柯（Ludovico Ariosto，1474—1533）

意大利诗人。1474年9月8日生于雷佐埃米利亚，1533年7月6日卒于费拉拉。父亲尼科洛·阿里奥斯托是伯爵，在埃斯特大公手下担任重要的行政、军事职务。10岁时，他随父亲迁居费拉拉城。15岁时，他遵照父命学习法律，但出于对文学的酷爱，很快便转而攻读人文科学；在人文主义者斯波莱托的格需高里奥的指导下，他悉心研究古典文学，获得很深的造诣。

1500年，父亲去世，阿里奥斯托不得不承担起抚养家庭的重担，抚养他的九个弟弟妹妹。1501至1503年，他在费拉拉城邦所辖的卡诺萨要塞担任行政长官。1504年，到统治费拉拉的阿尔丰索·埃斯特大公的弟弟依波利托·埃斯特红衣主教手下供职。翌年，依波利托·埃斯特成为费拉拉城邦的君主。此后，阿里奥斯托受命，多次代表费拉拉城邦出使曼托瓦、佛罗伦萨、罗马。阿里奥斯托一面为埃斯特家族服务，一面从事文学创作。1522年，他被派往一个叫加尔法尼亚纳的偏僻地区担任行政长官，直至1525年才重返费拉拉。他在费拉拉购置了一座宅邸，与1513年在佛罗伦萨相识，并一直生活在一起的阿莱桑德拉·贝努齐举行了婚礼。从此，他才得以在安静的环境中，专心于《疯狂的罗兰》的修订。

阿里奥斯托早年写作诗歌，但他的诗作数量众多，都是用拉丁文或俗话写的爱情诗（十四行诗、颂歌、挽歌），可以见出彼特拉克的影响。比较著名的是七首致亲友的书信诗，作于1517至1525年用三韵句写成。诗人在书信诗中借叙述自己生活中的某些重大事件，针砭时政，抨击官场和教会的黑暗，抒发自己不愿同世俗同流合污，渴望回到费拉拉，在宁静的环境中从事学术研究和文学创作的思想情趣。

阿里奥斯托写过好几部喜剧，如《卡萨利亚》(1508)、《代理人》(1509),《巫术师》(1520)、《莱娜》(1529)，都是为埃斯特家族的庆祝活动所作，在宫廷中演出。这几部喜剧摹仿左罗马普劳图斯和泰伦蒂乌斯的喜剧，描写爱情和家庭的关系，反映社会风习，讽刺贵人，同情平民。它们用俗语写成，是最早的意大利民族喜剧。

阿里奥斯托最优秀的作品是骑士叙事长诗《疯狂的罗兰》。这部杰作是凝聚着阿里奥斯托毕生心血的结晶。它的写作大约始于1502至1503年间，历时13年左右，于1516年由依波利托·埃斯特资助出版，全诗计40歌。此后，阿里奥斯托又对长诗反复修改、加工，于1521年再版。在以后十来年的时间里，他又对长诗作了较大的补充、修改，篇幅扩充至46歌，于1532年印行第三版，这就是流传至今的版本。

《疯狂的罗兰》共4800余行，情节错综复杂，主要情节线索是查理大帝的骑士罗兰对安杰丽嘉的爱情。长诗的开端承接意大利诗人博亚尔多（1441—1494）的长诗《热恋的罗兰》(1483）的结尾，写罗兰和他热恋的安杰丽嘉从东方归来。查理大帝的另一骑士利纳尔多也倾心于安杰丽嘉，向这位绝代佳人求爱。罗兰大怒，同利纳尔多决斗。当时正值阿格拉曼王率领回教徒，击败查理的军队，兵临城下，围困了巴黎。查理大帝向罗兰、利纳尔多宣布，谁在对回教徒的战斗中建立功勋，就把安杰丽嘉许配给谁。此时，安杰丽嘉乘机出走，途中历经千难万险，最后被一个牧羊人收容。一天，她同一位在战场上负伤的回教徒勇士梅多罗邂逅，便把他带到牧羊人家中，在治疗和护理他的过程中，萌发了爱情，安杰丽嘉同梅多罗结婚，并追随他前往东方。罗兰获悉安杰丽嘉出走，跟踪追寻。他走遍天涯海角，历经种种充满神话色彩的惊险遭遇，找到牧羊人，得知安杰丽嘉已同梅多罗结婚。他痛苦万分，由于气愤和绝望发了疯。骑士阿斯托弗游历地府、天堂、月球，在月球的一个峡谷里捡到了罗兰的理智，带回人世，罗兰得以恢复理性。

长诗中的另一情节线索，是查理大帝麾下的骑士鲁杰罗同回教徒女战士勃拉达曼的爱情。这一对人物在博亚尔多的《热恋的罗兰》中已经出现，在阿里奥斯托的作品中，他们历经离奇的遭遇，有情人终成眷属。

《疯狂的罗兰》继承了法国、意大利骑士传奇的传统，又同博亚尔多的《热恋的罗兰》有着情节上的承启关系，但它青出于蓝而远胜于蓝。阿里奥斯托的兴趣并不在于描写骑士的传奇，而是着眼于现实，借助骑士的冒险故事，来反映意大利的社会生活、表达人文主义的思想。诗人以揶揄的态度描写骑士的思想和冒险经历，否定复活骑士制度的可能。他用绮丽生动的笔墨描绘出来的大自然魅人的美，倾注了作者对现世生活的无限热情和对人的伟大的赞美。诗中谴责宗教偏见和禁欲主义，把既往文学作品中作为反面人物的回教徒写成有血有肉、真切可亲的人物，歌颂爱情是人的自然的、高尚的情感，它能够克服一切困难，战胜宗教偏见，成为“伟大的英雄业绩”的源泉。对正在加紧统治宗教信仰的僧侣们，诗人予以严厉的鞭挞，斥责他们“贪婪、残忍、懒怠、饕餮、横暴”，歌颂友谊和英勇、侠义的行为。阿里奥斯托的爱国主义情怀在长诗中也得到反映。他抨击外族侵略者对意大利的蹂躏，揭露封建君主们实行封建割据，发动掠夺战争；强烈呼吁给予“不幸的意大利”以自由、统一，给予“被当作羔羊宰割”的意大利人民以和平、幸福。《疯狂的罗兰》实际上是十六世纪意大利文艺复兴晚期的社会生活的画卷。

《疯狂的罗兰》气势恢宏，人物上百，既有国王、骑士、僧侣、美女，又有妖魔、鬼怪、仙女。作者以基督教徒同回教徒的大战为贯串全书的历史背景，以罗兰对安杰丽嘉的苦恋这一主要情节为轴心。把其他骑士的爱情故事和无数次要的情节、人物，巧妙地编织在一起，把幻想世界和现实世界的描写，叙事和抒情的手法，悲剧和喜剧的因素，很好地结合起来，构建成一个宏伟、严谨、和谐的艺术整体。长诗中的各个故事离奇、复杂，一波三折，悬念丛生，具有极大的可读性和魅力。诗人对人物心理的刻画也独具风韵，他把罗兰由狂热追求到悲观失望，由无名狂躁到精神恍惚，由沉思默想到丧失理智的发狂过程和复杂多变的心态，作了细致微妙的刻画，把故事推到了高峰。《疯狂的罗兰》对欧洲长篇叙事诗的发展产生了很大的影响。

彼特拉克·弗朗齐斯科（Francesco Petrarca，1304—1374）

意大利抒情诗人。1304年7月20日生于佛罗伦萨附近的阿雷佐城，1374年7月19日卒于阿尔夸，他的父亲是佛罗伦萨的望族，著名的律师，因同黑党的头头不和，与但丁同时被放逐。他自幼跟随父亲流亡法国，在普罗旺斯旅居多年。他少年时便酷爱文学，但父亲有意让他当律师，因此他先后在法国和意大利博洛尼亚攻读法律。父亲逝世后，他便放弃法学，从事文学活动，并周游欧洲许多国家，到处观察生活，追求知识。彼特拉克曾在阿维农教廷担任一个不重要的职务。1330年至1347年间，断断续续地在红衣主教科伦手下任职。这样，他一方面同佛罗伦萨保持着密切的联系，另一方面又有机会经常出入教会、宫廷，这种情况有助于他日后的人文主义活动。

彼特拉克学识渊博，并对希腊、罗马文化有精湛的研究。他热心搜求古籍抄本，亲自抄录古典作品，发现了西塞罗等古典作家失传的书信和著作。他是用人文主义观点研究古典文化的最早代表。他把人和现实生活放在中心地位，通过注释、阐述古籍，批判中古文化，宣传人情世道。他对古典文化的研究，对欧洲文艺复兴运动和他本人的创作都发生了影响。

作为一个诗人，彼特拉克始终处于时代的运动中，在实际斗争中生活和创作。他同著名的共和主义者科拉·迪·利恩齐保持着亲密的友谊。1347年，利恩齐领导罗马平民举行武装起义，反对封建君主的统治，一度建立共和国。彼特拉克热烈欢呼这一革命行动，并挥笔写诗，奉献给利恩齐。

彼特拉克用拉丁文写了许多诗歌、散文。《秘密》（1342—1343）这部著作借圣奥古斯丁同诗人的对话，来批驳前者宣扬的尘世生活是罪恶，应该为上帝牺牲个人的禁欲主义观点，指出它不符合时代的潮流，不符合实际。诗人热烈为爱情和荣誉辩护，认为爱情同热爱上帝，追求人间的幸福同追求永恒的幸福是一致的。

著名叙事诗《阿非利加》的写作始于1338或1339年，但未完成。诗中叙述第二次布匿战争中，古罗马统帅西皮奥战胜迦太基将领汉尼拔的英雄事迹，歌颂罗马的伟大，体现了爱国主义精神。这首用拉丁文写成的长诗，使彼特拉克名扬四海。巴黎和罗马竞相邀请他去接受桂冠。1341年4月8日，彼特拉克在罗马卡匹托利山举行的仪式上，荣获“桂冠诗人”的称号。

《歌集》是彼特拉克的代表作，这部诗集用意大利语写成，主要是爱情诗还有少量的政治抒情诗。相传诗人1327年在教堂遇见一个名叫萝拉的美丽少女，虽然没有更多的接触，但他一见钟情，以后便陆续写了300多首十四行诗，抒发对她的爱慕。1347年，黑死病夺走了萝拉的生命，彼特拉克不胜悲痛，又写了一些表达哀思的抒情诗。这些诗作结集为《歌集》。

彼特拉克继承了普罗旺斯骑士诗歌和意大利“温柔的新体”诗派爱情诗的传统，创造了文艺复兴的抒情诗。旧的抒情诗在中古神学思想的影响下，充斥隐晦的寓意和神秘的象征，人物偶像化，缺乏血肉。彼特拉克跳出这一框框，在《歌集》里以多姿多彩的色调描绘萝拉的形体的美和心灵的美，勾画出这位尘世少女的真实、动人的形象，以细致入微的笔触刻画自己复杂的思想情感和内心活动，使爱情诗不仅洋溢着浪漫的激情，而且比较接近现实。萝拉既是理想化的女性，又是真实、可爱的恋人；对萝拉的爱使诗人体味到幸福和欣悦，又感受到失望和痛苦。萝拉实际上是当时人文主义者追求的人间美和爱的象征。这些诗歌大胆歌颂爱情，吐露对幸福的渴求，反映出人文主义者蔑视中世纪道德，热爱生活的新世界观。

彼特拉克的诗音韵典雅，结构周密，常常借助自然景物的美来歌颂萝拉，用啁啾的飞鸟、潺潺的流水、温馨的花朵、簌簌的叶声，来传达诗人细微的感情，做到寓情于景，情景妙合。彼特拉克的十四行诗采用ABBA ABBA CDC DCD，或ABBA ABBA CDC EDE的格式押韵。他使十四行诗这一新诗体臻于艺术上的完美。他的抒情诗，特别是十四行诗，为欧洲抒情诗歌的发展开辟了道路。后人为此把彼特拉克称为“诗圣”。

《歌集》中的长诗《我的意大利》，是具有爱国主义内容的政治诗。彼特拉克时代的意大利，四分五裂，不断遭到德意志、法兰西、西班牙的侵扰。诗人引吭高歌，要用“我的歌声”来倾诉祖国“深沉的悲愤”和“希望”。他谴责意大利各城邦的君主争权夺利，引狼入室，让意大利“美丽的身子受到致命的创伤”。诗人呼吁他的同胞挣脱“不堪承担的重负”，争取独立和统一：“美德一旦拿起武器，向野蛮宣战，/胜利的日子就不再遥远；/古老的品德尚未泯恶意，/在意大利人心中永存。”

在《歌集》的其他一些政治抒情诗里，彼特拉克还对教会进行抨击，指责它是“制造欺诈的工场，邪恶的策源地，活人的地狱”。

彼特拉克的一些散文、诗篇，特别是后期的诗歌，也反映出他内心的矛盾。诗人热爱生活，追求爱情，追求幸福，向往幸福，但又因中世纪的幽灵对他心灵的压迫而感到痛苦，不能从旧道德观念的精神枷锁下彻底解放出来，有时甚至发生动摇，企图忏悔。这也反映了文艺复兴和中世纪两个时代的矛盾，反映了文艺复兴初期的人文主义者的矛盾。

彼特拉克还用拉丁文写过一部历史著作《名人列传》，书中记述了从罗马创始人罗慕洛到凯撒大帝的21位罗马名人的生平。彼特拉克把历史上强盛的罗马同分裂、动荡的意大利现实作对照，对读者进行历史的、爱国的教育。

彼特拉克后半生主要来往于意大利的一些城邦，在宫廷中客居，钻研学问，并为城邦承担一些外交工作。1374年7月19日凌晨，彼特拉克安静地死去，当人们发现他时，他的脑袋还埋在维吉尔的著作中。

薄伽丘·乔万尼（Giovanni Boccaccio，1313—1375）

意大利作家。1313年生于佛罗伦萨附近的契塔尔多，一说生于巴黎，1375年12月21日卒于契塔尔多。他是一个佛罗伦萨商人和法国女人的私生子。幼年丧母，随父亲回到佛罗伦萨，在严父和后母的冷酷家庭中度过了童年。后来，他被父亲送到那波利学习经商，毫无收获。父亲又让他学习法律，但无论是商业还是法律，都引不起他的兴趣。这段经历使他体验了市民和商人的生活和思想情感，在他日后写成的《十日谈》中得到了反映。同时，薄伽丘有机会进入那波利王罗伯特的宫廷，接触到贵族骑士的生活，并同人文主义者广泛交往，扩大了他的文化艺术视野。他在宫廷里认识了罗伯特的私生女玛丽娅，对她产生了爱情。这一段浪漫的经历，也在他的文学创作中留下了很深的痕迹。

1340年，薄伽丘父亲的经济状况恶化，一蹶不振，薄伽丘无法维持原先悠闲的生活，便回到佛罗伦萨。在这个城市尖锐的政治斗争中，他坚定地站在共和政权一边，反对封建专制。他参加了行会，曾担任管理财务的职务，多次受共和政权的委托，去意大利其他城邦和法国执行外交使命。

薄伽丘潜心研究古典文学，成为博学的人文主义者，是当时西欧第一个掌握希腊文的学者。他翻译了荷马的作品，在翻译和注释古代典籍上作出了重要贡献。晚年，他致力于《神曲》的诠释和讲解，曾担任佛罗伦萨大学《神曲》讲座教员。他用意大利语撰写的《但丁传》是意大利研究但丁的最早学术著作之一。他的另一部著作《神谱》以丰富的史料叙述神和英雄的起源，展示神话的现实基础。1373年10月23日，薄伽丘抱病在佛罗伦萨大学《神曲》讲座作了最后一次演讲。翌年，契友彼特拉克的逝世，给他精神上很大的打击。1375年12月21日，薄伽丘在佛罗伦萨近郊的契塔尔多逝世。

薄伽丘是位勤奋多产的作家。除《十日谈》外，还著有长篇小说、史诗、叙事诗、十四行诗、论文。长篇小说《菲洛柯洛》（1335—1340），写一个信仰基督教的少女和一个青年异教徒的爱情故事，他们克服种种困难，有情人终成眷属。《十日谈》中有两则故事就是从这部小说汲取的素材。《菲洛柯洛》是欧洲的第一部长篇小说。

牧歌《亚美托》（1341）是爱情的颂歌。薄伽丘借用神话题材，抒写亚美托在爱情的陶冶下，由一个粗野的牧羊青年转变为品格高尚的人，其间穿插了七位仙女向亚美托讲述自己的爱情经历。

《菲娅美达》（1345）是一部书信体小说，叙述一个被恋人抛弃的女子的遭遇，细致地描摹她的爱和怨、希望和痛苦、翘首盼望情人归来的心理，堪称欧洲最早的心理小说。

《菲索技诺的仙女》（1344—1345）是长篇叙事诗，写仙女和牧羊人恋爱，得罪了黛安娜女神，遭到惩罚，一双恋人变成了两条河流，但最后双双流入阿诺河，又汇聚到一起。

薄伽丘还写过长诗《苔塞伊达》（1339），《菲洛特拉托》（1340）。这些作品的共同特点是都以爱情为主题，从古希腊罗马诗、神话、传奇中萃取题材，但又摆脱了俗套，赞颂纯洁的爱情，高尚的友谊，展示人世间生活的美和爱情的欢乐，谴责违反人情常理的禁欲主义，同时对人物充满激情的心理状态也比较注意刻画。

薄伽丘最优秀的作品是《十日谈》（1348—1353）。1348年，佛罗伦萨爆发了一场灾难性的瘟疫，城市十室九空，居民死亡过半。瘟疫刚平息，薄伽丘即着手写作《十日谈》。这部故事集开头叙述1348年佛罗伦萨黑死病肆行，三名男青年和七名少女在诺维拉教堂邂逅，一起到乡村一所别墅避难，住了两个星期。他们除了玩赏风景，欢宴歌舞，便开故事会。在其中的10天时间里，每人每天讲一个故事，总共讲了100个故事，故名《十日谈》。

书中不少故事取材于历史事件、法国中世纪传说和东方民间故事（《一千零一夜》、《七哲人书》）。薄伽丘把许多故事的情节移至意大利，予以再创造。人文主义思想像一根红线贯穿这部故事集，但薄伽丘的思想又比彼特拉克更进了一步。他在许多故事里把抨击的矛头直指天主教会和宗教神学，毫不留情地揭开教会神圣的面纱，把僧侣们奢侈逸乐，敲剥聚敛、买卖圣职、镇压异端等种种黑暗勾当，统统暴露于光天化日之下。值得注意的是，在《十日谈》的头两个故事里，薄伽丘就以犀利无比的笔锋辛辣地嘲讽教会的腐败堕落。“基督教充满罪恶、黑暗”，教廷的驻地罗马“是一个容纳一切罪恶的大洪炉”，为整个故事集定下了基调。

薄伽丘极端蔑视僧侣的奸诈和虚伪，他生动地揭示出，僧侣们谴责教徒心中的淫念，是为了把那班罪徒吓跑，好让他们这班色中饿鬼去勾引良家妇女；他们谴责重利盘剥，为的是让高利贷者害怕被打入地狱，永劫不复，乖乖地交出不义之财，好去填满他们的钱袋。薄伽丘不止于揭露僧侣们是伪善君子、言行不一，他追根究底，揭露教会的反动教规是造成这一切的恶因。薄伽丘对教会的批判，表达了当时的城市平民阶级否定神权统治，挣脱宗教桎梏而自由发展的要求。

描写男女之间爱情的故事，在《十日谈》中占有重要的地位。薄伽丘认为，中世纪鼓吹爱情是罪孽，宣扬神爱和天国幸福的禁欲主义，是违反自然规律的，也是违背人性的。“在所有的自然力量中，爱情的力量最不受约束和阻拦”，爱情使人具有高尚的情操，因此，神爱断然不能代替情爱，人有权享受爱情和现世幸福。作者用青年西蒙由“愚鲁”一变而为“聪颖”的故事和其他生动的例子表明，真正的爱情能够激发人蕴藏的才智和力量。薄伽丘还在许多故事里以巨大的热情，赞颂青年男女冲破封建等级观念、蔑视金钱和权势、争取幸福的斗争，讥讽建立在经济关系上的婚姻。

《十日谈》还批评封建特权，维护社会平等和男女平等。薄伽丘确信，人的高贵并不取决于出身，而是决定于人的才智；即使是伺候国王的马夫，同国王相比也毫不逊色。不少故事叙述了在争取幸福的斗争中，出身微贱的人往往以自己的智慧、毅力战胜封建主和贵族。薄伽丘揭示了这样一条真理“贫穷不会磨灭人的高贵的品质”，穷人家往往出现圣贤，倒是“富贵叫人丧失了志气”，帝王家子弟只配放猪牧羊。他还摒斥中世纪僧侣主义污蔑女人代表罪孽的陈腐观念，赞美妇女是自然的美妙造物，主张妇女应该享有跟男人平等的地位。

关于全面发展人的世界，在《十日谈》里也得到体现。在薄伽丘看来，人应当接受良好的教育，多才多艺，和谐发展，既健康、俊美，又聪明、勇敢。这体现了文艺复兴时期对于人的理想。

《十日谈》是世界文学史上第一部现实主义的文学作品。薄伽丘以丰富的生活知识和巨大的艺术概括力，通过叙述故事，概括生活现象，描摹自然，刻画心理，塑造了国王、贵族、骑士、僧侣、商人、学者、艺术家、农民、手工业者等不同阶层。三教九流、具有鲜明的性格特征的人物形象，展示出意大利广阔的社会生活的画面、抒发了文艺复兴初期的自由思想。《十日谈》是一部故事集，薄伽丘别出心裁地采用框形结构，把一百个故事巧妙地串联起来，使之浑然一体，成为一部思想上、艺术上都异常完整的作品。《十日谈》以古典文学名著为典范，又吸取了民间口语的特点，语言精炼、流畅，又俏皮、生动，描写事件和人物微妙尽致。它开创了短篇小说这一独特的艺术形式，为意大利艺术散文的发展奠定了基础。

《十日谈》问世以后，薄伽丘写了短篇小说《大鸦》（1356?），借用中古文学的梦幻形式，诅咒爱情是肉欲放纵、贬斥女人是万恶之源。在教会和旧势力的威胁、围攻下，他甚至想把《十日谈》和其他著作付之一炬。这是新旧时代的矛盾使他苦恼和动摇的。

《十日谈》问世后遭到反动势力的敌视，1497年，教会把它作为"诲淫诲盗"的作品当众焚烧。1573年，教皇钦定的《十日谈》删节本出版，把书中所有作恶的僧侣统统篡改为俗人。后来，薄伽丘的坟墓也被天主教会挖掘、砸毁。

《十日谈》很快被译成西欧各国文字，深受欢迎。它对欧洲文学的发展产生了深远的影响。英国乔叟的《坎特伯雷故事集》、法国纳瓦尔的《七日谈》，都是摹仿《十日谈》之作，前者有四则故事取材于《十日谈》。莎士比亚的喜剧《辛白林》、《善始善终》，莫里哀的喜剧《受气丈夫》，莱辛的诗剧《智者纳旦》，都是根据《十日谈》中一些故事进行的再创作。此外，德·维加、拉封丹、锡德尼、济慈、丁尼生、朗费罗等都曾从《十日谈》中汲取创作素材。

布扎蒂·迪诺（Dino Buzzati，1906—1972）

意大利小说家。1906年10月6日生于意大利东北部威尼托地区的贝卢城。1972年1月28日卒于米兰。幼年时移居米兰。1928年毕业于米兰大学法律系，担任《晚邮报》记者，随后又当该报的编辑、特派记者。

1933年，布扎蒂开始发表文学作品，处女作《群山中的巴尔纳博》（1933）叙述一系列关于群山的古老传说，作者在这些传说中倾注了他对山林的无限深情，着意探寻令人困惑与不安的现实生活的底蕴。第二部小说《老林的秘街》（1935），同《群山中的巴尔纳博》一样，有对古老传说的继承，可以见到怪异、神秘的特征。这两部作品明显受到爱伦·坡和卡夫卡的影响，但它们又体现了布扎蒂的独特风格。布扎蒂笔下的大自然，奇妙、壮观的群山老林，既染上一重阴暗、幽奥的色彩，又明晰地透露出他对现实和故土的爱恋。

长篇小说《鞑靼人的荒漠》（1940）是布扎蒂的代表作。小说写一群青年军官驻守边关，防御随时可能从荒漠地域入侵的鞑靼人。他们原以为打一两仗即可结束战争，重返家园，谁知他们却命中注定要在茫茫沙漠中虚度一生，而人们等待了许多世纪的神秘的鞑靼人却始终没有出现。小说具有超现实主义的特征，奇特的构思，怪诞的情节，现实与虚幻、情理与荒谬的交替或共处，使作者得以放开手脚去刻画人的潜意识和幻觉，展示恐惧和死亡是无法摆脱的神秘力量。

《七使者》（1942）、《短篇小说六十篇》（1958），是布扎蒂短篇创作的主要成果。

这些短篇题材广泛，故事离奇，充满象征和隐喻，常常真真假假，扑朔迷离。但它们几乎都有一个共同的思想：命运主宰着人，人注定要永世痛苦地忍受恐惧、孤寂和绝望的煎熬。《短篇小说六十篇》获当年斯特雷文学奖。

布扎蒂的其他作品有科幻小说《大幅肖像》（1960）、社会小说《一种爱情》（1963）和《人间纪事》（1972）。布扎蒂还写过剧本，如《短暂的散步》（1942）、《反对穷人的暴动》（1946）、《医院风波》（1953）。它们同作家的小说具有相近的思想、艺术特征。

布扎蒂在绘画领域也显示了过人的才华。他举办过多次个人画展，发表过《连环画中的诗》（1969）。从1947年起，他便担任《晚邮报》的美术评论专栏作家。

黛莱达·格拉齐娅（Grazia Deledda，1871—1936）

意大利女作家。1871年9月27日出生在撒丁岛诺罗城，1936年8月15日逝世于罗马。

父亲收入颇为丰厚，但当时撒丁岛轻视妇女的偏见根深蒂固，她只在小学念了四年书，便辍学在家。她非常羡慕接受高等教育的哥哥，因此发奋自学，贪婪地阅读她能够获得的各种书籍，德·亚米契斯、大仲马、布尔热是她少年时代阅读父亲和当神甫的叔叔藏书时深为喜爱的作家。黛莱达很早便萌发了写作的兴趣。起先，她写些速写、故事，在亲友和当地文化人的小圈子传阅。13岁那年，她在《撒丁岛》发表第一则短篇小说。嗣后，她的充满撒丁岛乡土气息的短篇小说相继在当地和米兰的各种刊物问世，引起文学界，特别是真实主义理论家、作家卡普安纳的注意。

1896年，黛莱达发表第一部长篇小说《恶之路》。小说以撒丁岛乡村为背景，雇农彼得同庄园主的女儿玛丽娅相爱，玛丽娅不敢冲破传统观念的罗网接受彼得的爱，终于导致他一步步走上犯罪的道路，玛丽娅最终也失去了真正的幸福。真实主义的影响清晰可见，但已显露出黛莱达擅长把人物的心理冲突同社会、道德冲突糅合起来刻画的艺术风格，文笔纤细婉约，抒情韵味浓郁。

1900年，黛莱达到撒丁岛首府卡利亚里小住，结识来自罗马的职员帕尔米罗·莫德桑尼，不久即和他结婚，迁居罗马。同年8月至12月，《新文选》杂志连载她的长篇小说《埃里亚斯·波尔托卢》（1903年出版单行本）。小说描写一对青年因性格懦弱酿成的爱情悲剧，对人物既逆来顺受又挣扎抗争，既要维护幸福又试图救赎罪过的矛盾、复杂的心态，作了淋漓尽致的摹写。

黛莱达是位创作勤勉的作家，一生共发表短篇小说集、中篇小说，长篇小说五十部左右。她在诗歌、戏剧领域也显示了难能可贵的才华，还翻译了巴尔扎克的小说《欧也妮·葛朗台》。

长篇小说《常春藤》（1908年在《新文集》连载，同年出版单行本）、《风中芦苇》（1913年在《意大利画报》连载，同年出版单行本）、《玛丽安娜·西尔卡》（1915年在《阅读》杂志连载，同年出版单行本），是黛莱达创作盛期的代表作。前两部小说各以一个庄园主家族为群体主人公，表现在资本主义关系的冲击下，历史悠久而又闭塞、落后的撒丁岛上发生的相当缓慢而又不可逆转的变革，建立在古老的宗法关系基础上的家族的解体；《玛丽安娜·西尔卡》则叙述出身于富裕但封闭的家族的老处女玛丽安娜·西尔卡同一个强盗之间的爱情纠葛。这些作品都着意描绘一幅资本主义城市文明同封建宗法制乡村文明的对立和冲突的画面，这种对立和冲突既给撒丁岛注入了活力，又给它带来了灾难；在小说中，直面人生的气势同宿命论的情绪，现实主义的艺术力量同哀幽、颓唐的色调，紧密交织。“风中芦苇”，不啻是黛莱达笔下主人公的象征，他们被神秘、强大的命运拨弄，无能为力，恰如任凭狂风摆布的芦苇。

黛莱达的声誉越出了撒丁岛和意大利半岛，赢得各国文学界的重视。1926年，她由于“那为理想所鼓舞的著作以明晰的造型手法描绘海岛故乡的生活，并以深刻而又同情的态度处理一般人类问题”获诺贝尔文学奖。

1936年，黛莱达完成自传体小说《科西玛》。在《新文集》连载，单行本于1937年问世。

德·亚米契斯·埃德蒙多（Edmondo de Amicis，1846—1908）

意大利小说家。1846年10月21日生于奥涅里城，1908年3月11日卒于博尔迪盖拉城。先后在库内奥、都灵学习。1863年进入莫德纳军事学校，两年后毕业，获少尉衔，立即投入反对奥地利占领者，争取祖国独立、统一、自由的斗争。在战斗之余，他开始撰写以军队生活为题材的短篇小说。他把意大利历史上第一支统一的军队看作是民族解放的力量，歌颂它的英勇献身精神。1867年，他在佛罗伦萨担任军事刊物《战斗的意大利》的编辑、记者，发表了许多短篇小说、特写、报道，这些作品于1868年结集为《军营生活》出版。收入这个集子的中篇《卡尔美拉》描写一个被负心的情人抛弃而精神失常的西西里姑娘的曲折遭遇，作者以激荡的情怀和娓娓动人的陈述，抒写主人公起伏变化的情感和命运的转折，着力刻画卡尔美拉晶莹的精神世界和心灵的美，具有很大的艺术魅力。

1870年，德·亚米契斯退役，专事文学创作。他周游欧洲和非洲许多国家，撰写了许多游记，其中著名的有《西班牙》（1872）、《伦敦游记》（1874）、《摩洛哥》（1876）。这些作品以清新、生动的文笔记叙作者所领略的异国风光，但更着重于对本国人民灌输爱国主义思想。

德·亚米契斯的文学活动始终同现实生活紧密联系在一起。普通人的窘困生活，离别家乡、漂流海外的侨民的悲惨遭遇，家庭教育的重要，都在他的作品中得到了广泛的反映（《朋友们》，1883；《在海洋上》，1889）。

德亚米契斯注意到，民族复兴运动以后，人民大众的处境并没有得到改善，但他认为，借助教育，借助博爱、谅解的精神，可以变革现状。他特别重视学校教育，因为学校肩负着培养社会新一代成员的使命。他的这一思想在描写少年生活的特写集《心》(旧译《爱的教育》)里得到了最充分的表露。这部作品在1886年问世以后，被翻译成世界数十种文字，至今仍然深受各国小读者的欢迎。

在19世纪末蓬勃兴起的社会主义运动的影响下，德·亚米契斯把他一贯宣传的博爱精神同社会主义思想融合起来，试图以此作为调节社会矛盾的手段。长篇小说《一个教师的小说》(1890)、短篇小说集《学校与家庭之间》(1892)，就体现了这一点。他的另一部长篇小说《五月一日》作于1889年，生前出于某种不清楚的原因没有发表，直到1980年才初次出版。它通过一个教授的坎坷际遇，反映19世纪末知识分子对社会前途的探索和意大利社会主义运动的诞生。

邓南遮·加百列(Gabriele D' Annunzio，1863—1938)

意大利诗人、小说家、剧作家。1863年3月12日生于阿布鲁齐地区佩斯卡拉。1938年3月1日卒于加尔多内，出身于中产阶级家庭。自幼酷爱文学，才华横溢，11岁时进入普拉托市的各科尼尼中学读书，这是托斯卡纳地区最著名的中学。16岁时，在父亲的资助下，邓南遮出版了第一部抒情诗集。1881年，进入罗马大学文学系学习。翌年，他发表第二部诗集《新歌》和短篇小说集《处女地》。《新歌》效法卡尔拉齐的抒情诗，赞美生活的欢乐和自然的美。这期间，他一面在大学攻读，一面出入罗马文艺沙龙，生活放荡不羁。

邓南遮早期作品以短篇小说为主，受到真实主义的影响。《处女地》和另一部短篇小说集《圣潘塔利昂》(1886)，描绘佩斯卡拉普通人的生活和乡村的自然风貌，具有一定的现实意义。但在这些作品中，邓南遮着力刻画环境在人物身上打下的烙印，执着于描写人物受到自己动物性本能的折磨，肉体、精神上呈现的畸形、病态。这两本集子后来汇集为《佩斯卡拉的故事》，在1902年出版。

此后，邓南遮走上了唯美主义的道路。"玫瑰小说"三部曲《欢乐》(1889)、《无辜者》(1891)、《死的胜利》(1894)，剧本《琪娥康陶》(1889)是这一阶段的代表作。《欢乐》的主人公艺术家安德雷像醉汉一般终日沉溺在性生活中，但久而久之，他开始感到厌恶，觉得爱情和欢乐全不过是虚无。《无辜者》的主人公图里实际上是安德雷的翻版，作者表现图里厌恶妻子，但又渴求恢复对她的爱的内心痛苦，他放肆地追逐情欲，但在孤独的幻影下又强烈地向往死亡的病态心理。在《死亡的胜利》里，死亡自始至终作为伴随情欲的阴影出现。富家子弟乔琪与情人无法节制情欲，更无法抗拒死亡，最后双双跳崖自杀，在死亡中找到归宿。《琪娥康陶》通过雕塑家吕西荷在艺术创作和爱情上遇到的尖锐矛盾，表现艺术与道德的冲突，宣扬唯美主义与利己主义。这些作品浸透着颓废的色彩。邓南遮对美有着敏锐的感受和丰富的表现力，善于准确地捕捉和展示自然界的美和色彩，文字优雅、柔美，因而使他的作品在意大利风行一时。

邓南遮是位多产的剧作家。他的大部分剧本是为著名女演员杜丝而作的。邓南遮和她一直保持着罗曼蒂克的关系。《春日早晨的梦》、《秋日黄昏的梦》（1898），没有产生什么反响。《死城》（1898）和《荣誉》（1899）的情调大致同《琪娥康陶》相近。诗剧《里米尼的弗朗齐丝科》（1901）取材于但丁《神曲·地狱》第五歌，再现中世纪广泛流传的一出爱情悲剧。悲剧《约里奥的女儿》（1904），从古代传说中撷取素材，渲染情欲和弑父之罪。

19世纪末20世纪初，邓南遮逐渐堕落为军国主义作家。他和一些作家创办刊物，与进步文化为敌，宣扬民族沙文主义和扩张主义。在他的作品中，追逐自我欲望的满足，空虚、颓丧的主人公逐渐让位于能够肩负"伟大使命"的强有力的个性，即超人；对古罗马的英武战功的歌颂，渐次取代对个人主义的赞赏。诗集《海歌》（1893）颂扬古代威尼斯海军对亚得里亚海的征服，呼吁光复意大利过去的光荣。剧本《战舰》（1908）描写意大利历史上的军事成就，为意大利帝国主义向海外军事扩张制造舆论。

1910年，邓南遮因债务纠纷暂时迁居法国。他用法文写了《圣赛巴斯蒂安的殉道者》（1911）、《庇萨内》（1913）、《金银花》（1913），但没有引起人们的注意。

第一次世界大战爆发后，邓南遮撰文写诗，发表演说，狂热地为帝国主义战争辩护。他还志愿入伍，先后当过步兵、水兵、飞行员，到前线作战，参加各种军事冒险。1916年，他在担任空军飞行员期间，因飞机失事，右眼受伤失明。1916年，他又率领一批敢死队，强行占领意大利和南斯拉夫之间有争议的阜姆城，制造轰动世界的"阜姆事件"。1921年，邓南遮发表长诗《夜曲》，以一个伤员日记的形式，通过模糊的、梦幻的回忆，讴歌战争，赞美死神，同时鼓吹"超人"没有死亡的权利，他们赋有统治人民的神圣使命。

1926年，墨索里尼建立法西斯独裁统治。邓南遮积极拥护法西斯主义，同墨索里尼建立了私交。1937年，邓南遮任意大利科学院院长。

哥尔多尼·卡尔洛（Carlo Goldoni，1707—1793）

意大利喜剧家。1707年2月25日生于威尼斯，1793年2月6日卒于巴黎。出身于医生的家庭。他的祖父和父亲都是戏剧爱好者。哥尔多尼自幼对戏剧发生浓厚的兴趣，据说9岁时便写了第一个剧本。起初，他在佩鲁贾、里米尼等地学习，16岁那年，他抛弃学业，参加一个流浪的喜剧剧团，到各地巡回演出。后来他遵从父亲的意愿，进入帕维亚城吉斯莱里公学学习法律，三年以后因写了一些讽刺当地贵族夫人的打油诗，惹起一场轩然大波，被校方开除学籍。哥尔多尼先后在乔嘉，费特雪莱地担任法官助手的职务，直到父亲去世。1732年，他从帕多瓦大学毕业，在威尼斯、维隆纳、米兰、比萨等地当律师，并担任过热那亚共和国驻威尼斯领事。这期间，他一面如饥似渴地阅读意大利、英国、法国戏剧家的作品，希望从中借鉴经验，摸索喜剧前进的道路，一面开始写作剧本，供给剧团演出。

1748年，哥尔多尼同威尼斯著名喜剧演员梅德巴克相遇，受聘担任该团的“诗人”，成为职业剧作家。根据和剧团签订的合同，他每年要给剧团写十出左右喜剧，但他以惊人的才能和毅力从事写作，常常超出规定的数目，仅1750年一年就写了16出喜剧。1752年，他同梅德巴克发生冲突，转入威尼斯圣路加剧院，每年至少写八出喜剧。

从1748年到1762年哥尔多尼去巴黎，这是他创作最旺盛，艺术最成熟的时期，也是他全力以赴进行戏剧改革的时期。当时，流行于意大利舞台200余年的“假面喜剧”已愈来愈脱离现实生活，日益僵化。所谓“假面喜剧”，又称“即兴喜剧”，主要是依靠演员即兴发挥、随机应变的一种戏剧演出形式，它没有写成文字的剧本，只有一份简单的剧情“提纲”，也没有固定的台词。剧中主要人物都戴着假面具，他们的性格通常是定型的，例如阿尔内基诺（或叫特鲁法金诺）总是扮演一个忠实、憨厚、愚蠢的丑角，在剧中插科打诨，制造笑料；博士，精通法律和拉丁文，是口若悬河、喜欢吹牛的学者；潘塔隆内，经常扮演一个头脑简单，思想陈旧而顽固不化的商人；还有几对名字、性格都固定的青年情人。假面喜剧已经无力表达启蒙运动时期资产阶级对改革社会政治的强烈要求。这是推动哥尔多尼进行喜剧改革的社会历史条件。

哥尔多尼长期跟随剧团过着流浪的生活，足迹所至，几乎走遍大半个意大利。侵略者铁蹄践踏下支离破碎的祖国山河，贵族阶级的腐朽堕落，社会风气的糜烂淫逸，激发了他的爱国民主思想。他在流浪中不仅有机会接触到贵族、商人，而且对下层人民，例如小商小贩、手工业工人、农民、渔夫、船夫、流浪汉、仆役等，都有很深切的了解，获得了丰富的生活经验和知识。他长期在剧团工作，对观众的要求与兴趣，对演员的特点，对舞台艺术的规律，都非常熟悉。这些又为他写作新型的喜剧提供了丰富的生活场景和有利条件。

哥尔多尼从事的喜剧改革，一直遭到以剧作家戈齐和基亚利为代表的保守派的攻击。在他们长达15年的围攻下，哥尔多尼心力交瘁，被迫于1762年离开意大利，避居巴黎。侨居期间，他始终没有放下笔，继续用意大利语和法语为巴黎的意大利喜剧院、法兰西喜剧院写作剧本，并用法语撰写《回忆录》，叙述他一生从事喜剧改革的经历。1726年，哥尔多尼担任法国国王路易十六的妹妹的意大利语教师。在法国大革命后，他的薪俸被取消，一只眼睛失明的哥尔多尼在穷困潦倒、贫病交加中度过了余生。1793年2月7日，在法国诗人谢尼耶的干预下，法国政府鉴于哥尔多尼的艺术成就，决定恢复他的薪俸，但他已于前一天溘然去世。

哥尔多尼一生写了212个剧本，除了悲剧、传奇剧、歌剧外，以喜剧最多，共100多部。他在《喜剧剧院》(1749)和《回忆录》里，阐明了自己的喜剧理论。他要求对流行于意大利舞台的即兴喜剧进行改革，废除假面和“提纲”，写作有固定台词的文学剧本。他认为，喜剧只有从“自然的伟大的海洋”汲取素材，才能符合生活真实，忠实地反映现实。他摒弃定型的、单一的人物性格，着力刻画人物的激情和鲜明的性格，展示多种性格的对比和冲突。他主张，剧院应当成为学校，发挥喜剧“颂扬美德，嘲讽恶习”的教育作用，摆脱庸俗的趣味。他把这种现实主义喜剧叫做“风俗喜剧”，又称“性格喜剧”。哥尔多尼反对把亚里士多德的理论和古典主义的三一律当作喜剧创作的金科玉律，主张喜剧具有时代的、民族的特色，以批评的眼光，取外国和古代戏剧之长，不盲目崇拜，而使先人制定的规矩服从主题。为此，剧作家应当长期观察，研究生活，不断实践。

鉴于假面喜剧历史悠久，影响很大，哥尔多尼在改革时采取了积极而谨慎的做法。他早期尝试改革的喜剧《精通世故的莫莫洛》(1938)，除主人公不戴面具，有台词外，其他仍沿袭假面喜剧的传统。早期最著名的喜剧《一仆二主》(1745)，仍然继承假面喜剧的某些特点，人物沿用原来定型角色的名字，台词起初也是半即兴式的，直到后来才完全确定下来。但哥尔多尼已经给剧本注进了新鲜的血液，赋予人物新的性格特征。来自社会下层的仆人特鲁法金诺被置于舞台的中心，左右剧情的发展，他受雇同时伺候两个主人，又因为目不识丁，粗心大意，因此引起一连串的误会和风波，但凭着他的机智，终于摆脱困境，使矛盾圆满解决。这出具有鲜明生动的人物性格和浓郁的威尼斯生活气息的喜剧获得了很大成功。

《狡猾的寡妇》(1748)是第一部写成文学剧本的戏。年轻、美丽的寡妇萝桑娜被英国勋爵、西班牙骑士和法国贵族竞相追求，她巧妙地用计策试探，识破了他们的卑劣用心。剧中赞美诚实的爱情，流露出作者的爱国情怀。

三幕喜剧《封建主》(1752)描写弗洛林达侯爵借接受新庄园之机，到处为非作歹，调戏农家妇女，此剧对骄横恣肆、欺压农民的封建主予以辛辣的讽刺。作者侧重于从道义上对封建主腐败的品质进行抨击，希望他们改邪归正，塑造了一个明智的封建主的形象。

《女店主》(1753)是哥尔多尼性格喜剧的杰作，批判贵族，歌颂平民的思想显得更加鲜明。米兰多林娜开设的一家客店，仿佛是整个威尼斯社会生活的缩影，剧中人物都取自现实生活。向女店主求爱的侯爵，是一个破落的贵族，分明已沦为穷光蛋，却偏要显示自己的高贵，于是只好吹牛、撒谎，出尽洋相。另一个求爱者是用金钱买得伯爵爵位的商人，他自信用金钱能买到一切，包括女人的爱情。女店主米兰多林娜是哥尔多尼塑造得最成功、最光彩的女性形象。不幸的身世迫使这位妩媚动人的女子独立地挑起生活的重担，她辛勤、乐观地劳动，在机智地嘲弄了那些不怀好意的显贵人物之后，选择了诚实的仆人为终身伴侣。剧中不同身份的人物的性格，同一阶层人物之间性格上的细微差异，都得到栩栩如生的刻画。整个喜剧的情节简单而活跃，波澜起伏，妙趣横生。

哥尔多尼也把批判的锋芒指向资产阶级。《老顽固们》（1760）通过两代人在婚姻问题上的矛盾，展示出意大利资产阶级思想顽固，作风专横，轻视妇女的恶习，指出他们同封建主义的旧思想保持着千丝万缕的联系。

作为启蒙主义作家，哥尔多尼对封建贵族的抨击常常是尖锐恳切的，而对于资产阶级，却在讽刺中混和着劝谕和爱护，寄托着温情和希望。因此，他在一些剧本中塑造了理想化的、开明的资产者的形象，如《咖啡店》（1750）、《诚实的冒险家》（1751）等。

另外一些喜剧，风趣地反映了劳动人民现实生活的场景和细节，如《广场》（1758），《乔嘉人争吵》（1761）等。

哥尔多尼把意大利18世纪丰富多彩的社会生活和风尚习俗，真实、形象地展现在喜剧舞台上，传达了民族复兴运动前夕资产阶级改革社会政治的要求。他描绘的活生生的、有个性的众多人物，构成了威尼斯各个社会阶层的艺术形象的画廊。他的大部分剧本用威尼斯方言写成，语言质朴、幽默，栩栩传神。他扬弃了假面喜剧的糟粕，但又吸取了它的传统技巧，并从意大利文艺复兴喜剧和法国喜剧中汲取养分，加以创新，使喜剧具有情节简明自然，引人入胜，故事跌宕起伏，进展迅速，轻松自如的特色。他奠定了以思想内容丰富，具有迷人的艺术力量为特征的近代意大利现实主义喜剧的基础。

葛兰西·安东尼奥（Antonio Gramsci，1891—1937）

意大利共产党创始人，马克思主义文艺理论家。1891年1月23日生于撒丁岛首府卡利亚里附近的一个小市镇阿莱斯，1937年4月25日卒于罗马。父亲是注册局的职员，靠微薄的薪金赡养有七个孩子的家庭。葛兰西在圣卢乔初级中学读书时便开始阅读宣传社会主义思想的进步书刊。进入卡利亚里高级中学后，更用心研读马克思主义和克罗齐的著作，开始撰写政论文章。

1911年，葛兰西考入都灵大学文学哲学系，主攻语言学、文学，成绩优异。但他胸怀"拯救意大利"的抱负，毅然放弃成为优秀的语文学家的愿望，献身于无产阶级革命事业。1913年，他加入社会党，先后担任都灵支部书记，创办《新秩序》周刊，深入工人群众进行宣传，组织政治斗争。1921年，葛兰西退出社会党，参与创立意大利共产党、以后又担任总书记。1924年当选国会议员。1926年11月被法西斯逮捕，在牢狱中受尽酷刑折磨，始终坚毅不屈，1937年4月25日，身受缧绁之苦达11年之久，终于获得自由的葛兰西因脑溢血发作，在罗马逝世。

葛兰西早年从事革命活动时便在报刊上发表政论文章和戏剧评论，在狱中，他不顾环境的险恶，忍着病痛，以惊人的毅力和才智，写下了共2848页的札记和近千封书信。其中有关文艺的论述，被后人整理收入《文学与民族生活》、《狱中书简》。

青年时代，葛兰西曾受到克罗齐学说的影响，但后来在社会实践活动中痛感必须批判克罗齐唯心主义文艺观。他针对克罗齐宣传的纯艺术的主张，指出文艺作为观念形态，属于历史的范畴，是一定社会的精神生活，代表一个民族“对生活的人的观”。因此，他提出了著名的关于“民族—人民的文学”的思想。他对意大利文学史和现时文学经验进行了深入的探讨和总结，指出，缺乏民族—人民性，正是“近代型意大利民族难产的反映”。为着建设“民族—人民的文学”，必须造就一支新型的知识分子队伍，文学家应当“跟人民的情感融为一体”，并努力把文学的根子“扎在实实在在的人民文化的沃土上”。

关于文艺社会功用，葛兰西认为，艺术是审美的因素与文化，政治的因素这两者的有机结合。因而文艺一旦变为政治的附庸，它的社会功能与审美价值也就消失了。因此，“艺术就是艺术”。但另一方面，文艺又具有形象地映照历史真实，使之升华为审美感受的特殊作用，因而文艺是革命事业的一个组成部分，作家应当是“民族的教育者”。

关于作品的形式与内容的关系，葛兰西认为，具有“审美的”和“历史的”两重涵义。形式与内容不是对立的，互相排斥的，而是“二位一体，不可分割”。在某种意义上，内容对于形式而言，是第一性的，“内容的改变，也就意味着形式的改变”。另一方面，文艺作品的内容不能用抽象的方式体现出来，而必定要熔铸在艺术形式之中，因此，坚持“形式”，又不是执着于“内容”。

葛兰西对马克思主义文艺批评的任务也进行了探讨，指出它应当是道德、情感批评同审美批评的辩证统一。葛兰西还对文学遗产问题，对意大利和外国许多重要作家作了精辟的论述和分析。

卡尔杜齐·乔祖埃（Giosuè Carducci，1835—1907）

意大利诗人。1835年7月27日生于托斯卡纳地区的维尔西利亚，1907年2月16日卒于博洛尼亚。他的父亲是个著名的医师，也是秘密革命团体“烧炭党”的成员。他自幼刻苦攻读古罗马和意大利古典文学，对同时代的浪漫主义作家曼佐尼、白尔谢等的作品也很喜爱。他年轻时在家庭和环境的熏陶下，就富有民主思想，向往革命，是马志尼和加里波第的忠实信徒。

1849年，卡尔杜齐随家庭迁居佛罗伦萨，在该市教会学校读书。1853年转入比萨高等师范学校就读，在这座著名的学府里，他在语言文学和哲学学科受到严格的培养，打下了坚实的基础。1855年，他以研究骑士诗歌的论文通过答辩、结束学业。随后，他在瓦尔达诺的中学教书。一年以后，他因所持的共和思想遭到当局的怀疑，不得不前往佛罗伦萨谋生。父亲的去世，哥哥的自杀，婚后沉重的经济负担，迫使他一面当家庭教员，一面在巴尔巴拉出版社当编辑，并且兼搞古典文学作品的注释。1860年，他到皮斯托亚高级中学任教。几个月后，意大利教育部长聘请他主持博洛尼亚大学意大利文学讲座。从此，他才有了安定的生活环境，专心致志于创作和学术研究。

1872年，卡尔杜齐加入第一国际意大利支部，但不久即退出。1890年，他被任命为意大利王国参议员。晚年，他病魔缠身，后又因中风右肢瘫痪，但他坚持在博洛尼亚大学授课，直到完全丧失说话能力，才在1904年告别了执教44年的大学讲坛。

卡尔杜齐早期的诗歌洋溢着民族复兴运动的时代氛围，在艺术上又受到古希腊和意大利古典诗歌的影响。在诗集《青春诗歌》（写于1850—1860年，1871年出版）、《轻松的诗与严肃的诗》（写于1861—1871年，1871年出版）中，他赞美法国资产阶级革命，谴责异族侵略和封建专制制度，表达渴求民族独立、自由、平等的理想和信念："唯有死神，才能在奴隶和暴君之间建立和平"。他用热情的诗句赞美马志尼、加里波第为祖国解放事业建树的伟大功勋，称颂他们是"照耀整个意大利的太阳"（《悼念朱塞培·马志尼》），"前无古人的崇高英雄"（《致朱塞培·加里波第》）。他对欧洲其他被压迫民族的正义斗争寄予同情，用热情的诗句呼吁他们投入斗争，"让心灵蕴藏的愤怒"，"在爱的烈火中自由燃烧"，反对共同的敌人哈布斯堡王朝："奋起战斗吧，各个被压迫的民族！我们将在战斗中携手前进！"（《西西里和革命》）。

在著名长诗《撒旦颂》（1863）中，卡尔杜齐一反传统的观念，把撒旦塑造为代表"复仇的理智"，英勇、可亲的叛逆者的形象。他以饱满的热情讴歌撒旦的反叛精神，严厉谴责教会扼杀自由和理智，阻碍人类和文明的进步，并热烈赞美人的理智压倒宗教教义的胜利，讴歌人世的欢乐。这首长诗受到评论界的普遍赞赏，产生甚为深广的影响。

民族复兴运动结束，意大利王国成立以后，卡尔杜齐的政治倾向和诗风发生了变化。他赞扬第一国际是"未来的太阳"，对巴黎公社也寄予同情，并和一些公社参加者交往。但后来他却站到君主立宪派的立场上，趋向保守主义。在70年代写的一些诗篇中，他向为祖国的独立与自由而献身的英雄，表示真挚的悼念，对资产阶级政客窃取胜利果实、谋取私利的行径表示义愤和声讨，并展示了民族复兴运动以后社会贫富对立、大众继续遭受凌辱的情景。但更多的诗篇是避开现实生活的抒情诗，抒写大自然的风光，回忆青春年华和爱情的感受，描摹个人细微的情感和宇宙的奥秘。在艺术，诗人继承古希腊、罗马诗歌的韵律，追求形式上的完美。由此，卡尔杜齐又常常被称作新古典派诗人。后期的代表作有诗集《新诗》（1861—1887）、《野蛮颂歌》（1877—

1889)、《有韵的诗和有节奏的诗》(1887—1898)等。

卡尔杜齐的抒情诗优美、清新、自然，在描绘自然景物和个人细微的感情方面功力很深。他是19世纪下半叶意大利诗坛的主将。1906年，卡尔杜齐获诺贝尔文学奖，成为获得此项荣誉的第一位意大利文学家，获奖的理由是："不仅鉴于他精深的学识和批判性的研究，更主要的是颂扬他诗歌杰作中所具有的特色、创作的气势、清新的风格和抒情的魅力。"

卡尔杜齐还是一位优秀的散文家、文艺批评家和语言学家。他对意大利古典文学、意大利文学史进行了深入的研究，造诣很深，著有《早期意大利文学研究、行吟诗人和骑士诗歌》、《意大利民族文学的发展》等专著。他对但丁、彼特拉克、阿里奥斯托、波利齐亚诺、塔索等著名意大利大诗人均有精深的研究。1987年，意大利出版了由范拉斯基教授编选的《卡尔杜齐散文集》。

康帕内拉·托马索(Tommaso Campanella，1568—1639)

意大利思想家、文学家。原名乔万尼·多米尼哥·康帕内拉(Giovanni Domenico Campanella)。1568年9月5日出生在南方卡拉布里亚地区，斯蒂罗城附近斯拉诺村。1639年5月21日卒于巴黎。父亲是个穷苦的鞋匠。他自幼酷爱文学，显露出写诗的才华。14岁时进修道院当修士，改名托马索·康帕内拉。他很快对修道院的生活感到失望和厌恶，便利用那里丰富的藏书，如饥似渴地广泛阅读，在哲学、宗教和文学领域都获得了精深的造诣。1585年，年仅17岁的康帕内拉参加圣方济各教派组织的宗教教义辩论，果敢地提出，教会的著作不是绝对正确的，自然才是真理的标准。三年后，他发表《感官哲学》。继续宣传唯物主义，反对教会的权威。因此，他在1592、1593年两次被宗教裁判所审判，受到酷刑的折磨，并被开除教籍。1597年获释，返回家乡后，他积极从事秘密活动，联络贫苦农民，准备在1599年发动旨在推翻西班牙统治者的武装起义，但因叛徒告密被捕，先后被囚在那波利、罗马狱中达30个年头，身心受到极大的摧残。1628年7月，康帕内拉获释。1634年迁居巴黎，埋头著述。五年后因肾脏病恶化在巴黎去世。

康帕内拉著作甚丰，大多是在狱中用拉丁语或意大利语写的哲学、政治著作，还有不少宣传科学和自由思想，反对基督教神秘主义和教会僧侣的诗歌。他的诗歌于1639年结集为《诗钞》出版，其中一部分是为献给法国王子而写的。它们既不受传统的拘束，又排除当时华丽、浮夸文风的影响，采用同新思想相适应的新韵律，在17世纪意大利诗坛别具一格。

《太阳城》(1602)是康帕内拉最重要的作品，是他被囚禁于那波利监狱时所作。书中以一个游客的耳闻目睹为线索，采用对话录体裁，描绘了一个理想的乌托邦共和国。这是一个大同世界，私有制和家庭完全消灭了，货币被废除，家庭生活和社会生活合二为一，人们的行动、思想得到和谐的调节，个人的意愿服从于社会的利益。在这个理想的社会中，人得到全面的、和谐的发展，实行义务教育和义务劳动制。智慧的哲学家、祭司执掌政权，公正地治理国家。书中描绘和赞颂的虽然只是一个被美化的、空想的乌托邦，但它是同现存制度针锋相对，是对现实社会的尖锐批判；它继承和发扬了人文主义的思想传统，对后来意大利和欧洲的思想界、文化界产生了重要的影响。他的著名作品还有《论西班牙君主政体》（1600）。

克罗齐·贝内德托（Benedetto Croce，1866—1952）

意大利哲学家、历史学家、美学家、文学批评家。1866年2月25日生于阿布鲁佐大区阿奎拉城的佩斯卡塞罗利，1952年11月20日卒于那波利。祖父曾任波旁王朝那波利大陆官，父亲是个富有的大资产者，母亲酷爱文学艺术。在母亲的熏陶下，克罗齐从小就对历史、文学表现出浓厚的兴趣。在那波利耶稣会教士办的学校接受初等和中等教育。1883年6月28日，克罗齐一家在卡萨米乔拉避暑，突遇大地震，父母亲和姐姐不幸丧生，他本人被埋在瓦砾中数小时之后才被人救出。他的叔父西尔维奥·斯帕文塔收容了大难不死的克罗齐兄弟俩。把他们带到罗马。失去亲人的悲哀，伤痛的折磨，一度使克罗齐丧失了生活的勇气，萌生自杀的念头。

当年秋天，克罗齐进入罗马大学法律系学习。但大学的课程一时也难以消除这悲剧在他心头留下的阴影。1884年1月，他结识了当时在罗马大学执教的著名学者拉布里奥拉。在他的影响下，克罗齐开始研究黑格尔哲学。1886年，克罗齐回到那波利。翌年，他赴欧洲各国考察学术研究状况，开阔了视野。他的研究领域不断拓展，哲学、历史学、经济学、艺术、文学，都成为他孜孜研究的对象。1886至1892年，他相继完成了《1799年的那波利革命》（1897）、《文艺复兴至18世纪末叶那波利历史》（1889—1891）等著作。1893年，他发表了著名的论文《艺术一般概念下的历史》，提出了艺术是历史的重要论断。

随后，克罗齐对马克思主义发生了浓厚的兴趣。从1895至1900年，他认真研读并力求“理解”马克思的著作。他和拉布里奥拉保持着密切的联系，师生俩还一起热烈讨论过马克思主义问题。他这期间撰写的论文后来结集为《历史唯物主义与马克思主义经济学》（1900）。克罗齐否认马克思主义是一种世界观，但承认它是阐释历史的一种学说。他认为，马克思主义的功绩在于强调“经济”要素在人类实践活动中的重要作用，而这正是传统哲学所忽视的。

1903年1月20日，克罗齐主编的《批评》杂志问世。在长达41年的时间里，它成为意大利和欧洲最有影响的文艺批评刊物。克罗齐学识渊博，著作等身，一生撰写了哲学、历史学、文学方面的专著70余卷。他的重要文学论著有《作为表现的科学和一般语言学的美学》(1902)、《纯直觉和艺术的抒情性》(1908)、《艺术表现的整体性》(1917)、《诗与非诗》(1923)、《民间诗歌与艺术诗歌》(1933)。

克罗齐还是一位著名的政治活动家。1910年当选参议员。1920至1921年，在乔利蒂内阁中任教育部长。1922年10月，墨索里尼上台，由克罗齐原先的好友、哲学家詹蒂莱出任教育部长。克罗齐起初曾对墨索里尼抱有幻想，但随着墨索里尼加紧推行法西斯恐怖政策，他逐渐觉醒，采取了鲜明的反法西斯立场。1925年，沦为法西斯文人的詹蒂莱撰写了《法西斯知识分子宣言》。当年5月1日，克罗齐即和进步人士阿门多拉领衔，由克罗齐起草，征集了数百名文化界人士的签名，在《世界报》发表《反法西斯知识分子宣言》，震动了意大利社会。1926年，他的住宅遭到法西斯分子的搜查。此后，他的活动一直受到法西斯当局的监视。在白色恐怖下，他撰写了一系列历史学著作，如《1871—1915年意大利历史》(1928)、《19世纪欧洲史》(1932),《作为思想与行动的历史》(1938)。他主张历史学不只是简单地复述历史，而是用现代人的意识去分析、评判历史，因而，一切历史都是现代史，都是为现实服务的。在这些史学著作中，他以史为镜，从自由主义观点出发，抨击专制主义，显露了鲜明的反法西斯倾向。1943年，克罗齐发起重建自由党，翌年，担任该党主席。

1944年元月，克罗齐参加了抵抗运动最高领导机构解放委员会的第一次代表大会，并在4月组成的战后第一届联合政府中担任不管部部长。

战后，克罗齐逐渐放弃政治活动，专心致志于学术研究。1947年，他在那波利创立意大利历史研究所，随后又辞去自由党主席的职务。

克罗齐的思想体系继承了黑格尔的客观唯心主义，否定物质第一性，把人的心灵活动、精神世界同现实世界等同起来。因此，他的哲学、文艺理论和历史一样，只研究精神活动及其发展。

克罗齐认为：精神活动是决定历史进程的决定性力量。人的精神活动包括认识和实践两种，美学的对象就是人的认识活动，经济学的对象是人的实践活动。

克罗齐对艺术的特征与规律提出了独特的见解。他强调艺术即直觉。直觉是认识的出发点，一切直觉都先于观念、行动，它的功能是赋予人的主观情感以形式，使情感具象化、形象化。因此，直觉是抒情的表现，是艺术。克罗齐的艺术即直觉论，一方面把艺术看作是人的情感的体现，突出了艺术的特殊属性，另一方面又否认艺术对社会生活的艺术概括，提倡艺术与实践、形式与内容的分裂，从而宣扬了“纯诗歌”理论。

克罗齐还认为，语言是人的情感的表现，也是心灵活动的创造，因而语言就是艺术，因为语言和艺术的共同本性是表现。

在克罗齐看来，艺术活动即人的直觉、主观情感的体现，是人人皆具备的一种最普通、最基本的功能。因此，每一个人都是诗人。艺术家与普通人之间没有本质的区别。但是，从另一方面看，对艺术作品的鉴赏与批评，却要求鉴赏者、批评者既置身于艺术作品的创造者的历史环境，又结合自己所处的现实环境，需要有历史、文化层次上的必要准备。

克罗齐提出的直觉即艺术、语言即艺术的理论，创造与鉴赏、批评统一的观点，对现当代西方美学思想产生了深远的影响。

克罗齐还撰写了数量众多的论述但丁、薄伽丘、阿里奥斯托、莎士比亚、高乃依、歌德、斯丹达尔、巴尔扎克、维柯、邓南遮的著作、论文，给意大利和西方文艺批评界留下了可贵的文化遗产。

克罗齐的理论著作深受欢迎的原因，不仅在于他的深刻、精辟的分析，而且在于他的出色的文风，在于他擅长极其精炼同时又极其深邃地表达事物的能力，在科学散文领域独树一帜。

夸西莫多·萨瓦多尔（Salvatore Quasimodo，1901—1968）

意大利诗人。1901年8月20日生于西西里岛拉古萨城附近的莫迪卡，1968年6月14日卒于那波利。他的父亲是铁路职工，靠微薄的工资养活家庭。由于父亲工作地点频繁调动，夸西莫多的童年是在不断的迁移，在许多穷乡僻壤的小城镇度过的。姑母酷爱诗歌，常常给他朗读但丁的《神曲》，在他幼小的心灵里播下了诗歌的种子。他如饥似渴地阅读意大利古典诗歌，从中汲取滋养，15岁时，他考入技术学校，并和朋友们创办一个小型文学刊物，发表习作的诗歌。18岁那年，夸西莫多进入罗马工学院学习土木工程，但对文学的爱好驱使他转而研习古希腊罗马文学。因家庭经济拮据，他不得不辍学去谋求生计。夸西莫多到处流浪，在南方的山区和平原、城市和乡村，都留下了他的足迹。他先后当过建筑公司绘图员、五金店店员、百货商店会计、后来才在国家建筑公司找到了固定的职业。这正是墨索坦尼建立独裁统治的岁月，也是饱尝生活忧患的夸西莫多开始献身诗歌的年代。1928年，他重新拿起了笔。1929年，他前往佛罗伦萨，和文学界许多知名人士结识，并和隐秘派元老蒙塔莱建立了亲密的友谊，并成为进步文学刊物《索拉里亚》的撰稿人。

1930年，夸西莫多的第一部抒情诗集《水与土》问世，一时声名大振，成为意大利的优秀抒情诗人。

对西西里，对在家乡度过的童年的缅怀，是反复出现于《水与土》中的主旋律。夸西莫多怀着一腔柔情，赞颂遥远的、美丽的西西里大地，它的明媚旖旎的风光，勤劳、朴实的人民，他向每天“肩背鱼篓，挂起满帆”，唱着离别之歌去海里捕鱼的乡亲们表示敬意。抒发自己愿为西西里分担忧愁的赤子之情：“啊，大地/你的苦痛/怎不叫我碎了心肠！”（《大地》）。诗人给病中的母亲写信，叙述自己为了献身艺术，告别故乡和亲人以后的遭遇，祈求死神“莫要停止故居挂钟的钟摆/莫要停止母亲心脏的跳动”（《致母亲》）。对于在邪恶的现实中饱经世态炎凉的夸西莫多来说，故乡和童年是他的“根”，是幸福的象征。他在《水与土》的诗篇中不只一次满怀深情地向故乡的山山水水，一草一木发出礼赞：“不只一次，我的心头感觉到泥土与青春的分量。”（《莫名的痛楚》）。然而，幸福与希望无法在现实生活中获得。对童年和家乡的回忆“仅仅带来短暂的梦幻”这就是诗人无比忧伤和凄惶的缘由。诗人又常常向青年时代心爱的人寄托情思，寻求慰藉。爱，对于诗人而言，是对丑恶现实的抗争、解脱：“爱是抵御忧伤的盾牌。”（《廷达里的风》）

夸西莫多在《水与土》中吟唱的主旋律，也贯串于他30、40年代陆续发表的诗集《消逝的笛音》（1932），《厄位托与阿波罗》（1932—1936）、《新诗》（1936—1942）。1939年，夸西莫多被聘为米兰音乐学院意大利文学教授。

反法西斯抵抗运动对夸西莫多产生了积极的影响。他后来说，战争和抵抗运动“摧毁了（诗歌）传统的内容”，“提出了人的价值的新观念”。他不再单单抒发个人的情愫，他的抒情诗中糅进了“社会诗”的内涵，“更多地追求对话，而不是独白”，低回婉转的吟唱同激奋昂扬的战歌交融。诗人从“我”过渡到了“我们”。诗集《日复一日》全部写于艰难的1943至1945年，堪称意大利和欧洲战后一部不可多得的抒情诗集。它痛斥法西斯强盗将铁蹄踏在意大利人的心上，屠杀无辜良善的残暴罪行（《柳树枝头的竖琴》）对于同法西斯刽子手展开英勇斗争的战士，诗人予以热情的礼赞，他在这些意大利优秀儿女的身上看到了复兴祖国的希望的闪光（《我的祖国意大利》、《致切尔维七兄弟》）。这一曲曲洋溢着强烈的爱国主义精神的颂歌，很快成为几乎家喻户晓的脍炙人口的诗作。

写于战后的诗集《生活不是梦》（1946—1948）、《乐士》（1955—1958）等，寄托了夸西莫多崇高的信念：生活不是梦幻，而是义务；诗人的使命是“改造世界”“重新造就人”。

1959年，夸西莫多获得诺贝尔文学奖，因为他“以充满古典热情的抒情作品表现现代人生的悲剧”。

此后，夸西莫多身患重病，而且因生命垂危两次被送入医院抢救，但他的生活信念更充实，更坚定了：“兴许我就要溘然长逝而去/但我乐意聆听/从来不曾理会的生命的真谛/乐意求索生活的哲理。”（《鲜花与白杨》）

1968年6月14日，夸西莫多因脑溢血发作，抢救无效，在那波利去世。

夸西莫多是个优秀的抒情诗人。他在艺术上独具风韵，完全排斥抽象的观念和乏味的说教，而是驰骋极其丰富的、罗曼蒂克的想象，运用立意新颖的象征、隐喻、联想，直接诉诸人的感官，从而建立起鲜明的艺术形象。他善于把内心感触最深的一刹那捕捉住，又从自然中摄取意境新巧的景象，寓情于景，直抒胸臆，使他的诗歌具有情思浓郁、动人心弦的特色（《海涛》、《瞬息间是夜晚》、《秋》）。

梦幻与现实，回忆与写实交织，是《水与土》的另一个艺术特色。《归乡》抒写漂泊异乡的主人公，在一个繁星灿烂的夜晚，孤独地坐在罗马市中心的广场上，怀着一颗凄惶的心，“驾着记忆的轻舟”、“重归遥远的家乡”的心境。另一篇抒情名诗《廷达里的风》，刻画诗人在想象中重返西西里岛廷达里的感受，回忆的梦幻、现实的情景，重叠交叉，相辅相成，把梦幻中重游廷达里欣悦而惆怅的复杂心绪，作了细致入微而富于情韵的描写。

夸西莫多十分重视诗歌语言的提炼。他的语言凝炼、明净、形象，诗人力求从他选取的词语里挖掘出最能表达人的丰富情感的涵义，表现大自然运动、色彩、音响的美。因此，他的诗歌写景时瑰奇独特，抒情时低回吟咏，常常兼有绘画作品的鲜明色彩和音乐作品的优美音韵。

夸西莫多是一个具有多方面才能的艺术家。他对古典文学和外国文学有着精深的造诣，先后翻译了荷马、索福克勒斯、埃斯库罗斯、维吉尔、奥维德、莎士比亚、莫里哀、裴多菲的诗作、剧本。对古典文学和外国文学的翻译和研究，扩大了诗人的视野，提高了他的文学素养，对他的诗歌创作起到了有益的作用。

马基雅维利·尼科罗（Nicolo Machiavelli，1469—1527）

意大利政治家、历史学家、文学家。1469年5月3日生于佛罗伦萨，1527年6月22日卒于同地。出身于贵族家庭。马基雅维利家族从13世纪起就是当地家财豪富的大族，但到他父亲时已家道中落。由于家境清贫，马基雅维利没有受到很多正规教育，主要靠刻苦自学获得渊博的学识。

1494年，由僧侣萨沃纳罗拉领导，爆发了反对梅迪契家族暴政的起义，恢复了共和国。马基雅维利参加了这次起义。从1498年起，他开始在佛罗伦萨共和国担任书记官等职务，并多次出使到意大利各城邦和欧洲国家，执行重要的外交使命。这期间，他结合参与政治活动的实践经验，认真研究历史学、政治学和军事学。1512年，梅迪契家族在佛罗伦萨复辟，马基雅维利被解职，次年又遭逮捕和严刑拷打，后来虽然获释，但被逐出佛罗伦萨。从此，他隐居在桑卡斯西安诺附近的小庄园，过着俭朴的生活，埋头从事学术著述和文学创作。

马基雅维利一生著有许多政治学、历史学著作和文学作品。《君主论》（1513）探讨君主必须具备的条件和才能，他认为国家的利益高于一切，君主为了国家的利益，可以背信弃义，不择手段。后来资产阶级为了自己的政治需要，歪曲他的原意，提出了著名的“马基雅维利主义”《君主论》反映了新兴资产阶级要求建立中央集权的民主国家的愿望，成为西方近代最早的政治学著作。《佛罗伦萨史》（1520—1525）、《军事艺术》（1519—1520）是不可多得的历史学、军事学著作。这些著作语言简洁明确，生动优美，条理清晰，逻辑严谨，为创立近代意大利散文作出了积极的贡献。

马基雅维利早年写作诗歌，记叙历史事件或描写狂欢节的庆祝活动，他还写过一部《金驴记》（1514）。采用隐喻诗的形式，带有自传的色彩，可以见出古罗马作家阿普列尤斯作品的影响。

马基雅维利的主要成就在戏剧领域。他曾翻译罗马喜剧家泰伦提乌斯的剧本。喜剧《曼陀罗花》（1518）是他最重要的作品。剧中写一个学究，为了早得贵子，竟听信一个教士的鬼话，乖乖地让自己的妻子服用曼陀罗花，去跟一个青年睡觉，促成了他们的爱情。马基雅维利继承古罗马喜剧的传统，从人文主义观点出发，展示现实生活。抨击社会恶习。他擅长编织喜剧性的情节，刻画富于性格特征的人物，迂腐、顽固而又自作聪明的丈夫，虚伪自私而又荒淫无耻的教士，都得到淋漓尽致的揭露。他的剧作夸张、幽默，妙趣横生。《曼陀罗花》是意大利文艺复兴时期喜剧创作的高峰，对哥尔多尼的喜剧改革曾发生影响。

1527年5月，佛罗伦萨再次爆发反对梅迪契家族的起义，推翻了梅迪契家族的专制政权，恢复共和政权。马基雅维利重返佛罗伦萨，期望为共和国效劳，但遭到拒绝。他深感失望，心情忧郁，一个月后病死。

马莱尔巴·路易吉（Luigi Malerba，1927—　）

意大利小说家。1927年生于文化古城帕尔马附近的贝尔切托市。他曾在大学攻读法律，1950年迁居罗马，进入影视界，是《城市里的爱》、《海港》等多部影片的编剧。还独立编导了历史片《女人与士兵》，这部影片具有新现实主义的特征，反映15世纪帕尔马的乡村生活，采用帕尔马方言。他还拍过几部电视片。后来，他担任一家广告公司的经理，1973年参与创建意大利作家合作社，是全国作家工会的重要成员。

马莱尔巴是新先锋派的代表。1963年，他和一批青年诗人、小说家、批评家聚集在西西里岛首府巴勒莫，公开树起新先锋派的大纛，提出摒弃现存社会秩序和意识形态。否定文学传统和语言规范，要求思想和表达的充分自由，向新的艺术形式开放的主张，成立了新先锋派的组织《六三社》。新先锋派对西方社会经历的动荡，变化和潜伏的危机，有着极其敏锐的感觉。他们的思想立场和文学实践都以毫不妥协的、激进的叛逆为特征。马莱尔巴的文学成就是同新先锋派联系在一起的。

短篇小说集《字母表的发现》（1963）是他的处女作，写农村生活的某些场景，喜剧的形式蕴含着悲剧性的内涵。长篇小说《蛇》（1965）、《筋斗》（1968）、《主角》（1973）鲜明地体现了新先锋派的思想、艺术特征。它们以几起案件的侦破为情节线索，而着意营造了一个个非理性的世界，主人公们生活在这样的世界里，他们的一言一行，他们的情绪与心理，会失去理性之光的照耀，因为科学与文明的进步使他们异化了，沦为一个个木偶似的非人。在这些小说中，以合乎逻辑地反映生活为基础的传统小说结构被打破了，小说的语言扬弃了传统的涵义，获得了新的内容。马莱尔巴追求纯精神的自动反应，倾力描绘潜意识。在他的笔下，陷入了危机深渊的社会和它的居民，具有荒诞不经而滑稽可笑的悲喜剧形态。

《一个梦幻者的日记》（1981）是作者对自己1979年一年中所做的365个梦的笔录。马莱尔巴摒斥弗洛伊德精神分析理论，不再把梦当作病态的心理现象的征兆，而视为人的日常的、正常的思维、情感与心绪的曲折反映，视为“第二社会现实”。梦幻是一片尚未受到社会的毒化、干扰与污染的净土，作者从这里下手，着力勘探这个奇特、怪诞而又自然朴实的世界，把现实社会里个性和群体的焦虑与恐惧、冒险与失落感，作了淋漓尽致的描绘。

长篇小说《蓝色的行星》（1987）借一个租赁避暑别墅的房客德梅特里奥神秘失踪的故事，刻画人物的人格分裂，追求精神的自动反应，获1987年蒙德洛文学奖。

马莱尔巴对儿童文学也表现出浓厚的兴趣，《1000年的故事》（1972）、《烟蒂历险记》（1975）、《小故事集》（1977）显示了他的奇妙、丰富的想象力和对少年心理的深刻理解。他还写过两部以中国为题材的作品。历史小说《皇帝的玫瑰》（1974）写秦始皇的苛政，颇具异域情调。《中国，中国》（1981）是作家1980年访华后所作，表达对中国的友好情感，并对文化大革命作了历史的、哲理的批判。

马莱尔巴的作品具有广泛的国际影响，获得了不少国内外文学奖。其中《筋斗》一书获得1970年度法国梅迪西斯奖。

梅塔斯塔齐奥·彼特罗（Pietro Metastasio，原名彼特罗·特拉帕西 Pietro Trapassi，1698—1782）

意大利诗人、剧作家。1698年1月3日生于罗马，1782年4月卒于维也纳。出身于资产阶级家庭。他自幼从诗人格拉维纳为师，接受严格的教育，研读古典文化和哲学，尤其崇拜奥维德、塔索和马里诺。格拉维纳很赏识他的过人的诗才，想把他造就成为一名悲剧诗人。梅塔斯塔齐奥19岁即出版第一部诗集，翌年被接受为“阿卡迪亚”诗人。但格拉维纳逝世以后，他同著名歌剧演员马里安娜·布尔加蕾莉、作曲家波尔波拉结识，学习音乐，并从田园诗、悲剧转而写作歌剧文学剧本，从此蜚声欧洲文坛。

梅塔斯塔齐奥对18世纪歌剧进行了重大改革。他反对当时歌剧迎合贵族阶级和宫廷趣味的倾向，摒弃轻视戏剧内容，流于单纯的音乐形式的弊端，力图把古典主义悲剧的特点同歌剧结合起来，注意编织曲折离奇的情节，侧重刻画人物的性格特征，反映现代人的思想感情，使歌剧脚本具有文学性，戏剧性。

他的第一部歌剧文学剧本《被抛弃的狄多》(1724)，是为布尔加蕾莉所作。剧本以维吉尔的史诗《埃涅阿斯纪》部分内容为素材，叙述特洛伊英雄埃涅阿斯流落到迦太基岛，受到女王狄多盛情接待，但他拒绝了狄多的爱情，遵从天意，毅然返回祖国，完成神明向他指点的使命，狄多愤而自杀。剧中着力刻画狄多、埃涅阿斯细微、复杂的心理活动，使这个剧本既有爱情悲剧的感人力量，又表现了责任与情感冲突的思想主题。

梅塔斯塔齐奥早期写作的歌剧文学剧本还有《西洛埃》(1726)，《卡图在乌提卡》(1728)。前者反映宫廷生活和争夺王位的争斗，内容狭窄，没有引起反响。后者取材于古罗马历史，描写忠于共和的卡图同恺撒的斗争，塑造了一个视自由、荣誉高于生命，为反对暴君和专制宁死不屈的英雄形象。

1730年，梅塔斯塔齐奥赴维也纳，受聘担任奥地利宫廷诗人。从此，他为查理六世王室和维也纳剧院写作歌剧文学剧本，直到去世。这是他创作多产和成熟的时期。他把古希腊悲剧的因素同田园剧的风格巧妙地融为一体（《奥林匹亚德》，1733）借鉴高乃依、拉辛古典主义悲剧的题材，表现理性同情感的矛盾、歌颂忠于崇高的职责的英雄主义行为（《蒂托的仁慈》，1734;《阿蒂利奥·雷哥洛》，1740）。在《忒米斯托克勒》(1736)中，作者通过流亡波斯的希腊英雄，忒米斯托克勒的事迹，赞美爱国主义精神和威武不能屈、富贵不能淫的品德。值得一提的是，梅塔斯塔齐奥写的《中国英雄》(1752)，是以中国元曲《赵氏孤儿》为蓝本而作，以表现异国情趣为特色，成为西欧改编中国戏曲的最早作品之一，在意大利和欧洲流传甚广。他晚年写的《鲁杰罗》(1771)，则是一部以离奇的情节取胜的骑士童话剧。

梅塔斯塔齐奥还写过一些宗教剧，以及论述古希腊、罗马戏剧的著作，但影响不大。他的歌剧剧本全部用诗体写成，诗句优雅，富于音韵，结构严谨，情节紧凑曲折，具有很高的文学价值，虽然未能完全摆脱贵族阶级的趣味，但对意大利和欧洲歌剧、戏剧的发展都产生很大的影响。

蒙塔莱·埃乌杰尼奥（Eugenio Monta1e，1896—1981）

意大利诗人。1896年10月12日生于热那亚，1981年9月12日卒于米兰。父亲是一家化学制品进口公司的经理，蒙塔莱是这个家庭六个孩子中最小的一个。他在童年和少年时代，每年都到风光旖旎的里古利亚海滨的蒙特洛索度过愉快的夏天。

后来，他从男中音歌唱家西沃理学习声乐，同时孜孜不倦地研读文学作品。但战争打破了蒙塔莱成为音乐家的美好梦想，只是因为健康的原因，他被批准暂时免服兵役。20岁时，蒙塔莱写出了第一首诗《夏日正午的漫步》。1917年，他终于被征召入伍，编入第23步兵团，驻防诺瓦拉。翌年，他被派往北方前线，指挥一个前沿哨所。

战争结束后，蒙塔莱开始诗歌创作。1922年陆续发表抒情诗。1925年，出版第一部诗集《乌贼骨》。同年，蒙塔莱在克罗齐和阿门多拉发起的《反战西斯知识分子宣言》上签名。两年后，蒙塔莱迁居佛罗伦萨，随后他被任命为佛罗伦萨著名文学机构和图书馆——维俄舍文学馆馆长。在这段时期，他勤奋地写作诗歌，为各文学刊物撰稿，和进步的诗人、作家、评论家过从甚密，并到巴黎、伦敦旅行。1938年，因拒绝加入法西斯党被解除佛罗伦萨文学馆馆长之职。蒙塔莱在白色恐怖下的处境异常艰难。但他没有放下手中的笔，他一面继续写诗，一面从事美国、英国、西班牙小说和戏剧的翻译。

1943年冬，德国纳粹占领佛罗伦萨期间，他的寓所成为从事地下斗争的朋友们秘密聚会的地方。萨巴、莱维等进步的作家曾在他家里避难。1945年，意大利反法西斯抵抗运动掀起高潮，蒙塔莱积极投身这场斗争，被抵抗运动的最高领导机构民族解放委员会任命为它所属的文化艺术委员会成员，并加入以反对法西斯和争取民主为政纲的行动党，领导该党的机关刊物《自由意大利》，直至1947年该党解散。

二次大战后，蒙塔莱从佛罗伦萨迁居米兰。他当过记者、编辑、专栏作家、音乐评论家。他的诗作获得多种文学大奖。1967年，意大利总统萨拉盖特为表彰他在文学艺术领域的卓越成就，授予他“终身参议员”的荣誉。1975年，蒙塔莱荣获诺贝尔文学奖。1981年9月12日。因循环系统疾病在米兰逝世，意大利政府为他举行了异常隆重的国葬，总统、总理和政治、文化界要人均出席。

诗集《乌贼骨》是蒙培莱的处女作，1925年出版，第一版仅印1000册，其中500册还毁于火灾。但诗集一经问世，即刻轰动诗坛。《乌贼骨》体现了蒙塔莱的创作理论和隐秘派诗歌的重要特征。《柠檬》是收入这部诗集的一首著名的抒情诗，又不啻是一篇诗歌宣言。蒙塔莱在诗中开宗明义地表示，从步入诗歌殿堂之日起，他即同官方的、学院派的“高贵的诗人们”分道扬镳了。作为诗人，他只在周围平凡的事物（“青草芜杂的道路”，“丛丛芦苇的小径”，“田野”，“柠檬树”）中感受生活的馨香，汲取诗歌的源泉。他所向往的这种纯朴的生活之美与情趣，同“喧嚣”、“阳光黯然失色”的城市形成鲜明的对照。诗人孜孜不倦地追寻的，是柠檬所象征的金色的阳光，“金色的歌”，是柠檬所象征的真善美。

对金色的阳光的赤诚眷恋，是同对“生活之恶”的强烈摒斥紧密相连的，前者构成后者隐含的内核。由此，对“生活之恶”的咏叹，成为贯穿《乌贼骨》的重要旋律。蒙塔莱从大千世界中精心选取一系列富于象征意义的艺术场景，如“喉管扼断的溪流”、“枯黄萎缩的败叶”、“奄奄一息”的鸟儿、被汹涌的大海波涛席卷而去的浪花，抒发“生活之恶”给人生酿成的痛楚和悲剧（《生活之恶》）。

蒙塔莱在诗中叹息，人的幸福好似“眼前瑟缩摇曳的幽光”、“脚下震栗碎裂的薄冰”，是短暂的、不可捉摸的，幸福又似孩童玩耍的气球，随时会高飞远逸，消失得无影无踪（《幸福》）；人的孤寂的心灵恰似“不和谐的乐器的丝弦”，在瑰丽多彩的大自然中也难以获得慰藉（《英国圆号》）。

蒙塔莱借用艺术的意象隐喻，说人生原像盛夏终日欢唱的“蝉”，但在凶狠的“斧子”的打击下，坠落于“淤泥”（《剪子，莫要伤害那面容》）。人，在支离破碎的生存中，得不到喘息与安宁。人，在现实中也无法维护自己的幸福、生活，乃至无法存留哪怕对美好往昔的片刻的回忆（《汲水的辘轳》）。“生活之恶”一步步地蛀蚀着世界，缓慢而无情地吞噬一切生命的血和肉，只遗弃下一副骸骨。“乌贼骨”，既是生活的最终象征，也是他这部处女作的画龙点睛的名称。

《乌贼骨》问世于意大利历史上一个极其特殊、微妙的时刻。当时，墨索里尼通过“罗马进军”，已登上了多党联合政府的总理宝座，他正磨刀霍霍，图谋把所有的进步力量打下去，建立法西斯独裁统治（《乌贼骨》出版的翌年，墨索里尼的这一野心终于得逞）。在《乌贼骨》中，蒙塔莱没有正面触及当时这般尖锐、激烈的社会矛盾，也回避抒写进步与反动势力正在进行的殊死搏斗。蒙塔莱笔下的“生活之恶”，蒙上了一层超然的色彩，具有朦胧、抽象的特征。但另一方面，蒙塔莱笔下的“生活之恶”又深深打上了那个时代的印记，是那个令人窒息的年月里诗人及其同时代人极其哀痛的心灵历程的反照。一代人承受着笼罩意大利的法西斯“阴霾”，不可遏制地喷发出失望、厌恶和悲愤的情感。

《乌贼骨》从思想内容和艺术上为蒙塔莱的整个诗歌创作奠定了基调。他继续抒写人在痉挛中挣扎的苦痛，意识到不可逆转的结局的悲哀，“存在只不过是覆灭”（《小小的遗言》）；死亡的阴影不可抗拒地占据历史的空间，生活的抵抗徒劳无益（《境遇》，1939）。他表现人的惊恐不安，犹如暴风雨之夜撞死于灯塔的飞鸟；人的心灵仿佛是“一潭冷漠的湖水”，“酷刑和忧伤的时辰敲打着人世”，人的个性被暴行撕得粉碎；“炼狱，永远持续”（《囚徒的梦》），“死亡，生活，是同一圆点”（《暴风雨和其他》，1956）。然而，蒙塔莱绝不是沉湎于无病呻吟的消极受难者。在一些诗篇中，他用曲折的文笔抨击法西斯主义，斥责“黑暗中狂舞的群魔”，期待“黎明”把曙光洒向所有的人（《希特勒的春天》）。

晚年，蒙塔莱的许多诗章或记叙日常的生活，或献给他生活中的忠实伴侣——亡妻（《萨图拉》，1971），或对人生作冷峻的、哲理的思索（《1971—1972年诗作》，1973）。

蒙塔莱的其他作品还有诗集《赠辞》（1966）、《未发表的诗》（1975）、《四年诗抄》（1977）、《集外诗集》（1981）、《翻译札记》（1948）、《蒙塔莱论诗》（1976）、文艺论集《在我们的时代》（1976）和一部音乐评论集。

蒙塔莱的诗歌突出人的内心世界的细微感情，常常采用象征和隐喻的手法，赋予日常生活中异常普通的事物以不寻常的寓意，提炼含蓄、深邃的艺术意象，来刻画邪恶蛀蚀人生的境遇，抒发西方现代人的深沉的哀怨和无比的孤凄。蒙塔莱常常突破时空的制约，在短短的诗句中，把现实与幻觉、现今与往昔、景物与回忆错综重叠，浑然交融，因而他的诗篇既意境深远，又有点隐晦费解。蒙塔莱的诗歌追求音韵和谐，讲究诗的字句的雕琢，具有“交响乐的韵味”，被评论家称作“纯诗歌”。他获得诺贝尔文学奖，是因为他“独树一帜的诗歌创作，以巨大的艺术敏感性和排除谬误与幻想的生活洞察力，阐明了人的价值”。

蒙塔莱是当代西方最重要的诗人之一，他的诗歌发生了广泛的国际影响。马雅可夫斯基曾高度评价蒙塔莱的诗，说他“是我最喜爱的诗人，我愿能读他的意大利文的诗”。

莫拉维亚·阿尔贝托（Alberto Moravia，1907—　）

意大利作家。原名阿尔贝托·平凯尔勒（Alberto Pincherle），1907年11月28日生于罗马。他的父亲是位画家、建筑师。9岁那年，莫拉维亚身患骨结核病，被迫卧床治疗，中断了正常的学校教育。头三年，他在家中养病，后来他住进东北部山区的一家疗养院，他以顽强的意志和强烈的求知欲刻苦自学，据莫拉维亚后来回忆说，当时他每周都要从邮局收到佛罗伦萨图书馆寄来他预订的一包图书，他如饥似渴地阅读意大利和欧洲文学大师薄伽丘、曼佐尼、哥尔多尼、莫里哀、狄更斯、果戈理、陀思妥耶夫斯基等的作品，平均每两天阅读一本新书，同时、他开始练习写诗。

1925年，莫拉维亚病愈，能够下床靠双拐行走。当时正值法西斯当政。据作家自己说，疾病和法西斯统治是决定他的生活和创作道路的两个重要因素。他前往北部边境城市布雷萨诺内休养，用了整整三年时间，埋头写作长篇小说《冷漠的人们》。

1929年7月，莫拉维亚的处女作《冷漠的人们》自费出版，使他一举成名。当时他才22岁。小说的主人公米凯尔是一个典型的资产者家庭的青年，他一直生活在痛苦的怀疑和精神折磨之中。他隐约觉得，家中并非一切都顺当，母亲和姐姐卡尔拉似乎有什么隐瞒着他，她们的座上客利奥的行动也十分诡异，神秘莫测。日子一长，他渐渐明白，他的怀疑是有根据的。利奥是母亲多年的情夫，他利用这个关系，以狡黠的方式榨干了这个体面家庭的钱财，现在反倒以施主的面貌出现，在卡尔拉身上打主意。卡尔拉并不喜欢利奥，但经受不住经济窘迫和利奥卑鄙追求的双重压力，终于妥协了。米凯尔目睹这庸俗、虚伪的现实，又受到一个轻浮的女人丽莎的逗弄，感到令人窒息的痛苦。在某一瞬间，憎恨的感情突然在他身上迸发出来，他持枪冲进利奥的房间，想一枪结果了他，但枪击没有成功。激情消失了，他对周围污秽的现实的痛恨也随之烟消云散。冷漠无动于衷占有了他。他像母亲和姊姊卡尔拉一样，成了冷漠的人，品尝着随波逐流的安逸。

莫拉维亚采用心理分析的手法，描绘了置身于污秽现实的资产者被私利主宰道德，冷漠扼杀热情，空虚、堕落的精神状态。文笔含蓄隐晦，但可以看出作者对资产者灵魂的鞭挞，因为他认为，正是这些人的虚伪自私和否定理想的冷漠态度，成了繁殖法西斯主义的精神土壤。这部处女作轰动了当时的文坛。在准备刊印第六版时遭到法西斯政权的查禁。

嗣后，莫拉维亚不得已而多次出走欧美各国。这期间，他于1936年远涉重洋，来到中国访问，中国古老的文明给作家留下了深刻的印象。

在30—40年代，莫拉维亚写作的小说，或者继续表现《冷漠的人们》的主题，描写企图“违抗”现实、冲破环境的精神牢笼的资产者，他们徒有“抱负”，但“随波逐流”，最终成为失败者，或者描写资产者失去和谐的家庭关系和两性关系，例如《未曾实现的抱负》（1935）、《阿谷斯蒂诺》（1944）、《违抗》（1948）、《随波逐流的人》（1950）以及稍后出版的《鄙视》（1954）。莫拉维亚成功地塑造出了一系列具有民族特征和时代特征的典型形象——精神空虚、庸俗自私、意志薄弱的“随波逐流的人”，从一个侧面描摹出时代的气氛。

这一时期也有若干作品跳出了这一题材框框，别开生面。《假面舞会》问世于法西斯统治岌岌可危的1941年，表面上是揶揄一个假想的南美专制国家的独裁者，实际上是向墨索里尼的独裁统治抛出投枪。短篇小说集《瘟疫》（1944）立意新颖奇特，运用大胆的想象和夸张，对资本主义社会的畸形现象进行辛辣的讽刺。

《假面舞会》问世以后，墨索里尼亲自下令禁止该书再版。法西斯覆灭前夕，莫拉维亚被列入黑名单，险遭逮捕。他逃出罗马，过了九个月颠沛流离的难民生活。

意大利人民开展的波澜壮阔的反法西斯抵抗运动，充满生气的新现实主义文学的崛起，对莫拉维亚战后的创作无疑产生了有益的影响。

战后的第一部长篇小说《罗马女人》（1947），短篇小说集《罗马故事》（1954）、《罗马故事新编》（1959）和“献给抵抗运动的小说”《乔恰拉》（1957），是莫拉维亚把目光投向意大利下层社会的成果。《罗马女人》通过妓女安德里安娜的自述，以平民的眼光来审视和批评资产者社会。《罗马故事》和《罗马故事新编》收短篇小说一百多篇，它们从1953年起陆续刊登于米兰的《晚邮报》。这些故事的主人公都是小人物：店员、仆人、侍者、司机、理发师、清道夫、洗衣妇、失业者、流浪汉、小偷。故事的内容，正如作者所说，几乎都是“奇谈偶闻”，是那些外貌平淡无奇、智力上也毫无过人之处的普通人的辛酸境遇。在战后的艰难岁月里，他们为了生存的权利苦苦挣扎，走投无路，最后只得铤而走险，去干犯罪的勾当（《教堂里的小偷》、《假钞票》）；他们住在阴暗、肮脏的贫民窟里，衣不蔽体，病魔缠身，为资产者的罗马所不容（《大热天里开的玩笑》）；他们的家庭人口众多，无力抚养新生的婴儿，既想把孩子撂在有钱人常去的教堂，让他长大过上好日子，但又想咬紧牙关，把亲生骨肉留在身边，一起受难（《孩子》）。这些不幸的人是社会的弱者，时时担惊受怕，但命运总是捉弄他们（《他们的日子》），纵然他们在爱情、生活上成了幸运者，幸运也仅仅是短暂的、偶然的，灾祸很快就降临到他们头上（《倒霉的一天》、《你中签了》）。还有些故事以犀利的笔锋，揭露了富人们不择手段地追逐铜臭的卑鄙灵魂（《中人》）。在这两部短篇集中，莫拉维亚的艺术才华，他的敏锐的观察力，细微的心理分析，轻松自如的笔触，得到了最好的发挥。

《乔恰拉》以作家亲身经历的逃难生活为素材，通过罗马一个女店主乔恰拉的遭遇，她的纯洁、美丽的女儿被德国鬼子奸污，心灵受到摧残，堕落为放荡女人的命运，对墨索里尼政权崩溃，德国法西斯入侵期间错综复杂的社会情势，作了别具一格的剖示。

从60年代起，莫拉维亚一连发表了长篇小说《愁闷》(1960)、《注意》(1965)、《我和它》(1971)和六部短篇小说集《不由自主》(1962)、《东西就是东西》(1967)、《天堂》(1970)、《另一种生活》(1973)、《嘿》(1976)和《东西》(1983)。异化，是贯串这些作品的共同主题。《愁闷》写一个出身资产阶级家庭的青年画家季诺，生活优裕，却时时刻刻被一种莫可名状的“愁闷”所折磨。他专心致志于绘画，又发狂似地沉浸于性欲，但都无法寻得慰藉，反倒更深地陷入了“愁闷”，最终只好以自杀了却一生。小说表现了“现代人”的异化，或者说表现了在当代西方世界里，资产者无所适从、颓废苦闷的精神危机。

《天堂》、《另一种生活》、《嘿》的主人公全是女性，过着富裕、舒适的物质生活，精神生活却极端贫困、空虚。孤独、忧郁像影子一样伴随着她们。她们常常产生幻觉，似乎在爱情、金钱、名誉、家庭生活中获得了幸福，但最终却不仅沦为自我的异己者，而且无法同周围的人建立明确的真实关系，从而相互成为异己者。

1978年，莫拉维亚发表又一部长篇小说《内心生活》，掀起了一场轩然大波。在这部历时七年、七易其稿才写成的书中，莫拉维亚摒弃了传统的手法，以“采访体”的形式，让出身资产阶级家庭的女青年德西黛利娅侃侃自述她对家庭、阶级和社会的反叛经过。作者着力写出女主人公的心理矛盾和思想演变，并进而探索这后面隐藏的社会问题。女主人公——或者说一代青年——的“内心生活”成为震动意大利的1968年学生造反运动时期社会生活的折射。

长篇小说《1934》(1982)以1934年希特勒发动“屠杀保皇党之夜”为背景，主人公是德国人，但故事发生在意大利，书中的情节围绕同德国纳粹主义的关系展开。主人公因为同纳粹的关系日益恶化而深感痛苦、失望，彷徨不决，企图自杀。但作者着意探讨的，是昨天和今天都时时让人们受着自杀威胁的精神危机。他认为，自杀并不是绝望，而是超脱现实的遐想，是越出常规的人的思想的外化。

莫拉维亚的才华和兴趣是多方面的。除了主要从事小说创作，他还发表过剧本，如《世界就是如此》、《生活是游戏》、《琴姬》，写过多部电影、电视脚本。他对古典文学和文艺理论也颇有造诣。评论集《人就是目的》汇集了他在这个领域的研究成果。他酷爱旅行，足迹遍及五大洲，先后写了四部游记。莫拉维亚现在是《新论证》的主编之一，《快报》周刊的电影专栏评论员，欧洲议会议员。50年代，曾任国际笔会主席。他曾于1936、1967和1986年三次访华，著有《中国文化革命》（1967）。

普拉托利尼·瓦斯科（Vasco Pratolini，1913—　）

意大利作家。普拉托利尼是靠自学成才跻身于意大利名作家之林的。他出生于佛罗伦萨一个工人家庭。由于家境贫寒，他9岁时便不得不离开小学课堂，去当童工，先后干过电梯工人、排字工人、冷饮店堂倌、商店学徒。在繁重的劳动之余，他如饥似渴地学习，以致染上肺病，但他仍勤奋攻读。自幼在法西斯统治下经历的苦难遭遇，使他对普通劳动者的生活与情感有了真切的体验，为他日后的创作提供了丰富的素材。他的早期作品《马加志尼街》中的主人公，就有着作家身世的某些投影。

30年代末，普拉托利尼当过记者，并通过维多里尼的关系，进入文学界。1937年，他开始在《文学》杂志发表短篇小说。翌年，他和诗人加托等创办文学刊物《校场》。40年代，普拉托利尼参加反法西斯抵抗运动。这一期间、他先后发表了《绿地毯》（1941）、《马加志尼街》（1942）、《女友》（1943）、《街区》（1945）。

中篇小说《马加志尼街》通过少年瓦雷利奥对周围现实的观察与感受，勾画了第一次世界大战前后家庭与社会的变故。瓦雷利奥尚无法解释这个世界发生的种种现象，但他开始朦胧地领悟到生活中的是与非，美与丑。瓦雷利奥代表了那个黑暗的岁月里一代少年在情感、意识上的成长。小说采用第一人称记叙，抒情朴实自然，委婉动人，可以见出二三十年代意大利“艺术散文”的影响。

《街区》是普拉托利尼的第一部长篇小说，它描绘佛罗伦萨一个工人住宅区四个青年的遭遇。他们追求各自认为的幸福，走上了截然不同的道路。在法西斯毒害下，有的青年不免失足堕落。但年轻一代终究会觉醒，掌握自己的命运。小说以最年轻的瓦雷利奥和女友准备参加反法西斯街垒战结束。

二次大战后，普拉托利尼曾执教于那波利艺术学院，但始终把主要精力集中于文学创作。1947年，他发表了《家庭纪事》和《苦难情侣》。

长篇小说《苦难情侣》的故事发生在佛罗伦萨一条普通的街道科尔诺街。这里的居民的职业和性格各不相同，但共同的命运把他们紧紧联结在一起。风暴突然降临，法西斯分子对进步人士大肆逮捕、屠杀。铁匠、共产党员科拉多为了通知面临危险的进步人士转移，英勇牺牲了。他的死激励了科尔诺人。科拉多的同伴乌哥·马里奥成为抵抗运动的战士。乌哥被捕入狱，但科尔诺人明白，法西斯建立的“新秩序”不是永恒的。乌哥和科尔诺人获得自由的日子不会遥远了。普拉托利尼通过科尔诺街青年主人公在灾难深重的岁月里的艰辛生活与英勇斗争，着力刻画了意大利民族性格的优秀品质。

普拉托利尼的另一部重要作品是《意大利历史》三部曲，它包括《麦泰洛》(1955)、《豪华》(1960)、《理智的永恒》(1963)三部长篇小说，以恢宏的气势综括从十九世纪末叶工人运动兴起，直至二十世纪六十年代近百年间意大利社会的沧桑变迁。

《麦泰洛》写无产者麦泰洛从一个无政府主义者，经过工人运动风浪的锻炼，经过牢狱和流放生活的考验，终于成长为一名社会主义者、工人运动领袖，领导了1902年建筑工人的大罢工。写作这部小说以前，普拉托利尼认真研究了意大利工人运动的历史，查阅了大量工运史料。评论界认为，这部以刻画个性的性格特征、艺术地概括社会现实见长的小说，标志着意大利新现实主义文学的终结。《麦泰洛》获得了意大利最著名的维亚雷乔文学奖。

在《豪华》中，普拉托利尼选取了另外一种视角来透视历史现实。小说通过资产者科尔西尼从信奉社会主义，与共产党员接近、蜕变为法西斯的追随者，牺牲品，展示了自由资产阶级的堕落。

《理智的永恒》这一书名采自但丁的诗集《新生》，隐喻永恒的理智必将战胜短暂的邪恶。小说截取二次大战结束至60年代这一历史横断面。以佛罗伦萨青年工人布鲁诺的经历为情节线索，多侧面地展现出这一重要历史阶段的时代特征、经济、社会、思想领域伴随“经济奇迹”出现而发生的深刻变迁。

1985年，普拉托利尼在长期沉默之后，发表了诗小说《娜塔沙的组诗》，受到舆论界好评，再次获得维亚雷乔文学奖。

普拉托利尼的小说《苦难情侣》、《麦泰洛》相继被搬上银幕，成为战后意大利电影的经典作品。普拉托利尼本人也是位优秀的电影剧作家，他先后和罗塞利尼、维斯孔蒂和罗伊等大导演合作，担任《擦鞋童》、《罗科和他的兄弟们》、《那波利的四天》等电影的编剧。1957年意大利林琴科学院为表彰他的卓越的文学创作活动，授予他“民族奖”。

乔万尼奥里·拉法埃洛(Raffaello Giovagnoli，1838—1915)

意大利作家。1838年5月13日诞生在罗马的一个律师家庭。他幼年丧母，父亲是一位自由主义战士、曾任税务检察官。1848年民族复兴运动掀起高潮时，父亲参加国民自卫军，抗击奥地利侵略者和罗马教廷。乔万尼奥里从小受到父亲进步思想的熏陶。他起先在高级中学和大学攻读文学、哲学。20岁那年，他带领三个弟弟加入意大利诸邦中唯一没有被外国势力控制的撒丁王国军队。1867年，他又和弟弟们投奔民族英雄加里波第麾下，随军攻打教会盘踞的罗马，因作战英勇，荣立战功，后来被加里波第提为总参谋部军官。

1870年，乔万尼奥里退伍。他开始从事文学创作和新闻工作，并担任罗马高等女子师范学校校长。他还多次当选罗马市、省和意大利议员。

乔万尼奥里一生写过六部历史小说、两部现代题材长篇小说，还写过诗集、文艺评论集和历史著作。他把民族复兴运动的激情和理想注进了文学创作和历史研究。例如，历史小说《萨杜尔尼诺》（1879）描写古罗马共和国护民官萨杜尔尼诺维护平民利益，改革法律，同豪门贵族作斗争的业绩。他的历史著作《齐雷鲁基奥和堂皮隆尼》（1894）、《佩雷格里诺和罗马革命》（1898—1911），以丰富的资料叙述了罗马人民于1848年举行的反对奥地利统治者的武装起义。

长篇历史小说《斯巴达克思》，是乔万尼奥里最优秀的作品。它最初在报纸上以连载形式发表，1874年出版单行本。小说是以公元前73年古罗马爆发的历史上规模最大的一次奴隶起义为依据写成的。关于斯巴达克思起义，在史书中有许多记载。乔万尼奥里对古典著作进行了深入的潜心的研究，从中撷取创作素材，又以同情奴隶起义的思想和参加民族复兴运动的亲身体验，成功地对这一伟大历史事件进行了艺术再创造。作者以充满激情的笔触，多方面地表现出78名角斗士点燃的星星之火迅速成为燃遍整个意大利半岛的燎原烈火的过程，描绘出那些被压在社会最底层的奴隶们，在火与剑的斗争中锻炼成为具有崇高的理想与情操的、英勇无畏的革命战士。作者用精雕细镂的笔力，塑造出奴隶起义领袖斯巴达克思叱咤风云，统率千军万马，勇猛冲击奴隶制的巨人般的艺术形象。小说还以广阔的画卷和生动的细节，情趣洋溢地展示出罗马奴隶社会的政治制度、文学艺术、文物古迹、生活面貌和风尚才俗。在小说中，奴隶革命的宏伟场面和磅礴气势，同人物丰富多彩的精神世界交融糅合、万马奔腾、刀光剑影的古战场，同斯巴达克思与范莱丽娅热诚相爱的情节，瑰丽恬静、诗意浓郁的大自然风光，穿插交织。这一切，使整部小说具有豪放与柔美兼备的特色，既揭示出历史的真实，又具有艺术的真实。

萨凯蒂·弗朗科（Franco Sacchetti，1330—1400）

意大利小说家。约1330年生于佛罗伦萨（一说1332年），约1400年卒于同地。父亲是当地的名门望族，经营商业。弗朗科自幼喜爱文学、音乐，成年以后遵父命经商，得以周游各地，阅历人生。后来他弃商从政，成为社会活动家，担任佛罗伦萨共和国的官员，多次受共和国的委托出使其他城邦，并担任过托斯卡纳和罗马涅地区一些城市的行政长官。

萨凯蒂的文学活动始于1350年，正值彼特拉克、薄伽丘的创作达到鼎盛，佛罗伦萨文学艺术呈现繁荣的时期。起先，他受彼特拉克的影响，写了一些歌颂爱情的诗歌，后来转而创作短篇小说。

《诗集》是萨凯蒂诗歌创作的集大成之作，包括十四行诗、抒情短诗、谐趣诗、诗歌、狩猎短歌等。这些诗歌继承文艺复兴初期抒情诗的传说，表达出热爱生活的思想情趣，诗风明快、清新。

《短篇小说三百篇》是萨凯蒂最优秀的作品，约写于1385至1392年间，但实际流传下来的只有223篇，其中有些是残存的片断。这部作品受到薄伽丘《十日谈》的明显影响，但又别具一格。作者在“自序”中说，这些短篇的素材采自现实生活，系作者耳闻目睹，或亲身的经历。故事中人物全是普通的市民、手工业者、艺人、小丑、公证师、仆役等。这些短篇或描绘下层人的日常生活、各种奇遇和趣闻轶事，或抨击君主、富贾的专横、贪婪，或嘲弄各种丑恶的人和事，把十四世纪意大利的社会。经济、精神生活的画面多姿多彩地展现在读者面前。对封建贵族、教会僧侣的嘲弄，穿插着对商人、艺人的歌颂。

在结构上，《短篇小说三百篇》的各个故事不像《十日谈》那样构成一个整体，它们独立成篇，短小精悍，不少故事近于速写。故事采用佛罗伦萨平民的口头语言，生活气息浓郁，幽默风趣，读后常令人忍俊不禁。萨凯蒂认为，文学是教诲和醒世的手段，因此在每个短篇之后，作者都发表见解，判断是非，指点生活准则。

塔索·托尔夸多（Torquato Tasso，1544—1595）

意大利诗人。1544年3月11日生于索伦托，1595年4月25日卒于罗马。父亲贝尔纳多·塔索是位小有名气的诗人、文学家，在萨莱诺城邦桑塞维里诺亲王手下任职。后来，父亲追随在同查理五世的战争中失败的桑塞维里诺亲王流亡。幼年的塔索即和母亲迁居萨莱诺、那波利，跟随耶稣会教士学习。12岁那年，母亲不幸去世。15岁时，他来到威尼斯，和父亲一起生活，写了一部长诗“耶路撒冷”的第一歌，这部长诗后来没有完成，但在塔索的杰作《被解放的耶路撒冷》中留下了痕迹。

1560年，他到帕多瓦学习法律。翌年，他进入帕多瓦大学哲学文学系，攻读古典文化，钻研亚里士多德的《诗学》。广泛结识人文主义者。1561年，塔索认识了埃斯特大公家族的一位贵妇人卢克莱齐娅·贝迪迪奥，后来写了许多抒情诗献给她。同年，塔索开始创作长诗《利纳尔多》。长诗于第二年出版，当时塔索才18岁。在《利纳尔多》中，年轻的诗人以典雅的诗句，浪漫的情调，描写骑士利纳尔多的传奇般的业绩。诗中可以看到阿里奥斯托的影响，但又显露出诗人试图超越传统的骑士叙事诗、着意刻画主人公性格的努力。

1562年秋，塔索转入博洛尼亚大学。他写了一首嘲讽大学教师和学生的诗歌，掀起轩然大波，被迫于1564年初离开了博洛尼亚。从1565年起，塔索任费拉拉城邦埃斯特大公的宫廷诗人。在费拉拉期间，他写了牧歌剧《阿明达》，长诗《被解放的耶路撒冷》。

牧歌剧《阿明达》是塔索于1573年春天为宫廷演出而作，1581年出版。牧人阿明达热爱山林水泽女神西尔维雅，但遭到高傲的女神的拒绝。后米，阿明达误信西尔维雅夭亡的消息，痛不欲生，跳崖自杀。西尔维雅被阿明达忠贞于爱情的精神所打动，在他遇救后，欣然与他结为夫妻。诗剧的情节精炼，语言优美，富于艺术魅力。对美与欢乐的称颂，对爱情的力量的讴歌，对牧人真挚、高尚品格的赞美，体现了塔索的人文主义思想。

长篇叙事诗《被解放的耶路撒冷》是塔索最重要的作品。它作于1565年至1575年间，1579年出版，1580年出版经诗人修订的文本，这部长诗共计20歌，以十一世纪第一次十字军东征为题材。故事发生在战争最后一年的春天。商德弗里特·布留尼统帅十字军东征小亚细亚，围困回教徒占据的耶路撒冷。以萨拉丁诺为首的回教徒，借助魔力，使英勇善战的十字军将士陷入困境。布留尼在神明的支持下，破除魔法，经过血战，占领了圣城耶路撒冷。诗中贯串的一个重要情节是十字军骑士唐克雷蒂同回教徒女战士克萝琳达的爱情。唐克雷蒂初次遇见克萝琳达，便一见倾心。以后，他又在一次战斗中解救了被十字军包围而岌岌可危的克萝琳达。但在耶路撒冷城墙下发生的一场激烈的夜战中，唐克雷蒂不幸误伤了克萝琳达;遭受致命伤的克萝琳达临终前，向唐克雷蒂倾诉了自己的爱情，并请求为她举行洗礼，接受她皈依基督教。

长诗中还交织着另外几条情节线索，如奥林多同索弗隆尼娅的爱情；利纳尔多的出走与归队，他与阿尔米达的情感纠葛；回教徒魔法师伊斯梅诺作法，十字军迷误于森林，进退维谷的故事。

塔索写作《被解放的耶路撒冷》时，从记叙十字军东征的史料中汲取了部分素材，在艺术上又借鉴了荷马《伊利亚特》、维吉尔《伊尼德》、阿里奥斯托《疯狂的罗兰》的某些特点。不过，这部长诗仍然具有文艺复兴走向衰落的时代的鲜明的特征。

从十五世纪下半叶起，意大利国土充斥外来的强敌，西班牙控制了它的主权。土耳其的崛起使意大利同东方的贸易和交往中断，极大地打击了意大利的经济，出现了城市工商业衰败，封建农业复兴的倒退现象。基督教势力十分猖獗，强化对进步文化和自由思想的控制，镇压宗教改革运动。塔索在《被解放的耶路撒冷》中，歌颂十字军东征及其对回教徒的胜利，一方面旨在唤起意大利人民的英雄精神，恢复民族的光荣传统，以及对土耳其的扩张；另一方面，则是通过赞美基督教英雄布留尼，来歌颂基督教信仰的力量，客观上又反映了当时教会反对宗教改革运动，镇压异端的要求。

不过，在这部长诗中，人文主义思想仍然有着鲜明的表露。唐克雷蒂对克萝琳达的炽烈爱情，另一名十字军骑士利纳尔多自愿抛弃一切，拜倒在回教徒魔女阿尔米塔的脚下，充当她的骑士和奴仆的故事，表现了爱情对基督教信仰的胜利。对回教徒阿尔加特和索利曼诺的骏勇、无畏气概的歌颂，体现了异教精神。诗中对现世生活中欢乐场面的热烈追求，充溢着盎然的生气。这些富于魅力的描写，闪烁着意大利文艺复兴的最后的光辉。《被解放的耶路撒冷》反映了塔索思想上、创作上的深刻矛盾，同时，它又是作为一部生动地反映意大利文艺复兴晚期尖锐的社会矛盾，反映人文主义在当时历史条件下的危机的伟大作品，而载入文学史册。

《被解放的耶路撒冷》问世以后，遭到教会人士的激烈讦评和严厉谴责。在教会的高压下，塔索经受着剧烈的内心痛苦，精神上受到很大刺激，对自己的思想和作品丧失了信念，不得不向宗教裁判所忏悔，承认自己犯了异端罪。诗人因过度忧郁和失意而精神失常，被囚于疯人院达7年之久。嗣后，塔索遍游意大利，四处飘零，过着非常清贫的生活。

塔索还是一位文艺理论家。他的《论诗的艺术》(1567)、《论英雄史诗》(1595)等，强调诗歌以"高雅的诗句"，歌颂"光辉的、伟大的和尽善尽美的行为"。塔索还认为，诗人不仅应着眼于作品的教育作用，而且要在内容和语言上都摆脱描写日常琐事的缺陷，写出卓越的诗歌；要把逼真和想象结合起来，注意艺术概括，揭示事物蕴含的普遍的价值。塔索一生还写了26篇《对话》，论述高贵、友谊、等级、骑士、风习、审美、托斯坎纳诗歌等哲学、伦理、文学方面的问题。

1595年，罗马教皇克雷门特八世决定授予塔索以桂冠诗人的称号。塔索当时正栖身于罗马圣奥诺费里奥修道院，病魔缠身，在举行仪式的前夕，1595年4月，不幸与世长辞。卒年51岁。

托马西·迪·兰佩杜萨，朱塞佩
(Giuseppe Tomasi Di Lampedusa，1896—1957)

意大利小说家。1896年12月23日生于西西里岛巴勒莫，1957年7月23日卒于罗马。出身于一个家道中落的家庭。本人是世袭的亲王。第一次世界大战爆发时，他应征入伍，后来在战斗中被俘，直到1918年才逃出战俘营，回到意大利。战后，他仍然在军队服役、当过军官。1925年，墨索里尼篡取政权不久，他离开军队，因为不愿同当局合作，一度避居英国、法国。

40年代初，迪·兰佩杜萨重返西西里，赋闲在家。他在孤独和忧郁中进行痛苦的反思。贵族阶级的没落，风云变幻的人生和现实，对他产生了巨大的精神冲击，他终于决心用文学创作来倾诉郁积心胸的情感。他自幼勤奋好学，积累了广博的学识，为他的文学创作准备了条件。1954年，他开始写作酝酿已久的历史小说《豹》，他文思泉涌，在短短几个月内就一气呵成，写完了全书。

迪·兰佩杜萨一生过着默默无闻的生活,《豹》在他生前也一时得不到机会发表。1958年，他病逝一年以后,《豹》的底稿意外地被人发现，并在米兰出版。小说立即轰动意大利文坛，获得1959年斯特雷加文学奖，被评论界誉为“划时代的杰作”，译成世界各种文字，并收入美国“当代世界文学名著丛书”。名导演维斯孔蒂把它搬上银幕，更加扩大了小说的影响。

《豹》以1860年意大利民族复兴运动胜利前夕，加里波第率领千人红衫志愿军在西西里岛登陆至1910年第一次世界大战前夕这一历史时期为背景，展示西西里一个古老的贵族之家的衰败没落。范布里齐奥·萨利纳亲王是世袭的名门贵族，他哀叹往昔荣华富贵的日益丧失，眷恋与惆怅，孤独与失落，强烈折磨着他的情感世界。波涛汹涌的民族复兴运动的潮流，迫使他随波逐流，适应情势，但他又打内心深处怀疑和否定这场政治革命。萨利纳亲王的原型，据说就是迪·兰佩杜萨的曾祖父，一个血统高贵、卓有成就的天文学家。萨利纳亲王的侄子唐克雷蒂，不甘于贵族家庭的没落，投奔加理波第的千人团，最后投靠资产阶级权贵。小说把封建贵族和资产阶级权力交替的转折时代的社会沧桑变化，各个阶层人物错综复杂的内心世界，相当深刻地呈现于读者的眼前。

《豹》是迪·兰佩杜萨唯一的一部长篇小说。随后，又陆续有他生前写的四个短篇小说以及评论斯丹达尔、福楼拜等论文被发现，经友人整理，又陆续出版了《论斯丹达尔》(1959)、《短篇小说》(1961)。

维多里尼·埃里奥（Elio Vittorini，1908—1966）

意大利作家。1908年生于西西里岛锡腊古扎城，1966年卒于米兰。17岁时辍学，离开西西里，去戈里齐亚城当建筑工人，后来又当过排字工人、校对员。这时，他发愤苦读，遍读意大利和外国名著，打下了坚实的文学基础。1930年，前往佛罗伦萨，进入《索拉里亚》杂志编辑部工作，开始文学生涯。

1931年，维多里尼发表处女作《小资产者》。这部作品收八篇中短篇小说，大多描叙乡村生活的平庸、阴暗，以及主人公们沉浸于童年的回忆和梦幻以求解脱的心态。

维多里尼的第一部长篇小说《红石竹花》于1933年2月至1934年12月在《索拉里亚》连载。作者通过一个朦胧地向往革命的青年误入歧途而成为法西斯突击队员的故事，试图揭示法西斯主义同小资产阶级思想意识的关系。在叙事艺术上，维多里尼把对现实的抒情性表现和纪念性的描绘结合起来，又糅合了对人物意识的隐蔽领域的探索，开创了一种独特的文风。小说遭到法西斯当局的禁止，单行本直到1948年才得以问世。

另一部长篇小说《西西里的谈话》于1938年4月至1939年4月在佛罗伦萨《文学》

杂志连载（单行本1941年出版）。作品描写法西斯统治时期青年西尔维斯特洛厌恶北方城市生活，离开米兰，返回西西里探望母亲的经历。现实的黑暗与冷酷，西西里人的穷困与痛楚，都得到真切的反映。除了保持原来的叙事风格，维多里尼又赋予小说的语言以隐喻性、暗示性，使作品更富于审美的、道德的价值。

1942年，维多里尼迁居米兰，加入意大利共产党，同时投身反击法西斯地下斗争。长篇小说《人与非人》（1945）便写于这一时期，渗透了作者的这段经历。小说描叙以代号埃内2为首的一群游击队战士进行的反法西斯斗争，同时平行展开埃内2同贝尔埃夫人恋爱的情节线索，抒写他恋爱受挫后，在孤独中对童年和往事的缅怀。小说从“人”与“非人”的角度表现爱国者与法西斯的斗争，表现人自身内心世界的矛盾，在艺术上强化了作者追求叙述的抽象性、哲理性的倾向。这一特征也贯串于《墨西拿的妇女》（1949）、《世界的城市》（1969，作者逝世后出版）之中。

战后，维多里尼同意共领导人陶里亚蒂在一系列文艺观点上发生分歧，爆发了一场轰动文坛的论战。维多里尼反对文学为党的路线服务，认为文学创作不能听从党的领导，仅仅“为革命吹奏横笛”，文学的根本任务是为解放“人”而斗争。1951年，他退出意共。他先后创办社会科学刊物《工艺》、文学刊物《梅那波》（与卡尔维诺合作），在几家大出版社从事文学编辑，培养青年作家。维多里尼还是个优秀的翻译家，翻译过爱伦·坡、福克纳、斯坦贝克的作品。

维尔加·乔万尼（Giovanni Verga，1840—1922）

意大利小说家。1840年9月2日出生在西西里岛卡塔尼亚市，1922年1月27日卒于同地。他的祖父是反对奥地利统治的秘密组织烧炭党的成员。他在具有民主共和思想传统的家庭中成长，受到良好的教育。16岁时，他在老师堂安东尼奥·阿巴特的支持下，写了第一部长篇小说《爱情与祖国》，但没有出版。

1858年，维尔加进入卡塔尼亚大学法律系学习，但他对法学兴趣索然，却热衷于文学创作。在当时高涨的民族复兴运动的推动下，他发表了体现这一运动精神的两部长篇小说《山地的烧炭党人》（1861—1862）和《濒海湖》（1863）。此时，民族英雄加里波第率领千人志愿团在西西里登陆，并进入卡塔尼亚。维尔加即加入国民卫队，服役四年。

1865年，维尔加离开西西里，先后到佛罗伦萨、米兰居住了十余年。米兰当时是资本主义迅猛发展的北方地区的中心，在全国政治、经济和文化生活中起着重要的作用，同仍然陷于贫困、落后境地的西西里形成鲜明的对照。在米兰的生活与经历，对他的思想与创作发生了很大的影响。

在北方生活的初期，维尔加陆续发表了几部小说，如《一个女罪人》（1866）、《一只山雀的故事》(1871)、《夏娃》(1873)、《爱神》(1875)。这些作品以爱情为题材，通过主人公在爱情上的不幸遭遇，揭露教会的黑暗，抨击封建宗法关系，触及了资产阶级生活的虚伪，洋溢着浪漫主义的气息。

此后，维尔加和作家、文艺理论家卡普安纳一起，逐渐奠定了意大利真实主义文学的理论基础。真实主义作为一个文学流派，受到法国自然主义的影响，但它是意大利具体的民族历史条件的产物。维尔加和卡普安纳强调，作家应该客观地观察现实生活，直接地、真实地、毫不粉饰地在作品中予以再现，努力揭示人物与现实环境的关系，使作品不仅在艺术上具有审美价值，而且在科学上具有文献价值。为此，维尔加把目光投向民族复兴运动以后意大利社会矛盾最尖锐、生活最贫困的西西里岛，展现普通人的遭际，表达意大利统一后下层人民的情绪。

1874年发表的中篇小说《奈达》，描述一个贫农妇女的身世，是维尔加从带有浪漫主义色彩的早期创作走向真实主义的标志。《田野生活》(1880)、《乡村故事》(1883)，是维尔加短篇小说的力作；他以敏锐的观察力，勾画农民遭受欺凌的命运，揭发地主、法官、神甫沆瀣一气、鱼肉人民的恶行(《堂利齐乌·巴巴》)；描绘童工在地狱般的砂矿里的悲惨生活，暴露矿主对工人惨无人道的剥削和压迫(《红发小鬼》)；批评僧侣的假仁假义，贪得无厌(《神甫》)。《牧人耶利》是维尔加最著名的一个短篇。它以恬静、秀丽的西西里牧场为背景，展现一个普普通通、勤劳、纯朴的牧人的生活。但耶利田园诗般宁静的生活遭到了践踏，地主少爷玩弄了他的妻子，这个善良温顺的牧人终于忍无可忍，拿起剪羊毛的剪子，结果了他的仇人。另一篇名作《乡村骑士》成功地描绘了西西里古老的风习，金钱关系对传统的生活的侵蚀。《乡村骑士》后来被维尔加改编为剧本，以后又由意大利作曲家马斯卡尼谱曲，改编为歌剧，风行欧美各国。也有一些短篇，以细腻的笔触，刻画了劳动者的爱情，他们丰富多彩的内心生活(《母狼》、《恋爱的格拉米尼娅》)。在有的短篇中，作者还以同情而又悲观的心情，描述了农民自发的暴动(《自由》)。

维尔加曾经计划以“被征服者”为总题，创作一组长篇小说，但生前只完成两部：《马拉沃里亚一家》、《堂杰苏阿多师傅》。

《马拉沃里亚一家》(1881)以西西里一个穷乡僻壤的小渔村为背景。安东尼·马拉沃里亚是世代打鱼为生的老渔民，为人正直，辛勤劳动，节俭度日，想依靠孩子们健壮的身体和一条渔船，摆脱贫穷的命运，结果却落得了个家破人亡的下场。海上风暴、瘟疫，相继吞噬了他唯一的儿子、儿媳妇和那条赖以生存的渔船；他寄予希望的孙子们，或被战争夺去生命，或被城市文明夺取灵魂，道德堕落；老马拉沃里亚也在高利贷的盘剥下倾家荡产，痛苦地离开人间。马拉沃里亚一家的辛酸遭遇，是在迅猛发展的资本主义冲击下，西西里广大劳动者破产，农村封建宗族关系崩溃的形象写照，是对资本主义城市文明的罪恶的严峻批判。

《堂杰苏阿多师傅》(1889)是《马拉沃里亚一家》的姐妹篇。贫苦农民出身的杰苏阿多，在饱经辛酸后发迹成为当地首屈一指的巨富。他千方百计地聚敛财富，希望用金钱敲开资产阶级上层社会的大门，但遭到当地贵族和资产者的联合排挤、打击。他在同这些势力的搏斗中不断遭到失败，最终失去了全部财富和反抗的能力，众叛亲离，含冤去世。小说以感人至深的艺术力量，反映了意大利统一后，强大的资本主义金钱势力造成农村剧烈的分化，给劳动人民在物质上、精神上带来可怕的灾难，把人与人之间的关系，变成赤裸裸的利害关系"除掉金钱，没有别的上帝"。

维尔加还写过剧本，出版过一部《西西里方言戏剧集》(1911)。但他后期的创作和小说都未达到原先的思想艺术高度。

维尔加和以他为代表的真实主义文学的功绩在于，打破了民族复兴运动以后资产阶级为了粉饰现实而制造的太平盛世的虚假景象，有力地揭示出意大利资产阶级革命的妥协性和不彻底性，反映了在资本主义新秩序和旧的封建关系的双重压迫下，农民愈加深深地陷入苦难深渊的历史真实。维尔加的作品充满西西里的乡土气息，大量吸取了西西里民间语言的语汇、谚语，文辞淳朴、自然、生动、鲜明。作者擅长点染自然景物，用来烘托对人物心态和意境的细腻描摹，使作品具有浓郁的抒情性，成为表现西西里的传统习俗和社会风貌的生动画图。

以维尔加为代表的真实主义，在创作思想和艺术手法上，对第二次世界大战以后的意大利新现实主义文学和电影，都曾产生很大的影响。

1893年，维尔加返回家乡卡塔尼亚安居。他晚年辍笔。1920年，他被授予参议员的荣誉。

西龙尼·伊尼亚齐奥(Ignazio Silone，1900—1978)

意大利作家、政治家。1900年生于南部阿奎拉省马尔西卡地区偏僻的山区小镇佩希纳，1978年8月22日卒于罗马。他的真实姓名叫塞孔多·特朗奎利(Secondo Tranquilli)，西龙尼是他从事反法西斯地下活动时所取的许多化名之一。他的父亲是小土地所有者，母亲为纺织女工。他少年时进入佩希纳神学校，接受宗教教育。14岁时，父亲去世。翌年，佩希纳发生大地震，他的母亲和五个兄弟在地震中死亡。他被迫离开家乡，就读于罗马庇护十世神学校，第二年因违反教规被开除。

西龙尼原先笃信基督教，后因目睹教会软弱无能，日益资产阶级化，便毅然背离教会，他先在家乡从事农会活动。17岁起，先后编辑多种左派刊物。1921年，意大利共产党成立，他被选入意共领导机构。1926年，墨索里尼建立法西斯独裁统治，西龙尼转入地下，负责意共《团结报》的出版。法西斯当局对他进行缺席审判，迫使他流亡瑞士。他和陶里亚蒂多次代表意共参加共产国际执行局的会议。1930年，他因同共产国际发生分歧，宣布退出意共，但继续从事反法西斯活动。战后，西龙尼当选制宪议会议员，并担任社会党领袖和该党机关报《前进报》以及《社会主义欧洲》杂志的社长。1948年，社会党分裂，西龙尼宣布退党，不再参加任何政治活动。

西龙尼的文学创作始于30年代流亡期间，1933年，他的处女作《丰塔玛拉》德文版在苏黎世问世；翌年，意大利文版在巴黎和苏黎世出版。这部作品由十篇特写组成，采用农民自述的形式。丰塔玛拉是一个虚构的地名，意大利文是Fontamara，由fonte和amara两词组成，意谓“痛苦的源泉”。作者以极朴实的笔触叙述丰塔玛拉农民经受的无数灾难和悲哀，眼泪和伤痕，仇恨和失望。贫穷，是祖先们世代相传的唯一遗产；非正义、犹如风、雨、雪一样，成为古老、自然的现象。毛驴，是农民的伴侣，也是农民的象征。丰塔玛拉人默默地忍受着一连串的悲剧，逆来顺受。只有青年农民贝拉多不为自己，而为掩护一名反法西斯战士献出了生命。丰塔玛拉村民最终遭到了法西斯军警的血腥屠杀。西龙尼在作品的结尾，借老农之口提出发人深思的问题：“现在，我们应该怎么办？”这部书在国际上产生了强烈的反响。20年里印行了60余版，被译成十余种文字，中译本于抗战期间出版。

第二部作品《面包和酒》首先以英译本于1936年在伦敦出版，翌年，意文本和德文本问世。1955年，改名《酒和面包》重版。小说描写南方山区某个神学院的高才生从向往当一名神甫主到丧失去宗教信仰，成为社会主义者，但在反法西斯斗争中不断遭到挫折，在失望和失败中不幸毁灭的经历。作者谴责法西斯主义对自由、正义的扼杀，但又把社会主义视为宗教信仰。

50年代起，西龙尼陆续发表了长篇小说《一把黑莓》（1952）、《路加的秘密》（1956）、文集《太平门》（1965），中篇小说《一个可怜的基督徒的遭遇》（1968）和同名剧本。《路加的秘密》写二次大战后，在流放和游击队中生活了12年的反法西斯战士安德雷亚返归回家，为了弄清他父亲的朋友路加以谋财害命罪被判40年劳役的冤案，到处奔走，调查了许多当事人，终于弄清了事情的真相。原来，在路加的村子里，人人都知道他是无辜者，然而，自私、偏见却驱使他们漠视人的命运。

《一个可怜的基督徒》的主人公是1294年担任罗马教皇的西莱斯廷五世，作品着力刻画了主张建立新型的教会和人际关系，品德高洁的西莱斯延五世，同摧残自由、人的尊严的红衣主教卡埃塔尼（即后来的教皇朋尼法斯八世）之间深刻的对立与冲突。

《太平门》中的九篇政论文，或记叙作者背弃教会的始末，或描写他后来同共产国际分歧的由来，被评论界称为西龙尼的自白。

夏侠·莱奥那多（Leonardo Sciascia，1921— ）

意大利作家。1921年1月8日出生在西西里岛阿格里琴托地区一座偏僻的小城镇雷加尔穆托。他的家庭是世代矿工之家，祖父当过硫矿的工人、工长，父亲是硫矿的职员，母亲是家庭妇女。在故乡度过少年时代以后，夏侠进入省会卡塔尼塞塔的师范学校就读。1941年，年方20的夏侠回到雷加尔穆托，在一家粮食收购公司当职员，这使他有机会熟悉乡村，经常同农民接触。1949年，他执教于家乡的一所中学，直至1956年辞去教职，到省教育局工作。翌年，他迁居西西里首府巴勒莫。

在西西里小城生活的26个春秋，对夏侠日后的创作产生了重要的影响。他对西西里岛的人事沧桑、新旧交替，有了异常深切的体验，获取了丰富的创作素材。

夏侠从小酷爱文学，虽然穷乡僻壤和寒素之家难以满足他的渴求，他却利用一切可能的机会，如饥似渴地阅读意大利古典和当代文学作品，广泛涉猎法国、俄国、美国文学；他尤其推崇皮兰德娄、维尔加、布朗卡蒂等西西里作家，他们的作品帮助他开阔视野，升华认识。

夏侠的文学创作始于40年代末，最早的作品是1950年发表的《独裁者的童话》。这部闪耀着反法西斯精神的童话没有引起批评界应有的重视。《雷加佩特拉教区》（1956）、《西西里大叔》（1958）是夏侠蜚声文坛的力作。前者从自身经历的生活中撷取素材，对西西里的日常生活和社会风情，予以真切的描摹；后者收入的几个短篇小说，或表现战后动荡不安的岁月里西西里人苦难的思想历程，或把目光投向19世纪民族复兴运动在西西里掀起的历史风暴，把封建贵族极端腐朽的真相昭示于众。从此，着力描绘西西里的历史与现状，展示在这块大地上发生的善与恶的残酷搏斗，便成为贯串夏侠创作的一根红线。

1961年问世的《白天的猫头鹰》和随后发表的《各得其所》（1966）、《前因后果》（1971）、《千方百计》（1974），给夏侠带来了世界声誉。这几部小说都以西西里为背景，用机锋犀利的笔墨，揭发黑手党在其巢穴西西里的猖狂肆虐，统治阶级的恣睢腐败。《各得其所》写一名正直的中学教员无意中发现一起黑手党谋杀案的线索，出于好奇心，也出于正义感，不知不觉地去追踪案件的底细，结果惨遭黑手党杀害。《白天的猫头鹰》以宪兵上尉受命侦查黑手党杀害一名不愿对他们俯首听命的建筑合作社经理的案件为情节线索，反映政界同社会黑势力的沆瀣一气。《千方百计》叙述在一家神秘的旅馆里接连发生的三桩骇人听闻的凶杀案，撕开上层人物进行不可告人的政治交易的帷幕。在这些作品里，夏侠借鉴侦探小说的某些手法，把具有典型意义的日常生活，冷峻深邃的哲理剖析，融汇于曲折有致的艺术结构，通过西西里这面镜子，突出表现了意大利严重的社会政治问题。

夏侠勤于开拓，除了具有推理小说特色的社会小说，他还力求运用多种文学样式来反映尖锐的现实问题，显示了多方面的文学才华。《埃及卷宗》（1963）、《检察官之死》（1964），都是借古喻今的历史小说。《议员》（1965）、《黑手党徒》（1976），系抨击黑手党和统治集团的政治剧。《马约拉纳的失踪》（1975）、《刺客》（1976）分别对一位原子能专家失踪的真实根源、司法机构同作恶的当权者的微妙关系，进行严肃的探求。《莫罗事件》（1978）与其说是文学作品，毋宁说更近于战斗檄文或调查报告，它对红色旅谋杀意大利前总理莫罗这一震惊世界的案件，作了详尽的记叙。《康迪多》（1977）使读者联想到法国启蒙主义作家伏尔泰的哲理小说《天真汉》。在夏侠的近作《记忆的戏剧》（1981）中，皮兰德娄哲学思想的印记清晰可见。1986年，夏侠发表《1912+1》，对1913年轰动意大利的蒂埃波洛伯爵夫人枪杀试图谋害她丈夫的刺客的真实事件，进行再思索和再创作，展示当时上流社会错综复杂的人际关系。

夏侠还著有反映西西里生活的短篇小说集《葡萄酒色的大海》（1973）、文艺批评集《皮兰德娄和皮兰德娄主义》（1953）、《皮兰德娄和西西里》（1965）、《魔绳》（1970）、札记《黑纸上的黑字》（1979）和研究西西里古老习俗的著作《西西里的宗教节日》（1965），等等。现今，夏侠的作品已被翻译成世界数十种语言。许多小说和短篇小说被改编为话剧，或摄制成影片，搬上电视屏幕，他的剧作已成为不少剧院时常会演的保留剧目。

夏侠又是一位著名的政治活动家，先后当选欧洲议会议员、意大利众议员、西西里大区议员，在意大利政界深孚众望。

曼佐尼·亚历山德罗（Alessandro Manzoni，1785—1873）

意大利作家。1785年3月7日生于米兰，1873年5月22日卒于米兰。父亲是伯爵，外祖父是当时著名的启蒙主义思想家、律师。他自幼受到母亲一家的思想熏陶，继承了启蒙主义传统，喜欢阅读意大利启蒙主义作家蒙蒂、帕里尼、阿尔菲耶里以及伏尔泰的作品。15岁那年，受到雅各宾派精神的鼓舞，他挥笔写下了第一首诗歌《自由的胜利》。年少气盛的诗人满腔热忱地讴歌革命，鞭笞封建君主专制。这篇诗作中洋溢的自由主义精神流光溢彩，像红线一样贯串于他的整个诗歌创作。

曼佐尼成年的时候，父亲和母亲感情不和而分离。他毅然拒绝继承父亲的伯爵封号，于1805年奔赴巴黎，和母来一起生活。在巴黎，他同政治界、思想界和文艺界人士广泛交游，呼吸到法国资产阶级革命后的新鲜空气，又从欧洲进步的哲学思潮和法国浪漫主义文学中汲取了宝贵的思想养料。在五光十色的思潮汇集的巴黎，他又被一些宗教思想家的说教所吸引。这一切，都在他的创作中打上了鲜明的印记。

1808年，曼佐尼和日内瓦一位银行家的女儿、虔诚的教徒埃莉凯塔结婚。两年以后，曼佐尼也接受洗礼，皈依基督教。从此，他把启蒙思想同宗教教义合二而一，既追求资产阶级革命的理想，又幻想在基督教精神的指引下建立自由、平等、博爱的社会。

1810年，曼佐尼返回意大利，定居米兰。嗣后，他只是间或到外地或巴黎作短暂的旅行。从1812至1827年，是曼佐尼创作的鼎盛时期。《利米尼宣言》（1815）大声疾呼，号召一切爱国者团结起来，为祖国的独立和自由而战。“团结就是自由”的诗句，喊出了振聋发聩的声音。1821年3月，烧炭党人在伦巴第地区发动反对奥地利占领者的武装起义，惨遭镇压。曼佐尼闻讯，立即写了颂诗《1821年3月》，讴歌在斗争中英勇献身的战士。但这首激荡着革命豪情的诗篇，在当时未能出版，直到1848年著名的米兰起义爆发时才得以问世，并在起义者中间广泛流传，成为鼓舞他们斗争的战歌。曼佐尼的诗歌创作也交织着矛盾。他的《圣歌》（1812—1822）是一组纪念基督教节日的诗歌，原计划写十首，只完成五首。组诗宣扬基督教能够赋予人类正义、平等和崇高的情感。抒情诗《五月五日》对叱咤历史舞台的拿破仑的逝世表示哀悼，并用天命观注释历史的进程。

曼佐尼又是一位出色的戏剧家。他遵循浪漫主义理论写了两部历史剧，把民族复兴运动的崇高理想注进了历史生活。悲剧《卡马尼奥拉伯爵》（1816—1820）的素材采撷自15世纪发生的一起真实的历史事件。主人公卡马尼奥拉出身农民，因英勇无畏，屡建战功，被擢升为军事统帅，但最后却死在他忠心耿耿地效力的封建统治者的屠刀下。卡马尼奥拉的悲剧不能不令人心魂震颤，使人们痛切感到，君主专制和封建内讧是意大利民族灾难的渊薮。曼佐尼在《卡马尼奥拉伯爵》的序言里猛烈抨击古典主义戏剧理论，批评悲剧主人公必须是贵族出身的陈腐观念。这部悲剧打破了时间、地点一致的框框，并在每幕幕间安排了“合唱”，淋漓尽致地抒发了作者的感想和思想倾向。

另一部抒情悲剧《阿德尔齐》（1822）取材于8世纪法兰克王查理大帝对伦巴第王国的征服，融会了作者在民族复兴运动初期争取独立、解放武装起义多次失败后的痛苦体验，指出被奴役民族不能期待侵略者恩赐自由。

长篇历史小说《约婚夫妇》是曼佐尼的代表作、小说的写作始于1821年，脱稿于1823年，起初取名《菲尔莫与露琪亚》。但作者并未立即付梓，他不断对小说进行改写、加工，于1827年更名《约婚夫妇》初次出版。嗣名，曼佐尼又精益求精，继续修改，至1840年刊印了第二版。这就是留传后世、今天仍广泛流行的版本。

小说的情节异常曲折、生动。在伦巴第地区一个山清水秀的乡村，纺织工人伦佐和露琪亚互相爱慕，订了终身，即将举行婚礼。当地恶霸堂罗德理戈觊觎美貌的露琪亚，恫吓神甫堂安保迪奥，不许他为这一对恋人主持婚礼，随后又派遣强徒向伦佐暗下毒手。伦佐被迫亡命异乡，露琪亚也躲进一家修道院避难。堂罗德里戈买通一个惯于杀人越货的大寨主，把露琪亚劫到山寨。大寨主正经历着精神危机，对过去的罪恶生活感到厌倦和悔恨。露琪亚的纯洁触动了他，在一位红衣主教的启迪下，大寨主幡然悔悟，改邪归正，露琪亚被护送至米兰。伦佐到处流浪，历经饥民暴动、大瘟疫和其他种种磨难，也来到米兰，和露琪亚团聚。在堂安保迪奥神甫主持下，他们举行了婚礼。

《约婚夫妇》完全跳出了一般的言情小说的俗套，它的着眼点不是落在一对青年恋人的生离死别、悲欢离合上，而是把主人公的身世际遇放在具体的历史条件和广阔的社会环境中，予以真切感人的描绘。随着主人公漂泊无定的足迹，读者眼前展现了17世纪上半叶意大利在西班牙统治下战祸连绵、经济凋零、盗贼丛生、瘟疫肆虐、饥鸿遍野的社会生活图景。这显然是曼佐尼所生活的时代19世纪上半叶奥地利奴役下意大利社会的缩影。一对农村青年曲折、不幸的命运，生动地表现出整个意大利人民的悲惨处境。小说把批判的锋芒鲜明地指向外来侵略者及其卵翼下的封建地主阶级、大胆地触及了统一祖国、争取独立与自由这一最尖锐的问题，使这部洋溢着爱国主义和时代精神的历史小说具有重大的现实意义。

在《约婚夫妇》中，占据中心位置的不是堂罗德里戈等声名显赫的大人物，而是伦佐，露琪亚和其他劳动者（农民、船夫、车夫、仆人，小手工业者）。作者从第三等级的角度来观察和判断他描写的人物和事件。封建贵族、地主恶霸仰仗侵略者的鼻息、欺压同胞、凶暴贪婪、腐化堕落的丑恶面貌，那些向统治者阿谀奉承、伪善自私的神甫、律师的真面目，被揭露了出来，遭到强有力的道义上的谴责。曼佐尼真诚地讴歌那些普通的平民纯朴善良、热爱劳动，团结友爱、仇恨侵略者和封建势力的高尚品格。

《约婚夫妇》是一部历史小说，在着手写作之前，曼佐尼悉心研究了许多史学家的著作和大量有关米兰大公国的史料，并把丰富的第一手史料直接引入小说。富于诗意的文字同具实可信的史料，想象同历史紧密交织，相得益彰。这就突出了作品的历史真实性，更深一层地勾勒出特定的时代的本质特征。

曼佐尼善于凭借饱含生活气息的细节描写、以状物传神之笔鲜活逼真地描绘人物的肖像。伦佐淳厚、憨直、热忱坦荡，堂安保迪奥神甫懦弱卑怯、忍辱屈从、明哲保身，女仆佩尔佩杜快人快语、机智狡黠的艺术形象，都得到了神情毕肖的刻画。其中，堂安保迪奥神甫这个既招人嫌恶又令人怜悯的复杂的、充满矛盾的畸形儿，已成为意大利文学的人物画廊里最著名的艺术形象之一。

在《约婚夫妇》中，有许多出色的景物描写。对大自然美的着力描绘，不只勾画出故事发生的环境，赋予作品以浓郁的诗情画意，而且饱含着作家对祖国的挚爱，对故乡的缱绻情思，激荡着爱国主义的情感。

《约婚夫妇》也明显地反映出曼佐尼思想上的局限。小说处处让人觉得神明的存在，一对有情人只是靠着神明的造福才跳出苦海，获得圆满的结局。小说谴责教会放弃维护弱者的职责，但又宣扬借助基督教灌输崇高的情感，实现人的自我完善，使人摆脱迷津。书中的两个重要人物，柔顺、忍耐、浸透着基督教博爱思想的露琪亚，和受到基督教精神的感化，放下屠刀成为“圣人”的大寨主，就是根据这种思想塑造出来的。

《约婚夫妇》为意大利历史小说的发展开辟了道路。在它的影响下，这种体裁在30—70年代获得很大的发展，产生了许多表达民族复兴运动思想的优秀历史小说。

曼佐尼对历史、语言也有精湛的研究、写了许多学术著作。晚年，他致力于意大利民族语言的统一，曾担任意大利王国语言统一委员会主席。1861年，被任命为统一后的意大利王国参议员。

依塔洛·卡尔维诺（Italo Calvino，1923—　）

意大利当代小说家。从都灵大学文学系毕业后，即投奔游击队，从事反法西斯斗争。第一部长篇小说《通向蜘蛛巢的小路》（1947），用“非英雄化”的手法来表现抵抗运动。随后问世的《我们的先人》三部曲（《一个分成两半的子爵》，1952;《树上的男爵》，1957;《不存在的骑士》，1959），用童话的手法，借荒唐离奇的故事来表现现实的迷乱和人被异化的命运。这一特点同样贯串于他的其他作品，如《宇宙谐趣》（1965），《看不见的城市》（1972），《如果一个冬天的夜晚，一个旅行者……》（1979）等。卡尔维诺长期从事文学编辑工作和民间文学研究。1956年发表《意大利童话》，影响很大。

在卡尔维诺看来，人的本质是互相矛盾的，任何一个“完整的”自我，都由“邪恶的半身”和“善良的半身”组成。在现实中，人的自我遭到肢解，世上便出现种种荒诞的事情。只有经历一番磨难，人性复归不一，重新成为“一个完整的人”，成为一个不好不坏，亦好亦坏的人？这样，人和生活便变得明智了。

贾科莫·莱奥帕尔迪（Giacomo Leopardi，1798—1837）

意大利民族复兴运动时期浪漫主义诗人。他出生在教皇辖地，父亲思想顽固，作风专横。他在冷酷的家庭和奥地利占领者蹂躏祖国的黑暗岁月中成长。自幼刻苦自学成才，但因此终身染病。早期诗歌《致意大利》、《但丁纪念碑》，表达了民族复兴运动的理想，是意大利近代最出色的抒情诗。他的诗歌创作中，争取民族解放和自由的呐喊，同封建复辟重压下表露的忧郁哀伤和情绪紧密交织。

《一个意大利人论浪漫主义诗歌》一文写于1818年，1906年首次发表，是为参加当时古典派和浪漫派的论战而作。论文的主旨是捍卫浪漫主义的艺术原则，向古典文化表示敬意。在谈及诗歌与现代文明、诗歌与理性的关系时，莱奥帕尔迪论证，充斥现代社会的文明、理性和科学，扼杀自然、心灵和艺术，使人失去自由，幻想枯竭，对于人的思想与事业，对于文学与艺术，是巨大的“不幸”和“灾难”。他呼吁诗人摒弃理性和现代文明，去反映永恒的自然。在这里，莱奥帕尔迪表达了一部分民主主义者对正在形成的资本主义关系的深刻不满，显示了批判的精神，同时又流露出对理性的信念的泯灭，怀疑科学的发展的悲观情绪。

列奥纳多·达·芬奇（Leonardo Da Vinci，1452—1519）

意大利文艺复兴时期的“巨人”之一。他是杰出的艺术家，又是造诣很深的数学家、力学家和工程师。

他的著作《绘画论》和十九世纪以来陆续发现、整理的《笔记》，以及他的优秀的绘画作品，如《最后的晚餐》、《蒙娜·丽莎》等，从理论和创造实践上，反映出资产阶级上升时期的思想感情，确立了人文主义在艺术领域的主导地位。

像当时其他的人文主义者一样，达·芬奇复兴了古希腊关于艺术模仿自然的观点。他主张“一切知识来源于我们的感觉”，摒弃中世纪对“上帝的本质、灵魂以及诸如此类的事物”的尊崇，认为它们是同感觉背道而驰的；画家通过直接的观察和实践，获得感觉，于是准确地再现自然，使艺术成为“自然的合法的女儿”。

艺术家不仅要凭借感觉，而且要依靠理性，去认识和反映世界，揭示大自然的规律。故此，达·芬奇认为，绘画“是一门科学”，同时又“被证明是哲学”。达·芬奇强调绘画要运用科学的实践方法，并同数学相结合，“科学是将领，实践是士兵”。这些观点体现了文艺复兴时期人文主义思想的成就。

达·芬奇阐明，绘画的内容和形象应当是人，是人的思想和行动。“一个优秀的画家应描画两件主要的东西——人和他的思想意境。”他还以很大的热情研究人体的比例和人体动态表情，心理的描写。这样就把神和神本主义从绘画中排除了出去，奠定了人本主义的艺术观。

达·芬奇还确认画家是“万物的主人”，提出了画家应当“多才多艺”，追求美德等观点。

乔万尼·皮柯·德拉·米兰多拉（Giovanni Pico Della Mirandola，1463—1494）

意大利人文主义思想家、作家。他的父亲是意大利北方米兰多拉地方的伯爵。他自幼受过良好的教育，学识渊博，才华横溢。二十三岁时便写出九百条关于哲学、神学的意见，准备进行公开辩论，因触怒教皇，不得不出走法国。后来进入佛罗伦萨的洛伦佐·梅迪契宫廷。

在文艺复兴后期，人文主义逐渐演变成为象牙之塔里的学术研究，唯心主义日益流行。皮柯在这样困难的条件下坚持著述，宣传人文主义精神。《论人的尊严》，用拉丁文写出，是他的代表作。书中着意赞颂人及其智慧，指出人乃“世界的中心”，每一个人全是他“自己的、自由不羁的、至高无上的造物主”；人有权利按照自己的意愿塑造自己的形象，决定自己的命运。这篇论文被称作人文主义的“人权宣言”，书中上帝对亚当的一番谈话，成为数百年来论述人的尊严与自由者援引的经典。但皮柯认定人的尊严与自由受到上帝的庇护，并流露出对柏拉图主义的崇敬。这说明，直至十五世纪，人文主义仍然未能同神学教义实行决裂。

莱昂·巴蒂斯塔·阿尔贝蒂（Leon Battista Alberti，1404—1472）

意大利人文主义者。在绘画、雕塑、数学、诗歌、文艺理论和自然科学方面都有重要的建树，还设计了许多著名的教堂。他打破学术著作必须使用拉丁文的戒律，用意大利语写了《论绘画》、《论雕塑》、《论家庭》三部理论著作。前两部论著把造型艺术同数学思维结合起来，对艺术创作中的规律、特征，提出了很有见地的观点。

《论家庭》用人文主义观点来阐述家庭生活的准则，以及关于全面发展的人的理想。他号召研读文学和人文科学，认为这是塑造新型的人的个性的最有效的途径，能使个人聪颖和高尚，使家庭幸福和完美，使国家获得裨益。他较早地提出了智育与体育并重的思想，在阐述这两者相互关系的时候，着重指出了体育对人的智慧、美德的陶冶作用。对于财富，阿尔贝蒂一方面以新兴资产阶级的眼光看待和予以肯定，另一方面又对富者和穷人不平等，穷人丧失人的尊严的社会现象进行了批评。

戈齐·卡罗（Carlo Gozzi，1720—1806）

意大利剧作家。出身于威尼斯一贵族家庭。哥哥卡斯帕雷·戈齐（1713—1786）是文艺批评家。1749年，他们一起创办格莱涅莱斯基学院，鼓吹维护意大利语言的纯洁性，继承美的诗歌传统，反对启蒙主义。戈齐站在贵族立场上，不断撰文写诗，攻击哥尔多尼进行的喜剧改革，谴责他让下层人民成为舞台主人的做法。

1756年起，他同A.萨基合作，为他领导的萨基剧院撰写剧本，改编各种富于浪漫色彩的悲剧和喜剧。他反对戏剧反映任何严肃的或现实的问题，为此，于1761—1765年间写了10部童话剧，如《三个橙子的爱情》、《鹿王》、《乌鸦》、《杜朗多》等，同哥尔多尼的喜剧对抗。这些童话剧从《一千零一夜》、意大利作家巴西内的《五日谈》、西班牙戏剧、东方传说和其他传奇故事中汲取素材，以帝王、公主、巫师等为主人公，仿效假面喜剧的手法，表现离奇的故事。《三个橙子的爱情》（1761）以围绕金杯国王位的斗争为背景，描写王子历尽种种磨难，终于和关闭在橙子里的对跖国公主缔结良缘。《杜朗多》（1762）取材于波斯传说，作者称之为“中国悲喜剧童话”。杜朗多是中国皇帝的唯一爱女，既美丽又冷酷，既聪明又高傲，她作为出嫁条件提出的3个谜语，使许多慕名而来求婚的王公贵族丧命，但她终于被阿斯特拉罕王子卡拉夫的聪颖才智和对爱情的忠贞不渝所感动，嫁给他为妻。戈齐的童话剧构思新颖，富于情趣，又采用大众喜闻乐见的形式，因此吸引了许多市民观众，并对法国、德国浪漫派作家产生了影响。

德·菲利波.E.（Eduardo De Filippo，1900—1984）

意大利喜剧家。那不勒斯人，1930年，同他的姐姐喜剧演员蒂蒂娜（1898—1963）、弟弟佩皮诺（1903—　）一起组织德·菲利波剧团。他继承和发扬意大利民族和民间戏剧传统，主张喜剧应尽量贴近生活，贴近观众，强调观众的重要作用，认为他们是戏剧创作过程的参与者。他用那不勒斯方言写了许多喜剧，从下层社会平凡而丰富的生活中撷取素材，反映那不勒斯的人情世态，刻画普通人的悲凉境遇和上层人士的丑恶面貌，如《人与绅士》（1922）、《魔法师西克–西克》（1930）、《库皮埃洛家的圣诞节》（1931）、《新衣》（1937）。第二次世界大战后，德·菲利波和弟弟分手，同姐姐蒂蒂娜组织“埃都阿多剧团”。他在自编、自导、自演的许多喜剧中，展现城市平民的喜怒哀乐，嘲讽小市民的庸俗、自私，针砭不公正的社会现象和腐朽的道德观念，如《那不勒斯，百万富翁之城》（1945）、《幽灵》（1946）、《市政当局》（1961）、《纪念碑》（1970）。这些喜剧借鉴假面喜剧的某些即兴表演的手法，把幽默、讽刺和谴责熔于一炉，因而雅俗共赏，体现了他的“抒情自然主义”喜剧的风格，构成一幅幅意大利从贫困落后向经济发达的“福利社会”转变时期的风俗画卷。喜剧《考试没有结束》（1973）对个性和社会之间畸形的关系作了尖锐而令人心酸的讽刺，曾多次出国巡回演出，深受欢迎。他还热心戏剧教育，创办过戏剧学校。1981年，意大利总统授予德·菲利波以最高荣誉，任命他为终身参议员，表彰他为发展民族戏剧作出的重大贡献。

斯特雷勒·G.（Giorgio Strehler，1921—　）

意大利导演，第二次世界大战期间在瑞典创立假面剧院。返回意大利后，担任巡回剧团的导演。1947年和P.格拉西共同创立并领导米兰小剧院，使它很快成为欧洲最著名的剧院之一。1968年另行创立“行动剧院”。1972年重返米兰小剧院，任院长兼总导演。

他一共导演过200余部戏，其中有话剧，也有歌剧。在其导演艺术创作中，他一方面致力于叙事剧艺术风格的探索，着重对事件进行冷静、精确的剖析，执导过布莱希特的《三分钱歌剧》、《四川一好人》、《伽利略传》和莎士比亚的《科里奥兰纳斯》；另一方面，他用20世纪的观点对意大利传统戏剧进行批判性的再创造，倡导诉诸直觉的抒情现实主义风格，执导了哥尔多尼的《一仆二主》、《乔嘉人的争吵》等喜剧，并把几近销声匿迹的意大利自然主义戏剧重新推上舞台，导演了贝托拉齐的《我们的米兰》、《利己主义者》。60年代中期以后，他把这两种风格融为一体，形成理性与抒情并重的艺术风格，演出了莎士比亚的《李尔王》、契科夫的《樱桃园》、哥尔多尼的《广场》、热内的《阳台》等名剧，受到观众热烈欢迎。

达里奥·福（Dario Fo，1926—　）

意大利剧作家、导演、演员。对编剧、导演、表演、歌舞、舞台美术、服装设计都很精通。他视戏剧为反映和参加现实斗争的手段。主要创作政治讽刺剧，无论取材于现实生活，还是以真实事件为依据，或者借用外国或中世纪的题材，都立足于对资本主义社会进行猛烈的抨击，如《总是魔鬼的不是》（1965）、《工人识字三百个，老板识字一千个，所以他是老板》（1969）。他摒弃正统戏剧的规范，从民间戏剧摄取营养，发挥即兴表演的特长，又借鉴欧洲现代派戏剧，常常不用布景、道具，而广泛采取滑稽和幽默、夸张和荒诞的手法。他认为讽刺喜剧是最有力量的戏剧形式，主张通过笑声来针砭丑恶的现象，启迪观众的觉悟。《滑稽可笑的秘密》（1969）和《一个无政府主义者的突然死亡》（1970）是福最出色的两个政治剧。前者是独角戏，借古代的故事来揭露统治者同人民的尖锐对立。后者根据1969年的一起真实事件写成，揭露司法和警察当局颠倒是非、诬陷进步人士的丑行。该剧的公演轰动意大利和西方。《拒不付款》（1981）反映无产者被盘剥和他们的抗争。《被绑架的范范尼》（1975）、《喇叭、小号和口哨》（1981）则揶揄了政界和财界的代表人物。

1997年荣获诺贝尔文学奖，是位全才型艺术家。他创作了五十多部讽刺剧，独幕滑稽剧，黑色喜剧，荒诞剧，其中影响最大的是他的政治讽刺剧。导演过八十出戏，谱写了六十首歌曲，还作了数不清的画。他擅长音乐、舞蹈、舞台美术、服装设计，可谓二十世纪的戏剧奇才。

杜丝·E.（Eleonora Duse, 1858—1924）

意大利女演员。出身于梨园世家。自幼随巡回演出的父母过着漂泊无定的艰苦生活。4岁登台演出。1878年，在根据E.左拉小说《黛莱丝·拉甘》改编的同名剧中饰演主角，获得巨大成功，显示出她善于对人物内心世界进行朴实无华、细腻委婉剖示的才能。左拉曾写信向她表示祝贺。随后，她受聘于都灵市剧院当主要演员，同罗西等人合作。她深入钻研角色。刻画人物的心理和性格时讲究真实可信。她的戏路广阔。既擅长演哥尔多尼的喜剧，又能主演莎士比亚的悲剧。她在戏剧舞台上成功地塑造了朱丽叶、奥菲丽娅、娜拉等女性形象。她曾到欧洲许多国家演出，受到热烈欢迎。后来，杜丝和邓南遮相识。邓南遮专门为她写了不少剧本，其中一些剧作具有唯美主义或军国主义色彩。1909年，杜丝息影舞台。1921年复出，专演易卜生和邓南遮的剧作。1924年，在美国各大城市演出，客死于匹兹堡。

贝蒂·U.（Ugo Betti，1892—1953）

意大利剧作家。青年时应征入伍，在第一次世界大战中被俘。战后在帕尔马、罗马等地司法机构任职。这一段生活经历为他后来的创作提供了丰富的素材。写过小说、诗歌，但主要成就在戏剧。他是皮兰德娄以后至40年代意大利最重要的剧作家。他认为，世界意味着忧伤、失望，邪恶无法惩治，幸福难以企及，而仅仅存在于来世。他的这种带有宗教色彩的、悲观的人生观在他的戏剧中得到了体现，反映了他所生活的时代的精神危机。他的许多剧本以对凶案或错误行为的调查作为情节，揭露社会的弊病、人的病苦、罪恶，如《女主人》（1926）、《北方港的塌方》（1932）、《夜风》（1941）等。《司法大楼里的堕落》（1949）通过描写一群司法官员的犯法行径揭露整个社会是他们的同谋，这是贝蒂最著名的剧作。他的剧本注重文学性，追求诗意，广泛采用隐喻、象征手法。

朱塞培·翁加雷蒂（Giuseppe ungaletti，1888—1970）

是隐秘派（又译隐逸派、奥秘派）诗歌的一员主将。青年时代在巴黎学习，后来当过军官、记者。他早年的创作受到法国象征主义和未来主义的影响。他先后在巴西圣保罗大学、罗马大学主持意大利现代文学讲座，并翻译了莎士比亚、拉辛、马拉美的作品。1962年，当选欧洲作家联合会主席，并担任过国际笔会副主席。

翁加雷蒂主张诗歌应力求和谐与协调，展示事物的本质与奥秘。前期诗歌多表现生活的辛酸和战争的罪行，致力于诗歌形式的探索，诗作大多采用短促、强烈的节奏，富有感染力。法西斯统治时期，他的诗篇表达了人类和文明面临巨大的灾难而产生的忧郁情绪。战后的诗歌融进了古典诗歌的特点，贯串了战争给人类社会酿成的悲剧的思考。代表作有诗集《覆舟的愉悦》（1919）、《时代的感情》（1937）、《呼喊与风景》（1952）、《老人笔记》（1960）等。

比亚乔·马林（Biagio Marin，1891—1986）

方言抒情诗人。出生于意大利北部弗留里地区的一个平民家庭，祖父是小酒店掌柜，父亲是水手。他先后在佛罗伦萨、维也纳、罗马读大学，毕业于罗马大学哲学系。第一次世界大战时应召入伍，但很快开了小差。战后他教过书，当过图书馆管理员、小学巡视员。

青年时期开始用弗留里方言写诗。他以涌荡的情潮，抒写对弗留里故土和大海的眷恋，礼赞美妙的青春和真挚的爱情。他的诗歌洋溢着宗教般的圣洁，芳草样的清新，少女似的纯真，给意大利诗歌带来一股扑鼻的清爽气息。

晚年，年逾九旬的老诗人双目失明，但他把自己同命运抗争，在自然和生活的美中寻觅精神价值的火一般的热烈情感，倾注于诗篇之中。他的诗歌表现了一个崇高的、情意融融的世界，而在这个世界的上空，又像云彩一样飘荡着痛苦和忧伤的阴影。

马林的诗歌继承民间诗歌的传统，明净、生动、自然，富于音乐感，朗朗上口，而又内涵深郁。诗人致译者的一封信中写道，两位中国伟人，思想家老子和诗人李白，对他产生过深刻的影响。这或许在他的诗作中留下了印痕。

马林的代表作有《岛之歌》(1951)、《贝壳颂》(1965)、《永恒的海》(1967)、《火一样的生活》(1970)、《夜玫瑰》(1985)。

维多里奥·塞雷尼（Vittorio Sereni，1913—1983）

毕业于米兰大学文学系，嗣后一面教书，一面写作具有隐秘派色彩的诗歌。第二次世界大战期间当过步兵军官，先后在希腊和西西里作战，后被美军俘虏，囚禁于阿尔及利亚和摩洛哥的集中营达两年之久。战后在蒙达多里出版集团、皮雷利垄断集团任职。

早期作品有《边界》(1941)、《阿尔及利亚日记》(1947)，后者是诗人在集中营的悲剧性经历的写照。

塞雷尼战后的优秀诗品着力抒写现代人被社会摒斥，遭到异化的复杂的内心节律，表现资本主义大工业对人的精神折磨。他的诗感情含蓄，意象奇妙，透过飘忽幽奥的内容，字里行间可以感受到一种朦胧的向往，一股怨艾、痛楚、悲愤交织的感情的潜流，对读者的心灵发生有力的撞击。

1972年，塞雷尼获意大利林琴科学院奖。1981年，因诗集《变幻的星星》获意大利维阿雷乔文学奖大奖。

1980年，塞雷尼访问中国。

贾尼·罗大里（Gianni Rodari，1920—1980）

他是中国读者熟悉的意大利儿童文学作家。罗大里的童年生活很贫苦。父亲在他9岁那年逝世。他自幼酷爱读书，在师范学校毕业后，在小学教了几年书，后来投身反法西斯抵抗运动，并加入意大利共产党。他长期从事新闻工作，担任儿童刊物的编辑、记者。1950年开始文学创作，以撰写寓言故事、儿童诗、讽刺诗闻名。他把古老的寓言形式同时代精神，热情同哲理融为一体，而又摆脱乏味的说教，使他为小读者写的作品独标一格，能为各阶层的群众所欣赏。代表作有《洋葱头历险记》（1950）、《杰索米诺在假话国里》（1958）、《电话里的故事》（1960）、《会说话的马的歌谣》（1970）。

罗大里曾获得意大利各种文学奖。1970年荣获安徒生国际儿童文学奖。60年代曾访问中国。

切撒尔·帕韦塞（Cesare Pavese，1908—1950）

意大利诗人、小说家。1908年9月9日出生于库涅奥省的一个小镇。在都灵大学文学系攻读时，对美国文学发生兴趣。毕业后在中学教书。1935年8月，被法西斯当局逮捕，流放到南方卡拉布里亚。战后加入意共。

帕韦塞具有多方面的文学才华，既写小说、诗歌，又翻译外国文学作品，还为意共《团结报》和其他报刊撰写评论，担任出版社文学顾问。但一生未能摆脱孤独与寂寞的痛苦感觉，1950年8月27日自杀身亡。他的主要诗作有《令人厌倦的劳动》（1936）、《土地和死亡》（1 947）、《死亡即将来临，带着你的一双眼睛》（1950）。

帕韦塞的抒情诗大多倾诉热爱生活和土地、追求爱情、在现实中找寻不到自己的位置而生发的孤寂落寞，诗风哀幽伤感，但又清新纯真，文笔淡雅，一些抒写土地与景物的诗作，也写得细婉俊逸，情意浓郁。

翁贝尔托·萨巴（Umberto Saba，1883—1957）

出生在东北边隆重镇迪里雅斯特。父亲是基督徒，母亲是犹太人，萨巴还未出世时她即被丈夫遗弃。家庭的不幸，在诗人幼小的心灵打下了烙印。贫寒的家境迫使他离开中学，去当海员，第一次世界大战期间，又入伍服役。战后在家乡开设旧书和古董商店。他的笔名萨巴在希伯来语中意为“面包”。

法西斯统治时期，萨巴因犹太血统受到迫害，不得不流亡巴黎三年，后又隐居佛罗伦萨、罗马，饱经忧患。

萨巴很早开始写作诗歌，受到莱奥帕尔迪、微暗派和隐秘派的影响。他和意大利心理分析小说家斯维沃、诗人蒙塔莱友情颇笃，对弗洛伊德精神分析学也感兴趣。他的诗歌倾注了诗人对家乡和生活的挚爱，他用诗人敏锐的感觉，努力在和他一样饱经忧患的普通人身上和周围的事物中，开挖出真和美。他的语言摒斥雕琢和怪僻，或清丽优雅，或凄丽沉婉，抒情诗曲中常常蕴含悲壮雄浑的力量。萨巴的诗作甚多，全部收入他的全集《歌集》(1961)。1953年，萨巴获罗马大学名誉博士称号，1946年获维阿雷乔文学奖。

《山羊》是萨巴的一首名诗。诗人把自然界的生物拟人化，揭示他们的共同命运。山羊凄然的呼唤，不啻是诗人内心痛苦的惨烈呐喊。山羊的脸孔，象征犹太人的形象，让读者联想到诗人出身的犹太民族遭受法西斯迫害的悲哀。诗歌由此从抒发个人的不幸升华到展现整个被压迫人民的苦难，具有震撼人心的艺术效果。

马里奥·卢齐(Mario Luzi，1914—　)

诗人，散文作家。青年时代在佛罗伦萨大学文学系攻读，毕业论文为论莫里亚克的创作。曾在帕尔马、罗马等地中学教书，后转入佛罗伦萨大学政治学系教授法国文学，并从事法国近当代文学的翻译与评论，同时在《文学》、《校场》等刊物发表诗作。

前期诗歌受到马拉美和翁加雷蒂的影响，可谓隐秘派诗人。后逐渐自成一家。代表作有《船童》(1935)、《夜晚的来临》(1938)、《祝酒》(1946)、《岩浆》(1963)、《田野深处》(1965)。卢齐确信，战争和社会祸害给人们带来失望和孤独，但诗的语言能够拯救人，因此，他力图把诗歌化为人际对话和探讨生活真谛的手段。他的诗篇讲求遣词造句，语言晓畅，意境深邃。他的后期诗歌带有明显的叙事风格，如《在无形的基础上》(1971)、诗剧《依帕齐亚》(1972)。

卡米洛·斯巴尔巴罗(Camillo Sbarbaro，1888—1967)

意大利诗人，小说家。早年为文学刊物《呼声》、《莱采巴》撰稿。在写作诗歌的同时，长期从事希腊语、拉丁语教学，翻译古希腊、法国文学作品。爱好蒐集和研究麝香和地衣，获得国际声誉。主要诗集有《树脂》(1911)、《静悄悄》(1914)等。

斯巴尔巴罗的诗歌创作盛期处于微暗派、未来主义交替时期。但他的诗风别具一格，既排斥前者的淡泊，又不醉心于后者的说教，而用细致的笔触，表现同时代人纯真沦丧，精神空虚，越来越被社会排斥，陷入孤独的危机感。

乔万尼·杰尔比诺（Giovanni Gerbino，生卒年不详）

后期未来主义诗人、画家。20年代末和30年代在米兰从事未来主义艺术活动，作品以诗歌、宣传诗、宣传画为主，著有《未来主义宣传诗》等。

《争斗着的大自然》是一首颇具艺术特色的未来主义诗歌。诗人描绘黑幕降临，华灯初上这样一幅日常生活的场景，匠心独运地把这一屡见不鲜的景象比喻为一场“光与影”的“肉搏”，光明对黑暗的“残酷屠杀”，借助类比，把握不相似的事物中相似的特征，放纵而不怪诞，独特而不神秘，给人以新鲜的感受。

阿尔登哥·索菲奇（Ardengo Soffici, 1879—1964）

意大利诗人、画家、艺术评论家。青年时代在巴黎求学，深受法国文学、绘画先锋流派的影响，1913年成为未来主义诗人。因同马里内蒂发生分歧，1915年退出未来派。他的未来主义绘画可以见出立体主义的影响。第一次世界大战后，转而采取维护民族文化传统的立场。30年代，成为“艺术散文”派代表。

《诗的理性》不啻是索菲奇的诗歌宣言。诗人强烈要求把诗歌从种种无用的艺术“规矩”的桎梏下解放出来，宣扬对神圣不可侵犯的“字眼（言语）”的崇拜，让诗歌像自然界的生命一样，自由自在地、不受任何拘束地运动和发展。

乔万尼·帕皮尼（Giovanni Papini，1881—1956）

意大利未来主义诗人、小说家。他的人生道路和创作生涯都很复杂。出生于手工艺者家庭。读大学时接受了柏格森的直觉主义。1903年，和索菲奇一起创办《莱采巴》，传播未来主义，宣传打倒偶像，否定传统，探讨与工业文明相适应的新的艺术形式与内容。

1915年，因在政治、思想和艺术上同马里内蒂发生分歧，帕皮尼退出未来主义。第一次世界大战后皈依基督教。潜心研究古典文学，成绩卓著。1937年，创立文艺复兴研究所，并当选意大利科学院院士。

《薇奥拉》着意抒写充满青春活力和体形优美的爱女，在诗人看来，只要纯洁的少女出现，世上的邪恶与利己主义便会销声匿迹，大地便变得更加仁爱、清新。浓郁的抒情风格和人情味，构成此诗的鲜明特色。

阿尔多·帕拉采斯基（Aldo Palazzeschi，1885—1974）

意大利诗人、小说家。他的早期诗歌接近“微暗派”，以戏谑的风格，表现对平庸生活的厌倦。1909年加入未来主义行列，并参与编辑未来主义刊物《莱采巴》，致力于诗歌形式的探索。1914年因对以马里内蒂为首的未来主义右翼的政治纲领和艺术主张不满，宣布退出未来主义。

《我是谁》是一首名诗，诗人以冷漠的笔调，通过对自我心灵的“疯狂”、“忧愁”和“悲哀”三种境界的剖析，表达了诗人用虚无主义的眼光看待世界，否定一切，力图摆脱客观现实，向往模糊的未来的混乱而狂热的情绪。《纵火者》相当鲜明地体现了未来主义的思想情绪和艺术风格。《生病的喷泉》别致地把喷泉比作身染肺病的病人，借助一连串谐声字来形容病泉的咳嗽、呻吟、喘息和颤抖，以及它们对诗人心灵造成的痛苦感觉。在诗中，谐声与类比的结合，比较得体，视觉形象与听觉形象融为一体，互相映衬，物的感性现象作为把读者带进人的内心意识中去的一种手段，取得了较好的艺术效果。

科拉多·戈沃尼（Corrado Govoni，1884—1965）

意大利未来主义诗人。出身农民家庭。曾当过农民、看门人、士兵，在战争中被俘。1903年开始诗歌创作。他的诗风受到邓南遮、微暗派和象征主义的影响，后来加入未来主义行列。诗集《电子诗》（1911），是他的代表作。

在《市镇》一诗中，戈沃尼重视声响、色彩的运用，突出声响的效应和色彩的强烈对比，用这种典型的未来主义艺术手法，来描写普普通通的日常生活的场景，透露出作者对家乡的眷恋，表达了一种不同于一般未来主义诗人的情调。

保罗·布齐（Paolo Buzzi，1874—1956）

意大利未来主义诗人。也写小说和剧本。出生于米兰贵族家庭。毕业于米兰大学法学系，长期在省督府担任官员。他曾从事诗歌韵律与风格的革新尝试，著有诗集《飞机》（1909）、《自由诗》（1913）。但作为未来主义诗人、评论家，布齐在思想上和艺术上都不赞同马里内蒂等人极端的立场，而主张先锋艺术同传统艺术的结合。他喜爱古典文学，曾把古罗马经典诗人维吉尔、贺拉斯、奥维特的作品译成意大利语。

《吉普赛人》像许多未来主义诗歌一样，颂扬叛逆，摒弃“强权的牢笼”般的现实，但他又同讴歌超人的马里内蒂不同，布齐向往吉普赛人纯洁的、自由自在的生活，把它视为同令人疲乏、厌倦的资本主义社会与文明相对立的“真正的生活”。

菲利波·托马佐·马里内蒂
（Filippo Tommaso Marinetti，1876—1944）

意大利未来主义创始人、理论家、诗人。他出生于埃及，青年时代在巴黎学习，广泛接触法国现代派特别是象征派文学艺术，深受影响。曾用法语写作象征派诗歌。后在意大利研究法学。他是意大利未来主义右翼的代表，后来堕落为法西斯御用文人，被墨索里尼任命为意大利作家协会主席。

马里内蒂强调对诗歌技巧进行革新，提倡"自由诗"，即不受固定的韵律模式的约束，只遵循一定的节奏，逻辑的节奏或者音乐的节奏。在一些诗歌中，马里内蒂以摒弃语言规范的字句，杂乱的模拟音响，枯燥的数学、化学符号，组成神秘莫测的文字，来表达诗人力图冲破现实牢笼的焦躁不安的心态。

《时间与空间》、《未来主义大学生》两首诗中，马里内蒂以时间和空间的反叛者和彻底破坏现存社会秩序的“强者”自居，用粗暴、怪特的笔触，急促、跳动的节奏，鼓吹混乱和自由，灌注了个人的强烈的紊乱情绪，淋漓尽致地表达了诗人对唯意志论和超人哲学的崇拜。

弗朗科·福尔蒂尼（Franco Fortini，1917—　）

意大利诗人，文艺批评家。佛罗伦萨人。毕业于佛罗伦萨大学文学系、法学系。

抵抗运动时期投奔游击队，在奥索拉谷地参加反法西斯武装斗争。战后担任社会党机关报《前进报》和进步刊物《工艺》的编导，积极从事文学创作与评论，颇有影响，有“左翼文化人”之称。50年代访华，著有《中国之旅》（1956）。

他的诗歌一度受到隐秘派影响，后来主要写作同社会生活密切关联的现实主义诗歌。代表作有《回乡证》（1946）、《诗歌与谬误》（1959）、《一劳永逸》（1963）、《墙》（1973）。

福尔蒂尼近年来执教于锡耶纳大学。对外国文学有很深造诣，翻译了歌德、艾吕雅、普鲁斯特、布莱希特的作品。

阿蒂利奥·贝尔托卢奇（Attilio Bertolucci，1911—　）

意大利诗人、翻译家。出生在文化古城帕尔玛。先在大学攻读法学，后来改念文学。18岁开始写诗。担任过广播电视、报刊的特约撰稿人，主持意大利第一套外国诗歌丛书《凤凰》。二次大战后迁居罗马。

他的诗集有《十一月的火》(1934)、《印度小屋》(1951)等。他的一些优秀抒情诗汲取了民间诗歌的特点，抒写故乡的风光、童年的回忆和人生的经历，都充溢着温馨、纯真的情致。

桑德罗·佩纳(Sandro Penna，1906—1977)

意大利诗人，出生在佩鲁贾。没有受过正规的教育，只读过几年会计学校。当过书店售货员，勉强维持生计。后来开始写诗，依靠天赋和勤奋获得成功。

他的主要作品有《诗选》(1938)(1957年充实后再版，获维阿雷乔文学奖)、《生活的奇趣》(1956)、《十字架与快乐》(1958)。

诗人把短暂的人生形象地喻为火车的夜间旅行和旅客黎明时分的苏醒，意象富于象征性，既充满孤独感，又清晰可见新的一天的朦胧曙光，精辟地表达了诗人深层的“伤感”与“甜蜜”交织的复杂情感，诗作因而具有酸甜苦辣的滋味。

保罗·沃尔波尼(Paolo Volponi，1924—　)

意大利诗人，小说家，出生在乌尔比诺市。毕业于乌尔比诺大学法学系。长期在奥利维蒂工业集团的社会服务部门工作，对当今资本主义社会的现实与矛盾有着深切的认识。

沃尔波尼一直积极从事政治活动，曾作为意大利共产党的候选人当选为参议员。1990年意共改名左翼民主党后，沃尔波尼坚持自己的政治信念，加入了“意大利共产党重建运动”。

沃尔波尼青年时代开始写诗。1948年发表第一部诗集《蜥蜴》，嗣后又陆续出版《古老的钱币》(1955)、《亚平宁之门》(1960，获维阿雷乔奖)。对亚平宁地区的自然风貌和平常生活的描写，贯串沃尔波尼的诗歌创作，这既是抒发对童年生活，对故土的爱恋，更是把它作为一种历史的、现实的生存状况予以表现。沃尔波尼的小说则侧重反映，在以机器化大生产、科学技术高度发达为特征的西方当代社会里，人的异化，人的精神上的压抑和分裂。

伊尼亚齐奥·布蒂塔(lgnazio Buttita，1899—　)

西西里方言诗人。从小从事各种体力劳动，生活于下层人民中间。因进行反法西斯地下斗争，曾两度被捕。

布蒂塔依靠自学成才。他用西西里方言写作诗歌和民谣，表现西西里人的生活与斗争，苦恼与追求，爱与憎。语言朴实、刚健，激情洋溢，乡土气息浓郁。他要求自己成为一个“广场上的诗人”，经常到工厂、农村、学校朗诵诗作，深受群众欢迎。

布蒂塔的诗歌多次获得维阿雷乔奖等文学奖金。他的诗歌大多已灌成唱片，由艺人说唱。他的代表作有《故事和歌谣》（1954）、《面包就叫面包》（1958）、《我是位广场诗人》（1972）。

阿尔比诺·皮埃洛（Albino Pierro，1916—　）

意大利当代有影响的方言诗人。出生在北部卢加地区的图尔西镇。他曾长年在北方和南方漂泊，直到1939年才在罗马落户。他在罗马读完大学，进入高级中学教授哲学和历史。

皮埃洛起先用意大利语写作诗歌，长达20年，出版了《抒情诗选》（1946）、《龙舌兰和石子》（1960），赢得评论界的好评。但他的诗人的盛名是同他用故乡古老的方言写作的诗歌联系在一起的。这些方言诗歌题材广泛，既有抒写故乡秀美的风光，对青少年时代生活的忧伤回忆，更有历经沧桑变迁后对故土、童年和生活的再审视。

皮埃洛采用的是故乡古老的方言，即今天已几乎失传的方言语汇、语音和结构，配合和谐的音韵，它们保留了拉丁语的特色，似乎显得古怪、生僻，但却别具一种特殊的、原始的美，深沉的内蕴和新奇的形象，反倒获得意想不到的返璞归真的艺术效果。

皮埃洛的代表作有《致回忆中的土地》（1960）、《为什么是死亡？》（1969）、《阳光下的匕首》（1973）、《诗十四首》（1977）。

皮埃尔·保罗·帕佐利尼（Pier Paolo Pasolini, 1922—1975）

意大利诗人、小说家、电影导演。出生在博洛尼亚，1945年毕业于博洛尼亚大学文学系，即迁居母亲的故乡弗留里地区，直至1949年返回罗马。

最初从事文学评论和电影剧本写作，50年代发表两部反映罗马下层社会流氓无产者生活的小说，引起轰动。60年代下海电影界，导演了《十日谈》、《坎特伯雷故事》、《一千零一夜》等影片，以惊世骇俗的内容与手法震动影坛。

帕佐利尼多方面的文学才华也体现于诗歌创作。他最初的诗歌用弗留里方言写成，激情横溢，直面人生，广为流传。他的主要诗集有《20世纪的方言诗》（1952）、《葛兰西的骨灰》（1957）、《玫瑰形式的诗歌》（1964）、《被遗忘的诗》（1965）等。

安德雷·藏佐托（Andrea Zanzotto，1924— ）

意大利方言诗人。出生在特雷维索市。1942年毕业于帕多瓦大学文学系。随后参加反法西斯的“正义与自由”组织。战后，在中学教书，并从事诗歌创作。除抵抗运动时期一度流亡法国、瑞士外，一直住在特雷维索。

1951年，藏佐托发表第一部诗集《在风景后面》，显露了他擅长挽歌体诗作的才华。在其后的诗作中，读者又可见到诗人故乡的山山水水和风土人情，内心体察与冷峻思辨交织。后期诗歌侧重于表现自我与世界的全面解体。藏佐托的主要诗集有《挽歌与其他诗》（1954）、《呼唤》（1957）、《复活节》（1974）、《菲洛》（1977）、《方言诗》（1986）。

藏佐托在小说创作、文学评论和翻译领域，也获得了成就。

马里娅·路易莎·斯帕齐阿妮（Mazia Luisa Spziani，1924— ）

意大利女诗人，翻译家，学者。出生于都灵。1948年，以一篇论普鲁斯特小说风格的优异论文，通过答辩，从都灵大学文学系毕业。嗣后，她一面进行外国文学研究，一面从事新闻工作，担任多家报纸、刊物的撰稿人。1950年，获维阿雷乔奖新闻奖。在周游欧美各国后，迁居罗马。1964年起，担任西西里岛墨西拿大学德国语言文学教授。

斯帕齐阿妮青年时代开始诗歌创作。她曾受到隐秘派和欧洲先锋派诗歌的影响。她的诗篇热情中透着刚健，直抒胸臆，表达出对人生的敏锐而又苦涩的体验，富于艺术感染力和思想穿透力。

斯帕齐阿妮的主要诗集有《星期六的水》（1954）、《伦巴第的月亮》（1959）、《锣声》（1962）、《旋风眼》（1970）、《超音》（1976）。

埃利奥·帕利亚拉尼（Elio Pagliarani，1927— ）

出生在意大利里米尼地区维塞尔巴城的工人家庭。18岁时前往米兰，在一家进出口公司任职。后进入帕多瓦大学，1951年毕业于政治学系。先后在私立学校教书和社会党机关报《前进报》当编辑。

1954年，帕利亚拉尼发表第一部诗集《新闻和其他诗歌》，叙写下层社会的工人、苦力、司机、售货员受屈辱和被摒弃的遭际，具有浓厚的现实主义精神。60年代成为新先锋派的“新诗派”的成员，加入“63社”。他的不少诗作完全背弃传统，标新立异，尝试把科学技术引入诗歌，颇为离奇。他的代表作有《卡尔拉姑娘和其他诗歌》

（1961）、《实验诗歌手册》（1964）、《物理教程》（1968）。但帕利亚拉尼的诗路相当宽广，他的以爱为主题的短诗，同他的扑朔迷离的新先锋派诗大异其趣，自由，简括，洒脱。

乔万尼·拉卜尼（Giovanni Raboni，1932—　）

出生于米兰大学法文系毕业后，担任过律师、出版社经纪人。60年代步入诗界，同时为多种文学刊物和意大利广播电视台撰稿，并从事电影评论。他以充满叛逆精神的诗歌创作和评论引人注目。

拉卜尼的诗鲜明地突出自我，置自我于社会、人际环境的显著位置，把人的自我本质面临被残忍的历史机器的齿轮吞噬，人不由自主地被打入精神牢狱，毫无出路的危机感，把西方当代社会里人的异化，鲜活而独特地表现出来。拉卜尼的主要诗集有《不清洁的空气》（1963）、《维特拉之家》（1966）、《欺骗的旋律》（1975），还主编了《意大利60年代诗选》（1976）。

拉卜尼又是诗歌翻译家，所译波德莱尔、阿波利奈尔诗品探受赞誉。

乔尔乔·卡勃隆尼（Giorgio Caproni，1912—1991）

意大利诗人，小说家。出生在利沃纳。在热那亚读书，从事过多种职业，在外省和罗马当过小学教员。1938年，被征召入伍，赴西线作战，后来参加游击队，抗击法西斯。战后返回罗马，继续教书和从事写作。

卡勃隆尼早年的诗带有自传色彩，受到隐秘派的影响。作为具有明显的新先锋派特色的诗人，卡勃隆尼的诗歌表达了西方现代人生存的困惑和内心的迷惘，但它们融合了传统诗歌的风范。

卡勃隆尼的代表作有诗集《虚构》（1941）、《山与雾的诗》（1967）、《凯文胡勒伯爵》（1986）等。他曾两次获得维阿雷乔奖，被授予马尔比诺大学文学系名誉教授、热那亚名誉市民。

迪诺·坎帕纳（Dino Campana, 1885—1932）

是20世纪初叶意大利最有影响的诗人之一。一生坎坷，命运横逆多舛。出生于佛罗伦萨附近的马拉迪城镇。父亲是教员。15岁时，坎帕纳得了严重的神经衰弱症。21岁时进入博洛尼亚大学，错误地选择了化学专业，两年后即辍学。随后，他漫游阿根廷、比利时、法国、俄国、瑞士等国，在异国他乡当过铁匠、司炉、门房、消防队员、咖啡厅的钢琴演奏员、水手，勉强维持生计。第一次世界大战前返回故乡，开始写诗。1918年神经错乱，被送进佛罗伦萨附近的普尔奇疯人院，直到1932年在那儿病逝，再也没有恢复理智。

诗集《俄耳甫斯之歌》（1914）是坎帕纳的代表作。《玻璃窗》是其中的一首抒情名诗。诗人在灌注了自己情感的奇思异想中，用各种变幻微妙的色调，用各种新奇而可靠的形象，描绘了一幅多姿的夕照画。在竭力营造残阳如血的艺术氛围之后，又在强烈的对比与反差中，表达出诗人对时光不可挽回地消逝的悲凉，进而在更深的层次上刻画了黑夜的降临在诗人无比敏感、近于病态的心灵中勾起的痛楚的失望和恐惧，那高高的玻璃窗反射的最后一缕残阳余照，犹如在黄昏的心头永远刻下的痛苦的殷红的血痕。

在《玻璃窗》和其他四首抒情诗里，坎帕纳把写景、状物同抒发主观世界的奥秘感受融为一体，写得婉约沉郁，色彩丰富，具有一种和谐的美。

马里诺·莫雷蒂（Marino Moretti，1885—1979）

“微暗派”诗人。早年在腊维纳、博洛尼亚等地学习，和科拉齐尼等结识，写作“微暗派”诗歌。他曾在克罗齐领衔的《知识界反法西斯宣言》上签名，遭到墨索里尼的打击。代表作有诗集《博爱》（1906）、《蚊子小夜曲》（1908）、《用铅笔写的诗》（1910）。他也写过多部小说。

他的诗歌具有典型的“微暗派”特色，平淡无奇，娓娓叙述单调、乏味的外省生活与小资产者的苦闷，卑微的小人物丧失激情，委曲求全和注定失败的命运遭际。

范比奥·多勃里凯（Fabio Doplicher，1938—　）

是位很活跃的诗人、剧作家、评论家。60年代末，意大利一些寻求新的诗歌形式、语言，以表达自己愤世嫉俗的情绪的青年人，自称是被正统的文化“中心”排斥的“边陲诗人”。多勃里凯便是这一派的代表诗人之一。他们其实也就是新先锋派。

多勃里凯的诗集有《封闭的圆圈》（1970）、《冰室》（1971）、《流放的日子》（1975），合集《边陲诗人》（1983）。他还撰写了大量剧本、广播电视剧。曾担任《斯蒂尔勃》杂志社社长。

塞尔乔·科拉齐尼（Sergio Corazzini，1886—1907）

意大利“微暗派”诗歌的代表。年轻时因家境清贫而辍学，一面在保险公司工作，一面写作诗歌。1906年因患严重肺痨，进入疗养院，翌年去世，年方21岁。著有诗集

《痛苦的酒杯》(1905)、《星期天晚上的诗卷》(1906)等。

科拉齐尼的诗风恬淡、平易，借助对细微的日常生活的描写，着力表现忧愁、阴暗的心态，悲戚凄凉，痛苦的失望中透出一丝对现实的讽喻。

圭多·戈札诺（Guido Gozzano，1883—1916）

意大利“微暗派”诗人。毕业于都灵大学法学系，但旋即投身诗歌创作。因患肺结核，33岁时便逝世。主要诗集有《隐蔽的路》(1907)、《叙谈》(1911)。

他的诗歌同邓南遮的诗风迥异，朴实，淡泊，散文化。冷漠的字里行间，被社会摒弃的感受，同对生活的苦恋紧密交织，令人心酸，而又不乏动人心曲的力量。

迪诺·布扎蒂（Dino Buzzati，1906—1972）

是位艺术风格独特的作家，有些评论家称他是意大利的卡夫卡。他的小说构思奇特，情节怪诞，手法夸张，现实与虚无、情理与荒谬、常人与幽灵常常交替或者共处。他把人的潜意识和幻觉化为触目惊心的具象，展示恐惧和死亡是无法摆脱的神秘力量。在《鞑靼人的荒漠》、《七使者》中，有异常充分的表现。或许这是布扎蒂同卡夫卡的相通之处。

但布扎蒂又区别于卡夫卡。且不说他笔下的大自然，奇妙壮观的群山、老林，既染上一重阴暗、神秘的色彩，又明晰地透露出他对现实、对故土的爱恋，《群山中的巴尔纳博》、《老林的秘密》足以佐证。就以我们选择的《泥石流采访记》为例，他勾画的人物，受幻觉和本位的驱使，去追寻泥石流，结果却接二连三地碰壁，一切似乎都是真真假假，虚无缥缈；四周惟见低垂的乌云、刺骨的寒风和漆黑的谷底，内心笼罩失望与迷茫。然而，主人公心里终究又涌起“近似欢乐的兴奋”，去继续追寻。绝望中蕴含着希望，迷茫而不失追求。这是布扎蒂小说的艺术价值所在。

另一则短篇《朋友们》是写幽灵重返人间的故事。不过，这里的幽灵，与其说是非人，毋宁说是变形了的社会人，他很像鲁迅评论《聊斋》中的狐鬼人物，“多具人情，和易可亲”。荒诞不经的故事，映照出社会现实中的各种真实现象。较之通常的写实手法，此种笔法写人际关系，入木三分。

布扎蒂出生在贝鲁诺，1928年毕业于米兰大学法律系，担任《晚邮报》记者、编辑。1933年开始发表文学作品，除小说外还写过剧本，歌剧脚本，当过美术评论专栏作家，在绘画方面也有所成就。早期作品《群山中的巴尔纳博》(1933)、《老林的秘密》(1935)，既有对古老传说的继承，又可见怪异、神秘的特征。另一部长篇《鞑靼人的荒漠》(1940)写一群青年军官驻守边关，防御随时可能入侵的鞑靼人，他们在茫茫沙漠中虚度一生，而人们等待了许多世纪的神秘的鞑靼人却始终没有出现。《七天使》（1942）、《短篇小说六十篇》（1958）是布扎蒂短篇创作的主要成果，后者在当年斯特雷加文学奖。其他作品有《爱》（1963）、《人间纪事》（1972）等。

马里奥·索尔达蒂（Mario Soldati，1906— ）

是少数健在的意大利知名老作家之一。他的文学艺术创作不只以丰产和多面著称，而且以艺术形式完美见长。他受到“书法派”的影响，文笔优雅，人物的心理刻画细婉有致，善于把一件普普通通的事情编写得情趣隽永，令人玩味。这在他的小说和影片中都得到反映。

《弗洛里昂咖啡馆的椅子》的开局平淡无奇，叙述一位英国老处女到威尼斯旅游，作者寥寥几笔勾画出迷人的威尼斯之夜，旋即以此为背景，着意铺展小说的性感主线，时而把镜头闪回到“昨天”，遥远的二十九年以前，追溯女主人公青年时代的幻想和爱情，时而叙写她经过周密思虑之后将采取的一项行动。她将采取的行动似乎是过于天真，因而是愚蠢、可笑的，但在她的心目中，却是无比崇高、神圣的：弗洛里昂咖啡馆的那把椅子，对于她而言，代表着青春的追求，遥远年代失落的爱和幸福，而今，她孤寂的情感世界多么需要寻找回来这失落的爱。她失败了。但愚蠢、可笑的行动自会赢得同情，令人肃然起敬。威尼斯的旖旎风光，令人断肠的内心写照，回忆与现实的交织，使小说写得情愫绵绵，具有一种柔美的内秀。

索尔达蒂出生在都灵，外祖父是作家，自幼受到良好的家教。他先在耶稣会学校读书，后攻读于都灵大学文学系，十八岁时发表剧本《皮拉托》，二十一岁大学毕业，进罗马艺术史高等学院深造两年。1929年赴美国进修，并在哥伦比亚大学教授意大利语言、文学。1931年返回意大利。

索尔达蒂多才多艺，在文坛辛勤耕耘四十余年，成果丰硕，共发表剧本、短节小说集、长篇小说、散文集三十余部，其中《卡普里岛来信》（1954）获斯特雷加奖，《演员》（1970）获康皮埃洛奖，《冬天的五十五个故事》（1972）获邓南遮奖。近作《火》（1981）通过一个画家的遭遇，探讨友谊、情欲、金钱同现代人的关系，获得好评。索尔达蒂还长期从事新闻工作，并且是一位很有成就的电影编剧、导演，执导了近四十部影片和近十部电视片。

维·布朗卡蒂（Vitaliano Brancati，1907—1954）

是意大利当代乡土文学的代表作家之一。他的人生道路经历过一番曲折。布朗卡蒂出生于西西里岛锡腊扎古城附近的帕基诺镇，从卡塔尼亚大学文学系毕业以后，当过师范学校教员。他和当时一部分青年知识分子一样，推崇邓南遮，又被墨索里尼蛊惑人心的宣传所吸引，一度支持法西斯政权。后来迁居罗马，受到文艺界克罗齐派和自由派人士的影响，思想和艺术发生转折。他的剧作《不由自主的堂璜》（1933）含沙射影攻击意法西斯政府一位高级官员，被当局下令禁演。他的作品以故乡西西里为背景，但他又放弃战后西西里作家群惯用的写实手法，而是把奇特的想象、漫画式的夸张和冷嘲热讽融为一体，对陈腐的习俗，对法西斯制度的本质，进行尖锐的抨击。他的幽默是冷侃的，但贯注了他强烈的爱憎之情，因而他的作品具有令人省悟的思想深度。

《一场美梦》体现了布朗卡蒂的艺术风格。它颇像一则童话，在读者面前展示的景象都是那么出奇的公正、理智；然而，读者逐渐明悟，这童话分明是对法西斯神话的揭露。我们不禁想起当代文学名家夏侠对布朗卡蒂的评语：布朗卡蒂擅长“在普普通通的、活生生的现实中，开掘出滑稽的、可悲的因素，惊心触目”。

布朗卡蒂的主要作品有:《消逝的岁月》（1941）、《堂璜在西西里》（1942）、《漂亮的安东尼奥》（1949），短篇集《穿皮靴的老人》。

切撒雷·帕维塞（Cesare Pavese，1908—1950）

是一生致力于探索而终于未能解脱危机的作家。他出生北方农村，父亲是法院的文书，家中有一块小庄园，帕维塞在此度过了令他终生难忘的童年。在都灵读完中学、大学后，当过教员，1933年起在埃依纳乌迪出版社当文学编辑，同时翻译美国作家斯坦倍克、福克纳的小说。1935年因参加反法西斯活动被当局流放卡拉布里亚地区，他因此失去心爱的人。

诗集《令人厌倦的劳动》（1936）、小说《你的乡土》（1941）是帕维塞早期创作的代表，表现乡村少年流入城市后的孤独和苦闷。法西斯政权垮台后，他加入共产党。长篇小说《同志》（1947）反映了作家这一时期乐观向上的精神状态。嗣后发表的作品《美好的夏天》（1949）、《月亮和烟火》（1950），又回到早期作品的主题，并予以发展和深化：城市社会的虚伪与堕落，在对童年和乡土的回忆中寻找慰藉，解脱的希望破灭。1950年8月27日，始终受“孤独的顽症”折磨的帕维塞自杀身死。

《城市》颇能体现帕维塞的创作特色。一个青年离开乡村，来到城市。他虽然逐渐在这里站住了脚，过上了他向往的快活的生活，但却失去了成长的“土壤”，失去了生活的根基，因而终究无法寻找到归宿。乡村同城市这一贯串帕维塞整个创作的主旨，又一次得到鲜明的体现。在风格上，《城市》也同帕维塞的其他小说相近。这是一篇近于散文化的小说，语言是朴素的，笔致是清淡的，情节也作了淡化的处理。在主人公与卡罗的对照中，渐次映显出两者的反差，从而点化出战后初期一代乡村青年复杂的心态。

朱塞佩·德西（Giuseppe Dessi，1909—1977）

是位撒丁岛作家。他的全部创作都同故乡撒丁岛紧密相关。

人们记得，十九世纪末，撒丁岛曾哺育了一代女文豪黛莱达。黛莱达以纤细秀丽的笔触，生动地描绘古老、淳朴的撒丁岛的一幅幅风俗画，展现出历史悠久的乡村文明同资产阶级文明的撞击，那哀婉凄楚的抒情，怅惘柔弱的色调，叩击着众多读者的心扉。她因此成为世界上第一位获得诺贝尔文学奖的女作家。

德西的创作明显地受到黛莱达的影响。自然，历史的车轮前进了半个世纪。回忆金色的童年生活，描叙撒丁岛的风尚习俗，仍然时时出现于德西的作品，但她又不止于缅怀古老的文明和田园诗般的往昔；她的小说中跳动着一颗热切参与现实生活的心。在《天使岛》这一短篇佳作中，德西避免使用华丽的辞藻，节制过多的文学表现手段，通过一对青年男女的爱情悲剧，写出了一个特定的时代对个人命运的深重影响，也反映了一代撒丁岛人所经历的痛苦的心灵历程，在情致盎然的民风、人情描写中，又流露出一点惆怅，一缕幽怒。《天使岛》被意大利评论界誉为《痛苦的绝唱》。

德西出生在撒丁岛首府卡利亚里附近的一个小城镇，从小受到撒丁岛古老文明的熏陶。读完中学后，进入比萨大学文学系。1936年，在著名文学家评论家路易吉·卢索指导下完成十九世纪文学大师曼佐尼研究的毕业论文。嗣后，他一面在比萨技师学校任教，一面在《索拉里尼》、《文学》等著名刊物上发表短篇小说。同撒丁岛文明的联系，在高等学府接受的严谨、坚实的文学教育，对外国文化的借鉴与吸收（他的不少作品中可以看出普鲁斯特、乔依斯某些手法的影响），是德西文学创作获得成功的要素。

德西的主要作品有：短篇集《城里的新娘》（1939）、《新老故事集》（1945）、《她是水》（1967），长篇小说《逃兵》（1961）、《影子笼罩的地方》（1972，获斯特雷加奖）等。

埃尼奥·弗拉雅诺（Ennio Flajano, 1910—1972）

是位两栖于文学与电影的艺术家。他是新现实主义电影开山作《罗马，不设防的城市》的编剧之一；后来，他与当代意大利电影界巨擘菲里尼搭档，长达二十年之久。菲里尼震动世界影坛的杰作《大路》、《她在黑夜中》、《甜蜜的生活》、《1/2》便是由他编写脚本的。富于才华的文学家与优秀的导演长期携手合作，乃是意大利得以走在世界电影新潮流前列的重要原因。

弗拉雅诺出生于东部滨海城市佩斯卡拉。他多才多艺，起先在罗马大学建筑系攻读，后来又从事新闻工作，相继主持过《晚邮报》、《今日》、《世界》等有影响的报刊的戏剧、电影专栏。他还是个杂家，无论是绘画艺术、体育竞赛，还是女权运动，全是他撰文评论的对象，四十年代，弗拉雅诺献身文学。他的处女作《杀人的时候》（1947）尖锐抨击现实，一鸣惊人，获得当年的斯特雷加文学奖。他的其他小说，如《一夜，仅仅一夜》（1959）、《游戏与屠杀》（1970）、《白色的影子》（1972），或以饱含幽默的讽喻为特征，或致力于打破传统叙事结构的探索。弗拉雅诺在戏剧界也很活跃。他的剧作《柜中女人》（1958），《不断中止的谈话》（1971），近于荒诞派戏剧，后者借三个剧中人（诗人、作家、电影导演）之间的争论，表明当今艺术家陷入了无可奈何的精神危机。为了纪念弗拉雅诺对意大利戏剧发展的贡献，曾公演他的第一部剧作《穷人面临一场恶战》（1946）的罗马阿莱金诺剧院改以他的名字命名。

《一个火星人在罗马》是弗拉雅诺的一则著名短篇，作者还写过一部同名喜剧，并把它改编为电视片。小说颇有些荒诞的味道，又有那么一点科学幻想的成分，但地点与众多的人物又直接取自现实生活，作家仿佛是提示读者，这一切都是发生在生活中的真实可信的事件。小说的讽刺性是鲜明、深刻的，但这种讽刺又不是直露的，而是体现于荒诞之中，体现于隐喻与幽默之中。与其说作者是在描写一个火星人在罗马的遭遇，毋宁说是表现人们对现代文明和信念的丧失，曲折地映照当代人深刻的危机。

朱塞佩·贝尔托（Giuseppe Berto, 1914—1978）

对于中国读者并不陌生，他的处女作《满天红》（1947）早在五十年代就译成中文出版。小说以纤细的笔触描绘被战争的炮火毁灭了青春和幻想的青年一代的际遇，他们身受战争、饥饿、瘟疫等邪恶的污染，而又终不失去纯洁本色的情操，引动了众多的赞叹。这部作品同作家的一段特殊经历相关。贝尔托1940年毕业于帕杜亚大学文学系，旋即被征入伍，派往非洲作战，1943年为美军俘虏，《满天红》便是他在战俘营艰难度过的三个春秋中写出来的。

贝尔托的第二部作品《强盗》（1951）是早期新现实主义的代表作。一个战后回到乡村的青年退伍兵，只因为了争取土地和生存而触犯了当权者，被打成“强盗”，锒铛入狱。

和许多同辈作家一样，贝尔托的创作从六十年代起发生转折，从反映社会生活转向表现人的潜意识和内在世界，从写实转向精神分析（《难以捉摸的邪恶》，获1964年维阿雷乔奖）；展示人在现代社会中的堕落、失常，唯有抛弃城市、财富，才能在大自然中找到归宿（《噢，赛拉菲娜》，1974）；借宗教题材表现被罪孽折磨，但又渴望拯救的灵魂（《荣誉》，1978）。

《成熟的考试》选自短篇小说集《微小的成就》(1963)。这里贝尔托依旧写他喜欢写的青年人，通过一个外省青年对富有家庭出身的姑娘的爱慕，在对人物微妙情感的委婉舒徐的抒写中，反映出人与人之间关系的一个侧面。

埃尔莎·莫兰黛(Elsa Morante，1918—1985)

是意大利当代最富于才华的女作家、诗人。卢卡契曾称莫兰黛是“继托马斯·曼之后欧洲最伟大的小说家”。她出生在罗马，母亲是北方人，父亲为西西里人，都是教员。清寒的家境使她从小就饱尝艰难世事的滋味。1941年，她和著名作家莫拉维亚结婚。德军侵占罗马后，他们逃难到乔恰里阿山区，与当地山民、反法西斯游击队员广泛接触，在她以后的作品中显然融汇了这一段丰富的人生经验。

细巧的心理分析，把写实与象征熔于一炉，是莫兰黛创作的主要特征。短篇小说集《秘密的游戏》(1941)是她的处女作，这一特征已初具端倪。长篇小说《谎言与占卜》(1943，获维阿雷乔奖)、《亚瑟岛》(1957，获斯特雷加奖)，风靡意大利的《历史》(1974)，和《安娜格艾莉》(1982)，都是以充满诗意的想象，饱含哲理的寓意，探索人的内心世界的奥秘，表现邪恶、暴力在人的心田留下的深刻烙印。莫兰黛还是一位很有成就的儿童文学作家，写过《卡捷琳娜的奇遇》(1959)、《孩子们拯救的世界》(1968)。

短篇《和平的年代》采用人物意念追忆的手法，清晰地描述了男主人公从盲目、懦弱到清醒而又无法解脱的痛楚心态的轨迹。随着他回忆的思绪的流动，一位天真未泯的少女的悲剧一幕幕地展现在读者面前，她美丽、诚实，努力想赢得人们的信任，最终却沦为虚伪、卑劣的女主人的牺牲品。

焦尔焦·萨维亚内(Giorgio Saviane，1916—)

是意大利两栖于司法界和文学界的老作家。他出生于北方威尼斯大区卡斯特弗朗科城，在马雷马度过少年时代。他在大学攻读法律，又学过医学、政治学，毕业后一直在佛罗伦萨当律师，同时从事新闻工作和文学创作。1957年发表第一部长篇小说《人群》。《教皇》(1963)一书给他带来巨大声誉，这部小说和他的其他几部作品(《漫长的步子》，1957;《垂直的大海》，1973;《爱情之死》，1977)大多涉及伦理、道德和宗教问题，以对人物心理的敏锐洞察力和丰富的表现力见长。

《我俩并不孤独》——萨维亚内的这则短篇至少有两点特色。小说分为两个部分，由两个叙述者分别用第一人称叙述。在这两位叙述者所代表的两种不同的人生观、价值观的撞击上，鲜明地凸现出主人公果敢地向命运挑战，比别人更坚毅的强者品格。这两位叙事者代表两个视点，两个对立的而又互相映衬的视点，形成了对主人公心灵深处多层次的开掘，从而使小说充溢着丰富的情感，深化了作品的内涵。这是其一。其二，采用景、物来映照人物的精神世界。阿尔诺河湍急的流水，汹涌的波涛，坚实的大桥，霏霏的细雨，自始至终构成小说的背景，构成小说的叙述因素；人物的心理与外界的联系由此显得更加自然、更加贴近，人物的精神世界和自然的景、物在同一主题下产生动人心曲的共振。

米凯莱·普利斯科（Michele Prisco，1920—　）

是意大利南方文学的一位代表。他出生在那波里。毕业于那波里大学法律系，但他没有进入司法界，却拿起笔，从事他心爱的新闻工作和文学创作。他的第一部短篇小说集《沉睡的外省》（1949），揭示了南方省城资产阶级死气沉沉的生活，获斯特雷加奖。他的大部分作品展现那波里和南方发展与蜕变、觉醒与板滞的纷纭的矛盾，是一个真实的历史时代的形象记载。普利斯科在描画现实场景与刻画人物心理时，感觉敏锐，细吹细打，耐人寻味。他的主要作品有:《艰难的岁月》（1954）、《雾的曲线》（1966，获斯特雷加奖）、《黑貂》（1975）、短篇小说集《海滨的火》（1957）、《自由区》（1965）等。

《他人的生活道路》以一个新闻记者对一桩自杀案的追踪调查为线索，步步深入，线索一会儿中断，一会儿又联上，若断若续，若明若暗，最终幻觉竟然成为现实。这毫不足怪。在那个错综复杂的社会里，有那么多的不幸，那么多的自杀，委实无法寻得一点迹象，来解释这扑朔迷离的一切，解释他人的生活道路。

多梅尼科·莱阿（Domenico Rea, 1921—　）

出生在意大利那波里的贫民家庭，从事过各种职业，后来进入那波里博物馆当职员。他潜心研读古典文学作品，自学成才，当上了新闻记者。他的第一篇小说《卡西米罗·克拉鲁斯的女儿》（1943），深受文学批评界权威弗洛拉主教授赏识，推荐在《水星》杂志发表，一举成名。嗣后问世的《斯帕卡那波里街》（1947）、《耶稣，给我们光明》（1950，翌年获维阿雷乔奖）、《库梅奥的境遇》（1955），都是意大利新现实主义文学的优秀作品，通过真实、细致的叙述，勾勒了那波里小人物走投无路，人格与才能遭到践踏的境遇。

《彼埃得蒂菲科》是一篇令人忍俊不禁而又叫人心酸不已的小说。一个饥肠辘辘，饿得头晕目眩的叫花子，突然鸿运高照，意外地混进了修道院的储藏室。他体味着从来不曾享有过的口福。他得意忘形，纵横放肆，但他的全部胆大妄为的行动却又那么合情合理；他一反卑贱、麻木的常态，表现出极大的智慧。莱阿以浓厚的悲喜色彩，对这个社会的畸形儿的不幸，对他的窳惰，进行了深情的热讽与痛楚的针砭。轻松的幽默，漫画式的夸张，生动的那波里方言，都给小说增添了艺术魅力。

五十年代中期，莱阿继续以那波里平民、小资产阶级生活为题材，保持了新现实主义的特点，但更多地把注意力投向人物的精神世界，往往流露出绝望的痛楚和残酷的感情，如《红晕》(1959)、《国王与擦皮鞋匠》(1961)。莱阿的其他作品还有：《短篇小说集》(1966)、《那波里日记》(1971)、《为了炼狱的灵魂》(1977)。《彼埃得蒂菲科》选译自《短篇小说集》。

尼诺·帕隆波(Nino Palumbo，1921—)

意大利新现实主义作家。1921年出生于巴厘附近的小城镇。自幼家庭清贫，十一岁时辍学，依靠劳动谋生，后来当过会计、小职员，参加过反法西斯的抵抗运动。1946年进入米兰博柯尼大学财经系学习，后来转而攻读法律、文学。他自己曾说，他青少年时期的生活经历，是他创作素材的重要来源。

他的文学创作始于1951年。第一部长篇小说《税务吏》(1957)被评论界认为是新现实主义最优秀的小说之一，获得黛莱达文学奖。嗣后发表的作品有《报纸》(1958，获维庸文学奖)、《绿面包》(1961)、《漫长的日子》(1962，获萨莱托文学奖)、《今天是星期六，明天是星期日》(1964)等。这些作品以职员、手工业工人、小官吏为主人公，描写他们被迫害遭践踏的辛酸生活，表现他们为摆脱穷困，维护人的尊严进行的挣扎。1977年，作者又发表了一部以知识分子的精神危机为题材的长篇小说《恶蛇》。

《墓碑》选译自短篇集《今天是星期六，明天是星期日》。帕隆波对普通人孤独，忧伤和茫然寻找不到出路的精神状态，有着深刻入微的心灵体察，他对人物的同情与哀怜，溢于心怀，流于笔端。现实与往事、叙述与回忆的反复交错，独具一格的第一人称手法，使小说具有浓烈的幽凄悲怨的情韵。

拉法埃莱·拉卡普里亚(Raffaele La Capria，1922—)

意大利那波里人。他的少年时代是在法西斯统治下度过的，没有机会接受正规的教育，他靠自学读了许多书。拉卡普里亚后来回忆说，“我花费了很多宝贵的时光，仅仅为了理解其他国家的儿童在学校里就能掌握的基本知识”。后来，他终于考进那波里大学法律系获得法学士文凭。战争一结束，他即前往法国、英国深造，攻读英国文学，翻译了艾吕雅、奥登、托马斯的诗歌。回国后，他在广播电视台担任编剧和文学节目的制作工作。1952年，他发表第一部长篇小说《烦躁的一天》。1957年，前往美国，参加基辛格领导的哈佛大学国际问题研究会的工作。自美返意后，除为报刊撰写评论文章外，主要从事文学创作，并为电影电视编写脚本。1961年，发表他第二部长篇小说《致命伤》。这部作品出色地描绘了那些惯于在咖啡馆、夜总会消磨时间的那波里人的忧伤与幻想，获得当年的斯特雷加奖。他的其他作品有：《爱情与公理》（1973，获康皮埃洛奖提名）、《出乎意料的苏醒》（1973）、《错误的起飞》（1974）等。

《鼠》选自《意大利1975年短篇小说选》。它颇能体现拉卡普里亚小说的特色，笔姿自由放达，爽健清新，注重编织严谨的结构，着意制造戏剧性的悬念，因而具有引人入胜的可读性。

焦尔焦·曼加内利（Giorgio Manganelli，1922—　）

生于米兰。他的文学批评与创作活动一开始便是同新先锋派联系在一起的。意大利新先锋派发端于五十年代中期，六十年代达到鼎盛。1963年，新先锋派文学家汇聚在西西里首府巴勒莫，组成“63社”，曼加内利便是其中最活跃的代表人物之一。新先锋派认为，传统的文学，传统的语言，已无法反映现阶段的资本主义社会，思想意识已成为文学的桎梏，他们寻求崭新的艺术表现手段，摒弃传统的文学模式，破坏传统的语言规范，而采用混乱的、奇特的和古怪的词语、句子形态，来反映同样混乱的现实和意识。曼加内利就说得很干脆，文学是“挑衅和神秘”（《文学是谎言》1967）。

焦尔焦·曼加内利的《微型小说百篇》（1979）是一部典型的意大利新先锋派文学作品。这百篇微型小说，是对传统小说模式的彻底叛逆。传统小说常常以情节为框架，借助情节来表现主题，人物的心理描写只是在这样一个总的格局内展开，并受到约束。而在曼加内利那里，人物的心理、意识的描写，构成小说的框架，情节不只是淡化，而且几乎是消隐了，至少是放在了无足轻重的、可有可无的位置。在我们选收的五个短篇里，作者仅仅展示人物意识深层一连串凌乱不堪、含糊不清的感觉、情绪的流动，或是主人公防人盯梢，永远无法摆脱的感觉，或是仿佛觉得自己在梦中杀了人，犯了罪的幻觉，或是酒醉以后错乱的潜意识，等等；作者用这种扭曲的方式，把人物惶惑、恐惧的情绪、意识，传达给读者，把一颗颗痛苦的灵魂展示给读者。曼加内利描绘的这些人物的意识、潜意识是破碎的、变化的、模糊的、跳跃的，因而，这些每篇只有一千字左右的微型小说，一方面是隐晦难解的，但另一方面却又刺激了读者的审美意识，使这些小说的内涵大大超过了微小篇幅的容量。这部集子获当年维阿雷乔奖。

曼加内利的长篇小说《悲喜剧》（1964），就是通篇用冗长的、冷嘲热讽的独白，来探讨现代西方社会里人的命运与本质。他的另外几部小说，如《致别的神明》（1972）、《萨姆尼孤儿的记事簿》（1973）、《A与B》（1975），也都是形式上怪诞离奇，而骨子里却始终着眼于现实的作品。

高弗雷多·帕里塞（Goffredo Parise，1929—1986）

是一位巧妙地把写实同虚幻糅合在一起的作家。他出生于北方的维琴察城。青年时代在大学攻读哲学，但他对文学的浓厚兴趣促使他中断学业，献身新闻工作和小说创作。二十岁那年，他写出第一部长篇小说《死去的男孩和彗星》（1951年发表）；在这部小说中，既可清晰地见出正在崛起的新现实主义的印记，又充满童话故事的色彩，叙述童年生活的自传体成分同描写幻象的超现实主义因素奇妙地熔于一炉，具有抒情的诗意。这部作品和具有相近风格的小说《伟大的假期》（1953），奠定了帕里塞在文学界的重要地位。

1954年发表的《漂亮的教士》舍弃了早期的抒情风格，以极大的尖锐性抨击宗教界的丑行，产生强烈反响。随后发表的两部小说《婚约》（1956年），《爱情与狂热》（1959年）较为平庸。《主人》（1965年）标志着帕里塞创作的新突破，它以夸张的笔调，怪诞的风格，揶揄当代资本主义社会里人被机器异化，沦为主人的私有物的境遇。《绝对的自然》（1967）是部对话体小说，表现人受生理本性的压迫，无法解脱的厄运。

《识字课本第一本》（1972）、《识字课本第二号》（1982，获斯特雷加奖），是两部短篇小说集。它们保留了帕里塞长篇小说的特征，但覆盖的生活面要更广些。《旅馆》选自《识字课本第二号》，通过一个小孩的眼光来观察与描绘世界，隐隐约约、曲曲折折地写了一位德国地下工作者克罗纳先生，在旅馆的意大利女主人掩护下，枪杀法西斯警察局长的故事。

卡斯泰拉涅塔（Carlo Castellaneta，1930—　）

是一位颇有特色的意大利当代作家。青年时开始写作短篇小说和文学评论文章，后来当报纸编辑、电影编剧，并从事文学翻译，著有《桑戈尔评传》（1961）。1958年，他发表第一部长篇小说《和父亲的旅行》，赢得评论界的好评。他的小说多以故乡伦巴第为背景，或描绘米兰艺术家们的生活，或把目光投向十九世纪历史（《快乐的别墅》，1965，获米兰优秀作品奖），或叙写凡人小事（《温柔的伴侣》，1970，获邓南遮文学奖），在作家真切的关照中，意大利社会生活的各个侧面，全有活跃的形象可睹。短篇小说是卡斯泰拉涅塔擅长的体裁，著有短篇集《辐射》（1972，获当年意大利短篇小说奖），《说不完的故事》（1973）。

短篇小说《月夜》，撷取简约，对一个普通警察内心深处的感情波纹作了细微而富有情致的描摹。作品独具一格，被收入《意大利1974年短篇小说选》。

朱塞佩·彭蒂贾（Giuseppe Pontiggia，1934—　）

是近年来在意大利文坛崛起的新先锋派作家。1934年出生于米兰附近的科莫城。现代社会里人的异化，是贯串他的整个文学创作的主旋律。他的代表作有：短篇小说集《阿德菲亚纳》（1971）、《银行里的死亡案件》（1979）、长篇小说《看不见的游戏者》（1978）。

《出版社的阅稿人》是一篇淋漓尽致地体现了今日新先锋派文学特征的短篇。一个受出版社委托的阅稿人，审阅一批无名之辈的小说稿件。于是，小说中套小说，一个接一个的生活断片、场景，流动于读者眼前。朦胧的景物，模糊的梦幻，含混的象征，扭曲的心理，互相替换，又紧密交织。叙述的人称不停地变化，场景、节奏急速地跳跃，读者忽儿随同约稿人跳入“小说中的小说”，忽儿又返回小说。每一部被审阅的小说，全是平平淡淡的，充满模仿、谬误，乃至阴差阳错（例如最后一部小说）。每一部被审阅的小说，又全都是没有结论的，结论可能就是小说本身。人们就是置身于这样一系列毫无意义、捉摸不定，彼此毫无联系的梦幻式的景象之中。生活被扭曲了，变形了，象征成为唯一的现实。彭蒂贾在这里采用的艺术手法堪称别树一帜。他在一则短篇小说中套进许多部小说，或者说，在一个整体框架内，把一块块斑斓的断片，镶嵌成一幅近看模糊，远视强烈的画图，使西方当代文学中已经司空见惯的、极其抽象的异化主题，表现得富于色彩、声响、曲折而又奇妙。

达恰·马拉伊妮（Dacia Maraini，1936—　）

是意大利当代很有影响的女作家。她出生在佛罗伦萨，父亲是著名的人种学家。马拉伊妮两岁时随父母前往日本，在那里生活了八年，其中两年是在集中营里度过的。1946年返回意大利，先后在佛罗伦萨、巴勒莫和罗马就读。马拉伊妮多才多艺，在小说、诗歌、戏剧、新闻等领域都有建树，并且是意大利女权运动的积极分子。

马拉伊妮十五岁开始写作，她的最初两部长篇小说《假期》（1962）、《惶惑的年代》（1963）都涉及当代妇女的解放这样一个敏感的社会问题，流露出自然主义倾向。嗣后，她的小说着重表现无法解脱的异化造成的骚动不安的心态，具有新先锋派的特征（《记忆》，1967）。她的小说总是显露出锐利的思想锋芒，因而常常引起评论界的争议。她有好几部小说被改编为电影。

除了众多的诗集、长篇小说、短篇小说集，马拉伊妮写了近十部剧作，都被搬上了舞台，其中一些就是由她执导的。她还在罗马创办了一个妇女剧院，专门上演反映当今意大利妇女境遇的剧本。1969年，马拉伊妮因在戏剧方面的成就而获得圣万桑妇女大奖。

《茉莉冰淇淋》是马拉伊妮写于1984年的一则短篇。小说通过一个小女孩天真稚气的眼睛，通过她的敏锐的感觉、幻觉。点染出三代女性的生活情感的断面，生活既笼罩着令人毛骨悚然的梦魇，又荡漾着茉莉花温馨的朦胧希冀，使读者得以窥见现代社会里人的困惑迷茫的内心节律。小说款款写来，徐缓有致。

安东尼奥·波尔塔（Antonio Porta，1935— ）

意大利当代著名诗人。60年代曾是新先锋派代表人物，是1961年形成的“新诗派”主将，“63社”重要成员，热心于诗歌革新和“视觉诗歌”的试验，先后在帕多瓦、米兰、罗马、伦敦举办过视觉诗歌展览。除写作诗歌，评论外，还写过长篇小说、剧本，编选《七十年代意大利诗选》（1979）。

《侵袭》体现了诗人对诗歌形式的新探索。小诗形似日本俳句，但其实很不一样。诗人采用经过浓缩的微型诗体，着意抒发在被恶腐蚀的世界里，诗人因客观景象的突然触发所产生的瞬息间的感觉，即一刹那的感觉对内心的“侵袭”。

马可·波罗（Marco Polo，1254—1324）

意大利旅行家。元朝初年来华，遍游中国各地，并几度出使亚洲各国，历时近十八年。1291年回到意大利，回国后口述在中国和东方的经历与见闻，由一作家笔录，乃成《马可·波罗游记》。

旅行家马可·波罗对中国的兴趣十分广泛，从气候、地理、生物、文化、宗教，到居民的体质、性格、嗜好、风土人情、婚丧礼仪、宫廷生活、奇闻轶事，都在他的视野之内，力求给以形象的表述。对中国都市的描写，既详尽具体地记述它们的概貌、特征、格局，直至面积、比例，具有科学著作的准确性，又善于以清新、活泼的文辞，勾画出它们的轩昂华丽、灿烂炫目的色彩，唤起读者的惊奇，令人神往。“游记”向欧洲揭开了神奇的东方世界之谜，激起航海家、旅行者、传教士对东方的向往，促进了东西方之间经济、文化交流。哥伦布因阅读这部作品而决心周游东方，在航行中不期到了美洲，导致了新大陆的发现。马可·波罗是沟通中西交流的第一人。他第一个从海陆两路进行了从欧洲到东方的长征。《马可·波罗游记》打开了中古时代欧洲人的视野。

马尔西利奥·费齐诺（Marsilio Ficino，1433—1499）

意大利人文主义者，文艺复兴时期柏拉图主义的重要代表。他曾担任佛罗伦萨柏拉图学院院长，把柏拉图的全部著作译成拉丁语。

在《柏拉图神学》、《论爱情》等著作中，费齐诺试图把柏拉图哲学同基督教精神熔于一炉，但他热忱讴歌理性和人的才智，赞美“人是伟大的奇迹”，人依靠自己的大脑和活动，来统辖自己，绝然不受物质自然的任何限制，从而弘扬了人文主义精神。

关于爱情和美，费齐诺强调了爱情、美的形象同精神的美德的密切关系。

乔尔乔·瓦萨里（Giorgio Vasali，1511—1574）

意大利画家、建筑师，米开朗基罗的弟子。他的传世之作《意大利著名画家、雕塑家传记》（1550），不只给予达·芬奇、米开朗基罗、拉斐尔、提香等众多艺术大师以生动的写照，而且也勾画了那个历史时代的社会情态和人的精神风貌，是一部具有里程碑意义的、珍贵的艺术文献，开西方艺术家传记作品之先河。

瓦萨里在《传记》中擅长把对艺术作品的权威性的点评，同轶闻趣事的饶有兴味的记叙，巧妙地紧密编织，形成本书的又一鲜明特色。

库尔齐奥·马拉巴特（Curcio Malaparte，1898—1957）

意大利作家。1956年来华参加鲁迅纪念大会，并参观访问，因突发重病，在中国接受治疗。归国不久即溘然辞世。

对中国的访问，使马拉巴特对这个陌生、古老的国家，勃然萌发了强烈的感情，认为中国是他的第二祖国。归国后，他虽缠绵病榻，仍不断通过传媒宣扬问世不久的新中国的成就，呼吁承认新中国，并在遗嘱中把他在美丽的卡普里岛的别墅赠送给中国，又创立马拉巴特基金会，以促进中意文化交流。

《我爱中国人》一文，可称马拉巴特的绝笔。作家以激荡的胸怀，眷眷的情思，倾诉对中国和中国人的怀恋和挚爱，是走向生命尽头的作家一颗高尚心灵的喷火，动人心曲。本文也因此成为中意友好交往和文化交流史上的一篇经典散文。

贾巴蒂斯塔·维柯（Giabatista Vico，1668—1774）

意大利历史学家、美学家、法学家、语言学家、社会学家，还是一个诗人。他是西方认真研究社会科学的第一人，所以把他的研究对象叫作“新科学”。

维柯的代表作《新科学》（1725），以共同人性论为基本出发点，对人类社会文化的起源和发展、诗的本质和基本规律、人类的本性，进行了深入的探讨。作者采用简明、浓缩的文字，以“自明公理”的形式，其中包括一些合理的假设和经过阐明的定义，来表达自己的思考。全书既有学者严谨的科学实证，富于深邃的哲理，又洋溢着诗人的激情，充满幻想，从而形成了一种别有情致的散文形式。

乌哥·福斯科洛（Ugo Foscolo，1778—1830）

意大利浪漫主义作家。他的诗歌、剧本，特别是同《少年维特的烦恼》相近、风靡一时的小说《雅科波·奥尔蒂斯的最后书简》（1802），表达了民族解放运动初期青年一代的情绪。他还著有多部研讨语言、文学的论著。

《论意大利语言》（1825）的序言，是一篇写得很富情趣、很美的文字。福斯科洛认为优秀的艺术家应该具备四种才能，并提出了扬诗抑画的见解，而后者，是同达·芬奇的观点相左的，如两者参照阅读，当更添兴味。

马里奥·托比诺（Mario Tobino，1910—1991）

意大利作家，又是一位精神病医生。曾参加抵抗运动。《利比亚沙漠》（1952），写意大利侵略军官兵在非洲的经历，为优秀的反法西斯文学作品。其他小说《地下工作者》（1962）、《走上古老的台阶》（1972）、《镜中佳人》（1976）、《失去的爱》（1979）等，曾获各种文学奖。

《但丁传》（原书名为《金发美男子》，典出《神曲》，1974），是托比诺作的传记小说。叙述但丁在维护佛罗伦萨共和国的民主、自由的斗争遭到失败，被政敌黑党判处终生流放，被迫逃亡维洛那、博洛尼亚等城邦的情形。这是但丁生活的重大转折时期，也是诗人在悲愤和郁闷中酝酿和创作《神曲》的时期。

托比诺借助丰富、翔实的史料，着意在矛盾的激化点上描写但丁的情感和性格，刻画了这位用笔和剑不屈不挠进行反封建斗争，创作不朽史诗《神曲》的时代巨人的形象。书中涉及纷繁众多的历史人物与事件，点染出了中世纪的特定时代氛围。

马里奥·里戈尼-斯泰恩（Mario Ligoni Sten，1921—　）

意大利作家。他的作品以真实、质朴地追忆了第二次世界大战期间意大利士兵的悲剧性命运而享誉文坛。代表作有《雪地上的军士》（1953）、《松鸡的树林》（1962）、《重返顿河》（1973）等。

作家的《人、树林和蜜蜂》（1982），抒写自己追踪雪地上的血痕，寻找一只受伤的野兔的经历。对小动物顽强的生命力的咏叹，情真而深；对冬日阿尔卑斯山的描绘，景真而切。全文写得细婉有致，感人至深。

圭多·圭尼采列（Guido Guinizelli，1230—1276）

中世纪“温柔的新体”诗的重要代表，但丁早年也属于这个诗派。

抒情诗“爱情和高贵的心灵”堪称“温柔的新体诗”的宣言。爱情和宗教观念，恋人和天使，在这里融于一体，既流露出中世纪诗歌特有的神秘色彩，又从新的角度来阐发爱情的本质，开掘爱情蕴含的崇高内涵。诗人还提出了以品德的优劣决定人的贵贱的新的道德观，表达了新兴的市民阶级挑战封建等级观念的意识。

洛伦佐·德·美第奇（Lorenzo De Medici，1449—1492）

是长期统治佛罗伦萨的美第奇家族的第三代君主，诗人。

美第奇家族以共和政体为旗号，在佛罗伦萨建立了专制统治，称雄于城邦林立的意大利，它又掌握着遍布欧洲各地的银行，对当时欧洲各国的政治、经济都发生影响。洛伦佐·德·美第奇奖掖文艺，在宫廷中广泛接纳人文主义学者、诗人、艺术家，对佛罗伦萨文化艺术的繁荣和人文主义运动有一定贡献。洛伦佐·德·美第奇喜爱写诗作文，描述贵族的庆典游乐，抒写田园情趣。他鼓励世人去追求荣誉，认为荣誉是人的一切行为的动力与目的。诗歌《酒神》是他的传世之作。诗中咏叹青春无比美好，但又极其短暂，“明天一切虚无渺茫”，奉劝人们“及时欢乐”。他的诗文既多少继承了人文主义者批判中世纪禁欲主义，来世主义，重视现实生活的传统，但更多的是文艺复兴后期人文主义丧失革命精神，脱离现实，日趋贵族化的反映，表现了追逐私利，沉湎于感官快乐的颓丧倾向。

白尔谢（Giovanni Berchet，1783—1851）

意大利浪漫主义最初的理论家，诗人。

他曾参加烧炭党运动，投身反对外来侵略，争取民族独立的斗争。起义失败后，流亡国外。

《格利佐斯托莫给儿子半庄半谐的信》发表于1816年，被公认为意大利浪漫主义的宣言。白尔谢托某个从事德国诗歌创作的格利佐斯托莫给儿子写信，介绍德国诗歌的成就，来阐发自己的主张。他在这篇宣言中对古典主义诗歌弊端的批评，对诗歌的本质特征、使命诗歌同自然、同民族的文明化的关系的阐述，引发了热烈的反响和激烈的争论，其重要价值远不止于文学的范畴。

贾·马泰奥蒂（Giacomo Matteotti，1885—1924）

意大利政治家。1924年5月30日，马泰奥蒂在意大利议会发表演说，列举种种事实，揭露法西斯势力镇压民主力量的罪行。6月10日，马泰奥蒂失踪。两个月后，他的尸体在罗马郊区被发现。这就是举世震惊的“马泰奥蒂事件”，成为法西斯独裁统治的开端。

马泰奥蒂以“捍卫文明”为题的最后一次演说，义正词严，气势磅礴，是向法西斯主义发出的檄文，成为当代意大利历史上一篇最著名的演说辞。

卡·莱维（Carlo Levi，1902—1975）

意大利作家、画家、新现实主义的早期代表。他因参加反法西斯运动多次被捕。1934年再次被捕，被放逐到南方偏僻的山区一年。1942年，从法国返回参加抵抗运动，第三次被捕入狱。《基督不到的地方》就是作者1943—1944年在牢狱里回忆30年代被放逐到南方的遭际。

书中记叙作者在那个古老、荒凉、赤贫的路甘尼亚的经历，形象地描绘这个用历史、国家相隔绝、时间、文明、理性、希望、甚至基督都不曾表达的农民世界的悲剧性的情状，深刻揭露了同农民世界对立的法西斯制度的本质。“南方问题”作为意大利资本主义畸形发展的结果，在法西斯统治下，有了进一步的恶性发展。

安·拉斯卡（原名Antonio Francesco Glacini，1503—1584）

拉斯卡是他的别号。意大利短篇小说在文艺复兴时期获得空前的繁荣，涌现以薄伽丘为代表的一群优秀作家，拉斯卡就是其中之一。

《夜谈录》是拉斯卡的代表作。一群年轻俊美的青年人，相聚于狂欢节，在三个晚上的时间里，叙述了许多有趣的故事。故事的语言灵动活跃，不乏幽默、讽刺，和《十日谈》有同工异曲之妙。

乔·科来索（Giovanni Comiso，1895—1969）

意大利小说家。《阿明达》以细婉，淡雅的抒情风格，描写了法西斯时期，一个具有美丽容貌和心灵的少女的身世际遇。

朱·贝尔托（Giuseppe Berto，1914—1978）

意大利小说家。早期作品《满天红》、《强盗》，描写法西斯统治时期青年一代的际遇和农民夺取土地的斗争，为新现实主义杰作。后期作品转向精神，表现人的内在世界。《老处女》在对女主人公微妙情感的细腻委婉的抒写中，展示当代社会中人与人之间的关系。

乔·塞尔坎比（Giovanni Serchanb，1347—1424）

出身贵族家庭。经营药材为生，并从事政治活动。著有散文作品《卢卡记事》。主要作品为《故事集》，收155则短篇小说，作于15世纪初叶。

安·达·巴尔贝亚诺（Andrea Da Barbeano，1370—1433）

又名安德雷亚·曼加博蒂。曾翻译法国传奇，又创作了许多骑士故事，并在公众场合演唱。著有骑士传奇《不幸的武士》、《法国王室故事》，《罗兰的童年》选自《法国王室故事》，问世后长久地广泛传布。

贝·达·锡耶那（Benardino Da Siena，1380—1444）

圣芳济谷派教士。一生从事宗教改革。在各地进行布道时，喜欢讲述各种故事。后由同乡人搜集，结集为《布道故事》出版。他还撰写过宗教论文。

马·萨莱尔尼塔诺（Masuccio Salernitano，1415—1474）

他的本名叫托马索·瓜尔达蒂。曾任萨莱尔诺城邦大公的秘书。主要作品为《短篇小说集》，收故事五十篇，曾被教会列为禁书。

安·马内第（Antonio Manett，1423—1497）

作家、历史学家、数学家、建筑师，也是位但丁研究专家。同当时的名人广泛交游。著有《布鲁内莱斯科传》等传记。《胖木匠的故事》是15世纪一篇著名的短篇小说。一场玩到极致的心理游戏，把一个单纯善良的人的心态变异刻画得微妙风趣极致，著名艺术家布鲁内莱斯科、多纳泰洛也被引入小说。

乔·阿里恩蒂（Giovanni Alientti，1945—1510）

全名乔万尼·萨巴蒂诺·德利·阿里思蒂，文学家。先后在博洛尼亚、费拉拉城邦的宫廷服务。著有多部《颂歌》。代表作为《波莱塔故事》（1943），计61篇。一群骑士和贵妇人在博洛尼亚附近的波莱塔温泉相聚，每个人讲述各种有趣的故事，构成作品的内容。

巴·卡斯蒂奥内（Badasar Casttione，1478—1529）

青年时代起在米兰、乌尔比诺等城邦的宫廷任职。先后作为外交使节出使其他城邦和欧洲国家。用拉丁语和俗语撰写了牧歌、抒情集。《侍臣论》（1528）是用俗语著述的对话体作品，以对话体的形式，探讨如何成为一个理想的，有教养的人士。它对意大利、欧洲文化界产生很大影响。《侍臣论》中穿插了不少有趣的故事，常被作家收入各种短篇小说集子。

乔·斯特拉帕罗拉（Giovanni Francesco Stlapalola，1480—1557）

青年时代出版过十四行诗集。但他的成名作是短篇小说集《欣悦的夜晚》。一群青年男女在威尼斯附近的穆拉诺岛度过13个夜晚，讲故事，猜谜语，构成作品的内容。全书共两卷，分别于1550年和1553年出版。斯特拉帕罗拉创作时，从民间故事和传说中吸取了大量素材，一些故事则采用了方言。

彼·阿雷蒂诺（Pietro Alettino，1492—1556）

常年生活和周旋于各城邦的宫廷。著有多部喜剧、悲剧、对话录、圣人传和六卷《书信集》，还写了不少诗歌。1525年，他同著名勇士乔万尼·德·美第奇结识，交情甚笃，一起参与了导致乔万尼负伤的战斗。本篇即是对乔万尼去世情景的描写，刻画了他朴实、刚毅的性格和微妙的心态。

贾·钦齐奥（Giabastita Gilardi Cinzio，1504—1573）

青年时代学习医学、哲学、文学，后来在大学教授文学和美学，曾注释亚里士多德的《诗学》和贺拉斯的《诗艺》。他创作了九部剧作。莎士比亚的名剧《奥赛罗》像是取材于这部集子中的《威尼斯的摩尔人》。《故事百篇》是他最重要、流传最广的作品，实际收113篇。大多描写罪恶、残忍的事件，以歌颂美德，陶冶情操为宗旨。问世后，大受欢迎，很快在欧洲各国翻译出版。

奥·兰多（Ordensio Lando，1512—1553）

他喜欢游历，足迹遍及意大利和欧洲。一生著作甚丰，还写了一些生动的短篇小说，立意新颖，语多诙谐、讽刺。但大多数作品不署名或仅用笔名。主要作品有《被免职的西塞罗》、《被放逐的西塞罗》（1534），《僻论》（1534）等。

安·弗·多尼（Anton Francisco Doni，1513—1574）

当过修士，学过法律，还被任命为佛罗伦萨学院秘书。他的著作题材宽泛，书名怪异。《南瓜集》搜集了众多笑话、箴言和诗经。《骡子集》、《书斋集》点评他涉猎的各种书籍和手稿。《大理石集》以对话体形式鉴赏佛罗伦萨圣利贝拉塔大教堂的大理石建筑，评述当时的风尚习俗，提出一些新的科学观念。《天国、尘世与冥府》描绘完美的乌托邦世界，同不公正的现实相对照。一生撰写了不少短篇小说。他的渊博学识、诙谐品性和奇思异想，在短篇小说中获得鲜明的体现。

阿·博依托（Arrigo Boito，1842—1918）

19世纪末深孚众望的诗人，小说家、音乐家。曾在米兰音乐学院攻读，后来出游欧洲各国。他同音乐大师威尔第、罗西尼、柏辽兹、法国诗人波德莱尔建立了友谊。1866年，投笔从戎，加入加里波第领导的志愿军，为争取意大利的独立，解放而斗争。

博依托是民族复兴运动后名噪一时的“自由不羁派”的成员。这一流派的作家对传统的死气沉沉的文学表示不满，要求文学艺术植根于现实，探索新的艺术形式，融汇各种不同的艺术表现手段。他的诗歌、童话和小说，都体现了这一特点。

在音乐领域，博依托也成就卓著，他为威尔第写作的歌剧文学剧本《西蒙·博尔涅格拉》、《奥赛罗》、《法尔斯塔夫》获得了世界声誉。另一部取材于歌德《浮士德》的歌剧《靡非斯特》是由他自己写作脚本并谱曲的。

《黑象》作于1867年，描写一名黑人同称雄美国棋坛的白人棋手的棋赛。这盘弈杀持续了整整一夜，波澜起伏，扣人心弦。作家通过两种棋风的较量，着意展示两种观念、两种品格的搏斗，淋漓尽致地抒写人物复杂的精神世界。

安·玛·奥尔黛赛（Anna Maria Ordese，1914—　）

意大利新现实主义代表作家之一。她出生在罗马，后来定居那不勒斯，长期从事新闻工作，对当时下层社会的生存情状和小人物的情感，有着真切的体察。

奥尔黛赛早期的诗歌、散文和小说，以文笔纤细、直抒胸臆见长，带有自传的因素。

短篇小说集《海水洗不净那不勒斯》（1953），是意大利新现实主义的杰作，获意大利最重要的文学奖维阿雷乔文学奖。那不勒斯社会的阴暗面，人民大众的清贫生活，全得到朴实无华而又栩栩传神的表现，对备受生活煎熬和人格践踏的小人物，作家掬以满腔同情的泪水。《眼镜》便是选自这个短篇集。

不久，新现实主义逐渐陷入危机。奥尔黛赛的创作也发生了转折，她把目光改投向工业化大都市米兰，叙写那里沉重的异化氛围或侧重刻画人物的内心世界、幻觉、想象和写实相互交织，如《寂静的米兰》（1958），《蠹蜥》（1965），《穷人和普通人》（1967）等。

阿·德·雅科（Aldo De Jaco，1923—　）

意大利当代著名作家。他原先是建筑师，后来从事政治活动，历史研究和文学创作。他参加过反法西斯抵抗运动，并长期在意大利共产党机关报《团结报》、《国家晚报》和意共领导机构工作，是意大利作家工会总书记和意大利电影工作者合作社社长。

德·雅科认为，小说不是供人消遣的材料，而是变革世界的手段。他创作态度严谨，大多反映那不勒斯人民在反法西斯抵抗运动中的丰功伟绩和战后的日常生活，如短篇小说集《南方的故事》（1946）、《不寻常的一周》（1955），长篇小说《城市在起义》（1955）、《归程》（1966），《以锒铛入狱告终》（1975）等。

《恐惧》是德·雅科的早期作品，取材新颖，写从小夜间打工的那不勒斯贫苦儿童的感受和心态，精湛简洁，细婉有致，深深感人。

马西莫·邦藤佩利（Massimo Bontempelli, 1878—1960）

小说家、剧作家、评论家。出生在米兰附近的科摩城。他的父亲是铁路工程师，他曾随工作地点经常流动的父亲到过许多城市，后来进入都灵大学，相继读完文学系、哲学系。他当过一段时间的教员，不久便转到佛罗伦萨，成为专业撰稿人，担任《世纪》杂志编辑。

第一次世界大战期间，邦藤佩利入伍当炮兵军官。战争结束后，他接连发表了两部短篇小说集《严酷的生活》(1920)、《辛劳的生活》(1921)，反映了大战后的个性危机。他的文艺思想颇为庞杂，受到过卡尔杜奇、未来主义、超现实主义的影响。1926年，邦藤佩利创办了文学杂志《二十世纪》，呼吁意大利文学扬弃十九世纪传统，向二十世纪开放，向欧洲开放。他把自己的主张加以概括，提出“奇妙的现实主义”的理论，主张透过现实的外象，从中发掘出非现实的、幻想的和奇妙的诗的意境。长篇小说《镜子前面的棋盘》(1922)、《两个母亲的儿子》(1929)、《阿德里亚及其儿子们的生与死》(1930)以及一些剧作，就是依据这一理论写作的。

邦藤佩利著有许多文艺批评专著，对文艺复兴时期文学、莱奥帕尔迪、维尔加深有研究。二十年代，他被选为意大利科学院院士，经常到国外讲学。

邦藤佩利一度信仰法西斯主义。三十年代后期，他同法西斯主义发生矛盾，关系搞得很僵。1938年，法西斯当局下令禁止他参加任何文学活动。二次大战后，他疾病缠身，极少写作。

《小偷卢卡》选自米兰蒙达多里出版社1966年版《邦藤佩利短篇小说集》。小偷卢卡行窃后被铁面无情的警察当场捉拿，不料事情发生戏剧性的转折，小偷反倒成了他的冤家对头的救命恩人。小说短小精粹，情节跌宕起伏，具有“奇妙的现实主义”的艺术特色，但突破了它思想上的消极性，成功地展示出小偷心灵深处的闪光，因而有了深一层的意义。

乔万尼·帕皮尼(Giovanni Papini, 1881—1956)

是个生活和创作道路都很复杂的作家。他出生在佛罗伦萨一个手工艺者家庭，自幼喜爱文学，还在学生时代就接连办了几个油印的文学刊物。后来他到大学去旁听哲学课程，接受了柏格森的直觉主义、詹姆士的实用主义。1903年，他创办了文艺刊物《列奥那多》，宣传唯美主义，反对文学中的经院主义。1913年，他创办未来主义刊物《莱采巴》，宣传打倒偶像，否定传统，探求与工业文明相适应的新的形式与内容。后来，他同未来主义代表人物马利涅蒂发生冲突，又退出了未来派。

帕皮尼早年写过几部短篇小说集，最著名的作品是长篇小说《一个无可救药的人》(1910)、诗集《诗歌一百页》(1915)、文集《断裂》(1916)。著名评论家卡尔洛·博认为，这些作品表现了作者及其志同道合者“雄心勃勃的计划同愈来愈渺小的成就之间的矛盾”在内心世界打下的烙印，实际上就是他们在政治上、文艺上推行的“革新”由狂热而衰竭的过程的写照。

作为这一转变过程的合乎逻辑的结果，是帕皮尼在第一次世界大战后皈依基督教，并写了一部《基督传》(1919)，在世界各国广泛流传。法西斯掌权后，他又鼓吹民族沙文主义。

在文学研究领域，帕皮尼颇有成就。他著有《论卡尔杜奇》（1916）、《不朽的但丁》（1933）、《意大利文学史》（1937）。1935年，他任博洛尼亚文学研究中心主任；1937年，创立文艺复兴研究所，并当选意大利科学院院士。

帕皮尼一生写了各种作品近五十部，在意大利近代文化、文学史上产生很大影响，被称为是“拥有社会各个阶层的读者”的作家。

《没有归还的一天》是帕皮尼早期的短篇小说集《失明的驾驶员》（1907）中的一篇。小说构思新颖独特，情节曲折诡奇，通过一个暮年的贵妇人对青春、美貌的狂热的追求，反映了贵族阶级的精神世界的彻底崩溃。

路易吉·卡普安纳（Luigi Capuana, 1839—1915）

意大利真实主义理论家、小说家。他出生在西西里岛米内奥市。他没有受过高等教育，依靠刻苦自学，步入文坛。他当过佛罗伦萨《民族报》戏剧专栏评论员，又在卡塔尼亚大学教授美学、修辞学。卡普安纳还是位活跃的政治活动家，当过家乡米内奥市市长。

卡普安纳奠定了真实主义的理论基础。他强调文学的真实性、客观性，认为作家的使命是进行“心理研究”，反映“具体的生活”；文艺作品要成为“人的文献”。他指出：“今天，长篇小说和短篇小说已成为名副其实的心理研究；人物的性格，他们置身于其间的环境，促使他们行动的环境，业已取代以往被认为至关重要的事件的位置。”他正是按照这一观点来对西西里的社会生活进行研究，并在作品中予以反映的。卡普安纳的理论主张对同时代作家产生很大影响。

除了从事理论著述和民间文学研究，卡普安纳也是一位多产的作家。他的第一部作品《姬雅琴塔》（1879），描绘了一个冲破封建观念的罗网，走向叛逆的西西里女性。他的其他作品，如长篇小说《香气》（1891）、《洛卡维尔迪那侯爵》（1901）、短篇小说集《深情的女子》（1893）、《乡村妇女》（1894）等，都形象地描绘出西西里的人情世态和封建关系的崩溃，但有时企图通过人物的病态现象来研究社会环境，流露出自然主义的倾向。

《妻子与母骡》、《暗淡幽怨的生活》选自短篇小说集《乡村妇女》。前者以简峭的笔触，入木三分地勾画出西西里乡村一个贪婪、冷酷的地主形象。后者描写一个出身封建贵族门第、婚姻不幸的女子，她的孤寂、幽怨，对爱情、自由的不可遏制的追求，表达了作者对精神上、道德上遭受封建礼教压迫的女子的深切的同情。作家善于准确地捕捉住特定的社会环境中的人物性格特征和心理状态，予以细腻有致的描绘。

玛蒂尔德·塞拉奥（Matilde Serao，1856—1927）

是那不勒斯著名女作家。她出生在希腊帕特拉索城。母亲是希腊人，父亲是那不勒斯人。1860年，四岁的塞拉奥随家庭迁返那不勒斯。她在师范学校念过书，十八岁时进入电报局当职员。她把这段生活写进了1886年发表的《女孩的故事》。

两年以后，塞拉奥离开电报局，转入那不勒斯、罗马新闻界工作。她和丈夫斯卡福利奥共同主编过《那不勒斯邮报》，后来，又独自创办和领导很有影响的那不勒斯《晨报》，直到逝世。

塞拉奥的优秀作品清晰地体现了真实主义的特点。她把自己的全部小说奉献给她最熟悉、最热爱的那不勒斯，如实地描绘那里的工人、贫民、流浪者、妓女、画家、修女的身世际遇，同时没有忽视刻画现实生活在这些弱者身上打下的烙印，以及在他们身上铸成的恶习和过失，例如短篇小说集《幼小的心灵》（1883）、《不是乔万尼诺就是死》（1889）、长篇小说《幻想曲》（1883）、《女芭蕾舞演员》（1899）。

长篇小说《安乐乡》（1890）是塞拉奥的最出色作品。小说反映当时极为盛行的“彩票热”对那不勒斯社会，对各个阶层的人的精神污染与戕害，作家在她塑造的一位献身科学和社会福利事业的医生身上，寄托了改造社会的理想。

塞拉奥是个勤奋多产的作家，一生写了四十多部作品，其中包括一些以政界、新闻界活动为题材的小说。塞拉奥的主要功绩在于，她摒弃了既往的文人把那不勒斯描绘成阳光灿烂、风景旖旎的欢乐城市的传统，揭开了这个“安乐乡”的庐山真面目，暴露了它的病态和阴暗面。因此，塞拉奥被批评家称为那不勒斯“风俗志”的作者。

晚年，在真实主义趋向消沉的时候，她的一些作品中，如《圣母与圣人》（1902），宗教色彩日益浓重。

《不是乔万尼诺就是死》是同名集子中的一篇。塞拉奥以朴实无华的叙述，带着读者一同走进了那不勒斯的日常生活，让读者目睹发生在这里的一出爱情悲剧。对扼杀少女纯真的爱情和年轻的生命的高利贷势力的愤怒控诉，对被铜臭夺去灵魂的小市民的有力鞭笞，使这一爱情故事具有了比较深刻的思想内容。

佐塔罗·斯韦沃（Italo Svevo，1861—1928）

是近代意大利心理小说的先驱。斯韦沃原名埃多雷·施米茨（Ettore Schimitz）。他出生在意大利北部边境城市的里雅斯特。他的父亲是德国人。他在家乡受完初等教育以后，即被父亲送到德国巴伐利亚念中学。回到意大利以后，于1879年进入的里雅斯特商业学院。由于父亲几次做投机生意失败，家庭经济状况急速恶化，斯韦沃便进入银行当职员，过了将近二十年紧张、单调的生活。这期间，他大量阅读了意大利和外国古典文学作品和叔本华的哲学著作。这一段经历在斯韦沃以后的创作中打下了很深的印记。

1892年，他写了一部表现银行小职员生活的长篇小说《一生》。这部小说用依塔罗·斯韦沃的笔名发表以后，没有产生反响。六年以后，他的另一部以小职员的孤独为题材的长篇小说《暮年》问世，又一次遭到批评界的冷落。这两次挫折使斯韦沃大失所望，他愤然辍笔。

这时，他转到岳父开设的商业公司，很快担任了领导，并且有机会常到欧洲各国作商务旅行。也正是在这一期间，他结识了当时在的里雅斯特执教的乔依斯，两人建立了深厚的友谊。

1923年，斯韦沃的第三部小说《塞诺的意识》问世，轰动了文坛。乔依斯、蒙塔莱等文坛权威交口称赞，誉为意大利近代心理小说的奠基之作。这部小说撇开了传统文学中习见的客观叙述手法，让主人公塞诺在按照精神病大夫的吩咐而写的日记中，直接地、毫无顾忌地暴露自己复杂的内心感受和潜意识。塞诺成为病态的现代人的典型形象。

斯韦沃还写过一些短篇小说、游记。1928年，他在一次车祸中受伤死去。

《背弃》选自斯韦沃逝世后整理出版的中短篇小说集《短促的情感旅行》。在这个短篇中可以窥见斯韦沃围绕人物的内心活动展开情节，倾力刻画人物的暗想、内心独白和心理的艺术特征。二十世纪初，的里雅斯特地区资本主义工业迅猛发展，资产阶级实业家为富不仁、尔虞我诈的面貌也得到了披露。

雷纳托·福奇尼（Renato Fucini）

又名涅里·唐福奇奥（Neri Tanfucio），出生在托斯卡纳地区的一个医生家庭。1859年，他进入比萨大学，先攻读医学，后转入农学系。27岁那年，福奇尼在市政府担任助理工程师，后来又当过教员、教导视察员。他的职业使他有机会熟悉托斯卡纳的市镇、农村生活。

福奇尼最早发表的作品是诗歌。他的《比萨方言十四行诗一百首》（1872）、《十四行诗新编五十首》（1878）获得文学界的好评。《那不勒斯见闻》（1878）是轰动一时的报告文学作品，收录致友人的九封书信，叙述那不勒斯的历史遗迹、习俗风尚，具有真实主义的特点。

散文和短篇小说在福奇尼文学创作中占有重要的地位。《涅里闲话》（1884）、《在旷野》（1887）、《托斯卡纳乡村》（1908）、《消逝的流水》（1921）、《风卷落叶》（1922）等奠定了他在近代意大利文学史上的地位。这些作品全都描写福奇尼非常熟悉的托斯卡纳外省生活。作家不着眼于重大的事件，而从平淡无奇的生活中撷取素材；乡村生活的欢乐场景，农民的屈辱贫贱，市井小民的酸腐可笑，都得到了栩栩传神的表现。著名文艺理论家克罗齐很赞赏福奇尼的短篇小说艺术上的纯真，说它们"无论是在欢笑中，还是在涕泣中，都不乏某种朴实而刚毅的东西"。

《省督来访》选译自福奇尼的杰作《涅里闲话》。一封通知省督来访的电报，轰动了死气沉沉的外省某个小城，牵动了各个阶层的代表人物，他们各个不同的面影、心理、灵魂，小城生活的各个侧面，在作者的笔端，如同在显微镜下一样，都一一显出了夸大的然而却是真实的模样。生动的托斯卡纳方言，幽默风趣的文笔，使小说具有喜剧色彩，读来令人忍俊不禁，但又发人深思。

埃多阿多·卡兰德拉（Edoardo Calandra，1852—1911）

小说家、艺术家。出生在一个富有艺术传统的资产阶级家庭。他的父亲是律师、议员。他的兄弟大卫·卡兰德拉是著名的雕塑家。他最先是作为一个画家开始艺术生涯的。他同当时驰名文坛的作家维尔加、贾科萨等交往颇深，曾为他们的作品绘制插图。他还是位建筑学家。

卡兰德拉曾多次出国考察，丰富阅历。他最初的文学作品是缅怀故乡皮埃蒙特地区历史的几个短篇小说（《古老的皮埃蒙特》，1889）。

1898年，他发表了第一部长篇小说，或许也是他最优秀的作品——《暴风雨》。它继承曼佐尼历史小说的传统，以十八世纪末叶皮埃蒙特地区为背景，再现了资产阶级革命的艰难历程。他后来还写过反映战争期间妇女命运的历史小说（《利昂迪诺太太》，1906）。

卡兰德拉的作品《机遇》选自佛罗伦萨桑松尼出版社1973年版《优秀短篇小说选》。小说富有浓郁的皮埃蒙特地方色彩。对金钱的渴求，在作者的笔下，是作为对传统、良知的背叛而予以谴责的。

安东尼奥·福加扎罗（Antonio Forgazzaro，1842—1911）

福加扎罗出生于意大利北方维琴察一个家道富裕的家庭，从小受到家庭严格的宗教传统的教育，这对他的思想和创作显然发生了很大的影响。他先后在帕都亚、都灵学习法律，大学毕业后在米兰、都灵当过一段时间的律师。

于十九世纪七十年代登上意大利文坛。他的理论主张与创作实践不同于真实主义。他提出这样的看法：文学的使命不是真实地摹写与反映现实，而是展示人的精神本质。他把宗教同科学熔于一炉，要求文学家作为"上帝的骑士"，去歌颂人的精神之爱。他把上帝是万物的主宰的基督教观念同进化论思想结合起来，这使他在文学界独树一帜，但又遭到了教会的攻讦。

他最初发表的作品大都是诗歌。在诗小说《米朗达》(1874)、诗集《瓦尔索达》(1876)中，浪漫主义气息与宗教神秘色彩紧密交织。他的长篇小说《玛伦布拉》(1881)，《小小的旧世界》(1896)、《小小的新世界》(1900)、《圣者》(1905)，虽然表现个性同环境或同教会的冲突，但作者宣传通过精神上的自我完善和宗教信仰来消除矛盾和痛苦，寄希望于未来。这些作品着意揭露人物内心奥秘的感受，用田园诗的笔法描绘的大自然，也充满神秘的宗教气氛。

福加扎罗很注重研究社会各个阶层的心理。他认为，利己主义是社会和人心的腐蚀剂，是同宗教情感相违背的。他的一些较优秀的作品显露了对利己主义的批判锋芒。《雷托戈莱村的独眼龙的遗嘱》是《福加扎罗短篇小说集》中的一篇著名作品。雷托戈莱村的独眼龙就要死了，他家里的人团团围在他的病床前，争夺和瓜分他的财产。罩在家庭关系上的温情脉脉的面纱撕破了，贪欲、私利的冰水淹没了亲人即将死亡的伤感和宗教的虔诚。小说描写简括精炼，批判鞭辟入里。

萨瓦多尔·迪·贾科莫(Salvatore Di Giacomo, 1860—1934)

是意大利那不勒斯的另一位真实主义作家、诗人。他最初对医学发生兴趣，攻读于那不勒斯大学医学系，后来转而从事新闻工作和文学创作。由于他在小说创作特别是诗歌创作上的成就，他被称为“那不勒斯歌手”。

迪·贾科莫擅长写短篇小说。他继承维尔加的真实主义传统，用心熟悉和研究他的家乡那不勒斯生活的各个方面，特别是贫民区和平民阶层出入的小酒馆、市场，著名的短篇集《十八世纪舞曲》(1883)、《那不勒斯故事》(1914)，是他这一努力的结果。克罗齐对后一部作品十分欣赏，特地为它撰写了前言。《没有见到的儿子》选自《那不勒斯故事》。小说婉转陈词，动人心曲，是为苦难的那不勒斯贫民特别是儿童唱出的一支悲歌。

迪·贾科莫是意大利最著名的方言诗人之一。他用那不勒斯方言写了许多有关那不勒斯自然风光和习俗风尚的诗歌，例如《三月》、《新月》等。这些诗歌乡土气息扑鼻，情思浓郁，同时代的著名作曲家托斯蒂、科斯塔等都为他的诗歌谱曲，从而使它们得到更加广泛的传播。

迪·贾科莫还是个很有成就的历史学家。他曾对那不勒斯的历史、民歌、戏剧、习俗进行深入的研究，撰写了好几部这方面的专著。

埃米利奥·德·马尔基（Emilio De Marchi, 1851—1901）

意大利小说家、诗人。出生在米兰，九岁丧父，二十三岁时毕业于大学文学系。后来，他当过中学教员、米兰文学科学院文书。德·马尔基的文学创作活动始终是同社会教育活动紧密结合在一起的。他先后在米兰市政部门和慈善、救济机构任职。1875年，他和友人共同创办文学艺术半月刊《新生》。1898年，他创办并主编大众教育丛书《善良的话》。

德·马尔基的第一部长篇小说《一个肉体的两个灵魂》（1878），是具有浪漫主义色彩的幻想小说，但受到读者与舆论的冷淡。他的另一部长篇《牧师的帽子》（1888），采用连载小说的形式，写一个男爵向牧师下毒手，谋财害命，最终受到惩罚的故事，对上流社会进行谴责，受到读者的欢迎。

《卡里塞珀》选自短篇小说集《形形色色的故事》（1885）。佃农卡里塞珀的妻子虽然是喂养地主少爷长大的奶妈，但因为交不起地租，也终于被东家一脚踢开，全家被迫离乡背井。卡里塞珀和妻子对地主由幻想到失望，热爱土地而又不得不忍痛抛弃，这些心灵深处的复杂的感情波涛，得到了极其细致的刻画。在意大利近代文学史上，描写南方乡村的风貌是一个常见的主题；而德·马尔基以深沉的感情，强烈的对比手法，为我们展示了民族复兴运动以后北方农村具有典型意义的一些特征，这是《卡里塞珀》的价值所在。

在这以后，德·马尔基把维尔加的真实主义同曼佐尼的文学传统结合起来。《德梅特里奥·皮亚涅利》（1890）是体现这一特点的优秀小说。一个米兰小公务员在债主的威逼和上司的欺凌下，被迫自杀，围绕他的遗孀和孤儿的命运，作家展示了普通人维护人格的尊严和纯洁的爱情的斗争。这部作品和后来发表的《理想主义者贾科莫》（1897），表达了人民群众对民族复兴运动的失望情绪。

杰罗拉莫·罗维塔（Gerolamo Rovetta，1851—1910）

意大利小说家、戏剧家。1851年出生在北部城市布莱希亚，1910年在米兰逝世。

他的父亲是具有资产阶级民主理想的爱国者。母亲出身于富裕的资产阶级家庭。九岁的时候，他的父亲去世，不久，罗维塔即跟随母亲和继父——一位声名显赫的伯爵迁居维洛那，并且有机会很早就出入上流社会和文艺界名流的沙龙，因而对资产者的生活有着深切的体验。当他获得亡父的遗产继承权以后，便前往米兰定居，开始了文学创作活动。

罗维塔遵循维尔加倡导的真实主义创作原则，一生写了将近二十部长篇小说和数量众多的剧本、短篇小说。他的作品涉及的内容异常广泛：追逐铜臭者的丑恶灵魂和为祖国自由倾洒热血的爱国者的高贵品质（《巴尔巴罗》，1888）；报界、政界头面人物的败行劣迹（《混乱》，1894）；小资产阶级的生活变故（《枪骑兵的中尉》，1896）；演员、侍役的穷困潦倒（短篇小说集《玩偶》，1882）；还有文学作品中常见的爱情题材。尽管资产阶级批评界对他的态度有时颇为严峻，认为他的自然主义倾向过于浓重，但他却始终坚持这样的信念：无论是写富者的过失，还是写贫者的不幸，都是以唤起公众的关注，革新社会秩序为宗旨。

罗维塔写作的剧本，有的取材于现实生活，有的是历史剧，它们都受到观众的欢迎。他的历史剧大都表现意大利资产阶级革命的场景，歌颂人民的爱国精神。其中《浪漫主义》（1901）一剧塑造了意大利资产阶级革命英雄马志尼的形象。

《昆蒂诺与马尔科》是短篇小说集《玩偶》中比较优秀的一篇。作者以沉郁的笔触，叙述了一个一辈子流浪街头、卖艺为生的杂耍演员的悲剧。小说浸透了对炎凉世态的辛酸讥刺，凄楚感人。

米开朗琪罗·B.（Buonarroti Michelangelo，1475—1564）

意大利雕塑家、画家、建筑家、诗人。他的艺术作品，如《大卫》雕像、西斯廷礼拜堂的壁画，鲜明地体现了人文主义的理想和现实主义与浪漫主义相结合的特征，是意大利文艺复兴鼎盛时期的代表作。1502年开始写作诗歌。早期的抒情诗、十四行诗受但丁、彼特拉克的影响。他写给友人卡瓦利耶里、女诗人科隆纳的诗歌，大多抒写友谊和爱情。在萨沃纳罗拉领导的宗教改革和民主运动影响下，他的诗歌内容逐渐深化，抨击梅迪契家族的残暴、奢华，斥责教会的腐化、虚伪，表达了他的朴实的宗教感情和人民对正义、平等和美好世界的渴望。他的诗歌如同他的造型艺术作品一样，雄浑、深沉、粗犷、朴实，具有感人的力量。他的诗作由侄子整理，结集为《诗集》，于1623年出版。他的《书简》于1875年整理出版。

蒙蒂·V.（Vincenzo Monti，1754—1828）

意大利诗人。最初在法恩扎神学院学习，后来进入费拉拉大学攻读法学和医学。1775年成为“阿卡迪亚”的成员。1778年到罗马，任教皇庇护六世的侄子布拉斯基公爵的秘书。

蒙蒂的早期的诗歌大多具有田园风味。《宇宙的美》（1781）为布拉斯基公爵婚礼而作，歌颂自然的创造力。《情思》（1783）反映出歌德抒情诗的影响。

法国资产阶级革命爆发以后，蒙蒂采用梦幻文学的形式，写了长诗《哀悼乌哥·巴斯维尔》(1793)，影射攻击法国革命。

1797年，蒙蒂离开罗马到米兰。在意大利资产阶级革命浪潮的推动下，写了一系列诗歌、悲剧，欢迎法国革命，颂扬拿破仑，批判封建君主政权，如《处决路易十六周年的颂歌》(1799)、《为了意大利的解放》(1801)等。这一时期还在帕维亚大学主持修辞学讲座，并翻译了荷马的史诗《伊利昂纪》。

拿破仑失败，奥地利重新占领意大利，蒙蒂转而为奥地利侵略者歌功颂德，写了《神秘的敬意》(1815)、《正义女神的归来》(1816)等颂诗。

晚年的诗歌、书信具有论战的性质，鼓吹维护古典主义诗歌的传统。

蒙蒂的诗歌文辞绚丽，讲究想象和惊奇感，常常失之于空洞、造作，因而遭到浪漫主义诗人的责难。

马佐尼·I.(Iacopo Mazzoni，1548—1598)

意大利文艺理论家。曾任克鲁斯卡科学院院士、宗教裁判所成员、比萨大学人文学科教授。

16世纪，意大利文艺界围绕但丁的《神曲》展开一场大辩论。有人指责《神曲》违背亚里士多德提出的原则，马佐尼为此于1572年撰写《但丁〈神曲〉的辩护》一书，共7卷，从多方面论证《神曲》作为叙事诗歌，符合亚里士多德的原则，也符合情节逼真的原则。他论述了想象和虚构的重要作用，在意大利和西方较早地提出了形象思维的问题。他还对诗学理论的其他问题进行了探讨，主张诗应该引起读者的惊奇感，进而达到娱乐和教诲的目的。

马里内蒂·F. T.(Filippo Tommaso Marinetti，1876—1944)

意大利文艺理论家。1876年生于埃及亚历山大港。父亲是著名的律师，母亲是抒情诗人。曾在亚历山大的法国耶稣会学校求学。1893年随家迁居巴黎，继续学习，广泛接触法国现代派的文学艺术，深受影响。1894年回到意大利，在帕维亚、热那亚等大学攻读法学，1899年毕业。他最早的诗歌《老海员》(1897)、《征服星球》(1902)、《毁灭》(1904)，是用法语写成的象征主义作品，嘲讽社会主义和民主思想。他写的未来主义剧本，如《饕餮的国王》(1905)、《他们来了》等，展现夸大的、违反理性的舞台形象和人的梦幻般的、惊恐的感觉。1905年创办《诗歌》杂志，刊登意大利颓废派的诗作，大力介绍法国象征派诗人，获得了国际声誉。

1909年2月20日，他在巴黎《费加罗报》发表《未来主义宣言》，以后又相继发表《未来主义文学宣言》(1910)、《未来主义戏剧宣言》(1915)等，提出一整套未来主义的理论主张。1913年参与创办未来主义刊物《莱采巴》。同年前往俄国旅行，宣传未来主义。

他的诗歌和散文以违背语言规范的字句，以至杂乱的模拟音响，枯燥的数学符号，表达未来“新人”力图冲破现实的牢笼的焦躁不安的病态情绪。他的长篇小说《未来主义者马法尔卡》（1910）描绘了“未来的人”的形象。“未来的人”仿佛机器，具有万能的本领，但没有心灵，极端残忍，卑鄙无耻。

第一次世界大战期间，马里内蒂是帝国主义战争的鼓吹者和参加者。1914年发表《未来主义与法西斯主义》，宣传未来主义同法西斯主义的亲缘关系。从1919年起，他积极参与法西斯党的活动，成为墨索里尼的帮凶。墨索里尼建立独裁政权后，马里内蒂被任命为科学院院士、意大利作家协会主席。1942年随意大利侵略军到苏联。1944年病死。

科洛迪·C.（Carlo Collodi，1826—1890）

意大利儿童文学作家。真名卡尔洛·罗伦齐尼。很早投身于民族复兴运动，多次参加反对奥地利侵略者，争取意大利独立、统一的战斗。后来从事新闻工作，撰写社会新闻和戏剧评论。一度担任托斯康纳地区政府的戏剧检察官。70年代开始发表儿童文学作品《贾涅蒂诺漫游意大利》（1876）、《米努佐洛》（1878），用生动有趣的故事和对话，向小读者提供地理、数学方面的科学知识。1880年在《儿童日报》上连载他的新作《木偶奇遇记》，1883年出版单行本。作品叙述获得生命的木偶皮诺基奥的种种离奇的经历，他的淘气、反抗的行为给他带来欢乐、希望和苦恼；表现木偶热爱正义、痛恨邪恶、天真纯洁的品质，想象丰富，情节曲折有致，语言活泼幽默，寓教诲于生动风趣的故事之中。《木偶奇遇记》出版后，译成许多国家的文字，成为世界著名的儿童文学作品。

康帕内拉·T.（Tommaso Campanella，1568—1639）

意大利思想家、文学家。出生在意大利南方卡拉布里亚。年轻时进入多明教会当僧侣。他对哲学、宗教、文学等都有精湛的研究。因宣传唯物主义，对教会的权威大胆提出怀疑，在1592、1593年两次被宗教裁判所审判，后来返回故乡。1599年，他组织反对西班牙占领者的武装起义，事败被捕，先后被囚在那不勒斯和罗马狱中达30年。出狱后侨居法国，1639年在巴黎逝世。康帕内拉用拉丁文和意大利文写了许多哲学、文学著作，其中大部分作于狱中。《太阳城》（1602）是他最著名的作品，借一个游客的见闻，用对话录体裁描绘了一个消灭了私有制和剥削的大同世界，其中家庭生活与社会生活合一，由智慧的哲学家—祭司执掌政权，公正地管理国家大事。《太阳城》是对当时的意大利社会制度的有力批判，但他歌颂的却是一个被美化了的空想的乌托邦。他的著名作品还有《论西班牙君主政体》（1600）。

康帕内拉的诗歌于1639年结集为《诗抄》出版。这些诗歌宣传他的政治理想和唯物主义，反对基督教的神秘主义和教会僧侣。一部分诗歌是为献给法国王子而写。在形式上力求破除传统的规范，选用适于表达新思想的韵律和诗句。

科隆纳·V.（Vittoria Colonna，1492—1547）

意大利女诗人。生在罗马附近的马里诺，出身罗马贵族世家，父亲法布里齐奥是著名的军事家。她17岁和佩斯卡拉侯爵费兰特·达瓦洛斯结婚，他是当时的名将，在意大利战争中为神圣罗马帝国效劳。1512年在拉韦纳之役被俘，她写了一首哀歌寄给他。1525年帕维亚之战帝国军大捷，主要归功于他，但他不久因负伤死去，她写了一些悼念诗。她的品德、才华和学识受到当时许多文学家、艺术家和学者的景慕，米开朗琪罗同她建立了深厚的友谊，并写诗赞美她。她和一些鼓吹改革教会的人也有联系。但当天主教会反宗教改革迫使他们转到新教徒的立场以后，她就和他们分道扬镳。她晚年住在修道院从事慈善事业，最后死在罗马。

她的诗篇有爱情诗和宗教诗。爱情诗是写给她的丈夫的，主要赞颂他的精神和美德，缺乏热烈的感情和具体的意境，流于抽象化，艺术形式也完全沿袭彼特拉克的传统，没有什么创新。宗教诗在她的诗集中占大部分，内容是抒写她对宗教的虔诚笃信，对教会腐化的忧愤痛心，以及她在悲怆中从宗教信仰寻求安慰的心情。她的诗名与其说是建立在她的诗本身的价值上，毋宁说是和她的家世、身世以及与米开朗琪罗等人的友谊分不开的。

西比拉·阿莱拉莫（Sibilla Aleramo，1876—1960）

意大利女诗人，女作家。自幼生活在一个缺少爱和温暖的家庭。16岁时被迫嫁给一个奸污了她的男人，生了一个孩子。不久，她弃家出走。冷漠无情的生活，没有爱情的婚姻，锻炼出了她的坚强个性。她和友人一起创办幼儿园、小学，从事社会福利工作。

阿莱拉莫凭借顽强的毅力，自尊自立的信念，自学成才，进入文坛。她同时投身进步的政治社会活动，并加入共产党。她的文学创作着力反映西方社会中妇女的境遇，许多诗歌、小说具有浓厚的自传色彩。代表作有长篇小说《一个女人》（1906），诗集《诗抄》（1929）、《爱情之林》（1947）、《我的夜晚，闪闪星光》（1956）。女诗人在诗中唱出对高尚的爱情，对坚强的个性的热烈赞歌。玫瑰是女主人公热烈地期待爱的心境的象征，悠悠情思中跃动着一颗决意超越社会不平等的鸿沟，执着地追求爱情与幸福的离尚的心灵。

阿达·涅格丽（Ada Negri，1870—1945）

女诗人，女作家。出身卑微的家庭，幼年饱受贫寒之苦。毕业于师范学校。曾先后在蒙塔·维斯康帝城、米兰任中小学教师多年。22岁时发表第一部诗集《命运》。渴求社会主义，呼唤人性，是这部处女作的主题，也是贯串女诗人整个诗歌创作的主旋律。涅格丽的诗章以哀幽、深郁，心理剖析委婉细致见长。她的代表作有诗集《母爱》（1904）、《岛屿之歌》（1924）、《黄昏》（1931），长篇小说《星辰》（1929）等。

《我归来了，圣诞之夜》叙写战士前线阵亡，圣诞之夜，母亲依然翘首盼望儿子归来，和家人团聚。女诗人采用对话体，把恍惚的幻觉，内心的希冀和残酷的现实巧妙编织，抒发了一曲控诉战争，召唤失去的亲人的哀歌，如诉如泣，动人心魄。

卡普安纳·L.（Luigi Capuana，1839—1915）

意大利作家、文艺理论家。出生在西西里岛。曾在专科学校学习。年轻时写过诗歌和诗剧，文艺观点受到福楼拜、左拉的影响。1864年任佛罗伦萨《民族报》戏剧评论员，后在西西里参加政治活动。1875年出任米内奥市市长。以后在米兰和维尔加亲密交往，积极从事文学活动，并在罗马师范大学、卡塔尼亚大学教授美学和修辞学。他是意大利真实主义的理论家，著有《意大利文学研究》（1880）。主张文艺真实地、客观地反映时代的历史和社会状况，反映“具体的生活”；文艺作品要成为“人的文献”；作家应该把目光投向贫困、落后的地区和社会下层，这些主张奠定了真实主义的理论基础。他的文艺观点表达了民族复兴运动后进步的文艺家对当时社会矛盾日益尖锐、农民处境愈加恶化的现实的关注。他的第一部长篇小说《姬雅琴塔》（1879）以西西里为背景，描绘一个自幼受到社会歧视、凌辱而最终被逼走向叛逆的妇女的遭遇，对不公正的社会和封建礼教提出了控诉。长篇小说《香气》（1891）和一些短篇小说中，表现人物在环境的影响下的生理、病态特征，流露出自然主义的倾向。长篇小说《洛卡维迪那侯爵》（1901）和短篇小说集《乡村妇女》（1894），摆脱了这一缺陷，描绘19世纪末西西里社会、经济生活和人情世态，反映了意大利农村封建关系的崩溃，对人物的性格、心理也有细致的刻画，是他的比较优秀的作品。

卡普安纳重视民间文学和儿童文学。他搜集了许多民间故事，写了一部优美的童话集《从前有一次》（1882）。

卡斯蒂利奥内·B.（Baldassarre Castiglione，1478—1529）

意大利作家，贵族出身。从小在曼图亚城接受严格的人文主义教育。后来在宫廷里任职，曾多次出使伦敦、马德里。1520年出家当僧侣。他用俗语、拉丁语写过牧歌、抒情诗，最著名的作品是对话录《侍臣论》（1528），全书4卷，作者虚构了在乌尔比诺宫廷举行的一场怎样成为理想的侍臣的争论，用传统的对话体裁详加描述。书中一些章节论述艺术与自然的关系、艺术的美等问题，表达了他在语言学、文艺创作、美学等方面的见解。他认为艺术是对丰富多彩的自然的描摹，艺术虽有不同的样式，互有差异，但都以自然为唯一的创作源泉。他还提出了美的相对性的观点，指出艺术的美决定于事物本身，但又同鉴赏者对事物所持的态度和熟悉程度密切相关。《侍臣论》文字精练、优雅，是意大利文学史上一部优秀的散文作品。

卡斯特尔韦特罗·L.（Ludovico Castelvetro，1505—1571）

意大利文艺理论家。先后在博洛尼亚、帕多瓦、锡耶纳大学学习法律，同人文主义学者、诗人交往。1529年，在摩德纳大学教授法学。1555年因异端罪被宗教裁判所缺席审判，被迫流亡国外。他对但丁的《神曲》、彼特拉克的《歌集》和意大利语言都有深入的研究，撰写了评注和论著。他对亚里士多德的《伦理学》、《修辞学》、《诗学》所作的诠释，被认为是当时研究亚里士多德的权威著作；其中《亚里士多德〈诗学〉诠释》（1570）是他最有影响的一部文艺理论著作，广泛探讨了文艺理论问题。他认为诗歌以使心灵欢悦为目的。他着重阐述诗歌同历史、哲学的区别，指出诗人不是被动地反映现实，而是按照逼真的原则，借助想象、虚构来描述可能发生的有代表性的事件；历史学家则是记叙已经发生的个别的事件。这一观点在文艺复兴时期是富有创见的。他还论及悲剧的情节、时间、地点的一致，为后来古典主义“三一律”理论的形成打下一定的基础。

基耶扎·F.（Francesco Chiesa，1871—1973）

瑞士诗人、小说家。毕业于意大利帕维亚大学法律系。1897年在瑞士一所高级中学教授意大利文学，随后任校长。不久，在苏黎世工学院主持意大利文学讲座。他和意大利文学界的关系密切，20世纪初开始用意大利语写作诗歌、小说。他的第一部长诗《缪斯卡利奥佩》，包括《教堂》（1903）、《王宫》（1904）、《城市》（1907）三部分，吟诵诗歌女神卡利奥佩，具有19世纪传统诗歌的特点，可以看出意大利诗人卡尔杜齐的影响。其后问世的诗作，如《金色的林荫道》(1911)、《星夜》(1933)等，又糅合进了高蹈派诗歌的特点，诗风纤细，富有田园诗的情调。

长篇小说《三月的春光》(1925)是基耶扎的代表作，写一个乡村小镇的少年的成长，追叙他童年时在令人神往的早春三月里的欢乐，以及进入青年时代的经历。出色的心理描写，含蓄的教诲，风趣幽默的风格，是这部作品的特色，也反映出意大利作家曼佐尼和“微暗派”对他的影响。他的其他几部散文作品也有同样的倾向，如《我的田园的故事》(1929)、《我的世界的发现》(1934)等。

瓜里尼 · B.（Battista Guarini，1538—1612）

意大利剧作家、文艺理论家。出身费拉拉的书香门第。青年时期在帕多瓦学习人文科学。1557年，回到费拉拉担任诗学和修辞学教授。后来进入宫廷任职，并获得骑士称号。他还曾多次出使其他城邦和波兰。

瓜里尼写过诗歌、对话录，但影响不大。他的剧本《忠实的牧羊人》(1590)，描写牧人米尔蒂洛和山林水泽女神阿玛丽莉历经曲折，冲破神明预言的束缚，战胜狡猾的女人的阻挠，终于结成美满婚缘。剧本的戏剧性较强，诗句韵律丰富多变，富有音乐性，是悲剧和喜剧相糅合的作品。但它遭到保守力量的激烈批评，指责它不伦不类，粗俗低下。瓜里尼因而撰写了《悲喜混杂剧体诗的纲领》(1601)，指出悲喜混杂剧丝毫不违背艺术常规，它兼备悲剧和喜剧的长处，而扬弃它们的短处；在悲喜混杂剧中，伟大人物和卑贱人物可以同时出现；这是一种形式和结构都新颖、完美的诗体。

当时，悲喜混杂剧在英国、西班牙等国开始流行。莎士比亚写了悲喜混杂剧《一报还一报》，维加发表了《当代写作喜剧的新艺术》，宣传这种新体裁。瓜里尼的剧本《忠实的牧羊人》的问世和围绕它的论战，给18世纪严肃戏剧奠定了基础，对欧洲戏剧的发展颇有影响。

德拉 · 瓦莱 · F.（Federico Della Valle，1560?—1628）

意大利戏剧家。出生在阿斯蒂附近，早年供职于萨沃亚公爵宫廷，任卡尔洛 · 埃马努埃尔一世的夫人卡德琳娜的侍从武官。1597年公爵夫人死后，前往米兰为西班牙统治者服务。他的早期作品悲喜剧《弗里加的阿德朗达》，是1595年在萨沃亚公爵宫廷时写成，艺术上还不成熟。较好的作品是在米兰期间写的三部悲剧：《犹滴》、《以斯帖》和《苏格兰女王》。《犹滴》取材于《旧约》经外书中女英雄犹滴以美貌迷住敌军统帅奥洛费尔内，乘他酒醉将他杀死，以拯救犹太居民的故事；《以斯帖》取材于《旧约》，写以斯帖被选为波斯王后以后，劝国王将阴谋杀尽犹太人的宠臣哈曼处死，使犹太人得救的故事;《苏格兰女王》取材于当代历史，写苏格兰女王玛利·斯图亚特在英国被伊丽莎白女王囚禁在狱中临死的场面。这三部悲剧都创作于天主教会反宗教改革时期，目的在于通过表现主人公的自我牺牲精神，歌颂宗教信仰战胜一切障碍和迫害。作者把剧中人物刻画得具有丰富的感情。其中以《犹滴》艺术上最为成熟，剧中犹滴动手杀死奥洛费尔内时同侍女阿勃拉的对话，是十七世纪意大利戏剧中最有诗意的场面。

布鲁诺·G.（Giordano Bruno，1548—1600）

意大利思想家、文学家。少年时代进入神学院学习神学，同时刻苦攻读古希腊、罗马和东方的哲学与文学作品。因对宗教教义提出批评，被革出教门，长期流亡国外。寄居欧洲期间，发表了许多科学、哲学著作，如《论无限性、宇宙和诸世界》（1583）、《驱逐趾高气扬的野兽》（1584）、《论原因、本原和一》（1585）。在这些著作中，布鲁诺继承和发展哥白尼的日心说，捍卫唯物主义的科学理论，从根本上否定上帝在世界上的主宰地位。

布鲁诺用意大利文、拉丁文写了不少诗歌，热情歌颂科学的强大威力，斥责宗教迷信和封建偏见，揭露教皇的罪行，抒发自己为追求真理而斗争的理想。

喜剧《烛台》（1582）继承意大利文艺复兴时期喜剧的传统，嘲讽迂腐的学究和陈旧的传统习俗，歌颂聪明智慧。剧情生动，文笔辛辣，富有生气。

他的一些论著，如对话录《论英雄激情》（1585），阐述了他的文艺观点。他认为生活是诗歌的基础，文艺创作不可因袭古人的规则；现实生活和人的感情是丰富、多样的，诗歌的题材也应该是广阔、多样的。

布鲁诺的思想和活动引起了教会的恐惧。1592年被教会以异端罪逮捕入狱。1600年被宗教裁判所判处火刑，在罗马鲜花广场就义。

斯佩罗尼·S.（Sperone Speroni，1500—1588）

意大利文艺理论家、语言学家，出生在帕多瓦。曾经在帕多瓦攻读哲学、医学，后来在帕多瓦、罗马教授逻辑学、哲学。学识渊博，受到同时代学者和教皇的尊敬。一度任乌尔比诺城邦驻罗马教廷的使节。

斯佩罗尼一生著有许多对话录，广泛论述修辞学、语言学、道德、爱情、家庭生活等方面的问题。其中以《语言对话录》最为著名。在这部著作中阐明修辞同语言的区别，批评贬低俗语和盲目崇拜古希腊、罗马作家的观点，肯定俗语作家和文艺复兴文学的独创性和重要性，认为彼特拉克和薄伽丘是诗歌、散文领域的典范，他们应该成为文艺理论研究的对象。他还认为随着时代的变迁和伴随而来的语言的变化，文艺作品应该表现新的理想和思想感情。这部著作对欧洲学者产生了影响。

1542年，斯佩罗尼写出悲剧《卡纳捷》(1546)，受亚里士多德"净化说"的影响，强调悲惨、恐怖的情节，具有陶冶人的情感的作用。他还写有研究《埃涅阿斯纪》、《疯狂的罗兰》、《神曲》的评论著作。

佩利科·S.(Silvio Pellico，1789—1854)

意大利作家。自幼受到资产阶级民主思想的教育，20岁时迁居米兰，同浪漫主义作家福斯科洛、蒙蒂等结识。1815年发表悲剧《弗兰契斯卡·达·里米尼》，借用中世纪的素材，运用浪漫主义的手法，热情歌颂一对青年恋人保罗与弗兰契斯卡的爱情，抒发爱国主义精神，表现了民族复兴运动的要求。悲剧公演后获得很大成功。

1818年，佩利科担任意大利浪漫主义刊物《调和者》主编。不久，加入秘密革命团体烧炭党。1820年，他被奥地利侵略者逮捕，判处死刑，后改判15年徒刑。1830年获释出狱。1832年发表回忆录《我的狱中生活》，书中追述他的10年铁窗生活，揭露牢狱的黑暗与侵略者的凶残，但同时又忏悔自己参加革命斗争的罪过，宣传基督教的容忍思想，鼓吹放弃任何革命行动，充满悲观厌世的情绪。他还写过一些诗歌、悲剧，但已丧失早年的浪漫主义激情。

涅沃·I.(Ippolito Nievo，1831—1861)

意大利作家。出生在帕多瓦一个具有民主思想的家庭。先后在帕维亚、帕多瓦学习法律。青年时代即献身于民族解放斗争。1856年因发表一篇抨击奥地利侵略者的短篇小说而遭审讯。后来跟随加里波第千人团远征南方。西西里岛解放以后，他受加里波第委托，留下从事政权建设。1861年从西西里返回北方，因海轮触礁而遇难。他的第一部诗集《诗》(1856)深受朱斯蒂的影响。诗集《加里波第战士的爱》(1860)写他追随加里波第投身民族复兴运动的感受。诗剧《卡普阿尼》、《斯巴达克思》写于50年代，借用历史题材表达民族复兴运动的理想，并对历史上革命斗争失利的原因进行探讨。

短篇小说集《乡村小说》(1856)反映农民的生活和作者在弗利乌里地区度过的童年。1859年发表两部论著《威尼斯和意大利的自由》、《关于民族革命的断片》。他指出意大利资产阶级脱离人民、脱离农民的严重局限性，认为实行土地改革，提高农民的社会、经济地位，是完成民族复兴运动的历史任务的关键。

他的代表作是小说《一个意大利人的自白》(1867)，写卡尔洛·阿托维蒂参加爱国运动，转战各地，受到种种折磨，双目失明，最后流亡英国。作者展示了意大利18世纪末叶社会广阔的生活画面，成功地塑造了一个资产阶级革命志士的形象。卡尔洛的恋人皮萨娜由自私、轻浮的妇女成为他的忠实伴侣，献身革命，是意大利人民觉醒的象征。小说富有爱国主义激情，人物与生活、斗争场面的描写明快、自然，充溢着生气。

朱·加里波第（Giuseppe Garibardi，1807—1882）

意大利民族复兴运动时期著名爱国志士，一位富有传奇色彩的民族英雄，他为驱逐入侵的外敌和完成国家统一大业立下了丰功伟绩，与马志尼、加富尔并称意大利民族统一和复兴大业中的三杰。

贝·克罗齐（Benedetto Croce，1866—1952）

意大利史学家、哲学家、文艺理论家。他著作等身，共八十余部，代表作有《美学》、《逻辑学》、《实践的哲学》、《美学原理》等。

克罗齐的思想体系，受到客观唯心主义的影响。他注重研究精神活动及其影响；因此，在文艺理论上，强调形象思维、想象、直觉和形式，对近代意大利和欧洲的美学思想，产生了广泛深远的影响。葛兰西曾称他为思想文化界“泰斗”、“世俗教皇”，认为他是曼佐尼以后意大利最伟大的散文作家。

克罗齐的《美学原理》，对思想家、科学家同诗人的区别，诗词散文的关系，艺术同历史，自然的关系，等等，都作了极其深邃、极其精练的表述。克罗齐的文章，短小精粹，毫无学究气，思辨直接以良知和常识的面貌出现，堪称科学散文的创新。

卡·斯戈隆（Carlo Sgorlon，1930—2009）①

意大利当代蜚声文坛的一位特立独行的著名作家。1930年，卡尔洛·斯戈隆出生在意大利东北边陲的弗留利乡村。弗留利大部分地区为山峦、丘陵，居民勤劳朴实，至今仍保留着弗留利方言和丰厚的民间文化传统。打孩提时代起，祖父常常给斯戈隆读但丁的《神曲》和阿里奥斯托、塔索、莱奥帕尔迪的诗歌，讲述世世代代流传在弗留利乡村的童话故事、传说和神话。古朴、纯真的弗留利乡村世界，悠久、深厚的乡土文化，陶冶着他的情操，对锻炼他未来的品格和个性，发生了重要的作用。农民世界以及它的文化积淀、风尚习俗、人情世态、宗教情感，融入了他的血液，成为他日后全部文学创作的底蕴。

---

① 吕同六先生2005年10月28日去世，其未完译著斯戈隆《春蚕吐丝》由编者继续完成，于2007年由四川人民出版社出版。2009年斯戈隆夫人唁函告编者，其夫斯戈隆于2009年初去世。

从1960年，斯戈隆写出第一部长篇小说《葡萄园的风》起，共发表长篇小说十余部，文学评论三部，以及论述戏剧、艺术、美学的专著和译作多部。

斯戈隆对中国和中国文明满怀真挚的情感。他读过中国古代哲人的作品，如孔子、老子，认为“他们代表了古代中国人民的智慧、礼仪、勤劳和对生活的热爱”。他自称有三个短篇小说的创作灵感来自古老的中国。或许正是这个缘故，我们阅读斯戈隆的小说，会强烈地感受到他的思想内涵同中国哲学中天人合一、“天与人不相胜”的观念是多么的亲近。也正是这个缘故，斯戈隆在1999年发表了这部名为《春蚕吐丝》的长篇小说，以“奉献给中国读者”。

2000年，斯戈隆打破一直恪守的规矩，第一次乘坐飞机，不远万里，来到向往已久的中国访问。他惊叹中国现代化取得的重大成就，又庆幸古老中国文明传统并未泯灭。展望人类社会的未来，他寄希望于东方和中国文明。

卡·卡索拉（Carlo Cassola，1917—1989）

意大利名作家，在意文坛活跃了整整50个年头，在当代意大利文学史册上，打烙下了自己鲜明的印记。

卡索拉的剧作生涯始于1937年，短篇小说集《探望》（1942）和《郊外》（1942）是他辛勤笔耕的最初硕果。卡索拉认定，事物的本质，真与美，全然在于存在，在于赤裸裸的存在本身。相继问世的《女友们》（1947）、《伐木》（1959），都体现了这一审美主张。战后初期涌动的新现实主义艺术氛围，投身反法西斯斗争的经历，给卡索拉的文学创作注进新鲜因素。他开始触及重大的社会政治题材，如战争、抵抗运动。如他的长篇小说《法乌斯塔和安娜》（1952），《战后的婚礼》（1957），短篇小说集《老战友》（1953），中篇《瓦拉迪埃街的公寓》（1956），《士兵》（1957），《干枯的心灵》（1961），《猎人》（1964）。

《为时已晚》是卡索拉晚期代表作之一，写于1971年，出版于1975年。战后，卡索拉一度加入社会党，从事政治活动，后退出，专志文学创作，同时在托斯堪纳大学教授文学哲学。七十年代后期，卡索拉积极参加反对军国主义复活的和平运动和保护生态环境的绿色运动，成为它们中很有影响的代表人物。

埃·萨尔加里（Emilio Sargari，1863—1911）

生于意大利北部城市维罗那，自幼酷爱文学。曾在航行于地中海和亚得里亚海的轮船上当差，无垠的大海开阔了他的视野，充满风险的航海生涯，为他的文学创作提供了丰富的素材。1883年，他的第一部小说《巴布亚的野蛮人》问世，翌年《马来亚虎》

出版，此后萨尔加里的作品源源不断；《丛林系列》(1895)、《马来亚海盗系列》、《加勒比海盗系列》(1899)、《北美草原系列》(1908)等。萨尔加里是一位具有出色的艺术想象力和表现力的作家，充满风险的航海生涯，为他的文学创作提供了丰富的素材，他以自己独具一格的创作丰富了意大利青少年文学。

彼·庞波那齐(Pietro Banponaci，1462—1525)

意大利文艺复兴时期人文主义思想家。出生在贵族家庭，大学医学系毕业后，在帕多瓦、博洛尼亚大学教授哲学。1516年，他用拉丁文写出长篇论文《论灵魂不朽》，掀起轩然大波，不久即被教会作为禁书焚毁。

庞波那齐在《论灵魂不朽》中指出，灵魂与肉体一样，是要死亡的，但人可以凭借自身的德行而臻于不朽。他强调人具有独立的价值，应当发展自己的智力与德行，参与劳动和现世生活，不必依靠权威和教会。他的思想继承和弘扬了文艺复兴前期的人文主义。

利玛窦(Matteo Ricci，1552—1610)

意大利传教士，中西文化交流的先驱者。他自幼在耶稣会学校学习，后在罗马加入耶稣会，并攻读神学，哲学和数学。1582年来到中国传教。在中国生活近三十年，利玛窦尊重中国文化，他取中国名，说中国话，穿中国衣服，和中国文人学士广为交游。他把西方近代数学、天文、地理、水利、火器介绍到中国，又把中国文明介绍到西方，对中西方交流、欧洲汉学研究和中国近代科学技术的发展，都产生了积极的作用。1610年5月11日逝世，被赐葬于北京阜城门外二里沟。

《中国札记》是利玛窦晚年撰写的关于他在中国生活经历的笔记。他在第一卷叙写中国的土地物产，政治制度、科学技术、风俗习惯；第二卷介绍他本人的传教经历，可说是一部明代中国游记，对于研究明代中西交通史、耶稣会入华传教士，乃至研究明史，都是颇有价值的。

卫匡国(Martino Martini，1614—1661)

17世纪意大利汉学家。1631年加入耶稣会，1643年，他在明朝末年来到中国，在中国前后生活了12年(1643—1650、1658—1661)，病逝并安葬于杭州。

在中国期间，卫匡国以利玛窦为榜样，改用中国姓名和字号，尊重中国的文化和风俗，刻苦学习中文，悉心研究中国历史、地理、哲学、宗教和儒家思想等，走遍了大半个中国。他在中国历史学、地理学、语言学、古文学和中国文化的研究方面，都取得了突出的成就，是一位举世公认的西方近代汉学的开拓者之一。他撰写的《中国历史十卷》,《鞑靼战记》和《中国新地图集》，是近代西方研究中国历史、地理最重要的学术著作，被译成欧洲各国文字，卫匡国因此享有西方的“中国地理之父”的声誉。

卫匡国把西方先进的科学技术引进中国，又把中国的文化介绍到西方，成为继马可·波罗、利玛窦之后中意和中西方科学文化交流的重要代表人物。

鄂多立克（Odorico Da Poldenone，1286—1331）

是在马可·波罗抵达中国之后40年来华的意大利旅行家，被誉为欧洲中世纪四大旅行家之一，其影响仅次于马可·波罗。他早年入方济各会，过着清苦的生活，靠水和面包为生，赤足行走，栖身荒野。约14世纪早期，鄂多立克开始东游，经过海路陆路，千辛万苦的长途跋涉，历经小亚细亚、中东、波斯、南洋诸岛和印度等地。于1322年抵达中国，足迹遍布大江南北，在华约六年之久，最终从西藏出境，经中亚、波斯返回意大利，在病中口述自己在华所见所闻，留下《东游录》一书。1881年，国际地理学会在威尼斯建立他的铜像，以示崇敬。1981年，鄂多立克的《东游录》被选入中国商务印书馆编纂的《中外关系史名著译丛》出版。2004年，意大利摄制的记述鄂多立克生平的影片《在天涯》，获我国长春国际电影节外国最佳影片“银鹿奖”。

伊·西龙尼（Iniazio Silonni，1900—1978）

意大利作家、政治家。他生于南方偏僻小镇，少年时就读于神学校，后被开除，投身农民运动。意共成立后，入选领导机构。法西斯统治时期流亡瑞士，并代表意共参加共产国际，1930年退出。战后，担任过社会党领导。1948年，宣布不再参加任何政治活动。

《丰塔玛拉》作于西龙尼流亡瑞士的1933年。最先用德文出版。翌年，意大利文版在巴黎和苏黎世出版，先后印刷六十余版，轰动世界，是欧洲和意大利作家向法西斯打响的第一枪。小说以极朴实的笔触叙述丰塔玛拉（意为“痛苦的源泉”）农民经历的无数灾难和悲哀、眼泪和伤痛、失望和仇恨。小说的“序”，既披露作家写作此书的旨趣，又对丰塔玛拉的历史与现状作全景式的扫描，真淳、平实的叙述中，荡漾着炽烈的反法西斯激情，蕴含着深层的思考。

普·莱维（Primo Levi，1919—1987）

是位两栖于文学和化学的艺术家。他因出身犹太人家庭，备受法西斯排犹政策之苦。1943年，他加入游击队的行列，不幸被捕。1944年，普里莫·莱维从意大利福索利集中营被押往奥斯维辛集中营，历经折磨，直到1945年被苏联红军解放。

《如果这是人》（1947年），是普里莫·莱维在纳粹集中营蒙受的非人生活的记载。但作者并不止于文献式的实录。而是借助理性之光，透过现象，来撕开集中营生活骇人听闻的黑幕，透视纳粹的罪恶的本相。普里莫·莱维因此书而蜚声国内外。并一发不可收拾，陆续写出了不少反法西斯和反映现实生活的佳作。

恩·卡斯泰尔诺伏（Enrico Casternovo，1839—1915）

小说家、评论家。出生在佛罗伦萨，学识渊博，才华横溢，在文学剧作、文学批评和历史研究领域都取得了骄人的成就。1880年开始发表短篇小说和长篇小说，数量众多。在长篇小说《蒙卡尔沃》（1908）中，作者以痛楚的心情，浓墨重彩地描写了罗马城里犹太富人的行径，深受好评。卡斯泰尔诺伏的文学创作，多侧面地表现了十九世纪末叶意大利社会的状貌。

《失落的信》写一个朴实的近乎迂腐的科学家的品行和感情。作者不动声色，徐缓写来，讥刺中带了几分友善的调侃，使一个独特的艺术形象鲜明地站立了起来。

伊·菲奥内（Ilalio Fione，1925—　）

意大利作家、记者。他毕业于都灵大学经济系。反法西斯抵抗运动期间参加游击作战。战后担任意大利广播电视公司驻远东地区记者，同时从事创作，先后发表了《开往布达佩斯的最后列车》、《卡雍巴大桥》、《冷漠的西班牙》等十余部作品，多次获得文学奖，并被授予共和国骑士勋章。

《中国相思录》（1984）是菲奥内在中国周游和思索的产物，是对以巨人的步伐奔向2000年的新中国的写生。敏锐的观察，放眼世界的目光，渊博的学识，对中国的情谊，使这部作品产生广泛的影响。

马·班戴洛（Matteo Bandello，1485—1561）

意大利文艺复兴时期继薄伽丘之后的杰出小说家。他一生漂泊，晚年在法国任主教，客死异乡。曾写过赞美爱情的诗歌，但传世之作是他的二百一十四篇短篇小说。这些小说取材于古代或中世纪史实、传说，或当代生活中的真实事件、民间故事，或写传奇式的悲欢离合，这些短篇小说对意大利和欧洲文学产生了很大影响。

《罗密欧与朱丽叶》是班戴洛著名的短篇之一，莎士比亚的同名悲剧就是从这个小说中汲取创作素材的。

瓦·普拉托利尼（Vasco Platolini，1913—1991）

小说家，出生在贫寒的工人家庭，当过学徒、工人、堂倌，因繁重的劳动而身患肺病，但仍勤奋攻读自学成才。四十年代参加反法西斯抵抗运动。早期小说表现法西斯统治的岁月里一代青年在意识上的成长。战后发表的《苦难情侣》（1947）、《意大利历史》三部曲（1955—1963），堪称当代意大利文学的经典，以恢宏的气势，综括19世纪末时工人运动兴起，直至20世纪60年代近百年间意大利社会的沧桑变迁。

《芳妲》是普拉托利尼的一篇优秀短篇，以一对青年男女间的真挚情谊为线，牵出来法西斯独裁年代的风风雨雨，小说朴素平实，委婉精致。

彼·基亚拉（Pietro Chiala，1913—　）

现实主义小说家。青年时因生计所迫，中途辍学，曾到法国谋生，又在司法部门当过小职员。法西斯统治时期作为政治犯遭到迫害，避居瑞士。

迄今著有近二十部长篇小说，传记、诗歌、散文集，几百篇短篇小说。《一声枪响》选自短篇集《米利亚瓦卡万岁》（1984）。工厂老板手下一个忠心耿耿、刻板得要命的随从的经历，一个普通人的普通的故事，经作家娓娓道来，平淡中浮起波澜，显得那么引人入胜，富于感染力。那“一声枪响”，撕破笼罩在主人和仆人之间神秘的帷幕，标志着维护人格与尊严的意识的觉醒。

马·温杜里（Marcelo Wenduli，1925—　）

毕业于医学院。早年参加过抵抗运动。1946年开始发表小说，内容多直接取材于意大利人民的斗争生活。后来，创作题材发生变化，从写过去渐渐变为写现在，透过现在而展示未来。作品中人物大都是知识分子。《一个德国人的假期》对人物内心世界的刻画异常精细。读者不仅从一个侧面了解了当年德国法西斯匪徒惨绝人寰的暴行，而且能得到更深一层的启示：法西斯复仇主义有可能死灰复燃。主要作品还有《克法利亚岛上的白旗》（1970）、《最远的车站》（1970）、《无主的土地》（1975）等。温杜里的作品被译成多种文字出版并多次获奖。

卢赞特（Ruzzante，原名安杰洛·贝奥尔科 Cangelo Beolco，1496—1542）

意大利方言喜剧的代表，作为集编剧、演员于一身的戏剧家，在意大利文艺复兴时期戏剧史上，占有颇为特殊的地位。他自编自演了许多的农民生活为题材的喜剧，大受欢迎，这些喜剧中一个主要人物名叫卢赞特，是当地农民常取的名字，随着这些喜剧的广泛流行，剧中人卢赞特便取代了他的本名，而成为他的名字。

卢赞特早期创作的喜剧，或仿效田园剧，或是为科尔纳罗家族的两名成员先后就任红衣主教的庆典活动而作。他们受到传统戏剧的影响，但已可见出卢赞特建立自己独特的喜剧风格的努力，十六世纪二三十年代，是卢赞特喜剧创作最活跃的时期，其中一些作品，如《莫斯凯塔》（1529）、《卢赞特从战场归来》（1529）、《菲奥里娜》（1531）等，尤其是《比洛拉》（1530），则充分显示了他独特的个性，浓郁的喜剧色彩，乡村生活的场景，鲜活的方言和农民口头语言，成为这些剧作的重要特色。

达·德·朱迪切（Daniele Del Giudice，1949—　）

作家，1949年出身罗马，先后发表小说《温布尔登的体育场》（1983）、《西方地图》（1985）、《在兰斯的博物馆》（1988）等，引起了文坛的广泛注意。1994年问世的小说《身影离开大地》，选择了一个文学史上几乎没有触及的，常人也无缘直接体验的生存环境，去展示他的叙事才华。语言极富特色。小说叙事的节奏急促、紧凑、词语简约、凌厉，但是，词义的密度很大。每一个词语，都好似生活，都隐含着言犹未尽，一言难尽的意味。

马·罗多利（Marco Lodoli，1956—　）

是当今意大利中青年作家中的佼佼者。他长期在罗马的一家职业学校任教。80年代中期开始发表作品《逝去的千年的日记》（1986）、还出版过诗集。90年代是他创作最活跃的时期，相继发表了《新手》三部曲（1990—1993），短篇小说集《狗和狼》（1995）、长篇小说《风》（1998）等。《鲜花》（1999）是一部耐得住咀嚼的作品，它不同于写小人物的传统小说。作者只是把“小人物”作为载体，作为中介，社会背景淡化，以至隐去，而倾力描写主体的生命体验，从紊乱的现实图景中，显现出某种美，某种和谐。

温·切拉米（Vincenzo Cerami，1940—　）

是中青年作家中资历较深的一位。他五十年代在罗马郊区钱皮诺镇一家私立中学读书，恰逢著名作家、后来又成为电影名导演的帕佐利尼在校执教，深受帕的影响，又受到他的赏识和提携。1976年，切拉米发表处女作《小小职员》。嗣后，相继发表了小说《多情的存在》（1978）、《脆弱的小伙子》（1983）、《兔子》（1988）、《人们》（1993）等。切拉米还是一位剧作家、电影编剧，获得奥斯卡大奖的影片《美丽人生》，就是他和著名喜剧演员贝尼尼合作的成果之一。

切拉米的《小小职员》问世后，好评如潮。名作家卡尔维诺、名导演帕佐利尼纷纷撰文表示赞赏。小说出版第二年，享有盛誉的电影导演莫尼切利把它搬上银幕，由名演员索尔迪主演，大受欢迎，又进一步推动了切拉米的《小小职员》广泛流传。

梯·斯卡尔帕（Tiziano Scarpa，1963—　）

青年作家，1963年出生于威尼斯，经常在各种刊物和报纸上发表文章，出版了多部短篇小说集，系20世纪九十年代享誉文坛的青年作家。《铁栅栏上的眼睛》和《爱》是他的两部长篇小说。作者在小说《铁栅栏上的眼睛》中大量使用当今意大利青年中流行的语汇，包括一些人们通常忌讳的词语，使用同今日年轻人的思维，生活与行为方式相适应的语言形态。作品着重于个体化的代表，显露出鲜明的“时尚化”写作印记。它体现了试图表达自己生命体验的努力。在表现形式上，采用了特异和夸大的手法，包含了青年作家对于传统文学的一种逆反心理。

评介意大利部分文学名著

被抛弃的狄多（Didone abbandonata）

剧本，1724

［意大利］麦塔西塔西奥（Pietro Metastasio, 1698—1782）

特洛亚王国灭亡以后，王子伊尼亚斯开始悲惨的流亡生涯。他在海上漂泊多年。一次，他遭遇暴风雨，几经搏斗，漂流到非洲海岸的迦太基王国。迦太基王国的女王狄多收容了他，对他精心调养，盛情款待。多情的女王深深地爱上了伊尼亚斯。

狄多有位妹妹，名叫赛蕾妮，也对伊尼亚斯一见倾心，但始终没有吐露真情，只是默默地爱着他。

狄多女王的声誉早已传播四方，许多人慕名而来，向女王求爱。但狄多均以忠贞于亡故的夫君为借口，予以婉拒。摩尔国国王亚尔巴，久已钟情于狄多，特地化名阿尔巴契，偕同心腹阿拉斯佩，前来向狄多求婚，遭到女王的拒绝。亚尔巴迁怒于伊尼亚斯，欲加谋害。

一天，亚尔巴和伊尼亚斯狭路相逢，亚尔巴怒火中烧，当即挥舞利剑，向伊尼亚斯刺去。幸亏阿拉斯佩在旁略做手脚，使亚尔巴失手，宝剑落地，救了伊尼亚斯的性命。阿拉斯佩暗中搭救伊尼亚斯并非偶然，因为他觉得，亚尔巴的谋刺行为过于卑劣，不容袖手旁观，另外，他已经对狄多的妹妹赛蕾妮产生了爱慕之意。

狄多传谕逮捕亚尔巴，并下令处以死刑。这时，伊尼亚斯不计个人恩怨，挺身而出，为亚尔巴说情，认为女王这样行事有失高贵和体面。狄多看在伊尼亚斯的面上，释放了亚尔巴。亚尔巴狼狈地逃回摩尔国。

随着时光的流逝，狄多的纯真、温柔的爱情逐渐打动了伊尼亚斯的心。但是，由于神明的指示，伊尼亚斯必须离开迦太基，抛弃狄多，返回意大利，去完成重建特洛亚王国的重任。狄多向他倾诉炽烈的爱恋之情，苦苦挽留。狄多的妹妹赛蕾妮也打破沉默，向他吐露了隐藏在心头的诚挚的爱。伊尼亚斯经受着激烈的内心矛盾和难言的痛苦。最后，他终于克制了自己的感情，毅然服从神圣的使命。他委婉而坚毅地谢绝了赛蕾妮的爱。他向温柔多情的女王表示，他决定离开她，并不是无情无义，而是因为：祖国、苍天、亡父的灵魂，荣誉、诺言、责任，今天，召唤我重返意大利海岸。

伊尼亚斯告别了狄多，与前来迎接的特洛亚士兵会合，登上战船，正要驶离迦太基海岸。忽然，亚尔巴大兴问师之罪，率领摩尔国军队杀来。于是，爆发了一场激烈的战斗。特洛亚士兵英勇奋战，打败了摩尔人，但伊尼亚斯刀下留情，宽恕了亚尔巴，仍然按照预定计划，启程向意大利进发。

迦太基王国有一名大臣，名叫奥斯米达，狄多对他深为器重，视为心腹。谁知奥斯米达阴险奸诈，权欲熏心，早已怀有篡夺王位的图谋。亚尔巴潜来迦太基时，他即背叛狄多，投靠亚尔巴，甘愿充当内奸，一心以卖国换取王位。亚尔巴被伊尼亚斯杀败，怀疑奥斯米达变卦，便在溃逃前把他绑缚在大树上，准备处决，幸亏伊尼亚斯赶到，解救了奥斯米达。奥斯米达羞愧交加，向狄多忏悔了自己的罪过。

伊尼亚斯率领人马离开迦太基以后，亚尔巴又卷土重来。迦太基军队无力抵抗，节节败退。亚尔巴为了报复，下令火烧迦太基，生擒狄多女王。

心爱的人伊尼亚斯的无情离弃，心腹大臣奥斯米达的无耻背叛，连亲妹妹赛蕾妮也成了争夺爱情和幸福的对头，这一连串的沉重打击，使狄多悲痛万分，心碎肠裂。亚尔巴率领的摩尔人又步步紧逼，王宫起火，迦太基陷于一片火海之中。满怀绝望的伤感，不愿屈服于亚尔巴淫威的狄多，纵身跳进了熊熊燃烧的大火中。

短篇小说六十篇（Sessanta racconti）

短篇小说集，1958

［意大利］布扎蒂（Dino Buzzati, 1906—1972）。这是迪诺·布扎蒂一生写的大量短篇小说的集萃，用超现实主义手法写成，风格近似卡夫卡。现摘要介绍其中的五篇。

《七个使者》一个王子，启程前往他父亲的王国。他随身带了七名使者，让他们轮流返回出发的城市，往来联络。

他行了一程又一程，整整八年过去了，但仍然前途茫茫，望不见目的地。最初，使者在途中往返一次，只需几天时间，但路程越来越遥远，最后，使者往返一次已经需要八、九年，带回来的消息，只是遥远的国度里的遥远年代的往事；那里的人们已经忘记了他，他也淡忘了那里的一切。

现在，使者们都已派回去联络，尚未返回。他独自一人在前进，在探索。他感到，指南针虽然指向子午线，但他仿佛觉得始终在围绕着自己打转。他甚至怀疑，他是在向一个“永远不能到达的”、“实际不存在的目标前进”。

《斯卡拉大剧院的恐怖》米兰著名的斯卡拉大剧院，灯火辉煌。观众聚精会神地欣赏精彩绝伦的演出。突然间，不知怎么传来了某个秘密黑帮将在夜间毁灭城市的消息。没有任何确凿的事实能够证实这个消息；但恐惧伴随不祥的消息，由一个观众传播给另一个观众。恐惧唤起了人们身上固有的恐惧的本能；黑夜越发加重了恐惧。

在恐惧笼罩的米兰，斯卡拉大剧院成了唯一光明、安全的孤岛。

《七层楼》律师朱塞培·科尔台略感身体不适，由朋友介绍到一所著名的疗养院休养。疗养院是一幢七层的大楼。最高的一层住着病情最轻的病人。病房的层数愈低，病员的病情愈严重；最低一层的病房，住的全是病人膏肓的垂危者。科尔台被安排在第七层的病房，心情轻松愉快。不料，入院十天以后，种种纯系偶然的、未曾始料的事情接踵发生了。或是院方提出要照顾一位带两个孩子的女病号，需要腾出空房；或是因为护理人员工作中的疏忽，把他的病历搞错；或是由于他身上忽然长了一个小疖子，大夫吹毛求疵，夸大病情；或是因为一部分大夫、护士即将休假，医院人手不够，需要把两层楼的病人集中住在一起，便于照顾……就这样，科尔台不由自主地、无可奈何地从第七层楼被一层一层地下放，一直送进了第二层的病房，尽管他一再提出抗议，表示反对。

如今，他的病情也果真严重起来。他明白，他很快将被送入第一层病房——正在等待他的坟墓。虽然，他竭力挣扎、反抗，但这全然是不可抗拒的。

《渴望健康的人》一所城堡式的麻风病院。那些注定要在这死亡的王国里了却一生的麻风病人，每个晚上聚会在一起，山南海北地胡扯，或是玩纸牌，以排遣凄怆的情怀。唯独一个年轻的病人，叫姆塞利东，从不在这种场合露面，而是心敛意宁地向上帝祈祷。他出身高贵门第，曾是风度翩翩的美男子；他渴望恢复健康，重返金碧交辉的宫殿，过那百万富翁的生活。每天，除去吃饭、喝水，他总是独自在病房里虔诚地祈祷，甚至在睡梦中也念念不忘默祷。

修炼持续了两年。一天，人们惊诧地发现，他那狮子一般丑陋的模样消失了，显现出一副青春焕发的英俊脸庞。他高兴得痛哭起来。然而，医生检验身体后指出，他脚趾上还有一小块灰斑，不能出院。他努力克制住失望的痛楚，重新踏上修炼的苦难历程。

五个多月以后，那块灰斑消失了。姆塞利东获得了自由。病友们把他当作凯旋的英雄抬起来。他容光焕发，喜形于色，跨出城堡。突然，他的脸色变得苍白，感到一阵晕眩；那个盼望已久的、辉煌灿烂的大千世界，在他眼前变幻成浊臭逼人的污秽之地。他恢复了健康，但驱使他渴望健康的人世间的种种诱惑，已成了过眼烟云；金钱、美女、宫殿再也打动不了他的心弦。于是，他痛苦地返回城堡，决定永久留在麻风病人中间。

《朋友们》小提琴家托尼·阿帕凯尔的幽灵，回到了人间。他原先的寓所搬进了住户，只好去找朋友们借宿。

他带着微微羞赧的神情，来到乐器制造商托尔蒂家里。托尔蒂是他生前最亲密的朋友，为失去他曾经洒下不知多少眼泪。时隔一个月，他已把对亡友的情谊抛到九霄云外，不能容忍一个幽灵进入他生活的地方，满腔怒火地下了逐客令。

阿帕凯尔来到音乐学院院长塔布拉尼的寓所。一个月以前，正是他在阿帕凯尔的墓前慷慨激昂地发表悼词，失声痛哭。他刚参加音乐会回来，一见故友，立刻热情洋溢地向他招呼起来。他掏出钥匙，打开房门，然后十分抱歉地请阿帕凯尔在门外稍候片刻，以避免他豢养的狼犬发出狂吠，惊醒熟睡的女儿。他像鳗鱼一样矫捷地溜了进去，随身紧紧闭上门，上好门闩。阿帕凯尔轻声呼喊，怯生生地叩门，但回答他的是一片沉寂。

夜深了。阿帕凯尔精疲力竭地来到女友佳娜住的公寓。佳娜见到他，顿时从睡态蒙眬中惊醒过来。阿帕凯尔满怀凄怆的恳求没有打动她，她以绝望的胆量挥舞着剪刀，把两片锋利的刀刃刺进了幽灵的胸脯。

这就是幽灵们不愿再跟朋友们在一起，而心甘情愿地匿迹于古塔的废墟、深山老林间荒芜的教堂的缘故。

分成两半的子爵（Il visconte dimezzato）

长篇小说，1952

［意大利］卡尔维诺（Italo Calvino, 1923—　）

这是一部寓言小说。奥地利、意大利对土耳其的战争爆发。贵族出身的梅达尔多·迪·台拉巴子爵，应征入伍。他告别意大利，跨上战马，带着一名随从，来到波希米亚平原。梅达尔多随即被引进奥地利国王的行营，受到国王陛下的接见，并被授予中尉军衔。晚上，子爵在军营外漫步，眺望波希米亚平原繁星闪烁的夜空，倾听河岸芦苇随风摇曳的声响，沉浸在明天就要进行的激战的遐想中。此刻，他丝毫没有忧愁、疑虑的感觉；世上的一切，包括他自己，在他看来，都是那么美好，那么完整无缺。

翌日，上午十时，战斗开始了。梅达尔多子爵一马当先，向土耳其军队的阵地奋勇冲杀过去。他的战马受伤倒毙，随从也中箭受伤，但他拒绝随从让给他的战马，仍然和一些勇敢的步兵往前猛冲，一心要捉拿土耳其人的火炮手。突然，敌人的一颗炮弹飞来，不偏不倚，正好击中梅达尔多子爵的胸膛，顿时，他的身躯被抛到了空中……

晚上，奥地利军队打扫战场。他们发现一个从未见过的奇怪伤员。从上到下细细打量了一番，只见他仅有半个前额，一只眼睛，一只耳朵，半个脸颊，半个鼻子，半张嘴巴，半个下巴，一条胳膊，还有一条大腿。这就是梅达尔多子爵；他被炮弹从头到脚整整齐齐地劈成了两半，仅仅保留了身子的右半部分，但居然还活着。

十月的一个夜晚，天空乌云密布。梅达尔多子爵躺在担架上，回到了故乡。城堡里的男女老少纷纷赶来欢迎。但是，当他们看到从头到脚紧紧裹在黑色的斗篷里，只露出右边半个脑袋，隐约可见右边半拉身躯的子爵时，都目瞪口呆了。不祥的气氛笼罩了整个城堡。

很长一段时间里，梅达尔多子爵过着隐居的生活，连从小抚养他长大的奶妈赛芭丝亚娜也无法接近他。一天，奴仆们发现子爵离开了城堡，赶紧跟踪寻找。一路上，他们惊奇地看到，树上的果子，地上的蘑菇，都被子爵掰成了两半，只留下了右半拉。事情不止于此。夜间，农民熟睡的时候，子爵常常纵火烧毁他们的牲口、农具、茅屋，有时连农民也被活活烧死。伺候子爵的奴仆也不能幸免灾难。一次，好几名奴仆在睡梦中成为子爵点燃的熊熊大火的葬品；他的奶妈也几乎被烧死，受伤卧床不起。第二天，子爵见到奶妈，硬说她脸上的烧伤是麻风病症，下令把她关进了麻风病院。

人们对梅达尔多子爵愈来愈仇恨，背地里都叫他"邪恶的子爵"。子爵喜欢骑马，命令铁匠为他特制了一副马具。从此，男女老少一听到子爵的马蹄声，便纷纷仓皇奔逃。而子爵却从邪恶中获得乐趣。他对侄儿说："任何一件东西都可以掰成两半；当你被掰成两半的时候，你能比一切完整的头脑所具有的智慧更好地理解事物……因为美、智慧、正义，只存在于支离破碎之中。"

邪恶的子爵爱上了一个放牧的姑娘帕美拉。他把草地上的菊花、蝴蝶掰成两半，作为求爱的标志。帕美拉拒绝他的爱情，他放火焚烧帕美拉父母住的茅屋，把他们捆吊起来，作为惩戒。帕美拉被迫逃到一个隐蔽的山洞里避难。

帕美拉在山洞避难期间，陆续听到许多离奇的新闻：出现了一个和梅达尔多子爵一模一样的怪人，从头到脚紧紧地裹在黑色的斗篷里，只露出左边半个脑袋，一条左腿一蹦一跳地走路；他乐善好施，济困扶危，把迷途于森林的孩子护送回家，帮助寡妇干活，治疗被毒蛇咬伤的狗；把礼物送到穷人家的门槛或窗台上。

原来，梅达尔多在战场上被炮弹炸成两半以后，身子的右半拉被打扫战场的士兵找到，后来返回城堡，这就是"邪恶的子爵"。他身子的左半拉被埋在基督教徒和土耳其人的尸体下，以后被两个隐士无意发现，经用油膏和香料治疗，救活了他。他告别了救命恩人，经过许多岁月的跋涉，回到了故乡，这就是"善良的子爵"。

一天，帕美拉为躲避雷雨，不期和善良的子爵相遇。他们倾诉了各自的际遇。帕美拉很惋惜，一个灵魂高尚的人竟然有着这样一副可怜的外形。子爵告诉她：当我是完整的人的时候，我对人，对世界，对世间普遍的痛苦和创伤不关痛痒，一无所知，而现在，一旦成为半拉子的人，我具有了博爱精神，懂得了为每个人的痛苦而痛苦，在医治别人的创伤中医治自己的创伤。

善良的子爵也爱上了帕美拉。他不愿回到城堡里过子爵的生活，宁愿成为一个流浪者。每天清晨，他到乡村去，看望穷人、老人，提供人们需要的一切援助。他经常到麻风病院去，帮助被邪恶的子爵关在这里的奶妈和其他病人。闲暇时，他到树林里去，帕美拉在小溪边洗衣服，他坐在石头上，专心地阅读《解放了的耶路撒冷》。

邪恶的子爵对善良的子爵的行为极为恼怒，派遣手下的卫队去搞谋杀。谁知他手下的人早已不满他的横暴，正在酝酿起义；他们不只没有执行命令，反而去敦请善良的子爵出来当起义的领袖。善良的子爵劝告说：虽然他对邪恶的子爵的专横同样感到痛苦，但挽救他的办法只有一个——向他展示善良和美德的榜样。

两个子爵的对立越来越严重，达到了势不两立的地步。邪恶的子爵感到，正是这个冤家对头使他失去了帕美拉，并且将失去权势。于是，一场决斗不可避免了。

决斗在清晨举行。两个子爵各持一柄利剑，杀得难分难解。突然，他们中的一个失去了平衡，跌倒在地，绊倒了对方。邪恶的子爵眼疾手快，一剑劈去，利剑沿着善良的子爵原来的伤口，从头部直劈至脚跟，鲜血顿时汩汩涌出；善良的子爵挣扎着，竭尽全力还击一剑，那剑锋也恰好准着邪恶的子爵原来的伤口，从头部直劈至脚跟。两人扭作一团，粘在一起……

半个小时以后，村民们簇拥着一副担架回到了城堡。人们看到，担架上躺着的伤员，已经不是两个半拉的子爵，而是一个受了重伤，昏迷不醒，然而是完整的子爵。在大夫的精心治疗下，经过日日夜夜的护理，子爵终于苏醒过来，又成了一个健康的、完整的人。从外表看，他跟原先的子爵别无二致，但他现在兼有善良者和邪恶者的品格，因而更加富于智慧。

子爵和帕美拉结了婚，过着幸福的生活。他公正地治理城堡。村民们盼望着，或许一个幸福的时代已经到来；然而，事情很清楚，一个完整的子爵，显然无法使整个世界变得善良、完整。

疯狂的罗兰（Orlando furioso）

叙事诗，1516—1532

［意大利］阿利奥斯多（Ludovico Ariosto, 1474—1533）

长诗情节复杂，人物众多，其中有三条主要线索：查理大帝及其骑士对回教徒的战争；罗兰对安杰丽嘉的爱情；鲁杰罗对勃拉达曼苔的爱情。第一条线索作为背景，贯串长诗；第二条线索则是全书最重要的情节。

查理大帝的骑士罗兰偕同他的恋人、卡泰伊国的公主安杰丽嘉从东方归来。查理大帝的另一名骑士利纳尔多见到安杰丽嘉，也为她的美貌所倾倒。罗兰和利纳尔多为争夺安杰丽嘉进行决斗。当时正值阿格拉曼率领回教徒围困了巴黎，查理大帝为避免发生内讧，把安杰丽嘉托付给纳莫老公爵照顾，对罗兰和利纳尔多宣布，谁在同回教徒的战斗中建立大功，就把安杰丽嘉许配给谁。

安杰丽嘉乘兵慌马乱之际逃出巴黎。罗兰、利纳尔多弃战事于不顾，相继跟踪追寻。安杰丽嘉在途中遇到异教徒萨格里庞，请他保护。利纳尔多赶到，跟萨格里庞厮杀起来：安杰丽嘉眼看保护人渐渐不支，便仓皇逃去，幸亏遇上一位隐士，向他求援。隐士施展魔法，把尾随赶来的利纳尔多打发回巴黎。这时，在阿格拉曼统率的回教徒的猛烈攻打下，巴黎战事吃紧，查理大帝便派利纳尔多去英格兰、苏格兰求援。利纳尔多迎着海上风暴，扬帆出航。

安杰丽嘉告别隐士以后，在途中又不幸被埃布达岛的海盗俘虏。海盗们把她捆绑在礁石上，准备作为祭物奉献给海怪。罗兰驾驶船只，也正向埃布达岛驶来。狂风却把他的航船吹到斯凯尔达河口，罗兰在这里遇见荷兰伯爵的女儿奥林皮娅，应她的恳求，杀死了持有火绳枪、无恶不作的弗利西亚国王齐莫斯科，救出被囚禁的奥林皮娅的恋人比雷诺；然后，驾船继续驶向埃布达岛。

回教徒勇士鲁杰罗为了寻找他的恋人勃拉达曼苔，也来到埃布达岛。他解救了几乎被海怪吞噬的安杰丽嘉，并对她产生爱慕之情，带她前往英格兰。途中，安杰丽嘉盗取了鲁杰罗的奇妙的戒指，不辞而别。

罗兰到达埃布达岛，安杰丽嘉早已没有踪影。罗兰继续追寻，却误入妖术师阿特朗台施展幻术布置的迷宫。安杰丽嘉也落入迷宫，但她借助奇妙的戒指，破了妖术师的幻术，逃离魔窟。罗兰也乘机逃出，且战且走，来到一孔山洞。

阿格拉曼带领麾下的人马，突破查理大帝军队的防守，杀入巴黎。在回教徒中，以勇士罗多蒙特最为骁勇善战；他一马当先，陷入查理大帝骑士的包围，虽然奋力冲杀，但寡不敌众，只得纵身跳入河中，以保全性命。利纳尔多率领的援军从英格兰赶到，在城郊同阿格拉曼的盟军遭遇，展开了一场鏖战。

另一名回教徒勇士梅多罗在激战中身负重伤，躲进一座森林，正好同逃离迷宫的安杰丽嘉相遇。梅多罗寄居在一个牧羊人的家里养伤，安杰丽嘉对他悉心护理，朝夕陪伴。在安杰丽嘉的照料下，梅多罗渐渐恢复了健康，他们之间也产生了炽烈的爱情。这一对情侣告别了牧羊人，满怀喜悦、幸福的心情，前往安杰丽嘉的故乡卡泰伊国旅行。

罗兰继续追寻安杰丽嘉，在漫漫的路程上又历经种种离奇、冒险的遭遇，来到那座森林。他看见树木上都刻着安杰丽嘉和梅多罗两人的名字。牧羊人向他叙述了安杰丽嘉和梅多罗恋爱的经过。罗兰伤心万分，仿佛从高山之巅跌落万丈深渊。他忽儿精神恍惚，痴呆无语，忽儿狂躁不已，痛不欲生，终于因极度痛苦、绝望，而发了疯。罗兰失去理智，但力量却增长十倍。他一路浪游，甚至横游大海，到了非洲，干出了无数荒诞不经、不可思议的事情。

查理大帝的另一名骑士阿斯托弗骑着一匹神奇的骏马，也经历了各种传奇般的遭遇。后来，他幻游冥府，在地狱看到许多残忍的女人和她们的情夫接受酷刑的情景；随后，进入地上乐园，在一座奇珍异宝镶造的宫殿里，遇到耶稣的使徒圣约翰。他从这座宫殿出发，登上月球，来到月球的一个峡谷，这里堆集着人世间丧失的一切。他发现一个细长颈的玻璃瓶，里面盛着一种稀薄的液体，这就是罗兰的理智。

阿斯托弗离开月球，回到人间，又在非洲各地做出了种种奇迹。他招募了一支舰队，准备返回意大利支援查理大帝。在港口等待顺风的时候，不期遇到了疯狂的罗兰。阿斯托弗打开那盛着稀薄液体的细长颈玻璃瓶，递了过去，让疯狂的罗兰用鼻子嗅一嗅；罗兰顿时恢复了理智。

罗兰的重新参战，使战局顿时改观。他在一场激烈的战斗中杀死阿格拉曼，从而使查理大帝的军队取得了对回教徒的胜利。

利纳尔多由于失去安杰丽嘉，内心极为痛苦。他心神迷乱，来到“忘思井”旁，喝了清冽的泉水，终于忘却了烦恼和痛苦。

长诗的另一重要情节描写回教徒勇士鲁杰罗对利纳尔多的妹妹勃拉达曼苔的爱情。鲁杰罗曾被妖术师阿特朗台打入迷宫，又陷身于魔女阿尔齐娜的孤岛；后来，他几经波折，皈依了基督教，在战场上力斩回教徒中最骑勇善战的罗多蒙特，终于同勃拉达曼苔结成姻缘。

风中芦苇（Canne al vento）

长篇小说，1913
［意大利］黛莱达（Grazia Deledda, 1872—1936）

堂・扎姆是撒丁岛一个偏僻地区拥有许多土地的庄园主。他一生苦心经营地产，思想保守，恪守撒丁岛的旧传统、旧习俗。妻子亡故以后，他更加严格管教他的四个女儿：露丝、哀思苔尔、丽娅、诺爱米，不准她们步出闺房一步，一心要维护家庭的地位和声誉。

不料，一潭死水似的生活掀起了波澜。一个晚上，三女儿丽娅突然失踪了。一位素有教养、出身高贵的闺秀竟然弃家私奔，自然成为轰动当地的新闻。老庄园主气得暴跳如雷，恨得咬牙切齿，发誓一定要捉住败坏家庭名声的丽娅，予以严惩。

谁知一波未平，一波又起。一天清晨，在镇口的一座木桥旁边，村民们突然发现了一具尸体——堂・扎姆。

接踵而来的打击使庄园主的家庭笼罩着孤寂、阴森的气氛。只有丽娅从意大利半岛契维塔维基亚市的来信带来一丝外界的生气。丽娅告诉姐妹们，她出走以后，遇上了一个经营牲口的商人，跟他结了婚。不久，丽娅又来信报喜，说她生了一个儿子，取名贾钦托。但姐妹们信守父亲的遗训，始终不予置理，表示划清界限。

时光荏苒。丽娅和她的丈夫不幸相继去世。贾钦托渐渐长大成人。他给姨母们写信说，他想回到妈妈的故乡——撒丁岛落户，并寻找工作。对于贾钦托的请求，大姨露丝疑虑重重，犹豫不决，二姨哀思苔尔表示不反对，四姨诺爱米冷淡。只有老长工埃菲克斯是最热情的支持者。

埃菲克斯在堂・扎姆家干了一辈子长工。他对贾钦托有着特殊的感情，因为当年他曾热烈地爱过丽娅。丽娅正是依靠他的帮助，逃离了这个家庭。在堂・扎姆把私奔的丽娅捉住，往镇上押送的时候，又是他担着莫大的风险，杀死了堂·扎姆，让丽娅逃生。堂·扎姆死后，这个家庭经济日益拮据，地产一点点拍卖出去，势利的亲戚、邻居断绝了往来，全靠埃菲克斯里里外外操劳，耕种着最后一块庄园地，全力支撑这个衰落中的家庭。

贾钦托回到了母亲的家乡。他开朗、洒脱，自由不拘，爱上了一位家境贫寒的姑娘格莉赛达。他热中于交际，很快把手头的钱花光了。他借高利贷，又到赌场去碰运气，结果债台高筑。家庭的生活愈发艰难。大姨露丝忧郁成疾，离开了人世。

镇上的人渐渐注意到，镇长堂·普列杜成了这个与世隔绝的家庭的座上客。堂·普列杜是老庄园主的亲戚，出身贵族。当意大利北方资产阶级革命节节胜利，南方和撒丁岛旧的社会关系土崩瓦解的时候，他看准社会的潮流，经营工商业，很快发迹，成为镇上第一巨富，又当上了镇长。他觊觎堂·扎姆的地产，也早已对诺爱米的美貌垂涎三尺。他表示愿意买下堂·扎姆的最后一块庄园地，并在经济上周济这个家庭，条件是娶诺爱米为妻。孤傲的诺爱米拒绝他的求婚——她已经不由自主地爱上了贾钦托。爱情的烈火在她冰冷了数十年的心里燃烧着。

贾钦托实在混不下去，不得不去异乡谋生，一去杳无音讯。哀思苔尔、诺爱米终日闭门不出，在愁风凄雨中勉强度日。她们派埃菲克斯去寻找贾钦托。埃菲克斯在路上遇到一群瞎子、乞丐，结伴而行。他把这群苦命的流浪人引为知己，仿佛觉得这种托钵僧似的生活或许能帮助他超脱世间的烦恼、罪孽。但他逐渐发现，这群瞎子、乞丐为了几个铜板，竟然也互相欺骗，甚至不惜大打出手，拼个你死我活。他失望、悲伤，不得不狼狈返回家乡。

诺爱米厌恶堂·普列杜，但她心里明白，她已越来越难于抵抗他的诱逼。现在她只有一个选择：永远埋藏爱情和幸福，为破落的家庭换取名誉和生机。

贾钦托回到家乡，跟格莉赛达结婚，依旧过着穷日子。埃菲克斯即将成为堂·普列杜的长工，但就在诺爱米跟堂·普列杜举行婚礼的那一天，凄然死去。临死前，他对哀思苔尔说：“我们都是风中芦苇，我的女主人！我们是芦苇，命运是风！”

歌 集（Il canzoniere）

抒情诗集，1349

［意大利］彼得拉克（Francesco Petrarca，1304—1374）

《歌集》包括三百多首诗，大多是十四行诗和抒情短诗，主要内容是彼得拉克歌咏对恋人劳拉的爱情，也有少量的政治抒情诗。

相传，彼得拉克二十三岁的时候，在阿维尼翁遇到一名骑士的妻子劳拉，一见倾心，便写了许多抒情诗，抒发对她的爱慕之情。一三四八年，劳拉染病逝世，诗人又陆续写了不少诗篇，追忆往事，表达哀思。后来，彼得拉克把这些诗歌加以整理，汇编成诗集，以劳拉逝世为界，分为两编，取名《歌集》。

彼得拉克在诗集中描述，一三二七年春天，他在圣吉雅拉教堂初次遇见劳拉，顿时心迷神摇，成为爱情的俘虏。

爱情驱使诗人歌颂劳拉，歌颂她的美。一重轻纱罩住了劳拉的脸容，既使人难以欣赏她的美丽，却又使她出落得分外典雅，越发令人神往。劳拉的美在诗人的心里刻下了深深的印记：闪亮的眼睛，金色的发卷，柔腴的臂腕，轻盈的步履，甜蜜的微笑，天使般的声音，恬静的沉思，使一切少女相形见绌。

明媚的春光，大自然的美，衬托劳拉的美，互相辉映。劳拉犹如万绿丛中盛开的鲜艳的玫瑰，仿佛黎明时飘然而至的山林水泽女神，好像月桂树下的白鹿……她是人世间一切美的化身。她是燃烧于诗人心灵的太阳。

诗人歌咏对劳拉的爱情的真挚深沉和忠贞不渝。她是幸福、欢乐的源泉：

一切都为了神圣的爱情，爱情把一切化为神圣。

他的生活原像一叶扁舟，在寒冬的长夜，漂流于茫茫的大海，如今，有了爱情的引导，正迎风破浪，欢快地向前行驶。

诗人热爱劳拉；在梦中，美丽的劳拉又授予他绿色的桂冠。爱情，荣誉，这正是诗人的渴望。

劳拉的逝世，在诗人的心灵激起痛苦的感情巨澜。诗人哀叹失去心上人的悲伤，追忆当年遇见劳拉的幸福。漫漫的黑夜降临了，他在海边独自徘徊，向苍穹、星星、月亮倾诉自己的不幸；黎明，太阳升起，万物苏醒，但他沉浸于相思和孤独中，无动于衷，只有心灵中“唯一的太阳——劳拉”，才能减轻他的痛苦。诗人叹息命运使他堕入情网，“向梦幻寻求欣悦”，不能自拔，尘世欢乐“短促如梦”，一切希望到头来只是虚幻和愚蠢，盲目和悲哀。而今，劳拉已升入天国，成为永恒，他的爱也随之离开尘世，转向天国，在永恒中和劳拉相会，在天国中寻求信仰和希望。

诗人面对明镜，发现自己老态龙钟，疲惫不堪。他深深为迷误的过去感到羞愧，为虚度的年华忏悔。他祈求上帝给予帮助：

> 挽救一个迷误的、脆弱的灵魂，用您的恩典弥补它的过错。

《歌集》中还有一些政治题材的抒情诗。诗人谴责贪婪的君主们争权夺利，制造内战，蹂躏了美丽的国土。他们把异族军队请进意大利，引狼入室，让豺狼与绵羊同居，使祖国健康的肌体，布满疥癣。抨击教会背叛了创造者的传统，已经沦为万恶之源，“制作欺诈的工场，邪恶的滋生地，活人的地狱”。呼吁给予祖国以统一与和平。诗人相信：

> 美德一旦拿起武器，同野蛮抗争，胜利将不会遥远。

亨利第四（Enrico IV）

剧本，1922

［意大利］皮兰德娄（Luigi Pirandello, 1867—1936）

一位现代意大利的青年绅士，狂热地爱着一位名叫玛蒂尔达·斯皮娜的美丽姑娘。另外一名青年梯托·贝克莱迪，也在追求玛蒂尔达。一天，城里举行盛大的化装游行，青年绅士扮作十一世纪神圣罗马帝国的皇帝亨利第四，玛蒂尔达化装成托斯堪纳的伯爵夫人，一起参加游行。

青年绅士为了接近玛蒂尔达，在游行队伍中和她并骑缓缓而行。贝克莱迪骑马尾随在后。行了一程，贝克莱迪悄悄地拔出利剑，猛刺了一下青年绅士骑的那匹骏马的屁股，骏马疼痛难忍，长啸一声，昂立起来，绅士顿时从马背上摔下来，头部受伤，又被马蹄践踏，昏迷了过去。

两个钟点以后，青年绅士苏醒过来，又回到别墅的客厅里。起初，人们以为他的伤势不很严重，没有去注意他，都兴高采烈地观看各人表演的角色。青年绅士也和大家一样开玩笑，扮演着亨利第四。突然，他抽出宝剑，发出恐怖的、愤怒的呼喊，恫吓在场的人们。在这可怕的一刹那，人们发现，他已经精神错乱，成了疯人，以皇帝亨利第四自居。亲友们无可奈何，为了让他镇静下来，只好顺水推舟，把他家里的陈设和周国的环境布置成皇宫的样子，还雇来四名青年仆人，装扮成军机大臣侍候他。这种失去理智的生活持续了整整十二年。

一天，亨利第四忽然清醒过来，恢复了理智。然而，他痛苦地发现，他热爱的玛蒂尔达已经被贝克莱迪夺去，而他身边的每一个人都认定他是真正的疯子；他已经无法恢复以前的生活了。他在梦一般的幻境中虚度了自己的青春，如今，他的头发已经灰白，心也已冰冷，“一切都破碎了，一切都完了”，他“好像一头饿狼赴了已散的宴席”。皇宫的辉煌和华丽装饰着周围的孤寂，而这孤寂既污秽，又空虚。因此，他不能不对这给他铸就“疯人”面具的现实感到憎恨和厌恶，他宁愿继续地疯下去；因为，他感觉到，在疯狂中他可以随意调遣他周围的一切，来应付虚幻的现实。于是，他决定以假乱真，仍然装疯扮作亨利第四，“用最清醒的自觉，过着最疯狂的生活”。

又过了八年。玛蒂尔达和她的年轻、美丽的女儿弗莉达以及贝克莱迪，来到皇宫看望亨利第四。他们身穿古代的服装，还随身带了一位著名的神经科医生，化装成十一世纪修道院院长，打算为他治病。医生设计了一个独特的治疗方案，让玛蒂尔达和弗莉达都扮作当年化装游行中玛蒂尔达扮演的伯爵夫人，以使亨利第四重新进入当年精神错乱时所处的特定环境，精神上再受一次突然的、强烈的震动，从而清醒过来。

然而，在“治疗”过程中，他们逐渐明白，亨利第四并没有失去理智，识破了他装疯的秘密；亨利第四也知道了贝克莱迪当初暗算他的阴谋。于是，他撕掉古代皇帝的假面，当众揭发了贝克莱迪的诡计。亨利第四在绝望中大声疾呼：“一切都永远固定了”，“一切都成了不能改变的历史”；二十世纪的人都在探索未来的命运，而他却被迫戴上死人的假面，生活在古老的历史里，生活在“永无尽头的化装舞会”里，充当“不自愿的傀儡”。他紧紧地抱住弗莉达，说这就是真正的伯爵夫人，是他钟爱的人。贝克莱迪向他扑来，亨利第四立即从侍从的剑鞘里拔出了宝剑，刺死了他的宿敌。

垂危的贝克莱迪被抬下去的时候，连声喊道：“他不是疯子！他不是疯子！”亨利第四悲痛地意识到，现在摆在他面前的唯一出路，是永远戴着现实给他铸就的假面具，装着疯人活下去。他招呼扮演军机大臣的仆人们围在他的四周，仿佛要他们保护他，然后凄然地说道：

“现在……不可避免地……我们要永远……永远在一块儿了。”

解放了的耶路撒冷（La Gerusalemme liberata）

叙事长诗，1565—1575

［意大利］塔索（Torquato Tasso, 1544—1595）

这部长诗计二十歌，以十一世纪基督教十字军第一次东征为题材。故事发生在耶路撒冷陷落以前的三四个月。

史诗开头追述上帝派天使加百列向高弗莱多·迪·布留尼传达天命，要他统帅基督教十字军东征，解放被回教徒占领的圣城耶路撒冷。

布留尼率领的十字军，在东征途中屡经苦战，击败以巴勒斯坦统治者萨拉丁诺为首的回教徒，进逼耶路撒冷。在耶路撒冷城下，发生了空前激烈的血战。回教徒奋勇抵抗，十字军遇到种种意外的波折，陷入了困境。两军鏖战的场面，不同信仰的青年追求爱情的遭遇，在这里交替展开。

十字军骑士唐克雷蒂是布留尼麾下的一员大将，骁勇善战。但在耶路撒冷城下第一次遇见伊斯兰教女战士克萝琳达，便不由得深深爱上了她。克萝琳达确实具有令人倾心的魅力。幼年的时候，仆人带她到花园玩耍。突然，一阵阴风过处，跳出一只斑斓母虎。仆人惊慌逃窜，小克萝琳达却若无其事，毫不畏惧；母虎对她也很温顺，还用乳汁喂她。从此，克萝琳达成为文武双全的巾帼英雄。在守卫耶路撒冷的战斗中，克萝琳达作战英勇，表现出众。但在一次战斗中，她不慎陷入了十字军的重重围困，幸亏唐克雷蒂赶到，假意跟她厮杀，放走了她。

十字军多次攻城不克，后来在耶路撒冷一名伊斯兰教徒的指点下，找到一片茂密的森林，于是伐木制造云梯和攻城器械。十字军乘云梯攻打城池，伊斯兰教徒拼死防守。双方激战一整天，十字军损失惨重，天黑时只得鸣金收兵。

当夜，克萝琳达和耶路撒冷守城将领阿尔加特潜入十字军营地，纵火烧毁云梯。

克萝琳达正欲返回城里，唐克雷蒂飞骑追至，把她截住，两人在城墙下夜战。激烈的厮杀持续到黎明，唐克雷蒂给予克萝琳达致命的一击。借着黎明的曙光，唐克雷蒂方才认出，即将死于他的剑下的敌人，却是他倾心相爱的恋人。他悔恨交加，悲痛欲绝，向克萝琳达诉说自己对她炽热的爱情。克萝琳达宽恕了唐克雷蒂，在临死前也向他吐露了自己对他的爱，并请求唐克雷蒂为她洗礼，接受她皈依基督教。

骑士利纳尔多是布留尼麾下的另一员大将，年少英俊，具有非凡的武艺和过人的勇猛，在东征中屡建战功。不料，他却被一个叫阿尔米达的伊斯兰教魔女所征服。阿尔米达是跟萨拉丁诺联盟的大马士革王的侄女，美貌绝伦，擅长魔法。出于对基督徒的仇恨，她立志要以自己的美色和魔法战胜敌人。但是，阿尔米达一见利纳尔多，却顿时产生无限柔情，把对十字军的憎恨抛到九霄云外。她施展魔法，使利纳尔多陶醉，昏然入睡；然后，把他带到一个偏僻的小岛，安置在她的“幸福乐园”里。花园里百花盛开，仙果满枝，百鸟争鸣，歌声迷人。小岛四周环绕一条护城河，凡人不能横渡。岛上有猛狮、凶兽、蟒蛇守卫；喷泉的淙淙流水，饮一滴即可致命。娇美的佳人、甜蜜的歌声、奇异的花卉，战胜了利纳尔多，他沉迷于阿尔米达的柔爱，把十字军的使命忘记得干干净净。

布留尼再次派人到森林伐木，制作战车，准备攻打耶路撒冷城。伊斯兰教徒巫士伊斯梅诺施展妖术，令幽灵、恶魔守护森林。伐木的十字军战士遇到群魔，惊恐万状，抱头鼠窜。惯于冲锋陷阵的唐克雷蒂亲自出马，但也敌不过恶魔，败下阵来。

上帝托梦给布留尼，指示他说，只有利纳尔多才能制服森林的群魔，令他派人到阿尔米达的“幸福乐园”去寻找利纳尔多。于是，布留尼派遣卡尔洛和乌巴第执行这一使命。卡尔洛和乌巴第在前往“幸福乐园”的途中被暴涨的河水所阻，这时，一名老翁飘然而至，喝令河水消退。老翁告诉他们通往小岛的路径，送给他们一根仙杖，一面钻石盾牌，并指点他们战胜魔法和使利纳尔多醒悟的办法。

卡尔洛和乌巴第驾驶轻舟渡过“幸福乐园”的护城河，用仙杖击退奇禽猛兽，克服致命泉水的引诱，进入“幸福乐园”。利纳尔多和阿尔米达正在花园里追逐欢乐。卡尔洛和乌巴第举起钻石盾牌，让利纳尔多瞧见自己的形象，利纳尔多顿时羞愧万分。这两名使者又用战斗、胜利和荣誉激励他。利纳尔多终于猛醒，不顾阿尔米达的苦苦挽留，毅然抛弃了爱情和“幸福乐园”，重返战场。阿尔米达悲伤不已，爱情和怨恨的复杂情感痛苦地折磨她。最后，她决定重返回教徒阵营，在战场上洗刷蒙受的耻辱。

利纳尔多离开阿尔米达后，只身前往森林。回教徒巫士伊斯梅诺祭起妖术，棵棵树木立即化作无数美女，其中，一株月桂树化作一个天使般的美女，酷似阿尔米达。利纳尔多不为所动。美女又变幻为长着五十个脑袋、一百只眼睛的巨人，利纳尔多脸无惧色，挥剑迎战。幽灵和恶魔销声匿迹，森林复归原来的形状。布留尼立即派遣兵士前往森林砍木，制作云梯和攻城器械。

伊斯梅诺又施展妖术，使酷热和干旱降临十字军阵营。许多十字军将领经受不住饥渴，把部队撤走。布留尼只得向上帝祈求降雨。上帝应他的请求，降下倾盆大雨，解除了对十字军的严重威胁。

埃及王用信鸽通知萨拉丁诺，埃及援军将在四五天内到达解围，希望他坚守圣城。布留尼获悉后当即决定在埃及援军赶到以前，对耶路撒冷发动总攻击。眼看圣城即将攻陷，伊斯兰教徒突然对乘云梯攻打城池的十字军施以火攻，并乘机反扑。十字军支撑不住，开始溃退。在这紧急关头，天使降临，告知布留尼，耶路撒冷解放的时刻已经来临，上帝在庇护十字军，必须坚定信念，坚持作战。这时，狂风大作，熊熊烈火掉头向伊斯兰教徒和耶路撒冷扑去。

耶路撒冷终于被十字军攻破。守城将领阿尔加特眼看大势已去，但毫不动摇。他面对优势的敌人，仍然跃马横刀，奋力厮杀，直到在跟唐克雷蒂的死战中，流尽最后一滴血。

利纳尔多冲入城内，杀死萨拉丁诺。阿尔米达眼看圣城失陷，正要举剑自刎，利纳尔多及时赶到，夺下了她手中的剑。阿尔米达见是情人，爱和恨交集心头，顿时昏厥过去。她苏醒过来以后，利纳尔多向她宣誓，愿意终身成为她的奴仆和骑士，并请求她信仰基督教。

六个寻找作者的剧中人
(Sei Personaggi in cerca d'autore)

剧本，1921

［意大利］皮兰德娄（Luigi Pirandello, 1867—1936）

白天。某个剧院的排演场。剧团的导演和演员们正在排练皮兰德娄编写的一出戏：《各尽其职》。

突然，在稀淡的灯光下，出现六个神秘的不速之客。他们打断正在进行的排练，纠缠着导演，自称是某个剧本中的六个人物，被作者所抛弃，现在想寻找一位作者把他们的戏排出来，使他们活起来。导演告诉他们，这是不可能的，因为演员的职业是高尚的职业，不能代表木偶和没有生命的东西。他们反驳说，人生下来可以是各种各样的，正如树木、石头、流水、蝴蝶一样，因此，一个人也可以一生下来就是个剧中人；而且，人生充满无限的荒谬，这些荒谬不需要有真实的外表，因为它们本身就是真实的。于是，这六个剧中人便在舞台上表演起原来剧本中的情节，或者说，追述他们自己的经历。这六个剧中人在原来的戏中是父亲、母亲、儿子、继女、小男孩、小女孩。母亲出身微贱，为人淳朴，婚后生了一个儿子。父亲雇了一个品性敦厚的秘书，这秘书常常上他们家来。母亲和秘书性情相投，觉得他们是能够互相了解的，不久就发生了关系。父亲一怒之下，把儿子送到乡村给一个农妇抚养，把母亲和秘书扫地出门。

母亲和秘书一起生活，生了继女、小男孩、小女孩。多年以后，秘书去世。母亲和孩子们的生活非常贫困。为了摆脱穷困的境地，继女被迫到巴琪夫人开设的妓院以卖笑为生。

父亲自从赶走母亲以后，一直过着孤独的生活。他缺少什么东西来充实他的家，他像一个无头苍蝇，常常在空屋子里踱来踱去。为了排解孤寂无聊，他成了巴琪夫人开设的妓院的主顾。一天，他恰巧遇上继女，幸亏母亲忽然赶到，找到了女儿，认出了父亲，才避免了可悲的乱伦关系的发生。

父亲羞愧难当，他要忘记悲伤的过去，医治心灵的痛苦，便把母亲、继女、小男孩、小女孩以及在农村的儿子都接了回来，重建家庭。但是，儿子是完全在另一个环境里长大成人的，跟父亲、母亲没有一点感情上的联系。他烦恼、孤独，沉默寡言，对父亲满腔愤恨，对母亲傲慢无礼。而继女则以玩世不恭的态度对待一切。重聚的家庭竟然没有一点儿欢乐和幸福。

小女孩讨厌愁苦而龌龊的房间，常常在花园里快乐而任性地玩耍。一天，她正在花园的水池边游戏，忽然失足掉进水池。母亲一面疯狂呼救，一面向水池奔去，但小女孩已经溺死。小女孩失足掉进水池的时候，小男孩也正在花园里，他躲在一株大树后面，像白痴一样呆呆地站着，眼睁睁地看着小妹妹溺死，毫无动作；然后，他掏出手枪，把自己打死。剧中人叙述和表演到这里，舞台上果真响起了枪声，小男孩果真饮弹而死。剧团的导演和演员们原先以为这是剧中人的表演，这时才恍然大悟：虚幻的戏中戏，已经变成活生生的现实。

曼陀罗花（La Mandragola）

喜剧，1513—1520
［意大利］马基雅维里（Niccolo Machiavelli, 1469—1527）

卡里马柯自幼丧失父母，被他的保护人送往巴黎，在那里生活了二十年。由于意大利连年内战，经济衰落，民不聊生，卡里马柯决定不再返回意大利，留在法国经商，过着欢乐、富裕的生活。

一次，友人们兴致勃勃地就一个问题展开了热烈的争论：究竟意大利女人漂亮，还是法国女人漂亮？有位朋友说，即使所有的意大利女人都是丑八怪，可是单凭一个女人的容貌，就足以为所有的意大利女人争得声誉——这个女人就是吕克莱茜娅，尼齐亚·卡尔福齐博士的妻子。卡里马柯听到这番话，大为心动，当即启程返回意大利。他设法寻得机会，见到了吕克莱茜娅。吕克莱茜娅果然名不虚传，美貌非凡，卡里马柯决计向她求欢。

卡里马柯的随从西罗有一位知己里古利奥，为人极其精明、机智。于是，卡里马柯找到里古利奥，把自己的心事和盘托出，向他求教。里古利奥略加思考，便向他献计说：吕克莱茜娅的丈夫尼齐亚是个学究，迂腐透顶，他们夫妇虽然结婚多年，膝下却没有一个儿女，为此尼齐亚求子之心十分急切，不妨抓住他的这一弱点，略施小计，定然能够如愿以偿。

于是，卡里马柯装扮成一个从巴黎来的医生，登门拜访尼齐亚。他自夸医术高明，具有妙手回春之能，特别是他掌握的秘方曼陀罗花，更是赛过灵丹妙药，多年不育的女子一经服用，即可生男育女；法国的贵妇人采用了这一妙方，效果都极为灵验。尼齐亚听了这一席话，心中大喜，恨不得马上把曼陀罗花弄到手。但卡里马柯对他说，不过，要获得圆满的效果，按照医学的要求，吕克莱茜娅服用曼陀罗花之后，必须躺在床上，让一个男人陪着睡觉。

尼齐亚听了卡里马柯的话，欣然同意。但他转念一想，又感到颇有难处，便对卡里马柯说，让一个陌生男人躺在妻子身边睡觉一事，恐怕很难说服妻子，需要有一位权威的人物出面，方能打消妻子的顾虑。卡里马柯回去和里古利奥商议，便推荐铁木台奥教士承担这一重任。

铁木台奥教士虽然侍奉上帝，平日道貌岸然，但却十分贪图财物，见钱眼开。卡里马柯把事情原委给他说了，请他帮忙，并且许诺事成之后给以重赏，他便满口答应下来。铁木台奥教士来到尼齐亚家，以听取忏悔为名，装出一副慈善的模样，用圣洁的语言劝谕吕克莱茜娅赶紧服用曼陀罗花，并且指点说，吕克莱茜娅服药的当天晚上，尼齐亚出门碰到的第一个男子，就是应该陪伴吕克莱茵娅睡觉的人。

当天晚上，在里古利奥的一手安排下，卡里马柯化装作一名童子，吹着风笛，在尼齐亚家附近游荡。尼齐亚出门，正巧第一个碰到他。于是，卡里马柯被送到吕克莱茜娅房内。

事成之后，卡里马柯向吕克莱茜娅吐露了自己的真实身份和对她的爱慕。吕克莱茜娅长叹数声，想想丈夫的糊涂、荒唐，铁木台奥教士的邪恶、卑鄙，又看看卡里马柯的机智、聪明，也就只好表示愿意委身于他，和他相爱，以得到从丈夫那里得不到的爱情。为了跟卡里马柯来往方便，吕克莱茜娅还向丈夫提出，要认卡里马柯为教父。尼齐亚居然也欣然同意。

玫瑰小说（I romanzi della rosa）

长篇小说，1889—1894

［意大利］邓南遮（Gabriele D'Annunzio, 1863—1938）

《玫瑰小说》三部曲包括《欢乐》（1889）、《无辜者》（1891）和《死的胜利》（1894），它们在情节上并不相互连贯，只是具有共同的主题。

《欢乐》安德雷亚·斯佩雷里伯爵是一位颇有艺术才华的诗人、雕塑家。他身材颀长，容貌俊美，风流倜傥，在上流社会里颇惹人注目，博得女人的青睐。

安德雷亚爱上了一个名叫埃琳娜·莫蒂的漂亮女人。起先，他觉得埃琳娜对于自己，就象诗歌、雕塑一样，意味着美感、欢乐和生命。他终日像醉汉一样沉浸在爱的生活中，忘记了一切，也忘记了艺术。随着时间的消逝，他逐渐意识到，他对埃琳娜的疯狂的爱，丝毫没有丰富他的生活内容，而只是暴露了他的精神生活的极端空虚。他为了摆脱空虚，于是愈发沉溺于情欲，而不能自拔。正当他对埃琳娜的热恋达到高峰的时候，埃琳娜突然抛弃了他。

为了遗忘埃琳娜，安德雷亚索性在情场放荡起来，在轻佻的性爱中寻找刺激。不久，他成为一个名叫玛丽娅的女子的情人。玛丽娅外貌酷似埃琳娜，安德雷亚愈是跟玛丽娅交往，愈是强烈地在自己的心中燃起思念埃琳娜的火焰。玛丽娅实际上成为他表达对埃琳娜欲念的替身。就在他跟玛丽娅打得火热的时候，玛丽娅觉察了安德雷亚的秘密，愤然离开了他。

安德雷亚在失意中觉悟到，他竭力追逐的性爱和欢乐，全不过是虚无。

《无辜者》图里·赫尔米勒早已成婚，但另有所欢，不喜欢妻子裘丽安娜，虽然她很美貌。他跟许多女人厮混，拼命追求别的什么。

图里明白自己的自私，曾不止一次地请求裘丽安娜原谅他的不忠实的行为，裘丽安娜都宽恕了他。有时，图里又为裘丽安娜的美貌所动心，渴求恢复对妻子的爱。他内心时常觉得很矛盾、痛苦。他坦率地对妻子说：我们都过着两重生活，一重是平和的，由纯真的爱情和仁慈的行动造成；另一重是动荡的，由骚扰不安和绝望的欲念组成。他就是在这种虚伪的两重生活中挣扎。

图里有时又产生自杀的强烈欲望。他觉得自己仿佛在渐渐地死去，在这无益的世界中除了自己的孤独的幻影以外，他似乎什么都不能意识到。

最后，他终于决心回到裘丽安娜身边，像当初那样热爱她，就在这时，他突然发现，裘丽安娜在情感的一时冲动下，也已经犯下了对他不忠实的过失。裘丽安娜极为悲伤，她现在比任何时候都更爱图里，但她的不贞已带来了不可消除的后果——她怀孕了。

图里打算原谅裘丽安娜的过失，正像她无数次宽恕了自己的放荡行为一样；然而，他无法忍受即将问世的婴儿。裘丽安娜分娩了。图里被不可抑制的憎恨所驱使，扼杀了初生的婴儿，虽然他知道，孩子是无辜的。

《死的胜利》乔琪·阿乌利斯帕是一个富家子弟。他跟一个有夫之妇玉坡梨特相好，在一起尽情纵欲。

他们都很年轻、漂亮，一般人对于他们之间的爱情都十分艳羡。可是，乔琪却总感到有什么东西不能使他满足。他情欲横流，但骨子里非常冷酷、自私、怠惰，对一切都感觉怀疑、厌倦。纵然他和玉坡梨特如胶似漆，但不能说他们彼此是知心人，他们内心里仍然是很孤独的。乔琪以为，变换环境会驱除苦闷。于是，他回到了阔别已久的家乡。然而，他走进家门，见到自己的母亲，却好像来到陌生人的家里做客，产生一种罕有的孤寂的感觉。他陶醉于音乐，但音乐没有充实他的空虚的心灵，而是给予他以死亡的神秘启示。他觉着，他无论把脚放在什么地方，都无法得到平衡；他被无穷的痛苦包围，但又无法认识这些痛苦。他是叔父的继承人。家乡的一切使他回忆起叔父。他叔父不信上帝，是一个玄学家、隐士，全副身心贯注于反省内心生活，但最终因陷于捉摸不到生活的意义而苦闷，用手枪结果了自己的性命。乔琪时时感到，在他的眼前浮现着叔父的阴影。他无法节制肉欲，但更无法抗拒神秘、恐怖的死亡的召唤。他经常梦见死的场面，他的脑子里充斥着关于死的想象，想象玉坡梨特死后的美态，诗人雪莱那奥秘、庄严、富于诗意的死亡。

乔琪又回到了玉坡梨特的身边。爱情的空虚和人生的无意义，使他苦闷到了极点。他仇恨生存的本性的苏醒，向往从爱到死的飞跃，毁灭一切狂念，进入永恒的、宁静的沉醉。于是，他和玉坡梨特手牵着手，双双跳崖自杀，在死亡中找到了归宿。

面包和酒（Vino e pane）

长篇小说，1936

［意大利］西龙尼（Ignazio Silone, 1900—1978）

小说首先以英译本在伦敦出版，翌年，意文本和德文本问世。1955年，小说改名《酒和面包》重版。

波特罗·斯皮那是意大利南部山区某个神学院的高才生。他聪明，富于理想，打算毕业后当一名神甫。他在日记里写道："我不屑于为环境、物质所左右，随波逐流"，"为了我认定的正义与真理而生活、斗争，这是我的志愿。"

20年代初，斯皮那从神学院毕业，思想和信仰发生了急剧的转变。他突然抛弃教会，信仰起社会主义来。这并不是因为他对宗教教义及其价值发生了怀疑，而是感觉到，教会已经同卑鄙、残忍、堕落的社会融为一体，而这社会正是要打倒的。他成了一名无神论者，离开家乡，投身社会主义运动，去寻求跟家乡的面包和酒不同的东西。

1927年，斯皮那被法西斯当局逮捕，流放利伯里岛。一年后潜逃到法国，不久遭驱逐，被迫亡命瑞士、卢森堡、比利时。1935年4月，他从比利时重返白色恐怖笼罩下的意大利，回到家乡。

长期的流亡生活，摧残了斯皮那的健康，他患了严重的肺病。为了躲避法西斯的耳目和治疗疾病，他不得不过着隐居的生活。嗣后，他又在医生的建议下，化装成神甫，改名堂·保罗，到偏僻的山区彼得拉塞卡休养。

彼得拉塞卡是个荒凉的小山村，两次洪水泛滥，一次大地震，迫使幸免于难的村民们陷于贫困的生活，挣扎度日。起先，斯皮那百无聊赖，情绪阴暗，觉得无法跟这样的环境合拍。但他逐渐赢得了当地农民的尊敬，开始跟他们一起讨论信仰、正义、革新等政治、道德问题。村子里有一个破落地主的女儿，名叫克丽斯蒂娜，娴静高雅，颇爱读书。斯皮那时常上她家里闲坐，聊天。克丽斯蒂娜敬重斯皮那，但对事物又有自己的见解。在她看来，社会确实存在不平等，但这是上帝的意旨，人们只能听天由命。斯皮那喜欢这样自由不拘地探讨问题。不久，自由探讨中产生的思想火花，触发了他们心中的爱情。斯皮那在彼得拉塞卡结识了一位律师的儿子蓬佩奥。蓬佩奥是“二次革命”的信徒。斯皮那从他那里得到了鼓舞，认为他代表当地革命的希望，是最有希望的革命接班人。斯皮那又物色了几个志同道合者，一心想在彼得拉塞卡轰轰烈烈地干一番。他动身到罗马，请求党组织立即派一批工人和他一起到彼得拉塞卡开展工作。党的地区书记巴蒂帕斯奥却命令他立即出国，并替他准备了护照。斯皮那拒绝执行。党的领导机构又要他对党组织通过的关于布哈林问题的决议表态，他发表了一通为布哈林辩护的言论。党组织十分恼火，扬言要清除他出党。

斯皮那返回彼得拉塞卡。但蓬佩奥这时已堕落为军国主义的狂热信徒，自愿到非洲参加法西斯侵略战争。他认为，任何战争都有助于消灭私有制，导致国家社会主义，侵略战争能使失业者获得土地，成为所有者。

斯皮那的同窗好友乌利瓦，早年参加共产主义团体，被法西斯当局逮捕，出狱后成为极端的厌世者。乌利瓦觉得，苟延残喘地活着的人，比死于饥饿或牢狱的人更糟糕：而任何革命，都不外乎以极权主义告终。最后，乌利瓦用炸弹炸死了自己和妻子。

另一名被斯皮那视为“二次革命”的主要依靠对象莫里卡，是出身贫苦的大学生，因参加社会主义运动被捕，在敌人的刑讯下成了叛徒、内奸。他定期向法西斯警察局报告地下组织的情况，从而保证“每天中午喝上一碗热汤，星期六晚上看一场电影。”后来他良心发现，决意洗手不干。一次，莫里卡跟女友在一起，警察追踪而至，女友为了掩护他，被迫出卖肉体。莫里卡愤而离开罗马，返回彼得拉塞卡，埋头田园劳动。他终日生活于恐怖中，一听到警察、监狱的字眼便脸色苍白，浑身颤抖。他认为，只有强者才能反抗社会，打倒法西斯，而他已被社会打倒，无能为力，只能在内心否定这个制度，有如人在梦幻中只能用梦幻的方式来反对国家。最后，莫里卡被警察再次抓去，拷打至死。

斯皮那又陷入深深的悲哀。他的肺病复发了，常常吐血。现在，他唯一的慰藉和希望，是他对克丽斯蒂娜的爱。严寒的冬天到了。警察局已掌握了斯皮那的活动情况，即将前来逮捕他。斯皮那冒着鹅毛大雪，仓惶出逃，企图越过高山，逃出国境。茫茫高山，漫漫大雪。克丽斯蒂娜一边奔跑，一边高声呼喊斯皮那的名字，但没有发现他的踪影；而他是不可能走远的，附近也没有其他道路可通往国境。黑夜来临了，她绝望地呼唤斯皮那，山谷除了发出空洞的回声，只有死一般的寂静。一群恶狼应声向她扑来。克丽斯蒂那惊惧万分，跪倒在雪地上，合上双眼，在胸前划着十字……

神秘的旅馆（Todo modo）

长篇小说，1974

［意大利］夏侠（Leonardo Sciascia, 1921— ）

小说原名“Todo modo”，摘自西班牙耶稣会创始人洛约拉的言论集，意为“千方百计”。故事发生在当今的意大利社会。主人公是一位画家，四十多岁。他驾驶自备汽车旅行，偶然来到一座神秘、奇特的旅馆“扎菲尔——了”。这里本来是一座颓败的教堂，三年前由红衣主教堂·加埃塔诺建造成一家豪华的旅馆。平日，旅馆里异常清闲，一到夏季便忙碌起来，谢绝外人下榻，而部长、议员、企业家等高贵的客人纷至沓来。这些政界的要人、财界的巨头名义上来此避暑，举行宗教祈祷活动，用宗教术语来说，就是“退省”，但这不过是口实。实际上，他们是利用这偏僻、安静的场合聚会，选行秘密的政治交易。

旅馆的侍者提醒画家，如果他是记者，请尽早离开，以免发生麻烦。画家为好奇心所驱使，决定在此逗留，观察一番。堂·加埃塔诺是个学识渊博、头脑机敏的人物，他允许画家留下，跟画家侃侃而谈，就哲学、神学、政治、艺术等方面的各种尖锐问题展开讨论；讨论是激烈的，常常争得面红耳赤，但又是友好的。在画家看来，堂·加埃塔诺既真诚可爱，又厚颜无耻；他既从内心深处鄙夷那些上层人物，又巧妙地跟他们周旋。

高贵的客人在餐厅里高谈阔论，心不在焉地跟着堂·加埃塔诺念玫瑰经。一天饭后，画家看见这群神秘的人物在旅馆外小广场上举行宗教仪式。他们排成四方形的队伍，当队伍行走到离旅馆最远的地方时，突然一声枪响，一个人应声倒下。经验证明，死者是前参议员、现任某国营大企业的董事长米凯罗齐。

检察官和警察局长闻讯赶到现场，开始侦查。死者是他杀，还是自杀呢？堂·加埃塔诺认为既不是他杀，也不是自杀；他推测，可能是有人在广场附近的树林里打猎，误伤所致。画家则判断是他杀，因为枪声低沉，可能是凶手开枪的时候把武器顶住了被害者的身体，而且验尸表明，衣服上被子弹穿透的地方烧焦了；再说，那天晚上没有月光，因此不可能有人打猎。

检察官逐一讯问了当时在现场的人，没有获得任何线索。画家根据他当时目睹的情景，追画了凶案发生时广场上排列的四方形队伍。检察官由此得到启发，把所有的人召集起来，要求他们按照记忆，排成凶杀发生时他们在广场上排列的队形。于是很快查明，当时米凯罗齐和堂·加埃塔诺站在队伍的第一排。据画家回忆，第一排还有七八个人。立刻有三四个人表示，他们当时站在堂·加埃塔诺的右边，米凯罗齐的右边是堂·加埃塔诺。那么，米凯罗齐的左边是谁呢？沉默。不多一会儿，沃特朗诺律师吞吞吐吐地说，他可能站在米凯罗齐的左边，但他又赶紧说，情况并不完全如此。检察官向律师询问原因，他回答说，根据他的印象，并不是所有的时候，他都站在米凯罗齐的左边。律师说不清楚，或者不愿说，什么时候，什么人插到了他和米凯罗齐之间。

过了一天，人们突然发现，沃特朗诺律师从旅馆第八层的房间的窗口摔下来，一命呜呼了。经过现场勘查，画家认为，律师不像是从窗口跳楼自杀，而更可能是从阳台上被人推下身亡。看来，律师可能是到阳台上去跟人相会，而约他相会者就是凶手。至于被杀的原因，可能是他知道，那件凶杀案发生的夜晚，谁插入了他和米凯罗齐之间，动手暗害了米凯罗齐；也可能是他什么都不知道，但装出知道一切的样子，以便从凶手那里敲诈一笔巨款。

检察官反复思索后断定，堂·加埃塔诺是个关键人物，他知道一切。于是，找他单独谈了三个小时。堂·加埃塔诺用基督教教义回答检察官提出的一切问题；谈话毫无结果，不欢而散。检察官垂头丧气地说，堂·加埃塔诺是个伪君子。

检察官和警察局长调来了米凯罗齐签字的全部支票的存根。他们判断，这些支票就是侦破这两次凶杀案的钥匙。情况可能是：米凯罗齐是某个政治集团或某个人财政上的后台，而这个政治集团或这个人依靠他的资助，制造政治动乱和暗杀，米凯罗齐怀疑或者已经知道这一情况，声称以后不再提供金钱，因而遭到暗害；或者，米凯罗齐本来就清楚他提供金钱的政治目的，但如今想洗手不干，脱离这个危险的政治集团，因而丧命。

堂·加埃塔诺情绪不佳。一个下午，画家正在房间里画他许诺赠给堂·加埃塔诺的基督画像。突然，人声鼎沸。有人在树林中一座旧磨坊附近，发现了堂·加埃塔诺的尸体，距离他的左手不远，有一支手枪。现场给人的印象，他似乎是自杀。但根据在旅馆门口和各个楼道监视的便衣的报告，凶杀案发生时，所有的人都在自己的房间里，没有发现任何人离开旅馆，也没有任何人回到旅馆。

检察官下令，所有的人限于当晚离开，因为他将封闭旅馆……

神　曲（La Divina Commedia）

长诗，约1307—1321

［意大利］但丁（Dante Alighieri, 1265—1321）

全诗分地狱、炼狱、天堂三部，每部三十三歌，加上序曲，共一百歌，计一万四千余行。

长诗采用中古文学特有的幻游形式，叙述但丁在“人生的中途”即三十五岁那年，迷途于一个黑暗的森林。他竭力寻找走出迷津的道路。黎明的时候，来到一座小山脚下，山顶洒满了阳光。这是普照旅途的明灯。他正一步一步地朝着山顶攀登，忽然跳出三只五色斑斓的猛兽：豹、狮、狼，拦住了去路。但丁进退维谷，惊惧地高声呼救。这时，古罗马诗人维吉尔出现了，他对但丁说：你不能战胜这三只野兽，我将指示你另外一条路径；首先引导你参观罪人接受酷刑的永劫之邦，然后陪同你登上灵魂洗练的山坡，到了山顶，自有一个比我更高贵的灵魂，来引导你游览幸福之国。于是，但丁追随维吉尔，开始游历地狱。

地狱形似一个上宽下窄的漏斗，共分九层，愈到下面愈狭小，直到地球的中心。罪人的灵魂按生前罪孽的大小，在深浅不同的地狱层，接受不同的酷刑。

地狱的大门上，用黑沉沉的文字写着：

这里必须根绝一切犹豫，这里任何怯懦都无济于事。

走进大门，是地狱的走廊，风卷尘沙，遮天蔽日。生前怯懦，为上帝所不爱，而又为仇恨所不容者的灵魂，在这里赤身裸体，任凭黄蜂和牛虻蜇刺，流着血和泪。

穿过走廊，迎面一条青黑色的河，这是地狱界河。但丁、维吉尔乘坐老船夫加龙驾驶的小船，和一群幽灵到达彼岸。一上岸便遇到剧烈的地震，狂风雷电大作，脚下是云雾笼罩的深渊，这就是地狱的第一层。

地狱的第一层是“候判所”，那些出生于基督之前，没有接受基督教洗礼的古代异教徒，如诗人荷马、贺拉斯，哲学家苏格拉底、柏拉图等，在这里等候上帝的裁判。

真正的地狱实际始于第二层。拖着尾巴的怪魔冥罗司在此坐镇，审查进来的灵魂。他听完幽灵的招供，使用尾巴绕他的身子，绕的圈数就是犯人应到的地狱层数。在地狱第二层接受惩戒的幽灵，都是生前屈服于肉欲而忘记了理性。他们永不停息地在狂风中飘荡，有时撞在断崖绝壁上，悲惨地哭泣和呼号。但丁在这里见到了古埃及的风流皇后克蕾奥帕特拉、殉情自杀的迦太基女王狄多、古斯巴达王后海伦……这时，有两名灵魂双双向诗人飘来，他们是弗兰齐丝嘉和保罗，向他泣诉自己的遭遇。弗兰齐丝嘉奉父母之命，许配给贵族贾乔托为妻。贾乔托的弟弟保罗是一个美男子，常和弗兰齐丝嘉在一起读“圆桌故事”。爱很快地煽动了软弱的心，使他们彼此热烈迷恋。后来，贾乔托发现这一对恋人的隐事，把他们杀死。但丁听了十分感动，一阵心酸，竟晕倒在地。

地狱第三层下着寒冷的大雨，生前纵情享受，犯了饕餮罪的灵魂，躺在臭恶不堪的泥地里，听任风雨的袭击。一个长着三个狗头的凶恶可怕的恶魔猞拜罗，用尖利的魔爪抓着那些灵魂，把他们四分五裂。

但丁和维吉尔下降到地狱第四层，看见两队幽灵，抱着重物，互相辱骂、攻打，永无休止。他们生前贪婪嗜利，挥霍无度，其中一些是特别贪得无厌的教士、主教和教皇。

诗人们顺着一条水黑如墨、沸腾的河流，来到“死的隔”湖畔。生前易怒的灵魂赤身裸体，在黑水污泥中互相咬啮，直到皮破肉烂。这是地狱第五层。

但丁随着维吉尔坐上魔鬼弗雷加的小舟，渡过“死的隔”湖，到了“狄司”城。“狄司”城四周是铁墙，里面耸立着一座高塔，塔顶红光反照，站着三名复仇女神，她们身上满是血迹，头上盘着青蛇，阻止他们进城。幸亏天使降临，喝退了复仇女神，开了城门。到了城里，只见坟墓林立，棺材都打开着，燃烧着烈火，各种邪教的首领和他们的门徒在棺材里哀号。邪教徒罪恶的不同，坟墓里火烧的热度也高低不等。这块坟地就是地狱第六层。

地狱第七层是强暴者接受酷刑的场所。这一层又分为三环。第一环是沸腾的血湖，迫害人民的暴君，如西西里的独裁者狄奥尼西、帕多瓦的统治者阿佐利诺等，以及杀人劫财的暴徒和残害人类者，在血湖里受煮。第二环，信仰不坚定而自杀者被罚变成多节多瘤的灰色的树，树上生长毒瘤。但丁从一棵树上折断了一根小枝，折断处顿时流出黑血，那树干哀鸣起来：“你为什么损害我呀？”第三环，亵渎上帝者在火雨、热沙之间挣扎，不劳而获的重利盘剥者、暴发户也在这里受刑，因为他们的恶行也是违背上帝意志的。他们眼睛里喷出苦恼的泉水，胸前都挂着一个袋子，上面印着种种图案，或蓝狮，或白鹅，或野猪，都是佛罗伦萨一些大家族的纹章。

第七层的血沟里的赤水向低处下泻，汇成一个深渊。维吉尔唤来一头名叫葛理昂的庞然怪物。它的面孔非常和蔼，像是一个正直的人，蛇身蛇尾，全身都画着各种颜色的圈儿。它是欺诈者的象征。诗人们骑在葛理昂的背上，翱翔而下，到了渊底，便是地狱的第八层。

第八层地狱又名恶沟，沿着石壁分做十条沟，沟上有崎岖不平的小桥相通。形形色色的欺诈者，如诱奸者、阿谀者、买卖圣职者、星卜者、贪官污吏、伪君子、窃贼、教唆犯、挑拨离间者、伪造者，分别在十条恶沟里接受不同的刑罚。其中，第三条恶沟是买卖圣职的教皇的归宿。他们倒栽在石头缝里，大半截身子活埋着，好比木桩钉在那里，只露出小腿和脚；

脚底着火，像涂了油一样，从脚跟烧到脚尖。但丁在这些罪人中发现已经去世的教皇尼古拉三世和当时还活着的教皇朋尼法斯八世，严厉斥责他们贪婪无度，“使世界变得悲惨，把善良的踏在脚下，把凶恶的捧在头上”。

第五条恶沟是煮沸的沥青，生前贪赃枉法，卖官鬻爵，利用金钱的力量为非作歹者，沉在沟里受煎熬。谁个幽灵敢于把头露出沥青外面，那些藏在桥洞下面的魔鬼就用铁耙子打他几百下，把他压到沥青下面，仿佛厨师用筷子把猪肉压到油锅底一样。

第六条恶沟的幽灵浑身被燃烧的烈火包围着，在火团里呻吟。但丁遇到了一个颇为高大的火团，在他面前摇动，像风中的烛火，这是古希腊传说中的英雄奥德赛。他因为在特洛伊战争中出谋划策，使用木马计，犯了劝人为恶的罪，在这里受刑。奥德赛在火团里向但丁诉说自己追求知识的热情和航海经历。

地狱最下面的一层，即第九层，是一片冰湖，谋杀暗算和叛国卖主的罪人都冰冻在湖里。他们的脸色发青，牙齿战栗作声，眼眶里泪珠一涌出，立即冰冻，把两眼封住。冰湖的中心是巨大无比的恶魔撒旦。撒旦有三个面孔，正面的嘴中咬着出卖耶稣的犹大，他的背上已经撕去一块块的皮，左右的嘴中各咬着谋杀凯撒的布鲁图和卡西奥。但丁斥责这些幽灵比世上的猪狗都不如，是恶贯满盈的奸贼。

冰湖就是地狱的尽处。维吉尔负着但丁，越过地球的中心，最后到了炼狱山下。炼狱又称净界。炼狱的灵魂虽然和地狱的罪人犯着同样的罪过，但程度较轻，已经悔悟。

他们得到上帝的宽恕，在这里修炼，忏悔洗过，一层层上升。炼狱主要部分是净界山，在宁静的苍穹之下，四周环绕碧蓝澄清的大海。在净界山脚，一位银白胡须，四颗圣星（象征正义、谦逊、毅力、节制）照耀在脸上的圣人，守护着海岸。他是恺撒的反对者，战败后宁可自杀，不愿屈辱的卡图。净界山分成七层，加上净界山脚和山顶的地上乐园，共九层。

在炼狱的第一层即净界山脚，曾被逐出教会和临终才知道忏悔的灵魂在这里洗涤罪过。前者需要等待二十倍于被逐的年月，后者需要等待和他们在地上的寿命相等的时间，然后才能登上净界山。

净界山形似金字塔。但丁随同维吉尔走进净界山门的时候，守护的天使用宝剑在他的前额上刻了七个P字，表示人生的七大罪过，即骄、妒、怒、惰、贫、食、色。以后每升上一层的时候，就有天使替他拭去一个P字。

净界山第一层，生前傲慢的灵魂，一面祈祷，一面背负巨石，艰难地在圆环的山路上行进，来压制生前的骄矜之气。

第二层，忌妒者背靠岩石互相偎倚地坐着，口中唱着祈祷文，他们的眼睛被铁丝缝起来，以关闭他们嫉妒的目光。

一团团像乌云密布的昏夜似的浓烟，包围着易怒者，对他们生前的愤怒进行惩戒。这是净界山第三层。

怠惰的灵魂在净界山的第四层忏悔过去的疏忽和冷淡，用勤劳者的模范行为互相鼓励，不停地快速奔跑。

第五层，贪吝和浪费者都卧在地面，面孔向下，一面哭泣，一面唱着《圣经·诗篇》中的“我的灵魂贴着尘土！”但丁在这里遇见教皇亚德里安诺五世，他向诗人忏悔说，他当教皇时，“爱财若命，没有节制”，“贪欲熄灭了为善的热忱”，因此，现在受着这种痛苦的惩戒。

第六层是贪食者，因忍受饥渴而瘦得不成样子。他们眼前的树上结满果子，清香扑鼻，澄清的甘泉潺潺流过，但都可望而不可即。

第七层，好色的灵魂唱着赞美诗，列队在熊熊的火焰中前进。炼狱之火洗涤他们的欲念。从这里更上一层，便是净界山顶的“人间乐园”。维吉尔隐退。这时，东方呈现一片玫瑰色，祥云缭绕，一列游行队伍护卫着一辆象征教堂的凯旋的车子。拉车子的是一只半鹰半狮的怪物，象征耶稣。象征各种美德的一群贵妇人，在车子左右载歌载舞。在花雨缤纷之中，一位贵妇人蒙着雪白的轻纱，身穿一件猩红色长裙，披着绿坎肩，头戴一顶橄榄叶编的花冠。她就是但丁年轻时候爱慕的贝娅特丽齐，亲自前来引导他游历天堂。

贝娅特丽齐责备但丁迷误在罪恶的森林，希望他忏悔，并在带领他游历天堂之前，让他观看一系列的幻景；这些幻景表示教会的种种腐败。然后，贝娅特丽齐让他喝了忘川水，遗忘过去的过失，获得新生，准备上升天堂。

天堂的境界庄严、光辉，充满欢乐和爱。天堂分作九重天，这里是幸福的灵魂的归宿。他们是为强力所胁迫而未能完成信誓的行善者、虔诚的教士、立功德者、哲学家和神学家、为基督教信仰而殉难者、正直聪明的君主、潜心修道者、基督和众天使。在恒星天，但丁跟第一个教皇圣彼得见面，圣彼得向诗人揭露他的后继者的罪过和教廷的堕落。但丁还为当时在世的神圣罗马帝国的皇帝亨利第七在天堂预留了位置，认为他将能驱逐沾污意大利的邪恶势力，拯救他的祖国。

九重天之上是上帝所在的“天府”。这里比天堂更为美丽、光明，每个灵魂都沉浸在上帝的光和爱之中。到天府以后，贝娅特丽齐回到自己的位置，但丁得见上帝之面，但上帝的形象如电光之一闪，似白雪在阳光下融化，迅即消失，于是幻象和《神曲》也戛然而止。

除长诗《神曲》外，但丁的第一部文学作品《新生》（1292—1293），写于流放以前，共收三十一首抒情诗，各首诗之间用散文连缀。这些抒情诗都是献给诗人青年时所爱的女子贝娅特丽齐，抒发对她的纯洁、热烈的爱情，寄托诗人在她逝世后的哀思。诗歌带有中古文学的宗教神秘色彩，也没有涉及重大的社会问题，但整个作品洋溢着对生活的渴望，体现出摆脱中世纪禁欲主义的愿望。诗歌的风格清新自然，开文艺复兴抒情诗的先河。

流放期间，但丁周游许多城市，到处访友，讲学，广泛接触到意大利动乱的现实和平民阶层困苦的生活，开阔了眼界，加深了对祖国面临的社会政治问题的认识。这给他以后的创作打下了坚实的思想基础。

《飨宴》、《论俗语》、《帝制论》，是但丁在放逐期间写的三部作品。

《飨宴》（1304—1307），是意大利第一部用俗语写的学术性著作。但丁借注释自己的作品，向群众介绍古典的和现代的科学文化知识，提供精神食粮，故名《飨宴》。书中虽然认为信仰高于理性，神学高于哲学，但热情赞颂人的伟大，指出只要具备人文主义思想，“人的高贵”，就“超过天使的高贵”；批判封建等级观念，认为“不是家族使个人高贵，而是个人使家族高贵。”

《论俗话》（1304—1305），对意大利语言的历史发展和各地区方言的特点，作了精辟的论述。书中着重批判中古文人推崇拉丁文，轻视人民语言的偏见，阐明以方言口语为基础的俗语的优越性，提出把俗语作为意大利文学、科学的语言。这部著作为意大利民族语言的发展奠定了理论基础。

《帝制论》（1309），是用拉丁文写成的政治性论著。但丁第一次从理论上阐述了政治和宗教平等，政教分离，反对教皇干涉政治的观点，向神权说提出了英勇的挑战。但书中也流露出对王权的幻想。

十日谈（Decameron）

故事集，1348—1353
［意大利］薄伽丘（Giovanni Boccaccio, 1313—1375）

公元一三四八年，佛罗伦萨发生了一场可怕的瘟疫。短短四个月里，夺去了数十万人的生命。昔日繁华的佛罗伦萨，如今十室九空，几乎成了一座空城。

一个礼拜二的早晨，七个年轻女子和三个青年男子在圣马利亚·诺维拉教堂邂逅相遇。他们都长得异常俊美，富于热烈的感情，又具有良好的教养。他们相约去郊区一座别墅居住，以躲避瘟疫，排除忧思。别墅筑在一座小山上，环境幽静，景色可爱。他们除了祈祷，每天不是散步、玩耍，便是唱歌、跳舞。在天气最热的时候，他们围坐在阴凉之处举行故事会，每人每天讲述一个自己心爱的故事，题目不限，十天共讲了一百个故事。

第一天　故事第二

从前巴黎有个叫杨诺的大商人，为人善良正直。他有一个好友名叫亚伯拉罕，犹太人，也同样忠信可靠。杨诺见他朋友不曾信奉基督教，将来灵魂不免要堕入地狱，心中着实焦急，便诚恳劝他抛弃犹太教，改奉真教。亚伯拉罕回答说，犹太教是世上最神圣的，任凭什么东西也改变不了他的信仰。无奈杨诺一再恳求，末了，他只得表示要亲自到罗马去一遭，了解罗马教廷的情况，然后决定是否改变信仰。

亚伯拉罕到了罗马，开始暗中留神察访教廷的情况。他是个精明的人，凭着他亲眼所见以及听来的种种情形，知道从教皇、红衣主教开始，从上到下，没有一个不是寡廉鲜耻，犯着贪色的罪恶；他还看透他们都是酒囊饭袋，贪图口腹之欲，活像野兽。他再考察了些时候，又知道他们都爱钱如命，不只买卖人口，甚至基督徒的血肉、教堂的圣位，都可作价，贸易之大，连巴黎大商人都难望其项背。

亚伯拉罕回到巴黎，杨诺问他此行印象如何，他回答说：据我看，那班人只知奸淫、贪欲、吃喝，可以说无恶不作。罗马已经成了容纳一切罪恶的大烘炉。可是，基督教不但没有被推翻，反而日益发扬光大；我认为它一定有圣灵在做支柱，这么说，你们的宗教确是比其他宗教更其神圣。现在，就请你们按照基督教的仪式，给我行洗礼吧！

第一天　故事第三

埃及国王萨拉丁连年用兵，致使国库空虚。一天，他急需一笔巨款，无法筹措。幸而他想起一位犹太富翁麦启士德来。只是那犹太人爱钱如命，萨拉丁又不愿施用强迫的办法，最后决定借一个冠冕堂皇的口实叫麦启士德上圈套，不怕他不拿出钱来。萨拉丁把麦启士德请来，殷勤款待，对他说："久闻先生非常博学，对于各种教义有着深切的认识，所以我很想向您请教，在犹太教、伊斯兰教、基督教这三者之中，到底哪一种才算是正宗呢？"

麦启士德是个聪明人，一听这话便知其中奥妙，灵机一动，回答道："陛下提的问题非常有意义，要回答这个问题，请容我先讲个故事。

"从前有个大富翁，家里藏有许多珍宝，其中最心爱的是一个极名贵的戒指，视为传家之宝。他在遗嘱上写明，凡是得到这戒指的便是他的继承人。这样，那戒指传了好几代，传到某一个家长手里。他膝下有三个儿子，个个都很有才德，他对他们一样钟爱，因此不知该把戒指传给谁才好。他想，最好让三个儿子都得到满足，于是请了一位巧匠仿造了两个戒指，跟原有的一般无二，连匠人都分不出哪一个是真的来。父亲死后，三个儿子都拿出戒指为凭，要求当继承人。由于那三个戒指一模一样，究竟谁应该成为家长，始终没有能解决，直到现在还成为悬案。"

"所以，陛下，信奉这三种宗教的人们也跟这情形一样。他们都以为自己是天父的继承人，自己的教义是真正的教义。这个问题跟那三个戒指一样难以判断。"

第四天　故事会开场白

从前，佛罗伦萨有个男子叫腓力，他和妻子相亲相爱，互相体贴。不幸妻子去世，只留给他一个将近两岁的儿子。腓力哀痛欲绝，发誓弃绝红尘，去侍奉天主。他把家产都捐充慈善事业，带着儿子到山上隐世修行。

腓力唯恐儿子接触到世俗之事，扰乱了侍奉天主的心思，因此从来不让他走出茅屋一步，终日教他背诵祈祷文，讲天主和圣徒的光荣。

光阴似箭，腓力已是老头儿，孩子已有十八岁。腓力心想，如今儿子已长大成人，平时侍奉天主勤谨，即使到浮华世界走一遭，大致也不会迷失本性了。于是，带他下山办点事。

小伙子看见佛罗伦萨城里的皇宫、邸宅、教堂，惊奇得了不得，禁不住向父亲问长问短。可巧又遇见一群年轻漂亮的姑娘，小伙子立即问父亲这些是什么东西。父亲叫他快低下头，眼睛瞧着地面，告诉他，她们都是祸水。儿子又追问，她们到底叫什么？父亲生怕引起他的邪念，所以只说："她们叫绿鹅。"

说也奇怪，儿子突然对父亲说："亲爸爸，让我带一只绿鹅回去吧。""唉，我的孩子，"父亲回答说，"别胡闹啦，我对你说过，它们都是邪恶的东西。"于是儿子说道："我不知道她们为什么是邪恶的东西，我只知道我从来不曾见过这样美丽、可爱的东西，它们比你常常给我看的天使的画像要动人得多呢。"父亲终于恍然大悟，原来自然的力量比他的教诫要强得多了。

第四天　故事第五

墨西那城有三个兄弟，经商为生。他们有一个妹妹，叫莉莎贝达，美貌可爱，人品也好。

店铺里有一个青年伙计，叫罗伦佐，为人正直，举止文雅。

莉莎贝达和罗伦佐彼此热烈相爱，暗中往来。但后来疏于防范，被莉莎贝达的长兄发现。三个兄弟商量之后，约请罗伦佐到郊外游玩，来到一个偏僻场所，乘他不备，把他杀了，埋在坑内。

莉莎贝达见罗伦佐一去不回，又不敢向哥哥们打听，只得每天暗中流泪，呼唤着心上人的名字，盼望他早日归来。一夜，她昏昏熟睡以后，梦见罗伦佐形容枯槁，诉说自己的悲惨遭遇和被埋葬的地方。

第二天，莉莎贝达带着女仆来到郊外，按照梦中所指示的地方挖掘下去。果然发现罗伦佐的尸体。她心碎肠裂，把心上人的头颅割下来，回到家里，她放声痛哭，用滚滚的泪水洗净泥污的头颅，吻了又吻，然后用精细的麻布包好，放在花盆中，再装满泥土，终日伴着花盆，朝夕用眼泪和香水灌溉。

这盆花经过殷勤的灌溉，长得枝叶茂盛，香气四溢。她的哥哥们见此情景，就把花盆夺去，任她怎样央求，都不理睬。莉莎贝达夜以继日地哭个不停，终于恹恹病倒，哀恸而死。

第八天　故事第六

卡拉特林是个愚昧无知、爱贪小便宜的人。他在郊外有一个小田庄，除了收获庄稼以外，每年还可以得到一只猪。有一年，卡拉特林到田庄去宰猪，他的两个聪明机灵的朋友勃鲁诺和布法马可建议他把猪卖了，请朋友们乐一次，但他吝啬成性，不肯请客。勃鲁诺和布法马可商议，决定捉弄他一番。当夜，他们略施小计，偷了他的猪。

第二天，卡拉特林发现猪已不在，急得连声呼叫。勃鲁诺和布法马可故意凑过来，说："那偷猪的必定不出我们左邻右舍，我们可以凭姜丸和白酒，捉住那个小偷。"卡拉特林大喜，便从身上掏出四十来个银币，全数交给了他们。

勃鲁诺赶回城里，在他开的药铺里配好了姜丸，另外配制了两粒沉香丸，和姜丸一模一样，加上暗记，又去买了一瓶上好的白酒。

第二天，卡拉特林把邻居们统统请来，勃鲁诺和布法马可也来了，一个拿着一盒姜丸，一个提着一瓶白酒。勃鲁诺讲了事情的原委，然后说："大家听好，谁偷了那头猪，一吃到姜丸，便会觉得苦得了不得，把它吐了出来。"于是，他们把姜丸分给大家，每人吃一粒，喝一口白酒，当分到卡拉特林时，故意把沉香丸给他。卡拉特林接过药丸，塞进嘴里，苦不堪言，慌忙把药丸吐了出来. 勃鲁诺故意说："不凑巧，另外来一粒吧。"卡拉特林咽下第二粒丸子，苦得眼泪直淌，但又不敢吐，最后实在忍不住，噗哧一声又把丸子吐了出来。

大家看到这情景，都闹了起来，说一定是他自己偷了猪，便狠狠地把他臭骂了一通。

第九天　故事第二

从前伦巴第地区，有一所女修道院，一向以虔诚圣洁出名。院里的修女当中，有一位名叫伊莎贝达的年轻、美丽的姑娘，跟外面的一个后生相好，时常私下幽会。

可是，天下没有不透风的墙。伊莎贝达跟那后生相爱的事逐渐传了出去。有一夜，这一对情人正在幽会，被人告发，以圣洁善良出名的女修道院长闻讯，勃然大怒，立即率领众人去捉奸。女院长喝令把伊莎贝达押到大厅听候发落，她当着全体修女，声色俱厉地痛斥伊莎贝达淫乱无耻，败坏修道院的名声，还说非要严办不可。

伊莎贝达起先羞愧难当，但后来悄悄抬起头来，却不料发现了女院长的秘密。于是，她大胆地指出，女院长头上戴的不是头巾，而是一条男人的裤衩。原来，女院长这夜也是陪着一个教士睡觉，修女们来报信时，她在黑暗中慌忙穿衣服，把教士的短裤当作自己的头巾，戴到了头上。

女院长明白自己出了丑，而且众目睽睽之下再也无法掩饰，就索性改变态度，用温和的语气对修女们说，今后只要大家保守秘密，不妨各自去寻欢作乐。

斯巴达克思（Il Spartaco）

长篇小说，1874

［意大利］乔万尼奥里（Raffaello Giovagnoli, 1838—1915）

公元前七十八年十一月十日，罗马竞技场看台上挤满了十万名观众，等待欣赏角斗表演。这是罗马统治者苏拉为了使自己在欢乐中忘却折磨他的不治的皮肤病，出钱举办的一项娱乐活动。角斗士们在场上互相杀戮，血肉横飞，发出刺人肺腑的惨叫；看台上的奴隶主们发疯似地鼓掌、哄笑，兴高采烈。最为惊心动魄的是三十名色雷斯人和三十名沙姆尼特人的角斗。经过一个小时的残杀，大部分角斗士都已经杀死，或者受到致命伤，只剩下五名角斗士继续格斗。其中一个名叫斯巴达克思的角斗士，是色雷斯人中唯一幸存者，他独自对付四个强有力的沙姆尼特人，处境极为危险。斯巴达克思以非凡的英勇、出色的剑术和矫健的身手，战胜了对手，取得了最后胜利。他被释为自由人。

斯巴达克思生在色雷斯，在跟入侵祖国的罗马人作战时被俘。后来被卖给一个角斗士老板，充当用自己的鲜血和生命供贵族娱乐的角斗士。他长得英俊、威武，一双炯炯有神的眼睛充满了情感和火焰；他具有过人的体力、坚毅的性格，以及对他这样的地位来说少有的高深的学识和卓越的思想。

斯巴达克思获得自由以后，立即开始为解放千百万奴隶兄弟的神圣事业而辛勤奔走。他发誓要摧毁吃人的奴隶制度，让各民族独立的花朵盛开在它的废墟上。他访问所有的角斗学校，常常到小酒店和小客栈去，跟角斗士、奴隶串联。在野的贵族卡提林那主动来找斯巴达克思，邀请他联合起来共同反对元老院。斯巴达克思和他多次深谈以后，明白卡提林那不过是想利用奴隶们的力量来变更现存的统治秩序，实现自己的野心，因此断然拒绝。一天，斯巴达克思在角斗士聚会的小酒店意外地跟失散多年的妹妹密尔查相遇。可怜的妹妹被苦难的生活所迫，落入一个以出卖女人的肉体为职业的恶棍之手，受尽折磨和凌辱。斯巴达克思急切想把妹妹从火坑中拯救出来，但缺少为她赎身的钱。经过多方奔走，密尔查被推荐给苏拉的妻子范莱丽娅当梳妆侍女。

范莱丽娅是一位非常美丽、善良的贵妇人，她在竞技场上第一次见到勇敢、坚毅的斯巴达克思，立刻产生了一种震撼心灵的感情。斯巴达克思到苏拉邸宅探望妹妹的时候，初次遇到范莱丽娅，他的心中也立刻腾起了一种火热的欲望。他曾不断努力把这种感情从心中驱除出去，但它却变得愈来愈强烈，特别是在范莱丽娅通过密尔查邀请他相会以后，他们之间像火山熔岩一样炽烈的爱情再也无法阻挡了。苏拉的暴死，终于使他们结合在一起，并且有了一个可爱的女儿。

然而，斯巴达克思并没有陶醉在柔爱和幸福之中而忘却奴隶解放的神圣事业。他到角斗士学校担任教师，借此机会积极展开活动，把奴隶、角斗士团结在被压迫者同盟的周围。经过四年顽强不屈的工作，组成了两万人的角斗士、奴隶军团，决定于公元前七十三年春在加普亚城举行起义。不料老戏子梅特罗比乌斯窃听了角斗士领导人在罗马郊外树林举行的秘密会议，向贵族恺撒告密，恺撒立即找到斯巴达克思，劝他放弃武装行动的计划，和他一起用合法手段夺取政权。斯巴达克思断然拒绝并当即决定提前起义。他和另一名起义领袖埃诺玛依从罗马出发，日夜兼程赶往加普亚。路上，他们的骏马倒毙了，斯巴达克思被马压伤，手臂关节脱臼，他跑步来到角斗士学校。但那里已被前来镇压的官兵包围。斯巴达克思忍着脱臼的剧痛，攀上围墙，进入角斗士学校，指挥角斗士们用火炬武装起来，攻打武器库。受挫后，他镇定地指挥突围；率领突围出来的七十七名角斗士连夜奔赴维苏威山，树起了奴隶武装革命的大旗。

砸碎了镣铐的奴隶，纷纷加入斯巴达克思的队伍。罗马统治集团派遣官军讨伐起义军，包围了维苏威山。斯巴达克思组织战士用柳条编了长约一千英尺的软梯，在夜幕掩护下，让部队沿断崖下到峡谷底部，抄到酣睡的敌人背后，一举歼灭了官军。从此，奴隶起义大军南征北战，纵横驰骋，所向披靡。在卡齐陵和考提峡谷战役中，斯巴达克思针对敌人分进合击的战术，指挥部队迅猛插入两支敌军的接合部，各个击破，大获全胜。在芬提城下，起义军跟罗马奥莱施杜将军的三个军团遭遇，斯巴达克思巧挫敌人布下的疑阵，集中优势兵力勇猛进击，把敌人打得落花流水。

芬提城一战震动了罗马奴隶主贵族集团。元老院派遣执政官前来谈判，企图用高官厚禄和夫妻之情来打动斯巴达克思，诱使他投降。斯巴达克思痛斥敌人使者诱降的阴谋，斩钉截铁地回答：以凌辱对付凌辱，以杀戮对付杀戮，这就是奴隶们对奴隶主应当采取的行动。

有个名叫爱芙姬琵达的希腊名妓，秉性邪恶，爱慕虚荣。她在罗马初次遇见斯巴达克思之后，罪恶的灵魂中燃起了奇特的欲望。她把斯巴达克思请到家里，施展出全部迷人的荡态，但斯巴达克思却毫无反应。为了博得斯巴达克思的欢心，她抛弃了豪华淫逸的生活，参加了起义军。她一再对斯巴达克思施展媚功，但斯巴达克思一心忠于奴隶的解放事业，而且，他深深爱着范莱丽娅；在战斗的间隙，他时常打开珍藏在身边的一个纪念盒，深情地吻着范莱丽娅跟他分别时赠送的她和女儿的两束头发。他严肃地拒绝了爱芙姬琵达的诱惑。爱芙姬琵达怀恨在心。

奴隶起义军又取得一系列的胜利，革命烈火燃遍了意大利半岛。但起义领导人在战略问题上发生了分歧。爱芙姬琵达用自己的姿色征服了在战场上英勇无畏的起义军首领之一埃诺玛依，并进而挑拨离间，怂恿埃诺玛依带领日耳曼军团离开斯巴达克思，孤军作战。斯巴达克思耐心劝说战友，晓以大义，埃诺玛依仍然一意孤行，不辞而别，结果陷入敌人的圈套。斯巴达克思闻讯，立即亲自率军前往营救，但援军赶到以前，埃诺玛依和一万多名战士已全部战死。斯巴达克思隆重安葬了战友，并把他的骨灰供放在自己的帐篷里。

斯巴达克思召开起义军民主大会，讨论作战方针。他在会上透彻地分析了形势，认为罗马的统治还很强大，彻底摧毁奴隶制度的时机尚未成熟，因此，他建议起义部队回到各自的家乡，广泛发动一切被压迫民族，以便最终包围和摧毁罗马。但他的战略思想未被接受，只得按照多数将领的意见，挥师南下，向罗马进军。

起义大军挺进罗马的消息，使罗马奴隶主在恐怖中吓得面面相觑，惶惶不可终日。元老院急速派遣克拉苏统率十万大军前往迎战。克拉苏是个极为残忍阴险、以老练的谋略著称的大奴隶主，但斯巴达克思指挥部队以猛烈的攻势把他的军队打得狼狈不堪，伤亡累累。就在这时，爱芙姬琵达潜入克拉苏的帐篷，向他密告起义军的作战计划，然后又向斯巴达克思谎报军情，致使起义军的优秀将领克利克萨斯和他率领的三万多人马陷入重围，全部牺牲。

斯巴达克思为了保存有生力量，决定率领部队横渡大海，到西西里岛发动当地遭受深重压迫、富于反抗精神的奴隶，继续斗争。但船队遇到狂暴的海风，被迫在布鲁丁半岛登陆。紧紧追踪而至的克拉苏下令官军建造了一道横越布鲁丁半岛、宽和深各十五步的壕沟，企图把起义军围困在岛上，绝粮饿死。斯巴达克思临危不惧。一个大雨滂沱，风声尖厉的黑夜，斯巴达克思命令骑兵队把事先从附近森林砍伐来的树木统统投掷到壕沟里，接着，六千名战士又把准备好的六千袋泥土投到树干上，数万大军神不知鬼不觉地越过了克拉苏苦心经营的工事。

克拉苏写信给元老院请求火速增援，同时率领大军尾随斯巴达克思，步步紧逼。占压倒优势的罗马援军从各个方面把起义军包围起来，斯巴达克思被迫跟克拉苏决战。临战前，斯巴达克思给范莱丽娅写了一封信，表示最后的思念，请她原谅他这个忘恩的丈夫，狠心的父亲，因为他不愿出卖起义的兄弟，使自己的名字蒙上永世的耻辱；在就要爆发的血战中，他将光荣地结束自己的生命；为了对她的爱，为了他们的孩子，他请求范莱丽娅坚强地活下去。接着，斯巴达克思巡视了队伍，向战士发表演说，号召他们与其苟且偷生，毋宁英勇战死，用鲜血染红自由与平等的旗帜，为后代留下复仇和胜利的遗产。他亲手用剑刺死心爱的骏马，激励将士们决一死战。激战持续了一整天。三万名起义军战士壮烈牺牲了。斯巴达克思被敌人重重围困，浑身负伤，但仍然两眼闪烁着怒火，声音犹如雷霆，使敌人大为恐慌。敌人的一支投枪又使他的左腿受到重伤，他跪在地上，像怒吼的雄狮，浴血奋战，英勇地献出了自己的生命。

清冷的月光照耀着悲惨的战场。两个黑影在尸体狼藉的荒原上长久地徘徊。他们是两名角斗士，为了不让野蛮的胜利者亵渎他们的领袖，冒着生命危险，在寻找斯巴达克思的遗体，然后小心地把它运走。

堂·杰苏阿多师傅（Mastro Don Gesualdo）

长篇小说，1889

［意大利］维尔加（Giovanni Verga, 1840—1922）

杰苏阿多出身微贱，他的父亲虽以烧石炭为生，但时常连买煤的钱都掏不出来。杰苏阿多很小的时候就开始当苦力，挑石头，累得半死不活，常常悄悄地放声痛哭，哀求上帝来拯救他。母亲整年发寒热病，挨父亲打的次数比吃饭的次数还多。

后来，杰苏阿多离开父亲，跟随叔叔去当工人。经过整整七个年头的煎熬，终于混出了点名堂，成为一个营造商，签订了第一个承包建造磨坊的合同。不久，他又在地产上冒险投资，获得成功，逐渐积攒了钱财。从此，他的胃口越来越大，做谷物买卖，搞地皮投机生意，经营面粉厂、榨油厂，承包公路建筑……总之，教区里的每一件事他都要插一手。

整整二十年，杰苏阿多没有过节的日子，没有星期天，总是顶着烈日，冒着风雨，到处奔波。他从来不曾安稳地睡过一夜觉，痛快地吃过一顿饭，常常在篱笆后边，在马厩里，抓到机会就睡上两个钟头；在马鞍上，在橄榄树下，偷个空儿吃它一块黑面包。他精于算计，对雇用的工人极为严厉，从不管他们的死活。这样天长日久，杰苏阿多渐渐成为当地首屈一指的巨富，“地上的上帝”。

母亲没有看到杰苏阿多的发迹就死了。他承担起抚养全家的重担，要养活好吃懒做、整天在酒店里厮混的弟弟桑多和每年必定生一个孩子的妹妹斯佩兰莎。最使他担忧的是他要时时提防那些见他发了财而眼红的绅士；他清楚地意识到，他要站稳脚跟，发展事业，必须挤进上流社会里去，获得那些大家族的撑腰，没有他们是办不了事的。他经人撮合，跟一个破落贵族家庭出身的小姐白安卡结了婚。

白安卡家的血统可以上溯到放荡的君主，后来入侵的西班牙人侵占了他们的土地，才使这个家庭的境况一落千丈，以致现在家里穷得像狗窝一样。白安卡的兄长很瞧不起杰苏阿多这样的暴发户，只是因为白安卡跟她的表兄尼尼之间不清不白的关系闹得满城风雨，只好把白安卡嫁给他们鄙夷的杰苏阿多。

然而，杰苏阿多和白安卡的婚姻并没有给他打开进入上层社会的大门，他非但得不到贵族们的支持，反而遭到各方面的攻击。白安卡患痨病，整天躺在床上，除去给他生了个女儿伊莎贝拉之外，对他毫无帮助。伊莎贝拉五岁的时候，杰苏阿多就把她送到贵族小学去念书，让她享受一切他未曾享有的东西，希望她将来在名义上和实际上都成为一个贵妇人。

伊莎贝拉长大了，出落得容貌姣好，但性格脆弱。她在西西里首府巴勒莫念中学，就像个真正的男爵小姐，她对家庭的回忆充满虚构的迷梦。一八三七年，巴勒莫流行霍乱病。杰苏阿多把她接回家乡，和全家到山区避霍乱。她在农村和山区第一次看到了穷困、饥饿和萧条。一切都顿时显得渺小、阴暗了。

霍乱停止了。杰苏阿多回到村里。不料他的妹妹斯佩兰莎起诉，控告他把父亲的遗产据为己有，因此要求分享杰苏阿多财产的一部分。妹妹让捕役来侮辱他，称他是“强盗”，扬言要查封他的一切东西。村子里的人都站在他妹妹一边反对他，只是因为他有钱。杰苏阿多不得不花费了许多钱财和时间，才了结了这件纠纷。

伊莎贝拉私下跟姑妈的儿子科拉丁诺相好，以此来充实空虚的心灵。杰苏阿多又把她送进马利娅宗教学校。不久，又硬是把伊莎贝拉许配给一个名叫莱拉的那不勒斯的公爵。但婚姻并没有给伊莎贝拉带来幸福。她威胁要自杀，因为外表清秀文雅的莱拉公爵经常在外浪游，以放荡的行为糟蹋了自己的家财，现在又糟蹋杰苏阿多作为陪嫁送给伊莎贝拉的财产。新婚夫妇感情淡漠。杰苏阿多心乱如麻。女儿出嫁的时候，他把好几片土地作为嫁妆给了她，而当初为了置这些地，他不知熬过了多少白天黑夜，不知招了多少人的怨恨。想到这一切，他的心都要碎了。

巴勒莫又闹起了革命，村子里也起了骚动。那些在街上游行、口号叫喊得最响的债务人，每天向他要东西，索取钱财，摊派款子。白安卡痨病发作而死。女儿竟然没有从那不勒斯回来奔丧。

杰苏阿多在烦恼中病倒了。他患了幽门癌，肚子胀肿得老高。他的亲戚、朋友乘机找上门来，侄子、妹妹、妹夫俨然以主人自居，在房间里、花园里到处乱窜，他在病床上眼睁睁地看着他们把东西一件件拿走。酒、油、干醋，一一失踪。田地、果园到了妹夫手里。用高价请来给他治病的医生开了一帖又一帖药，但他的病却不见好转。

女婿莱拉公爵把杰苏阿多从西西里接到那不勒斯。他仿佛进了另一个世界。女婿的宅邸是一个巨大的宫殿，大理石的楼梯，豪华的家具，穿燕尾服的男爵，使他眼花缭乱。他跟女婿呆在一起很不自在。伊莎贝拉和莱拉公爵虽然在他面前显得亲切、温和，但他看得出，女儿有一种说不出的、埋藏在心灵深处的怨艾和痛苦。

一天，莱拉公爵的总管来慰问杰苏阿多，满脸和气，做出一副友善的样子，对他说：他这么多财产，现在陷于混乱，损失很大，莱拉公爵愿意为了他的事业，主动替他背起所有的包袱，直到他恢复健康，只是希望杰苏阿多给一张签字的授权书。杰苏阿多眼睁睁地看着一张白纸搜刮去了他的全部财产。

杰苏阿多明白，他再也没有希望了，就像烂苹果被虫蛀了，一定要从树枝上掉下来似的。他思念故乡西西里，他想死在家乡。但是，一天夜里，孤独的杰苏阿多静静地合上了双眼，离开了人世。

一仆二主（Il Servitore di due padroni）

喜剧，1745

［意大利］哥尔多尼（Carlo Goldoni, 1707—1793）

贝娅特丽齐和弗罗林多是都灵城的一对青年男女，彼此相爱，情意绵绵。可是贝娅特丽齐的哥哥费德里科硬是要把他们活生生地拆散，不准他们相爱。弗罗林多为此跟费德里科发生争执，并且在后来的决斗中杀死了他。弗罗林多害怕法庭的追究，来不及眼贝娅特丽齐告别，就仓皇出逃了。贝娅特丽齐失去了可怜的哥哥，伤心得不知流了多少眼泪；现在，她又失去了心爱的弗罗林多，更是难过到了极点。她知道弗罗林多逃到了威尼斯，便女扮男装，换了已故的哥哥费德里科的衣服，带上他的信件，到威尼斯来寻找弗罗林多。

贝娅特丽齐一到威尼斯，就雇了一个仆人。这个仆人名叫特鲁法金诺，是从贝加莫到威尼斯来寻找生计的。贝娅特丽齐吩咐特鲁法金诺在旅店等候她，然后就去拜访费德里科原来的未婚妻克拉莉娅。克拉莉娅当初就不喜欢费德里科，而跟威尼斯一个后生西里维奥相好。费德里科决斗身死后，克拉莉娅便和西里维奥正式订了婚。贝娅特丽齐化装成费德里科突然来临，立刻引起了一场风波。克拉莉娅的父亲潘塔隆内是个年老昏聩的商人，他认为像费德里科这样一个富贵人家的子弟，比一百个西里维奥还值钱，因此硬要废除女儿和西里维奥的婚约。西里维奥坚决不答应，扬言谁想夺走他的克拉莉娅，他就跟谁拼命。

特鲁法金诺在旅店里左等右等，不见他侍候的主人回来，而他早已饥肠辘辘，打熬不住，便想去弄点儿东西填饱肚皮。适巧，潜逃到威尼斯的弗罗林多也来到这家旅店下榻。特鲁法金诺看到弗罗林多叫的搬运夫正在吃力地搬运行李，心想，不妨上去帮帮忙，也好赚几个钱儿花花。弗罗林多见他力气挺大，人也颇老实，便把他雇下来侍候自己。于是，特鲁法金诺便当了同时侍候两个主人的仆人。

特鲁法金诺为人憨厚，没有文化，目不识丁，但不乏机智，善于随机应变。他很想看看自己这一身兼二职的差事对付得怎么样，所以常常忍不住要试试自己的灵活性，因此惹出了一连串的麻烦和误会。他上邮局去替主人们取信，偷偷地把信拆开，却又看不懂；他用嚼碎的面包屑把信粘好，却又把两个主人的信搞错了，主人责问他，他胡乱编造一通故事，搪塞了过去。贝娅特丽齐交给他一张价值四千银币的支票，叫他好生收在箱子里，他一转身却跟旅店老板讨论起主人就餐的时候五盘菜应该怎样摆法，把支票撕成一张张碎片，代表一道道菜，兴致勃勃地趴在地上比画着。开饭的时候，特鲁法金诺同时侍候在两个不同房间里的两个主人，灵活得像猫儿一样，跑进跑出，忙得不亦乐乎；他虽然不断把主人定的菜上错，露出破绽，但他却用伶俐俏皮的话语对付了过去，而且常常趁端菜的时间敏捷地从口袋里掏出勺子、叉子来，美美地分享一番主人们可口的菜肴。

特鲁法金诺替弗罗林多整理衣服，却把贝娅特丽齐箱子里的一件衣服给了他。弗罗林多惊奇地在口袋里发现了他当初送给贝娅特丽齐的相片，立即追问这张相片的来历。特鲁法金诺灵机一动，便说，这是他过去服侍过的一位主人留下来的，一个星期以前，他因为受了过分的刺激已经死去。弗罗林多信以为真，想到心爱的贝娅特丽齐为了他的缘故已经身亡，像刀子扎了心一样难受，觉得生活在这个世上再也没有什么意思。

贝娅特丽齐吩咐特鲁法金诺把箱子里的记事册拿出来，粗心大意的特鲁法金诺却把弗罗林多箱子里的一包东西拿给她。贝娅特丽齐打开一看，是她当初写给弗罗林多的两封信，于是立即向他追问，这两封信是从哪儿得到的。特鲁法金诺像对付弗罗林多那样，回答说，这是他在威尼斯侍候过的一位主人留给他的，十来天以前，这个主人已经死了。可怜的贝娅特丽齐听到这番话，伤心极了，哥哥费德里科为了她，不幸丧命；现在，她的未婚夫弗罗林多又为了她而离开了人世，她成了罪人。贝娅特丽齐心痛如绞，两眼一阵发黑……

弗罗林多、贝娅特丽齐各从自己的房间里奔出来，每人手里都拿着一把匕首，想要自杀。旅店老板、侍役分别在后面拉着他们的手，劝他们不要寻短见。他们正要举刀自杀，忽然同时看见了对方，一阵惊愕之后，两人都扔下匕首，拥抱起来。他们互相诉说各自的遭遇，终于恍然大悟，他们上了仆人特鲁法金诺编造的荒唐故事的当。他们本想狠狠教训一番特鲁法金诺，但转念一想，他们的仆人虽然应当受到惩罚，但他不是出于坏心，而且在他们欢乐的时候，不妨就饶恕了他的罪过。

贝娅特丽齐和弗罗林多这一对情侣，经历了哭泣、怨恨、绝望，最终迎来了喜悦和幸福。克拉莉娅和西里维奥也高高兴兴地结为夫妇。特鲁法金诺也没有例外，他获得了克拉莉娅的女仆斯米拉尔金娜的爱情。

在皆大欢喜的时刻，特鲁法金诺当众吟了一首他作的即兴诗：

一仆二主——事情可真不好办，不是我夸口，把他们弄得团团转，凭着我的机智和勇敢，遇见困难，我也不为难！东边西边我都出现，命运之神由我来掌管……

狡猾的寡妇（La vedova scaltra）
女店主（La Locahdiera）

喜剧，1748、1753
［意大利］卡·哥尔多尼（Carlo Goldoni, 1707—1793）

《狡猾的寡妇》（1748）是第一个完全写成文学剧本的戏。年轻、美丽的寡妇罗桑娜被英国勋爵、西班牙骑士、法国贵族追求，他们竞相夸耀自己的财富和国家。罗桑娜巧妙地同他们周旋，施用计策试探他们对爱情的真实态度，结果发现他们追求她不过是逢场作戏，把女人当作玩物。剧中赞美忠实的和理智的爱情，通过罗桑娜歌颂意大利民族的伟大，表达了作者的爱国主义思想。

批判贵族、歌颂平民的主题思想在《女店主》（1753）里显得更加鲜明。剧情在米兰多林娜开设的一家客店展开。这片客店仿佛是整个威尼斯社会生活的缩影，剧中人物都是取自现实生活。侯爵是一个破落的贵族，他已经沦为一个穷光蛋，债台高筑，却偏偏要装腔作势，时时提醒人家注意他的贵族身份，尊重他，还扬言要充当女店主的保护人；他喜欢显示自己的高贵和慷慨，但又分文不名，只好吹牛，撒谎，厚着脸皮吃白食，占小便宜，出尽洋相。哥尔多尼惟妙惟肖地刻画了这个没落、死亡的封建贵族阶级的典型。伯爵原来是商人，用钱买了贵族爵位。他的信条是“有钱能使鬼推磨”，用金钱能买到一切，包括女人的爱情。他在情场上狂妄自大，厚颜无耻，俨然以胜利者自居，结果遭到女店主的严正拒绝。哥尔多尼对这个资产阶级暴发户及其“金钱万能”的观念；作了淋漓尽致的揭露。女店主米兰多林娜是哥尔多尼塑造得最成功的、光彩动人的女性形象。她坦率可爱，妩媚功人，不幸的身世迫使她独自挑起生活的重担。她辛勤、乐观地工作，周到地应付着那些不怀好意地追逐她的侯爵和伯爵，又戏弄了起先鄙视女人，后来又发狂似地妄图占有她的骑士，最后当众宣布选择勤劳、诚实的仆人范布里齐奥为终身伴侣，使众人瞠目结舌。《女店主》是哥尔多尼“性格喜剧”的杰作。剧中不同的人物具有不同的性格特征。热爱劳动、朴直爽朗、富于智慧的平民，同游手好闲、自高自大、愚蠢无能的贵族、资产者，形成尖锐的对照。女店主与仆人之间，侯爵、伯爵、骑士之间性格上的细微差别，也得到鲜明生动的刻画。整个喜剧的情节简单而活跃，波澜起伏，情趣横生。《女店主》问世后，被译成几十种文字，至今仍在意大利和许多国家的舞台上演出。

老顽固（I Rusteghi）

喜剧，1760

［意大利］卡·哥尔多尼，（Carlo Goldoni，1707—1793）

在威尼斯狂欢节中一个非常热闹的日子里。商人卢纳尔多是一个保守、固执、轻视妇女的老顽固。平日从不让自己的妻子玛尔嘉莉塔和女儿露琪艾塔出门，也不许她们同任何男人见面。即使在狂欢节也照例把她们关在家里干活，既不准去剧院看戏，也不准上街去参加化装舞会，引起了妻子和女儿的强烈不满。在对待女儿的婚事上，他更是独断专行，根本不同妻子和女儿商量，便把露琪艾塔许配给了另一个商人毛利奇奥的儿子费里佩托。为了宣布女儿订婚的消息，他请了几位朋友到家里来吃午饭。他通知妻子和女儿赶紧准备午宴，却不让露琪艾塔知道订婚的事，也不让她见客人，更不让她同未婚夫见面。

费里佩托听说父亲毛利奇奥为他订了婚，感到十分苦恼。因为他还没有见过自己的未婚妻，不知道她的模样、人品如何。他要求父亲容他在订婚之前先见一见未婚妻，遭到拒绝，便偷偷跑到姨母马丽娜家里，找她商量，请她帮忙。马丽娜的丈夫西蒙也是一个老顽固，他粗暴地赶走了费里佩托，并告诉妻子准备出外赴宴，但他根本不告诉妻子要到什么地方去，有哪些人出席，也不告诉举办这次宴会的原因。马丽娜为外甥的婚事非常担忧，暗下决心，一定要帮助他先同未婚妻见一面。

菲莉琪叶太太和她的老顽固丈夫康奇亚诺也得到了邀请，带着一位从外地来的伯爵利卡尔多来到马丽娜太太家，约他们夫妇同去赴宴。菲莉琪叶是位聪明、机智、泼辣、能干而又见义勇为的女人。当她从马丽娜太太那里得知老顽固们不让两个年轻人见面便为他们订婚的消息时，感到异常气愤。两个女人商量了一阵，决定瞒过她们的丈夫，利用午宴的机会，请利卡尔多伯爵帮忙，让费里佩托化装前去同露琪艾塔会面。西蒙见到利卡尔多伯爵，非常生气。责备康奇亚诺不该让一个生人同女士们见面，并粗暴地撇下客人，拂袖而去。菲莉琪叶只好同丈夫和伯爵离开他家。

卢纳尔多家里正在热热闹闹地准备午宴。玛尔嘉莉塔身着主妇盛装，露琪艾塔却没有一件像样的衣服，为此对后母产生误会。玛尔嘉莉塔把自己用过的一件旧绣花手筒和一条旧项链送给露琪艾塔穿戴起来。卢纳尔多严厉地责备妻子和女儿，指责她们不该打扮自己，命令露琪艾塔取下手筒和项链，命令妻子脱下过节的衣服。他认为正经女人不应该当着客人的面穿漂亮的衣服，更不应该戴首饰。他同妻子发生了激烈的争吵。

首先到来的客人是西蒙和马丽娜。卢纳尔多和西蒙一起更加激烈地指责他们的妻子，说她们行为不检点，一定要她们脱下过节的衣服。两个女人断然拒绝，矛盾更加激化。卢纳尔多从西蒙那里知道毛利奇奥把订婚的消息告诉了儿子费里佩托，更是火冒三丈，决定撕毁婚约。两个老顽固一唱一和，大骂人心不古，今不如昔，极力赞美过去的人情世故，把一切陈腐过时的老规矩、老习惯都吹得天花乱坠。他们诋毁当今女人轻浮与不轨，遭到自己妻子针锋相对的批驳。马丽娜说服玛尔嘉莉塔把订婚的消息告诉了露琪艾塔，并把她同菲莉琪叶商量好的让两个年轻人见面的计划也告诉了这母女二人，让她们作好准备。

菲莉琪叶太太头戴面具陪丈夫前来赴宴。她偷偷告诉两个女友，费里佩托已经化装成一个女人，由利卡尔多伯爵陪着，马上就到。玛尔嘉莉塔非常害怕，经过三个女人的劝说，最后还是同意了这个大胆的计划。两个年轻人见了面，并且一见钟情，事情进展十分顺利。正在这时，老顽固们通过私下交易，已经确定了婚期，突然闯进屋来。费里佩托和利卡尔多伯爵慌忙躲进另一个房间。卢纳尔多高兴地宣布露琪艾塔和费里佩托订婚，并宣布马上就要举行婚礼。毛利奇奥回家去接费里佩托，没有找到人，致使菲莉琪叶的计谋败露。利卡尔多和费里佩托只好从藏身之处出来。卢纳尔多勃然大怒，动手要打玛尔嘉莉塔，被康奇亚诺和西蒙拉走。毛利奇奥也怒不可遏地把费里佩托拖回家去。午宴和婚礼全部成为泡影。

两个父亲决定撕毁婚约。卢纳尔多、康奇亚诺和西蒙均迁怒于自己的妻子，认为她们是这场纠纷的罪魁祸首，决心狠狠地惩罚她们。但商量了很久，也没想出一个妥善的处治办法。菲莉琪叶不甘心自己的计划就这样前功尽弃，付之东流，决心想法挽救。她让利卡尔多伯爵前去劝说毛利奇奥，自己则挺身而出，勇敢地去见那三个老顽固，坦白地承认自己是这一切行为的主谋，愿意承担全部责任。她慷慨陈词，巧妙地谴责和嘲弄

---

① 1993年5月，吕同六译著《老顽固》被我国中央实验话剧院隆重公演，同六先生应邀担任文学顾问，资深艺术家陈颙执导，演员有游本昌、李雪健、雷恪生、黄小立、冯宪珍、韩童生、李野萍、伍宇娟、陈炜、王辉。演员阵容强大、场场获满堂喝彩。众媒体齐声赞曰："十位明星一台戏。"——编者注

了老顽固们对待妻子和两个年轻人的错误态度，说得他们理屈词穷，无言以对，不得不宽恕自己的妻子，答应这门亲事。毛利奇奥也在利卡尔多伯爵的劝说之下，改变了原先的强硬态度，带着儿子前来参加婚礼，并请西蒙和康奇亚诺当证婚人。但是卢纳尔多又横生枝节，拒绝利卡尔多伯爵出席婚宴。菲莉琪叶据理力争，终于使伯爵得到了应有的礼遇，成为婚宴的贵客。婚宴一片欢乐，新思想终于战胜陈规陋习。

约婚夫妇（I Promessi Sposi）

长篇小说，1827

［意大利］（亚历山德罗·曼佐尼，1785—1873）

意大利作家、诗人、剧作家。曼佐尼出生在贵族家庭，从小受到启蒙主义的教育。15岁时写下第一首诗歌《自由的胜利》，讴歌法国资产阶级革命，鞭笞封建君主专制。后来曼佐尼拒绝继承父亲的伯爵封号，于1805年奔赴巴黎，同文化界人士广泛交游，呼吸到法国革命后的新鲜空气，但也受到一些宗教思想家的影响。1808年他和瑞士一位银行家的女儿、虔诚的教徒埃莉凯培结婚。两年以后，曼佐尼接受洗礼皈依天主教。从比，他既追求资产阶级革命理想，又对基督教仁爱精神抱有幻想。1810年他返回意大利，创作进入了鼎盛时期。曼佐尼是位诗人，他的许多诗篇以赤诚的热情呼吁一切爱国者为祖国的独立和自由而战。他遵循浪漫主义理论写了两部历史剧：《卡马尼奥拉伯爵》（1816—1820）、《阿德尔齐》（1822），把民族复兴运动的理想写进历史事件。曼佐尼在这两部悲剧中揭示：意大利的长期封建内讧是导致外族入侵，酿成民族悲剧的根源。他的《约婚夫妇》是著名的历史小说。曼佐尼对历史、语言也有精湛的研究，写了许多学术著作。晚年，他致力于研究和宣传意大利民族语言的统一，曾担任意大利王国语言统一委员会主席。

长篇历史小说《约婚夫妇》是曼佐尼最重要的作品，花了20年的时间才写完并最终定稿，1827年正式出版。《约婚夫妇》的情节曲折、动人。故事发生在17世纪西班牙统治下的意大利北方伦巴第地区。乡村纺织工人伦佐和露琪娅互相爱慕，订了终身，即将举行婚礼。当地大恶霸堂罗德里戈早已觊觎美貌的露琪娅，一心想霸占她。他恫吓教区神甫堂安保迪奥不许为这一对恋人主持婚礼。随后，堂罗德里戈又派遣一伙歹徒向伦佐暗下毒手。

伦佐为了逃脱堂罗德里戈的魔掌被迫亡命异乡。露琪娅在母亲安妮丝的陪同下，由一位善良的克里斯托福罗神甫介绍，悄悄来到蒙扎城的修道院避难。堂罗德里戈岂肯罢休，忙派手下人到处追踪，并买通一个大寨主，把露琪娅劫持到山寨，企图迫使她就范。这大寨主原是个惯于杀人越货、无恶不作的江洋大盗，但此时他正经历一场精神危机，对过去的罪恶生活感到厌倦和悔恨，他想洗心革面，重新做人。大寨主被露琪娅无比纯洁、高尚的品德所感动，又受到一名红衣主教的启迪和感化，终于幡然悔悟，改邪归正。他把露琪娅护送到米兰。露琪娅为了感激宗教对她的庇护和拯救，向圣母许下誓愿，终身不再婚配。

伦佐到处流浪，吃足苦头，先后经历了震惊西班牙统治者的饥民暴动和猖狂肆虐的大瘟疫死里逃生，也来到米兰，找到了露琪娅。在神甫的支持和劝说下，露琪娅终于答应伦佐的请求，解除对圣母马利亚的誓愿。一对有情人终成眷属。

在描写露琪娅避难修道院时，曼佐尼又写了一个修女的故事。这位出身贵族家庭的千金小姐，本应当尽情享用荣华富贵和世俗生活的欢悦，却被冷酷、暴戾的父亲硬送进了修道院，她渴求的爱情和她憧憬的生活都遭到了冰刀霜剑的无情摧残。渐渐地，冷酷、忌恨侵蚀了她的心灵，她时时有一种侮辱、损害和虐待他人的冲动。她成了一个变态的怪物。蒙扎的修女这篇故事成为小说中的小说，在意大利广泛流传、家喻户晓。

《约婚夫妇》完全跳出了一般言情小说的俗套。曼佐尼把主人公的身世际遇放在17世纪上半叶意大利具体的历史条件和广阔的社会环境中，予以真切感人的描绘。他以历史为明镜，借古讽今，一双青年男女的坎坷遭遇是处于内忧外患之中的整个意大利人民悲惨境况的映照。17世纪西班牙统治下的意大利，又是19世纪奥地利奴役下的意大利的缩影。小说果敢地触及了争取民族独立、统一和自由这一最尖锐的时代矛盾，使这部历史小说充溢着爱国主义激情，具有异乎寻常的现实意义。

在《约婚夫妇》中占据中心位置的是伦佐、露琪娅和其他劳动者（农民、仆人、车夫、手工业者），作者努力从平民的角度来观察和评判他描写的人物和事件。那些炙手可热的权贵的华丽衣饰被剥落了，他们凶暴冷酷、荒淫佚乐的丑恶面貌呈现在读者面前。曼佐尼把被损害者和被凌辱者同他们作了鲜明对照，真诚地讴歌社会下层的普通人纯朴善良、热爱劳动、仇恨侵略者和封建势力的高尚品格。平平凡凡的劳动者上升为鸿篇巨制的文学作品的主人公，这在意大利小说史上还是破天荒头一次。因此，《约婚夫妇》被有的评论家称作“第三等级的史诗”。

为了写作《约婚夫妇》这部历史小说，曼佐尼悉心钻研许多历史学家的著作和大量有关米兰大公国的史料，力图透过历史的真实性揭示时代精神。在小说的开头，作者援引了许多官府悬赏捉拿强徒的告示，看似多余，其实大有奥妙。强徒充斥，串通官府，朋比为奸，本是当时普遍的社会祸害；当局三令五申，装模作样地要翦灭强徒，强徒却愈益猖獗。封建统治者的腐朽、堕落，没有比这一道又一道的官府告示揭露得更透彻的了。第一手史料直接引入小说，有助于更深一层地勾勒出特定的时代的本质特征。

着意描绘大自然的景色是浪漫主义文学的一个重要特征，也是《约婚夫妇》的鲜明的艺术特色。小说开场对伦巴第景物的描写极为出色。明净的蓝天下流动着一幅五光十色、不断变幻的画卷。那层峦叠嶂，“峰峦竞秀，峭拔幽奇”；科摩湖澄澈如镜，浩淼壮观，涓涓河水“仿佛一条放射出碎银般的光华的长蛇”，婆娑多姿中显出恬静、温柔。在这里，对大自然美的着力描写，饱含着作家对祖国的挚爱，对故乡的缱绻情思，勾画出故事发生的环境，赋予作品以浓郁的诗情画意。在小说中，自然景物的描绘还在读者身上引发出一种和蔼可亲、爽心悦目的感觉，使他们不由得萌发认识生活在这个环境里的小说主人公的强烈愿望。读者几乎猜得到，生活在这样幽美宁静的环境里的人一定是勤劳、温顺、善良、热爱和平的。自然景物的描绘因而又巧妙地起了激发读者的情感共鸣和烘托人物精神品格的作用。

曼佐尼在《约婚夫妇》中多侧面地塑造了堂安保迪奥和蒙扎的修女等性格复杂、饱满、丰富多彩的艺术形象。堂安保迪奥作为教区神甫，本有为伦佐和露琪娅主持婚礼的职责，但是一受到声势显赫的堂罗德里戈派来的两名强徒的恫吓，立刻掉了魂儿似的，整日价唉声叹气，硬是编造一套难以自圆其说的理由，不肯为一对青年恋人主持婚礼。堂安保迪奥是个善良的弱者，惯于盘算私利，但又不屑于依附贵族、乡绅。在那是非颠倒、权势主宰一切的社会里，与世无争，明哲保身，委曲求全，成为他的处世哲学，或者说是他真正信奉的《福音书》。曼佐尼深刻地揭示出，堂安保迪奥这个独特个性是在意大利封建社会末期的沃土上孕育和滋长的，他是那个特定的畸形社会基础上诞生的畸形儿。堂安保迪奥这一典型已成为意大利文学的人物画廊里最著名的艺术形象之一。

《约婚夫妇》的语言独具风韵。曼佐尼把伦巴第方言同作为意大利民族语言基础的托斯堪纳方言糅合在一起加工提炼，形成既保留了民间口头语言特色、又让意大利人都能懂的文学语言。小说中各个人物的语言都有自己的性格色彩。堂安保迪奥说话文雅，但闪烁其辞。伦佐是个纺织工人，语言朴实生动，口语成分较重。佩尔佩杜娅快人快语，直率豪爽。《约婚夫妇》对意大利近代文学语言的发展作出了重要贡献。正是在这个意义上，意大利权威的文学批评家德·桑克蒂斯称曼佐尼为“新文学之父”。

杜兰朵[1]公主（Turandot）

五幕童话剧，1762

［意大利］卡·戈齐（Carlo Gozzi，1720—1806）

北京城熙熙攘攘，一片繁华景象。卡拉夫王子逃难来到这里。他是阿斯特拉罕王帖木耳的公子。骁勇、残忍的花拉子模王出兵攻陷了阿斯特拉罕城，帖木耳带着妻子和卡拉夫打扮成贫苦人模样，仓皇出逃。一路上担惊受怕，吃尽千辛万苦，因为花拉子模王派人四处追踪，并张贴通缉帖木耳父子的告示和他们的画像，欲将他们捉拿归案，斩草除根。卡拉夫最后流落到北京，打算化名投奔久已仰慕的中国皇帝阿尔图麾下当一名士兵，企望将来能有机会报仇雪恨。

这时，北京城里刚刚发生一件可怕的事情。城墙上挂着几颗鲜血淋漓的首级，脑袋上还粘着几绺土耳其头发。原来中国皇帝阿尔图膝下无子，只有一个爱女杜兰朵，视若掌上明珠，她出落得美丽无比，又富于才学，聪明过人。远近的许多王公贵族都想娶她为妻，但无不遭到高傲的公主的断然拒绝。为此，他们不惜大动干戈，企图用武力把她弄到手。幸亏阿尔图英勇善战，屡次击败了这些垂涎杜兰朵美貌的家伙。但是，阿尔图如今年事已高，觉得这种局面再也不能继续下去了，便郑重地对公主说："要么你快快出嫁，要么你给我想个一劳永逸地制止这类战争的办法。"杜兰朵回答父亲说，她只有一个愿望，请父皇召集国政会议，当着大臣们的面下一道旨谕，并向神明起誓，说公主将提出三个谜语，不管什么人，只要能把它们一个个猜破，就可以娶公主为妻，并继承皇位；倘若猜不出来，他就要把猜谜者斩首示众。

好些王子被杜兰朵的美貌所吸引，置生死于不顾，纷纷前来应试。他们的下场自然是悲惨的，如今，他们的首级正悬挂在城墙上。卡拉夫到达北京的这一天，最英俊、

[1] 现译为图兰朵。——编者注

最聪颖、最多情的撒马尔罕王子这位应试者，又在城头被刽子手砍下了脑袋。

卡拉夫看着杜兰朵公主的画像，不禁怦然心动，毅然决定去竞选。阿尔图见卡拉夫仪表堂堂，谈吐不凡，心中不免产生怜惜之情，便询问他的姓名和籍贯，好言劝他不要拿性命当儿戏。卡拉夫巧妙地应付皇帝的盘问，避免暴露自己的身份，然后果断地说：我要末娶杜兰朵公主为妻，要末一死了之。皇帝无奈，只好同意他应试。

杜兰朵见到卡拉夫，心中顿时起了一种微妙的感情。侍女乘机劝她命三个简单的谜语，这样便可两全其美。但杜兰朵认为这样有损于她的体面和荣誉，所以仍然出了三个极难的谜语。

第一个谜语：谁活跃于每一个城市、城堡和乡村？谁迎着胜利者和失败者的呼叫，信心十足地走向天涯海角？他是世上万物的朋友，他的形象为每一个人所熟悉；但倘若有什么人想和他试比高低，那必定是疯人无疑。他是谁？

卡拉夫略加思索，回答道：这是太阳。公主的侍从都称赞卡拉夫的机智，为他高兴。杜兰朵看出他的才智胜过自己，心中不悦，随即说出了第二个谜语。这棵树是什么：每个人的生命都在它身上消耗，它寿命久远，但又总是年青，生机勃勃，

它有着白色的叶子，但叶子的另一面却是黑色的。卡拉夫不慌不忙地回答说，这棵既长寿又年青的树，不是别的，就是年。叶子正反两面的白色与黑色，就是白昼与黑夜。杜兰朵愈发生气，当即要卡拉夫猜第三个谜语，并且愤怒地、斩钉截铁地说，卡拉夫要娶的妻子，必定是死神。一头野兽，有四条腿，一副翅翼，把黑暗笼罩大地，使世界颤抖；它所向无敌，爱一切爱它的人，对一切仇敌都傲慢无礼。念完谜语，杜兰朵气势汹汹地撕下面纱，想镇住卡拉夫。卡拉夫见到她的美貌容颜，竟惊呆了，一时不知如何回答是好。过了一会儿，他说：公主的美丽使我震惊、困惑，但我并没有失败，你所说的那只野兽，是亚得里亚雄狮。

卡拉夫正为自己猜中三个谜语而高兴的时候，不料骄傲的杜兰朵却反悔了，不肯履行嫁给他的诺言。于是卡拉夫作了让步，应允只要杜兰朵明天猜出他的名字叫什么，他的父亲是谁，他就收回求婚的要求，并情愿去死。

杜兰朵当着大众的面输给了卡拉夫，不啻蒙受了奇耻大辱。她命令侍女要不惜一切代价打听出卡拉夫的姓名和身世。皇帝阿尔图从通缉帖木耳父子的告示和画像上认出了卡拉夫，他对公主说，他可以把卡拉夫的真情告诉她，但她必须保证不处死卡拉夫，明天当众嘲讽他一番以后，仍嫁给他为妻。杜兰朵不肯答应。这时，她的侍女设计从卡拉夫那里打听到了他的姓名和身世，立即报告了她。

次日清晨，当着父皇、亲信大臣等的面，杜兰朵得意洋洋地叫出卡拉夫和帖木耳的名字。卡拉夫失败了，他拔出短剑，要自刎于胜利的公主面前。杜兰朵赶忙上前拦住，夺过短剑，对他说：是你战胜了我。卡拉夫的真挚、诚实和才智感动了公主，她高兴地宣布愿与卡拉夫结为夫妻。

高山巨人（I Giganti Della Montagna）

戏剧，1937[①]

作者：皮兰德娄[②]（Luigi Pirandello，1867—1936）

意大利著名剧作家。1934年荣获诺贝尔文学奖。一生写了四十多部剧本。临死之前留下这部未完稿的《高山巨人》，女主角伯爵夫人伊尔丝带领几名流浪的演员，来到魔术师柯特隆内隐居的山庄。逃离现实，一心生活在幻想的真实之中的柯特隆内，恳请伊尔丝留在山庄，和他们一起献身幻想的艺术。伊尔丝谢绝了，她坚持要向大众传播诗的作品。她在魔术师的陪同下，专为附近高山巨人的奴隶们演出。但她失败了，在愚昧、野蛮的奴隶们手中断送了性命。

皮兰德娄在《高山巨人》中触及了当代社会中物质与精神、艺术与现实的冲突这一尖锐问题，并由此对现代人的本性，对当今艺术的命运，作了深刻的剖析与思考。

伯爵夫人伊尔丝执着地信仰和追求艺术。她嫁给伯爵后，一度退出舞台，伯爵的一位年轻的诗人朋友出于对伊尔丝的爱慕，为她写了一部诗剧《儿子被换掉的故事》。伊尔丝异常欣赏这部剧作，但不接受他的爱情。诗人自杀殉情，悲痛的伊尔丝决心重返舞台，主演这部诗剧。尽管她和伯爵为了戏剧而耗尽全部家财，尽管演出到处碰壁，剧团散伙，处境狼狈不堪，但伊尔丝痴迷不悟。因为对于她来说，诗的声音是生活最崇高的表现，艺术是唯一真实可信的现实，艺术会给痛苦的人生与世界带来宝贵的价

① 1995年，吕同六译著《高山巨人》被中国煤矿文工团搬上舞台，先后在北京舞台、意大利皮兰德娄国际戏剧节上成功演出。——编者注

② 皮兰德娄1933年开始撰写《高山巨人》，1936年因猝然病故未能完成，由他儿子1937年续写完成。——编者注

值。面对高山巨人的奴隶们，伊尔丝甚至坚信，这正是检验艺术的力量的机会，诗的美必将征服未开化的心灵。

剧中没有出场的巨人们，是现代社会技术与财富的占有者。在高山巨人的领导下，奴隶们从事极端艰巨而危险的工程，他们肌肉发达，强健彪悍，头脑冷酷，野蛮无知。他们在对物质的每一次征服中获得力量和财富，达到生活的目的。他们压根儿不懂得艺术，并且无情地嘲弄艺术。

两个被不可逾越的鸿沟所隔绝的世界，在这儿发生了强烈的碰撞。伊尔丝之死，象征着现代社会是精神被物质践踏，艺术被现实扼杀的悲剧。

《高山巨人》中贯串的另一条线索，是伊尔丝同魔术师科特隆内代表的两种戏剧的对照。科特隆内原先喜欢从人的情感深处和本能深处挖掘出真实，展示给世人，因而惹起风波，遭到迫害，逃到了山庄。在他看来，伊尔丝追求的一种短暂的，变幻莫测的真实，演员们把自己的身体提供给想象家，让想象在舞台上活起来，而其实，想象就在自己身上把想象释放出来就是了。科特隆内热衷于一种魔幻的、异想天开的戏剧，它能唤来电闪雷鸣，让人物消失与再现，让人的幻想中的幽灵外化。科特隆内和山庄的居民们从这一戏剧中获得了神奇的陶醉，获得了自由的翱翔的财富，超越了一切，而又拥有一切，灵魂升华，像空气一样广阔博大，充满阳光和色彩。

如果说伊尔丝的戏剧是入世的戏剧，诗的戏剧，那末，魔术师科特隆内的戏剧是出世的戏剧、魔幻的戏剧。但他们相辅相成，殊途同归，从不同的角度表达了现代社会里精神与物质、艺术与现实之间的对立与冲突，因而它们都是富于人性的，充满魅力的。

有趣的是，伊尔丝在《高山巨人》中演出的戏中戏《儿子被换掉的故事》，正是皮兰德娄的作品。人们记得皮兰德娄的音乐剧《儿子被换掉的故事》，1934年在罗马上演时，保守势力就大喝倒彩，公开拒绝这部作品。伊尔丝的戏剧追求与遭遇，实际上就是皮兰德娄的戏剧追求、艺术与遭遇。人们还记得，1917年4月，皮兰德娄的喜剧《利奥利》在都灵演出时，当地右翼报纸和狂热的基督徒大兴问罪之师，横加于它一条“猥亵”的罪名，迫使这出仅仅上演了两场的戏辍演。而皮兰德娄的杰作《六个寻找作者的剧中人》1922年在罗马山谷剧院首演时，观众骚动，表示抗议与嘲笑的口哨声与跺脚声不断，演出结束后，滋事的观众还举行示威游行。这出戏同年在伦敦公演时，也遭到查禁，幸亏萧伯纳大力相助，才得以继续演出。由此可见，伊尔丝的殉道精神，蕴含着皮兰德娄把自己的生命赋予艺术的崇高品格，也是皮兰德娄一生文学戏剧创作的写照与象征。《高山巨人》不啻是皮兰德娄向现实社会掷去的最后的投枪，也是皮兰德娄为后人留下的一份珍贵的“艺术遗嘱”。它使我们深切地感到，皮兰德娄既是那个时代的代言人，又是我们的同时代人。

西西里柠檬（Lumie Di Sicilia）

独幕剧，1910

作者：皮兰德娄（Luigi Pirandello，1867—1936）

《西西里柠檬》是意大利著名剧作家皮兰德娄优秀独幕剧，叙述乡村长笛手到那不勒斯探望成为著名歌唱家的未婚妻的遭遇。剧情十分紧凑，全部在长笛手在未婚妻寓所等待久别重逢的短暂时间里展开。皮氏用明快的文笔，通过对势力、傲慢的佣人，惶惑、忧伤的马尔塔大婶，奢华、冷漠无情的未婚妻的刻画，迅捷地展开剧情故事。描绘出贫穷、纯洁的西西里少女苔莱季娜在上流社会的演变，堕落。皮氏善于细腻地描摹主人公的心理活动，点染环境气氛，抒发人物内心感受的起伏和变化，使全剧具有哀伤的抒情性和戏剧效果比较强烈的特点。

寻找自我[1]（Trovarsi）

戏剧，1932

作者：皮兰德娄（Luigi Pirandello，1867—1936）

朵娜塔是个剧坛女明星，但她痛苦地意识到，她仅仅在扮演某个剧中人的时候才体验到自我的存在。她永远是舞台上的角色，不被当作人。热情、耽于幻想的青年埃利闯进了她的生活，他们一起迎着暴风雨，扬帆出海。在小船倾覆，朵娜塔企图了结自己生命关头，埃利拼死相救，患难之交发展为爱情，朵娜塔希望爱情能填补生活的空虚，希望在实实在在的生活中，在同恋人的真挚爱情中，认识自我，找到自我。谁知道竟然导致她同埃利的隔膜、分裂，她同周围的人，甚至同她爱恋的人，也无法建立真实的关系，她只能重新回到舞台去，同剧中人"合二为一"。在这里，寻找自我，意味着在迷乱的现实中寻找一个精神上的支撑点，意味着维护自己作为人的价值。但在敌视人的社会环境里，这种努力注定要遭到失败。

① 1986年，在北京举办的"意大利戏剧晚会"上，资深导演陈颙执导中国青年艺术剧院演出了吕同六先生翻译的《寻找自我》，演出获得成功。——编者注

一个无政府主义者的意外死亡[①]
（Morte Accidentale Di un anarchico）

政治讽刺剧，1970

作者：达里奥·福（Dario Fo，1921—　）

《一个无政府主义者的意外死亡》最充分地体现了达里奥·福的戏剧为现实政治斗争服务的思想。这是根据真人真事创作的政治讽刺剧。

1968年，意大利和西欧爆发了学生反叛运动，出现社会动荡的态势。一系列爆炸事件使局势更加恶化。1969年，米兰火车站发生炸弹爆炸的恐怖事件，警方逮捕了一名嫌疑犯。这个名叫皮内利的无政府主义者被指控为凶手，他在被审讯期间突然从拘留所楼上的窗子摔死到大街上。这竟然是右翼组织的卑劣勾当，企图借此嫁祸左派人士。

达里奥·福抓住这一事件，敏锐地作出反应，写出了《一个无政府主义者的意外死亡》。在社会动乱之际，罗马发生了一起炸弹爆炸事件。警方拘捕了一批“无政府主义者”，严刑逼供，活活打死其中一人，并把他从窗口扔到街上，向媒体宣称他畏罪自杀。一名“疯子”偶然地洞悉了此案的全部内情。他伪装成最高法院的代表复审此案，向媒体披露了事情的真相。达里奥·福以极大的真实性和尖锐性，揭露了司法和警察当局颠倒是非，捏造事实，诬陷进步人士的丑恶行径。这出戏的公演，在意大利和西欧、东欧、美国都产生了强烈的轰动效应。

---

① 1998年10月，吕同六先生翻译的《一个无政府主义者的意外死亡》被我国中央实验话剧院搬上北京舞台演出。——编者注

给她穿上漂亮的衣服[①]（Vestire gli ignudi）

戏剧，1922

作者：皮兰德娄（Luigi Pirandello，1867—1936）

女主人公爱西利娅是个在人生道路上受尽凌辱的女子，任家庭女教师，被四个不同职业不同身份的男人，以“拯救”的虚伪为名，利用、欺骗和玩弄了她。而她只能不断用体面的谎言来掩盖自己乖谬的命运，直到临死，她还希望重新穿上那件她订婚时穿的漂亮衣服，好把她的可悲生活多少美化一下。作者皮兰德娄笔下的女主人公是生活中的弱者，作者揭露社会之恶相五彩斑斓的猛兽向她扑来，要把她吞噬，她孤独无援，毫无自卫能力，必须“穿上”什么东西，伪装勇敢，诚实、谦逊……说穿了，这种“伪装”不过是一种幻觉的面纱，自欺欺人，实际上女主人公是堕落环境的牺牲品。

① 1991年，吕同六译著《给她穿上漂亮的衣服》被我国中央电视台第一套节目的《世界名剧欣赏》栏目录制成室内电视剧，走进中国千家万户的电视荧屏，荣获1991年全国电视文艺节目国家级“星光奖”二等奖。——编者注

评介《马克思恩格斯选集》中的意大利文学典故

但　丁

但丁·阿里盖利（1265—1321），意大利文艺复兴的先驱者，诗人。出身于佛罗伦萨一个没落的小贵族家庭。当时，意大利分裂为许多小城邦，处于封建割据状态，但资本主义关系已在佛罗伦萨等北部各城邦发展起来，出现了发达的手工业、商业、对外贸易以及新兴的市民阶级，意大利成了欧洲资本主义发生最早的地区，但丁的一生正是在这中世纪的封建制度趋于灭亡，新的社会制度——资本主义即将产生的历史变革时期中度过的。他早在青年时代就积极参加市民阶级反对封建贵族的斗争，曾当选为佛罗伦萨共和国市政委员。他坚决主张佛罗伦萨奉行独立、自由的政策，反对教皇干涉内政。由于代表教会的反动势力抬头，但丁在1302年被判处终身放逐，最后客死于拉维那。

但丁的文学创作广泛地反映了意大利新旧两个时代交替时的斗争，恩格斯称他是“中世纪的最后一位诗人，同时又是新时代的最初一位诗人。”（1*249）长诗《神曲》就是反映这一斗争的杰出作品。

但丁一生的作品很多，除著名的《神曲》外，诗集《新生》歌颂他理想中的爱人贝娅特丽齐，对文艺复兴时期的诗歌创作影响很大。《帝制论》主张政教分离，建立统一的意大利国家，但流露出对王权的幻想。《论俗语》论述俗语的优点，提出把俗语作为意大利文学和科学的语言。

《神曲》

《神曲》的写作始于但丁放逐初年，完成于逝世前不久。全诗分为《地狱》、《炼狱》、《天堂》三部，每部三十三歌，加上长诗的序曲，共一百歌，一万四千余行。诗中叙述但丁迷途于一个黑暗的森林，黎明时分来到一座洒满阳光的小山脚下，忽然三只野兽（象征淫欲、强暴、贪欲的豹、狮、狼），张牙舞爪，迎面扑来。在但丁高声呼救的时候，罗马诗人维吉尔出现了，他受但丁青年时代爱慕的女子贝娅特丽齐的嘱托，前来引救但丁走出迷途。在维吉尔的引导下，但丁游历了地狱和炼狱。地狱共九圈，罪人的灵魂按生前罪孽的大小，在深浅不同的圈里接受不同的严酷刑罚。炼狱计九层，生前犯有罪过但未被打入地狱的灵魂在那里洗涤罪过，然后升入天堂。随后，但丁又在贝娅特丽齐的引导下游历了天堂。

《神曲》是一部具有强烈政治倾向性的作品。它生动地反映了意大利封建主义衰落、资本主义萌芽时期的社会变革，抒发诗人对祖国统一与和平的憧憬，批判中世纪禁欲主义的自然观、社会观，批判封建统治的劣迹，对教皇和僧侣的骄横腐败更是予以无情鞭挞；同时，也揭露了市民阶级的自私自利和正在形成的资本主义关系的罪恶。

《神曲》的结构建立在中古时期神秘的象征意义上，叙述的情节充满了寓意。维吉尔引导但丁游历地狱、炼狱，象征理性和哲学指引人类认识邪恶；贝娅特丽齐引导但丁游历天堂，则象征人类只有依靠信仰和神学，才能达到至善之境。但丁对封建君主抱有不切实际的幻想，把实现祖国统一，建立开明政治的希望寄托在神圣罗马帝国皇帝身上。

《神曲》是用意大利俗语写作的，对促进意大利民族语言的统一，提炼、丰富意大利文学语言，起了重要作用。

进门者请放弃一切自治

大工厂里的自动机器，比任何雇用工人的小资本家要专制得多。至少就劳动时间而言，可以在这些工厂的大门上写上这样一句话：进门者请放弃一切自治！

恩格斯:《论权威》，第2卷

第552页“进门者请放弃一切自治”，出自但丁《神曲》第一部《地狱》第三歌，原诗是：“你们走进这里的，把一切希望捐弃吧！”

《地狱》第三歌描写但丁在维吉尔引导下，来到阴森可怖的地狱入口处，他看到一座大门上，刻着颜色惨淡的字句：

“从我这里，走进悲惨之城，从我这里，走进罪恶之渊，从我这里，走进永劫的人群。正义感动了我的创造主，神权、神智以及神爱把我创造。在我之前，没有创造的东西，

除去永恒的事物；而我和天地同长久；

你们走进这里的，把一切希望捐弃吧！”恩格斯套用《神曲》中的这句诗，抨击巴枯宁之流反对革命权威的荒谬理论。巴枯宁等无政府主义者，抹杀国家的阶级性，

胡说任何国家形式都是“剥削和专制制度的必然根源”，鼓吹立即废除国家，建立“自由和无政府状态的社会”。他们否认任何权威，要求把废除权威作为社会革命的第一个行动。

恩格斯在《论权威》这篇光辉文献中，对巴枯宁之流背叛工人运动，反对无产阶级专政，为反动派效劳的谬论严加批驳，指出，作为暴力工具的国家，将随着未来的社会革命而消失；无产阶级为了战胜资产阶级，并最后消灭阶级，不可能没有无产阶级专政这一革命权威。就是在经济领域，人们的活动也必须服从一定的权威。在工农业生产中，发展的趋势是各个分散的活动愈来愈为人们的联合行动所代替，而联合活动正是靠权威组织起来的，并且随着大工业和大农业的发展，生产和流通日益复杂化，权威的范围也日益扩大。恩格斯以工厂为例说明，机器生产要求人们必定服从一定的权威，所有劳动者都必须按照机器权威决定的时间开始和停止工作，而机器权威是铁面无情、不管什么个人自治的。因此，恩格斯用《神曲》里地狱大门上写的一句诗，指出工厂里的机器比雇用工人的小资本家要专制得多，至少就劳动时间而言，可以在工厂大门口写上：“进门者请放弃一切自治！”

这里必须根绝一切犹豫；这里任何怯懦都无济于事

我的见解，不管人们对它怎样评论，不管它多么不合乎统治阶级的自私的偏见，却是多年诚实探讨的结果。但是在科学的入口处，正像在地狱的入口处一样，必须提出这样的要求：“这里必须根绝一切犹豫；这里任何怯懦都无济于事。”

马克思：《〈政治经济学批判〉序言》，第2卷第85页

马克思在这里提到的两句诗，出自但丁《神曲》第一部《地狱》第三歌。诗中描写但丁在维吉尔引导下，来到凄惨恐怖的地狱入口处，看到地狱大门上刻着几行黑沉沉的文字，不明白它的涵义，便向维吉尔请教；维吉尔向他解释铭文的意思，勉励他抛弃一切顾虑，勇敢前进：

“这里必须根绝一切犹豫；这里任何怯懦都无济于事。我们已经到了我对你说过的地方，你要在那里看到悲惨的幽魂，他们已失去了理智的幸福。”

说完，维吉尔挽着但丁的手，领他走进可怖的地狱。马克思在《〈政治经济学批判〉序言》这篇重要文章中，叙述了自己多年研究政治经济学问题的起因和经过。马克思从1842—1843年任《莱茵报》主编时开始，经过十五年的刻苦钻研，在政治经济学领域内取得了划时代的成就，于1859年出版了他的《政治经济学批判》。这部著作是马克思主义政治经济学创立过程中的一个重要里程碑，标志着政治经济学的根本变革和无产阶级政治经济学的诞生。在这篇序言里，马克思对历史唯物主义的实质和基本原理下了经典性的定义，使这篇序言具有巨大的理论意义和科学价值。

马克思在十分艰苦的条件下，不顾欧洲各国资产阶级政府的迫害和资产阶级反动文人的诽谤、围攻，不顾贫困和疾病的威胁，以顽强的毅力，进行了这场政治经济学的大变革，为无产阶级的解放事业提供了锐利的思想武器。马克思在序言的结尾处，引用但丁《神曲》中的诗句，铿锵有力地表明了自己为创立无产阶级革命理论，不畏艰险，勇往直前的大无畏精神。

走你的路，让人们去说罢！

任何的科学批评的意见我都是欢迎的，而对于我从来就不让步的所谓舆论的偏见，我仍然遵守伟大的佛罗伦萨诗人的格言：

走你的路，让人们去说罢！

马克思：《〈资本论〉第一卷第一版序言》，第2卷第280—209页

“走你的路，让人们去说罢！”出自《神曲》第二部《炼狱》第五歌。维吉尔引导但丁游毕地狱，来到炼狱山门外。这里有两种灵魂在等候进入炼狱，一种是被逐出教门，忏悔太晚的，另一种是临终才知道忏悔的。第一种灵魂要在炼狱山门外等待三十倍于被逐的年月，第二种灵魂须等待与他们在人间的生命相等的时间。但丁在这里遇见了他的朋友、直到临终才知忏悔的贝拉加的灵魂，并同他进行了谈话。随后，但丁在维吉尔引导下，继续前进。忽然，背后传来一声惊呼，几个灵魂因为见到了但丁这个活人，惊奇异常，指着他议论起来。但丁放缓了脚步，回过头去。于是，维吉尔对他说：

“为什么你的思想这样纠缠不清，使你放缓了脚步？他们在这里私语干你什么事情？你随我来，让人们去谈论吧；你要屹立得像一座坚实的塔，它的高顶在狂风中决不动摇；……”

马克思在《〈资本论〉第一卷第一版序言》的结尾处，借用但丁的诗句，回击资产阶级及其御用经济学家对马克思主义政治经济学的攻击，并表明自己的坚定信念。

《资本论》是马克思研究资本主义生产方式的一部伟大著作。马克思从研究资本主义生产最单纯的因素——商品开始，周密地研究了资本主义社会的经济结构，揭露了资本家剥削工人的秘密，深刻论证了资本主义社会生产资料的私人占有和生产社会化之间的矛盾，这种矛盾在阶级关系上表现为无产阶级和资产阶级的尖锐对立，得出了社会主义制度必将代替资本主义制度，无产阶级专政必将代替资产阶级专政的科学论断。

在政治经济学领域里，马克思主义遇到了形形色色的资产阶级代表人物的攻击；

资产阶级经济学家认为资本主义制度是永恒的，现存的生产关系，不仅过去如此，现在如此，将来也如此。马克思通过揭示现代资本主义社会的经济运动规律，揭穿了所谓“永恒”的谎言，唤醒工人阶级为推翻资本主义制度，实现没有人剥削人、人压迫人的社会制度而斗争。资产阶级及其御用经济学家对马克思的著作极尽诬蔑、攻击之能事。马克思用但丁的诗句，表示对资产阶级舆论的蔑视和要坚定地走自己的路的决心。

炼狱之火

德国的政治经济学教授一直是学生。别国的现实在理论上的表现，在他们手中变成了教条集成，被他们用包围着他们的小资产阶级世界的精神去解释，就是说，被曲解了。他们不能把在科学上无能为力的感觉完全压制下去，他们不安地意识到，他们必须在一个实际上不熟悉的领域内充当先生，于是就企图用博通文史的美装，或用无关材料的混合物来加以掩饰。这种材料是从所谓官房学——各种知识的杂拌，满怀希望的德国官僚候补者必须通过的炼狱之火——抄袭来的。

马克思:《〈资本论〉第一卷第二版跋》，第2卷第211页

据但丁在《炼狱》中描写，炼狱共九层，除炼狱山门外的两层，炼狱本部（或称净界山）有七层，灵魂在那里洗涤人生七大罪过，山顶是地上乐园，超度的灵魂由天使接引选入天堂。

《炼狱》第二十七歌叙述，但丁在维吉尔引导下来到炼狱的最高一层，生前犯有贪色罪的灵魂在这里忏悔洗过。灵魂们一面唱着赞美诗，一面结队行进在炼狱之火中。但丁望着炼狱的熊熊火焰，吓得面如土色，不能动弹一步。维吉尔鼓励他抛掉畏惧，说：通过炼狱之火虽然有些痛苦，但不会死亡，即使在火焰内停留一千年，也不会烧去头上的一根毫发。但丁依然踟蹰不前，维吉尔有些恼怒，对他说：

“我儿啊，要知道，贝娅特丽齐和你之间只隔着这道火墙了！”

但丁一听到贝娅特丽齐的名字，立刻奋发起来，毅然迈开步伐，随着维吉尔通过了炼狱之火，进入通向天堂的地上乐园。

马克思在这里用“炼狱之火”讽喻官房学，揭露德国政治经济学家的无能。马克思指出，由于德国资本主义关系的发展比英、法等国迟缓，因此德国在政治经济学领域里一直处于落后状态。随着关税同盟的建立，英国和法国的经济学才开始输入，以适应德国资产阶级的需要。但是，在德国，从理论方面研究这门学科的大多是些舞文弄墨的投机家、学究、官僚，他们的政治经济学著作的特点是歪曲和抄袭。为了掩饰这一情况，他们从官房学这一无所不包的大杂烩里拣来一些材料，给自己的著作披上一层骗人的外衣。

所谓官房学，是许多欧洲国家中世纪大学和后来的资产阶级大学讲授的一门课程，由行政、财政、经济和其他学科组成。马克思形容官房学是“各种知识的杂拌”，对政治经济学毫无用处，并借用“炼狱之火”的典故，讽刺官房学唯一的价值在于，它是德国官僚候补者谋取利禄必须经过的阶梯，好像《神曲》里罪人的灵魂升入天堂必须通过炼狱之火那样；这样，马克思就有力地揭露了德国资产阶级经济学家庸碌无能和拾人唾余的特点。

神圣的东西不可作戏曲

第一个对《莱茵报》进行检查的是警察顾问多里沙尔，就是他曾把《科伦日报》上关于斐拉雷特〈后来的萨克森国王约翰〉译但丁《神曲》一书的广告删去，并且批示说“神圣的东西不可作戏曲”。

恩格斯:《卡尔·马克思》，第3卷第34页脚注

《神曲》的书名直译为《神圣的喜剧》。

1842年马克思任《莱茵报》主笔后，该报的革命民主主义倾向日益明显，反动的普鲁士政府很为恐慌，派警察顾问对该报进行严格检查。但这类新闻检查官往往不学无术却又蛮横无理。第一个对《莱茵报》检查的警察顾问多里沙尔就是这么一个家伙。他在检查《科伦日报》时，看到有德译本《神曲》的广告，顾名思义，以为这真是一部关于宗教的喜剧，便一笔删去，还煞有介事地批示：“神圣的东西不可作戏曲”，充分暴露了普鲁士反动官僚的无知和专横。

阿利奥斯多

卢多维柯·阿利奥斯多（1474—1533），意大利文艺复兴时期的著名诗人。出身于贵族家庭，但家道较早衰落；曾学习法律，后改为研究人文主义和诗歌。父亲去世后，在菲拉拉城的埃斯特公爵兄弟手下先后任职，并多次出使罗马和意大利其他城市。1527年与著名人文主义者蒂托·斯特罗齐的遗孀阿莱桑德拉·贝努齐结婚，此后专门从事文学创作。阿利奥斯多的作品有诗歌、讽刺散文和按照古典形式创作的喜剧。最著名的作品为传奇叙事诗《疯狂的罗兰》。

《疯狂的罗兰》

阿利奥斯多的传奇叙事诗《疯狂的罗兰》(1516—1532)，全诗计四十六歌，四千八百四十二行，从写作、修改到定稿，共花费了三十年时间。作品以基督教徒同回教徒的大战为背景，主要情节是查理大帝的骑士罗兰对安杰丽嘉的爱情。

《疯狂的罗兰》上承意大利诗人博亚尔多的长诗《钟情的罗兰》的结尾，从罗兰和他钟爱的安杰丽嘉由东方归来写起。查理大帝的另一骑士利纳尔多，也对安杰丽嘉产生了爱慕之情。当时正值回教徒击败查理大帝的军队，包围了巴黎，查理大帝便向他们宣布，谁在战争中建功，就把安杰丽嘉许配给谁。安杰丽嘉乘机出逃，经历种种惊险与波折，与战争中负伤的回教徒勇士梅多罗邂逅，对他产生了爱情。罗兰得悉安杰丽嘉出走，弃战事于不顾，跟踪追寻。他走遍天涯海角，最后发现安杰丽嘉已同梅多罗结了婚。罗兰受到这一沉重打击，如坠万丈深渊，一时间失掉理智，三天三夜痴呆地坐在树林里，精神恍惚，不吃不睡；第四天，痛苦和绝望爆发为不可抑制的疯狂。他不顾体面和荣誉，脱掉甲胄，抛掉武器，像头野兽，干出许多愚蠢的事情。直到骑士阿斯托弗从月球上把他失掉的理智捡回来，才使罗兰恢复了常态。

作品反对中世纪的宗教偏见和禁欲主义，嘲讽骑士传统，通过几个主要人物的充满传奇色彩的游历，歌颂自然和现实生活，反映了文艺复兴成熟时期的人文主义思想。

帕麦斯顿派的下流报纸……扮演了疯狂的罗兰的角色

当然，伦敦的《泰晤士报》在激发自己同胞们的嗜血本能时还多少故作庄重，但帕麦斯顿派的下流报纸却简直荒谬绝伦地扮演了疯狂的罗兰的角色。

马克思:《新的对华战争》，第2卷第42页

疯狂的罗兰是十六世纪意大利诗人卢多维柯·阿利奥斯多同名传奇叙事诗里的主角（参见“《疯狂的罗兰》”条，见本书第391页）。

在第二次鸦片战争中，清朝政府失败，与英国签订了天津条约。1859年6月，英国政府不顾国际法，强行派英国远征舰队护送布鲁斯公使和法国全权代表布尔布隆沿白河进京，与清政府交换条约批准书。舰队驶抵大沽时，遭到清朝蒙古族军队的阻击，损失惨重，被迫退回宁波，停泊在镇海对面。

6月25日，当英国舰队惨败的消息传到伦敦时，英国首相帕麦斯顿派的报纸，为了激起英帝国主义者对中国实行大规模报复的狂热，无耻地歪曲事实真相，煽动出兵占领中国的京城，歇斯底里地狂叫什么要“实行恐怖手段”，“教训中国人重视英国人，英国高出于中国人之上，应成为中国人的主人……”等等。马克思在这里用“疯狂的罗兰”来比喻帕麦斯顿派的报纸，形象地揭露了帝国主义喉舌的面目。

“他身穿铠甲，头戴钢盔”“小家伙”以小扒手姿态出现，只同拥有“金钱”的敌人周旋；神话般的壮士与他不同，他是向这个世界上的“权贵”作斗争。

他身穿铠甲，头戴钢盔。并且喃喃说道:“不过，在这里阁下比我处境更好。”

但是，处境最好的还是这个世界上的“权贵”，当海因岑先生向自己的学生发起如下的进攻时他们轻松地喘了一口气:

“现在您和一切共产主义者一样丧失了鉴别政治情况同社会情况之间的联系的能力。”

马克思:《道德化的批判和批判化的道德》，第1卷第176—177页

“他身穿铠甲，头戴钢盔”，是十六世纪意大利诗人阿利奥斯多在《疯狂的罗兰》中对骑士的描写。长诗第一歌第十一节叙述安杰丽嘉骑马出逃，来到一座森林，不料迎面撞上一位英俊威武的骑士，只见

“他身穿铠甲，头戴钢盔，腰佩长剑，手执盾牌；

……这位骑士原来是对她倾心的利纳尔多。安杰丽嘉赶紧掉转马头，慌忙逃离。第十二节，叙述罗兰和另一骑士费拉乌误入迷宫，阿利奥斯多也用了类似的词句描写他们。

马克思在这里用《疯狂的罗兰》中关于骑士出场时“身穿铠甲，头戴钢盔”的描写，比喻海因岑是个时代的落伍者。

海因岑是德国小资产阶级民主主义者。他曾经鼓吹“君主是造成一切贫困和灾难的祸首”。恩格斯批判这种谬论是把地主、资本家“两个阶级剥削人民的罪过转嫁于君主”。面对恩格斯的批判，海因岑不仅继续坚持他的错误观点，而且还对恩格斯大兴讨伐之师，说恩格斯“对于权力也统治着财产，财产关系上的不公平全靠权力来维持”视而不见，不懂得在“我们这个时代”“没有任何社会问题比关于君主制和共和制的问题更为重要”，并咒骂恩格斯是“糊涂虫和胆小鬼”。

马克思指出，空想社会主义者巴贝夫和邦纳罗蒂就曾经认为“随着君主制和共和制这一社会问题的消失，还没有一个‘社会问题’的解决是对无产阶级有利的。”（1*174）而只有到了十九世纪（亦即海因岑所说的“我们这个时代”）要废除资产阶级财产关系的时候，作为社会问题之一的财产问题才成了工人阶级的切身问题。马克思以英国宪章派、北美民族改革派为例，说明工人阶级政党的战斗口号“根本不是以共和制代替君主制，而是以工人阶级的统治代替资产阶级的统治。”（1*176）并讽刺说，只有眼界狭隘的德国小市民才会认为“我们这个时代”的最重要社会问题是什么君主制问题。海因岑便是这种小市民的代表人物。当共产主义者同现代资产阶级统治作斗争，解决当代社会问题的时候，海因岑却像中世纪的骑士一样，“他身穿铠甲，头戴钢盔”，在向这个世界上的封建“权贵”作斗争，认为解决上一个世纪的社会问题才是当务之急。马克思最后引用他攻击恩格斯的话，说明当他向恩格斯进攻时，那些封建“权贵”们不仅可以轻松地喘一口气，而且还会嘲笑他“丧失了鉴别政治情况和社会情况之间的联系的能力”。因为，马克思认为，“在‘我们这个时代’作为全世界历史性问题的这个财产问题，只是在现代资产阶级社会中才有意义。”